普及类古籍整理图书专项资助项目

全本全注全译丛书

中华经典名著

张仲裁◎译注

酉阳杂俎 上

中华书局

图书在版编目（CIP）数据

酉阳杂俎/张仲裁译注. —北京：中华书局，2017.4
（2025.3重印）
（中华经典名著全本全注全译丛书）
ISBN 978-7-101-12455-2

Ⅰ.酉… Ⅱ.张… Ⅲ.①笔记小说-中国-唐代②《酉阳杂俎》-译文③《酉阳杂俎》-注释 Ⅳ.I242.1

中国版本图书馆 CIP 数据核字（2017）第 035655 号

书　　名	酉阳杂俎(全二册)
译 注 者	张仲裁
丛 书 名	中华经典名著全本全注全译丛书
责任编辑	刘树林
装帧设计	毛　淳
责任印制	管　斌
出版发行	中华书局
	（北京市丰台区太平桥西里 38 号　100073）
	http://www.zhbc.com.cn
	E-mail:zhbc@zhbc.com.cn
印　　刷	北京盛通印刷股份有限公司
版　　次	2017 年 4 月第 1 版
	2025 年 3 月第 12 次印刷
规　　格	开本/880×1230 毫米　1/32
	印张 36⅝　字数 650 千字
印　　数	96001－106000 册
国际书号	ISBN 978-7-101-12455-2
定　　价	84.00 元

目录

上册

前言 …………………………………………………… 1

序 ……………………………………………………… 1

前集卷一

忠志 ………………………………………………… 4

礼异 ………………………………………………… 27

天咫 ………………………………………………… 44

前集卷二

玉格 ………………………………………………… 55

壶史 ………………………………………………… 112

前集卷三

贝编 ………………………………………………… 131

前集卷四

境异 ………………………………………………… 211

喜兆 ………………………………………………… 234

祸兆 ………………………………………………… 238

物革 ………………………………………………… 241

前集卷五

诡习 ………………………………………………… 245

怪术 ………………………………………………… 251

前集卷六

艺绝 ·· 273

器奇 ·· 278

乐 ··· 286

前集卷七

酒食 ·· 293

医 ··· 318

前集卷八

黥 ··· 323

雷 ··· 346

梦 ··· 353

前集卷九

事感 ·· 366

盗侠 ·· 370

前集卷十

物异 ·· 385

前集卷十一

广知 ·· 430

前集卷十二

语资 ·· 460

前集卷十三

冥迹 ·· 493

尸穸 ·· 500

前集卷十四

诺皋记上 ···································· 519

前集卷十五

诺皋记下 ···································· 565

下册

前集卷十六

广动植之一　并序 …………… 595

总叙 …………………… 598

羽篇 …………………… 610

毛篇 …………………… 634

前集卷十七

广动植之二 …………… 657

鳞介篇 ………………… 657

虫篇 …………………… 672

前集卷十八

广动植之三 …………… 694

木篇 …………………… 694

前集卷十九

广动植之四 …………… 732

草篇 …………………… 732

前集卷二十

肉攫部 ………………… 771

续集卷一

支诺皋上 ……………… 791

续集卷二

支诺皋中 ……………… 818

续集卷三

支诺皋下 ……………… 852

续集卷四

贬误 …………………… 889

续集卷五

　寺塔记上 ••••••••••••••••••••••••••• 946

续集卷六

　寺塔记下 ••••••••••••••••••••••••••• 999

续集卷七

　《金刚经》鸠异 ••••••••••••••••••••• 1043

续集卷八

　支动 ••••••••••••••••••••••••••••••••• 1075

续集卷九

　支植上 ••••••••••••••••••••••••••••• 1104

续集卷十

　支植下 ••••••••••••••••••••••••••••• 1124

附：

　许逸民《〈酉阳杂俎〉辑佚》••••••••••• 1138

前　言

　　《酉阳杂俎》是一部很有趣的书,历代以来蜚声士林,流播甚广。作者唐人段成式。

　　段成式(803? —863),字柯古,祖籍临淄(今山东淄博东),自称东牟(今山东牟平)人。段成式出身望族。其六世祖段志玄(598—642)是唐朝开国元勋,官至右卫大将军,封褒国公,为凌烟阁二十四功臣之一,陪葬昭陵。其父段文昌(773—835)为中唐名臣,穆宗时曾为中书侍郎、同中书门下平章事,文宗时进封邹平郡公,复以使相之尊历镇淮南、荆南、剑南西川。其母则是中唐名相武元衡之女。

　　唐德宗贞元十五年(799),段文昌自荆州赴蜀,入剑南西川节度使(治所在成都)韦皋幕府。段成式即出生于此后,方南生《段成式年谱》系于贞元十九年(803)。三十三岁之前,段成式随侍父宦,行踪不定:一、宪宗元和元年(806)岁杪,段成式随父出蜀入京,此后至元和十五年(820),一直居住在长安。二、穆宗长庆元年(821),段文昌出镇剑南西川,段成式随父再度赴蜀。三、长庆四年(824),段文昌征拜兵部尚书,段成式再度随父入京。四、文宗大和元年(827),段成式自长安赴浙西观察使(治所在润州,今江苏镇江)李德裕幕府,随后其父段文昌为淮南节度使,段成式随即转赴淮南治所扬州。五、大和四年(830),段文昌自淮南移镇荆南,段成式又随父自扬州转赴荆州。六、大和六年(832)末,段文昌自荆南再镇剑南西川,段成式又随父自荆州赴成都。七、大和九年(835)三月,段文昌卒于成都,本年底,段成式携家赴长安。

段成式至长安后,居住在修行里旧宅。开成二年(837)秋冬,段成式父丧服除,以荫入官为秘书省校书郎,后任职集贤殿修撰。其后至宣宗大中元年(847),段成式出为吉州(今江西吉安)刺史。大中七年(853)自吉州返回长安,两年后又出为处州(今浙江丽水)刺史。大中十三年(859)闲居襄阳。懿宗咸通元年(860),又赴任江州刺史。后返回长安,任职太常少卿。咸通四年(863)六月,卒于官。

可以看出,段成式终其一生,实实为一东西南北之人,尤其是三十三岁之前,往返于长安和成都,奔波于江东和西蜀,其行路岂止万里。又供职秘书省和集贤殿期间,颇获未见之典籍,秘阁图书,披阅殆遍,博闻强记,精研苦学,其读书又岂止万卷。另据记载,段成式青年在蜀期间,喜好驰猎,而艺文该赡。出为州牧期间,颇有善政。闲居襄阳时期,随缘自适,与友人颇多唱和。他足履四方,交游广泛,与温庭筠尤为密切,其子段安节即以庭筠女为妻,段成式现存诗作中约有三分之一为与温庭筠唱和之作。他有很多佛门僧友,如无可上人、广宣上人、宝相上人、鼎上人、文上人、约上人等,三教九流都可与之交往。如此丰富的人生阅历,当然会对他的著述产生重要影响。

今考其所著,《酉阳杂俎》而外,另有《庐陵官下记》二卷,撰于吉州期间,原书已佚;《锦里新闻》三卷,撰于成都,佚;《新纂异要》一卷,佚;《汉上题襟集》十卷,为闲居襄阳时与温庭筠等人倡和之作,佚。《全唐诗》(中华书局增订本)卷五八四编其诗为一卷,收诗五十六首,残句若干;又卷七九二收其联句诗十九首,均见于《酉阳杂俎·寺塔记》。《全唐文》收其文十八篇。陈尚君《全唐文补编》辑其《酉阳杂俎》诸篇之序,另辑杂句若干。

段成式以其博学精敏长于文学而称扬当时。《旧唐书·文苑传》下记载:"(商隐)与太原温庭筠、南郡段成式齐名,时号'三十六'。"这句话容易被解读为段、温、李三人在当时文坛的地位是平起平坐的。可以就此略作探讨。首先，此三人并称"三十六"的一个重要原因是他们各自的家族排行俱为十六。其次，据李中华《晚唐"三十六体"辨说》一文的观点，三人并称主要是指他们的骈文创作而言，至少在当时并不涉及对诗歌和其他创作的评价。再者，根据文献记载，段成式在世的时候，他的《酉阳杂俎》一书已开始流行，得到时人的赏识，这也可能使其与温、李并称。而众所周知，宋代及以后文体等级森严，文以载道，诗以言志，其余各体则等而下之，又兼以骈文地位的衰落，"段十六"在其中的位置就非常尴尬了，如清人张嘉谷在《卧雪诗话》中说："段酉阳与温、李并称'三十六体'，非惟不及李，亦不及温。"这种情况直到今天也并没有根本性的变化。在中国古代文学史的表述中，相比李商隐的八面威风和温庭筠的一枝独秀，段成式要寂寞得多了。有理由断定这是载道言志的正统文学观所致的遮蔽和偏见，这种遮蔽和偏见有意无意地忽视了他的《酉阳杂俎》，虽然这本书在历史上的命运并不算寂寞。

　　《酉阳杂俎》书名是什么意思？《四库全书总目》解释说："其曰'酉阳杂俎'者，盖取梁元帝赋'访酉阳之逸典'语。二酉，藏书之义也。"这里所说的"二酉，藏书之义"是什么意思？南朝宋盛弘之《荆州记》："小酉山上石穴中有书千卷，相传秦人于此学，因留之。"又元朝郝天挺《唐诗鼓吹注》卷三陆龟蒙《寄淮南郑宾书记》"二酉搜来秘检疏"注引《图经》："穆天子藏异书于大酉山、小酉山中。"由此可知，"二酉"是指大酉山、小酉山（在今湘西地区）；梁元帝所谓的"酉阳逸典"，即藏诸世外的秘籍奇书，而古人多视小说为此类，这就是书名"酉阳"二字的含义。"俎"本是古代祭祀或宴会时盛放牲肉的礼器，这里则是代指不同于正味的奇味。"杂俎"者，天地之间凡百奇味，杂然前陈，以喻本书所记天覆地载，无所不有。李剑国《唐五代志怪传奇叙录》有一段关于书名的论述，极是精彩，谨录于此：

　　　　昔者柳子厚始以滋味论俳怪之文，成式命书曰《杂俎》，正承子厚之意。成式首倡"志怪小说"一词,以为五经子史乃大羹玄酒,味之正者,而志怪小说乃"炙鸮羞鳖",野味也。正人君子或对之不肯下箸,成式乃以为自有佳味。味之为何?奇也,异也,幻也,怪也。即李云鹄所称:"无所不有,无所不异,使读者忽而颐解,忽而发冲,忽而目眩神骇,愕眙而不能禁。"《诗品》论诗亦尚滋味,滋味者乃指诗歌之形象性特征,成式以论小说,亦欲达"味之者无极,闻之者动心"之致。故云"游息之暇,足为鼓吹"(《诺皋记序》),"使愁者一展眉头"(《黥》),不主教化而宗娱心,与夫"治身理家"之传统小说观归趣全异。

同时李剑国认为,其书卷帙浩繁,不可能成于一时一地,应是随时记录所见所闻,搜集材料,俟时成编。全书编成时间,李剑国推断为唐宣宗大中八年(854)左右,因其时段成式闲居在京,故有暇编定,再则大中七年(853)以后的事情又不见于续集。

然则《酉阳杂俎》究竟是一本什么性质的书?"志怪"和"小说"这两个词语最早都出自《庄子》,在文学史上,段成式首次把它们组合到一起,形成一个明确的文体学概念。在历代史志书目中,自《新唐书·艺文志》至《四库全书总目》都列入子部小说家类。许逸民《酉阳杂俎校笺》前言则认为,《酉阳杂俎》应脱离小说家类,改入子部杂家类。鲁迅《中国小说史略》第十篇"唐之传奇集及杂俎"论列《酉阳杂俎》,可见是为这部书量身定制了一个"杂俎体"。李剑国命其为"志怪传奇杂事集",想来是"杂俎体"这个概念内涵的进一步明确。各家意见并不一致。此外还有较为随意的说法,比如称《酉阳杂俎》为小说家类的百科全书。

翻检目录即知,全书分为前集二十卷,续集十卷,各卷篇目多少不一,共计四十六篇:忠志、礼异、天咫、玉格、壶史、贝编、境异、喜兆、祸兆、物革、诡习、怪术、艺绝、器奇、乐、酒食、医、黥、雷、梦、事感、盗侠、物异、广知、语资、冥迹、尸穸、诺皋记(上、下)、羽篇、毛篇、鳞介篇、虫篇、木篇、草篇、肉攫部、支诺皋(上、中、下)、贬误、寺塔记(上、下)、《金刚经》鸠异、支动、支植(上、下)。举凡史志、礼仪、法律、外交、婚俗、丧葬、禁忌、传说、文身、杂技、道教、佛教、仙佛人鬼、方术征应、天文、地理、音乐、书法、文学、考证、壁画、建筑、交通、饮食、医药、器物、矿物、动物、植物等等,方内方外,细大不捐,尽皆囊括其中,故而面目极为驳杂,宜乎其有"百科全书"之称。

但这只是一个方面。驳杂面目之下,《酉阳杂俎》有个一以贯之的理念,那就是"志怪",不怪不奇者,不能入段氏法眼。故其书中所载之史事,非面折廷争从谏如流之类,而是鲜闻的残丛逸事,如本书第1.17条记载的玄宗对局将输,杨贵妃放康国猧子扰乱棋局,玄宗大悦,这是正史不载的,然而非常好玩。又其所载之逸闻,如第14.26条刘伯玉之妻性妒忌,伯玉常诵《洛神赋》,其妻妒而自沉,化为水神,但有美妇渡水,则风波暴发,如此伯玉之妻堪称古今第一醋神。又如第2.49条"纸月",第4.30条"飞头獠子",第5.1条"乞儿足书",第6.3条"水画",第6.12条"咸阳宫铜人",第7.2条"碧简杯",第8.4条"白舍人行诗图",第12.14条"莫才人",第12.20条"高力士脱靴",第16.35条"夜行游女",第17.47条"冷蛇",第18.12条"异果",第19.58条"梦草"等等,闻所未闻,举不胜举。综观全书,记民俗风情,必是独特奇异;植物草木,必是奇花异卉;释道典故,必是"事尤异者"。至于最为精彩的《诺皋记》诸篇,写鬼写妖,神奇怪异,变幻莫测,更高六朝人一筹,李剑国《唐五代志怪传奇叙录》说:"《诺皋》之记,皆以瑰丽警兀之笔述天地之奇,篇幅虽大都不及《玄怪》、《传奇》之长,然巧为幻设,工事藻绘,自非六朝志怪可比。"说部名著《西游记》、《聊斋志异》均受《酉阳杂俎》一书影响,其他白话小说和戏曲取资于此书者,亦不在少数。这些都已有学者指出。

正因为此,历代对此书评价都不低。宋代邓复《酉阳杂俎序》说:"成式出于将相之胄,袭平珪组之荣,而史氏称其博学强记,且多奇篇秘籍。今考其所论撰,盖有书生终身耳目之所不能及者,信乎其为博矣。"明代胡应麟《增校〈酉阳杂俎〉序》说:"志怪之书,自《神异》、《洞冥》下,无虑数十百家,而独唐段氏《酉阳杂俎》最为迥出。"《四库全书总目》则称其"自唐以来,推为小说之翘楚,莫或废也"。不过需要明确的是,这些评价并不意味着古人就充分认识到了《酉阳杂俎》一书的文学价值。因为说部之作在古代本就被贬为稗官野史,兼以唐诗光焰万丈长,唐文振起八代之衰,唐代的志怪传奇相形之下未免黯淡了些,所以这些看似不低的评价,若是还原到当时情境,也还并不算高。至于今天的文学史对其倨傲不屑,或是一笔带过,这种识见越发连古人都不如了。

　　而且,上引古人评价还都局限于传统的文学领域,并未清晰认识到《酉阳杂俎》一书的多学科性质。今天看来,这部奇书在其重大的文学价值之外,还有其他非常重要的价值。在语言学者眼中,《酉阳杂俎》是一座宝库。刘传鸿《〈酉阳杂俎〉校证:兼字词考释》前言说:"《杂俎》内容丰富,涉及诸多领域,既有段成式自创,也有引自前代文献者。这样的内容构成及来源特点决定了其语言成分的复杂性及丰富性,文中词汇覆盖面广,体现出不同的时代特色,而且用语不避俚俗,包含很多口语词,因此这部书也具有很大的语言学价值。"据学者统计,《汉语大词典》直接征引《酉阳杂俎》书证共一千多次,其中以《酉阳杂俎》中的词句作最早例证的词头就有近七百个。此外,如前所述,本书既具百科全书性质,它为历史学、民俗学、宗教学、生物学、美术学、烹饪学等诸多学科领域提供了丰富而珍贵的文献材料。

　　关于《酉阳杂俎》的版本问题。该书问世时,雕版印刷尚未盛行,可以推断其最初的传播形态应为抄本。到宋代以后,则以刻本形式流传。今据相关研究,知其基本情况如下:一、最早的刻本是南宋宁宗嘉定七年(1214)永康周登刻本,此后南宋还有两个刻本,均已不存。二、现今存世的版本全部为明清刻本。三、明代以来所有的版本,都出自现存的两个明初刻本,这两个刻本都无续集。四、今存刊行较早而流布较广的全帙本,是明神宗万历三十六年(1608)赵琦美脉望馆刻本,也是公认的最佳刻本,方南生点校《酉阳杂俎》、刘传鸿《〈酉阳杂俎〉校证:兼字词考释》、许逸民《酉阳杂俎校笺》均以此为底本。对版本问题如欲深究,可以参看方南生《〈酉阳杂俎〉版本流传的探讨》(《福建师大学报》1979年第3期)、李剑国《唐五代志怪传奇叙录》、潘建国《〈酉阳杂俎〉明初版本考——兼论其在东亚地区的版本传承关系》(台北东吴大学第一届中国古典文献国际研讨会论文集),以及刘传鸿校证本和许逸民校笺本的前言。

下面是译注说明。

近四十年来关于《酉阳杂俎》的研究,2000年以前成果不多,且主要集中于文献整理,以及作家生平和版本考订等,方南生的点校本(1981)和李剑国《唐五代志怪传奇叙录》(1993)关于《酉阳杂俎》的部分是这一时期的重要成果,另有日本学者今村与志雄早在1981年即已出版《酉阳杂俎》的日文注本。2000年以后,出现了明确以段成式或《酉阳杂俎》为研究对象的博士论文两篇、硕士论文十多篇(其他还有一些学位论文或多或少有所涉及);最近两年,又先后出版了刘传鸿《〈酉阳杂俎〉校证:兼字词考释》和许逸民《酉阳杂俎校笺》两部专著,把相关研究推进到一个新的高度。其余单篇论文有几十篇,此不述及。下面以时间顺序列出相关著作:

1. 方南生点校《酉阳杂俎》,中华书局,1981年。

2. (日)今村与志雄注《酉阳杂俎》,平凡社,1981年。

3. 金桑选译《酉阳杂俎》,浙江古籍出版社,1987年。

4. 李剑国《唐五代志怪传奇叙录》,南开大学出版社,1993年。

5. 曹中孚点校《酉阳杂俎》(《唐五代笔记小说大观》本),上海古籍出版社,2000年。

6. 许逸民注评《酉阳杂俎》,学苑出版社,2001年。

7. 郑暋暻《段成式的〈酉阳杂俎〉研究》,中国社会科学院博士论文,2002年。

8. 芮传明整理《酉阳杂俎》，山东画报出版社，2004 年。

9. 杜聪点校《酉阳杂俎》，齐鲁书社，2007 年。

10. 魏风华《唐朝的黑夜》，国际文化出版公司，2008 年。

11. 许智银《唐代临淄段氏家族文化与文学研究》，山东师范大学博士论文，2012 年。

12. 刘传鸿《〈酉阳杂俎〉校证：兼字词考释》，北京大学出版社，2014 年。

13. 许逸民《酉阳杂俎校笺》，中华书局，2015 年。

14. 轶凡《人迹板桥霜：浅说〈酉阳杂俎〉》，海燕出版社，2015 年。

本书的译注，即以上列著述为参考，其中今村与志雄注本因不懂日文未能借重。另有几点说明：

第一，全书主要内容分原文、注释、译文三大部分，各篇题目之下另有题解。

第二，本书除前集卷三以外，均以许逸民《酉阳杂俎校笺》为底本，同时重点参考刘传鸿《〈酉阳杂俎〉校证：兼字词考释》的校证和考释，以及方南生点校本的校勘成果。前集卷三"贝编"，则以刘传鸿校证本为底本，以许逸民校笺本和方南生点校本为参考。此外，也参考了曹中孚点校本(该本以学津本为底本)。

第三，原文文字严格依从底本，如有校改必据上述诸本，根据丛书统一体例不出校记。断句标点与底本有出入者，或是据参校版本改动，或是译注者断以己意，不另作说明。

第四，注释力求简明，一般不作繁琐征引或考证，有的地方段氏原文与所据文献有明显出入，则酌情征引，以便研读。本书重复出现的词目，首次作详细注释，其后则作简释，并说明参见某某条，本书各条均有编号，可以很方便地翻检查阅。文中出现的诗歌，不作今译，但注释则尽可能详尽，有的地方也尽量作些必要的解说，以便读者借助注释即可看懂。骈文或对句之类，今译时尽量存其原有的骈偶形式。译文遵循直译原则,有的地方为求通畅则采取意译。

第五,原文条目分合的问题。各个版本条目数量多寡不同,时有不应分而分,不应合而合的情况,这不但见于前代刻本,即现在的各整理本也都有类似情况,译注时则严格遵从使用的底本,偶或遵从参校本,没有译注者自行分合的情况。

第六,关于本书各条原文编号的问题。方南生校点本分前集、续集对所有条目统一编号,前集二十卷共计 910 条,续集十卷共计 378 条。刘传鸿校证本则分卷逐条编号,其编号不著分卷信息。许逸民校笺本没有编号。为阅读方便计,笔者对全书所有条目逐一分卷编号,且明确分卷信息,如第 1.1 条即指前集卷一第 1 条,第 20.20 条即指前集卷二十第 20 条,第 X1.1 条即指续集卷一第 1 条,第 X2.2 条即指续集卷二第 2 条,依此类推,共编前集二十卷计 895 条,续集十卷计 380 条。另外,本书末附有许逸民《〈酉阳杂俎〉辑佚》39 条,也另作编号(Y1、Y2、Y3……)。

《酉阳杂俎》的确是一部很有趣的书。面对着无书不读无书不晓的段成式,一人之力作此译注,实难臻善。幸有许逸民、刘传鸿两位先生大著可以借鉴,扫除了不少拦路虎。尤其是在原文校证方面,大量吸收了刘传鸿先生的成果,因为体例没有校记,在这里特别说明,并向刘传鸿先生深致谢意。读者朋友如需深入研究《酉阳杂俎》,刘著是必须重点参考的。

从元月中旬接到这项工作起,一直埋头其间,专于其务。辜负三春桃李,眼看长夏过半,如今书稿终于赶完了,但并不如释重负,反而心怀忐忑。这部书涉及很多陌生的专业领域,尤其是前集卷二、卷三,续集卷五、卷六的许多内容,源自道书和佛经,道非常道,而佛法无边,笔者管窥蠡测,妄作解人,谬误之处所在多有,敬请读者批评指正。

二〇一六年夏,成都,草堂北路

序

　　夫《易·象》"一车"之言①，近于怪也；《诗》人"南淇之奥"②，近乎戏也。固服缝掖者肆笔之余③，及怪及戏，无侵于儒。无若《诗》、《书》之味大羹④，史为折俎⑤，子为醯醢也⑥。炙鸮羞鳖⑦，岂容下箸乎？固役而不耻者，抑志怪小说之书也⑧。成式学落词曼⑨，未尝覃思⑩，无崔骃真龙之叹⑪，有孔璋画虎之讥⑫。饱食之暇，偶录记忆，号《酉阳杂俎》，凡三十篇，为二十卷⑬，不以此间录味也⑭。

【注释】

①《易》：本为古代卜筮之书，有《连山》、《归藏》、《周易》三种，今存《周易》，为儒家"五经"之一。《象》：《象传》，对《周易》的卦爻辞的解释。"一车"之言：《周易·暌卦》："上九：暌孤见豕负涂，载鬼一车。"李镜池《周易通义》解释说："载着一车像鬼一样奇形怪状的人。'鬼'是图腾打扮。每个氏族有自己的图腾，多以动物为标志。族外婚时，打扮自己的图腾，以示区别。"

②《诗》：即《诗经》，儒家"五经"之一。南淇之奥（yù）：《诗经·淇奥》："瞻彼淇奥，绿竹如箦。有匪君子，如金如锡，如圭如璧。宽

兮绰兮,猗重较兮。善戏谑兮,不为虐兮。"郑玄解释说:"君子之
德,有张有弛。故不常矜庄,而时戏谑。"

③服缝掖者:代指儒者。缝掖,也作"逢掖"。《礼记·儒行》记载孔
子自己的话说:"丘少居鲁,衣逢掖之衣。"

④《书》:即《尚书》,儒家"五经"之一。大羹:祭祀时所用的肉羹。
《左传·桓公二年》:"大羹不致。"杨伯峻注:"大羹,肉汁也。不
致,不以酸、苦、辛、咸、甘五味为调和,唯煮之而已。祭祀用
大羹。"

⑤折俎(zǔ):这里代指宴礼所设之肴烝。俎,祭祀或宴会时盛放牲
肉的礼器。《左传·宣公十六年》:"王享有体荐,宴有折俎。"杨
伯峻注:"折俎即肴烝,因折断其骨节而后置之俎上,故亦曰
折俎。"

⑥醯醢(xī hǎi):肉酱。醯,醋。醢,鱼肉等制成的酱。

⑦炙鸮羞鳖(biē):指野味。与正味相对。炙鸮,语出《庄子·
齐物论》:"见卵而求时夜,见弹而求鸮炙。"炙,烧烤。鸮,又名
"鹏鸟",猫头鹰。羞鳖,语出《国语·鲁语》下:"公父文伯饮南宫
敬叔酒,以露睹父为客。羞鳖焉,小。睹父怒,相延食鳖,辞曰:
'将使鳖长而后食之。'遂出。"羞,进献。

⑧抑:或者。志怪小说:记录神、仙、鬼、怪、妖、异之类的丛残琐记。
先秦至西汉时有小说家一派,杂记各类街谈巷语及古事琐闻。
《汉书·艺文志》:"小说家者流,盖出于稗官。街谈巷语,道听涂
说者之所造也。孔子曰:'虽小道,必有可观者焉,致远恐泥,是
以君子弗为也。'"

⑨落:通"络",缠杂。曼:通"蔓",枝蔓,没有条理。

⑩覃(tán)思:深思。

⑪崔骃真龙之叹:据《后汉书·崔骃传》记载,崔骃作《四巡颂》以称
颂汉德,文辞典美,汉章帝大为叹赏;侍中窦宪爱重班固而忽视

崔骃，章帝谓窦宪此举为叶公好龙，言下之意，窦宪有眼不识崔骃这条真龙(真正的人才)。

⑫孔璋：即为陈琳(156—217)，字孔璋，东汉末广陵射阳(今江苏宝应)人。"建安七子"之一。曹植在《与杨德祖书》一文中说，陈琳并不擅长辞赋，却经常自称与司马相如同一风致，曹植称陈琳此举为"画虎不成还为狗"，就写了封信嘲笑他，结果陈琳反而到处宣扬说曹植称赞他的文章。

⑬凡三十篇，为二十卷：这里所说的篇数和卷数，当指前集而言，并不包括后来的续集。篇数也和今本有出入。

⑭不以此间录味也：本句疑有文字脱漏。

【译文】

《周易·象传》"载鬼一车"的话，近于怪诞；《诗经》中的"南淇之奥"一诗，近于戏谑。儒士在著书立说之余，笔涉怪诞和戏谑，本就无损于儒道。本书不像《诗经》、《尚书》等经部之作那样味如大羹，不像史部味如肴烝，也不像子部味如肉酱。这部书就如炙鸱羞鳖之类的野味，达人君子岂肯动筷子？我之所以执着于此，不以为耻，或许因为这是独具特色的志怪小说之书吧。本人所学，杂乱无章，表达没有条理，也不曾深入思考，不像崔骃那样具有真才实学，只会如陈琳那样招致画虎类犬的嘲笑。饱食之余，偶尔抄录所记怪异之事，命名为《酉阳杂俎》，总共三十篇，编为二十卷，这本书里就不记录那些大羹、肴烝之类的正味了。

忠志

【题解】

"忠志"的意思究竟为何,有不同的说法。这里解释为"如实记录",即史家所说的"实录"。这一部分共有二十条,记载唐朝皇帝的奇闻轶事,涉及高祖、太宗、高宗、武则天、中宗、睿宗、玄宗、肃宗、代宗九位君主,其中如高祖破毋端兒、骨利幹国献马、白鹊构巢、中宗三月三日赐细柳圈、寿安公主、代宗时楚州献定国宝各条,并见于正史《旧唐书》、《新唐书》或《资治通鉴》。另外一些则为正史所不载,具有一定的史料价值。

1.1 高祖少神勇①。隋末,尝以十二人破草贼号毋端兒数万。又龙门战②,尽一房箭③,中八十人。

【注释】

①高祖:即为唐高祖李渊(566—635),陇西成纪(今甘肃秦安)人。隋末为太原留守,义宁二年(618)逼隋恭帝杨侑禅位,建立唐朝,建元武德。

②龙门:在今山西河津西北。

③房:箭袋。

【译文】

高祖年轻时非常勇猛。隋朝末年,曾经带领十二人打败了山贼毋端兒为首的数万之众。又在龙门一战中,射光了一袋箭,射中了八十个人。

1.2 太宗虬须^①,尝戏张弓挂矢,好用四羽大笴^②,长常箭一扶^③,射洞门阖^④。

【注释】

①太宗:即为唐太宗李世民(599—649)。高祖李渊次子。武德九年(626)发动玄武门之变,杀其兄建成与弟元吉,得为太子,随后即皇帝位。在位二十余年,励精图治,国力强盛,史称"贞观之治"。贞观二十三年(649)崩,葬昭陵。虬须:卷曲的胡须。

②四羽大笴(gě):杆尾扎有四根羽毛的大箭。笴,箭杆。这里代指箭。

③扶(fū):古代长度单位,以一指宽度为寸,四指宽度为扶。

④门阖(hé):门扇。

【译文】

太宗长着卷曲的胡须,曾经戏耍着用胡须拉弓搭箭,他喜欢用四羽大箭,这种箭要比普通箭长四寸,可射穿门板。

1.3 上尝观渔于西宫^①,见鱼跃焉,问其故。渔者曰:"此当乳也^②。"于是中网而止^③。

【注释】

①上:皇上。这里指唐太宗李世民。西宫:即弘义宫。据宋王溥

《唐会要》卷三〇，唐高祖武德五年（622）七月营建弘义宫，以秦

王李世民有克定天下之功，使居此宫。《资治通鉴》卷一九一：

"建成夜召世民，饮酒而酖之，世民暴心痛，吐血数升，淮安王神

通扶之还西宫。"据胡三省注，这里的西宫，即弘义宫。

②乳：这里的意思是产子。

③中网：半途收网。

【译文】

太宗曾经在西宫观赏捕鱼，看见鱼儿跃出水面，就问其中的缘故。

渔夫说："这是鱼儿正在产子。"太宗于是下令收网，取消了这次捕鱼。

1.4 骨利幹国献马百匹[①]，十匹犹骏[②]，上为制名。决波

骦者[③]，近后足有距[④]，走历门三限不踬[⑤]，上犹惜之。隋内

库有交臂玉猿[⑥]，二臂相贯如连环，将表其慧[⑦]。上后尝骑与

侍臣游，恶其饰，以鞭击碎之。

【注释】

①骨利幹国：古国名。敕勒诸部之一，其地在今俄罗斯贝加尔湖

一带。

②犹：通"尤"，尤其，特别。

③决波骦（yú）：据宋王溥《唐会要》卷七二记载，唐太宗贞观二十一

年（647）八月十七日，骨利幹国遣使朝贡，进献百匹良马，其中十

匹尤为雄骏，太宗深以为奇，为这十匹马一一命名，其一为腾云

白，二为皎雪骢，三为凝露白，四为玄光骢，五为决波骦，六为飞

霞骠，七为发电赤，八为流金䭀，九为翔麟紫，十为奔虹赤，总称

"十骥"。骦，紫色马。

④距：雄鸡跗跖骨后突出如趾的尖骨。这里指马足相应部位的

尖骨。

⑤限：门槛。踬(zhì)：绊倒。

⑥内库：皇宫中的府库。交臂：臂膊相交。

⑦将：以，用。表：装饰。辔：缰绳，辔头。

【译文】

骨利幹国进贡了一百匹名马，其中十匹马特别雄骏，太宗为这十匹马一一取名。名叫决波騟的那匹马，靠近后蹄的部位长有尖骨，奔腾起来连越三道门槛也不会失足绊倒，太宗对其尤为珍爱。隋朝皇家府库中有一件玉石雕成的猿猴，两臂相交连贯，好像连环一样，被用来装饰在辔头上。后来有一次太宗骑着决波騟与侍臣出游，厌恶这件装饰品，举鞭把它击碎了。

1.5 贞观中①，忽有白鹊构巢于寝殿前槐树上，其巢合欢如腰鼓②。左右拜舞称贺。上曰："我尝笑隋炀帝好祥瑞③。瑞在得贤，此何足贺!"乃命毁其巢，鹊放于野外。

【注释】

①贞观：唐太宗李世民年号(627—649)。

②合欢：这里是相聚、连结的意思。

③隋炀帝：即为杨广(569—618)。文帝次子。仁寿四年(604)弑父自立，改元大业；在位骄奢淫逸，穷兵黩武，是历史上有名的暴君。祥瑞：吉祥的征兆。

【译文】

贞观年间，忽然有白喜鹊在寝殿前的槐树上搭窝，窝由两个半圆连结在一起，就像腰鼓的形状。侍臣们向太宗叩拜祝贺。太宗说："我曾经嘲笑隋炀帝迷信祥瑞。真正的祥瑞在于得到贤才，这种事情有什么值得祝贺的呢!"就让人将鹊巢折掉,把白喜鹊放到野外去了。

1.6 高宗初扶床①,将戏弄笔,左右试置纸于前,乃乱画满纸,角边画处,成草书"敕"字②。太宗遽令焚之,不许传外。

【注释】

①高宗:即为唐高宗李治(628—683)。太宗第九子。贞观十七年(643)册为皇太子,二十三年(649)即位,弘道元年(683)崩,葬乾陵。扶床:扶床学步,谓年幼。床,供人坐卧的器具。

②敕(chì):皇帝的命令或诏书。

【译文】

高宗初学走路的时候,想要玩笔,侍从尝试在他面前放上一张纸,高宗就满纸乱笔涂鸦,纸的边角之处,笔画像是草书的"敕"字。太宗让人赶紧把纸烧掉,不许外传。

1.7 则天初诞之夕①,雌雉皆雊②。右手中指有黑毫,左旋如黑子,引之,长尺余。

【注释】

①则天:即为武则天(624—705),名曌(zhào),并州文水(今属山西)人。十四岁入宫,为唐太宗才人,太宗崩,削发为尼。高宗时,复召立为昭仪,永徽六年(655)立为皇后。中宗即位,武则天以皇太后临朝称制。载初元年(689),则天自立为圣神皇帝,改唐为周,史称"武周"。神龙元年(705),张柬之等发动政变,中宗复位,武则天徙居上阳宫,去帝号,同年十一月崩。

②雉(zhì)：野鸡。雊(gòu)：野鸡鸣叫。古人认为野鸡鸣叫是一种
变异之兆。

【译文】

武则天出生的那个晚上，雌野鸡都鸣叫不休。她的右手中指有黑色的细毛，向左盘卷起来就像一个黑点，拉伸开来，有一尺多长。

1.8 骆宾王为徐敬业作檄①，极疏大周过恶②。则天览及"蛾眉不肯让人"③，"狐媚偏能惑主"④，微笑而已。至"一抔之土未干⑤，六尺之孤安在⑥"，不悦，曰："宰相何得失如此人！"

【注释】

①骆宾王(627？—684？)：字观光，婺州义乌(今属浙江)人。"初唐四杰"之一。曾任临海县丞。光宅元年(684)随徐敬业起兵反武则天，兵败后下落不明。徐敬业(？—684)：即为李敬业，曹州离狐(今山东东明)人。英国公李勣(徐世勣)长孙。武后临朝，废黜中宗，李敬业遂以复中宗位为名起兵反武则天，兵败被杀。檄(xí)：官府用以征召、晓谕或声讨的文书，这里指骆宾王的名文《代李敬业传檄天下文》(或作《讨武曌檄》、《代李敬业以武后临朝移诸郡县檄》)。

②周：唐朝时，武则天临朝执政，改国号周(690—704)。按，骆宾王作檄之时，武则天尚未称帝改国号周。

③蛾眉：女子长而美的眉毛。此处代指美人。

④狐媚：传说狐狸善以媚态迷惑人，故称"狐媚"。

⑤一抔(póu)之土：语出《史记·张释之冯唐列传》："假令愚民取长陵一抔土，陛下何以加其法乎？"这里代指高宗乾陵。抔，双手一

掬为一抔。弘道元年(683)唐高宗崩,次年八月葬乾陵,九月李敬业扬州起兵,故称"抔土未干"。

⑥六尺之孤:指未成年的孤儿。这里特指幼小之君。《论语·泰伯》:"可以托六尺之孤,可以寄百里之命。"当时中宗已废为庐陵王,迁于房州,故曰"六尺之孤安在"。

【译文】

骆宾王替徐敬业起草了一篇檄文,详细列举了大周的种种过失和罪恶。武则天看到"蛾眉不肯让人","狐媚偏能惑主"两句时,只是微笑罢了。阅至"一抔之土未干,六尺之孤安在",很不高兴地说:"宰相怎么能遗漏了这样的人才!"

1.9 中宗景龙中①,召学士赐猎②,作吐陪行③,前方后圆也。有二大雕④,上仰望之,有放挫啼曰⑤:"臣能取之。"乃悬死鼠于鸢足⑥,联其目⑦,放而钓焉,二雕果击于鸢盘⑧。狡兔起前,上举挝击毙之⑨。帝称:"那庚⑩!"从臣皆呼万岁。

【注释】

①中宗:即为唐中宗李显(656—710)。高宗第七子。弘道元年(683)即位,皇太后武则天临朝称制。光宅元年(684)被废,神龙元年(705)复位,景龙四年(710)崩,葬定陵。景龙:中宗年号(707—710)。

②学士:职官名。六朝时征文学之士主掌典礼、编纂、撰述诸事,通称学士;唐朝中宗时,于修文馆置大学士四员、学士八员、直学士十二员,以象四时、八节、十二月;玄宗开元年间始置学士院,官员称翰林学士,掌起草皇帝诏命。

③吐陪:或为"吐蕃"之误。详本条注⑩。

④雕：也称为"鹫"。一种大型猛禽，视觉敏锐，飞行力强。

⑤放挫啼：吐蕃人名。详本条注⑩。

⑥鸢（yuān）：这里指纸鸢，鸟状的风筝。

⑦目：网眼。这里代指捕鸟的网。

⑧鸢盘：可能指风筝上缠绕的捕鹰网。

⑨挝（zhuā）：鞭、棰一类的兵器。

⑩那庚：聪明。彭向前《胡语考释四则》（《青海民族大学学报・社会科学版》2012年第3期）："唐中宗景龙年间曾将金城公主下嫁给吐蕃赞普赤带珠丹。引文中的'吐陪'应该就是'吐蕃'。'作吐陪行，前方后圆也'，意思是出猎队伍模仿吐蕃人的方式，前面是方阵形，后面则围成圆形。放挫啼应该是吐蕃人，他建议唐中宗采取'悬死鼠于鸢足，联其目，放而钓焉'的猎雕办法。猎获大雕后，唐中宗对放挫啼'称那庚'，'那庚'当为吐蕃语，具体地说，'那庚'应该是吐蕃词语 རྣམ་མཁས（rnan-mkhas）的音译，意思大致是'聪慧'。"

【译文】

中宗景龙年间，召集学士们一起狩猎，出行队伍模仿吐蕃行阵，前方后圆。有两只大雕在空中飞翔，中宗抬头仰望，放挫啼说："微臣我能猎取这两只雕。"于是在纸鸢上系着死老鼠，并和捕鸟的网联在一起，然后把纸鸢放上去，就像钓鱼一样，两只大雕果然在鸢盘上相互攻击争夺死鼠。这时有只野兔突然在马前跃起，被中宗举起挝打死了。中宗称赞放挫啼说："聪明！"群臣齐呼万岁。

1.10 三月三日①，赐侍臣细柳圈②，言带之免蛊毒③。

【注释】

①三月三日：上巳节。汉代以前以农历三月上旬巳日为上巳，魏晋

以后定为三月三日。《后汉书·礼仪志上》："是月上巳，官民皆

絜于东流水上，曰洗濯祓除，去宿垢疢，为大絜。"

②赐侍臣细柳圈：《新唐书·李适传》："凡天子飨会游豫，唯宰相及

学士得从。春幸梨园，并渭水祓除，则赐细柳圈辟疠；夏宴蒲萄

园，赐朱樱；秋登慈恩浮图，献菊花酒称寿；冬幸新丰，历白鹿观，

上骊山，赐浴汤池，给香粉兰泽，从行给翔麟马，品官黄衣各一。"

③虿（chài）：蝎子一类毒虫。

【译文】

三月三日这天，中宗赐给侍臣细柳圈，据说带上可以防范毒虫。

1.11 寒食日①，赐侍臣帖彩毬、绣草宣台②。

【注释】

①寒食日：即寒食节。在清明节前一两天。据《左传》记载，春秋时

期晋国介之推随从重耳出亡十九年，重耳回国后为晋文公，赏赐

随从出亡者，介之推逃避受封，隐于山中，晋文公下令焚山，以为

可以逼迫他出来，结果介之推拒不出山，竟抱着树被烧死了。文

公为示纪念，于是禁止在介之推死的那一天生火做饭，只吃冷

餐。自此相沿成俗，为寒食节。

②毬：古时习武用的皮球，革制，以毛填充，足踢或杖击为戏。绣草

宣台：不详何物。

【译文】

寒食节这天，中宗赐给侍臣帖彩毬、绣草宣台。

1.12 立春日，赐侍臣彩花树①。

【注释】

①彩花树:据《太平御览》卷二〇引《唐书》,唐中宗景龙四年(710)
正月八日立春,皇帝命侍臣自芳林门入,至望春宫迎春,每人赏
赐一枝彩花树。

【译文】

立春这天,中宗赐给侍臣彩花树。

1.13 腊日①,赐北门学士口脂、蜡脂②,盛以碧镂牙筒③。

【注释】

①腊日:古代于腊月祭祀祖先及百神,后来受佛教影响,以腊月八
日(释迦牟尼成道日)为祭祀日,又称"腊八"。

②北门学士:唐高宗时诏令弘文馆直学士刘祎之、著作郎元万顷等
参加修撰,并于翰林院草制,以分宰相之权;其人常从皇宫北门
出入,故时称"北门学士"。口脂:唇膏,可防寒冻燥裂。蜡脂:应
是与口脂同类的护肤用品。

③碧镂牙筒:镶嵌碧玉的雕花象牙筒。镂,雕刻。

【译文】

腊日这天,皇帝赐给北门学士口脂、蜡脂,盛装在碧镂牙筒里。

1.14 上尝梦日乌飞①,蝙蝠数十逐而堕地。惊觉,召万
回②,僧曰:"大家即是上天时③。"翌日而崩④。

【注释】

①日乌:太阳中的神鸟三足乌。

②万回:唐代高僧,俗姓张,虢州阌乡(今河南灵宝西北)人。唐郑

繁《开天传信记》：“兄被戍役安西，音问隔绝。父母谓其诚死，日夕涕泣而忧思也。……万回曰：'详思我兄所要者，衣装糗粮巾履之属，悉备之，某将觐焉。'忽一日朝赍所备而往，夕返其家，告父母曰：'兄平善矣。'发书视之，乃兄迹也，一家异之。弘农抵安西万余里，以其万里而回，故谓之'万回'也。”另参本书3.57条。

③大家：亲近侍从或后妃对皇帝的称呼。据《旧唐书·李辅国传》记载，唐代宗即位后，李辅国恣肆专横，有一次竟然私下里对皇帝说：“大家但内里坐，外事听老奴处置。”

④翌（yì）日：第二天。

【译文】

中宗曾梦见一只三足乌在飞，被几十只蝙蝠追逐而掉落到地上。中宗吓醒了，召见万回和尚询问吉凶，万回说：“皇上您这是要到天上去了。”第二天，中宗就驾崩了。

1.15　睿宗尝阅内库①，见一鞭，金色，长四尺，数节有虫啮处②，状如盘龙，靶上悬牙牌③，题“象耳皮”④，或言隋宫库旧物也。

上为冀王时⑤，寝斋壁上蜗迹成“天”字，上惧，遽扫之。经数日如初。及即位，雕玉、铸黄金为蜗形，分置于释道像前⑥。

【注释】

①睿宗：即为唐睿宗李旦（662—716）。高宗第八子，武则天幼子，中宗李显同母弟。光宅元年（684）武后临朝，废中宗，立李旦为帝，是为睿宗。神龙元年（705）中宗复位，拜李旦为司徒。景云元年（710）其子李隆基发动政变，拥其为帝。延和元年（712）禅

位于李隆基（玄宗）。卒葬桥陵。

②啮（niè）：咬。

③靶：刀剑等物体上便于手拿的部分。牙牌：用象牙或骨角制成的记事牌。

④皮：或作"鞭"字。

⑤上为冀王时：《旧唐书·睿宗纪》："龙朔二年六月己未，生于长安。其年封殷王，遥领冀州大都督、单于大都护、右金吾卫大将军。……总章二年，徙封冀王。"

⑥释道：佛教和道教。

【译文】

睿宗曾经查看府库，看到一条金色的鞭子，有四尺长，其中几节有虫蛀的痕迹，形状像是盘曲的龙，手把上悬着一个牙牌，上面写着"象耳鞭"，有人说这是隋朝皇家府库的旧物。

睿宗当年为冀王的时候，寝室墙壁上有蜗牛爬过的痕迹，就像一个"天"字，睿宗非常害怕，赶紧把痕迹除掉。过了几天，又出现蜗牛爬过的相同痕迹。即位以后，睿宗就雕玉、铸黄金做成蜗牛形状，分别摆放在佛、道二教的神像前。

1.16 玄宗①，禁中尝称阿瞒②，亦称鸦。寿安公主，曹野那姬所生也③。以其九月而诞，遂不出降④。常令衣道服，主香火。小字虫娘⑤，上呼为师娘⑥。为太上皇时，代宗起居⑦，上曰："汝在东宫⑧，甚有令名。"因指寿安："虫娘是鸦女，汝后与一名号。"及代宗在灵武⑨，遂令苏发尚之⑩，封寿安焉。

【注释】

①玄宗：即为唐玄宗李隆基（685—762）。睿宗李旦第三子。韦后

杀中宗，立温王，李隆基密谋起兵，杀韦氏，拥父睿宗复位。延和元年（712）受禅。即位后，任用姚崇、宋璟为相，政治清明，国力强盛，史称"开元盛世"。晚年倚任李林甫、杨国忠，吏治腐败，天宝十四载（755）发生安史之乱，次年六月避乱入蜀，太子李亨即位于灵武（今属宁夏回族自治区），尊为太上皇。至德二载（757）返回长安（今陕西西安）。上元元年（760）徙居西内，抑郁而终，葬泰陵。

②禁中：天子居住的地方。以门户有禁，非侍卫及通籍之臣不得入内，故称。

③曹野那姬：据葛承雍《曹野那姬考》（《中国史研究》2007年第4期）：曹国是粟特地区的一个重要国家，地跨今天的塔吉克斯坦和乌兹别克斯坦，唐代史书称其本土为"苏对沙那"。"野那"（Yānakk）二字是汉文转写，其粟特语原意是"最喜欢的人"；曹野那姬很可能是开元年间曹国进贡的胡旋女，能歌善舞，仪态万方，得以进入后宫，受到皇帝的宠爱。

④出降（jiàng）：公主下嫁。因帝王至尊，故称"降"。

⑤虫娘：葛承雍《曹野那姬考》："虫娘之'虫'或许应为'冲'字，尽管唐音中'虫'与'冲'因不同声系不能通假，但在粟特人宗教节日信仰中，太阳和月亮的合日是不祥的征兆，在这一天，神灵不仅考验人们的贪婪，而且神灵使人神志模糊。所以，合日就是冲日。曹野那姬怀孕九月生下女儿，不仅按古人说法不足十月，而且这一天遇到'月食'或'日食'，月亮盈亏造成'霉运'，影响人的一生不吉利，'冲'了好日子，因而唐玄宗'恶之'，甚至长大也因八字冲人克夫'遂不出降'，不好嫁人。这样按照当时皇家公主信仰道教惯例，让她穿羽衣，在宫内道家坛观消灾趋吉，所以玄宗又从五行生克为出发点，弥补缺憾选择称呼她为'师娘'。后来此事衍生传出宫廷外，人们以讹传讹，误以为是'虫'字。"可备

一说。

⑥师娘：女巫。寿安公主身着道服，主香火，故称"师娘"。

⑦代宗：即为唐代宗李豫（726—779），初名俶。肃宗长子。宝应元年（762）即位。大历十四年（779）崩，葬元陵。起居：向尊长请安问候。

⑧东宫：太子所居之宫。

⑨灵武：唐李吉甫《元和郡县图志》卷四"灵州"："开元二十一年，于边境置节度使，以遏四夷，灵州常为朔方节度使理所。……天宝元年，又改为灵武郡。至德元年，肃宗幸灵武即位，升为大都督府。乾元元年，复为灵州。"

⑩尚：专指娶公主为妻。

【译文】

玄宗在宫中的小名叫阿瞒，又名鸦。寿安公主是曹野那姬所生。因为公主才九个月就出生了，所以一直没有让她出嫁。玄宗经常让她穿着道姑的衣服，主持宫中的香火。公主小名叫虫娘，玄宗叫她师娘。玄宗当太上皇的时候，有一次代宗请安问候，玄宗说："你在东宫名声很好。"又指着虫娘对他说："这是我女儿，你以后给她一个名号吧。"后来代宗在灵武时，让苏发迎娶了虫娘，并封她为寿安公主。

1.17　天宝末①，交趾贡龙脑②，如蝉蚕形。波斯言老龙脑树节方有③，禁中呼为瑞龙脑，上唯赐贵妃十枚④，香气彻十余步。上夏日尝与亲王棋⑤，令贺怀智独弹琵琶⑥，贵妃立于局前观之。上数枰子将输，贵妃放康国猧子于坐侧⑦。猧子乃上局，局子乱，上大悦。时风吹贵妃领巾于贺怀智巾上，良久，回身方落。贺怀智归，觉满身香气非常，乃卸幞头贮于锦囊中⑧。及上皇复宫阙⑨，追思贵妃不已，怀智乃进所贮幞头，具奏他日事。上皇发囊，泣曰："此瑞龙脑香也。"

【注释】

①天宝：唐玄宗年号（742—756）。

②交趾：古地名。在今越南河内西北。龙脑：龙脑树树干所含油脂的结晶，今称樟脑。（美）爱德华·谢弗《唐代的外来文明》（吴玉贵译本）："在中世纪的中国，婆罗洲樟脑有两个很流行的名称……另一个名称叫'龙脑香'。那些从海外带来的、奇异而珍贵的物质，很容易使人们在想像中将它们与主宰大海的龙联系起来，人们将'阿末香'叫做'龙涎香'也是同样的道理。"

③波斯：古国名。波斯帝国势力极盛时，其疆域横跨欧、亚、非三大洲。

④贵妃：即为杨贵妃（719—756），小字玉环，蒲州永乐（今山西永济东南）人。资质丰艳，通音律，善歌舞。初为玄宗子寿王李瑁妃，开元年间入宫，深得玄宗宠爱。天宝四载（745）封贵妃。安史乱起，随玄宗奔蜀，至马嵬驿（在今陕西兴平西），禁军大将陈玄礼发动兵变，被缢死。两《唐书》均有传。

⑤亲王：即为宁王李宪（679—742）。玄宗兄长。唐李冗《独异志》卷下："玄宗偶与宁王博，召太真妃立观。俄而风冒妃帔，覆乐人贺怀智巾帻，香气馥郁不灭。"

⑥贺怀智：唐玄宗时的琵琶高手。唐郑处诲《明皇杂录》："天宝中，上命宫女数百人为梨园弟子，皆居宜春北院。上素晓音律，时有马仙期、李龟年、贺怀智，洞知音律。"

⑦康国：西域古国。其地在今中亚撒马尔罕以北，太宗时内附唐朝，高宗时置康居都督府。猧（wō）子：小狗。

⑧幞（fú）头：男子束发用的头巾。

⑨上皇复宫阙：安史之乱起，玄宗奔蜀，太子李亨在灵武即位，尊玄

宗为太上皇。至德二载（757），长安收复，肃宗遣使奉迎玄宗
还京。

【译文】

　　天宝末年，交趾国进贡龙脑香，好像蝉或蚕的形状。波斯人说这种香要很老的龙脑树的树干上才有，皇宫里的人都称之为瑞龙脑，玄宗只给杨贵妃一人赏赐了十枚，香气弥漫有十多步远。夏天，玄宗和宁王对弈，让贺怀智独奏琵琶，贵妃站在一边观棋。玄宗计算棋子要输了，贵妃就故意把康国的小狗放在座位旁边。小狗爬上棋盘，搅乱了棋局，玄宗非常开心。这时，微风吹来，把贵妃的领巾吹落到贺怀智的头巾上，过了好一阵，贺怀智转身的时候才掉到地上。贺怀智回家以后，闻到自己全身香气浓郁，于是就取下头巾珍藏在锦囊中。等玄宗从蜀地回到宫阙，追思贵妃，情不能自已，贺怀智就献上自己珍藏的头巾，详细陈奏了这件事的来龙去脉。玄宗打开锦囊，流着泪说：“这是瑞龙脑的香气啊。”

　　1.18 安禄山恩宠莫比①，锡赉无数②。其所赐品目有：桑落酒③，阔尾羊窟利④，马酪⑤，音声人两部⑥，野猪鲊⑦，鲫鱼并鲙手刀子⑧，清酒⑨，大锦，苏造真符宝舁⑩，余甘煎⑪，辽泽野鸡⑫，五术汤⑬，金石凌汤一剂及药童昔贤子就宅煎⑭，蒸梨，金平脱犀头匙箸⑮，金银平脱隔馄饨盘⑯，平脱著足叠子⑰，金花狮子瓶，熟线绫接勒⑱，金平脱大马脑盘⑲，银平脱破觚⑳，八角花鸟屏风，银凿镂铁锁，帖白檀香床，缘白平䌷背席㉑，绣鹅毛毡兼令瑶、令光就宅张设㉒，金鸾紫罗绯罗立马，宝鸡袍㉓，龙须夹帖席㉔，八斗金渡银酒瓮㉕，银瓶平脱掏魁织锦筐，银笊篱㉖，银平脱食台盘，油画食藏㉗。又贵妃赐禄山金平脱装具玉合㉘，金平脱铁面碗。

【注释】

①安禄山(703—757)：胡人，本姓康，初名轧荦山，唐代营州柳城（今辽宁朝阳）人。母嫁突厥人安延偃，改姓安，更名禄山。玄宗时，官平卢、范阳、河东三镇节度使。天宝十四载(755)冬在范阳起兵叛乱，陷洛阳，自称雄武皇帝，国号燕。又破潼关，陷长安。后为其子安庆绪所杀。两《唐书》有传。按，本条可与唐姚汝能《安禄山事迹》互参。

②锡赉(cì lài)：赏赐。锡，通"赐"。赉，赏赐。

③桑落酒：一种名酒，最早记载见于北魏郦道元《水经注》卷四。杜甫《九日杨奉先会白水崔明府》："坐开桑落酒，来把菊花枝。"赵次公注解说："桑叶落，则菊花开之时。当桑叶落而酒熟，乃饮酒之候矣。"

④阔尾羊：或是因尾部阔大而命名的一种羊。窟利：一种肉制品，或为肉干。唐张鷟《朝野佥载》："唐天后中，尚食奉御张思恭进牛窟利，上蚰蜒大如箸。"

⑤马酪(lào)：马奶酒。《汉书·礼乐志》："师学百四十二人，其七十二人给大官挏马酒。"颜师古注解说，马酪味道类似酒，饮用也可醉人，所以称作马酒。

⑥音声人：《新唐书·礼乐志十二》："唐之盛时，凡乐人、音声人、太常杂户子弟隶太常及鼓吹署，皆番上，总号音声人，至数万人。"

⑦鲊(zhǎ)：经过加工的鱼类制品。这里泛指腌制食品。

⑧鲙(kuài)手刀子：厨师所用刀具。鲙手，厨师。

⑨清酒：滤除渣滓之后的美酒。李白《行路难》："金樽清酒斗十千。"

⑩轝(yú)：同"舆"。

⑪余甘煎：一种汤剂。余甘，即余甘子，味苦回甘，故名"余甘"，主风虚热气。

⑫辽泽：今辽河中下游。

⑬五术（zhú）：不详。

⑭金石凌汤：一种中药汤剂。昔贤子：应为药童名字。或因此汤剂
制作复杂，需要经过训练的药童煎制。

⑮平脱：古代漆器工艺。把镂成花纹图案的金银薄叶，用胶漆贴在
所制器物表面，重新上漆，加工细磨，使花纹脱露。这种工艺在
唐代最盛。

⑯馄饨（hún tún）：古代食品，薄面裹肉，或蒸或煮而食之。

⑰叠子：碟子。

⑱熟线绫：一种特制丝织品。《新唐书·地理志三》："（定州博陵
郡）土贡：罗、䌷、细绫、瑞绫、两窠绫、独窠绫、二包绫、熟线绫。"鞡
（yào）：靴筒。

⑲马脑：玛瑙。

⑳觚（gū）：商周时代的一种酒器，用青铜制成。

㉑缘白：边缘白色。䌷（chóu）：同"绸"。

㉒绣鹅毛毡兼令瑶、令光就宅张设：或因绣鹅毛毡特别之故，须令
瑶、令光二人到宅铺设。

㉓宝鸡：传说中的神鸡。

㉔龙须：又叫"龙刍"，草名。茎可编席。

㉕瓮（wèng）：盛酒或水的陶制器具。

㉖笊篱（zhào li）：杓形漉器，一般用竹篾编成。

㉗油画食藏：油漆食盒。

㉘装具玉合：盛纳行装的玉质器具。装具，行装。合，盛物的器具，
即盒子。

【译文】

安禄山所受的恩宠无人能比，获得的赏赐难以计数。御赐的种类
名称有：桑落酒，阔尾羊窟利，马酪，音声人两部，野猪鲊，鲫鱼并鲙手刀

子,清酒,大锦,苏造真符宝舆,余甘煎,辽泽野鸡,五术汤,金石凌汤一剂并且药童昔贤子到宅煎制,蒸梨,金平脱犀头匙箸,金银平脱隔馄饨盘,平脱著足碟子,金花狮子瓶,熟线绫接靴筒,金平脱大玛瑙盘,银平脱破觚,八角花鸟屏风,银凿镂铁锁,帖白檀香床,缘白绸平背席,绣鹅毛毡并且令瑶、令光到宅铺设,金鸾紫罗绯罗立马,宝鸡袍,龙须夹帖席,八斗金渡银酒瓮,银瓶平脱掏魁织锦筐,银筙篱,银平脱食台盘,油漆食盒。另外杨贵妃赐安禄山金平脱装具玉盒,金平脱铁面碗。

　　1.19 肃宗将至灵武一驿①,黄昏,有妇人长大②,携双鲤,咤于营门③,曰:"皇帝何在?"众谓风狂④,遽白上,潜视举止。妇人言已,止大树下。军人有逼视,见其臂上有鳞。俄天黑,失所在。及上即位,归京阙,虢州刺史王奇光奏女娲坟云⑤:"天宝十三载,大雨晦冥⑥,忽沉。今月一日夜,河上有人觉风雷声,晓见其坟涌出,上生双柳树,高丈余,下有巨石。"兼画图进。上初克复,使祝史就其所祭之⑦。至是而见,众疑向妇人是其神也。

【注释】

①肃宗:即为唐肃宗李亨(711—762)。玄宗第三子。天宝十五载
　　(756),随玄宗避乱西行,至马嵬驿,分兵北上,于灵武即位。宝
　　应元年(762)崩,葬建陵。

②长大:高大。

③咤(zhà):发怒声。

④风狂:疯狂。风,后作"疯"。

⑤虢(guó)州:今河南灵宝。刺史:职官名。州的行政长官。女娲
　　坟:女娲,传说中的女皇,上古时天崩地裂,女娲乃炼五色石以补

天,断鳌足以立四极。宋王溥《唐会要》卷五九"水部员外郎"：
　　"(天宝)十一载五月,潼关口河壖上有树五株,虽水暴长,亦不漂
　　没,时人谓之女娲墓。"

⑥晦冥：昏暗。

⑦祝史：负责祭祀的官员。

【译文】

　　肃宗快到灵武附近的一个驿站,黄昏时分,有一个高大的妇人,提着两条鲤鱼,在营门前大声吵嚷,问："皇帝在哪里?"众人认为她是个疯子,就迅速报告给肃宗,同时暗中监视她的举动。妇人说完后,停留在大树下。有一名军士逼近了细细察看,见她的胳膊上有鳞。一会儿天黑了,妇人不知去向。等到肃宗灵武即位,回到京城长安,虢州刺史王奇光向肃宗奏报关于女娲坟的事,说："天宝十三载,有一天大雨倾盆,一片昏暗,女娲坟忽然沉没。本月一日晚上,黄河上有人听到了风雷声,天亮后看到女娲坟从水中冒起来,坟上长着两棵一丈多高的柳树,树的下方有巨石。"随奏表还有图样进呈。肃宗刚刚收复京城,就派祭祀官员前往女娲坟祭祀。到那里目睹了实际情形,众人都怀疑先前在驿站所见的那位妇人是女娲神。

　　1.20　代宗即位日,庆云见①,黄气抱日。初,楚州献国宝一十二②,乃诏上监国③。诏曰："上天降宝,献自楚州。神明生历数之符④,合璧定妖灾之气⑤。"初,楚州有尼真如,忽有人接去天上,天帝言："下方有灾,令此宝镇之。"其数十二,楚州刺史崔侁表献焉⑥。一曰玄黄,形如笏⑦,长八寸,有孔,辟人间兵疫。二曰玉鸡,毛文悉备,白玉也,王者以孝理天下则见⑧。三曰谷璧⑨,白玉也,如粟粒,无雕镂之迹,王者得之,五谷丰熟⑩。四曰西王母白环⑪,二枚,所在处,外国归

伏。五曰碧色宝，圆而有光。六曰如意宝珠，大如鸡卵。七曰红靺鞨⑫，大如巨栗，赤如樱桃。八曰琅玕珠⑬，二枚，逾常珠，有逾径一寸三分。九曰玉玦⑭，形如玉环，四分缺一。十曰玉印，大如半手，理如鹿形，啗入印中⑮。十一曰皇后采桑钩⑯，细如箸，屈其末。十二曰雷公石斧⑰，长四寸，阔二寸，无孔。其一缺。诸宝置之日中，皆白气连天。

【注释】

①庆云：五彩祥云。也作"景云"、"卿云"。《史记·天官书》："若烟非烟，若云非云，郁郁纷纷，萧索轮囷，是谓卿云。卿云见，喜气也。"意思是，卿云像烟而不是烟，像云而不是云，色彩华丽，总在不停地飘动，出现卿云，会有喜事。见：同"现"。

②楚州：今江苏淮安。

③监国：古代君王外出或因其他特殊缘故，由太子代行处理国政，谓之"监国"。另据《新唐书·代宗纪》记载，上元三年(762)建巳月，肃宗病重，下诏由皇太子监国，楚州献镇国之宝，故以本年为宝应元年。

④历数：天道。也指帝王相继的次序。

⑤妖灾之气：指安史之乱。

⑥表：给皇帝的奏章。

⑦笏(hù)：臣子上朝拿的手板，以玉、象牙或竹片制成，上面可以记事。

⑧理：治，治理。此处避高宗李治讳。

⑨谷璧：古时子爵诸侯所执之玉。

⑩五谷：五种谷物。一说指稻、稷、麦、豆、麻，一说指麻、黍、稷、麦、豆。

⑪西王母白环:唐欧阳询《艺文类聚》卷六七引《世本》:"舜时,西王
母献白环及玦。"又《尔雅·释地》:"觚竹、北户、西王母、日下,谓
之四荒。"可知这里的"西王母",是指地处西方的古代部族。

⑫靺鞨(mò hé):靺鞨族所居之地出产的一种宝石。靺鞨族是古代
少数民族,分布在今东北黑龙江、松花江流域。

⑬琅玕(láng gān):似玉的美石。

⑭玦(jué):一种环形而有缺口的佩玉。

⑮咁(dàn):疑为"陷"字之误。

⑯皇后采桑钩:汉卫宏《汉官旧仪》(《汉官六种》本)卷下:"皇后春
桑,皆衣青,手采桑,以缫三盆茧,示群臣妾从。"古代重视农业,
当令时帝王亲耕,皇后采桑,以垂范天下。

⑰雷公石斧:传说天上雷神用石斧劈邪恶后,把石斧抢到地下来,
称"雷神弃斧",此斧叫"雷公斧"。

【译文】

代宗登基那天,天空出现五彩祥云,一道黄气直冲太阳。起先,楚
州献上十二件国宝,于是肃宗下诏令代宗监国。诏书说:"上天降宝,献
自楚州。神明生天道之符,完璧定妖灾之气。"献宝之前,楚州有个叫真
如的尼姑,忽然有一天被人接到天上去了,天帝对她说:"人间发生灾
难,就用这些宝物去镇服。"宝物一共有十二个,楚州刺史崔侁上表进
献。第一件是玄黄,形状像笏板,长八寸,有孔,可以避免人间的战乱和
瘟疫。第二件是玉鸡,羽毛齐备,是块白玉,帝王如果以孝治天下,这件
宝物就会出现。第三件是谷璧,也是白玉,像谷粒,没有雕刻的痕迹,帝
王得到它,就会五谷丰登。第四件是西王母白环,一共有两枚,白环所
在的国家,外国都会归顺。第五件是碧色宝,圆形有光泽。第六件是如
意宝珠,有鸡蛋那么大。第七件是红靺鞨,有大栗子那么大,颜色红得
像樱桃。第八件是琅玕珠,有两颗,大小超过一般的珠子,有的直径甚
至超过一寸三分。第九件是玉玦,形状像是玉环,但缺少四分之一。第

十件是玉印,有半只手大小,纹理像鹿形,深陷印中。第十一件是皇后采桑钩,像筷子那样粗细,末端弯曲。第十二件是雷公石斧,长四寸,宽两寸,没有孔。另外还缺了一件。把这些宝物放在太阳底下,都有白气冲天。

礼异

【题解】

本篇共计十三条,杂记西汉至南北朝时期的朝觐、丧礼、用节、外交、婚礼,以及种种特别的称谓。前两条摘自汉代卫宏的《汉官旧仪》,第三条摘自《周礼·地官》。下面各条关于南北朝交聘之礼及世俗婚礼的记述尤为详尽,足资考证,李剑国《唐五代志怪传奇叙录》认为应当本自《聘梁记》、《聘北道记》二书。可能这些在唐代已经鲜为人知,故称"礼异"。

1.21 西汉①,帝见丞相,谒者赞曰②:"皇帝为丞相起。"御史大夫见③,皇帝称"谨谢"。

【注释】

①按,本条见于汉卫宏《汉官旧仪》(《汉官六种》本)卷上:"皇帝见丞相起,谒者赞称曰:'皇帝为丞相起。'立乃坐。太常赞称:'敬谢行礼。'宴见,侍中、常侍赞,御史大夫见皇帝称'谨谢'。"

②谒(yè)者:职官名。秦汉时,谒者职掌接待宾客及赞礼。赞:唱礼。

③御史大夫:职官名。秦朝始置,职掌弹劾、纠察及掌图籍秘书,其

位仅次于丞相；汉代，与丞相、太尉合称"三公"。

【译文】

西汉时，皇帝接见丞相，谒者唱礼说："皇帝为丞相起立。"御史大夫觐见，皇帝只说"谨谢"。

1.22 汉木主①，缠以皓木皮②，置牖中③，张绵絮以障外，不出室④。玄堂之上⑤，以笼为俑人⑥，无头，坐起如生时。

【注释】

①木主：为死者所立木制牌位，也作"神主"。《史记·周本纪》："九年，武王上祭于毕。东观兵，至于盟津。为文王木主，载以车中军。"按，本条见于汉卫宏《汉官旧仪》（《汉官六种》本）补遗卷下："高帝崩三日，小敛室中牖下。作栗木主，长八寸，前方后圆，围一尺，置牖中，望外，内张绵絮以障外，以皓木大如指，长三尺，四枚，缠以皓皮四方置牖中，主居其中央。七日大敛棺，以黍饭羊舌祭之牖中。已葬，收主。为木函，藏庙太室中西墙壁坎中，望内，外不出室堂之上。坐为五时衣、冠、履、几、杖、竹笼。为俑人，无头，坐起如生时。"

②皓（hào）：白。

③牖（yǒu）：窗户。

④室：宗庙的太室。

⑤玄堂：坟墓。

⑥俑：用于殉葬的木偶或陶人。

【译文】

汉朝所用神主，用白木皮缠裹，放置在窗户中，张设绵絮遮挡外面，不拿出太室之外。坟墓之上，用竹笼制作一个无头俑人，坐姿就像生前那样。

　　1.23 凡节①,守国用玉节,守都鄙用角节。使山邦用虎节,土邦用人节,泽邦用龙节②。门关用符节③,货贿用玺节④,道路用旌节⑤。古者安平用璧⑥,兴事用圭⑦,成功用璋⑧,边戎用珩⑨,战斗用璩⑩,城围用环⑪,灾乱用镌⑫。大旱用龙⑬,龙,节也。大丧用琮⑭。

【注释】

①节:凭证。古时使臣执以示信之物,常以玉、铜、犀角、竹、木等制作。

②"守国用玉节"五句:《周礼·地官》"掌节":"守邦国者用玉节,守都鄙者用角节。凡邦国之使节,山国用虎节,土国用人节,泽国用龙节,皆金也,以英荡辅之。"郑玄注:"使节,使卿大夫聘于天子、诸侯,行道所执之信也。土,平地也。山多虎,平地多人,泽多龙。以金为节,铸象焉。"守,掌管。国,诸侯国。都鄙,距王城四百至五百里的边邑,作为王之子弟及公卿大夫的封地。按,虎节、人节、龙节,指节之所饰形象分别为虎、人、龙者,山邦多虎故用虎节,土邦多人故用人节,泽邦多龙故用龙节。

③门关:门禁和关卡。符节:出入城门关卡的凭证,刻上文字,分成两半,各取其一,使用时相合以为验证。

④货贿:货物,资财。代指市商。玺节:印章。

⑤旌节:使者所持之节。节为竹,以旄牛尾作饰,为信守的象征。

⑥璧:玉器,圆形、扁平,正中有孔,边宽为内孔直径的两倍。

⑦圭:长条形,上尖(或圆)下方的玉制礼器。

⑧璋:玉器。形状像圭的一半,典礼时拿在手中以示瑞信。

⑨珩(héng)：一组玉佩顶端的横玉，可用作符信。

⑩璩(qú)：玉环。

⑪环：璧之一种，可以用作符信，也可用作装饰。

⑫隽：通"璲(suì)"，即"琼"，红色美玉。

⑬龙：通"珑"，祈雨时所用的刻有龙纹的玉质祭器。

⑭大丧(sāng)：帝、后或其世子的丧礼。也指父母之丧。琮(cóng)：玉质礼器，方柱形，也有长筒形者，中有圆孔。

【译文】

大凡使用节信，诸侯掌管国家使用玉节，大夫掌管边邑使用角节。出使山地国家使用虎节，平原国家使用人节，水乡之国使用龙节。出入门禁关卡使用符节，市商交易使用玺节，道路通行使用旌节。古时候平安无事用璧，做事用圭，如果成功了就用璋，边境军队用珩，将有战事用璩，城池被围用环，发生灾乱用琼。天有大旱，就使用珑，珑是一种祈雨的节。大丧用琮。

1.24　北齐迎南使①，太学博士、监舍迎使②。传诏二人骑马荷信在前③，羊车二人捉刀在传诏后④。监舍一人，典客令一人⑤，并进贤冠⑥。生朱衣骑马罩伞十余⑦，绛衫一人⑧，引从使车前。又绛衫骑马、平巾帻六人⑨，使主、副各乘车，但马在车后⑩。铁甲者百余人。仪仗百余人，剪彩如衣带，白羽间为矟⑪，髻发绛袍⑫，帽凡五色，袍随髻色⑬，以木为矟、刃、戟⑭，画彩为虾蟆幡⑮。

【注释】

①北齐：东魏武定八年(550)，权臣高洋废孝静帝自立，史称"北齐"，承光元年(577)为北周所灭。南：南朝(420—589)。东晋之

后建立于南方的四个朝代的总称。

②太学博士：职官名。关于其职责，《唐六典》卷二十一："(国子监)太学博士掌教文武官五品已上及郡县公子孙、从三品曾孙之为生者。"太学，国家设在京城的最高学府，汉武帝时始设太学，隋唐时为国子监。监舍：职官名。即中书监、中书舍人。负责起草诏诰、外交文书，也承担外交接待。

③传诏：职官名。负责传达诏旨。荷信：带着符节。

④羊车：皇宫内乘坐的小车。羊，驾车之马其大如羊，故名。又"羊"兼通"祥"，取吉祥之意。这里指驾驭羊车的人。《隋书·礼仪志》："(羊车)驭童二十人，皆两鬟髻，服青衣，取年十四五者为，谓之羊车小史。驾以果下马，其大如羊。"

⑤典客令：职官名。掌管接待少数民族及诸侯来朝等事务。

⑥进贤冠：冠名。《晋书·舆服志》："进贤冠，古缁布遗象也，斯盖文儒者之服。前高七寸，后高三寸，长八寸，有五梁、三梁、二梁、一梁。"

⑦生：太学生。

⑧绛衫：此指身穿绛衫的直阁将军之侍从。绛，深红色。

⑨平巾帻(zé)：魏晋时武官所戴头巾，因帻上平如屋顶，故名。帻，头巾。

⑩但马：又作"诞马"，没有装备乘具的马，用以备缺。

⑪矟(shuò)：同"槊"，长矛。

⑫髶(ěr)：先驱骑马者披着头发的装束。

⑬袍随髶色：前已明言"绛袍"，此"袍"字疑为"帽"字之误。

⑭戟(jǐ)：合矛与戈为一体的长柄兵器。

⑮幡：长形的旗子。

【译文】

北齐迎接南朝的使者，由太学博士和监舍担任其事。两名传诏官骑马带着符节走在前面,两名驾驭羊车的吏员提刀跟从在传诏官后面。一位监舍,一位典客令,都戴着进贤冠。十多名身着红衣、骑着马、擎着伞盖的太学生,一位身着绛衫的武官,在使节车前引导。另有身着绛衫骑着马、戴平巾帻的武官六人,协助主、副使者各自乘车,车后跟着备用的马。铁甲武士一百余人。仪仗队也有一百余人,裁剪的纸帛饰品好像衣带,白色羽毛装饰的旗帜中间列着长矛,骑着马披着装饰的头发,身穿绛色袍服,帽子一共有五种颜色,颜色随头发而定,用木制长矛、刀、戟,用彩色绘画制成虾蟆旗。

　　1.25 梁正旦①,使北使乘车至阙下②,入端门③,其门上层题曰"朱明观"。次曰应门,门下有一大画鼓④。次曰太阳门,左有高楼,悬一大钟,门右有朝堂,门辟⑤,左右亦有二大画鼓。北使入门,击钟磬,至马道北、悬钟内道西北立。引其宣城王等数人后入⑥,击磬,道东北面立。其钟悬外东西厢,皆有陛臣⑦。马道南、近道东有茹茹、昆仑客⑧,道西近道有高句丽、百济客⑨,及其升殿之官三千许人⑩。位定,梁主从东堂中出,云斋在外宿,故不由上阁来。击磬鼓,乘舆警跸⑪,侍从升东阶,南面幄内坐。幄是绿油天皂裙,甚高,用绳系著四柱。凭黑漆曲几坐定⑫,梁诸臣从西门入,著具服博山远游冠⑬,缨末以翠羽、真珠为饰,双双佩带剑,黑舄⑭。初入,二人在前导引,次二人并行,次一人擎牙箱、班剑箱⑮,别二十人具省服⑯,从者百余人。至宣城王前数步,北面有重席为位⑰,再拜⑱,便次出。引王公登献玉,梁主不为兴⑲。

【注释】

　　①梁:南朝萧衍所建立的朝代,史称"萧梁",历时共56年(502—

557)。正旦：正月初一。魏晋南北朝时，每年正旦举行朝会，各国间有时还会派出使者到贺，称为"贺正旦使"。

②阙：王宫或祠庙门前两边的高建筑物，左右各一，中间为通道，又名"观"。

③端门：宫殿南面正门。

④画鼓：涂有彩绘的鼓。

⑤辟：打开。

⑥宣城王：即为萧大器(523—551)。梁简文帝萧纲长子。中大通四年(532)封宣城王。

⑦陛臣：皇宫前夹阶而立执兵器守卫的近臣。陛，宫殿的台阶。

⑧茹茹：史书上也译为"蠕蠕"、"芮芮"。《梁书》卷五十四："芮芮国，盖匈奴别种。魏晋之世，匈奴分为数百千部，各有名号，芮芮其一部也。"按，此即北方古族柔然，与北魏和南朝各政权有往来，其政治中心在敦煌张掖北部，西魏时为突厥所灭。昆仑客：据周一良《魏晋南北朝史札记·〈南齐书〉札记》，这里的昆仑客指的是我国西南地区的少数民族。

⑨高句(gōu)丽、百济客：今朝鲜半岛来的使者。高句丽，也作"高丽"，古国名。百济，古国名。传说初以百家济海而立国，因以为名。

⑩升殿之官：参与朝会并可登殿的官员。《隋书·礼仪志》："元正大飨，百官一品已下，流外九品已上预会。一品已下、正三品已上、开国公侯伯、散品公侯及特命之官、下代刺史，并升殿。从三品已下、从九品以上及奉正使人比流官者，在阶下。勋品已下端门外。"

⑪乘舆：也作"车驾"，专指皇帝乘坐的车。警跸(bì)：帝王出入时清道戒严。

⑫凭：倚，靠。

⑬具服博山远游冠：冠名。具服，朝服。《资治通鉴》卷一七四胡三省注："《五代志》：后周之制，诸命秩之服曰公服，其余常服曰私衣。隋唐以下，有朝服，有公服。朝服曰具服，公服曰从省服。"博山，器物表面雕刻作重叠山形的装饰。远游冠，冠名。刘传鸿《〈酉阳杂俎〉校证：兼字词考释》："认为'具服'与'博山远游冠'为二物，实误。按唐杜佑《通典》卷五十七'远游冠'下，即以小注形式标明其包括'具服远游冠'、'公服远游冠'……'梁为皇太子朝服，加金博山翠绥'清楚地说明了'具服博山远游冠'得名之由：远游冠为朝服，同时加有金博山。"

⑭舄（xì）：加木底的双层底鞋。

⑮牙箱：装牙旗的器具。班剑箱：盛班剑的器具。班剑，也作"斑剑"，饰有花纹的木剑。汉制，朝服带剑；晋代之以木，谓之班剑；南朝谓之象剑，以为仪仗。

⑯省服：即从省服，见注⑬。《隋书·礼仪志六》："公服，冠、帻，纱单衣，深衣，革带，假带，履袜，钩䚢，谓之从省服。八品已下，流外四品已上服。"

⑰重（chóng）席：古人席地而坐，以席之层叠多寡分别尊卑，天子之席五重，公三重，大夫双重。

⑱再拜：连拜两拜，是较为隆重的礼仪。

⑲兴：起身。

【译文】

　　梁国正旦朝会，请北朝使者乘车到阙下，进入端门，门的上层题写着"朱明观"。二重门为应门，门下有一面大画鼓。三重门为太阳门，左边有一座高楼，楼上悬着一口大钟，右边是朝堂，大门开启，左右两边也有两面大画鼓。北朝使者进门后，敲击钟磬，走到马道北面、悬钟内道西北面站立。然后引导宣城王等人进门，再次击磬，在道东北面站立。大钟悬挂处外面的东西两厢，都有近臣站立。马道以南、近道以东，有茹茹和昆仑来宾,道西近道有高句丽和百济来宾,以及参与朝会的三千多名官员。众人位置站定之后,梁朝皇帝从东堂中走出来,因为斋戒在外住宿,所以不从上阁出来。击磬鸣鼓,乘舆清道戒严,侍从簇拥着皇帝走上东面台阶,在幄幕内面向南方坐下。幄幕是绿油顶,盖黑色裙幕,十分高大,用绳子系在四根柱子上。梁帝倚着黑漆曲几坐定之后,大臣们从西门进入,戴着朝服博山远游冠,冠缨末梢用翠羽和珍珠作装饰,两人一对,带着佩剑,脚着黑色双层底鞋。刚进入时,由两人在前面引导,然后两人并排随行,后面有一人托着牙箱和班剑箱,另外二十人身着省服,后面跟随着一百多人。到宣城王之前几步远的地方,北面设置着重席,为行礼的位置,行再拜礼,然后依次退出。又引导王公上前献玉,梁朝皇帝不用起身答谢。

1.26 魏使李同轨、陆操聘梁①,入乐游苑西门内青油幕下②。梁主备三仗③,乘舆从南门入,操等东面再拜,梁主北入林光殿④。未几,引台使入⑤。梁主坐皂帐,南面。诸宾及群官俱坐定,遣中书舍人殷灵宣旨慰劳⑥,具有辞答。其中庭设钟悬及百戏⑦。殿上流杯池中行酒具⑧,进梁主者题曰"御杯",自余各题官姓之杯,至前者即饮。又图像旧事⑨,令随流而转,始至讫于座罢,首尾不绝也。

【注释】

①李同轨(499—546):赵郡平棘(今河北赵县东南)人。学综诸经,兼通佛学。魏天平年间,转中书侍郎;兴和中,兼通直散骑常侍使梁。陆操:字仲志,代(今山西大同)人。早以学业知名,仕魏,兼散骑常侍出使梁朝。聘:访问,出使。按,正史没有记载李同轨、陆操同时聘梁的事。

②乐游苑：此乐游苑在润州，其地今属江苏南京。唐李吉甫《元和
　　郡县图志》卷二五"润州上元县"："覆舟山，在县东北一十里，钟
　　山西足地形如覆舟，故名。宋元嘉中改名玄武山，以为乐游苑。"

③梁主：即为梁武帝萧衍(464—549)。萧衍长于文学、乐律、书法，
　　沉溺佛教，其国境内遍布佛寺，其人号"皇帝菩萨"，四次舍身同
　　泰寺出家，身穿法衣为僧众执役，每次都须群臣苦劝，并以重金
　　赎身才返回皇宫；太清二年(548)侯景叛乱攻入建康，武帝被囚
　　禁而死。三仗：即勋仗。仗，仪仗。《新唐书·仪卫志上》："凡朝
　　会之仗，三卫番上，分为五仗，号衙内五卫。一曰供奉仗，以左右
　　卫为之；二曰亲仗，以亲卫为之；三曰勋仗，以勋卫为之；四曰翊
　　仗，以翊卫为之。皆服鹖冠，绯衫夹。五曰散手仗，以亲、勋、翊
　　卫为之，服绯绔裲裆，绣野马。皆带刀捉仗，列坐于东西廊下。"

④林光殿：在乐游苑内。北宋乐史《太平寰宇记》卷九〇："(上元
　　县)乐游苑，在覆舟山南，北连山筑台观，苑内起正阳、林光
　　等殿。"

⑤台使：南朝对朝廷使者的称呼。台，台城，晋宋间谓朝廷禁省为
　　台，故称。

⑥中书舍人：职官名。见1.24条注②。

⑦钟悬：即"宫县(xuán)"，古代乐器的悬挂形式根据地位高低而有
　　不同，帝王悬挂四面，象征宫室四壁，故称"宫县(县,悬挂)"。百
　　戏：对各种散乐、杂技的通称，如扛鼎、吞刀、爬竿、履火、耍龙灯
　　之类。

⑧流杯池中行酒具：即所谓"流觞曲水"。古时每逢三月上巳日，在
　　水滨集会宴饮，祓除不祥。后来相沿成俗，人们常于佳日在曲折
　　回环的水边宴集，在上水处放置酒杯，杯随水流，停于何人面前，
　　其人即取杯而饮。

⑨图像：刘传鸿《〈酉阳杂俎〉校证：兼字词考释》作"图象"，且云：

> "从前后文可知,此'图象'乃模仿义,这种用法极少见,但其得义理据较清楚:'图'与'象'均有模仿义,二者组合,乃同义复合。"

【译文】

魏朝使者李同轨、陆操出访梁朝,进入乐游苑西门内青油幕下。梁朝皇帝排列勋仗,乘坐銮舆从南门进入,陆操等人站在东面行再拜礼,梁朝皇帝向北进入林光殿。不一会儿,引导台使进殿。梁朝皇帝在黑色的帷帐中,坐北朝南。各位嘉宾及百官都已坐定位次之后,派中书舍人殷灵宣谕圣旨,慰问大家,都有言辞答谢。殿的中庭设有钟悬和各种散乐杂技。殿上流杯池中漂流酒杯,进奉皇帝饮用的写着"御杯"二字,其余题写官员某姓的杯子,到了各自面前就端起来饮掉。又仿效前人的做法,让酒杯随着水流而移转,从开头一直到末座,首尾不绝。

1.27 梁主常遣传诏童赐群臣岁旦酒、避恶散、却鬼丸三种①。

【注释】

①传诏童:出入宣谕诏旨的侍童。岁旦酒:椒酒、柏酒。辟恶散:药名。或为"敷于散",详下注引文。辟恶,避除邪恶。散,研成细末的药。按,关于本条记载,可另参南朝宗懔《荆楚岁时记》:"(正月一日)长幼悉正衣冠,以次拜贺。进椒柏酒,饮桃汤。进屠苏酒、胶牙饧。下五辛盘,进敷于散,服却鬼丸。……敷于散出葛洪《炼化篇》,方用柏子仁、麻仁、细辛、干姜、附子等分为散,井华水服之。又《天医方》序云:江夏刘次卿见鬼。以正旦至市,见一书生入市,众鬼悉避。刘问书生曰:'子有何术以至于此?'书生言:'我本无术。出之日,家师以一丸药绛囊裹之,令以系臂,防恶气耳。'于是刘就书生借此药,至所见诸鬼处,诸鬼悉走。

所以世俗行之。其方用武都雄黄丹散二两,蜡和,调如弹丸。正
月旦,令男左女右带之。"

【译文】

梁朝皇帝经常派遣传诏童赏赐群臣岁旦酒、避恶散和却鬼丸这三
样东西。

1.28 北朝婚礼①,青布幔为屋,在门内外,谓之青庐,于
此交拜。迎妇,夫家领百余人,或十数人,随其奢俭,挟车俱
呼:"新妇子,催出来!"至新妇登车乃止。婿拜阁日②,妇家
亲宾妇女毕集,各以杖打聓为戏乐③,至有大委顿者④。

【注释】

①北朝:自北魏一统北方至杨坚建隋(386—581),中国北方先后出
　　现了北魏、东魏、西魏、北齐、北周五个朝代,合称"北朝",与南朝
　　(宋、齐、梁、陈)对峙。

②拜阁:即拜门,指新婚夫妇回拜岳家。

③聓(xù):同"婿",女婿。

④委顿:颓丧,疲困。

【译文】

北朝的婚礼,用青布帐幕作为新房,安设在大门内或门外,叫做青
庐,新人就在这里交拜成婚。去女家迎娶新娘的时候,夫家带领一百多
人,或十几个人,根据男方家境可奢可俭,围着婚车一起大喊:"新娘子,
快出来!"一直喊到新娘子上车才罢。女婿拜门这一天,女方亲戚、来宾
中的妇女都聚集在一起,各自手拿棍子敲打新女婿闹着玩,以致有的新
郎官被弄得疲惫不堪。

1.29 律：有甲娶，乙、丙共戏甲，旁有柜，比之为狱，举置柜中，复之^①，甲因气绝。论当鬼薪^②。

【注释】

①复：通"覆"，覆盖。

②鬼薪：秦汉时的一种刑罚，因其最初为宗庙采供柴薪而得名，刑期一般为三年。《史记·秦始皇本纪》："尽得毐等……车裂以徇，灭其宗。及其舍人，轻者为鬼薪。"

【译文】

法律规定：有甲娶妻，乙和丙一起戏弄甲，旁边有个柜子，乙和丙假称这是监狱，抬起甲放进柜子里，盖上柜盖，甲因此被闷死了。判定乙、丙应当处以鬼薪之刑。

1.30 近代婚礼，当迎妇，以粟三升填臼^①，席一枚以覆井，枲三斤以塞窗^②，箭三只置户上。妇上车，聓骑而环车三匝。女嫁之明日，其家作黍臛^③。女将上车，以蔽膝覆面^④。妇入门，舅姑以下^⑤，悉从便门出^⑥，更从门入，言当躝新妇迹^⑦。又妇入门，先拜猪㹠及灶^⑧。娶妇，夫妇并拜，或共结镜纽^⑨。又娶妇之家，弄新妇^⑩。腊月娶妇，不见姑。

【注释】

①臼（jiù）：舂米的器具。

②枲（xǐ）：麻，纤维可织布。

③黍臛（huò）：杂以黍米的肉羹。黍，黍子，去皮后叫黏黄米。

④蔽膝：用以护膝的围裙。

⑤舅姑：夫家的父母，俗称公公、婆婆。

⑥便门：正门之外的小门。

⑦躏(lìn)：踩，踏。

⑧猪樴(zhí)：猪圈。这里指猪栏神。樴，小木桩。

⑨纽：器物上可以提携或系带的部分。

⑩弄：戏弄。

【译文】

近代婚礼，到了迎接新娘的时候，在石臼里装三升粟米，用一张席子覆盖井口，三斤麻塞住窗户，三支箭放在门上。新娘上车，新郎骑着马环绕婚车三圈。女儿出嫁之后的第二天，女家要煮肉粥。新娘上车前，用围裙遮住面部。新娘进入夫家大门，自公婆以下的家人都要从旁开的小门走出去，再从大门进来，说是应该踩踏新娘的足迹。新娘进门之后，先要拜猪栏神和灶神。娶亲时，夫妇要对拜，或一起给铜镜拴结镜纽。另外，娶亲的人家，要闹洞房捉弄新娘子。腊月娶亲，新娘不见婆婆。

1.31 婚礼纳彩①，有合欢、嘉禾、阿胶、九子蒲、朱苇、双石、绵絮、长命缕、干漆②，九事皆有词③：胶、漆，取其固；绵絮，取其调柔；蒲、苇，取其为心可屈可伸也；嘉禾，分福也；双石，义在两固也。

【注释】

①纳彩：古代婚制，男方在媒人通辞得到允准之后，具送求婚礼物，称为"纳彩"。《隋书·礼仪志》："后齐聘礼，一曰纳采，二曰问名，三曰纳吉，四曰纳征，五曰请期，六曰亲迎。皆用羔羊一口，雁一只，酒黍稷稻米面各一斛。"

②合欢：又名"夜合欢"、"合昏"，植物名。其叶夜间成对相合，象征

男女相爱和睦。嘉禾：长势茁壮的稻禾，古时以之为吉祥的象征。阿胶：北魏郦道元《水经注》卷五："（东经东阿县故城北）大城北门内西侧，皋上有大井，其巨若轮，深六七丈，岁尝煮胶，以贡天府。《本草》所谓阿胶也。"九子蒲：植物名。婚礼用之，意寓多子。双石：形状颜色相近的一对卵石。长命缕：端午节时，结成各种形状用以避邪的五彩带。南朝宗懔《荆楚岁时记》："（五月五日）以五彩丝系臂，名曰辟兵，令人不病瘟。又有条达等织组杂物以相赠遗。……一名长命缕，一名续命缕，一名辟兵缯，一名五色丝，一名朱索，名拟甚多。"

③词：言辞，寓意。

【译文】

婚事彩礼，有合欢、嘉禾、阿胶、九子蒲、朱苇、双石、绵絮、长命缕、干漆，这九样东西各有含义：胶、漆，寓意结合牢固；绵絮，寓意情意温柔；蒲、苇，寓意双方能屈能伸相互包容；嘉禾，寓意共享幸福；双石，寓意两情坚贞不渝。

1.32 北朝妇人，常以冬至日进履袜及靴。正月进箕帚、长生花①。立春进春书②，以青缯为帜③，刻龙像衔之，或为虾蟆。五月进五时图、五时花④，施帐之上。是日，又进长命缕、宛转绳，皆结为人像带之。夏至日，进扇及粉脂囊。皆有辞。

【注释】

①箕帚(jī zhǒu)：扫除用的工具。长生花：花名。可入药。

②春书：春帖子。类似现在的贺年片。

③青缯(zēng)为帜：指制作春幡。缯，丝织品。古时于立春那天挂

春幡，以象征春的来临。或是剪彩做成小旗，插在头上，或挂在树枝上为戏。

④五时：立春、立夏、大暑、立秋、立冬。

【译文】

北朝妇女，常常在冬至那天送鞋袜和靴子。正月里送箕帚、长生花。立春那天送春书，用青缯制作春幡，用木雕的龙像或是虾蟆衔着。五月送五时图、五时花，装饰在帷帐上面。这一天，还送长命缕和宛转绳，都编织成人像带着。夏至那天，送扇子和胭脂袋。这些东西都各有寓意。

1.33　秦汉以来，于天子言"陛下"①，于皇太子言"殿下"②，将言"麾下"③，使者言"节下"、"毂下"④，二千石言"阁下"⑤，父母言"膝下"⑥，通类相言称"足下"⑦。

【注释】

①陛下：对天子的尊称。天子必有近臣执兵器列于陛侧，臣子觐见时不能直接指称天子，呼在陛下者，因卑而达意于至尊。汉蔡邕《独断》卷上："陛下者，陛阶也……群臣与天子言，不敢指斥，故呼在陛下者而告之，因卑达尊之意也，上书亦如之，及群臣庶士相与言殿下、阁下、足下、侍者、执事之属，皆此类也。"

②殿下：殿阶之下。用作对帝后、帝妃及太子、公主、亲王的敬称。

③麾（huī）下：对将帅的敬称。麾，指挥军队的旗帜。

④毂（gǔ）下：亦属敬称。毂，车轮中心的圆木，代指车辆。

⑤二千石：汉代内自九卿郎将，外至郡守尉的俸禄等级，都是二千石；其中又分中二千石、二千石、比二千石。阁下：唐赵璘《因话录》卷五："古者三公开阁，郡守比古之侯伯，亦有阁，所以世之书

题有阁下之称。"

⑥膝下：人年幼时，常依于父母膝下承欢，后来"膝下"就用作尊呼
　父母，以避免直接指称。

⑦足下：战国时，多称君主为足下，后用作平辈之间的称呼。

【译文】

秦汉以来，对天子尊称"陛下"，对皇太子尊称"殿下"，对将军尊称
"麾下"，对使者尊称"节下"、"毂下"，对二千石官员尊称"阁下"，对父母
尊称"膝下"，平辈之间相互称呼"足下"。

天咫

【题解】

"天咫"一词,出自《国语·楚语上》:"子晳复命,王曰:'是知天咫,安知民则?'右尹子革侍,曰:'民,天之生也。知天,必知民矣。是其言可以惧哉!'"韦昭解释说:"咫,言少也。此言少知天道耳,何知治民之法。"李剑国《唐五代志怪传奇叙录》认为:"韦昭训咫为少,实误。咫亦则也。二字音近,古可通……天咫即天则、天道之意,引申之,则又可作天庭、天阙解。本篇全记天事,故以为名篇。"本篇共计六条,或为月桂、蟾蜍,或为须弥阎扶,或曰一行大师掩北斗,或是上帝乐神藏鼻息,或是斤凿修七宝之月,如是等等,都是关于月亮、星辰、天神的奇异传说。

1.34 旧言月中有桂①,有蟾蜍②。故异书言,月桂高五百丈③,下有一人常斫之④,树创随合。人姓吴,名刚,西河人⑤。学仙,有过,谪令伐树。

【注释】

①桂:木犀科植物。常绿小乔木或灌木,又称"木犀"、"桂花"。

②蟾蜍:《太平御览》卷四引汉张衡《灵宪》:"羿请不死药于西王母,

羿妻姮娥窃以奔月，托身于月，是为蟾蜍。"

③月桂：这里指月中的桂树。

④斫(zhuó)：砍。

⑤西河：地名。或今陕西韩城，或今山西汾阳，不确定。

【译文】

传说月中有桂树，有蟾蜍。以前的传奇录异的书上说，月中桂树有五百丈高，树下有一个人不停地砍伐，树的创口随砍随即愈合。砍树的人姓吴，名刚，是西河人。他学仙时犯了错，所以被罚去砍树。

1.35 释氏书言①，须弥山南②，有阎扶树③，月过，树影入月中。或言月中蟾、桂，地影也；空处，水影也。此语差近④。

【注释】

①释氏书：佛经。释氏，即"释迦氏"之略称。

②须弥山：意译为妙高山，因为山是由金、银、琉璃、水晶四宝所成，故称"妙"；又高有八万四千由旬(由旬，古印度计算里程的单位)，阔有八万四千由旬，为诸山之王；山形上下皆大，中腰独小，四王天居于山腰四面，忉利天在山顶。在佛教的空间观念里，须弥山是我们这个世界的中心，日月星辰都在大山四周的半空中巡行；在须弥山脚下周围布满海水，水深八万四千由旬。在海水当中有四大部洲，即东胜身洲(孙悟空的老家)、南赡部洲(人类生活的地球即处此洲)、西牛货洲、北俱卢洲；其外围则有铁围山。一千个这样的世界在一起称为"小千世界"，一千个小千世界称为"中千世界"，一千个中千世界称为"大千世界"；大千世界中又包括小、中、大三种"千世界"，故称"三千大千世界"，即宇宙间无数世界。

③阎扶树:《长阿含经》卷一八:"阎浮提有大树王,名曰阎浮,围七
　　由旬,高百由旬,枝叶四布五十由旬。"阎扶,也作"阎浮"。
④差:略微,颇。

【译文】

佛经上说,须弥山的南边有阎扶树,月亮经过的时候,树影就映入
月中。也有一种说法,说月中的蟾蜍和桂花树,是大地的影子;空白的
地方,是水的影子。这个说法比较接近。

　　1.36 僧一行①,博览无不知,尤善于数②,钩深藏往③,当
时学者莫能测。幼时家贫,邻有王姥④,前后济之数十万。
及一行开元中承上敬遇⑤,言无不可,常思报之。寻王姥儿
犯杀人罪,狱未具,姥访一行求救,一行曰:"姥要金帛,当十
倍酬也。明君执法,难以请求,如何?"王姥戟手大骂曰⑥:
"何用识此僧!"一行从而谢之,终不顾。一行心计浑天寺中
工役数百⑦,乃命空其室内,徙大瓮于中,又密选常住奴二
人⑧,授以布囊,谓曰:"某坊某角有废园,汝向中潜伺,从午
至昏,当有物入来,其数七,可尽掩之,失一则杖汝。"奴如言
而往。至酉后⑨,果有群豕至⑩,奴尽获而归。一行大喜,令
置瓮中,覆以木盖,封于六一泥⑪,朱题梵字数十⑫,其徒莫
测。诘朝⑬,中使叩门急召⑭。至便殿⑮,玄宗迎问曰:"太史
奏昨夜北斗不见⑯,是何祥也⑰?师有以禳之乎⑱?"一行曰:
"后魏时⑲,失荧惑⑳。至今帝车不见㉑,古所无者,天将大警
于陛下也。夫匹妇匹夫,不得其所,则陨霜赤旱㉒,盛德所
感,乃能退舍。感之切者,其在葬枯出系乎㉓?释门以瞋心
坏一切善㉔,慈心降一切魔㉕。如臣曲见,莫若大赦天下。"玄

宗从之。又其夕，太史奏北斗一星见，凡七日而复。成式以
此事颇怪，然大传众口，不得不著也。

【注释】

①僧一行（683—727）：俗姓张，名遂，魏州昌乐（今河南南乐）人。
　　唐代高僧，科学家。二十一岁入嵩山为僧，师事普寂，法名一行。
　　其人博览经史，精于历象、阴阳、五行之学。开元五年（717）应召
　　至长安，后受命改造新历，和梁令瓒同制黄道游仪，实测天文，著
　　有《开元大衍历》。开元十五年（727）圆寂。唐玄宗为制碑文。

②数（shù）：术数。指天文、历法、占卜之类。

③钩深：探索玄奥。藏往：记住过去。

④姥（mǔ）：年老的妇女。

⑤开元：唐玄宗李隆基年号（713—741）。

⑥戟（jǐ）手：以手叉腰。《左传·哀公二十五年》："褚师出。公戟其
　　手，曰：'必断而足！'"杨伯峻注："以手叉腰如戟形，今人怒骂时
　　犹有作此状者。"另有一种说法，伸出食指指着对方骂，手形像
　　戟，故称"戟手"。

⑦浑天寺：寺名。浑天，古人认为天地形状像鸡蛋，天半在地上，半
　　在地下，包裹大地犹如蛋包黄，故曰浑天。一行在前人基础上，
　　创制出了水运浑天仪。

⑧常住奴：佛寺中的奴仆。佛家把寺舍、什物、树木、田园、仆畜、粮
　　食等，统称为"常住"。

⑨酉（yǒu）：十二地支的第十位。用以计时，指下午五时至七时。

⑩豕（shǐ）：猪。

⑪六一泥：道家炼丹封炉用的泥。晋葛洪《抱朴子·内篇》"金丹第
　　四"："（第一之丹名曰丹华）当先作玄黄，用雄黄水、矾石水、戎
　　盐、卤盐、礜石、牡蛎、赤石脂、滑石、胡粉各数十斤，以为六

⑫梵(fàn)字：古印度文字。

⑬诘朝(zhāo)：这里指第二天早晨。

⑭中使：皇宫派出的使者，通常为宦官。

⑮便殿：正殿以外的别殿，帝王休憩游宴之所。

⑯太史：职官名。史官之长，负责修史及天文历法等。

⑰祥：吉凶的征兆。

⑱禳(ráng)：祈祷以求消除灾祸。

⑲后魏：南北朝时期的魏朝(北魏)。为与三国时期曹魏相区别，故称"后魏"。

⑳荧惑：火星别名。因隐现不定，令人迷惑，故名。

㉑帝车：北斗。

㉒陨(yǔn)：降落。

㉓枯：枯骨。系：拘囚。这里指囚犯。

㉔瞋(chēn)心：佛教术语。怨恨的意念。瞋，发怒。

㉕魔：佛教术语。魔障，魔王所设的障碍。

【译文】

高僧一行，博览群书，无所不知，尤其擅长于术数，深研奥秘，遍知古往之学，当时的学者都不知道他的学问究竟深到何种程度。一行小时候家里贫穷，邻居王姥先后接济他几十万钱。开元年间，一行受到玄宗的器重赏识，所说的话没有不被采纳的，他总想着要报答王姥。不久，王姥的儿子犯了杀人罪，案子还没有了结，王姥拜访一行，向他求救，一行说："您如果要金银布帛，我会十倍地酬报。可是英明的皇上按法办事，我难以向他请求，怎么办呢？"王姥叉手大骂说："认识你这个和尚有什么用！"一行跟随在王姥身后，一再表示歉意，王姥最终也没有回头。一行心里盘算，浑天寺里有几百名工匠，就让他们把房子腾空，然后搬进去一口大瓮，又秘密挑选了两名奴仆，交给他们布袋，吩咐说：

"在某坊的某个角落有一处废弃的园子,你们进去潜伏在园中等候,从中午到黄昏,会有什么东西进园,总数是七,一定要全部抓住,少一个我就打你们。"两个奴仆按吩咐去了。到了酉后,果然有一群猪进了园子,两人把七只猪全部捕获就回来了。一行非常高兴,让他俩把猪放进大瓮里,用木盖子盖上,用六一泥封严实,又用红笔在上面写了几十个梵字,他的徒弟完全弄不明白。第二天早晨,中使敲门说皇上紧急召见。到了便殿,玄宗迎上前问道:"太史上奏说昨天晚上北斗星没有出现,这是什么征兆?大师有办法禳解吗?"一行说:"后魏时,火星曾经消失不现。如今北斗星又不出现,这是自古以来没有发生过的事情,上天在严厉地警告陛下啊。平民百姓不能安生,就会有霜冻和大旱,用大恩大德进行感化,才能消除灾祸。最能感动上天的,大概是在收葬枯骨和释放囚犯吧?佛家认为瞋心会毁掉一切善行,慈悲能降伏一切魔障。依微臣愚见,不如大赦天下。"玄宗听从了他的建议。当天晚上,太史上奏说北斗七星已经出现了一星,总共过了七天,七星全部重现。我觉得这件事情颇为离奇,但是众口广为流传,只得记录下来。

　　1.37 永贞年①,东市百姓王布②,知书,藏镪千万③,商旅多宾之④。有女,年十四五,艳丽聪悟,鼻两孔各垂息肉⑤,如皂荚子⑥,其根如麻线,长寸许,触之,痛入心髓。其父破钱数百万治之,不差⑦。忽一日,有梵僧乞食⑧,因问布:"知君女有异疾,可一见,吾能止之。"布被问大喜,即见其女。僧乃取药,色正白,吹其鼻中。少顷,摘去之,出少黄水,都无所苦。布赏之百金,梵僧曰:"吾修道之人,不受厚施⑨,唯乞此息肉。"遂珍重而去,行疾如飞。布亦意其贤圣也。计僧去五六坊,复有一少年,美如冠玉⑩,骑白马,遂扣其门曰:"适有胡僧到无⑪?"布遽延入,具述胡僧事。其人吁嗟不悦,曰:"马小踠足^⑫,竟后此僧。"布惊异,诘其故。曰:"上帝失乐神二人,近知藏于君女鼻中。我天人也,奉帝命来取,不意此僧先取之,当获谴矣^⑬。"布方作礼,举首而失。

【注释】

①永贞:唐顺宗李诵年号(805)。

②市:市肆。唐都长安,当皇城南面朱雀门,有一条宽阔的南北通衢朱雀门大街,万年县和长安县以此街为界;万年县管辖街东五十四坊及东市,长安县管辖街西五十四坊及西市。

③镪(qiǎng):成串的钱。

④宾:礼敬。

⑤息肉:因黏膜异常而形成的肉瘤。

⑥皂荚:又称"皂角",植物名。落叶乔木,多刺,开黄色小花,结实成荚。

⑦差(chài):"瘥"之古字,病愈。

⑧梵僧:印度僧人。

⑨施:报酬,恩惠。

⑩冠玉:装饰在帽子上的美玉,多用以比喻美男子。冠,帽子。

⑪胡:古代称北方边地与西域的少数民族为胡,也泛指外国。

⑫踠(wò):扭伤筋骨。

⑬谴:责罚。

【译文】

永贞这一年,长安东市百姓王布,读过书,家里非常富有,过往的远方客商都很礼敬他。王布有一个十四五岁的女儿,美丽聪慧,只是两个鼻孔各长了一条形如皂荚的息肉,息肉的根部像条麻线,约有一寸长,一旦触碰,痛入骨髓。王布花了几百万钱,也治不好。忽然有一天,一位印度和尚前来化斋，趁便对王布说："我知道您女儿得了怪病，让我看看，我能治好这个病。"王布被他这么一说，非常高兴，马上让女儿出来见面。和尚取出一种纯白色的药末，吹进女孩鼻孔里。不一会儿，就摘掉了息肉，鼻孔里流出少量黄水，一点儿也不觉得疼痛。王布赏给和尚一百金，和尚说："我是修道的人，不接受丰厚的财物报酬，只求这两块息肉。"于是把息肉珍藏好，健步如飞地离开了。王布猜想这和尚肯定是个圣贤人物。估计梵僧走过了五六条街道，这时又来了一位貌美如玉的青年男子，骑着白马来敲王布的门，问道："刚才有没有一个外国和尚来过？"王布赶紧请他进屋，详细讲述了刚才发生的事。那美男子长吁短叹，很不开心，说："我的马轻微扭伤了蹄子，到底是落在这和尚的后面了。"王布很吃惊，就问其中的缘故。美男子说："上帝走失了两位乐神，最近才知道藏在您女儿的鼻孔里。我是天上的神仙，奉上帝之命来捉拿他们，想不到被这和尚先取走了，我会受到责罚的。"王布正向他行礼，抬起头，美男子就不见了。

1.38 长庆中①，八月十五夜，有人玩月②，见林中光属天如匹布③。其人寻视之，见一金背虾蟆，疑是月中者。工部员外郎张周封尝说此事④，忘人姓名。

【注释】

①长庆：唐穆宗李恒年号（821—824）。

②玩：观赏。

③属（zhǔ）：连接。

④工部：中央官制六部之一，掌管营造工程事项，隋代始设，历代相沿，长官为工部尚书。员外郎：官名。指正员以外的官员；后世此官可以用钱捐买，故常用"员外"指称有钱有势的豪绅。张周

封：字子望，曾为剑南西川节度使（治所成都）从事，著有《华阳风俗录》一书，已佚。在《酉阳杂俎》一书中，张周封其人一共出现了八次，本条之后，又见于8.29条、15.13条、15.28条、17.35条、17.43条、19.23条、X2.12条。

【译文】

长庆年间，有人在八月十五晚上赏月，看见树林中有一道光束直射夜空，就像布匹一样。那个人钻入树林里看个究竟，见到一只金背的虾蟆，怀疑就是月中的那只蟾蜍。工部员外郎张周封说过这件事，只是忘了那人的姓名。

1.39 太和中①，郑仁本表弟，不记姓名，常与一王秀才游嵩山②。扪萝越涧，境极幽夐③，遂迷归路。将暮，不知所之，徙倚间④，忽觉丛中鼾睡声。披榛窥之⑤，见一人布衣，衣甚洁白，枕一襆物⑥，方眠熟。即呼之曰："某偶入此径，迷路，君知向官道否⑦？"其人举首略视，不应，复寝。又再三呼之，乃起坐，顾曰："来此！"二人因就之，且问其所自。其人笑曰："君知月乃七宝合成乎⑧？月势如丸，其影，日烁其凸处也。常有八万二千户修之，予即一数。"因开襆，有斤凿数事，玉屑饭两裹⑨，授与二人，曰："分食此，虽不足长生，可一生无疾耳。"乃起，与二人指一支径："但由此，自合官道矣。"言已，不见。

【注释】

①太和：亦作"大和"。唐文宗李昂年号（827—835）。

②常：通"尝"，曾经。秀才：唐代科举有秀才科，后世逐渐废去，仅

用作对一般儒生的称呼;明清两代则专门用来称呼府、州、县学的生员。嵩山:在河南登封境内,为五岳名山之中岳。

③幽夐(xiòng):幽深。夐,深远。

④徙倚:徘徊,逡巡。

⑤榛(zhēn):丛生的荆棘。

⑥襆(fú):同"襥",衣包,包袱。

⑦官道:官府修筑的路,大路。

⑧七宝:佛教术语。所指或为七种珍宝,或为七种王宝。这里指七种珍宝:一金,二银,三吠琉璃,四颇胝迦,五牟呼羯婆(砗磲),六遏湿摩娑(玛瑙),七赤真珠。

⑨玉屑饭:仙人的食物。玉屑,玉的碎末。《汉书•郊祀志》:"其后又作柏梁、铜柱、承露仙人掌之属矣。"颜师古注:"《三辅故事》云:'建章宫承露盘,高二十丈,大七围,以铜为之,上有仙人掌承露,和玉屑饮之。'"

【译文】

大和年间,郑仁本的表弟,忘了他的姓名,曾经和一位姓王的秀才游览嵩山。他们攀援藤萝,越过山涧,所到之处,幽深隐僻,因而迷路了。天快黑了,他们还找不着方向,正在进退两难的时候,忽然听到丛林中有打鼾的声音。拨开荆棘偷偷察看,只见一个人身穿洁白的布衣,枕着一个包袱,睡得正香。两人便叫醒他说:"我们偶然走到这里,迷路了,您知道去往大路该怎么走吗?"那人抬头扫了一眼,没有答话,又睡了。两人再三地喊他,那人才坐起身,扭头对他们说:"过来吧!"两人于是走上前去,并问他来自何方。那人笑着说:"你们知道月亮是由七种宝物合成的吗?月亮的形状像个圆球,月亮上的阴影,是由于日光照在它表面凸起的地方而造成的。常有八万二千人修凿月亮,我就是其中之一。"说着解开包袱,里面有斧头和凿子等工具,还有两团玉屑饭,那人把玉屑饭送给两人,说:"你们分吃了玉屑饭,虽然不能够长生不老,但可以一辈子不生病。"说着站起身来，给两人指了一条小路："只要顺着这条路走，自然会走到大路上去。"说完人就不见了。

前集卷二

玉格

【题解】

《四库全书总目》说:"贝编、玉格、天咫、壶史诸名,则在可解不可解之间,盖莫得而深考矣。"宋代张君房《云笈七签》卷三说:"东殿金房玉格,有宝经三百卷,玉诀九千篇。"据此可以认为玉格在这里是道书的代称。本篇共计四十条,多为神仙道教之言,包括道教的三界诸天、名山福地、洞天六宫、神仙谱系、人体三尸、仙药灵芝、道教图籍、尸解,以及其他神仙鬼异之事,主要本自葛洪《抱朴子·内篇》、陶弘景《真诰》及《真灵位业图》、《魏书·释老志》、北周武帝《无上秘要》、唐王悬河《三洞珠囊》及其他典籍。段成式广涉道书,腹笥丰盈,本篇内容博杂,涉及道教的方方面面,其中大量的宗教术语,以及道教名物如图籍、仙药名目等等,实难一一索解。至于其所记载道徒事迹、仙境奇遇等,则叙事详备,首尾完整,可读性强。

2.1 道列三界诸天①,数与释氏同②,但名别耳③。

三界外曰四人境④,谓常融、玉隆、梵度、贾奕四天也。

四人天外曰三清⑤,大赤、禹余、清微也。

三清上曰大罗⑥。又有九天⑦:波利等九名⑧。

【注释】

①三界：佛教把世俗世界分为欲界、色界、无色界。欲界为具有食欲、淫欲的众生所居；色界位于欲界之上，为已离食、淫二欲的众生所居；无色界在色界之上，为无形体的众生所居。在南北朝时，佛教三界之说被引入道教。诸天：是佛教中管领一方的天神，是佛法的护持者，级别相当于人世间的帝王。天神所居之处也称为天。

②释氏：佛家。

③但名别耳：道教诸天之名和佛教诸天之名不同。

④四人境：宋张君房《云笈七签》卷二一："（后四天）三界之上，而有八清天名，三清降气，下生三界。今按八清天内而有太清天名，重明太清梵行之天，而生四民贾奕、龙变、太释、常融等四天也。"

⑤三清：道教天神所居之胜境。也指居于三清胜境之天神。宋张君房《云笈七签》卷三："（道教三洞宗元）其三清境者，玉清、上清、太清也，亦名三天。其三天者，清微天、禹余天、大赤天也。天宝君治在玉清境，即清微天也，其气始清。灵宝君治在上清境，即禹余天也，其气元黄。神宝君治在太清境，即大赤天也，其气玄白。"

⑥大罗：即大罗天，道教最高之天，位于三清之上。

⑦九天：《洞真太上太霄琅书》卷一："九天元始号：上第一天名郁单无量天……第二天名上上禅善无量寿天……第九天名波梨答惒天，一名大梵天，去下五百亿二十万里，其天别置三天之号，皆隶于大梵天也，太真王治于波梨答惒天。其天人寿四劫，如世间二千五百岁。"

⑧波利：上引第九天"波梨答惒天"的简称。

【译文】

道教列三界诸天，数量和佛教相同，只是名称有差别。

三界之外是四人境,说的是常融、玉隆、梵度、贾奕四天。

四人天之外是三清天,即大赤、禹余天、清微天三胜境。

三清天之上是大罗天。又有九天之说:共有波梨答恕天等九种名称。

2.2 天圆十二纲①,天纲运关②,三百六十转为一周,天运三千六百周为阳孛③。地纪推机,三百三十转为一度,地转三千三百度为阴蚀④。天地相去四十万九千里,四方相去万万九千里。

【注释】

①纲:纲柄。《无上秘要》卷六引《洞真三天正法经》:“天圆十二纲,地方十二纪。天纲运关,三百六十轮为一周;地纪推机,三百三十轮为一度。天运三千六百周为阳勃,地转三千三百度为阴蚀。”

②关:天关。宋张君房《云笈七签》卷二引《上清三天正法经》:“天关在天西北之角,与斗星相御。北斗九星则天关之纲柄,玉晨之华盖,梵行九天十二辰之气。斗纲运关,则九天并转。”

③阳孛(bèi):指天之阳气运转九千九百周之后,激荡迭变,亢阳为灾,阴阳失调,从而导致整个世界产生毁灭性的灾变。

④“地纪推机”三句:宋张君房《云笈七签》卷二引《上清三天正法经》:“地机在东南之分,九泉之下,则九河之口,吐翕灵机。上通天源之淘注,傍吞九洞之渊澳,以十二时纪,推四会之水东回。一昼一夜,则气盈并凑九河之机。昼夜三十三日,机转西北,回东北,张西南,翕东南。张则溢,翕则亏,周于四会,天源下流涌波,是为一转。三百三十转为一度。一度则水母促会于龙王,河侯受封于三天。三千三百度谓之阴否,阴否则蚀,阴蚀则水涌河

决,山沦地没。"地纪,地的根纽。

【译文】

上天圆浑有十二纲,天纲运转天关,三百六十转为一周,运转三千六百周就会发生阳孛。地纪推动地机,运转三百三十转为一度,运转三千三百度就会发生阴蚀。天地相距四十万九千里,四方相距万万九千里。

2.3 名山三百六十,福地七十二^①,昆仑为天地之齐^②。又九地、三十六土、八酒仙宫^③,言冥谪阴者之所。

【注释】

①福地:宋张君房《云笈七签》卷二七:"太上曰:其次七十二福地,在大地名山之间,上帝命真人治之,其间多得道之所。"其下详列七十二福地之名及所处之地。

②昆仑:道教仙境三岛之一。宋张君房《云笈七签》卷二六"昆仑":"昆仑一号昆陵,在西海戌地,北海之亥地,地方一万里,去岸十三万里,又有弱水周回绕匝。……此乃天地之根纽,万度之纲柄矣。"

③九地:九泉之下,阴曹三涂,地之最深处。宋张君房《云笈七签》卷十一引《洞神经》:"天有九星,两星隐,故曰九天。地有九宫,故称九地。人有九窍,故称九生。"三十六土:宋张君房《云笈七签》卷二二:"如是天地各有三十六分,天则有三十六天王以应三十六国,地则有三十六土皇以应三十六天。天王典真,土皇主仙。"八酒:刘传鸿《〈酉阳杂俎〉校证:兼字词考释》:"'八酒'当作'八溟(溟,海)'。"

【译文】

名山共有三百六十座,福地共有七十二处,昆仑是天地的枢纽。另外,九地、三十六土、八溟仙宫这些名称,指的是地府贬谪鬼的地方。

2.4 有罗酆山,在北方癸地^①,周回三万里,高二千六百里。

【注释】

①有罗酆(fēng)山,在北方癸(guǐ)地:南朝陶弘景《真诰》卷十五:"罗酆山在北方癸地,山高二千六百里,周回三万里。其山下有洞天,在山之周回一万五千里。其上其下并有鬼神宫室,山上有六宫,洞中有六宫,辄周回千里,是为六天,鬼神之宫也。"原注:"此癸地未必以六合为言,当是于中国指向也,则当正对幽州、辽东之北,北海之中,不知去岸几万里耳。"

【译文】

有罗酆山,在北方癸地,四周有三万里,高二千六百里。

2.5 洞天六宫,周一万里,高二千六百里,是为六天^①,鬼神之宫。

【注释】

①六天:赵益《地下主者·冢讼·酆都六天宫及鬼官——〈真诰〉冥府建构的再探讨》(《古典文献研究》2008 年第十一辑):"'六天'是魏晋以降新生道教的一个重要概念,它最初的基本含义是统领酆都的鬼神,有的时候亦可代指幽府鬼神世界,后来则逐渐转化为一种代表旧世界、旧时代的恶鬼。《真诰》'酆都'中'六天'的意义,总体上仍是指死后的鬼神世界。"

【译文】

罗酆山洞天六宫，四周有一万里，高二千六百里，这是六天，鬼神的宫室。

2.6 六天，一曰纣绝阴天宫，二曰泰煞谅事宫，三曰明辰耐犯宫，四曰恬照罪气宫，五曰宗灵七非宫，六曰敢司连苑宫①。人死皆至其中，人欲常念六宫名②。

空洞之小天，三阴所治也③。又耐犯宫主生④，纣绝天主死⑤。

祸福续命，由恬照第四天鬼官北斗君所治⑥，即七辰北斗之考官也⑦。项梁城《酆都宫颂》曰⑧："纣绝标帝晨⑨，谅事构重阿⑩。炎如霄汉烟，勃如景耀华⑪。武阳带神锋，恬照吞清河。阊阖临丹井⑫，云门郁嵯峨⑬。七非通奇灵，连苑亦敷魔⑭。六天横北道⑮，此是鬼神家。"凡有二万言，此唯天宫名耳。夜中微读之，辟鬼魅。

【注释】

①"一曰纣绝阴天宫"六句：南朝陶弘景《真诰》卷十五："（酆都山洞天六宫）第一宫名为纣绝阴天宫，以次东行。第二宫名为泰煞谅事宗天宫。第三宫名为明晨耐犯武成天宫。第四宫名为恬照罪气天宫。第五宫名为宗灵七非天宫。第六宫名为敢司连宛屡天宫。凡六天宫，是为鬼神六天之治也。"

②人欲常念六宫名：南朝陶弘景《真诰》卷十五："世人有知酆都六天宫门名，则百鬼不敢为害。欲卧时，常北向祝之三遍，微其音也，祝曰：'吾是太上弟子，下统六天，六天之宫，是吾所部，不但

所部,乃太上之所主。吾知六天之宫名,故得长生,敢有犯者,太上当斩汝形。'第一宫名纣绝阴天宫,以次东行,第二宫名……从此以次,讫六宫止。乃啄齿六下,乃卧,辟诸鬼邪之气。"

③三阴:《洞真太上说智慧消魔真经》卷一注:"三阴者,五帝之三官也,治罪人之死生矣。"

④耐犯宫主生:南朝陶弘景《真诰》卷十五:"贤人、圣人去世,先经明晨第三天宫受事。"主,掌管。

⑤纣绝天主死:南朝陶弘景《真诰》卷十五:"人初死,皆先诣纣绝阴天宫中受事。"

⑥北斗君所治:南朝陶弘景《真诰》卷十五:"祸福吉凶,续命罪害,由恬照第四天宫鬼官北斗君治此中。鬼官之北斗,非道家之北斗也,鬼官别有北斗,以司生杀尔。"北斗君,又称"北君"、"北帝"、"黑帝",是主管死事的最高神。

⑦七辰北斗之考官:南朝陶弘景《真诰》卷十五:"鬼官北斗君乃是道家七辰北斗之考官。此鬼一官又隶九星之精,上属北晨玉君。"原注:"天上北斗有所司察,故鬼官亦置此职,以精象相应,统领既关璇玑,是仰隶太上之曹也。"考,考校,司察。

⑧项梁城《酆都宫颂》:南朝陶弘景《真诰》卷十五引有全文,原注:"《苏韶传》云:'鬼之圣者有项梁城,贤者有吴季子。'但不知项是何世人也。或恐是项羽之叔项梁,而不应圣于季子也。"颂,颂赞。

⑨帝晨:帝星。晨,通"辰",星宿。

⑩构重阿:建起高大的宫殿。阿,宫室宗庙四角翘起来的屋檐,代指宫殿。

⑪勃:盛。景耀华:七曜的光芒。景耀,大星,指七曜。耀,通"曜"。

⑫阊阖(chāng hé):天门。丹井:合炼外丹的基本设备,除应具备一般饮用水井的各种功能之外,还必须地处阳脉,产阳脉之水。

⑬云门：代指高大的楼观。郁：盛。嵯峨：高峻的样子。

⑭敷：通"伏"，降伏。按，以上"纣绝"、"谅事"、"武阳"、"恬照"、"七非"、"连苑"，皆六天宫之简称。

⑮北道：即前引之"北方癸地"。

【译文】

六天鬼神之宫，第一宫名为纣绝阴天宫，第二宫名为泰煞谅事宫，第三宫名为明辰耐犯宫，第四宫名为恬照罪气宫，第五宫名为宗灵七非宫，第六宫名为敢司连苑宫。人死后都会到这六宫里，人要随时念诵六宫的名称，这样能避免鬼的伤害。

空洞小天，由三阴掌管。又耐犯宫掌管生，纣绝宫掌管死。

祸福续命之事，由第四宫恬照罪气宫的鬼官北斗君所掌管，北斗君即七辰北斗的考校官员。项梁城有一篇《酆都宫颂》，是这样写的："纣绝标帝晨，谅事构重阿。炎如霄汉烟，勃如景耀华。武阳带神锋，恬照吞清河。阊阖临丹井，云门郁嵯峨。七非通奇灵，连苑亦敷魔。六天横北道，此是鬼神家。"总共有两万字，这里仅是有关六天宫名的部分。晚上小声地读，可以驱除鬼怪。

2.7 酆都稻①，名重思②，其米如石榴子，粒稍大，味如菱③。杜琼作《重思赋》曰："霏霏春暮④，翠矣重思⑤。灵气交被，嘉谷应时⑥。"

【注释】

①酆都：即前面所说的罗酆山。

②重思：南朝陶弘景《真诰》卷十五："酆都稻，名重思，其米如石榴子，粒异大，色味如菱，亦以上献仙官。"

③菱：菱角。

④霏霏：小雨飘落的状貌。

⑤翠：青翠。

⑥应时：适应时令。

【译文】

罗鄞山的水稻名叫重思，稻米像石榴的颗粒，但是略微大些，味道就像菱角。杜琼作《重思赋》说："霏霏春暮，翠矣重思。灵气交被，嘉谷应时。"

2.8　夏启为东明公①，文王为西明公②，邵公为南明公③，季札为北明公④，四明主领四方鬼⑤。至忠至孝之人，命终皆为地下主者⑥，一百四十年乃授下仙之教，授以大道。有上圣之德，命终受三官书为地下主者⑦，一千年乃转三官之五帝⑧，复一千四百年方得游行太清⑨，为九宫之中仙⑩。又有为善爽鬼、三官清鬼者⑪，或先世有功在三官，流逮后嗣⑫，或易世练化⑬，改氏更生，此七世阴德，根叶相及也。命终，当道遗脚一骨以归三官⑭，余骨随身而迁⑮，男左女右⑯，皆受书为地下主者，二百八十年乃得进受地仙之道矣⑰。

【注释】

①夏启：姒(sì)姓，禹之子。禹死后继位，遂开君主世袭之制。

②文王：即为周文王，姓姬，名昌。为西方诸侯之长，又称"西伯"。其子周武王伐纣灭商，建立周朝。

③邵公：即为召(shào)公，姓姬，名奭(shì)。周武王之臣(或以为周文王庶子)，因封地在召，故名。

④季札：春秋时吴王寿梦之季子。寿梦欲传位于他，推辞不受，封于延陵，故称"延陵季子"。在当时以多闻著称。

⑤四明主领四方鬼：南朝陶弘景《真诰》卷十五："夏启为东明公，领斗君师。文王为西明公，领北帝师。邵公奭为南明公。吴季札为北明公。四明公复有宾友四人。然此四公后并当升仙阶也。四明主领四方鬼。"

⑥地下主者：赵益《地下主者·冢讼·酆都六天宫及鬼官——〈真诰〉冥府建构的再探讨》（《古典文献研究》2008 年第十一辑）："战国秦汉以降的'地主'、'地下主'，当是对上古原始地祇信仰的一种延续。上古地祇信仰存在着两种发展趋向：一是逐渐被纳入国家祠祀系统。……二是在民间层面中，'地主'、'地下主'则较多呈现出'地下神'的性质，具有冥府神的意味。"《真诰》的地下主，"在实质内容上则体现出新创"，"（它的）最根本性质是'不隶酆都'，'不受制三官'，并能通过不断的进阶达于仙位。尽管在名义上是地下之'主'，但其本质属性却并不是'下鬼'，也不是'冥府神'"。

⑦三官书：赖全《论道教三官信仰及其宗教象征意义》（《宗教学研究》2010 年第 2 期）："所谓'三官手书'，即是道教信徒有病时，由教职人员行特定的宗教请祷仪式，在纸上写下病人的名字和服罪的忏悔，之后一式三份，分别置于山巅、埋于地下、沉于水中。简单来说，'三官手书'是张陵所创五斗米道进行符水治病的一种形式。'三官'具体指代的是赐福天官、赦罪地官、解厄水官。"

⑧五帝：道教神祇，分别为青帝、赤帝、黄帝、白帝、黑帝。

⑨游行：漫游。太清：清微天，三清胜境之一，其境在玉清、上清之上。

⑩为九宫之中仙：南朝陶弘景《真诰》卷十六："夫有上圣之德，既终，皆受三官书为地下主者，一千年乃转补三官之五帝，或为东西南北明公，以治鬼神。复一千四百年，乃得游行太清，为九宫之中仙也。"

⑪善爽鬼：南朝陶弘景《真诰》卷十六："夫有萧邈之才，有绝众之望，养其浩然，不营荣贵者，既终，受三官书为善爽之鬼，四百年乃得为地下主者。"三官清鬼：南朝陶弘景《真诰》卷十六："夫有至贞至廉之才，既终，受书为三官清鬼，二百八十年乃得为地下主者。"

⑫流逮：延及，波及。

⑬练化：修炼化育。练，通"炼"。

⑭当道遗脚一骨以归三官："道"为衍字。南朝陶弘景《真诰》卷十六："先世有功在三官，流逮后嗣，或易世炼化，改氏更生者，此七世阴德，根叶相及也。既终，当遗脚一骨以归三官，余骨随身而迁也。男留左，女留右，皆受书为地下主者，二百八十年乃得进受地仙之道矣。"

⑮迁：迁化，迁转。

⑯男左女右：见注⑭。

⑰地仙：道教仙人谱系有鬼仙、人仙、地仙、天仙。地仙有神仙之才，无神仙之分，得长生不死，而作陆地闲游之仙，为仙之中品。赵益《地下主者·冢讼·酆都六天宫及鬼官——〈真诰〉冥府建构的再探讨》（《古典文献研究》2008年第十一辑）："'善爽之鬼'、'清鬼'亦能进升为地下主者乃至为仙，这在根本上符合前述那种被加入道德内容的原始信仰观念：罪恶的灵魂将不断沉沦，而善良的灵魂，在一系列的脱生中，将上升而直到成神。"

【译文】

　　夏启是东明公，周文王是西明公，邵公是南明公，季札是北明公，这四明公管理四方的鬼。至忠至孝的人，死后都是地下主者，一百四十年后被传授下仙的教义，被授以大道。具有上圣之德的人，临终时接受三官手书而任地下主者，一千年之后就转为三官之五帝，再过一千四百年才能漫游太清胜境，成为六天九宫的中仙。又有做善爽鬼、三官清鬼的,要么祖先有功于三官,功德延及后代,要么下一代修炼化育,再世为人,这是祖先七世阴德,荫及子孙。死的时候,会把一根脚骨留给三官,其余的骨头随着遗体就迁化了,男的留下左脚骨女的则是右脚骨,都接受三官手书为地下主者,二百八十年后,就能够进一步达到地仙的阶位。

2.9 炎帝甲为北太帝君①,主天下鬼神。《三元品戒》、《九真明科》、《九幽章》皆律也②,连宛泉曲、泰煞九幽、云夜、九都、三灵、万掠、四极、九科③,皆治所也。三十六狱,流沙赤等号。溟澪狱④,北岳狱也。又二十四狱,有九平、元正、女青、河伯等号⑤。人犯五千恶为五狱鬼,六千恶为二十八狱因,万恶乃堕薜荔狱也⑥。

【注释】

①炎帝甲为北太帝君:南朝陶弘景《真诰》卷十五:"炎庆甲者,古之炎帝也,今为北太帝君,天下鬼神之主也。"原注:"炎帝神农氏,造耕稼,尝百药,其圣功不减轩辕、颛顼,无应为鬼帝。又黄帝所伐大庭氏称炎帝,恐当是此,非神农也。"

②《三元品戒》:道书名。全称为《太上洞玄灵宝三元品戒功德轻重经》。《九真明科》:道书名。即《太上九真明科》,又名《玄都九真明科》。《九幽章》:道书名。疑即《太上慈悲九幽拔罪忏》。

③连宛泉曲、泰煞九幽:《太上洞玄灵宝三元品戒功德轻重经》二:"北酆宫置左右中三府:左府号连宛泉曲府,主生,太阳火官考。右府号泰杀九幽府,主死,太阴水官考。"云夜、九都、三灵、万掠、四极、九科:刘传鸿《〈酉阳杂俎〉校证:兼字词考释》:"(云夜)道书未见载录,疑为'寒夜'之误。《太上洞玄灵宝三元品戒功德轻

重经》二记寒夜及九都、三灵、万掠、四极、九科等曹,均为北酆宫置左右中三府所统,正与《杂俎》文相应。"

④溟澪(míng líng)狱:地狱名。

⑤九平、元正、女青、河伯:《太真玉帝四极明科经》卷一:"酆都山在北方癸地,山上有八狱……第五九平狱……第八元正狱。八狱主上天三官。山中央又有八狱……山下又有八狱……第六河伯狱,第七累劫狱,第八女青狱。八狱主下三官。凡二十四狱,并置酆都山之北。"

⑥"人犯五千恶为五狱鬼"三句:宋张君房《云笈七签》卷九十二:"凡人有一千恶者后代祅逆,二千恶者为奴厮,三千恶者六疾孤穷,四千恶者恶病流徙,五千恶者为五狱鬼,六千恶者为二十八狱囚,七千恶者为诸方地狱徒,八千恶者堕寒冰狱,九千恶者入无边底狱,一万恶者堕薜荔狱。"薜荔(bì lì),"薜荔多"的简称,又作"闭黎多"、"闭丽多"等,本是佛教术语,饿鬼(鬼中最劣者)总名。

【译文】

炎帝甲是北太帝君,主管天下鬼神。《三元品戒》、《九真明科》、《九幽章》,都是地府律令,连宛泉曲、泰煞九幽、寒夜、九都、三灵、万掠、四极、九科,都是地府所在地。三十六狱,有流沙赤等名号。溟澪狱,是北岳地狱。此外二十四狱,有九平、元正、女青、河伯等名号。人犯了五千恶死后就是五狱鬼,犯了六千恶就是二十八狱囚犯,犯了万恶就会堕入薜荔狱。

2.10 罪簿有黑录、白簿、赤丹编简①。刑有搪蒙山石副太山、搪夜山石塞河源②,及西津水寘东海③,风刀,电风④,积夜河⑤。

【注释】

①黑录：底本作"黑、绿"。录，繁体作"錄"，刘传鸿《〈酉阳杂俎〉校证：兼字词考释》："錄，各本误作'绿'。按《上清道宝经》卷一：'太阴诸死生有黑录、白簿、赤丹简编。'"赤丹编简：宋张君房《云笈七签》卷七"丹书墨录"："《太真科》云：'丹简者，乃朱漆之简，明火主阳也。墨录者，以墨书文，明水主阴也。'"

②搪蒙山石副太山：宋张君房《云笈七签》卷七十四："《青精上仙灵方》……传非其人，宣泄宝文，身考三官，死为下鬼，搋濛山之石，填积夜之河。"搪，应为"搋（liǎn）"，担运。副，助。太山，泰山。搪夜山石塞河源：《上清大洞九微八道大经妙箓》："若有违犯，七玄父母，考罚于幽官，搋石负砂，以塞河源。"

③及西津水寘（tián）东海：《太微灵书紫文琅玕华丹神真上经》："其不奉科条……身没为下鬼，削除仙简，搋北淇之石，副之太山，汲西津之水，致之东海。"及，通"汲"，汲引。寘，通"填"，填塞。

④电风：宋张君房《云笈七签》卷二十："（反行法）微祝曰：……有恶某者，刑之电风，奸谋断舌，裔之十方。"

⑤积夜河：见注②。

【译文】

记录罪恶的簿册，有黑簿、白簿、红色简编。地府刑罚有担运蒙山石去垒积泰山，担运夜山石去填塞黄河源头，汲引西津水去填满东海，风刀，电风，填塞积夜河。

2.11 鬼官有七十五品①。仙位有九太帝，二十七天君，一千二百仙官，二万四千灵司②，三十二司命。三品、九品、七城、九阶、二十七位、七十二万之次第也③。

【注释】

①鬼官有七十五品：南朝陶弘景《真灵位业图》："鬼官见有七十五职，名显者一百一十九人。"品，品类，品级。

②"仙位有九太帝"四句：唐杜光庭《道德真经广圣义》卷二："由是常在太清境太极宫丹台紫阙玉堂之中，有三大仙、九太帝、二十七天君、八十一卿大夫、千二百仙官，二万四千灵司、七万仙童玉女……备卫左右。"太帝，天帝。道教神仙谱系中的高位天神。天君，道教神仙的一种。指雷部诸神。仙官，有职位、有爵禄的神仙。

③三品、九品、七城、九阶、二十七位：唐王悬河《三洞珠囊》卷七二："宋文明《通门》下云：上品曰圣，中品曰真，下品曰仙也。圣品以复有三也，真品也复有三也，仙品复有三也，合为九品。又各有三，合为二十七品也。"七城，疑为"七域"，指修仙的七种境界。《七域修真证品图》："修道之法，从凡至圣，升降七域。一域所修凡万四千法，七域之中，九万八千修道之门户，登真之路径，皆在勤而能久，可致升天矣。……第一初果洞宫仙人……第二次果名山之上虚宫地真人……第三次果为九宫真人……第四次果证位为太清上仙……第五太极真人果位……第六果位为上清真人，第七极果为玉清圣人。"次第：次序。

【译文】

鬼官有七十五种品级。仙位有九太帝，二十七天君，一千二百仙官，二万四千灵司，三十二司命。有圣、真、仙三品；每品有三，合为九品；从凡人到圣有七域；九阶；九品各有三品，合为二十七位；七十二万之次序。

2.12　老君西越流沙①，历八十一国，乌弋、身毒为浮屠②，化被三千国③。有《九万品戒经》，汉所获大月支《复立经》是也④。孔子为元宫仙⑤。

【注释】

①老君：即为老子，姓李，名耳，又名老聃。道家学派创始人，曾为周藏书室史官，著《老子》五千言，建立了以"道"为最高范畴的思想体系。汉代以后，被神化为道教教祖，称为"太上老君"。唐高宗时，尊老子为"玄元皇帝"。

②乌弋：西域古国名。在今阿富汗南部。《汉书·西域传》："乌弋山离国，王去长安万二千二百里。不属都护。"身毒：古印度别称。唐释玄奘《大唐西域记》卷二："详夫天竺之称，异议纠纷，旧云身毒，或曰贤豆，今从正音，宜云印度。"浮屠：梵文音译，也作"浮图"，即佛陀，佛教徒。后来也称佛塔为浮屠。

③化：教化，化育。

④大月支：也作"大月氏(zhī)"。《汉书·西域传》："大月氏国，治监氏城，去长安万一千六百里。不属都护。"

⑤孔子为元宫仙：刘传鸿《〈酉阳杂俎〉校证·兼字词考释》："陶弘景《洞玄灵宝真灵位业图》'太极上真公孔丘'。道书未见称孔子为元宫仙者。"

【译文】

太上老君向西穿越流沙之地，经过八十一个国家，一直走到乌弋、身毒国，化身成佛，教化泽被三千个国家。有《九万品戒经》，即汉朝所得到的大月支国的《复立经》。孔子是元宫仙。

2.13 佛为三十三天仙，延真宫主①，所为道在竺乾有古先生②，善入无为③。

【注释】

①佛为三十三天仙,延真宫主:《魏书·释老志》:"经云:佛者,昔于西胡得道,在三十二天,为延真宫主。"

②竺乾:天竺。古先生:道教为贬抑佛教,称老子西至天竺,为佛传道,自号为古先生。王维《过乘如禅师萧居士嵩丘兰若》:"深洞长松何所有? 俨然天竺古先生。"

③无为:道家思想的核心范畴。老子从天道自然无为的前提出发,主张人应依从天道,顺其自然,无所作为。

【译文】

佛是三十三天仙,延真宫主,所传之道本自天竺古先生,善入无为之境。

2.14《释老志》亦曰①:佛于西域得道②。陶胜力言③:"小方诸国多奉佛④,不死,服五星精⑤,读夏《归藏》⑥,用之以飞行也。藏经,菩萨戒也⑦。"

【注释】

①《释老志》:即《魏书·释老志》。在诸史中首次记载释、道二教始末。

②西域:西域之称始于汉朝。狭义的西域指玉门关以西、葱岭以东的地域,广义的西域则指凡经过此域所能到达的地区,包括中西亚、印度半岛、东欧以及北非部分地区。

③陶胜力:即为陶弘景(456—536),字通明,丹阳秣陵(今江苏南京)人。初为齐诸王侍读,后隐居句容句曲山,自号华阳隐居。因佐萧衍夺齐帝位,建梁朝,参与机密,时号"山中宰相"。著有《真灵位业图》、《真诰》等道书,晚年受佛教五大戒,主张儒、释、

道三教合流。

④小方诸国:仙人所居之国。南朝陶弘景《真诰》卷九:"方诸正四方,故谓之方诸。一面长一千三百里,四面合五千二百里。上高九千丈,有长明太山、夜月高丘,各周回四百里,小小山川如此间耳。……方诸东西面,又各有小方诸,去大方诸三千里,小方诸亦方,面各三百里,周回一千二百里,亦各别有青君宫室。"

⑤服五星精:南朝陶弘景《真诰》卷九:"大方诸之西小方诸上,多有奉佛道者。有浮图,以金玉镂之,或有高百丈者,数十层楼也。其上人尽孝顺而不死,是食不死草所致也。皆服五星精,读夏《归藏经》,用之以飞行。"

⑥《归藏》:三《易》之一。三《易》,一名《连山》,二名《归藏》,三名《周易》。郑玄解释"归藏"说:"《归藏》者,万物莫不归而藏于其中也。"

⑦菩萨戒:大乘菩萨僧所持之戒律。

【译文】

《魏书·释老志》也说:佛在西域得道开悟。陶弘景说:"小方诸国大都信佛,长生不死,服用五星精,读华夏的《归藏》,用它来飞行。藏经,就是菩萨戒。"

2.15 方诸山在乙地①。

【注释】

①方诸山:见上条注④。乙地:东方。

【译文】

方诸山在东方。

2.16 太极真仙中^①,庄周为闬编郎^②。八十一戒,千二百善,入洞天。二百三十戒,二千善,登山上灵官。万善,升玉清^③。

【注释】

①太极:宇宙的原初本体,用以形容道之极高境界。

②庄周(前369—前286):名周,宋国蒙(今河南商丘)人。他继老子之后,建立起以"道"为主干的思想体系,故与老子并为道家宗师,合称"老庄"。唐玄宗时,诏为"南华真人",《庄子》也被称作《南华经》。闬编郎:南朝陶弘景《真诰》卷十四:"(庄子)白日升天,上补太极闬编郎。"

③"八十一戒"八句:《七域修真证品图》:"学道之中,初修下品洞宫九转仙行。……如上九行,修之不缺,仍具百八十戒,有千二百善功,兼修太清经位,为名山洞宫仙人。……山上虚宫仙人,初修九转真行……已上有九行,修之不缺,仍具二百四十戒,有二千善功,兼修太清经位,为五岳名山上虚宫地真人。……玉清圣人,初修前九转之行及三百众戒,有一万善功,兼修太上之道及三品真经者,位为玉清圣人。"洞天,本指幽深的山洞或地穴,道教指神仙所居的名山胜境。宋张君房《云笈七签》卷二七:"(十大洞天)太上曰:十大洞天者,处大地名山之间,是上天遣群仙统治之所。"其下细列十大洞天之名:王屋山、委羽山、西城山、西玄山、青城山、赤城山、罗浮山、句曲山、林屋山、括苍山。玉清,三清胜境之一。

【译文】

太极真仙中,庄周是闬编郎。持守八十一戒,行善一千二百件,进入洞天福地。持守二百三十戒,行善二千件,升任山上灵官。行善一万件，则升入玉清胜境为仙。

2.17名在琼简者①，白志见腹②；名在篆籍者，目有绿
筋③；名在金赤书者，阴有伏骨；名在琳札青书者，胸有偃骨；
名在方诸者，掌理回菌。有前相，皆上仙也，可不学，其道自
至④。其次鼻有玄山，腹有玄丘，亦仙相也。或口气不洁，性
耐秽，则坏玄丘之相矣⑤。

【注释】

①琼简：玉简。

②白志见腹：唐王悬河《三洞珠囊》卷八："若太素有琼简金名者，则
　其人必白志见于腹，口中有紫气。"志，通"痣"。

③目有绿筋：唐徐坚等《初学记》卷二三引《道君列纪经》："斗中若
　有玄篆玉籍者，则目有绿筋。"

④"名在金赤书者"十句：唐王悬河《三洞珠囊》卷八："若上清有金
　书玉篆者，则其人背志如河魁，胸前有偃骨。……若三元官有琳
　札青书者，则其人紫脑锦舌，玄志鬓际，绿肠朱髓，方足圆额，阴
　有伏骨，软发紫泽，孔门三阙，起居似涩，眼有流光，青精凝液，掌
　文四菌，齿牙三腭。……诸有如此上十三形，悉皆上相，必得上
　仙，亦可学而得，亦可不学而获。"伏骨，此伏骨及下"偃骨"，均指
　仙骨。皮日休《寄题玉霄峰叶涵象尊师所居》："子细扪心无偃
　骨，欲随师去肯相容？"回菌，刘传鸿《〈酉阳杂俎〉校证：兼字词考
　释》："'回菌'即回旋盘曲，文献中极少用。"按，引文中"四菌"，应
　为"回菌"之误。

⑤"其次鼻有玄山"六句：唐王悬河《三洞珠囊》卷八"相好品"："其
　次鼻上有玄山，玄山者，鼻上有黑志是也。又当使腹上有玄丘对

玄山也,玄丘者,亦黑志也。若阙其一,皆不合仙相。若口臭而
性耐秽者,都坏玄山、玄丘之相矣。"

【译文】

名字在琼简的人,腹部有白痣;名字在篆籍的人,眼睛有绿筋;名字在金赤书的人,阴部有伏骨;名字在琳札青书的人,胸部有偃骨;名字在方诸的人,手掌的纹理回旋盘曲。有前述异相的人,都是上仙,可以不加修炼,仙道自然就来。其次鼻子上有黑痣,腹部有黑痣,也都是成仙之相。倘若有口臭,惯于肮脏污秽,就会破坏这种异相。

2.18　五脏、九宫、十二室、四支、五体、三焦、九窍、百八十机关、三百六十骨节①,三万六千神随其所而居之②。魂以精为根,魄以目为户。三魂可拘③,七魄可制④。庚申日⑤,伏尸言人过⑥。本命日⑦,天曹计人行⑧。三尸一日三朝⑨:上尸青姑,伐人眼⑩;中尸白姑,伐人五脏;下尸血姑,伐人胃命。亦曰玄灵⑪。又曰:一居人头中,令人多思欲,好车马,其色黑;一居人腹,令人好食饮,恚怒⑫,其色青;一居人足,令人好色,喜煞⑬。七守庚申三尸灭⑭;三守庚申三尸伏。

【注释】

①五脏:心、肝、肺、肾、脾为五脏。九宫:人体九个部位,有脑部九宫和脏腑九宫。十二室:即十二宫,人的面部据以测算祸福命运的十二个部位。支:"肢"的古字。三焦:食道、胃、肠等部分,分上、中、下三焦。九窍:九孔。阳窍有七,眼、耳、鼻、口;阴窍有二,大小便处。机关:比喻人体器官。

②三万六千神:宋张君房《云笈七签》卷二九"禀受章"引《因缘经》:"人始受身从虚无中来……八月景附,清明天气下浃身中;九月

神降，无爱天气下浃身中；天神一万八千，身神一万八千，共三万
六千。神气具足，十月而生。"

③三魂：人之三魂，一名胎光，二名爽灵，三名幽精。拘：拘制。

④七魄：人身中七种恶鬼，分别名为尸狗、伏矢、雀阴、吞贼、非毒、
除秽、臭肺。制：制御。

⑤庚申日：天干地支计日。庚为天干的第七位，申为地支的第
九位。

⑥伏尸：即七魄中的"伏矢"。

⑦本命日：与人出生之年干支相同之日。

⑧天曹：仙官。

⑨三尸：也作"三毒"、"三虫"，人体内三种作祟之神。

⑩伐：伤害。

⑪玄灵：人体作祟之神。

⑫恚（huì）怒：愤怒。

⑬煞（shà）：恶鬼。

⑭守庚申：也称"守三尸"。在庚申日通宵静坐不眠，清斋修持，可
以避免三尸作祟，安定魂魄。宋张君房《云笈七签》卷八一："凡
至庚申日，兼夜不卧守之，若晓体疲，少伏床数觉，莫令睡熟，此
尸即不得上告天帝。"

【译文】

　　人体五脏、九宫、十二室、四肢、五体、三焦、九窍、一百八十个器官、
三百六十根骨节，三万六千鬼神寄居在人身各处。魂以精为根本，魄以
眼睛为门户。三魂七魄都能制御。庚申日，七魄中的伏矢上天入地告
发人的罪过。本命日，天曹计算人的功过。三尸每天三朝：上尸青姑，
伤害眼睛；中尸白姑，伤害五脏；下尸血姑，伤害胃部。三尸也叫作玄
灵。又说：三尸之一位于人的头部，让人有很多欲望，贪恋高车大马，它
的颜色是黑色；其二位于人的腹部，让人贪恋美食，易于发怒，它的颜色

是青色;其三位于人的脚部,让人贪恋女色,接近恶鬼。七守庚申,三尸就会灭绝;三守庚申,三尸就被制伏。

2.19 仙药有:钟山白胶,阆风石脑,黑河珊瑚①,太微紫麻②,太极井泉,夜津日草,青津碧荻③,圆丘紫柰,白水灵蛤,八天赤薤④,高丘余粮,沧浪青钱⑤,三十六芝⑥,龙胎醴⑦,九鼎鱼,火枣交梨⑧,凤林鸣醅,中央紫蜜⑨,崩丘电柳,玄都绮葱⑩,夜牛伏骨,神吾黄藻⑪,炎山夜日⑫,玄霜绛雪⑬,环刚树子,赤树白子,侗水玉精⑭,白琅霜,紫浆⑮,月醴,虹丹⑯,鸿丹⑰。

【注释】

① “仙药有”四句:《无上秘要》卷七八“上清药品”:“钟山白胶,金生青敷,阆风石脑,黑河珊瑚,蒙山白凤。”按,本条不译。

② 紫麻:《太平御览》卷八四一:“(王子年《拾遗记》)又曰:东极之东有紫麻,粒如粟,色紫,迮为油,则汁如清水。食之,目视鬼魅。”

③ 夜津日草,青津碧荻:《无上秘要》卷七八“上清药品”:“昆园平雀,夜精日草,青津碧荻,真官郁坛。”

④ “圆丘紫柰”三句:《无上秘要》卷七八“上清药品”:“俯掘兰园之琼精,仰摘圆丘之紫柰,白水灵蛤,八天赤薤,万载一生,流光九队。”

⑤ 高丘余粮,沧浪青钱:《无上秘要》卷七八“天仙药品”:“沧浪青钱,高丘余粮。”

⑥ 三十六芝:《无上秘要》卷七八“地仙药品”:“其次又有三十六芝,飞炉炼烟,阳水月华,五公之腴,填生五藏,炼貌易躯。”

⑦ 龙胎醴(lǐ):宋张君房《云笈七签》卷九八:“而我所授,服以太和自然龙胎之醴,适可授三天真人,不可以教始学之者,固非汝得

闻矣。"

⑧火枣交梨:南朝陶弘景《真诰》卷二:"玉醴金浆,交梨火枣,此则
　　腾飞之药,不比于金丹也。"

⑨中央紫蜜:《无上秘要》卷七八"玉清药品":"西瑶琼酒,中华紫
　　蜜,北陵绿阜,绛津金髓。"

⑩玄都绮葱:唐欧阳询《艺文类聚》卷八二引《汉武内传》:"西王母
　　曰:仙人上药,有玄都绮葱。"

⑪夜牛伏骨,神吾黄藻:《无上秘要》卷七八"玉清药品":"夜牛伏
　　骨,神吾黄沫,空洞灵瓜,四劫一实。"

⑫炎山夜日:唐欧阳询《艺文类聚》卷八一引《汉武内传》:"西王母
　　谓武帝曰:其太上之药,乃有风实云子,玉津金浆,冥陵麟胆,炎
　　山夜日。"

⑬玄霜绛雪:唐欧阳询《艺文类聚》卷八一引《汉武内传》:"其次药
　　有丸丹金液,紫华红芝,五云之浆,玄霜绛雪,若得食之,白日升
　　天。此飞仙之所服,非地仙之所见。"

⑭"环刚树子"三句:南朝陶弘景《真诰》卷五:"君曰:仙道有徊水玉
　　精,服之化而为日。君曰:仙道有镮刚树子,服之化而为云。
　　……君曰:仙道有赤树白子,服之化而为玉。"

⑮紫浆:南朝陶弘景《真诰》卷五:"或炉转丹砂之幽精,粉炼金碧之
　　紫浆,琅玕郁勃以流华,八琼云焕而飞扬。"

⑯虹丹:南朝陶弘景《真诰》卷四:"墨狄咽虹丹以投水,宁生服石脑
　　而赴火。"

⑰鸿丹:南朝陶弘景《真诰》卷五:"后合鸿丹,以得陆仙,游行五岳
　　二百余年。"

2.20 药草异号①:

丹山魂——雄黄②　　青要女——空青③

灵华泛腴——薰陆香④　北帝玄珠——消石⑤

东华童子——青木香⑥　五精金羊——阳起石⑦

流丹白膏——胡粉⑧　亭炅独生——鸡舌香⑨

倒行神骨——戎盐⑩　白虎脱齿——金牙石⑪

九灵黄童——石流黄⑫　陆虐遗生——龙骨⑬

章阳羽玄——白附子⑭　绿伏石母——慈石⑮

绛晨伏胎——茯苓⑯

七白灵蔬——薤白华⑰，一名守宅，一名家芝，凡二十四名⑱

伏龙——李⑲　苏牙——树⑳

【注释】

①异号：别名。按，本条以刘传鸿《〈酉阳杂俎〉校证：兼字词考释》为底本。不译。

②雄黄：外丹黄白术常用药物，其隐异名有"帝男精"、"石黄"、"黄奴"、"天阳石"、"丹山月魂"等。

③空青：俗称"孔雀石"，其隐异名有"白青"、"绿青"、"青神羽"、"青腰中女"等。隋唐之后，空青为外丹黄白术所用。

④薰陆香：即乳香。（美）爱德华·谢弗《唐代的外来文明》（吴玉贵译本）："是一种南阿拉伯树以及与这种树有亲缘关系的一种索马里树产出的树脂。这种树脂在中国以两种名称知名，一种可以追溯到公元前三世纪，是从梵文'kunduruka'翻译来的'薰陆'；这种树脂的另外一种名称是形容其特有的乳房状的外形的，这个名称叫做'乳香'。……此外，乳香还有一个更为玄妙的名称，叫做'灵华泛腴'，这可能是只有术士才使用的一个名称。"

⑤消石：即硝石，异名"北帝玄珠"、"昆诗梁"、"河东野"、"化金石"

等。丹炉家用消石炼制五金八石。

⑥青木香：(美)爱德华·谢弗《唐代的外来文明》(吴玉贵译本)：
"马兜铃属或姜属植物的根茎可以产生一种挥发性的油，这种油
能够散发出一种异常浓郁的香味，故而在香料中占有重要的地
位。在汉文中，这种芳香的根茎叫做'木香'。早在公元初年，木
香就因其馥郁的香味见于汉文文献著录，而且已经在中国得到
了应用。木香最初被认为是克什米尔的出产，但是在唐代，木香
则是以曹国和狮子国的产品而知名。"

⑦阳起石：一种石棉矿石，异名有"羊起石"、"五精英华"、"五色芙
蕖"等。医家用于补肾壮阳，道教也用于合炼丹药。

⑧胡粉：白色粉状物，异名有"流丹"、"鹊粉"、"丹地黄"、"流丹白
膏"等。随着外丹黄白术的兴起，胡粉由于源出于铅，因而为丹
家所重视。

⑨鸡舌香：(美)爱德华·谢弗《唐代的外来文明》(吴玉贵译本)：
"丁香的较古老的名称叫做'鸡舌香'，所谓鸡舌香是指尚未完全
绽开的干燥花蕾的外形来说的，它的更近代的名称叫'丁香'
……唐诗中的'丁香'通常可能都是指中国土生的'紫丁香'而
言，而不是指进口的丁香。相反，晚唐诗人如李商隐、黄滔等人
的诗歌中出现的'鸡舌香'的简称'鸡香'，则相当于英文的
'clove'。……唐朝的鸡舌香是从印度尼西亚进口的。"

⑩戎盐：又名"光明盐"、"紫石英"、"西龙膏"、"倒行神骨"等，是外
丹炼药的重要原料。

⑪金牙石：即金牙，主要成分为黄铁矿。

⑫石流黄：即石硫黄，为外丹主要原料之一。

⑬陆虚(xū)遗生——龙骨：龙骨，动物骨骼和牙齿化石，外丹家主
要用来配药。

⑭白附子：宋唐慎微《政和证类本草》卷十一"白附子"引《海药本

草》:"按,《南州记》云:'生东海,又新罗国。苗与附子相似。大温,有小毒,主疥癣风疮,头面痕,阴囊下湿,腿无力,诸风冷气,入面脂,皆好也。'"

⑮慈石:磁石。

⑯茯苓:植物名。寄生在山中腐朽的松树根上,形状像甘薯。古人认为食之可以长生不老。

⑰薤(xiè):多年生草本植物。鳞茎可食。

⑱"一名守宅"三句:唐王悬河《三洞珠囊》卷四:"白华者,一名章柜……一名家芝……一名守宫,一名守宅,凡二十四名。上应天地二十四气,服之方寸匕,令人通神致福。"

⑲伏龙——李:刘传鸿《〈酉阳杂俎〉校证·兼字词考释》:"各本误将'伏龙李'作一物。按《真诰》卷十三:'昔高辛时有仙人展上公者,于伏龙地植李,弥满其地。'据此,'伏龙'与'李'乃异号。"

⑳苏牙——树:刘传鸿《〈酉阳杂俎〉校证·兼字词考释》:"各本误将'苏牙树'作一物,按唐司马承祯《上清侍帝晏桐柏真人真图赞》:'泉则石髓金精,树则苏牙琳碧。'据此'苏牙'与'树'乃异号。"

2.21 图籍有符图七千章①:

《雌一玉检》,《四规明镜》,《五言经》,《柱中经》,《飞龟帙》,《飞黄子经》,《鹿庐蹻经》,《含景图》,《卧引图》,《菌芝图》,《木芝图》,《大隗新芝图》,《牵牛经》,《玉珍记》,《腊成记》,《玉案记》,《丹台经》,《日月厨食经》,《金楼经》,《三十六水经》,《中黄经》,《文人经》,《协龙子记》,《鹿台经》,《玉胎经》,《官氏经》,《凤纲经》,《六阴玉女经》,《白虎七变经》,《九仙经》,《十上化经》,《胜中经》,《百守摄提经》,《步三纲六纪经》,《白子变化经》,《隐首经》,《入军经》,《泉枢经》,

《赤甲经》,《金刚八叠录》。

【注释】

①符:道教用以驱鬼召神,治病延年的秘密文书。按,本条所载各道经书名,见于晋葛洪《抱朴子·内篇》卷十九、《无上秘要》卷三十。不译。

2.22 老君母曰玄妙玉女①。天降玄黄②,气如弹丸③,入口而孕。凝神琼胎宫④,三千七百年。赤明开运⑤,岁在甲子⑥,诞于扶刀盖天西那玉国郁察山丹玄之阿⑦。

又曰:老君在胎八十一年,剖左腋而生,生而白首⑧。

又曰:青帝劫末⑨,元气改运,托形于洪氏之胞⑩。

又曰:李母本元君也⑪,日精入口⑫,吞而有孕,三色气绕身,五行兽卫形⑬,如此七十二年而生陈国苦县赖乡涡水之阳、九井西李树下⑭。具三十六号,七十二名。又有九名,又千二百老君⑮,又曰九天上皇洞真第一君、大千法王、九灵老子、太上真人、天老、玄中法师、上清太极真人、上景君等号。形长九尺,或曰二丈九尺。耳三门,又耳附连环,又耳无轮郭。眉如北斗,色绿,中有紫毛,长五寸。目方瞳,绿筋贯之,有紫光。鼻双柱,口方,齿数六八。颐若方丘,颊如横垄,龙颜金容,额三理,腹三志,项三约,把十蹈五,身绿毛,白血,顶有紫气⑯。

【注释】

①老君母曰玄妙玉女:唐王悬河《三洞珠囊》卷八"相好品":"《玄妙

内篇》云：玄妙玉女梦见流星入口，因而有娠，八十一年，而生老子。"

②玄黄：道教丹药名。

③气如弹丸：疑应"形如弹丸"。弹丸，弹子。

④凝神琼胎宫：唐徐坚等《初学记》卷二三引《本行经》："太上老君托胎于洪氏之胞，凝神琼胎之府。"

⑤赤明：《隋书·经籍志》："天尊之体，常存不灭，每至天地初开，或在玉京之上，或在穷桑之野，授以秘道，谓之开劫度人。然其开劫非一度矣，故有延康、赤明、龙汉、开皇，是其年号，其间相去经四十一亿万载。"

⑥甲子：古以天干、地支计年，甲是天干的首位，子是地支的首位，天干、地支依次相配，得甲子、乙丑、丙寅、丁卯……直至癸亥共六十数，癸亥之下一年，又从甲子开始循环。

⑦西那玉国郁察山：道书中常见。阿：山阿，山弯。

⑧"又曰"四句：宋张君房《云笈七签》卷三："(道教所起)寻老君生于殷末，长自周初，托生玄妙玉女，处胎八十一载，逍遥李树之下，剖左腋而生。生即皓然，号曰老子。指树为氏，因姓李焉。其相也，美眉黄色，日月角悬，蹈五把十，耳有三门，鼻有双柱。"

⑨青帝：也称"苍帝"，道教东方之神，五帝之一。劫：极长的时期，佛教认为每当一劫之后，改天换地，世界俱毁，然后重新开始。

⑩托形于洪氏之胞：见注④。

⑪元君：道教对女仙的尊称，常指女仙中地位较高者。

⑫日精：太阳的华精，朝霞。道教认为服食日精可得长生。

⑬五行：水、火、木、金、土五种物质，古人认为五行是构成天地万物的基本元素。五行说的要旨是相生相克，相生指木生火，火生土，土生金，金生水，水生木；相克指水克火，火克金，金克木，木克土，土克水。

⑭陈国:周代诸侯国。故址在今河南东南部和安徽北部。阳:山的南面,水的北岸称为阳。

⑮千二百老君:刘传鸿《〈酉阳杂俎〉校证·兼字词考释》:"老君,疑当作'官君',千二百官君为老君之号,见《混元圣记》卷二。"

⑯"形长九尺"二十五句:唐王悬河《三洞珠囊》卷八:"老子七十二相,八十一好者,老子有九变老:……第四变,身长九尺九寸,辟邪冠,服罗袿衣。……其老子第九变之时,身有七十二相,应七十二气、八十一品也。七十二相者……眉如北斗,色如翠绿,中有紫毛,长余五寸;耳无轮廓,中有三门,高平于顶,厚而且坚;两目镜彻,日精紫光,方瞳秀朗,规中绿筋;鼻有双柱,形如截筒;口方如海……齿如含贝,其坚若银,数有六八,上下均平;……颊似横陇,颐若阿丘……龙颜神变,金容黄色,玉姿润颜,额有三理……腹有白痣、颐有玉丸;项有三约,鹤素昂昂;垂手过膝,手把十文;指有玉甲,身有绿毛……足蹈二五,指有乾坤;内滋白血,外示老容;身长丈二,遍体鲜香……此是七十二相也。左扶青龙,右扶白虎,头生朱雀,足履玄武,身若金刚,貌若瑠璃,圆光五明,头上紫气,胸前真字。此九好兼前七十二相,合成八十一好也。"颐,下巴。垄,土埂。理,皱纹。约,或指颈项处的环形纹理。

【译文】

老君的母亲名叫玄妙玉女。天降玄黄,形状有如弹丸,吞入口中就有了身孕。凝聚精神在琼胎宫,历时三千七百年。赤明年代开始,时逢甲子年,诞生在扶刀盖天西那玉国郁察山丹玄阿。

又说:老君在母腹孕育八十一年,剖开左腋而出生,出生之时就满头白发。

又说:青帝劫末,元气改运,老子托胎于洪氏身体内。

又说:老君的母亲本是元君,太阳的精华进入口中,吞下去就有了身孕,有三色气体环绕身体,有五行神兽贴身护卫,这样过了七十二年,出生在陈国苦县赖乡涡水北岸、九井之西的李树下面。老君有三十六号,七十二名。另外又有九个名号,又名千二百官君,又名九天上皇洞真第一君、大千法王、九灵老子、太上真人、天老、玄中法师、上清太极真人、上景君,等等。老君身高有九尺,也有说法是二丈九尺。耳朵有三个孔,附有连环,又说耳朵没有耳廓。眉毛像是北斗,绿色,中间有紫毛,长五寸。眼睛是方形瞳孔,有绿筋贯穿其中,发出紫光。鼻子有两个鼻柱,嘴巴是方形的,共有六十八枚牙齿。下巴好像方形的小丘,脸颊有如横着的土垠,龙形颜面,金色脸庞,额头上有三条皱纹,腹部有三颗痣,颈项有三条环形纹理,手掌有十条纹路,脚踏二五卦形,全身长满绿毛,血液是白色的,头顶冒紫气。

2.23　人死,形如生,足皮不青恶,目光不毁,头发尽脱,皆尸解也[1]。白日去曰上解,夜半去曰下解,向晓向暮谓之地下主者[2]。太乙守尸[3],三魂营骨,七魄卫肉,胎灵录气[4],所谓太阴练形也[5]。赵成子死后五六年,肉朽骨在,液血于内,紫色发外[6]。

又曰:若人暂死,适太阴,权过三官,血沉脉散,而五脏自生,白骨如玉,三元惟息,太神内闭,或三年至三十年[7]。

【注释】

①尸解:道教谓修仙之人弃尸于世,解化仙去为尸解。尸解不是真死,且尸体下葬后经太阴炼形,仍可白骨再生。尸解名目很多,依途径分有兵解(被兵器杀死)、水解(淹死);又有金、木、水、火、土五解;还有神杖解(以竹杖代人),等等。

②"白日去曰上解"三句:南朝陶弘景《真诰》卷四:"白日去谓之上

尸解,夜半去谓之下尸解,向晓向暮之际而谓之地下主者也。"

③太乙:也写作"太一",北辰神名。

④胎灵:即胎神。宋张君房《云笈七签》卷十一:"胎神即明堂三老君,所谓胎灵大神也。"录:纳,收藏。

⑤太阴练形:道教"尸解"的一个环节。人死后暂去阴间,尸体虽已腐烂,又得重生并成仙。太阴,阴间。练形,即炼形。炼形因所用方法和对象不同而各有区别,有玉液炼形、金液炼形、太阴炼形、太阳炼形、内观炼形和真空炼形等。

⑥紫色发外:南朝陶弘景《真诰》卷四:"赵成子死后五六年,后人晚山行,见此死尸在石室中,肉朽骨在。又见腹中五脏自生如故,液血缠裹于内,紫包结络于外。"刘传鸿《〈酉阳杂俎〉校证:兼字词考释》:"此作'紫包',即'紫胞',道书常见,《杂俎》'色'当为'包'之形误。"

⑦"若人暂死"九句:南朝陶弘景《真诰》卷四:"若其人暂死适太阴,权过三官者,肉既灰烂,血沉脉散者,而犹五藏自生,白骨如玉,七魄营侍,三魂守宅,三元权息,太神内闭。或三十年、二十年、或十年、三年,随意而出。当生之时,即更收血育肉,生津成液,复质成形,乃胜于昔未死之容也。"三元,宋张君房《云笈七签》卷十八:"上元神字威成子,中元神字中黄子,下元神字明光子,一云字命光。"

【译文】

人死后,形貌像活着的时候,脚的皮肤不泛青灰色,目光仍然有神,头发全部掉完,这都是尸解。白天尸解称作上解,半夜尸解称作下解,接近黎明或黄昏尸解的就是地下主。太乙神守护尸体,三魂守护骨骼,七魄守护肉身,胎神收纳元气,这就是太阴炼形。赵成子死之后五六年,肉身腐烂而骨骼完好,血液缠裹在内,紫胞结络在外。

又说:如果人刚刚死去,去太阴,暂过六天宫三官,血液沉凝,脉息全散,而五脏又自动生长出来,白骨洁白如玉,三元停止运行,太神内闭,或许三年到三十年。

2.24 又曰:白日尸解自是仙,非解尸也①。鹿皮公吞玉华而流虫出尸②。王西城漱龙胎而死诀,饮琼精而扣棺③。仇季子咽金液而臭彻百里④。季主服霜散以潜升⑤,而头足异处⑥。墨狄咽虹丹而投水⑦。宁生服石脑而伏火⑧。柏成纳气而胃肠三腐⑨。

【注释】

①白日尸解自是仙,非解尸也:此谓尸解仙,由尸解而成的仙人。道教认为形神相合则乘云驾龙,这是天仙,相离则尸解化质,即尸解仙。南朝陶弘景《真诰》卷四:"白日尸解自是仙,非尸解之例也。"

②鹿皮公:传说中的仙人。宋张君房《云笈七签》卷一〇八:"鹿皮翁,淄川人也。少为府小吏,木工精巧,举手能成器械。岑山上有神泉,人不能至。小吏白府君,请木工斤斧三十人,作转轮悬阁,意思横生。数十日,梯道四间成。上其巅作祠舍,留止其旁,绝其二间以自固。食芝草,饮神泉,且七十年。淄水来,三下呼宗族家室,得六十余人,令上山半。水尽漂一郡,没者万计。小吏乃辞谢宗家令下山,著鹿皮衣遂去。"玉华:道家谓服食可以长生的玉屑。虫:三虫,人体内三种作祟之神。出尸:《真诰》卷四作"出户"。

③王西城漱龙胎而死诀,饮琼精而扣棺:《真诰》卷十四:"漱龙胎而死诀,饮琼精而叩棺者,先师王西城及赵伯玄、刘子先是也。"王西城,也称"西城王君",即仙人王子登。龙胎、琼精,均为丹药

名。扣棺,《真诰》卷四、卷十四均作"叩棺"。

④仇季子:仙人,治七十二福地之虔州虔化县金精山。金液:丹药名。丹师称金液神丹有奇效,服一两即可成仙,服半两即可长生不死。

⑤季主:即为司马季主,仙人。《史记·日者列传》:"司马季主者,楚人也。卜于长安东市。"霜散:《真诰》卷四作"云散",丹药名。潜:潜藏,龙伏而欲动之象。升:飞升。

⑥头足异处:应是剑解之义。

⑦墨狄:即为墨翟(前468?—前376),习称"墨子"。墨家学派创始人,其学在战国时期为显学,《墨子》一书被收入《道藏》。虹丹:丹药名。投水:水解,尸解的一种。

⑧宁生:即为宁封子,又称"龙跷真人"。相传为黄帝的陶正,遇神人教以五色烟火法。后积薪自焚,其形随烟气上升,灰烬遗骨则葬于宁北山中。石脑:又名"太一禹余粮",褐铁矿石。是入丹方较早的一种药物,丹家认为服之可以轻身延年。伏火:即赴火,火解。

⑨柏成:即为柏成子,仙人,治七十二福地之益州成都县大面山。纳气:吸纳天地灵气。胃肠三腐:尸身腐烂,即尸解。南朝陶弘景《真诰》卷四:"得道去世,或显或隐,托体遗迹,道之隐也。或有再醮琼精而叩棺,一服刀圭而尸烂。鹿皮公吞玉华而流虫出户,仇季子咽金液而臭闻百里;黄帝火九鼎于荆山,尚有桥领之墓;季主服云散以潜升,犹头足异处;墨狄咽虹丹以投水,宁生服石脑而赴火,务光剪韮以入清泠之渊,柏成纳气而肠胃三腐,诸如此比,不可胜记。微乎!得道趣舍之迹无常矣!"

【译文】

又说:白天尸解自然就是尸解仙,不是解尸。鹿皮公服食玉屑而三虫出户。王西城服用龙胎醴而死别,服食琼精而叩棺。仇季子服食金液神丹，尸臭远至百里之外。司马季主服食云散潜藏飞升，而身首分离。墨翟服食虹丹而投水尸解。宁封子服食石脑而赴火尸解。柏成子吸纳天地灵气而尸解。

2.25 句曲山五芝①，求之者，投金环二双于石间，勿顾念，必得矣。第一芝名龙仙，食之为太极仙。第二芝名参成，食之为太极大夫。第三芝名燕胎，食之为正一郎中。第四芝名夜光洞草，食之为太清左御史。第五芝名料玉，食之为三官真御史。

【注释】

①句(gōu)曲山：今江苏句容东南大茅山。道教十大洞天之第八洞天，茅山派发源地。

【译文】

句曲山有五种灵芝，想要得到的人，把两双金环放在石丛中，不要再挂念，就一定会得到。第一种灵芝名叫龙仙，吃了能成为太极仙。第二种灵芝名叫参成，吃了能成为太极大夫。第三种灵芝名叫燕胎，吃了能成为正一郎中。第四种灵芝名叫夜光洞草，吃了能成为太清左御史。第五种灵芝名叫料玉，吃了能成为三官真御史。

2.26 真人用宝剑以尸解者①，蝉化之上品也②。锻用七月庚申、八月辛酉日③，长三尺九寸，广一寸四分，厚三分半，杪九寸④。名子干，字良非。

【注释】

①真人：修真得道的人，与仙人统称为"仙真"。用宝剑以尸解：尸

　　解之一种,《云笈七签》卷八四有用良非剑以尸解的具体记载。

②蝉化:即尸解登仙。

③锻:锻造。

④杪(miǎo):末端。

【译文】

　　真人用宝剑来尸解的,是上乘的尸解成仙。这种宝剑的锻造时间在七月的庚申日、八月的辛酉日,剑长三尺九寸,宽一寸四分,厚三分半,末端长九寸。剑名子干,字良非。

　　2.27 青乌公入华山①,四百七十一岁,十二试三不过。后服金汋而升太极②,以为试三不过,但仙人而已,不得真人位。

【注释】

①青乌公:彭祖弟子,旧时堪舆风水之术者多以其为祖师。华山:五岳之一,是道教十大洞天的第四洞天。

②金汋(zhuó):即金汋神丹,丹药名。

【译文】

　　青乌公进入华山隐修,历时四百七十一年,做了十二次试验,有三次没过。后来服用金汋神丹而升入太极仙境,因为他做试验有三次没过,所以只能成为仙人,不能到达真人之位。

　　2.28 有傅先生,入焦山七年①,老君与之木钻,使穿一盘石,石厚五尺,曰:“此石穿,当得道。”积四十七年,石穿,得神丹。

【注释】

①焦山：在江苏镇江东北长江中，东汉末年焦光隐居于此。

【译文】

有位傅先生，入焦山隐修七年，老君给了他一把木钻，让他钻穿一块大石头，石头厚达五尺，并对他说："把这块石头钻出洞，你就可以得道成仙。"累计用时四十七年，石头终于被木钻钻穿了，傅先生得到了神丹。

2.29　范零子，随司马季主入常山石室①。石室东北角有石匮②，季主戒勿开。零子思归，发之，见其家父母大小，近而不远，乃悲思，季主遂逐之。经数载，复令守一铜匮，又违戒，所见如前，竟不得道。

【注释】

①常山：即北岳恒山，道教第五小洞天。

②匮（guì）："柜"的古字。

【译文】

范零子跟随司马季主隐修于恒山石室。石室东北角有个石柜，司马季主告诫他不要打开。范零子想家，就打开了，见到他的父母老幼，距离很近并不遥远，十分伤感思念，司马季主就赶他走。过了几年，又让他把守一个铜柜，他又违犯了戒令，见到的也和前次一样，最终没有得道。

2.30　卫国县西南有瓜穴①，冬夏常出水，望之如练②，时有瓜叶出焉。相传苻秦时③，有李班者，好道术，入穴中，行可三百步，朗然有宫宇，床榻上有经书。见二人对坐，须发皓白。班前拜于床下。一人顾曰："卿可还，无宜久住。"班辞出。至穴口，有瓜数个，欲取，乃化为石。寻故道得还。至家，家人云班去来已四十年矣。

【注释】

①卫国县：在今山东章丘西南。

②练：白绢。

③苻（fú）秦：即前秦（350—394）。晋永和六年（350），氐族苻洪据有关中，自称三秦王，国号秦，为晋时十六国之一。国势极盛时，疆域广大，奄有北方。

【译文】

卫国县西南有一处瓜穴，冬夏季节经常流出水来，远远望去像是一匹白练，不时有瓜叶顺水流出来。相传在前秦时，有个名叫李班的人，喜好道术，进入瓜穴中，走了大约有三百步，豁然开朗，洞里有宫室房屋，床榻上放着经书。只见有两个人相对而坐，胡须头发全白了。李班上前，拜倒在坐床下。其中一个人看着他说："你最好回去，这里不宜长久逗留。"李班告辞出来。到了洞口，有几个瓜在那里，他想摘取，瓜就变成了石头。李班寻找来时旧路回了家。到家后，家人说他这一去一回已经过了四十年。

2.31 长白山①，古肃然山也②，岘南有钟鸣③。燕世④，桑门释惠霄者⑤，自广固至此岘⑥，听钟声，稍前，忽见一寺，门宇炳焕⑦，遂求中食⑧。一沙弥乃摘一桃与霄⑨，须臾又与一桃，语霄曰："至此已淹留，可去矣。"霄出，回头顾，失寺。至广固，见弟子，言失和尚已二年矣⑩。霄始知二桃兆二年矣⑪。

【注释】

①长白山：唐李吉甫《元和郡县图志》卷十"齐州章丘县"："长白山，在县东南三十里，高二千九百丈，周回六十里。"

②肃然山：《史记·孝武本纪》："丙辰，禅泰山下阯东北肃然山，如祭后土礼。"

③岘（xiàn）：小而险的山岭。

④燕（yān）世：东晋时，鲜卑慕容氏称帝，国号燕。有前燕、后燕、西燕、南燕、北燕。此指南燕，详注⑥。

⑤桑门：梵语音译，也作"沙门"，本义为止息一切恶行。在汉化佛教里，沙门即指出家二众，特别是比丘。

⑥广固：在今山东青州西北。后燕永康三年（398），鲜卑慕容德自立为燕王，后定都广固，其地在今山东、河南部分地区。是为南燕。

⑦炳焕：鲜明华美。

⑧中食：佛家称正午的斋食为"中食"。

⑨沙弥：佛教中，男子出家初受十戒者称为"沙弥"。

⑩和尚：梵语音译，又作"乌阇（shé）"，意译为师，是对修行有成堪为人师的出家人（不限男女）的称呼。后来则成为出家男子的通称。

⑪兆：寓示。

【译文】

长白山，就是古代的肃然山，山南有钟声鸣响。南燕时，有个名叫释惠霄的和尚，从广固来到这里，听到钟声，略往前走，忽然看见一座寺院，山门屋宇高大壮丽，惠霄进入寺内，乞求中食。一位沙弥就摘了一个桃子给他，过一会儿又给了一个桃子，并对惠霄说："你到这里时间不短了，回去吧。"惠霄走出寺门，回头一看，整座寺院都不见了。他回到广固，见到弟子，弟子说师父失踪已经两年了。惠霄才知道两个桃子的意思就是两年。

2. 32 高唐县鸣石山①，岩高百余仞②。人以物扣岩，声甚清越③。晋太康中④，逸士田宣隐于岩下⑤，叶风霜月，常拊石自娱⑥。每见一人著白单衣，徘徊岩上，及晓方去。宣于后令人击石，乃于岩上潜伺。俄然果来，因遽执袂诘之⑦。自言姓王，字中伦，卫人⑧，周宣王时入少室山学道⑨，比频适方壶⑩，去来经此，爱此石响，故辄留听。宣乃求其养生，唯留一石，如雀卵。初则凌空百余步犹见，渐渐云雾障之。宣得石，含辄百日不饥。

【注释】

①高唐县：今属山东。

②仞：古代计量单位，八尺或七尺为一仞。

③清越：声音清脆激越。

④太康：晋武帝司马炎年号（280—290）。

⑤逸士：隐士。

⑥拊（fǔ）：轻轻敲击。

⑦袂（mèi）：衣袖。

⑧卫：周代诸侯国名。

⑨周宣王：即为姬静（？—前782）。周厉王之子。厉王死于彘，周公、召公共立之为王。少室山：在河南登封西北，东与太室山相对，北麓有少林寺。

⑩方壶：即"方丈"，传说中的仙山。

【译文】

高唐县的鸣石山，山岩高达一百多仞。拿东西敲击岩石，声音十分

清脆激越。晋朝太康年间,隐士田宣隐居在岩下,在微风抚叶月色如霜
的夜晚,就轻轻敲击石头自娱自乐。他经常看见一个人身着白色单衣,
在山岩上徘徊流连,天快亮了才离去。后来田宣就让其他人敲击岩石,
自己躲藏在山岩上等待。不多久那位白衣人果然来了,田宣一把拉住
他的衣袖问个究竟。白衣人介绍说自己姓王,字中伦,卫人,在周宣王
时隐入少室山学道,近来经常到方壶山去,来往经过这里,喜欢这里山
岩敲击的声音,于是就停下来静听。田宣向他请教养生之道,白衣人只
给了他一块像雀卵一样的石头。那人离去时,起初升空百多步还能看
见,渐渐地云遮雾罩就不见了。田宣得到这块石头,含在口里,一百天
不吃东西也不觉得饥饿。

2.33 荆州、利水间①,有二石若阙,名曰韶石。晋永和
中②,有飞仙衣冠如雪,各憩一石,旬日而去。人咸见之。

【注释】

①荆州:古为九州之一,今属湖北。唐安史之乱以后,设荆南节度
使,治荆州。按,本条所载,见于北魏郦道元《水经注》卷三十八:
"东江又西与利水合,水出县之韶石北山,南流经韶石下,其高百
仞,广圆五里,两石对峙,相去一里,小大略均似双阙,名曰韶石。
古老言,昔有二仙,分而憩之,自尔年丰,弥历一纪。"

②永和:晋穆帝司马聃年号(345—356)。

【译文】

荆州至利水之间,有两块石头形如城阙,名为韶石。晋朝永和年
间,有两位飞仙衣服冠帽洁白如雪,各自在一块石头上憩息,十天后离
开了。当地人都曾看见过。

2.34 贝丘西有玉女山①。传云,晋太始中②,北海蓬球③,字伯坚,入山伐木,忽觉异香,遂溯风寻之。至此山,廓然宫殿盘郁④,楼台博敞。球入门窥之,见五株玉树。复稍前,有四妇人,端妙绝世,自弹棋于堂上⑤。见球,俱惊起,谓球曰:"蓬君何故得来?"球曰:"寻香而至。"遂复还戏。一小者便上楼弹琴,留戏者呼之曰:"元晖,何为独升楼?"球树下立,觉少饥,乃舌舐叶上垂露⑥。俄然,有一女乘鹤西至,逆恚曰⑦:"玉华,汝等何故有此俗人! 王母即令王方平行诸仙室⑧。"球惧而出门,回顾,忽然不见。至家,乃是建平中⑨。其旧居闾舍,皆为墟墓矣。

【注释】

①贝丘:古地名。在今山东博兴东南。

②太始:即泰始,晋武帝司马炎年号(265—274)。

③北海:古地名。唐代北海县属青州,其地在今山东潍坊。

④廓然:开阔空旷的样子。盘郁:纡曲盛美。

⑤弹(tán)棋:一种博戏。两人对局,黑、白棋各若干枚(汉六枚,魏十六枚,唐二十四枚),先放一棋子在棋盘一角,用指弹去击对方的棋子,先被击中取尽者算输。南朝宋刘义庆《世说新语·巧艺》:"弹棋始自魏宫内用妆奁戏。文帝于此戏特妙,用手巾角拂之,无不中。有客自云能,帝使为之。客著葛巾角,低头拂棋,妙逾于帝。"

⑥舐(shì):舔。

⑦逆:迎。恚(huì):愤怒。

⑧王母:又称"王母娘娘"、"西王母"、"金母"、"西姥"等,道教诸女仙之首。《山海经》说"其状如人,豹尾虎齿而善啸";《穆天子传》

称其为天帝之女;《汉武帝内传》则形容其艳压群芳,侍仙如云,把三千年一结果的蟠桃赐给汉武帝,故后世有王母娘娘设蟠桃寿宴的传说;明清时期,民间又称西王母为玉皇大帝之后。王方平:名远,字方平,东汉时期东海(今山东兖州)人。仕至中散大夫。相传后学道成仙。

⑨建平:十六国后赵高祖石勒年号(330—333)。

【译文】

贝丘西边有座玉女山。据传说,晋朝泰始年间,北海人蓬球,字伯坚,进山砍柴,忽然闻到奇异的芳香,于是就迎风寻找香气来源。到了这座山,只见山势开阔,宫殿纤深壮美,楼台非常宽敞。蓬球进入宫殿大门偷看,见有五棵玉树。又稍往前走,有四位妇女,端庄美丽稀世难逢,正在殿堂上玩弹棋。她们看见蓬球,都惊讶地站起来,对蓬球说:"您是怎么找到这里来的?"蓬球回答说:"寻找香气到这里来的。"她们又坐下继续玩弹棋。其中一位年轻的女子上楼去弹琴,仍在玩棋的三人喊她的名字说:"元晖,你怎么独自上楼了?"蓬球站在树下,觉得有点饿,就伸出舌头去舔树叶上的露珠。忽然,一位女子乘着仙鹤从西边飞来,迎面生气地说:"玉华,你们这里为什么会有这个俗人呢!王母就要派王方平巡视各处仙室了。"蓬球害怕了,赶紧出了大门,回头一看,宫殿、仙人全都消失不见了。回到家,竟然已是建平年间。他的故居和左右邻舍,都变成废墟和墓地了。

2.35 晋许旌阳①,吴猛弟子也②。当时江东多蛇祸③,猛将除之。选徒百余人,至高安④,令具炭百斤,乃度尺而断之,寘诸坛上⑤。一夕,悉化为玉女,惑其徒。至晓,吴猛悉命弟子,无不涅其衣者⑥,唯许君独无,乃与许至遼江⑦。及遇巨蛇,吴年衰不能制,许遂禹步敕剑登其首⑧,斩之。

【注释】

①许旌阳:即为许逊(239—374),字敬之,南昌人。曾任旌阳令,人称"许旌阳"。道家又称"许真君"、"许天师"。相传其于东晋宁康二年(374)在洪州西山,举家四十二口拔宅飞升。

②吴猛(?—374):晋濮阳(今属河南)人。道士,早年曾仕吴国西安令。传说他得异人丁义神方,又曾跟从南海太守鲍靓学道。

③江东:长江下游以南地区。与"江南"一词所指略同。

④高安:县名。今属江西。

⑤寘(zhì):放置。

⑥涅:黑色。这里是染黑的意思。

⑦潦江:即今江西境内缭河,又称"上缭水"。

⑧禹步:相传大禹治水劳苦,身病偏枯,行走艰难,故最初以禹步指称跛行;后巫师作法多效禹步,道教吸收后,被当成一种对鬼神和外物有神秘禁制作用的步法,广泛运用于法术、科仪之中。

敕:道士用于符咒上的命令。

【译文】

　　晋朝许旌阳,是吴猛的弟子。当时江东地区蛇害很多,吴猛决心要除掉蛇害。他挑选了一百名徒弟,到了高安,叫人准备好一百斤木炭,按尺寸断好,放置在祭坛上。一天晚上,木炭全部变成了美女,诱惑他的徒弟。天亮以后,吴猛召集所有徒弟检查,他们全都把衣服弄黑了,只有许旌阳的衣服上没有黑色污迹,于是吴猛和许旌阳一起到了潦江。后来遇见一条巨蛇,吴猛年老体衰无力制服,许旌阳于是就脚踏禹步敕剑登上蛇头,斩杀了它。

　　2.36 孙思邈尝隐于终南山①,与宣律和尚相接②,每来往互参宗旨③。时大旱,西域僧请于昆明池结坛祈雨④,诏有司备香灯⑤,凡七日,缩水数尺。忽有老人夜诣宣律和尚求救,曰:"弟子昆明池龙也。无雨久,匪由弟子⑥。胡僧利弟子脑,将为药,欺天子,言祈雨。命在旦夕,乞和尚法力加护。"宣公辞曰:"贫道持律而已⑦,可求孙先生。"老人因至思邈石室求救,孙谓曰:"我知昆明龙宫有仙方三十首,尔传与予,予将救汝。"老人曰:"此方上帝不许妄传,今急矣,固无所吝。"有顷,捧方而至。孙曰:"尔第还⑧,无虑胡僧也。"自是池水忽涨,数日溢岸,胡僧羞恚而死。孙复著《千金方》三十卷,每卷入一方,人不得晓。及卒后,时有人见之。

【注释】

①孙思邈(581—682):唐代京兆华原(今陕西铜川耀州)人。著名医学家,兼通庄、老及佛典,著作有《千金要方》《千金翼方》,后世尊之为"药王"。终南山:道教名山,在今西安南,为秦岭主峰之一,古人以山起自于陇,终于关中,故名"终南",汉武帝曾在此祭祀太乙神,故又名"太乙山"。

②宣律和尚:即为释道宣(596—667),俗姓钱,丹徒(今属江苏)人,一说吴兴(今浙江湖州)人。初唐高僧。他久居终南,精持戒律,为南山律宗的创始人。道宣一生著述甚丰,有《续高僧传》《释迦方志》《集古今佛道论衡》《法门文记》《广弘明集》《三宝录》等。

③宗旨:宗教教义。

④昆明池:汉武帝时开凿的人工湖泽,故址在今西安城南。《三辅黄图》卷四:"汉昆明池,武帝元狩三年穿,在长安西南,周回四十里。《西南夷传》曰:'天子遣使求身毒国市竹,而为昆明所闭,天子欲伐之,越巂昆明国有滇池,方三百里,故作昆明池以象之,以

习水战,因名曰昆明池。'"

⑤有司:官员。职有专司,故名"有司"。香灯:古人祭祀所用灯火。

⑥匪:同"非"。

⑦贫道:僧人自称。晋、南北朝时,僧人自称贫道。后来逐渐改变为僧人自称贫僧,道人自称贫道。

⑧第:只管。

【译文】

孙思邈曾经隐居在终南山,和宣律和尚交游,经常往来互相参证教义。当时天下大旱,西域和尚请求在昆明池边筑坛求雨,皇帝下旨命令官员准备香灯,过了七天,池水下落了好几尺。忽然有一位老人夜晚拜访宣律和尚求救,说:"弟子是昆明池的龙。这么长时间没有下雨,不是因为我的缘故。有个胡僧想要得到我的脑子当药用,就欺骗皇帝说要求雨。我的生命危在旦夕,恳求和尚法力保护。"宣律和尚推辞说:"我只守持戒律罢了,你可去请求孙先生。"老人于是到孙思邈的石室求救,孙思邈对他说:"我知道昆明池龙宫里有三十个仙方,你传给我,我就救你。"老人说:"这些仙方上帝不许随意传授,现在情况紧急,实在没法顾惜了。"过了一会儿,老人捧着仙方来了。孙思邈说:"你只管回去,不用担心胡僧了。"从这时起昆明池水突然上涨,几天时间就溢出了池岸,胡僧羞怒交加死掉了。孙思邈又撰写《千金方》三十卷,每卷加入一个仙方,外人无从知晓。等到他去世以后,不时还有人见到他。

2.37 玄宗幸蜀,梦思邈乞武都雄黄①,乃命中使赍雄黄十斤②,送于峨眉顶上③。中使上山未半,见一人,幅巾被褐④,须鬓皓白,二童青衣丸髻夹侍⑤,立屏风侧,以手指大盘石曰⑥:"可致药于此。上有表,录上皇帝。"中使视石上,朱书百余字,遂录之,随写随灭,写毕,石上无复字矣。须臾,白气漫起,因忽不见。

【注释】

①武都雄黄:道教仙药名。晋葛洪《抱朴子·内篇》"仙药十一":
　　"又雄黄当得武都山所出者,纯而无杂,其赤如鸡冠,光明晔晔
　　者,乃可用耳。其但纯黄似雄黄色,无赤光者,不任以作仙药,可
　　以合理病药耳。"

②赍(jī):带着。

③峨眉:即峨眉山,在四川。

④幅巾:古代男子用全幅绢所做的头巾。褐(hè):粗布衣服。

⑤丸髻:圆丸形发髻。

⑥曰:底本原作"白",据别本改。

【译文】

　　玄宗避乱到了蜀地,梦见孙思邈向他讨要武都雄黄,于是就让中使带着十斤雄黄,送到峨眉山顶。中使还没走到半山腰,遇见一个人,幅巾束发,身穿布衣,胡须鬓发都已雪白,两个小童穿着青衣,梳着圆丸形发髻,随侍两旁,站在屏风侧面,那人用手指着一块大石头说:"可以把药放在这块石头上。石头上有一份奏章,你抄录下来呈给皇帝。"中使看那石头上,有用朱砂书写的一百多个字,于是就抄写,随着抄写石头上的字随之消失,抄写完毕,石头上也不再有字迹了。片刻,白气弥漫,那人一下子就不见了。

　　2.38 同州司马裴沆常说①,再从伯自洛中将往郑州②,在路数日,晚程偶下马,觉道左有人呻吟声,因披蒿莱寻之③。荆丛下见一病鹤,垂翼俛咮④,翅关上疮坏无毛⑤,且异其声。忽有老人,白衣曳杖⑥,数十步而至,谓曰:"郎君年

少⑦，岂解哀此鹤耶？若得人血一涂，则能飞矣。"裴颇知道，性甚高逸，遽曰："某请刺此臂血不难。"老人曰："君此志甚劲⑧，然须三世是人，其血方中。郎君前生非人，唯洛中胡芦生三世是人矣。郎君此行非有急切，可能却至洛中⑨，干胡芦生乎⑩？"裴欣然而返，未信宿至洛⑪，乃访胡芦生，具陈其事，且拜祈之。胡芦生初无难色，开襆取一石合，大若两指，援针刺臂，滴血下满其合，授裴曰："无多言也。"及至鹤处，老人已至，喜曰："固是信士⑫！"乃令尽其血涂鹤。言与之结缘⑬，复邀裴曰："我所居去此不远，可少留也。"裴觉非常人，以丈人呼之⑭，因随行。才数里，至一庄，竹落草舍⑮，庭庑狼藉。裴渴甚，求茗，老人指一土奁⑯："此中有少浆，可就取。"裴视奁中，有杏核一扇如笠，满中有浆，浆色正白。乃力举饮之，不复饥渴，浆味如杏酪。裴知隐者，拜请为奴仆。老人曰："君有世间微禄⑰，纵住亦不终其志。贤叔真有所得，吾久与之游，君自不知。今有一信，凭君必达。"因裹一襆物，大如羹碗，戒无窃开。复引裴视鹤，鹤所损处，毛已生矣。又谓裴曰："君向饮杏浆，当哭九族亲情⑱，且以酒色为诫也⑲。"裴还洛，中路阅其附信，将发之，襆四角各有赤蛇出头，裴乃止。其叔得信，即开之，有物如干大麦饭升余⑳。其叔后因游王屋㉑，不知其终。裴寿至九十七矣。

【注释】

①同州：今陕西大荔。司马：职官名。隋唐时州府佐吏有司马一人。

②再从伯：父亲的同曾祖兄。同一宗族次于至亲者称"从"，又次

者,称"再从",再从即同一曾祖父之亲。洛中:在今河南洛阳
一带。

③蒿(hāo)莱:杂草。

④俛(fǔ):同"俯"。咮(zhòu):鸟嘴。

⑤关:关节。

⑥曳(yè):拖,拉。

⑦郎君:对年轻人的尊称。

⑧劲:犹今之口语所谓"给力"。

⑨却:返回。

⑩干(gān):求。

⑪信宿(sù):连住两夜。也表示两夜。

⑫信士:恪守承诺的人。

⑬结缘:佛教术语。指与佛结下缘分。

⑭丈人:对老年人的尊称。

⑮竹落:竹篱。

⑯龛(kān):供奉神佛的小阁或柜子。

⑰微禄:微薄的俸禄。此指小官。

⑱九族:自身以上,父、祖、曾祖、高祖,自身以下,子、孙、曾孙、玄
孙,合为九族。

⑲诫:警戒。

⑳麦饭:麦屑做的饭,也称"麦屑饭"。陆游《戏咏村居》:"日长处处
莺声美,岁乐家家麦饭香。"

㉑王屋:即王屋山,在今河南济源和山西阳城之间。古以山形似王
者之屋,故名。道教以此为"天下第一洞天"。

【译文】

同州司马裴沆曾经说起,他的再从伯裴某从洛阳前往郑州,在路上
走了几天,赶夜路偶然下马,听到路边有人呻吟的声音,于是拨开杂草

寻找。在荆棘丛中发现了一只病鹤，垂着翅膀，耷拉着脑袋，翅膀的关节处生疮溃烂没有羽毛，声音也非常怪异。忽然有一位白衣老人，拄着拐杖，从几十步开外走过来，对裴某说："您年纪轻轻，莫非也懂得哀怜这只病鹤？如果用人血涂在它的伤口上，它就能够飞了。"裴某颇通道行，性情高逸，就回答说："请让我刺自己的手臂取血，这不为难。"老人说："您的这种想法很给力啊，但是必须是三世为人，那人的血才可以。您前生不是人，只有洛阳胡芦生三世是人。您这一趟没有急务，能不能返回洛阳，去求求胡芦生呢？"裴某很爽快地折返行程，不到两个晚上就到了洛阳，前去拜访胡芦生，详细地叙述了这件事，并且恳请胡芦生帮助。胡芦生毫不为难，打开包袱取出一个两指大小的石盒，取针刺臂，鲜血滴满了一盒，交给裴某说："什么也别说了。"等到裴某回到病鹤那里，老人已经先到了，高兴地对他说："真是信守承诺的人！"于是让裴某把鲜血全部涂在病鹤的伤口上。老人说这是和鹤结下缘分了，又邀请裴某说："我的居所离此处不远，不妨去略坐一坐。"裴某察觉老人不是普通人，就称呼他为丈人，跟着他走。才走了几里远，就到了一处村庄，竹篱茅屋，庭院杂乱。裴某口渴得很，要茶喝，老人指着一个土龛说："这里面有一点点浆液，可以去取来喝。"裴某看那土龛中，有一枚杏核就像斗笠，里面装满了浆液，浆液的颜色是纯白色的。裴某用力举起来喝了，立刻就不感到饥渴了，浆液的味道就像杏酪。裴某知道老人是位世外高人，就下拜请求当他的仆从。老人说："您在人间小有官运，即使隐居在此，也无法善始善终。您的叔叔的确修道有得，我和他交往很久了，您自然不知道的。我这里有一封信给他，烦请您务必送到。"于是包好一个饭碗大小的包袱，告诫他不要偷看。又带着裴某去看那只病鹤，鹤的伤口已经长出了羽毛。老人又对裴某说："您先前饮用了杏浆，可以成为整个家族最长寿的人，要以酒色为戒啊。"裴某返回洛阳，半路上要看那封信，准备打开，包袱四角各有一条红色的蛇伸出脑袋，裴某只好作罢。他的叔叔收到信，马上打开，其中有东西像是一升多干大麦饭。裴某的叔叔后来漫游王屋山,不知道他最后到了何方。裴某一直活到九十七岁。

2.39 明经赵业①,贞元中选授巴州清化县令②。失志成疾③,恶明④,不饮食四十余日。忽觉空中雷鸣,顷有赤气如鼓,轮转至床,腾上,当心而住。初觉精神游散,奄如梦中,有朱衣平帻者,引之东行。出山断处,有水东西流,人甚众,久立视。又之东,行一桥,饰以金碧。过桥北,入一城。至曹司中⑤,人吏甚众。见妹婿贾奕,与己争杀牛事,疑是冥司,遽逃避。至一壁间,墙如石黑,高数丈,听有呵喝声。朱衣者遂领入大院,吏通曰:"司命过人⑥。"复见贾奕,因与辨对。奕固执之,无以自明。忽有巨镜径丈,虚悬空中。仰视之,宛见贾奕鼓刀⑦,赵负门,有不忍之色。奕始伏罪。朱衣人又引至司,入院,一人被褐帔紫霞冠⑧,状如尊像⑨,责曰:"何故窃拨、襆头二事⑩,在滑州市隐橡子三升⑪?"因拜之无数。朱衣者复引出,谓曰:"能游上清乎?"乃共登一山,下临流水,其水悬注腾沫,人随流而入者千万,不觉身亦随流。良久,住大石上,有青白晕道。朱衣者变成两人,一道之,一促之,乃升石崖上立,坦然无尘。行数里,旁有草如红蓝⑫,叶密无刺,其花拂拂然飞散空中。又有草如苣⑬,附地,亦飞花,初出如马勃⑭,破大如叠,赤黄色。过此,见火如山,横亘天,候焰绝乃前。至大城,城上重谯⑮,街列果树,仙子为伍,迭谣鼓乐,仙姿绝世。凡历三重门,丹膜交焕⑯,其地及壁,澄光可鉴。上不见天,若有绛晕都覆之。正殿三重,悉列尊像。见道士一人,如旧相识,赵求为弟子,不许。诸乐中如琴者,长四尺,九弦,近头尺余方广,中有两道横以变声。又如一酒榼⑰,三弦,长三尺,腹面上广下狭,背丰隆。顷有过录⑱,乃引出阙南一院,中有绛冠紫霞帔,命与二朱衣人坐厅事⑲,乃命先过戊申录⑳。录如人间词状㉑,首冠人生辰,次言姓名、年纪,下注生月日;别行横布六旬甲子,所有功过,日下具之,如无,即书"无事"。赵自窥其录,姓名、生辰月日,一无差错也。过录者数盈亿兆。朱衣人言:"每六十年,天下人一过录,以考校善恶,增损其筭也㉒。"朱衣者引出北门,至向路,执手别,曰:"游此是子之魂也。可寻此行,勿返顾㉓,当达家矣。"依其言,行稍急,蹶倒,如梦觉,死已七日矣。赵著《魂游上清记》,叙事甚详悉。

【注释】

①明经:唐代科举以经义取士,谓之"明经"。唐代科举科目很多,其中以明经和进士二科为主。进士科尤为贵重,很难考取,当时有"三十老明经,五十少进士"的说法。

②贞元:唐德宗李适年号(785—805)。巴州:今四川巴中。

③失志:不得志。

④恶(wù):厌恶。

⑤曹司:官署。

⑥司命:掌管生死寿夭的神。过人:提审。

⑦鼓刀:动刀,指宰杀牲畜之事。

⑧帔(pèi):披肩。

⑨尊像:佛像。

⑩拨:妇女用以理鬓的梳具,形如枣核,也称"鬓枣"。

⑪滑州:在今河南滑县东。

⑫红蓝：又名"黄蓝"、"红花"，一年生菊科草本植物。晋崔豹《古今注》卷下："燕支，叶似蓟，花似蒲公，出西方，土人以染，名为燕支。中国人谓之红蓝，以染粉为面色，谓之燕支粉。"

⑬苣(qǔ)：即苣荬(mǎi)菜，多年生草本植物，花黄色，茎叶嫩时可食。

⑭马勃：也写作"马渤"，菌类植物名。

⑮重谯(qiáo)：城门上的双层瞭望楼。

⑯丹臒(huò)：红色颜料。

⑰榼(kē)：盛酒的器具。

⑱过录：审阅簿录。

⑲厅事：官署视事审案的厅堂。

⑳戊申录：戊申年出生人的簿录。

㉑词状：诉讼的文书。

㉒筭(suàn)：古代用以计数的筹码。这里指寿数。

㉓勿返顾：底本作"忽返顾"，据别本改。

【译文】

　　明经赵业，贞元年间被选任巴州清化县令。仕途不得志，忧郁成疾，不喜光亮，四十多天不吃不喝。忽然听到空中响雷，随即有一团形状像鼓的红色云气，翻滚转动来到床前，腾跃上床，在赵业的心口上方停住。赵业开始觉得精神恍惚，像是梦中，有一位穿着红衣戴着平顶头巾的人，领着他向东走。走出山谷，有一条河从东向西流淌，人很多，长时间站在那里看着。他们继续往东走，经过一座用黄金碧玉装饰的桥。过桥往北，进了一座城。来到官署中，百姓和官吏很多。赵业见到妹夫贾奕，和自己争辩杀牛的事，他怀疑是阴曹地府，赶紧逃跑躲避。逃到一堵墙壁间，墙壁像是黑色的石头，有几丈高，听见里面有呵斥的声音。红衣人于是把赵业领进大院，小吏通报说："司命提审犯人。"又见到了贾奕，于是和他辩论对质。贾奕顽固坚执己见，赵业无法自证清白。忽然有一面直径一丈的大镜子,虚悬在空中。抬头看,清楚可见贾奕动刀杀牛,赵业倚着门,面露不忍之色。贾奕这才认罪。红衣人又领赵业到了官署,进入大院,有一个人披着褐色披肩,戴着紫霞冠,状貌如同佛像,责问他说:"你为什么偷了爨枣和头巾这两件东西,又在渭州市场上藏匿了别人三升橡子?"赵业于是认错,叩拜无数。红衣人又领他出来,问他说:"能游上清仙境吗?"于是一起登上一座山,山下即是激流,飞流直下,水花翻腾,成千上万的人随着水流而进,赵业不知不觉也随着水漂流。过了很长时间,才在一块大石头上停下来,石头上有一青一白两条模模糊糊的道路。红衣人也变成两个人,一人在前面带路,一人在后面催他,于是登上石崖站立,石头平坦又干净。又走了几里路,路旁有一种草就像红蓝,叶片茂密,没有刺,花瓣飘飘洒洒飞散天空。又有一种草像苣荬菜,贴地生长,也有花飘飞,刚长出时形如马勃,绽开后大如碟子,花瓣红黄色。走过这里,看见熊熊大火,火势如山,横亘天际,等到火焰熄灭才又前行。到了一座大城,城门上双层谯楼耸峙,街道旁排列种植着果树,仙女们列队轮流唱歌奏乐,美妙的姿态世间难见。一共经过三道门,朱门红光辉映,地面和墙壁光可照人。往上看不见天,好像被红晕全部遮住了。正殿有三重,全都供奉着神像。见到一位道士,好像是老熟人,赵业请求做他的弟子,那人不答应。各种乐器中有像琴的,长四尺,九弦,接近琴头处有一尺多宽,中间有两道横着用来变换音调。又有一种乐器形状像酒具,三根弦,长三尺,中腹部上宽下窄,背部饱满而隆起。一会儿,开始审阅簿录,红衣人领着赵业走出宫殿,到了南面一个院子,里面有一位戴红冠、披紫霞披肩的官员,让他和两位红衣人坐在大厅里,就命令先审阅戊申年的簿录。这本簿录和人间的诉讼文书差不多,首先记载人的生辰,然后是姓名、年龄,下面再注明生于哪月哪天;另起一行横列六十个干支,所有的功过都在每一天下面详细记载,如果那一天没什么,就写"无事"。赵业偷看自己的簿录,姓名、出生年月日,毫无差错。登记在册的人数超过亿兆。红衣人说:"每六十年，天下所有人都要登记一次，用来考评他的善恶，据此加减他的阳寿。"红衣人领着赵业走出北门，到了原路，握手告别，说："来这里游览的是你的魂魄。你顺着这条路走，不要回头，就到家了。"赵业听从他的话往家走，走得稍微快了一点儿，跌了一跤，好像从梦中醒了过来，原来自己已经死过去七天了。赵业著有《魂游上清记》一文，叙述此事十分详细完备。

2.40 史论在齐州时①，出猎，至一县界，憩兰若中②。觉桃香异常，访其僧。僧不及隐，言近有人施二桃，因从经案下取出，献论，大如饭碗。时饥，尽食之，核大如鸡卵。论因诘其所自，僧笑："向实谬言之。此桃去此十余里，道路危险，贫道偶行脚见之③，觉异，因掇数枚④。"论曰："今去骑从，与和尚偕往。"僧不得已，导论北去荒榛中⑤。经五里许，抵一水，僧曰："恐中丞不能渡此⑥。"论志决往，乃依僧解衣，戴之而浮⑦。登岸，又经西北，涉二小水。上山越涧，数里，至一处，奇泉怪石，非人境也。有桃数百株，枝干扫地，高二三尺，其香破鼻⑧。论与僧各食一蒂，腹果然矣⑨。论解衣，将尽力苞之⑩。僧曰："此或灵境，不可多取。贫道尝听长老说⑪，昔日有人亦尝至此，怀五六枚，迷不得出。"论亦疑僧非常，取两个而返。僧切戒论不得言。论至州，使招僧，僧已逝矣。

【注释】

①齐州：今山东济南。

②兰若：梵文音译"阿兰若"的简称，意译为寂静处，本谓比丘静修

之处,后指山林小寺。

③行脚:僧人为了寻师友或是求证佛法而四处旅行。

④掇(duō):摘取。

⑤榛(zhēn):丛生的树木。

⑥中丞:职官名。汉代为御史大夫的属官,因居殿中,故名"中丞"。东汉以后,御史大大夫转为大司空,以中丞为御史台长官。这里是对史论的尊称。

⑦戴:用头顶着。

⑧破鼻:扑鼻。

⑨果然:饱足的样子。

⑩苞:通"包"。

⑪长老:指年高德隆的僧人。

【译文】

史论在齐州做官时,外出打猎,到了一个县的边界,在一所寺院里休憩。他嗅到一股奇异的桃子香气,就问寺里的和尚。和尚来不及隐藏,只好说最近有人施舍了两个桃子,于是从经案下拿出来,献给了史论,桃子有饭碗那么大。当时史论正觉饥饿,就把两个桃子全吃了,桃核也大如鸡蛋。史论就问他桃子从哪里得来,和尚笑着说:"刚才确实打了诳语。桃子出自距这里十多里远的地方,道路危险,我在行脚时偶然见到了,觉得很奇特,就摘了几个。"史论说:"我不带随从,和你一起去吧。"和尚没办法,只好领着史论往北面的荒山野林中走。走了大约五里路,到了河边,和尚说:"恐怕中丞大人不能渡过这条河。"史论坚决要去,于是照着和尚的办法,脱下衣服顶在头上游了过去。上了岸,又向西北方向走,趟过两条小河。翻山越涧走了几里之后,到了一个地方,山泉奇异,怪石嶙峋,不是寻常的人间境界。这里有几百株桃树,树有二三尺高,枝干垂地,香气扑鼻。史论和那和尚各吃了一个桃子,就感觉饱了。史论脱下衣服,想要尽量多包些桃子带走。和尚说:"这里可能是仙境，不能多拿。我曾经听长老说，从前有人也曾到过这里，怀里揣了五六个桃子，就迷了路，出不了山。"史论也怀疑这和尚非比寻常，只拿了两个桃子回去。和尚再三告诫史论不要向别人提这件事。史论回到齐州官府，派人去请和尚，和尚已经不在了。

壶史

"壶"字很容易让人联想起"壶公"和"壶中天地"的典故。据葛洪《神仙传》记载,汝南人费长房曾为市掾,市上有一老翁悬壶卖药,日入之后即跳入壶中。费长房见之以为神异,乃与老翁同入壶中,但见楼观五色,重门阁道,别有一番天地。李白《下途归石门旧居》:"壶中别有日月天。"白居易《酬吴七见寄》:"谁知市南地,转作壶中天。"可知在唐人笔下,"壶中天地"是为熟典。"壶"字既明,则"壶史"也就不难理解。本篇共计十条,所记均为唐代神仙方术之传说,如玄宗学隐形于罗公远、唐居士祝月等,都表现出神奇的想象力。

2.41 武攸绪①,天后从子②。年十四,潜于长安市中卖卜,一处不过五六日。因徙升中岳③,遂隐居,服赤箭、伏苓④。贵人王公所遗鹿裘、藤器,上积尘萝⑤,弃而不用。晚年肌肉始尽,目有紫光,昼见星月,又能辨数里外语。安乐公主出降⑥,上遣玺书召⑦,令勉受国命,暂屈高标⑧。至京,亲贵候谒,寒温之外,不交一言。封国公。及还山,敕学士赋诗送之。

【注释】

①武攸绪(655—723):武惟良子。圣历年间,弃官隐于嵩山。

②天后:武则天称号。唐高宗永徽六年(655)废王皇后,立武则天为后,高宗称天皇,武后称天后。

③徙升中岳:武则天时,屡封中岳嵩山。《旧唐书·礼仪志三》:"则天垂拱四年,将有事于嵩山,先遣使致祭以祈福助,下制,号嵩山为神岳,尊嵩山神为天中王,夫人为灵妃。……天册万岁元年腊月甲申,亲行登封之礼。礼毕,便大赦,改元万岁登封,改嵩阳县为登封县。……则天以封禅日为嵩岳神祇所祐,遂尊神岳天中王为神岳天中皇帝,灵妃为天中皇后。"

④赤箭:又名"独摇"、"离母"、"合离草"、"鬼督邮",植物名。其茎高三四尺,状如箭,赤青色,故名。其根晒干入药,称"天麻"。

⑤尘萝:尘丝蛛网。萝,蔓。

⑥安乐公主:唐中宗与韦后之幼女。出降:公主下嫁。安乐公主初嫁武崇训,再嫁武延秀。《新唐书·安乐公主传》:"崇训死,主素与武延秀乱,即嫁之。是日,假后车辂,自宫送至第,帝与后为御安福门临观。"

⑦玺书:敕令诏书。

⑧高标:这里指隐士的高风逸致。

【译文】

武攸绪,是天后的侄子。十四岁时,悄悄地在长安城中卖卦占卜,每一个地方待不过五六天。后来随武后加封中岳,就隐居在那里,服用赤箭、伏苓等药。王公贵族赠送的鹿皮衣、藤器等都弃置不用,积满灰尘。晚年时肉身渐脱,眼放紫光,大白天能看见星星、月亮,又能分辨出几里外的声音。安乐公主出嫁,中宗派遣使臣宣旨召他,要他勉力接受朝廷任命,暂时屈降隐士高节。到了京城,皇亲贵族都来等候拜见他,除了略叙寒温之外,他一句话也不说。朝廷加封他国公。后来复隐嵩山的时候，皇帝诏令学士赋诗为他送行。

2.42 玄宗学隐形于罗公远①，或衣带，或巾脚②，不能隐。上诘之，公远极言曰③："陛下未能脱屣天下④，而以道为戏，若尽臣术，必怀玺入人家⑤，将困于鱼服也⑥。"玄宗怒，慢骂之⑦。公远遂走入殿柱中，极疏上失⑧。上愈怒，令易柱破之。复大言于玉础中⑨，乃易础观之，础明莹，见公远形在其中，长寸余。因碎为十数段，悉有公远形。上惧，谢焉⑩，忽不复见。后中使于蜀道见之⑪，公远笑曰："为我谢陛下。"

【注释】

①罗公远：鄂州（今湖北武汉）人，一说彭州九陇山（今四川彭州）人。唐玄宗时术士。

②巾脚：头巾脚。

③极言：话说得很重。

④脱屣（xǐ）：脱鞋。这里的意思是摆脱。屣，鞋。

⑤怀玺：隐藏皇帝身份。玺，天子之印。

⑥困于鱼服：比喻身份尊贵的人微服私行的危险。鱼服，喻指常人服饰。汉刘向《说苑》卷九："吴王欲从民饮酒。伍子胥谏曰：'不可。昔白龙下清泠之渊，化为鱼。渔者豫且，射中其目。白龙上诉天帝，天帝曰："当是之时，若安置而形？"白龙对曰："我下清泠之渊，化为鱼。"天帝曰："鱼固人之所射也。若是，豫且何罪？"夫白龙，天帝贵畜也。豫且，宋国贱臣也。白龙不化，豫且不射。今君弃万乘之位，而从布衣之士饮酒，臣恐其有豫且之患矣。'"

⑦慢：用同"谩"，毁谤。

⑧疏：分条记录或分条陈述。

⑨礩(xì)：柱子的石础。

⑩谢：道歉。

⑪蜀道：唐代由长安翻越秦岭通往巴蜀地区的道路，后泛指蜀地
　　道路。

【译文】

　　唐玄宗向罗公远学隐形术，但要么衣带，要么头巾脚总不能隐形。玄宗问其缘故，罗公远把话说得很重："陛下既不能放下国家大事不管，学习隐身术就只是玩玩罢了，如果把我的法术全学去了，定会微服隐身进入平常百姓家，这将会给您带来极大的危险。"玄宗火冒三丈，一通乱骂。罗公远于是走进大殿的柱子里面，痛痛快快地指陈玄宗的过失。玄宗火气更大，命令换根柱子，把这根柱子劈开。罗公远又进入玉础中，在里面高声说话，玄宗又命令换掉玉础来看，玉础晶莹透明，只见罗公远藏在玉础里面，身长只有一寸多。于是把玉础砸碎为十多段，结果每一段里面都有罗公远的身形。玄宗害怕了，向罗公远道歉，罗公远忽然消失了。后来中使在蜀道上见到罗公远，公远笑着说："替我向陛下道个歉。"

　　2.43　邢和璞偏得黄老之道①，善心筭②，作《颍阳书疏》③，有叩奇旋入空④，或言有草⑤，初未尝睹。成式见山人郑昉说⑥：崔司马者，寄居荆州，与邢有旧。崔病积年且死，心常恃于邢。崔一日觉卧室北墙有人厮声⑦，命左右视之，都无所见。卧室之北，家人所居也。如此七日，厮不已。墙忽透明如一粟，问左右，复不见。经一日，穴大如盘。崔窥之，墙外乃野外耳。有数人荷锹镶⑧，立于穴前。崔问之，皆云："邢真人处分开此⑨，司马厄重⑩，倍费功力。"有顷，导骑五六⑪，悉平帻朱衣，辟曰⑫："真人至。"见邢舆中，白帢垂

绶⑬，执五明扇⑭，侍卫数十，去穴数步而止，谓崔曰："公筭尽⑮，璞为公再三论，得延一纪⑯，自此无苦也。"言毕，壁如旧。旬日，病愈。又曾居终南，好道者多卜筑依之。崔曙年少⑰，亦随焉。伐薪汲泉，皆是名士。邢尝谓其徒曰："三五日有一异客，君等可为予各办一味也。"数日，备诸水陆，遂张筵于一亭，戒无妄窥。众皆闭户，不敢謦欬⑱。邢下山迎一客，长五尺，阔三尺，首居其半，绯衣宽博，横执象笏，其睫疏长，色若削瓜，鼓髯大笑⑲，吻角侵耳。与邢剧谈⑳，多非人间事故也。崔曙不耐，因走而过庭。客熟视，顾谓邢曰："此非泰山老师乎㉑？"邢应曰："是。"客复曰："更一转㉒，则失之千里，可惜！"及暮而去。邢命崔曙，谓曰："向客，上帝戏臣也㉓。言泰山老师，颇记无？"崔垂泣言："某实泰山老师后身㉔，不复忆，幼常听先人言之。"房琯太尉祈邢筭终身之事㉕，邢言："若来由东南，止西北，禄命卒矣。降魄之处㉖，非馆非寺，非途非署。病起于鱼飧㉗，休于龟兹板㉘。"后房自袁州除汉州㉙，及罢归，至阆州㉚，舍紫极宫㉛。适雇工治木，房怪其木理成形，问之，道士称："数月前，有贾客施数段龟兹板，今治为屠苏也㉜。"房始忆邢之言。有顷，刺史具鲙邀房㉝，房叹曰："邢君神人也。"乃具白于刺史，且以龟兹板为托。其夕，病鲙而终。

【注释】

①邢和璞：唐玄宗时术士。黄老之道：黄指黄帝，老指老子，黄老之道即道家学说。

②筭：同"算"。

③《颍阳书疏》:《新唐书·艺文志三》:"邢和璞《颍阳书》三卷。隐颍阳石堂山。"

④叩奇旋入空:金桑选译《酉阳杂俎》:"古算术用语。将奇偶数按圆周形排列,用以推算相对应的求知数。"

⑤草:草稿。

⑥山人:隐居不仕的人。

⑦斸(zhú):挖,掘。

⑧钁(jué):一种刨土的工具。

⑨处分:吩咐。

⑩厄:灾难。

⑪导驺(zōu):骑马开道的差役。驺,古代养马驾车的仆役。

⑫辟:吆喝开道。

⑬白帢(tāo):白色的帽子。

⑭五明扇:仪仗所用扇名。晋崔豹《古今注》卷上:"五明扇,舜所作也。既受尧禅,广开视听,求贤人以自辅,故作五明扇焉。秦汉公卿士大夫皆得用之,魏、晋非乘舆不得用。"

⑮箅:寿箅,阳寿。

⑯纪:岁星十二年运行一周天,称为"一纪"。

⑰崔曙(?—739):原籍博陵(今河北安平),居宋州(今河南商丘)。唐代诗人。少时隐居少室山,开元间中进士。

⑱謦欬(qǐng kài):咳嗽。

⑲鼓髯(rán):扇动着胡须。

⑳剧谈:畅谈。

㉑泰山老师:即泰山老父。《太平广记》卷十一引《神仙传》:"泰山老父者,莫知姓字。汉武帝东巡狩,见老翁锄于道傍,头上白光高数尺,怪而问之。老人状如五十许人,而有童子之色,肌肤光华,不与俗同。……老父后入岱山中,每十年五年,时还乡里,三

百余年,乃不复还。"

㉒转:轮回。

㉓戏臣:弄臣,陪伴君主玩乐的人。

㉔后身:转胎,来世之身。

㉕房琯(697—763):字次律,河南(今河南洛阳)人。唐代名臣。安史乱起,玄宗奔蜀,房琯扈从,拜文部尚书、同中书门下平章事。至德元载(756),奉使至灵武册封肃宗。后仕于蜀,宝应二年(763)返京途中,卒于阆州。

㉖降魄:生命终止。道教认为人体有三魂七魄,人死则魂升魄降。

㉗飧(sūn):熟食。

㉘龟兹(qiū cí):西域古国名。故址在今新疆库车。

㉙袁州:治所在今江西宜春。除:任职。汉州:治所在今四川广汉。

㉚阆州:今四川阆中。

㉛紫极宫:老子庙。《旧唐书·玄宗纪下》:"(天宝二年)三月壬子,亲祠玄元庙以册尊号。……改西京玄元庙为太清宫,东京为太微宫,天下诸郡为紫极宫。"

㉜屠苏:草庵,平房。

㉝鲙(kuài):细切的鱼肉。此指鱼做的美肴。

【译文】

邢和璞独得道家之学,善于心算,撰有《颍阳书》三卷,有叩奇旋入空,有人说这部书的手稿还在,我没有见过。我听隐士郑昉说:有一位姓崔的司马,寄居在荆州,和邢有老交情。崔司马生病多年,快要死了,心里常想着倚赖邢的帮助好起来。有一天,崔司马听到卧室北墙有人挖土的声响,让仆人去察看,什么也没有。卧室的北面,是他的家人居住的地方。这样一连七天,挖掘的声响一直没有停下来。墙上忽然透进一线亮光,问身边的人,也都没看见。过了一天,墙上的洞有盘子那么大。崔司马从洞中往外看,墙外竟是野外。有几个人扛着铁锹锄头,站在墙洞前。崔司马问他们在做什么，都说："邢真人吩咐我们挖开这个洞，司马您病情严重，我们加倍费力。"过了一会儿，有五六名开道的差役，都戴着平顶头巾，穿着红衣，吆喝开道说："真人到。"只见邢和璞坐在车内，戴着白帽，垂着绶带，车后列着五明扇，几十个侍卫，在距离墙洞几步远的地方停下了，对崔司马说："先生阳寿已尽，我为您再三争论，得以延长阳寿十二年，自此以后不会有病痛了。"说毕，墙壁完好如初。十天后，崔司马的病就好了。邢和璞又曾隐居终南山，很多喜欢学道的人都到山里选个地方建所房子，住下来跟从他修炼。崔曙年龄较小，也跟着他。砍柴挑水的都是名士。有一天邢和璞对他的徒弟们说："三五天内要来一位特殊的客人，请你们每人帮我准备一份菜肴。"几天后，备办了山珍海味，就在一座亭子里摆开筵席，邢和璞叮嘱徒弟们不要随意偷看。徒弟们都关好门窗，不敢咳嗽一声。邢和璞下山迎来一位客人，身高五尺，宽三尺，脑袋就占了全身的一半，一身红衣服又宽又大，横拿着象牙手板，眼睫毛又稀又长，脸色像是削了皮的瓜，耸动着胡子放声大笑，嘴角都咧到了耳根。客人与邢和璞开怀畅谈，说的大多不是人间的事情。崔曙不耐烦，就跑着经过庭院。客人仔细地看着他，回头对邢说："这不是泰山老父吗？"邢和璞回答说："正是他。"客人又说："一世轮回，就差别那么大，真可惜！"到傍晚时，客人离开了。邢和璞叫来崔曙，对他说："先前的客人是天帝的弄臣。所说泰山老父的事情，你还记得吗？"崔曙哭着说："我的确是泰山老父的后身，我自己是记不得了，小时候曾听父母说起过这事。"房琯太尉请求邢和璞给自己算命，邢和璞说："你从东南方来，到西北方止步，你的福禄、生命就此完结。去世的地点，既不是客馆，也不是寺庙，既不在旅途，也不在官署。病是因为吃鱼而起，死后用龟兹板做棺材。"后来房从袁州移任汉州刺史，罢职归朝时，走到阆州，住在紫极宫。这里正请工匠做木活，房琯见木头的纹理有各种形状，觉得很奇怪，就问个究竟，道士说："几个月前，有位商人施舍给紫极宫几段龟兹板，现在要把它做成房子。"房琯这才想起邢和璞的话。一会儿,刺史做好了鱼请房琯,房琯叹息说:"邢先生真是神人啊。"就把这事详细地告诉了刺史,并且托付他用龟兹板为自己做棺材。当晚吃鱼以后,房琯就发病去世了。

2.44 王皎先生善他术①,于数未尝言②。天宝中,偶与客夜中露坐,指星月曰:"时将乱矣。"为邻人所传。时上春秋高③,颇拘忌。其语为人所奏,上令密诏杀之。刑者镬其头数十,方死,因破其脑视之,脑骨厚一寸八分。皎先与达奚侍郎来往④,及安史平,皎忽杖屦至达奚家⑤,方知异人也。

【注释】

①先生:这里是对道士的称呼。

②数:命运,气数。

③春秋:年岁。用作敬辞。

④达奚侍郎:即为达奚珣(? —757)。初为礼部侍郎,后为河南尹。安史之乱时受伪职,乱平被诛。侍郎,职官名。隋唐时为各部长官的副职。

⑤屦(jù):麻鞋。

【译文】

王皎先生擅长其他法术,而未曾谈过气数方面的事。天宝年间,有天晚上和客人露天而坐,指着天上的星象说:"天下将要大乱了。"他的话被邻居传了出去。当时玄宗年寿已高,忌讳颇多。王皎的这句话被人奏报给玄宗,玄宗下令秘密处死他。行刑的人用镬头敲击他的脑袋数十下,才死了,于是剖开王皎的脑袋仔细看,脑骨厚达一寸八分。王皎早先和达奚侍郎有交往,安史之乱平定以后,王皎忽然挂着杖穿着麻鞋到了达奚侍郎家,大家这才知道他是世外高人。

2.45 翟天师名乾祐①，峡中人②。长六尺，手大尺余，每揖人，手过胸前，卧常虚枕。晚年往往言将来事。尝入夔州市③，大言曰："今夕当有八人过此，可善待之。"人不知悟。其夜，火焚数百家。"八人"乃"火"字也。每入山，虎群随之。曾于江岸与弟子数十玩月，或曰："此中竟何有？"翟笑曰："可随吾指观。"弟子中两人，见月规半天，琼楼金阙满焉。数息间④，不复见。

【注释】

①天师：道教的"天师"一词所指多歧，这里是对有道者的敬称。

②峡：三峡。

③夔（kuí）州：治所在今重庆奉节。

④数息：修行打坐时，专心恬静，默数鼻息的出入。这里形容时间短暂。

【译文】

翟天师名叫乾祐，是三峡人。他身高六尺，手有一尺多长，每次对人作揖，手都高过胸前，睡觉时通常都不用枕头。晚年的时候，常常预言未来的事。有一天到夔州城中，大声说："今晚会有八人经过这里，要好好对待。"人们没有领悟。当天晚上，大火烧了几百家。原来"八人"是个"火"字。每次进山，成群的老虎跟着他。他曾经在江边和几十个弟子赏月，有弟子问："月亮上面究竟有什么？"翟天师笑着说："你不妨顺着我的手指看看。"其中两个弟子，见到皓月当空，上面全是玉楼、金殿。不一会儿，就再也看不到了。

2.46 蜀有道士阳狂①，俗号为灰袋，翟天师晚年弟子也。翟每戒其徒："勿欺此人，吾所不及。"常大雪中，衣布褐入青城山^②,暮投兰若,求僧寄宿。僧曰:"贫僧一衲而已^③,天寒如此,恐不能相活。"但言:"容一床足矣。"至夜半,雪深风起,僧虑道者已死,就视之,去床数尺,气蒸如炊,流汗袒寝^④,僧知其异人。未明,不辞而去。多住村落,每住不逾信宿。曾病口疮,不食数月,状若将死。人素神之,因为设道场^⑤。斋散,忽起,就谓众人曰:"试窥吾口中有何物也?"乃张口如箕^⑥,五脏悉露,同类惊异,作礼问之,唯曰:"此足恶!此足恶!"后不知所终。成式见蜀郡郭采真尊师说也^⑦。

【注释】

① 阳狂:假装疯癫。

② 青城山:道教发祥地之一。位于四川都江堰,因其终年常绿,故名"青城",道书称其为"洞天第五宝仙九室之天",又号"天下第五名山"。

③ 衲:本义为缝补,因僧衣常用碎布缝缀而成,故又代指僧衣。

④ 袒:光着身子。

⑤ 道场:僧道做法事的场所,也指法事。

⑥ 箕(jī):簸(bò)箕。簸扬谷物的竹编用具,一般为圆形。

⑦ 蜀郡:这里指代成都。尊师:对道士的敬称。

【译文】

蜀地有个道士,假装疯癫,俗号叫作灰袋,是瞿天师晚年的弟子。瞿天师经常告诫他的徒弟说:"不要欺侮这个人,我都比不上他。"他曾在大雪天穿着布单衣进入青城山,傍晚时到寺庙向和尚借宿。和尚说:"贫僧只有一件僧衣,天这么冷,恐怕不能保你活命。"灰袋只说:"有张床就足够了。"到半夜,雪大风起,和尚怕那道士被冻死,过去一看,离床几尺远,热气腾腾像是在蒸饭,道士汗流浃背,光着身子睡在那里,和尚这才知道是位高人。灰袋天没亮就不辞而别。灰袋经常借住在村庄里，每次借住不超过两晚。他曾经口腔生疮，几个月没吃饭，看样子要死了。人们一向认为他是神人，就为他做道场。斋醮仪式刚完，他一下子站起来，走近众人，对他们说："你们看看，我嘴里有什么东西？"于是张开簸箕一样的大口，五脏全都露出来，众人非常吃惊，向他行礼问是怎么回事，他只说："这太恶心了！这太恶心了！"后来不知他去了何处。这是我听成都郭采真尊师说的。

2.47 秀才权同休友人，元和中落第①，旅游苏、湖间②。遇疾贫窘，走使者本村野人③，雇已一年矣，疾中思甘豆汤，令其取甘草。雇者久而不去，但具火汤水，秀才且意其怠于祇承④。复见其折树枝盈握，仍再三搓之，微近火上，忽成甘草。秀才心大异之，且意必有道者。良久，取粗沙数掊⑤，接拨⑥，已成豆矣。及汤成，与饮无异，疾亦渐差。秀才谓曰："余贫迫若此，无以寸步。"因褫垢衣授之⑦："可以此办少酒肉，予将会村老，丐少道路资也。"雇者微笑："此固不足办，某当营之。"乃斫一枯桑树，成数筐札⑧，聚于盘上噀之⑨，悉成牛肉。复汲数瓶水，顷之，乃旨酒也⑩。村老皆醉饱，获束缣三千。秀才惭谢雇者曰："某本骄稚，不识道者久，今反请为仆。"雇者曰："予固异人，有少失，谪于下贱，合役于秀才。若限未足，复须力于他人。请秀才勿变常，庶卒某事也⑪。"秀才虽诺之，每呼指，色上面蹙蹙不安⑫。雇者乃辞曰："秀才若此，果妨某事也。"因说秀才修短穷达之数⑬，且言万物无不可化者，唯淤泥中朱漆箸及发，药力不能化。因去，不知所之也。

【注释】

①元和：唐宪宗李纯年号（806—820）。落第：科举考试不中。

②苏、湖间：苏州、湖州一带。

③走使：使唤，差遣。

④祗（zhī）承：谨敬奉行。

⑤掊（póu）：捧，握。

⑥挼捘（ruó zùn）：搓揉。

⑦襹（chǐ）：脱下。

⑧札：木片。

⑨噀（xùn）：喷。

⑩旨酒：美酒。

⑪庶：但愿，或许。

⑫蹙（cù）蹙：局促的样子。

⑬修短穷达：年寿的长短，仕途的穷通。

【译文】

朋友权同休秀才，元和年间落第，漫游苏州、湖州一带。不巧生病，弄得贫困不堪，雇的短工是本村的村民，雇佣已经一年了，秀才病中想喝甘豆汤，让雇工去取甘草。雇工迟迟不去，只生火烧开水，秀才料想他是懒怠于侍候。又看见他折了一大把树枝，反复揉搓，然后靠近火稍微一烤，突然就变成了甘草。秀才心里非常吃惊，并且认为他一定是有道行的人。又过了好一会儿，雇工弄来几捧粗沙，使劲地搓了一阵，粗沙已经变成豆子了。待到汤做好了，端给他喝，和甘豆汤的味道没什么两样，病也慢慢地好了。秀才对他说："我穷困窘迫到这种程度，寸步难行。"于是脱下脏衣服给他："拿这件衣服换点钱，备办一点酒肉，我要会见村中的老辈，乞求一点儿路费。"雇工微笑说："这个的确不够办酒席，我自会想办法。"于是砍来一棵枯死的桑树，劈成几筐木片，堆积在盘中，喷了一口水，盘中的木片全都变成了牛肉。又打来几瓶水，转眼的工夫,就变成了美酒。全村的老辈都酒足饭饱,秀才得到了三千匹细绢。秀才很惭愧,向雇工道歉说:"我原是骄傲幼稚,这么长时间都没认出您是位高人,现在反过来,请让我当您的仆人。"雇工说:"我的确不是普通人,因为犯了小错,被贬作下贱的人,正该被秀才役使。如果时限不够,还必须被其他人役使。请秀才还是像以前一样,或许能了结我的事。"秀才虽然答应了,每次使唤他时,脸上总是显得局促不安。雇工于是告辞说:"秀才这样子,果然误了我的事。"于是说了秀才的年寿和仕途命数,又说万物没有不能化解的,只有淤泥中的红漆箸和头发,药力不能化解。说完就离去了,不知到了什么地方。

2.48 宝历中①,荆州有卢山人,常贩烧朴石灰,往来于白洑南草市②,时时微露奇迹,人不之测。贾人赵元卿好事,将从之游,乃频市其所货,设果茗,诈访其息利之术③。卢觉,竟谓曰:"观子意,似不在所市,意有何也?"赵乃言:"窃知长者埋形隐德,洞过蓍龟④,愿垂一言。"卢笑曰:"今且验。君主人午时有非常之祸也,若是吾言⑤,当免。君可告之:将午,当有匠饼者负囊而至,囊中有钱二千余,而必非意相干也。可闭关,戒妻孥勿轻应对⑥。及午,必极骂,须尽家临水避之。若尔,徒费三千四百钱也。"时赵停于百姓张家⑦,即遽归语之。张亦素神卢生,乃闭门伺也。欲午,果有人状如卢所言,叩门求粜⑧,怒其不应,因足其户,张重簧捍之⑨。顷聚人数百,张乃自后门率妻孥回避之。差午,其人乃去,行数百步,忽蹶倒而死。其妻至,众人具告其所为。妻痛切,乃号适张所,诬其夫死有因。官不能评,众具言张闭户逃避之状。识者谓张曰:"汝固无罪,可为办其死。"张欣然从断,其妻亦喜。及市槽就舉⑩，正当三千四百文。因是，人赴之如市。卢不耐，竟潜逝。至复州界⑪，维舟于陆奇秀才庄门。或语陆："卢山人，非常人也。"陆乃谒。陆时将入京投相知，因请决疑。卢曰："君今年不可动，忧旦夕祸作。君所居堂后，有钱一瓶⑫，覆以板，非君有也，钱主今始三岁。君慎勿用一钱，用必成祸，能从吾戒乎？"陆矍然谢之⑬。及卢生去，水波未定，陆笑谓妻子曰："卢生言如是，吾更何求乎！"乃命家童锹其地，未数尺，果遇板，彻之⑭，有巨瓮，散钱满焉。陆喜，其妻以裙运绹草贯之。将及一万，儿女忽暴头痛不可忍。陆曰："岂卢生言将征乎？"因奔马追及，且谢违戒。卢生怒曰："君用之，必祸骨肉。骨肉与利轻重，君自度也。"棹舟去之不顾。陆驰归，瘗而瘥焉⑮，儿女豁愈矣。卢生到复州，又常与数人闲行，途遇六七人，盛服俱带，酒气逆鼻。卢生忽叱之曰："汝等所为不悛⑯，性命无几！"其人悉罗拜尘中，曰："不敢，不敢。"其侣讶之，卢曰："此辈尽劫江贼也。"其异如此。赵元卿言，卢生状貌，老少不常，亦不常见其饮食。尝语赵生曰："世间刺客，隐形者不少。道者得隐形术，能不试，二十年可易形，名曰脱离。后二十年，名籍于地仙矣。"又言："刺客之死，尸亦不见。"所论多奇怪，盖神仙之流也。

【注释】

①宝历：唐敬宗李湛年号（825—826）。

②白洑：地名。草市：乡村集市。

③息利：生财。

④洞：洞晓。蓍(shī)龟：蓍草和龟甲，占卜所用。蓍，多年生草本植
　物，古人用来占卜。

⑤是：认为正确。

⑥孥(nú)：子女。

⑦停：暂住。

⑧籴(dí)：买进粮食。

⑨箦(zé)：竹席。

⑩槥(huì)：棺材。

⑪复州：今湖北天门。

⑫瓿(wǔ)：陶制容器。

⑬矍(jué)然：惊惶急视的样子。

⑭彻：撤除，撤去。

⑮醮(jiào)：做法事。瘗(yì)：掩埋。

⑯悛(quān)：悔改。

【译文】

　　宝历年间，荆州有位卢山人，经常贩卖烧朴石灰，往来于白洑南边的集市，不时地微露奇异的行迹，人们无从猜测。商人赵元卿喜欢多事，想要跟随他交游，就频频买他的货，又请他喝茶吃点心，假装问他生财的门道。卢山人察觉了，直率地对他说："看您的心思，好像并不在买卖上，您是想做什么？"赵元卿就说："我暗中知晓先生隐藏身份和品行，洞察事情胜过占卜，希望能有所预示。"卢山人笑着说："这个预言今天就要应验。您的房东中午会有大难，如果相信我的话，就可以免灾。您可以告诉他：快到中午的时候，会有一个卖饼的背着口袋前来，口袋里有两千多文钱，他一定不是有意冒犯。让房东把门关上，告诫妻儿不要随便应答。到中午时，那人一定会大骂，这时要全家到水边躲避他。如果照此去做，只会破费三千四百文钱。"当时赵元卿暂住在姓张的百姓家，于是急忙回去告诉张某。张某平素也认为卢山人很神异，就关门等

待。快中午时,果然有一个样子就像卢山人所说的人前来敲门,说要买粮,屋里没人吱声,那人很生气,就用脚踹门,张某加上两重竹席堵住门。顷刻之间聚集了几百人,张某就带着妻儿从后门躲走了。快到中午时,那人就离开了,走了几百步远,忽然跌倒死了。死者妻子赶来,众人详细地告诉了她丈夫做的事。那妇人伤痛欲绝,大哭着来到张家门前,诬赖她丈夫的死和张家有关。官府不能评断,众人就详细陈述了张家关门逃避的情形。有识见的人对张某说:"你的确无罪,就把他的后事办了吧。"张某欣然从命,死者妻子也满意。买好棺材,雇车搬运,费用正好是三千四百文。这件事过后,人们竞相前去卢山人那里,弄得门庭若市。卢山人实在受不了,最后悄悄离开了。到了复州地界,把船系在陆奇秀才的庄门。有人对陆说:"卢山人不是普通人。"陆奇就去拜谒。当时,陆奇正考虑进京投靠朋友,便请卢山人帮忙决断。卢山人说:"您今年不可妄动,恐怕很快要出事。您住的房子后面,有一大缸钱,上面盖着板子,这不是您的钱,钱的主人今年才三岁。您千万不要使用哪怕一文钱,否则一定会有灾祸,能听从我的告诫吗?"陆奇惊惶地表示感谢。卢山人的船刚一离开,水波都还没平静,陆奇就笑着对妻子说:"照卢某人说的房子后面就有钱,我哪还有别的奢望呢!"就让家童用铁锹掘地,不过几尺深,果然有一块板子,拿开板子,下面有一口大缸,满满一缸散钱。陆奇大喜,他的妻子用裙子兜着纫草去穿钱。快穿到一万的时候,儿女忽然头痛难忍。陆奇说:"难道是卢某人的话要应验了吗?"赶紧快马加鞭去追上了卢山人,向他道歉说自己违背了告诫。卢山人生气地说:"您如果用这钱,一定会殃及儿女。儿女和钱财孰轻孰重,您自己斟酌吧。"说完就划船离开了,头也不回。陆奇飞马赶回家,做了法事,然后把钱掩埋好,儿女一下子就好了。卢山人在复州,又曾和几个人闲步,路上遇见六七个人,穿着奢华,酒气熏人。卢山人忽然训斥他们说:"你们这帮人干的好事,再不悔改,命就不长了!"这帮人全都围着他拜倒在地,说:"再也不敢了,再也不敢了。"同行者很吃惊,卢山人对他们说："这帮家伙全是水上的劫匪。"他的神异之处就是这样。赵元卿说，卢山人的容貌经常变化，忽老忽少，也不怎么见他吃东西。他有一次对赵元卿说："世上的刺客，会隐身法的不少。道士学会隐身术，如果能够不试用，二十年就可以变化身形，这个叫做脱离。再过二十年，名字就列入地仙了。"又说："刺客死的时候，尸体也会隐形消失。"所说的大多是奇谈怪论，可能是神仙一流人物吧。

2.49 长庆初，山人杨隐之在郴州①，常寻访道者。有唐居士②，土人谓百岁人。杨谒之，因留杨止宿。及夜，呼其女曰："可将一下弦月子来③。"其女遂帖月于壁上，如片纸耳。唐即起祝之曰："今夕有客，可赐光明。"言讫，一室朗若张烛。

【注释】

①郴（chēn）州：今属湖南。

②居士：未做官的士人。士大夫多用"居士"为别号，如青莲居士、香山居士、六一居士。在家奉佛的人也称"居士"。

③下弦：农历每月二十三日前后，月形如弓，弓形偏东，弦口向西，谓之"下弦"。

【译文】

长庆初年，山人杨隐之在郴州，常常寻访有道之士。有位唐居士，当地人叫他百岁人。杨隐之前去拜见，他就留杨住下了。到了晚上，唐居士喊他的女儿说："快拿一个下弦月来。"他女儿就把一个下弦月贴在墙上，看上去只是一张纸片罢了。唐居士就站起来祝祷说："今天晚上有客人，请赐给光明。"话音刚落，整个房间一下子亮堂了，像是点了蜡烛。

2.50 南中有百姓①，行路遇风雨，与一老人同庇树阴，其人偏坐敬让之。雨止，老人遗其丹三丸，言有急事即服。岁余，妻暴病卒。数日，方忆老人丹事，乃毁齿灌之，微有暖气，颜色如生。今死已四年矣，状如沉醉，爪甲亦长。其人至今舆以相随。说者于四明见之矣②。

【注释】

①南中：泛指南方。

②四明：今浙江宁波。因境内有四明山，故名。

【译文】

南方有个百姓，在路上遇到风雨，和一位老人一起在树荫下躲雨，这个人坐在侧边，礼让老人。雨停了，老人送给他三颗药丸，说有紧急情况时就服用。一年后，他的妻子得急病死了。过了几天，这人才想起老人送的药丸，赶紧撬开妻子的牙齿给灌下去，只见身体稍稍有了热气，脸色也变红润了。到现在已经死去四年多了，样子像是沉醉不醒，指甲也在生长。这人至今出门时都用车载着妻子伴随身边。讲这故事的人在四明亲眼看见过。

贝编

【题解】

贝编，犹贝书，即用贝多树叶书写的佛经。本书第18.40条记载有贝多树，出自古印度摩伽陀国。此树高六七丈，经冬不凋，其树之叶可截为梵夹，书写佛经。因其叶粗厚，书写时多以刀具刻画为文，然后填墨，若能善加保护，可以传承五六百年。此既以"贝编"为标题，其所记载的内容自与佛教相关。

段成式在本篇第一条就强调，学佛者皆能言者本书不予抄录，只录"事尤异"者。所录共计六十五条，可以细分如下：

一、第3.1条为总说。因本条中的"三界"、"四洲"、"地狱"等佛教术语和后文关联尤密，故译注时作较为详细的注解，以便参看。

二、第3.2条至第3.8条，以及第3.34条，所言皆为欲界六天（见第3.1条注①）之异。欲界六天又细分诸天和各地，名目繁多，不堪细录，具体请参见各条注释。

三、第3.10条至第3.15各条，是说四大部洲（见3.1条注②）之异。

四、第3.16条至第3.33条，是说六道（见第3.16条注①）之异。析而言之，第3.16条、3.33条言阿修罗道，3.17条言饿鬼道，3.18条、3.39条言畜生道，3.19条至3.32条则通言地狱道之异，其地狱名称繁多，不易分辨，可先看3.1条注④。

　　第3.1条至第3.34条,以及第3.39条,主要本自《正法念处经》。这部佛经主要说诸善道及生死之过患,地狱等六道之业果,构思雄伟,想象神奇,笔致奔放,令人惊叹,且由惊叹而生震撼,由震撼而生敬畏心。

　　五、第3.35条至3.38共四条,言二十八宿及佛教的时间概念,主要本自《大方等大集经》。

　　六、第3.40条至本篇末,是关于诸佛寺、佛教胜迹、高僧故事等的记载,征引文献主要是北魏杨衒之《洛阳伽蓝记》和唐初释玄奘《大唐西域记》。所提及的佛寺,有古印度名寺那烂陀寺、中国第一座佛寺白马寺、梁武帝同泰寺等。佛教胜迹则有佛迹、健驮罗国大窣堵波、观自在像、白象树等等。高僧则有崇一、宝志、玄奘、万回、不空、一行、些些、义师等人。

　　段成式熟悉内典,广征博引,而所记佛教各类名目典故,颇为繁杂,多不易晓。有些地方征引不详,笔墨过于省俭,仅为一字两字,只言片语,加之其中段氏亦有讹误之处,故较难理解。针对这类情况,在翻译时并不完全依照段成式的原文,而是根据经文加以补充。

　　3.1 释门三界,二十八天①,四洲②,至华严藏世界③,八寒八热地狱等④,法自三身⑤,五位⑥,四果⑦,七支⑧,至十八界⑨,三十七道品等⑩,入释者率能言之。今不复具,录其事尤异者。

【注释】

①二十八天:包括欲界六天,色界十八天,无色界四天。一、欲界六天:第一四天王天,第二忉(dāo)利天,第三夜摩天,第四兜率陀天,第五化乐天,第六他化自在天。二、色界四禅天共计十八天:

初禅天三天(梵天、梵众天、大梵天),第二禅三天(少光天、无量光天、光音天),第三禅三天(少净天、无量净天、遍净天),第四禅九天,又分凡天(福生天、福受天、广果天、无极天)、阿那含天(无烦恼天、无热天、善见天、善现天、色究竟天)。三、无色界四天:空处天,识处天,无处有天,非想非非想天。天,佛教谓光明之义,自然之义,清净之义,自在之义,最胜之义,是享受人间以上胜妙果报的所在。

②四洲:须弥山四方之四大部洲。一名南赡部洲,以丛林立号,梵语音译"南阎浮提"。一名北俱卢洲,又译作郁单越,意为胜处,因其在四洲中最为胜异。一名西牛货洲,以贸易牛犊得名,梵语音译"西瞿陀尼"。一名东胜身洲,梵语音译"东毗提诃洲"、"东弗婆提洲",为身形胜故,名为胜身。

③华严藏世界:即莲华藏世界,是释迦如来真身毗卢舍那佛净土之名。佛经记载,在风轮之上的香水海中有大莲花,含藏着微尘数的世界,故称"莲华藏世界",简称"华藏世界"。

④八寒八热地狱:《法苑珠林》卷七:"地狱部":"又《三法度论经》云:'地狱有三:一热,二寒,三边。'"八寒地狱,又名"八寒冰地狱",包括:一、颊浮陀,意译为疱,罪人因寒而生疱。二、尼罗浮陀,意译为疱裂,罪人因寒而疱裂。三、阿吒吒,罪人因寒苦之极唇舌冻僵发出此声。四、阿婆婆,罪人冻得发出此声。五、呕睺睺,冻得不能发声,只在喉间作此声响。六、优波罗,译为青莲花,即冻得皮肉开拆似莲花。七、波头摩,译为红莲花,肉色大拆似红莲花。八、摩诃波头摩,译为大红莲花,指皮肉冻裂,全身变红似大红莲花。八热地狱,又名"八炎火地狱",包括:一、等活,又名"想地狱",狱中众生手生铁爪,以爪相攫,或砍刺磨棒,作已死想,冷风吹之,皮肉还生,复苏如故,等于前活,故名"等活"。以人间五十年为四天王天一日夜,四天王天寿五百岁为此狱一

日夜,此地狱寿五百岁。杀生者堕此狱。二、黑绳地狱,狱卒以黑热铁绳绞勒罪人。以人间一百岁为忉利天一日夜,忉利天寿一千岁为此地狱一日夜,此地狱寿一千岁。杀生、偷盗者堕此狱。三、众合地狱,又名"堆压地狱",狱中有大石山,罪人进狱后,山自然合拢,堆压罪人,骨肉糜碎。以人间二百岁为夜摩天一日夜,夜摩天寿二千岁为此狱一日夜,此地狱寿二千岁。杀生、偷盗、邪淫者堕此狱。四、叫唤地狱,狱卒将罪人掷入大锅中,沸汤烹煮,受诸痛苦,号啕叫唤。以人间四百岁为兜率天一日夜,兜率天寿四千岁为此狱一日夜,此地狱寿四千岁。凡杀生、偷盗、邪淫、饮酒者堕此狱。五、大叫唤地狱,罪人被沸汤烹煮后,业风吹活,又被捉回热铁锅中煎熬,痛苦更甚,大声号叫。以人间八百岁为化乐天一日夜,化乐天寿八千岁为此狱一日夜,此地狱寿八千岁。凡杀生、偷盗、邪淫、饮酒、妄语者堕此狱。六、烧炙地狱,又名"焦热地狱"、"炎热地狱",此狱以铁为城,烈火猛焰,内外烧炙,皮肉糜烂,痛苦万端。以人间千六百岁为他化天一日夜,他化天寿万六千岁为此地狱一日夜,此狱寿万六千岁。凡杀生、偷盗、邪淫、饮酒、妄语、邪见者堕此狱。七、大烧炙地狱,又名"大焦热地狱"、"大极热地狱",把罪人放铁城中,烈火烧炙,城内外皆赤,又有火坑,火焰炽盛,坑两岸又有火山,捉罪人贯铁叉上放火中烧。前六地狱一切诸苦,十倍具受,不可具说,此地狱寿半中劫。凡杀生、偷盗、邪淫、饮酒、妄语、邪见并污净戒尼者堕此狱。八、阿鼻地狱,又名"无间地狱",罪人在地狱受苦无间,包含趣果无间(招受果报不经他世,现世即报)、受苦无间(受苦无间断)、时无间(于一劫中受苦不间断)、命无间(受苦之寿命相续不间断)、形无间(身形生死流转中无间隙)等五种无间,为极苦之地狱,此地狱寿一中劫。凡造五逆罪、拨无因果、诽谤大乘、犯四重、虚食信施者堕此狱。

⑤三身：三种佛身，具体说法不一。据天台宗的说法，为法身、报身、应身。法身指佛从先天就具有的将佛法体现于自身的佛身；报身指以法身为因，经过修心而获得佛果之身；应身指佛为度脱世间众生需要而现之身，特指释迦牟尼之生身。

⑥五位：即五法。佛家建立诸法，包举万有，收束于五位：一色法，二心法，三心所法，四心不相应法，五无为法。

⑦四果：佛教徒修行，可以达到高低不同的四种果位。初果为须陀洹果，在轮回转生时不会变成畜生、恶鬼等。二果为斯陀含果，轮回时只转生一次便不再来欲界受生死之苦。三曰阿那含果，修到此果位，不再生于欲界而超生天界。四曰阿罗汉果，受此果者，诸漏已尽，万行圆成，所作已作，应办已办，永远不会再投胎转世而遭生死轮回之苦，得此果位者，即称"阿罗汉"，简称"罗汉"。

⑧七支：十恶中的前七恶。即身三（杀生、偷盗、邪淫）与口四（妄语、绮语、两舌、恶口）。

⑨十八界：六根（眼、耳、鼻、舌、身、意）、六尘（色、声、香、味、触、法）、六识（眼识、耳识、鼻识、舌识、身识、意识），合称"十八界"。界，界限，差别。

⑩三十七道品：又名"三十七菩提分法"，即四念处、四正勤、四如意足、五根、五力、七菩提分、八正道分。是到达涅槃境界的三十七种资粮。

【译文】

佛家所说的三界、二十八天、四洲，以至华藏世界、八寒八热地狱等，佛法上从三身、五位、四果、七支，以至十八界、三十七道品等，学佛的人一般都知道。现在我不重复叙述了，只记录那些特别神异的事情。

3.2 鬘持天①　十住处②。十六分中轮王乐不及其一③。

〇四种乐：一无怨，二随念，及天女不念余天等④。身香百由旬⑤。

【注释】

①鬘（mán）持天：天名。为四天王天（欲界六天之第一重）之第一天。鬘，梵文音译，指璎珞、花环之类，古印度风俗多以其为饰物。

②十住处：《正法念处经》卷二二："其鬘持天，有十住处。何等为十？一名白摩尼，二名峻崖，三名果命，四名白功德行，五名常欢喜，六名行道，七名爱欲，八名爱境，九名意动，十名游戏林，是为十处。"

③十六分中轮王乐不及其一：此谓鬘持天第一住处白摩尼天之乐。《正法念处经》卷二二："生须弥埵白摩尼天……所受快乐，十六分中，转轮王乐，不及其一。"轮王，即转轮王，身具三十二相，即位时由天感得轮宝（轮宝有金、银、铜、铁四种），转其轮宝而降伏四方。

④"四种乐"四句：《正法念处经》卷二二："观鬘持天第五地处，彼以闻慧，见鬘持天有地，名一切喜。众生何业生于彼处？见持戒人，心有正信，以花供养诸佛如来，自力致财，买花供养，是人命终，生于善道，生一切欢喜行天。生彼天已，受四种乐。何等为四？一者无怨，二者随念能行，三者余天不能胜其威德，四者天女不念余天。"

⑤身香百由旬：《正法念处经》卷二二："生彼天者，身无骨肉，亦无污垢，香气能熏一百由旬。"由旬，梵文音译，为古印度计算里程的单位，由旬分小、中、大，或约四十里，或约六十里，或约八十里。

【译文】

矍持天　有十住处。轮王所受之乐,和天乐相比,不及十六分之一。○第五地处有四种乐:一无怨,二随念,以及天女不念余天等等。身体香气能远播一百由旬。

3.3 迦留波陀天①　此言象迹,有十地也。○目不瞬②。○众蜂出妙音③。○六天香风,皆入此天④。

【注释】

①迦(jiā)留波陀(tuó)天:即象迹天,为四天王天之第二天。《正法念处经》卷二三:"观迦留波陀天(此言象迹天)所住之地。有几种地。自作善业,受乐果报,彼以闻慧,见迦留天。有十种地。何等为十? 一名行莲华,二名胜蜂,三名妙声,四名香乐,五名风行,六名矍喜,七名普观,八名常欢喜,九名爱香,十名均头。"

②目不瞬(shùn):此谓迦留波陀天第一地行莲华。《正法念处经》卷二三:"生迦留足天,行莲华地,受五欲乐。爱著欲味,目视不眴,身如日光。"瞬,字亦作"瞬",眨眼。

③众蜂出妙音:此谓迦留波陀天第二地胜蜂喜。《正法念处经》卷二三:"如是比丘,观无量乐赞善业已,胜蜂欢喜无量,众蜂出众妙音。"

④六天香风,皆入此天:此谓迦留波陀天第五地风行。《正法念处经》卷二三:"见迦留足天有第五地处,名曰风行。……六天香风,皆入此天,同一风力。"

【译文】

迦留波陀天　说的是象迹天,此天有十地。○第一地行莲华,视物不眨眼。○第二地胜蜂喜,众蜂发出美妙的声音。○第五地风行,六天香风，都入此天。

3.4 四天王^①　十地：彩地、质多罗地^②。○八林^③。

【注释】

①四天王：佛教有四大天王，为帝释的外将，住须弥山四边，各护一方，即东方天王多罗咤（治国主）、南方天王毗瑠璃（增长主）、西方天王毗留博叉（杂语主）、北方天王毗沙门（多闻主）。本条所指则是四天王天（四大天王及其眷属的住处，为欲界六天之第一重）中的第三天"常恣意天"。刘传鸿《〈酉阳杂俎〉校证：兼字词考释》："此条出自《正法念处经》卷二三《观天品》第六之二《四王天》之二。……按：上两条鬘持天、迦留波陀天及下条箜篌天为四天王天之三天，故此处当为四天王天之一天常恣意天。……彩地、质多罗地为常恣意天十地之二，而八林为常恣意天第九地清凉池之乐，此亦可证'四天王'当为'常恣意天'。"

②彩地、质多罗地：为常恣意天十地之第四、五地名。《正法念处经》卷二三："观四天王天第三住处，名常恣意。有几住地，彼以闻慧。观恣意天有十种地。何等为十？一名欢喜岸，二名优钵色，三名分陀利，四名众彩，五名质多罗，六名山顶，七名摩偷，八名欲境，九名清凉池，十名常游戏。……见常恣意天第四地处，名曰彩地。"

③八林：常恣意天第九地有"八林树"。《正法念处经》卷二三："见常恣意天第九地处，名清凉池。……如是天中，受第一乐。如是天乐，随意所受。境界之乐，有八林树，七宝所成：一名四欢喜，二名游戏行，三名意清凉，四名风乐林，五名音乐声，六名叶音，七名花林，八名如意林。"

【译文】

四天王天的常恣意天　有十地：彩地、质多罗地，等等。○第九地清凉池有八林树。

3.5 箜篌天①　十地。○金流河②。○无影山③。○有影游鸟④，随其行处，地同其色。○众鸟说偈⑤。○白身天，身色如拘勿头花⑥。○宝树枝叶如殿，其地柔㝹，随足上下⑦。○乐游戏天，乘鹅殿⑧。

【注释】

①箜篌（kōng hóu）天：天名。为四天王天第四天。《正法念处经》卷二四："观四天王三地住处，一一业果。具观察已，观第四处。彼以闻慧，观三箜篌天，有十种地。何等为十？一名乾陀罗，二名应声，三名喜乐，四名探水，五名白身，六名共娱乐，七名喜乐行，八名共行，九名化生，十名集行。"

②金流河：在箜篌天十地第一地处。《正法念处经》卷二四："第一地处，名乾陀罗。……有诸河流，一名宝流河，二名波流河，三名金流河，四名酒流河，五名美流河，六名流沫笑河。如是诸河，鹅鸭鸳鸯，出众妙音。"

③无影山：在箜篌天十地第二地处。《正法念处经》卷二四："观箜篌天第二地处，名曰应声。……有诸金山，所谓瞻婆帝山，无影之山，一切乐山，心意化山，如是等山。"

④影游：鸟名。在箜篌天第三地处。《正法念处经》卷二四："见箜篌天第三地处，名曰喜乐。……复有众鸟，名曰影游，随其行处，地同其色。"

⑤众鸟说偈（jì）：在箜篌天第四地处。《正法念处经》卷二四："见箜

篏天第四地处,名曰探水。……其林众鸟,名曰宿命,见诸天众,
而说颂曰:福德可爱乐,能得胜果报。是故应修福,无及福船
筏……"偈,也叫"颂",佛经中的唱词。

⑥身色如拘勿头花:此谓箜篏天第五地之异。《正法念处经》卷二
四:"见箜篏天第五住处,名曰白身。……是人命终,生白身天。
生彼天者,服白色衣,如珂如雪,如拘牟头华。"拘勿头花,梵语音
译,又作"拘贸头"、"拘牟头",花名。

⑦"宝树枝叶如殿"三句:此谓箜篏天第六地之异。《正法念处经》
卷二四:"见箜篏天第六地处,名共游戏。……宝树枝叶,如屋如
殿,其地柔软,随足上下。"耎(ruǎn),柔弱。

⑧乐游戏天,乘鹅殿:此谓箜篏天第七地之异。《正法念处经》卷二
四:"见箜篏天第七地处,名乐游戏。……有乘鹅殿,有乘鹅鸟,
有行于地。"

【译文】

箜篏天　有十地。○第一地乾陀罗,有金流河。○第二地应声,有
无影山。○第三地喜乐,有影游鸟,它飞到哪里,地就与其同一颜色。
○第四地探水,有众鸟唱颂。○第五地白身天,生此天者,身着白色衣,
颜色如同拘勿头花。○第六地共游戏,宝树枝叶像宫殿,地很柔软,随
足所履,自然起伏。○第七地乐游戏,有乘鹅殿。

3.6 三十三天①　九十九那由他天女②。忆念树③,物随
意而出。十花池④。千柱殿⑤。六时林⑥,一日具六时。千
辐轮殿⑦,天妃舍支所坐也。○衣无经纬⑧。○将死者尘著
身⑨。马殿⑩。千鹅驾⑪。○金刚綖带⑫。○行林⑬,随天所
至。○众鸟金臆⑭。○大象百头,头有十牙,牙端有百浴池。
顶有山,名曰界庄严。鼻有河,如阎牟那河水,散落世界为

雾。胁有二园,一名喜林,二名乐林。象名伊罗婆那⑮。○
光明林,四维有如意树。帝释将与修罗战,入此林四树间,
自见胜败之相。甲胄林,甲胄从树而生,不可破坏⑯。○莲
出摩偷⑰,美饮也。○修一千二百善业者⑱,生此天⑲。○上
妙之触⑳,如触迦旃邻提鸟㉑,此鸟轮王出世方见㉒。○开合
林,开目常见光明㉓。

【注释】

①三十三天:即忉(dāo)利天。为欲界六天之第二重,在须弥山顶
　上,中央为帝释天,四方各有八天,合为三十三天。《正法念处
　经》卷二五:"如是比丘,观四天王天已,观三十三天所住之
　地。……何等为三十三? 一者名曰住善法堂天,二者名住峰天,
　三者名住山顶天,四者名善见城天,五者名钵私地天,六者名住
　俱吒天(俱吒者山名也),七者名杂殿天,八者名住欢喜园天,九
　者名光明天,十者名波利耶多树园天。十一者,名险岸天。十二
　者,名住杂险岸天。十三者,名住摩尼藏天。十四者,名旋行地
　天。十五者,名金殿天。十六者,名矕影处天。十七者,名住柔
　软地天。十八者,名杂庄严天。十九者,名如意地天。二十者,
　名微细行天。二十一者,名歌音喜乐天。二十二者,名威德轮
　天。二十三者,名月行天。二十四者,名阎摩娑罗天。二十五
　者,名速行天。二十六者,名影照天。二十七者,名智慧行天。
　二十八者,名众分天。二十九者,名住轮天。三十者,名上行天。
　三十一者,名威德颜天。三十二者,名威德焰轮天。三十三者,
　名清净天。如是三十三天。"

②九十九那由他天女:善法堂天(三十三天第一天)供奉帝释之天
　女。《正法念处经》卷二五:"观四天王天已,观三十三天所住之

地。……帝释天王之所拥护,住善法堂。……有九十九那由他天女,以为眷属,恭敬围绕供养帝释,如一女人供给丈夫,诸天女等心无嫉妒,供养天后同奉帝释亦无妒心。"那由他,梵语音译,又作"那由多"、"那庾多",表数量,相当于亿(一说千亿)。

③忆念树:善法堂天园林中的异树。《正法念处经》卷二五:"(复次比丘,观善法堂)见善法堂所有园林……复有无量忆念之树,随诸天女心之所念,庄严之具,天衣天华,随念皆得,故名意树。"

④十花池:善法堂天十大莲花池。佛以莲花喻妙法,故莲花在佛教经典中占有极为重要的地位,各种净土均称莲华藏世界,佛菩萨在此中的日常座位就是莲华台。《正法念处经》卷二五:"其善法堂,有十大华池。何等为十?一名难陀莲华池,二名摩诃难陀莲华池,三名欢喜莲华池,四名大欢喜莲华池,五名游戏莲华池,六名正忆念莲华池,七名一切义莲华池,八名正分别莲华池,九名如意树莲华池,十名因陀罗覆处自在大光明莲华池。"

⑤千柱殿:《正法念处经》卷二五:"至喜乐山,其山庄严,七宝所成。……其山有殿,名曰胜上,殿有千柱,其柱皆以金毗琉璃青摩尼宝之所成就。"

⑥六时林:《正法念处经》卷二五:"更诣一林,名一切时。其林一日具有六时,常不断绝,犹如轮转,以六种时,而为庄严。"

⑦千辐轮殿:《正法念处经》卷二五:"天后舍脂,乘千辐轮七宝之殿。"辐,车轮的辐条。殿,帝王所居。这里指帝释或天后乘坐的车。按,自"九十九那由他天女"至"天妃舍支所坐也"皆为善法堂天之异。

⑧衣无经纬:此言三十三天之山顶天(第三天)异服。《正法念处经》卷二六:"千万天众游戏娱乐,所服天衣,无有经纬。"经纬,织布用的纵线和横线。

⑨将死者尘著身:《正法念处经》卷二六:"若诸天子,命欲终时,尘

则著身。"

⑩马殿：马车。《正法念处经》卷二六："一切天众，闻天王敕，乘种种殿。……或有马殿，其行速疾。"

⑪千鹅驾：《正法念处经》卷二六："时天帝释乘于千辐四轮之殿，其殿庄严，七宝所成。……驾以千鹅，身七宝色。"按，自"将死者尘著身"至此，说的是三十三天第四天善见城之异。

⑫金刚绖（yán）带：三十三天之钵私地天（第五天）所见之异服。《正法念处经》卷二六："天子既生，庄严之具，亦皆随生……以金刚绖以为带缭，垂于胸前。"绖，覆在冠冕上的装饰物。

⑬行林：三十三天之俱吒天（第六天）之异树。《正法念处经》卷二六："其天住处，纵广三千由旬，七宝天树，河池庄严。于彼天中，名曰行林。其林金树，随天忆念，悉从树生，随天所至。"

⑭众鸟金臆：三十三天之杂殿天（第七天）之异鸟。《正法念处经》卷二七："复有杂色种种众鸟，头足杂色，其身胸腹，亦复如是。或有众鸟，金臆银翅，赤宝为背，目如赤宝。或有众鸟，白银为臆，真金为翅，青毗琉璃，以为两目，赤宝瞳华，杂宝为背。"

⑮"大象百头"十二句：三十三天之欢喜园（第八天）白象王伊罗婆那的种种化身。《正法念处经》卷二七："尔时白象伊罗婆那，闻天主教，即化大身，身有百头，头有十牙，一一牙端，有百浴池，一一浴地，有千莲华，一一莲华，皆有千叶，七宝所成，一一叶端，皆有千数七宝众蜂，一一叶间，有千天子。其象顶上，有诸天女，不相妨碍，作天伎乐，乘虚而游，到欢喜园。其象两胁，化二园林，一名喜林，二名乐林……其象背上，化作大城，平正柔软……其象耳中，复生华池，其池纵广，满十由旬……其象鼻端，化作楼殿，广五由旬。……其白象王，从鼻两孔，化作河流，如阎浮提恒河之水……其象头上大山之顶，宝幢华盖，悬以宝幡，毗琉璃轮，真金为盖，其光明曜，犹如日光。"阎牟那，梵语音译，是流经古印

度窣禄勤那国的一条河流。

⑯"光明林"八句：三十三天之光明天（第九天）光明林中，天帝释与
　阿修罗作战的情况。《正法念处经》卷二七："光明林中，其林广
　长三千由旬，唯除四地及善见城，余无胜者。其林四维，有四如
　意毗琉璃树。……释迦天王告诸天众：'速疾庄严，阿修罗军恼
　乱乐见山顶所住诸天。'三十三天闻是语已，向光明林，一切天众
　共天帝释，入四树间，光明林中毗琉璃树，净如明镜，自见其相，
　知斗胜否。……（诸天众）向甲胄林，从树出生，不可坏甲，以自
　庄严。著此甲者，无能为敌。"帝释，即天帝释，三十三天之主，姓
　释迦，名天帝释。修罗，即阿修罗，又称"阿须罗"、"阿苏罗"，意
　译为非天，为六道众生之一，也是佛教护法天龙八部之一；又名
　"无端"，因其容貌甚为丑陋；又名"无酒"，因其国酿酒不成；身大
　好斗，常与天帝释恶战，国中男丑女美，宫殿在须弥山北，大海
　之下。

⑰摩偷：三十三天之旋行地天（第十四天）的美酒，从莲花池中的莲
　花流出。《正法念处经》卷二八："其莲花中，流出摩偷（摩偷者美
　饮，俗名为酒也），天女饮之。"

⑱善业：好的思想和行为称作"善业"，反之为"恶业"。

⑲此天：指三十三天之微细行天（第二十天）。《正法念处经》卷二
　九："如是之人，造作一千二百善业，命终之后，生于善道微细
　地处。"

⑳触：佛教术语。身根所触，有眼触、耳触、鼻触、舌触、身触、意触，
　合称"六触"。

㉑迦旃(zhān)邻提鸟：海中之鸟，其名意译为实可爱。

㉒轮王：见 3.2 条注③。按，此"上妙之触"乃言三十三天月行天
　（第二十三天）之异。《正法念处经》卷三十："复有第一上妙之
　触，若身触之，犹如触于迦旃邻提（迦旃邻提，海中之鸟，触之大

乐,有轮王出,此鸟则现)。"

㉓开合林,开目常见光明:此言三十三天威德焰轮天(第三十二天)之异。《正法念处经》卷三五:"复有一林,名曰开合。处处诸林,开目闭目,常见光明。"

【译文】

三十三天　第一天:有九十九那由他天女。有忆念树,万物随诸天女心之所想而出。有十大莲花池。有千柱殿。有六时林,一天有六时。有千辐轮舆,是天妃舍支所乘坐。○第三天:衣服没有经纬。○第四天:命将终者,尘土附身。有速度很快的马车。天帝释乘坐千只鹅拉的千辐四轮七宝舆。○第五天:天子以金刚綖带为装饰。○第六天:有行林,林中金树,随天所至而生。○第七天:有种鸟是金色胸腹。○第八天:白象王的化身有一百个头,每头有十牙,牙端有一百浴池。头顶有山,名为界庄严。两个鼻孔化作河流,就像阎牟那河水,飘散世界化作雾气。两胁各有一园,一名喜林,一名乐林。白象王的名字叫作伊罗婆那。○第九天:有光明林,四边有四棵像镜子一样的如意毗琉璃树。天帝释将和阿修罗作战,天众进入四棵如意树之间,就照见自己的胜败之相。甲胄林,头盔铠甲从树上长出来,刀枪不入。○第十四天:莲花池的莲花中流出摩偷,摩偷是一种美酒。○第二十天:修行一千二百善业,就可生在此天。○第二十三天:最妙之触,犹如眼触迦游邻提鸟,这种鸟要在转轮王出世才出现。○第三十二天:有开合林,睁眼闭眼,都能见到光明。

3.7 夜摩天[①]　住虚空,阎婆风所持也[②]。○积崖山[③],高三百由旬,有七楞七厢[④]。○始生天者五相:一光明覆身而无衣,二见物生稀有心,三弱颜,四疑,五怖[⑤]。○又退天五相:一近莲池花不开;二近林蜂离树;三听天女歌而生厌离;四近树花萎;五殿不行空⑥。○又见身光⑦,衣触重如金刚⑧,及照毗琉璃、镜,不见其首⑨。○天女九退相:一皮缓;二头花散落;三赤花在首变为黄;四风吹无缕衣,如人衣触;五飞行意倦;六触水而浊;七取树花,高不可及;八见天子无媚;九发散粗涩⑩。○又唇动不止⑪,璎珞花鬘皆重⑫。○摩尼珠中,有金字偈⑬。○十二种离垢布施⑭,生此天。○群鸟青影,覆万由旬⑮。

【注释】

①夜摩天:欲界六天之第三重。《正法念处经》卷三六:"于彼三十三天已上,复有一切法胜之堂。法果报胜,光明胜妙,名夜摩天。"夜摩,意译为时分。

②住虚空,阎婆风所持:《正法念处经》卷三六:"彼夜摩天,住于虚空,如虚空中所有云聚,为风所持。如此地根,下有水持,水为风持,名阎婆风。"

③积崖山:在夜摩天第四地积负地。《正法念处经》卷三八:"夜摩天中积负地处……彼处有山,名聚积崖。"聚积崖即此积崖山。

④七楞七厢:《正法念处经》卷三八:"如是山中分分地处,彼处一切善分分处,七楞七厢,皆有园林种种间杂。彼善分处,有七种宝,彼七种宝,各为一厢。"其后逐一开列七厢:一厢青宝;第二厢处,皆是颇梨;第三厢处,悉皆是银色及光明;第四厢处,一切皆是阎浮那提真金为体;第五厢处,皆钵头摩真宝之色;第六厢处,皆是金刚真宝之色;第七厢处,皆是七宝种种杂色。七楞,七种珍宝。楞,楞伽,宝石名。

⑤"始生天者五相"六句:《正法念处经》卷三九:"此始生天,有五种相。所谓一者光明覆身,身无衣服,心作是念,勿令他天见我裸

露,即于念时,他见有衣而实无衣,此是初相。始生天子,又复更有第二之相。所谓见物生希有心,于园林等未曾见来,见则遍看,此第二相。始生天子,又复更有第三之相。谓见天女,弱颜羞惭,心生疑虑,未敢正看,此第三相。始生天子,又复更有第四之相。若见余天,虽前近之,心生疑虑,意志不定,此第四相。始生天子,又复更有第五之相。欲升虚空,心生怖畏,设飞不高,安详不速,去则不远,近地而游,或傍城壁,或依附城,此第五相。"

⑥"又退天五相"六句:《正法念处经》卷三九:"彼欲退天,有相出现。相如有病。所谓相者,彼天若前近莲花池,花则不开,此是初相。又彼退天第二相者,若近林树,若莲花池,蜂则离林,离莲花去,此第二相。又彼退天第三相者。若彼天子,共诸天女游戏之时,闻其歌音,则生厌离,此第三相。又彼退天第四相者,若近树林,彼树之花,一切皆萎,此第四相。又彼退天第五相者,欲在所戏殿舍游行,不能行空,此第五相。如是五种,是夜摩天欲退之相。"

⑦又见身光:《正法念处经》卷三九:"此夜摩天善业尽故,有此诸相,则知其退。彼有十二死之大相。次第见此欲死之相。而彼天子欲退之时,死相即现。所谓彼天,欲出光明,光明不出,还入身中,犹如日没。"

⑧衣触重如金刚:《正法念处经》卷三九:"又退相现,彼天衣触,重如金刚。如是见已,其心则愁。心既愁已,于可爱声味触色香,心则不乐。既如是已,即尔便近无常之火。"

⑨及照毗琉璃、镜,不见其首:《正法念处经》卷三九:"又复更有异退相现,谓于处处,若毗琉璃石等壁中,或于镜中,或于异处,看自身像,则不见头。"按,"又见身光"至此,皆谓夜摩天十二大死相。

⑩"天女九退相"十二句:《正法念处经》卷三九:"……即便得见恶

道门开,见有天女时至欲退。彼欲退故,先九相现。所谓一者皮缓太软,以其皱故。二者身动,以身动故,头上著花离散堕落。复有第三退相已现,谓著赤花,在头则黄。复有第四退相已现,谓有风来吹其衣服,无缕之衣则如缕成,如人衣触。复有第五退相已现,谓空中飞则生疲倦,地行亦尔。复有第六退相已现,谓身汗水本清今浊。复有第七退相已现,谓至树下取花取果,树枝则举,高不可得,则不能取。复有第八退相已现,谓天子来共行欲者。则见天女色丑无媚。复有第九退相已现,谓有风来散其头发,令不柔软,触则粗涩。"

⑪又唇动不止:《正法念处经》卷四十:"彼退天女,又复更有退相已现。所谓相者,唇动不住,无语因缘而动不止。"

⑫璎珞花鬘皆重:《正法念处经》卷四十:"彼退天女,又复更有退相已现。所谓相者,身着庄严,若是璎珞,若是钏等,一切皆重。"

⑬摩尼珠中,有金字偈:《正法念处经》卷四十:"曾于过去久远世时,兜率天王下阎浮提……来过此处一切观察山峰之中,以心怜愍夜摩天故,故留一珠。此夜摩天,见珠光明。……时夜摩天见此一珠所有光明,心则离慢,又夜摩天自身所有一切光明,皆悉不现。复观彼珠,其中则有金书文字,字有偈言……"

⑭十二种离垢布施:《正法念处经》卷四四:"何等十二布施具足?一者方处具足;二者时节具足;三者功德具足;四者可爱具足,谓所爱物;五者福田具足;六者施饥渴者;七者信心施与;八者不求而施,功德具足;九者有欢喜心,施妻子等;十者简择心所敬重胜富伽罗而施与之;十一者,施于世间不轻贱者;十二者,施不望报。此如是等十二种施,复有持戒功德具足,得生天中……如是十二离垢布施,为转轮王。"离垢,脱离尘垢。布施,以福利施于他者。

⑮群鸟青影,覆万由旬:《正法念处经》卷五三:"而复更向毗琉璃宝

庄严之山，彼山多有鹅、鸭、鸳鸯，普皆青影，覆万由旬，皆是
青影。"

【译文】

夜摩天　住在虚空，为阎婆风所持。〇第四地有积崖山，高三百由
旬，有七宝一共七厢。〇始生天者五相：第一相，光明覆被全身，身上没
有衣服，心想不能让其他天众见我身体裸露，此念一生，他虽然身上无
衣，而其他天众见其有衣；第二相，园中之物皆未曾见过，故而一一看
遍；第三相，见到天女，不敢正视，面露羞涩；第四相，见有其余天众，虽
然前去接近，而心存疑虑；第五相，将升虚空，心生畏惧，既飞不高，也飞
不远。〇又有退天五相：第一相，走近莲花池，莲花不开；第二相，走近
树林，蜂则离树飞去；第三相，听天女歌声，生厌离心；第四相，靠近树
木，树上的花全都枯萎；第五相，想在殿舍游行，不能行于空中。〇又有
十二死相，其中有：光明不出，还入身中，好像日落；衣触重如金刚；又照
琉璃壁或镜子，看见自己的影像，但是看不到头部。〇天女九退相：一、
皮肤松弛；二、因为身动，头上的花掉落；三、红花戴到头上就变成了黄
色；四、风吹无缕衣则丝缕显现，就像常人的衣服；五、空中飞行感觉疲
倦；六、身上的汗水由清变浊；七、到树下摘花，树枝向上举起，高不可
攀；八、与天子相见，美貌变丑；九、头发被风吹散，摸上去很粗涩。〇天
女另有退相：没有说话而嘴唇翕动不停，所戴璎珞、花鬘等饰物，都变得
很沉重。〇兜率天王所留的摩尼珠，珠子里面有金字偈。〇做十二种
离垢布施者，生于此天。〇毗琉璃宝庄严之山，有鹅、鸭、鸳鸯众鸟，都
有青影，覆被一万由旬。

　　3.8 四天王天，有十二失坏：常与修罗斗战等①。〇三十
三天，八种失坏，有劣天不为帝释所识等②。〇夜摩天，六失
坏：食劣生惭等③。〇兜率陀天④，四失坏：不乐鹅王说法声

等⑤。○化乐天⑥,四失坏:天业将尽⑦,其足无影等⑧。○他化自在天⑨,四失坏:宝翅蜂舍去等⑩。

【注释】

①"四天王天"三句:《正法念处经》卷四六:"彼四天处,有十二种失坏之事。一谓力劣。二谓常与阿修罗斗,彼阿修罗,忽然阘至入其军中。……四天王处,有如是等十二失坏。"

②"三十三天"三句:《正法念处经》卷四六:"彼见三十三天之中八种失坏。何等为八?……四者,劣天不为天王帝释所识。"劣天,指阿修罗。

③"夜摩天"三句:《正法念处经》卷四六:"夜摩天中,有六失坏。何等为六?一者食时劣者羞惭……"

④兜率陀天:欲界六天第四重。

⑤鹅王:因为佛手指、足指中间有缦网交合,有如鹅足,故称佛为"鹅王"。《正法念处经》卷四六:"兜率陀天有四失坏。何等为四?一者劣天兜率陀中闻法之时心不喜乐,不乐鹅王说法之声。"

⑥化乐天:欲界六天第五重。

⑦天业:此指善业。

⑧其足无影:应为"脚则有影"。《正法念处经》卷四六:"观化乐天复见失坏。彼见如是天胜妙乐,犹故而有四种失坏。何等为四?所谓一者善业尽故,脚则有影。"

⑨他化自在天:欲界六天第六重。

⑩四失坏:宝翅蜂舍去等:《正法念处经》卷四六:"复观他化自在天中四种失坏……天业若尽欲失坏时,彼宝翅蜂,出不美声,舍如是天种种花香,到余处去。"

【译文】

四天王天有十二种失坏:常与阿修罗作战,等等。○三十三天有八种失坏,劣天不被帝释所识,等等。○夜摩天有六种失坏:食时劣者心生羞惭,等等。○兜率陀天有四种失坏:不喜欢佛说法声,等等。○化乐天有四种失坏:善业将尽时,脚有影子,等等。○他化自在天有四种失坏:宝翅蜂飞走,等等。

3.9 色界天下石①,经一万八千三百八十三年方至地。

【注释】

①按,本条所载,见于唐释道宣《释迦方志》卷上"封疆篇":"且如《智度论》,从色界天下一大石,经一万八千三百八十三年方始至地。约此上下方维,名为一佛所王土也。"

【译文】

色界天落下一块大石头,要经过一万八千三百八十三年才到地上。

3.10 阎浮提① 人生三肘半至四肘②,骨四十五③,脉十三④。身虫有毛灯、瞋血、禅都摩虫⑤,流行血中。○善色虫⑥,处粪中,令人安乐。○起根虫⑦,饱则喜;欢喜虫⑧,能见众梦。○又有瘹痪、蕈等⑨。○赊婆罗人穿唇,骆驼面人⑩。○有渚,人一足,师子有翼,女人狗面⑪。有林名吱多迦,罗刹所住,晌目间行百千由旬⑫。洲有赤贝、金地、黑双、五铜、康白等⑬。

【注释】

①阎浮提:四大部洲之一,即南赡部洲,在须弥山南方。此洲有阎

浮树,故以名之。人类所住的世界,就在此洲。

②人生三肘半至四肘:《杂阿毗昙心论·行品第二》:"二十四指量名之为一肘……彼人间肘作身量,阎浮提人长三肘半或四肘。"肘,佛教术语。表长度。

③骨四十五:《正法念处经》卷六四:"复次修行者,内身循身观,如实观于脊骨……见其脊有四十五骨,胸十四骨,左右胁肋各十二骨。"

④脉十三:《正法念处经》卷六四:"或以天眼,见其身中有十三脉……何等十三?一名命流脉,二名随顺流脉,三名水流脉,四名汗流脉,五名尿流脉,六名粪流脉,七名十流脉,八名汁流脉,九名肉流脉,十名脂流脉,十一名骨流脉,十二名髓流脉,十三名精流脉。"

⑤身虫有毛灯、瞋血、禅都摩虫:《正法念处经》卷六四:"或以天眼,见十种虫,至于肝肺,人则得病,何等为十?……三名禅都摩罗虫……六名毛灯虫。七名瞋血虫。……此诸虫等,其形微细,无足无目,行于血中,痛痒为相。"

⑥善色虫:《正法念处经》卷六五:"或以天眼,见十种虫,行于屎中,何等为十?……九名善色虫……(善色)虫于身中为作安隐,口中取味,走遍身中,令无病恼,气力增长,断除诸病,住在身中。"

⑦起根虫:《正法念处经》卷六五:"或以天眼,见十种虫行于髓中,有行精中,何等为十?……八名起身根虫……十名欢喜虫。……或以天眼,见起根虫住在胞中,若尿满胞,虫则欢喜。既欢喜已,以尿因缘,令身根起。"

⑧欢喜虫:《正法念处经》卷六五:"或以天眼,见忆念欢喜虫……若虫欢喜有力,多见诸梦。"

⑨瘨痪(tiǎn huàn):《正法念处经》卷六五:"或以天眼观于骨中,有十种虫。何等为十?……四名赤口臭虫……或以天眼见此臭

虫,以食过故,虫则嗔恚,令身重热,或生赤色,黑色瘅痪。"朁(měng):《正法念处经》卷六四、六五:"观十种虫行于阴中。何等为十? ……七名和集虫……观和集虫于我身中,作何等业? ……以食过故,虫则无力,人亦无力,不能速疾行来往返,睡眠朁,或多焦渴。"

⑩赊(shē)婆罗人穿唇,骆驼面人:均为阎浮提之异人。《正法念处经》卷六七:"复次修行者,初观阎浮提,东方大海,山河国土……复观异人:谓取衣人;赊婆罗人穿其唇口,以珠庄严;骆驼面人。"

⑪"有渚(zhǔ)"四句:《正法念处经》卷六七:"复次修行者……见有一渚,纵广一百由旬,有一足人,住在此渚,饮食根果,以自存生,寿命五十岁,树叶为衣,不为屋宅,住在树下。于此国中,多有师子猛恶之兽,其师子身,皆有两翼……一切女人,皆如狗面,口出妙音。"渚,水中小洲。师子,狮子。

⑫"有林名吱多迦"三句:《正法念处经》卷六八:"有一大山,名须弥等,纵广五百千由旬。于此山北,有一大林,名吱多迦林,有罗刹,名曰恶梦,住在此林,其行速疾,于眴目顷,能行至于百千由旬,为诸众生,作不利益,作不安乐。"罗刹,恶鬼的总名。

⑬洲有赤贝、金地、黑双、五铜、康白等:此谓阎浮提洲之异胜者。《正法念处经》卷七十:"此阎浮提洲,五百小洲以为围绕。略说胜者。所谓金地洲,次名宝石洲……次名康白洲……次名黑双洲……次名赤贝洲……次名五铜洲……阎浮提界,说如是等最胜小洲。"

【译文】

阎浮提　此洲的人身高三肘半到四肘,脊有四十五骨,体内有十三脉。身内有毛灯虫、瞋血虫、禅都摩虫等,在血液中流行。〇善色虫寄身于粪便中,让人安乐。〇起根虫,膀胱胀满则欢喜;欢喜虫,能见各种梦。〇又有赤口臭虫,可以让人生病,和集虫让人迷糊不醒。〇阎浮提的赊婆罗人在口唇部穿孔,又有面部长得像骆驼的人。○有洲渚,那里的人只有一只脚,狮子有一对翅膀,女人长着狗脸。有大林名为吱多迦,是罗刹居住地,罗刹一眨眼的工夫能疾行千百由旬。围绕大洲的小洲,其中最为奇异的是赤贝洲、金地洲、黑双洲、五铜洲、康白洲等。

3.11 郁单越^①　鸡多迦等大河七十^②。○自在无畏,四天王不如是^③。○鸭音林^④,麒麟陀树^⑤,迦吱多那等二十五鹿名^⑥。○有山,多牛头栴檀,天人与阿修罗斗,伤者于此涂香^⑦。○提罗迦树,花见日光即开;拘尼陀树,花见月光即开;无忧树,女人触之花方开;尸利沙树,足蹈即长^⑧。○又曰、龙舌、鹅旋、鼻境界等花^⑨。

【注释】

①郁单越:即四大部洲之北俱卢洲,意译为胜处,以其胜出其他三洲之故。此洲在须弥山北,其土正方,犹如池沼,纵广一万由旬,人面亦像地形,身高三十二肘,寿长一千岁。

②鸡多迦等大河七十:《正法念处经》卷六九:"郁单越国僧迦赊山第四林,名曰温凉……河流具足,谓清凉河,广一由旬,其水甚深。一名清净河,次名无浊河……次名鸡多迦香熏河……是名僧迦赊山第四温凉林,有如是等七十大河。"

③四天王不如是:《正法念处经》卷六九:"郁单越人,远离怖畏,胜四天处。四天王天住高山顶,宫殿而居,犹怀恐畏。郁单越人无有宫宅,无我所心,是故无畏。郁单越人,命终之时,一切上生,是故无畏。四天王天则不如是。"

④鸭音林:郁单越第四白云持山之园林。《正法念处经》卷六九:"白云持山,有诸园林,谓鼓音声林,次名鸭音林,次名忆念林,次

名水声林。"

⑤麒麟陀树:《正法念处经》卷七十:"见瞿陀尼国、弗婆提国两洲中间……有一大山,名曰饶山,纵广五百千由旬,多饶树林……次名骐麟陀树……"按,此为饶山之异树名,非鸭音林之鹿名。

⑥迦吱多那等二十五鹿名:《正法念处经》卷六九:"鸭音林,有众宝鹿……次名迦吱多那宝鹿……有如是等二十五种鹿。"

⑦"有山"四句:《正法念处经》卷六九:"见第五山,名曰高山……有五大峰……第二银峰,银树具足,峰中多有牛头栴檀。若诸天众与阿修罗共斗战时,为刀所伤,以此牛头栴檀涂之即愈。以此山峰状似牛头,于此峰中生栴檀树,故名牛头。"牛头栴檀,郁单越国第五山第二峰银峰所生之檀香。栴檀,檀香,常绿小乔木,木材极香。

⑧"提罗迦树"八句:说的是郁单越国第六山矍庄严的种种异树。《正法念处经》卷六九:"或以天眼,见第六山,名矍庄严,于其山中,有种种庄严,其山朱绿青黄种种色树,所谓杂花林树……复有提罗迦树,若见月光,即便开敷。复有花树,名拘牟陀,无日则开……复有花树,名曰无忧,女人触之,花即为出……复有花树,名尸利沙,得人足蹈,即便增长。"据经文,提罗迦树应是见月花,拘尼陀树是无日则开。

⑨又日、龙舌、鹅旋、鼻境界等花:说的是郁单越国时乐山中六时之异花。《正法念处经》卷六九:"或以天眼,见郁单越有一大山,名曰时乐……六时常鲜,一者孟冬,二者季冬,三者孟春,四者季春,五者孟夏,六者季夏。……有常开树,名不合华……次名日花,是为孟冬寒时十五种花……时乐山中于孟夏时,复有诸花……次名龙舌花……次名鼻境界花……时乐山中于季夏时,复有异花……次名鹅旋花……"

【译文】

郁单越　僧迦赊山第四林有鸡多迦香熏河等七十条大河。○郁单越人自在无畏,四天王天则不是这样。○白云持山鸭音林,有迦哎多那等二十五种鹿的名称,饶山有麒麟陀树。○第五山银峰多产牛头栴檀,天众和阿修罗作战受伤时,在这里涂上栴檀,伤口即刻愈合。○鼍庄严山,提罗迦树见月光就会开花;拘尼陀树无日光才会开花;无忧树,女人触碰才会开花;尸利沙树,有人踏足就会生长。○时乐山中有日花、龙舌花、鹅旋花、鼻境界花等六时异花。

3.12 瞿陀尼^①　女人三乳。有十亿聚落,一万二千城。大国名伽多支。五大河:月力等^②。

【注释】

①瞿陀尼:四大部洲之一,又名"西牛货洲",在须弥山之西。

②"女人三乳"六句:《正法念处经》卷七十:"有瞿陀尼,纵广九十由旬,有十亿聚落,一万二千城。……复有大国,名伽多支。……有五大河,一名广河,二名均周师波帝河,三名月力河……或以天眼,见瞿陀尼,多饶牛犊,一切女人,皆有三乳。"

【译文】

瞿陀尼　女人有三个乳房。瞿陀尼有十亿聚落,一万二千座城。有大国名为伽多支。有月力河等五大河。

3.13 弗婆提^①　三大林:峪鬘等^②。三大城,大者三亿五十万三千五百五十六聚落^③。

【注释】

①弗婆提:四大部洲之一,即东毗提诃洲,或名"东胜身洲"。

②三大林:峪鬘等:《正法念处经》卷七十:"或以天眼,见弗婆提

国……有六大山，一名大波赊山……如前所说大波赊山，纵广三千由旬，于此山中，有三大林……一名须弥林，二名流水林，三名峪蔓林。"

③三大城，大者三亿五十万三千五百五十六聚落：《正法念处经》卷七十："弗婆提国有三大城，一名善门城，二名山乐城，三名普游戏城……中下之城，有六十三……第一最大下城，名一切负，次名大音城，次名旷野孔穴城。有如是等小城之中，第一最大，复有三亿五十万三千五百五十六聚落。"

【译文】

弗婆提　大波赊山有峪蔓等三大林。弗婆提国有三大城，六十三中下之城，最大的下城名为一切负，其中又有三亿五十万三千五百五十六聚落。

3.14 南洲耳发庄严。北洲眼庄严。西洲顶腹庄严。东洲肩胜庄严①。

【注释】

①"南洲耳发庄严"四句：《正法念处经》卷七十："阎浮提人耳发庄严，郁单越人眼为庄严，瞿陀尼人项腹庄严，弗婆提人肩髀庄严。"南洲，指南赡部洲，以下北洲、西洲、东洲为四大部洲其他三洲。庄严，这里是美好的意思。胜(bì)，同"髀"，大腿。

【译文】

南赡部洲的人耳朵和头发庄严。北俱卢洲的人眼睛庄严。西牛货洲的人头顶和腹部庄严。东胜身洲的人肩和大腿庄严。

3.15 生赡部者见白氎①。生郁单越者见赤氎，见母如

鹅②。生瞿陀夷,见黄屋,见母如牛③。生弗婆提,见青氍,见母如马④。

【注释】

①生赡部者见白氍(dié):《正法念处经》卷三四:"若人中死,生于天上,则见乐相,见中阴有犹如白氍,垂垂欲堕,细软白净……是则名曰初中阴有。"按,这里的中阴,即中阴身,指人死之后至投胎再生这一段过渡状态。氍,细毛布。

②生郁单越者见赤氍,见母如鹅:《正法念处经》卷三四:"若阎浮提人中命终,生郁单越,则见细软赤氍可爱之色。……若于郁单越,欲入母胎,从花池出,行于陆地,见于父母染欲和合,因于不净,以颠倒见。见其父身乃是雄鹅,母为雌鹅。若男子生,自见其身作雄鹅身;若女人生,自见其身作雌鹅身……是名第二中阴有也。"

③"生瞿陀夷"三句:《正法念处经》卷三四:"若阎浮提中死,生瞿陀尼,则有相现。若临终时,见有屋宅尽作黄色,犹如金色,遍覆如云。见虚空中有黄氍相……若男子受生,见其父母染爱和合而行不净,自见人身,多有宅舍,见其父相犹如特牛……若女人生瞿陀尼界,自见其身犹若乳牛……是名第三中阴有也。"

④"生弗婆提"三句:《正法念处经》卷三四:"若阎浮提人命终,生于弗婆提界,则有相现。见青氍相,一切皆青,遍覆虚空……命终生于弗婆提国,见中阴身犹如马形,自见其父犹如父马,母如草马……是名第四中阴有也。"

【译文】

托生南赡部洲者,中阴身可见白毛。托生郁单越者,中阴身可见红毛,见其生母之身为鹅。托生瞿陀夷者,见到黄屋,见其生母之身为牛。托生弗婆提者,中阴身可见青毛,见其生母之身为马。

　3.16阿修罗①，一鬼摄，魔乃鬼有神通者；二畜摄，在海地下八万四千由旬②。○酒树；又有树，群蜂流蜜，其色如金；婆罗婆树，其实如瓮③。四彩女如影等，各有十二那由他侍女④。○寿五千岁⑤。○地名月鬘⑥。不见顶山⑦。○十三处：鹿迷、蜂旋、赤目鱼、正走、水行、住空、住山窟、爱池、鱼口等⑧。○黄鬘林，铪毗罗城⑨。○战时，手足断而更生，断半身及斩首即死⑩。

【注释】

①阿修罗：又称"阿须罗"、"阿苏罗"，意译为非天，为六道众生之一，也是佛教护法天龙八部之一；又名"无端"，因其容貌甚为丑陋；又名"无酒"，因其国酿酒不成；身大好斗，常与天帝释恶战。国中男丑女美，宫殿在须弥山北，大海之下。另按，所谓"六道"者，佛教认为众生轮回之道有六（即六道），从低到高排列是地狱道、饿鬼道、畜生道、阿修罗道、人道、天道，六道众生不能脱离生死，今世在此道，来世又在彼道，故称"轮回"；至于佛、菩萨等，则已跳出轮回之外，进入四种永存极乐的世界。

②"一鬼摄"四句：《正法念处经》卷十八："知大海地下天之怨敌，名阿修罗。略说二种，何等为二？一者鬼道所摄，二者畜生所摄。鬼道摄者，魔身饿鬼，有神通力，畜生所摄阿修罗者，住大海底须弥山侧，在海地下八万四千由旬。"鬼摄，鬼道所摄。鬼道为六道之一，即夜叉、罗刹、饿鬼等所在的境界。畜摄，畜生道所摄。畜生道也是六道之一，众生造畜生业，死后生于此道，披毛戴角，鳞甲羽毛，受苦无穷。

③"酒树"六句：罗睺阿修罗王所住城内异树。《正法念处经》卷十八："观阿修罗所住城内，种种众宝，以为庄严。……——林树，

有三千种,如愿之树,其树金色,如云如影,其枝柔软,鸟栖其上,众华常敷,香气芬馥,满一由旬,多有群蜂,流蜜充溢……婆那娑树,其果如瓮……或有华树,或有果树,或有酒树。阿修罗王遍行游观,欢娱受乐,与众彩女围绕自娱。"婆那婆树,即婆那娑树。

④四彩女如影等,各有十二那由他侍女:罗睺阿修罗王所受之乐。《正法念处经》卷十八:"阿修罗王有四彩女,从忆念生。一名如影,二名诸香,三名妙林,四名胜德。此四彩女,有十二那由他侍女,以为眷属。"

⑤寿五千岁:《正法念处经》卷十九:"是人身坏命终堕阿修罗道,受阿修罗身,寿命长远,经五千岁,阿修罗中一日一夜,比于人间经五百岁。如是寿命,满五千岁。"

⑥月鬘:陀摩睺阿修罗王所居之地。《正法念处经》卷十九:"观大海底罗睺阿修罗地……观于地下第二地,有地名月鬘,在罗睺阿修罗下二万一千由旬,有阿修罗名曰陀摩睺阿修罗王,名曰花鬘。彼有大城,名双游戏。"

⑦不见顶山:《正法念处经》卷十九:"双游戏城,住四山中,其山金色,一名欢喜山,二名金焰光山,三名不见顶山,四名可爱光山。"

⑧十三处:鹿迷、蜂旋、赤目鱼、正走、水行、住空、住山窟、爱池、鱼口等:《正法念处经》卷十九:"云何观罗睺阿修罗王第二住处。……所住境界有十三处。何等十三?一名遮迷,二名勇走,三名忆念,四名珠璎,五名蜂旋,六名赤鱼目,七名正走,八名水行,九名住空,十名住山窟,十一名爱池,十二名鱼口,十三名共道。"鹿迷,应即经文中的"遮迷",形近而误。

⑨铪毗(hán pí)罗城:《正法念处经》卷十九:"次观第三阿修罗地……城名铪毗罗……有四大林,以为庄严……何等为四?一名铃鬘,一一林树,皆有宝铃,出妙音声。二名黄鬘,其林皆悉是真金树……"

⑩"战时"三句：《正法念处经》卷二一："时迦留足天，见罗睺阿修罗
　　来，亦走往趣，交军合战……如是斗时，若天被害，斩截手足，寻
　　复还生，无所患害。……唯除斩首及断半身。"

【译文】

　　阿修罗，一为鬼道所摄，魔身为饿鬼，有神通力；二为畜生道所摄，
住在海底八万四千由旬。〇罗睺阿修罗王所住城内有种种异树：酒树；
又有金色的如愿树，群蜂酿蜜；婆那娑树的果实有瓮那么大。阿修罗王
有四位彩女，名为如影，等等，各有十二那由他侍女。〇堕阿修罗道者，
寿长五千岁。〇罗睺阿修罗地下第二地名为月鬘。那里有座大城名双
游戏，双游戏城有座不见顶山。〇罗睺阿修罗王第二住处，有遮迷、蜂
旋、赤目鱼、正走、水行、住空、住山窟、爱池、鱼口等十三处。〇第三阿
修罗地城名铪毗罗，有黄鬘林。〇天众与阿修罗作战时，手足若被斩
断，能够重新长出，如果被斩断半身以及斩首则死。

　　3.17 鬼怪，阎浮提下五百由旬①，有三十六种②：魔罗食
鬘鬼，此言九子魔③；遮吒迦鸟，唯得食雨，苏支目佉饿鬼受
此身④。

【注释】

①阎浮提下五百由旬：《正法念处经》卷十六："观诸饿鬼，略有二
　　种，何等为二？一者人中住，二者住于饿鬼世界。饿鬼世界者，
　　住于阎浮提下五百由旬。"

②有三十六种：《正法念处经》卷十六："略观饿鬼三十六种……何
　　等为三十六种？……二者苏支目佉针口饿鬼……十一者摩罗婆
　　叉食鬘饿鬼……"

③九子魔：《正法念处经》卷十六："观于魔罗食鬘饿鬼（魔罗，魏言

矕,世人所奉九子魔是也)。"

④苏支目佉(qū)饿鬼受此身:《正法念处经》卷十六:"观于苏支目佉饿鬼(苏支目佉,魏云针口)……所受之身,口如针孔,腹如大山,常怀忧恼,为饥渴火焚烧其身……生畜生中,于畜生中,受遮吒迦鸟身(此鸟唯食天雨,仰口承天雨水而饮之,不得食余水)。"

【译文】

饿鬼住在阎浮提下五百由旬,共有三十六种:魔罗食矕鬼,说的是九子魔;遮吒迦鸟,只能仰口接天上的雨水,针口饿鬼托生于畜生中,受遮吒迦鸟身。

3.18 畜生有三十四亿种①。○龙住阎浮提者五十七亿②。龙于瞿陀尼不降浊水,西洲人食浊水则夭③。郁单越人恶冷风,龙不发冷④。于弗婆提洲不作雷声,不起电光,东洲恶也⑤。○其雷声,兜率天作歌呗音,阎浮提作海潮音;其雨,兜率天上雨摩尼,护世城雨美膳,海中注雨不绝如车轴,阿修罗中雨兵仗,阎浮提中雨清净水⑥。

【注释】

①畜生有三十四亿种:《正法念处经》卷十八:"观诸畜生种类差别,三十四亿,随心自在,生于五道。"

②龙住阎浮提者五十七亿:《正法念处经》卷十八:"观一切龙所住宫殿,几许龙众住于海中,几许龙众住于众流。即以闻慧。知阎浮提人不顺法行,无量诸龙住于众流,阎浮提人随顺法行,五十七亿龙住于众流。"

③西洲人食浊水则夭:《正法念处经》卷十八:"观瞿陀尼,云何顺法龙王护瞿陀尼?瞿陀尼界众生心软,唯有一恶,以水浊因缘,食

之夭命。顺法龙王,于彼世界不雨浊水。瞿陀尼人食清水故,得
无病恼。"西洲,西牛货洲,又名"瞿陀尼洲",四大部洲之一。

④郁单越人恶冷风,龙不发冷:《正法念处经》卷十八:"知郁单越
人,若遇黑云,冷风所吹,香花不敷。既见花合,心怀忧恼……法
行龙王,不以黑云冷风,飘飏如是四天下。"郁单越,即北俱卢洲。

⑤"于弗婆提洲不作雷声"三句:《正法念处经》卷十八:"知弗婆提
人,若闻雷声,若见电光,以心软故,即得病苦。法行龙王,于彼
世界不作雷音,不放电光,令弗婆提人不遭病苦。"弗婆提洲,即
东毗提诃洲,又名"东胜身洲"。

⑥"其雷声"九句:《大方广佛华严经》卷十五:"他化雷震如梵音;化
乐天中大鼓音;兜率天上歌唱音……于人道中海潮声。他化自
在雨妙香,种种杂华为庄严;化乐天雨多罗华,曼陀罗华及泽香;
兜率天上雨摩尼,具足种种宝庄严,髻中宝珠如月光,上妙衣服
真金色……护世城中雨美膳,色香味具增长力,亦雨难思众妙
宝,悉是龙王之所作。又复于彼大海中,霆雨不断如车轴……阿
修罗中雨兵仗,摧伏一切诸怨敌……阎浮提雨清净水,微细悦泽
常应时。"歌呗(bài),颂唱。摩尼,珠宝。

【译文】

畜生有三十四亿种。○住在阎浮提的龙有五十七亿。龙在瞿陀尼
不降浊水,因为那里的人饮用浊水就会夭亡。郁单越人不喜冷风,所以
龙在那里不吹冷风。龙在弗婆提洲不打雷,也不起闪电,因为那里的人
厌恶雷电。○龙发出的雷声,在兜率天是颂唱佛经的声音,在阎浮提是
沧海的潮音。下的雨,在兜率天上下的是珠宝;在护世城下的是美食;
海中大雨如注,有如车轴滚滚不停;在阿修罗下的是兵仗;在阎浮提下
的是清净水。

3.19 地狱一百三十六①。〇三角生死,善、无记也②。团生死,诸天也③。青生死,地狱④。黄生死,饿鬼⑤。赤生死,畜生⑥。

【注释】

①地狱一百三十六:《正法念处经》卷六一:"所谓活地狱、黑绳地狱、众合地狱、叫唤地狱、大叫唤地狱、焦热地狱、大焦热地狱,乃至阿鼻地狱,及其隔处大地狱等,一百三十六处。"

②三角生死,善、无记也:《正法念处经》卷四:"何者三角? 若人行善、不善、无记种种杂业,地狱天人诸处杂生。彼不善业,生地狱中,善业天中,杂业人中。若行三业,于三处生,如是名为三角生死。"

③团生死,诸天也:《正法念处经》卷四:"何者是团? 四大天王,三十三天,夜摩、化乐、他化自在,业相似生,于天中退,复生天中,于人中退,复生人中,非难处地,是团生死。"

④青生死,地狱:《正法念处经》卷四:"何者是青? 不善业摄,地狱之人,入阛地狱,是青生死。"

⑤黄生死,饿鬼:《正法念处经》卷四:"何者是黄? 黄色业摄,生饿鬼中,互相加恶,迭共破坏,如是饿鬼,是黄生死。"

⑥赤生死,畜生:《正法念处经》卷四:"何者是赤? 赤业所摄,生畜生中,迭相食血,于血生爱,是赤生死。"

【译文】

地狱共一百三十六处。〇三角生死,行善业生天中,行无记杂业生人中,行不善业生地狱中。团生死,诸天于天中退,复生天中,于人中退,复生人中。青生死,地狱之人入阛地狱。黄生死,黄色业摄,生饿鬼中。赤生死,赤业所摄,生畜生中。

3.20 活地狱十六别处^①。○下天五千年^②，此狱一昼夜^③。○金刚虫^④。瓮热^⑤。黄蓝花^⑥。心弥泥鱼^⑦。排筒^⑧。

【注释】

①活地狱十六别处：《正法念处经》卷五："有大地狱名活地狱，复有别处，别处有几？名为何等？处有十六。一名屎泥，二名刀轮，三名瓮热，四名多苦，五名闇冥，六名不喜，七名极苦，八名众病，九名两铁，十名恶杖，十一名为黑色鼠狼，十二名为异异回转，十三名苦逼，十四名为钵头摩鬘，十五名陂池，十六名为空中受苦。此名十六活地狱处。"

②下天：地下天。天有五类，一上界天（色界、无色界），二虚空天（夜摩天以上四天），三地居天（四天王天、忉利天），四游虚空天（日月星辰），五地下天（龙神、阿修罗、阎摩王等）。五千年：《正法念处经》作"五十年"。见下注。

③此狱一昼夜：《正法念处经》卷五："彼四天王，若五十年，活大地狱为一日夜。"

④金刚虫：《正法念处经》卷五："生彼地狱（屎泥处），在一分处受种种苦。谓屎泥处烧屎极热，其味甚苦，赤铜和屎，屎中有虫，虫金刚嘴，遍覆屎上。彼诸罪人食如是屎，虫入身内，先食其唇，次食其舌，次食其龂，次食其咽，次食其心，次食其肺，次食其肚，次食其脾，次食其胃，次食小肠，次食大肠，次食熟藏，次食筋脉一切脉分，次食肉血。彼人如是彼地狱中受极苦恼。"

⑤瓮热：活地狱第三别处。见注①。

⑥黄蓝花：《正法念处经》卷五："观活地狱第四别处，名多苦处。众生何业生于彼处？业因种子，相似果报，若人种种苦逼众生，然彼众生命犹不尽。……若以鞴筒置粪门中，鼓鞴吹之。……若

系其咽,黄蓝花中来去曳之。"

⑦心弥泥鱼:《正法念处经》卷五:"又彼比丘,依禅观察心弥泥鱼,如见弥泥,如弥泥鱼,在于河中。若诸河水,急速乱波,深而流疾,难可得行。能漂无量,种种树木,势力暴疾,不可遮障。山涧河水,峻速急恶,彼弥泥鱼,能入能出,能行能住。心之弥泥,亦复如是,于欲界河急疾波乱,能出能入,能行能住。"

⑧排筒:即注⑥引文中之"辅筒"。按,金刚虫、瓮热、黄蓝花、排筒,说的是活地狱之种种苦。

【译文】

活地狱有十六别处。○地下天五十年,相当于活地狱一昼夜。○活地狱第一别处有金刚虫,进入身体,吃遍全身。第三别处名为瓮热。第四别处之苦:系住咽部,在黄蓝花中来来回回拖曳。心弥泥鱼。将排筒置于肛门中,鼓筒吹气。

3.21 黑绳地狱①　旃荼处、畏鹫处②。

【注释】

①黑绳地狱:地狱名。见3.1条注④。

②旃荼处:《正法念处经》卷六:"观察黑绳之大地狱,复有异处,彼见有处,名曰旃荼黑绳地狱。"畏鹫处:《正法念处经》卷六:"又彼比丘观察黑绳大地狱处,名畏鹫处。"

【译文】

黑绳地狱　有旃荼黑绳地狱、畏鹫黑绳地狱。

3.22 合地狱①　上、中、下苦②:铜汁河中,身洋如苏③。鹫腹火人④。○割刳处⑤。○坚鞕⑥。炎口夜干⑦。○朱诛

虫⑧，铁蚁⑨。○泪火处⑩，以佉陀罗炭致眼中⑪。

【注释】

①合地狱：地狱名。见3.1条注④。

②上中下苦：《正法念处经》卷六：“彼见闻知第三地狱，名合地狱……有上、中、下三种苦受。”

③铜汁河中，身洋如苏：《正法念处经》卷六：“彼人生于合大地狱，受大苦恼……彼有大河，名饶铁钩……河中非水，热赤铜汁，漂彼罪人，犹如漂本，流转不停，如是漂烧，受大苦恼。……或有身洋，其身犹如生酥块者。”

④鹙腹火人：《正法念处经》卷六：“又复如是合大地狱，彼中有山，名为鹙遍……复有铁鹙，其身极大。彼鹙腹中，悉有火人。来向罪人，到即吞之。彼地狱人，入鹙腹中，即为火人。”

⑤割刳（kū）处：《正法念处经》卷六：“次复观察合大地狱十六别处。何等十六？一名大量受苦恼处，二名割刳处……八名朱诛朱诛处……十名泪火出处……”刳，剖开挖空。

⑥坚鞕（yìng）：《正法念处经》卷六：“复有异处名多苦恼，是合地狱第六别处。……于地狱中见本男子，热炎头发，一切身体皆悉热炎，其身坚鞕犹如金刚，来抱其身，既被抱已，一切身分皆悉解散，犹如沙抟。……既到地已，彼地复有炎口野干而啖食之。”鞕，同“硬”。

⑦炎口夜干：见注⑥。夜干，即注⑥引文中之“野干”，或作“射干”，佛典中记载的一种动物，色青黄，如狗，群行夜鸣，其声如狼。

⑧朱诛虫：《正法念处经》卷七：“彼处名为朱诛朱诛，是合地狱第八别处。……身坏命终，堕于恶处合大地狱，朱诛朱诛地狱处生，受大苦恼，所谓铁蚁常所唼食。……常有恶虫朱诛朱诛，在地狱中唼食其肉，复饮其血。既饮血已，次断其筋。既断筋已，次破

其骨。既破骨已,次饮其髓。既饮髓已,食大小肠。"

⑨铁蚁:见注⑧。

⑩泪火处:合地狱第十别处。见注⑤。

⑪以佉陀罗炭致眼中:《正法念处经》卷七:"阎魔罗人,劈其眼眶,佉陀罗炭置眼令满。"

【译文】

合地狱　有上、中、下三种苦:罪人在流淌着铜汁的河里漂烧,有人身痒如生酥块。有大铁鹫,吞食罪人入腹,即为火人。〇第二别处名割刽处。〇第六别处名多苦恼处,罪人身体坚硬有如金刚。到地之后有炎口野干吃他的肉。〇第八别处有恶虫朱诛虫,还有铁蚁。〇第十别处名泪火处,拿佉陀罗炭满满塞进眼眶里。

3.23 号叫地狱① 镴汁鼋②。发火流处③。火末虫处,四百四病④。火厚二百肘⑤。

【注释】

①号叫地狱:即叫唤地狱。

②镴(là)汁鼋(yuán):按,此三字原属上条,然此非合地狱之苦,而是叫唤地狱之苦,故移于此。镴,铅和锡的合金,也作锡的别称。《正法念处经》卷七:"次复观察第四叫唤之大地狱……远见清水若陂池等,疾走往赴,既入彼处,以恶业故,即有大鼋,取而沉之热白镴汁,煮令极熟。"

③发火流处:《正法念处经》卷七:"彼见如是叫唤地狱,有十六处。何等十六? 一名大吼,二名普声,三名发火流,四名火末虫……十五名火云雾……"

④火末虫处,四百四病:《正法念处经》卷八:"堕于恶处叫唤地狱火

末虫处,受大苦恼。所谓苦者,四百四病,何等名为四百四病?百一风病,百一黄病,百一冷病,百一杂病。"

⑤火厚二百肘:《正法念处经》卷八:"复有异处名云火雾,是彼地狱第十五处……地狱火满,厚二百肘。"

【译文】

号叫地狱　入此地狱,被大鼋驮进镬水池中,煮得烂熟。此狱有发火流处。有火末虫处,所受苦为四百四病。又有云火雾处,火势高二百肘。

3.24 大号叫地狱① 　舌长三居赊,口生确虫②。○火鬘处,金舒迦色赤树,肉泥色也③。○鱼腹苦④。○十一炎处:火生十方,及饥渴火也⑤。

【注释】

①大号叫地狱:即大叫唤地狱。

②舌长三居赊,口生确虫:《正法念处经》卷八:"大地狱中受大苦恼。所谓苦者,其舌甚长,三居赊量……彼地狱人,口中有虫,名曰确虫,而拔其齿。"居赊,长度单位。

③"火鬘处"三句:《正法念处经》卷九:"彼见闻知,复有异处,名火鬘处,是彼地狱第十四处。……阎魔罗人执地狱人,置铁板上,复以铁板置罪人上,努力揩磨,一切身分为血肉泥,其色甚赤,如金舒迦炎色赤树。"

④鱼腹苦:《正法念处经》卷九:"彼处名为受无边苦,是彼地狱第十六处。……彼地狱中,复有异处……罪人入中,以恶业故,有摩竭鱼,内外火燃,食彼罪人……若脱鱼口,则入其腹,腹中炎燃,在彼腹中,乃经无量百千亿岁,常被烧燃,气未通畅,或复少气,

常被燃煮,受坚鞭苦。"

⑤"十一炎处"三句:底本原属"燋热地狱"条,然此十一炎处为大叫唤地狱第十八别处,故移于此。《正法念处经》卷十:"观大叫唤之大地狱,复有何处,彼见闻知,复有异处,名十一炎,是彼地狱第十八处。……十一炎处有火聚生,十方为十,内饥渴烧是第十一,更复偏重。何者为重?以恶业故,内火饥渴,炎从口出。"

【译文】

大号叫地狱　舌头长三居赊,口中长有确虫。〇在火鬘处,被压为肉泥,鲜红的颜色就如金舒迦色赤树一样。〇在无边苦处,受鱼腹燃烧之苦。〇在十一炎处:火生十方为十火,内饥烧渴,火从口出为第十一火。

　　3.25 燋热地狱①　生龙口中②。〇弥泥鱼旋③。〇镬量五十由旬④,沸沫高半由旬。

【注释】

①燋(jiāo)热地狱:即焦热地狱。《正法念处经》卷十:"更复有余胜大地狱,于大叫唤之大地狱十倍胜恶……名为焦热。有十六处。何等十六?……三名龙旋,四名赤铜弥泥鱼旋,五名铁镬……"燋,通"焦"。

②生龙口中:《正法念处经》卷十:"复有异处名为龙旋,是彼地狱第三别处……彼地狱人生龙群中……复有生在龙口中者,彼牙毒炎,连急速嚼,有无量到,若百千到,死已复生,生已复嚼,嚼已复死,死已复生。"

③弥泥鱼旋:见注①。

④镬(huò)量五十由旬:《正法念处经》卷九:"彼妄语业,置欢喜镬,

随喜镬中。如是镬量五十由旬,热沸铁汁,满彼镬中。彼恶业人,头在下入。"镬,鼎镬,烹人的刑具。

【译文】

燋热地狱　第三别处地狱人生在龙口之中,被龙的毒牙反复咀嚼。〇第四处名为赤铜弥泥鱼旋。〇第五别处有六口大铁锅,有五十由旬高,锅里的沸水溅起的水沫高半由旬。

3.26 大燋热地狱①　针风②。〇吹下三十六亿由旬③。〇地盆虫④。〇鼍块乌处:置之鼓中,鼓出恶声⑤。〇千头龙⑥。

【注释】

①大燋热地狱:即大焦热地狱。

②针风:《正法念处经》卷十一:"有大地狱,名大焦热。……有风名为必波罗针,如焰针刺,乃至遍身如毛根等,乃至精髓皆悉干烧。"

③吹下三十六亿由旬:《正法念处经》卷十一:"如是种种可畏形状,执恶业人,如是将去,过六十八百千由旬地海洲城,在海外边,复行三十六亿由旬,渐渐向下十亿由旬,业风所吹,如是远去。"

④地盆虫:《正法念处经》卷十二:"观大焦热之大地狱,复有何处。彼见闻知,复有异处,名无间闇,是彼地狱第九别处。……有地盆虫,口嘴极利,能破金刚,令如水沫。"

⑤"鼍块乌处"三句:《正法念处经》卷十三:"观大焦热之大地狱,复有何处。彼见闻知,复有异处,名发愧乌,是彼地狱第十二处。……阎魔罗人置之鼓中,既置鼓中,以恶业故,鼓出畏声,闻则心破。"鼍块乌,又作"发愧乌"。

⑥千头龙：《正法念处经》卷十三："观大焦热之大地狱，复有何处，彼见闻知，复有异处，名悲苦吼，是彼地狱第十三处。……所谓彼处大口恶龙，龙有千头，其眼焰燃，恶毒甚炽。"

【译文】

大燋热地狱　有必波罗针风。○业风吹下三十六亿由旬。○第九别处有地盆虫。○鼍块乌处：把人放置在鼓里，鼓发出恶声。○悲苦吼处有千头龙。

　　3.27 阿鼻①　十六别处②。○衣裳健破③，浣而速垢④：将生阿鼻之相。○死时见身如八岁儿⑤。○面在下，空中风吹三千年⑥。○受苦胜如阿迦尼吒天乐⑦。○狱中臭气，能坏欲界六天，有出、没之二山遮之⑧。○乌口处，黑肚处⑨。一角、二角处⑩。

【注释】

①阿鼻：梵语音译，即阿鼻地狱，也叫"无间地狱"，是地狱之最底层，造极重罪者死后堕此地狱。《正法念处经》卷十三："又复更有最大地狱，名曰阿鼻。七大地狱并及别处以为一分，阿鼻地狱一千倍胜。众生何业生彼地狱？彼见闻知，若人重心杀母杀父，复有恶心出佛身血，破和合僧，杀阿罗汉，彼人以是恶业因缘，则生阿鼻大地狱中。"

②十六别处：《正法念处经》卷十三："普此地狱有十六处。何等十六？一名乌口，二名一切向地，三名无彼岸常受苦恼，四名野干吼，五名铁野干食，六名黑肚，七名身洋，八名梦见畏，九名身洋受苦，十名两山聚，十一名阎婆巨度，十二名星鬘，十三名苦恼急，十四名臭气覆，十五名铁鐷，十六名十一焰。普彼阿鼻最大

地狱,有如是等十六别处。"

③健:这里的意思是很快。

④浣而速垢:《正法念处经》卷十三:"此人身中诸界不调,远见恶色,洗浴速干……衣裳健破,喜生垢秽,澡浴浣衣而速有垢……彼恶业人,于现在世先有如是阿鼻之相。"

⑤死时见身如八岁儿:《正法念处经》卷十三:"中有色生,不见不对。其身犹如八岁小儿。即死即倒,即于倒时,阎魔罗人之所执持。"

⑥空中风吹三千年:《正法念处经》卷十三:"以恶业故,寒风所吹,地下水中人不曾触。彼处无日,彼风势力过劫尽风,彼风极冷,形此中雪,如冰无异。彼处水上冷风更冷,以恶业故,风如利刀。此风势力能吹大山,高十由旬而令移散。如是恶风吹中有人,彼人寒苦,色等诸阴,受极苦恼……头面在下,足在于上,临欲堕时,大力火焰,抖擞打坏,经二千年皆向下行,未到阿鼻地狱之处。"三千年,经文作"二千年"。

⑦受苦胜如阿迦尼吒天乐:《正法念处经》卷一四:"一切苦处,更无有如阿鼻处者,以业重故,受苦亦重。若作一逆,彼人苦轻。若作二逆,彼人身大,受苦亦多。……如是苦因更无相似,如受乐受阿迦尼吒,更无相似。"阿迦尼吒,梵语音译,意译为色究竟,色界十八天之最上天。

⑧"狱中臭气"三句:《正法念处经》卷一四:"欲界六天,闻地狱气即皆消尽。何以故?以地狱人极大臭故。地狱臭气何故不来?有二大山,一名出山,二名没山,遮彼臭气。"

⑨乌口处,黑肚处:阿鼻地狱第一、六别处。见注②。

⑩一角、二角处:阿鼻地狱第十二别处之二角。《正法念处经》卷一五:"复观阿鼻大地狱处,彼见闻知,复有异处,名星鬘处,是彼地狱第十二处。……所谓彼处地狱二角……于一角处……移向地

　　狱第二角处……"

【译文】

　　阿鼻地狱　有十六别处。〇衣裳很快就破了,洗了之后很快就脏了;这是将堕阿鼻地狱之相。〇将死时,看见自己就像八岁的孩童。〇头面在下,脚在上,受地狱冷风吹二千年。〇此地狱所受之苦为极苦,就像阿迦尼吒天所受之乐为极乐一样。〇此地狱人的臭气能熏坏欲界六天,所以就有出山、没山两座大山遮挡住臭气。〇第一别处为乌口处,第六别处为黑肚处。第十二别处又有一角、二角两处。

　　3.28 八寒地狱,多与常说同。

【译文】

　　八寒地狱,与通常的说法大体相同。

　　3.29 凡生地狱,有三种形:罪轻作人形;其次畜形;极苦无形①,如肉轩、肉瓶等②。今佛寺中画地狱变③,唯隔子狱稍如经说④,其苦具悉,图人间者曾无一据。

【注释】

①极苦无形:据《佛说因缘僧护经》,地狱中极苦之人无人畜形,而为肉地、肉瓮、肉瓶、肉厅、肉概、肉台、肉林、肉床、肉拘执、肉绳床、肉壁、肉索、肉柱等形。

②肉轩:《佛说因缘僧护经》:"复更前进,见一肉厅,其火焰炽,苦声号叫,与前不异。……尔时世尊复告僧护比丘:……汝见肉轩,非是轩也,是地狱人。迦叶佛时,是出家人寺中常住,五德不具,为僧当厨,精美好者先自食啖,或时将与白衣使食,高下心中,行

付众僧。以是因缘，受地狱苦，至今不息。"肉瓶：《佛说因缘僧护经》："复更前进，见一肉瓶，其火焰炽，叫声呼苦，毒痛难忍。复更前进，见一肉瓶，其火焰炽，如前不异。……尔时世尊复告僧护比丘：汝见第一瓶者，非是瓶也，是地狱人。迦叶佛时，是出家人为僧当厨，应朝食者留至后日，后日食者至第三日，以是因缘，入地狱中作大肉瓶，火烧受苦至今不息。汝见第二瓶者，非是瓶也，是地狱人。迦叶佛时，是出家人在寺常住，有诸檀越，奉送酥瓶供养现前众僧，人人应分。此当事人见有客僧，隐留在后，客僧去已然后乃分。以是因缘，入地狱中作大肉瓶，火烧受苦至今不息。"

③地狱变：将佛经所述地狱之事画成图画以传播佛法，此图画即为地狱变。变，变相，演变佛经而成图画。

④隔子狱：《增一阿含经》卷三六："一一地狱，有十六隔子，其名优钵地狱、钵头地狱、拘车头地狱、分陀利地狱、未曾有地狱、永无地狱、愚惑地狱、缩聚地狱、刀山地狱、汤火地狱、火山地狱、灰河地狱、荆棘地狱、沸屎地狱、剑树地狱、热铁丸地狱。如是此十六隔子，不可称量。"

【译文】

凡是堕入地狱者，有三种形：罪轻者化为人形；其次为畜生之形；罪极重者无人、畜之形，像肉轩、肉瓶之类。如今佛寺中画地狱变，只有隔子狱大略符合佛经所说，其狱所受之苦画得很详尽，描绘人间万象的则没有一点根据。

3.30 旧说地狱中阴①，牛头阿傍②，无情业所感现③。

【注释】

①中阴：轮回中，死后生前的过渡状态。

②牛头阿傍：地狱狱卒名。牛头人手，两脚为牛蹄，手持钢叉，力大无比。

③无情业所感现：《佛说罪业应报教化地狱经》："第八复有众生，常在镬汤中，为牛头阿傍以三股铁叉叉人内着镬汤中，煮之令烂，还复吹活，而复煮之。何罪所致？佛言：以前世时信邪倒见祠祀鬼神，屠杀众生，汤灌撽毛，镬汤煎煮，不可限量，故获斯罪。"业，业力，善业有生乐果的力量，恶业有生恶果的力量。

【译文】

以前的说法，地狱的中阴身见牛头阿傍，是因无情业所致而出现。

3.31 人渐死时，足后最令冷①，出地狱之相也。

【注释】

①足后最令冷：《决定藏论》卷上："如善恶二人临命终时，善人足冷暖上至顶，顶若冷时人命即灭。恶人死时，从顶冷至足，暖气灭时此人命终。"

【译文】

人将死时，脚最后变冷，这是到地狱之相。

3.32 器世将坏①，无生地狱者。

【注释】

①器世：也作"器世间"、"器世界"。指一切众生依之而住的国土世界，因国土世界好像器物，可变可坏，故名。

【译文】

器世界将要毁坏时，没有堕入地狱的。

3.33 阿修罗有一切观见池，战之胜败，悉见池中①。

【注释】

①"阿修罗有一切观见池"三句：《正法念处经》卷十九："星鬘城中，其池名曰一切观见，以池势力，陀摩睺阿修罗王若欲斗战，庄严器仗，围绕彼池，自观其身，如视明镜，自观其相，知战胜负。"

【译文】

陀摩睺阿修罗王有一切观见池，将要作战时，战局胜负全部显现在池中。

3.34 鬘持天①　镜林中，天人自见善恶因缘②。

正行天③　颇梨树，见人法与非法④，毗留博叉常于此观之⑤。

善法堂天　忉利天及人中七生事⑥，见于殿壁中，无第八生⑦。

波利邪多天⑧　有波利邪多树，见阎浮提人善不善相，行善则照百由旬，行不善则彫枯，半行善则半荣⑨。

微细行天⑩　宝树枝叶，悉见天人影像。上、中、下业亦见其中⑪。

阎摩那娑罗天⑫　娑罗树中见果报。其殿净如镜，悉见天人所作之业果报⑬。又第二树中，有千柱殿，有业网，诸地狱十六隔处，悉见其中⑭。

夜摩天　无垢镜地，地中见自身额上所见业果⑮。又阎浮那陀塔影中，见欲界罪福及三恶趣⑯。言天象异者，若月将食，油脂沉水，鸟下飞；日将蚀，诸方赤⑰。

【注释】

①按,本条说的是欲界六天之异。其中鬘持天、正行天属四天王天;善法堂天、波利邪多天、微细行天、阎摩那娑罗天属三十三天。夜摩天与四天王天、三十三天(忉利天)同为欲界六天,故合并为一条。

②天人自见善恶因缘:《正法念处经》卷二二:“观鬘持天第七地处……诣镜水林,受天快乐。入镜林中,自照其身,树净无垢,犹如明镜,自观见其善恶业相。”因缘,指产生结果的直接原因以及促成此种结果的条件。

③正行天:箜篌天第十地。《正法念处经》卷二四:“观三箜篌天所住之地,彼以闻慧,见箜篌天有第十地,名曰正行。”

④法:佛教术语。梵语音译为“达摩”,泛指宇宙的本原、道理、法术。

⑤毗留博叉常于此观之:《正法念处经》卷二四:“入颇梨林,其林皆悉是颇梨树……毗留博叉于此林中,见空行夜叉、地行夜叉及阎浮提法非法相,见增长果,于颇梨树,见人行法心则欢喜,见行非法心则不悦。”毗留博叉,四天王之西方天王名。

⑥七生:即七有。七有,一地狱有,二傍生有(即畜生),三饿鬼有,四天有,五人有,六业有,七中有。生,佛教术语。生起,形成。有,相对“空”、“无”而言。

⑦见于殿壁中,无第八生:《正法念处经》卷二五:“天王入殿,坐于清净毗琉璃床,以善业故,其殿清净犹如明镜,于此净壁悉见古昔诸天王等退没之相,及以名字。其名曰钵浮多天王、自在天王、无忧天王……见如是等三十三天王……于殿壁中,自见其身,天中七生,人中七生,去来七返,无第八生……心生惊怪:‘何故无有第八生处?’久思惟已,即自念知:‘先闻世尊说如是言:须陀洹人七生之后,入无余涅槃。我必如是。’”

⑧波利邪多天:《正法念处经》卷二七:"观三十三天所住之地,见第十地,名波利耶多。"

⑨"有波利邪多树"五句:《正法念处经》卷二七:"波利耶多树,第一最胜,于此一树,能示阎浮提人善不善相。若阎浮提人随顺法行,其树华果则便具足,以阎浮提人顺法行故,其华光明,照百由旬。……若波利耶多树其华半生,则少欢喜,知阎浮提人少分持戒,令此天树但生半华。若一切人尽行非法,则此天树波利耶多华皆堕落,其色憔悴,无有光明,亦失香气。"

⑩微细行天:《正法念处经》卷二九:"观三十三天所住之地,见第二十地,名微细行。"

⑪"宝树枝叶"三句:《正法念处经》卷二九:"金银琉璃及余种种杂色之树,以为园林。天子入林,于诸宝树枝叶之中,皆悉自见身之色像,如一树中自见其身,百千树中自见其身,亦复如是。一一天子,身之色相,悉现众树。以善业故,得相似果。其树复有奇特之事,随其造作上中下业,生此天中,随其本作上、中、下业,悉现树中,根茎枝叶,皆悉睹见。"

⑫阎摩那娑罗天:《正法念处经》卷三十:"观三十三天所住之地,彼以闻慧,见有地处第二十四地,名阎摩娑罗。"

⑬"娑罗树中见果报"三句:《正法念处经》卷三十:"帝释告言:'汝等诸天,未知如是阎摩娑罗树之功德,唯见其色。汝当观此二树势力。'时天帝释从殿而下,手执金刚击此大树,其门即开。……时天帝释,与诸天众前后围绕,入于阎摩娑罗树中行列之殿……将诸天众入于示业果报之殿,其殿清净犹如明镜,其明普照。时天帝释晓示诸天:'汝等当于宝殿壁上观业果报……'"娑罗树,佛教中的四大圣树之一。果报,由于过去的业因而造成现在的结果、酬报。

⑭"又第二树中"五句:《正法念处经》卷三一:"(诸天众)白帝释言:

'愿入第二娑罗之树。'此树乃是迦叶如来为欲利益放逸诸天所化业网……至第二树,至于树已,手执金刚击此大树,其门即开,释迦天王及诸天众心生欢喜,共入树中……复往诣于毗琉璃山,其山清净第一无比,于其山顶有千柱殿。……时天帝释复示诸天官殿之壁,广五由旬。于此镜壁,初观见于活地狱十六隔处……如是黑绳地狱十六隔处……见众合地狱十六隔处……见叫唤大地狱十六隔处……见大叫唤地狱十六隔处……观焦热地狱十六隔处……"业网,善恶之业网罗众人而使沉没于生死,故喻之为业网。十六隔,见 3.29 条注④。

⑮无垢镜地,地中见自身额上所见业果:《正法念处经》卷四二:"尔时彼天次第而行,上彼山峰第一无垢如镜之地。彼诸天众,业地镜中自见其身,分分明了。彼诸天等若有先修身口意者,业地镜中得见自身额中所现业果生死。"

⑯见欲界罪福及三恶趣:《正法念处经》卷四七:"又复更有阎浮那陀金宝妙塔……五道差别各各化现佛塔壁中,如镜相似。"按,五道指地狱道、饿鬼道、畜生道、人道、天道,前三道即三恶道,又称"三恶趣"。欲界,见 2.1 条注①。罪福,五逆十恶为罪,五戒十善为福,罪有苦报,福有乐果。趣,佛教中指众生死后因各自善恶行为趋向不同地方转生。

⑰"言天象异者"六句:《正法念处经》卷四九:"月当欲蚀,油脂沉水,鸟在空中,近地下飞。日当欲蚀,诸方则赤。"

【译文】

鬘持天　在镜林中,天众照见自己的善恶因缘。

正行天　颇梨林中有颇梨树,可以看见人行法或是行非法,毗留博叉常在这里观看。

善法堂天　殿壁明亮得像镜子,从中可以显现古时三十三天王退没之相,以及人中七生事,没有第八生处。

　　波利邪多天　有波利邪多树,可以显示阎浮提人行善或行不善之相,如果行善,这种树的花光明耀眼,可以照耀一百由旬;如果行不善,它就凋零枯萎;如果半行善,它就只开一半的花。

　　微细行天　宝树的枝叶,可以全部照见天众的影像。各自的上、中、下业也可在其中照见。

　　阎摩那娑罗天　阎摩娑罗树中可以看见果报。那里的宝殿明净如镜,可以全部照见天众所作之业的果报。另外,第二棵阎摩娑罗树中,有千柱殿,有业网,各大地狱的十六隔子狱,都显现在其中。

　　夜摩天　无垢境地,地上可以照见自己额头上所显现的业果。另外,阎浮那陀佛塔的塔壁中,可见看见欲界的罪与福以及三恶道。说到天象异常,如果将有月食,油脂沉入水里,鸟贴近地面飞;将有日食,各方变红。

3.35 二十八宿①:

　　昴为首,一夜行三十时,形如剃刀,姓鞞耶尼,祭用乳,属火。

　　毕形如立叉,属水,祭用鹿肉。姓颇罗堕②。

　　觜属月,月之子,姓毗梨佉耶尼,形如鹿头,祭用果。

　　参属日天,姓婆斯失绨③,形如妇人靥④,祭用醍醐⑤。

　　井属日,姓同参,形如足迹,祭用粳米和蜜⑥。

　　鬼属木⑦,姓炮波罗毗,形如佛胸,祭同井。

　　柳属蛇,形、祭与参同,姓蛇。

　　星属火,形如河岸,姓宾伽耶尼,祭用乌麻⑧。

　　张属福德天,姓瞿昙弥⑨,形、祭如井。

　　翼属林天,姓憍陈如⑩,祭用黑豆⑪,形同上。

　　轸属沙毗梨帝,形如人手,姓迦遮延,祭用莠稗⑫。

角属喜乐天⑬,姓质多罗,形如上,祭用花。

亢姓迦旃延⑭,祭用菉豆⑮。

氐姓多罗尼,以花祭。

房属慈天,姓阿蓝婆,形如璎珞⑯,祭用酒肉。

心属忉利天,姓迦罗延,形如大麦,祭用粳米。

尾属猎师天,姓遮耶尼,形如蝎尾⑰,祭用果根。

箕属清净天⑱,姓持义迦,形如牛角。

斗姓莫迦逻,形如人拓地⑲,祭如井。

牛属梵天⑳,姓梵岚摩,形如牛头,祭如参。

女属毗纽天㉑,姓帝利迦遮耶尼,形如心,祭以鸟肉。

虚姓同翼,形如鸟,祭用乌豆汁。

危姓单罗尼,形如参,祭以粳米。

室属蛇头天,蝎天之子,姓阇都迦㉒,祭用血。

壁姓陀难阇。

奎姓阿瑟吒,祭用酪㉓。

娄属乾闼婆天,姓阿含婆,形如马头,祭用大麦。

胃姓跋伽毗,形如鼎足㉔。

【注释】

①二十八宿(xiù):我国古代天文学家把天空中可见的星分成二十
八组,叫作二十八宿,东、西、南、北四方各七宿。东方苍龙七宿:
角(jiǎo)、亢(kàng)、氐(dī)、房、心、尾、箕(jī)。北方玄武七宿:
斗、牛、女、虚、危、室、壁。西方白虎七宿:奎(kuí)、娄、胃、昴
(mǎo)、毕、觜(zī)、参(shēn)。南方朱雀七宿:井、鬼、柳、星、张、
翼、轸(zhěn)。按,本条所有内容均出自《大方等大集经》卷四十

一，文字差别较小，故注释不再引注原文，译文则酌参经文。

②颇罗堕：为古印度婆罗门六姓(或云十八姓)之一。

③绨：音 chī。

④黡(yǎn)：黑痣。

⑤醍醐(tí hú)：经过多次炼制的乳酪，味中第一。

⑥粳(jīng)：稻的一种。

⑦鬼属木：《大方等大集经》："次复置鬼为第六宿，属岁星天。"岁星，即木星。

⑧乌麻：黑芝麻。

⑨瞿昙(qú tán)弥：也称"乔达摩"，释迦牟尼的本姓。

⑩憍(jiāo)陈如：佛最初的弟子。

⑪黑豆：豆科植物名。

⑫莠(yǒu)：一年生草本植物，俗称狗尾草。稗(bài)：一种形如水稻的田间杂草。

⑬喜乐天：四天王天之篡篡天第三地名。

⑭迦旃(zhān)延：婆罗门十姓之一。

⑮菉豆：即绿豆。

⑯璎珞：用珠玉串成的饰品，一般佩戴于颈部。

⑰蝎(xiē)：蝎子，毒虫。

⑱清净天：三十三天(忉利天)之第三十三天名。

⑲拓：开垦。

⑳梵天：色界初禅天之一。

㉑毗纽天：一名"那罗延天"，天名。

㉒阇：音 shé。

㉓酪(lào)：动物乳汁制成的半凝固食品。

㉔鼎：古代烹饪用器，或作礼器，三足两耳，多以青铜铸成。

【译文】

二十八宿：

　　昴宿为第一宿，一昼夜运行三十时，形状像剃刀，姓鞞耶尼，祭礼用乳汁，属火天。

　　毕宿的形状像立叉，属水天，祭祀用鹿肉。姓颇罗堕。

　　觜宿属月天，是月天之子，姓毗梨伕耶尼，形状像鹿头，祭祀用果。

　　参宿属日天，姓婆斯失绨，形状像妇女的黑痣，祭祀用醍醐。

　　井宿属日天，姓与参宿相同，形状像是足迹，祭祀用粳米和蜜。

　　鬼宿属木星天，姓炮波罗毗，形状像佛胸，祭祀用品和井宿相同。

　　柳宿属蛇天，形状和祭祀用品和参宿相同，姓蛇。

　　星宿属火天，形状像是河岸，姓宾伽耶尼，祭祀用黑芝麻。

　　张宿属福德天，姓瞿昙弥，形状和祭祀用品都与井宿相同。

　　翼宿属林天，姓侨陈如，祭祀用黑豆，形状和张宿相同。

　　轸宿属沙毗梨帝天，形状像是人手，姓迦遮延，祭祀用莠草和稗子。

　　角宿属喜乐天，姓质多罗，形状和轸宿相同，祭祀用花。

　　亢宿姓迦旃延，祭祀用绿豆。

　　氐宿姓多罗尼，用花祭祀。

　　房宿属慈天，姓阿蓝婆，形状像璎珞，祭祀用酒肉。

　　心宿属忉利天，姓迦罗延，形状像大麦，祭祀用粳米。

　　尾宿属猎师天，姓遮耶尼，形状像蝎尾，祭祀用果根。

　　箕宿属于清净天，姓持义迦，形状像牛角。

　　斗宿姓莫迦逻，形状像人在垦地，祭祀用品和井宿相同。

　　牛宿属梵天，姓梵岚摩，形状像牛头，祭祀用品和参宿相同。

　　女宿属毗纽天，姓帝利迦遮耶尼，形状与心宿相同，用鸟肉祭祀。

　　虚宿的姓和翼宿相同，形状像只鸟，祭祀用乌豆汁。

　　危宿姓单罗尼，形状像参宿，用粳米祭祀。

　　室宿属蛇头天，蝎天之子，姓阇都迦，祭祀用血。

　　壁宿姓陀难阇。

　　奎宿姓阿瑟吒，祭祀用乳酪。

娄宿属乾闼婆天，姓阿含婆，形状像马头，祭祀用大麦。

胃宿姓跋伽毗，形状像鼎的三足。

3.36 亢、虚、参、胃四星日，不得入阵①。

【注释】

①亢、虚、参、胃四星日，不得入阵：《大方等大集经》卷四二："亢、虚、参、胃，此四宿日，不得入阵斗战，不可远行，不得剃头及以治鬓。"

【译文】

亢、虚、参、胃四星日，不能上战场。

3.37 轸宿生人，七步无蛇①。○角宿生人，好嘲戏②。○女宿生人，亢、参、危三宿日，作事不成；虚、觜，事胜③。

【注释】

①轸宿生人，七步无蛇：《大方等大集经》卷四二："轸宿十二日用事……其日生者大富饶财……其人行处，七步之内蛇不敢前。"

②角宿生人，好嘲戏：《大方等大集经》卷四二："角宿十三日用事……其日生人，嘲戏音乐，歌舞作倡，皆悉能解。"

③"女宿生人"五句：《大方等大集经》卷四二："女宿七日用事……其日生者……亢宿、危宿、参宿等日，作事不合。虚宿、觜宿，乃得和合，如意自在。"

【译文】

轸宿日出生的人，七步之内，蛇不敢靠近。○角宿日出生的人，喜欢嘲戏。○女宿日出生的人，在亢、参、危三宿日，做事不顺；在虚、觜两宿日,诸事顺利。

3.38 一千六百刹那为一迦罗,倍六十名摸呼律多。倍三十摸呼律多,名为一日夜①。

【注释】

①"一千六百刹那为一迦罗"四句:《大方等大集经》卷四二:"一千六百刹那名一迦罗,六十迦罗名摸呼律多,三十摸呼律多为一日夜。"刹那,佛教术语。极短的时间。佛经说一弹指之间即有六十刹那。

【译文】

一千六百刹那为一迦罗,六十迦罗为一摸呼律多。三十摸呼律多,是一天一夜。

3.39 夜叉口烟为彗①。○龙王身光曰忧流迦,此言天狗②。

【注释】

①夜叉口烟为彗:《正法念处经》卷十九:"阎浮提中邪见论师,见彼夜叉口中出烟,谓彗星出。"夜叉,梵语音译,天龙八部之一,意译为捷疾鬼,一种能吃人的鬼,又分地夜叉、虚空夜叉、天夜叉。后来也用夜叉比喻貌丑而凶恶的人,或指凶悍的妇人。彗,彗星。

②天狗:星名。《正法念处经》卷十九:"时虚空神诸大神通、大夜叉等,闻天所说,欢喜踊跃。于彼恶龙阿修罗所,生大嗔恚。即下欲诣法行龙王、婆修吉、德叉迦等诸龙王所,说上因缘。从空而下,一切身分,光焰腾赫。见是相者,皆言忧流迦下(魏言天狗

下）。若其夜下，世人皆见；若昼下者，或见不见。"据引文，此非龙王身光，而是"虚空神诸大神通、大夜叉等"下至"诸龙王所"时所发出的光焰。

【译文】

夜叉口中吐出的烟火，就是彗星。○虚空各大神通、夜叉等去大海见法行龙王，他们从天而降的时候，全都光焰腾耀，这种光焰名为忧流迦，也就是天狗。

3.40 汉明帝始造白马寺①。寺中悬幡②，影入内，帝怪③，问左右曰："佛有何神，人敬事之④？"

【注释】

①汉明帝：即为刘庄（28—75）。汉光武帝刘秀第四子。在位期间，法令分明，又重儒学，亲临辟雍讲学。相传曾遣使往天竺求佛经、佛像，立白马寺于洛阳，是为佛教传入中国之始。白马寺：在洛阳。北魏杨衒之《洛阳伽蓝记》卷四："白马寺，汉明帝所立也，佛入中国之始。寺在西阳门外三里御道南。帝梦金神长丈六，项背日月光明，金人号曰佛。遣使向西域求之，乃得经像焉。时白马负而来，因以为名。明帝崩，起祇洹于陵上。自此以后，百姓冢上或作浮图焉。"

②幡（fān）：形制窄长，垂直悬挂的旗子。

③帝怪：许逸民《酉阳杂俎校笺》："汉明帝既造白马寺，对佛必然深信不疑，'帝怪'之语亦当与之无涉。今考其事颇类魏明帝曹睿（205—239）所为，或因'汉明帝'、'魏明帝'一字之差而致相混。"《法苑珠林》卷四十："魏明帝洛城中本有三寺，其一在宫之西，每系舍利在幡刹之上，辄斥见宫内，帝患之，将毁除坏。时有外国

沙门居寺,乃赉金盘盛水,以贮舍利,五色光明,腾焰不息。帝见叹曰:'非夫神效,安得尔乎?'乃于道东造周闾百间,名为官佛图精舍也。"

④敬事:恭敬地侍奉。

【译文】

汉明帝首建白马寺。曹魏时,寺院中悬挂着经幡,经幡的影子映入皇宫,魏明帝很奇怪,就问身边的人:"佛有什么神奇之处,人们这样敬奉他?"

3.41 乌仗那国①,有佛迹②,随人身福寿,量有长短。

【注释】

①乌仗那:梵语音译,意思是花园。在今印度河上游及斯瓦特河流域。唐释玄奘《大唐西域记》卷三有载。

②佛迹:佛的足迹。唐释玄奘《大唐西域记》卷三:"阿波逻罗龙泉西南三十余里,水北岸大磐石上有如来足所履迹,随人福力,量有短长。是如来伏此龙已,留迹而去,后人于上积石为室,遥迹相趋,花香供养。顺流而下三十余里,至如来濯衣石,袈裟之文焕焉如镂。"

【译文】

乌仗那国有佛留下的足迹,每个人随自身福寿的不同,丈量的佛迹尺寸也长短不一。

3.42 那揭罗曷国①,城东塔中有佛顶骨②,周二尺。欲知善恶者,以香涂印骨,其迹焕然,善恶相悉见③。

【注释】

①那揭罗曷：梵语音译，古国名。其地在今阿富汗贾拉拉巴德地区，西起亚格达拉克山隘，东至开伯尔山隘，南对沙费德岭。

②塔：梵语音译，或译"窣堵波"、"浮图"，意思是方坟、圆冢、功德聚，即佛塔，形状高而尖的建筑物，常有七级、九级、十三级，用以供奉和安置舍利（释迦牟尼火化后结成的珠状物）、经文和各种法物。

③"欲知善恶者"四句：唐释玄奘《大唐西域记》卷二："（醯罗城）复有重阁，画栋丹楹。第二阁中有七宝小窣堵波，置如来顶骨。骨周一尺二寸，发孔分明，其色黄白，盛以宝函，置窣堵波中。欲知善恶相者，香末和泥涂以印顶骨，随其福感，其文焕然。"

【译文】

那揭罗曷国，醯罗城东的佛塔中有佛的顶骨，顶骨周长二尺。如果想要预知善恶，就用香粉和泥涂在这块顶骨上，纹理清楚鲜明，善恶之相全都显现出来。

3.43 北天健驮罗国有大窣堵波①。佛悬记②：七烧七立，佛法方灭。玄奘言③，成坏已三④。

【注释】

①北天：北天竺，古印度五天竺之一。健驮罗国：梵语音译，西域古国名。其地在库纳尔河与印度河之间。窣堵波：佛塔。见3.42条注②。

②悬记：佛遥记修行者未来证果、成佛的预言。悬，悬远。

③玄奘（600—664）：俗姓陈，名祎，洛州缑氏（今河南偃师）人。唐代高僧，杰出佛学家、翻译家。他于贞观初年自长安只身西行，

历尽险阻到达天竺,游学各地。十九年(645)返抵长安。玄奘西
行求法,历时十数年,行程五万余里,共请回佛经梵文原典六百
五十七部,并其他佛像、舍利数百件。玄奘通达中、印文字,洞晓
三藏教理,是印度佛学发展到最高峰的首屈一指的集大成者。
唐太宗倍加礼遇,赐号"三藏法师",助建长安译经院。他主持译
经十九年,共译经论七十五部,一千三百三十五卷,在中国翻译
史上留下了超前绝后的光辉典范。玄奘又著《大唐西域记》十二
卷,备述西行求法见闻,后来演变出《大唐三藏取经诗话》、《西游
记》等说部名著。事迹见于《大唐西域记》、《大慈恩寺三藏法师
传》、《续高僧传》、《旧唐书》等。

④成坏已三:本条指大佛塔建而又毁,毁而复建,已有三次。《大唐
西域记》卷二:"大窣堵波左右,小窣堵波鱼鳞百数。……此窣堵
波者,如来悬记,七烧七立,佛法方尽。先贤记曰:成坏已三。"成
坏,佛教术语。即成、住、坏、空四劫。成劫,即有情世间由众缘
集合而成立;住劫,世间安稳,众生安住;坏劫,有情世间开始毁
坏;空劫,毁坏净尽之后,一切皆成空无。世界即在此四劫中周
而复始。

【译文】

北天竺健驮罗国,有一座大佛塔。佛预言说:这座塔经历七次烧毁
七次重建之后,佛法才会灭失。玄奘说,这座塔已经三毁三建。

3.44 西域佛金刚座①,有标界铜观自在像两躯②。国人
相传,菩萨身没③,佛法亦尽。隋末,已没过胸臆矣。

【注释】

①金刚:梵语音译,即金刚石,其石坚利不可摧,佛家视为稀世之

宝。唐释玄奘《大唐西域记》卷八"摩揭陀国上菩提树垣"："菩提树垣正中有金刚座。昔贤劫初成，与大地俱起，据三千大千世界之中，下极金轮，上侵地标，金刚所成，周百余步，贤劫千佛坐之而入金刚定，故曰金刚座焉。"按，本条所载，见于唐释玄奘《大唐西域记》卷八"摩揭陀国上菩提树垣"："佛涅槃后，诸国君王传闻佛说金刚座量，遂以两躯观自在菩萨像南北标界，东面而坐。闻诸耆旧曰：此菩萨像身没不见，佛法当尽。今南隅菩萨没过胸臆矣。"

②观自在：即观世音菩萨，因避唐太宗李世民讳，省"世"字而称"观音菩萨"；因其观世界而自在拔苦与乐，故又称"观自在菩萨"。观世音菩萨是汉化佛教中最著名的菩萨，大慈大悲救苦救难，普陀山是其显灵说法的道场。为了普度众生，观音菩萨可以随机而成种种化身，到了近代以女身应化，所以最受尼众和女居士的欢迎。

③菩萨：梵语音译"菩提萨埵"的简称，菩提意为正觉，萨埵意为众生，合起来的意思是既自身求得正觉，又普度众生。罗汉修行精进，便成菩萨，再行修炼则成佛。

【译文】

西域摩揭陀国菩提树围墙内有佛陀的金刚座，有用来标示边界的两尊铜制观世音菩萨像。此国中人传言说，菩萨的身躯淹没不见的时候，佛法也就灭失了。隋朝末年，菩萨像已经没过胸部了。

3.45 乾陀国辛头河岸①，有系白象树②，花叶似枣，季冬方熟。相传此树灭佛法亦灭③。

【注释】

①乾陀国：即前文的"健驮罗国"，也称"乾陀罗国"。

②白象：象有大威力，而性情柔顺。在佛经里，六牙白象为佛、菩萨的坐骑。

③此树灭佛法亦灭：北魏杨衒之《洛阳伽蓝记》："（乾陀罗国）复西行三日，至辛头大河。……复西行十三日，至佛沙伏城。……城北一里有白象官，寺内佛事皆是石像，装严极丽，头数甚多，通身金箔，眩耀人目。寺前有系白象树，此寺之兴，实由兹焉。花叶似枣，季冬始熟。父老传云：此树灭，佛法亦灭。"

【译文】

乾陀罗国辛头河岸，有一棵系白象的树，树的叶子和花长得像枣，季冬时节果实才成熟。据说这棵树死了，佛法也就灭失了。

3.46 北朝时，徐州角城县之北①，僧尼着白布法服②，时有青布袈裟者③。

【注释】

①徐州角城县：在今江苏淮阴西。

②法服：即袈裟，又名"法衣"、"三衣"。

③袈裟：梵语音译，意译有不正色、坏色、染色之义，因为佛教制度规定僧衣避青、黄、赤、白、黑五种正色，故称"袈裟"。袈裟有大、中、小三种：一是用五条布缝成的小衣，我国俗称五衣，是打扫劳作时穿的；一是用七条布缝成的中衣，我国俗称七条衣，是平时穿的；一是用九条乃至二十五条布缝成的大衣，我国俗称祖衣，是礼服，出门或是见尊长时穿的。我国汉族僧人的袈裟，祖衣是赤色，五衣、七衣一般都是黄色；蒙、藏两族僧人袈裟，大衣是黄色，平时所披的中衣近赤色。

【译文】

北朝时，徐州角城县北面，和尚、尼姑穿白布袈裟，间或也有穿青布袈裟的。

3.47 波斯属国有阿牵茶国①，城北大林中有伽蓝②，昔佛于此听比丘著躯缚屣③。躯缚，此言靴也④。

【注释】

①阿牵茶(fàn tú)国：梵语音译，古国名。其地在今巴基斯坦信德省北部。

②伽(qié)蓝：梵语音译，意为佛教徒静修场所，即佛寺。

③听：允许。比丘：梵语音译，又作"苾刍"，出家受具足戒者之通称，男的叫"比丘"，女的叫"比丘尼"。屣(xǐ)：鞋。据佛经记载，释迦牟尼在王舍城说法时，有些比丘来往于山路，脚被岩石、荆棘所伤，因此释迦牟尼允许比丘穿着皮靴。

④躯缚，此言靴也：唐释玄奘《大唐西域记》卷十一"阿牵茶国"："城东北不远，大竹林中伽蓝余址，是如来昔于此听诸苾刍着躯缚屣(唐言靴)。"

【译文】

波斯的属国有阿牵茶国，其都城北面大竹林中有座佛寺，往昔佛在这里允许比丘穿躯缚屣。躯缚，意思是靴子。

3.48 宁王宪寝疾①，上命中使送医药，相望于道。僧崇一疗宪，稍瘳②，上悦，特赐崇一绯袍鱼袋③。

【注释】

①寝疾：卧病。

②瘳(chōu)：病愈。

③绯袍:唐代官员四品服深绯,五品服浅绯。绯,红色。鱼袋:唐代
　五品以上官员发给随身鱼符,装在袋子里,称作"鱼袋"。开元
　中,朝廷准许致仕者佩鱼终身,自此以后百官赏绯、紫,必兼鱼
　袋,称作"章服"。

【译文】

　宁王李宪卧病,玄宗命令中使给他送医药,人员往来络绎不绝。崇
一和尚为李宪治病,病稍好些,玄宗非常高兴,特别赏赐崇一绯袍鱼袋。

3.49 梁简文帝有《谢赐郁泥纳袈裟表》①。

【注释】

①梁简文帝:即为萧纲(503—551)。梁武帝第三子。太清三年
　(549)即帝位。《谢赐郁泥纳袈裟表》:应即《广弘明集》所载简文
　帝《谢勅赉纳袈裟启》。郁泥,颜色名。

【译文】

梁简文帝有《谢赐郁泥纳袈裟表》。

3.50 魏使陆操至梁①,梁王坐小舆②,使再拜,遣中书舍
人殷炅宣旨劳问③。至重云殿④,引升殿,梁主著菩萨衣⑤,
北面。太子已下皆菩萨衣,侍卫如法。操西向以次立,其人
悉西厢东面。一道人赞礼⑥,佛词凡有三卷,其赞第三卷中
称"为魏主、魏相高并南北二境士女"⑦。礼佛讫,台使与其
群臣俱再拜矣⑧。

【注释】

①魏使陆操至梁:据许逸民《酉阳杂俎校笺》考证,此次出使,时间

约在兴和(539—542)初年,其时梁朝武帝萧衍在位。

②梁王:同下文的"梁主",都指梁武帝萧衍。萧衍见 1.26 条注③。
小舆:皇室用的轻便小车。《隋书·礼仪志》:"小舆形似轺车,金
装漆画,但施八横。元正大会,乘出上殿。西堂毕哀亦乘之。行
则从后。一名舆车。"

③劳问:慰问。

④重云殿:《太平御览》卷一七五引《建康宫殿簿》:"梁于台城中立
曾城观,观历四代修理。更起重阁七间,上名重云殿,下名光
严殿。"

⑤菩萨衣:袈裟。《魏书·萧衍传》:"衍每礼佛,舍其法服,著乾陀
袈裟,令其王侯子弟皆受佛诫……其臣下奏表上书,亦称衍为皇
帝菩萨。"

⑥道人:这里指僧人。赞礼:赞颂礼拜的仪式。

⑦魏主:即为东魏孝静帝元善见(524—552)。魏相高:即为高欢
(496—547),执掌魏政十六年。先拥立孝武帝,自立为大丞相,
专制朝政;后又另立孝静帝,由此魏分东西。其子高洋建立北齐
后,追尊其为太祖献武帝。

⑧台使:南朝称朝廷使者为台使。台,台城,晋宋间谓朝廷禁省为
台,故称。

【译文】

魏朝使者陆操到梁国,梁武帝乘坐小舆,魏使行再拜礼,武帝让中
书舍人殷炅宣旨慰问。到重云殿,引领魏使升殿,武帝身着袈裟,坐北
面南。太子以下所有朝臣都穿袈裟,侍卫也都照样穿着僧衣。陆操面
向西方依据位次站立,其余人全都在西厢面东列班。一位僧人主持赞
礼,颂佛的赞词一共有三卷,第三卷中说"为魏朝皇帝、丞相高欢以及南
北二朝百姓"。赞礼完毕,台使和梁朝群臣都行再拜礼。

3.51 魏李骞、崔劼至梁同泰寺①，主客王克、舍人贺季及三僧迎门引接②。至浮图中③，佛旁有执板笔者。僧谓骞曰："此是尸头④，专记人罪。"骞曰："便是僧之董狐⑤。"复入二堂，佛前有铜钵，中燃灯。劼曰："可谓'日月出矣，爝火不息'⑥。"

【注释】

①李骞(qiān)：字希义，赵郡平棘(今河北赵县)人。据《魏书》卷三六本传记载，其人博涉经史，文藻富盛，仕魏官至散骑常侍、尚书左丞，曾出使萧衍。崔劼(jié)：字彦玄，清河(今河北临清)人。据《北史》卷四四本传记载，其人少时清虚寡欲，好学有家风，魏末累迁中书侍郎，兴和三年(541)兼通直散骑常侍，出使萧衍。同泰寺：梁武帝萧衍所建，在都城建业(今江苏南京)宫城北掖门外路西，寺有九层佛塔，大殿六所，小殿及堂十余所。武帝自大通年间起，无年不幸同泰寺。

②主客：即尚书主客郎，职掌外交事务。王克：琅琊临沂(今山东费县东)人。美容貌，善容止，仕梁至尚书仆射。舍人：即中书舍人，负责起草诏诰、外交文书，也承担外交接待。贺季：南朝梁臣，贺场(452—510)次子。历尚书祠部郎兼中书通事舍人，累迁步兵校尉、中书黄门郎。《梁书》有传。

③浮图：即佛塔。见3.42条注②。

④尸头：比丘名。或译为"尸利沙迦"、"头者"。

⑤董狐：春秋时期晋国史官。《左传·宣公二年》记载孔子称赞董狐"古之良史也，书法不隐"，后来成为不畏强权直书不讳的史官典范。

⑥日月出矣，爝(jué)火不息：语出《庄子·逍遥游》："尧让天下于许

由,曰:'日月出矣,而爝火不息,其于光也,不亦难乎!'"爝火,小火。许逸民注评《酉阳杂俎》:"这里写的是魏使李骞、崔劼使梁时,由王克、贺季陪同到同泰寺参观。因为是外交场合,魏使处处想表现自己的学识,甚至在言语之间暗含讥讽,以便在外交上取得凌驾对方的有利地位。譬如,崔劼见佛堂上点着灯,就脱口引用了《庄子·逍遥游》中的语句,这看似掉书袋,实际上却有所戏谑。那意思是说,大白天还点着灯,这灯火能跟日月之光争辉吗?暗喻梁朝实不能与魏国相匹敌。史称南北朝时期的外交官员均需具备善清谈、能赋诗的条件,由此亦可见其一斑。"

【译文】

魏朝李骞、崔劼到梁朝同泰寺礼佛,主客郎王克、中书舍人贺季和三位僧人在寺门前迎接。到佛塔里,佛像旁有位手拿记事板和笔的比丘。和尚对李骞说:"这叫尸头,专管记录人的罪过。"李骞说:"这算是和尚中的董狐。"又进入二堂,佛像前有个铜钵,里面点着长明灯。李劼说:"正如庄子所说的:'太阳和月亮都已经出来了,这小火苗还没熄灭。'"

3.52 卢县东有金榆山①。昔朗法师令弟子至此采榆荚②,诣瑕丘市易③,皆化为金钱。

【注释】

①卢县:古县名。在今山东长清东南。金榆山:在泰山西北,详下注引文。

②朗法师:即为竺僧朗,京兆(今陕西西安)人。法师,精通佛法堪为人师者,用作对出家人的敬称。梁释慧皎《高僧传》卷五:"(竺僧朗)少而游方问道,长还关中,专当讲说……以伪秦苻健皇始

元年移卜泰山，与隐士张忠为林下之契，每共游处。……朗乃于金舆谷昆仑山中别立精舍，犹是泰山西北之一岩也……此谷中旧多虎灾，常执伏结群而行，及朗居之，猛兽归伏，晨行夜往，道俗无滞。百姓咨嗟，称善无极，故奉高人，至今犹呼金舆谷为朗公谷也。"

③瑕丘：古县名。治所在今山东兖州东北。

【译文】

卢县东边有座金榆山。昔年朗法师让弟子在这里采榆荚，到瑕丘集市上去买东西，榆荚全都变成了金钱。

3.53　后魏胡后尝问沙门宝志国祚①，且言："把粟与鸡唤朱朱②。"盖尔朱也③。〇有赵法和请占，志公曰："大竹箭，不须羽。东箱屋，急手作④。"法和寻丧父。

【注释】

①胡后：北魏孝明帝元诩之母，延昌四年(515)孝明帝即位，胡太后临朝。沙门：和尚。宝志(417—514)：俗姓朱，金城(今甘肃兰州西北)人。齐梁间高僧，据说有神异之术。国祚(zuò)：国运。

②把粟与鸡唤朱朱：北魏杨衒之《洛阳伽蓝记》卷四："有沙门宝公者，不知何处人也，形貌丑陋，心识通达，过去未来，预睹三世。发言似谶，不可得解，事过之后，始验其实。胡太后闻之，问以世事。宝公曰：'把粟与鸡呼朱朱。'时人莫之能解。建义元年，后为尔朱荣所害，始验其言。时亦有洛阳人赵法和请占早晚当有爵否，宝公曰：'大竹箭，不须羽；东厢屋，急手作。'时人不晓其意。经十余日，法和父丧。大竹箭者，苴杖。东厢屋者，倚庐。"按，苴(jū)杖，粗糙的竹杖，居父丧时所用。倚庐，居丧时所住的

草房子,盖在中门之外的东墙边下,故名。朱朱,模拟唤鸡的声音,又朱朱为两个朱字(二朱),谐"尔朱"。

③尔朱:即为尔朱荣(493—530),字天宝,秀容川(今山西朔州北)人。北魏孝明帝时为游击将军。孝明帝渐长,恶其母所为,密诏尔朱荣举兵向内以胁胡太后,胡太后遂毒死孝明帝,另立幼君,尔朱荣自晋阳(今山西太原)起兵南下,执胡太后,沉入黄河。《魏书》、《北史》均有传。

④急手:迅速。

【译文】

北魏胡太后曾经询问宝志和尚关于国运的事,宝志只说:"抓米给鸡唤朱朱。"这是预言尔朱荣杀她的事。〇有个叫赵法和的人请求占卜,志公说:"大竹箭,不要羽。东厢屋,赶快修。"法和很快就丧父了。

3.54 历城县光政寺有磬石①,形如半月,腻光若滴。扣之,声及百里。北齐时,移于都内②,使人击之,其声杳绝。却令归本寺,扣之,声如故。士人语曰③:"磬神圣,恋光政。"

【注释】

①历城县:县名。属齐州,今山东济南。磬(qìng):佛寺中的一种打击乐器,形状像钵,念经时敲击,或用以集合僧众。

②都内:北齐都城在邺(今河北临漳西南)。

③士人:疑为"土人"之误。土人,当地人。

【译文】

历城县光政寺有块磬石,形状像半月,色泽细腻,流光欲滴。敲一下,声音传出很远很远。北齐时,把这块磬石移到邺都,派人去敲击,寂然无声。于是让人把它送归光政寺,再敲,磬声又如先前那般洪亮。当地人有句话说："磬神圣，恋光政。"

3.55 国初，僧玄奘往五印取经①，西域敬之。成式见倭国僧金刚三昧言②，尝至中天③，寺中多画玄奘麻屦及匙箸④，以彩云乘之，盖西域所无者。每至斋日⑤，辄膜拜焉⑥。

【注释】

①五印：即五天。古印度之境，分东、西、南、北、中五方天竺。唐释玄奘《大唐西域记》卷二："五印度之境，周九万余里，三垂大海，北背雪山。北广南狭，形如半月。画野区分，七十余国。"

②倭（wō）国：古代史书对日本的称呼。

③中天：中天竺。

④麻屦（juē）：麻鞋。匙箸：汤匙和筷子。这里偏指筷子。赵朴初《佛教常识答问》："可知印度当时佛教界已把玄奘的麻鞋当作佛的足迹一样敬重、供养了。一个学者在外国享到这样高的尊敬，除了各大宗教的教主，历史上尚无第二人。直到现在，日本佛教学者仍然认为玄奘法师这样的人才，只有中国这个伟大民族才能产生出来，玄奘法师确实是我们民族的光荣和骄傲。"

⑤斋日：举行宗教仪式，进行斋戒和祈祷的特定日子。

⑥膜拜：长跪而拜。

【译文】

本朝开国之初，玄奘和尚到五印度取经，西域各国都非常敬重他。我曾听倭国和尚金刚三昧说，他曾经到过中印度，那里很多佛寺都画有玄奘穿的草鞋和用的筷子，并且用彩云托住它们，这可能是因为西域没有这类东西吧。每逢斋戒那天，僧俗都对着这些画顶礼膜拜。

3.56 又言那兰陀寺僧食堂中①,热际,有巨蝇数万至。僧上堂时,悉自飞集于庭树。

【注释】

①那兰陀寺:古印度著名佛寺,在今印度比哈尔邦巴特那东南,相传释迦牟尼曾在此说法。那兰陀,梵语音译,意为施无厌。唐释玄奘《大唐西域记》卷九有详细记载。

【译文】

又听说,天竺那兰陀寺的食堂中,热气腾腾的时候,会飞来数万只巨大的苍蝇。等到和尚上堂用斋时,所有的巨蝇全都飞出食堂,聚集在院子里的树上。

3.57 僧万回,年二十余,貌痴不语。其兄戍辽阳①,久绝音问,或传其死,其家为作斋②。万回忽卷饼茹③,大言曰:"兄在,我将馈之。"出门如飞,马驰不及。及暮而还,得其兄书,缄封犹湿。计往返,一日万里,因号焉。

【注释】

①辽阳:今属辽宁。

②斋:斋饭。这里指为祭奠死者而设斋。

③茹:蔬食。

【译文】

万回和尚,二十多岁的时候,相貌痴呆,不爱说话。他的哥哥戍守辽阳,很长时间音信全无,有人传言说他已经死了,家里就为他设斋祭奠。万回突然卷起大饼蔬菜,大声说:"哥哥还活着,我这就去给他送吃的。"说完就出门,健步如飞,快马也追不上。到傍晚,他回来了,带着他哥哥写的信,信的封口还是湿的。算起来,他这往返一趟,一天就跑了一万里路,因此名号万回。

3.58 天后任酷吏罗织①,位稍隆者②,日别妻子。博陵王崔玄暐③,位望俱极,其母忧之曰:"汝可一迎万回,此僧宝志之流,可以观其举止,知其祸福也。"及至,母垂泣作礼,兼施银匙箸一双。万回忽下阶,掷其匙箸于堂屋上,掉臂而去。一家谓为不祥。经日,令上屋取之,匙箸下得书一卷,观之,谶纬书也④,遽令焚之。数日,有司忽即其家,大索图谶,不获,得雪。时酷吏多令盗夜埋蛊遗谶于人家⑤,经月,告密籍之⑥。博陵微万回,则灭族矣。

【注释】

①天后任酷吏罗织:当时酷吏臭名昭著者如周兴、来俊臣等人,肆行告密之风,构陷无辜,创制酷刑,李唐宗室及元老重臣等被枉杀殆尽。罗织,虚构罪名陷害无辜。

②隆:高。

③崔玄暐(638—706):本名晔,避武后祖讳改。郡望博陵安平(今属河北)。少有学行,龙朔中明经及第,累官至鸾台侍郎、同凤阁鸾台平章事兼太子左庶子。神龙元年(705)与张柬之、桓彦范等人发羽林军诛张易之兄弟,迎中宗复位,以功擢拜中书令,进爵博陵郡王。后为武三思排挤,屡被流贬,卒于道。两《唐书》有传。

④谶纬(chèn wěi)书:谶书和纬书的合称。谶书是方士预决吉凶的隐语或图记。纬书和经书相对,是汉代附会儒家经典的书。这两类书多妄言治乱兴废,妄谈符命,惑乱民心。

⑤蛊(gǔ)：这里指巫术中用来害人的东西。

⑥籍：籍没。登记在册，加以没收。

【译文】

天后听任酷吏罗织罪名陷害大臣，地位稍高的官员人人自危，每天上朝时都会和妻儿诀别。博陵王崔玄暐，地位声望都非常高，他的母亲很担心他，说："你把万回请来，他是宝志大师一类的人物，可以观察他的行为，预知我们的吉凶。"万回来了，崔母流着眼泪向他行礼，并且施予他一双银质筷子。万回突然走下台阶，把这双银筷子抛到堂屋顶上，大甩着手臂就走了。崔家人都认为这不是好兆头。过了一天，让人上屋顶把银筷子取下来，结果在筷子下面发现了一卷书籍，一翻，竟然是一部谶纬书，赶紧让人烧掉。几天后，有关衙门忽然来人，在崔家大肆搜查图谶，结果一无所获，崔家才得以免祸。当时酷吏经常让坏人趁夜晚把蛊物和图谶偷藏在大臣们的家里，过个把月，让人告密陷害，籍没其家。要是没有万回和尚的帮助，博陵王一家就被满门抄斩了。

3.59 梵僧不空①，得总持门②，能役百神，玄宗敬之。岁常旱，上令祈雨。不空言："可过某日，今祈之，必暴雨。"上乃令金刚三藏设坛请雨③，连日暴雨不止，坊市有漂溺者④。遽召不空，令止之。不空遂于寺庭中捏泥龙五六，当溜水⑤，胡言骂之⑥。良久，复置之，乃大笑。有顷，雨霁。

【注释】

①不空(705—774)：唐代高僧，密宗祖师之一，与善无畏、金刚智并称"开元三大士"。本北天竺婆罗门族，幼年随叔父来到中华，在洛阳出家。开元年间游历师子国(今斯里兰卡)并五天竺。天宝五载(746)返回长安，携回梵本经一百部共计一千二百卷，后住

武威开元寺、长安大兴善寺。大历九年圆寂。

②总持门：密宗的法门。总持，梵语义译，意为总一切法，持一切义。

③金刚三藏(662—732)：即为金刚智，梵名跋日罗菩提，南天竺人。十多岁时出家，于那烂陀寺受具足戒。开元七年(719)到达广州，次年至两京，先后入住慈恩寺、荐福寺。开元二十年圆寂。三藏，经、律、论三藏，佛陀一生所说教法总称，精通三藏的僧人，则称"三藏法师"。

④坊市：街市。

⑤溜：屋檐滴水处。

⑥胡言：外国话。这里指梵语。

【译文】

梵僧不空，精通总持门，能够役使各路神灵，玄宗很敬重他。有一年大旱，玄宗让他求雨。不空说："最好过了某天再说，现在就求的话，一定会暴雨成灾。"玄宗就让金刚智法师设坛求雨，结果一连几天暴雨不停，街市上竟有漂浮的尸体。玄宗急忙召见不空，让他想法把雨停下来。不空就在寺院的庭中捏了五六条泥龙，放在屋檐滴水处，用梵语斥骂一通。过了很久，再把这些泥龙摆放好，于是放声大笑。很快雨就停了。

3.60 玄宗又尝召术士罗公远与不空同祈雨，互校功力①。上俱召问之，不空曰："臣昨焚白檀香龙。"上令左右掬庭水嗅之，果有檀香气。

【注释】

①校：考较。

【译文】

　　玄宗又曾召见术士罗公远和不空和尚一同祈雨,以此考较他们的功力高下。下雨了,玄宗把两人都招来询问,不空说:"臣昨天求雨时焚烧的是白檀香龙。"玄宗让侍从捧起庭院中的雨水来闻,果然有檀香气。

　　3.61　又与罗公远同在便殿①,罗时反手搔背,不空曰:"借尊师如意②。"殿上花石莹滑,遂激窣至其前③,罗再三取之不得。上欲取之,不空曰:"三郎勿起④,此影耳。"因举手示罗如意。

　　又邙山有大蛇⑤,樵者常见,头若丘陵,夜常承露气。见不空,作人语曰:"弟子恶报⑥,和尚何以见度⑦?常欲翻河水陷洛阳城,以快所居也⑧。"不空为受戒⑨,说苦空⑩,且曰:"汝以瞋心受此苦⑪,复忿恨,吾力何及!当思吾言,此身自舍昔而来。"后旬月⑫,樵者见蛇死于涧中,臭达数十里。不空每祈雨,无他轨则⑬,但设数绣座,手簸旋数寸木神⑭,念咒掷之,自立于座上,伺木神吻角牙出、目瞬,则雨至。

【注释】

①便殿:正殿以外的别殿,帝王休憩游宴之所。

②如意:器物名。古时也名"搔杖",柄端作手指形,用以搔痒,可如人意,故名。近代如意,则为玩赏之物,取其吉祥如意,柄端多作芝形或云形。

③窣(sū):突然出来。

④三郎:唐玄宗为睿宗第三子,常自称三郎。

⑤邙(máng)山:即北邙山,在河南洛阳东北。汉魏以下,王侯公卿

多葬于此,后来就以北邙泛称墓地。

⑥恶报:恶因的果报。

⑦度:超度,帮助脱离苦难。

⑧居:居心。

⑨受戒:领受佛戒的仪式。

⑩苦空:佛教术语。即苦与空。苦,恶缘恶境逼恼身心。空,万物各有因缘而无实体,一切皆空。

⑪瞋(chēn)心:佛教术语。三毒之一,即瞋恚之心。瞋,生气,恼火。

⑫旬月:满一个月。或指十个月。

⑬轨则:仪轨,仪式。

⑭簸旋:摇动旋转。

【译文】

又有一次,不空和罗公远同在别殿,罗公远不时地反手抓背,不空说:"我借给尊师一柄如意。"殿堂的玉石晶莹光滑,那柄如意一下子就滑到了罗公远面前,罗公远几次想拿起如意,却不能到手。玄宗想要去拿,不空说:"三郎别起身,地上只是个影子罢了。"于是举起手给罗公远看,原来如意还在不空的手中。

又传北邙山中有一条大蛇,樵夫经常见到,头大得像丘陵,夜晚经常吸食露气。大蛇见到不空,口吐人言:"弟子因为造下恶业而获报蛇身,大师有什么办法超度我?我常想激荡黄河水淹没洛阳城,以此大快我心。"不空让它受戒,为它讲说苦空佛法,并且说:"你因为瞋心受此苦难,现在又如此瞋怒怨恨,我的法力哪能帮助你!要细细琢磨我所说的苦空诸法,这样你就能够舍弃蛇身而还复人身。"一个月以后,樵夫看见蛇死在山涧中,臭气传出几十里远。每当求雨,不空并没有其他什么特别的仪式,只摆设好几个绣座,手持几寸长的木神摇动旋转,念动咒语抛出木神,木神就自动站立在绣座上了,等到木神口角长出牙,眼睛眨动,雨就来了。

3.62 僧一行穷数,有异术。开元中,尝旱,玄宗令祈雨。一行言:"当得一器,上有龙状者,方可致雨。"上令于内库中遍视之,皆言不类。数日后,指一古镜,鼻盘龙①,喜曰:"此有真龙矣。"乃持入道场,一夕而雨。或云是扬州所进②,初范模时③,有异人至,请闭户入室。数日开户,模成,其人已失。有图,并传于世。此镜,五月五日于扬子江心铸之④。

【注释】

①鼻:器物上突出如鼻状的部分,用以拴系。

②或云是扬州所进:唐李肇《唐国史补》卷下:"扬州旧贡江心镜,五月五日扬子江中所铸也。或言无有百炼者,或至六七十炼则已,易破难成,往往有自鸣者。"

③范模:制作模子。

④扬子江:长江。

【译文】

僧一行穷究术数,有神异法术。开元年间,时逢大旱,玄宗下旨求雨。一行说:"要找到一件东西,上面有龙的形状的,才可以求到雨。"玄宗让他到宫内府库各处去查看,说都不像龙。几天后,指着一面古镜,镜鼻上有条盘龙,高兴地说:"这上面有一条真龙啊。"就把古镜带入道场求雨,过了一晚就下雨了。有人说这面古镜是扬州进贡的,当初制作模子的时候,来了一位奇人,要求关闭房门独处室内制模。几天后开门一看,模子做好了,那人却消失了。有张模子的图纸,和古镜一并流传于世。这面镜子,是五月五日在扬子江的江心铸造而成的。

3.63 荆州,贞元初有狂僧,些些其名者①,善歌《河满子》②。尝遇醉五百③,涂辱之④,令歌,僧即发声,其词皆五百从前非慝也⑤，五百惊而自悔。

【注释】

①些些：宋赞宁《宋高僧传》卷二十："释些些师，又名青者，盖是不
　　与人交狎，口自言些些，故号之矣。"

②《河满子》：又作《何满子》，唐代曲名。白居易《何满子》序："开元
　　中，沧州有歌者何满子，临刑，进此曲以赎死，上竟不免。"

③五百：又作"伍佰"，衙门里舆卫前导或是执杖行刑的役卒。

④涂辱：侮辱。涂，玷污。

⑤非慝（tè）：违法邪恶之事。慝，邪恶。

【译文】

　　贞元初年，荆州有个狂僧，名字叫作些些，很会唱《河满子》。有次
碰见一个喝醉了的衙役侮辱他，强迫他唱歌，些些就放声唱起来，歌词
都是这名衙役从前所干的违法乱纪之事，这人大吃一惊，后悔不迭。

　　3.64　苏州，贞元中有义师，状如风狂。有百姓起店十余
间，义师忽运斤坏其檐①，禁之不止。其人素知其神，礼曰：
"弟子活计赖此。"顾曰："尔惜乎？"乃掷斤于地而去。其夜
市火，唯义师所坏檐屋数间存焉。常止于废寺殿中，无冬夏
常积火，坏幡、木象悉火之。好活烧鲤鱼，不待熟而食。垢
面不洗，洗之辄雨，吴中以为雨候。将死，饮灰汁数斛②，乃
念佛而坐，不复饮食。百姓日观之，坐七日而死。时盛暑，
色不变，支不摧③。安国寺僧熟地④，常烧木佛，往往与人语，
颇知宗要⑤，寺僧亦不之测。

【注释】

①斤：斧头一类的工具。

②斛(hú)：量器名。后来也作为容量单位，南宋以前，以十斗为一斛。

③支：后作"肢"。摧：摧折，折断。

④安国寺僧熟地：宋赞宁《宋高僧传》卷二〇："又京兆安国寺僧事迹不常，熟地而烧木佛，所言人事，必无虚发。此亦不测之僧也。"安国寺，宋王溥《唐会要》卷四八"寺"："安国寺　长乐坊。景云元年九月十一日，敕舍龙潜旧宅为寺，便以本封安国为名。……安国寺　宣教坊。本节愍太子宅。神龙二年，立为崇恩寺，后改为卫国寺。景云元年十二月六日，改为安国寺。"按，本书X5.17条记载有"长乐坊安国寺"，本条中的安国寺似亦指长乐坊之安国寺。

⑤要：要旨。

【译文】

贞元年间，苏州有个名叫义师的和尚，样子疯疯癫癫的。有一家人盖了十余间店铺，义师忽然抢起斧头砍坏了屋檐，挡也挡不住。主人一向知晓他的神异，就施礼说："弟子的生计全靠这几间店铺呢。"义师看了他一眼说："你疼惜了？"于是把斧子扔在地上扬长而去。当天夜里，市内起了火灾，结果只有义师损坏的几间店铺没被烧毁。义师经常住在废弃的寺院佛殿中，不管冬夏都煨着一堆火，寺里的坏幡、木像都拿来当柴烧了。喜欢活烧鲤鱼，不等烧熟就吃了。脸脏了也经常不洗，他一洗脸，天就要下雨，吴中一带的人把这当作下雨的前兆。将要去世的时候，他喝了几斛灰汁，念佛打坐，不再进食。当地百姓每天都去看他，趺坐七天后圆寂了。当时正值盛夏，他的面色一点没变，手脚也没什么变化。另外，京城安国寺和尚熟地，经常烧木佛像，平素和人交谈，很懂得佛法要旨，寺里的和尚也不知道他的道行究竟有多深。

3.65 睿宗初生含凉殿①,则天乃于殿内造佛事②,有玉像焉。及长,闲观其侧,玉像忽言:"尔后当为天子。"

【注释】

①睿宗初生含凉殿:宋王溥《唐会要》卷一:"睿宗玄真大圣大兴孝皇帝讳旦(高宗第八子,母曰则天顺圣皇后武氏),龙朔二年六月一日,生于蓬莱宫含凉殿。"

②佛事:佛像。

【译文】

睿宗李旦在含凉殿出生的时候,武则天就在殿中建造佛像,其中有一尊玉制佛像。睿宗稍大些了,有一天在玉佛旁边随便看看,玉佛忽然开口对他说:"你以后要当皇帝。"

前集卷四

境异

【题解】

　　境异者,四境之异。本篇共计三十二条,记载四境诸部族和外国之异人异事、奇风异俗,是研究古代民俗文化的重要资料。异人如人死而心不朽百年化为人的无啟民,岭南溪洞中的飞头獠子,南方的解形之民;异俗如牂牁獠死则竖棺埋葬,武陵蛮安葬时以笋向天"刺北斗",等等,奇之又奇,古所盛传。本篇各条多本自《山海经》、西汉刘安《淮南子》、晋张华《博物志》、干宝《搜神记》、王子年《拾遗记》,以及《魏书·獠传》《隋书·地理志》等典籍,具有鲜明的地理博物志怪特征。

　　4.1 东方之人鼻大,窍通于目①,筋力属焉。南方之人口大,窍通于耳。西方之人面大,窍通于鼻。北方之人,窍通于阴,短颈。中央之人,窍通于口。

【注释】

①窍:身体眼、耳、口、鼻诸器官的孔洞。

【译文】

东方的人鼻子大,体窍都与眼睛相通,筋力强健。南方的人嘴巴大,体窍都与耳朵相通。西方的人脸大,体窍都与鼻子相通。北方的人,体窍都和阴部相通,脖子短。中央地区的人,体窍和嘴巴相通。

4.2 无启民^①,居穴食土。其人死,其心不朽,埋之,百年化为人。录民,膝不朽^②,埋之,百二十年化为人。细民,肝不朽,埋之,八年化为人。

【注释】

①无启民:《山海经·海外北经》:"海外自东北陬至西北陬者,无臂之国,在长股东,为人无臂。"袁珂注:"当从《广雅》作无启,无启,无继也,正高诱注《淮南子》所谓'其人盖无嗣也'之义。无嗣而有国,当因其人能如郭(按,郭璞)注所云'死百廿岁乃复更生',实不死也。"按,本条所载,见于晋张华《博物志》卷二:"无启民,居穴食土,无男女。死埋之,其心不朽,百年还化为人。细民国,其肝不朽,百年而化为人。皆穴居处,二国同类也。"

②录民,膝不朽:《太平御览》卷七九七引《外国图》:"录民,穴居食土,无夫妇,死则埋之,肺不朽,百二十年复生,去玉门万一千里。"据此,"膝"字应作"肺"字。

【译文】

无启国人,住在洞穴里,吃土。人死以后,心脏不腐烂,埋葬之后,经过百年又变成人。录人,死后肺不腐烂,埋葬之后,经过一百二十年又变成人。细国人,死后肝不腐烂,埋葬之后,经过八年又变成人。

4.3 息土人美^①,耗土人丑^②。

【注释】

①息土:肥沃的土地。

②耗土:贫瘠的土地。《大戴礼记·易本命》:"坚土之人肥,虚土之人大,沙土之人细,息土之人美,耗土之人丑。"

【译文】

肥沃的土地,人长得美丽;贫瘠的土地,人长得丑陋。

4.4 帝女子泽①,性妒,有从婢,散逐四山,无所依托。东偶狐狸,生子曰殃。南交猴,有子曰溪。北通玃猳②,所育为伦。

【注释】

①帝:许逸民《酉阳杂俎校笺》:"'帝'疑即高辛氏,以下叙事或即盘瓠之衍变。"盘瓠之事,详见《后汉书·南蛮西南夷传》,参4.26条注⑤。

②玃猳(jué jiā):野兽名。玃,类似猕猴的野兽。猳,公猪。

【译文】

帝君的女儿名叫子泽,生性爱嫉妒,把随嫁的婢女都赶到遥远的四方山川,她们无法生存。到了东面的婢女做了狐狸的妻子,生下儿子名叫殃。南面的和猴子交配,有个儿子名叫溪。北面的和玃猳交配,生育的孩子叫伦。

4.5 突厥之先曰射摩①。舍利海有神,在阿史德窟西②。射摩有神异,海神女每日暮,以白鹿迎射摩入海,至明送出,经数十年。后部落将大猎,至夜中,海神女谓射摩曰:"明日猎时,尔上代所生之窟,当有金角白鹿出,尔若射中此鹿,毕形与吾来往③，或射不中，即缘绝矣。"至明入围，果所生窟中有白鹿金角起，射摩遣其左右固其围，将跳出围，遂煞之④。射摩怒，遂手斩呵咃首领⑤，仍誓之曰："自煞此之后，须以人祭天，即取阿咃部落子孙斩之以祭也。"至今突厥以人祭纛⑥，常取阿咃部落用之。射摩既斩阿咃，至暮还，海神女报射摩曰："尔手斩人，血气腥秽，因缘绝矣。"

【注释】

①突厥：古代阿尔泰山一带的游牧民族。北魏拓跋焘灭沮渠氏，有阿史那以五百家奔投柔然，居于金山（阿尔泰），其山形似兜鍪，方言称兜鍪为突厥，因此其部名为突厥。隋唐之际，突厥占有漠北之地，东西万里，分为东西二部，后为回纥所灭。按，关于本条，可参孟慧英《鹿神与鹿神信仰》（《内蒙古社会科学》1998 年第 4 期）："在史籍中，就目前所见最早的关于鹿神的记载出现在唐代段成式的《酉阳杂俎》卷四《境异》上……这个故事揭示了萨满文化的三个线索，一是水和鹿神相融一体的关系。萨满神话中重要的一类宇宙神是产生于宇宙海中的，就像满族神话中由宇宙海中的泡泡凝化而成第一宇宙生命天神阿布卡赫赫一样，许多民族的天神都源出于水而生养在水中（如水鸟、洗浴的仙女等），水作为宇宙生力总源，成了与神灵相伴的必要背景。当然这一信仰也同样应用到祖先神灵和一般神灵身上。这是一个较完整的水中鹿神话，保持了萨满教'信水'的自然宗教色彩。二是英雄与神女的圣婚，鹿妻的故事普遍流传于萨满文化区域之内，它是萨满领神观念的遗留，它还与射杀鹿体来领鹿神灵魂的巫术有关。三是祭祀鹿与祭天有关，事实上直到当代在某些部落群体中仍然把鹿看作天神，祭天是以祭鹿为象征的。"

②阿史德：突厥如善可汗之后裔，别号阿史德，因以为氏。

③毕形：毕生，终生。

④煞：杀死。

⑤呵咥(shì)：后文又作"阿咥"，突厥部落名。

⑥纛(dào)：军中的大旗。

【译文】

突厥的祖先名叫射摩。舍利海有海神，在阿史德窟西边。射摩有神异的能力，海神的女儿每到黄昏，骑着白鹿迎接射摩进入海中，天亮又送他出海，这样一直过了几十年。后来部落将要进行大规模狩猎，半夜时分，海神女儿对射摩说："明天打猎的时候，你的祖先出生的洞窟会有一头金角白鹿跑出来，你如果射中这头鹿，就可以终生和我来往，要是射不中，我们的缘分就断绝了。"到天亮开始围猎，果然祖先出生的洞窟有一只白鹿的金色鹿角露出来，射摩派遣手下加强包围，白鹿将要跃出包围圈，手下就杀死了它。射摩大怒，于是亲手斩杀了阿咥部落首领，并且立誓说："从杀了这头白鹿起，必须用人祭天，就把阿咥部落的子孙杀死来祭祀。"到现在突厥以人祭旗，还常用阿咥部落的人。射摩斩杀阿咥部落首领之后，到黄昏回来，海神女儿对他说："你的手杀了人，血气腥秽，我们的缘分就此断绝了。"

4.6 突厥事祆神①，无祠庙，刻毡为形，盛于皮袋。行动之处，以脂酥涂之，或系之竿上，四时祀之。

【注释】

①祆(xiān)：拜火教之神名。其教源于古波斯，传为琐罗亚斯德创立。

【译文】

突厥奉祀祆神，没有祠庙，用毛毡制成祆神形象，装在皮袋里。每到迁徙之处,就用奶脂酥油涂抹,或者把神像系在竿上,一年四季都进行祭祀。

4.7 坚昆部落①,非狼种,其先所生之窟,在曲漫山北,自谓上代有神与牸牛交于此窟②。其人发黄,目绿,赤髭须③。其髭髯俱黑者,汉将李陵及其兵众之胤也④。

【注释】

①坚昆:又称"鬲昆"、"结骨",古部落名。唐时称黠戛斯,其地在今俄罗斯叶尼塞河上游。

②牸(zì):雌性牲畜。

③髭(zī):上嘴唇的胡子。

④李陵(? —前74):字少卿,陇西成纪(今甘肃秦安)人。名将李广之孙。汉武帝天汉二年(前99)败于匈奴,遂降之。单于把女儿嫁给他,立为右校王。死于匈奴。胤(yìn):后代。

【译文】

坚昆部落并非狼的后裔,其部落祖先出生的洞窟,在曲漫山以北,他们自称上代有神和母牛在这个洞窟中交配繁衍。坚昆人头发是黄色的,眼睛是绿色的,胡须是红色的。那些胡须全黑的人,则是汉代大将李陵和他的士兵的后代。

4.8 西屠①,俗染齿令黑。

【注释】

①西屠:南方古国名。其地在今越南。北魏郦道元《水经注》卷三六:"郁水又南自寿泠县注于海。昔马文渊积石为塘,达于象浦,

建金标为南极之界……《林邑记》曰：建武十九年，马援树两铜柱于象林南界，与西屠国分，汉之南疆也。"

【译文】

西屠国的风俗，把牙齿染黑。

4.9 獠在牂牁①。其妇人七月生子②。死则竖棺埋之③。

【注释】

①獠(liáo)：古代西南少数民族。牂牁(zāng kē)：汉代郡名。其地在今贵州、云南一带。

②七月生子：晋张华《博物志》卷二："荆州极西南界至蜀，诸民曰獠子，妇人妊娠七月而产。临水生儿，便置水中，浮则取养之，沉便弃之，然千百多浮。"

③死则竖棺埋之：《魏书·獠传》："獠者，盖南蛮之别种，自汉中达于邛、筰，川洞之间，所在皆有。……死者竖棺而埋之。"

【译文】

獠族居住在牂牁。那里的妇女怀胎七月就生孩子。人死了用竖棺埋葬。

4.10 木耳夷①，旧牢西②，以鹿角为器。其死则屈而烧之，埋其骨。

【注释】

①木耳夷：古代西南族名。北魏郦道元《水经注》卷三六："温水又西经昆泽县南，又经味县，县，故滇国都也。诸葛亮讨平南中，刘禅建兴三年，分益州郡置建宁郡于此。水侧皆是高山，山水之

间,悉是木耳夷居,语言不同,嗜欲亦异。"张增淇《试释西南古代民族的几种特殊习俗》(见《中国西南民族考古》):"……按木耳即木耳环,晋宁石寨山青铜器上的纳贡人物图像中即有佩戴此耳环者。其耳环甚大,多下垂至肩,原为木制,故名木耳。"

②旧牢:废牢州。《旧唐书·地理志三》:"义泉 隋旧。于县置牢州。贞观十七年,废牢州,以义泉属夷州。"唐代夷州,治所在今贵州遵义绥阳。

【译文】

木耳夷,居住在废牢州西部,用鹿角制作器具。人死了,先把尸体蜷曲起来火化,然后埋葬骨头。

4.11 木耳夷人,黑如漆,小寒则掊沙自处[①],但出其面。

【注释】

①掊(póu):用手扒土。

【译文】

木耳夷人,皮肤黑得像漆一样,天气稍冷,就扒拉沙土把自己掊起来,只露出脸部。

4.12 木饮州[①],珠崖一州,其地无泉,民不作井,皆仰树汁为用。

【注释】

①木饮州:北宋乐史《太平寰宇记》卷一六九:"(文昌县废旧崖州)汉武帝元鼎六年,平吕嘉,开南海,置珠崖、儋耳二部。崖岸之边出真珠,故云珠崖。……贞观元年置都督府,督崖、儋、振三州

……其俗以土为金，器用瓠瓢，无水，人饮木汁，谓之木饮。州无
马与虎，有牛、羊、鸡、犬。"

【译文】

木饮州是珠崖郡的一个州，那里没有泉水，当地人也不打井，都仰
赖树汁作饮用水。

4.13 木濮①，尾若龟，长数寸。居木上，食人。

【注释】

①木濮：古代西南族名。唐杜佑《通典》卷一八七："尾濮，汉魏以后
在兴古郡(今云南郡地)西南千五百里徼外。其人有尾，长三四
寸，欲坐辄先穿地为穴，以安其尾，尾折便死。居木上，食
人。……按，木濮即尾濮也。"按，关于本条，可参张增淇《试释西
南古代民族的几种特殊习俗》(见《中国西南民族考古》)："古代
所说的'食人'、'啖人'，大概是对一些后进民族'猎头'习俗的误
解。其实，猎头民族所取之头是用来祭祀的，并非食人。而且被
猎之人，又是仇家村寨或过路行旅。……凡能猎得人头者，头人
以酒祝贺。后将人头绑在一个木桩上，由巫师举行祭祀仪式。
古代滇池区域的少数民族亦有猎头习俗，在青铜器上不止一处
看到这类图像。"

【译文】

木濮人有尾巴，就像乌龟一样，有几寸长。他们住在树上，吃人。

4.14 阿萨部①，多猎虫鹿②，剖其肉，重叠之，以石压沥
汁，税波斯、拂林等国米及草子③，酿于肉汁之中，经数日，即
变成酒，饮之可醉。

【注释】

①阿萨：即可萨，突厥部落名。《旧唐书·西戎传》："波斯国，在京师西一万五千三百里，东与吐火罗、康国接，北邻突厥之可萨部。"

②虫鹿：泛指动物。虫，古代对动物的通称。

③税：征收。这里是购买的意思。拂林：罗马之讹音，西域古国名。汉代称大秦（即古罗马帝国），隋唐时称作拂林，在今西亚及地中海沿岸一带。唐释玄奘《大唐西域记》卷十一："（波剌斯国）西北接拂懔国，境壤风俗，同波剌斯。形貌语言，稍有乖异，多珍宝，亦富饶也。"

【译文】

　　阿萨部人，猎获很多动物，割下肉重叠堆放在一起，用石头压榨肉汁，从波斯、拂林等国买来米和草籽，放进肉汁里发酵，过上几天，肉汁就变成酒了，喝了也会醉。

　　4.15 孝亿国界①，周三千余里。在平川中，以木为栅，周十余里，栅内百姓二千余家。周国大栅五百余所。气候常暖，冬不凋落，宜羊马，无驼牛②。俗性质直，好客侣。躯貌长大，塞鼻黄发③，绿眼赤髭，被发④，面如血色。战具唯稍一色。宜五谷，出金铁。衣麻布。举俗事祆，不识佛法。有祆祠三百余所，马、步、甲兵一万。不尚商贩，自称孝亿人。丈夫、妇人俱佩带。每一日造食，一月食之，常吃宿食。

【注释】

①孝亿国：西域古国名。在今非洲北部地区。

②驼牛：长颈鹿。《续博物志》卷十："拨拨力国有异兽，名驼牛。皮

似豹,蹄类牛,无峰,项长九尺,高一丈余。"

③褰(qiān)鼻:鼻朝上。

④被:"披"的古字。

【译文】

孝亿国的国境周长三千多里。在平原上,用木头做成栅栏,周长十多里,栅栏内居住两千多户人家。全国有这样的大栅栏五百多所。气候四季温暖,冬天草木也不凋零,适宜养羊和马,但没有长颈鹿。当地人生性质朴坦诚,热情好客。身材十分高大,鼻子朝上,黄色头发,绿色眼珠,红色髭须,披散头发,脸红如血。只有槊这一种武器。水土适宜五谷生长,出产金、铁矿。穿着麻布衣服。都信奉祆神而不知佛法。有祆神祠庙三百多所,马兵、步兵、甲兵一万人。不看重商贩,自称为孝亿人。男女都佩戴各种饰物。每做一天时间的饭,要吃一个月,经常吃陈饭。

4.16 仍建国①,无井及河涧,所有种植,待雨而生。以紫矿泥地②,承雨水用之。穿井即若海水又咸。土俗俟海潮落之后,平地为池,收鱼以作食。

【注释】

①仍建国:北非古国名。

②紫矿:一种树脂。参见18.44条。

【译文】

仍建国没有水井和河涧,所有种植的作物都靠天下雨而生长。用紫矿涂刷地面以防渗透,收集雨水以供饮用。挖井出水就像海水一样,也是咸的。当地风俗,等海水落潮之后,在平地上弄些水池,捕鱼当作食物。

4.17 婆弥烂国①,去京师二万五千五百五十里。此国西有山,巉岩峻险②,上多猿,猿形绝长大,常暴田种,每年有二三十万。国中起春以后,屯集甲兵,与猿战。虽岁杀数万,不能尽其巢穴。

【注释】

①婆弥烂:或作"波谜罗",西域古国名。其地在今帕米尔。唐释玄奘《大唐西域记》卷十二:"(商弥国)国境东北,逾山越谷,经危履险,行七百余里,至波谜罗川。"

②巉(chán)岩:险峻的山岩。

【译文】

婆弥烂国,距离京城二万五千五百五十里。这个国家西部有山,非常险峻,山上有很多猿猴,体形极为高大,经常毁坏田间作物,每年多达二三十万只。该国每当开春以后,集中兵力和猿猴作战。虽然每年杀掉几万只,仍然不能赶尽杀绝。

4.18 拨拔力国①,在西南海中,不食五谷,食肉而已。常针牛畜脉取血,和乳生食。无衣服,唯腰下用羊皮掩之。其妇人洁白端正,国人自掠,卖与外国商人,其价数倍。土地唯有象牙及阿末香②,波斯商人欲入此国,团集数千,赍綵布③,没老幼共刺血立誓,乃市其物。自古不属外国。战用象牙排、野牛角为矟、衣甲、弓矢之器,步兵二十万。大食频讨袭之④。

【注释】

①拨拔力:古国名。其地在今非洲索马里北岸的柏培拉。

②阿末香:阿拉伯语音译,即龙涎香。抹香鲸病胃的一种分泌物,
以得于海外,故称"龙涎"。(美)爱德华·谢弗《唐代的外来文
明》一书有考证。

③绁布:绁(dié)布。刘传鸿《〈酉阳杂俎〉校证:兼字词考释》:"从文
义看,此处当以'绁'为是,指西国之布。"

④大食:古国名。即穆罕默德所建立的阿拉伯帝国。我国史书据
波斯语称为大食。

【译文】

拔拔力国地处西南海滨,不吃五谷,只吃肉食。习惯用针扎牛畜的
血管采血,和着奶生喝。不穿衣服,只用羊皮遮住下身。那里的妇女皮
肤白皙,五官端正,本国人就自己抢来卖给外国商人,价钱比国内要翻
好几倍。当地出产只有象牙和阿末香,波斯国商人想要进入这个国家
交易,聚集了几千人,带着绁布,不分男女老幼都刺血立誓,才买到该国
的东西。自古以来不附属于他国。作战时用象牙排、野牛角制作长矛、
弓矢、铠甲等器具,步兵有二十万人。大食国经常侵袭该国。

4.19昆吾国①,累墼为丘②,象浮屠,有三层,尸干居上,
尸湿居下。以近葬为至孝。集大毡屋,中悬衣服彩缯,哭
祀之。

【注释】

①昆吾国:西域古国名。唐时为伊州,今新疆哈密。

②墼(jī):土坯。

【译文】

昆吾国,堆砌土坯成小山丘,像佛塔,有三层,尸体干了就放在上
层,尸体未干就放在下层。把近处埋葬先人看成是最孝的行为。人们

聚集在大毡屋里,中间悬挂着衣服和彩色丝织品,哭着祭祀逝者。

4.20 龟兹国,元日斗牛、马、驼为戏,七日观胜负,以占一年羊马减耗繁息也。

【译文】

龟兹国,正月初一举行斗牛、斗马、斗骆驼的活动,持续七天,观察胜负,以此来占卜一年中牲畜损耗或繁衍的情况。

4.21 婆罗遮[①],并服狗头、猴面,男女无昼夜歌舞。八月十五日,行像及透索为戏[②]。

【注释】

①婆罗遮:梵语音译,又称"飒磨遮"、"苏摩遮"、"苏幕遮",本西域乞寒戏(一种面具舞),后来传入中原,唐时为教坊曲,盛行于两京地区。张说《苏摩遮》:"摩遮本出海西胡,琉璃宝服紫髯须。闻道皇恩遍宇宙,来将歌舞助欢娱。"

②行像:也称"行城",用宝车载着佛像巡行城市大街的一种宗教仪式,多在佛诞日举行。唐释玄奘《大唐西域记》卷一:"诸僧伽蓝庄严佛像,莹以珍宝,饰之锦绮,载诸辇舆,谓之行像。"透索:即今之跳绳。

【译文】

跳婆罗遮舞时,人们都戴上狗头猴脸面具,男女不分昼夜地唱歌跳舞。八月十五日,抬着佛像在大街上游行,玩跳绳为乐。

4.22 焉耆国[①],元日、二月八日,婆摩遮[②];三日野祀;四月十五日游林;五月五日弥勒下生③;七月七日祀先祖;九月九日床撒④;十月十日王为猒法⑤,王领家出宫,首领代王焉,一日一夜,处分王事;十月十四日,每日作乐至岁穷。

【注释】

①焉耆国:又作"阿耆尼",西域古国名。其地在今新疆焉耆。唐释玄奘《大唐西域记》卷一:"阿耆尼国东西六百余里,南北四百余里。国大都城周六七里,四面据山,道险易守。"

②婆摩遮:即上条中"婆罗遮"。

③弥勒:菩萨名。"弥勒"本是其姓氏的音译,其名为阿逸多,意为无能胜。姓名合起来,意思是慈悲无人能胜过他。佛教预言,将来释迦牟尼佛的教法灭尽之后,经过极为久远的时期,弥勒菩萨将在这个世界上成佛说法。在汉族地区的佛寺中,弥勒塑像为笑容可掬的大肚和尚,这是因为五代时期有个名叫契此的和尚,经常背着一个布袋,人称布袋和尚,相传为弥勒化身,所以就以他为原型塑造弥勒像来供奉,并在塑像两边悬挂一副对联:"大肚能容容天下难容之事;开口便笑笑世间可笑之人。"

④床撒:他本或作"麻撒",又或以为当作"麻撒",不详所指。

⑤猒(yā)法:即厌胜法,巫术之法。猒,同"厌(yā)"。

【译文】

焉耆国,在正月初一、二月初八,举行婆摩遮舞会;三日野外祭扫;四月十五日游玩树林;五月五日弥勒菩萨生日;七月七日祭祀祖先;九月九日床撒;十月十日国王做厌胜法事,国王带着全家出宫,部落首领代替国王,为时一天一夜,负责处理国事;十月十四日起,每天都会奏乐,一直到年终。

4.23 拔汗那①，十二月及元日，王及酋领分为两朋，各出一人著甲，众人执瓦石棒杖，东西互击，甲人先死即止，以占当年丰俭。

【注释】

①拔汗那：西域古国名。汉代称大宛，隋代称钹汗。唐释玄奘《大唐西域记》卷一有"怖捍国"，即此国。其地在今中亚费尔干纳盆地，分属乌兹别克斯坦和吉尔吉斯斯坦。

【译文】

拔汗那国，十二月及正月初一，国王和部落首领分成两队，每队出一人，身穿铠甲，众人拿着瓦块、石头、棍棒，攻击对方穿铠甲的人，有一方铠甲人先被打死，活动就结束，用这种办法占卜当年是丰收还是歉收。

4.24 苏都识匿国①，有夜叉城。城旧有野叉②，其窟见在。人近窟住者五百余家。窟口作舍，设关籥③。一年再祭。人有逼窟口，烟气出，先触者死，因以尸掷窟口。其窟不知深浅。

【注释】

①苏都识匿国：又名"东曹国"，西域古国名。在今塔吉克斯坦西北部。《新唐书·西域传下》："东曹，或曰率都沙那，苏对沙那，劫布呾那，苏都识匿，凡四名。居波悉山之阴，汉贰师城地也。"

②野叉：即夜叉。见3.39条注①。

③关籥(yuè)：门和锁钥。

【译文】

苏都识匮国有座夜叉城。城里过去有夜叉,夜叉住过的洞窟还在。靠近洞窟居住的有五百多家。洞口建有房舍,有门和锁钥。每年到洞窟祭祀两次。人如果逼近洞口,洞中的烟气就冒出来,先被熏着的就会死去,于是就把尸体从洞口扔下去。那个洞窟不知有多深。

4.25　马伏波有余兵十家不返^①,居寿泠县^②,自相婚姻,有二百户。以其流寓,号马流,衣食与华同。山川移易,铜柱入海,此民为识耳。亦曰马留。

【注释】

①马伏波:即为马援(前14—49),字文渊,扶风茂陵(今陕西兴平东北)人。东汉建武十七年(41)拜伏波将军,南击交趾。

②寿泠(líng)县:其地在今越南广治北。北魏郦道元《水经注》:"郁水又南自寿泠县注于海。昔马文渊积石为塘,达于象浦,建金标为南极之界。《俞益期笺》曰:马文渊立两铜柱于林邑岸北,有遗兵十余家不反,居寿泠岸南而对铜柱,悉姓马,自婚姻,今有二百户。交州以其流寓,号曰马流。言语饮食,尚与华同。山川移易,铜柱今复在海中,正赖此民,以识故处也。"

【译文】

马伏波将军南征时,剩有十家士兵没有北返内地,留居在寿泠县,内部通婚,到现在繁衍到两百户人家。因为他们全都姓马,又流寓南方,所以称作马流,服饰饮食与中华相同。历时长久,山河变易,马援当年立作界标的铜柱已经没入海中,只有这些马流人才能找到它的位置。也叫作马留。

4.26 峡中俗^①，夷风不改。武宁蛮好著芒心接离^②，名曰苄绥^③。尝以稻记年月。葬时以笄向天^④，谓之刺北斗。相传盘瓠初死^⑤，置于树，以笄刺之下^⑥，其后化为象。

【注释】

①峡：三峡。

②武宁：应即武陵，今湖南、湖北、贵州及重庆交界地区。接离：也作"接篱"，帽子。

③苄绥（suí）：刘传鸿《〈酉阳杂俎〉校证：兼字词考释》："芒心接离当指由芒草之心制成的接离，芒乃多年生草本植物，状如茅，俗称'巴茅'，基于此，我们认为此处当从《隋书》作'茅'，'苄'乃其形误。"

④笄（jī）：古代男女盘头发或是男子别帽子用的簪子。

⑤盘瓠（hù）：神话中帝高辛氏的狗，传为蛮夷的始祖。《后汉书·南蛮西南夷传》："昔高辛氏有犬戎之寇，帝患其侵暴，而征伐不克，乃访募天下，有能得犬戎之将吴将军头者，购黄金千镒，邑万家，又妻以少女。时帝有畜狗，其毛五采，名曰盘瓠。下令之后，盘瓠遂衔人头造阙下，群臣怪而诊之，乃吴将军首也。……帝不得已，乃以女配盘瓠。盘瓠得女，负而走入南山，止石室中。……经三年，生子一十二人，六男六女。盘瓠死后，因自相夫妻。……其后滋蔓，号曰蛮夷。……今长沙武陵蛮是也。"

⑥以笄刺之下：《隋书·地理志下》："当葬之夕，女婿或三数十人，集会于宗长之宅，著芒心接篱，名曰茅绥。各执竹竿，长一丈许，上三四尺许犹带枝叶。其行伍前却皆有节奏，歌吟叫呼，亦有章曲。传云：盘瓠初死，置之于树，乃以竹木刺而下之，故相承至今，以为风俗。隐讳其事，谓之'刺北斗'。"按，从引文，"笄"解作"竹竿"。

【译文】

三峡一带,不改蛮夷风俗。武陵的蛮子喜欢戴着芒心草帽,名叫茅绥。曾以水稻的生长来纪年月。人死安葬时,把束发的簪子指向天空,叫作刺北斗。相传始祖盘瓠死的时候是在树上,用竹竿才把尸体拨弄下来,以后就成为风俗仪式。

4.27 临邑县有雁翅泊①,泊旁无树木。土人至春夏,常于此泽罗雁鸟,取其翅,以御暑。

【注释】

①临邑县:唐属齐州济南郡,今属山东。

【译文】

临邑县有个雁翅泊,湖泊周围没有树木。当地人到了春夏季节,经常到这里用网捕捉大雁,割下翅膀当扇子,来对付暑热。

4.28 乌秅西有悬渡国①,山溪不通,引绳而渡,朽索相引二千里。其土人佃于石间②,垒石为室,接手而饮③,所谓猿饮也。

【注释】

①乌秅(yā ná):与"悬渡国"皆西域古国名。其地在今克什米尔洪札河流域。《汉书·西域传上》:"乌秅国,王治乌秅城,去长安九千九百五十里。……山居,田石间,有白草。累石为室,民接手饮。出小步马,有驴无牛。其西则有县度……县度者,石山也,溪谷不通,以绳索相引而度云。"

②佃(tián):耕作。

③接手：捧手。

【译文】

　　乌秅国西有悬渡国，溪谷阻隔，就在两山之间架起溜索交通往来，用过的绳子牵连起来有两千里长。当地人在石头间耕作，用石头垒成房子，用手捧着水喝，这就是所说的猿饮。

　　4.29 鄯善之东①，龙城之西南②，地广千里，皆为盐田。行人所经，牛马皆布毡卧焉。

【注释】

①鄯善：西域古国名。本名楼兰，西汉元凤四年（前77）改名鄯善。隋大业五年（609）置鄯善郡，治所在鄯善城（今新疆若羌）。

②龙城：北魏郦道元《水经注》卷二："河水又东注于泑泽，即《经》所谓蒲昌海也。水积鄯善之东北，龙城之西南。龙城，故姜赖之虚，胡之大国也，蒲昌海溢，荡覆其国，城基尚存而至大，晨发西门，暮达东门。澒其崖岸，余溜风吹，稍成龙形，皆西面向海，因名龙城。地广千里，皆为盐而刚坚也。行人所经，畜产皆布毡卧之。"

【译文】

　　鄯善的东面，龙城的西南，土地方圆千里，都是盐田。行人所到之处，牲畜都要铺上毛毡睡卧。

　　4.30 岭南溪洞中①，往往有飞头者，故有飞头獠子之号。头将飞一日前，颈有痕，匝项如红缕，妻子遂看守之。其人及夜，状如病，头忽生翼，脱身而去，乃于岸泥寻蟹蚓之类食之。将晓飞还，如梦觉，其腹实矣。

　　梵僧菩萨胜又言,阇婆国中有飞头者②,其人目无瞳子,聚落时有一人据。

　　干氏《志怪》③:"南方落头民,其头能飞。其俗所祠,名曰虫落,因号落头民。吴朱桓有一婢④,其头夜飞⑤。"

【注释】

①岭:五岭。

②阇(shé)婆国:又名"诃陵"、"社婆",南海古国名。其地在今印度尼西亚。

③干氏:即为干宝(？—336),字令升,新蔡(今属河南)人。晋朝文学家,著述甚丰。其人性好阴阳术数,集古今怪异非常之事,成《搜神记》一书。

④朱桓(177—238):字休穆,吴郡吴(今苏州)人。

⑤其头夜飞:东晋干宝《搜神记》卷十二:"秦时,南方有落头民,其头能飞。其种人部有祭祀,号曰'虫落',故因取名焉。吴时,将军朱桓得一婢,每夜卧后,头辄飞去,或从狗窦,或从天窗中出入,以耳为翼。将晓复还。"

【译文】

　　岭南的溪涧山洞中,常常有头会飞的人,所以有飞头獠子的名号。头将要飞走的前一天,颈部有痕迹,绕脖子一圈就像红线,妻子儿女便看守着他。到晚上,那人看样子就像生病了,头上忽然长出翅膀,离开身体就飞走了,在河岸边的淤泥中寻找螃蟹、蚯蚓之类的东西来吃。快天亮时头飞回来,这人就像做梦刚刚醒来,肚子已经很饱了。

　　梵僧菩萨胜又说,阇婆国有头会飞的人,这种人眼睛没有瞳仁,头飞回来时有一个人帮他安放好。

　　干宝《搜神记》:"南方有落头民,头会飞。当地祀奉的神名为虫落,所以叫作落头民。吴国朱桓有一个婢女,她的头夜晚会飞。"

4.31 王子年《拾遗记》言[①]:"晋武时[②],因墀国使言[③],南方有解形之民[④],能先使头飞南海,左手飞东海,右手飞西泽。至暮,头还肩上,两手遇疾风,飘于海水外。"

【注释】

①王子年:即为王嘉,字子年,陇西安阳(今甘肃秦安)人。著有《拾遗记》,历述各代逸事,上自庖牺,下至石赵,尽为神话和传说之类。按,本条所载,见于《拾遗记》卷九:"因墀国献五足兽,状如师子……对曰:'东方有解形之民,使头飞于南海,左手飞于东山,右手飞于西泽,自脐以下,两足孤立。至暮,头还肩上,两手遇疾风飘于海外,落玄洲之上,化为五足兽,则一指为一足也。其人既失两手,使傍人割里肉以为两臂,宛然如旧也。'因墀国在西域之北,送使者以铁为车轮,十年方至晋。"

②晋武:即为司马炎(236—290),字安世。司马昭之子。昭死,继为晋王,后废魏称帝,统一全国。

③因墀(chí)国:古国名。

④解形:身体分解。

【译文】

王子年《拾遗记》说:"晋武帝时,因墀国使者说,南方有解体人,能先让头飞到南海,左手飞到东海,右手飞至西边大泽。到晚上,头回到脖子上,两只手遇到狂风,飘飞到了海外。"

4.32 近有海客往新罗[①],吹至一岛上,满岛悉是黑漆匙箸。其处多大木,客仰窥,匙箸乃木之花与须也。因拾百余双还，用之，肥不能使。后偶取搅茶，随搅而消焉。

【注释】

①新罗：又称"斯罗"、"鸡林"，古国名。与百济、高句丽二国均在今朝鲜半岛。

【译文】

近来有出海的人前往新罗，被风吹到一个海岛，岛上全是黑漆的木筷。岛上有很多大树，那人抬头仰望，原来黑漆木筷是大树的花和木须。于是捡了一百多双带回，试用一下，太粗笨了，不好使。后来偶然用来搅拌茶水，随搅就随融化了。

喜兆

【题解】

喜兆,吉庆的兆头。本篇三则,均为唐人时事。

4.33 集贤张希复学士尝言①,李揆相公将拜相前一月②,日将夕,有虾蟆大如床,见于寝堂中,俄失所在。

又言,初授新州,将拜相,井忽涨水,深尺余。

【注释】

①集贤学士:职官名。《旧唐书·职官志二》:"集贤学士之职,掌刊
　缉古今之经籍,以辨明邦国之大典。凡天下图书之遗逸,贤才之
　隐滞,则承旨而征求焉。其有筹策之可施于时,著述之可行于代
　者,较其才艺而考其学术,而申表之。"张希复:字善继,深州陆泽
　(今河北深州)人。登进士第,历官集贤校理、集贤学士。按,张
　希复在本书中屡次出现,和本书作者段成式曾为集贤院同僚。
　本条所载,见于唐张读《宣室志》卷一:"李揆于乾元中为礼部侍
　郎,尝一日昼坐于堂之前轩,忽闻堂中有声极震,若墙圮。揆惊,
　入视之,见一虾蟆俯于地,高数尺,魁然殊状。揆且惊且异,莫穷

其来,即命家童以一缶盖之。客曰:'夫虾蟆者,月中之物,亦天使也。今天使来公堂,岂非上帝以荣命付公乎?'黎明启视之,已亡见矣。后数日,果拜中书侍郎平章事。"

②李揆(711—784):字端卿,郑州(今属河南)人。开元间进士及第。乾元二年(759)迁中书侍郎、同中书门下平章事、集贤殿崇文馆大学士,修国史,封姑臧县伯。相公:对宰相的尊称,后来也用于尊称级别较高的官员。

【译文】

集贤学士张希复曾经说,李揆相公将要拜相的前一个月,一天傍晚时分,有只像床那么大的虾蟆,出现在卧室里,一会儿又不见了。

又说,李相国刚到新州任职,将要拜相,水井忽然涨水了,涨深了一尺多。

4.34 郑纲相公宅①,在昭国坊南门②,忽有物投瓦砾,五六夜不绝。乃移于安仁西门宅避之,瓦砾又随而至。经久,复归昭国。郑公归心释门,禅室方丈③。及归,将入丈室,蟢子满室④,悬丝去地二尺,不知其数。其夕,瓦砾亦绝。翌日,拜相。

【注释】

①郑纲(752—829):字文明,郑州荥阳(今属河南)人。唐宪宗即位,拜中书侍郎、同中书门下平章事。

②昭国坊:和下文的"安仁(坊)",均为唐代长安城坊。

③方丈:一丈见方。后以方丈称佛寺住持。

④蟢(xǐ)子:或作"喜子",亦名"蟏蛸",一种长脚小蜘蛛。古人认为这种蜘蛛着于人衣,则有亲客至。

【译文】

郑絪相公的宅第,在昭国坊南门,忽然有什么东西向他家扔瓦砾,接连五六个晚上也不停歇。郑絪就搬到安仁坊西门的房子里去躲避,没想到这种怪事又跟过来了。过了很长时间,只好又搬回昭国坊。郑相公信仰佛教,家里有一丈见方的禅室。等回到昭国坊,准备进入禅室,发现满屋不计其数的蟢子,到处都悬着蛛丝网,离地有两尺。当晚,扔瓦砾的声音消失了。第二天,就拜相了。

4.35 成式见大理丞郑复说①:淮西用兵时②,刘沔为小将③,军头颇易之,每捉生踏伏④,沔必在数,前后重创,将死数四。后因月黑风甚,又令沔捉生。沔愤激深入,意必死。行十余里,因坐将睡,忽有人觉之,授以双烛,曰:"君方大贵,但心存此烛在,即无忧也。"沔后拜将,常见烛影在双旌上⑤。及不复见烛,乃诈疾归京。

【注释】

①大理丞:大理寺为掌管刑狱的机构,大理丞是大理寺属官,职掌分判大理寺事。《旧唐书·职官志三》:"(大理寺)卿一员,少卿二员。……正二人,丞六人,主簿二人,录事二人,府二十八人,史五十六人。"郑复:疑应作"郑复礼",与16.14条所言为同一人。

②淮西用兵:唐元和十年(815),彰义节度使吴元济发兵侵邻境,屠舞阳,焚叶县。朝廷发各道兵征讨,无功。十二年,任裴度为淮西处置使,李愬雪夜袭蔡州,擒吴元济送长安,斩于独柳树下。淮西,也称"淮右",在今安徽北部、河南东部的淮河北岸一带。

③刘沔(miǎn,784—848):徐州彭城(今江苏徐州)人。少事李光

颜,为帐中亲将,光颜讨吴元济,以刘沔为前锋。后官至节度使,以太子太保致仕。小将:即子将,唐代武职名。唐制,每军大将一人,副二人,总管四人,子将八人;子将掌布列行阵、金鼓及部署卒伍。

④捉生:捉俘虏。踏伏:潜伏。

⑤旌:军旗。

【译文】

我听大理丞郑复说:平定淮西之乱时,刘沔还只是名小将,长官很轻视他,每次执行捉俘虏和潜伏等任务,刘沔必定是其中一员,多次身受重伤,有几次还差点丢了命。后来,在一个月黑风高的夜晚,长官又命令刘沔去捉俘虏。刘沔心怀愤怒,深入敌后,心想这回死定了。走了十多里,坐着昏昏欲睡,忽然有人弄醒他,给了他一对蜡烛,说:"你会显贵的,只要心里想着这对蜡烛,就可以平安无事。"刘沔后来升为将军,经常看见军旗上有这对蜡烛的影子。等到军旗上看不见烛影的时候,他就假装生病,回到了京城。

祸兆

【题解】

祸兆三则,所记与前篇喜兆正好相反。也都是唐人时事。

4.36 杨慎矜兄弟富贵^①,常自不安。每诘朝礼佛像^②,默祈冥卫。或一日,像前土榻上聚尘三堆,如冢状^③。慎矜恶之,且虑儿戏,命扫去。一夕如初,寻而祸作^④。

【注释】

①杨慎矜(? —747):隋炀帝玄孙,父崇礼。玄宗以慎矜兄弟三人有父风,俱授以官。两《唐书》有传。

②诘朝:早晨。

③冢:坟墓。

④寻而祸作:《旧唐书·杨慎矜传》:"(天宝)五载,慎矜迁户部侍郎,中丞、使如故。林甫见慎矜受主恩,心嫉之……构成其罪。……(六载十一月二十五日)诏杨慎矜、慎余、慎名并赐自尽。"

【译文】

杨慎矜兄弟富贵,经常觉得心有不安。每天早晨礼佛,都默默祈祷神灵护祐。有一天,佛像前土榻上集了三堆尘土,像坟墓的形状。慎矜非常厌恶,又想可能是小孩子弄着玩,就让人扫掉。过了一晚,这种怪事又出现了,不久杨家就大祸临头了。

4.37 姜楚公皎①,常游禅定寺②,京兆办局甚盛③。及饮酒,座上一妓绝色,献杯整鬟,未尝见手,众怪之。有客被酒,戏曰:"勿六指乎?"乃强牵视。妓随牵而倒,乃枯骸也。姜竟及祸焉。

【注释】

①姜楚公皎:即为姜皎(673—722),秦州上邽(今甘肃天水)人。李隆基除太平公主,皎参预其事,迁殿中监,封楚国公。开元十年,因为泄露禁中语,杖流钦州,卒于道。两《唐书》有传。

②禅定寺:即大庄严寺。元骆天骧《类编长安志》卷五:"(大庄严寺)在永阳坊。隋初,置宇文氏别馆于此坊。仁寿三年,文帝为献后立为禅定寺。……武德元年,改为庄严寺。天下伽蓝之盛,莫与为比。"

③京兆:长安。这里指京兆尹。

【译文】

姜楚公皎曾去禅定寺闲游,京兆尹为他设下饭局,十分丰盛。饮酒的时候,座位上有一位妙妓,姿色绝代,但无论敬酒还是整理发髻的时候,总看不到她的手,大家很奇怪。有位客人酒醉了,开玩笑说:"别是六指吧?"于是强拉她的手要看看。结果一牵手妙妓就倒在地下,竟然是一具枯骨。姜楚公竟因此而遭遇大祸。

4.38 萧瀚初至遂州①,造二幡刹②,施于寺,设斋庆之。

斋毕,作乐,忽暴雷霹雳,刹各成数十片。至来年当雷霹日,
澣死。

【注释】

①遂州:今四川遂宁。唐文宗大和九年(835)七月,贬刑部侍郎萧
　　澣为遂州刺史,再降遂州司马。

②幡刹:即幡竿,寺前悬幡的柱子。

【译文】

　　萧澣初任遂州刺史的时候,制造了两根幡竿,布施给寺庙,并举行
斋戒仪式庆祝。仪式完毕,奏乐,突然响起雷暴霹雳,幡竿被劈成几十
个小段。到第二年,正值雷暴那天,萧澣就死了。

物革

【题解】

"革"者，变化之意。本篇共六条：塔影翻倒，石破飞鸟，鲙化蝴蝶，冰花如缬，柳叶化鱼，蔓菁变莲，均属异变，都是唐代的事情。

4.39 咨议朱景玄见鲍容说[1]，陈司徒在扬州[2]，时东市塔影忽倒。老人言，海影翻则如此。

【注释】

[1] 咨议：咨议参军。《旧唐书·职官志三》："亲王府：……咨议参军一人，正五品上。"朱景玄：吴郡人。元和初应进士举，曾任咨议，历翰林学士，官至太子谕德。唐代著名画论家。鲍容：疑即鲍溶，字德源。自称楚客，初隐江南山中，元和四年（809）登进士第，仕宦不显，客死三川。

[2] 陈司徒：《太平广记》卷三六三引《酉阳杂俎》作"陈少游"。陈少游（724—785），博州博平（今山东高唐西南）人。建中初，累进检校尚书左仆射，加同中书门下平章事。司徒，职官名。初为六卿之一，主管教化，汉哀帝时改丞相为大司徒。以后或为虚衔，或与朝政，明代废除。

【译文】

谘议朱景玄听鲍溶说，陈司徒在扬州的时候，当时东市的塔影忽然颠倒了。当地老人说，海影翻转就会这样。

4.40 崔玄亮常侍在洛中^①，常步沙岸，得一石子，大如鸡卵，黑润可爱，玩之。行一里余，砉然而破^②，有鸟大如巧妇^③，飞去。

【注释】

①崔玄亮(768—833)：字晦叔，磁州(今河北磁县)人。历密、湖、曹等州刺史，大和初入为太常少卿，拜谏议大夫。大和七年(833)授检校左散骑常侍、虢州刺史。

②砉(huā)然：象声词，破裂的声音。

③巧妇：鹪鹩的别称。

【译文】

崔玄亮常侍在洛中的时候，有一次在沙岸散步，拣到一块石头，有鸡蛋那么大，颜色黑润，惹人喜爱，就拿在手里赏玩。走了有一里多远，石头哗的一声破裂了，里面有只像鹪鹩大小的鸟儿飞了出去。

4.41 进士段硕^①，常识南孝廉者^②，善斫鲙。縠薄丝缕^③，轻可吹起，操刀响捷，若合节奏。因会客衒技^④，先起鱼架之，忽暴风雨，雷震一声，鲙悉化为蝴蝶飞去。南惊惧，遂折刀，誓不复作。

【注释】

①进士：唐代科举制度，应举者称作"举进士"，试毕放榜合格者称

作"成进士",凡试于礼部者,皆称作"进士"。

②孝廉:汉代选举官吏的两种科目,孝指孝悌之人,廉指廉洁之士。后来合称"孝廉",指被举荐的士人。

③縠(hú):绉纱一类的丝织品。

④衒(xuàn):同"炫",夸耀,卖弄。

【译文】

进士段硕,曾经认识一位姓南的孝廉,特别擅长切鱼片。切下的鱼片像绉纱一样薄,丝丝缕缕,轻盈得可以吹起来,用刀的声音响亮轻捷,如同音乐一般。有一次宴请宾客,他要炫耀自己的绝技,先把鱼放在架子上,开始切割,忽然狂风大作,暴雨倾盆,一声震雷,那些鱼片全都化成蝴蝶飞走了。南孝廉又惊又怕,于是封刀,发誓不再切鲙。

4.42 开成末①,河阳黄鱼池②,冰作花如缬③。

【注释】

①开成:唐文宗李昂年号(836—840)。

②河阳:今河南孟州。

③缬(xié):有花纹的丝织品。

【译文】

开成末年,河阳黄鱼池,冰花就像丝缬一样。

4.43 河阳城南百姓王氏,庄有小池,池边巨柳数株。开成末,叶落池中,旋化为鱼,大小如叶,食之无味。至冬,其家有官事。

【译文】

河阳城南有个姓王的人,庄园里有个小池塘,池塘边有几株高大的柳树。开成末年,柳叶落入池中,随即变成了鱼,就同叶子一般大小,吃起来也没有味道。到冬天,这家人遇上了官司。

4.44 婺州僧清简①,家园蔓菁②,忽变为莲。

【注释】

①婺(wù)州:今浙江金华。

②蔓菁:植物名。即芜青,俗称大头菜。

【译文】

婺州和尚清简,园子里种的蔓菁,忽然变成了莲。

诡习

【题解】

从内容上看,本篇"诡习"和下篇"怪术"、前集卷六"艺绝",记载的都是杂技方术之类。本篇共六条,所载之事或为乞丐足书,或是驯蝇虎作舞,或是弹弓成字,或是击钱贯豆,或是驯獭捕鱼,无不技艺奇巧,新人耳目,是关于那一时代社会生活细节的珍贵记录。

5.1 大历中①,东都天津桥有乞儿②,无两手,以右足夹笔写经乞钱。欲书时,先再三掷笔,高尺余,以足接之,未曾失落。书迹官楷,手书不如也。

【注释】

①大历:唐代宗李豫年号(766—779)。

②东都:洛阳。天津桥:洛水上的一座桥梁。唐李吉甫《元和郡县图志》卷五"洛阳县":"天津桥,在县北四里。隋炀帝大业元年初造此桥,以架洛水,用大缆维舟,皆以铁锁钩连之。南北夹路,对起四楼,其楼为日月表胜之象。然洛水溢,浮桥辄坏,贞观十四年更令石工累方石为脚。《尔雅》:'箕、斗之间为天汉之津。'故

取名焉。"乞儿:行乞的人。

【译文】

大历年间,东都洛阳天津桥上有个乞丐,没有手,用右脚夹笔抄写经文讨钱。要抄写的时候,先一次次把笔向上抛起一尺多高,然后用脚接住,从没掉过笔。他写的字是标准的楷书,比手写得还好。

5.2 于頔在襄州①,尝有山人王固谒见于。于性快,见其拜伏迟缓,不甚知书生。别日游谦,不复得进,王殊怏怏。因至使院②,造判官曾叔政③,颇礼接之。王谓曾曰:"予以相公好奇,故不远而来,今实乖望矣④。予有一艺,自古无者,今将归,且荷公见待之厚,今为一设。"遂诣曾所居,怀中出竹一节及小鼓,规才运寸⑤。良久,去竹之塞,折枝连击鼓子。筒中有蝇虎子数十⑥,分行而出,为二队,如对阵势。每击鼓或三或五,随鼓音变阵,天衡地轴⑦,鱼丽鹤列⑧,无不备也。进退离附,人所不及。凡变阵数十,乃行入筒中。曾观之大骇,方言于于公,王已潜去。于悔恨,令物色求之,不获。

【注释】

①于頔(dí,?—818):字允元,河南(今河南洛阳)人。贞元十四年(798)为襄州刺史,充山南东道节度观察。襄州:今湖北襄阳。

②使院:郡守官署。

③判官:职官名。方镇节度使僚佐。

④乖望:失望。乖,违背。

⑤规才运寸:圆周才一寸。运,疑"过"字之误。

⑥蝇虎：动物名。蜘蛛的一种，善跳跃，不结网，常于墙壁上捕食苍蝇。

⑦天衡地轴：比喻蝇阵之形。天衡，《吕氏春秋》卷六"明理"："其云状：有若犬，若马，若白鹄，若众车；有其状若人，苍衣赤首不动，其名曰天衡。"地轴，古时认为大地有轴，晋张华《博物志》卷一："地有三千六百轴，犬牙相举。"

⑧鱼丽鹤列：比喻蝇阵之形。丽，后作"俪"，成双成对。

【译文】

　　于頔在襄州的时候，有个叫王固的隐士前往拜见。于頔是个急性子，见王固拜见行礼动作迟缓，就不怎么搭理他。另一天举行游宴，也不邀请他，王固心里非常失落。于是到使院，造访判官曾叔政，叔政很客气地接待他。王固对曾说："我因为于相公喜欢猎奇，所以不辞路远前来，现在的确很失望。我有一门绝技，自古以来没有过，现在我要回去了，而且承蒙大人您礼待的厚谊，就为您表演一番。"于是到了曾叔政的居所，从怀中取出一节竹筒和一面小鼓，圆周长短不过一寸多。过了一阵子，拔去竹筒的塞子，折了一根树枝连续敲击小鼓。竹筒里有几十只蝇虎排成行列跳出来，分成两队，就像两军对垒的阵势。王固每击鼓三下，或是五下，这些蝇虎就随着鼓点的不同而变换阵形，像星月经天，又像川流行地，像鱼儿穿梭，又像仙鹤起舞，千变万化，尽在其中。各种阵形或进或退，或散或聚，就是军人也比不上。总共变换了几十种阵形，这些蝇虎才跳进竹筒里。曾叔政看了之后，大为吃惊，正向于頔禀报，王固已经悄悄地离开了。于頔很懊悔，让人去四处访寻，始终没找到。

　　5.3　张芬①，曾为韦南康亲随行军②，曲艺过人，力举七尺碑，定双轮水硙③。常于福感寺趯鞠④，高及半塔。弹力五斗⑤。常拣向阳巨笋，织竹笼之，随长旋培，常留寸许。度竹笼高四尺，然后放长。秋深，方去笼伐之，一尺十节，其色如金，用成弓焉。每涂墙方丈，弹成"天下太平"字，字体端严，如人模成焉。

【注释】

①张芬：其人生平事迹不详，仅知为唐代剑南西川节度使韦皋帐下大将。

②韦南康：即为韦皋（745—805），京兆万年（今陕西西安）人。贞元元年（785）迁成都尹，出镇剑南西川，在镇屡破吐蕃，收复巂州，以功加检校司徒兼中书令，封南康郡王。

③硙（wèi）：石磨。

④福感寺：唐代成都寺庙。趯鞠（tì jū）：即蹴鞠，古代踢球的游戏。王维《寒食城东即事》："蹴鞠屡过飞鸟上，秋千竞出垂杨里。"据此诗以及下文"高及半塔"之语，是以踢得高为能事。

⑤弹力五斗：拉弓力气大。

【译文】

张芬，曾经担任过韦皋的亲随行军，技艺过人，力大无比，能举起七尺长的碑石，能定住转动的双轮水碾。有一次在福感寺蹴鞠，一脚将毬踢到塔身一半那么高。能拉五斗力的弓。他常常挑选向阳生长的巨笋，编织竹笼罩住，随其生长，随时培土，通常只留一寸左右露在地面。估计竹笼有四尺高了，然后任由巨笋自由生长。深秋，才取掉竹笼将竹子砍下来，一尺有十个节，颜色金黄，用这种竹子制作成弓。张芬还常常在墙壁上涂抹出一丈见方的空白，用弓弹射成"天下太平"四个字，字体端庄，像用手摹写的一样。

5.4 建中初①，有河北军将姓夏者②，弯弓数百斤。尝于毯场中累钱十余,走马以击鞠杖击之③,一击一钱飞起六七丈,其妙如此。又于新泥墙安棘刺数十,取烂豆,相去一丈,一一掷豆,贯于刺上,百不差一。又能走马书一纸。

【注释】

①建中:唐德宗李适年号(780—783)。

②河北:河北道。

③鞠杖:击毯的杖。

【译文】

建中初年,有位姓夏的河北道军将,能拉几百斤的弓。曾经在毯场中垒起十多枚钱,然后骑马飞奔用击毯杖不断击打钱币,每击一杖,只见一枚钱飞起六七丈高,他的技艺就是如此奇妙。又在新抹的泥墙上安插几十枚棘刺,拿来煮熟的豆子,距墙一丈远,将熟豆一颗一颗地投掷贯穿在棘刺上,百发百中。又能一边骑马飞奔一边提笔写字。

5.5　元和中①,江淮术士王琼,尝在段君秀家,令坐客取一瓦子②,画作龟甲,怀之一食顷,取出,乃一龟。放于庭中,循垣西行。经宿却成瓦子。又取花含③,默封于密器中,一夕开花。

【注释】

①元和:唐宪宗李纯年号(806—820)。

②瓦子:这里指瓦片。

③花含:花骨朵。

【译文】

元和年间,江淮地区的术士王琼曾在段君秀家,让座上的客人取来一块瓦片,在上面画出龟甲的图案,揣在怀里一顿饭的工夫,取出来一看,变成了一只乌龟。把这只龟放在庭院中,沿着墙脚向西爬行。过了一个晚上,又变成了瓦片。又拿来一个花骨朵,密封在一个容器里,过一晚,鲜花绽开。

5.6 元和末,均州郧乡县有百姓①,年七十,养獭十余头②,捕鱼为业,隔日一放出。放时,先闭于深沟斗门内③,令饥,然后放之,无网罟之劳④,而获利相若。老人抵掌呼之⑤,群獭皆至,缘衿藉膝,驯若守狗。户部郎中李福亲观之⑥。

【注释】

①均州郧乡县:今湖北郧县。

②獭(tǎ):动物名。脚短,趾间有蹼,昼伏夜出,善游水,食鱼、蛙等。

③斗门:闸门。

④罟(gǔ):网。

⑤抵(zhǐ)掌:即抵掌。击掌。

⑥户部:六部之一,掌管户口和财赋。郎中:职官名。分掌六部内各司政务。李福:字能之,陇西(今甘肃)人。官至刑部、户部尚书,山南东道节度使。

【译文】

元和末年,均州郧乡县有位老百姓,七十岁,养了十多只水獭,以打鱼为生,隔一天把水獭放出去一次。放的时候,先把它们关在深沟的闸门之内饿着,然后再放出去,不用劳神费力地撒网收网,而捕鱼的数量却大致相当。老人拍掌呼唤它们,水獭全都跑过来,围在老人身边,靠着他的腿膝,温驯得像看家狗。户部郎中李福亲眼见过。

怪术

【题解】

　　本篇和上篇内容类似。其不同之处,在于本篇十六条记载的诸种怪术,大多与释、道两家有关,其故事的主角也多为僧、道异人。

　　5.7 大历中,荆州有术士,从南来,止于陟屺寺①。好酒,少有醒时。因寺中大斋会②,人众数千,术士忽曰:"余有一伎,可代抃瓦垆珠之欢也③。"乃合彩色于一器中,骋步抓目④,徐祝数十言,方歘水再三⑤,噀壁上⑥,成维摩问疾变相⑦,五色相宣,如新写。逮半日余,色渐薄,至暮都灭。唯金粟纶巾、鹙子衣上一花⑧,经两日犹在。成式见寺僧惟肃说,忘其姓名。

【注释】

①陟屺(zhì qǐ)寺:此陟屺寺在荆州。《大清一统志》卷二六九:"陟屺寺,在江陵县东北三十里,南北朝梁建。"陟屺,登上屺山。《诗经·陟岵》:"陟彼屺兮,瞻望母兮。"后比喻思念母亲。

②大斋会:寺庙里设斋食、供养僧人的大法会。

③抃（biàn）瓦扂（kè）珠：投掷瓦片、珠子之类的游戏。抃，鼓掌。扂，磕碰。

④驔（diàn）步：马步。驔，黄脊毛的黑马。

⑤欱（hē）：吸吮。

⑥噀（xùn）：喷。

⑦维摩问疾变相：据《维摩诘经》记载，佛在维耶离城奈氏树园说法，维摩诘大士故意称病不往，佛遣人前去问疾，自舍利弗、大目犍连、迦叶以下诸弟子皆诉说维摩诘本领，不愿前去，最后文殊师利奉命前往。文殊问维摩诘病因何起，维摩诘回答说："从痴有爱则我病生。用一切人病，是故我病。若一切人得不病者，则我病灭。"

⑧金粟：即金粟如来，维摩诘大士的前身。纶（guān）巾：头巾。鹙（qiū）子衣：舍利弗所穿袈裟。鹙子，佛大弟子舍利弗，意译为鹙鸧子，据说其眼睛似鹙鸧，故名"鹙子"。

【译文】

大历年间，荆州有位术士，从南方来，止宿在陟岊寺。他喜欢喝酒，很少有不醉的时候。有一次寺中举行大斋会，僧俗信众有几千人，这位术士忽然说："我有一门技艺，比寻常投珠掷瓦的游戏好看。"于是把各种颜料混合在一个容器中，踩着马步，抹抹脸，慢慢地祝祷了几十句，然后吸吮颜料水，一遍遍喷在墙壁上，就成了一幅维摩诘问疾的图像，五颜六色相互映衬，好像刚画上去的一样。过了大半天，画像的颜色慢慢变淡，到傍晚时都消失了。只有维摩诘的头巾，以及舍利弗的袈裟上的一朵花，过了两天时间还在。我听寺里的和尚惟肃谈过这事，只是忘了术士的名字。

5.8丞相张魏公延赏在蜀时①，有梵僧难陀得如幻三昧②，入水火，贯金石，变化无穷。初入蜀，与三少尼俱行，或大醉狂歌，戍将将断之。及僧至，且曰："某寄迹桑门③，别有药术④。"因指三尼："此妙于歌管。"戍将反敬之，遂留连为办酒肉，夜会客，与之剧饮。僧假裲裆巾帼⑤，市铅黛，伎其三尼。及坐，含睇调笑⑥，逸态绝世。饮将阑，僧谓尼曰："可为押衙踏某曲也⑦。"因徐进对舞，曳绪回雪⑧，迅赴摩跌⑨，技又绝伦也。良久曲终，而舞不已，僧喝曰："妇女风邪⑩？"忽起取戍将佩刀，众谓酒狂，各惊走。僧乃拔刀斫之，皆踣于地⑪，血及数丈。戍将大惧，呼左右缚僧。僧笑曰："无草草。"徐举尼，三支筇杖也⑫，血乃酒耳。又尝在饮会，令人断其头，钉耳于柱，无血。身坐席上，酒至，泻入腔疮中⑬。面赤而歌，手复抵节⑭。会罢，自起提首安之，初无痕也。时时预言人凶衰，皆谜语，事过方晓。成都有百姓供养⑮，数日，僧不欲住，闭关留之。僧因是走入壁角，百姓遽牵，渐入，唯余袈裟角，顷亦不见。来日壁上有画僧焉，其状形似。日日色渐薄，积七日，空有黑迹。至八日，迹亦灭，僧已在彭州矣⑯。后不知所之。

【注释】

① 张魏公延赏：即为张延赏（727—787），蒲州猗氏（今山西临猗）人。历淮南、荆南、剑南西川节度使，擢中书侍郎、同平章事。

② 如幻三昧：佛教术语。此处意为变化出种种神奇的幻相。三昧，事物的精义。

③ 桑门：梵语音译，也作"沙门"。僧侣。

④ 药术：唐一行《大毗卢遮那成佛经疏》卷三："乃至云何为幻？谓如咒术药力，能造所造种种色像。……佛说药力不思议。如人

以药力故,升空隐形履水蹈火。……又如药术因缘,示现能造所
造种种色像。"

⑤裲裆(liǎng dāng):妇女所穿的背心。巾帼:妇女的妆饰。

⑥含睇:含情脉脉。

⑦押衙:职官名。管理仪仗侍卫。踏曲:即踏歌,传统歌舞形式,以
脚踏地为节奏。

⑧曳绪回雪:形容舞姿的飘逸轻盈。曳绪,抽丝。回雪,雪花随风
回旋飞舞。

⑨迅赴摩跌:形容前后俯仰,舞姿的快速变化。

⑩风:后作"疯"。

⑪踣(bó):倒。

⑫筇(qióng)杖:一种竹杖。

⑬脰(dòu)疮:脖颈的伤口。

⑭抵节:击掌合拍。

⑮供养:佛教术语。敬献奉养佛、法、僧三宝,谓之供养。

⑯彭州:今属四川。

【译文】

　　丞相魏公张延赏出镇西蜀时,有个名叫难陀的梵僧,精通幻术,能
入水火而不受伤,穿过金石而无阻碍,变化莫测。这和尚刚入蜀地时,
和三个小尼姑同行,一路上醉酒狂歌,当地军将准备阻止他们。等和尚
赶到,对军将说:"我身为和尚,另有药术。"于是指着三个尼姑说:"她们
精通歌舞。"军将因此很看重他,就挽留他们,为他们准备宴席,夜晚招
待客人,都和他开怀痛饮。和尚借来妇女的衣饰,又买来化妆的粉黛,
把三个小尼姑打扮成歌伎。她们坐在席上,秋波流转,打情骂俏,姿态
狐媚,世上少见。酒宴快结束时,和尚对尼姑说:"现在为押衙踏歌一
曲。"于是尼姑们缓缓移步,翩翩起舞,长袖飘拂有如雪花回旋,纤腰扭
动真是俯仰生姿,舞技堪称天下第一。过了很久,一曲终了,但是三个

尼姑仍然舞个不停,和尚大喝道:"这些女人疯啦?"突然起身去拿军将的佩刀,众人都说和尚撒酒疯了,吓得四处逃散。和尚拔出佩刀朝着尼姑就砍,三个小尼姑都倒在地上,血流了好几丈。军将大惊,喝命手下把和尚捆起来。和尚笑着说:"别慌里慌张的。"说着慢慢地举起尼姑,原来是三支竹杖,地上的血也只是酒而已。这和尚又曾经在宴会上,让人砍掉他的脑袋,钉耳朵挂在柱子上,没有流血。他的身体坐在酒席上,酒来了,就倾倒进脖子的创口中。挂着的头醉得面红耳赤,口中不停地唱着歌,坐着的身体还双手打拍子。宴会结束了,自己起身提着脑袋安放在脖子上,一点看不出砍过的痕迹。他经常预言吉凶兴衰,说的都是谜语,人们过后才明白意思。成都有个老百姓供养他,几天后,这和尚不愿意住了,主人就关上门挽留他。和尚于是走到墙角,主人赶紧去扯住他,和尚慢慢地就进入墙里,只剩下袈裟的一点衣角,很快衣角也不见了。第二天,墙壁上有和尚的画像,那样子很像。画像的颜色一天天淡下去,满七天时,就只留下黑色的痕迹。到第八天,黑色痕迹也消失了,那和尚已经到了彭州。后来不知道他去向何方。

5.9 虞部郎中陆绍①,元和中,尝看表兄于定水寺②,因为院僧具蜜饵、时果,邻院僧亦陆所熟也,遂令左右邀之。良久,僧与一李秀才偕至,乃环坐,笑语颇剧。院僧顾弟子煮新茗,巡将匝而不及李秀才。陆不平曰:"茶初未及李秀才,何也?"僧笑曰:"如此秀才,亦要知茶味?且以余茶饮之。"邻院僧曰:"秀才乃术士,座主不可轻言③。"其僧又言:"不逞之子弟④,何所惮!"秀才忽怒曰:"我与上人素未相识⑤,焉知予不逞徒也?"僧复大言:"望酒旗,玩变场者⑥,岂有佳者乎?"李乃白座客:"某不免对贵客作造次矣⑦。"因奉手袖中,据两膝,叱其僧曰:"粗行阿师⑧,争敢辄无礼!柱杖何在？可击之。"其僧房门后有筇杖子，忽跳出，连击其僧。时众亦为蔽护，杖伺人隙捷中，若有物执持也。李复叱曰："捉此僧向墙！"僧乃负墙拱手，色青气短，唯言乞命。李又曰："阿师可下阶！"僧又趋下，自投无数，衄鼻败颡不已⑨。众为请之，李徐曰："缘对衣冠⑩，不能煞此为累。"因揖客而去。僧半日方能言，如中恶状⑪。竟不之测也。

【注释】

①虞部郎中：唐代职官名。属工部，从五品上，职掌京城街巷种植、山泽苑囿、草木薪炭以及供顿畋猎等事。

②定水寺：唐代寺名。在长安城太平坊西门之北。

③座主：这里是对僧人的尊称。

④不逞：不成器。

⑤上人：佛家称德智善行的人，后用作对僧人的敬称。

⑥变场：表演佛经转变故事或杂技魔术的场所。

⑦造次：鲁莽，轻率。

⑧粗行：言行粗野。

⑨衄（nǜ）鼻败颡（sǎng）：鼻青脸肿。衄，鼻出血。颡，脑门儿。

⑩衣冠：有地位有修养的人。

⑪中恶：中邪。

【译文】

　　元和年间，虞部郎中陆绍曾经去定水寺看望表兄，顺便为寺里的住持和尚带去了蜜饯和新鲜水果，隔壁寺院的和尚也和陆绍相熟，就让手下人去请。过了一会儿，邻院和尚和一位李秀才一同来了，大家环绕而坐，欢声笑语，非常热闹。住持和尚嘱咐徒弟煮新茶来，斟茶快一圈了，却没有给李秀才斟。陆绍心里不平，说："这茶水居然不给李秀才，什么意思?"住持和尚笑着说:"像这种秀才,也要品尝新茶? 就给他喝点残茶吧。"隔壁和尚说:"秀才是有法术的人,座主不要小瞧了他。"住持和尚又说:"这种不学好的人,有什么可怕的!"李秀才顿时发怒了,说:"我和上人素不相识,您怎么就知道我是个不学好的家伙呢?"住持和尚又大声说:"没事四处找酒馆,玩魔术的人,难道是什么好东西?"李秀才就对座中客人道歉说:"我要当着各位贵客做有伤大雅的事了。"于是把双手笼在袖子里,放在膝盖上,呵斥住持和尚说:"你这个粗野的和尚,怎能如此无礼! 柱杖在哪里? 给我揍他!"住持和尚的房门后有根竹杖,忽然就蹦了出来,接连不断地去打这和尚。这时众人忙掩护住持和尚,竹杖就伺机从人缝中打他,又快又准,好像有谁拿着这根竹杖似的。李秀才又呵斥道:"把这和尚捉到墙边去!"和尚就背靠着墙,拱手作揖,脸色发青,气喘吁吁,只叫饶命。李秀才又说:"师父下台阶吧!"和尚又很快地下了台阶,以头碰地,反反复复,弄得鼻青脸肿,就是停不下来。众人替他求情,李秀才慢悠悠地说:"当着这些雅士,我不能杀了这和尚连累大家。"说完拱手而去。住持和尚过了半天才能说话,好像中了邪。众人最后也不清楚到底施了什么法术。

5.10 元和末,盐城脚力张俨递牒入京①。至宋州②,遇一人,因求为伴。其人朝宿郑州③,因谓张曰:"君受我料理,可倍行数百。"乃掘二小坑,深五六寸,令张背立,垂踵坑口④,针其两足,张初不知痛。又自膝下至骭⑤,再三捋之⑥,黑血满坑中。张大觉举足轻捷,才午至汴⑦。复要于陕州宿⑧,张辞力不能,又曰:"君可暂卸膝盖骨,且无所苦,当日行八百里。"张惧,辞之。其人亦不强,乃曰:"我有事,须暮及陕。"遂去,行如飞,顷刻不见。

【注释】

①盐城:今属江苏。脚力:传递文书或运送货物的差役或民丁。
　牒:文书。

②宋州:今河南商丘。

③朝(cháo)宿:本指诸侯朝见天子时所住之地,此处意思为前方
　住地。

④踵(zhǒng):脚后跟。

⑤骭(gàn):小腿。

⑥捋(lǚ):用手顺着抹过去。

⑦汴:即汴州,今河南开封。

⑧陕州:在今河南三门峡西。

【译文】

　　元和末年,盐城脚力张俨送公文入京。行至宋州,遇见一个人,就请求结伴同行。那人预定前往郑州,就对张俨说:"您听我指点,可以疾行几百里。"于是挖了两个小坑,深六五寸,让张俨背对着坑站立,两脚站在坑边,然后用针扎他的两只脚,张俨根本感觉不到疼痛。那人又从张俨的膝盖至小腿,反反复复往下捋,黑血流满坑中。张俨一下子觉得抬脚轻快了很多,才中午就到了汴州。那人又邀约他到陕州住宿,张俨推辞说脚力不够,那人又说:"您不妨暂时卸下膝盖骨,这一点痛苦都没有,就可以一天疾行八百里。"张俨害怕了,就借口推辞。那人也不勉强他,就说:"我有急事,必须傍晚到达陕州。"于是辞去,疾行如飞,转眼的工夫就不见了。

　　5.11 蜀有费鸡师,目赤,无黑睛,本濮人也①。成式长庆初见之,已年七十余。或为人解灾,必用一鸡设祭于庭。又取江石如鸡卵,令疾者握之。乃踏步作气嘘叱②,鸡旋转而

死,石亦四破。成式旧家人永安,初不信,尝谓曰:"尔有大厄。"因丸符逼令吞之③,复去其左足鞋及袜,符展在足心矣。又谓奴沧海曰:"尔将病。"令祖而负户,以笔再三画于户外,大言曰:"过! 过!"墨遂透背焉。

【注释】

①濮:在今山东鄄城北。

②踏步:踏罡步斗。道教施法时的特殊步伐。

③符:道教用来驱鬼召神、治病延年的神秘文书。

【译文】

蜀地有位费鸡师,红眼睛,没有黑色瞳仁,本来是濮地人。长庆初年我在成都见到过他,已经年过七十。每次为人化解灾难,一定要用一只鸡在庭院里设祭。又取一枚鸡蛋大小的江石,让病人握着。然后踏罡步斗,运气叱咤,那只鸡扑腾着就死了,那枚卵石也四分五裂。我先前的家人永安起初不相信,费鸡师有一次对他说:"你将有大难临头。"于是把符咒团成圆丸逼着他吞下去,再让他把左脚的鞋袜脱掉一看,符咒已平展地贴在脚心。费鸡师又对家奴沧海说:"你要生病。"便让他光着上身背靠着门,自己站在门外用笔反复地画符,一边大声喊:"过!过!"墨迹就透过门板印在沧海的背部了。

　　5.12 长寿寺僧誓言①:他时在衡山,村人为毒蛇所噬,须臾而死,发解②,肿起尺余。其子曰:"旮老若在③,何虑!"遂迎旮至。乃以灰围其尸,开四门。先曰:"若从足入,则不救矣。"遂踏步握固④,久而蛇不至。旮大怒,乃取饭数升,捣蛇形,诅之,忽蠕动出门。有顷,饭蛇引一蛇,从死者头入,径吸其疮。尸渐伍⑤,蛇庖缩而死⑥,村人乃活。

【注释】

①謷言：巧言，神侃。謷，即为"辯(biàn)"，辩。

②解：道教术语。解化。这里指头发脱落。

③昝：音 zǎn。

④握固：道教术语。指修炼时的一种手势，即握拳牢固。其握法为
　屈大拇指于四指之下；或以大指掐中指中节，四指齐收于手心。

⑤伍(dī)：同"低"。

⑥疱(pào)：皮肤上所起的水泡或脓包。

【译文】

　　长寿寺的一个和尚神侃说：往年在衡山，有一个村民被毒蛇咬伤，
很快就死了，头发全部脱落，尸体肿起一尺高。他的儿子说："昝老要在
这里，根本不用担心！"赶快去把昝老接来。昝老用草灰围起尸体，在灰
圈上开了四道门。预先说："如果从脚跟进来，就没救了。"于是踏罡步
斗，握固作法，过了很久蛇也不来。昝老大怒，就用几升饭捣烂捏成蛇
的形状诅骂它，忽然饭蛇蠕动着爬出了门。一会儿，饭蛇引来一条蛇，
从死者头部方向开的门爬进去，直接吸吮他的疮口。肿胀的尸体慢慢
地低了下去，蛇浑身起泡蜷缩而死，那人就活过来了。

　　5.13 王潜在荆州①，百姓张七政善治伤折。有军人损
胫②，求张治之。张饮以药酒，破肉，去碎骨一片，大如两指，
涂膏封之，数日如旧。经二年余，胫忽痛，复问张。张言：
"前为君所出骨，寒则痛，可遽觅也。"果获于床下。令以汤
洗，贮于絮中，其痛即愈。王公子弟与之狎③，尝祈其戏术，
张取马草一搦，再三按之，悉成灯蛾飞去。又画一妇人于
壁，酌酒满杯饮之，酒无遗滴，逡巡④，画妇人面赤，半日许可
尽，湿起坏落。其术终不肯传人。

【注释】

①王潜(? —827?)：字弘志,相州安阳(今属河南)人。其母永穆公
　主。穆宗即位,封琅琊郡公,后为荆南节度使。

②胫(jìng)：小腿。

③狎：狎玩。

④逡(qūn)巡：顷刻之间。

【译文】

　　王潜在荆州的时候,有个名叫张七政的百姓,擅长治疗跌打损伤。
有名士兵伤了小腿,求张七政治疗。张给他喝了药酒,剖开小腿,取出
一片碎骨,有两个指头那么大,然后涂上药膏,包扎好,几天后就痊愈
了。过了两年多,那人小腿忽然疼痛,又问张七政。张说："上次为您取
出的碎骨头,受寒则会使您疼痛,赶紧找找看。"果然在床下找到了。让
人用热水洗过,裹在棉絮里,小腿立刻就不疼了。王公子弟和张七政狎
玩,曾请他表演戏法,张拿来一把马草,反复揉搓,马草全部变成灯蛾飞
走了。又在墙壁上画一位妇女,斟满一杯酒给她喝,滴酒不剩,顷刻间,
画像上的妇女脸就红了,过了约有半天红颜消退,壁画全部潮湿损坏,
剥落了。张七政的法术始终不肯传给他人。

　　5.14　韩佽在桂州①,有妖贼封盈,能为数里雾。先是常
行野外,见黄蛱蝶数十,因逐之,至一大树下忽灭。掘之,得
石函,素书大如臂②,遂成左道③。百姓归之如市。乃声言：
"某日将攻桂州,有紫气者,我必胜。"至期,果紫气如匹帛,
自山亘于州城。白气直冲之,紫气遂散。天忽大雾,至午稍
开霁,州宅诸树滴下小铜佛,大如麦,不知其数。其年韩卒。

【注释】

①韩佽(cì,？—837)：字相之，京兆长安人。元和初中进士，累迁桂管观察史。桂州：今广西桂林。

②素书：书卷。纸张普及之前，古人多书于尺素之上，故名。

③左道：邪道。

【译文】

韩佽在桂州时，有个名叫封盈的妖贼，能布下方圆几里的迷雾。早先，他曾在野外闲行，看见几十只黄蝴蝶，就一路追逐，追到一棵大树底下，蝴蝶不见了。就地发掘，挖到一个石匣子，里面有一卷粗如手臂的文书，自此就入了邪道。四方百姓都去归附，门庭若市。他放出话说："某天将要攻打桂州，到时如果有紫气出现，我必定获胜。"到那一天，果然天上紫气像一大匹布帛，从山顶一直蔓延到州城。这时有一道白气直冲紫气而去，紫气就散了。天又忽然起了大雾，到中午时雾气才稍稍散开，州城房宅的树枝上都往下滴小铜佛，铜佛大如麦粒，不计其数。当年，韩佽就死了。

5.15 海州司马韦敷①，曾往嘉兴②，道遇释子希遁③，深于缮生之术④，又能用日辰⑤，可代药石。见敷镊白⑥，曰："贫道为公择日拔之。"经五六日，僧请镊其半。及生，色若黳矣⑦。凡三镊之，鬓不复变。座客有祈镊者，僧言取时稍差，拔后，髭色果带绿。其妙如此。

【注释】

①海州：在今江苏连云港西南。司马：州郡属官。

②嘉兴：在今浙江嘉兴南。

③释子：释迦牟尼的弟子，即僧人。东晋高僧道安首倡出家人应姓

"释",此后汉化佛教的出家人法名前均冠以"释"字。

④缮生之术:即养生术。

⑤日辰:道教法咒,即日辰诀,代表行法当日地支的诀文。

⑥镊白:即拔白,拔除白发白须。

⑦黳(yī):黑色。

【译文】

海州司马韦敷,曾经前往嘉兴,在路上碰见了希遁和尚,和尚精通养生之道,又能用日辰诀,可以代替医药。希遁见韦敷在拔除白发白须,就说:"贫道挑个日子给您拔。"过了五六天,希遁为韦敷拔掉一半。新发长出来,颜色近乎黑色。总共拔了三次,鬓发颜色就全黑了。同座有人请求希遁给拔一下,希遁说拔取的时机还略差些,拔了之后,新长的胡须果然带着绿色。他的养生术就是如此精妙。

5.16 众言石旻有奇术①。在扬州,成式数年不隔旬与之相见,言事十不一中,家人头痛嚏咳者②,服其药,未尝效也。至开成初,在城亲故间,往往说石旻术不可测。盛传宝历中,石随钱徽尚书值湖州③。尝在学院④,子弟皆以"文丈"呼之。于钱氏兄弟求兔汤饼⑤,时暑月,猎师数日方获。因与子弟共食,笑曰:"可留兔皮,聊志一事。"遂钉皮于地,垒墼涂之,上朱书一符,独言曰:"恨校迟⑥,恨校迟!"钱氏兄弟诘之,石曰:"欲共诸君共记卯年也⑦。"至太和九年,钱可复凤翔遇害⑧,岁在乙卯。

【注释】

①旻:音 mín。

②嚏(tì)咳:打喷嚏,咳嗽。

③钱徽(755—829)：字蔚章，吴兴(今浙江湖州)人。诗人钱起之
　子。大和元年(827)二月，拜尚书左丞，二年秋，因疾去职，以吏
　部尚书致仕。尚书：职官名。为六部行政长官。

④学院：这里指湖州州学。

⑤钱氏兄弟：指钱徽之子可复、可及。汤饼：汤煮的面食，类似于今
　天的面条。

⑥校：唐人口语。太，很。杜牧《怅诗》："自是寻春去校迟，不须惆
　怅怨芳时。"

⑦卯年：卯年属兔。

⑧钱可复凤翔遇害：《旧唐书·钱可复传》："大和九年，郑注出镇凤
　翔，李训选名家子以为宾佐，授可复检校兵部郎中、兼御史中丞，
　充凤翔节度副使。其年十一月，李训败，郑注诛，可复为凤翔监
　军使所害。"

【译文】

　　众人都说石旻有奇异的法术。在扬州的几年时间里，我几乎不到
十天就和他见上一面，预言事情十之八九都说不准，我家里人头痛、打
喷嚏或是咳嗽，吃他的药也都不见效。到开成初年，在城里的亲朋故旧
之间，多数都说石旻法术玄妙莫测。盛传宝历年间，石旻随从钱徽尚书
到湖州做幕僚。曾在州学任职，钱家的孩子们都称呼他为"文丈"。孩
子们向钱可复、可及兄弟要兔丁面吃，时值暑天，猎人好几天才打到兔
子。石旻和钱家子弟一起吃面，笑着说："请留下兔皮，姑且用它记一件
事情。"于是把兔皮钉在地上，垒起土砖涂抹一番，上面用红笔写一道
符，自言自语地说："可惜太晚了，可惜太晚了！"可复兄弟问他是什么意
思，石旻只说："想和大家一起记住卯年。"大和九年，钱可复在凤翔遇
害，这一年正是乙卯年。

　　　5.17 江西人有善展竹①，数节可成器。又有人熊葫芦，

云翻葫芦易于翻鞠。

【注释】

①江西:这里是唐代"江南西道"的简称。

【译文】

江西有个人擅长编织竹器,几节竹子就可以编成一件器物。又有个人名叫熊葫芦,说踢葫芦比踢毬还容易。

5.18 厌盗法①:七日,以鼠九枚置笼中,埋于地。秤九百斤土覆坎,深各二尺五寸,筑之令坚固。《杂五行书》曰②:"亭部地上土涂灶③,水火盗贼不经;涂屋四角,鼠不食蚕;涂仓簟④,鼠不食稻;以塞垎⑤,百鼠种绝。"

【注释】

①厌(yā):抑制,制服。即厌胜。

②《杂五行书》:书名。未见隋唐书目著录。

③亭部:亭长办事的处所,也指邮亭所在地。

④仓簟(diàn):用来晒粮食的大竹席。

⑤垎(kǎn):同"坎"。这里指鼠洞。

【译文】

厌盗法:初七这天,把九只老鼠装在笼子里,埋在地下。称九百斤土填坑,四面深二尺五寸,然后夯实筑牢。《杂五行书》说:"用邮亭的地表土和成泥涂灶,家里不会有水火、盗贼之灾;涂抹房屋四角,老鼠不吃蚕;涂仓簟,老鼠不吃稻谷;用来塞鼠洞,所有的老鼠都会绝种。"

5.19 雍益坚云:主夜神咒,持之有功德,夜行及寐,可已恐怖恶梦。咒曰"婆珊婆演底"。

【译文】

雍益坚说：主夜神咒，持诵它有功德，晚上走路以及睡觉，可以没有恐怖，不做恶梦。咒语是"婆珊婆演底"。

5.20 宋居士说：掷骰子①，咒云"伊谛弥谛，弥揭罗谛"，念满万遍，彩随呼而成②。

【注释】

①掷骰（tóu）子：又称"投琼"、"投彩"，古代的一种游戏。用象牙或兽骨做成正方体，六面分别刻上一至六个点数，掷到盘中数点数以决胜负。骰子，即今之色（shǎi）子。

②彩：赌博的胜色。

【译文】

宋居士说：掷骰子时，念咒语"伊谛弥谛，弥揭罗谛"，念满一万遍，想要多少点就是多少点。

5.21 云安井①，自大江溯别派②，凡三十里。近井十五里，澄清如镜，舟楫无虞。近江十五里，皆滩石险恶，难于沿溯。天师翟乾祐念商旅之劳③，于汉城山上结坛考召④，追命群龙。凡一十四处，皆化为老人，应召而止。乾祐谕以滩波之险，害物劳人，使皆平之。一夕之间，风雷震击，一十四里尽为平潭矣，惟一滩仍旧，龙亦不至。乾祐复严敕神吏追之。又三日，有一女子至焉，因责其不伏应召之意。女子曰："某所以不来者，欲助天师广济物之功耳。且富商大贾⑤，力皆有余；而佣力负运者，力皆不足。云安之贫民，自江口负财货至近井潭，以给衣食者众矣。今若轻舟利涉，平江无虞，即邑之贫民无佣负之所，绝衣食之路，所困者多矣。余宁险滩波以赡佣负，不可利舟楫以安富商。所以不至者，理在此也。"乾祐善其言，因使诸龙皆复其故，风雷顷刻，而长滩如旧。天宝中，诏赴上京，恩遇隆厚。岁余，还故山，寻得道而去。

【注释】

①云安井：即云安盐井。云安，唐县，地属夔州，今重庆云阳。

②自大江溯(sù)别派：从长江上溯支流。派，江河的支流。

③天师翟乾祐：本书 2.45 条记其事。

④汉城山：在云安北。考召：查考召唤。

⑤贾(gǔ)：本指设店的坐商，后泛指商人。

【译文】

云安井，自长江上溯支流到此一共三十里。靠近井十五里，江面清澈，波平如镜，船只往来平安。靠近长江十五里，江面滩石险恶，船只下行上溯都很艰险。天师翟乾祐念及往来商旅的劳苦，在汉城山上设坛查考，命召群龙。共有一十四处险滩的龙，都变成老人，应召前来。翟乾祐说明滩涂的险恶耗费人力物力，让群龙把险滩全部弄平。一夜之间，风涌雷击，一十四里江面全都变成平湖，只有一处险滩仍旧如前，那里的龙也不应召前来。乾祐又严令神吏追命它。过了三天，有一条龙化为女子前来，乾祐就责备她不听从召命。女子说："我迟迟不来，是想帮助天师推广救人疾苦的功效。那些行船的富商巨贾，财力都雄厚有余；那些出卖劳力搬运的人，财力都贫乏不足。云安县的贫苦民众，从长江口背运货物到靠近盐井的江潭处，借此养家糊口的人太多了。现在如果江流平缓，没有险滩，航行畅通无阻，那么这里的穷人就无处可以出卖劳力，断绝了衣食来源，陷于困窘的人就很多了。我宁可留着险滩来补给搬运工，也不愿船行通畅让富商心安。之所以没按时前来，道理就在于此。"乾祐认为她的话很有道理，于是让群龙都恢复险滩的原貌，刹那间风雷大作，十四里长滩又变回老样子。天宝年间，玄宗下诏让他去长安，恩宠优渥。一年多后，乾祐离开京城回到故乡，不久就得道飞升了。

5.22 玄宗既召见一行，谓曰："师何能？"对曰："惟善记览。"玄宗因诏掖庭①，取宫人籍以示之。周览既毕，覆其本，记念精熟，如素所习读。数幅之后，玄宗不觉降御榻，为之作礼，呼为圣人。先是，一行既从释氏，师事普寂于嵩山②。师尝设食于寺，大会群僧及沙门，居数百里者，皆如期而至，聚且千余人。时有卢鸿者③，道高学富，隐于嵩山。因请鸿为文，赞叹其会。至日，鸿持其文至寺，其师受之，致于几案上。钟梵既作④，鸿请普寂曰："某为文数千言，况其字僻而言怪，盍于群僧中选其聪悟者，鸿当亲为传授。"乃令召一行。既至，伸纸微笑，止于一览，复致于几上。鸿轻其疏脱，而窃怪之。俄而群僧会于堂，一行攘袂而进⑤，抗音兴裁⑥，一无遗忘。鸿惊愕久之，谓寂曰："非君所能教导也，当从其游学。"一行因穷大衍⑦，自此访求师资，不远数千里。尝至天台国清寺⑧，见一院，古松数十步，门有流水。一行立于门屏间，闻院中僧于庭布箅⑨，其声簌簌。既而谓其徒曰："今日当有弟子求吾箅法，已合到门，岂无人道达耶？"即除一筭。又谓曰：“门前水合却西流，弟子当至。”一行承言而入，稽首请法⑩，尽受其术焉。而门水旧东流，今忽改为西流矣。邢和璞尝谓尹愔曰⑪：“一行其圣人乎？汉之洛下闳造《太初历》⑫，云：‘后八百岁当差一日，则有圣人定之。’今年期毕矣，而一行造《大衍历》正其差谬，则洛下闳之言信矣。”一行又尝诣道士尹崇，借扬雄《太玄经》⑬。数日，复诣崇，还其书。崇曰：“此书意旨深远，吾寻之数年，尚不能晓。吾子试更研求，何遽还也。”一行曰：“究其义矣。”因出所撰《大衍玄图》及《义诀》一卷以示崇。崇大嗟服，曰：“此后生颜子也⑭。”至开元末，裴宽为河南尹⑮，深信释氏，师事普寂禅师，日夕造焉。居一日，宽诣寂，寂云：“方有小事，未暇款语⑯，且请迟回休憩也。”宽乃屏息，止于空室。见寂洁正堂，焚香端坐。坐未久，忽闻叩门，连云：“天师一行和尚至矣。”一行入，诣寂作礼，礼讫，附耳密语，其貌绝恭，但颔云：“无不可者。”语讫礼，礼讫又语，如是者三，寂惟云：“是，是，无不可者。”一行语讫，降阶入南室，自阖其户。寂乃徐命弟子云：“遣钟，一行和尚灭度矣⑰。”左右疾走视之，一行如其言灭度。后宽乃服衰绖葬之⑱，自徒步出城送之。

【注释】

①掖庭：皇宫中的旁舍，为嫔妃所居。后指宫中掌管宫人事务之职官。

②普寂（650—739）：俗姓冯，蒲州河东（今山西永济）人。师从神秀学习禅法，神秀尽传其道。武则天召神秀至东都，神秀因荐普寂，乃度为僧。神秀圆寂后，天下好禅者皆以普寂为师。中宗乃

令普寂代神秀统其法众。开元二十七年,在上都兴唐寺圆寂。《旧唐书》有传。

③卢鸿:字颢然,或作"浩然",祖籍范阳(今河北涿州),后徙居洛阳,隐于嵩山。卢鸿博学,工诗,善书法,诸体皆精,尤善八分,又擅作山水画。

④钟梵:钟声梵呗。梵呗,僧侣诵唱佛经的声音。

⑤攘袂(rǎng mèi):捋起袖子,振奋而进。

⑥抗音:高声。兴裁:刘传鸿《〈酉阳杂俎〉校正:兼字词考释》:"(《宋高僧传》)'兴裁'作'典裁',当从。'典裁'为文献常用词,多用以指文辞等典雅有体制。"

⑦大衍:用大数以演卦。大,大数。衍,演。

⑧天台(tāi)国清寺:其地在今浙江天台山。宋王存《元丰九域志》卷五:"景德寺,旧名国清寺,隋炀帝在藩日,为智颛禅师所造。唐会昌五年废,大中五年再置。柳公权书额。时以济州灵岩、荆州玉泉、润州栖霞、台州国清为'四绝'。"

⑨布筭(suàn):即布算,陈列算式,推求计算。

⑩稽(qǐ)首:古代跪拜礼。两膝跪地,两手拱至地,垂头至手,不触地。

⑪尹愔:秦州天水(今属甘肃)人。博学多闻,尤通道家之学。初为道士,玄宗召对,入仕。《新唐书》有传。

⑫洛下闳:汉代巴郡阆中(今属四川)人。武帝时,与邓平、唐都合作创制《太初历》,该历法以夏历正月为岁首,以没有中气的月份为闰月,是我国第一部有完整文字记载的历法。

⑬扬雄(前53—18):也作"杨雄",字子云,蜀郡成都人。西汉辞赋家、学者,有《太玄》十九篇,意旨深奥。

⑭颜子:孔子弟子颜回,在诸弟子中以德行著称,后世尊为"复圣"。

⑮裴宽(681—755):绛州闻喜(今属山西)人。曾为河南尹。

⑯款（kuǎn）语：亲切交谈。

⑰灭度：佛教术语。梵语涅槃的意译，命终证果，灭烦恼，度苦海。

⑱衰绖（cuī dié）：丧服。衰，同"缞"，用麻布制成，披在胸前。绖，丧服中的麻带，系在腰间或头上。

【译文】

玄宗召见一行，问道："大师有什么本领？"一行回答说："只是擅长记忆。"玄宗就诏令掖庭官员，取来宫人名册给他看。一行看完一遍，合上名册开始背诵，记忆谙熟，就像平素经常读的书一样。几页之后，玄宗不由得走下御榻向他施礼，称作圣人。在此之前，一行皈依佛门，拜嵩山普寂和尚为师。普寂曾经在寺中设下斋饭，大会各方僧侣，几百里之外的人都如期前来，聚集了一千多人。当时有个名叫卢鸿的人，道行高深，学识繁富，隐居在嵩山。普寂就请卢鸿写篇文章称扬这次盛会。到那天，卢鸿带着文章到了寺里，普寂接过文章，放在桌案上。敲钟击鼓，梵呗唱响，卢鸿对普寂说："我的文章长达几千字，生字又多，言辞怪异，最好在这些和尚当中选位聪明有灵气的，我亲自教他读。"普寂就让人叫来一行。一行到了之后，微笑着展读文稿，只看了一遍，就又放在桌上。卢鸿很看不惯一行的粗率，心有责怪之意。一会儿，群僧齐聚禅堂，一行挽起袖子走了进来，高声朗读，语音雅健，整篇文章只字不漏。卢鸿非常吃惊，很久才回过神，对普寂说："这个人不是大师您能够教导的，应当听任他四处游学。"一行于是穷尽了大衍，从此不远千里，寻访名师。曾经到了天台山国清寺，看见寺中别院苍松成林，门前溪水潺潺。一行站在院门和屏风之间，听见院子里有人正在排列算筹，发出簌簌的声响。过一会儿，这人对他的徒弟说："今天会有弟子前来学习我的算法，应该已经到了门口，难道没有人通报吗？"当即拿走一根算筹。又说道："门前溪水正好转向西流，弟子应该到了。"一行应声进入庭院，稽首请教算法，最后全都学到了。院门前溪水本是向东流去，现在忽然改为向西流了。邢和璞曾对尹愔说："一行大概是圣人吧？汉代的洛下闳创造《太初历》时说：'八百年以后会差一天，那时有位圣人修订它。'今年正好是八百年后，而一行创造《大衍历》纠正《太初历》的误差，这样洛下闳的话就是真的了。"一行又曾经拜访道士尹崇，借阅扬雄的《太玄经》。几天后，又去见尹崇，把书还给他。尹崇说："这本书意旨深奥，我琢磨了几年时间，还不能通晓。您试着再研读探求一番，不要急着归还。"一行说："我已经穷究这本书的意旨了。"于是拿出撰写的《大衍玄图》和《义诀》一卷给尹崇看。尹崇极为叹服，说："这个人就是颜回转世啊。"到开元末年，裴宽任河南尹，深信佛教，拜普寂和尚为师，每天早晚都去造访。有一天，裴宽去访普寂，普寂说："我正有点小事，没有时间和您畅谈，就请稍作逗留，稍事休息。"裴宽在一所空房子里坐下来，屏气凝神。只见普寂清扫正堂，焚香正坐。不一会儿，忽然听见敲门声，一连声地说："天师一行和尚到了。"一行走进来，拜见普寂，行礼，礼毕，贴在普寂耳边悄声说话，表情极为恭敬，只见点头说："都行，都行。"说完又行礼，礼毕又说悄悄话，这样反复几次，普寂只是说："是，是，都行。"一行说完，走下台阶进入南屋，自己关上门窗。普寂就缓慢地对弟子们说："派人去敲钟，一行和尚灭度了。"左右僧人赶紧跑过去看，一行果然像普寂所说的，已经灭度了。后来裴宽身着丧服，亲自步行出城，送别一行大师。

前集卷六

艺绝

【题解】

"艺绝",谓技艺高超,妙绝一世。本篇六条,记载制笔、塑像、水画、占卜、藏钩等技艺,多为唐代的事情。

6.1 南朝有姥善作笔①,萧子云常书用②,笔心用胎发。开元中,笔匠名铁头,能莹管如玉,莫传其法。

【注释】

①南朝:与北朝相对,指建都金陵(今江苏南京)的宋、齐、梁、陈四个朝代。

②萧子云(487—549):字景乔,南兰陵(今江苏常州)人。南齐豫章文献王第九子。风神闲旷,能诗擅书。

【译文】

南朝有位老妪擅长制作毛笔,萧子云经常用她制的笔写书法,笔心用胎发。开元年间,有位笔匠名叫铁头,所制笔管晶莹如玉,但制作方法没有流传下来。

6.2 成都宝相寺①，偏院小殿中有菩提像②，其尘不集，如新塑者。相传此像初造时，匠人依明堂③，先具五脏，次四肢百节。将百余年，纤尘不凝焉。

【注释】

①成都宝相寺：《宝刻类编》卷三："宝相寺释迦像碑铭，陈子杰撰，开元十二年，成都；宝相寺诸佛应化碑，周显撰，开元十五年八月十九日，成都。"

②菩提：梵语音译。意为正觉，即断尽烦恼、觉悟真理的大智慧。参3.44条注③。

③明堂：即明堂图。传说雷公问人的经络血脉，黄帝坐明堂以授之，故后世称人体经络、针灸穴位之图为"明堂图"。

【译文】

成都宝相寺的偏院小殿里有尊菩提像，不沾灰尘，就像新塑的一样。据说这尊菩提像当初建造的时候，工匠依照明堂图所绘，先塑好五脏，再塑四肢和全身关节。历时将近一百多年，塑像纤尘不染。

6.3 李叔簪常识一范山人，停于私第，时语休咎必中①，兼善推步禁咒②。止半年，忽谓李曰："某有一艺，将去，欲以为别，所谓水画也。"乃请后厅上掘地为池，方丈，深尺余，泥以麻灰，日汲水满之。候水不耗，具丹青墨砚，先援笔叩齿，良久，乃纵笔毫水上。就视，但见水色浑浑耳。经二日，拓以缯绢四幅③。食顷，举出观之，古松怪石、人物屋木，无不备也。李惊异，苦诘之，惟言善能禁彩色，不令沉散而已。

【注释】

①休咎(jiù)：吉凶，祸福。

②推步：推算天文历法。禁咒：以咒语等施于外物以禁制邪祟、禳除灾害的方术。

③拓(tà)：将石碑或器物上的文字或图案摹印在纸上。缴(zhì)绢：细绢。

【译文】

李叔詹曾经结识一位范山人，留他住在自己家里，随时预言吉凶祸福，言出必应，又擅长推步和禁咒。住了半年，忽然对李叔詹说："我有一种技艺，要分别了，把它展示给您，就当作留念吧，这种技艺叫作水画。"于是在后厅的地面上挖出一丈见方、深一尺多的小池，用麻灰涂抹好，每天抽水灌满。等到水不渗漏，准备好各种颜料和墨砚，先拿着笔用牙齿轻叩笔尖，过了很久，才在水面上纵笔挥毫。凑近看，只见水色一片浑浊。过了两天，用四幅细绢在水面上拓印。一顿饭的工夫，揭起细绢一看，苍松、奇石、人物、房屋、树木，应有尽有。李叔詹很惊奇，再三问他，只回答说擅长控制色彩，不让它下沉飘散罢了。

6.4 天宝末，术士钱知微尝至洛，遂榜天津桥表柱卖卜，一卦帛十匹。历旬，人皆不诣之。一日，有贵公子意其必异，命取帛如数卜焉。钱命蓍布卦成，曰："予筮可期一生①，君何戏焉？"其人曰："卜事甚切，先生岂误乎？"钱云："请为韵语，曰：'两头点土，中心虚悬。人足踏跋，不肯下钱②。'"其人本意，卖天津桥绐之③。其精如此。

【注释】

①筮(shì)：用蓍草占卦。

②"两头点土"四句：这是一句谜语，谜底就是"桥"。

③给(dài)：通"诒"，欺骗。

【译文】

天宝末年，术士钱知微曾经到洛阳，在天津桥的表柱上粘贴广告卖卦，算一卦要十四布帛。过了十天，也没人去请他算。一天，有位贵公子猜想他必定很神异，就让人如数取来布帛请他算卦。钱知微用蓍草排成卦象，说："我占一卦可以预知一生，您为什么当儿戏呢？"那人说："我算的事很要紧，先生莫非误解了？"钱说："让我编句顺口溜，说的是：'两头架土，中间空悬。众脚踩踏，不肯付钱。'"那人的想法，真就是用卖天津桥来哄骗他。钱的占术就是这样精准。

6.5 旧说藏弢令人生离[1]，或言古语有征也[2]。举人高映[3]，善意弢，成式尝于荆州藏钩，每曹五十余人[4]，十中其九，同曹钩亦知其处，当时疑有他术。访之，映言："但意举止辞色，若察囚视盗也。"

【注释】

①藏弢(kōu)：即藏钩，一种游戏，类似现在的击鼓传花。弢，戒指一类的环状物。相传汉昭帝母钩弋夫人少时手拳，入宫，汉武帝展其手，得一钩，后人乃作藏钩之戏。游戏将人员分为两方，把钩藏在手里，对方猜中则胜。离：分析，判断力。

②征：征验，应验。

③举人：汉代取士，皆令郡国守相荐举，故称为"举人"。唐宋进士科，凡应科目经相关部门贡举者，都称作"举人"。到明清时期，才专称乡试登第者为"举人"，经会试、殿试而登第者则称"进士"。

④曹：组。按，关于藏钩之戏，另参 X4.34 条。

【译文】

据说玩藏钩的游戏可以增强人的判断力，有人说这老话是有验证的。举人高映，擅长猜钩，我曾经在荆州玩藏钩的游戏，每组五十多人，他能猜个八九不离十，同组的人钩藏在何处他也能猜到，当时怀疑他另有法术。问他，他说："我只是仔细揣度人们的行动、言语和表情，就像详察狱囚审问小偷那样。"

6.6　山人石旻尤妙打弶，与张又新兄弟善①，暇夜会客，因试其意弶，注之必中。张遂寘钩于巾襞中②，旻曰："尽张空拳。"有顷，言钩在张君幞头左翅中，其妙如此。旻后居扬州，成式因识之，曾祈其术，石谓成式曰："可先画人首数十，遣胡越异貌③，办则相授。"疑其见欺，竟不及画。

【注释】

①张又新：字孔昭，深州陆泽（今河北深州西）人。与其弟希复皆登进士第。

②寘：安置。襞（bì）：褶皱。

③胡越异貌：意思是面貌差别很大。胡，北方人。越，南方人。

【译文】

山人石旻最擅长猜钩，和张又新兄弟交好，闲来夜晚会客，就试试他猜钩的能力，一猜就中。张又新就把钩藏在头巾的褶皱中让他猜，石旻说："大家手里都是空的，请把拳头张开。"一会儿，说钩藏在张又新的幞头左巾角里，他就是如此奇妙。石旻后来住在扬州，我因此和他相识，曾向他请教猜钩的技巧，石旻对我说："你先画几十张人面像，要每个人的面貌都大不一样，如果画好了我就教给你。"我怀疑他在骗我，最后就没画。

器奇

【题解】

"器奇",器物之奇异者。本篇共五条,前三条是关于异剑的记载,后两条记录的是异镜和辟尘巾两种奇异器物。

6.7 开元中,河西骑将宋青春①,骁果暴戾,为众所忌。及西戎岁犯边②,青春每阵常运稍大呼,执馘而旋③,未尝中锋镝④,西戎惮之,一军始赖焉。后吐蕃大北⑤,获生口数千⑥,军帅令译问衣大虫皮者:"尔何不能害青春?"答曰:"尝见龙突阵而来,兵刃所及,若叩铜铁,我为神助将军也。"青春乃知剑之有灵。青春死后,剑为瓜州刺史李广琛所得⑦,或风雨后,迸光出室,环烛方丈。哥舒翰镇西凉⑧,知之,求易以他宝。广琛不与,因赠诗:"刻舟寻化去⑨,弹铗未酬恩⑩。"

【注释】

①河西:唐代方镇。唐睿宗景云二年(711),置河西节度使,治凉州(今甘肃武威)。

②西戎：泛指西北地区少数民族。

③馘(guó)：战争中割取敌人的左耳以计功。这里指割下的敌人左耳。

④锋镝(dí)：泛指兵器。锋，刀锋。镝，箭头。

⑤北：败北。

⑥生口：俘虏。

⑦瓜州：唐武德五年(622)置，治所在晋昌(今甘肃瓜州)。

⑧哥舒翰(？—757)：突厥人，以部族名为姓，世居安西(今新疆吐鲁番东南)。天宝年间，为陇右节度使，后又兼任河西节度使，封西平郡王。安史乱起，为皇太子先锋兵马元帅，据守潼关，后因杨国忠谮言，被迫出关作战，兵败被俘，死于洛阳。西凉：即凉州，河西节度使治所。今甘肃武威。

⑨刻舟寻化去：用刻舟求剑的典故。刻舟求剑，典出《吕氏春秋》卷十五"察今"。

⑩弹铗未酬恩：典出《战国策·齐策四》："齐人有冯谖者，贫乏不能自存，使人属孟尝君，愿寄食门下。……居有顷，倚柱弹其剑，歌曰：'长铗归来乎，食无鱼！'左右以告，孟尝君曰：'食之，比门下之客。'居有顷，复弹其铗，歌曰：'长铗归来乎，出无车！'左右皆笑之，以告，孟尝君曰：'为之驾，比门下之车客。'……后有顷，复弹其剑铗，歌曰：'长铗归来乎，无以为家！'左右皆恶之，以为贪而不知足。孟尝君问：'冯公有亲乎？'对曰：'有老母。'孟尝君使人给其食用，无使乏。于是冯谖不复歌。""孟尝君为相数十年，无纤介之祸者，冯谖之计也。"铗，剑柄。这两句诗都用了关于剑的典故。

【译文】

　　开元年间，河西方镇骑兵将领宋青春，骁勇果敢而又暴躁凶悍，大家都很忌怕他。后来西戎连年侵犯边境，宋青春每次上阵，都挥舞长槊，大声呼喊，割下敌人的左耳得胜归来，自己从没受过伤，西戎都很畏惧他，全军的人这才信赖他。后来有一次大败吐蕃，抓获俘虏几千人，军队统帅让翻译官问一个穿虎皮的俘虏："你们为什么不能伤害宋青春呢？"回答说："我们只见一条龙冲着军阵猛扑过来，刀剑砍到的地方，就像砍到铜铁一样，我们认为是有神灵在为这位将军助阵。"宋青春才知道他的剑有灵异。宋青春死了以后，这把剑到了瓜州刺史李广琛的手里，有时狂风大雨之后，剑就迸发光芒，射出室外，可以照亮周围一丈的地方。哥舒翰镇守西凉的时候，知道了这把宝剑，想用其他宝物来换。李广琛不同意，赠了他两句诗："刻舟寻化去，弹铗未酬恩。"

6.8 郑云逵少时①，得一剑，鳞铗星镡②，有时而吼。常在庄居，晴日，藉膝玩之。忽有一人，从庭树窣然而下③，衣朱紫，纠发④，露剑而立，黑气周身，状如重雾。郑素有胆气，佯若不见。其人因言："我上界人，知公有异剑，愿借一观。"郑谓曰："此凡铁耳，不堪君玩。上界岂籍此乎？"其人求之不已，郑伺便良久，疾起斫之，不中。忽堕黑气著地，数日方散。

【注释】

①郑云逵（？—806）：荥阳（今属河南）人。为人诞谲敢言，大历初年登进士第。

②鳞铗星镡（xín）：形容剑柄和剑鼻的珍贵装饰。镡，剑鼻，即剑柄上端与剑身连接处的两旁突出部分。

③窣（sū）然：纵跃。窣，突然钻出来。

④纠（jiū）发：束发。

【译文】

郑云逵年轻时，得到一柄宝剑，鳞皮包裹剑柄，金星点缀剑鼻，有时会发出鸣吼声。郑云遴曾在乡村居住,在一个晴天拿出剑放在膝上赏玩。忽然有一个人从院子里的树上纵跃而下,穿着朱紫衣服,束着头发,亮出随身佩剑站着,全身黑气环绕,就像浓雾一样。郑平素就有胆量,假装没看见。那人就说:"我是天界的人,知道先生有柄神异的剑,希望借给我瞧瞧。"郑对他说:"这不过是柄普通的剑罢了,不值得您赏玩。天界难道还在乎这种剑吗?"那人没完没了地央求,郑耐着性子等待机会,突然跃起,一剑砍去,没砍中。忽然一团黑气落到地上,几天后才消散。

6.9 成式相识温介云:大历中,高邮百姓张存①,以踏藕为业②。尝于陂中③,见旱藕稍大如臂④,遂并力掘之。深二丈,大至合抱,以不可穷,乃断之。中得一剑,长二尺,色青无刃,存不之宝。邑人有知者,以十束薪获焉。其藕无丝。

【注释】

①高邮:今属江苏。

②踏藕:收获季节,人入水中用脚踩去周围淤泥将藕挑出。杜甫《陪郑公秋晚北池临眺》:"采菱寒刺上,踏藕野泥中。"

③陂(bēi):池塘。

④旱藕:药草名。形状像藕,主长生不饥,黑发。稍:泛指事物的末端,枝叶。

【译文】

我的熟人温介说:大历年间,高邮百姓张存,以踏藕为生。曾经在池塘中看到一株旱藕,枝梢有手臂那么粗,就奋力挖掘。挖到两丈深时,根茎粗到合抱,没有办法再往下挖,就从中折断了。藕节里面发现了一柄剑,二尺长,青色,没有刃,张存没把它当成什么宝贝。当地有人知道了,用十捆柴把剑换到手。那根早藕没有藕丝。

6.10 元和末,海陵夏侯乙庭前生百合花①,大于常数倍,异之。因发其下,得甓匣十三重②,各匣一镜。第七者光不蚀,照日光,环一丈。其余规铜而已③。

【注释】

①海陵:今江苏泰州。夏侯:复姓。百合:多年生草本植物名。花开呈漏斗状,花被六片,或淡红紫色,或略带淡绿色,或完全白色。

②甓(pì):砖。

③规:圆。

【译文】

元和末年,海陵夏侯乙的庭院前长了一株百合花,比平常的要大好几倍,觉得很奇怪。于是顺着根往下挖掘,挖到了十三层砖匣,每层里面各有一面铜镜。第七层的铜镜光亮如新,可以反照太阳光,映出直径一丈的光环。其余的铜镜仅是圆铜罢了。

6.11 高瑀在蔡州①,有军将田知,回易折欠数百万②。回至外县③,去州三百余里,高方令锢身勘田④。忧迫,计无所出,其类因为设酒食开解之。坐客十余,中有称处士皇甫玄真者,衣白若鹅羽,貌甚都雅⑤。众皆有宽慰之辞,皇但微笑曰:"此亦小事。"众散,乃独留,谓田曰:"予尝游海东⑥,获二宝物,当为君解此难。"田谢之,请具车马,悉辞。行甚疾,其晚至州,舍于店中。遂晨谒高。高一见,不觉敬之。因谓高曰："玄真此来,特从尚书乞田性命⑦。"高遽曰："田欠官钱,非瑀私财,如何?"皇请避左右:"某于新罗获一巾子,辟尘,欲献此赎田。"于怀内探出授高。高才执,已觉体中虚凉,惊曰："此非人臣所有,且无价矣,田之性命,恐不足酬也。"皇甫请试之。翌日,因宴于郭外⑧。时久旱,埃尘且甚。高顾视马尾鬃及左右驺卒数人⑨,并无纤尘。监军使觉⑩,问高:"何事尚书独不沾尘坌⑪?岂遇异人,获至宝乎?"高不敢隐。监军固求见处士,高乃与俱往。监军戏曰:"道者独知有尚书乎?更有何宝,愿得一观。"皇甫具述救田之意,且言药出海东,今余一针,力弱不及巾,可令一身无尘。监军拜请曰:"获此足矣。"皇即于巾上抽与之。针金色,大如布针。监军乃劄于巾试之⑫,骤于尘中⑬,尘唯及马鬃尾焉。高与监军日日礼谒,将讨其道要。一夕,忽失所在矣。

【注释】

①高瑀(？—834):渤海蓨(今河北景县)人。曾为蔡州刺史、陈许蔡节度使。蔡州:今河南汝南。

②回易:交易。元结《请收养孤弱状》:"有孤儿投军者,许收驱使;有孤弱子弟者,许令存养。当军小儿,先取回残及回易杂利给养。"

③回:交易。

④锢身:以盘枷禁锢其身。勘:审问。

⑤都雅:闲雅。

⑥海东:东洋诸国。这里指今朝鲜半岛。

⑦尚书:这里指高瑀。

⑧郭：外城，在城外加筑的一道城墙，也泛指城。

⑨马尾鬣(liè)：马尾的长毛。

⑩监军使：职官名。唐代中后期，朝廷为加强对各大方镇的控制，派遣皇帝身边的亲信宦官至镇，负责监视刑赏、奏察违谬之事。

⑪何事：为什么。尘坌(bèn)：灰尘。坌，尘埃。

⑫劄(zhā)：同"扎"。

⑬骤：疾驰。

【译文】

高瑀在蔡州的时候，有位军将名叫田知，负责做买卖，亏损几百万。生意做到外县，距离本州三百多里，高瑀才下令拘捕审问他。田知非常忧虑，不知道该怎么办，他的同伴于是为他摆设酒宴开导他。同桌的客人有十多位，其中有位名叫皇甫玄真的处士，身着白衣，有如鹅毛，神态闲雅。大家都对田知说宽慰的话，只有皇甫玄真微笑着说："这只算小事。"客人走了，皇甫玄真单独留在后面，对田知说："我曾经漫游海东，得到两件宝贝，可以用来为您解脱危难。"田知深表感谢，要为他准备车马，他却全都不要。皇甫走得非常快，晚上就到了蔡州，住在客店里。第二天早上就去拜见高瑀。高瑀一见，不由得心生敬意。皇甫于是对高说："我来这一趟，特地恳求尚书饶恕田知。"高一口拒绝说："田知欠的是公款，不是我的私财，你让我怎么办？"皇甫请高斥退左右侍从，说："我在新罗国得到一件避尘巾，想用它来为田知赎命。"从怀中取出交给高瑀。高刚拿到手上，就觉得浑身清凉，吃惊地说："这不是臣民可以拥有的，而且是无价之宝，田知一条命，怕值不了这么多。"皇甫请他试用。第二天，在城外游宴。当时干旱已久，一路灰尘非常多。高瑀回头看马的尾巴及左右侍从，都没有一点灰尘。监军使察觉了，问高瑀："为什么唯独尚书不沾灰尘？莫不是遇到高人，得到了无价之宝？"高瑀不敢隐瞒。监军使一定要见见皇甫玄真，高瑀就陪同他一起去。监军使对皇甫开玩笑说："你这有道之士只知道有高尚书吗？还有什么宝贝，我想观赏一下。"皇甫细说了赎救田知的意思，并且说东西出自海东，现在只剩下一根针，效果不如巾子，只可让自身不沾灰尘。监军使拜谢请求说："有这根针就足够了。"皇甫玄真就从头巾上抽下来送给他。针是金色的，大小和缝衣针差不多。监军使把针扎在头巾上试试，骑着马在尘土中疾驰，灰尘仅沾到马鬃和马尾上。高瑀和监军使每天都恭恭敬敬地去见皇甫玄真，想要求讨道术的诀窍。一天傍晚，忽然就找不着人了。

乐

【题解】

从本篇八条的内容来看，题目"乐"既指乐器，也指器乐。秦时咸阳宫里琴筑笙竽、铜管、玉笛等组成的乐队，卧箜篌，深埋池中的蕤宾铁，使用皮弦的琵琶，猿臂骨制成的笛，等等，都是奇特的乐器。而玉笛吹奏则车马隐隐出山林，临水弹琵琶则近岸波动有物激水如鱼跃，猿臂笛之声清圆胜于丝，又都是非同寻常的器乐。这些记载不同于正史礼乐志的严谨而刻板，深入历史细节，更为具体可感。

6.12 咸阳宫中①，有铸铜人十二枚②，坐皆三五尺，列在一筵上③。琴筑笙竽④，各有所执，皆组绶花彩⑤，俨若生人。筵下有铜管，上口高数尺。其一管空，内有绳，大如指。使一人吹空管，一人纫绳⑥，则琴瑟竽筑皆作，与真乐不异。有琴长六尺，安十三弦，二十六徽⑦，皆七宝饰之，铭曰"璠璵之乐"⑧。玉笛长二尺三寸，二十六孔，吹之则见车马出山林，隐隐相次，息亦不见，铭曰"昭华之管"⑨。

【注释】

①咸阳宫：遗址在今陕西咸阳东北。秦始皇统一六国之后，在咸阳

大造宫殿。

②铸铜人十二枚：《史记·秦始皇本纪》："收天下兵,聚之咸阳,销以为钟𬭚,金人十二,重各千石,置廷宫中。"按,当时兵器多为铜制。

③筵：竹席。

④琴筑(zhú)笙竽：乐器名。琴,弦乐器,用梧桐木等制成,古作五弦,周初增为七弦。古人之艺文风雅,概称琴棋书画,以抚琴为首。筑,弦乐器,形似琴而有十三弦,执竹尺击弦发声。笙,管乐器,以十三根长短不同的竹管制成。竽,管乐器,形似笙而大。

⑤组绶：系佩玉所用的丝带。这里泛言衣饰。

⑥纫：捻线,搓绳。

⑦徽：系琴弦的绳。

⑧玙璠(yú fán)：美玉。

⑨昭华：美玉。

【译文】

　　秦始皇的咸阳宫里,有十二个铸铜人,坐高都有三五尺,排列在一处座席上。每个铜人手里都各自拿着琴、筑、笙、竽等乐器,佩带美玉,身着锦绣,好像真人一样。座席之下有铜管,管口高达几尺。其中一根空管里有根手指粗细的绳子。让一个人吹空管,另一个人捻动绳子,各种乐器同时奏鸣,和真的乐队演奏没有差别。有一张琴长六尺,安有十三根弦,二十六徽,都用珍宝装饰,琴面刻着"玙璠之乐"四个字。有支玉笛,长二尺三寸,二十六个孔,吹奏的时候会看到车驾骏马驶出山林,隐隐约约前后相续,停止吹奏也就随之消失了,笛上刻着"昭华之管"四个字。

　　6.13 魏高阳王雍美人徐月华①,能弹卧箜篌②,为《明妃出塞》之声③。

【注释】

①魏高阳王：即为元雍，字思穆。北魏献文帝之子。太和九年
　（485）封颍川王。后改封高阳王。美人：嫔妃等次名称，自汉朝
　至明朝，宫廷皆有美人名号。

②箜篌：弦乐器。分卧式和竖式两种。弦数少则五根，多至二十五
　根，用木拨弹奏。

③《明妃出塞》：曲名。明妃，即昭君。《旧唐书·音乐志二》："明
　君，汉元帝时，匈奴单于入朝，诏王嫱配之，即昭君也。及将去，
　入辞，光彩射人，耸动左右，天子悔焉。汉人怜其远嫁，为作此
　歌。晋石崇妓绿珠善舞，以此曲教之，而自制新歌曰：'我本汉家
　子，见适单于庭。昔为匣中玉，今为番土英。'晋文王讳昭，故晋
　人谓之明君。此中朝旧曲，今为吴声，盖吴人传受讹变使然。"

【译文】

北魏高阳王元雍的美人徐月华，能够弹卧箜篌，演奏《明妃出
塞》曲。

　6.14 有田僧超，能吹笳①，为《壮士歌》、《项羽吟》②。将
军崔延伯出师③，每临敌，令僧超为《壮士》声，遂单马入阵。

【注释】

①笳：汉代流行于塞北和西域的一种管乐器，类似笛子。

②《壮士歌》：曲名本自荆轲所唱"风萧萧兮易水寒，壮士一去兮不
　复还"。《项羽吟》：曲名本自项羽垓下之围所唱"力拔山兮气盖
　世"之歌。

③崔延伯：博陵（今河北安平）人。仕齐为缘淮游军。入魏，历荆
　州、幽州刺史。正光五年（524）封新丰子，为使持节征西将军，西

道都督。后万俟丑奴入寇，崔延伯与战，身中流矢而死。

【译文】

有个叫田僧超的人，能吹笳，演奏《壮士歌》、《项羽吟》。崔延伯将军率军出征，每逢临阵之际，就让僧超吹奏《壮士歌》，然后单枪匹马冲锋陷阵。

6.15 古琵琶用鹍鸡筋①。开元中，段师能弹琵琶②，用皮弦，贺怀智破拨弹之③，不能成声。

【注释】

①鹍(kūn)鸡：一种像天鹅的大鸟。

②段师：唐代僧人，名善本，俗姓段，善弹琵琶。《太平御览》卷五八三引《乐府杂录》："贞元中，有康昆仑弹琵琶第一手。因长安大旱，诏移两市以祈雨。……及昆仑度曲，西市楼上出一女郎，抱乐器先云：'我亦弹此曲，兼移在枫香调。'及下拨，声如雷，其妙绝入神。昆仑即惊骇，乃拜请为师。女郎乃更衣而出，及见，即僧也。盖西市内豪族厚赂庄严寺僧善本(善本名，俗姓段也)，以定东廓之胜也。"

③破拨：一种琵琶的弹奏方法。

【译文】

古时琵琶弦用鹍鸡筋。开元年间，段善本擅长弹奏琵琶，所用琵琶弦为皮弦，贺怀智破拨弹奏，不能成调。

6.16 蜀将军皇甫直别音律①，击陶器能知时月。好弹琵琶。元和中，尝造一调，乘凉，临水池弹之。本黄钟而声入蕤宾②，因更弦，再三奏之，声犹蕤宾也。直甚惑，不悦，自意为不祥。隔日,又奏于池上,声如故。试弹于他处,则黄钟也。直因切调蕤宾③,夜复鸣弹于池上,觉近岸波动,有物激水如鱼跃,及下弦,则没矣。直遂集客,车水竭池④,穷池索之。数日,泥下丈余,得铁一片,乃方响蕤宾铁也⑤。

【注释】

①别音律:辨别音律。音律,五音六律。五音为宫、商、角、徵、羽。六律有阳律六:黄钟、太簇、姑洗、蕤宾、夷则、无射;阴律六:大吕、夹钟、中吕、林钟、南吕、应钟。合为十二律,以应十二月。

②黄钟:十二律之首,声调最为洪大响亮。蕤(ruí)宾:六阳律第四,时应五月,故后来也作农历五月的别称。

③切:切换。

④车水:用水车排水。

⑤方响:打击乐器名。以十六枚铁片组成,其制上圆下方,大小相同,厚薄不一,分两排,悬于一架,以小铜锤击之,其声清浊不等,为隋唐燕乐中常用的乐器。蕤宾铁:蕤宾调铁片。

【译文】

蜀地将军皇甫直擅长辨别音律,敲击陶器能够凭声音知道制作的年月。喜欢弹奏琵琶。元和年间,曾谱写一支曲调,乘凉时在水边弹奏。曲子本来是黄钟调,弹奏起来乐音却入了蕤宾调,于是换了弦,反复弹奏,发出的声音还是蕤宾调。皇甫直疑惑不解,郁闷不乐,心想这怕是不祥之兆。过了一天,又在池边弹奏,声音还是那样。试着在其他地方弹,却正是黄钟调。皇甫直于是切换蕤宾调,夜间又在池边弹奏,发觉近岸的地方水波荡漾,有个东西激荡水波好像鱼儿潜跃一样,停下不弹,水面也平静了。皇甫直于是召集众人,用水车排干了池水,翻遍整个池子搜索。几天后,淤泥下一丈多深的地方,挖到了一块铁片,原来是方响的蕤宾调铁片。

6.17 王沂者，平生不解弦管^①，忽旦睡，至夜乃寤，索琵琶弦之，成数曲，一名《雀啄蛇》^②，一名《胡王调》，一名《胡瓜苑》，人不识闻，听之者莫不流涕。其妹请学之，乃教数声，须臾总忘，不复成曲。

【注释】

①弦管：代指音乐。

②啄(zhuó)：鸟啄食。

【译文】

有个叫王沂的人，平生不懂音乐，忽然有一天大白天睡觉，到晚上醒了，找来琵琶弹奏，制成几支曲子，一支名为《雀啄蛇》，一支名为《胡王调》，一支名为《胡瓜苑》，都是人们此前没有听到过的，听他弹奏的无不泫然流泪。他的妹妹要学这几支曲子，王沂才教了她几个音节，一下子全忘光了，再也弹不成曲调。

6.18 有人以猿臂骨为笛，吹之，其声清圆，胜于丝竹。

【译文】

有人用猿猴的手臂骨节制作成笛子，试着吹奏，声音清亮圆润，胜过普通乐器。

6.19 琴有气^①。常识一道者，相琴知吉凶^②。

【注释】

①气：中国古代哲学概念，指人的主观精神气韵。

②相：占视，观察形貌而测断吉凶。

【译文】

琴是有精神气韵的。我曾经认识一位道士，相琴能够预知吉凶。

前集卷七

酒食

【题解】

本篇杂记各类酒食品目以及制作方法,是研究唐代饮食文化的重要文献。前三条昆仑觞、碧筒杯、青田核是关于酒的记载,下面五条是关于各种奇珍异食的典故,其后是各种极为讲究的制作方法,最后是上层社会的各种名吃等等。段成式不仅是食不厌精、脍不厌细的美食家,还是一位具有极高文化修养和审美能力的士大夫,所以他眼中笔下的饮食生活也带有高度艺术化的特征。

7.1 魏贾琳,家累千金,博学,善著作。有苍头善别水^①,常令乘小艇于黄河中,以瓠匏接河源水^②。一日不过七八升。经宿,器中色赤如绛,以酿酒,名昆仑觞^③。酒之芳味,世中所绝。曾以三十斛上魏庄帝^④。

【注释】

①苍头:汉代的仆役都以青巾作为头饰,故称"苍头"。

②瓠匏(hù páo):葫芦对剖做成的瓢。

③昆仑觞(shāng):《山海经》记载黄河发源于昆仑山,故以名此酒。

觞,酒器。这里代指酒。

④魏庄帝(507—530):即为元子攸。献文帝拓跋弘之孙,彭城王元
　勰第三子。武泰元年(528)于河阳即帝位。永安三年(530)
　被杀。

【译文】

　　北魏的贾琚,家境富有,博学多知,善于写作。他有一名奴仆擅长
辨别水质,就经常让他坐着小艇到黄河中流,用葫芦瓢取来自昆仑山的
河源之水。一天只能取七八升。过一晚,容器中的水颜色深红,就用它
来酿酒,酒名为昆仑觞。酒的芳香气味,世间绝无。贾琚曾拿三十斛昆
仑觞献给魏庄帝。

　　7.2 历城北有使君林①。魏正始中②,郑公悫三伏之
际③,每率宾僚避暑于此。取大莲叶,置砚格上④,盛酒三升,
以簪刺叶,令与柄通,屈茎上轮菌如象鼻⑤,传噏之⑥,名为碧
筒杯。历下敩之⑦,言酒味杂莲气香,冷胜于水。

【注释】

①使君:汉代称太守、刺史为"使君",以后用作州郡长官之尊称。

②正始:北魏宣武帝元恪年号(504—508)。

③郑公悫(què):即为郑悫,北魏时人。三伏:农历夏至后第三个庚
　日起为初伏,第四个庚日起为中伏,立秋后第一个庚日起为末
　伏。是一年中最热的时段。

④砚格:放砚台的木格。

⑤轮菌:即轮囷(qūn),屈曲盘绕的样子。

⑥噏(xī):同"吸"。

⑦历下:即历城(今济南),城在历山之下,故名。敩(xiào):仿效。

【译文】

历城北边有个使君林。北魏正始年间,郑悫常在三伏天带着宾客幕僚到这里避暑。拿一张大荷叶,放在砚格上,盛酒三升,用簪子刺穿荷叶根部,让叶面和叶柄相通,然后把叶柄盘曲起来,如同大象鼻子一样,互相传递着吸酒,并起名为碧筒杯。历下人纷纷仿效,说酒香和着莲香,清冽之味,胜过泉水。

7.3 青田核①,莫知其树实之形。核大如六升瓠,注水其中,俄倾水成酒②。一名青田壶,亦曰青田酒。蜀后主有桃核两扇③,每扇著仁处,约盛水五升。良久,水成酒,味醉人。更互贮水,以供其宴。即不知得自何处。

【注释】

①青田核:晋崔豹《古今注》卷下:“乌孙国有青田核,莫测其树实之形,至中国者,但得其核耳。核大如六升瓠,空之以盛水,俄而成酒,味甚醇美。刘璋得两核,集宾客设之,常供二十人之饮,一核尽,一核所盛复饮,饮尽,随更注水,随尽随盛。不可久置,久置则苦不可饮。名曰青田酒。”

②俄倾:即俄顷,很快。

③蜀后主:即为刘禅(207—271)。小名阿斗,刘备子。十七岁即位,蜀亡降魏,迁洛阳,封安乐公。

【译文】

青田桃核,不知道树和果实的形状。桃核的大小相当于六升的葫芦,在里面注满水,一会儿水就变成了酒。又叫青田壶,那酒也就叫青田酒。蜀汉后主有青田桃核两扇,每扇装桃仁的地方大约盛五升水。过一会儿,水变成酒,酒味醉人。两扇桃核交替着盛水变酒,供应宴饮。

但不知桃核从何处得来。

7.4 武溪夷田强①,遣长子鲁居上城,次子玉居中城,小子仓居下城,三垒相次,以拒王莽②。光武二十四年③,遣武威将军刘尚征之。尚未至,仓获白鳖为臛,举烽请两兄④,兄至,无事。及尚军来,仓举火,鲁等以为不实,仓遂战而死。

【注释】

①武溪:河流名。其流域在今湖南泸溪一带。《后汉书·南蛮传》:"光武中兴,武陵蛮夷特盛。建武二十三年,精夫相单程等据其险隘,大寇郡县,遣武威将军刘尚发南郡、长沙、武陵兵万余人,乘船溯沅水入武溪击之。"

②王莽(前45—23):字巨臣。西汉元帝皇后之侄。初始元年(9)篡汉自立,改国号新,宣布推行新政,史称"王莽改制"。

③光武:即为刘秀(前6—57)。汉高祖九世孙,长于民间。王莽地皇三年(22),从其兄缜起兵春陵,受命于更始皇帝刘玄。更始三年(25),刘秀即帝位,定都洛阳,改元建武,是为东汉。另按,据注①引文,此事应为建武二十三年。

④烽:烽火,用以传递警情的烟火。

【译文】

武溪蛮夷田强,派长子田鲁居守上城,次子田玉居守中城,幼子田仓居守下城,三座城垒相互呼应,以对抗王莽。汉光武帝建武二十三年,朝廷派遣武威将军刘尚征讨。刘尚大军还没到,田仓捉到白鳖,做成鳖汤,竟然点起烽火请两位兄长,田鲁、田玉到了,发现并无紧急军情。后来刘尚大军到了,田仓又点燃烽火,田鲁等人以为又是闹着玩就没理会,田仓就战死了。

7.5　梁刘孝仪食鲭鲊^①，曰："五侯九伯^②，令尽征之。"魏使崔劼、李骞在坐，劼曰："中丞之任，未应已得分陕^③？"骞曰："若然，中丞四履^④，当至穆陵^⑤。"孝仪曰："邺中鹿尾^⑥，乃酒肴之最。"劼曰："生鱼熊掌，《孟子》所称^⑦；鸡跖、猩唇^⑧，《吕氏》所尚^⑨。鹿尾乃有奇味，竟不载书籍，每用为怪。"孝仪曰："实自如此，或是古今好尚不同。"梁贺季曰^⑩："青州蟹黄^⑪，乃为郑氏所记^⑫。此物不书，未解所以。"骞曰："郑亦称益州鹿矮^⑬，但未是'尾'耳。"

【注释】

①刘孝仪：即为刘潜（494—550），彭城（今江苏徐州）人。历官尚书左丞兼御史中丞、临海太守、都官尚书、豫章内史等。鲭鲊（zhēng zhǎ）：即五侯鲭，一种美味佳肴。晋葛洪《西京杂记》卷二："五侯不相能，宾客不得往来。娄护丰辩，传食五侯间，各得其欢心，竞致奇膳。护乃合以为鲭，世称'五侯鲭'，以为奇味焉。"鲭，鱼和肉合烧的菜肴。鲊，经过加工的鱼类食品，如腌鱼、糟鱼等。

②五侯九伯：《左传·僖公四年》管仲语："昔召康公命我先君大公曰：'五侯九伯，女实征之，以夹辅周室。'赐我先君履，东至于海，西至于河，南至于穆陵，北至于无棣。"五侯，公、侯、伯、子、男五等诸侯。九伯，九州之伯。又，汉成帝河平二年（前27），同日封外戚王谭为平阿侯，王商为成都侯，王立为红阳侯，王根为曲阳侯，王逢时为高平侯，时称"五侯"。注①引文所说的"五侯不相能"，即此之谓。按，关于刘孝仪这句话，许逸民《酉阳杂俎校笺》解释说："此时刘孝仪面对魏使，正在食鲭鲊，故由'五侯鲭'引入《左传》'五侯九伯，令尽征之'之典，暗喻南北朝之际，梁朝居大，足以号令天下，藉以藐视魏使。"

③分陕：周公、召公分陕而治。《春秋公羊传·隐公五年》："自陕而东者，周公主之，自陕而西者，召公主之。"后来重臣出镇一方，也称"分陕"。陕，其地在今河南陕县。许逸民注评《酉阳杂俎》："崔劼的话是反击刘孝仪之词，意思是说，如此说来，你这御史中丞恐怕是被贬作地方官了吧。"

④四履：四至。

⑤穆陵：杨伯峻《春秋左传注》："（穆陵）疑即今湖北省麻城县北一百里与河南省光山县、新县接界之穆陵关（一作木陵关）。"按，李骞说的这句话，也出自《左传·僖公四年》，详注②引文。

⑥邺中：即邺城（今河北临漳），时为东魏之都城。

⑦生鱼熊掌，《孟子》所称：语出《孟子·告子上》："鱼我所欲也，熊掌亦我所欲也。"

⑧鸡跖（zhí）：鸡爪。

⑨《吕氏》所尚：《吕氏春秋》卷四"用众"："善学者若齐王之食鸡也，必食其跖数千而后足，虽不足，犹若有跖。"同书卷一四"本味"："肉之美者，猩猩之唇，獏獏之炙。"尚，推崇。

⑩贺季：南朝梁臣，贺场（452—510）次子。历尚书祠部郎兼中书通事舍人，累迁步兵校尉，中书黄门郎。

⑪青州：古为九州之一。后为历代州府名。辖领不一，清代青州治今山东益都。

⑫郑氏：即为郑玄（127—200）。东汉经学家，遍注群经。《周礼·天官》"庖人"："共祭祀之好羞。"郑玄注："谓四时所为膳食，若荆州之鳝鱼，青州之蟹胥，虽非常物，进之孝也。"

⑬益州：今成都。鹿㱔（wěi）：《礼记·内则》："或曰麋鹿鱼为菹。"郑玄注："今益州有鹿㱔者。"陆德明《经典释文》："益州人取鹿杀而埋之地中，令臭乃出食之，名鹿㱔是也。"

【译文】

梁朝刘孝仪一边食用五候鲭，一边含沙射影地说："五候九伯，令尽征之。"魏朝使者崔劼、李骞同在宴席，崔劼讽刺说："中丞的职位，不会是已经做了地方官了吧？"李骞接着说："要真是做了地方官，中丞您步履所至，应该已经到了南边很远的穆陵了。"刘孝仪说："魏朝邺城的鹿尾巴，真是最美的佳肴啊！"崔劼说："生鱼熊掌，是《孟子》提到的美味；鸡爪猩唇，《吕氏春秋》也十分推赏。鹿尾真有奇特的美味，竟然不见经典记载，我一直觉得很奇怪。"刘孝仪只好说："的确是这样，或许是古今的喜好不同吧。"梁朝的贺季说："青州的蟹黄，就被郑玄记载下来了。鹿尾竟然不见记载，不明白是什么缘故。"李骞说："郑玄也提到益州的鹿矮，只不是'鹿尾'罢了。"

7.6 何胤侈于味①，食必方丈②，后稍欲去其甚者，犹食白鱼、鲌脯、糖蟹③，使门人议之。学生锺岏议曰④："鲌之就脯，骤于屈伸，而蟹之将糖，躁扰弥甚。仁人用意，深怀如怛⑤。至于车螯、母蛎⑥，眉目内阙，惭浑沌之奇⑦；唇吻外缄⑧，非金人之慎⑨；不荣不悴⑩，曾草木之不若；无馨无臭，与瓦砾而何异？故宜长充庖厨，永为口实。"

【注释】

①何胤（446—531）：字子季，庐江灊（今安徽霍山）人。起家秘书郎，历官太子中庶子、国子祭酒、侍中。建武四年（497）归隐会稽东山。梁兴，屡召不赴，居虎丘讲佛经。

②食必方丈：极言肴馔之盛，杂然前陈有一丈见方之地。

③鲌（shàn）脯：鳝鱼干。鲌，同"鳝"。脯，肉干。糖蟹：以糖腌藏的蟹。北魏贾思勰《齐民要术》卷八记载有具体的制作方法。刘传鸿《〈酉阳杂俎〉校证·兼字词考释》有详细考证。

④锺岏：字长岳，荥川长社（今河南许昌）人。锺嵘（《诗品》作者）

之弟。

⑤怛(dá):这里是悲悯的意思。

⑥车螯:一种蛤类。俗称昌蛾蜃,壳紫色,璀璨如玉,有斑点,自古即为海味珍品。母蛎:即牡蛎。

⑦浑沌:传说中的中央之帝,浑然一体,身无七窍。奇(jī):命运不好。《庄子·应帝王》:"南海之帝为倏,北海之帝为忽,中央之帝为浑沌。倏与忽时相与遇于浑沌之地,浑沌待之甚善。倏与忽谋报浑沌之德,曰:'人皆有七窍以视听食息,此独无有,尝试凿之。'日凿一窍,七日而浑沌死。"

⑧缄:闭上。

⑨金人之慎:汉刘向《说苑》卷十:"孔子之周,观于太庙。右陛之前,有金人焉,三缄其口,而铭其背曰:'古之慎言人也。戒之哉!戒之哉! 无多言,多言多败;无多事,多事多患。'"

⑩悴:凋零,枯萎。

【译文】

何胤嗜好美味,每次用餐必定山珍海味摆得满满的,后来逐渐想减少铺张,但仍然还食用白鱼、鳝干、糖蟹,并让门人进行评论。学生锺屼评论说:"鳝鱼制成肉干,定会痛苦屈伸,螃蟹置于糖中,焦躁挣扎更甚。仁人之心,深怀悲悯。至于车螯、牡蛎,没有眉眼,自惭和浑沌一样命薄;嘴唇紧闭,并非如金人三缄其口;不荣不枯,不如草木;无香无臭,跟瓦砾有什么区别? 所以应该置于厨房,填人口腹。"

7.7 后梁韦琳①,京兆人,南迁于襄阳②。天保中③,为舍人,涉猎有才藻,善剧谈。尝为《鲍表》,以讥刺时人。其词曰:"臣鲍言:'伏见除书,以臣为糁熬将军、油蒸校尉、臛州刺史④,脯腊如故。肃承将命,灰身屏息⑤,凭笼临鼎,载兢载惕⑥。臣美愧夏鳣⑦，味惭冬鲤，常怀鲐腹之诮⑧，每惧鳖岩之讥⑨，是以嗽流湖底⑩，枕石泥中。不意高赏殊宏，曲蒙钧拔⑪，遂得超升绮席，忝预玉盘。爰厕玳筵⑫，猥颁象箸⑬，泽覃紫腴⑭，恩加黄腹⑮。方当鸣姜动椒，纡苏佩橙⑯。轻瓢才动，则枢盘如烟⑰；浓汁暂停，则兰肴成列⑱。宛转绿齑之中⑲，逍遥朱唇之内，衔恩噬泽⑳，九殒弗辞㉑。不任屏营之诚㉒，谨列铜铨门㉓，奉表以闻。'诏答曰：'省表具知。卿池沼搢绅㉔，陂池俊乂㉕，穿蒲入荇㉖，肥滑有闻，允堪兹选，无劳谢也。'"

【注释】

① 后梁：承圣三年(554)，梁元帝崩，梁亡。岳阳王萧詧(519—562)降魏，受封梁王。次年，被立为梁帝，都江陵(今湖北荆州)。广运二年(587)复亡于隋。史称"后梁"。

② 襄阳：郡府名。其地在今湖北。隋唐时，或称襄州，或称襄阳郡。自古为南北交通要冲，军事重镇。

③ 天保：北齐文宣帝高洋年号(551—558)。

④ 糁(sǎn)：用米和羹。校尉：武将职官名。西汉时，校尉为掌管特种军队的将领；隋唐以后为武散官，清代则八品以下称作"校尉"。

⑤ 灰身：粉身碎骨。

⑥ 载兢载惕：战战兢兢。载，又。

⑦ 鳣(zhān)：鲟一类的鱼。

⑧ 鲐(tái)：河豚的别名。河豚腹肥美而有毒。

⑨ 鳖岩之讥：《庄子·秋水》："子独不闻夫坎井之蛙乎？谓东海之鳖曰：'吾乐与！出跳梁乎井干之上，入休乎缺甃之崖。赴水则

接腋持颐,蹶泥则没足灭跗。还虾蟹与科斗,莫吾能若也。且夫
擅一壑之水,而跨跱坎井之乐,此亦至矣,夫子奚不时来入
观乎!’”

⑩嗽(shuò)流:吸水。

⑪钧:对尊贵者的敬辞。

⑫厕:跻身。玳(dài)筵:盛宴。

⑬猥:对自身的谦辞。颁:动。

⑭泽:恩泽。覃(tán):深。紫腴:鳝肉,颜色类紫。

⑮黄腹:鳝腹颜色稍黄,故如此说。

⑯苏、樧(dǎng):均为调料。

⑰枢(ōu)盘:盛菜肴的木盘。枢,木名。即刺榆。

⑱兰肴:美肴。

⑲绿齑(jī):捣碎的姜、蒜、韭菜等调料。

⑳噬(shì):咬。

㉑殒:死。

㉒屏营:惶恐。汉魏以下,上表时的惯用语。

㉓铛(chēng):鼎。

㉔搢(jìn)绅:把笏板插在腰间绅带上。引申指士大夫。

㉕俊乂(yì):俊杰。

㉖蒲:多年生草本植物,长在池沼中。荇(xìng):多年生草本植物,根生水底,叶浮水面。

【译文】

后梁的韦琳,本是京兆人,南迁到了襄阳。天保年间官至中书舍人,读书广博,颇有才华,喜欢高谈阔论。他曾经写过一篇《鳝表》来讽刺当时人。全文是:“臣鳝鱼启奏皇上:‘臣接到委任诏书,任命臣作糁熬将军、油蒸校尉、矔州刺史,还是像以前一样变成肉干。臣恭谨受诏,粉身碎骨,屏气凝神,靠近蒸笼铜鼎,心里战战兢兢。臣之鲜美不如夏

鳢，味道不如冬鲤，经常担心受到河豚腹毒之讽，井蛙嘲鳖之讥，因此饮水湖底，枕石泥中。谁料恩赏极宏，幸蒙选拔，于是得以高升华席之上，忝列玉盘之中。侧身盛筵，有劳象箸，深恩厚泽，加于背腹。正合姜椒苏桤，各种调料，大显身手，一齐上阵。勺子才刚翻动，菜盘络绎而来；浓汁淋浇完毕，美肴杂然前陈。徜徉在绿色调料之中，逍遥于皓齿红唇之内，含在口中之恩，反复咀嚼之德，臣九死不辞。今不胜惶恐，小心排列在铜鼎门前，谨呈表章，上达天听。'皇帝诏答：'细阅奏表，所言尽知。卿为池沼搢绅，池塘俊杰，穿行蒲荇水草之间，肥美鲜滑早有耳闻，确能担此任命，不必再行谢恩。'"

7.8　伊尹干汤^①，言天子可具三群之虫，谓水居者腥，肉玃者臊^②，草食者膻也。

【注释】

①伊尹干汤：伊尹谒见商汤。伊尹，商汤之臣，佐汤伐夏桀，被尊为阿衡（宰相）。干，干谒。汤，商王朝的建立者，又称天乙、成汤。按，本条至7.11条，许逸民校笺本合为一条，这里参考方南生校本及刘传鸿校证本，分为四条。本条至7.18各条，列举各类奇珍异食以及酿造烹饪之法，所列品目繁多，不但合乎本书猎奇志怪之旨，也可见圣人所说的"食不厌精，脍不厌细"良非虚语，是研究古代饮食烹饪的重要材料。段成式腹笥繁富，广泛征引文献，此数条所列，散见于《吕氏春秋》卷一四、楚辞《招魂》、枚乘《七发》、扬雄《方言》卷十三、崔骃《七依》、张衡《七辩》、王粲《七释》、曹植《七启》、《广雅·释器》、张协《七命》、湛方生《七欢》、吴均《食移》、萧纲《七励》、《南史·虞悰传》等，以见于七体为多。其所征引并不依书排列，面目较为驳杂，字词古奥难懂，以下注释远非完备，仅供参考。

②攫(jué)：通"攫"，攫取。

【译文】

伊尹谒见成汤，说天子可以备具三类动物，说水族有腥味，肉食动物有臊味，草食动物有膻味。

7.9 五味①　三材②　九沸　九变③　三臡④　七菹⑤ 具酸⑥　楚酪　芍药之酱　秋黄之苏　楚苗　山肤⑦　大苦 挫糟⑧

【注释】

①五味：咸、苦、酸、辛、甘。按，本条不译。

②三材：即水、木、火。

③九沸　九变：《吕氏春秋》卷一四"本味"："凡味之本，水最为始。五味三材，九沸九变，火为之纪。"高诱注："纪犹节也。品味待火然后成，故曰火为之节。"

④臡(ní)：带骨的肉酱。

⑤菹(zū)：肉酱。

⑥具酸：应为"吴酸"。《楚辞·大招》："鲜蠵甘鸡，和楚酪只。醢豚苦狗，脍苴莼只。吴酸蒿蒌，不沾薄只。"

⑦芍药之酱　秋黄之苏　楚苗　山肤：枚乘《七发》："肥狗之和，冒以山肤；楚苗之食，安胡之饭。……于是伊尹煎熬，易牙调和。熊蹯之臑，勺药之酱，秋黄之苏，白露之茹。"楚苗，李善注："楚苗山出禾，可以为食。"芍药，李善注："韦昭《上林赋》注曰：'勺药，和齐咸酸美味也。'"

⑧大苦　挫糟：《楚辞·招魂》："大苦咸酸，辛甘行些。肥牛之腱，臑若芳些。……挫糟冻饮，酎清凉些。"王逸注："大苦，豉也。"又

《文选》李善注"挫糟冻饮"："逸曰：'挫，捉也。冻，冰也。酎，醇酒也。'言盛夏则为覆蠛干釀，去其糟，但取清醇，居之冰上，然后饮之。酒寒清凉，又长味好饮。"

7.10 甘而不嗳①，酸而不哰②，咸而不减③，辛而不糯④，淡而不薄，肥而不腴⑤。

【注释】

①嗳（yuàn）：甘甜过度。按，本条见于《吕氏春秋·本味》，说的是甘、酸、咸等诸味要恰到好处，不失之过厚或过薄。本条不译。

②哰（hù）：味道过于浓烈。

③减：同"城"，咸得苦。

④糯："熮（liǔ）"字之误，味烈。

⑤腴：腹下的肥肉。此谓肥而过度。

7.11 猩唇①　獾炙②　觿翠③　牦腴④　麋腱⑤　述荡之掔⑥　旄象之约⑦　桂蠹石鳆⑧　河隈之苏⑨　巩洛之鳟⑩　洞庭之鲋⑪　灌水之鳐⑫　珠翠之珍⑬　莱黄之鲐⑭　臑鳖　炮羔　腾凫　蝼蛑⑮

御宿青粲　瓜州红菱⑯　冀野之粱⑰　芳菰精稗⑱　会稽之菰⑲　不周之稻⑳　玄山之禾　杨山之穄㉑　南海之秬㉒　寿木之华㉓　玄木之叶㉔　梦泽之芹㉕　具区之菁㉖　阳朴之姜㉗　招摇之桂　越骆之菌㉘　长泽之卵㉙　三危之露㉚　昆仑之井㉛

黄颔臛　醒酒鲭㉜　饧餬㉝　铢馄㉞　粔籹㉟　寒具㊱

小蛳㊲　熟蚬㊳　炙糁㊴　蛆子㊵　蟹蝑㊶　葫精　细乌贼
细飘㊷　梨酳㊸　鲨酱㊹　干栗　曲阿酒　麻酒　椵酒㊺
新鳝子㊻　石耳　蒲叶菘㊼　西楂㊽　竹根粟　菰首　鰡子
鮈㊾　熊蒸　麻胡麦　藏荔支　绿菔笋　紫鳞㊿　千里莼[51]
鲙曰万丈、蚊足、红綷[52]　精细曰万凿、百炼、蝇首、如蛆[53]
张掖九蒸豉[54]　一丈三节蔗　一岁二花梨[55]　行米　丈
松[56]　焦鲺[57]　蚶酱[58]　苏膏[59]　糖颓蟶子[60]　新乌蛳[61]

　　缥酿法[62]　乐浪酒法　二月二日法酒[63]　酱酿法　绿酃
法[64]　猪骸羹　白羹　麻羹　鸽臇　隔冒法肚铜法　大貊
炙[65]　蜀梼炙[66]　路时腊　棋腊　獲天腊　细面法　飞面法
　　薄演法　笼上牢丸[67]　汤中牢丸[68]　樱桃饀[69]　蝎饼[70]
阿韩特饼[71]　凡当饼　兜猪肉　悬熟[72]　杏炙　蛙炙　脂血
　　大扁饧[73]　马鞍饧　黄丑　白丑　白龙舍　黄龙舍　荆
饧　竿炙　羌煮[74]　疏饼　悌锄饼

　　　饼谓之托，或谓之怅锟[75]。饴谓之餦、餭[76]。饱谓
之饷[77]。

　　　餋、作、钻、茹、叽[78]，食也。

　　　㕮、朕、胹、脤、膰[79]，肉也。

　　　膠、腩[80]，膜也[81]。

　　　膡、膌、胭[82]，臛也。

　　　糈、糈、籽、䊯[83]，糗也[84]。

　　　铎、饵、馎、馕、饦[85]，饵也[86]。

　　　醦、醶、酮、酥[87]，醋也。

　　　酪、䣔，醇[88]，浆也。

䴽、䵊、䵖、䵑[⑩]，盐也。

醯、醢、醰、醶、醬[⑩]，酱也。

【注释】

①猩：猩猩。《吕氏春秋·本味》："肉之美者，猩猩之唇，獾獾之炙，
隽觾之翠，述荡之掔，旄象之约。"按，本条以刘传鸿校证本为底
本，兼参许本。不译。

②炙：烤肉。

③觾：鸟名。或说同"燕"。翠：鸟尾上的肉。

④犓(chú)豢：肥牛肉。

⑤糜腱：熟烂的牛腱。

⑥述荡：兽名。掔(wàn)：同"腕"。

⑦旄：旄牛。约：肉味美。

⑧桂蠹：桂树中的蠹虫，以蜜浸之而食。鰒(fù)：鲍鱼。

⑨河隈(wēi)：河湾。

⑩巩洛：巩义、洛阳一带。鳟：鳟鱼。

⑪鮒(fù)：鲫鱼。

⑫鳐(yáo)：鱼名。《吕氏春秋·本味》："雚水之鱼，名曰鳐，其状若
鲤而有翼。常从西海夜飞，游于东海。"

⑬珠翠：曹植《七启》："珠翠之珍。"李善注："珠翠，珠柱也。《南方
异物志》曰：'采珠人以珠肉作酢也。'"

⑭莱黄：地名。

⑮臑鳖　炮羔　腾凫　蜲臛：《楚辞·招魂》："胹鳖炮羔，有柘浆
些。鹄酸腾凫，煎鸿鸧些。露鸡臛蠵，厉而不爽些。"臑(ér)，通
"胹"，煮，煮烂。炮，烤炙。

⑯御宿青粲　瓜州红菱：王粲《七释》："乃有西旅游梁，御宿青粲，
瓜州红蘱，参糅相半。"御宿，其地在今陕西西安。

⑰梁：粟的优良品种。张衡《七辩》："会稽之菰，冀野之梁，珍羞杂遝，灼烁芳香，此滋味之丽也。"

⑱菰(gū)：嫩茎称茭白，果实称菰米、雕胡米。稗(bài)：稗草，如稻，亦有米可食。曹植《七启》："芳菰精稗，霜蓄露葵。"

⑲会(kuài)稽：古地名。今浙江绍兴。

⑳不周：即不周山，传说中的山。按，以下至"昆仑之井"，皆见于《吕氏春秋》卷十四"本味"："菜之美者：昆仑之蘋，寿木之华。指姑之东，中容之国，有赤木、玄木之叶焉。余瞀之南，南极之崖，有菜，其名曰嘉树，其色若碧。阳华之芸。云梦之芹。具区之菁。浸渊之草，名曰土英。和之美者：阳朴之姜，招摇之桂，越骆之菌，鳢鲔之醢，大夏之盐。宰揭之露，其色如玉。长泽之卵。饭之美者：玄山之禾，不周之粟，阳山之穄，南海之秬。水之美者：三危之露，昆仑之井。沮江之丘，名曰摇水。曰山之水。高泉之山，其上有涌泉焉。"

㉑穄(jì)：一年生草本植物，也称"糜子"。

㉒秬(jù)：黑黍。

㉓寿木：树名。传说在昆仑山上。华：同"花"。

㉔玄木：树名。据说其叶可食，食而成仙。

㉕梦泽：云梦湖，在今江汉平原一带，古时此湖范围极广。

㉖具区：湖泽名。在吴越之间。

㉗阳朴：地名。在蜀地。

㉘越骆：国名。

㉙长泽：大泽名。在西方。

㉚三危：山名。据《水经注》卷四十，此山在敦煌南。

㉛昆仑之井：《山海经·海内西经》："海内昆仑之墟，在西北……面有九井，以玉为槛。"

㉜黄颔臛(huò)　醒酒鲭(zhēng)：《南齐书·虞悰传》："悰善为滋

味,和齐皆有方法。豫章王嶷盛馔享宾,谓悰曰:'今日肴羞,宁有所遗不?'悰曰:'恨无黄颔臛,何曾《食疏》所载也。'……上就悰求诸饮食方,悰秘不肯出。上醉后体不快,悰乃献醒酒鲭鲊一方而已。"黄颔,蛇名。臛,肉羹

㉝饻餬(tí hú):即下文的"饻餬饼"。

㉞饏餭(zhāng huáng):馓子之类的面食品。

㉟粔籹(jù nǚ):油炸食品,类似今天的麻花。

㊱寒具:馓子。

㊲蛳:螺蛳。

㊳蚬(xiǎn):软体动物,似蛤而小。

㊴粢(cí):同"糍",糍粑。

㊵蚼子:不详何物。或以为"蚼"为"蚶"字之误。蚶(hān),一种软体动物,有厚介壳,肉可食,亦称"瓦楞子"。

㊶蛫(xiè):不详。

㊷细飘:一作"鱼鳔",即鱼泡。

㊸酓(yǎn):酒。

㊹鲎(hòu):动物名。其形如龟,雌负雄而行。

㊺橪(zhèn):木名。汁可做酒。

㊻鳛(qiū):同"鳅"。

㊼菘(sōng):大白菜。

㊽椑(bēi):柿子。

㊾鰡(liú)子鮈(jū):鱼名。

㊿紫鳝(gé):植物名。即紫葛。

(51)莼(chún):莼菜。《晋书·张翰传》:"翰因见秋风起,乃思吴中菰菜、莼羹、鲈鱼脍,曰:'人生贵得适志,何能羁宦数千里以要名爵乎?'遂命驾而归。"

(52)鲙曰万丈、蚊足、红绮(cuì):这里是说鲙的别称。万丈,语本吴均

《食檄》。蚊足，用来描绘鲙之细。绰，彩色相杂。梁萧纲《七励》："四膳八珍，五肉七菜，累似縠杂，切均鲜绘。色若紫兰，纷如红绰。"

(53)精细曰万凿、百炼、蝇首、如蚳：汉崔骃《七依》："玄山之粱，不周之稻，万凿百陶，精细如蚁。"蝇首，极言精细。蚳，同"蚳（chí）"，蚁卵。

(54)张掖：地名。今属甘肃。

(55)一丈三节蔗　一岁二花梨：南朝梁吴均《食檄》："江皋绿箬之笋，洞庭紫鳢之鱼，昆山龙胎之脯，玄圃凤足之菹，千里莼羹，万丈名脍，气馨若兰，色美如艾。扶南甘蔗，一丈三节，白日炙便销，清风吹即折。安定之梨，皮薄味厚，一岁三花，一枚二升。"花，开花。

(56)丈松：刘传鸿《〈酉阳杂俎〉校证：兼字词考释》："文献未见'丈松'表食物者，疑乃'大菘'之误，梁萧统有《谢勅赉大菘启》一文。"

(57)缹（fǒu）：煮。

(58)蚶：见注㊵。

(59)苏膏：紫苏膏。

(60)蛼（jìn）：蛤类。

(61)乌蜖（zéi）：即乌贼。

(62)缥酿法：酿酒之法。晋湛方生《七欢》："酿缥醪于九秋，蕴二日于三阳。"

(63)二月二日法酒：《齐民要术》卷七："又法酒方：焦麦曲末一石，曝令干。煎汤一石，黍一石，合揉令甚熟。以二月二日收水，即预煎汤，停之令冷。"法酒，依一定配方调制酿造的官法酒。

(64)绿酃（líng）：美酒名。左思《吴都赋》："飞轻轩而酌绿酃，方双辔而赋珍羞。"

(65)貊（mò）：兽名。

⑥⑥梼(táo)：兽名。

⑥⑦笼上牢丸：蒸饼，一说为包子。

⑥⑧汤中牢丸：汤饼。

⑥⑨鎚(duī)：饼类。

⑦⑩蝎(xiē)饼：截饼。《释名·释饮食》："饼，并也，溲面使合并也。胡饼，作之大漫沍也。亦言以胡麻著上也。蒸饼、汤饼、蝎饼、髓饼、金饼、索饼之属，皆随形而名之也。"

⑦⑪阿韩特饼：刘传鸿《〈酉阳杂俎〉校证：兼字词考释》："阿韩特饼，他书未见载录，《北堂书钞》卷一百四十七引束皙《饼赋》云：'安乾特，粔籹之伦。'引卢谌《祭法》云：'四时祠皆用安乾特。'此'安乾特'或即阿韩特。"

⑦⑫悬熟：《北堂书钞》卷一四五引《食经》："作悬熟，以猪肉和米三升，豉五升，调味而蒸之。"

⑦⑬饧(xíng)：用麦芽之类熬制的糖稀。

⑦⑭羌煮(zhǔ)：《齐民要术》卷八记载此法。

⑦⑮饼谓之托，或谓之饻馄(zhāng hún)：本句见于扬雄《方言》卷一三。托，早先制饼，工具未备，皆以手掌托而烹之，故名。

⑦⑯饴：糖稀。

⑦⑰饣(yuàn)：吃饱。

⑦⑱餥(fēi)、饳(zuò)、䬼(nián)、茹、叽：这是关于吃的不同说法。

⑦⑲餤(dàn)、脄(xié)、脼(liǎng)、脤(shèn)、膰(fán)：这是关于肉的不同说法。

⑧⑩膝(xì)、䐱(ruò)：都是肉膜。

⑧⑪膜：肉膜。

⑧⑫臇(juǎn)：汁少的羹。𦞤(fēn)：肉羹。腝(sǔn)：把切了的熟肉放在血中拌成肉羹。

⑧⑬糈：音xǔ。䊮：音fú。糒：音líu。

㉘饊(sǎn)：和面扭成环形长条的油炸食品，今之饊子形如栅状。

㉟铎：音 yì。饺：音 cí。饦：音 yuán。

㊱饵：糕饼。

㊲酦：音 chěn。酽：音 yàn。酮：音 tóng。酥：音 xuè。

㊳齑：音 zài。醇(liáng)：冷粥。

㊴硝(xiào)：煎盐。簇(còu)：南方名盐。㙠：音 huái。蝙(biàn)：蜀人对盐的叫法。

㊵醯：音 mì。酤：音 jì。醨：音 tú。饐(chuài)：南方人对酱的叫法。酱：音 mú。

7.12 折粟米法①：取简胜粟一石②，加粟奴五斗舂之③。粟奴能令馨香。

乳煮羊胯利法④：槟榔詹阔一寸，长一寸半。胡饭皮⑤。

鲤鲋鲊法：次第以竹枝赍头⑥，置日中，书复为记⑦。

【注释】

①折粟米法：即淘米法。折，耗折，去粗留精。

②简胜粟：或即脱壳之粟米。

③粟奴：粟苗成穗时生有黑霉者。舂(chōng)：将谷类等物放在石臼里捣去皮壳。

④羊胯利：即 1.18 条之"羊窟利"，羊肉干。

⑤"槟榔詹阔一寸"三句：按，文意不明，疑有脱漏。

⑥赍(jī)：带。这里是串起的意思。

⑦复：通"腹"。

【译文】

折粟米法：取去壳的粟米一石，加进粟奴五斗一起舂。粟奴能让米有香味。

乳煮羊肉干法:槟榔一寸,长一寸半。胡饭皮。

鲤鲫鲊法:腌好以后,依次用竹条串起鱼头,挂在太阳底下,并在鱼腹做上记号。

7.13 赍字五色饼法:刻木莲花,藉禽兽形,按成之。合中累积五色①,坚作道②,名为斗钉③。色作一合者,皆糖蜜副。起粄法、汤胘法、沙棋法、甘口法④。

【注释】

①合:盒子。

②坚:或作"竖"。

③斗钉:饾饤。盘碟中堆垒的食品。

④胘(xián):牛胃。

【译文】

带字五色饼法:刻成木莲花图形,或用鸟兽图形,按压而成。盒子里累积五种颜色的糖片,竖放作为格子,名叫饾饤。颜料累积在一个盒子里,都用蜜糖调拌。起粄法、汤胘法、沙棋法、甘口法。

7.14 蔓菁藾菹法①:饱霜柄者,合眼掘取②,作樗蒲形③。

【注释】

①蔓菁:菜名。一年或二年生草本植物。藾(lài):艾蒿。菹(zū):腌菜。

②合眼:疑为"合根"。

③樗(chū)蒲:这里指骰子。

【译文】

蔓菁藤菹法:把经霜后的蔓菁,连柄带根挖起来,切成樗蒲形状。

7. 15 蒸饼法:用大例面一升,练猪膏三合。

梨㩖法①。膄肉法②。脬肉法③。瀹鲇法④。

治犊头,去月骨,舌本近喉,有骨如月。

木耳鲙。

汉瓜菹,切用骨刀。

豆牙菹。

肺饼法。

覆肝法,起起肝如起鱼菹。

菹类并乙去汁⑤。

【注释】

①㩖(lǎn):用盐浸。

②膄(ào):藏肉。

③脬(zǐ):腌肉。

④瀹(yuè):煮。鲇(nián):鲇鱼。

⑤乙去:压榨出。

【译文】

蒸饼法:用一升大例面,三盒炼猪油。

梨㩖法。膄肉法。脬肉法。瀹鲇法。

烹制牛犊头,要去掉月骨,舌根接近喉部,有根形状像月的骨头。

木耳鲙。

汉瓜菹,用骨刀切。

豆牙菹。

肺饼法。

覆肝法,切削肝片就像切削鱼片一样。

制作腌制类食物,都要把汁水压榨干净。

　　7.16 又鲙法:鲤一尺,鲫八寸,去排泥之羽①。鲫员天肉
腮后鬐前②。用腹腴拭刀,亦用鱼脑,皆能令鲙缕不著刀。

【注释】

①羽:鱼鳞。

②鲫员天肉:不详。鬐(qí):鱼脊鳍。

【译文】

鲙法:一尺长的鲤鱼,或八寸长的鲫鱼,刮去沾泥的鳞甲。鲫员天
肉,在鳃的后面鳍的前面。用鱼腹肉擦拭刀具,也可用鱼脑,都能让鱼
丝不粘在刀片上。

　　7.17 鱼肉冻胜法①:渌肉酸胜②,用鲫鱼、白鲤、鲂、鲩、
鳜、鮇③,煮驴马肉用助底,郁驴肉。驴作鲈贮反④。

　　炙肉,鲩鱼第一⑤,白其次⑥。已前日味⑦。

【注释】

①胜(zhēng):煎煮鱼肉。

②渌肉酸胜:北魏贾思勰《齐民要术》卷八"绿肉法":"用猪、鸡、鸭
肉,方寸准,熬之。与盐、豉汁煮之。葱、姜、橘、胡芹、小蒜,细切
与之,下醋。切肉名曰绿肉,猪、鸡名曰酸。"

③鲂(fáng):鱼名。类似扁鱼。鲩(hóu):河豚。鳜(guì):鳜鱼,也
作"桂鱼"。鮇:鱼名。

④反:反切。汉语传统注音法。用两个汉字拼合成另一个汉字的音,前一字取声母,后一字取韵母及声调。

⑤鯿(biān):同"鳊",鳊鱼。

⑥白:白鱼。

⑦已:去除。

【译文】

鱼肉冻肛法:绿肉酸肛,使用鲫鱼、白鲤、鲂鱼、河豚、桂鱼、鲀鱼,煮驴肉和马肉时用来垫底子,使肉的香气更浓郁。驴字的读音是鲈贮反。

烤肉,第一选鳊鱼,第二选白鱼。都要去除先前的异味。

7.18 今衣冠家名食有:萧家馄饨,漉去汤肥①,可以瀹茗。庾家粽子,白莹如玉。韩约能作樱桃饆饠②,其色不变;又能造冷胡突、鲙醴鱼臆、连蒸獐獐皮、索饼③。将军曲良翰能为驴鬃、驼峰炙④。

【注释】

①漉(lù):过滤。

②饆饠(bì luó):又作"毕罗"。抓饭。向达《唐代长安与西域文明》:"饆饠既非波波,亦非磨磨,或因毕国得名,乃是今日中亚、印度、新疆等处伊斯兰教民族中所盛行之抓饭耳。……饆饠盖纯然为译音也。唐代长安亦有之,且有专售此物之毕罗店,一在东市,一在长兴里。"

③冷胡突:许逸民《酉阳杂俎校笺》:"疑即凉粉之类。"索饼:切面。

④鬃(zōng):这里指驴鬃部位的肉。驼峰炙:杜甫《丽人行》:"紫驼之峰出翠釜,水精之盘行素鳞。"

【译文】

当今士绅之家的美食有:萧家馄饨,把煮馄饨的汤过滤一遍,可以用来泡茶。庾家粽子,晶莹如玉。韩约家能做樱桃馅的点心,做好以后不变色;又能制作凉粉、鲙醋鱼臆、连蒸獐獐皮、切面。将军曲良翰家能做驴鬃肉、驼峰烤肉。

7.19 贞元中,有一将军家出饭食,每说物无不堪吃,唯在火候。善均五味,尝取败障泥、胡禄①,修理食之②,其味极佳。

【注释】

①障泥:马鞍的垫子,用来遮挡泥土。胡禄:盛装箭矢的器具,和弓一起带在右腰。

②修理:清洗烹制。

【译文】

贞元年间,有一位将军家里烹饪饭菜,常说天下的东西没有不能吃的,关键在火候。善于调和五味,曾拿坏障泥、胡禄清洗干净,煮好食用,味道特别美。

7.20 道流陈景思说,敕使齐日昇养樱桃①,至五月中,皮皱如鸿柿不落②,其味数倍,人不测其法。

【注释】

①敕使:皇帝的使者。

②鸿:大。

【译文】

道士陈景思说,敕使齐日昇种樱桃,到五月间,樱桃熟得起皱了,有大柿子那么大,挂在枝头也没掉落,味道比普通樱桃鲜美好几倍,人们都猜不出他究竟用了什么办法。

医

【题解】

本篇五条，记载名医奇术及传闻，所记者有古时名医扁鹊、善用针的句骊客、知晓异药的术士那罗迩娑婆，以及擅长切脉的名医王彦伯和张方福。7.23 条的"畔茶佉水"，英国学者李约瑟在《中国科学技术史》一书中认为这是世界上最早的关于无机酸的记载。

7.21 卢城之东^①，有扁鹊冢。元魏时^②，针药之士以卮腊祷之^③。所谓卢医也^④。

【注释】

①卢城：在今山东长清西南。

②元魏：北魏。

③卮(zhī)：酒杯。这里指酒。腊：干肉。

④卢医：即扁鹊。后来也用卢医泛指良医。

【译文】

卢城的东面，有座扁鹊坟。元魏时期，行医者常准备酒肉祭祀他。扁鹊就是所说的卢医。

7.22 魏时,有句骊客善用针①。取寸发,斩为十余段,以针贯取之,言发中虚也。其妙如此。

【注释】

①句骊:即高句丽。

【译文】

魏时有个高句丽人善于用针。拿一寸长的头发,截成十多段,然后用针把这十多段串起来,说头发的中心是空的。他的绝技就是如此奇妙。

7.23 王玄策俘中天竺王阿罗那顺以诣阙①,兼得术士那罗迩娑婆,言寿二百岁。太宗奇之,馆于金飚门内,造延年药,令兵部尚书崔敦礼监主之②。言婆罗门国有药名畔茶佉水③,出大山中石臼内。有七种色,或热或冷,能消草木金铁,人手入则消烂。若欲取水,以骆驼髑髅沉于石臼④,取水转注瓠芦中⑤。每有此水,则有石柱似人形守之。若彼山人传道此水者则死。又有药名咀赖罗,在高山石崖下山腹中,有石孔,孔前有树,状如桑树,孔中有大毒蛇守之。取以大方箭射枝叶⑥,叶下便有乌,乌衔之飞去,则众箭射乌而取其叶也。后死于长安。

【注释】

①中天竺:古印度分为五天竺国,此为其一。见3.55条注①。诣阙:到京城。《旧唐书·太宗纪下》:"(贞观二十二年)五月庚子,右卫率长史王玄策击帝那伏帝国,大破之,获其王阿罗那顺及王

妃、子等，虏男女万二千人，牛马二万余以诣阙。使方士那罗迩娑婆于金飚门造延年之药。"

②崔敦礼(596—656)：字安上，雍州咸阳人。贞观二十年(646)为兵部尚书。

③婆罗门国：即古印度。婆罗门，梵语音译，为古印度四大种姓之最高等级。畔茶佉(qū)水：今天认为是一种无机酸。

④髑(dú)髅：头骨，即骷髅。

⑤瓠芦：葫芦。

⑥大方：此谓箭头形状。

【译文】

王玄策俘虏中天竺国王阿罗那顺回到长安，同时还俘虏了术士那罗迩娑婆，据说有两百岁了。太宗很惊奇，就让那罗迩娑婆住在金飚门的客馆里，制造延年药，诏令兵部尚书崔敦礼主管这件事。那罗迩娑婆说婆罗门国有种药名叫畔茶佉水，出自大山之中的一个石臼里。这种药水有七种颜色，有时热有时冷，能够溶化草木和金属，人手伸进去就会腐烂。如果想要取这种水，就用骆驼头骨沉在石臼里，舀起水再倒进葫芦里。每当石臼里有了这种水，就有一尊像人形的石柱守护在那里。如果那山里的人散布说有这种水，就会死。又有一种药名为咀赖罗，出自高山石崖下面的山坳里，那里有石穴，石穴前有棵树，长得像桑树，石穴里有条大毒蛇守着这棵树。想要取，就用大方箭射树的枝叶，树叶下面就有乌鸦，乌鸦会衔着掉下的树叶飞走，这时就数箭齐发射中那只乌鸦取获树叶。那罗迩娑婆后来死在长安。

7.24 荆人道士王彦伯，天性善医，尤别脉，断人生死寿夭，百不差一。裴胄尚书子①，忽暴中病，众医拱手②。或说彦伯，遽迎使视。脉之良久，曰："都无疾。"乃煮散数味③，入口而愈。裴问其状，彦伯曰："中无腮鲤鱼毒也。"其子因鲙得病。裴初不信，乃脍鲤鱼无腮者，令左右食之，其候悉同④，始大惊异焉。

【注释】

①裴胄(zhòu，729—803)：字胤叔，河南(今河南洛阳)人。累官御史大夫、荆南节度使。

②拱手：束手无策。

③散：研成细末的药。

④候：症状。

【译文】

荆州道士王彦伯，天生擅长医术，尤其善于诊脉，据此断定人的寿命生死，百言百中。裴胄尚书的儿子忽然得了暴病，请来的医生都束手无策。有人就推荐王彦伯，裴尚书让人赶紧去请来。王彦伯把脉好一会儿，说："根本没病。"就熬了几味药末，病人喝下去立刻就好了。裴尚书问具体的情形，彦伯说："只是中了无鳃鲤鱼的毒罢了。"裴的儿子的确是吃了细切的鱼肉以后得病的。裴胄起初不信，就烹制了无鳃鲤鱼让仆从食用，症状完全相同，裴胄这才大为吃惊。

7.25 柳芳为郎中①，子登疾重②。时名医张方福初除泗州③，与芳故旧，芳贺之，且言："子病，唯恃故人一顾也。"张诘旦候芳，芳遽引视登。遥见登顶，曰："有此顶骨，何忧也。"因按脉五息④，复曰："不错，寿且逾八十。"乃留方数十字，谓登曰："不服此亦得。"登后为庶子⑤，年至九十而卒。

【注释】

①柳芳：字仲敷，蒲州河东（今山西永济）人。开元末及进士第，由永宁尉直史馆，撰《国史》及《唐历》。安史乱后为史馆修撰，改右司郎中。

②登：即为柳登（？—822）。柳芳长子。元和初为大理少卿，再迁右庶子。

③泗州：在今江苏宿迁南部。

④按脉五息：中医切脉以呼吸为准则，故脉搏也称"脉息"。五息，此言切脉的时间。息，呼吸。

⑤庶子：职官名。唐时有左、右庶子，掌东宫左、右春坊诸事。

【译文】

柳芳任右司郎中时，长子柳登病重。当时的名医张方福初任泗州刺史，和柳芳有旧交情，柳芳前往道贺，并对他说："我的儿子病了，只有指望老朋友去看一下了。"次日一早，张方福就到了柳芳家，柳芳连忙带他去看柳登。张方福远远地看见柳登的头顶，就说："有这样的顶骨，还怕什么。"于是切脉片刻，又说："不错，寿命会超过八十岁。"然后留下一张几十字的药方，对柳登说："不吃这服药也没关系。"柳登后来做了右庶子，活到九十岁才去世。

黥

【题解】

"黥",本指在人体上刺刻花纹、图案或文字,并涂上颜料,这是一种古老的习俗,例如《庄子·逍遥游》里所记载的"越人断发文身"。它又是一种肉刑,即在犯人面额等处刻字,然后以墨染之以为标记。

本篇共二十六条,最后一条相当于后序。主要内容大致为两类:一部分是叙述古代的黥刑,征引自《尚书刑德放》、《尚书大传》、《周礼·秋官》、《汉书》、晋朝法令、释《僧祇律》等典籍,从中可以了解到黥刑的发展和演变情况。另一部分内容则记录了有唐一代作为人体美饰的文身习俗以及由此发展而来的妇女面饰等,这在其他文献中很少记载,从中可知唐代文身习俗的特点:比如其文身的身体部位极为广泛,全身各处几乎都可为之;文身的题材十分丰富,山水、亭院、池榭、草木、鸟兽、天王、精怪、诗画、器物,无不可文者;等等。这部分内容还有几点值得注意:一、当时的文身者,主要集中在边缘群体和底层人群,如"上都街肆恶少"、"荆州街子葛清"这类人,地位较高者如8.6条中的黔南观察使崔承宠,其刺蛇于身亦在少年从军之时,可见这在当时是一种市井底层的文化。二、从8.1条、8.3条和8.4条可知,市井文化和主流文化互相影响,文身的艺术品位大大提高,诗歌竟然也成了当时文身的主要内容,可以想见当时人和诗歌的关系,读诗写诗玩诗,总之无人不诗,难怪诗人闻一多要把唐代称为"诗唐",诗唐者,谓唐人的生活为诗的生活,这里可以找到最好的注脚。三、从8.2条和8.5条可以读到,唐代人竟然把天王请到背部去供养,普通人会觉得那真是一个好玩、会玩的时代,信佛的人则会高兴地看到佛教在当时的八面威风。

8.1上都街肆恶少①,率髡而肤劄②,备众物形状。恃诸军,张拳强劫,至有以蛇集酒家,捉羊胛击人者③。今京兆尹薛公元赏④,上三日,令里长潜捕约三十余人⑤,悉杖煞,尸于市。市人有点青者⑥,皆灸灭之。时大宁坊力者张幹⑦,劄左膊曰"生不怕京兆尹",右膊曰"死不畏阎罗王"⑧。又有王力奴,以钱五千召劄工,可胸腹为山、亭院、池榭、草木、鸟兽⑨,无不悉具,细若设色⑩。公悉杖杀之。

又贼赵武建,劄一百六十处番印、盘鹊等⑪,左右膊刺言:"野鸭滩头宿,朝朝被鹊梢⑫。忽惊飞入水,留命到今朝。"

又高陵县捉得镂身者宋元素⑬,刺七十一处,左臂曰:"昔日已前家未贫,苦将钱物结交亲。如今失路寻知己,行尽关山无一人。"右臂上刺葫芦,上出人首,如傀儡戏有郭公者⑭。县吏不解,问之,言葫芦精也。

【注释】

①上都:指长安。

②髡(kūn):剃光头发。肤劄(zhá):文身。

③胛:肩胛骨。

④京兆尹:职官名。管理京师地区的最高行政长官。薛公元赏:即

为薛元赏(？—852？)。唐文宗大和初年出为汉州刺史，入迁司农卿、京兆尹。后出为武宁节度使。会昌中，复拜京兆尹，进工部尚书。

⑤里长：即里正，具体管理城市居民区的吏职。里的辖区历代不一，最早时以五家为邻，五邻为里，唐代以百户为里。

⑥点青：文身方法之一。用针在身上刺字或各种图形，然后填上青色。

⑦大宁坊：长安城坊。

⑧阎罗王：梵语音译。主管地狱之神。

⑨可：尽，满。

⑩设色：着色。

⑪番：外邦。

⑫鹘(hú)：鹰类猛禽。

⑬高陵县：今陕西西安高陵区。

⑭傀儡戏：木偶戏。郭公：傀儡戏中人物，又呼作郭秃。北齐颜之推《颜氏家训·书证第十七》："或问：'俗名傀儡子为郭秃，有故实乎？'答曰：《风俗通》云：'诸郭皆讳秃。'当是前代人有姓郭而病秃者，滑稽戏调，故后人为其象，呼为郭秃，犹文康象庾亮耳。'"

【译文】

长安街市上的地痞，大都剃光头，文身，皮肤上刺满了各种图案。他们倚仗军阀的势力，行凶打人拦路抢劫，甚至有捉蛇聚集在酒家，拿羊胛骨打人的。当今的京兆尹薛元赏，上任三天，命令里正暗中逮捕了大约三十多人，全部杖杀，把尸体摆在大街上示众。城里的人身上有刺青的，都想法用艾蒿烧掉了。当时大宁坊有个壮汉名叫张幹，在左臂上刺着"生不怕京兆尹"，在右臂上刺着"死不畏阎罗王"。又有个叫王力奴的，用五千钱请文身师在满胸满腹刺上山岭、亭院、池塘、水榭、草木、鸟兽等图案，应有尽有，就像用细笔勾绘着色的一样。薛公也把他们全都杖杀了。

又有个强盗名叫赵武建,全身刺了一百六十处外国的图案、盘旋的喜鹊等,两只胳膊刺的是:"野鸭滩头宿,朝朝被鹘梢。忽惊飞入水,留命到今朝。"

在高陵县又捉到一个文身的人,名叫宋元素,全身刺了七十一处,左臂刺的是:"昔日已前家未贫,苦将钱物结交亲。如今失路寻知己,行尽关山无一人。"右臂上刺了一个葫芦,葫芦口上刺了一个人头,就像木偶戏中的那个郭公。县吏看不明白,就问他,宋元素回答说是葫芦精。

8.2 李夷简①,元和末在蜀。蜀市人赵高,好斗,常入狱,满背镂毗沙门天王②。吏欲杖背,见之辄止。恃此,转为坊市患害。左右言于李,李大怒,擒就厅前,索新造筋棒③,头径三寸,叱杖子:"打天王尽则已!"数三十余,不绝。经旬日,祖衣而历门叫呼,乞修理功德钱④。

【注释】

①李夷简(756—822):字易之。唐宗室,贞元八年(792)出镇剑南西川。

②毗(pí)沙门:梵语音译,意为多闻,佛教四大天王之北方天王,居于须弥山北水精山。

③筋棒:筋竹棒。筋,筋竹。

④功德:佛教术语。指念佛、诵经、布施等事。

【译文】

李夷简,元和末年在成都。成都人赵高好打架,经常被关进监狱,他满背刺上毗沙门天王像。狱吏要用杖责打他的背部,看见天王像就不敢打了。赵高凭着这,成了城里的一大祸害。左右侍从把这件事告诉了李夷简,夷简大怒,立即把赵高捉拿到官厅前,找来新近制成的筋竹棒,棒头有三寸粗,喝命差役:"把天王打干净了事!"一连打了三十多杖还不让停下。过了十天,赵高脱了上衣露出脊背,挨家挨户地叫嚷,乞讨修理天王像的功德钱。

8.3　蜀小将韦少卿,韦表微堂兄也[①]。少不喜书,嗜好劄青。其季父尝令解衣视之[②],胸上刺一树,树梢集鸟数十,其下悬镜,镜鼻系索,有人止于侧牵之。叔不解,问焉。少卿笑曰:"叔不曾读张燕公诗否[③]?'挽镜寒鸦集'耳[④]。"

【注释】

①韦表微(771—830):字子明,居于成都。登贞元进士第,历官监察御史、翰林学士、库部员外郎、中书舍人等。

②季父:叔父。季,兄弟排行(伯、仲、叔、季)最小的。

③张燕公:即为张说(667—731),字说之,河东(今山西永济)人,徙居洛阳。中宗立,召为兵部侍郎,加弘文馆学士。景云二年(711)进中书侍郎同平章事。玄宗即位,为中书令,封燕国公。

④挽镜寒鸦集:张说诗《岳州晚景》:"晚景寒鸦集,秋风旅雁归。"按,此诗作者有歧说。韦少卿不喜读书,故而听人诵读张说此诗,就误把"晚景"当作"挽镜",文身时就刺了一个人牵着一面镜子的图案,闹出笑话。

【译文】

西蜀小将韦少卿,是韦表微的堂兄。少卿少时不喜欢读书,嗜好刺青。他的叔父曾经让他解开衣服来看,只见胸前刺着一棵树,树梢聚集了几十只鸟,树下悬着一面镜子,镜鼻系着一根绳子,有人站在树旁牵着。叔父看不明白,就问是什么意思。少卿笑着说:"叔父没读过张燕公的诗吗？这刺的是‘挽镜寒鸦集’啊。”

8.4　荆州街子葛清①，勇不肤挠②，自颈已下，遍刺白居易舍人诗③。成式常与荆客陈至，呼观之，令其自解，背上亦能暗记。反手指其劄处，至“不是此花偏爱菊”④，则有一人持杯临菊丛；又“黄夹缬林寒有叶”⑤，则指一树，树上挂缬，缬窠锁胜绝细⑥。凡刻三十余首，体无完肤。陈至呼为“白舍人行诗图”也。

【注释】

①街子：街卒，清洁道路的役夫。

②勇不肤挠：《孟子·公孙丑》：“北宫黝之养勇也，不肤挠，不目逃。”赵岐注：“人刺其肌肤，不为挠却。”

③白居易（772—846）：字乐天，晚号香山居士，祖籍太原，迁居下邽（今陕西渭南），生于新郑（今属河南）。五、六岁时学作诗，九岁解声韵。唐德宗贞元十六年（800）登进士第，历官翰林学士、江州司马、忠州刺史、主客郎中，长庆元年（821）迁中书舍人。大和三年（829）以太子宾客分司东都，遂定居洛阳，栖心释门，淡泊自守。会昌二年（842）以刑部尚书致仕。白居易为中唐时期的大诗人，早年与元稹（元九）并称“元白”，晚年与刘禹锡并称“刘白”。

④不是此花偏爱菊：此句为元稹《菊花》诗句，全诗为：“秋丛绕舍似陶家，遍绕篱边日渐斜。不是花中偏爱菊，此花开尽更无花。”白居易《禁中九日对菊花酒忆元九》：“赐酒盈杯谁共持，宫花满把独相思。相思只傍花边立，尽日吟君咏菊诗。”诗下原注：“元诗云：不是花中偏爱菊，此花开尽更无花。”或是因此而误传为白居

易诗。

⑤黄夹缬林寒有叶：白居易《泛太湖书事寄微之》："黄夹缬林寒有
叶，碧琉璃水净无风。"缬，印花的丝织品。此指彩结。

⑥窠（kē）：绫锦之类，为界格花纹者，名窠。锁：缝纫。胜："滕
（téng）"之形误，线，绳。

【译文】

荆州街卒葛清，生性刚强，不怕针刺，从颈部以下，全身刺满了白居
易舍人的诗。我曾经和荆州人陈至叫他前来，细细察看，让他自己解下
衣服，背上刻的诗也能默诵出来。反手指出所刺的位置，到"不是此花
偏爱菊"，就有一个人端着酒杯面对菊花丛的图案；又到"黄夹缬林寒有
叶"，就指着一棵树，树上挂着彩带，彩带的界格花纹织得非常精细。总
共刺了三十多首，全身体无完肤。陈至把他叫作"白舍人行诗图"。

8.5 成式门下驺路神通①，每军较力②，能戴石簦③，靸六
百斤石④，啮破石粟数十。背刺天王，自言得神力，入场人助
多则力生。常至朔望日⑤，具乳糜⑥，焚香袒坐，使妻儿供养
其背而拜焉。

【注释】

①门下：门庭之下，指自己的弟子或仆从。

②较力：比武。

③簦（dēng）：有柄的笠，类似今天的伞。

④靸（sǎ）：拖着鞋走。

⑤朔：阴历每月初一。望：阴历每月十五。

⑥乳糜（mí）：乳酪。

【译文】

我的手下有个赶车的仆从名叫路神通，每次军中比武，他都能头顶

石笀,脚上拖着六百斤的石头,咬碎几十个小石子。他背部刺有天王像,自夸说得到神力相助,进校场观看的人越多,他的力气就越大。每到初一和十五,备好乳酪,焚上香,露出脊背趺坐,让妻子儿女供养他背上的天王,向天王像下拜。

　　8.6 崔承宠少从军①,善驴鞠②,逗脱杖捷如胶焉③。后为黔南观察使④。少,遍身刺一蛇,始自右手,口张臂食两指⑤,绕腕匝颈,龃龉在腹⑥,拖尾而及骭焉⑦。对宾侣,常衣覆其手,然酒酣辄袒而努臂戟手⑧,捉优伶辈曰⑨:"蛇咬尔!"优伶等即大叫毁而为痛状,以此为戏乐。

【注释】

①崔承宠:即为崔实。宝历三年(827)为黔南观察使。

②驴鞠:骑驴击毬的游戏。

③逗脱:逗弄欺骗对手。脱,欺骗。

④黔南:在今贵州一带。观察使:职官名。各道的最高长官,职掌察访州县官吏功过及民间疾苦。

⑤臂食两指:拇指和食指。臂,同"擘",拇指。

⑥龃龉(jǔ yǔ):刘传鸿《〈酉阳杂俎〉校证·兼字词考释》:"当指蛇腹下代足爬行的横鳞。……其得义盖因蛇腹下横鳞参差不齐,不相对应。"

⑦骭(gàn):小腿。

⑧努臂戟手:伸出手臂,叉开双手。

⑨优伶:以乐舞、戏谑为业的艺人。优,俳优。伶,乐工。

【译文】

崔承宠年轻时参军,擅长骑驴击毬,逗弄对手时身形敏捷,毬杖就像粘着毡一样。后来做了黔南观察使。他年少时在全身刺了一条蛇，从右手开始，蛇口大张在拇指和食指之间，缠绕手臂围着脖子一圈，腹部也文满蛇鳞，长长的尾巴一直拖到小腿。面对宾客同事，他经常用衣袖遮着手，但是酒喝多了就挽起衣袖，伸出手臂，叉开双手，抓住优伶开玩笑说："蛇咬你！"优伶们就大呼大叫被咬着了，装出痛苦的样子，以此来游戏取乐。

8.7 宝历中，长乐里门有百姓刺臂①，数十人环瞩之。忽有一人，白襕屠苏②，顷首微笑而去，未十步，百姓子刺血如衄③，痛苦次骨。食顷，出血斗余。众人疑向观者，令其父从而求之。其人不承，其父拜数十，乃捻撮土若祝："可傅此④。"如其言，血止。

【注释】

①长乐里：长乐坊。唐代长安城坊。

②襕(lán)：一种上下相连的衣服，后来称作袍。屠苏：一种有宽沿可遮阳的帽子。

③衄(nǜ)：鼻出血。

④傅：敷。

【译文】

宝历年间，长乐坊有个百姓在手臂上刺青，几十个人围着看。忽然有一个人，穿着白色长襕，戴着宽边帽子，侧着头看了看，微笑着离开了，才走了不到十步，这刺青的人手臂上就像出鼻血一样血流不止，痛苦入骨。一顿饭的工夫，流的血有一斗多。众人怀疑是先前那个旁观的人捣的鬼，让这人的父亲追上去求那人。那人不应承，做父亲的拜了有几十拜，那人才捻起一撮土，像是在祝祷，说："把这给他敷上。"照他的话去做,血立刻就止住了。

8.8 成式三从兄遭^①,贞元中,尝过黄坑^②。有从者拾髑髅颅骨数片,将为药。一片上有"逃走奴"字,痕如淡墨,方知黥踪入骨也^③。从者夜梦一人,掩面从其索骨曰:"我羞甚,幸君为我深藏之,当福君。"从者惊觉毛戴^④,遽为埋之。后有事,鬼仿佛梦中报之。以是获财,欲至十万而卒。

【注释】

①三从兄:同一宗族次于至亲者称"从",又次者,称"再从"。据此,三从兄则为同一高祖之兄。

②黄坑:《旧唐书·李矗传》:"太原旧俗,有僧徒以习禅为业,及死不殓,但以尸送近郊以饲鸟兽。如是积年,土人号其地为'黄坑',侧有饿狗千数,食死人肉。"

③黥(qíng):在人体刺刻花纹并涂上颜料。也指墨刑,用刀刺刻犯人的面额,再涂上墨。

④毛戴:毛发竖立。

【译文】

我的三堂兄段遭,贞元年间曾经路过黄坑。有个侍从捡到几片骷髅头骨,准备入药。有一片上面有"逃走奴"的字样,字痕像是淡墨写上去的,这才知道墨刑的痕迹是能印入骨头的。那个侍从晚上梦见一个人,遮着脸向他索要头骨说:"我太羞愧了,希望您帮我把这块头骨深埋,我会福祐您的。"侍从自梦中惊醒,毛骨悚然,赶紧把骨头埋了。后来遇到事情,好像有鬼在梦中报答他。因此获利很多,快到十万才死去。

8.9 蜀将尹偃,营有卒,晚点后数刻,偃将责之。卒被酒,自理声高①,偓怒,杖数十,几至死。卒弟为营典②,性友爱,不平偓,乃以刀劙肌③,作"杀尹"两字,以墨涅之④。偓阴知,乃以他事杖杀典。及太和中,南蛮入寇⑤,偓领众数万保邛崃关⑥。偓膂力绝人⑦,常戏左右以枣节杖击其胫,随击筋涨拥肿,初无痕挞。恃其力,悉众出关,逐蛮数里。蛮伏发,夹攻之,大败,马倒,中数十枪而死。初出关日,忽见所杀典拥黄案大如毂在前引⑧,心恶之,问左右,咸无见者,竟死于阵。

【注释】

①自理:申辩。

②典:典吏。

③劙(lí):割,刺。

④涅:涂黑。

⑤南蛮:即南诏,其地在今云南一带。《旧唐书·文宗纪上》:"(大和三年十一月)丙申,西川奏南诏蛮入寇。"

⑥邛崃关:在今四川荥经西南,唐时为拒斥南诏的要害之地。

⑦膂(lǚ)力:体力,四肢的力量。

⑧黄案:尚书用黄札,故称"黄案"。这里泛指文案。案,文案,文书。

【译文】

　　蜀将尹偓的军营里有名士兵,晚上点名迟到了几刻钟,尹偓要责罚他。这名士兵喝了点酒,申辩时声音大了些,尹偓很生气,将他杖责几十下,差点打死了。这人的弟弟是军营的典吏,重手足之情,因此对尹偓愤恨不平,就用刀在皮肤上刻下"杀尹"两个字,用墨涂黑。尹偓私下里知道了,就找个借口杖杀了营典。后来大和年间,南诏进犯剑南西川，尹偓带着几万人马保卫邛崃关。尹偓手脚上的力气大得吓人，经常让手下用枣节杖打他的小腿闹着玩，随着击打他的小腿就筋涨变粗，看不出一点击打的痕迹。尹偓自恃力气过人，率领全部人马冲出邛崃关，追击南诏兵几里远。后来南诏的伏兵冲了出来，两头夹攻，尹偓大败，骑的马也绊倒了，他身中几十枪而死。刚出关那天，他突然看见先前杖杀的那名营典抱着一捆大如车轮的黄案在前面引导，心里很厌恶，就问手下人，都说没看见什么，最后他死在了战场上。

8.10　房孺复妻崔氏①，性忌，左右婢不得浓妆高髻，月给燕脂一豆②，粉一钱。有一婢新买，妆稍佳，崔怒谓曰："汝好妆耶？我为汝妆！"乃令刻其眉，以青填之；烧锁梁，灼其两眼角，皮随手燋卷，以朱傅之。及痂脱，瘢如妆焉。

【注释】

①房孺复（755—797）：河南（今河南洛阳）人。宰相房琯之子，生性疏狂傲慢，任情纵欲。《旧唐书·房孺复传》："孺复，琯之孽子也。……初娶郑氏，恶贱其妻，多畜婢仆，妻之保母累言之，孺复乃先具棺椟而集家人生殓保母，远近惊异。及妻在产蓐三四日，遽令上船即路，数日，妻遇风而卒。……又娶台州刺史崔昭女，崔妒悍甚，一夕杖杀孺复侍儿二人，埋之雪中。"

②燕脂：即胭脂。豆：重量单位。十六黍为一豆。这里指很少一点儿。

【译文】

房孺复的妻子崔氏，生性爱嫉妒，家里的婢女不准化浓妆，挽高髻，每月发给一丁点儿胭脂和粉底。有一个婢女不够用又新买了一点，妆画得稍稍漂亮些，崔氏怒气冲冲地说："你喜欢打扮是吧？我来给你打扮！"就让人用刀刻她的眉毛，用靛青填涂伤痕；又炙烫她的鼻梁，烧灼她的两个眼角，婢女的皮肤随之就被烫卷灼焦了，然后用红色颜料涂抹在伤口上。等到伤口结痂脱落，脸上的瘢痕真像化了妆一样。

8.11 杨虞卿为京兆尹①，时市里有三王子，力能揭巨石。遍身图刺，体无完肤。前后合抵死数四②，皆匿军以免。一日有过，杨令五百人捕获，闭门杖杀之。判云："鏨刺四支③，口称王子，何须讯问，便合当辜④。"

【注释】

①杨虞卿(？—835)：字师皋，虢州弘农(今河南灵宝)人。元和五年(810)及进士第，大和九年(835)拜京兆尹。

②合抵死：犯法当死。

③鏨(zàn)：雕刻。

④辜：罪。

【译文】

杨虞卿做京兆尹的时候，城里有个叫三王子的，力气大得能掀翻巨石。他全身刺满各种图案，没有一点儿完好的皮肤。前前后后犯法当死有好几回，都躲在军营里逃脱了。一天又犯了事，杨虞卿命令差役把他捉来，关上门给杖杀了。判语是："刺刻四肢，口称王子，不用审问，合该抵罪。"

8.12 蜀人工于刺，分明如画。或言以黛则色鲜①，成式问奴辈，言但用好墨而已。

【注释】

①黛：青黑色颜料。

【译文】

蜀地人长于刺青,线条清晰,有如手画。有人说用的是青黛所以颜色鲜明,我问家里奴辈,他们说只是用的好墨罢了。

8.13 荆州,贞元中,市有鬻刺者①,有印,印上簇针为众物状,如蟾、蝎、杵臼②,随人所欲,一印之,刷以石墨。疮愈后,细于随求印。

【注释】

①鬻(yù):卖。

②杵臼:舂谷物的器具。杵,木杵。臼,石臼。

【译文】

贞元年间,荆州城里有个卖刺青的,有一种特别的刺青印,印上用许多细针聚集排列成各种形状,比如蟾蜍、蝎子、杵臼,想要什么就弄什么,把印往身上一压,再涂上石墨。刺疮愈合以后,图案线条比普通的印要细致得多。

8.14 近代妆尚靥①,如射月、月黄、星靥②。靥钿之名③,盖自吴孙和邓夫人也④。和宠夫人,尝醉,舞如意,误伤邓颊,血流,娇婉弥苦。命大医合药⑤,医言:"得白獭髓,杂玉与虎魄屑⑥,当灭痕。"和以百金购得白獭,乃合膏。虎魄太多,及差,痕不灭。左颊有赤点如痣,视之,更益甚妍也。诸婢欲要宠者⑦,皆以丹点颊,而后进幸焉。

【注释】

①靥(yè):酒窝。这里指面颊部的点搽装饰。

②射月:本为妇女月事的记号,后来演变成一种妆饰。《史记·五宗世家》:"景帝召程姬,程姬有所避,不愿进。"司马贞《索隐》:"姚氏按:《释名》云'天子诸侯群妾以次进御,有月事者止不御,更不口说,故以丹注面目旳为识,令女史见之'。"月黄、星靥:底本作"曰黄星靥",据刘传鸿《〈酉阳杂俎〉校证:兼字词考释》校改。星靥之名,唐诗中多见,如许敬宗《七夕赋咏》:"情催巧笑开星靥,不惜呈露解云衣。"又《北户录》:"余访花子事,如面光、眉翠、月黄、星靥,其来尚矣。然事之相类者,见《拾遗》引:孙和悦邓夫人……"

③靥钿:面颊上的饰物。

④孙和(224—252):字子孝。三国时吴国孙权第三子。

⑤大医:即太医。

⑥虎魄:即琥珀。

⑦嬖(bì):受宠的女子。这里指姬妾。要:求取,求得。

【译文】

近代女子化妆流行妆点面颊,比如射月、月黄、星靥等名称。这些靥钿的得名,大约本自吴国孙和的邓夫人。当年孙和宠爱邓夫人,有一次喝醉了,舞动如意时误伤了邓夫人的脸颊,夫人鲜血直流,娇弱婉媚,痛苦万状。孙和命令太医配药,太医说:"要白獭的骨髓,和着玉屑以及琥珀屑,就可以不留瘢痕。"孙和花重金买了一只白獭,用来配制药膏。因为琥珀屑用得太多了,后来伤口痊愈时,瘢痕并没有完全去掉。左面颊有个红点,就像一颗痣,一眼看上去,倒更妩媚了。其他姬妾想要邀宠的,都先用朱砂妆点面颊,然后就会得到宠幸了。

8.15 今妇人面饰用花子①,起自昭容上官氏所制②,以掩点迹③。大历已前,士大夫妻多妒悍者,婢妾小不如意,辄印面,故有月点、钱点。

【注释】

①花子：古时妇女贴、画在面颊上的装饰。五代马缟《中华古今注》卷中："秦始皇好神仙，常令宫人梳仙髻，帖五色花子，画为云凤虎飞升。至东晋，有童谣云织女死，时人帖草油花子为织女作孝。至后周，又诏宫人帖五色云母花子作碎妆，以待宴。如供奉者，帖胜花子作桃花妆，插通草朵子，著短袖衫子。"

②昭容：女官名。唐时为正二品。上官氏：即为上官婉儿（664—710）。上官仪孙女。武则天令其参决百司表奏。中宗即位，又令专掌制命。景龙二年（708）拜昭容。后于李隆基政变中被杀。

③点迹：黥刑之迹。《旧唐书·上官昭容传》："中宗上官昭容，名婉儿。……则天时，婉儿忤旨，则天惜其才，不杀，但黥其面而已。"

【译文】

当今妇女面部饰物用花子，源自昭容上官婉儿所制，用来掩饰黥刑的痕迹。大历以前，士大夫的妻子有很多生性嫉妒凶悍的，家里的婢妾稍不如意，就被黥面，所以有月点、钱点等名称。

8.16 百姓间，有面戴青志如黥。旧言妇人在草蓐亡者①，以墨点其面，不尔则不利后人。

【注释】

①草蓐（rù）：本为草垫子，后代指分娩。

【译文】

在民间，有人脸上贴着青色饰物，就像受了黥刑一样。这种妆饰的起源，据传说妇女如果难产而死，就用墨涂点在她的面部，不这样做就对后人不利。

8.17 越人习水①，必镂身②，以避蛟龙之患。今南中有绣面獠子③，盖雕题之遗俗也④。

【注释】

①越：东南沿海少数民族。

②镂身：文身。汉刘向《说苑》卷十二："彼越亦天子之封也，不得冀、兖之州，乃处海垂之际，屏外蕃以为居，而蛟龙又与我争焉。是以剪发文身，烂然成章，以像龙子者，将避水神也。"

③南中：南部地区。獠(lǎo)子：古时西南少数民族，今称仡佬。《太平御览》卷七八九引《南夷志》："绣面蛮，生一月，则以针刺面，青黛涂之，如绣状。"

④雕题：南方偏远地区习俗，先在额上雕刻花纹，再涂以丹青。《后汉书·南蛮西南夷传》："《礼记》称'南方曰蛮，雕题交阯'，其俗男女同川而浴，故曰交阯。"李贤注："题，额也。雕之，谓刻其肌以丹青涅也。"

【译文】

越人水性好，都要在身上刺上龙的图案，用来避免蛟龙的伤害。如今南中地区有文面的獠子，这大概是由古时雕额而遗留下来的风俗吧。

8.18《周官》①："墨刑罚五百②。"郑言③："先刻面，以墨窒之④。窒墨者，使守门。"《尚书刑德放》曰："涿鹿者⑤，凿人额也⑥。黥人者，马羁笮人面也⑦。"郑云："涿鹿、黥，世谓之刀墨之民。"

【注释】

①《周官》：即《周礼》。《周礼》一书，汉代先是称作《周官》，因为和

《尚书·周官》篇相混淆，于是改称《周官经》，自刘歆以后，则称作《周礼》。

②墨刑：即黥刑。五百：各种罪的具体罪行条目。《周礼·秋官》"司刑"："掌五刑之法，以丽万民之罪。墨罪五百，劓罪五百，宫罪五百，刖罪五百，杀罪五百。"

③郑：即郑玄。见7.5条注⑫。

④窒：填塞。

⑤涿鹿：古代的一种刑罚，墨刑于额。《太平御览》卷六四八："《尚书刑德放》曰：'涿鹿者，笮人额也。黥者，马羁笮人面也。'（郑玄曰：涿鹿、黥，皆先用刀芒伤人，墨布其中，故后世谓之墨士民也。）"

⑥凿：古代施黥刑的刑具。这里用作动词。颡（sǎng）：额。

⑦马羁：马笼头。笮：通"凿"，意同上注。

【译文】

《周官》："受黥刑的罪有五百种。"郑玄注释说："先刻面部，用墨填塞伤口。受此刑者，派去守城门。"《尚书刑德放》说："涿鹿，指的是凿人的额头。黥人，指用马笼头笼住人的脑袋，凿他的脸。"郑玄说："涿鹿、黥，后世称他们是刀墨之民。"

8.19《尚书大传》①："虞舜象刑②，犯墨者皂巾③。"《白虎通》④："墨者，墨其额也，取法火之胜金⑤。"

【注释】

①《尚书大传》：旧题汉代伏胜撰，郑玄注。其书不尽在解经，往往于经文之外掇拾遗文，推衍旁义，是为纬书（依托经义而论符箓瑞应之书）。

②虞舜：上古帝王名。姓姚，名重华。受禅继尧位，在位四十八年，南巡崩于苍梧之野。传位于禹。象刑：尧舜时以特异的服饰象征几种肉刑，以示耻辱，称作"象刑"。《太平御览》卷六四五引《尚书大传》："唐虞象刑，而民不敢犯。苗民用刑，而民兴相渐。唐虞之象刑，上刑赭衣不纯，中刑杂屦，下刑墨幪，以居州里而民耻之。"

③墨：墨刑，五刑之一，在被刑者额上刺字，染上黑色以为标记，是一种较轻的刑罚。皂：黑色。

④《白虎通》：又名《白虎通义》，东汉班固撰。本书记录了汉章帝建初四年(79)在白虎观议五经同异的结果。其书多引古义，兼收谶纬家说。

⑤火之胜金：《白虎通》卷九"五刑"："刑所以五何？法五行也。大辟法水之灭火，宫者法土之雍水，膑者法金之刻木，劓者法木之穿土，墨者法火之胜金。"

【译文】

《尚书大传》："虞舜象法肉刑，该处黥刑的人缠上黑巾。"《白虎通》："墨刑，在额头刺字然后用墨涂黑，这是取法五行中的火胜金。"

8.20 《汉书》①："除肉刑。当黥者，髡钳为城旦舂②。"

【注释】

①《汉书》：东汉班固撰，我国第一部纪传体断代史。

②髡(kūn)钳：剃去头发，用铁圈束住脖子。城旦：秦汉时刑名。一种筑城四年的劳役。舂：汉代一种徒刑。

【译文】

《汉书》："废除肉刑。应当处黥刑者，剃去头发，脖子戴上铁圈，处以城旦筑城。”

8.21 又《汉书》：“使王乌等窥匈奴^①。匈奴法，汉使不去节^②，不以墨黥面，不得入穹庐^③。王乌等去节黥面，得入穹庐，单于爱之。”

【注释】

①窥：打探虚实。

②节：旌节，使者所持之节。

③穹庐：古代游牧民族所住毡帐，中央隆起，四周下垂，故称“穹庐”。

【译文】

《汉书》又记载：“派王乌等人出使匈奴打探虚实。匈奴规定，汉朝使节不去掉节杖，不用墨黥面，就不能进入单于的穹庐。王乌等人依照规定去掉节杖，用墨黥面，才得以进入穹庐，单于很爱重他们。”

8.22 晋令：“奴始亡，加铜青若墨^①，黥两眼。后再亡，黥两颊上。三亡，横黥目下。皆长一寸五分。”

【注释】

①铜青：铜上所生之绿色物，又称“铜绿”。可入药。

【译文】

晋朝法令：“奴婢第一次逃亡，用铜青，像墨刑一样黥双眼。以后如果第二次逃亡，黥两边脸颊上。第三次逃亡，横着黥眼睛下方。长度都是一寸五分。”

8.23 梁朝《杂律》："凡囚未断,先刻面作'劫'字。"

【译文】

梁朝《杂律》："凡是囚犯还没有判刑的,先在脸上刻一个'劫'字。"

8.24 释《僧祇律》①："印瘢者②,比丘作梵王法③,破肉,以孔雀胆、铜青等画身,作字及鸟兽形,名为印黥。"

【注释】

①《僧祇律》:佛教戒律书。僧祇,即摩诃僧祇,意译为大众。按,本条所载,见于《摩诃僧祇律》卷二三:"尔时比丘度印瘢人出家,为世人所讥:'云何沙门释子度犯王法印瘢人出家? 出家之人宜当完净,此坏败人何道之有!'诸比丘以是因缘,往白世尊。乃至,佛言:'从今日后印瘢人不应与出家。'印瘢者,破肉以孔雀胆、铜青等画作字,作种种鸟兽像,不应与出家。若已出家者,不应驱出。若与出家受具足者,越比尼罪,是名印瘢。"

②印瘢(bān):黥面。

③作梵王法:刘传鸿《〈酉阳杂俎〉校证:兼字词考释》:"'作梵王法'疑当作'作犯王法'。"

【译文】

佛家《僧祇律》:"脸上印有瘢痕的僧人,那是出家之前犯了王法,被刺破皮肉,用孔雀胆、铜青等涂画身体,描绘成字以及鸟兽的图案,叫作印黥。"

8.25《天宝实录》云①:"日南厩山②,连接不知几千里,裸人所居,白民之后也③。刺其胸前作花,有物如粉而紫色,画其两目下。去前二齿，以为美饰。"

【注释】

①《天宝实录》：即《唐玄宗实录》，唐代元载、令狐峘撰。

②日南：郡名。秦属象郡，汉武帝元鼎六年（前111），以其地在日之南，更名日南，其地今属越南。

③白民：《山海经·海外西经》："白民之国，在龙鱼北，白身被发。有乘黄，其状如狐，其背上有角，乘之寿二千岁。"

【译文】

《天宝实录》记载："日南郡厥山，绵延不知有几千里，是裸人居住的地方，裸人是白民国的后裔。他们刺胸前绘出花的图案，用粉紫色的东西描画双眼下方。拔去两颗门牙，作为美化妆饰。"

8.26 成式以君子耻一物而不知①，陶贞白每云②："一事不知，以为深耻。"况相定黥布当王③，淫著红花欲落④，刑之墨属，布在典册乎！偶录所记，寄同志⑤，愁者一展眉头也。

【注释】

①耻一物而不知：汉扬雄《法言·君子》："或曰：圣人不师仙，厥术异也。圣人之于天下，耻一物之不知；仙人之于天下，耻一日之不生。"

②陶贞白：即为陶弘景。见2.14条注③。

③相：相面。黥布当王：《史记·黥布列传》："黥布者，六人也，姓英氏。秦时为布衣。少年，有客相之曰：'当刑而王。'及壮，坐法黥。布欣然笑曰：'人相我当刑而王，几是乎？'……布遂剖符为淮南王，都六，九江、庐江、衡山、豫章郡皆属布。"

④淫著红花欲落：应为有关黥刑的典故。具体不详。

⑤同志：志趣投合的人。

【译文】

我认为，君子如果有哪怕一种事物不知晓，也是耻辱，陶贞白经常说："若有一物不知，我就深以为耻。"何况相面者断定黥布会封王，淫著红花欲落，这些有关黥刑的故事都记载在典册中呢！偶然记录下我读过的有关异闻，送给志趣相投的人，愁眉不展的人就开怀一笑吧。

雷

【题解】

雷电暴雨是一种自然现象。本篇八条都是唐代的事,有些记载读来十分荒诞。这是当时人对极端天气现象的一种解释,是他们面对自然神力表现出来的恐惧心理。这当然缘于科学认知的局限,同时也是对神奇莫测的大自然的敬畏,这种敬畏自有生民以来一以贯之。

8.27 安丰县尉裴颢①,士淹孙也②,言玄宗尝冬月召山人包超,令致雷声。超对曰:"来日及午有雷。"遂令高力士监之③。一夕,醮式作法④,及明,至巳矣⑤,天无纤翳⑥。力士惧之,超曰:"将军视南山,当有黑气如盘矣⑦。"力士望之,如其言。有顷,风起,黑气弥漫,疾雷数声。明皇又每令随哥舒翰西征,每阵常得胜风。

【注释】

①安丰县:在今安徽寿县西南。尉:职官名。通常为武职,秦代以后,朝廷设太尉,各郡设都尉,县设县尉。

②士淹:即为裴士淹,河东(今山西永济)人。开元、天宝之交,历仕

司封员外郎、司勋郎中。安史之乱爆发，扈从玄宗入蜀。大历初，正拜礼部尚书，后坐鱼朝恩党贬官而卒。

③高力士(684—762)：高州良德(今广东高州东北)人，本姓冯，因宦官高延福收养改姓高。圣历元年(698)入宫供事。开元初，从唐玄宗诛太平公主，为右监门卫将军，知内侍省事，权倾朝野。安禄山反，扈从玄宗入蜀。后还京师，为李辅国诬陷流放巫州。两年后赦还，行至途，闻玄宗噩耗，呕血而卒。

④醮(jiào)式：打醮，道士设坛作法。

⑤巳(sì)：上午九至十一时。

⑥翳(yì)：遮蔽。这里指云。

⑦盘：通"磐"，巨石。

【译文】

安丰县尉裴颢，是裴士淹的孙子，曾说起玄宗在一个冬月，招来山人包超，要他让天上打雷。包超回奏说："明天到中午时分就会打雷。"玄宗就让高力士监督他。当晚，包超打醮作法，到第二天早晨，已经是巳时了，天上还一丝云都没有。高力士担心了，包超说："将军请往南山看，应该有像巨石一样的黑气了。"力士向南山眺望，果然如他所说。一会儿，起风了，黑气弥漫，连响几声迅雷。玄宗又常让包超跟随哥舒翰西征，每次对阵时他常以风相助而获胜。

8.28　贞元初，郑州百姓王幹，有胆勇。夏中作田，忽暴雨雷，因入蚕室中避雨①。有顷，雷电入室中，黑气陡暗。幹遂掩户，把锄乱击。雷声渐小，云气亦敛，幹大呼，击之不已。气复如半床，已至如盘，骍然坠地②，变成熨斗、折刀、小折脚铛焉③。

【注释】

①蚕室：养蚕的温室。刚受官刑的人必须在温暖的密室中养伤，所以也称执行官刑的狱室为"蚕室"。

②骍（huō）然：金属的响声。

③折脚铛（chēng）：断一只脚的锅。僧侣常用。

【译文】

贞元初年，郑州老百姓王幹，胆大勇猛。夏天在田里劳作，忽然雷电交加，暴雨倾盆，于是进入蚕室避雨。一会儿，雷电进入蚕室中，一团黑气使屋里陡然变暗了。王幹就关上门窗，挥动锄头一番乱击。雷声慢慢变小了，黑气也有所收敛，王幹大喊大叫，不停地乱击。那团黑气只有半张床那么大，最后小得像只盘子，当的一声掉在地上，变成了熨斗、折刀、小折脚锅等。

8.29　李鄘在北都①，介休县百姓送解牒②，夜止晋祠宇下③。夜半，有人叩门云："介休王暂借霹雳车④，某日至介休收麦。"良久，有人应曰："大王传语，霹雳车正忙，不及借。"其人再三借之。遂见五六人秉烛，自庙后出，介山使者亦自门骑而入。数人共持一物如幢⑤，扛上环缀旗幡⑥，授与骑者曰："可点领。"骑者即数其幡，凡十八叶⑦，每叶有光如电起。百姓遂遍报邻村，令速收麦，将有大风雨。村人悉不信，乃自收刈⑧。至其日，百姓率亲情⑨，据高阜⑩，候天色。及午，介山上有黑云气如窑烟，斯须蔽天，注雨如绠⑪，风吼雷震，凡损麦千余顷。数村以百姓为妖，讼之。工部员外郎张周封亲睹其推案⑫。

【注释】

①李廞(yōng，？—820)：字建侯，江夏(今湖北武汉)人。曾为河东节度使(治太原)。北都：长寿元年(692)置，今山西太原。

②介休县：今属山西，介之推隐居之介山即在此县。送解牒：递送公文。

③晋祠：在山西太原西南悬瓮山麓，为周初唐叔虞始封地，原有祠，正殿之右有泉，为晋水发源处。唐高祖李渊起兵时，曾在此祈祷。贞观二十年(646)唐太宗御制晋祠之铭，立碑于祠。今为全国重点文物保护单位。

④介休王：或源自春秋时介之推故事。见1.11条注①。南朝任昉《述异记》记载其妹能兴云雨，有霹雳车。霹雳车：雷神司雷之车。

⑤幢(chuáng)：旗幡。

⑥扛：同"杠"。

⑦叶：面。

⑧刈(yì)：割。

⑨亲情：亲戚。

⑩阜：土山。

⑪绠(gěng)：绳子。

⑫推案：察究，审理。

【译文】

李廞在北都的时候，介休县有位老百姓递送公文，晚上止宿在晋祠里。半夜，有人敲门说："介休王暂时借用霹雳车，某天到介休县收麦子用。"过了很久，有人回答说："大王传下话来，说霹雳车正忙，不能外借。"那人反复要求借用。一会儿，有五六个人手持蜡烛，从庙后走出来，介山使者也骑马进了门。几个人一起拿着一件东西，像是幢，幢杠上环挂着旗幡，交给骑马的使者说："请清点收领。"骑马的人就清点旗幡，一共有十八面，每一面旗都有电光闪烁。这位老百姓赶紧给附近乡村报信，让他们抓紧时间收割麦子，很快会有狂风暴雨。村人都不相信，于是这老乡就赶紧收割自己的麦子。到那一天，他带着亲戚来到高坡上，观察天气变化。到中午，介山上冒出一团黑气，像是烧窑的浓烟，很快就遮天蔽日，大雨如麻，狂风怒吼，雷声隆隆，一共毁坏了一千多顷麦子。几个村的村民都怀疑这人是妖怪，把他告到官府。工部员外郎张周封亲眼看见他受审。

8.30　成式至德坊三从伯父，少时于阳羡家①，乃亲故也，夜遇雷雨，每电起，光中见有人头数十，大如栲栳②。

【注释】

①阳羡：今江苏宜兴。

②栲栳(kǎo lǎo)：用竹条或柳条编制的盛物容器，形如斗。

【译文】

我那住在至德坊的三堂伯父，年轻时在阳羡住亲戚家，晚上遇见雷雨，每次闪电，都看见电光中有几十个人头，每个有栲栳那么大。

8.31　柳公权侍郎尝见亲故说①，元和末，止建州山寺中②，夜半，觉门外喧闹，因潜于窗棂中观之③，见数人运斤造雷车，如图画者。久之，一嚏气，忽陡暗，其人两目遂昏焉。

【注释】

①柳公权(778—865)：字诚悬，京兆华原（今陕西铜川耀州）人。官至工部尚书，唐代著名书法家。柳公权曾为工部侍郎。

②建州：今福建建瓯。

③窗桹:窗格。

【译文】

柳公权侍郎曾听一位亲友说,元和末年,他旅宿在建州的一座寺庙里,半夜,听见门外嘈杂,于是悄悄地从窗格窥视,看见几个人正拿着斧头制造雷车,雷车和图画中的一个样。看了很久,他打了个喷嚏,周围一下子变暗,他便两眼昏花什么也看不见了。

8.32 处士周洪言,宝历中,邑客十余人,逃暑会饮。忽暴风雨,有物坠,如玃,两目睒睒①。众人惊伏床下。倏忽上阶,历视众人,俄失所在。及雨定,稍稍能起,相顾,耳悉泥矣。邑人言,向来雷震,牛战鸟堕,邑客但觉殷殷而已②。

【注释】

①睒(shǎn)睒:光辉闪耀的样子。

②殷(yǐn)殷:拟声词,形容雷声。

【译文】

处士周洪说,宝历年间,同乡十多人,避暑聚饮。忽然起了狂风暴雨,有只怪兽从天而降,样子像玃,两眼精光闪烁。众人吓得躲到床下。怪兽一下跃上台阶,把众人挨个盯一遍,很快就消失了。等到雨停,众人慢慢能爬起身,彼此一看,耳朵里泥土塞得满满的。乡人说,刚才的巨雷,吓得牛浑身打战,鸟儿也掉下来,这十多人只听到了轰隆轰隆的声音罢了。

8.33 元稹在江夏①,襄州贾塾有庄,新起堂。上梁才毕,疾风甚雨。时庄客输油六七瓮②,忽雷震一声,油瓮悉列于梁上,一滴不漏。其年,元卒。

【注释】

①元稹(779—831):字微之,河南洛阳人。中唐著名诗人,与白居易并称"元白",大和四年(830)为武昌军节度使。江夏:唐为武昌军节度使治所,今湖北武汉。

②庄客:田庄里的佃农。

【译文】

元稹出镇江夏时,襄州的贾惎有处庄园,新建厅堂。上梁才完,突然起了狂风暴雨。当时庄客送来六七瓮油,忽然一声惊雷,油瓮全都摆到房梁上去了,一滴油也没漏。那一年,元稹去世。

8.34 贞元年中,宣州忽大雷雨①,一物堕地,猪首,手足各两指,执一赤蛇啮之,俄顷云暗而失。时皆图而传之。

【注释】

①宣州:今安徽宣城。

【译文】

贞元年间,宣州有一天忽然巨雷暴雨,有个怪物掉到地上,长着猪头,四肢各有两根指头,抓着一条赤蛇咬,很快天色变暗,怪物也不见了。当时都绘有图画,四处传看。

梦

【题解】

本篇各条,均为有关梦兆、恶梦、解梦之事,是作者对于"梦"这一精神和心理现象的集中关注。所记之梦或是现象的猎奇,或是种种梦兆的附会,从中能够很容易地解读出精神、心理、潜意识的东西。

8.35 魏杨元慎能解梦。广阳王元渊梦著衮衣①,倚槐树,问元慎。元慎言:"当得三公②。"退谓人曰:"死后得三公耳。'槐'字,'木'傍'鬼'。"果为葛荣所杀,赠司徒③。

【注释】

①元渊(? —526):字智远。广阳王元建之子,袭爵。衮衣:帝王或公侯穿的绣龙的礼服。

②三公:辅佐君主掌握军政大权的最高官员。元魏以太尉、司徒、司空为三公。

③赠:给死者追封官爵。

【译文】

元魏杨元慎能解梦。广阳王元渊梦见自己身穿衮衣,靠着一棵槐树,就请元慎解梦。元慎说:"您要做三公。"私下里又对别人说:"死后当三公罢了。'槐'字,是"木"字旁边一个'鬼'。"元渊后来果然被葛荣杀害,朝廷追封他为司徒。

8.36 许超梦盗羊入狱。元慎曰:"当得城阳令①。"后封城阳侯。

【注释】

①城阳:在今河南泌阳南。

【译文】

许超梦见自己因偷羊进了监狱。元慎解梦说:"你要做城阳令。"后来许超被封为城阳侯。

8.37 补阙于菫①,善占梦。一人梦松生户前,一人梦枣生屋上。菫言:"松丘垄间所植②。'枣'字重'来'③,重'来',呼魄之象。"二人俱卒。

【注释】

①补阙:职官名。唐武则天垂拱元年(685)设置,职为侍从讽谏,左补阙从七品上,右补阙从八品上。

②丘垄:墓地。

③枣:繁体字作"棗",故曰重"来"。

【译文】

补阙于菫,擅长解梦。有个人梦见门前长棵松树,另一人梦见房屋上长棵枣树。于菫说:"松树,一般栽种在墓地。'枣'字有两个'来'字,'来','来',这是叫魂的征兆。"两人都死了。

8.38　侯君集与承乾谋通逆①,意不自安。忽梦二甲士录至一处②,见一人高冠,鼓髯叱左右③:"取君集威骨来④!"俄有数人,操屠刀,开其脑上及右臂间,各取骨一片,状如鱼尾。因噂呓而觉⑤,脑臂犹痛。自是心悸力耗,不能引一钧弓⑥。欲自首,不决而败。

【注释】

①侯君集(? —643):豳州三水(今陕西旬邑)人。从李世民征战有功,仕宦显要。贞观十七年,因与太子李承乾谋反,被诛。承乾:即为李承乾(? —645)。唐太宗嫡长子。因生于承乾殿,故名。八岁立为太子,后因谋反废为庶人,徙黔州卒。

②录:逮捕。

③鼓髯:吹胡子,形容生气的样子。

④威骨:古时认为人天生具有骨相。威骨是将军等人所特有的骨头。

⑤噂(án)呓:说梦话。

⑥钧:重量单位,三十斤为一钧。

【译文】

侯君集和太子李承乾谋反,心里惴惴不安。忽有一天,梦见两名身着盔甲的士卒把他捉到一个地方,看见一个戴着高高帽子的人,吹胡子瞪眼,喝命左右:"把侯君集的威骨卸下来!"就有几个人手持屠刀,割开他脑袋和右臂上的皮肉,各取出一片骨头,形状像鱼尾。侯君集梦中惊呓而醒,感觉脑袋和手臂还在疼。从这以后,他心悸不安,力气耗竭,连三十斤的弓也拉不开。想要自首,又犹豫不决,最后阴谋败露。

8.39　扬州东陵圣母庙主①,女道士康紫霞,自言少时,梦中被人录于一处,言天符令摄将军巡南岳②,遂摆以金锁甲③,令骑,道从千余人,马蹀虚南去④。须臾至,岳神拜迎马前,梦中如有处分⑤。岳中峰岭溪谷,无不历也。恍惚而返,鸡鸣惊觉。自是生须数十根。

【注释】

①东陵圣母:传说中的道仙。《太平广记》卷六〇引《女仙传》:"东陵圣母,广陵海陵人也。适杜氏,师刘纲学道,能易形变化,隐见无方。杜不信道,常怒之。圣母理疾救人,或有所诣,杜恚之愈甚,讼之官,云圣母奸妖,不理家务。官收圣母付狱,顷之,已从狱窗中飞去,众望见之,转高入云中,留著履一双在窗下。于是远近立庙祠之,民所奉事,祷之立效。"

②摄:代理。南岳:衡山,道教三十六小洞天之一。

③摆(huàn):穿。

④蹀(dié)虚:腾空。蹀,踏,顿足。

⑤处分:处置,决定。

【译文】

扬州东陵圣母庙的庙主,女道士康紫霞,曾讲起年轻时在睡梦中被人挟到某个地方,说天书诏令代理将军之职,巡视南岳,于是给她披挂金锁甲,让她骑上马,随从一千多人,马腾空往南而去。很快就到了,南岳神在马前礼拜迎接,恍惚记得梦里还处置了一些事情。南岳的奇峰峻岭溪涧幽谷,都游历过了。迷迷糊糊回到家里,被鸡叫声惊醒了。从这以后,面部就长出几十根胡须。

8.40 司农卿韦正贯应举时①,尝至汝州②,汝州刺史柳凌留署军事判官。柳尝梦有一人呈案,中言欠柴一千七百束。因访韦解之,韦曰:"柴,薪木也③。公将此不久乎?"月余,柳疾卒。素贫,韦为部署,米麦锱帛,悉前请于官数月矣,唯官中欠柴一千七百束。韦披案,方省柳前梦。

【注释】

①司农卿:职官名。九卿之一,主管钱粮仓储等事。韦正贯(783—851):字公理,京兆万年(今陕西西安)人。曾任司农卿。

②汝州:在今河南临汝东。

③薪木:官员俸禄里有薪木。故有"薪水"、"薪俸"之名。

【译文】

　　司农卿韦正贯当年应举的时候,曾到过汝州,汝州刺史柳凌留他担任军事判官。柳凌曾梦见有一个人呈上案卷,里面说欠他一千七百束柴。柳凌就请韦正贯解梦,韦正贯说:"柴,就是薪木。您莫非快不久人世了?"过了一个多月,柳凌生病去世。柳一向贫困,韦正贯为他安排后事,发现米麦钱帛,都已经预支了几个月,公家只还欠他一千七百束柴。韦正贯披阅了案卷,才明白先前柳凌的那个梦。

　　8.41 道士秦霞霁,少勤香火,存想不怠①。尝梦大树,树忽穴,有小儿青摺髻发②,自穴而出,语秦曰:"合土尊师③。"因惊觉。自是休咎之事,小儿仿佛报焉。凡五年,秦意为妖,偶以事访于师,师遽戒勿言:"此修行有功之证。"因此遂绝。旧说梦不欲数占④,信矣。

【注释】

①存想:道教术语。指想象体内外诸神、诸景。存,意念的存放。想,冥见其形。

②摺:通"褶(dié)",夹衣。髻(qí):马鬃。这里形容小儿的发髻
　形状。
③合土:全世间。合,全,满。尊师:对道士的敬称。
④数占:反复占验。

【译文】

　　道士秦霞霄,年轻时勤于焚修,存想不懈。曾经梦见一株大树,树
上忽然开了一个洞,有穿着青色夹衣挽着发髻的小童从树洞中走出来,
对他说:"合土尊师。"秦霞霄一下从梦中惊醒。从此吉凶祸福之事,好
像小童都有通报。这样过了五年,秦霞霄怀疑是妖魔作怪,一个偶然的
机会拿这件事去问他师父,师父一听立即制止他不要再说:"这是修行
有功果的表现。"从此以后小童再也没有通报过。有老话说梦不要反复
占验,确实如此。

　　8.42 蜀医昝殷言①:"藏气阴多则梦数②;阳壮则梦少,
梦亦不复记。"《周礼》有"掌三梦"③,又"以日月星辰各占六
梦"④,谓日有甲乙⑤,月有建破⑥,星辰有居直⑦,星有扶刻
也⑧。又曰:"舍萌于四方⑨,以赠恶梦⑩。"谓会民,方相氏四
面逐送恶梦至四郊也⑪。

【注释】

①昝(zǎn)殷:唐代蜀地名医。南宋晁公武《郡斋读书志》卷一五:
　"《产宝》二卷,右唐昝殷撰。殷,蜀人。大中初,白敏中守成都,
　其家有因免乳死者,访问名医,或以殷对。敏中迎之,殷集备验
　方药三百七十八首以献。"
②藏气:脏气,五脏之气。
③《周礼》有"掌三梦":《周礼·春官》"大卜":"掌三梦之法,一曰致

梦,二曰觭梦,三曰咸陟。"致梦,梦之所至。觭梦,或为奇异之梦。咸陟,言梦之皆得。

④以日月星辰各占六梦:《周礼·春官》"占梦":"以日月星辰占六梦之吉凶:一曰正梦,二曰噩梦,三曰思梦,四曰寤梦,五曰喜梦,六曰惧梦。"贾公彦疏:"以日月星辰占知者,谓夜作梦,旦于日月星辰以占其梦,以知吉凶所在。"

⑤日有甲乙:《礼记·月令》:"孟春之月,日在营室,昏参中,旦尾中,其日甲乙。"

⑥建:月建,北斗星柄所指为建,斗柄每月移指一个方位,周而复始,如十一月叫建子,十二月叫建丑,正月叫建寅,二月叫建卯等;月分有大小,则称大建、小建。破:月破。《御定星历考原》卷四:"月破者,月建所冲之日也,与岁破义同。"

⑦星辰有居直:疑为"星有居直"。居直,居止,值守。

⑧星有扶刻:疑为"辰有符刻"。符刻,漏刻。

⑨舍萌:类似释菜的一种仪式。释菜,古时初入学时以芹藻之类的植物礼敬先师。舍,释,释礼。萌,初生的菜。

⑩以赠恶梦:《周礼·春官》"占梦":"季冬聘王梦,献吉梦于王,王拜而受之,乃舍萌于四方,以赠恶梦,遂令始难驱役。"赠,送。

⑪方相氏:古代驱疫避邪的巫师。《后汉书·礼仪志》:"先腊一日,大傩,谓之逐疫。其仪:选中黄门子弟年十岁以上,十二以下,百二十人为侲子,皆赤帻皂制,执大鼗。方相氏黄金四目,蒙熊皮,玄衣朱裳,执戈扬盾。十二兽有衣毛角,中黄门行之,冗从仆射将之,以逐恶鬼于禁中。……乘舆御前殿,黄门令奏曰:'侲子备,请逐疫。'于是中黄门倡,侲子和,曰:'甲作食殃,胇胃食虎,雄伯食魅,腾简食不祥,揽诸食咎,伯奇食梦……凡使十二神追恶凶,赫女躯,拉女干,节解女肉,抽女肺肠。女不急去,后者为粮!'因作方相与十二兽舞。"

【译文】

蜀地的名医昝殷说:"五脏的阴气旺盛就会多梦;阳气旺盛梦就少,做了梦也不会记得。"《周礼》有"掌三梦"之说,又说"以日月星辰各占六梦",说日有甲乙,月有建破,星有居直,辰有符刻。又说:"朝向四方释菜,以送恶梦。"说的是聚集人众,方相氏分别朝向四郊,把恶梦驱逐到四郊去。

8.43《汉仪》大傩侲子辞[①],有"伯奇食梦"[②]。道门言梦者魄妖[③],或谓三尸所为。释门言有四:一善恶种子,二四大偏增,三贤圣加持,四善恶征祥[④]。成式尝见僧首素言之,言出《藏经》[⑤],亦未暇寻讨。又言梦不可取[⑥],取则著[⑦],著则怪入。夫瞽者无梦[⑧],则知梦者习也。

【注释】

①《汉仪》:汉叔孙通撰,记汉代礼制,共十二篇,东汉时曹褒奉命加以修订,撰次自皇帝至平民有关冠婚吉凶终始制度,共成一百五十篇,今佚。大傩(nuó):腊月驱疫逐鬼的禳祭。侲(zhèn)子:参加驱疫逐鬼的童子。见上条注⑪引文。

②伯奇食梦:见上条注⑪引文。其中提到的甲作、胇胃、雄伯、腾简、揽诸、伯奇等,均为大傩仪式中装扮的十二神兽之名。

③魄妖:南朝陶弘景《真诰》卷九:"数遇恶梦者,一曰魄妖,二曰心试,三曰尸贼。"

④"释门言有四"五句:佛教里四梦的说法,或称无明习气梦、善恶先征梦、四大偏增梦、巡游旧识梦;或称四大不和梦、先见梦、天人梦、想梦。

⑤《藏经》:《大藏经》的简称。指佛教的经、律、论三藏,以及历代后

　　贤著述之总汇,又名"一切经"。

⑥取:深究。

⑦著(zhuó):附着。

⑧瞽(gǔ)者:盲人。

【译文】

　　《汉仪》记载的大傩侲童唱辞,有"伯奇食梦"。道教说梦是魄妖作怪,又说是三尸作怪。佛教说有四种梦:一是善恶种子梦,二是四大偏增梦,三是贤圣加持梦,四是善恶征祥梦。我曾听首素和尚说过,他说这种说法出自《藏经》,我也没时间去探究。又说梦不能深究,越是深究就越是念念不忘,老是念念不忘,就会招来各种魔怪。盲人不做梦,由此可知梦是人们日常习见所致。

　　8.44 成式表兄卢有则,梦看击鼓。及觉,小弟戏叩门为街鼓也①。

【注释】

①街鼓:城坊警夜之鼓。唐刘肃《大唐新语》卷十:"旧制:京城内金吾晓暝传呼,以戒行者,马周献封章,始置街鼓,俗号鼕鼕,公私便焉。"

【译文】

　　我的表兄卢有则,梦中看人打鼓。等到醒来,原来是小兄弟把门当作街鼓拍着玩。

　　8.45 又成式姑婿裴元裕言①:"群从中有悦邻女者②,梦女遗二樱桃食之③。及觉,核坠枕间。"

【注释】

①姑婿：姑父。裴元裕：曾为安南经略使。

②群从：侄子辈。从，堂房亲属。

③遗（wèi）：送。食（sì）：给吃。

【译文】

我姑父裴元裕说："我有个侄子，喜欢邻家女孩，梦见她送两颗樱桃给他吃。等到醒来，樱桃核掉在枕头边上。"

8.46 李铉著《李子正辩》①，言至精之梦，则梦中身人可见。如刘幽求见妻②，梦中身也，则知梦不可以一事推矣。愚者少梦，不独至人③，闻之驺皂④，百夕无一梦也。

【注释】

①李铉：字宝鼎，北齐渤海南皮（今属河北）人。《北齐书·李铉传》："铉以去圣久远，文字多有乖谬，感孔子'必也正名'之言，乃喟然有刊正之意。于讲授之暇，遂览《说文》，爰及《仓》《雅》，删正六艺经注中谬字，名曰《字辨》。"《宋史·艺文志》著录《李子正辨》十卷。

②刘幽求（655—715）：冀州武强（今属河北）人。历官中书舍人、尚书右丞、户部尚书、吏部尚书、尚书右仆射，同中书门下三品，监修国史。开元初，进尚书左丞相，兼黄门监。后贬州刺史，愤恚而卒。唐白行简《三梦记》："人之梦，异于常者有之：或彼梦有所往而此遇之者，或此有所为而彼梦之者，或两相通梦者。天后时，刘幽求为朝邑丞，尝奉使归。未及家十余里，适有佛堂院，路出其侧，闻寺中歌笑欢洽。寺垣短缺，尽得睹其中。刘俯身窥之，见十数人，儿女杂坐，罗列盘馔，环绕之而共食。见其妻在坐中语笑。刘初愕然，不测其故。久之，且思其不当至此。复不能

舍之，又熟视容止言笑无异。将就察之，寺门闭不得入。刘掷瓦击之，中其罍洗，波迸走散，因忽不见。刘逾垣直入，与从者同视，殿庑皆无人，寺扃如故，刘讶益甚，遂驰归。比至其家，妻方寝。闻刘至，乃叙寒暄讫，妻笑曰：‘向梦中与数十人游一寺，皆不相识，会食于殿庭。有人自外以瓦砾投之，杯盘狼藉，因而惊觉。’刘亦具陈其见。盖所谓彼梦有所往而此遇之也。”

③至人：体悟天道之人，《庄子》中称作真人。《庄子·大宗师》：“古之真人，其寝不梦，其觉无忧，其食不甘，其息深深。”

④驺皂：仆役。皂，皂隶。

【译文】

李铉著《李子正辨》一书，说至精至诚的梦，别人能够看见梦中身。例如刘幽求在寺院看见他的妻子，就是他妻子的梦中身，这样说来，梦是不能一概而论的。蠢人梦很少，不单单是圣人梦少，听仆役之辈说，他们一百个晚上也不会做一个梦。

8.47　秘书郎韩泉①，善解梦。卫中行为中书舍人②，时有故旧子弟选，投卫论属，卫欣然许之。驳榜将出③，其人忽梦乘驴蹶，坠水中，登岸而靴不湿焉。选人与韩有旧，访之。韩被酒，半戏曰：“公今选事不谐矣。据梦，卫生相负④，足下不沾⑤。”及榜出，果驳放。韩有学术，韩仆射犹子也⑥。

【注释】

①秘书郎：职官名。为秘书省属官，负责管理四库图籍。《旧唐书·职官志二》：“（秘书省）秘书郎四员，从六品上……秘书郎掌甲乙丙丁四部之图籍，谓之四库。”

②卫中行（？—829）：字大受，御史中丞卫晏之子，贞元九年（793）进士。

③驳(bó)：落选，斥退。

④卫生相负：既指驴驮选人，也指卫中行有负承诺。按，驴有别称为"卫"。唐李匡乂《资暇集》卷下："代呼驴为卫，于文字未见。今卫地出驴，义在斯乎？或说以其有轴有槽，譬如诸卫有胄曹也。因目为卫。"

⑤足下不沾：语义双关。既指梦中靴子不湿，又指选人落选。

⑥韩仆射：即为韩皋(742—822)，字仲闻，京兆长安人。长庆元年(821)拜尚书右仆射。仆射，职官名。唐宋时，以左右仆射为宰相之职。犹子：侄子。

【译文】

秘书郎韩泉，善于解梦。卫中行担任中书舍人，当时有朋友的子弟候选，投献卫中行套近乎，卫中行痛快地答应了。驳榜即将公布的时候，那人忽然梦见乘着驴子跌进了水里，上岸之后靴子却又没湿。那人和韩泉相熟，就去拜访他。韩泉喝了点酒，半开玩笑地说："您候选的事没指望了。根据您的梦，意思是：卫生相负，足下不沾。"等到驳榜出来，果然落选了。韩泉有学问，是韩仆射的侄子。

8.48 威远军小将梅伯成①，善占梦。近有优人李伯怜游泾州乞钱②，得米百斛。及归，令弟取之，过期不至。昼梦洗白马，访伯成占之。伯成仵思曰："凡人好反语，洗白马，泻白米也。君所忧，或有风水之虞乎？"数日，弟至，果言渭河中覆舟，一粒无余。

【注释】

①威远军：此威远军当指驻扎京师的一支禁军。《资治通鉴》卷二三六："请以为威远军使、平章事。"胡三省注引《旧唐书·郭子仪

传》，且云："则威远军，肃宗置也。至德宗时，以左、右威远营隶
鸿胪……（元和二年）其后遂以宦官为使，不复隶鸿胪。"按，唐代
剑南道有威远军（驻今四川威远），与此不同。

②泾州：在今甘肃泾川北。

【译文】

威远军小将梅伯成，善于解梦。最近有位名叫李伯怜的戏子到泾
州演出讨钱，挣得一百斛米。回家后，就让他的兄弟去取，过了该返回
的时间，他兄弟还没回来。李伯怜白天梦见洗白马，就去拜访梅伯成请
他解梦。伯成站着想了很长时间，说："普通人做梦通常是反的，洗白
马，就是泻白米。您担心的事情，怕是和行船有关吧？"几天后，兄弟回
来了，果然说在渭河中翻了船，百斛白米一粒不剩。

8.49 卜人徐道昇言：江淮有王生者，榜言解梦。贾客张
瞻将归，梦炊于臼中，问王生。生言："君归不见妻矣。臼中
炊，固无釜也①。"贾客至家，妻果卒已数月，方知王生之言不
诬矣②。

【注释】

①釜（fǔ）：锅。这里取其谐音"妇"。

②诬：虚妄不实。

【译文】

算卜先生徐道昇说：江淮一带有个王生，张贴招牌说自己能解梦。
商人张瞻即将回家，梦见在石臼中做饭，就问王生。王生说："您这回去
见不着您的妻子了。在石臼中做饭，肯定是没有釜（妇）了。"张瞻回到
家，妻子果然已经去世几个月了，这才知道王生所言不虚。

前集卷九

事感

【题解】

　　"事感"三条，记载精诚盛德感应神物之事。古人认为人与自然共存于天地间，人之精诚盛德所感，天地必与之相应，故会发生这类奇事。

　　9.1 平原高苑城东有渔津^①，传云，魏末平原潘府君字惠延^②，自白马登舟之部^③，手中筭囊遂坠于水^④，囊中本有钟乳一两。在郡三年，济水泛溢^⑤，得一鱼，长三丈，广五尺。刳其腹中，得顷时坠水之囊，金针尚在，钟乳消尽。其鱼得脂数十斛，时人异之。

【注释】

①平原：今山东平原。

②魏：疑指曹魏。府君：汉魏时太守自辟僚属如公府，故尊称太守为"府君"；自唐以后，碑版通称死者为"府君"。

③白马：即白马津。又名"黎阳津"、"鹿鸣津"，在河南滑县北。

④筭囊：算囊，即算袋。盛装书籍笔砚的布囊。唐代百官朝参或是外官与衔，均需带手巾、算袋。

⑤济(jǐ)水：古河流名。与江、淮、河并称"四渎"。

【译文】

平原县高苑城东边有渔津，传说，曹魏末年平原郡潘府君，字惠延，从白马津乘船赴任，手里的算袋一不小心落到水里，算袋里原有一两钟乳。潘府君在平原郡三年，济水泛滥，捕到一条鱼，长有三丈，宽有五尺。剖开鱼腹，里面竟然有当年落入水中的那个算袋，袋里的金针也还在，钟乳全部融化了。那条鱼熬制的油脂有几十斛，当时人都很惊奇。

9.2 谯郡有功曹峒①。天统中②，济南来府君出除谯郡，时功曹清河崔公恕③，弱冠有令德④。于时春夏积旱，送别者千余人，至此峒上，众渴甚，思水，升直万钱矣⑤。来公有思水色，恕独见一青乌，于峒中乍飞乍止，怪而就焉。乌起，见一石，方五六寸。以鞭拨之，清泉涌出。因盛以银瓶，瓶满，水立竭，唯来公与恕供疗而已。议者以为盛德所感致焉，时人异之，故以为目⑥。

【注释】

①谯郡：今安徽亳州。峒：同"洞"。

②天统：北齐后主高纬年号（565—569）。

③功曹：职官名。州郡佐吏，掌管考查记录功劳，北齐后称功曹参军，唐代在府叫功曹参军，在州叫司功参军。清河：地名。今属河北。

④弱冠：男子二十左右的年龄。古代男子二十岁行冠礼（成人礼），但体格未壮，故称"弱冠"。

⑤直：通"值"。

⑥目：名称。

【译文】

谯郡有个功曹涧。天统年间,济南来府君出任谯郡,时任济南府功曹的清河崔恕,年方弱冠,品德美好。当时春夏连早,为来府君送行的有一千多人,到这条涧上,大家都口渴难耐,想要水喝,这时一升水能值一万钱。来府君看样子想喝水,崔恕看见一只青黑色的乌鸦,在山涧中时而飞起时而停下,觉得很奇怪,就走近去看。他一靠近青乌就飞走了,只见地上有一块五六寸见方的石头。用鞭子拨动石头,清泉就涌出来。于是用银瓶盛水,银瓶盛满以后,泉水马上就不流了,接的水只够来府君和崔功曹解渴罢了。人们议论纷纷,认为这是高尚的品德感化所致,都觉得这事很奇特,因此就把这条涧命名为功曹涧。

9.3 李彦佐在沧景①,太和九年,有诏诏浮阳兵北渡黄河②,时冬十二月,至济南郡,使击冰延舟,冰触舟,舟覆诏失。李公惊惧,不寝食六日,鬓发暴白,至貌侵肤削,从事亦讶其仪形也。乃令津吏:"不得诏,尽死!"吏惧:"且请公一祝,沉浮于河。吏凭公诚明,以死索之。"李公乃令具爵酒言祝,传语诘河伯③,其旨曰:"明天子在上,川渎山岳,祝史咸秩④。予境之内,祀未尝匮。尔河伯洎鳞之长,当卫天子诏,何反溺之? 予或不获,予斋告于天,天将谪尔!"吏醱冰辞已⑤,忽有声如震,河冰中断,可三十丈。吏知李公精诚已达,乃沉钩索之。一钧而出,封角如旧,唯篆印微湿耳。李公所至,令务严简,推诚于物,著于官下。如河水色浑,驶流大木与纤芥,顷而千里矣。安有舟覆六日,一醱而坚冰陷,一钧而沉诏获,得非精诚之至乎?

【注释】

①李彦佐在沧景：《旧唐书·文宗纪下》："（开成三年十一月）以沧州节度使李彦佐为郓曹濮节度使。"同书《地理志一》："义昌军节度使。治沧州，管沧、景、德三州。"其地在今河北沧州一带。

②浮阳：在今河北沧州东南。

③河伯：黄河水神。

④秩：祭祀山川的等级。

⑤酹(lèi)：洒酒于地以示祭祷。

【译文】

　　大和九年，李彦佐在沧州任所，朝廷有诏书命令浮阳的军队北渡黄河，当时正值十二月，到了济南郡，李彦佐让人敲碎河冰，拉纤行船，有一块冰撞上了船，船翻了，诏书掉进水里。李彦佐非常害怕，一连六天不吃不睡，两鬓一下子全白了，以致面容憔悴，形销骨立，连僚属也对他样貌突变感到惊讶。于是命令河道官员："找不到诏书，你们都得处死！"河吏很恐惧："先请李公祭祷一下，把祝辞传给河神。我们凭仗着李公的精诚贤明，拼死搜索。"李公就让人备好祭品和祝辞，传话质问河伯，祝辞说："圣明的天子在上，大川河渎名山五岳，祝史都按相应的品级进行祭祀。我的辖境之内，从未缺少过祭祀。你河伯身为鱼虾之长，应当护卫天子的诏书，怎么反而淹溺了它？现在警告你：如果找不到诏书，我将上祷于皇天，皇天将会惩处你！"河吏把酒洒在冰上，祷辞刚念完，忽然发出雷震一样的声音，河冰从中间裂开大约三十丈。河吏知道李公的精诚已经传达至诸神，就用铁钩沉入水中去搜索诏书。一下就钓上来了，诏书的封角一点没变，只有篆印稍微有点潮湿罢了。李公每到一个地方任职，政令务求严明简要，待人接物开诚布公，官声显扬于当地。就拿这件事而言，黄河浊水奔流，无论大木小草，顷刻之间就可顺流而下直至千里之远。怎么会有船翻六天之后，酹祝一作就坚冰断裂，钓钩一沉就诏书到手，这岂不是精诚之至感化天地么？

盗侠

【题解】

　　侠以绝技在身,特立独行,异于时人,而又或为非犯禁,故以"盗"字称之。本篇共九条,第一条为曹魏事,第二条为北齐事,其余是唐代的事。所记如身有肉翅履险如夷的铃下人,飞檐走壁的瓦官寺少年,身怀绝技而不露声色的箍桶老人,以及"鹧鸪辣"、"碗子辣"的江湖暗号,诸如此类的奇异故事,叙述精彩,虎虎有生气,实为段成式的文人侠客梦。

　　9.4 魏明帝起凌云台①,峻峙数十丈,即韦诞白首处②。有铃下人③,能著屐登缘,不异践地,明帝怪而煞之,腋下有两肉翅,长数寸。

【注释】

①魏明帝:即为曹睿(205—239)。文帝曹丕长子。黄初七年(226)立为皇太子,随后即位。凌云台:据《三国志·魏书·文帝纪》,此台为魏文帝所筑。

②韦诞(179—253):字仲将。曹魏时人,书法家。《绀珠集》卷二引《殷芸小说》:"魏凌云台至高,韦诞书榜,即日须发皓然。榜有未

　　正,募工整之。有铃下卒,著屐登缘,如履平地。疑其有术,问

　　之,云:'两腋各有肉翅,长数寸许。'"

　③铃下人:侍从,门卒。因为在铃阁之下,有事则挈铃呼唤,故称。

【译文】

　　魏明帝建起凌云台,高峻耸峙有几十丈,那就是韦诞书写台额时因恐高而被吓白了头发的地方。有名役卒,能脚穿木屐,踩着边缘登上去,和走平地没什么区别,明帝觉得很诡异,就杀了这役卒,他腋下生有两只肉翅膀,有几寸长。

　　9.5 高唐县南有鲜卑城①,旧传鲜卑聘燕②,停于此矣。城傍有盗跖冢③,冢极高大,贼盗尝私祈焉。齐天保初④,土鼓县令丁永兴⑤,有群贼劫其部内,兴乃密令人冢傍伺之,果有祈祀者,乃执诸县,案煞之,自后祀者颇绝。

　　《皇览》言⑥:"盗跖冢在河东。"按,盗跖死于东陵,此地古名东平陵⑦,疑此近之。

【注释】

　①高唐县:在今山东章丘西北。鲜卑:古代北方少数民族,因居于

　　鲜卑山,故得名,晋时与匈奴、羯、氐、羌并称"五胡"。

　②鲜卑聘燕:东晋时,鲜卑慕容氏称帝,国号燕,分前燕,慕容皝建,

　　灭于符秦;后燕,慕容垂建,灭于后魏;西燕,慕容冲建,灭于后

　　燕;南燕,慕容德建,灭于晋;北燕,慕容盛建,灭于后魏。

　③盗跖(zhí):古时的大盗。

　④天保:北齐文宣帝高洋年号(551—559)。

　⑤土鼓县:在今山东章丘东。

　⑥《皇览》:曹魏时所编类书,以供皇帝阅读,故称《皇览》。这是我

国最早的类书。已佚。

⑦东平陵：在今山东章丘西。

【译文】

　　高唐县南有处鲜卑城，传说当年鲜卑建立燕朝，曾经驻留在此。城的旁边有座盗跖墓，墓冢非常高大，盗贼经常悄悄地到这里拜祭祈祷。齐天保初年，土鼓县令丁永兴，因为有盗贼团伙在他辖境内作案，就密令手下在盗跖墓旁守候，果然有前来祈祷的，于是把他们抓到县里，审问之后处死，自这以后，拜祭盗跖墓的人就几乎绝迹了。

　　《皇览》上说："盗跖墓在河东。"按，盗跖死在东陵，此地古名是东平陵，我怀疑这就是真的盗跖墓。

　　9.6 或言刺客，飞天夜叉术也。韩晋公在浙西时①，瓦官寺因商人无遮斋②，众中有一年少请弄阁③，乃投盖而上④，单练襦⑤，履膜皮⑥，猿挂鸟跂⑦，捷若鬼神。复建瓴水于结脊下⑧，先溜至檐，空一足，敧身承其溜焉⑨。睹者无不毛戴。

【注释】

①韩晋公：即为韩滉（723—787），字太冲，京兆长安人。大历中曾任苏州刺史、浙江东西都团练观察使，贞元二年（786）封晋国公。

②瓦官寺：又作"瓦棺寺"，寺名。在金陵凤凰台，晋哀帝时创立。无遮斋：无遮会，佛门布施法会，这种法会无论僧俗、贵贱一切人等都可参加而无限制。无遮，佛教术语。指宽大容物，解免诸恶。

③弄：游戏，表演。

④投盖：自投其身以盖物。

⑤练襦：刘传鸿《〈酉阳杂俎〉校证：兼字词考释》："'练襦'即练制半

臂,亦即丝制短袖或无袖上衣。"鬐,同"黜",即裾(jué),没有边饰的短衣。

⑥膜皮:刘传鸿《〈酉阳杂俎〉校证:兼字词考释》:"'膜皮',或当指貘皮。貘为体型似猪、善于游泳的哺乳动物,《旧唐书·薛万彻传》记太宗赐貘皮事。……《新唐书·薛万彻传》'貘'作'膜'。"

⑦跂(qǐ):踮脚站立。

⑧建:倾倒。罂(yīng):盛酒器,小口大腹。结脊:屋脊。

⑨溜:通"霤(liù)",屋檐滴水处。

【译文】

有人说刺客会飞天夜叉的法术。韩晋公任职浙西时,瓦官寺里有商人布施举行无遮法会,人群中有个年轻人说要在楼阁上表演,于是纵身而上,身着单短袖,脚穿貘皮鞋,一会儿像猿猴挂在古藤,一会儿像小鸟站在树枝,身形敏捷,飘忽如神。又在屋脊处倾倒一瓶水,然后迅速滑至屋檐处,悬空一只脚,侧身承接流下的水。观众无不紧张得寒毛直竖。

9.7 马侍中尝宝一玉精碗①,夏蝇不近,盛水经月,不腐不耗。或目痛,含之立愈。尝匮于卧内,有小奴七八岁,偷弄坠破焉。时马出未归,左右惊惧,忽失小奴。马知之,大怒,鞭左右数百,将杀小奴,三日寻之不获。有婢晨治地,见紫衣带垂于寝床下,视之,乃小奴蹶张其床而负焉②,不食三日而力不衰。马睹之大骇,曰:"破吾碗,乃细过也。"即令左右攫杀之③。

【注释】

①马侍中:即为马燧(726—795),字询美,汝州郏城(今河南郏县)

人。曾官至司徒,兼侍中。侍中,职官名。秦朝始置,为丞相属官,唐代为门下省长官。

②蹶张:手脚着地支撑。

③搏(bó):掷,击。

【译文】

马侍中曾经珍藏一只玉精碗,夏天苍蝇不飞近,盛上水放一个月不变味也不减少。如果眼睛疼痛,含一口碗里的水,立刻就会好。马侍中用匣子装好藏在卧室内,有一个七八岁的小奴仆,偷偷地取出玩耍,不小心掉在地上摔碎了。当时马侍中外出没有回家,家中奴仆个个又惊又怕,转眼间就不见了那个小奴。马侍中回家后知道这件事,大怒,把家人们鞭打了几百下,要杀了闯祸的小奴,连寻三天找不着人。有个婢女早晨扫地,发现卧床下垂着一条紫衣带,一看,原来是那个小奴手脚着地背撑着床,三天不吃不喝而气力不衰。马侍中看了大吃一惊,说:"和这相比,打破玉精碗只是个小错罢了。"立刻让手下人把小奴摔死了。

9.8 韦行规自言:少时游京西,暮止店中,更欲前进,店前老人方工作,谓曰:"客勿夜行,此中多盗。"韦曰:"某留心弧矢,无所患也。"因进发。行数十里,天黑,有人起草中尾之。韦叱不应,连发矢中之,复不退。矢尽,韦惧,奔马。有顷,风雷总至。韦下马负一树,见空中有电光相逐如鞠杖,势渐逼树杪。觉物纷纷坠其前,韦视之,乃木札也①。须臾,积札埋至膝。韦惊惧,投弓矢,仰空乞命。拜数十,电光渐高而灭,风雷亦息。韦顾大树,枝干童矣②。鞍驮已失,遂返前店。见老人方箍桶,韦意其异人,拜之,且谢有误也。老人笑曰:"客勿恃弓矢,须知剑术。"引韦入院后,指鞍驮言:

"却须取，相试耳。"又出桶板一片，昨夜之箭悉中其上。韦请役力汲汤，不许，微露击剑事，韦亦得其一二焉。

【注释】

①木札：木片。

②童：光秃。

【译文】

韦行规自己说起过：年轻时游历京西地区，傍晚暂止一家客店，又想继续往前赶路，客店前有位老人正在干活，对他说："客官不要赶夜路，这一路强盗很多。"韦说："我的箭术不错，不用担心。"说完就上路了。前行了几十里，天黑了，路边草丛中有人尾随。韦厉声呵斥，那人不应，韦连发数箭都射中了，那人也不退却。箭用完了，韦心里害怕，策马狂奔。不一会儿，风雷交加。韦行规下马背靠一棵树，看见空中有闪电相逐如同用杖击毬，越来越逼近树梢。韦感觉到有东西纷纷坠落在面前，一看，都是些碎木片。很快堆积的木片就埋到了膝盖。韦又惊又怕，扔下弓，向着空中乞求饶命。连拜几十下，只见闪电渐渐升高熄灭，风雷也停下了。韦看看大树，枝干都已光秃。再看看，马鞍也没了，于是返回先前那家客店。看见老人正在箍桶，韦意识到他是位高人，就下拜道歉，说对不住。老人笑着说："客官不要倚仗箭术，要学一点剑术。"老人带领韦进入后院，指着马鞍说："自己拿去吧，刚才只是试试你罢了。"又取出一片桶板，昨夜韦射出的箭全在上面。韦请求为老人打杂挑水，老人不答应，只略略给他讲了一点剑术的事，韦行规也从中学到了一二。

9.9 相传黎幹为京兆尹时①，曲江涂龙祈雨②，观者数千。黎至，独有老人植杖不避。幹怒，杖背二十，如击鞭革③,掉臂而去。黎疑其非常人,命老坊卒寻之。至兰陵里之内④,入小门,大言曰:"我今日困辱甚,可具汤也⑤。"坊卒遽返白黎,黎大惧,因弊衣怀公服,与坊卒至其处。时已昏黑,坊卒直入,通黎之官阀⑥。黎唯趋而入,拜伏曰:"向迷丈人物色⑦,罪当十死。"老人惊起,曰:"谁引君来此?"即牵上阶。黎知可以理夺,徐曰:"某为京兆尹,威稍损则失官政。丈人埋形杂迹,非证惠眼⑧,不能知也。若以此罪人,是钓人以贼⑨,非义士之心也。"老人笑曰:"老夫之过。"乃具酒设席于地,招坊卒令坐。夜深,语及养生之术,言约理辩,黎转敬惧。因曰:"老夫有一伎,请为尹设。"遂入。良久,紫衣朱鬓⑩,拥剑长短七口,舞于庭中。迭跃挥霍,抢光电激⑪,或横若裂盘,旋若规尺。有短剑二尺余,时时及黎之衽⑫,黎叩头股慄。食顷,掷剑植地,如北斗状,顾黎曰:"向试黎君胆气。"黎拜曰:"今日已后性命,丈人所赐,乞役左右。"老人曰:"君骨相无道气,非可遽教,别日更相顾也。"揖黎而入。黎归,气色如病。临镜,方觉须剃落寸余。翌日复往,室已空矣。

【注释】

①黎幹(?—780):戎州(今四川宜宾)人。中唐人,曾官京兆尹。

②曲江涂龙祈雨:《新唐书·黎幹传》:"大历八年,复召为京兆尹。时大旱,幹造土龙,自与巫觋对舞,弥月不应。又祷孔子庙,帝笑曰:'丘之祷久矣。'使毁土龙,帝减膳节用,既而霪雨。"曲江,即曲江池,在今陕西西安东南。

③鞔(mán)革:鼓皮。鞔,把皮革钉在鼓框上。

④兰陵里：兰陵坊。唐代长安城坊。

⑤汤：热水。

⑥官阀：官阶。

⑦物色：形貌。

⑧证惠眼：佛教术语。证，证果，修行得道。惠眼，即慧眼，佛家"五眼"之一，指能看出一切真相之眼。

⑨贼：伪诈。

⑩羃（mà）：头巾。

⑪摣（pī）：同"批"，手击。

⑫衽（rèn）：衣襟。

【译文】

据说黎幹担任京兆尹的时候，在曲江池制作土龙求雨，观看的民众有数千人。黎幹来了，只有一位老人拄着拐杖不退避。黎幹大怒，下令杖击后背二十下，好像打在鼓面上一样，打完后老人大甩着手臂走了。黎幹怀疑他不是一般人，就让老坊卒去寻找。老人走到兰陵坊之内，进了一个小门，大声地说："我今天被羞辱得太厉害了，给我准备热水。"老坊卒急忙返回禀告黎幹，黎大惊，于是穿着便衣罩着公服，和坊卒一起到了老人那里。当时天已昏黑，坊卒径直走进去，通报黎的官阀。黎只是小步很快走进，拜伏在地，说："先前不识丈人真面目，我罪该十死。"老人吃惊地站起身，问："是谁把您带到这里来的?"就牵他走上台阶。黎知道可以和他讲道理，就缓缓说道："我身为京兆尹，官威稍损就会有失官政。丈人您隐身于市井之中，如果没有证得慧眼，是不能认出您的。如果因此而怪罪于我，这是以伪诈诱人犯错，不是正义之士应该做的。"老人笑着说："是老夫的错。"于是在地上摆设酒筵，招呼坊卒一起坐下。夜深了，老人谈到养生之术，话语简约道理明了，黎幹更为敬重畏惧。老人说："老夫有一门技艺，就为您表演一下。"于是进入室内。好一会儿，老人身穿紫衣，头系红巾，手持七柄剑走出来，剑有长有短，就在庭院中舞起来。腾跃挥动,剑起剑落,疾如雷电,寒光闪闪,横劈似可裂盘,旋舞又如圆环。有一柄短剑长二尺多,不时触及黎幹的衣襟,黎幹叩头乞命,两腿打战。大约一顿饭的工夫,老人把七柄剑掷出去,插在地上,成了北斗七星的形状,老人看着黎说:"刚才是试试您的胆量。"黎拜谢说:"今天以后,我这条命就是丈人赐给的,请让我为您效劳。"老人说:"您的骨相没有道气,不能现在就教,以后再说吧。"对黎作了一揖,进入室内。黎幹回家后,看气色好像生了一场病。一照镜子,才发觉胡须被削掉一寸多。第二天又去,那里已经人去室空。

9.10 建中初,士人韦生移家汝州,中路逢一僧,因与连镳①,言论颇洽。日将衔山,僧指路谓曰:"此数里是贫道兰若,郎君岂不能左顾乎?"士人许之,因令家口先行。僧即处分步者先排比②。行十余里,不至。韦生问之,即指一处林烟曰:"此是矣。"又前进。日已没,韦生疑之。素善弹,乃密于靴中取弓卸弹,怀铜丸十余,方责僧曰:"弟子有程期,适偶贪上人清论,勉副相邀。今已行二十里,不至,何也?"僧但言:"且行。"至是,僧前行百余步,韦知其盗也,乃弹之,正中其脑。僧初若不觉,凡五发中之,僧始扪中处,徐曰:"郎君莫恶作剧。"韦知无奈何,亦不复弹。见僧方至一庄,数十人列炬出迎。僧延韦坐一厅中,唤云:"郎君勿忧。"因问左右:"夫人下处如法无?"复曰:"郎君且自慰安之,即就此也。"韦生见妻女别在一处,供帐甚盛③,相顾涕泣。即就僧,僧前执韦生手曰:"贫道盗也。本无好意,不知郎君艺若此,非贫道亦不支也。今日故无他,幸不疑也。适来贫道所中郎君弹悉在。"乃举手搦脑后④,五丸坠地焉。盖脑衔弹丸而无伤,虽《列》言"无痕挞"⑤,《孟》称"不肤挠"⑥,不啻过也。有顷布筵,具蒸牦,牦剒刀子十余⑦,以齑饼环之⑧。揖韦生就坐,复曰:"贫道有义弟数人,欲令伏谒。"言未已,朱衣巨带者五六辈,列于阶下。僧呼曰:"拜郎君。汝等向遇郎君,则成齑粉矣。"食毕,僧曰:"贫道久为此业,今向迟暮,欲改前非。不幸有一子,伎过老僧,欲请郎君为老僧断之。"乃呼:"飞飞,出参郎君。"飞飞年才十六七,碧衣长袖,皮肉如脂。僧叱曰:"向后堂侍郎君。"僧乃授韦一剑及五丸,且曰:"乞郎君尽艺杀之,无为老僧累也。"引韦入一堂中,乃反锁之。堂中四隅,明灯而已。飞飞当堂执一短马鞭,韦引弹,意必中,丸已敲落,不觉跳在梁上,循壁虚摄,捷若猱玃⑨。弹丸尽,不复中,韦乃运剑逐之。飞飞倏忽逗闪,去韦身不尺。韦断其鞭数节,竟不能伤。僧久乃开门,问韦:"与老僧除得害乎?"韦具言之,僧怅然,顾飞飞曰:"郎君证成汝为贼也,知复如何?"僧终夕与韦论剑及弧矢之事。天将晓,僧送韦路口,赠绢百匹,垂泣而别。

【注释】

①连镳(biāo):并骑而行。镳,马嚼子。

②排比:安排。

③供帐:日常用品。

④搦(nuò):按。

⑤《列》言"无痕挞":《列子·黄帝篇》:"入水不溺,入火不热,斫挞无伤痛,指擿无痟痒。"痕挞,受鞭挞留下伤痕。

⑥肤挠:也作"肤扰"。见8.4条注②。

⑦劄(zhā)：同"扎"。

⑧齑(jī)：切成细末的腌菜等。

⑨猱玃(náo jué)：猴子。

【译文】

建中初年，读书人韦生搬家去汝州，途中遇见一位和尚，于是和他并驾前行，言谈很是融洽。太阳将要落山了，和尚指着一条路说："从此处前行几里就是贫僧的寺院，您岂能不屈尊一往呢？"韦生答应了，于是让家人先走。和尚也吩咐步行的随从先去安排。走了十多里，还没到。韦生发问，和尚就指着一处林烟说："这里就是。"又前行。太阳已经落山了，韦生起了疑心。韦生平素擅长打弹弓，就悄悄地从靴子里取出弹弓和弹丸，又把十多枚铜弹子藏在怀中，才责备和尚说："弟子赶路是有时间期限的，先前一时喜欢上人的高论，勉强接受您的邀请。现在已经走了二十里了，还没到，这是为什么？"和尚只说："继续走吧。"这时，和尚走在前面有一百多步远，韦生明白他一定是强盗，就用弹弓射他，正中后脑勺。和尚起初好像没有感觉，总共五弹都击中了，和尚才摸着被打的后脑勺，缓缓地说："郎君您不要恶作剧。"韦生知道拿他没办法，也不再弹了。同和尚才到一处村庄，几十人点着火把前来迎接。和尚请韦生坐在厅中，招呼他说："郎君不要担心。"于是问左右仆从："夫人的住处是照我说的那样安排的吗？"又对韦生说："郎君请去安慰一下您的家人，再到这里来。"韦生见到妻子女儿另在一处，一应用品都很齐备，一家人相对哭泣。韦生回到厅堂去见和尚，和尚上前牵着韦生的手说："贫僧是个强盗。本来不怀好意，但没想到郎君武艺如此高强，如果不是我，也抵挡不了。现在再也没有其他想法，希望不要再有疑心。刚才您打中我的弹丸都在这里呢。"于是举起手摸摸后脑勺，五枚弹丸掉在地上。原来是用后脑勺的肉夹住弹丸，没有受伤。虽然《列子》说"受鞭打而没有伤痕"，《孟子》说"针刺只当挠痒痒"，也不过如此。一会儿设下筵席，摆上蒸牛犊，牛犊身上插着十多把刀子，四周摆满菜饼。和尚揖让韦生,请他就座,又说:"贫僧有几位义弟,想让他们来拜谒您。"话音未落,五六个身着红衣系着宽带的壮汉站列在台阶下。和尚招呼他们说:"见过郎君。如果是你们先前遇见郎君,就粉身碎骨了。"筵席完毕,和尚说:"贫僧干这行有很长时间了,现在快老了,想要金盆洗手。不幸有一个儿子,武艺比我高强,想请郎君为老僧我裁断一下。"于是呼唤说:"飞飞,出来参见郎君。"飞飞刚十六七岁,身着长袖绿衣,皮肤细腻光滑。和尚喝命:"到后堂去等着郎君。"和尚于是交给韦生一柄剑及五枚弹丸,并且说:"请郎君用尽全副武艺杀了他,不要让他成为老僧的拖累。"带领韦生进入一间堂屋,反锁上门。堂屋四角,只点着明灯。飞飞在堂中拿着一根短马鞭,韦生拉弓发弹,心想必中无疑,结果弹丸已被马鞭敲落,不知不觉,飞飞已经跃到梁上,沿着墙壁凌空游走,身形轻捷有如猿猴。弹丸已经用尽,还是没有击中,韦生就挥剑追赶。飞飞忽前忽后,逗弄闪避,距离韦生身体不到一尺远。韦生把他的鞭子削成几节,最终也没办法伤到飞飞。和尚很久才开门,问韦生:"帮老僧除害了吗?"韦生把刚才的情形都告诉了他,和尚怅然若失,看着飞飞说:"郎君验证你是个真正的强盗了,谁知道以后的事情又将如何?"和尚整晚和韦生谈论剑和弓箭的事。天快亮了,和尚把韦生一家送到路口,并赠给一百匹绢,然后洒泪分别。

9.11 元和中,江淮有唐山人者,涉猎史传,好道,常游名山。自言善缩锡①,颇有师之者。后于楚州逆旅遇一卢生②,意气相合。卢亦语及炉火③,称唐族乃外氏④,遂呼唐为舅。不能相舍,因邀同之南岳。卢亦言:"亲故在阳羡,将访之,今且贪舅山林之程也。"中途,止一兰若。夜半,语笑方酣,卢曰:"知舅善缩锡,可以梗概语之。"唐笑曰:"某数十年重跰从师⑤,只得此术,岂可轻道耶?"卢复祈之不已,唐辞以师授有时日，可达岳中相传。卢因作色："舅今夕须传，勿等闲也！"唐责之："某与公风马牛耳⑥，不意盱眙相遇⑦。实慕君子，何至驵卒不若也。"卢攘臂瞋目，晒之良久曰："某刺客也，如不得，舅将死于此！"因怀中探乌韦囊⑧，出匕首，刃如偃月，执火前熨斗，削之如札。唐恐惧具述，卢乃笑语唐："几误杀舅。"此术十得五六，方谢曰："某师，仙也，令某等十人索天下妄传黄白术者杀之⑨。至添金缩锡，传者亦死。某久得乘跻之道者⑩。"因拱揖唐，忽失所在。唐自后遇道流，辄陈此事戒之。

【注释】

①缩锡：一种炼金术。

②逆旅：客店。

③炉火：代指炼丹术。

④外氏：外祖父母家。

⑤重趼(jiǎn)：手或脚掌长的硬皮，比喻奔波劳苦。

⑥风马牛：比喻完全不相干。《左传·僖公四年》："楚子使舆师言曰：'君处北海，寡人处南海，唯是风马牛不相及也。'"

⑦盱眙(xū yí)：今属江苏。

⑧乌韦囊：黑色的皮袋。

⑨黄白术：即道家炼金术。

⑩乘跻(jué)：道家的飞行术。跻，草鞋。

【译文】

元和年间，江淮地区有位唐山人，广泛阅读史传，喜好道术，经常游历名山。自称会缩锡术，很有些人拜他为师。后来在楚州旅馆遇见一位卢生，意气相投。卢生也谈及炼丹术，说外祖家姓唐，于是称唐山人为舅舅。两人难分难舍,唐山人于是邀约他同去南岳。卢生也说:"我的亲朋故旧在阳美,准备去拜访他们,如今暂且陪着舅舅游历山水。"中途,在一家寺院里留宿。半夜,言谈正欢,卢生说:"我知道舅舅会缩锡术,不妨大略说说。"唐山人笑着说:"我几十年风霜奔波,拜师学艺,只学到这种道术,岂能随便告诉人呢?"卢生反复恳求,没完没了,唐山人借口说师传也要选个日子,可在到达南岳后再行传授。卢生于是变了脸色说:"舅舅今晚必须传授,别不当一回事!"唐山人责备他说:"我与您本为陌路,两不相干,偶然在盱眙相识。原本钦慕您是个君子,谁知您连马夫都不如。"卢生挽起袖子伸出手臂,瞪着双眼怒目斜视,很久才说:"我是刺客,如果今晚得不到缩锡术,舅舅将会死在这里!"于是从怀中掏出黑色皮袋,亮出匕首,利刃形如半月,拿起火炉前的熨斗就削,仿佛削木片一般。唐山人害怕了,就对他详细地说了,卢生这才笑着对唐说:"差点错杀了舅舅。"唐山人将缩锡术讲至十之五六时,卢生才道歉说:"我的师父是位仙人,让我等十人搜索天下随便传授黄白术的人,把他们杀了。至于添金缩锡之术,随便妄传的也要杀死。我是早就修得了飞行之术的人。"于是向唐山人一拱手,忽然就不见了。唐山人自此以后遇见方士之流,就讲述这件事来告诫他们。

9.12 李廓在颍州①,获光火贼七人②,前后杀人,必食其肉。狱具③,廓问食人之故,其首言:"某受教于巨盗,食人肉者夜入,人家必昏沉,或有魇不悟者,故不得不食。"两京逆旅中④,多画鹳鹆及茶碗⑤。贼谓之"鹳鹆辣"者⑥,记嘴所向;"碗子辣"者⑦,亦示其缓急也。

【注释】

①李廓:唐宗室。大中末年,曾官颍州刺史。颍州:今安徽阜阳。

②光火贼：明火执仗的强盗。

③狱具：狱讼案卷完备，判罪定案。

④两京：长安和洛阳。

⑤鸲鹆（qú yù）：鸟名。即八哥。这种鸟勤于鸣叫。

⑥辣：据上下文，这里是指江湖盗贼的隐语和暗号。

⑦碗：谐音"缓"。

【译文】

李廓任颍州刺史的时候，捕获了七名明火执仗的强盗，这些强盗先后杀了很多人，每杀一人必定吃他的肉。案卷完备，开堂审理，李廓问他们吃人的缘故，为首的呈供说："我受巨盗的指点，吃人肉的夜晚进入人家，那一家人必定昏昏沉沉，甚至会梦魇不醒，所以不得不吃。"长安、洛阳一带的客馆里，画有很多鸲鹆和茶碗的图案。强盗称作"鸲鹆辣"的，是提醒同伙谨慎言语；称作"碗子辣"的，也是暗示事情的缓急。

前集卷十

物异

【题解】

本篇记载天下四方的奇异事物，多为三言两语，零篇碎语。初唐以后之事一般为新出，此前之事则以取资古书者为多，征引的前代文献有郭宪《洞冥记》、王充《论衡》、葛洪《西京杂记》、盛弘之《荆州记》、梁元帝《金楼子》、陶弘景《真诰》、《南齐书·祥瑞志》、北魏郦道元《水经注》、北魏杨衒之《洛阳伽蓝记》，以及唐释玄奘《大唐西域记》等等。四境之内物异，以引自《水经注》者为多。西域奇事异物有近二十条，多本自《洛阳伽蓝记》和《大唐西域记》。从内容性质看，和前集卷四"境异"篇大体相同。

10.1 秦镜　僻溪古岸石窟有方镜①，径尺余，照人五脏，秦皇世号为照骨宝②。在无劳县境山③。

【注释】

①僻：音 wǔ。

②秦皇世号为照骨宝：晋葛洪《西京杂记》卷三："高祖初入咸阳宫，周行库府，金玉珍宝，不可称言。……有方镜，广四尺，高五尺九寸，表里有明。人直来照之，影则倒见。以手扪心而来，则见肠

胃五脏,历然无碍。人有疾病在内,则掩心而照之,则知病之所在。又女子有邪心,则胆张心动。秦始皇常以照官人,胆张心动者则杀之。高祖悉封闭以待项羽,羽并将以东,后不知所在。"

③无劳县:疑即西晋所置县,治所在今越南广平省布泽附近。

【译文】

秦镜　僬溪古岸石窟中有一面镜子,直径有一尺多,可以照见人的五脏,秦始皇时称作照骨宝。在无劳县境山。

10.2 风声木　东方朔西那汗国回①,得风声木枝,帝以赐大臣。人有疾则枝汗,将死则折。里语曰:"生年未半,枝不汗。"

【注释】

①东方朔:生卒年不确,字曼倩,平原厌次(今山东陵县)人。西汉辞赋家。汉武帝初年举贤良方正。以诙谐滑稽为后世知闻。西那汗国:西域古国名。按,本条所载,见于东汉郭宪《洞冥记》卷二:"太初二年,东方朔从西那汗国归,得声风木十枝,献帝。长九尺,大如指。……风吹枝如玉声,因以为名。帝以枝遍赐群臣,臣有凶者枝则汗,臣有死者枝则折。昔老聃在于周世,年七百岁,枝竟未汗。偓佺生于尧时,年三千岁,枝竟未一折。帝乃以枝问朔,朔曰:'臣已见此枝三过枯死而复生,岂汗折而已哉!里语曰:"年未半,枝不汗。"此木五千年一汗,万岁不枯。'"

【译文】

风声木　东方朔从西那汗国出使归来,带回风声木枝,武帝拿它赐给大臣。人若有病,木枝就会出汗;人若将死,木枝就会折断。俗语说:"年寿不过半,木枝不会汗。"

10.3 汉高祖入咸阳宫[①],宝中尤异者,有青玉灯,檠高七尺五寸[②]。下作蟠螭[③],以口衔灯。灯燃则鳞甲皆动,炳焕若列星。

【注释】

①汉高祖:即为刘邦。西汉开国皇帝。晋葛洪《西京杂记》卷三:"(高祖初入咸阳宫)其尤惊异者,有青玉五枝灯,高七尺五寸。作蟠螭,以口衔灯,灯燃,鳞甲皆动,焕炳若列星而盈室焉。"

②檠(qíng):灯架。

③蟠螭(pán chī):盘曲的龙。

【译文】

汉高祖初入咸阳宫,所见宝物中尤为奇异的,有青玉灯,灯架高七尺五寸。下面有一条盘曲的龙,张口衔灯。灯点燃时龙的鳞甲都会动起来,华光闪烁有如星辰。

10.4 珊瑚   汉积草池中珊瑚[①],高一丈二尺,一本三柯,上有四百六十二条。是南越王赵佗所献[②],号为烽火树,夜有光影,常似欲燃。

【注释】

①积草池:西汉上林苑十池之一。《三辅黄图》卷四:"十池:上林苑有初池、麇池、牛首池、蒯池、积草池、东陂池、西陂池、当路池、犬台池、郎池。……积草池中有珊瑚树,高一丈二尺,一本三柯,上有四百六十二条,南越王赵佗所献,号为烽火树,至夜光,景常焕然。"

②赵佗(? —前137):真定(今河北正定)人。秦时为南海尉,秦亡

遂自立南越国。汉初,立赵佗为南越王,与之剖符通使。景帝
时,附汉称臣。

【译文】

　　珊瑚　汉代上林苑积草池中珊瑚,高一丈二尺,一条主干分出三个
枝丫,上面有四百六十二条小枝。这是南越王赵佗进献的,起名为烽火
树,夜晚发出光亮,仿佛一团火焰在燃烧。

10.5 石墨①　无劳县山出石墨,爨之②,弥年不消。

【注释】

①石墨:煤。

②爨(cuàn):烧火做饭。

【译文】

　　石墨　无劳县的山里出产石墨,用来烧火做饭,燃烧持久,一年也
燃不尽。

10.6 异字　境山西有石壁①,壁间千余字,色黄,不似镌刻,状如科斗②,莫有识者。

【注释】

①境山:应即 10.1 条之"无劳县境山"。

②科斗:即蝌蚪。

【译文】

　　异字　境山西边有石壁,石壁上有一千多个字,颜色为黄色,不像
是镌刻上去的,形状像是蝌蚪,没有人能够辨识。

10.7 田公泉　华阳雷平山有田公泉^①，饮之，除肠中三虫^②。用以浣衣，胜灰汁^③。

【注释】

①华阳：此指茅山。在今江苏句容。

②三虫：这里泛指各种体内寄生虫。

③灰：燃烧的柴草灰，含碱性，古代用来洗衣。

【译文】

田公泉　华阳雷平山有处田公泉，喝了它，可以除去肠道中的寄生虫。用来洗衣服，胜过灰汁。

10.8 萤火芝　良常山有萤火芝^①，其叶似草，实大如豆，紫花，夜视有光。食一枚，心中一孔明。食至七，心七窍洞彻，可以夜书。

【注释】

①良常山：即茅山北陲。南朝陶弘景《真诰》卷一三："良常山有萤火芝，此物在地如萤火状，其实似草而非也，大如豆形，紫华，夜视有光。得食一枚，心中一孔明，食七枚，七孔明，可夜书。计得食四十七枚，寿万年。"

【译文】

萤火芝　良常山有萤火芝，它的叶子像是草，果实大如豆粒，开紫色花，晚上看会发光。吃一枚，心中一窍通明。吃七枚，七窍光明透彻，可以在黑夜写字。

10.9 石人　寻阳山上有石人^①，高丈余。虎至此，辄倒石人前。

【注释】

①寻阳:又作"浔阳"。今江西九江。

【译文】

石人　寻阳山上有石人,高一丈多。老虎到了这里,就会倒在石人跟前。

10.10 冬瓜　晋高衡为魏郡太守①,戍石头②。其孙雅之在厕中,有神来降,自称白头公,所挂杖光照一室。又有一物如冬瓜,眼遍其上也。

【注释】

①高衡:乐安(今山东博兴)人。魏郡:在今河北临漳西。太守:汉代州郡长官称太守。唐代的正式官名为刺史。

②石头:石头城,在今江苏南京西清凉山。

【译文】

冬瓜　晋代的高衡任魏郡太守,戍守石头城。他的孙子雅之在马厕中,忽然有神仙降临,自称白头公,拉的拐杖闪闪发光,照亮一室。又有一件东西像冬瓜,上面遍布眼孔。

10.11 豫章船　昆明池,汉时有豫章船,一艘载一千人。

【译文】

豫章船　汉代长安昆明池中,有豫章船,一艘船能载一千人。

10.12 铜驼　汉元帝竟宁元年^①，长陵铜驼生毛^②，毛端开花。

【注释】

①汉元帝：即为刘奭（前74—前33）。汉宣帝长子。黄龙元年（前49）即位，竟宁元年崩。

②长陵：汉高祖刘邦陵墓。在今陕西咸阳东北。

【译文】

铜驼　汉元帝竟宁元年，长陵的铜驼身上长出毛，毛的末梢开花。

10.13 篊^①　晋时，钱塘有人作篊^②，年收鱼亿计，号万匠篊。

【注释】

①篊（hóng）：用竹篾编制成的捕鱼器具。

②钱塘：今浙江杭州。

【译文】

篊　晋朝时，钱塘有人制作捕鱼的篊，一年捕鱼数以亿计，号称万匠篊。

10.14 碑龟^①　临邑县北有华公墓^②，碑寻失，唯趺龟存焉。石赵世^③，此龟夜常负碑入水，至晓方出，其上常有萍藻。有伺之者，果见龟将入水，因呼叫，龟乃走，坠折碑焉。

【注释】

①碑龟：即趺龟，刻作龟形的碑台。

②临邑:今属山东。

③石赵:即后赵(319—352)。东晋太兴二年(319),羯族石勒自立赵国,即赵王位。史称"后赵"或"石赵"。

【译文】

　碑龟　临邑县北有座华公墓,墓碑已经不见了,只有趺龟还在。后赵时期,这只趺龟经常在夜晚驮着墓碑下水,到天亮才出水,身上不时可以看见浮萍和藻类。有人悄悄地守候偷看,果然见到趺龟将要下水,于是大声叫喊,趺龟吓得跑将起来,背上的墓碑掉下来摔断了。

　　10.15 陆盐①　　昆吾国陆盐,周十余里无水,自生末盐。月满则如积雪,味甘;月亏则如薄霜,味苦;月尽亦全尽。

【注释】

①按,本条所载,见于唐李吉甫《元和郡县图志》卷四〇:"伊州伊吾县":"陆盐池,在州南六十里。周回十余里,无鱼。水自生如海盐,月满则盐多而甘,月亏则盐少而苦。"

【译文】

　陆盐　昆吾国陆盐,方圆十余里没有水,自然出产细盐。满月之时盐多如积雪,味甜;弦月之时盐少如薄霜,味苦;月初月末没有月亮的时候盐也就没了。

　　10.16 颍阳碑①　　魏曹丕受禅处②。后六字生金,司马氏金行③,明六世迁魏也④。

【注释】

①颍阳碑:当作"繁阳碑"。北魏郦道元《水经注》卷二二:"《魏书·

国志》曰:'文帝以汉献帝延康元年,行至曲蠡,登坛受禅于是地,改元黄初。其年,以颍阴之繁阳亭为繁昌县。'城内有三台,时人谓之繁昌台。坛前有二碑,昔魏文帝受禅于此。自坛而降曰:'舜、禹之事,吾知之矣。'故其石铭曰:'遂于繁昌筑灵坛也。'于后其碑六字生金,论者以为司马金行,故曹氏六世迁魏而事晋也。"

②曹丕(187—226):字子桓。曹魏开国皇帝,曹操次子。操死袭位为魏王,后代汉称帝。曹丕喜好文学,著有《典论》及诗赋一百多篇。禅(shàn):禅让,将帝位让给贤者。《三国志·魏书·文帝纪》:"(延康元年)汉帝以众望在魏,乃召群公卿士,告祠高庙,使兼御史大夫张音持节奉玺绶禅位……乃为坛于繁阳,庚午,王升坛即阼,百官陪位。事讫,降坛视燎,成礼而反。改延康为黄初,大赦。"

③司马氏:指晋朝。曹魏咸熙二年(265),司马炎(晋武帝)袭爵晋王,随后代魏建晋。金行:古代以五行相生相克之规律来附会王朝的兴衰更迭,有以五行相克为说的,也有以五行相生为说的。《吕氏春秋》卷十三"应同":"凡帝王者之将兴也,天必见祥乎下民。黄帝之时,天先见大螾大蝼,黄帝曰'土气胜',土气胜,故其色尚黄,其事则土。及禹之时,天先见草木秋冬不杀,禹曰'木气胜',木气胜,故其色尚青,其事则木。"

④六世:曹魏一朝,若自曹操(未称帝)算起,共历六世。

【译文】

繁阳碑　是魏文帝曹丕受禅即位的地方。后来碑文最后六个字变成了金色,司马氏政权五行属金,六字变金色,预兆曹魏六世后将被取代。

10.17 泉　允街县有泉①。泉眼中水交旋如盘龙,或试

挠破之,寻平成龙状。驴马饮之,皆惊走。

【注释】

①允街县:西汉置,在今甘肃永登南。

【译文】

泉　允街县有一眼泉水。泉眼里的水回旋流动就像一条盘龙,有人试着用手去搅乱,很快又会恢复成龙的形状。驴马来这里饮水,都会被吓跑。

10.18 石漆①　高奴县石脂水②,水腻浮水上如漆,采以膏车,及燃灯,极明。

【注释】

①石漆:石油。

②高奴县:在今陕西延安东。《汉书·地理志下》:"(上郡)高奴,有洧水,可爇。"爇,古"然"字,燃烧。

【译文】

石漆　高奴县有条石脂水,水腻浮在水面上如同黑漆一般,可以采来润滑车轴,或者用来点灯,非常明亮。

10.19 麝䙢①　晋时,有徐景于宣阳门外,得一锦麝䙢。至家开视,有虫如蝉,五色,后两足各缀一五铢钱②。

【注释】

①麝䙢(dēng):麝香袋。䙢,毛带。

②五铢钱：古代钱币，始铸于汉武帝时，重量五铢。铢，古代重量单
位，二十四铢为一两，十六两为一斤。

【译文】

麝橙　晋朝时，有个名叫徐景的人，在宣阳门外得到一个锦麝橙。到家打开一看，里面有只像蝉一样的虫子，色彩斑斓，虫子的两条后腿分别系着一枚五铢钱。

10.20 玉龙　梁大同八年①，戍主杨光欣②，获玉龙一枚，长一尺二寸，高五寸，雕镂精妙，不似人作。腹中容斗余，颈亦空曲。置水中，令水满，倒之，水从口出，水声如琴瑟③。水尽乃止。

【注释】

①大同：梁武帝萧衍年号（535—546）。

②戍主：驻守边防要塞的长官。戍，边防营垒。

③瑟：弦乐器，似琴。

【译文】

玉龙　梁大同八年，戍主杨光欣得到一枚玉龙，长一尺二寸，高五寸，雕刻精妙，不像是出自人手。肚腹容量有一斗多，颈部也是中空而弯曲的。把玉龙放在水里，让它灌满水，然后向外倾倒，水从龙口里流出来，声音有如琴瑟一般美妙。水流完乐声也就停止了。

10.21 木字　齐永明九年①，秣陵安明寺有古树②，伐以为薪，木理自然有"法大德"三字③。

【注释】

①永明：齐武帝萧赜年号（483—493）。

②秣陵：在今江苏南京南。

③木理：木纹。法：效法，取法。大德：佛教术语。本为称佛之名，
也多指道德高尚而又精通佛法的高僧。

【译文】

木字　齐永明九年，秣陵安明寺有古树，砍伐用作薪木，木头纹理
天然有"法大德"三个字。

10.22 木简①　齐建元初②，延陵季子庙旧有涌井③，井
北忽有金石声，掘深二尺，得沸泉。泉中得木简，长一尺，广
一寸二分，隐起字曰④："庐山道士张陵再拜谒⑤。"木坚而白，
字色黄。

【注释】

①简：用来写字的竹板或木板。

②建元：齐高帝萧道成年号（479—482）。

③延陵：春秋时吴国季札的封邑，其地在今江苏武进。季子：即为
季札。春秋时吴国公子，吴王寿梦之季子，不受君位，封于延陵，
故称"延陵季子"，在当时以多闻著称。涌井：沸涌的井。

④隐起：微微凸起。

⑤张陵：即为张道陵，本名陵，东汉沛国丰（今江苏丰县）人。天师
道的创始者，汉顺帝时客居于蜀，学道鹤鸣山，作道书二十四篇，
并以符水咒法治病，跟从学道的人出五斗米，故又称"五斗米
道"。

【译文】

木简　齐建元初年，延陵季子庙原有一口涌井，井的北边忽然发出

金石之声，掘地两尺，发现一眼沸泉。在沸泉里发现一片木简，长一尺，宽一寸二分，木简上微微凸起字迹，写的是："庐山道士张陵再拜谒。"木质坚硬，白色，字是黄色的。

10.23 赤木 宗庙地中生赤木①，人君礼各得其宜也②。

【注释】

①宗庙：天子、诸侯祭祀祖先的处所。

②人君：君主。礼：这里的意思是祭神以致福。唐欧阳询《艺文类聚》卷八八引《稽命录》："王者得礼之制，泽谷中生赤木，又宗庙生木。"

【译文】

红树 宗庙的地上长出红树，这说明君主祭祀列祖所用礼制都很合宜。

10.24 红沫 练丹砂为黄金，碎以染笔，书入石中，削去逾明，名曰红沫。

【译文】

红沫 炼制朱砂成黄金色，研成粉末用毛笔蘸着在石头上写字，颜色深深地浸入石头，用刀去刮，越刮字迹越清晰，这种颜料名为红沫。

10.25 镜石 济南郡有方山①，相传有奂生得仙于此。山南有明镜崖，石方三丈，魑魅行伏②，了了然在镜中③。南燕时④，镜上遂使漆焉。俗言山神恶其照物，故漆之。

【注释】

①方山:在今济南长清。

②魑魅(chī mèi):传说中山林里能害人的精怪。

③了了:清清楚楚。

④南燕(398—410):晋时十六国之一。鲜卑族慕容德据滑台(今河
南滑县)称燕王,史称"南燕"。为东晋所灭。

【译文】

镜石　济南郡有座方山,相传有个奂生在这里成仙。山的南面有
个明镜崖,崖石三丈见方,山妖树怪的行动潜藏,镜石里看得清清楚楚。
南燕时,镜石就被涂上了漆。当地说是山神厌恶这面镜石能够照见东
西,所以就涂了漆。

10.26 承受石　筑阳县水中①,有孤石挺出,其下澄潭,
时有见此石根,如竹根,色黄,见者多凶,俗号承受石。

【注释】

①筑阳县:在今湖北谷城北。

【译文】

承受石　筑阳县一处潭水中,有块独石挺立,石头下面潭水清澈可
以见底,不时有人看见石头的根部,就像竹根一样,是黄色的,见到石根
的人往往会遇到不吉利的事情,当地叫作承受石。

10.27 锥　中牟县魏任城王台下池中①,有汉时铁锥,长
六尺,入地三尺,头西南指,不可动。

【注释】

①中牟县:今属河南。魏任城王:即为曹彰(190—223)。曹操之
子。黄初三年(222)封任城王,次年薨,子曹楷袭爵,徙封中牟,
五年,改封任城县。据此,中牟任城王台应为曹楷所筑。

【译文】

锥   中牟县曹魏任城王台下的水池中,有汉代的铁锥,长六尺,插
入地下三尺,锥头指向西南,移动不了。

10.28釜石   夷道县有釜濑①,其石大者如釜,小者如
斗,形色乱真,唯实中耳。

【注释】

①夷道县:今湖北宜都。濑(lài):从沙石上流过的水。

【译文】

釜石   夷道县有处釜濑,那里的石头大的像锅,小的像斗,形状和
颜色可以乱真,只是里面是实心的罢了。

10.29鱼石①   衡阳湘乡县有石鱼山②,山石色黑,理若
生雌黄③。开发一重,辄有鱼形,鳞鳍首尾有若画,长数寸,
烧之作鱼腥。

【注释】

①鱼石:鱼类化石。

②衡阳:唐代为衡州治所,今属湖南。湘乡县:今属湖南。

③雌黄:矿物名。橙黄色晶体,可制颜料。(美)爱德华·谢弗《唐
代的外来文明》(吴玉贵译本):"雌黄就是美丽、黄色的砷硫化

物……在中国由于人们发现它与‘雄黄’有关,所以将它称做‘雌黄’。在炼丹术士玄妙的隐语中,雌黄被称为‘神女血’或‘黄龙血’。他们认为‘舶上来如噗血者上,湘南者次之’。雌黄又称‘金精’,正如石青被称做‘铜精’一样,称雌黄为‘金精’,是因为他们认为雌黄与矿物学上的黄金有关。”

【译文】

　　鱼石　衡阳湘乡县有座石鱼山,山上的石头是黑色的,纹理就像长了雌黄一样。凿开一层,可以看见鱼的形状,有鱼鳞,有鱼鳍,有头,有尾,就像刻画在上面一样,有几寸长,用火烧会散发出鱼腥味。

　10.30 铜神　衡阳重安县东有略塘①,塘有铜神,往往铜声激水,水为变绿,作铜腥,鱼尽死。

【注释】

①重安县:古县名。今属湖南。

【译文】

　　铜神　衡阳重安县东有个略塘,塘里有铜神,常常敲响铜声激荡塘水,塘水因而变为绿色,发出铜腥气味,塘中的鱼全部死光。

　10.31 材　中宿县山下有神宇①,溱水至此②,沸腾鼓怒,槎木泛至此沦没③,竟无出者,世人以为河伯下材。

【注释】

①中宿县:在今广东清远西北。

②溱(zhēn)水:古河流名“溱”者有三。这里指的是源出湖南临武之溱水,其水北流会武溪水,遂通称武水,下流合北江再合珠江

入海。

③槎(chá)木：木筏。

【译文】

材　中宿县山下有座庙宇，溱水流到这里，恶浪滚滚，咆哮沸腾，木筏漂到这里都会沉没，再也不能浮起，世人都认为是河伯取用木材。

10.32鼓杖　含洭县翁水口下东岸[①]，有圣鼓杖[②]，即阳山之鼓杖也[③]。横在川侧，冲波所激，未尝移动。众鸟飞鸣，莫有萃者。船人误以篙触，必患疟。

【注释】

①含洭县：古县名。在今广东英德西北。翁水：即今翁江，珠江支流。

②圣鼓杖：唐徐坚等《初学记》卷一六引《始兴记》："秦凿杨山，桂杨县阁下鼓便自奔逸，息于临武，遂之始兴、洛阳，遂名圣鼓。今临武有圣鼓城。"鼓杖，鼓槌。

③阳山：今广东清远阳山。

【译文】

鼓槌　含洭县翁水口下东岸，有个圣鼓槌，就是阳山圣鼓的鼓槌。横在河流一侧，虽有水流冲激，也不曾移动过。鸟群在鼓槌上方飞翔鸣叫，但从来没有萃集在鼓槌上。船夫撑篙时如果误触鼓槌，必定会患疟疾。

10.33井　石阳县有井[①]，水半青半黄。黄者如灰汁，取作粥饮，悉作金色，气甚芬馥。

【注释】

①石阳县:在今江西吉水东北。

【译文】

井　石阳县有一口井,井水半是青色半是黄色。黄色的水如同灰汁,汲取用来煮粥,全部变成金色,气味非常芳香。

10.34 燃石　建城县出燃石①,色黄,理疏。以水灌之则热,安鼎其上②,可以炊也。

【注释】

①建城县:今江西高安。

②鼎:这里泛指炊具。

【译文】

燃石　建城县出产燃石,黄色,纹理稀疏。拿水浇在上面就会发热,把锅放在上面,就可以做饭。

10.35 石鼓　冀县有天鼓山①,山上有石如鼓。河鼓星摇动②,则石鼓鸣,鸣则秦土有殃③。

【注释】

①冀县:在今甘肃甘谷东。

②河鼓星:又名"黄姑"、"天鼓",星名。或说河鼓星即牵牛星。

③秦土:秦中。即关中地区。

【译文】

石鼓　冀县有座天鼓山,山上有石头就像大鼓。河鼓星动摇时,石鼓就会鸣响,石鼓一响,关中地区就会有灾祸发生。

10.36 半汤湖　句容县吴渎塘有半汤湖,湖水半冷半热,热可以瀹鸡①。皆有鱼,鱼交入辄死。

【注释】

①瀹(yuè):煮。这里是用热水烫的意思。

【译文】

半汤湖　句容县吴渎塘有个半汤湖,湖水一半凉一半热,热的那一半可以用来烫鸡。两边都有鱼,热水鱼游进冷水,或是冷水鱼游进热水,都会死。

10.37 盐　朐䏰县盐井①,有盐方寸,中央隆起,如张伞,名曰伞子盐。

【注释】

①朐䏰(qú rěn)县:在今重庆云阳南。

【译文】

盐　朐䏰县的盐井,产的盐块一寸见方,中间隆起,就像撑伞一样,名叫伞子盐。

10.38 泉　玉门军有芦葭泉①,周二丈,深一丈,驼马千头饮之不竭。

【注释】

①玉门军:在今甘肃玉门西北。

【译文】

泉　玉门军有一处芦葭泉,周长两丈,深一丈,让一千头骆驼和马匹来饮,也不枯竭。

10.39 伏苓　沈约谢始安王赐伏苓^①,一枚重十二斤八两,有表。

【注释】

①沈约(441—513):字休文,吴兴武康(今浙江德清)人。历仕宋、齐、梁三朝。其人博通群籍,主张四声八病之说,与谢朓、王融等人所作诗皆重声律对仗,世称"永明体"。始安王:即为齐始安王萧宝览。

【译文】

伏苓　沈约感谢始安王赐伏苓,一枚重达十二斤八两,有谢表。

10.40 古镬　虢州陵县石城岗有古镬一口,树生其内,大数围^①。

【注释】

①围:两臂合抱为一围。

【译文】

古锅　虢州陵县石城岗有一口很大的古锅,里面长了一棵树,树干有几围粗。

10.41 君王盐　白盐崖有盐如水精^①,名为君王盐。

【注释】

①白盐崖:夔州(今重庆奉节)瞿塘峡有白盐山,但不能确定是否即

此。水精:水晶。

【译文】

君王盐　白盐崖有盐就像水晶一样,名叫君王盐。

10.42 手板① 宋山阳王休祐②,屡以言语忤颜③。有庾道敏者,善相手板,休祐以己手板托言他人者,庾曰:"此板乃贵,然使人多忤。"休祐以褚渊详密④,乃换其手板。别日,褚于帝前称"下官",帝甚不悦。

【注释】

①手板:上朝用的笏。见1.20条注⑦。

②休祐:即为刘休祐(435—482)。宋文帝刘义隆第十三子。孝建三年(456)封山阳王。

③忤颜:触忤皇帝。

④褚渊(435—482):字彦回,祖籍河南阳翟(今河南禹州)人。仕宋、齐两朝。其人美风姿,精音律,尤善弹琵琶,唯以背宋事齐,为时人所讥。

【译文】

手板　刘宋山阳王刘休祐,经常言语不慎触忤皇帝。有个叫庾道敏的人,善于占视手板,休祐把自己的手板拿给他看,假称是别人的,庾道敏说:"这个手板的主人身份尊贵,但它会让人经常触忤皇帝。"休祐想到褚渊审慎周详,就和他换了手板。后来有一天,褚渊在皇帝面前竟然自称"下官",皇帝很不高兴。

10.43 鼠丸　王肃造逐鼠丸,以铜为之,昼夜自转。

【译文】

鼠丸　王肃制造驱鼠丸,用铜制成,不分日夜自转不停。

10.44 木囚　《论衡》言①:"李子长为政②,欲知囚情,以梧桐为人,象囚之形,凿地为埳③,以芦苇为郭藉,卧木囚于其中。囚当罪,木囚不动。囚或冤,木囚乃奋起。"

【注释】

①《论衡》:东汉王充(27—?)著,共三十卷。其书疾虚妄而求实证,抨击迷信谶纬之说,在文学方面也有卓见。按,本条出自《论衡》卷一六,王充本意是反驳其事,段成式此处为断章引用。

②李子长:即为李寻,字子长,西汉平陵(今陕西咸阳西北)人。

③埳(kǎn):亦作"坎",坑。

【译文】

木囚　《论衡》说:"李子长为官,想要知晓案情,用梧桐木雕刻人形,就像囚犯的样子,在地上挖个深坑,四周和底部铺上芦苇,把木囚平放在坑里。如果囚犯有罪,木囚就一动不动。如果确有冤情,木囚就会一下子站起来。"

10.45 苏秦金①　魏时②,洛阳令史高显掘得黄金百斤③,铭曰"苏秦金"。

【注释】

①苏秦:战国时期著名纵横家,游说燕、赵、韩、魏、齐、楚六国,合纵抗秦,佩六国相印,为纵约之长。

②魏:北魏。

③令史：职官名。汉代设有兰台令史、尚书令史，掌文书，历代沿用，而品级不一，明朝废除。

【译文】

苏秦金　北魏时，洛阳令史高显发掘出一百斤黄金，上面的铭文是"苏秦金"。

10.46 梨　洛阳报德寺梨①，重六斤。

【注释】

①洛阳报德寺：北魏杨衒之《洛阳伽蓝记》卷三："报德寺，高祖孝文皇帝所立也。在开阳门外三里。"

【译文】

梨　洛阳报德寺的梨，一个重达六斤。

10.47 甑花①　滕景真在广州七层寺，元徽中罢职归家②。婢炊，釜中忽有声如雷，米上芃芃隆起③。滕就视，声转壮，甑上花生数十，渐长似莲花，色赤有光似金，俄顷萎灭。旬日，滕得病卒。

【注释】

①甑（zèng）：蒸饭用的器具。

②元徽：南朝刘宋苍梧王刘昱年号（473—477）。

③芃（péng）芃：繁茂的样子。

【译文】

甑花　滕景真在广州七层寺，元徽年间罢官回家。婢女做饭，锅里忽然发出打雷般的响声，饭米渐渐隆起。滕景真到跟前去看，声音越来越大了,饭甑上长出几十朵花,越长越高就像莲花,花是红色的,闪耀着金光,一会儿就萎谢了。十天后,滕景真得病死了。

10.48 官金中,螺顶金最上,六两为一垛,有卧蝼蛄穴及水皋形①。当中陷处,名曰趾腹;又铤上凹处有紫色②,名紫胆。开元中,有大唐金,即官金也。

【注释】

①蝼蛄穴:指铸金锭时产生的形如蝼蛄的气孔。蝼蛄,昆虫名。是一种害虫。水皋形:指中间凹周围高的形状。皋,水边高地。

②铤(dìng):同"锭",条块状金银。

【译文】

官府的金锭里,以螺顶金为最好,六两重为一锭,有形如蝼蛄的气孔和水皋形状。当中凹陷的地方名叫趾腹;又因为凹处呈现紫色,故也名为紫胆。开元年间,有所谓大唐金,就是官府所铸的金锭。

10.49 玄金①　太宗时,汾州言②,青龙、白龙吐物在空中③,有光如火,坠地,陷入二尺。掘之,得玄金,广尺余,高七寸。

【注释】

①玄金:黑金。疑为陨石之类。

②汾州:今山西汾阳。

③青龙、白龙:均为传说中的神兽,是为祥瑞。

【译文】

玄金　唐太宗时,汾州奏报说,有青龙和白龙在空中吐出东西,这东西光亮如火,坠落下来,陷地两尺。就地挖掘,找到一块玄金,宽一尺多,高有七寸。

10.50 芝①　天宝初,临川人李嘉胤②,所居柱上生芝草,状如天尊③。太守张景佚拔柱献焉。

【注释】

①芝:灵芝。古人以之为仙草,可驻颜不老,起死回生。

②临川:今属江西。

③天尊:道教对最尊贵之神的称呼,如元始天尊。佛教对佛也称天尊。

【译文】

芝　天宝初年,临川人李嘉胤的房屋柱子上长出灵芝仙草,形状如同天尊。临川刺史张景佚让人连柱子拔走,进献朝廷。

10.51 龟　建中四年,赵州宁晋县沙河北①,有大棠梨树②,百姓常祈祷。忽有群蛇数十,自东南来,渡北岸集棠梨树下为二积,留南岸者为一积。俄见三龟径寸,绕行积傍,积蛇尽死,乃各登其积。视蛇腹,悉有疮,若矢所中。刺史康日知图甘棠、奉三龟来献③。

【注释】

①赵州宁晋县:今属河北。

②棠梨:又名“甘棠”、“野梨”,树名。

③康日知:灵州(今宁夏灵武西南)人。曾任赵州刺史。《新唐书》有传。

【译文】

　　龟　建中四年,赵州宁晋县沙河北岸,有一株大棠梨树,当地百姓经常在树下祈祷。一天,忽然有几十条蛇从东南方向而来,渡河到达北岸聚集在棠梨树下的盘为两堆,留在沙河南岸的盘为一堆。不一会儿,只见有三只直径一寸的龟,各在三个蛇堆周围绕行,所有的蛇全死了,三只龟各自爬上死蛇堆。人们看那死蛇,腹部全都有伤口,好像是中了箭一样。赵州刺史康日知命人图绘甘棠树的形状,带着三只龟一起进献朝廷。

　　10.52雪　贞元二年,长安大雪,平地深尺余,雪上有薰黑色。

【译文】

　　雪　贞元二年,长安下大雪,平地积雪一尺多深,积雪上有薰黑色。

　　10.53雨木①　贞元四年,雨木于陈留②,大如指,长寸许,每木有孔通中。所下其立如植,遍十余里。

【注释】

①雨:下雨。
②陈留:在今河南开封东南。

【译文】

　　下木头　贞元四年,陈留天上下木头,粗细如同手指,长约一寸多,每根木头中间都有小孔贯通。下的木头就像种植在地上一样,遍及方圆十多里。

10.54 齿　梵衍那国有金轮王齿①,长三寸。

【注释】

①梵衍那国:西域古国名。其国都在今阿富汗喀布尔西的巴米扬城。金轮王:拥有金轮宝的圣王,是佛教中的四大转轮王之一。佛教认为世界最底层为风轮,风轮之上有水轮,水轮之上有金轮。

【译文】

齿　梵衍那国有金轮王的牙齿,有三寸长。

10.55 石柱　劫比他国有石柱①,高七十余尺,无忧王所建②。色绀光润③,随人罪福,影其上。

【注释】

①劫比他国:西域古国名。其地在今印度北方邦法鲁迦巴德城西。
②无忧王:即阿育王,古印度摩揭陀国孔雀王朝第三代国王,在征服南印度羯陵伽国的过程中,看到了战争的残酷,从此放弃了武力征服,皈依了佛教。他大力传播佛法,派遣宣教师到四方传教,是佛教的护法名王。
③绀(gàn):青中透红的颜色。

【译文】

石柱　劫比他国有根石柱,高有七十多尺,是无忧王所建。石柱青中透红,色泽光润,依据各人的祸福,在柱子上显现不同的影子。

10.56 旃檀鼓①　于阗城东南有大河②,溉一国之田,忽然绝流。其国王问罗汉僧③,言龙所为也,王乃祠龙。水中有一女子,凌波而来,拜曰:"妾夫死,愿得大臣为夫,水当复旧。"有大臣请行,举国送之。其臣车驾白马,入水不溺,中河而没。后白马浮出,负一旃檀鼓及书一函。发书,言大鼓悬城东南,寇至,鼓当自鸣。后寇至,鼓辄自鸣。

【注释】

①旃(zhān)檀:檀香。

②于阗:西域古国名。国都在今新疆和田附近。唐王朝疆域极盛时,此地属安西都护府。

③罗汉:即阿罗汉。为小乘佛教中的最高果位。见3.1条注⑦。

【译文】

旃檀鼓 于阗城东南有一条大河,灌溉全国的田地,忽然断流了。于阗国王问罗汉僧是怎么回事,回答说是龙干的事,国王就祭祀龙。这时水面上有一位女子,踏着水波前来,礼拜说:"我的丈夫死了,希望有您的一位大臣做我的丈夫,河流就会依旧流淌。"有位大臣请求前去,全国人都为他送行。那位大臣白马驾车,进入水中也没有被淹,到河中间就沉没下去了。后来白马浮出水面,驮着一面旃檀鼓,还有一封信。拆开信,里面说把大鼓悬挂在都城的东南,如果敌人进犯,鼓就会自动响起。后来每有敌寇入侵,鼓就自动鸣响。

10.57 石靴 于阗国刹利寺有石靴。

【译文】

石靴 于阗国刹利寺有双石靴。

10.58 石阜石① 河目县有石阜石②,破之,有鹿马迹。

【注释】

①石阜石：北魏郦道元《水经注》卷三："河水自临河县东经阳山南……东流经石迹阜西，是阜破石之文，悉有鹿马之迹。"

②河目县：古县名。其治所在今内蒙古乌拉特前旗东北。

【译文】

石阜石   河目县有石阜石，石头破开，有鹿、马的足迹。

10.59 舍利①   东迦毕试国有窣堵波②，舍利常见，如缀珠幡，循绕表柱。

【注释】

①舍利：释迦牟尼佛遗体火化之后结成的珠状颗粒，后来也指高僧焚化后的骨烬。按，本条所载，见于唐释玄奘《大唐西域记》卷一："窣堵波中有如来骨肉舍利，可一升余。神变之事，难以详述。一时中窣堵波内忽有烟起，少间便出猛焰，时人谓窣堵波已从火烬。瞻仰良久，火灭烟消，乃见舍利，如白珠幡，循环表柱，宛转而上，升高云际，萦旋而下。"段成式所录，不尽符合原意。

②迦毕试国：西域古国名。其地在今阿富汗西部兴都库什山以南的喀布尔河流域。

【译文】

舍利   东迦毕试国有佛塔，舍利子很常见，就像装饰着白珠的旗帜，环绕着表柱。

10.60 蚁像   健驮罗国石壁上有佛像。初，石壁有金色蚁，大者如指，小者如米，啮石壁如雕镂，成立佛状。

【译文】

蚁像　健驮罗国石壁上有佛像。先前,石壁上有金色的蚂蚁,大的有如手指头,小的有如米粒,啃咬石壁就像在雕刻一样,形成直立的佛像。

10.61 燋米　乾陀国,昔尸毗王仓库为火所烧①,其中粳米燋者,于今尚存,服一粒,永不患疟。

【注释】

①尸毗王:即为尸毗迦王。佛的前身。

【译文】

燋米　乾陀国,从前尸毗王的仓库被火烧了,其中烧焦的粳米,到如今还在,吃上一粒,永远不会患上疟疾。

10.62 辟支佛靴①　于阗国赞摩寺有辟支佛靴②,非皮非彩,岁久不烂。

【注释】

①辟支佛:“辟支迦佛陀”的简称。意译为缘觉,或独觉,因观飞花落叶或十二因缘而开悟证道,故名“缘觉”;又因无师友教导而靠自己觉悟成道,故又名“独觉”。

②于阗国赞摩寺:《魏书·西域传》:“(于阗国)城南五十里有赞摩寺,即昔罗汉比丘卢旃为其王造覆盆浮图之所,石上有辟支佛跣处,双迹犹存。”

【译文】

辟支佛靴　于阗国赞摩寺有辟支佛靴,既不是皮革的,也不是彩色丝绸的,历时多年也没破烂。

10.63 石驼溺　拘夷国北山有石驼溺水①,溺下,以金、银、铜、铁、瓦、木等器盛之皆漏,掌承之亦透,唯瓢不漏。服之,令人身上臭毛落尽,得仙。出《论衡》。

【注释】

①拘夷国:或说即龟兹国(其地在今新疆库车)。

【译文】

石驼尿　拘夷国北山有石驼撒尿,尿液流下,用金、银、铜、铁、瓦、木等容器盛接都会漏,用手捧着接也会漏,只有用瓢接着不会漏。喝了它,会让人身上臭毛落光,成为仙人。出自《论衡》。

10.64 人木　大食西南二千里有国,山谷间,树枝上化生人首①,如花,不解语。人借问,笑而已,频笑辄落。

【注释】

①化生:发育滋长。

【译文】

人木　大食国西南二千里有个国家,山谷间树的枝头上长出人头,像花一样,听不懂人的话。有人问它,它就只是笑笑罢了,如果老是笑就会掉下来。

10.65 马　俱位国以马种莳①,大食国马解人语。

【注释】

①俱位国:西域古国名。在今巴基斯坦境内。莳(shì):栽种。

【译文】

马　俱位国用马来耕种,大食国的马听得懂人说话。

10.66 石人　莱子国海上有石人①,长一丈五尺,大十围。昔秦始皇遣此石人追劳山②,不得,遂立于此。

【注释】

①莱子国:即东莱郡,在今山东境内。

②劳山:即崂山,在今山东青岛。秦皇、汉武为求长生不老的仙药,都曾到过此山。后来成为道教名山。

【译文】

石人　莱子国的海上有石人,高一丈五尺,身躯有十抱粗。当年秦始皇派这尊石人追崂山,没追上,就立在这里。

10.67 铜马　俱德建国乌浒河中①,滩派中有火祆祠②,相传祆神本自波斯国乘神通来此,常见灵异,因立祆祠。内无象,于大屋下置大小炉,舍檐向西,人向东礼。有一铜马,大如次马,国人言自天下,屈前脚在空中而对神立,后脚入土。自古数有穿视者③,深数十丈,竟不及其蹄。西域以五月为岁④,每岁日⑤,乌浒河中有马出,其色金,与此铜马嘶相应,俄复入水。近有大食王不信,入祆祠将坏之,忽有火烧其兵,遂不敢毁。

【注释】

①俱德建国：即久越得犍国，西域古国名。在今乌兹别克斯坦境内。乌浒河：即今之阿姆河，汉魏时称妫水，隋唐时称乌浒水，发源于帕米尔高原东南部，流经阿富汗、塔吉克斯坦、乌兹别克斯坦和土库曼斯坦，最后注入咸海。

②滩派：河中沙洲。派，支流。

③穿：深掘。

④以五月为岁：以五月为一年之首。

⑤岁日：农历新年第一天。

【译文】

铜马　久越得犍国乌浒河中，沙洲上有火祆祠，相传祆神从波斯国借助神通来到这里，经常显灵，于是就立了祆祠。里面没有神像，在大屋下放设大小祭炉，房子的屋檐向西，人面向东礼拜。有一匹铜马，比普通马略小，该国人说这匹马是从天而降，屈曲前腿，腾跃向空，面对神祠，后腿则没入土中。从古以来有不少人往下深掘，想看看马腿究竟埋了多深，挖了几十丈深，也没到马蹄。西域以五月为一年之首，每到新年第一天，乌浒河中都会跃出一匹金色的马，和这匹铜马相互嘶鸣，然后很快又进入河里。近年来有大食王不相信这些事，进入祆祠准备捣毁，忽然有火烧他的士兵，就不敢破坏了。

10.68 蛇碛①　苏都瑟匿国西北有蛇碛②，南北蛇原五百余里，中间遍地毒气如烟，飞鸟悉坠地，蛇吞食。或大小相噬及食生草。

【注释】

①碛（qì）：不长草木的沙石之地。

②苏都瑟匿国:即苏都识匿国。,见4.24条注①。

【译文】

蛇碛　苏都识匿国的西北部有蛇碛,南北纵横五百多里,中间遍地都是蛇,吐出的毒气有如烟瘴,鸟儿飞过这里都会掉下来,蛇就吞食。也有大蛇吃小蛇,或是吃草。

10.69石鼍①　私诃条国金辽山寺中②,有石鼍,众僧饮食将尽,向石鼍作礼,于是饮食悉具。

【注释】

①鼍(tuó):爬行动物,鳄鱼的一种。

②私诃条国:古国名。一说在南海,一说在西域。

【译文】

石鼍　私诃条国金辽山寺庙中,有一只石鼍,寺里的和尚饮食快要吃光的时候,向石鼍行礼,饮食又全都有了。

10.70神厨　俱振提国尚鬼神①,城北隔珍珠江二十里有神②,春秋祠之。时国王所须什物金银器,神厨中自然而出,祠毕亦灭。天后使验之③,不妄。

【注释】

①俱振提国:在今塔吉克斯坦北部。

②珍珠江:又名"真珠河"。今名锡尔河,中亚内陆河,流经乌兹别克斯坦、塔吉克斯坦、哈萨克斯坦,注入咸海。

③天后:即武则天。

【译文】

神厨　俱振提国崇奉鬼神,都城北边过珍珠江二十里有神灵,春秋季节举行祭祀。当时国王所用的各类物件、金银器具,神厨里自动就出现了,祭祀完毕也就随之消失了。天后让人去验证,果然不假。

10.71 毒槊　南蛮有毒槊,无刃,状如朽铁,中人无血而死。言从天雨下,入地丈余,祭地,方撅得之。

【译文】

毒槊　南蛮有毒槊,没有利刃,看上去就像根废铁,刺中人,不见血就死。据说这支毒槊是从天上掉下的,没入地下一丈多深,祭祀之后才从地里挖掘出来。

10.72 甲　辽城东有锁甲①,高丽言:前燕时②,自天而落。

【注释】

①辽城:辽东城,今辽宁辽东。锁甲:即锁子甲,古代的一种铠甲,五环相扣,一环受箭,诸环拱护,箭不能入。

②前燕(337—370):晋时十六国之一。鲜卑族慕容廆在汉末魏初自徒河迁大棘城(今辽宁义县西北),其子皝称燕王,史称“前燕”。后为前秦所灭。

【译文】

甲　辽城东有锁子甲,高丽说:前燕时,这副锁子甲从天降落。

10.73 土槟榔①　状如槟榔,在孔穴间得之,新者犹软,相传蟾蜍矢也②。不常有之。主治恶疮。

【注释】

①槟榔:一种热带常绿乔木,也指这种乔木的果实。

②矢:通"屎"。

【译文】

土槟榔　形状像槟榔,可以在孔洞中找到,新的摸上去还是软的,相传是蟾蜍的大便。并不常见。主治恶疮。

10.74 鬼矢①　生阴湿地,浅黄白色,或时见之。主疮。

【注释】

①鬼矢:宋唐慎微《政和证类本草》卷四引陈藏器《本草拾遗》:"鬼屎,主人马反花疮。刮取,和油涂之。生阴湿地,如屎,亦如地钱,黄白色。"李玉《"鬼屎"考》(《吉林农业大学学报》2002 年第 2 期):"(鬼屎)是一种接近现代命名为煤绒菌的黏菌原质团或幼子实体阶段。"

【译文】

鬼屎　生在阴暗潮湿的地方,浅黄白色,有时会碰到。主治各类疮。

10.75 石栏干　生大海底,高尺余,有根茎,上有孔如物点。渔人网罥取之①,初出水正红色,见风渐渐青色。主石淋②。

【注释】

①罥(juàn)：网。

②石淋：病名。尿路结石。

【译文】

石栏干　生长在海底，高一尺多，有根茎，根茎上有小孔就像小点。渔夫下网打捞到，刚出水时是鲜红色的，见风就慢慢变成青色。主治尿道结石。

10.76壁影　高邮县有一寺，不记名。讲堂西壁枕道①，每日晚，人马车罥影悉透壁上，衣红紫者影中卤莽可辨②。壁厚数尺，难以理究。辰午之时则无③。相传如此二十余年矣，或一年半年不见。成式太和初，扬州见寄客及僧说。

【注释】

①讲堂：佛家讲经说法的殿堂。枕：紧挨着。

②卤莽：隐约。

③辰午之时：上半天。辰，七至九时。午，十一至十三时。

【译文】

壁影　高邮县有一座寺院，记不清它的名字了。寺院的讲堂西壁紧临院外大道，每天晚上，道路上人马车驾的影子全都透过墙壁显现出来，隐隐约约可以分辨出身着红紫官服的人。墙壁厚达几尺，这种事情是没有办法以常理推断的。上半天则没有。据说这种情况已经二十多年了，有时也一年或半年时间没有影子出现。大和初年，我在扬州时听庙中的寄宿客人和僧人们说过。

10.77醮石①　成式群从有言②：少时尝毁鸟巢，得一黑石,如雀卵,圆滑可爱。后偶置醋器中,忽觉石动,徐视之,有四足如綖③,举之,足亦随缩。

【注释】

①醢(hǎi)石:颜色像肉酱的石头。

②群从:各位堂兄弟。

③綖(xiàn):同"线"。

【译文】

醢石　我的堂兄弟们说起过:小时候曾经捣毁一个鸟巢,得到一枚黑色的石头,像鸟蛋一样,圆滑可爱。后来偶然放在醋器里,忽然觉察到石头在动,小心翼翼地仔细观察,看见石头有四只脚,粗细如线,把石头拿起来,线足也就随之缩回去了。

10.78桃核　水部员外郎杜陟①,常见江淮市人,以桃核扇量米,正容一升。言于九嶷山溪中得②。

【注释】

①水部:职掌有关水道的事务,唐代隶属于工部。

②九嶷山:又名"苍梧山",在今湖南宁远南。《史记》记载舜南巡崩,葬于此山。

【译文】

桃核　水部员外郎杜陟,曾经看见江淮一带的商人,用桃核扇称量米,正好容下一升。说是从九嶷山的溪谷中找到的。

10.79人足　处士元固言:贞元初,常与道侣游华山,谷中见一人股,袜履甚新,断如膝头,初无疮迹。

【译文】

　　人脚　处士元固说：贞元初年，曾和道友一起游览华山，在山谷中发现一条人腿，鞋袜都还很新，断头就像膝盖一样，看不出一点伤痕。

　　10.80 瓷碗　江淮有士人庄居，其子年二十余，常病猒①。其父一日饮茗，瓯中忽酏起如沤②，高出瓯外，莹净若琉璃。中有一人，长一寸，立于沤，高出瓯中。细视之，衣服状貌，乃其子也。食顷爆破，一无所见。茶碗如旧，但有微璺耳③。数日，其子遂著神，译神言，断人休咎不差谬。

【注释】

　　①常病猒：长年生病。猒，同"厌"。
　　②瓯：杯。酏（pào）：同"疱"，皮肤上起的水泡。沤：水泡。
　　③璺（wèn）：裂纹。

【译文】

　　瓷碗　江淮地区有个读书人，住在村庄里，他的儿子二十多岁了，长年生病。一天，做父亲的品茶，茶杯里忽然冒起水泡，高出茶杯，水泡晶莹明净，仿佛琉璃。里面有一个人，身长一寸，就在水泡中，高出于茶杯之外。仔细一看相貌服饰，原来就是他儿子。一顿饭的工夫，水泡破裂，什么都没有了。茶碗还是老样子，只是有点小小的裂纹罢了。几天后，他儿子就神灵附体，可以传译神的话，占断人的吉凶，毫无差错。

　　10.81 铁镜　荀讽者，善药性，好读道书①，能言名理②，樊晃常给其絮帛③。有铁镜，径五寸余，鼻大如拳④，言于道者处传得。亦无他异，但数人同照，各自见其影，不见别人影。

【注释】

①道书:道教典籍。

②名理:有关逻辑或概念方面的理论。这里指道教经义。

③樊晃:中唐人,曾为润州刺史。

④鼻:器物上突出如鼻状的部分,用以拴系。

【译文】

铁镜　有个叫荀讽的人,熟知药性,喜欢阅读道书,能讲说道家经义,樊晃曾经送给他棉絮和布帛。他有一面铁镜,直径五寸多,镜鼻大如拳头,说是从道士手里传下来的。这面镜子也没有其他特异之处,只是几个人同时照镜,各自都看见自己的影像,而看不见别人的影像。

10.82 大虫皮① 　永宁王盐铁旧有大虫皮②,大如一掌,须尾班点如犬者。

【注释】

①大虫:即为蝾螈,一种小型两栖动物。

②永宁:长安城永宁坊。王盐铁:王涯,曾官盐铁转运使。

【译文】

蝾螈皮　永宁王盐铁先前有一张蝾螈皮,有手掌大小,须尾的斑点就像狗。

10.83 人腊① 　李章武有人腊②,长三尺余,头、项、髀、肋成就③,云是僬侥国人④。

【注释】

①人腊：干尸。

②李章武：唐文宗大和末年，任成都少尹。

③髀（bì）：大腿骨。

④僬侥（jiāo yáo）国：《山海经·海外南经》里记载的矮人国。

【译文】

人腊　李章武有件人腊，长三尺多，头、脖子、腿骨、肋骨等等都很齐全，据说这人腊原本为僬侥国人。

10.84 牛黄①　牛黄在胆中。牛有黄者，或吐弄之。集贤校理张希复言②："尝有人得其所吐黄，剖之，中有物如蝶飞去。"

【注释】

①牛黄：病牛胆汁凝结成粒状或块状物，名为牛黄，可治惊痫等病。

②集贤校理：职官名。

【译文】

牛黄　牛黄长在牛胆中。病牛长了牛黄，有时会吐出咀玩。集贤校理张希复说："曾经有人得到病牛吐的牛黄，用刀剖开，里面有只蝴蝶样的虫子飞了出来。"

10.85 上清珠①　肃宗为儿时，常为玄宗所器②，每坐于前，熟视其貌，谓武惠妃曰③："此儿甚有异相，他日亦吾家一有福天子。"因命取上清玉珠，以绛纱裹之，系于颈。是开元中罽宾国所贡④，光明洁白，可照一室。视之，则仙人、玉女、云鹤、绛节之形，摇动于其中。及即位，宝库中往往有神光，异日，掌库者具以事告。帝曰："岂非上清珠耶？"遂令出之。绛纱犹在，因流泣，遍示近臣曰："此我为儿时，明皇所赐也。"遂令贮之以翠玉函，置之于卧内。四方忽有水旱兵革之灾，则虔恳祝之，无不应验也。

【注释】

①上清：道教术语。见2.1条注⑤。

②器：器重。

③武惠妃：唐玄宗的宠妃。

④罽(jì)宾国：西域古国名。其地在今克什米尔。

【译文】

上清珠　肃宗幼年时，常受到玄宗的器重，每每坐在玄宗面前，玄宗都会仔细端详他的相貌，对武惠妃说："这孩子的相貌与众不同，将来也是我家一位有福的皇帝。"于是让人拿来上清玉珠，用绛纱包好，系在肃宗的脖子上。这是开元年间罽宾国的贡品，洁白光亮，可以照亮整间屋子。观察珠子，仙人、玉女、祥云、仙鹤、绛节等等，都在其中晃动。后来肃宗即位，宝库里常常发出神异的光芒，后来一天，管库的官员把这奏报给肃宗。肃宗说："莫非是上清珠？"就让人取出来。玉珠外面的绛纱都还在，于是肃宗泪流满面，让近臣们都来看，说："这是我幼年时父皇所赐。"就命人把它珍藏在翠玉盒里，放在自己的卧室内。天下四方若有水旱战乱等灾变发生，就对着上清珠虔诚地祝祷，没有不应验的。

10.86 汉帝相传以秦王子婴所奉白玉玺①，高祖斩白蛇剑②。剑上皆用七彩珠、九华玉以为饰，杂厕五色琉璃为剑匣。剑在匣中，光景犹照于外，与挺剑不殊。十二年一加磨砻③,刃若霜雪。开匣拔鞘,辄有风气,光彩射人。

【注释】

①子婴(? —前206):秦始皇长子扶苏之子。赵高杀秦二世,立子婴,去帝号,称王,在位四十六天。刘邦进入咸阳,子婴奉上始皇玉玺以降。后为项羽所杀。

②高祖斩白蛇剑:《史记·高祖本纪》:"高祖被酒,夜径泽中,令一人行前。行前者还报曰:'前有大蛇当径,愿还。'高祖醉,曰:'壮士行,何畏!'乃前,拔剑击斩蛇,蛇遂分为两,径开。行数里,醉,因卧。后人来至蛇所,有一老妪夜哭。……(妪)曰:'吾子,白帝子也,化为蛇,当道,今为赤帝子斩之,故哭。'……后人告高祖,高祖乃心独喜,自负。诸从者日益畏之。"高祖,即为刘邦。

③砻(lóng):磨。

【译文】

汉代皇帝把秦王子婴所献的传国玉玺、高祖斩白蛇剑当作传国之宝。斩白蛇剑的剑身上都用七彩珠和九华玉作装饰,用各种五色琉璃制成剑匣。剑放在匣里,剑刃的光影还能照到外面,和持剑在手一样。十二年新磨一次,剑刃寒光闪闪有如霜雪。打开剑匣拔出宝剑,就有寒气逼人,光彩耀眼。

　　10.87 楚州界有小山,山上有室而无水。僧智一掘井,深三丈遇石,凿石穴及土,又深五十尺,得一玉,长尺二,阔四寸,赤如榴花。每面有六龟子,紫色可爱。中若贮水状,僧偶击一角,视之,遂沥血,半月日乃止。

【译文】

　　楚州境内有座小山，山上有房屋，但没有水。智一和尚在山上打井，深掘三丈，挖到了石头，打穿石头继续下挖五十尺，挖到了一块玉，长一尺二寸，宽四寸，颜色红艳如同榴花。每一面有六只紫色的小龟，很是可爱。玉的中间像是盛着水，智一和尚偶然撞击了玉的一角，看见玉石开始滴血，半个多月才止住。

　　10.88 虞乡有山观①，甚幽寂，有涤阳道士居焉。太和中，道士尝一夕独登坛望，见庭忽有异光，自井泉中发。俄有一物，状若兔，其色若精金，随光而出，环绕醮坛。久之，复入于井。自是每夕辄见。道士异其事，不敢告于人。后因淘井，得一金兔，甚小，奇光烂然，即置于巾箱中。时御史李戎职于蒲津②，与道士友善，道士因以遗之。其后戎自奉先令为忻州刺史③，其金兔忽亡去，后月余而戎卒。

【注释】

　　①虞乡：在今山西永济东北。
　　②蒲津：黄河上的蒲津关。这里指蒲州，治所在今山西永济西南。
　　③奉先：今陕西蒲城。忻（xīn）州：今属山西。

【译文】

　　虞乡有处山间道观，环境非常幽静，有位涤阳道士住在那里。大和年间，道士曾在一天傍晚独自登上醮坛四望，忽然看见庭院里有奇异的光，从井泉里发出来。不一会儿，有一个东西，样子像只兔子，颜色如同纯金，随着异光出来，环绕着醮坛跑动。过了很久，又回到井里。从此每天傍晚都可看见。道士觉得这事非同寻常，不敢告诉别人。后来因为淘井，淘到一只金兔，很小，异光闪烁，就把它放在巾箱里。当时御史李戎在蒲州任职,和道士有交情,道士就把金兔送给了他。后来李戎自奉先县令升为忻州刺史,那只金兔忽然不见了,过了一个多月,李戎就去世了。

10.89 李师古治山亭^①,掘得一物,类铁斧头。时李章武游东平^②,师古示之,武惊曰:"此禁物也^③,可饮血三斗。"验之而信。

【注释】

①李师古(? —806):高丽人。累官至检校司徒,兼侍中。

②东平:今属山东。

③禁:以咒语等施于外物以禁制邪祟、禳除灾害的方术。

【译文】

李师古修建山亭,挖到一件东西,像铁斧头。当时李章武游历东平,李师古拿给他看,李章武吃惊地说:"这是禁物,能够喝三斗血。"李师古验证了一下,果然如此。

广知

【题解】

本篇面目较为驳杂,涉及民俗、炼丹、名物、生理、禁忌、物性、物理、数学、图籍、书法、绘画、技艺等等,故名"广知"。段成式闻见既广,用心亦勤,博闻多识,而这其中一以贯之的,仍是其博物志怪的著书观念,正如宋代邓复《酉阳杂俎序》所说:"盖有书生终身耳目之所不能及者,信乎其为博矣。"本篇征引范围也十分广泛,各条见于西汉刘安《淮南子》、晋葛洪《抱朴子·内篇》、南朝宗懔《荆楚岁时记》、南朝盛弘之《荆州记》、梁元帝《金楼子》、梁庾元威《论书》、梁陶弘景《真诰》、北周武帝《无上秘要》、唐王悬河《三洞珠囊》、唐徐坚等《初学记》、唐张怀瓘《书断》、唐韦续《墨薮》等。

11.1 俗讳五月上屋[①],言五月人蜕,上屋见影,魂当去。

【注释】

①按,本条见于南朝宗懔《荆楚岁时记》:"或问董勋曰:俗五月不上屋。云五月人或上屋见影,魂便去。"

【译文】

时俗忌讳五月上屋顶,说五月人的灵魂脱离肉体,如果上屋看见自己的影子,魂魄就会离人而去。

11.2 金曾经在丘冢,及为钗钏、溲器,陶隐居谓之辱金①,不可合炼。

【注释】

①陶隐居:即为陶弘景。见 2.14 条注③。辱:这里有不洁净的意思。

【译文】

金子曾在坟墓里埋过,或是做过钗钏头饰、夜壶等,陶弘景说这些都是辱金,不能和其他金属合炼。

11.3 炼铜时,与一童女俱,以水灌铜,铜当自分为两段。有凸起者牡铜也①,凹陷者牝铜也②。

【注释】

①牡:雄性。
②牝(pìn):雌性。晋葛洪《抱朴子·内篇》"登涉十七":"铜成以刚炭炼之,令童男童女进火……欲知铜之牡牝,当令童男童女俱以水灌铜,灌铜当以在火中向赤时也,则铜自分为两段,有凸起者牡铜也,有凹陷者牝铜也,各刻名识之。"

【译文】

炼铜的时候,让童男童女各一人参与,用水浇铜,铜就会自然分为两段。有凸起的是雄铜,有凹陷的是雌铜。

11.4 爨釜不沸者,有物如豚居之①,去之无也。

【注释】

①豚：小猪。

【译文】

做饭时水烧不开，那是有个像小猪一样的东西在锅下，把它驱走就好了。

11.5 灶无故自湿润者，赤虾蟆名钩注居之，去则止。

【译文】

灶无缘无故潮湿，是因为有种名叫钩注的红虾蟆住在灶里，把它驱走就好了。

11.6 饮酒者，肝气微则面青，心气微则面赤也。

【译文】

喝酒的人，肝气弱就会脸色发青，心气弱就会面色泛红。

11.7 脉勇，怒而面青；骨勇，怒而面白；血勇，怒而面赤。

【译文】

脉旺，发怒时脸色发青；骨旺，发怒时脸色发白；血旺，发怒时脸色发红。

11.8 山气多男①，泽气多女。水气多喑②，风气多聋。木气多伛③，石气多力。阻险气多瘿④，暑气多残，寒气多寿。

谷气多痹⑤,丘气多尪⑥。衍气多仁⑦,陵气多贪⑧。

【注释】

①气:古代哲学概念。这里指万物的根本属性。

②喑(yīn):哑。

③伛(yǔ):驼背。

④瘿(yǐng):长在颈上的大瘤子。

⑤痹(bì):肢体麻木。

⑥尪(wāng):瘦弱。

⑦衍:低而平坦之地。

⑧陵:大土山。

【译文】

山区多生男孩,湖泽地带多生女孩。水乡多出哑巴,常年大风的地方多出聋人。草木茂密的地方多驼背,土少石多的地方多强壮的人。险僻之地多大脖子病,炎热地区多残疾,寒冷地区多长寿的人。峡谷地区多肢体麻木的人,丘陵地区多瘦弱的人。平原地区多仁厚的人,闭塞的山区多贪心之人。

11.9 身神及诸神名异者:脑神曰觉元,发神曰玄华,目神曰虚监,鼻神曰冲龙玉,舌神曰始梁。

【译文】

人身之神以及各大器官之神名称另有异名的是:脑神又名觉元,头发神又名玄华,目神又名虚监,鼻神又名冲龙玉,舌神又名始梁。

11.10 夫学道之人,须鸣天鼓①,以召众神也。左相叩为天钟,卒遇凶恶不祥叩之。右相叩为天磬,若经山泽邪僻威神大祝叩之。中央上下相叩名天鼓,存思念当道鸣之②。叩之数三十六,或三十二,或二十七,或二十四,或十二。

【注释】

①鸣天鼓:道家养生之法。一是指双手掩耳,以手指叩击后脑勺,一是指牙齿上下相叩。这里说的是后者。

②存思:或称"存想",道家关于意念的修炼,其特点是思念体内或体外的事物,或想象中的神。念当道:应为"念道",思道,意近于"存思"。

【译文】

学道的人,要会叩齿,用来召唤众神。左齿相叩叫天钟,用来应对突然遇见凶恶不吉利的事。右齿相叩叫作天磬,如果经过山泽邪僻之地遇见山神大巫就用这种叩齿法。中央上下相叩名叫天鼓,存思念道时就叩鸣。叩鸣之数,是三十六,或者三十二,或者二十七,或者二十四,或者十二。

11.11 玉女以黄玉为志①,大如黍,在鼻上。无此志者,鬼使也。

【注释】

①玉女:道教中的神女。

【译文】

玉女以黄玉为痣,大小如同黍米,长在鼻子上。没有这种痣的,是鬼派遣来试探人的。

11.12 入山忌日^①，大月忌三日、十一日、十五日、十八日、二十四日、二十六日、三十日；小月忌一日、五日、十三日、十六日、二十六日、二十八日。

【注释】

①忌日：不利于行事的日子。

【译文】

进山的忌日，大月忌三日、十一日、十五日、十八日、二十四日、二十六日、三十日；小月忌一日、五日、十三日、十六日、二十六日、二十八日。

11.13 凡梦五脏，得五谷：肺为麻，肝为麦，心为黍，肾为菽^①，脾为粟。

【注释】

①菽：豆类。

【译文】

凡是梦见五脏，应得五谷：梦见肺得麻，梦见肝得麦，梦见心得黍，梦见肾得菽，梦见脾得粟。

11.14 凡人不可北向理发、脱衣及唾、大小便^①。

【注释】

①凡人：这里专对学仙之人而言。宋张君房《云笈七签》卷四〇："《金书仙志戒》凡学仙之人，勿北向便曲，仰视三光；勿北向理发，解脱衣裳；勿北向唾骂。"

【译文】

凡是学仙的人,不能朝向北方理发、脱衣服、唾骂,以及大小便。

11.15 月朔日勿怒。

【译文】

每月初一不要生气。

11.16 三月三日,不可食百草心。四月四日,勿伐树木。五月五日,勿见血。六月六日,勿起土。七月七日,勿思忖恶事。八月四日,勿市履屣。九月九日,勿起床席。十月五日,勿罚责人。十一月十一日,可沐浴。十二月三日,可斋戒。如此忌,三官所察①。

凡存修②,不可叩头。叩头则倾九天③,覆泥丸④,天帝号于上境,太乙泣于中田⑤。但心存叩头而已。

【注释】

①三官:道教术语。见 2.8 条注⑦。

②存修:持戒修行。

③九天:中央与八方之天。

④泥丸:即上丹田,在头顶正中。

⑤中田:即中丹田,其位置有两种说法,或说在两乳之间,或说在心之下、脐之上。

【译文】

三月三日,不要吃各种草心。四月四日,不要砍伐树木。五月五日,不要见血。六月六日,不要动土。七月七日,不要想坏事。八月四日,不要买鞋。九月九日,不要揭起床席。十月五日,不要责罚人。十一月十一日,可以沐浴。十二月三日,可以斋戒。这些禁忌,三官之神都是知晓的。

凡是修行,不要叩头。叩头则倾倒九天之神,颠覆了泥丸宫,天帝会在上丹田号叫,太乙神会在中丹田哭泣。只要心存叩头的念头就可以了。

11.17 老子拔白日①:正月四日,二月八日,三月十二日,四月十六日,五月二十日,六月二十四日,七月二十八日,八月十九日,九月十六日,十月十三日,十一月十日,十二月七日。

【注释】

①拔白:道教术语。指拔去白发白须。

【译文】

老子拔白的日期:正月四日,二月八日,三月十二日,四月十六日,五月二十日,六月二十四日,七月二十八日,八月十九日,九月十六日,十月十三日,十一月十日,十二月七日。

11.18《隐诀》言太清外术①:生人发挂果树,乌鸟不敢食其实。苽两鼻两蒂②,食之杀人。檐下滴菜有毒,堇黄花及赤芹杀人。瓠③,牛践苗则子苦。大醉不可卧黍穰上④,汗出眉发落。妇人有娠食干姜,令胎内消。十月食霜菜,令人面无光。三月不可食陈菹⑤。莎衣结治蠼螋疮⑥。井口边草主小儿夜啼，著母卧荐下⑦，勿令知之。船底苔疗天行⑧。寡妇藁荐草节，去小儿霍乱。自缢死绳主颠狂。孝子衿灰，傅面皯⑨。东家门鸡栖木作灰，治失音。砧垢能蚀人履底。古榇板作琴底⑩，合阴阳，通神。鱼有睫及开合，腹中自连珠，二目不同，连鳞，白鬐，腹下丹字，并杀人。鳖目白，腹下五字、十字者，不可食。蟹腹下有毛，杀人。蛇以桑柴烧之，则见足出。兽歧尾，鹿斑如豹，羊心有窍，悉害人。马夜眼⑪，五月以后，食之杀人。犬悬蹄，肉有毒。白马鞍下肉，伤人五脏。鸟自死目不闭，鸭目白，乌四距⑫，卵有八字，并杀人。凡飞鸟投人家，口中必有物，当拔而放之。赤脉不可断⑬，井水沸不可饮。酒浆无影者，不可饮。蝮与青蝰⑭，蛇中最毒；蛇怒时，毒在头尾。凡冢井间气，秋夏中之杀人，先以鸡毛投之，毛直下无毒，回旋而下不可犯，当以醋数斗浇之，方可入矣。颇梨⑮，千岁冰所化也。琉璃、马脑，先以自然灰煮之令软⑯，可以雕刻；自然灰生南海；马脑，鬼血所化也。

《玄中记》言⑰：枫脂入地为琥珀。《世说》曰⑱：桃溜入地所化也⑲。《淮南子》云⑳：兔丝㉑，琥珀苗也。

【注释】

①《隐诀》：道书名。即南朝陶弘景所撰《登真隐诀》。

②芯：同"瓜"。

③瓠（hù）：瓠瓜。

④穰（ráng）：稻、麦等的茎秆。

⑤陈菹（zū）：腌菜。

⑥莎衣：即蓑衣。蠷螋（qú sōu）：长脚蜈蚣。

⑦荐：席垫。

⑧天行：流行传染病。

⑨酐(gǎn)：同"黚"，皮肤黑。

⑩古榇板：古墓中的棺木。

⑪马夜眼：马四肢皮肤角质块，可入药。古时认为马有此能夜行，故名"夜眼"。

⑫距：爪子后面突出像脚趾的部分。

⑬赤脉：宋唐慎微《证类本草》卷五引唐陈藏器《本草拾遗》："水中亦有赤脉，不可断之。"

⑭青蛙(kuí)：一种毒蛇。

⑮颇梨：即玻璃。古代的玻璃指天然水晶石一类，不是现在的人造玻璃。

⑯自然灰：唐欧阳询《艺文类聚》卷八四引《南州异物志》："自然灰状如黄灰，生南海滨，亦可浣衣。"

⑰《玄中记》：又题作《郭氏玄中记》，晋郭璞撰，地理博物类志怪之作。

⑱《世说》：即《世说新语》，又作《世说新书》，南朝宋临川王刘义庆撰，梁刘孝标注。本书内容分为德行、言语、政事、文学等三十六门，记述了魏晋时期名士文人的言行风貌，反映了当时的社会情况和士林风尚，文字简洁而有文采，对后代叙事文学影响很大。

⑲桃瀋(shěn)：桃胶。按，今本《世说新语》未见此记载。

⑳《淮南子》：汉淮南王刘安及其门客撰，本名《鸿烈》，分内、外篇，内篇论道，外篇杂说，内容大体不出道家的自然天道观。

㉑兔丝：即菟丝，一种草本植物。

【译文】

《隐诀》记载太清外术：活人的头发挂在果树上，乌鸦等鸟儿不敢啄食果实。瓜有两个根蒂两个尾蒂，吃了以后会死人。房檐水滴在菜上有毒，堇黄花和赤芹有毒，吃了会死人。瓝瓜，牛踩踏了瓜苗，瓝子就苦。大醉之后不能躺在黍秆上，如果出汗就会眉发脱落。孕妇吃干姜，会让胎儿消融。十月吃经霜的菜，会使人面部没有光泽。三月不能吃腌菜。蓑衣结可以治疗蜈蚣疮。井口边的草主治小儿夜哭，放在母亲睡的席垫之下，不要让她知道。船底的青苔治疗流行传染病。寡妇睡的薰草席的草节，治疗小儿霍乱。自缢的绳子，可治疗癫狂。孝子的衣襟灰，可以美白。东边家门鸡栖的木头烧成灰，治疗失语。菜板垢能腐蚀鞋底。古棺木板用作琴底，可以调和阴阳，通神明。鱼有睫毛且眼睛会眨，腹内有自连珠，两只眼睛不同，鱼鳞连成片，白鳍，腹部下有红字，吃了都会死人。鳖的眼睛是白色的，腹部有五字、十字的，不能吃。蟹腹部有毛的，吃了会死人。蛇用桑柴去烧，就会露出蛇足。兽尾分叉，鹿的花斑像豹子，羊的心脏有窍，都会毒死人。马夜眼，五月以后，服用这种药会死人。狗悬着蹄子，这种狗肉有毒。白马的马鞍下的肉，伤人的五脏。鸟死以后眼睛不闭上，鸭子的眼睛是白色的，乌鸦有四只距，蛋有八字，吃了都会死人。凡是鸟儿飞到人家，口中必定有异物，应当为它拔除异物然后放飞。水的赤脉不能断，井水如果沸腾则不能饮用。酒浆照不见人影的，不能喝。蝮和青蝰，是最毒的两种蛇；蛇发怒时，蛇毒集中在头部和尾部。凡是坟墓、深井里的气体，夏秋季节有毒，要先拿根鸡毛扔下去，鸡毛垂直下落则没有毒，如果回旋下落则人不能下去，应当先用几斗醋浇下去，才能进入。颇梨，是千年的冰化成的。琉璃、玛瑙，先用自然灰煮过使之变软，可以雕刻；自然灰出自南海；玛瑙，是鬼的血液化成的。

《玄中记》说：枫树的树脂埋入地下，就变成了琥珀。《世说新语》说：琥珀是桃胶埋入地下化成的。《淮南子》说：菟丝是琥珀的苗。

11.19 鬼书惟有业煞[1]，刁斗出于古器[2]。

【注释】

①鬼书惟有业煞:《类说》卷五八引《法书苑》:"宋元嘉中,有人京口震死,臂有霹雳诸书四字,四字云:'业缘所杀。'断作鬼书。"

②刁斗:古代行军用具,白天烧饭,夜间击以报时警备。

【译文】

鬼书只有"业缘所杀",刁斗本为古时器物。

11.20 百体中①,有悬针书、垂露书、秦望书、汲冢书、金错书、虎爪书、倒薤书、偃波书、幡信书、飞白书、籀书、缪篆书、制书、列书、日书、月书、风书、署书、虫食叶书、胡书、篷书、天竺书、楷书、横书、芝英隶、钟隶、鼓隶、龙虎篆、麒麟篆、鱼篆、虫篆、鸟篆、鼠篆、牛书、兔书、草书、龙草书、狼书、犬书、鸡书、震书、反左书、行押书、楫书、藁书、半草书②。

【注释】

①百体:各种书体。唐张彦远《法书要录》卷二引庾元威《论书》:"其百体者,悬针书、垂露书、秦望书、汲冢书……"按,本条不译。

②悬针书:唐徐坚等《初学记》卷二一引王愔《文字志》:"悬针,小篆体也。字必垂画细末,细末纤直如悬针,故谓之悬针。"垂露书:唐徐坚等《初学记》卷二一引王愔《文字志》:"垂露书,如悬针而势不遒劲,阿那若浓露之垂,故谓之垂露。"金错书:唐徐坚等《初学记》卷二一引王愔《文字志》:"金错书,八体书法不图其形,或云以铭金石,故谓之金错。"虎爪书:唐徐坚等《初学记》卷二一引《决疑要注》:"尚书台召人用虎爪书,告下用偃波书,皆不可卒学,以防矫诈。"倒薤(xiè)书:唐徐坚等《初学记》卷二一引《文字志》:"倒薤书者,小篆体也。垂支浓直,若薤叶也,或云出扶风曹

喜,萧子良以为仙人务光所作。"偃波书:见"虎爪书"注。幡信书:唐徐坚等《初学记》卷二一:"秦焚烧先典,乃废古文,更用八体……五曰虫书,为虫鸟之形,施于幡信也。六曰署书,门题所用也。"飞白书:唐张彦远《法书要录》卷七引《书断》:"案飞白者,后汉左中郎将蔡邕所作也。王隐、王愔并云:'飞白变楷制也。本是宫殿题署,势既径丈,字宜轻微不满,名为飞白。'……(汉灵帝熹平年)时方修饰鸿都门,伯喈待诏门下,见役人以垩帚成字,心有悦焉,归而为飞白之书。"籀(zhòu)书:唐张彦远《法书要录》卷七引《书断》:"案籀文者,周太史史籀之所作也。与古文大篆小异,后人以名称善,谓之籀文。缪篆书:唐张彦远《法书要录》卷二引《论书表》:"时有六书……五曰缪篆,所以摹印也。"署书:见"幡信书"注。胡书:唐韦续《墨薮》卷一:"五十四胡书者,何马鬼魅王之所授,其形似小篆。"篷书:唐张彦远《法书要录》卷二引《论书》作"蓬书"。天竺书:唐韦续《墨薮》卷一:"五十五天竺书者,梵王所作,《涅槃经》所谓《四十二章经》也。"楷书:又作"真书"、"正书",唐宋以后,专指由隶书演变而来的正体书法,因其可为楷式,故名。芝英隶:唐韦续《墨薮》卷一:"三十二芝英书者,六国时,各以异体为符信所制也。"钟隶、鼓隶:唐张彦远《法书要录》卷二:"钟鼓隶(钟鼓隶释作钟鼎)。"麒麟篆:唐韦续《墨薮》卷一:"二十麒麟书者,鲁西狩获麟,仲尼反袂拭面,称'吾道穷',弟子为素王纪瑞所制书。"虫篆、鸟篆:唐韦续《墨薮》卷一:"二十二虫书者,鲁秋胡妻浣蚕所作。二十三传信鸟迹者,六国时书节为信,象鸟形也。"草书:始创于汉初,当时通行者为草隶。汉魏间草书称章草,各字不连绵。晋王献之又创诸字上下相连的草体。到唐代张旭、怀素,宋代米芾等又加发展,成字字连属的狂草。震书:即上条所说的"鬼书",也称"霹雳书"。反左书:唐张彦远《法书要录》卷二引《论书》:"反左书者,大同中,东宫学士孔敬通所创。余见而达之,于是座上酬答。诸君无有识者,遂呼为众中清闲法。今学者稍多,解者益寡。"行押书:唐张彦远《法书要录》卷二引《书断》:"(刘德昇)以造行书擅名。虽以草创,亦丰妍美,风流婉约,独步当时。胡昭、锺繇并师其法,世谓锺繇行押书是也。"藁书:唐张彦远《法书要录》卷七:"王愔云:'藁书者,若草非草,草行之际者。'非也。案藁亦草也,因草呼藁。正如真、正书写,而又涂改,亦谓之草藁,岂必草行之际谓之草者。"

11.21 召奏用虎爪书,诰下用偃波书①,为不可学,以防诈伪。

【注释】

①诰:训诫或任命封赠的文告。隋唐以后帝王授官、封赠、贬谪亦用诰。按,本条另参上条"虎爪书"注。

【译文】

召奏使用虎爪书,制诰使用偃波书,因为这两种书体无法仿学,可以防止伪造。

11.22 谢章诏板用蚋脚书①,节信用鸟书②,朝贺用填书③,亦施于婚姻。

【注释】

①谢章:谢表,唐宋时期,外任官到任或升除,或内廷有所宣赐,例有四六句谢表。诏板:皇帝的命令文告,古时将诏书书写于板上,故称诏书为"诏板"。蚋(ruì)脚书:即蚊脚书,唐韦续《墨薮》

卷一:"三十八蚊脚书者,尚诏版也。其字仄纤垂下,有似蚊脚。"

②节信:使臣执以示信之文。鸟书:唐张彦远《历代名画记》卷一:"按字学之部,其体有六:……六鸟书。在幡信上书端,象鸟头者,则画之流也。"

③朝贺:向君王朝拜祝贺。填书:唐韦续《墨薮》卷一:"十四填书者,亦周之媒氏作,魏韦诞用题宫阙。王廙、王隐皆好之。"

【译文】

谢章诏板用蚊脚书,节信用鸟书,朝贺用填书,也用于有关婚姻的文书。

11.23 西域书①,有驴唇书、莲叶书、节分书、大秦书、驮乘书、牸牛书、树叶书、起尸书、右旋书、覆书、天书、龙书、鸟音书等,有六十四种。

【注释】

①按,本条所载,见于《佛本行集经》卷一一:"尔时太子既初就学,将好最妙牛头栴檀作于书板,纯用七宝庄严四缘,以天种种殊特妙香涂其背上,执持至于毗奢蜜多阿阇梨前,而作是言:'尊者阇梨,教我何书?或复梵天所说之书,佉卢虱吒书(隋言驴唇),富沙迦罗仙人说书(隋言莲花),阿迦罗书(隋言节分),瞢伽罗书(隋言吉祥),耶寐尼书(隋言大秦国书)……耶那尼迦书(隋言驮乘),娑伽婆书(隋言牸牛),波罗婆尼书(隋言树叶)……毗多茶书(隋言起尸)……度其差那婆多书(隋言右旋)……阿婆勿陀书(隋言覆)……提婆书(天),那伽书(龙)……迦迦娄多书(鸟音)……'尔时太子说是书已,复咨蜜多阿阇梨言:'此书凡有六十四种,未审尊者教我何书?'"

【译文】

西域书体,有驴唇书、莲叶书、节分书、大秦书、驮乘书、牸牛书、树叶书、起尸书、右旋书、覆书、天书、龙书、鸟音书等,共有六十四种。

11.24 胡综博物①。孙权时,掘得铜匣,长二尺七寸,以琉璃为盖,又一白玉如意,所执处皆刻龙虎及蝉形,莫能识其由。使人问综,综曰:"昔秦皇以金陵有天子气②,平诸山阜,处处辄埋宝物,以当王气。此盖是乎?"

【注释】

①胡综(? —243):字伟则,汝南固始(今河南太康)人。初为孙权从事。权为吴主,封为亭侯,后为侍中,进封乡侯,兼领军。

②昔秦皇以金陵有天子气:《晋书》卷六:"始秦时,望气者云:'五百年后,金陵有天子气。'故始皇东游以厌之,改其地曰秣陵,堑北山以绝其势。"

【译文】

胡综博学多知。孙权为吴主时,挖到一只铜匣,长二尺七寸,用琉璃做的匣盖,又有一柄白玉如意,手持的地方都刻着龙虎形状以及蝉形,没有人能明白其中的缘由。派人去问胡综,胡综回答说:"当年秦始皇因为金陵有天子之气,所以就铲平了远近山头,处处埋藏宝物以阻挡王气。这件如意大概就是当时埋的吧?"

11.25 邓城西百余里有谷城①,谷伯绥之国。城门有石人焉,刊其腹云:"摩兜鞬,摩兜鞬,慎莫言②。"疑此亦同太庙金人缄口铭③。

【注释】

①邓城:在今湖北襄阳西北。谷城:在今湖北谷城北。

②摩兜鞬,摩兜鞬,慎莫言:唐欧阳询《艺文类聚》卷六三引《荆州记》:"樊城西北有鄾城,西百余里有谷城,谷伯绥之国。城门有石人焉。刊其腹云:'摩兜鞬,摩兜鞬,慎莫言。'疑此亦周太史庙金人缄口铭背之流也。'"

③太庙金人缄口铭:汉刘向《说苑》卷十:"孔子之周,观于太庙。右陛之前,有金人焉,三缄其口,而铭其背曰:'古之慎言人也。戒之哉!戒之哉!无多言,多言多败;无多事,多事多患。'"太庙,天子的祖庙。

【译文】

邓城西边一百多里有谷城,是当年谷伯绥所建之国。城门有个石人,石人腹部刻着:"摩兜鞬,摩兜鞬,慎莫言。"估计这也和太庙的金人缄口铭差不多。

11.26 历城北二里有莲子湖,周环二十里。湖中多莲花,红绿间明,乍疑濯锦①。又渔船掩映,罟罾疏布②,远望之者如蛛网浮杯也。魏袁翻曾在湖燕集③,参军张伯瑜咨公言④:"向为血羹⑤,频不能就。"公曰:"取渌水⑥,必成也。"遂如公语,果成。时清河王怪而异焉⑦,乃咨公:"未审何义得尔?"公曰:"可思湖目。"清河笑而然之,而实未解,坐散,语主簿房叔道曰⑧:"湖目之事,吾实未晓。"叔道对曰:"藕能散血,湖目莲子,故令公思。"清河叹曰:"人不读书,其犹夜行⑨。二毛之叟⑩,不如白面书生⑪。"

【注释】

①濯(zhuó)锦：唐李肇《唐国史补》卷下："蜀人织锦初成，必濯于江水，然后文采焕发。"

②罟罾(zēng)：渔网。

③袁翻(476—528)：字景翔，陈郡项(今河南项城)人。仕北魏，曾为齐州刺史。

④参军：职官名。东汉末有参军事之名，即参谋军务，简称"参军"，位任颇重。晋以后军府和王国始置为官员，有单称的，也有冠以职名的，如咨议、记室、录事以及诸曹参军等。

⑤血羹：用动物血制作的凝固状食物。故下文解释制作血羹不成的原因是"藕能散血"。

⑥泺(luò)水：河流名。源出历城(今济南)，北入古济水(此段今为黄河)。

⑦清河王：即为元怿(487—520)。魏孝文帝之子，封清河王，其后长子元亶(？—537)袭封清河王。据《魏书》袁翻本传，袁翻为齐州刺史时间应在正光(520—525)年间，故这里的清河王指的是元亶。

⑧主簿：职官名。汉代以后，中央及地方各级官府均设主簿，负责文书簿籍，掌管印鉴，为掾吏之首。

⑨人不读书，其犹夜行：汉刘向《说苑》卷三："晋平公问于师旷曰：'吾年七十，欲学，恐已暮矣。'师旷曰：'何不炳烛乎？'平公曰：'安有为人臣而戏其君乎？'师旷曰：'盲臣安敢戏其君乎？臣闻之：少而好学，如日出之阳；壮而好学，如日中之光；老而好学，如炳烛之明。炳烛之明，孰与昧行乎？'平公曰：'善哉！'"

⑩二毛：头发花白。

⑪白面书生：少年文士。含年轻识浅之意。

【译文】

　　历城北边二里有莲子湖,环湖二十里。湖中盛产莲花,红花绿叶相互映衬,乍一看像是濯锦一般。又有渔船穿行于莲叶之间,渔网疏疏落落布在湖中,远远望去就像蛛网和流杯一样。北魏袁翻曾经在湖上宴集,参军张伯瑜请教袁公说:"先前我用湖水制作血羹,怎么也制不成。"袁公说:"取沴水来制作,一定能做成。"于是照袁公的话去做,果然制成了。当时清河王对此感到非常奇怪,就问袁公:"不清楚这是个什么道理?"袁公说:"请想想湖名。"清河王笑着表示理解,而实际上并没有弄明白,宴集散了,对主簿房叔道说:"湖名的事,我真没弄懂。"叔道回答说:"藕能化血,这个湖名为莲子,所以让您想想湖名。"清河王叹息说:"人不读书,就像摸黑走路一样。头发花白的老人,比不上读书的少年文士。"

　　11.27 梁主客陆缅谓魏使尉瑾曰①:"我至邺,见双阙极高,图饰甚丽。此间石阙亦为不下。我家有荀勖所造尺②,以铜为之,金字成铭,家世所宝此物。往昭明太子好集古器③,遂将入内。此阙既成,用铜尺量之,其高六丈。"瑾曰:"我京师象魏④,固中天之华阙。此间地势过下,理不得高。"魏肇师曰⑤:"荀勖之尺,是积黍所为,用调钟律,阮咸讥其声有湫隘之韵。后得玉尺度之,过短⑥。"

【注释】

①主客:主客郎中。职官名。尉瑾:字安仁,仕魏为中书舍人,入北齐,累迁吏部尚书、右仆射。

②荀勖(xù):字公曾,颍川(今河南许昌)人。魏大将军曹爽掾吏,后仕于晋。

③昭明太子：即为萧统（501—531），字德施。梁武帝长子，天监元
年（502）立为皇太子。病卒，谥昭明。编有《文选》。

④象魏：宫廷外的阙门。古代宫廷门外两边各有一台，上作楼观，
上圆下方，门在两旁，中央为道，称作"象魏"。

⑤肇师：即为崔肇师。东魏武定（543—550）末年中书舍人。

⑥"荀勖之尺"六句：南朝宋刘义庆《世说新语·术解》："荀勖善解
音声，时论谓之'暗解'，遂调律吕，正雅乐。每至正会，殿庭作
乐，自调宫商，无不谐韵。阮咸妙赏，时谓'神解'。每公会作乐，
而心谓之不调。既无一言直勖，意忌之，遂出阮为始平太守。后
有一田父耕于野，得周时玉尺，便是天下正尺，荀试以校己所治
钟鼓、金石、丝竹，皆觉短一黍，于是伏阮神识。"许逸民注评《酉
阳杂俎》："这里写的是一段精彩的外交辞令……这三人的对
话表面上是比较梁、魏两国宫殿门阙的高低，实则双方都是把门
阙当作国家的象征……另外，魏肇师的话还有一层意思，说你们
梁朝用铜尺，我们东魏用玉尺，玉尺是周尺，证明我国与周文王、
周武王一脉相承，是正统，你们用铜尺，只能算是后起的旁支。"
积黍，古时度量衡定制，均以黍为准。长度即取黍的中等子粒，
一个纵黍为一分，百黍即为一尺。钟律，乐律。阮咸，字仲容，陈
留（今河南开封）人。阮籍之侄，"竹林七贤"之一。湫（jiǎo）隘，
低下狭小。

【译文】

梁朝主客郎中陆缅对魏使尉瑾说："我到邺城，看见双阙很高，装饰
很华丽。我们这里的石阙也不比你们的差。我家里有一把荀勖所造的
尺子，用铜制成，铭文是金字，是我家的传家宝物。以前昭明太子喜欢
搜集古玩，就带进宫里去了。这双阙建成之后，用铜尺量了一下，足有
六丈高。"尉瑾对答说："我国都城的双阙，本为高薄云天的华阙。贵国
地势低洼，按理推断双阙是不会有多高的。"魏崔肇师接着说："荀勖的

那把尺子,是积黍而成的,用来调定乐律,阮咸就讽刺说乐声偏低,音域不广。后来得到周朝的玉尺再进行调校,发现铜尺的确太短了。"

11.28 旧说不见辅星者①,将死。成式亲故常会修行里②,有不见者,未周岁而卒。

【注释】

①辅星:星名。北斗第四星旁的一颗小星。

②修行里:即修行坊。唐代长安城坊。

【译文】

传说看不见辅星的人,即将死去。我的亲朋故旧经常在修行坊聚会,其中有一位看不见辅星,不到一年就去世了。

11.29 相传识人星不患疟①,成式亲识中,识者悉患疟。又俗不欲看天狱星②,有流星入,当被发坐哭之,候星却出,灾方弭。《金楼子》言③:"余以仰占辛苦④,侵犯霜露,又恐流星入天牢。"方知俗忌之久矣。

【注释】

①人星:星名。《隋书·天文志上》:"东近河边七星曰车府,主车之官也。车府东南五星曰人星,主静众庶,柔远能迩。一曰卧星,主防淫。"

②天狱星:天牢星。《史记·天官书》:"杓端有两星,一内为矛,招摇;一外为盾,天锋。有句圉十五星,属杓,曰贱人之牢。其牢中星实则囚多,虚则开出。"《索隐》:"《诗记历枢》云:'贱人牢,一曰天狱。'"

③《金楼子》:梁元帝萧绎撰。萧绎在藩时,以金楼子自号,故为书
　　名。其书综括古今事迹,兼有劝诫之意。
④仰占:仰观天象。

【译文】

　　相传能够识别人星的人不患疟疾,我的亲友熟人当中,认得人星的
都患疟疾。又俗话说不要看天牢星,如果看见流星飞入天牢星,要披散
头发坐着哭,一直等到流星飞出天牢星,这样才可以免灾。《金楼子》
说:"我觉得夜观天象很辛苦,要受夜间霜露之苦,又害怕看到流星飞入
天牢。"我这才知道民俗忌讳这个已经很久了。

　　11.30 荆州陟屺寺僧那照善射,每言射之法:"凡光长而
摇者鹿,帖地而明灭者兔①,低而不动者虎。"又言:"夜格虎
时,必见三虎并来,夹者虎威②,当刺其中者。虎死,威乃入
地,得之可却百邪。虎初死,记其头所藉处③,候月黑夜掘
之。欲掘时,而有虎来,吼掷前后,不足畏,此虎之鬼也。深
二尺,当得物如虎珀,盖虎目光沦入地所为也。"

【注释】

①明灭:时隐时现,闪烁不定。
②虎威:虎为猛兽,威风凛凛,传说其两胁皮内及尾部有威骨,长寸
　　余,年深曲成乙字,又叫"虎乙"。随身佩戴虎乙,可以避邪。
③藉:枕藉,卧。

【译文】

　　荆州陟屺寺僧那照擅长射猎,经常讲起射猎的方法:"凡是目光很
长而摇动的是鹿,贴在地上一闪一闪的是兔,目光低伏不动的是老虎。"
又说:"夜晚打虎时,一定会看见三只老虎一齐扑过来,左右两边的是虎

威,应当刺当中的那只。老虎死了,虎威钻入地下,找到后可以避除各种邪祟。老虎刚死的时候,要记住它的头部枕卧的地方,等到漆黑无月的夜晚再来挖掘。开始挖掘时,会有老虎前来,在周围怒吼扑腾,不要怕,这是老虎的魂魄。向下挖两尺深,会得到形如琥珀的东西,是这老虎的目光沉没入地而形成的。”

11.31 又言:雕翎能食诸鸟羽。复善作“风羽”。风羽法:去括三寸①,钻小孔,令透筈;及镂风渠②,深一粒,自括达于孔,则不必羽也③。

【注释】

①括:同“栝(guā)”,箭尾扣弦处。

②镂(sōu):刻镂。

③羽:箭羽。

【译文】

又有这样的说法:雕的羽翎可以制御其他鸟类的羽毛。那照又善于制作“风羽”。制作方法是:在距离箭栝三寸处,钻小孔,要钻透箭杆;另外刻镂一条风槽,有一粒米那么深,从箭栝一直到那个小孔,这样就不需要羽毛做箭翎了。

11.32 道士郭采真言:“人影数至九。”成式常试之,至六七而已,外乱莫能辨。郭言:“渐益炬,则可别。”又说:九影各有名,影神一名右皇,二名魍魉①,三名泄节枢,四名尺鬼,五名索关,六名魄奴,七名灶图(旧抄九影名在麻面纸中,向下两字鱼食不记)②,八名亥灵胎,九(鱼全食不辨)。

【注释】

①魍魉(wǎng liǎng)：鬼怪精灵。

②囟：音 yāo。鱼：白鱼，又名"蠹鱼"。一种小昆虫，银白色，会蛀蚀书籍、衣物等。

【译文】

道士郭采真说："人影的数目多至九个。"我曾经试着数了一下，最多六七个罢了，其余的散乱不能分辨。郭说："逐渐增加蜡炬，就可以辨别。"又说：九个影子各有各的名称，影神一名为右皇，二名为魍魉，三名为泄节枢，四名为尺兔，五名为索关，六名为魄奴，七名为灶囟(先前九影之名抄在麻面纸上，下面两个字被白鱼蛀蚀掉了)，八名为亥灵胎，九(白鱼全部蛀食看不清)。

11.33 宝历中，有王山人，取人本命日，五更张灯①，相人影，知休咎。言人影欲深，深则贵而寿；影不欲照水、照井及浴盆中，古人避影亦为此。古蠼螋、短狐、踏影蛊②，皆中人影为害。近有人善炙人影治病者③。

【注释】

①五更：古以漏刻计时，从傍晚到次日清晨分为五个时段，五更相当于凌晨三至五时。

②短狐：即蜮(yù)。传说水中的一种怪物，能含沙射人影，使人得病。蛊(gǔ)：把百虫放在器皿中，使之互相吞食，最后剩下不死的毒虫就叫蛊。

③炙：应作"灸"。

【译文】

宝历年间，有位王山人，在人的本命日这天，五更时分点燃灯烛，占相人影,知晓吉凶。他说人影越深越好,影越深就越是富贵长寿;人影不能照在水里、井里或是浴盆里,古人避免这类照影也就是因为这些影子浅的缘故。古代螅蜽、短狐、踏影蛊,都以攻击人影为害。近来有人善于针灸人影治病的。

　　11.34 都下佛寺①,往往有神像,鸟雀不污者。凤翔山人张盈②,善飞化甲子③,言:“或有佛寺金刚鸟不集者④,非其灵验也,盖由取土处及塑像时,偶与日辰旺相相符也⑤。”

【注释】

①都下:京城。

②凤翔:今属陕西。

③飞化甲子:养生延年。

④金刚:佛教术语。此处指佛教护法神,手执金刚杵,因以为名。

⑤旺相:方术之士指得时运。如春三月为木旺、火相、土死、金囚、水休;夏三月为火旺、土相、金死、水囚、木休等。时值旺相,则诸事吉利。

【译文】

　　京城佛寺里,常有很多神像鸟雀不会在上面拉屎。凤翔山人张盈,善于养生延年,他说:“有些佛寺的金刚像飞鸟不会翔集在上面,并不是因为它灵验,而是取土的地方和塑像的时间,偶然和日辰的旺相两相符合的缘故。”

　　11.35 又言:相寺观当阳像,可知其贫富。故洛阳修梵寺有金刚二①,鸟雀不集。元魏时②,梵僧菩提达摩称得其真像也③。

【注释】

①修梵寺：北魏杨衒之《洛阳伽蓝记》卷一："修梵寺，在青阳门内御
　　道北。……修梵寺有金刚，鸠鸽不入，鸟雀不栖。菩提达磨云得
　　其真相也。"

②元魏：北魏。

③菩提达摩（？—536？）：省称"达摩"。本名菩提多罗，姓利帝利，
　　南天竺（今印度）人。在梁普通元年（520）来到中华，梁武帝迎至
　　金陵，后渡江至魏，止嵩山少林寺，面壁九年而化，为中华禅宗
　　初祖。

【译文】

又说：占视寺院道观朝阳的神像，可以知晓寺观的贫富。以前洛阳
修梵寺有两座金刚像，鸟雀不会翔集在上面。元魏时，天竺僧人菩提达
摩说得到了金刚的真像。

11.36 或言："龙血入地为琥珀。"《南蛮记》①："宁州沙中
有折腰蜂②，岸崩则蜂出。土人烧治，以为琥珀。"

【注释】

①《南蛮记》：即唐代樊绰所撰《蛮书》。

②宁州：南宁州，在今云南曲靖南。

【译文】

有人说："龙血入地，化为琥珀。"《南蛮记》："南宁州的沙土中有一
种折腰蜂，沙岸崩塌蜂子就会飞出来。当地人烧炼此蜂，制成琥珀。"

11.37 李洪山人善符篆①，博知，常谓成式："瓷瓦器璺者
可弃。昔遇道者，言雷蛊及鬼魅多遁其中。"

【注释】

①符箓:道教术语。役使鬼神的神秘文字或符号。

【译文】

李洪山人善于书画符箓,博闻多识,曾经对我说:"瓷器和陶器有了裂纹的,最好丢弃。以前遇见一位道士,说雷盅及鬼怪经常隐藏在这些裂纹里。"

11.38 近佛画中有天藏菩萨、地藏菩萨①,近明谛观之②,规彩铄目③,若放光也。或言以曾青和壁鱼设色④,则近目有光。又往往壁画僧及神鬼,目随人转,点眸子极正则尔。

【注释】

①天藏菩萨:菩萨名。佛典中较少见。《大方广十轮经》卷三:"尔时大梵天,名曰天藏,久殖善根,住第十地,是大菩萨摩诃萨。是时众中有天藏大梵,从座而起,整其衣服,右膝着地,以偈问佛。"地藏菩萨:佛教四大菩萨之一,汉化佛教以九华山为其道场。据《地藏菩萨本愿经》,其于如来圆寂之后,弥勒菩萨成道之前的无佛时代,自誓度尽六道众生而后成佛。因其安忍不动如大地,静虑深密如秘藏,故名"地藏"。

②谛观:仔细观察。

③规彩:佛像顶上圆轮状的光彩。

④曾青:即铜矿砂,可作颜料。壁鱼:即白鱼,研细后为银色粉末。设色:涂色、着色。

【译文】

近来佛教壁画里有天藏菩萨、地藏菩萨,在明亮的地方仔细观察,规彩耀眼,好像放出光芒一样。有人说用曾青和壁鱼粉着色,眼睛凑近看就会放光。又壁画中的僧人及鬼神,眼睛会跟着人的移动而转动,画像点睛时恰到妙处就会有这种效果。

11.39 秀才顾非熊言①:"钓鱼当钓其有旋绕者。失其所主,众鳞不复去,顷刻可尽。"

【注释】

①顾非熊(?—854):苏州人。顾况之子,有诗名。

【译文】

秀才顾非熊说:"钓鱼应当钓那只有鱼群环绕的鱼。鱼群之首被钓起后,其他鱼儿不会离开,一会儿就可以全部钓上来。"

11.40 慈恩寺僧广升言①:贞元末,阆州僧灵鉴善弹。其弹丸方,用洞庭沙岸下土三斤,炭末三两,瓷末一两,榆皮半两,泔淀二勺②,紫矿二两,细沙三分,藤纸五张③,渴拓汁半合④,九味和捣三千杵,齐手丸之,阴干。郑彙为刺史时,有当家名寅⑤,读书善饮酒,彙甚重之。后为盗,事发而死。寅常诣灵鉴角放弹⑥,寅指一树节,其节目相去数十步⑦,曰:"中之,获五千。"一发而中,弹丸反射不破。至灵鉴,乃陷节碎弹焉⑧。

【注释】

①慈恩寺:唐代名寺,其址在今陕西西安。本为隋朝无漏寺故地,贞观年间高宗李治为太子时,为其母长孙皇后而建,故名"慈

恩"。玄奘法师自西域归国,曾驻锡该寺译经八年,并倡议在寺旁建雁塔,用来收藏从印度带回来的经像。该寺全盛时期有十余院,一千八百余室。神龙(705—707)年间以后,进士登科,即行曲江赐宴,雁塔题名。大诗人杜甫、岑参、白居易等人均有慈恩寺诗。

②泔:做饭洗米菜或洗碗用过的水。

③藤纸:藤皮纸。

④渴拓汁:不详。

⑤当家:本家。

⑥角:较量。

⑦节目:枝干结节。

⑧至灵鉴,乃陷节碎弹焉:《太平广记》卷二二七引《酉阳杂俎》为:"灵鉴控弦,百发百中,皆节陷而丸碎焉。"

【译文】

慈恩寺和尚广升说:贞元末年,阆州僧人灵鉴擅长射弹子。他制作弹丸的配方是,用洞庭湖沙岸下的土三斤,炭灰三两,瓷粉一两,榆皮半两,泔水沉淀两勺,紫矿二两,细沙三分,藤皮纸五张,渴拓汁半盒,九种原料和在一起,再捣三千杵,一齐动手团成弹丸,放在阴凉处晾干。郑彙任阆州刺史时,有位本家郑寅,喜欢读书饮酒,郑彙很器重他。后来郑寅当了盗贼,事情败露被处死。郑寅经常到灵鉴和尚那里去较量射弹子,郑寅指着一个树节,树节距离有几十步远,说:"如果射中,获奖励五千。"说完射出一弹,命中树节,弹丸又反弹回来,没有破裂。该灵鉴了,一弹射出,深陷树节之中,弹丸破碎了。

11.41 王彦威尚书在汴州之二年①,夏旱。时袁王傅季玘过汴②,因宴,王以旱为言,季醉,曰:"欲雨甚易耳。可求蛇医四头③,十石瓮二枚④,每瓮实以水,浮二蛇医,以木盖密泥之，分置于闹处。瓮前后设席烧香，选小儿十岁以下十余，令执小青竹，昼夜更击其瓮，不得少辍。"王如言试之，一日两夜，雨大注。旧说，龙与蛇师为亲家焉。

【注释】

①王彦威：太原人。开成元年(836)召拜户部尚书，累官礼部、兵部尚书，卒赠右仆射。按，本条所载内容，另有可以相互参看者。宋代曾慥《类说》卷一六："熙宁中，京师久旱，按古人坊巷以瓮贮水插柳枝，泛蜥蜴，小儿呼曰：'蜥蜴蜥蜴，兴云吐雾。降雨滂沱，放汝归去。'时蜥蜴不能尽得，往往以蝎虎代之，入水即死。小儿更曰：'冤苦冤苦，我是蝎虎。似恁昏沉，怎得甘雨。'"

②袁王：即为李绅(？—860)。唐顺宗第十九子(非诗人李绅)。傅：特指帝王或诸侯之子的老师。

③蛇医：即蜥蜴。下文的"蛇师"亦此。

④石：古代容量单位，十斗为一石。

【译文】

王彦威尚书在汴州的第二年，夏天大旱。当时袁王傅季玘路过汴州，王尚书为他举行宴会，席间说起天旱的事，季玘略带醉意说："想要下雨，太简单了。去找四只蜥蜴，两口十石的瓮，每口瓮都装上水，把两只蜥蜴放在里面，用木盖盖上，用泥封严密，分别放置在人多的地方。瓮的前后放置香案，点上香，选十多个十岁以下的儿童，让他们拿根小青竹竿，不分昼夜轮流击打水瓮，不能有片刻中断。"王尚书照他的话去做，一天两夜之后，大雨如注。传说龙和蜥蜴是亲家。

语资

【题解】

本篇共二十六条,记载名人逸事和历史掌故,同于六朝志人笔记一类。首条至 12.9 条为南北朝事,其中 12、2 条、12.3 条、12.4 条、12.5 条、12.8 条,记载的是南北朝时外交场合宾主酬酢的情形,且均为梁宴魏使时双方外交人员的引经据典,竞骋谈锋,戏谑讥嘲,夸露才华,宜与本书 1.24 条、1.25 条、1.26 条、3.50 条、3.51 条、7.5 条、11、27 条、18.30 条相互参看。第 12.10 条至本篇末为唐朝事。其中 12.10 条至 12.12 条记载隋末唐初单雄信、秦叔宝、徐勣逸事;第 12.13 条至 12.17 条,以及 12.25 条,记载唐玄宗时逸史;第 12.18 条至 12.20 条,记载王勃、张说、李白逸事,王勃的"腹稿"典故,高力士为李白脱靴,众所熟知,而以此为最早记载;其余则为中唐时期的事情。

12.1 历城县魏明寺中有韩公碑①,太和中所造也②。魏公曾令人遍录州界石碑③,言此碑词义最善,常藏一本于枕中,故家人名此枕为麒麟函。韩公讳麒麟④。

【注释】

①韩公:即为韩麒麟(432—488),昌黎棘城(今辽宁义县西北)人。

魏孝文帝时,拜给事黄门侍郎。曾任齐州刺史。

②太和:北魏孝文帝元宏年号(477—499)。

③魏公:应指魏收(506—572),字伯起,钜鹿下曲阳(今河北晋州西)人。北朝齐诗人、骈文家。本篇12.2条、12.6条、12.7条均记其事。

④讳:名讳。

【译文】

历城县魏明寺里有一方韩公碑,魏太和年间建造。魏公曾让人广泛抄录州境之内的碑文,说这块碑的碑文词义最好,经常藏一本在枕头里,所以家人把这个枕头叫作麒麟函。韩公的名讳是麒麟。

12.2 庾信作诗用《西京杂记》事①,旋自追改,曰:"此吴均语②,恐不足用也。"魏肇师曰:"古人托曲者多矣,然《鹦鹉赋》,祢衡、潘尼二集并载③;《弈赋》,曹植、左思之言正同④。古人用意,何至于此?"君房曰⑤:"词人自是好相采取,一字不异,良是后人莫辨。"魏尉瑾曰:"《九锡》或称王粲⑥,《六代》亦言曹植⑦。"信曰:"我江南才士,今日亦无。举世所推如温子昇⑧,独擅邺下,常见其词笔,亦足称是远名。近得魏收数卷碑⑨,制作富逸,特是高才也。"

【注释】

①庾信(513—581):字子山,祖籍南阳新野(今属河南),徙居江陵(今湖北荆州)。初为梁昭明太子东宫侍读,又为简文帝萧纲东宫学士,累官尚书度支郎、通正员外郎、建康令、御史中丞。承圣三年(554)出使西魏期间,梁亡,遂被迫羁留长安,历仕西魏、北周。庾信为一代大诗人,其诗先以宫体著名,至北方后一变而为

沉郁苍凉,其赋亦卓然大家,颇多名篇。《西京杂记》:作者说法不一,有刘歆、葛洪、吴均、萧贲等,周天游断为葛洪,书中所记皆西汉遗文轶事,间有怪诞异闻。本书所引,即据周天游校注本。

②吴均(469—520):字叔庠,吴兴故鄣(今浙江安吉西北)人。仕梁,南朝文学家。

③祢(mí)衡(173—198):字正平,东汉后期平原般(今山东临沂东北)人。文学家。《后汉书·祢衡传》:"(黄射)时大会宾客,人有献鹦鹉者,射举卮于衡曰:'愿先生赋之,以娱嘉宾。'衡揽笔而作,文无加点,辞采甚丽。"潘尼(247?—311?):字正叔,荥阳中牟(今属河南)人。晋朝诗人,与从叔潘岳并称"两潘"。

④曹植(192—232):字子建。曹操第四子,曹丕同母弟。建安十六年(211)封平原侯。曹丕即位后,屡遭屏斥,郁郁而终,谥思,后世称其"陈思王"。曹植志在建功立业,而其成就实在文学,允为建安文学之雄。大诗人谢灵运狂傲自负,而独倾倒于曹植,谓"天下才有一石,曹子建独占八斗"。左思(252?—306?):字太冲,临淄(今属山东)人。晋朝诗人、辞赋家。其《三都赋》之作,名动一时,豪贵之家竞相抄写,洛阳为之纸贵。

⑤君房:即为徐君房。梁朝人,曾和庾信同聘魏朝。

⑥《九锡》:即《册魏公九锡文》,《文选》署名潘勖。九锡,帝王优礼大臣,所赐的九种物品(车马、衣服、乐则、朱户、纳陛、虎贲、弓矢、斧钺、秬鬯),到魏晋南北朝时期,掌政大臣夺取政权建立新王朝之前,都加九锡。王粲(177—217):字仲宣,山阳高平(今山东邹平)人。建安时期著名辞赋家。

⑦《六代》:即《六代论》,《文选》署名曹冏。六代,指夏、殷、周、秦、汉、魏六朝。

⑧温子昇(495—547):字鹏举,济阴冤句(今山东菏泽西南)人。北魏诗人。

⑨魏收(506—572):详12.1条注③。

【译文】

　　庾信写诗使用《西京杂记》的典故,很快自己又涂改了,说:"这是吴均的话,恐怕不能用。"魏朝崔肇师说:"古人假托他人的很多,《鹦鹉赋》,祢衡、潘尼两人的文集中都有收录;《弈赋》,曹植、左思所写的正好相同。古人创作构思,怎么可能是这样呢?"徐君房说:"文人自然是喜欢相互借用,一字不差,让后人很难分辨。"魏朝尉瑾说:"《九锡》有说是王粲所作,《六代》也有人说是曹植所作。"庾信说:"我江南地区的才士,到现在也没有了。举世推崇的温子昇,在邺下文坛独领风骚,我经常读到他的文章,也足以名传四方。近来读到魏收所写的几卷碑文,文辞丰赡超迈,真是杰出的才士啊。"

　　12.3 梁遣黄门侍郎明少遐、秣陵令谢藻、信威长史王缵冲、宣城王文学萧恺、兼散骑常侍袁狎、兼通直散骑常侍贺文发①,宴魏使李骞、崔劼,温凉毕②,少遐咏骞赠其诗曰:"萧萧风帘举,依依然可想。"骞曰:"未若'灯花寒不结',最附时事。"少遐报诗中有此语。劼问少遐曰:"今岁奇寒,江淮之间,不乃冰冻?"少遐曰:"在此虽有薄冰,亦不废行,不似河冰一合,便胜车马。"狎曰:"河冰上有狸迹③,便堪人渡。"劼曰:"狸当为狐,应是字错。"少遐曰:"是。狐性多疑,鼬性多预④,狐疑犹预⑤,因此而传耳。"劼曰:"鹊巢避风⑥,雉去恶政⑦,乃是鸟之一长;狐疑鼬预,可谓兽之一短也。"

【注释】

①黄门侍郎:职官名。始设于秦,汉代沿置,因为给事于黄门之内,故称。东汉时,给事中与黄门侍郎并为一官,故又称"给事黄门

侍郎",出入禁中,省尚书事;唐代或称"东台侍郎"、"鸾台侍郎",天宝以后为"门下侍郎"。黄门,黄色宫门。明少退:字处默,侯景之乱奔魏,后仕北齐。谢藻:历官公府祭酒、主簿、县令等。信威长史:职官名。信威,即信威将军。长史,军府属官。文学:职官名。汉代州郡及王国皆置文学,相当于教官,后代沿置。萧恺(506—549):兰陵(今江苏常州)人。曾官宣城王文学,官终侍中。散骑常侍:职官名。侍从皇帝左右,掌讽议,隋代以前职位清显,以后则渐不见重。通直散骑常侍:职官名。《宋书·百官下》:"通直散骑常侍四人。魏末散骑常侍又有在员外者,晋武帝使二人与散骑常侍通直,故谓之通直散骑常侍。"通直,轮流值班。

②温凉:寒暄。

③河冰上有狸迹:北魏郦道元《水经注》卷一:"(《述征记》)曰寒则冰厚数丈。冰始合,车马不敢过,要须狐行,云此物善听,冰下无水乃过。人见狐行,方渡。余按《风俗通》云:里语称狐欲渡河,无如尾何? 且狐性多疑,故俗有狐疑之说。"

④鼬(yòu):俗称黄鼠狼。

⑤犹预:迟疑不决。又写作"犹与"、"由与"、"犹夷"、"犹豫"等,依声取义,本无定字。以犹、预为二兽之名,是误解。

⑥鹊巢避风:西汉刘安《淮南子》卷十:"鹊巢知风之所起。"高诱注:"岁多风则鹊作巢卑。"

⑦雉去恶政:《后汉书·鲁恭传》:"建初七年,郡国螟伤稼,犬牙缘界,不入中牟。河南尹袁安闻之,疑其不实,使仁恕掾肥亲往廉之。(中牟令)恭随行阡陌,俱坐桑下,有雉过,止其傍。傍有童儿,亲曰:'儿何不捕之?'儿言:'雉方将雏。'亲瞿然而起,与恭诀曰:'所以来者,欲察君之政迹耳。今虫不犯境,此一异也;化及鸟兽,此二异也;竖子有仁心,此三异也。久留,徒扰贤者耳。'还

府,具以状白安。是岁嘉禾生。"

【译文】

　　梁朝派黄门侍郎明少遐、秣陵令谢藻、信威长史王缵冲、宣城王文学萧恺、兼散骑常侍袁狎、兼通直散骑常侍贺文发,宴请魏朝使者李骞、崔劼,寒暄完毕,少遐咏李骞赠给他的诗:"萧萧风帘举,依依然可想。"李骞说:"比不上'灯花寒不结',最切近眼前。"少遐的赠答诗里有这一句。崔劼问少遐:"今年特别冷,江淮一带河流,怕是要结冰吧?"少遐说:"这里虽然有薄冰,也不影响行船,不像黄河一结冰,就可以承载车马。"接着开玩笑说:"河冰上面有狸的脚印,人就可以在冰上行走。"崔劼说:"狸字应为狐字,字弄错了。"少遐说:"是。狐性多疑,鼬性多预,狐疑犹预的说法,因此就传下来了。"崔劼说:"鹊做窝可以避风,雉可以启示官员不行恶政,这是鸟类的一项长处;狐疑鼬预,可以说是兽类的一项短处。"

　　12.4 梁徐君房劝魏使尉瑾酒,一噏即尽,笑曰:"奇快!"瑾曰:"乡邺饮酒①,未尝倾卮。武州已来②,举无遗滴。"君房曰:"我饮实少,亦是习惯。微学其进,非有由然。"庾信曰:"庶子年之高卑,酒之多少与时升降,便不可得而度。"魏肇师曰:"徐君年随情少,酒因境多,未知方十复作若为轻重③?"

【注释】

①乡:通"向",从前。

②武州:东徐州。治所在今江苏睢宁西北。

③方十:疑为"方寸",内心。一说方十为二十,谓回到少壮时。

【译文】

　　梁徐君房陪魏使尉瑾饮酒,自己一饮而尽,笑着说:"痛快!"尉瑾说:"先前您在邺城饮酒,不曾干过杯。自从武州以来,每次举杯都滴酒不剩。"君房说:"我的酒量其实很小,这是习惯。慢慢地学着喝,酒量就大起来了,并不是一开始就是这样。"庾信说:"庶子您是随着年龄增大,酒量也随之增大,这酒量无法估计。"魏崔肇师说:"徐君年岁渐高,情感冲淡,情境投合,酒量增大,不知心里对这次酒会是如何权衡的?"

　　12.5 梁宴魏使,魏肇师举酒劝陈昭曰①:"此席已后,便与卿少时阻阔,念此甚以凄眷。"昭曰:"我钦仰名贤,亦何已也。路中都不尽深心②,便复乖隔,泫叹如何!"俄而酒至鹦鹉杯③,徐君房饮不尽,属肇师。肇师曰:"海蠡蜿蜒④,尾翅皆张。非独为玩好,亦所以为罚,卿今日真不得辞责。"信曰:"庶子好为术数⑤。"遂命更满酌。君房谓信曰:"相持何乃急⑥?"肇师曰:"此谓直道而行⑦,乃非豆萁之喻⑧。"君房乃覆碗。信谓瑾、肇师曰:"适信家饷致濡醁酒数器⑨,泥封全,但不知其味若为。必不敢先尝,谨当奉荐。"肇师曰:"每有珍旨⑩,多相费累,顾更以多惭。"

【注释】

　　①陈昭:义兴国山(今江苏宜兴西南)人。梁永兴县侯陈庆之长子,袭爵,入陈。

　　②中都:京城。这里指梁朝都城建康(今南京)。

　　③鹦鹉杯:唐欧阳询《艺文类聚》卷九七引《南州异物志》:"扶南海有大螺,如瓯,从边直旁截破,因成杯形。或合而用之。螺体蜿蜒委曲,酒在内自注,倾覆终不尽,以伺误相罚为乐。又曰鹦鹉

螺,状如覆杯,头如乌头,向其腹视似鹦鹉,故以为名。"

④海蠡(luó):即海螺。

⑤术数:计谋。这里是开玩笑说徐君房耍花招。

⑥相持何乃急:这里是化用曹植七步诗。南朝宋刘义庆《世说新语·文学》:"(魏)文帝尝令东阿王(按,曹植)七步中作诗,不成者行大法。应声便为诗曰:'煮豆持作羹,漉菽以为汁。其在釜下然,豆在釜中泣。本自同根生,相煎何太急?'帝深有惭色。"

⑦直道而行:正道而行,依理行事。语出《论语·卫灵公》。

⑧豆萁之喻:见注⑥。

⑨濡醁(líng lù)酒:也作"酃渌酒"、"酃绿酒",美酒名。《文选》张景阳《七命》:"乃有荆南乌程,豫北竹叶。"李善注引盛弘之《荆州记》:"渌水出豫章康乐县,其间乌程乡有酒官,取水为酒,酒极甘美,与湘东酃湖酒,年常献之,世称酃渌酒。"

⑩旨:美味。

【译文】

梁朝宴请魏使,魏崔肇师举起酒杯对陈昭说:"今日宴散之后,便和您很快分别,山遥水远,想到这心里就很是凄然不舍。"陈昭说:"我钦仰您盛名贤德,同样无法忘怀。您这次来建康,彼此深情厚谊,我还未尽心意,就又要分别了,真是令人伤感!"一会儿,用鹦鹉杯行酒,徐君房不留心没喝完,就把鹦鹉杯转给肇师。肇师说:"这海螺曲折盘旋,螺尾伸得很长。这并不单单是为了好玩,也是借此罚酒取乐,您今天真的要罚一杯。"庾信说:"徐庶子就是喜欢耍花招。"就让人把鹦鹉杯再满上。君房对庾信说:"你我同朝臣,相煎何太急?"肇师说:"他这是依理行事,不是豆萁相煎。"君房就一饮而尽。庾信对尉瑾、肇师说:"刚才我家送来几坛酃醁酒,泥封未开,但不知道味道如何。我不敢先尝,恭敬献给诸位。"肇师说:"您一有珍味,我就叨扰,惭愧惭愧。"

12.6 魏仆射收临代①，七月七日登舜山②，徘徊顾眺，谓主簿崔曰："吾所经多矣，至于山川沃壤，衿带形胜③，天下名州，不能胜此。唯未审东阳何如④？"崔对曰："青有古名⑤，齐得旧号⑥，二处山川，形胜相似，曾听所论，不能逾越。"公遂命笔为诗。于时新故之际，司存缺然，求笔不得，乃以五伯杖画堂北壁为诗曰⑦："述职无风政⑧，复路阻山河。还思麾盖日⑨，留谢此山阿。"

【注释】

①魏仆射收：即为魏收。河清二年（563）兼右仆射。代：代郡，治所在今山西大同东北。

②舜山：在代州东南。

③衿带：襟带。谓山川屏障环绕，如襟如带，形势险要。

④东阳：齐鲁之地。魏收问东阳何如，或因崔主簿为东阳人。

⑤青有古名：青州为九州之一，所以这样说。

⑥齐得旧号：齐春秋为齐地，汉代为齐郡，所以说"齐得旧号"。

⑦五伯：也作"五百"、"伍佰"。衙门里舆卫前导或是执杖行刑的役卒。

⑧风政：美政，政绩。

⑨麾盖：旌旗伞盖，官员出行的仪仗。

【译文】

魏收仆射莅临代郡，七月七日登上舜山，流连眺望，对崔主簿说："我走过的地方多了，所见山川沃野，胜地名区，天下知名的州郡，不能超过这里。只是不知东阳一带怎样？"崔主簿回答说："青州早有古名，齐州历史悠久，两州的山川形胜大体相似，曾听别人评论，其他地方的山川都比不上。"魏公就让人准备纸笔要作诗。当时正值易代之际，官府物资匮乏，找不着笔，魏公就用仆役的杖具在厅堂北边墙壁上写诗，诗云："述职无风政，复路阻山河。还思麾盖日，留谢此山阿。"

12.7　舜祠东有大石①，广三丈许，有凿"不醉不归"四字于其上。公曰②："此非遗德。"令凿去之。

【注释】

①舜祠：见上条注②。

②公：即指魏收。

【译文】

舜祠东边有块大石头，宽三丈多，上面刻了"不醉不归"四个字。魏收说："这不能视为留给后人的德泽。"让人把字迹铲去。

12.8　梁宴魏使李骞、崔劼。乐作，梁舍人贺季曰："音声感人深也。"劼曰："昔申喜听歌怆然，知是其母①，理实精妙然也。"梁主客王克曰②："听音观俗，转是精者。"劼曰："延陵昔聘上国③，实有观风之美④。"季曰："卿发此言，乃欲挑战？"骞曰："请执鞭弭⑤，与君周旋。"季曰："未敢三舍⑥。"劼曰："数奔之事⑦，久已相谢。"季曰："车乱旗靡⑧，恐有所归。"劼曰："平阴之役，先鸣已久⑨。"克曰："吾方欲馆谷而旌武功⑩。"骞曰："王夷师熸⑪，将以谁属？"遂共大笑而止。乐欲讫，有马数十匹驰过，末有阉人⑫。骞曰："巷伯乃同趣马⑬，讵非侵官⑭？"季曰："此乃貌似。"劼曰："若值袁绍⑮，恐不能免。"

【注释】

①申喜听歌怆然，知是其母：西汉刘安《淮南子·说山训》："老母行歌而动申喜，精之致也。"高诱注："申喜，楚人也。少亡其母，闻乞人行歌声，感而出视之，则其母也。故曰精之至。"

②主客：尚书主客郎。王克：美容貌，善容止，历仕梁、陈。

③延陵：即为季札。春秋时吴王寿梦之季子，寿梦欲传位于他，推辞不受，封于延陵，故称"延陵季子"，在当时以多闻著称。季札当春秋之世，历聘鲁、齐、郑、晋等国，遍交当世诸侯贤士大夫。上国：春秋时，与吴、楚诸国相对，称中原诸侯国为上国。

④观风：观察民土民风，知晓时政得失。《礼记·王制》："命太师陈诗以观民风。"唐代贞观年间，设有视风俗使，清朝雍正年间，也设观风整俗使。按，崔劼的这句话，暗含此番出使梁朝即为考察梁之政治民情的意思，贺季听出弦外之音，所以有"乃欲挑战"之问。

⑤鞭弭(mǐ)：指代武器。弭，弓。这句话和下一句的"未敢三舍"，都是化用《左传·僖公二十三年》重耳回答楚王的话："晋楚治兵，遇于中原，其辟君三舍。若不获命，其左执鞭弭，右属櫜鞬，以与君周旋。"

⑥三舍：古代军队行一宿为一舍，师行每日三十里，故三舍为九十里。

⑦数奔：多次逃跑。这句话也是化用晋人语。《左传·宣公十二年》："晋人或以广队不能进，楚人惎(按，教的意思)之脱扃……乃出。顾曰："吾不如大国之数奔也。"杨伯峻注："晋人有一二兵车，因坠于坑陷而不能进……楚人教晋人抽去车前横木以出坑……晋人车陷，楚人不俘获之，反教以出陷之法。……晋人既脱，反嘲笑楚人，谓出陷之智不如楚人者，以不如楚人之常奔逃而有此经验也。"

⑧车乱旗靡：喻败象。用《左传·庄公十年》曹刿论战之语。

⑨平阴之役，先鸣已久：据《左传·襄公十八年》，晋兴师伐齐，战于平阴（今山东平阴东北），齐侯为晋军所设疑阵所惑，连夜逃走，晋人根据鸟叫声等知道齐军趁天黑逃跑了，此即"先鸣已久"。

⑩方欲馆谷：居其馆，食其谷。据《左传·僖公二十八年》，晋楚交战，楚军败绩，晋军居楚之舍，食楚之谷，三日而还。

⑪王夷师熸(jiān)：《左传·襄公二十六年》："晋人从之，楚师大败，王夷师熸，子反死之。"王夷师熸，指晋军射中楚共王，楚军溃败。夷，伤。熸，火灭，比喻楚师士气不振。

⑫阉人：宦官。

⑬巷伯：即宦官，因其居于宫巷，掌管宫内之事，故有此称。趣(qū)：跑。

⑭讵(jù)：岂。侵官：越犯他人的职守，宦官掌宫内事，不应与养马的官员共同行事，故此处斥其"侵官"。

⑮袁绍(？—202)：字本初，汝南汝阳（今河南商水西南）人。汉灵帝时累官中军校尉，灵帝死后，劝何进诛杀宦官，事情泄漏，何进被杀，袁绍于是尽杀宦官。

【译文】

梁朝宴请魏使李骞、崔劼。音乐响起，梁中书通事舍人贺季说："音乐实在是感人至深。"崔劼说："当年申喜听到他人唱歌，心怀感动，结果发现是自己的母亲，音乐的感发力量实在是非常精妙。"梁尚书主客郎王克说："能通过音乐观察一国民风，才是真正精通音乐的人。"崔劼说："延陵季札当年受聘于上国，真有闻乐音而观风俗之美。"贺季说："您说这句话，是想挑战吗？"李骞说："愿执马鞭弓箭，斗胆与您周旋。"贺季说："在下不敢退避三舍。"崔劼说："数奔之事，本人早表谢意。"贺季说："车辙已乱军旗已倒，这种事情不是我们。"崔劼说："平阴一战，败兆早显。"王克说："我正要居楚之馆，食楚之谷，表彰军功。"李骞说："主将受伤,军队溃败,这种事情,到底该谁?"于是众人大发一笑作罢。音乐快要结束了,有几十匹马从旁边奔驰而过,后面跟着宦官。李骞说:"宦官竟然也一同赶马,这难道不是越职吗?"贺季说:"仅是相貌近似而已。"崔劢说:"如果是当年的袁绍在这里,恐怕他绝难幸免。"

12.9 历城房家园,齐博陵君豹之山池①。其中杂树森竦,泉石崇邃,历中被禊之胜也②。曾有人折其桐枝者,公曰:"何谓伤吾凤条③?"自后人不复敢折。公语参军尹孝逸曰:"昔季伦金谷山泉④,何必逾此。"孝逸对曰:"曾诣洛西,游其故所,彼此相方,诚如明教。"孝逸常欲还邺,词人饯宿于此。逸为诗曰:"风沦历城水,月倚华山树。"时人以此两句比谢灵运"池塘"十字焉⑤。

【注释】

①齐:北齐。博陵君豹:即为房豹,字仲干,清河(今山东临清东北)人。仕于齐。齐亡之后,还乡自养。

②被禊(fú xì):三月上巳,到水滨洗濯,去除宿垢,称"被禊"。

③凤条:语本庄子。《庄子·秋水》:"夫鹓雏发于南海而飞于北海,非梧桐不止,非练实不食,非醴泉不饮。"引文中鹓雏即为凤凰。据此,即把梧桐枝称作凤条。

④季伦:即为石崇(249—300),字季伦,晋朝渤海南皮(今属河北)人。平生好聚家产,富可敌国。金谷:在洛阳西北,有金谷水流过,石崇筑园于此,世称"金谷园"。

⑤谢灵运(385—433):陈郡阳夏(今河南太康)人。出生后寄养道观,小名客儿,故后世称其"谢客",后袭封康乐公,故又称"谢康乐"。曾为永嘉太守,不理政事,专事畅意遨游,所至即有题咏。

谢灵运聪明好学,能书画,通史学,精玄学佛理,文章则为江左第一,所作山水诗开一代风气,历来被视为山水诗派之祖。其《登池上楼》诗云:"池塘生春草,园柳变鸣禽。"此十字,为千古传诵之佳句。

【译文】

历城房家园,是北齐博陵君房豹的园林。园中杂树葱茂,泉石幽深,是历城每年被禊的胜地。曾经有人折其园中的梧桐枝,房公说:"为什么损伤我的凤条?"自此以后再也没人敢折树枝了。房公对参军尹孝逸说:"当年石季伦的金谷园山石池泉,不一定比我这园子好。"孝逸回答说:"我曾到过洛阳西边,游历石崇的故园,两相比较,的确如您刚才所说。"孝逸曾经想回邺城,文友们在这里饯行留宿。孝逸作诗云:"风沧历城水,月倚华山树。"当时人拿这两句诗和谢灵运的"池塘生春草,园柳变鸣禽"相提并论。

12.10 单雄信幼时①,学堂前植一枣树。至年十八,伐为枪,长丈七尺,拱围不合,刃重七十斤,号为寒骨白。常与秦王卒相遇②,秦王以大白羽射中刃,火出,因为尉迟敬德拉折③。

【注释】

①单(shàn)雄信(?—621):曹州济阴(今山东定陶西南)人。大业十二年(616)从翟让起兵反隋,后又跟随李密、王世充。武德四年(621),李世民围洛阳,被杀。

②秦王:即为李世民。武德元年(618)封秦王。

③尉迟敬德(585—658):名恭,朔州善阳(今山西朔州)人。隋末从军,武德三年(620)降唐,累迁右武侯大将军,封吴国公。

【译文】

单雄信小时候,在学堂前面种了一棵枣树。到十八岁,把枣树砍了做成一杆枪,长一丈七尺,枪杆粗得两手捏不拢,枪头有七十斤重,枪名叫做寒骨白。曾和秦王在战场上仓促相遇,秦王用大白羽箭射中枪头,迸出火光,然后这杆枪就被尉迟敬德拉断了。

12.11 秦叔宝所乘马号忽雷駮①,常饮以酒,每于月明中试,能竖越三领黑毡。及胡公卒②,嘶鸣不食而死。

【注释】

①秦叔宝(?—638):名琼,齐州历城(今山东济南)人。隋末从军,武德二年(619)降唐。屡有战功,拜上柱国,封翼国公。忽雷:迅雷。駮(bó):传说中的猛兽。

②胡公:即为秦琼。秦琼于贞观十二年卒,陪葬昭陵。十三年,改封胡国公。

【译文】

秦琼骑的战马名叫忽雷駮,秦琼常给它喝酒,每到月明之夜骑着忽雷駮试跑,能够腾越竖列的三顶黑帐篷。后来秦琼去世,这匹马哀鸣嘶叫,不食而死。

12.12 徐敬业年十余岁,好弹射。英公每曰①:"此儿相不善,将赤吾族②。"射必溢镝③,走马若灭,老骑不能及。英公常猎,命敬业入林趁兽,因乘风纵火,意欲杀之。敬业知无所避,遂屠马腹,伏其中,火过,浴血而立。英公大奇之。

【注释】

①英公:即为徐世勣(594—669)。武德二年(619)归唐,寻封曹国
公,赐姓李,因名李勣;贞观十一年(637)改封英国公。

②赤吾族:诛杀我全族。

③溢镝(dí):盈贯,拉弓时满到弓背与弓弦的距离和箭同样长度。
溢,超出。镝,箭头。

【译文】

徐敬业十多岁时,喜欢射弹丸。英公常说:"这孩子面相不善,会给
我家带来灭族之灾。"敬业射箭时挽弓盈贯,有如满月,骑马飞奔,一转
眼就无影无踪,老骑手都追不上他。英公曾经打猎,让敬业进入树林驱
赶野兽,并乘着风势放火,想要烧死他。敬业知道无处逃避,就把马杀
了,剖开马肚子,藏身其中,山火烧过,他浑身鲜血地站在那里。英公大
为惊异。

12.13 玄宗常伺察诸王,宁王常夏中挥汗鞔鼓①,所读书
乃《龟兹乐谱》也②。上知之,喜曰:"天子兄弟,当极醉
乐耳。"

【注释】

①宁王:即为李宪。见1.17条注⑤。

②《龟兹乐谱》:钱伯泉《一千多年前的龟兹乐谱》(《文史知识》1994
年第10期):"本世纪初,敦煌莫高窟发现了一卷龟兹乐谱……
这份龟兹乐谱一共记有十个曲调,它们的名称依次为《品弄》、
《倾杯乐》、《西江月》、《心事子》、《伊州》、《水鼓子》、《急胡相问》、
《长沙女引》、《撒金沙》、《营富》。……据有关专家研究,这是一
份龟兹国的琵琶谱。……诸如琵琶谱这样的龟兹乐谱,是龟兹

国的乐师采取汉文中笔画简单的字,或是笔画稍繁的字采取其半体,用来做乐谱的符号的,因此可以说,龟兹乐谱中含有汉文化的精华。唐朝以前,我国没有正规的乐谱,乐师与徒工们一直采用言传身教的方式传授技艺。龟兹乐谱传入内地后,又为内地的乐师们所采用,从而大大促进了乐理的发展。经过一个时期的加工和改进,到了宋朝,终于形成了工尺谱,用工尺凡上等字来做声符,记录各种曲调。这种记录曲调的工尺谱,从宋朝一直沿用到清朝末年。由此可见,我国的古乐谱,无疑渊源于龟兹乐谱。"又,龟兹乐,九部乐之一,宋王溥《唐会要》卷三三"讌乐":"武德初,未暇改作,每讌享,因隋旧制,奏九部乐:一《讌乐》,二《清商》,三《西凉》,四《扶南》,五《高丽》,六《龟兹》,七《安国》,八《疏勒》,九《康国》。至贞观十六年十二月,宴百寮,奏十部乐。先是,伐高昌,收其乐付太常,乃增九部为十部伎。"

【译文】

唐玄宗经常派人暗中监视诸王,宁王曾经在夏天满头大汗地用皮革绷鼓面,所读的书是《龟兹乐谱》。玄宗知道后,高兴地说:"皇帝的兄弟,就应该这般纵情娱乐。"

12.14 宁王常猎于鄠县界①,搜林,忽见草中一柜,扃锁甚固②。王命发视之,乃一少女也。问其所自,言:"姓莫氏,父亦曾作仕,叔伯庄居。昨夜遇光火贼,贼中二人是僧,因劫某至此。"动婉含嚬③,冶态横生。王惊悦之,乃载以后乘。时慕萃者方生获一熊④,置柜中,如旧锁之。时上方求极色,王以莫氏衣冠子女,即日表上之,具其所由。上令充才人⑤。经三日,京兆奏:鄠县食店有僧二人,以钱一万独赁店一日一夜,言作法事,唯舁一柜入店中⑥。夜久,膈膊有声⑦。店人怪日出不启门，撤户视之，有熊冲人走出，二僧已死，骸骨悉露。上知之，大笑，书报宁王云："宁哥大能处置此僧也。"莫才人能为秦声⑧，当时号莫才人啭焉⑨。

【注释】

①鄠(hù)县：在今陕西户县北。

②扃(jiōng)：箱柜上的插关。

③含嚬(pín)：少女娇羞之态。

④幕莘(luò)者：刘传鸿《〈酉阳杂俎〉校证：兼字词考释》："'幕莘'当同'幕络'，其义原为以布或网等物包覆某物，此处指以网捕获猎物。幕莘者则指以网捕获猎物的猎人。"

⑤才人：宫中女官名。多为嫔妃称号。

⑥舁(yú)：抬。

⑦腷膊：拟声词。

⑧秦声：秦地的音乐。

⑨啭(zhuàn)：宛转发声。

【译文】

　　宁王曾经在鄠县境内打猎，搜索树林时，忽然发现草丛中有一个柜子，关锁十分牢固。宁王命人打开来看，原来里面锁着一位少女。问她从哪里来，她说："我姓莫，我父亲也曾做过官，和叔伯从父住在村庄里。昨晚遇到明火执仗的强盗，其中有两个是和尚，把我劫持到这里。"少女姿容婉媚，不胜娇羞。宁王又惊又喜，让她坐在车的后座。恰好有猎人捕获一头活熊，宁王就让人把活熊塞进柜里，照旧锁上。当时玄宗正挑选绝色美女，宁王想到莫氏少女也是缙绅之家的女子，当天就上表，把她送进宫中，详细陈奏了她的来历。玄宗下旨让莫氏充任后宫才人。过了三天，京兆府上奏：鄠县的一家饭店，有两个和尚花一万钱把饭店

整租一天一夜,说要做法事,只把一个柜子抬进店。深夜,只听见毕毕
剥剥的声音。天大亮了,两个和尚还不打开房门,店家很奇怪,就卸下
门板,进去一看,只见一头熊冲着人跑出来,那两个和尚已经死了,被熊
吃得骨头全都露出来了。玄宗听了奏报,大发一笑,写信给宁王说:"宁
哥真有办法处置这两个和尚。"莫才人能唱秦地歌曲,当时称之为莫才
人啭。

12.15 一行公本不解弈,因会燕公宅①,观王积薪棋一
局②,遂与之敌,笑谓燕公曰:"此但争先耳。若念贫道四句
乘除语,则人人为国手③。"

【注释】

①燕公:即为张说(667—731)。见 8.3 条注③。

②王积薪:唐开元年间翰林待诏,善围棋,为当时国手。

③国手:才艺技能冠绝全国者。

【译文】

一行公本来不会下棋,一次在张燕公宅中宴会,观看国手王积薪下
了一局棋,就能和他对弈而不相上下,一行笑着对燕公说:"这关键在于
争先罢了。如果念诵我的四句计算口诀,那么人人都可以成为国手。"

12.16 晋罗什与人棋①,拾敌死子,空处如龙凤形。或言
王积薪对玄宗棋,局毕,悉持出。

【注释】

①罗什:即为鸠摩罗什(344? —413)。一代高僧,著名译经家,父
　籍天竺,出生于龟兹(今新疆库车),年少出家,前秦时被劫至凉

州。后秦时,被请至长安,主持译经直至圆寂,一共译出佛经七十四部,共计三百八十四卷。鸠摩罗什的译经事业,最为重要的贡献在于对由龙树创立的中观系统典籍的译介。

【译文】

晋朝的鸠摩罗什和人下棋,拾对手的死子,棋盘上的空白处呈现出龙凤之形。有人说王积薪和玄宗对弈,对局完毕清点盘面,也都会呈现出龙凤图形。

12.17 黄瓻儿矮陋机惠①,玄宗常凭之行②,问外间事,动有赐赉,号曰肉杌③。一日入迟,上怪之。对曰:"今日雨滂,向逢捕贼官与臣争道,臣掀之坠马。"因下阶叩头。上曰:"外无奏,汝无惧。"复凭之。有顷,京兆上表论,上即叱出,令杖杀焉。

【注释】

①瓻:音 pián。

②凭:倚,靠。

③杌(wù):凳。

【译文】

黄瓻儿矮小丑陋,却又机灵聪明,玄宗经常倚着他行走,向他询问宫外的事情,随时都有赏赐,称他为肉杌。一天进宫来迟了,玄宗责怪他。他回奏说:"今天下雨,道路泥泞,来的时候碰见抓捕盗贼的官员和我抢道,我把他掀下了马。"说完下阶叩头请罪。玄宗说:"外面没有奏报,你不用害怕。"仍旧倚着他行走。一会儿,京兆府上表论奏此事,玄宗立即喝命拉出去杖死。

12.18 王勃每为碑颂①,先磨墨数升,引被覆面而卧。忽起,一笔书之,初不窜点②,时人谓之腹稿。少梦人遗以丸墨盈袖,自是文章日进。

【注释】

①王勃(650—676?):字子安,绛州龙门(今山西河津)人。隋末大儒王通孙。乾封元年(666)对策高第,授朝散郎,后为沛王府侍读;总章二年(669)戏为《檄英王鸡文》,被逐出王府,乃南游巴蜀;上元二年(675)赴交趾省父,途经南昌,作《滕王阁序》,自交趾返时,渡海溺水而卒。王勃早慧好学,年少才高,于诗尤擅五律,和杨炯、卢照邻、骆宾王并称"初唐四杰"。碑颂:文体名。刻在碑上颂赞逝者的文字。

②窜点:删改涂抹。

【译文】

王勃每作碑颂的时候,先磨几升墨水,拉被子盖着脸躺下。过一阵忽然起身,一气呵成,根本不用涂改,当时人称他是在打腹稿。他小时候,梦见有人送给他很多丸墨,衣袖里都装满了,从此以后作文章的水平日见精进。

12.19 燕公常读其《夫子学堂碑颂》①,头自"帝车"至"太甲"四句②,悉不解,访之一公,一公言:"北斗建午③,七曜在南方④,有是之祥,无位圣人当出。""华盖"已下⑤,卒不可悉。

【注释】

①《夫子学堂碑颂》:即王勃《益州夫子庙碑》。

②头自"帝车"至"太甲"四句:王勃《益州夫子庙碑》:"夫帝车南指,

遁七曜于中阶;华盖西临,藏五云于太甲。"帝车,北斗星。太甲,
所指不确定,有人认为即六甲(属紫微垣之六颗星)之一星名。

③建:北斗斗柄所指。午:五月。

④七曜(yào):这里指北斗七星。

⑤华盖:星名。

【译文】

张燕公曾经读王勃《益州夫子庙碑》,开头从"帝车"到"太甲"这四
句,完全读不懂,就向一行请教,一行说:"北斗建午,七曜在南方,有这
种祥瑞,无位圣人将会出世。""华盖"一句以下,一行也不懂是什么
意思。

12.20 李白名播海内①,玄宗于便殿召见,神气高朗,轩
轩然若霞举②。上不觉亡万乘之尊③,因命纳履④。白遂展
足与高力士,曰:"去靴。"力士失势,遽为脱之。及出,上指
白谓力士曰:"此人固穷相⑤。"白前后三拟《文选》⑥,不如意,
悉焚之,唯留《恨》、《别赋》。及安禄山反,制《胡无人》⑦,言
"太白入月敌可摧"⑧。及禄山死,太白蚀月⑨。众言李白唯
戏杜考功"饭颗山头"之句⑩。成式偶见李白《祠亭上宴别杜
考功》诗⑪,今录首尾曰:"我觉秋兴逸,谁言秋兴悲?山将落
日去,水共晴空宜。……烟归碧海夕,雁度青天时。相失各
万里,茫然空尔思。"

【注释】

①李白(701—762):字太白,号青莲居士,自称陇西成纪(今甘肃秦
安)人,出生于中亚碎叶城(今吉尔吉斯斯坦托克马克),迁居绵
州彰明(今四川江油)。长于蜀中,青年出蜀,浪迹天下,四海为

家,卒于安徽当涂。李白和杜甫并驾齐驱,是我国诗歌史上伟大的两位大诗人,所以有人说:"论诗以李杜为准,挟天子而令诸侯也。"

②霞举:道士修炼成仙之后就会云霞托举而飞升。这里是指李白有仙风道骨。

③万乘(shèng):周制,天子地方千里,兵车万乘,后世因作为天子的代称。

④纳履:换鞋。

⑤穷相:穷酸相,小家子气。

⑥拟:仿拟,拟作。

⑦《胡无人》:乐府旧题。

⑧太白入月敌可摧:李白《胡无人》:"……云龙风虎尽交回,太白入月敌可摧。敌可摧,旄头灭,履胡之肠涉胡血。悬胡青天上,埋胡紫塞旁。胡无人,汉道昌。陛下之寿三千霜,但歌大风云飞扬,安用猛士兮守四方。"

⑨太白蚀月:太白入月乃主将被杀之兆。太白,金星,主杀伐。

⑩杜考功:段成式在这里是指杜甫(712—770),但杜甫未曾任过考功一职,此为段成式误记。考功,职官名。吏部属官,掌管吏考课黜陟之事。"饭颗山头"之句:指李白《戏赠杜甫》:"饭颗山头逢杜甫,头戴笠子日卓午。借问别来太瘦生,总为从前作诗苦。"

⑪《祠亭上宴别杜考功》:此诗通行本诗题作《秋日鲁郡尧祠亭上宴别杜补阙范侍御》。按,此诗所说的杜补阙,所指为谁,不详,但不是杜甫。

【译文】

李白名扬海内,玄宗在便殿召见他,李白器宇轩昂,气质不凡,有仙风道骨。玄宗不知不觉忘记了天子之尊,于是命他换鞋。李白就把脚伸给高力士,吩咐说:"脱靴。"高力士不觉失去威势,赶紧为李白脱下靴子。等到李白退出，玄宗指着李白远去的身影对高力士说："这人就是一副穷酸相。"李白前后三次拟作《文选》，都不如意，把稿子全烧了，唯留下《恨赋》《别赋》。后来安禄山作乱，李白作《胡无人》，有诗句说"太白入月敌可摧"。等到安禄山将死时，果然太白星侵蚀月亮。众人都说李白给杜甫的诗只有《戏赠杜甫》"饭颗山头"一诗。我偶然读到李白还有一首诗《祠亭上宴别杜考功》，现在把诗的开头和结尾几句抄在这里："我觉秋兴逸，谁言秋兴悲？山将落日去，水共晴空宜。……烟归碧海夕，雁度青天时。相失各万里，茫然空尔思。"

12.21 薛平司徒常送太仆卿周皓上①，诸色人吏中，末有一老人，八十余，著绯。皓独问："君属此司多少时？"老人言："某本艺正伤折，天宝初，高将军郎君被人打下颔骨脱，某为正之，高将军赏钱千万，兼特奏绯。"皓因颔遣之，唯薛觉皓颜色不足②，伺客散，独留从容③，谓周曰："向卿问著绯老吏，似觉卿不悦，何也？"皓惊曰："公用心如此精也！"乃去仆，邀薛宿，曰："此事长，可缓言之。某少年常结豪族为花柳之游④，竟畜亡命⑤，访城中名姬，如蝇袭膻⑥，无不获者。时靖恭坊有姬字夜来⑦，稚齿巧笑⑧，歌舞绝伦，贵公子破产迎之。予时与数辈富于财，更擅之。会一日，其母白皓曰：'某日夜来生日，岂可寂寞乎？'皓与往还，竟求珍货，合钱数十万，会饮其家。乐工贺怀智、纪孩孩⑨，皆一时绝手。局方合，忽觉击门声，皓不许开。良久，折关而入。有少年紫裘，骑从数十，大诟其母，即将军高力士之子也。母与夜来泣拜，诸客将散。皓时血气方刚，且恃扛鼎⑩，顾从者不相敌，因前让其怙势⑪，攘臂殴之⑫，踣于拳下，遂突出⑬。时都亭驿有魏贞⑭，有心义，好养私客，皓以情投之，贞乃藏于妻女间。时有司追捉急切，贞恐踪露，乃夜办装具⑮，腰白金数挺⑯，谓皓曰：'汴州周简老，义士也，复与郎君当家⑰，今可依之，且宜谦恭不怠。'周简老盖大侠之流，见魏贞书，甚喜。皓因拜之为叔，遂言状。简老命居一船中，戒无妄出，供与极厚。居岁余，忽听船上哭泣声。皓潜窥之，见一少妇，缟素甚美，与简老相慰。其夕，简老忽至皓处，问：'君婚未？某有表妹，嫁与甲，甲卒，无子，今无所归，可事君子。'皓拜谢之。即夕，其表妹归皓⑱。有女二人，男一人，犹在舟中。简老忽语皓：'事已息。君貌寝⑲，必无人识者，可游江淮。'乃赠百余千⑳，皓号哭而别，简老寻卒。皓官已达，简老表妹尚在，儿娶女嫁，将四十余年，人无所知者。适彼老吏言之，不觉自愧。不知君子察人之微也。"有人亲见薛司徒说之也。

【注释】

①薛平（752—832）：绛州万泉（今山西万荣西南）人。历仕要职，大和二年（828）加检校司徒。太仆卿：职官名。太仆掌舆马及牧畜之事，北齐置太仆寺，有卿、少卿各一人，后代沿袭。上：上任，就职。

②颜色不足：脸色不好。

③从容：交谈，聊天。

④花柳之游：寻花问柳。花柳，指代妓院。

⑤亡命：亡命之徒。

⑥羶（shān）：像羊肉的腥味。

⑦靖恭坊：唐代长安城坊。

⑧稚齿：这里是皓齿的意思，指牙齿洁白美丽。巧笑：妩媚的笑容。

⑨纪孩孩：其人不详。

⑩扛（gāng）鼎：举鼎，形容力气特别大。

⑪怙（hù）势：这里指随从。怙，倚仗。

⑫攘臂：捋起袖子，伸出胳臂。

⑬突出：突围而出。

⑭都亭驿：指长安城内的中心驿站。

⑮装具：行装。

⑯挺：量词，根。

⑰当家：本家。

⑱归：女子出嫁。

⑲貌寝：这里是相貌平常的意思。

⑳千：一千钱为一串。

【译文】

　　薛平司徒曾经送太仆卿周皓赴任，众多随行吏员中最后面有一位老人，八十多岁，身穿绯袍。周皓单独问他："您在这官府里多长时间了？"老人回答说："我本来的职业是治疗跌打损伤，天宝初年，高力士将军的义子被人打脱了下颌骨，我为他正骨治好了，高将军赏给我上千万的钱，又特奏皇上赐我绯袍。"周皓听了，微微点头，示意老人离开，只有薛司徒察觉周皓脸色不好，等到客人散完，独自留下和周皓闲聊，对周说："先前您询问穿绯的老吏，我仿佛觉得您不大开心，是有什么事吗？"周皓很吃惊，说："薛公您的心思竟然如此之细密！"于是让仆人退下，邀请薛司徒留宿，对他说："这事话长，我慢慢说来。我在年轻时喜欢结交豪门子弟，一起寻花问柳，收留亡命之徒，遍访城中名妓，如同苍蝇猛叮臭肉，没有弄不到手的。当时靖恭坊有个名妓，名叫夜来，明眸皓齿，笑容妩媚，歌声舞技，无人可比，贵家公子倾家荡产也要去请她。我当时和几个朋友都很有钱,极想占有她。有一天,她的鸨母对我说:'某天是夜来的生日,一定要来热闹一下啊。'我和夜来长期交往,因此搜求价值几十万的奇珍异宝送给她,在她家里聚会饮宴。席上的乐师贺怀智、纪孩孩,都是名高一时。门锁刚落下,忽然听见打门声,我不允许开门。又过了一阵,外面的人弄坏关锁闯了进来。其中有一位身穿紫裘的年轻人,带着几十名骑马的随从,大骂鸨母,原来他就是高力士将军的义子。鸨母和夜来哭泣下拜,四座的客人也都准备离开。我当时血气方刚,并且倚仗自己力气奇大,想到他的随从太多打不过,就冲上前避开随从,捋起袖子痛揍他,把他打趴在地上,然后趁机突围而出。当时都亭驿有位魏贞,有侠心义胆,喜欢收留异士,我因和他有交情,就去投奔他,魏贞就把我藏在内室。当时官府四处追捕我,情况十分紧急,魏贞担心行踪暴露,就连夜置办行装,让我带上几根金条,对我说:'汴州的周简老,是位义士,又和您是本家,现在您可以去投奔他,一定要谦和恭顺,不能怠慢。'周简老大约是大侠一类人物,读到魏贞的信,很高兴。我于是就认他为叔父,向他详细讲述了事情的前前后后。简老让我住在一条船上,告诫我不能随便走动,提供的日常用品极为丰厚。过了一年多,有一天我忽然听见船上有哭泣声。我悄悄窥视,只见一位少妇,身穿白色的丧服,容貌美艳,简老正在宽慰她。那天晚上,简老忽然来到我的住处,问我:'您成婚了吗?我有一位表妹,嫁给某人,那人死了,又没有儿子,现在无依无靠,可以侍奉您。'我向他表示感谢。当晚,他的表妹就嫁给了我。她原有两个女儿,一个儿子,还住在船上。有一天简老忽然对我说:'事情已经过去了。您相貌没有什么特异之处,一定不会有人认出,不妨去江淮一带漫游。'就赠我一百多串钱,我痛哭流涕,和他告别,简老不久就去世了。我现在官位高了,简老的表妹也还在,儿女也都成家了,一晃四十多年,没人知道这些事。刚才那位老吏提起往事,我不由得心生惭愧。没想到您观察人这么仔细。"有人亲耳听到薛司徒说起这事。

12.22　大历末,禅师玄览住荆州陟屺寺,道高有风韵,人不可得而亲。张璪常画古松于斋壁①,符载赞之②,卫象诗之③,亦一时三绝,览悉加垩焉④。人问其故,曰:"无事疥吾壁也⑤。"僧那即其甥,为寺之患,发瓦探鷇⑥,坏墙薰鼠,览未尝责。有弟子义诠,布衣一食,览亦不称。或怪之,乃题诗于竹曰:"大海从鱼跃⑦,长空任鸟飞。欲知吾道廓⑧,不与物情违⑨。"忽一夕,有梵僧拨户而进⑩,曰:"和尚速作道场。"览言:"有为之事,吾未尝作。"僧熟视而出,反手阖户,门扃如旧。览笑谓左右:"吾将归欤!"遂遽浴讫,隐几而化⑪。

【注释】

①张璪(zǎo):字文通,吴郡(今江苏苏州)人。唐代画家,擅长山水松石画,尤善画松,能双管齐下,一手生枝,一手枯枝,深具风雨烟霞之致。

②符载:应作"符载",蜀人。中唐诗人。

③卫象:江南人。中唐诗人。

④垩(è):用白色粉末涂抹。

⑤疥:疥疮。这里是弄脏的意思。

⑥鷇(kòu):雏鸟。

⑦从:听任。

⑧廓:广大,深广。

⑨物情:万事万物的情状和道理。

⑩拨户:或作"排户",推开门。

⑪隐几:倚靠几案。化:死。

【译文】

大历末年,禅师玄览驻锡荆州陟屺寺,道行高深,风骨不俗,一般人无法接近。张璪曾经在寺中斋堂墙壁上画有一幅古松图,符载撰有赞语,卫象又有题诗,也算当时的三绝,玄览让人用白灰全部涂掉了。有人问他为什么这样做,他说:"不要让这些玩意儿把我的墙壁弄得跟鬼画符似的。"僧那是他的外甥,是寺里的一大祸害,上房揭瓦掏鸟,在墙上打洞薰鼠,什么坏事都干,玄览不曾施以责罚。有弟子义诠持戒苦修,身着布衣日食一餐,也没见玄览称赞他。有人对此表示不理解,玄览就在竹子上题了一首诗,诗云:"大海从鱼跃,长空任鸟飞。欲知吾道廓,不与物情违。"一天晚上,忽然有位梵僧推门而入,说:"和尚快快做道场!"玄览说:"我从来不刻意做什么事情。"梵僧看了他很久,转身走了,反手关上门,门锁就像没开过一样。玄览笑着对身边弟子说:"我要回去了!"就立刻洗浴完毕,倚靠着几案坐化了。

12.23 马仆射既立勋业①,颇自矜伐,常有陶侃之意②,故呼田悦为钱龙③,至今为义士非之。当时有揣其意者,乃先著谣于军中,曰:"斋钟动也④,和尚不上堂。"月余,方异其服色谒之,言善相,马遽见。因请远左右,曰:"公相非人臣,然小有未通处。当得宝物直数千万者,可以通之。"马初不实之,客曰:"公岂不闻谣乎? 正谓公也。斋钟动,时至也。和尚,公之名。不上堂,不自取也。"马听之始惑,即为具肪玉、纹犀及贝珠焉⑤。客一去不复知之。马病剧,方悔之。

【注释】

① 马仆射:即为马燧。见9.7条注①。

② 陶侃(259—334):东晋名将,战功卓著。是大诗人陶渊明的曾祖。《晋书》本传说他:"都督八州,据上流,握强兵,潜有窥窬之志,每思折翼之祥,自抑而止。"

③田悦(751—784):平州卢龙(今属河北)人。初为田承嗣魏博中军兵马使,大历十三年(778)为节度留后,其后谋逆作乱,为马燧讨平。建中四年(783)归顺朝廷。钱龙:据《南史·梁本纪下》,南朝梁元帝萧绎和宫人游玄洲苑,见大蛇盘屈于前,众多小蛇围绕,元帝非常厌恶,宫人说:"此非怪也,恐是钱龙。"元帝命人取数千万钱放置其处以镇之。按,此典故与皇帝有关,故用以说明马燧有"陶侃之意"。

④斋钟:寺院里报斋时的大钟,时至则鸣三十六下。

⑤肪玉:羊脂玉。纹犀:犀角。

【译文】

马燧仆射建功立业之后,颇有些居功自傲,经常流露出陶侃想要篡逆的野心,故意称呼田悦为钱龙,至今受到正义之士的非议。当时有人揣测到他的心思,就先在军中散布歌谣说:"斋钟动了,和尚不上堂。"一个多月以后,这人改头换面伪装一番,去拜见马燧,说自己擅长看相,马燧立即接见他。那人请求屏退左右侍从,然后对他说:"您的面相不是臣子之相,但是有个地方略有阻碍。若有价值几千万的宝物,就可以打通。"马燧先是不相信,那人说:"您难道没听到歌谣吗? 说的就是您。斋钟动,是说时机到了。和尚,说的是您。不上堂,不自己去取。"马燧听了这番话就真被迷惑了,立即为他备好肪玉、纹犀和珍珠等宝物。那人带着这些宝物,一去不返。后来马燧病重,才感到后悔。

12.24 信都民苏氏有二女①,择良婿。张文成往见②,苏曰:"子虽有财,不能富贵,得五品官即死。"时魏知古方及第③,苏曰:"此虽黑小,后必贵。"乃以长女妻之。女发长七尺,黑光如漆,相者云大富贵。后知古拜相,封夫人云④。

【注释】

①信都：今河北冀州。

②张文成：即为张鷟（658?—730），字文成，深州陆泽（今河北深州西南）人。高宗上元二年（675）登进士第，员半千称其文"犹青铜钱，万选万中"，故时号之"青铜学士"。开元年间，职任司门员外郎，卒。有《朝野金载》《龙筋凤髓判》《游仙窟》传世。

③魏知古（647—715）：深州陆泽人。弱冠举进士，官至户部尚书、侍中，封梁国公。

④夫人：妇女的封号。唐制，诸王之母或妻及妃、文武官一品和国公的母或妻为国夫人；三品以上官员的母或妻为郡夫人。

【译文】

信都百姓苏氏，为两个女儿挑选好女婿。张文成前去拜见，苏某说："您虽然有钱，但不能富贵，官到五品就会死。"当时魏知古才进士及第，苏某说："这人虽然又黑又瘦，以后必然显贵。"就把大女儿嫁给了他。这大女儿头发有七尺长，黑光如漆，看相的人说这是大富大贵之兆。后来魏知古拜相，她受封为夫人。

12.25 明皇封禅太山①，张说为封禅使②。说女婿郑镒，本九品官。旧例，封禅后，自三公以下皆迁转一级③。惟郑镒因说骤迁五品，兼赐绯服。因大脯次④，玄宗见镒官位腾跃，怪而问之，镒无词以对。黄幡绰曰⑤："此乃太山之力也。"

【注释】

①封禅（shàn）：帝王在泰山上筑坛祭天，报天之功，称为"封"；在泰山下的梁父山辟场祭地，报地之德，称为"禅"。太山：即泰山。

《新唐书·玄宗纪》:"(开元十三年)十一月庚寅,封于泰山。"

②封禅使:封禅仪式本为皇帝亲自主持,后来皇帝也委派官员代表自己主持,即封禅使。

③三公:唐以太尉、司徒、司空为三公。迁转:晋升。

④酺:同"酺(pú)",国有吉庆,皇帝特许臣民欢庆聚饮。

⑤黄幡绰:唐玄宗时伶人。

【译文】

唐明皇封禅泰山,张说任封禅使。张说的女婿郑镒,本来是九品官。按照惯例,举行封禅以后,自三公以下的官员都晋升一级。只有郑镒凭张说的关系一下子升到五品,同时加赐绯服。在朝廷举行的酒宴上,玄宗看见郑镒官位连升几级,觉得奇怪,就问他,郑镒无言以对。黄幡绰在一旁说:"这是泰山的力量啊。"

12.26　成式曾一夕堂中会,时妓女玉壶忌鱼炙,见之色动。因访诸妓所恶者,有蓬山忌鼠,金子忌虱尤甚。坐客乃竞征虱挐鼠,多至百余条。予戏摭其事①,作《破虱录》②。

【注释】

①摭(zhí):拾取。

②《破虱录》:《四库全书总目》:"今无所谓《破虱录》者,盖脱其一篇,独存其篇首引语,缀前篇之末耳。"李剑国《唐五代志怪传奇叙录》则认为本书原来就没有"破虱录"一篇。

【译文】

我曾在一个晚上举行宴会,当时有位叫玉壶的妓女忌食烤鱼,只要看一眼就花容失色。因而询问在座的妓女都厌恶什么,有个叫蓬山的害怕老鼠,有个叫金子的特别害怕虱子。席中的客人于是就竞相谈论关于虱子、老鼠的典故，多至一百多条。我把这些抄录下来，编成《破虱录》。

前集卷十三

冥迹

【题解】

本篇共五条，记载鬼魂、冥婚、冥判及转世再生等事，故称"冥迹"。魏韦英值其妻再嫁之日显魂，崔罗什夜入夫人墓，犹今之所谓"人鬼情未了"，而顾况夭逝之子再为顾家子，也正是前生未了因。此类逸事，定属诬造，而耸人听闻，正合志怪之旨。

13.1 魏韦英卒后，妻梁氏嫁向子集。嫁日，英归至庭，呼曰："阿梁，卿忘我耶？"子集惊，张弓射之，即变为桃人、茅马。

【译文】

魏韦英死后，他的妻子梁氏再嫁向子集。结婚那天，韦英回到院子里，呼唤梁氏说："阿梁，你这么快就把我忘了？"向子集非常惊恐，张弓一箭射去，韦英一下子变成了桃木人，骑的马也变成了茅草扎的马。

13.2 长白山西有夫人墓①，魏孝昭之世②，搜扬天下才俊，清河崔罗什③，弱冠有令望，被征诣州，夜经于此。忽见朱门粉壁，楼台相望。俄有一青衣出，语什曰："女郎须见崔郎。"什恍然下马，入两重门，内有一青衣，通问引前。什曰："行李之中④，忽蒙厚命，素既不叙，无宜深入。"青衣曰："女郎乃平陵刘府君之妻⑤，侍中吴质之女⑥。府君先行，故欲相见。"什遂前，入就床坐⑦。其女在户东立，与什叙温凉。内二婢秉烛，呼一婢，令以玉夹膝置什前⑧。什素有才藻，颇善风咏，虽疑其非人，亦惬心好也。女曰："比见崔郎息驾庭树，嘉君吟啸，故欲一叙玉颜。"什遂问曰："魏帝与尊公书⑨，称尊公为元城令⑩，然否？"女曰："家君元城之日，妾生之岁。"什乃与论汉魏时事，悉与魏史符合，言多不能备载。什曰："贵夫刘氏，愿告其名。"女曰："狂夫刘孔才之第二子⑪，名瑶，字仲璋。比有罪被摄，乃去不返。"什乃下床辞出，女曰："从此十年，当更相逢。"什遂以玳瑁簪留之⑫，女以指上玉环赠什。什上马行数十步，回顾，乃一大冢。什屆历下，以为不祥，遂请僧为斋，以环布施。天统末⑬，什为王事所牵，筑河于垣冢，遂于幕下话斯事于济南奚叔布，因下泣曰："今岁乃是十年，可如何也作罢？"什在园中食杏，忽见一人，唯云："报女郎信。"俄即去。食一杏未尽而卒。什十二为郡功曹，为州里推重，及死，无不伤叹。

【注释】

①长白山：今山东邹平西南会仙山。

②魏孝昭："魏"为"齐"之误。此指北齐孝昭帝高演（535—561），皇建元年（560）即位，次年十一月崩。

③清河：北齐清河郡，治所在今河北清河西北。

④行李：旅程。

⑤平陵：治所在今山东章丘西。

⑥吴质（178—230）：字季重，济阴（今山东定陶）人。建安时期入曹
　操幕，后仕曹魏，明帝时召为侍中。

⑦床：坐床，一种坐具。

⑧夹膝：古时消暑的器具，多用竹制为长笼，或取整段竹，中间通
　空，四周开洞以通风，暑天置于床席之间，唐代叫"竹夹膝"，宋代
　叫"竹夫人"或"竹姬"。这里的夹膝是玉制的，故称"玉夹膝"。

⑨魏帝与尊公书：魏文帝曹丕《与吴质书》。今存三篇。

⑩元城：在今河北大名东。

⑪刘孔才：即为刘劭，字孔才，广平邯郸（今属河北）人。仕汉，后
　入魏。

⑫玳瑁：一种海洋动物，甲壳光滑，有褐色和淡黄色相间的花纹，可
　作装饰品。

⑬天统：北齐后主高纬年号（565—569）。

【译文】

　　长白山西边有座夫人墓，北齐孝昭帝时，搜罗天下贤才，清河崔罗
什，弱冠之年就有美名，应征召到州，晚上路过这里。忽然看见一座宅
第，朱红大门，白色影壁，院内楼台鳞次栉比。不一会儿，有一个青衣人
走出来，对罗什说："女郎要见崔郎。"罗什恍恍惚惚就下了马，进入两重
门，里面有一个青衣人迎面问候，在前引路。罗什说："旅程奔波之中，
突然承蒙召唤，平素既无交流，不宜再往里走。"青衣人说："女郎是平陵
刘府君的妻子，侍中吴质的女儿。刘府君先已离去，所以她想见您。"罗
什就继续前行，进入室内坐下。那位女郎在门东边站着，和罗什寒暄。
里面有两位婢女手持蜡烛，女郎唤来其中一人，吩咐取来一个玉夹膝放
在罗什面前。罗什素有才华，擅长吟诗，虽然怀疑女郎不是人，倒也喜
欢她的美貌。女郎说："刚才见到崔郎在庭前树下休息，很欣赏您的吟

啸，所以想见见您。"罗什就问："魏文帝给令尊的书信，称呼令尊为元城令，有这回事吗？"女郎说："家父做元城令的时候，正是我出生的那年。"罗什就和她谈论汉魏时事，和曹魏的历史全都相符，有很多话，不能一一记录下来。罗什说："尊夫刘氏的名讳是什么？"女郎说："先夫是刘孔才的第二个儿子，名瑶，字仲璋。不久前有罪被抓，一去不回了。"罗什于是起身告辞，女郎说："十年以后，会和您重逢。"罗什就把玳瑁簪留作纪念，女郎取下手指上的玉环赠给罗什。罗什跨上马前行几十步，回头一看，只见一座大坟。罗什到了历城，心想这事很不吉利，就请和尚做道场，把女郎送的玉环布施给僧人。天统末年，罗什公务缠身，在垣家负责修筑河堤，在帐中和济南奚叔布谈起这件事，流着泪说："今年正好是第十年，不知这事会如何了结？"罗什在园里吃杏子，忽然见到一个人，只对他说了一句话："向你通报女郎的消息。"不一会儿就离开了。罗什一个杏子没吃完就死了。罗什当郡功曹十二年，州府里很看重他，现在他死了，众人无不伤感叹惋。

13.3 南巨川常识判冥者张叔言①，因撰《续神异记》，具载其灵验。叔言判冥鬼十人，十人数内，两人是妇人。又乌龟、狐亦判冥。

【注释】

①南巨川：鲁郡（今山东兖州）人。开元二十七年（739）登进士第，至德二载（757）任给事中，出使吐蕃。其《续神异记》一书，载冥祥灵验故事，已佚。判冥：审理阴司案件。李剑国《唐五代志怪传奇叙录》："南朝志怪书始有入冥证因果之说，唯判案者皆冥吏，唐人乃出生人应召入冥判鬼之想，遂使幽冥沟通又增一途。"

【译文】

南巨川曾经认识判冥的张叔言，因而撰写了《续神异记》一书，详细记载关于他的灵验之事。张叔言一共审理冥鬼十人,十人当中,有两人是妇女。另外,乌龟和狐狸也在阴司审案。

13.4 于襄阳顿在镇时,选人刘某人入京①,逢一举人,年二十许,言语明晤。同行数里,意甚相得,因藉草,刘有酒,倾数杯。日暮,举人指支迳曰:"某弊止从此数里,能左顾乎?"刘辞以程期,举人因赋诗曰:"流水涓涓芹努牙②,织乌双飞客还家。荒村无人作寒食,殡宫空对棠梨花③。"至明旦④,刘归襄州,寻访举人,惟有殡宫存焉。

【注释】

①选人:集于吏部候选入官的人员。

②努牙:吐芽,发芽。

③殡宫:停放灵柩的房舍。

④明旦:疑为"明年"。

【译文】

于颀坐镇襄阳的时候,选人刘某人进京,途中遇见一位举人,大约二十多岁,言语明快。同行几里路,觉得相互投合,于是在草地上坐下来,刘某带有酒,两人干了几杯。天色渐晚,举人指着一条小路说:"从这条路到寒舍不过几里,能屈驾光临吗?"刘推辞说旅途时间紧,举人于是赋了一首诗:"流水涓涓芹努牙,织乌双飞客还家。荒村无人作寒食,殡宫空对棠梨花。"第二年,刘某回到襄阳,寻访先前那位举人,结果只有他停灵的房舍还在。

13.5 顾况丧一子①,年十七。其子魂游,恍惚如梦,不离其家。顾悲伤不已,乃作诗,吟之且哭。诗云:"老人丧一子,日暮泣成血。心逐断猿惊,迹随飞鸟灭。老人年七十,不作多时别。"其子听之感恸,因自誓:"忽若作人,当再为顾家子。"经日,如被人执至一处,若县吏者断令托生顾家,复都无所知。忽觉心醒开目,认其屋宇兄弟,亲爱满侧,唯语不得。当其生也,已后又不记。年至七岁,其兄戏批之②,忽曰:"我是尔兄,何故批我!"一家惊异。方叙前生事,历历不误,弟妹小名,悉遍呼之。抑知羊叔子事非怪也③。即进士顾非熊,成式常访之,涕泣为成式言。释氏《处胎经》言人之住胎④,与此稍差。

【注释】

①顾况(727?—816?):字逋翁,自号华阳山人,苏州人。唐肃宗至德二载(757)登进士第,历为幕府佐职、校书郎、著作郎等,贞元九年(793)去官隐居茅山,受道箓。顾况性诙谐放任,好佛老,有诗名,尤长于歌行。

②批:用手掌打。

③羊叔子事:《晋书》本传:"祜年五岁时,令乳母取所弄金环。乳母曰:'汝先无此物。'祜即诣邻人李氏东垣桑树中,探得之。主人惊曰:'此吾亡儿所失物也,云何持去?'乳母具言之,李氏悲惋。时人异之,谓李氏子则祜之前身也。"羊叔子,即为羊祜(221—278),字叔子,泰山南城(今山东费县西南)人。

④《处胎经》:佛经名。全名为《菩萨从兜率天降神母胎说广普经》,叙述阿难以神通显现于母胎中,于胎中为诸菩萨说法。

【译文】

顾况死了一个儿子,年方十七岁。这儿子死后阴魂游荡,恍惚有如梦中,不愿离开家里。顾况悲伤不已,写了一首诗,一边吟诵一边哭泣。

诗云:"老人丧一子,日暮泣成血。心逐断猿惊,迹随飞鸟灭。老人年七十,不作多时别。"他死去的儿子听了,感慨悲痛,于是暗自发誓:"如果来世为人,还要做顾家的儿子。"过了一天,好像被人带到某个地方,有个县吏模样的人判令他托生顾家,其余的事都不记得。忽然觉得心里清醒,睁开眼睛一看,房屋、兄弟全都认识,亲人围在身边,只是自己说不出话来。这是刚出生的事,以后又不记得。到七岁时,他哥哥开玩笑用手打他,他忽然说:"我是你兄长,你怎么能打我!"一家人很吃惊。他这才叙说前生的事情,清清楚楚一点不差,兄弟姊妹的小名,都能一一喊出来。由此可知羊祜的事情并不奇怪啊。这个孩子就是进士顾非熊,我经常过访他,听他哭泣着给我讲这件事情。佛教的《处胎经》说人的住胎,和这事略有不同。

尸夞

【题解】

夞（xī）字就是埋葬的意思。本篇所载，均为丧事、葬礼之种种异闻传说。李剑国《唐五代志怪传奇叙录》：“自《西京杂记》卷六载墓葬异事七条，《博物志》、《搜神记》等皆喜言之。此列专篇，广其事也。”

13.6 近代丧礼，初死内棺①，而截亡人衣后幅留之。又内棺加盖，以肉、饭、黍、酒著棺前，摇盖叩棺，呼亡者名字起食，三度，然后止。

【注释】

①内棺：入殓。内，“纳”的古字。

【译文】

近代的丧礼，人死入殓，裁下死者衣服的后幅保留下来。又入殓加盖棺材盖板，把肉、饭、黍、酒放在棺材前面，摇动盖板，敲击棺材，呼唤死者的名字，请他起来进食，这样连续三次才罢。

13.7 琢钉及漆棺，止哭，哭便漆不干也。

【译文】

给棺材钉上钉子以及上漆的时候,不能哭,一哭漆就干不了。

13.8 铭旌出门①,众人掣裂将去。

送亡人,不可送韦革、铁物及铜磨镜使盖②,言死者不可使见明也。董勋言③:"《礼》④:弁服韎韐⑤。"此用韦也。

【注释】

①铭旌:灵柩前的旗幡,上书死者的官衔姓名之类。

②韦革:皮革。韦,经过加工的熟皮。镜使盖:疑为"镜奁盖"。镜奁,镜匣。

③董勋:魏晋时人,著有《问俗礼》十卷。

④《礼》:儒家经典。汉代初年所说的《礼》,指十七篇《礼经》;合记而言,称《礼记》。后来专称四十篇之记为《礼记》(小戴记),十七篇之《礼经》为《仪礼》,又以《周官经》为《周礼》,合称"三礼"。

⑤弁(biàn):冠名。古代男子穿礼服时所戴的冠称作弁。吉礼用冕,常礼用弁。韎韐(mèi gé):古祭服上蔽膝,用韦制作,以茅蒐草染成赤黄色。

【译文】

铭旌出门后,众人就把它撕裂拿走。

送死者,不能送皮革、铁物以及铜磨镜奁盖,意思是不能让死者见到光明。董勋说:"《礼》:弁服韎韐。"这是用的熟皮。

13.9 刻木为屋舍、车马、奴婢、抵蛊等①,周之前用涂车、刍灵②,周以来用俑③。

【注释】

①抵蛊:陪葬用品,具体不详。

②涂车:泥车,送葬用的物品。刍(chú)灵:即刍灵,茅草扎成的人马,殉葬用品。

③俑:殉葬用的木偶或陶偶。

【译文】

用木头刻成房屋、车马、奴婢、抵蛊等殉葬品,周代以前用泥车、刍灵,周代以下用俑。

13.10 送亡者,又以黄卷、蠟钱、菟毫、弩机、纸疏、挂树之属①。又作辘车②,车,古篓也③,篓似屏。

【注释】

①黄卷:书籍。古代用黄檗染纸以防蛀,故称"黄卷"。这里应指释道经卷。蠟(là)钱:香蜡纸钱。蠟,同"蜡"。菟毫:即兔毫,用兔毫制作的毛笔。菟,通"兔"。弩机:弩的部件,青铜制成,装置在弩的木臂后部。纸疏:纸张。挂树:一种挂在树上的丧葬用品。

②辘(kāng):明方以智《通雅》卷三四"器用":"辘车,送亡者之纸篓也。……今京师有古篓,方尺许,厚二三寸,似小屏,粗楮为之,粘饰银箔,送亡之资即此物与?按篓当似箱,古人谓箱为屏档,故亦以屏呼之。"

③篓:同"篓"。

【译文】

送给死者的资财,又有经卷、香蜡纸钱、兔毫笔、弩机、纸张、挂树之类。又制作辘车,辘车,就是古篓,形状像屏档。

13.11 世人死者，作伎乐，名为乐丧①。魌头②，所以存亡者之魂气也③。一名苏衣被，苏苏如也④。一曰狂阻⑤，一曰触圹⑥。四目曰方相⑦，两目曰俱。据费长房识李娥药丸，谓之方相脑⑧，则方相或鬼物也，前圣设官象之⑨。

【注释】

①乐丧：举乐办理丧事。

②魌（qī）头：也作"俱（qī）头"，状貌丑恶的面具。古时用以驱邪避疫。

③存亡者之魂气：《太平御览》卷五五二引《风俗通》："俗说亡人，魂气浮扬，故作魌头以存之，言头体魌魌然盛大也。"

④苏苏：畏惧不安的样子。

⑤狂阻：魌头别称。《周礼·夏官》："方相氏，狂夫四人。"

⑥触圹（kuàng）：方言里称魌头。

⑦方相：古代驱疫避邪的巫师。见8.42条注⑪。这里指面具。

⑧费长房识李娥药丸，谓之方相脑：据东晋干宝《搜神记》卷十五，武陵充县妇女李娥，年六十余岁，死后魂归地府，方知是阴司误召，当遣还阳间，其表兄刘伯文请她带信给儿子刘佗，嘱刘佗八月八日日中之时，在武陵城南沟水畔与父相会。到那一天，刘佗带着全家老小到城南沟边，果然听见他父亲的声音呼唤他，并且给他一枚药丸，说来年春天会有一场瘟疫，就用这枚丸药来涂门窗，可以避疫。"至前春，武陵果大病，白日见鬼，唯伯文之家，鬼不敢向。费长房视药曰：'此方相脑也。'"

⑨前圣设官象之：《周礼·夏官》"方相氏"："掌蒙熊皮，黄金四目，玄衣朱裳，执戈扬盾，帅百隶而时难，以索室驱疫。大丧，先柩；及墓，入圹，以戈击四隅，驱方良。"官，职位。

【译文】

民间人死了,表演伎乐,名叫乐丧。魌头,是用来留存死者魂气的东西。魌头又称作苏衣被,是因为它让人畏惧不安。又称狂阻,又称触圹。四只眼睛的魌头叫方相,两只眼睛的叫俱。据费长房辨识李娥从地府带回的药丸,说那叫方相脑,这样说来方相可能是鬼怪一类,古代的圣人设方相氏以模仿它的形貌。

13.12 又忌狗见尸,令有重丧①。

【注释】

①重丧:家属有两人相继死亡。

【译文】

又忌讳让狗看见尸体,因为这样会有重丧。

13.13 亡人坐上作魂衣①,谓之上天衣②。

【注释】

①坐上作魂衣:祭祀时,在灵座上按生前安坐之形,陈设死者遗衣。

②上天衣:即汉代的"非衣",也作"飞衣",是一块 T 形衣状帛画,上面绘制一些象征死者上天界的图画。

【译文】

死者灵座上陈设的魂衣,名叫上天衣。

13.14 送亡者,不赍镜奁盖。

【译文】

为死者送葬,不能带镜匣盖。

13.15 裻①,鬼衣也。桐人起虞卿②,明衣起左伯桃③,挽歌起绋讴④。故旧律,发冢弃市⑤。冢者,重也,言为孝子所重。发一苗土则坐⑥,不须物也。

【注释】

①裻(yīng):小殓时,在死者脸上覆盖的巾帕。

②桐人:桐木偶,丧葬用品。虞卿:战国赵国上卿。

③明衣:死者入殓前所穿的内衣。左伯桃:战国燕人。

④挽歌:也作"𫐉歌",送葬时执绋挽丧车前行的人所唱的哀悼死者的歌。绋:拉灵柩的绳索。这里指执绋者,即牵引灵车的人。讴:唱。

⑤发冢:盗墓。弃市:处死。

⑥坐:获罪。

【译文】

裻,也就是鬼衣。制作桐人始于虞卿,明衣始于左伯桃,挽歌起于执绋者的讴唱。原先的刑律,掘冢者一律处死。冢,也就是重,是孝子特别看重的。哪怕掘一点儿坟土都会获罪,不是盗出财物才算犯罪。

13.16 "吊"字,矢贯弓也。古者葬弃中野,礼贯弓而吊,以助鸟兽之害①。

【注释】

①"古者葬弃中野"三句:《吴越春秋·勾践阴谋外传第九》:"(陈)

音曰：'古者人民朴质，饥食鸟兽，渴饮雾露，死则裹以白茅，投于中野。孝子不忍见父母为鸟兽所食，故作弹以守之，绝鸟兽之害。'"古者葬弃中野，《周易·系辞下》："古之葬者，厚衣之以薪，葬之中野，不封不树，丧期无数。"助，疑为"锄"字之误。

【译文】

"吊"字，意思是箭搭在弓上。古时候人死了就把尸体放置在荒野，葬礼上要用一副弓箭，意思是用来防止鸟兽侵食尸体。

13.17 后魏俗竞厚葬，棺厚高大，多用柏木，两边作大铜镮钮[1]，不问公私贵贱，悉白油络幰辒车[2]，迺素稍仗[3]，打虏鼓[4]，哭声欲似南朝，传哭挽歌无破声[5]，亦小异于京师焉。

【注释】

①镮（huán）：金属制成的圆圈形物。

②油络：车上所垂的丝饰。幰（xiǎn）：车的帷幔。辒（ér）车：灵车。

③迺（liè）：通"列"。

④虏：对北朝的称呼。

⑤破声：放开声音大哭。

【译文】

后魏风俗崇尚厚葬，棺木很厚而且高大，多用柏木，棺材两边装有大铜镮钮，不论公私贵贱，都用白丝饰帷幔灵车，排列白桨仗，敲打虏鼓，哭声有点类似南朝，据说唱挽歌时不会大声号哭，也和京城略有差别。

13.18《周礼》[1]：方相氏驱罔象[2]。罔象好食亡者肝，而畏虎与柏。墓上树柏，路口致石虎，为此也。

【注释】

①《周礼》:"三礼"之一。《周礼》一书,汉代先是称作《周官》,因为和《尚书·周官》篇相混淆,于是改称《周官经》,自刘歆以后,则称作《周礼》。

②罔象:又作"方良",即魍魉,山川中的精怪。

【译文】

《周礼》记载:方相氏驱逐魍魉。魍魉喜欢吃死者的肝,而害怕老虎和柏树。墓地栽种柏树,墓道路口摆上石虎,就是为这个。

13.19 昔秦时,陈仓人猎得兽①,若彘②,而不知名。道逢二童子,曰:"此名弗述,常在地中,食死人脑。欲杀之,当以柏插其首。"

【注释】

①陈仓:今陕西宝鸡。

②彘(zhì):猪。

【译文】

早在秦朝时,陈仓有个人猎获一头野兽,像猪,不知道叫什么。路上碰见两个童子,说:"这兽名叫弗述,经常在地下吃死人的脑。想要杀死它,得先用柏枝插在它的头上。"

13.20 遭丧妇人有面衣①。期已下妇人著箝②,不著面衣。

【注释】

①面衣:这里指妇女服丧用的面纱。

②期(jī)：期服,齐衰一年的丧服,凡长辈如祖父母、伯叔父母、在室
　　姑之丧,平辈如兄弟姊妹、妻之丧,小辈如侄、嫡孙等之丧,均着
　　此服。箇:指妇女服丧的头饰。

【译文】

家有丧事的妇女有服丧专用的面纱。期服之外的妇女只戴箇,不
用戴面纱。

13.21 又妇人哭,以扇掩面。或有帷幄内哭者①。

【注释】

①帷幄:这里指丧家的帷堂。

【译文】

另外,妇女哭丧的时候,要用扇子遮住脸。也有在帷堂里哭不用遮
脸的。

13.22 汉平陵王墓①,墓多狐。狐自穴出者,皆毛上坌灰。魏末,有人至狐穴前,得金刀镖、玉唾壶。

【注释】

①汉平陵王墓:北宋乐史《太平寰宇记》卷一九:"(齐州章丘)平陵
　　王墓,在县东北二里,高三丈。按《汉书》,文帝十六年,封齐悼惠
　　王子为齐孝王,景帝三年,孝王与吴、楚反,自杀,葬于此。墓在
　　危山之顶。"

【译文】

汉平陵王墓,墓地有很多狐狸。从洞穴里钻出来的狐狸,身上沾满
了尘灰。魏朝末年,有人到狐狸洞穴口,拾到了金刀镖、玉唾壶。

13.23 贝丘县东北有齐景公墓^①,近世有人开之。下入三丈,石函中得一鹅,鹅回转翅以拨石。复下入一丈,便有青气上腾,望之如陶烟^②,飞鸟过之,辄堕死,遂不敢入。

【注释】

①齐景公(？—前490):即为杵臼。春秋时齐国君主。

②陶烟:烧制陶器的窑烟。

【译文】

贝丘县东北有齐景公的陵墓,近代有人发掘过。深入地下三丈,有一处石函,石函里有一只鹅,鹅扇动翅膀去拨动石块。从这里再往下一丈深处,就有青烟升腾,看上去就像烧制陶器的窑烟,鸟儿从上方飞过,都堕地而死,因而盗墓者不敢再深入墓室。

13.24 元魏时,菩提寺僧达多发冢取砖^①,得一人,自言姓崔名涵,字子洪,在地下十二年。如醉人,时复游行,不甚辨了,畏日及水火兵刃。常走,疲极则止。洛阳奉终里多卖送死之具^②,涵言:"作柏棺,莫作桑樀^③。吾地下见发鬼兵,一鬼称是柏棺,主者曰:'虽是柏棺,乃桑樀也。'"^④

【注释】

①菩提寺:北魏杨衒之《洛阳伽蓝记》卷三:"菩提寺,西域胡人所立也,在慕义里。"

②奉终里:北魏杨衒之《洛阳伽蓝记》卷三:"洛阳大市北有奉终里,里内之人,多卖送死人之具及诸棺椁。"

③樀(xiāng):木器的里衬。

④按,本条出自北魏杨衒之《洛阳伽蓝记》卷三,此下续有:"京师闻

此，柏木踊贵，人疑卖棺者货涵发此等之言也。"意思是卖棺材的
人花钱让崔涵故意编造这番鬼话骗人。

【译文】

元魏时，洛阳菩提寺的和尚达多掘墓取砖，据说挖出一个人，自称
姓崔名涵，字子洪，在地下十二年了。好像醉酒的人，不时四处游荡，神
志模糊不清，害怕阳光以及水、火、兵器。他经常不停地走，实在走不动
了才停下来。洛阳的奉终里，专卖丧葬用品，崔涵说："制作柏木棺，不
要用桑木作里衬。我看见地府里征调鬼兵，有一个鬼称自己所用为柏
棺，可以免于征调，主管说：'你虽然用的是柏棺，却是桑木里衬，不
能免。'"

13.25　南朝薨卒①，赠予者以密②。应著貂蝉者③，以雁
代之；绶者以书④。

【注释】

①薨（hōng）：诸侯或爵位很高的官员之死称"薨"。

②密：不详何义。结合下文看，应是替代品的意思。

③貂蝉：冠名。以貂尾和蝉为装饰。《后汉书》卷四十："侍中、中常
侍加黄金珰，附蝉为文，貂尾为饰，谓之赵惠文冠。"

④绶：系玉饰或印章的丝带。

【译文】

南朝王侯或高官去世后，赠予的东西是替代品。应该赐貂蝉冠的，
用雁翎代替；绶带用书代替。

13.26　先贤大臣冢墓，揭柣题其官号姓名①。五品以上，
漆棺。六品以下，但得漆际②。

【注释】

①揭杙(yì):用作标志的长方形木牌。揭,小木桩。

②际:交界。这里指棺木合缝之处。

【译文】

前贤大臣的坟墓,用揭杙题写他们的官职和姓名。职官五品以上的,漆整棺。六品及以下的,只能漆一下棺材缝。

13.27 南阳县民苏调女①,死三年,自开棺还家,言夫将军事②,赤小豆、黄豆,死有持此二豆一石者,无复作苦,又言可用梓木为棺③。

【注释】

①南阳县:今属河南。

②夫将军事:此四字,《四库全书》本作"冥将吏畏"。

③梓:一种落叶乔木。

【译文】

南阳县县民苏调的女儿,死后三年,自己打开棺材回到家里,说地府的武将官吏们都害怕红小豆和黄豆,死的时候带有一石赤小豆和黄豆进入地府的,不用再做苦工,又说可以用梓木制作棺材。

13.28 刘晏判官李邈①,庄在高陵②,庄客悬欠租课③,积五六年。邈因官罢归庄,方欲勘责,见仓库盈羡,输尚未毕。邈怪问,悉曰:"某作端公庄客二三年矣④,久为盗。近开一古冢,冢西去庄十里,极高大。入松林二百步,方至墓,墓侧有碑,断倒草中,字磨灭不可读。初,旁掘数十丈,遇一石门，固以铁汁，累日洋粪沃之方开⑤。开时，箭出如雨，射杀数人。众惧欲出，某审无他，必机关耳⑥。乃令投石其中，每投，箭辄出。投十余石，箭不复发，因列炬而入。至开第二重门，有木人数十，张目运剑，又伤数人。众以棒击之，兵仗悉落。四壁各画兵卫之像。南壁有大漆棺，悬以铁索，其下金玉珠玑堆积，众惧，未即掠之。棺两角忽飒飒风起，有沙迸扑人面。须臾风甚，沙出如注，遂没至膝，众惊恐走。比出，门已塞矣，一人复为沙埋死。乃同酹地谢之⑦，誓不发冢。"

【注释】

①刘晏(716? —780)：字士安，曹州南华(今山东东明)人。七岁举神童，授秘书省正字。历官侍御史、度支郎中、河南尹、京兆尹、户部侍郎、国子祭酒、户部尚书、左仆射兼判度支等职。建中元年(780)贬忠州刺史，赐死。刘晏长期管理财赋，在官不贪，是肃宗、代宗两朝杰出的理财家，亦善诗文。

②高陵：今属陕西。

③课：租税。

④端公：唐代侍御史俗称端公。此处或为敬称，未见其他文献记载李邈曾官侍御史。

⑤洋粪：粪汁。

⑥机关：设有机件而能制动的器械。这里是为防备盗墓而暗设的机械。

⑦酹：以酒浇地，以示祭奠。

【译文】

刘晏的判官李邈，田庄在高陵县，庄客拖欠地租累计有五六年。李邈罢官回到庄园，正打算核查情况施以责罚，只见仓库丰实，入库的钱粮还没运完。李邈很奇怪，就问他们，庄客回答说："我们当端公的庄客有二三年了，长期盗墓。近来发掘一座古墓，这座墓在田庄西边十里远，非常高大。进入松林，前行两百步，才到墓前，墓侧有石碑，断裂倒在草丛中，字迹模糊，无法认读。起先，从墓旁挖进去几十丈，挖到一座石门，用铁汁水浇铸凝固，一连几天拿粪汁浇灌腐蚀才把门打开。门开时，突然乱箭如雨，射死几个人。大伙儿非常害怕，想要退出去，我想没有其他原因，必定是墓中的机关。就让人往里面扔石头，每扔一块石头，箭就射出。扔了十多块以后，等到不再向外发箭，这才打着火把列队进去。等到打开第二重门，有几十个木偶人，怒目圆睁，挥舞宝剑，又砍伤了几个人。大伙儿用棍棒回击，木人手中的兵器全被击落。墓室四壁都画着守卫兵士的画像。南壁有一口大漆棺，用铁索吊悬离地，棺材下面堆满了金玉珠宝，大伙儿心里害怕，就没有一哄而上去抢。棺材两头忽然飒飒风起，挟带着沙土扑打在脸上。不一会儿，风越刮越大，沙粒喷涌流注，很快没到人的膝盖，大伙儿惊惶失措，向外奔逃。刚跑出来，门就被沙填塞了，有一个人又被沙埋死了。于是大伙儿洒酒致祭，跪地谢罪，起誓再也不盗墓了。"

13. 29《水经》言①："越王勾践都琅琊②，欲移允常冢③，冢中风生，飞沙射人，人不得近，遂止。"按《汉旧仪》④："将作营陵地⑤，内方石，外陟车石，户交横莫耶，设伏弩、伏火、弓矢与沙⑥。"盖古制有其机也。

又侯白《旌异记》曰⑦："盗发白茅冢，棺内大吼如雷，野雉悉雊。穿内⑧，火起，飞焰赫然，盗被烧死。"得非伏火乎？

【注释】

①《水经》：旧题汉代桑钦撰，记我国河流水道共一百三十七条。这

里指北魏郦道元的《水经注》,《水经注》补充记述河流水道至一
千二百五十二条,注文较原书多出二十倍,是我国古代地理
名著。

②勾践(? —前465):春秋时越国君主,为吴王夫差所败,困于会
稽,屈膝求和,其后卧薪尝胆,发愤图强,终于灭掉吴国。都琅
琊:北宋乐史《太平寰宇记》卷二四:"(诸城县)《吴越春秋》曰:越
王勾践二十五年从琅琊立观台,周回七里,以望东海。"琅琊,在
今山东胶南西南。

③允常:勾践之父。

④《汉旧仪》:即《汉官旧仪》,汉代卫宏撰,所记皆西汉典礼,今存清
代辑本。

⑤将(jiāng)作:即将作大匠,职官名。掌管宗庙、陵寝、宫室及其他
土木工程的营建。陵:帝王陵墓。

⑥"内方石"四句:这几句《后汉书》卷十六注引《汉旧仪》作:"其设
四通羡门,容大车六马,皆藏之内方,外陟车石。外方立,先闭剑
户,户设夜龙、莫耶剑、伏弩,设伏火。"陟(zhì),由低处向高处走,
与"降"相对。莫耶(yé),传说春秋时吴王令干将铸剑,铁汁不下,
其妻莫耶自投炉中,铁汁乃出,遂成二剑,雄剑名干将,雌剑名莫
耶。这里泛指宝剑。

⑦侯白:字君素,魏郡邺(今河北临漳西南)人。隋朝人,撰有《旌异
记》十五卷。

⑧穿:凿。

【译文】

　　《水经注》记载:"越王勾践迁都琅琊,想迁移他父亲允常的陵墓,墓
中风声大作,飞沙走石,人不能靠近,只得罢了。"另按,《汉旧仪》记载:
"将作大匠建造皇帝陵墓,墓室里安放大车六马,往外从低到高铺设车
道石板,墓门纵横交错地设置暗剑、伏弩、伏火、弓箭和沙。"原来古时建

陵就有这些机关了。

另外，侯白《旌异记》记载："盗墓贼掘白茅冢时，只听得棺材里吼声如雷，野鸡都鸣叫起来。继续深掘，突然燃起大火，火焰熊熊，盗墓贼被烧死了。"这大概就是伏火吧？

13.30 永泰初[1]，有王生者，住在扬州孝感寺北。夏月被酒，手垂于床，其妻恐风射[2]，将举之。忽有巨手出于床前，牵王臂坠床，身渐入地。其妻与奴婢共曳之，不禁，地如裂状，初余衣带，顷亦不见。其家并力掘之，深二丈，得枯骸一具，已如数百年者。竟不知何怪。

【注释】

[1]永泰：唐代宗李豫年号(765—766)。

[2]射：被小股的劲风吹。

【译文】

永泰初年，有个王生，家在扬州孝感寺北边。一个夏天的晚上，醉酒卧床，手垂在床边，他妻子担心他受风，就想把他的手臂抬起来。突然，床前冒出一只巨手，抓住王生的手臂把他拉下床，王生的身体竟渐渐没入地下。他的妻子和奴婢赶紧合力把王生往外拽，却怎么也拽不回来，地面像是裂了一道缝，王生先还余有衣带在外，不一会儿衣带也没入地下不见了。他的家人倾尽全力掘地，到两丈深的地方，挖出一具枯骨，看上去已有几百年。最终也不知道是个什么鬼怪。

13.31 江淮元和中有百姓耕地，地陷，乃古墓也。棺中得裤五十腰[1]。

【注释】

①裈(kūn)：裤子。

【译文】

元和年间，江淮地区有百姓耕地，地面下陷，原来是座古墓。在古墓的棺材里，找到了五十条裤子。

13.32 处士郑宾于言：尝客河北^①，有村正妻新死^②，未殓^③。日暮，其儿女忽觉有乐声渐近，至庭宇，尸已动矣。及入房，如在梁栋间，尸遂起舞。乐声复出，尸倒，旋出门，随乐声而去。其家惊惧，时月黑，亦不敢寻逐。一更，村正方归，知之，乃折一桑枝如臂，被酒大骂寻之。入墓林，约五六里，复闻乐声在一柏林上。及近树，树下有火荧荧然，尸方舞矣。村正举杖击之，尸倒，乐声亦住，遂负尸而返。

【注释】

①河北：黄河以北。唐代指河北道，辖境为黄河以北、太行山以东地区。

②村正：即今之村长。

③殓(liàn)：给死者穿衣入棺。

【译文】

处士郑宾于说：他曾经客寓河北，有位村正的妻子刚死，没有入殓。傍晚时分，儿女们忽然听到有乐声响起，越来越近，到院里的时候，死尸已开始微微活动。等到乐声进入房间，好像是在房梁上，尸体就随着乐声舞动起来。乐声又向外出门，尸体倒下了，随即也出了门，伴着乐声远去了。家人大为惊恐，当时天色已黑，没有月亮，也不敢跟出去寻找。一更，村正才回到家，知道这事后，就折了一根手臂粗细的桑树枝，喝得大醉，高声叫骂着出外寻找。进入一处墓林，约五六里远，又听见乐声在一处柏树林上。走近柏树，看见树下有鬼火闪烁，他妻子的尸体正舞动不停。村正举起桑杖猛击，死尸应声倒地，乐声也即刻停止，村正就背起尸体回去了。

13.33 医僧行儒说：福州有弘济上人①，斋戒清苦。常于沙岸得一颅骨，遂贮衣篮中归寺。数日，忽眠中有物啮其耳，以手拨之落，声如数升物，疑其颅骨所为也。及明，果坠在床下，遂破为六片，零置瓦沟中。夜半，有火如鸡卵，次第入瓦下烛之。弘济责曰："尔不能求生人天②，凭朽骨何也！"于是怪绝。

【注释】

①福州：今属福建。弘济：中唐泉州诗人欧阳詹有《秋夜寄弘济上人》："尚被浮名诱此身，今时谁与德为邻。遥知是夜檀溪上，月照千峰为一人。"疑即此人。上人：对出家人的尊称。

②人天：人道和天道。佛教认为众生轮回之道有六（即六道），从低到高排列是地狱道、饿鬼道、畜生道、阿修罗道、人道、天道，六道众生不能脱离生死，今世在此道，来世又在彼道，故称"轮回"；至于佛、菩萨等，则已跳出轮回之外，进入四种永存极乐的世界。

【译文】

医僧行儒曾谈起：福州有位弘济上人，持斋守戒，修行清苦。曾在河边沙滩上捡到一个骷髅，就搁在装衣物的篮子里带回寺院。几天后，在睡觉时忽然发觉有东西咬他的耳朵，用手一拨，掉在地上，听声响好像是个几升大的容器，就怀疑是那个骷髅干的事。天亮一看，果然骷髅掉在床下，弘济就把骷髅碎成六块，零星搁置在屋顶的瓦沟里。当晚半夜时分,有几个鸡蛋大的火球,依次透过瓦片照着屋里。弘济斥骂说:"你不能求得托生人道或天道,凭着这几片朽骨也想作怪?"随后这怪物就消失了。

13.34 近有盗发蜀先主墓①,墓穴,盗数人齐见两人张灯对弈,侍卫十余。盗惊惧拜谢。一人顾曰:"尔饮乎?"乃各饮以一杯,兼乞与玉腰带数条,命速出。盗至外,口已漆矣②,带乃巨蛇也。视其穴,已如旧矣。

【注释】

①蜀先主墓:惠陵,在成都。蜀先主,即为蜀汉先主刘备。

②漆:黑。

【译文】

近来有一伙盗墓贼盗掘惠陵,进入墓穴,他们同时看见有两个人点着灯下棋,旁边站着十多名侍卫。盗墓贼惊恐异常,跪地谢罪。对局中的一人回头问道:"你们喝酒吗?"就给他们每人一杯酒喝,又应他们的讨要,给了几条玉腰带,让他们快快出去。这一伙人逃出墓穴,相互一看,嘴都变黑了,那玉腰带竟是几条大蛇。再看看墓穴,已经恢复原样了。

前集卷十四

诺皋记上

【题解】

本书以"诺皋"为题者共有五篇:本卷诺皋记上、前集卷十五诺皋记下、续集卷一支诺皋上、卷二支诺皋中、卷三支诺皋下。

"诺皋"一词,向称难解,众说不一。宋代吴曾《能改斋漫录》卷五"诺皋"引葛洪《抱朴子·内篇》:"……禹步而行,三咒曰:'诺皋,太阴将军,独开曾孙王甲,勿开外人,使人见甲者以为束薪,不见甲者以为非人。'"并且说:"以是知诺皋乃太阴之名。太阴者,乃隐形之神。"余嘉锡《四库提要辨证》卷一八:"今案《诺皋》一篇皆记鬼神之事,其命名自是取之《抱朴子》,吴曾之言是也。但以诺皋为太阴神名,则殊未确。近人谭嗣同《石菊影庐笔识》卷一尝辨之云:'……诺皋实为禁咒发端之语辞,犹《仪礼》皋某复之皋。郑氏曰:"皋,长声也。"'……成式此篇,有取于巫祝之术,故以禁咒发端之诺皋名篇。若为太阴神名,则无所取义矣。"此说认为"诺皋"一词为巫师在诵念禁咒召唤鬼神时的发语辞,是为篇名的由来。

本篇共四十一条。首条为小序。第14.2条至14.14条载鬼神名号及异事,博采《金匮》、《河图》、《穆天子传》、《淮南子》、《抱朴子》、《太真科经》以及《山海经》、《博物志》、《真诰》等书而成。其余各条记载历代传闻,以唐代为多,中间有些又为异域传说。第14.29条、14.35条、

14.38 条均篇幅较长,已非"志怪"所能涵盖,乃是唐代传奇之体。诺皋诸篇,想象奇特,引人入胜,是本书的文学精华部分。

　　14.1 夫度朔司刑①,可以知其情状;葆登掌祀②,将以著于感通③。有生尽幻,游魂为变④。乃圣人定璇玑之式⑤,立巫祝之官⑥,考乎十煇之祥⑦,正乎九黎之乱⑧。当有道之日,鬼不伤人⑨;在观德之时,神无乏主⑩。若列生言灶下之驹掇⑪,庄生言户内之雷霆⑫,楚庄争随咒而祸移⑬,齐桓睹委蛇而病愈⑭,征祥变化⑮,无日无之,在乎不伤人,不乏主而已。成式因览历代怪书,偶书所记,题曰《诺皋记》。街谈鄙俚,与言风波⑯,不足以辩九鼎之象⑰,广七车之对⑱,然游息之暇,足为鼓吹耳⑲。

【注释】

①度朔司刑:传说东海中有山名度朔山,上面住着神荼(shēn shū)、郁垒(lǜ)二神,善治鬼(故后世以之为门神)。东汉王充《论衡》卷二二"订鬼":"《山海经》又曰:'沧海之中,有度朔之山,上有大桃木,其屈蟠三千里,其枝间东北曰鬼门,万鬼所出入也。上有二神人,一曰神荼,一曰郁垒,主阅领万鬼。恶害之鬼,执以苇索而以食虎。'"

②葆登:应为"登葆",传说中的山名。又称"巫贤山",为群巫登天的天梯。《山海经·海外西经》:"巫咸国在女丑北,右手操青蛇,左手操赤蛇,在登葆山,群巫所从上下也。"

③感通:此有所感而通于彼。

④游魂:游散之魂。《周易·系辞上》:"精气为物,游魂为变,是故知鬼神之情状。"

⑤璇玑(xuán jī)：指观测天文星象的仪器中能运转的部分。也指整个仪器。

⑥巫祝：古时专职从事歌舞娱神以通鬼神的人。

⑦十辉(yùn)：太阳的十种不同的光气。辉，同"晕"。《周礼·春官》"眂祲"："掌十辉之法，以观妖祥，辨吉凶。一曰祲，二曰象，三曰镌，四曰监，五曰暗，六曰瞢，七曰弥，八曰叙，九曰隮，十曰想。"

⑧九黎：古代南方部落，种族繁多，故称"九黎"。乱：破坏已有的秩序。《国语·楚语下》："少皞之衰也，九黎乱德，民神杂糅，不可方物。……颛顼受之，乃命南正重司天以属神，命火正黎司地以属民，使复旧常，无相侵渎，是谓绝地天通。"

⑨鬼不伤人：《老子》第六十章："以道莅天下，其鬼不神。非其鬼不神，其神不伤人。夫两不相伤，故德交归焉。"

⑩神无乏主：《左传·桓公六年》："夫民，神之主也，是以圣王先成民而后致力于神。……今民各有心，而鬼神乏主，君虽独丰，其何福之有？"

⑪列生：即为列御寇，战国郑人。著有《列子》一书。驹掇：《列子·天瑞篇》："蝴蝶胥也化而为虫，生灶下，其状若脱，其名曰鸲掇。"

⑫庄生：即为庄子。户内之雷霆：《庄子·达生》："桓公田于泽，管仲御，见鬼焉。……公反，诶诒为病，数日不出。……桓公曰：'然则有鬼乎？'（皇子告敖）曰：'有。沈有履，灶有髻。户内之烦壤，雷霆处之……水有罔象，丘有峷，山有夔，野有彷徨，泽有委蛇。'公曰：'请问委蛇之状何如？'皇子曰：'委蛇，其大如毂，其长如辕，紫衣而朱冠。其为物也恶，闻雷车之声则捧其首而立，见之者殆乎霸。'桓公辴然而笑曰：'此寡人之所见者也。'于是正衣冠与之坐，不终日而不知病之去也。"

⑬随兕：恶兽名。《吕氏春秋》卷一一"至忠"："荆庄哀王猎于云梦，

射随兕，中之。申公子培劫王而夺之。……不出三月，子培疾而死。……（子培之弟）曰：'臣之兄尝读故记曰："杀随兕者，不出三月。"是以臣之兄惊惧而争之，故伏其罪而死。'王令人发平府而视之，于故记果有，乃厚赏之。申公子培，其忠也可谓穆行矣。"

⑭齐桓：即为春秋时齐桓公。委蛇（wēi yí）：一种鬼怪。见注⑫。

⑮征祥：祸福吉凶的征兆。

⑯与言：舆论。与，通"舆"。

⑰九鼎：古代象征国家政权的传国之宝。《史记·封禅书》："其夏六月中，汾阴巫锦为民祠魏脽后土营旁，见地如钩状，掊视得鼎。……有司皆曰：'闻昔泰帝兴神鼎一，一者壹统，天地万物所系终也。黄帝作宝鼎三，象天地人。禹收九牧之金，铸九鼎，皆尝亨鬺上帝鬼神。遭圣则兴，鼎迁于夏、商。周德衰，宋之社亡，鼎乃沦没，伏而不见。……今鼎至甘泉，光润龙变，承休无疆。……鼎宜见于祖祢，藏于帝廷，以合明应。'制曰：'可。'"

⑱七车之对：指君臣议对朝政。唐欧阳询《艺文类聚》卷四八引《益部耆旧传》："蜀郡张宽，汉武帝时为侍中，从祀甘泉。至渭桥，有女子浴于渭水，乳长七尺。上怪其异，遣问之。女曰：'帝后第七车，知我所来。'时宽在第七车，对曰：'天星主祭祀者，斋戒不严，则女人见。'"

⑲鼓吹：宣扬。

【译文】

度朔山神荼、郁垒司掌刑罚，可以想见治鬼的情形；登葆山群巫执掌巫祀，可以明白人和鬼神的感应相通。人生实为幻梦，游魂变化为物。因此圣人制定观测天象的仪器，设立巫祝一类官职，考察太阳十晕的妖祥吉凶，改变人神互相侵渎的混乱状态。在天下有道的时代，鬼神不会伤人；在重视仁德的时代，鬼神以天下百姓为主人。像列子所说灶下的驹摅,庄周所说户内的雷霆,申公子培争抢楚庄王射中的随兕以便灾祸转移到自己身上,齐桓公看见委蛇知道自己可以称霸因而病就痊愈,吉凶妖祥诸般变化,没有一天不存在,只要鬼神不伤害人、不缺少主人就行了。我因阅览历代志怪之书,偶然抄录记下的种种怪事,题名叫作《诺皋记》。街谈巷议的俚俗之事,大众舆论的市井流言,不足以商讨国是,也不会对朝政有所广益,然而在交游休憩的闲暇之时,是完全可以作为谈资的。

14.2 昆仑之墟①,帝之下都②,百神所在也。

【注释】

①昆仑:传说中的神山。《山海经·海内西经》:"海内昆仑之虚,在西北,帝之下都。昆仑之虚,方八百里,高万仞。上有木禾,长五寻,大五围。面有九井,以玉为槛。面有九门,门有开明兽守之,百神之所在。"

②下都:上帝在人间的都城。

【译文】

昆仑山,是上帝在人间的都城,是众神所在的地方。

14.3 大荒中有灵山①,有十巫,曰咸、即、盼、彭、姑、真、礼、抵、谢、罗,从此升降。

【注释】

①大荒中有灵山:《山海经·大荒西经》:"大荒之中,有山名曰丰沮玉门,日月所入。有灵山,巫咸、巫即、巫盼、巫彭、巫姑、巫真、巫礼、巫抵、巫谢、巫罗十巫,从此升降,百药爰在。"

【译文】

大荒之中有灵山，有十位巫，名为巫咸、巫即、巫朌、巫彭、巫姑、巫真、巫礼、巫抵、巫谢、巫罗，都从这里升降。

14.4 天山有神①，是名浑潡②。状如橐而光③，其光如火，六足，重翼，无面目，是识歌舞，实为帝江④。形夭与帝争神⑤，帝断其首，葬之常羊山，乃以乳为目，脐为口，操干戚而舞焉⑥。

【注释】

①天山有神：《山海经·西山经》："又西三百五十里，曰天山，多金、玉，有青雄黄。……有神焉，其状如黄囊，赤如丹火，六足，四翼，浑敦无面目，是识歌舞，实为帝江也。"袁珂注："毕说江读如鸿，是也。……此经帝江即帝鸿亦即黄帝也。"

②浑潡（dùn）：《山海经》作"浑敦"。见注①。

③橐（tuó）：口袋。

④帝江：帝鸿，即黄帝。

⑤形夭与帝争神：《山海经·海外西经》："形天与帝至此争神，帝断其首，葬之常羊之山，乃以乳为目，以脐为口，操干戚以舞。"形夭，也写作"刑天"。

⑥干戚：盾和斧。

【译文】

天山有位名叫浑潡的神。样子像个大口袋，散发出犹如火焰般的光芒，有六只脚，双重翅膀，没有面孔，懂得歌舞，实际上是帝鸿氏。刑天和天帝争当天神，天帝砍下刑天的头，葬在常羊山，刑天就把双乳当作眼睛，肚脐当作嘴巴，手执盾牌和大斧挥舞作战。

14.5 汉竹宫用紫泥为坛①，天神下若流火②。玉饰器七千枚，舞女三百人③。一曰：汉祭天神用万二千杯，养牛五岁，重三千斤④。

【注释】

①竹宫：用竹建造的宫室。《三辅黄图》卷三："竹宫，甘泉祠宫也，以竹为宫，天子居中。《汉旧仪》云：'竹宫去坛三里。'"紫泥为坛：用紫泥建造祭坛。紫泥，紫色矿泥。

②流：星宿西沉。火：星宿名。这里是流星的意思。

③舞女三百人：汉卫宏《汉官旧仪》（《汉官六种》本）："桓帝祭天，居玄云宫，斋百日。上甘泉通天台，高三十丈，以候天神之下。见如流火，舞女童三百人，皆年八岁。"

④重三千斤：汉卫宏《汉官旧仪》（《汉官六种》本）："祭天，养牛五岁，至三千斤。"

【译文】

汉代竹宫用紫泥做祭坛，皇帝祭天时，天神纷纷下降如同满天流星。用玉饰器具七千件，舞女三百人。又说：汉代祭祀天神用一万二千杯，所用的牛养了五年，重三千斤。

14.6 太一君讳腊①，天秩万二千石②。

【注释】

①太一：也作"泰一"，北极神。讳：名讳，名字。古人避免直呼名，对于尊长尤其如此，故曰"讳"。

②秩：俸禄。因是天神，故名"天秩"。

【译文】

太一君名腊,天秩一万二千石。

14.7 天翁姓张名坚①,字刺渴,渔阳人②。少不羁,无所拘忌。常张罗③,得一白雀,爱而养之。梦天刘翁责怒④,每欲杀之,白雀辄以报坚。坚设诸方待之,终莫能害,天翁遂下观之,坚盛设宾主,乃窃骑天翁车,乘白龙,振策登天⑤,天翁乘余龙追之不及。坚既到玄宫⑥,易百官,杜塞北门,封白雀为上卿侯,改白雀之胤⑦,不产于下土。刘翁失治⑧,徘徊五岳作灾。坚患之,以刘翁为太山太守⑨,主生死之籍⑩。

【注释】

①天翁:即道教所称的玉皇大帝。

②渔阳:今天津蓟县。

③罗:网。

④天刘翁:姓刘的天翁。

⑤策:鞭子。

⑥玄宫:天官。

⑦胤(yìn):后嗣。

⑧治:治所。

⑨太山太守:在后来的传说中,泰山太守演变为东岳大帝。

⑩主生死之籍:晋张华《博物志》卷一:"泰山一曰天孙,言为天帝孙也。主召人魂魄。东方万物始成,知人生命之长短。"

【译文】

天翁原本姓张,名坚,字刺渴,渔阳人。年轻时放荡不羁,无所顾忌。有一天张设罗网,捕到了一只白雀,很喜欢,就养着玩。张坚梦到刘天翁责备怒斥他，每当刘天翁要杀他时，白雀就提前告诉他。他想出各种办法来对付，刘天翁始终无法加害，就下界来看个究竟，张坚设下丰盛的酒宴款待，却偷偷地坐上刘天翁的车，驾着白龙挥着鞭子登上了天，刘天翁发现了，驾着剩下的龙追赶，没有追上。张坚到了天宫，撤换百官，堵塞北天门，封白雀为上卿侯，让它的后嗣不再出生于下界。刘天翁弄丢了天宫，就往来五岳制造灾祸。张坚很担心，就让刘天翁去做泰山太守，主管人间的生死。

14.8　北斗魁①，第一星神名执阴，第二星曰叶诣，第三星曰视金，第四星曰拒理，第五星曰防忤，第六星曰开宝，第七星曰招摇。

【注释】

①北斗魁：北斗七星。

【译文】

北斗七星，第一星神名为执阴，第二星神名为叶诣，第三星神名为视金，第四星神名为拒理，第五星神名为防忤，第六星神名为开宝，第七星神名为招摇。

14.9　东王公讳倪①，字君明。天下未有人民时，秩二万六千石。佩杂色绶，绶长六丈六尺。从女九千。以丁亥日死。

【注释】

①东王公：又称"木公"、"东华帝君"、"扶桑大帝"，神话传说中的男神。唐欧阳询《艺文类聚》卷一七引《神异经》："东荒山中有大石

　　室,东王公居之。长一丈,头发皓白,鸟面人形而虎尾,恒与一玉
　　女更投壶。"

【译文】

　　东王公名倪,字君明。天下还没有人的时候,他的俸秩是二万六千
石。佩戴着杂色绶带,绶带长六丈六尺。侍女有九千人。在丁亥日这
天死去。

　　14.10 西王母姓杨,讳回,治昆仑西北隅。以丁丑日死。
一曰婉妗。

【译文】

　　西王母姓杨,名回,统治昆仑山西北部。死在丁丑日。又名婉妗。

　　14.11 灶神名隗①,状如美女②。又姓张名单,字子郭③。
夫人字卿忌,有六女,皆名察洽。常以晦日上天④,白人罪
状,大者夺纪,纪三百日,小者夺算,算一百日⑤。故为天帝
督使,下为地精。己丑日,日出卯时上天⑥,禺中下行署⑦,此
日祭得福。其属神有天帝娇孙、天帝大夫、天帝都尉、天帝
长兄、硎上童子、突上紫官君、太和君、玉池夫人等⑧。一曰,
灶神名壤子也。

【注释】

　　①灶神:又称"灶君",后来又称"灶王",为主管饮食之神。灶神信
　　　仰起源很早,由来不一,名号也很多。
　　②状如美女:《庄子·达生》:"沈有履,灶有髻。"《史记·孝武本纪》

司马贞《索隐》:"司马彪注《庄子》云:'髻,灶神也,如美女,衣赤。'"

③姓张名单,字子郭:《后汉书·阴识传》:"腊日晨炊而灶神形见。"李贤注引《杂五行书》:"灶神名禅,字子郭,衣黄衣,夜披发从灶中出,知其名呼之,可除凶恶。宜市猪肝泥灶,令妇孝。"

④晦:每月最后一天。

⑤"白人罪状"五句:晋葛洪《抱朴子·内篇》"微旨第六":"又月晦之夜,灶神亦上天白人罪状。大者夺纪,纪者,三百日也。小者夺算。算者,三日也。"白,告。

⑥卯时:早晨五时至七时。

⑦禺中:也作"隅中",将近正午的时候。

⑧硎(xíng):磨刀石。突:烟囱。玉池:口。宋张君房《云笈七签》卷十一:"(口为章第三)口中津液为玉液,一名醴泉,亦名玉浆。贮水为池,百节调柔,五藏和适,皆以口为官主也。"

【译文】

灶神名叫隗,样子像美女。又说姓张名单,字子郭。灶神夫人字卿忌,有六个女儿,名字都叫察洽。灶神在每月最后一天上天,奏报人们的罪状,罪重的削夺一纪寿命,一纪为三百天,罪轻的削夺一算寿命,一算为一百天。所以灶神是天帝的督使,下到人间做地祇。己丑日,日出卯时上天,将近中午时分下到人间的行署,这一天祭祀灶神就会得福。灶神属下的神祇有天帝娇孙、天帝大夫、天帝都尉、天帝长兄、硎上童子、突上紫官君、太和君、玉池夫人等。一说,灶神又名壤子。

14.12 河伯①,人面,乘两龙,一曰冰夷②,一曰冯夷。又曰人面鱼身。《金匮》言一名冯脩③,《河图》言姓吕名夷④,《穆天子传》言无夷⑤,《淮南子》言冯迟。《圣贤记》言⑥:"服八石⑦,得水仙。"《抱朴子》曰⑧:"八月上庚日,溺河⑨。"

【注释】

①河伯:黄河水神。

②冰夷:《山海经·海内北经》:"从极之渊深三百仞,维冰夷恒都焉。冰夷人面,乘两龙。"

③《金匮》言一名冯脩:《文选》张衡《思玄赋》:"号冯夷俾清津兮,櫂龙舟以济予。"李善注:"《太公金匮》曰:'河伯姓冯名脩。'"

④《河图》言姓吕名夷:《后汉书·张衡传》:"(《思玄赋》)号冯夷俾清津兮,櫂龙舟以济予。"李贤注:"号,呼也。《圣贤冢墓记》曰:'冯夷者,弘农华阴潼乡堤首里人也。服八石,得水仙,为河伯。'《龙鱼河图》曰:'河伯姓吕,名公子。夫人姓冯,名夷。'"

⑤《穆天子传》:书名。晋武帝太康二年(281),汲人不准盗魏襄王墓,始得此书,诏荀勖、和峤以隶字写定,郭璞有注。唐欧阳询《艺文类聚》卷八三引《穆天子传》:"西征至阳纡之山,河伯冯夷所都,是惟河宗云。"

⑥《圣贤记》:即《圣贤冢墓记》。详注④。

⑦八石:道家炼丹用的八种矿物质原料:丹砂、雄黄、雌黄、空青、硫黄、云母、戎盐、硝石。

⑧《抱朴子》:晋葛洪著。葛洪自号抱朴子,因以号名书。该书分内篇二十卷、外篇五十卷。内篇论神仙、炼丹、符箓等事,外篇论时政得失,兼以臧否人事。

⑨八月上庚日,溺河:《文选》谢惠连《雪赋》:"粲兮若冯夷。"李善注引《抱朴子·释鬼篇》:"冯夷,华阴人。以八月上庚日渡河,溺死,天帝署为河伯。"

【译文】

河伯,长着人的面孔,乘着两条龙,河伯名字一说叫冰夷,一说叫冯夷。又说样子是人面鱼身。《金匮》说他名叫冯脩,《河图》说他姓吕名夷,《穆天子传》说他名叫无夷,《淮南子》说他名叫冯迟。《圣贤冢墓记》记载:"河伯服食丹药,成了水仙。"《抱朴子》记载:"他原本是八月上庚日,渡河溺水而死,被天帝任命为河伯。"

14.13 甲子神名弓隆①,欲入水内,呼之,河伯九千导引②,入水不溺。甲戌神名执明③,呼之,入火不烧。

【注释】

①甲子神:甲子日值日神。按,本条所载,又见于宋张君房《云笈七签》卷一四引《黄庭遁甲缘身经》:"存念善道,远离恶道,往来出入,当呼今日日神姓名字,云'某送我去来',如是呼之,乃行其道。……若欲辟火者,书六壬六癸符,并呼其神,又呼甲子神姓名字,云'与我同行',即不被烧爇。若欲避水难者,书六戊六己符,并呼甲戌神,即免水溺。"与本条所记,有所不同。

②河伯九千:不详何义。

③甲戌神:甲戌日值日神。

【译文】

甲子神名为弓隆,若是要下水,呼唤着甲子神的名字,河伯九千引导,下水不会被淹。甲戌神名为执明,呼唤他的名字,进入火中不会被烧伤。

14.14《太真科经》说有鬼仙①:丙戌日鬼名蔃生。丙午日鬼名挺弸。乙卯日鬼名天陪②。戊午日鬼名耳述。壬戌日鬼名遣。辛丑日鬼名泜。乙酉日鬼名聂左。丙辰日鬼名天遫。辛卯日鬼名懋。酉虫鬼名发廷迀。厕鬼名顼天竺。

语忘、敬遗二鬼名，妇人临产呼之，不害人，长三寸三分，上下乌衣。马鬼名赐。蛇鬼名倒石圭。井鬼名琼。衣服鬼名甚遼。神荼、郁垒领万鬼。旧傩词曰③："甲作食殃④，狒胃食虎，雄伯食魅，腾简食不祥，揽诸食咎，伯奇食梦，强梁、祖名共食磔死、寄生⑤，穷奇、腾根共食蛊⑥。"王延寿所梦⑦，有游光、䫏毅、诸渠、印尧、夔瞿、伦狞、将剧、摘脉、尧岘等。

【注释】

①《太真科经》：道书名。全名为《太真玉帝四极明科经》。按，本条所载鬼名，《女青鬼律》卷一所载多有不同，这里不作改动。

②暗：音 àn。

③傩（nuó）：驱鬼逐疫的巫术仪式。起初一年举行数次，后来逐渐固定在除夕举行。按，此段傩词，出自《后汉书·礼仪志》，已见于8.42条注⑪引文。

④殃："凶"的古字。

⑤磔：音 zhé。

⑥穷奇：《山海经·海内西经》："穷奇状如虎，有翼，食人从首始，所食被发，在蜪犬北。"

⑦王延寿：字文考，南郡宜城（今属湖北）人。东汉辞赋家，撰有《梦赋》。

【译文】

《太真科经》列举鬼仙：丙戌日鬼名叫氂生。丙午日鬼名叫挺张。乙卯日鬼名叫天暗。戊午日鬼名叫耳述。壬戌日鬼名叫遄。辛丑日鬼名叫迊。乙酉日鬼名叫聂左。丙辰日鬼名叫天遾。辛卯日鬼名叫懋。酉虫鬼名叫发廷迁。厕鬼名叫顼天竺。语忘、敬遗两种鬼的名字，妇女分娩的时候呼唤它们，不伤害人，长三寸三分，全身黑衣。马鬼名叫赐。蛇鬼名叫倒石圭。井鬼名叫琼。衣服鬼名叫甚遼。神荼、郁垒统领所有的鬼。以前的傩词说："甲作吃狫,狒胃吃虎,雄伯吃魅,腾简吃不祥,揽诸吃咎,伯奇吃梦,强梁、祖名一起吃磔死、寄生,穷奇、腾根一起吃蛊。"王延寿所梦到的鬼,有游光、禀毅、诸渠、印尧、夔瞿、伧狞、将剧、摘脉、尧岘等。

14.15 吐火罗国缚底野城①,古波斯王乌瑟多习之所筑也。王初筑此城,高二三尺即坏,叹曰:"吾应无道,天令筑此城不成矣。"有小女名那息,见父忧悬,问曰:"王有邻敌乎?"王曰:"吾是波斯国王,领千余国,今至吐火罗国中,欲筑此城,垂功万代。既不遂心,所以忧耳。"女曰:"愿王无忧,明旦令匠视我所履之迹筑之,即立。"王异之。至明,女起步西北,自截右手小指,遗血成踪,匠随血筑之。逐日转踪,匝,女遂化为海神。其海至今犹在堡子下,澄清如镜,周五百余步。

【注释】

①吐火罗国:又作"睹货逻国",西域古国名。其地大致在阿姆河以南及兴都库什山以北。唐释玄奘《大唐西域记》卷一:"出铁门至睹货逻国(旧曰吐火罗国,讹也)。其地南北千余里,东西三千余里。"缚底野:今阿富汗北部巴尔赫。

【译文】

吐火罗国的缚底野城,是古波斯王乌瑟多习修筑的。开始筑城的时候,筑到二三尺高就倒塌了,波斯王叹息说:"我大概是没有德行吧,上天让我筑不起这座城啊。"他有个小女儿名叫那息,见父亲忧虑烦恼,就问:"父王是忧虑邻国侵扰吗?"波斯王说:"我是波斯国王,统领一千多个国家,现在到了吐火罗国,想要修筑这座城,使我的功绩万古流芳。

现在事情不顺利,所以忧虑。"小女儿说:"希望父王不要忧虑,明天一早让筑城的工匠看着我走过的足迹筑城,就会修好的。"波斯王感到很惊异。到天明,那息走到西北方向,自己截断右手小指,滴血连成线,工匠沿着血迹筑城。那息跟随太阳的方向绕行一周,然后就化为海神。那海子至今还在城堡下面,海水清澈如镜,周长五百多步。

14.16 古龟兹国王阿主儿者①,有神异力,能降伏毒龙。时有贾人买市人金银宝货,至夜中,钱并化为炭。境内数百家,皆失金宝。王有男,先出家,成阿罗汉果②。王问之,罗汉曰:"此龙所为,龙居北山,其头若虎,今在某处眠耳。"王乃易衣持剑,默出至龙所。见龙卧,将欲斩之,因曰:"吾斩寐龙,谁知吾有神力。"遂叱龙。龙惊起,化为师子③,王即乘其上。龙怒,作雷声,腾空。至城北二十里,王谓龙曰:"尔不降,当断尔头!"龙惧王神力,乃作人语曰:"勿杀我,我当与王乘,欲有所向,随心即至。"王许之。后常乘龙而行。

【注释】

①按,关于本条所载内容,请另参杨宪益《译余偶拾》(《酉阳杂俎里的英雄降龙故事》):"我认为这一段故事即是西方尼别龙(Nibe-lung)故事的来源。这里降龙的王即是西方传说里的英雄Sigurd。王降龙时易衣持剑,暗示着某种神异的衣和剑,在西方日尔曼史诗里也有神衣(Tarmkaphe)和神剑(Balmungo)的传说。据西方学者考证,西方的尼别龙传说本于匈奴王阿提拉(Attila)的故事,加以附会。这个王的名字在古日尔曼传说里作Etzil,同这里王名阿主儿正合。匈奴王阿提拉相传有战神所赐的宝剑,这也同史诗里所说相同。"

②阿罗汉果：即阿罗汉果位。为小乘佛教中的最高果位，指断尽三界见、思之惑，证得尽智，而堪受世间大供养之圣者。

③师子：即狮子。

【译文】

古龟兹国王阿主儿，有神异的力量，能降伏毒龙。当时有商人买了市人的金银宝物，至晚上，钱全都变成了炭。国境之内几百家都丢失了金银宝物。国王有个儿子，早先已经出家，修成了阿罗汉。国王向他问起这件事，罗汉说："这是龙干的，那条龙住在北山，头长得像老虎，此刻正在某处睡觉呢。"国王就换了神衣和神剑，悄悄地离开王宫来到龙睡觉的地方。他看见龙正静卧睡眠，就准备斩杀，转念一想："我若杀了睡龙，就没人知道我的神力。"于是对着龙大声呵斥。龙从睡眠中惊醒，变成了一头狮子，国王就骑在它的背上。龙发出雷鸣般的怒吼，腾空而起。一直飞到城北二十里的地方，国王对龙说："再不投降，就斩下你的头！"龙害怕国王的神力，就口吐人言："不要杀我，我会给你当坐骑，你想到哪里，心所有想，转眼就到。"国王答应了。他后来经常骑着龙四处飞行。

14.17 乾陀国，昔有王神勇多谋，号伽当①，讨袭诸国，所向悉降。至五天竺国②，得上细㲲二条，自留一，一与妃。妃因衣其㲲谒王，㲲当妃乳上，有郁金香手印迹③，王见惊恐，谓妃曰："尔忽著此手迹之服，何也？"妃言："向王所赐之㲲。"王怒问藏臣，藏臣曰："㲲本有是，非臣之咎。"王追商者问之，商言："南天竺国婆陀婆恨王有宿愿，每年所赋细㲲，并重叠积之，手染郁金，拓于㲲上，千万重手印悉透。丈夫衣之，手印当背。妇人衣之，手印当乳。"王令左右披之，皆如商者言。王因叩剑曰："吾若不以此剑裁婆陀婆恨王手足,无以寝食!"乃遣使就南天竺,索娑陀婆恨王手足。使至其国,娑陀婆恨王与群臣给报曰:"我国虽有王名娑陀婆恨,原无王也,但以金为王,设于殿上。凡统领教习,在臣下耳。"王遂起象马兵④,南讨其国。其国隐其王于地窟中,铸金人来迎。伽色伽王知其伪,且自恃福力⑤,因断金人手足。娑陀婆恨王于窟中,手足亦自落也。

【注释】

①伽当:和后面的"伽色伽王"为同一人,即唐释玄奘《大唐西域记》卷一"迦毕试国"提到的健驮罗国迦腻色迦王。

②五天竺国:古印度之境,分东、西、南、北、中五方天竺。简称"五天"。见 3.55 条注①。

③郁金香:古代一种极为稀有和名贵的花。宋王溥《唐会要》卷一〇〇"杂录":"(贞观)二十一年三月十一日……伽国献郁金香,叶似麦门冬,九月花开,如芙蓉,其色紫碧,香闻数十步,华而不实,欲种取其根。"

④象马兵:《魏书·西域传》:"乾陀国,在乌苌西。……其王本是敕勒,临国已二世矣。好征战,与罽宾斗,三年不罢,人怨苦之。有斗象七百头,十人乘一象,皆执兵仗,象鼻缚刀以战。"

⑤福力:神灵福佑之力。

【译文】

乾陀国以前有位国王,神勇多谋,名为伽色伽王,征讨各国,所向披靡。到了五天竺国,得到了两条上好的细㯭,他自己留用一条,另一条给了妃子。妃子披戴着这条细㯭拜见国王,细㯭正当妃子双乳的部位有郁金香染的手印,国王看见非常吃惊,对妃子说:"你为什么穿一件带手印的衣服?"妃子说:"这就是国王您先前所赐的细㯭。"国王大怒,召问负责收藏的大臣,大臣说:"这缕原来就有这种手印,并非臣的过错。"国王就找来一位商人问个究竟,商人说:"南天竺国娑陀婆恨王发有宿愿,每年征收的细缕,都重叠放在一起,然后把手染上郁金香染料,印到缕上,即使缕有千万重,手印也能印透。男子穿上后,手印在背部,妇女穿上后,手印在双乳上。"国王让左右侍从披上细缕,都如商人所说的一样。国王于是叩击着宝剑说:"我如果不用这把剑砍下娑陀婆恨王的手脚,寝食难安!"就派遣使者到南天竺,索要娑陀婆恨王的手脚。使者到了南天竺,娑陀婆恨王和他的大臣们欺骗使者说:"我国虽然有娑陀婆恨这个王名,但没有真王,只是用金铸造成国王像,摆放在殿上。所有的统领国家教习文武等事,都是臣子们去做。"伽色伽王就发动象马兵南下征讨南天竺。南天竺把国王藏在地窟里,铸造了一座金像来迎接。伽色伽王知道这是骗局,并且自恃有神佑之力,就砍断了金像的手脚。娑陀婆恨王躲在地窟里,手脚也随之断落了。

14.18 齐郡接历山①,上有古铁锁,大如人臂,绕其峰再浃②。相传本海中山,山神好移,故海神锁之,挽锁断,飞来此矣。

【注释】

①齐郡:齐州,这里指济南。历山:今济南千佛山。

②浃(jiā):周匝。

【译文】

齐郡城靠着历山,山上有一条古时的铁锁链,有人手臂那么粗,绕着山峰两圈。据说这座山本是海中的山,山神喜欢随时移动,所以海神就把它锁上,山神挣断了锁链,飞到这里来了。

14.19 太原郡东有崖山^①，天旱，土人常烧此山以求雨。俗传崖山神娶河伯女，故河伯见火，必降雨救之。今山上多生水草。

【注释】

①太原郡：今山西太原。

【译文】

太原郡东边有座崖山，天旱的时候，当地人经常烧山来求雨。传说崖山神娶了河伯的女儿，所以河伯看见山火就一定会降雨相救。至今崖山上还长着很多水草。

14.20 华不注泉^①，齐顷公取水处^②，方圆百余步。北齐时，有人以绳千尺沉石试之，不穷，石出，赤如血。其人不久坐事死^③。

【注释】

①华不注：山名。在济南东北。

②齐顷公：春秋时齐国君主。据《左传·成公二年》，齐晋鞌之战，齐军大败，在逃跑过程中齐将逢丑父与齐顷公交换座位以欺骗晋军（当时兵服国君与将佐相同），晋军追上后，逢丑父让齐顷公到华泉去取水，齐顷公得以逃脱。

③坐事：因事获罪。

【译文】

华不注泉，是春秋时齐顷公取水的地方，方圆有一百多步。北齐时，有人拿一根一千尺长的绳子系着石头沉下去想试试究竟有多深，探不到底，等到把石头拉上来一看，红如鲜血。那人不多久就因事获罪被处死了。

14.21 桂州永丰县东乡里^①，有卧石一，长九尺六寸。其形似人，而举体青黄隐起^②，状若雕刻。境若旱，便齐手而举之，小举小雨，大举大雨。相传此石忽见于此，本长九尺，今加六寸矣。

【注释】

①桂州永丰县：在今广西荔浦西北。

②举体：全体。

【译文】

桂州永丰县东乡里，有一方卧石，长九尺六寸。形状像人形，而通体青黄凸起，看上去就像雕刻的一样。如果县境天旱了，大家就一齐动手把卧石举起来，举得低些就下小雨，举得高些就下大雨。相传这方石头是突然出现在这里的，原来只有九尺长，到如今又增长了六寸。

14.22 荆之㳠水宛口傍^①，义熙十二年^②，有儿群浴此水。忽然岸侧有钱，出如流沙，因竞取之，手满置地，随复去，乃衣襟结之，然后各有所得。流钱中有铜车，以铜牛牵之，势甚迅速。诸童奔逐，掣得车一脚，径可五寸许，猪鼻毂有六幅^③，通体青色，毂内黄锐，状如常运。于时沈敬守南阳^④，求得车脚。钱行时，贯草辄便停破，竟不知所终往。

【注释】

①㳠（yù）水：河流名。今河南白河，源出嵩县西南攻离山，东南流

经南召、南阳,入湖北襄阳,会唐河入汉水。宛口:北魏郦道元
《水经注·沔水》:"襄阳城东,有东白沙,白沙北有三洲,东北有
宛口,即淯水所入也。"

②义熙:晋安帝司马德宗年号(405—418)。

③猪鼻毂(gǔ):一种形如猪鼻的车轮。猪鼻又为一种小型车名。
幅:通"辐",辐条。

④南阳:郡名。在今河南南阳及湖北襄阳一带。

【译文】

义熙十二年,荆州淯水宛口旁有一群儿童戏水。忽然岸边冒出钱,
涌如流沙,小孩子们都争着去拿,手里拿不下就放在地上,钱随即又流
走了,于是用衣襟兜着,最后大家都有所得。涌动的钱流中有一辆铜牛
拉的铜车,奔驰迅疾。小儿们追着撵,拽下一个直径五寸的车轮,车轮
是猪鼻轮毂,有六根辐条,全是青色,轮毂内是明黄色,看上去像是经常
在运转。当时沈敬出守南阳,想办法弄到了这个车轮。钱流涌动时,穿
到草上就会停下,然后破裂,最后也不知这些钱流到哪里去了。

14.23 虎窟山,相传燕建平中①,济南太守胡谘于此山窟得白虎,因名焉。

【注释】

①建平:南燕慕容德年号(400—404)。

【译文】

虎窟山,相传南燕建平年间,济南太守胡谘在这里的山洞中捉到一
只白虎,以此而命名。

14.24 乌山下无水。魏末①,有人掘井五丈,得一石函,

函中得一龟，大如马蹄，积炭五枝于函傍。复掘三丈，遇盘石②，下有水流汹汹然，遂凿石穿，水北流甚驶③。俄有一船，触石而上，匠人窥船上，得一杉木板，板刻字曰"吴赤乌二年八月十日④，武昌王子义之船⑤"。

【注释】

①魏：曹魏。

②盘石：巨石。

③驶：疾，快。

④赤乌：吴大帝孙权年号（238—250）。

⑤武昌：武昌郡，治所在今湖北鄂州。

【译文】

乌山下没有水。曹魏末年，有人在这里挖井，深掘五丈，挖到了一个石函，石函里有一只乌龟，马蹄大小，石函旁边有五根木炭。又下掘三丈，挖到一方巨石，巨石下有汹涌奔腾的激流声，于是就把巨石凿穿，看见下面是一条暗河，河水向北流驶，水流湍急。不一会儿，有一只船顺流而来，碰到石头搁浅下来，匠人瞧那船上，看到一块杉木板，板上刻的字是"吴赤乌二年八月十日，武昌王子义之船"。

14.25　平原县西四十里①，旧有杜林②。南燕太上时③，有邵敬伯者，家于长白山④。有人寄敬伯一函书，言："我吴江使也⑤，令我通问于济伯⑥，今须过长白，幸君为通之。"仍教敬伯但于杜林中取树叶投之于水，当有人出。敬伯从之，果见人引入。敬伯惧水，其人令敬伯闭目。似入水中，豁然宫殿宏丽。见一翁，年可八九十，坐水精床，发函开书，曰：

"裕兴超灭⑦。"侍卫者皆圆眼，具甲胄。敬伯辞出，以一刀子赠敬伯曰："好去，但持此刀，当无水厄矣。"敬伯出，还至杜林中，而衣裳初无沾湿。果其年宋武帝灭燕。敬伯三年居两河间，夜中忽大水，举村俱没，唯敬伯坐一榻床，至晓著岸。敬伯下看之，乃是一大鼋也。敬伯死，刀子亦失。世传杜林下有河伯家。

【注释】

①平原县：在今山东邹平东南。

②杜：也称"甘棠"、"棠梨"，落叶乔木。

③太上：南燕慕容超年号（405—410）。

④长白山：今山东邹平西南会仙山。

⑤吴江：吴地的江河。

⑥通问：互相往来访问。济伯：济水的河神。

⑦裕：即为宋武帝刘裕（363—422），小名寄奴。原为东晋将领，410年出兵灭南燕，420年代晋称帝，国号宋。超：南燕末位君主慕容超。

【译文】

平原县西边四十里原有一片甘棠林。南燕太上年间，有个名叫邵敬伯的人，家住长白山。一天，有人带给敬伯一封信，说："我是吴江的使者，奉命前去济伯那里互通闻问，现在要过长白山，麻烦您帮我把这封信带去。"又告诉敬伯说只要在甘棠林中拾片树叶投入济水，就会有人出来。敬伯照他说的做了，果然出来一个人要接他进去。敬伯怕水，那人让敬伯闭上眼睛。敬伯感觉好像在水中行进，一睁眼，只见一座壮丽的宫殿。宫殿里一位老人，大约八九十岁，坐在水精床上，打开书信，念道："裕兴超灭。"侍卫都长着圆鼓鼓的眼睛，身着铠甲。敬伯告辞离去,老人送给敬伯一把刀子,说:"慢走,只要有这把刀,就不会有水害了。"敬伯从济水中出来,回到甘棠林中,衣裳一点也没有沾湿。果然就在这一年,刘裕灭掉了南燕慕容超。敬伯在两河之间的地带居住了三年,一天夜里忽然发大水,全村都被淹没了,只有敬伯坐在一张坐榻上漂浮着,到天明靠了岸。敬伯下来一看,原来坐榻是只大鳖。敬伯死后,那把刀子也不见了。据说甘棠林下面是河伯的家。

14.26 临济有妒妇津[①],相传言,晋太始中,刘伯玉妻段氏,字明光,性妒忌。伯玉常于妻前诵《洛神赋》[②],语其妻曰:"娶妇得如此,吾无憾矣。"明光曰:"君何得以水神美而欲轻我?吾死,何愁不为水神。"其夜乃自沉而死。死后七日,托梦语伯玉曰:"君本愿神,吾今得为神也。"伯玉寤而觉之,遂终身不复渡水。有妇人渡此津者,皆坏衣枉妆[③],然后敢济。不尔,风波暴发。丑妇虽妆饰而渡,其神亦不妒也,妇人渡河无风浪者,以为己丑,不致水神怒。丑妇讳之,无不皆自毁形容,以塞嗤笑也。故齐人语曰:"欲求好妇,立在津口。妇立水旁,好丑自彰。"

【注释】

①临济:在今山东高青东南。

②《洛神赋》:曹植所撰,为赋体之名篇。洛神,即宓妃,传说中的洛水女神,相传为伏羲氏的女儿,溺死于洛水,乃为神。曹植在《洛神赋》中,极力描绘洛神美丽多情,谓其"翩若惊鸿,婉若游龙;荣曜秋菊,华茂春松;仿佛兮若轻云之蔽月,飘飘兮若流风之回雪",云云。

③枉妆:乱其妆饰。

【译文】

临济有个妒妇津，相传晋朝泰始年间，刘伯玉的妻子段氏，字明光，生性妒忌。有一次，伯玉当着妻子的面朗诵《洛神赋》，对妻子说："要是能娶洛神这样的女子为妻，我就心满意足了。"明光说："郎君怎么能因为水神貌美而要轻视我呢？我死了，不愁成不了水神。"当晚就投水死了。死后第七天，她托梦告诉伯玉说："郎君希望有个水神做妻子，我现在就是水神了。"伯玉从梦中惊醒，于是终身不再渡河。凡有妇女要从这渡口过河的，都弄乱自己的衣服妆饰，才敢渡河。要是不这样，就会风浪大作。面丑的妇女，即便精心打扮后渡河，水神也不会嫉妒，渡这条河却又没起风浪的，都心想是自己貌丑，引不起水神的嫉妒。丑妇忌讳这个，索性把自己弄得乱头粗服，以免旁人讥笑。所以齐人有俗话说："想求美貌媳妇，立在这个渡口。妇女水边一站，美丑自然分明。"

14.27 虞道施，义熙中乘车山行。忽有一人，乌衣，径上车，言寄载。头上有光，口目皆赤，面被毛。行十里方去。临别，语施曰："我是驱除大将军，感尔相容。"因留赠银环一双。

【译文】

晋朝义熙年间，虞道施在山间乘车出行。忽然有一个黑衣人，径直坐上了车，说请他捎一段儿。这人头上发光，嘴巴和眼睛都是红色的，满脸是毛。搭了有十里路，才下车离去。分别时，这人对虞道施说："我是驱除大将军，感谢你让我坐车。"于是留赠一双银环。

14.28 晋隆安中①，吴兴有人年可二十②，自号圣公，姓谢。死已百年，忽诣陈氏宅，言是己旧宅："可见还，不尔，烧汝。"一夕火发,荡尽。因有鸟毛插地,绕宅周匝数重。百姓乃起庙。

【注释】

①隆安:晋安帝司马德宗年号(397—401)。

②吴兴:吴兴郡,治所在今浙江湖州。

【译文】

晋朝隆安年间,吴兴有个人,年龄二十岁左右,自称圣公,姓谢。死去一百年后,忽然有一天到了陈氏的宅院,说是自己的老宅:"最好还给我,要是不还,一把火给你烧了。"后来一天晚上,陈宅着了火,烧得精光。之后有鸟毛插在地上,环绕宅院好几圈。当地百姓就在原地起了一座庙宇。

14.29 大足初①,有士人随新罗使,风吹至一处。人皆长须,语与唐言通,号长须国。人物茂盛,栋宇衣冠,稍异中国②。地曰扶桑洲③,其署官品,有正长、戢波、目役、岛逻等号④。士人历谒数处,其国皆敬之。忽一日,有车马数十,言大王召客。行两日,方至一大城,甲士守门焉。使者导士人入,伏谒,殿宇高敞,仪卫如王者。见士人拜伏,小起。乃拜士人为司风长,兼驸马⑤。其主甚美⑥,有须数十根。士人威势烜赫,富有珠玉,然每归见其妻则不悦。其王多月满夜则大会,后遇会,士人见姬嫔悉有须,因赋诗曰:"花无蕊不妍,女无须亦丑。丈人试遣惣无⑦,未必不如惣有。"王大笑曰:"驸马竟未能忘情于小女颐颔间乎⑧?"经十余年,士人有一儿二女。忽一日,其君臣忧戚。士人怪,问之。王泣曰:"吾国有难,祸在旦夕,非驸马不能救。"士人惊曰:"苟难可弭⑨,性命不敢辞也。"王乃令具舟,命两使随士人,谓曰:"烦驸马一谒海龙王,但言东海第三汊第七岛长须国有难求救⑩。我国绝微,须再三言之。"因涕泣执手而别。士人登舟,瞬息至岸。岸沙悉七宝,人皆衣冠长大。士人乃前,求谒龙王。龙宫状如佛寺所图天宫,光明迭激⑪,目不能视。龙王降阶迎士人,齐级升殿。访其来意,士人具说,龙王即令速勘。良久,一人自外白曰:"境内并无此国。"士人复哀祈,言长须国在东海第三汊第七岛。龙王复叱使者细寻勘,速报。经食顷,使者返曰:"此岛虾合供大王此月食料,前日已追到。"龙王笑曰:"客固为虾所魅耳。吾虽为王,所食皆禀天符⑫,不得妄食。今为客减食。"乃令引客视之,见铁镬数十如屋⑬,满中是虾。有五六头,色赤,大如臂,见客跳跃,似求救状。引者曰:"此虾王也。"士人不觉悲泣。龙王命放虾王一镬,令二使送客归中国。一夕至登州⑭。回顾二使,乃巨龙也。

【注释】

①大足:周武则天年号(701)。

②中国:上古时代,我国华夏族建国于黄河流域,以为居天下之中,故称中国,周绕中国的其他地区为四方。

③扶桑:指东洋海域中的古国,相沿为日本的代称。

④伇:"役"的古字。

⑤驸马:职官名。汉武帝初设驸马都尉,后来皇帝的女婿例加驸马都尉,简称"驸马"。

⑥主:公主。

⑦惚(zǒng):同"总"。

⑧颐(yí):面颊。颔(hàn):下巴。

⑨弭(mǐ):消除。

⑩汊:河与湖海的交汇处。

⑪迭激:闪烁。

⑫天符:上天的旨意。

⑬镬(huò):锅。

⑭登州:今山东牟平。

【译文】

　　大足初年,有位士人随同新罗使节乘船,被大风吹到一个地方。这里的人都长着长长的胡须,语言和唐朝相通,叫作长须国。这里人口众多,物产丰盛,房屋衣饰和大唐略有不同。地名叫作扶桑洲,官府设有正长、戢波、目役、岛逻等职官名号。士人走访了几个地方,该国之人无不敬重。忽然有一天,来了几十辆车马接他,说是国王召见客人。走了两天,才到了一座大城,有身着盔甲的卫士把守城门。使者领着士人进入拜见国王,但见宫殿高大宽敞,有个仪仗护卫看着像是国王的人。见士人拜伏在地,国王略略欠身回礼。就拜士人为司风长,兼驸马。公主很美丽,长着几十根胡须。士人声势显赫,财富充盈,但每次回家一见到他的妻子就不高兴。国王经常在月圆之夜大宴群臣,后来士人遇上一次宴会,看见国王的宫女和嫔妃全都长着胡须,于是赋诗一首:"花无蕊不美,女无须就丑。丈人试让拔完,未必不如有须。"国王听了大笑,说:"驸马竟然还惦记着小女脸上的胡须吗?"过了十多年,士人有了一儿二女。忽然有一天,长须国君臣上下忧惧不安。士人很奇怪,就问他们。国王流泪说:"我国将有大难,祸在旦夕之间,除了驸马,别人不能相救。"士人大吃一惊,说:"只要能够消除灾难,我愿拼死效力。"国王就让人备好船只,命两位使者跟随士人,对他说:"烦请驸马去拜见东海龙王,只说东海第三汊第七岛长须国有难求救。我国实是太小,要再三恳求。"于是泪眼相看,执手而别。士人上了船,很快就到了海岸。海岸沙滩全是七宝,那里的人都峨冠博带,身材高大。士人就上前请求拜见龙王。龙宫的样子就像佛寺里所画的天宫,光芒闪烁,令人眼花缭乱。龙王走下台阶迎接士人,一同拾级上殿。问他因何事造访,士人把前前后后叙说一遍,龙王当即命人速速调查。过了很久,有一人从外进殿报告说:"境内并没有这个国家。"士人又苦苦哀求,说长须国在东海第三汊第七岛。龙王再次喝命使者细细查找,快快禀报。又过了一顿饭工夫,使者回报说:"这岛上的虾正好供给大王本月的食物,前天就已捕来了。"龙王笑着说:"客人的确是被虾精迷惑了。我虽然身为龙王,食用的东西都遵从上天的旨意,不能随便乱吃。今天看在您的份上,就少吃点吧。"就让人带着士人前去察看,只见有几十口屋子那么大的铁锅,里面装满了虾。有五六只虾,全身通红,大如手臂,见到士人就蹦跳起来,像是求救的样子。引导的侍从说:"这就是虾王。"士人不觉悲从中来,流泪哭泣。龙王命人把装有虾王的那一锅全部放走,又派两位使者护送士人返回中土。一夜时间,到达登州。士人上岸后,回头看两位使者,原来是两条巨龙。

14.30　天宝初,安思顺进五色玉带①,又于左藏库中得五色玉杯②。上怪近日西赆无五色玉③,令责安西诸蕃④。蕃言:"比常进,皆为小勃律所劫⑤,不达。"上怒,欲征之。群臣多谏,独李右座林甫赞成上意⑥,且言武臣王天运谋勇可将。乃命王天运将四万人,兼统诸蕃兵伐之。及逼勃律城下,勃律君长恐惧请罪,悉出宝玉,愿岁贡献。天运不许,即屠城,虏三千人及其珠玑而还。勃律中有术者言:"将军无义,不祥,天将大风雪矣。"行数百里,忽风四起,雪花如翼,风激小海水成冰柱⑦,起而复摧。经半日,小海涨涌,四万人一时冻死,唯蕃、汉各一人得还。具奏,玄宗大惊异,即令中使随二人验之。至小海侧,冰犹峥嵘如山,隔冰见兵士尸,立者坐者,莹澈可数。中使将返,冰忽消释,众尸亦复不见。

【注释】

①安思顺(?—756):天宝年间,曾为河西、朔方节度使,户部尚书。

②左藏库:唐代国库分左、右藏库。左藏库存放钱帛、杂彩、天下赋调。

③赆(jìn):进贡的财物。

④安西诸蕃:安西都护府统辖的龟兹、疏勒、于阗、焉耆(原称碎叶)等蕃属国。安西都护府于贞观十四年(640)置于交河城,显庆三年(658)移治龟兹,贞元六年(790)没于吐蕃。

⑤小勃律:西域古国名。唐时有大勃律、小勃律,小勃律在今克什米尔吉尔吉特。唐玄宗时灭小勃律,置归仁军。

⑥李右座林甫:即为李林甫(?—752)。唐宗室,开元初迁太子中允,十四年(726)拜御史中丞。二十四年(736)十一月,代张九龄为中书令,兼兵部尚书、集贤殿学士、修国史。天宝元年(742)为右相,迁尚书左仆射。李林甫在相位十九年,权倾朝野,口蜜腹剑,嫉贤妒能,欺上罔下,终致国政不可收拾。《新唐书》列入《奸臣传》。右座:右相。

⑦海:海子,湖泊。

【译文】

天宝初年,安思顺进献五色玉带,左藏库里又找到了五色玉杯。玄宗想起西域各蕃近来进贡物品中没有五色玉,觉得奇怪,就派使者去责问安西诸蕃国。诸蕃国回奏说:“我们一直在进贡,都被小勃律劫走了,没能送到长安。”玄宗大怒,准备征讨小勃律。群臣多数进言谏阻,只有右相李林甫赞同圣意,并且说武臣王天运有勇有谋,可以为将。于是玄宗命令王天运率兵四万,同时统领诸蕃国兵马进行讨伐。大军逼近勃律城下,勃律国君恐惧请罪,把所藏宝玉全都交出,并且愿意每年进贡。王天运不答应,于是屠杀全城,俘虏三千人,带着珠玉宝物凯旋。勃律国一位术士说:"将军残忍屠城不讲道义,这是不祥之事,将会有暴风雪的。"走了几百里,忽然四面狂风大作,雪花大如鸟翅,暴风卷起海子中的水冻成冰柱,又拦腰吹折。持续半天,海子里的水涨涌上岸,四万名士兵一时全被冻死,只剩蕃、汉各一人活着回来。玄宗得知事情的经过,大为惊异,立刻派遣中使跟随这两个人前去察看。一行人来到海子边,坚冰还堆积如山,峥嵘矗立,隔着冰块看士兵的尸体,站着的、坐着的,晶莹透明,历历可数。中使将要返回的时候,坚冰忽然消融了,那些尸体也全都不见了。

14.31 郭代公常山居①,中夜有人面如盘,瞋目出于灯下。公了无惧色,徐染翰题其颊曰:"久戍人偏老,长征马不肥②。"公之警句也。题毕吟之,其物遂灭。数日,公随樵闲步,见巨木上有白耳,大如数斗,所题句在焉。

【注释】

①郭代公:即为郭震(656—713),字元振,魏州贵乡(今河北大名东北)人。年十八举进士。神龙年间镇守疏勒,力保安西四镇与西域交通。开元初封代国公。

②久戍人偏老,长征马不肥:诗题为《塞下曲》,全诗:"塞外虏尘飞,频年出武威。死生随玉剑,辛苦向金微。久戍人将老,长征马不肥。仍闻酒泉郡,已合数重围。"

【译文】

郭代公曾在山间隐居,半夜时,忽然有一个人脸如圆盘,在灯光下

眨着眼睛。代公毫无惧色,慢悠悠地以笔蘸墨,在它面颊上题写:"久戍
人偏老,长征马不肥。"这是代公的警句。题写完毕又反复吟诵,那怪物
就消失不见了。几天后,代公随着樵夫闲步山间,看见一棵大树上长着
白耳,有几斗大,他题写的诗句还在上面。

14.32　大历中,有士人庄在渭南①,遇疾卒于京。妻柳氏
因庄居,一子年十一二。夏夜,其子忽恐悸不眠。三更后,
忽见一老人,白衣,两牙出吻外,熟视之。良久,渐近床前。
床前有婢眠熟,因扼其喉,咬然有声,衣随手碎,攫食之②。
须臾骨露,乃举起饮其五脏,见老人口大如簸箕。子方叫,
一无所见,婢已骨矣。数月后,亦无他。士人祥斋③,日暮,
柳氏露坐逐凉,有胡蜂绕其首面。柳氏以扇击堕地,乃胡桃
也。柳氏遽取玩之掌中,遂长。初如拳,如碗,惊顾之际,已
如盘矣。曝然分为两扇④,空中轮转,声如分蜂。忽合于柳
氏首,柳氏碎首,齿著于树。其物因飞去,竟不知何怪也。

【注释】

①渭南:今属陕西。

②攫(jué):抓取。

③祥斋:丧满周年的祭仪。

④曝(bó):拟声词。

【译文】

大历年间,有个士人庄园在渭南,他在京城里生病去世。妻子柳氏
于是就住到田庄上去了,有个十一二岁的儿子。一个夏夜,他儿子忽然
心里惊恐睡不着觉。三更以后,这孩子忽然看见一位身着白衣的老者,
两颗獠牙露出嘴外,瞪眼看着他。过了很久,慢慢靠近床前。床前有一

个婢女正在熟睡，白衣老者就扼住她的喉咙，只听得咯咯作响，婢女的衣服都被撕破，老者抓住婢女就吃。很快婢女的骨头都露出来了，于是又举起来吞噬她的五脏，只见这老者的嘴大如簸箕。孩子一声惊叫，白衣人一下消失得无影无踪，只剩下婢女的骨头。几个月后，也没有其他异常情况。士人去世一周年的那天傍晚，柳氏露天乘凉，有只胡蜂绕着她的头脸飞来飞去。柳氏用扇子打落在地，一看原来是枚胡桃。柳氏就拾起来拿在手中玩耍，不料胡桃开始变大。先是像拳头，然后像碗，柳氏惊惶失措，盯着看，转眼的工夫就大如盘子。噀的一声裂成两扇，在空中转如飞轮，声音就像蜂群分飞。两扇胡桃突然一下合在柳氏的头上，把头夹得四分五裂，血肉横飞，牙齿都崩到树上去了。然后那东西就飞走了，最终也不知是个什么怪物。

14.33 贾相公耽在滑州①，境内大旱，秋稼尽损。贾召大将二人，谓曰："今岁荒旱，烦君二人救三军百姓也。"皆言："苟利军州，死不足辞。"贾笑曰："君可辱为健步②，乙日③，当有两骑，衣惨绯④，所乘马蓄步鬣长⑤，经市出城，君等踪之，识其所灭处，则吾事谐矣。"二将乃裹粮，衣皂衣寻之。一如贾言，自市至野，二百余里，映大冢而灭。遂垒石标表志焉。经信而返。贾大喜，令军健数百人，具畚锸⑥，与二将偕往其所。因发冢，获陈粟数十万斛，人竟不之测。

【注释】

①贾相公耽：即为贾耽（730—805），字敦诗，沧州南皮（今属河北）人。贞元二年（786）官检校右仆射，兼滑州刺史、义成军节度使。贾耽熟悉疆域山川风土，著有《海内华夷图》、《古今郡国县道四夷述》等。

②健步:健卒。

③乙日:第二天。

④惨绯:浅红色。惨,浅。

⑤蕃步:细碎而散乱的步子。

⑥畚锸(běn chā):撮箕和铁锹之类挖运泥土的工具。

【译文】

贾耽相公在滑州的时候,州境大旱,秋粮无收。贾耽招来两员大将,对他们说:"今年大旱灾荒,烦请两位拯救三军将士和本州百姓。"二将回答说:"只要有利于全州军民,出生入死在所不辞。"贾耽笑着说:"委屈两位化装成健卒,明天,会有两个骑马的人,穿着浅红色衣服,骑的马步子小,颈毛长,穿过街市出城,你们就悄悄跟踪他,在他消失的地方做上记号,我的事情就告成了。"二将就备好干粮,穿上黑衣扮为健卒去寻找说的这两人。正如贾耽所说的情形,那两人从城里走到野外,走了两百多里路,走到一座大墓前就消失了。二将就在这里垒上石头作为记号。又走了两晚返回城里。贾耽获报大喜,命令几百个军士健卒都备好撮箕和铁锹,跟随两位大将前往那里。他们掘开大墓,找到了几十万斛陈粮,人们都猜不透到底是怎么回事。

14.34　胡珦为虢州时①,猎人杀得鹿,重一百八十斤。蹄下贯铜镮②,镮上有篆字,博物者不能识也。

【注释】

①胡珦(xiàng,740—818):字润博,清河(今属河北)人。诗人张籍的岳父。

②镮:音 huán。

【译文】

胡珦在虢州的时候,有个猎人猎杀了一头鹿,重一百八十斤。鹿的蹄子下穿着铜镮,铜镮上刻有篆字,博物多知的人也认不出是什么字。

14.35 博士丘濡说①:汝州傍县,五十年前村人失其女。数岁,忽自归,言初被物寐中牵去,倏止一处,及明,乃在古塔中。见美丈夫,谓曰:"我天人②,分合得汝为妻③,自有年限,勿生疑惧。"且戒其不窥外也。日两返,下取食,有时炙饵犹热。经年,女伺其去,窃窥之。见其腾空如飞,火发蓝肤,磔耳如驴焉④,至地乃复人矣,女惊怖汗洽⑤。其物返,觉曰:"尔固窥我,我实野叉。与尔有缘,终不害汝。"女素惠,谢曰:"我既为君妻,岂有恶乎? 君既灵异,何不居人间,使我时见父母乎?"其物言:"我辈罪业⑥,或与人杂处,则疫疠作。今形迹已露,任尔纵观,不久当尔归也。"其塔去人居止甚近,女常下视,其物在空中,不能化形,至地,方与人杂。或有白衣尘中者⑦,其物敛手侧避。或见抚其头⑧,唾其面者,行人悉若不见。及归,女问之:"向见君街中,有敬之者,有戏狎之者,何也?"物笑曰:"世有吃牛肉者,予得而欺之。或遇忠直孝养、释道守戒律法箓者⑨,吾误犯之,当为天戮。"又经年,忽悲泣语女:"缘已尽,候风雨送尔归。"因授一青石,大如鸡卵,言:"至家可磨此服之,能下毒气。"后一夕风雷,其物遽持女曰:"可去矣。"如释氏言屈伸臂顷⑩,已至其家,坠之庭中。其母因磨石饮之,下物如青泥斗余。

【注释】

①博士:学官名。

②天人:神人。

③分(fèn):命中注定,缘分。

④磔(zhé):裂,张开。

⑤洽:沾湿。

⑥罪业:佛教术语。指身、口、意三者犯罪的活动。

⑦白衣:佛教称呼在家的世俗之人。

⑧扰(yǎn):动,摇。

⑨戒律:防止佛教徒行非法邪恶的准则。法箓:道教驱邪压鬼的丹
　书符咒之类。

⑩如释氏言屈伸臂顷:《长阿含经》卷一:"譬如力士屈伸臂顷,从梵
　天宫忽然来下,立于佛前。"释氏,佛家。

【译文】

　　博士丘濡说:五十年前,汝州邻县一个村庄,有个村民的女儿失踪。过了几年忽然自己回家了,说当年在睡梦中被个东西牵走,很快到了一个地方,天亮一看,原来在一座古塔里。女子看见一位美男子,对她说:"我是神人,缘分注定以你为妻,自然有个年限,不要猜疑也不要害怕。"并且告诫她不要向外看。每天往返两次,下塔去取食物,有时饭食还是热的。过了一年,女子趁他外出时,悄悄察看。只见他在空中腾飞,火红的头发,蓝色的皮肤,竖着两只耳朵就像驴耳一样,到了地面,又变回人形,女子又惊又怕,浑身冷汗。那怪物回来有所察觉,对她说:"你到底偷看我了,我实际上是夜叉。和你有缘分,绝不害你。"女子本来贤惠,带着歉意说:"我身为您的妻子,哪会再有恶意呢? 您既有神通,为何不居住在人间,让我能时时见到父母呢?"那怪物说:"我们这一类身负罪业,如果和人杂处,就会引发瘟疫。现在形迹既已败露,就任随你看,不多久就会让你回去的。"那座古塔距离世人聚居区很近,女子经常往下看,见那怪物在空中腾飞时不能变化形貌,到了地上才化为人形和人杂处。有时碰到闹市中的普通百姓,那怪物就垂手侧身回避。有时又见他摇摇人的脑袋,往人脸上吐唾沫,行人也都像是没看见。等他回

塔里来,女子问他:"先前看见您在街市中,对有的人很敬重,又拿有的人开玩笑捉弄他们,这是为什么?"怪物笑着说:"世上有吃牛肉的人,我见到就欺负捉弄他们。遇到那些忠诚正直孝养亲人的人,以及佛道两家持戒守箓的人,如果我误犯了他们,就会遭天杀,所以得小心回避。"又过了一年,忽然有一天,那怪物悲切流泪,对女子说:"我们的缘分已经到了头了,等有风雨的时候就送你回去。"于是给她一枚青石,有鸡蛋大,说:"到家后把这个磨成粉服下,能够驱除毒气。"后来一个风雷之夜,那怪物就牵着女子说:"可以离开了。"就像佛经所说的弯臂伸手的工夫,女子已经回到她的家,降落在庭院里。她母亲把青石磨成粉让她服下,排泄出一斗多青泥样的秽物。

14.36 李公佐①,大历中在庐州②,有书吏王庚请假归,夜行郭外,忽值引驺呵避③,书吏遽映大树窥之,且怪此无尊官也。导骑后,一人紫衣,仪卫如节使④。后有车一乘,方渡水,御者前白:"车辋索断⑤。"紫衣者言:"检簿。"遂见数吏检簿,曰:"合取庐州某里张某妻脊筋。"乃书吏之姨也。顷刻吏回,持两条白物,各长数尺,乃渡水而去。至家,姨尚无恙。经宿,忽患背疼,半日而卒。

【注释】

①李公佐:字颛蒙,生卒年不详,郡望陇西(今甘肃秦安)人。唐代著名传奇作家,贞元十八年(802)时自吴赴洛,撰传奇《南柯太守传》,此为唐代传奇名篇,明代汤显祖《南柯记》即以此为本。

②庐州:治所在今安徽合肥。

③引驺(zōu):主驾车马负责前导的仆役。

④节使:节度使。职官名。景云二年(711)贺拔延嗣为凉州都督,

充河西节度使,自此始有节度使之号。起初节度使仅边地设置,天宝初年,置安西、北庭、河西、朔方、河东、范阳、平卢、陇右、剑南、岭南十节度使,以后则遍设于内地。节度使统领一道之军事民政,自置官属自理财赋,父死子继号为藩镇,朝廷往往不能辖制。

⑤辀(qú):车辕两端用来夹住牲口颈的曲木。

【译文】

李公佐,大历年间在庐州的时候,有个名叫王庚的书吏请假回家,夜晚在城外荒野赶路,忽然碰到导驺喝道开路,王庚赶紧躲在大树后偷看,心下纳闷此地并没有什么高官。导驺走过,只见一位身着紫衣的人,看那仪仗侍卫,像是节度使一类。后来有一辆车,正要渡河,驾车的侍从上前报告说:"车辀绳断了。"紫衣人说:"翻簿子。"只见几名吏员翻检簿册,说:"应该取庐州某里坊张某妻子的脊筋。"说的竟然就是王庚的姨妈。片刻吏员就回来了,拿着两条白色的东西,每条长有几尺,然后系好车马渡河而去。王庚到家后,他姨妈还好好的。过了一晚上,忽然说背疼,半天时间就去世了。

14.37 元和初,有一士人,失姓字,因醉卧厅中。及醒,见古屏上妇人等,悉于床前踏歌①。歌曰:"长安女儿踏春阳,无处春阳不断肠。舞袖弓腰浑忘却,蛾眉空带九秋霜②。"其中双鬟者问曰③:"如何是弓腰?"歌者笑曰:"汝不见我作弓腰乎?"乃反首,鬟及地,腰势如规焉④。士人惊惧,因叱之。忽然上屏,亦无其他。

【注释】

①踏歌:一种集体歌舞形式,手牵着手亦歌亦舞,以脚踏地为节奏。

②九秋：深秋。

③鬟：环形发髻。

④规：圆。

【译文】

　　元和初年，有位士人，记不清他的姓名，醉卧在厅堂里。酒醒后，发现古屏风上所画的妇女等人，全都在床前踏歌。歌词是："长安女儿踏春阳，无处春阳不断肠。舞袖弓腰浑忘却，蛾眉空带九秋霜。"其中一位梳着双鬟的美女问："什么是弓腰？"领唱的人笑着说："你没看见我正在弓腰吗？"就仰面向后弯曲身体，发髻挨到地面，腰肢柔软环曲就像一个圆。士人又惊又怕，就大声呵斥她们。这些妇女一下子都回到屏风上去了，也没发现其他异常。

　　14.38 郑相余庆在梁州①，有龙兴寺僧智圆，善总持敕勒之术②，制邪理痛多著效，日有数十人候门。智圆腊高稍倦③，郑公颇敬之，因求住城东隙地，郑公为起草屋种植，有沙弥、行者各一人居之④。数年，暇日，智圆向阳科脚甲⑤，有妇人布衣，甚端丽，至阶作礼。智圆遽整衣，怪问："弟子何由至此？"妇人因泣曰："妾不幸夫亡，而子幼小，老母危病。知和尚神咒助力，乞加救护。"智圆曰："贫道本厌城隍喧啾⑥，兼烦于招谢。弟子母病，可就此为加持也⑦。"妇人复再三泣请，且言母病剧，不可举扶，智圆亦哀而许之。乃言："从此向北二十余里，至一村，村侧近有鲁家庄，但访韦十娘所居也。"智圆诘朝，如言行二十余里，历访悉无而返。来日，妇人复至，僧责曰："贫道昨日远赴约，何差谬如此？"妇人言："只去和尚所止处二三里耳。和尚慈悲，必为再往。"

僧怒曰：“老僧衰暮，今誓不出。”妇人乃声高曰：“慈悲何在耶？今事须去。”因上阶牵僧臂。僧惊迫，亦疑其非人，恍惚间以刀子刺之，妇人遂倒，乃沙弥误中刀，流血死矣。僧忙然，遽与行者瘗之于饭瓮下。沙弥本村人，家去兰若十七八里。其日，其家悉在田，有人皂衣揭襆⑧，乞浆于田中。村人访其所由，乃言居近智圆和尚兰若。沙弥之父欣然访其子耗⑨，其人请问，具言其事，盖魅所为也。沙弥父母尽皆号哭，诣僧，僧犹绐焉。其父乃锹索而获，即诉于官。郑公大骇，俾求盗吏细按⑩，意其必冤也。僧具陈状：“贫道宿债⑪，有死而已。”按者亦以死论，僧求假七日命持念⑫，为将来资粮⑬，郑公哀而许之。僧沐浴设坛，急印契缚撄⑭，考其魅⑮。凡三夕，妇人见于坛上，言：“我类不少，所求食处，辄为和尚破除。沙弥且在，能为誓不持念，必相还也。”智圆恳为设誓，妇人喜，曰：“沙弥在城南某村几里古丘中。”僧言于官，吏用其言寻之，沙弥果在，神已痴矣。发沙弥棺，中乃苫帚也，僧始得雪。自是绝不复道一梵字⑯。

【注释】

①郑相余庆：即为郑余庆（746—820），字居业，荥阳（今河南荥阳东北）人。大历十二年（777）登进士第，历官兵部员外郎、翰林学士、工部侍郎、同中书门下平章事、河南尹、兵部尚书、山南西道节度使、尚书左仆射等，封荥阳郡公。梁州：治所在今陕西汉中。

②总持敕勒：佛教术语。总持，梵语义译，意为总一切法，持一切义。敕勒，本道教驱鬼制邪之术，这里指佛教密宗一派念咒、请神以及画符等法术。

③腊：僧人受戒后每度一年，为一腊。

④行者：在寺庙中服杂役而尚未正式落发的出家人。

⑤科：修剪。

⑥城隍：护城河。这里代指城市。

⑦加持：佛教术语。佛的愿力威神加于软弱之众生身上。

⑧揭：别本或"褐"。

⑨耗：消息。

⑩俾（bǐ）：使。

⑪宿债：前世所负恶业，犹如欠债，今世须还。

⑫持念：佛教术语。诵经加持。

⑬资粮：佛教术语。资为资财，粮为粮食。修道亦如远行，须以善根、福德、正法等以助其地，方可证成。

⑭印契：佛教术语。指僧人诵经做法事的一种手势。攃（bó）：小木人。

⑮考：拷打。

⑯梵字：指代佛经。

【译文】

　　宰相郑余庆在梁州时，龙兴寺有个和尚法号智圆，擅长总持敕勒的法术，驱邪治病大多能见效，每天有几十个人在山门前等着他治病。智圆年高体倦，郑公很敬重他，就请求他搬到城东的空地去住，郑公帮他盖起草屋，种植花木，有一个小沙弥、一个行者陪着他住。几年后，一个闲暇之日，智圆坐在太阳下修脚指甲，有个身着布衣的妇女，容貌端庄秀丽，来到台阶前行礼。智圆慌忙整理好衣衫，惊讶地问："女弟子为何来到这里？"那位妇女哭着说："我不幸死了丈夫，儿子幼小，老母病重。听说大和尚持念神咒很灵验，恳请加以救护。"智圆说："贫僧一向厌恶城里喧嚣，也不喜欢应酬交往。女弟子的母亲既然有病，可以就在这里为她加持。"女子又再三哭泣恳求，并且说母亲病情危重，不能扶着前来，智圆也很同情她，就答应了。女子就说："从这里向北二十多里，到一个村庄，村庄附近有一个鲁家庄，只要问韦十娘家就行了。"第二天一早，智圆依言向北走了二十多里，到处打听韦十娘家，都说不知道，无奈只好回来了。又过一天女子又来了，智圆责备她说："贫僧昨天远行赴约，怎么你说的地方差错那么远？"女子说："我家距离昨天和尚所到的地方，只多二三里路。和尚慈悲，一定要再去一趟。"智圆生气地说："老僧年高体弱，今天绝不出门。"女子就提高嗓门质问道："你的慈悲心在哪里？今天这事必须去。"就跑上台阶牵扯智圆的手臂。智圆又惊又急，同时也怀疑她不是人，恍惚之间就用刀子刺她，女子一下倒在地上，老和尚定睛一看，躺在地上的却是小沙弥，误中了刀子，血流满地，已经死了。智圆一下慌了手脚，赶紧和行者一起把小沙弥埋在饭瓮下面。沙弥是本村人，家距寺院十七八里远。那一天，他的家人都在田间劳作，有个黑衣裹巾的人前来讨水喝。村人问他从哪里来，回答说住家就在智圆和尚的寺院附近。沙弥的父亲一听，就高兴地问他儿子的消息，那黑衣人问他儿子姓甚名谁，然后就详细地说了刚发生的事，原来这黑衣人就是那鬼魅变的。沙弥的父母大哭着去找智圆，智圆还想欺骗他们。那父亲拿起铁锹三下两下挖出了尸体，立刻告到官府。郑公大为吃惊，要求办案的吏员细细调查，心想老和尚一定被冤枉了。智圆详细陈述了当时的情形，说："这是贫僧的宿债，只有一死了之。"办案的也断他死罪，智圆请求给七天时间念经加持，为来生准备一些资粮，郑公很同情他就答应了。智圆沐浴净身，设下斋坛，急忙印契作法，捆缚木人当作鬼魅，严加拷打。到第三晚，先前那个女子就出现在斋坛上，说："像我这类鬼魅不少，因为求食的地方大多被和尚持念符咒破除，所以我才这样做。那沙弥还没死，如果你能起誓以后不再持念作法，我一定把他还给你。"智圆恳切地设下誓言，女子高兴地说："沙弥在城南某村几里外的老坟地里。"智圆把这告知官府，吏员照他的话去寻找，果然找着了沙弥，只是已经神志不清了。再挖开先前小沙弥的坟，棺材里竟是一把笤帚，智圆的冤狱这才得以昭雪。从此以后，老和尚再也不持念作法为人治病了。

14.39 元和初，洛阳村百姓王清，佣力得钱五镮①，因买田畔一枯栗树，将为薪以求利。经宿，为邻人盗斫。创及腹，忽有黑蛇举首如臂，人语曰："我王清本也，汝勿斫。"其人惊惧，失斧而走。及明，王清率子孙薪之，复掘其根，根下得大瓮二，散钱实之。王清因是获利而归。十余年巨富，遂甃钱成龙形②，号王清本。

【注释】

①镮（huán）：古时计钱的单位。

②甃（zhòu）：砌，垒。

【译文】

元和初年，洛阳一个村庄有百姓名王清，卖力气得了五镮钱，就买下了田边一棵枯栗树，想劈成柴赚点钱。过了一晚，这棵树被他的邻居盗砍。砍到树中间，忽然有条黑蛇昂着头就像胳臂一样，口吐人言："我是王清的本钱，你不要砍。"那人又惊又怕，扔下斧子就跑。第二天一早，王清带着子孙前来劈柴，又挖树根，在树根下挖到两口大瓮，里面装满了散钱。王清因此获利回家。十多年后，王清成为巨富，于是就用钱垒成龙形，起名叫作王清本。

14.40 元和中，苏湛游蓬鹊山①，裹粮钻火，境无遗址。忽谓妻曰："我行山中，睹倒崖有光如镜②，必灵境也③。明日将投之，今与卿诀。"妻子号泣，止之不得。及明遂行，妻子领奴婢潜随之。入山数十里，遥望岩有白光，圆明径丈。苏遂逼之，才及其光，长叫一声。妻儿遽前救之，身如茧矣。有蜘蛛，黑色，大如钴镂④，走集岩下。奴以利刃决其网，方断，苏已脑陷而死。妻乃积薪烧其崖，臭满一山中。

【注释】

①蓬鹊山：在今河北内丘。相传扁鹊同虢太子曾到此山采药。

②倒崖：上面凸出下面凹入的悬崖。

③灵境：仙境。

④钴镂（gǔ mǔ）：熨斗。

【译文】

元和年间，苏湛漫游蓬鹊山，他带着干粮，钻木取火，走遍山间的每一个角落。忽然有一天，他对妻子说："我在山里走，看见有处倒崖发出光芒，就像镜子，那一定是仙境。明天我要去那里，现在就和你诀别了。"他妻子儿女痛哭流涕，怎么也阻挡不住。天一亮，苏湛就出发了，他妻子儿女带着奴婢暗中跟着他。进山几十里，远远望见山岩，那处白光圆如明镜，直径约有一丈。苏湛就快步赶过去，才靠近那光团，就发出一声长嚎。妻儿急忙跑上前去救他，他全身已被蛛丝裹得像只蚕茧。这时有许多黑蜘蛛，每只都有熨斗那么大，爬过来集聚在山岩下。仆人用快刀去斩蛛丝网，费了好大力气才斩断，走近一看，苏湛已经死了，脑袋被啃得只剩一半。他妻子就在山崖下堆积柴草，放火烧崖，烧得满山满谷臭气熏天。

14.41 相传裴旻山行①，有山蜘蛛垂丝如匹布，将及旻。旻引弓射杀之，大如车轮。因断其丝数尺，收之。部下有金创者②，剪方寸贴之，血立止也。

【注释】

①裴旻：唐玄宗时人，官至左金吾大将军，善剑舞。唐文宗时，诏以
　　李白诗、张旭草书、裴旻剑舞为"三绝"。

②金创：刀剑伤。

【译文】

　　相传裴旻有一次行走在山间，有一只山蜘蛛垂下蛛丝，就像布匹一
样，快要触到裴旻了。裴旻拉弓射杀了蜘蛛，那蜘蛛大如车轮。裴旻于
是裁断几尺蛛丝，收藏起来。部下有受刀剑创伤的，剪一小块蛛丝贴上
去，马上就能止血。

前集卷十五

诺皋记下

【题解】

本篇共二十八条，仍是各类精怪、鬼神之事，大多为新出的唐代异事，想象丰富，亦真亦幻。第15.14条山萧之说，第15.16条野狐戴骷髅拜北斗的记载，本自晋干宝《搜神记》、晋张华《博物志》等书。

15.1 和州刘录事者①，大历中罢官，居和州旁县。食兼数人，尤能食鲙。常言鲙味未尝果腹。邑客乃网鱼百余斤，会于野亭，观其下箸。初食鲙数叠②，忽似哽，咯出一骨珠子，大如黑豆，乃实于茶瓯中，以叠覆之。食未半，怪覆瓯倾侧，刘举视之，向者骨珠已长数寸，如人状。坐客竞观之，随视而长。顷刻长及人，遂捽刘③，因殴流血。良久，各散走。一循厅之西，一转厅之左，俱及后门，相触翕成一人④，乃刘也，神已痴矣。半日方能言，访其所以，皆不省。自是恶鲙。

【注释】

①和州：今安徽和县。录事：吏职名。即录事参军。见11.26条注④。

②叠：叠子，即碟子。

③捽（zuó）：揪，抓。

④翕（xī）：合。

【译文】

和州刘录事，大历年间罢官，居住在和州邻县。他食量奇大，可敌数人，特别喜欢吃鱼肉。曾经说过鱼肉从来没有吃饱过。县城里有人就网了一百多斤鱼，在山亭摆下宴席，看他如何吃鱼。刚吃了几盘鱼，忽然好像被鱼刺卡住了，咯出一枚鱼骨珠，有黑豆大，就放在茶杯里，用碟子盖上。吃了不到一半，盖着的杯子倾倒了，刘某觉得奇怪，就举起杯子看，先前那枚骨珠已经长大了几寸，就像人的模样。席上其他客人争相围观，骨珠也随之长大。片刻工夫就长成常人那么大，揪住刘某痛加殴打，把他打出了血。过了很久，又各自散开。一个沿着厅西面跑，一个转向厅东面跑，都跑到后门，碰到一起合成一个人，原来是刘某，已经神志不清了。过了半天才能开口说话，问他刚才的事，全都不清楚。刘某从此厌恶吃鱼。

15.2 冯坦者，常有疾，医令浸蛇酒服之。初服一瓮子，疾减半。又令家人园中执一蛇，投瓮中，封闭七日。及开，蛇跃出，举首尺余，出门，因失所在。其过迹，地坟起数寸。

【译文】

有个名叫冯坦的人，有一次生病，医生让他泡蛇酒喝。先喝了一坛蛇酒，病势减轻了一半。他又让家人在园子里捉了一条蛇，投进酒坛，封闭七天。打开时，蛇从坛子里一跃而出，昂起头有一尺多高，一溜出门，不知去向何方。蛇经过的地方，地面隆起几寸高的小土堆。

15.3 陆绍郎中言：常记一人浸蛇酒，前后杀蛇数十头。一日，自临瓮窥酒，有物跳出，啮其鼻将落。视之，乃蛇头骨。因疮毁，其鼻如劓焉①。

【注释】

①劓(yì)：古代割掉鼻子的肉刑。

【译文】

陆绍郎中说：记得曾经有一个人泡蛇酒，前前后后杀了几十条蛇。一天，他亲自去察看酒瓮里的药酒，瓮里突然有个东西跳出来咬住他的鼻子，差点把鼻子咬掉了。一看，竟然是死蛇的头骨。这人后来生疮鼻子烂掉了，就像受了劓刑一样。

15.4 有陈朴，元和中住崇贤里北街①，大门外有大槐树。朴常黄昏徙倚窥外，见若妇人及狐犬老乌之类，飞入树中，遂伐视之。树凡三槎，一槎空中，一槎有独头栗一百二十，一槎中褓一死儿，长尺余。

【注释】

①崇贤里：唐代长安城坊。

【译文】

有个叫陈朴的人，元和年间住在长安城内崇贤里北街，大门外有棵大槐树。陈朴经常在黄昏时分出门倚着槐树向外闲观，看见有像妇女、狐狸、犬以及乌鸦之类飞进槐树里，于是就砍倒槐树看个究竟。大树一共分三个大杈，一个树杈中间是空的，一个树杈有一百二十枚独头栗，一个树杈里有一个裹着的死婴，长一尺多。

15.5 僧无可言①：近传有白将军者，常于曲江洗马，马忽跳出惊走。前足有物，色白如衣带，萦绕数匝。遽令解之，血流数升。白异之，遂封纸帖中，藏衣箱内。一日，送客至浐水②，出示诸客。客曰："盍以水试之③。"白以鞭筑地成窍，置虫于中，沃盥其上。少顷，虫蠕蠕而长，窍中泉涌，倏忽自盘若一席。有黑气如香烟，径出檐外。众惧曰："必龙也。"遂急归，未数里，风雨骤至，大震数声。

【注释】

①僧无可：范阳（今河北涿州）人。唐代诗僧，贾岛的从弟。

②浐（chǎn）水：浐河，在陕西西安，灞河的支流。

③盍：何不。

【译文】

无可和尚说：近来传说有位白将军，曾经在曲江池洗马，马忽然跳出水来惊慌乱跑。马的前蹄有个白色的东西，样子像条衣带，缠绕马蹄好几圈。白将军急忙让人解下来，马流了好几升血。白将军觉得这东西很奇异，就用纸帖封好，装在衣箱里。一天，白将军送客到了浐水，把这东西拿出来给客人看。有位客人说："不妨用水试一下。"白将军就用鞭子在地上横着筑了个长长的洞，把这条虫放进洞里，在洞上面浇水。不一会儿，那条虫蠕动着长大了，洞中涌出了泉水，转瞬之间长虫盘曲起来就像卷着的席筒。忽然化作一团黑气，仿佛香炉里的青烟，径直飞出了屋檐外。众人惊恐地说："这肯定是龙。"于是急忙往回走，没走出几里远，风雨大作，伴有响雷数声。

15.6 景公寺前街中①，旧有巨井，俗呼为八角井。元和初，有公主夏中过，见百姓方汲，令从婢以银稜碗就井承水，误坠碗。经月余,出于渭河。

【注释】

①景公寺:赵景公寺,在长安城常乐坊。

【译文】

长安城内景公寺前街上,旧时有一口大井,俗称八角井。元和初年,有位公主夏天经过这里,看见百姓正在汲水,就让跟随的婢女用银稜碗靠近井边取水,婢女不小心把碗掉进井里去了。一个多月以后,这只碗出现在渭河上。

15.7 东平未用兵①,有举人孟不疑,客昭义②。夜至一驿,方欲濯足,有称淄青张评事者③,仆从数十,孟欲参谒。张被酒,初不顾,孟因退就西间。张连呼驿吏索煎饼,孟默然窥之,且怒其傲。良久,煎饼熟,孟见一黑物如猪,随盘至灯影而立。如此五六返,张竟不察。孟因恐惧无睡,张寻大鼾。至三更后,孟才交睫,忽见一人皂衣,与张角力,久乃相捽入东偏房中,拳声如杵。一饷间,张被发双袒而出,还寝床上。入五更,张乃唤仆,使张烛巾栉④,就孟曰:"某昨醉中,都不知秀才同厅。"因命食,谈笑甚欢,时时小声曰:"昨夜甚惭长者,乞不言也。"孟但唯唯。复曰:"某有程,须早发,秀才可先也。"遂摸靴中,得金一挺,授曰:"薄赆⑤,乞密前事。"孟不敢辞,即为前去。行数日,方听捕杀人贼。孟询诸道路,皆曰:"淄青张评事,至某驿早发,迟明,空鞍失所在。驿吏返至驿寻索,驿西阁中有席角,发之,白骨而已,无泊一蝇肉也⑥。地上滴血无余,惟一只履在旁。"相传此驿旧凶，竟不知何怪。举人祝元膺常言亲见孟不疑说，每每戒夜食必须发祭也。祝又言孟素不信释氏，颇能诗，其句云："白日故乡远，青山佳句中。"后常持念游览，不复应举。

【注释】

①东平未用兵：东平没有战事的时候。东平在唐为郓州，在今山东东平西北。东平用兵，指元和十三年（818）七月朝廷集宣武、魏博、义成、武宁、横海五镇之兵讨淄青节度使李师道事。

②昭义：昭义军，治所在相州（今河南安阳）。

③淄青：淄青节度使，治所在郓州（即东平）。评事：职掌评决刑狱，隶属大理寺。

④巾栉（zhì）：毛巾和梳子。这里指洗脸梳头。

⑤贶（kuàng）：赠。

⑥泊：通"薄"，附着。

【译文】

东平郡还没有战事的时候，举人孟不疑客寓昭义军。天黑来到一处驿站，正要洗脚，又来了一位客人，人称淄青张评事，有几十名随从，孟不疑想要拜见他。张评事酒醉了，完全不予理会，孟不疑只好退回西间。张评事连声催促驿吏，索要煎饼，孟不疑一语不发地窥视他，对他的傲慢很是气愤。过了很久，煎饼熟了，孟不疑看见一只像猪一样黑糊糊的怪物，跟着盘子进来了，一直到了灯影下站着。这般来来去去五六次，张评事竟然没有察觉。孟不疑心怀恐惧，睡意全无，张评事却很快就鼾声如雷。三更以后，孟不疑刚合上眼，忽然看见一位黑衣人和张评事搏斗，又过一阵，互相揪打着进了东偏房，只听得拳头捶击的声音就像是用杵捣米一样。一顿饭工夫，张评事披头散发光着两个膀子出来了，回到床上睡下。到五更，张评事就唤起仆人，吩咐点灯洗脸梳头，又到孟不疑处,对他说:"我昨晚喝醉了,竟然不知秀才也在这里留宿。"就让仆人送来早餐同吃,二人有说有笑甚是开心,张评事又不时地小声对孟说:"昨晚的事让您见笑了,请一定不要声张。"孟不疑只是连连答应。张又说:"我要赶路,必须一早出发,您可先行一步。"于是从靴筒里摸出一铤金子交给孟不疑,说:"不成敬意,刚才说的事请务必保密。"孟不敢推辞,立即动身上路。路上走了几天,才听得官府追捕杀人凶犯。孟不疑向路人打听,都说:"淄青张评事,在某驿站一早出发,天快亮时,马鞍子上竟然空空无人,不知去向。驿吏返回驿站寻找,驿站西阁有一张席子,揭开一看,只见一堆白骨,上面没有一丝血肉。地上也不见血迹,只有一只靴子丢在旁边。"相传这个驿站以前就有凶煞,到底也不知是何方妖怪。举人祝元膺曾说,他亲自听到孟不疑常常告诫说,晚餐时必须供奉鬼神。祝元膺又说孟一向不信佛教,颇能作诗,有诗云:"白日故乡远,青山佳句中。"这事以后,孟不疑经常持念佛经,游览四方,不再应举。

15.8 刘积中[①],常于京近县庄居,妻病重。于一夕,刘未眠,忽有妇人白首,长才三尺,自灯影中出,谓刘曰:"夫人病,唯我能理,何不祈我。"刘素刚,咄之。姥徐戟指曰:"勿悔,勿悔。"遂灭。妻因暴心痛,殆将卒。刘不得已,祝之。言已,复出。刘揖之坐,乃索茶一瓯,向口如咒状,顾命灌夫人。茶才入口,痛愈。后时时辄出,家人亦不之惧。经年,复谓刘曰:"我有女子及笄[②],烦主人求一佳婿。"刘笑曰:"人鬼路殊,固难遂所托。"姥曰:"非求人也。但为刻桐木为形,稍工者则为佳矣。"刘许诺,因为具之。经宿,木人失矣。又谓刘曰:"兼烦主人作铺公铺母[③],若可,某夕我自具车轮奉迎。"刘心计无奈何,亦许。至一日,过酉,有仆马车乘至门。

姥亦至曰：“主人可往。”刘与妻各登其车马，天黑至一处，朱门崇墉④，笼烛列迎，宾客供帐之盛，如王公家。引刘至一厅，朱紫数十，有与相识者，有已殁者，各相视无言。妻至一堂，蜡炬如臂，锦翠争焕，亦有妇人数十，存殁相识各半，但相视而已。及五更，刘与妻恍惚间却还至家，如醉醒，十不记其一二矣。经数月，姥复来拜谢曰：“小女成长，今复托主人。”刘不耐，以枕抵之曰：“老魅，敢如此扰人！”姥随枕而灭，妻遂疾发。刘与男女酹地祷之，不复出矣。妻竟以心痛卒。刘妹复病心痛。刘欲徙居，一切物胶著其处，轻若履屣，亦不可举。迎道流上章⑤，梵僧持咒，悉不禁。刘尝暇日读药方，其婢小碧，自外来，垂手缓步，大言：“刘四，颇忆平昔无？”既而嘶咽曰：“省躬近从泰山回⑥，路逢飞天野叉，携贤妹心肝，我已夺得。”因举袖，袖中蠕蠕有物，左顾似有所命，曰：“可为安置。”又觉袖中风生，冲帘幌入堂中，乃上堂对刘坐，问存殁，叙平生事。刘与杜省躬同年及第，有分，其婢举止笑语，无不肖也。顷曰：“我有事，不可久留。”执刘手呜咽，刘亦悲不自胜。婢忽然而倒，及觉，一无所记。其妹亦自此无恙。

【注释】

①刘积中：中唐人。贞元十七年(801)举进士及第。

②及笄(jī)：女子十五岁，束发加笄，以示成年。笄，发簪。

③铺公铺母：成婚之日，女家请多福多寿子孙满堂的夫妇铺设新房以图吉利，称“铺公铺母”。

④崇墉：高墙。

⑤上章:上表求神。

⑥近从泰山回:道教以泰山府君主人生死,人死则魂归泰山,故有
　此说。

【译文】

刘积中曾在京城郊县田庄居住,妻子病重。一天晚上,刘还没睡,忽然有个白发妇女,身长仅有三尺,从灯影下走出来,对刘说:“您夫人的病,只有我能治,不妨求我。”刘积中素来刚直不信鬼邪,就大声呵斥她。白发老妇慢悠悠地伸出食指和中指指着他说:“别后悔,别后悔。”说完就不见了。随后刘妻突然心痛,看着就快死了。刘没办法,只好向老妇祝祷。话音刚落,老妇又出现了。刘向她作揖请她坐下,老妇要来一杯茶,对着茶杯口就像是念咒的样子,然后让刘把这杯茶灌给夫人。茶水一入口,夫人的心痛立刻就好了。后来老妇时时出入刘家,家人也不害怕她。过了一年,老妇对刘说:“我有个女儿成年了,烦请主人为她找个好女婿。”刘积中笑着说:“人鬼异路,这事儿实在没法办。”老妇说:“不是找个人。只要拿桐木雕刻一个人形,雕刻得稍稍精致些,就是我说的佳婿了。”刘答应了,就为她准备好。过了一晚,桐人不见了。老妇又对刘说:“还要烦请主人夫妇当铺公铺母,如果行的话,某晚我备好车马来接。”刘积中心里琢磨了一下,还是无可奈何,也只得答应了。一天,过了酉时,就有仆从车马到了门前。老妇也来了,说:“主人请前往。”刘和他妻子各自登上一辆车,天黑时到了一处,朱门高墙,灯笼烛炬列队迎接,客人之多,筵席之盛,如同王公之家。老妇领着刘积中来到一处厅堂,有几十个身着红紫的人,有和他相识的,有已经去世的,大家彼此相看,默无一言。刘妻来到另一处厅堂,只见蜡炬粗如手臂,珠翠锦绣,光彩耀眼,也有几十位妇女,活着的已死的相识的不认识的,各有一半,大家也都相看无言。到了五更,刘积中和妻子迷迷糊糊回到家里,像是酒醉初醒一般,晚间的事大多记不得了。又过了几个月,老妇又来拜谢说:“我的小女儿也成年了,现在又麻烦主人。”刘极不耐烦,用

枕头抵拒她说:"老鬼,竟敢如此骚扰人!"老妇一挨枕头就消失不见,刘妻的病又发作了。刘和儿女以酒酹地反复祝祷,老妇再也没有出现。刘妻最后因心痛病去世。接着刘的妹妹又犯心痛。刘准备迁居,而家里所有东西都像是胶粘在地,轻如鞋子的东西,也拿不起来。刘迎请道士上表求神,又请梵僧持念作法,都不管用。有一天刘闲暇无事翻读药方,他的侍女小碧从外面走进来,垂着双手,步履迟缓,大声说:"刘四,还记得从前的事吗?"接着就呜咽着说:"省躬我最近从泰山返回,半路遇见飞天夜叉,携着令妹的心肝,我已夺回来了。"于是举起衣袖,袖子里有东西在不停蠕动,又扭头向左像是对谁说话:"去安置一下。"这时但觉袖子里呼呼生风,吹得帘帷飞到了厅堂中央,又上堂面对刘坐下,询问朋友生死,畅叙平生情谊。刘积中和杜省躬同年进士及第,颇有情分,这个婢女的言谈举止,无一不像杜省躬。片刻,又说:"我还有事,不能久留。"握着刘的手悲痛哭泣,刘积中也悲从中来,情难自已。接着小碧忽然就倒在地上,等她苏醒过来,什么都不记得。刘的妹妹也从此病就好了。

15.9 临川郡南城县令戴詧①,初买宅于馆娃坊②。暇日,与弟闲坐厅中,忽听妇人聚笑声,或近或远,詧颇异之。笑声渐近,忽见妇人数十,散在厅前,倏忽不见。如是累日,詧不知所为。厅阶前枯梨树,大合抱,意其为祥③,因伐之。根下有石,露如块,掘之转阔,势如磬形④,乃火上沃醋⑤,凿深五六尺不透。忽见妇人绕坑,抵掌大笑。有顷,共牵詧入坑,投于石上。一家惊惧之际,妇人复还,大笑,詧亦随出。詧才出,又失其弟,家人恸哭。詧独不哭,曰:"他亦甚快活,何用哭也。"詧至死,不肯言其情状。

【注释】

①南城县:今属江西。

②馆娃坊:春秋时,吴王作宫于砚石山以馆西施,吴地称美女为娃,故此宫名馆娃宫。此馆娃坊虽地不在吴,而其命意当与此有关。

③祥:吉凶之兆。

④鏊(ào):铁制的烙饼炊具。

⑤醯(xī):醋。

【译文】

　　临川郡南城县令戴詧,起先在馆娃坊买下一座宅院。一天闲暇,和弟弟在厅中闲坐,忽然听见女子聚集喧笑的声音,忽远忽近,戴詧很诧异。笑声慢慢靠近了,突然看见几十个女子,散立在厅堂,又一下子全都不见了。一连几天都是如此,戴詧不知该如何办。厅前台阶下有棵枯梨树,大可合抱,戴詧心想这定是不祥之物,于是把树砍倒了。树根下有块石头露出来,往下挖掘,石头越来越大,像是鏊的形状,戴詧就用火烧石,又浇上醋,凿了五六尺深,还没凿透。忽然那些女子又出现了,围着深坑拍手大笑。一会儿,突然就拉着戴詧下了坑,没入石头里面。一家人正又惊又怕,那些女子又出现了,大笑,戴詧也跟着出来了。戴詧才出来,他弟弟又不见了,一家人痛哭不已。只有戴詧不哭,还说:"他现在也很快活,哭他做什么。"戴詧到死也不肯说出那里面的情形。

15.10　独孤叔牙常令家人汲水,重不可转,数人助出之,乃人也。戴席帽①,攀栏大笑,却坠井中。汲者揽得席帽,挂于庭树,每雨,所溜雨处辄生黄菌。

【注释】

①席帽:古时的一种围帽。

【译文】

独孤叔牙曾让家人汲水，辘轳重得根本转不动，几个人合伙才提起来，一看原来井绳上坠着一个人。那人戴着席帽，攀着井栏大笑，回身又坠入井里。家人只抓住那人的席帽，挂在院中的树上，每到下雨的时候，帽沿滴水处就会长出黄菌。

15.11　有史秀才者，元和中，曾与道流游华山。时暑，环憩一小溪。忽有一叶，大如掌，红润可爱，随流而下。史独接得，真怀中。坐食顷，觉怀中渐重，潜起观之，觉叶上鳞起，栗栗而动①。史惊惧，弃林中，遽白众曰："此必龙也，可速去矣！"须臾，林中白烟生，弥于一谷。史下山未半，风雷大至。

【注释】

①栗栗：颤抖的样子。栗，通"慄"。

【译文】

有位史秀才，元和年间曾和道士一起游华山。当时天气炎热，大家环坐在小溪边休息。忽然有一片大如手掌的叶子，红润可爱，顺流而下。只有史秀才捞着，放在怀里。坐了一顿饭工夫，史秀才感到怀里慢慢变重，悄悄起身察看，发现叶子上面凸起鳞甲，簌簌抖动。史秀才又惊又怕，把叶片扔在树林里，急忙对众人说："这一定是龙，大家赶快走吧！"一会儿，树林里冒出白烟，弥漫整个山谷。史秀才一行还没下到半山腰，狂风迅雷就来了。

15.12　史论作将军时，忽觉妻所居房中有光，异之。因与妻遍索房中，且无所见。一日，妻早妆开奁，奁中忽有金色龟,大如钱,吐五色气,弥满一室。后常养之。

【译文】

　　史论当将军的时候,一次忽然发现妻子居住的房间里有光,觉得很奇怪。他于是和妻子把房间搜了个遍,什么也没找着。后来一天,他妻子早上化妆打开梳妆匣,突然看见匣子里有一只金色龟,大如铜钱,口吐五色气体,弥漫整个房间。后来他们一直把这只龟养着。

　　15.13 工部员外郎张周封言:旧庄城东狗脊觜西,常筑墙于太岁上①,一夕尽崩。且意其基虚,工不至,乃率庄客指挥筑之。高未数尺,炊者惊叫曰:"怪作矣!"遽视之,饣数斗②,悉跃出,蔽地著墙,匀若蚕子,无一粒重者,蠹墙之半,如界焉。因诣巫,酹地谢之,亦无他焉。

【注释】

　　①太岁:古代天文学中假设的星名。与岁星(木星)运行方向相反。后来方士术数以太岁所在为凶方,忌兴土木建筑或迁徙房屋。
　　②饣:同"饭"。

【译文】

　　工部员外郎张周封说:在旧庄城的东边、狗脊嘴西边,曾经误把墙筑在太岁头上,一个晚上全垮了。他料想是墙基不牢固,施工人员偷工减料,就带上庄客,亲自指挥筑墙。还不到几尺高,做饭的人惊叫道:"出怪事了!"他急忙去看,几斗米饭全都从锅里蹦了出来,洒到地上和墙上,像蚕子一样均匀,没有一粒是重叠的,粘上墙的米粒正到墙的一半高,整整齐齐如同一条界线。于是请来巫师,以酒祭地,致歉谢罪,倒也没再发生其他怪事。

15.14 山萧^①，一名山臊，《神异经》作猱^②。《永嘉郡记》作山魅^③，一名山骆，一名蚑，一名濯肉，一名热肉，一名晖，一名飞龙。如鸠，青色，一曰治鸟，巢大如五斗器，饰以土垩，赤白相间，状如射侯^④。犯者能役虎害人，烧人庐舍，俗言山魈。

【注释】

①山萧：即山魈（xiāo），传说中山里的木石精怪。

②《神异经》：旧题东方朔撰，所载皆荒诞不经之言，而文采绮丽，后来词赋家多引用。

③《永嘉郡记》：南朝刘宋郑缉之撰。

④射侯：箭靶。

【译文】

山萧，又名山臊，《神异经》写作猱。《永嘉郡记》又作山魅，又名山骆，又名蚑，又名濯肉，又名热肉，又名晖，又名飞龙。样子像斑鸠，青色，又称作治鸟。它的窝有五斗容器那么大，用白土装饰，红白相间，看上去就像箭靶。如果受到侵犯，它能驱使老虎伤人，会烧人房屋，民间又称作山魈。

15.15 伍相奴或扰人^①，许于伍相庙多已^②。旧说一姓姚，二姓王，三姓汪，昔值洪水，食都树皮^③，饿死，化为鸟都，皮骨为猪都，妇女为人都。鸟都左腋下有镜印^④，阔二寸一分，右脚无大指，右手无三指，左耳缺，右目盲。在树根居者名猪都，在树半可攀及者名人都，在树尾者名鸟都。其禁有打土垄法、山鹊法。其掌诀：右手第二指上节边禁山都眼，左手目禁其喉⑤。南中多食其巢，味如木芝。窠表可为履屟⑥，治脚气。

【注释】

①伍相奴：精怪名。与伍相有关。伍相，即为伍子胥（？—前484）。楚大夫伍奢次子，父兄被楚平王杀害，乃奔吴，与孙武共佐吴王伐楚，五战入郢都，掘平王墓，鞭尸三百。吴王夫差败越，越请和，子胥谏不从，夫差听信伯嚭之谗，迫伍子胥自杀。

②伍相庙：伍子胥庙。伍子胥死后，吴人怜之，为立祠庙。

③都树：大树。

④镜印：不详。

⑤右手第二指上节边禁山都眼，左手目禁其喉：疑"边禁"、"目禁"各自为词，不详何义。

⑥履屟（xiè）：类似今之鞋垫。屟，同"屧"。

【译文】

伍相奴有时会侵扰人类，这种情况到伍相庙去祷告许愿一般都会管用。过去的说法，伍相奴一姓姚，二姓王，三姓汪，早先遇到洪水，啃食大树皮，饿死了，化为乌都，皮骨化为猪都，妇女化为人都。乌都左腋下有处镜印，宽二寸一分，右脚没有大脚趾，右手没有三指，没有左耳，右眼是瞎的。住在树根的名叫猪都，住在树的半高可以攀爬够着的叫人都，住在树梢的叫乌都。禁治之法有打土垄法、山鹊法。掌诀是：右手第二指上节边禁山都的眼，左手目禁山都的喉。南方地区多食用它的巢，味道如同木芝。巢的表皮可制成鞋垫，治脚气。

15.16 旧说野狐名紫狐①，夜击尾火出。将为怪，必戴髑髅，拜北斗，髑髅不坠，则化为人矣②。

【注释】

①紫狐：唐欧阳询《艺文类聚》卷九五引《名山记》："狐者，先古之淫妇也，其名曰紫。化而为狐，故其怪多自称阿紫。"

②化为人：唐徐坚等《初学记》卷二九引《抱朴子》："《玉策记》曰：狐及狸狼皆寿八百岁，满三百岁，暂变为人形。"

【译文】

先前传说野狐又名紫狐，夜晚甩尾巴就会冒出火来。野狐将要作怪时，一定会戴着骷髅，参拜北斗，如果骷髅不掉落，就变化成人。

15.17 刘元鼎为蔡州①，蔡州新破②，食场狐暴，刘遣吏主捕，日于毬场纵犬逐之为乐，经年所杀百数。后获一疥狐，纵五六犬，皆不敢逐，狐亦不走。刘大异之，令访大将家猎狗及监军亦自夸巨犬，至皆弭耳环守之③。狐良久缓迹，直上设厅④，穿台盘⑤，出厅后，及城墙，俄失所在。刘自是不复令捕。道术中有天狐别行法⑥，言天狐九尾⑦，金色，役于日月宫，有符有醮日，可洞达阴阳。

【注释】

①刘元鼎：唐元和、长庆间人，长庆二年（822）以大理卿、兼御史大夫充西蕃盟会使，又曾为慈州刺史。蔡州：彰义节度使治所，今河南汝南。

②蔡州新破：唐元和九年（814），彰义节度使吴元济叛，至元和十二年（817），裴度为淮西处置使，李愬雪夜袭破蔡州，擒吴元济。

③弭耳：垂耳驯服。

④设厅：郡署的厅堂。唐代诸郡燕犒将吏，称作"旬设"，后来就称厅事为"设厅"，公厨为"设厨"。

⑤台盘：桌子。

⑥天狐别行法：一种道教法术。

⑦天狐九尾：《太平广记》卷四四七引《玄中记》及《瑞应编》："狐五十岁能变化为妇人，百岁为美女，为神巫。或为丈夫，与女人交接。能知千里外事，善蛊魅，使人迷惑失智。千岁即与天通，为天狐。……九尾狐者，神兽也。其状赤色，四足九尾，出青丘之国。音如婴儿。食者令人不逢妖邪之气及蛊毒之类。"

【译文】

刘元鼎任职蔡州时，蔡州刚经过战事，一片残破，粮仓一带狐狸成灾，刘派遣吏员负责捕杀，每天在毬场放狗追捕狐狸，以此取乐，一年时间捕杀了上百只。后来有一只长着癣疥的狐狸，放出五六只狗，都不敢追逐它，狐狸也不逃跑。刘元鼎大为吃惊，让人去寻访到大将家的猎犬，以及监军都自夸的巨犬，到了以后都俯首帖耳围着疥狐。疥狐过了很久才慢慢离去，直接走上设厅，穿过桌子，跑出厅后，到了城墙，很快就消失不见了。从这以后，刘元鼎再不让人捕狐。道教法术中有天狐别行法，说天狐有九尾，是金色的，在日月宫效力，有符箓，有祭日，能够洞晓阴阳。

15.18 南中有兽名风狸①，如狙②，眉长，好羞，见人辄低头。其溺能理风疾。术士多言风狸杖难得于翳形草③。南人以上长绳系于野外大树下，人匿于旁树穴中以伺之。三日后，知无人至，乃于草中寻摸，忽得一草茎，折之，长尺许，窥树上有鸟集，指之，随指而堕，因取而食之。人候其怠，劲走夺之。见人，遽啮食之，或不及，则弃于草中。若不可得，当打之数百，方肯为人取。有得之者，禽兽随指而毙。有所欲者，指之如意。

【注释】

①风狸:宋周去非《岭外代答》卷九:"风狸,状似黄猨,食蜘蛛,昼则拳曲如猬,遇风则飞行空中。其溺及乳汁,主治风疾,奇效。"杨武泉《校注》:"此兽或即大鼯鼠……最大者体连尾长可达一米,重二公斤左右。有宽大的飞膜,栖丛林中,昼伏夜出,滑翔距离可达六十至八十米。毛皮多样,带白斑和黑斑。食坚果、嫩枝、树皮、甲虫。"

②狙(jū):一种猴子。

③翳(yì)形:隐身。

【译文】

南方地区有一种野兽名叫风狸,长得像猴子,眉毛很长,害羞,见到人就低头。风狸尿能治风痹。术士常说风狸杖比隐身草还难得。南方人要得到风狸杖,就用好的长绳子系在野外的大树下,人藏在旁边的树洞中伺察。三天后,风狸认为没有人来,就在草丛中四处摸寻,找到一根草棍,折成一尺多长,然后看哪棵树上有鸟群栖息,就用草棍往上一指,鸟儿随即落下来,于是拣起鸟儿吃掉。潜藏的人趁它不注意,一个箭步冲过去,夺下它的草棍。风狸一看见人,就急忙咬嚼草棍吞食掉,如果来不及,它就会丢在草丛中。如果抢不下来,就抽打它几百下,它才肯交给人。有人得到风狸杖,用它一指,禽兽随之毙命。心里想要什么,用风狸杖一指,也都会顺遂心意。

15.19 开成末,永兴坊百姓王乙掘井①,过常井一丈余,无水。忽听向下有人语及鸡声,甚喧闹,近如隔壁。井匠惧,不敢掘。街司申金吾韦处仁将军②,韦以事涉怪异,不复奏,遽令塞之。据亡新求周秦故事③:谒者阁上得骊山本④,李斯领徒七十二万人作陵⑤,凿之以章程⑥,三十七岁,固地中水泉⑦，奏曰："已深已极，凿之不入，烧之不燃，叩之空空，如下天状。"抑知厚地之下⑧，别有天地也。

【注释】

①永兴坊：唐代长安城坊。

②街司：即街官，负责街坊巡察管理的吏员，左右金吾卫的属吏。金吾：本为两端涂抹金粉的铜制仪杖棒，这里是职官名。唐代设左右金吾卫，掌管京城的治安警卫，设大将军一人，将军二人。

③亡新：即新莽（9—23）。王莽（前45—23）于初始元年（8）废汉自立，改国号新，史称"新莽"。故事：旧事，掌故。

④谒者：职官名。秦朝始置，汉代沿之，职掌宾赞，唐朝废，以其职掌归属通事舍人。骊山：在今陕西临潼。《史记·秦始皇本纪》："（始皇三十七年）九月，葬始皇郦山。始皇初即位，穿治郦山；及并天下，天下徒送诣七十余万人，穿三泉，下铜而致椁，宫观百官奇器珍怪徒臧满之。令匠作机弩矢，有所穿近者辄射之。以水银为百川江河大海，机相灌输。上具天文，下具地理。以人鱼膏为烛，度不灭者久之。"

⑤李斯（？—前208）：战国末期楚国上蔡（今河南上蔡西南）人。入秦为吕不韦舍人，秦王政拜为客卿。秦统一六国，始皇帝立，李斯为丞相；三十七年秦始皇崩，李斯与赵高合谋立胡亥为二世皇帝，后为赵高陷害而死。徒：刑徒，被判服劳役的犯人。

⑥章程：制度，规定。

⑦固：通"锢"。

⑧厚地：大地，以大地厚而载万物，故称。

【译文】

开成末年，永兴坊百姓王乙挖井，深度超过普通的井一丈多，还是没有水。忽然听见下面有人说话的声音和鸡鸣声，非常喧闹，仿佛近在隔壁。井匠害怕了,不敢再挖。街司把这事向金吾将军韦处仁报告,韦处仁因此事涉于怪异,没有向上奏报,就命令把这眼井填平。根据新莽时期寻求到的周、秦旧闻:谒者令在内阁上找到有关骊山筑陵的记载,李斯指挥七十二万刑徒为秦始皇修建陵墓,按照预定计划开凿,到秦始皇三十七年,用金属熔液堵塞了地下的水泉,奏报说:"已经深掘到极限,再也凿不下去了,点火烧也不燃,敲击时响声空空,好像已到下天。"由此或可推知,厚地之下,另有一层天地。

15.20 大和三年①,寿州虞候景乙②,京西防秋回③。其妻久病,才相见,遽言:"我半身被斫,去往东园矣,可速逐之。"乙大惊,因趣园中。时昏黑,见一物长六尺余,状如婴儿,裸立,挈一竹器④。乙情急,将击之,物遂走,遗其器。乙就视,见其妻半身。乙惊倒,或亡所见。反视妻,自发际眉间及胸,有璺如指,映膜赤色。又谓乙曰:"可办乳二升,沃于园中所见物处。我前生为人后妻,节其子乳致死,因为所讼,冥断还其半身。向无君,则死矣。"

【注释】

①大和:唐文宗李昂年号(827—835)。

②寿州:今安徽寿县。虞候:职官名。隋有左右虞候,掌斥候,伺奸非。中晚唐藩镇有都虞候、虞候,为军校名称。

③防秋:古时北方每至入秋收获季节,外族经常入侵边塞,届时边境地区特别增派重兵加以防守,称为"防秋"。

④挈(qiè):拿。

【译文】

大和三年,寿州虞候景乙,从京城西面防秋前线回来。他的妻子病了很久,刚一相见,妻子就对他说:"我的半个身子已被砍下带往东园去了,快快去追。"景乙大吃一惊,急忙跑到东园里。当时天色已暗,只见一个怪物高六尺多,面相如同婴儿,赤裸站立,手里拿着一件竹器。景乙情急之下就要打它,那怪物丢下竹器跑掉了。景乙凑近一看,竟然是他妻子的半个身子。景乙受此惊吓跌倒在地,忽然眼前的一切都不见了。回到屋内看他妻子,从发际线、两眉之间到胸部,有一指粗细的裂纹,隐约可见红色的血肉。妻子又对景乙说:"去准备两升乳汁,洒在东园里刚才看见怪物的地方。我前生是别人的后妻,减扣他儿子的乳汁以致孩子夭亡,因此被告发,阴司断案,判我还他半个身子。刚才要不是夫君在,我死定了。"

15.21 大和末,荆南松滋县南①,有士人寄居亲故庄中肄业②。初到之夕,二更后,方张灯临案,忽有小人,才半寸,葛巾,杖策入门,谓士人曰:"乍到无主人,当寂寞。"其声大如苍蝇。士人素有胆气,初若不见。乃登床,责曰:"遽不存主客礼乎!"复升案窥书,诟骂不已,因覆砚于书上。士人不耐,以笔击之堕地,叫数声,出门而灭。顷有妇人四五,或姥或少,皆长一寸,呼曰:"真官以君独学③,故令郎君言展④,且论精奥。何痴顽狂率,辄致损害,今可见真官!"其来索续如蚁,状如驺卒,扑缘士人。士人恍然若梦,因啮四肢,痛苦甚。复曰:"汝不去,将损汝眼。"四五头遂上其面。士人惊惧,随出门。至堂东,遥望见一门绝小,如节使之门⑤。士人乃叫:"何物怪魅,敢凌人如此!"复被觜且⑥,众啮之。恍惚间,已入小门内,见一人峨冠当殿,阶下侍卫千数,悉长寸余,叱士人曰:"吾怜汝独处,俾小儿往,何苦致害,罪当腰斩。"乃见数十人,悉持刀攘臂迫之。士人大惧,谢曰:"某愚騃⑦,肉眼不识真官,乞赐余生。"久乃曰:"且解知悔。"叱令曳出,不觉已在小门外。及归书堂,已五更矣,残灯犹在。及明,寻其踪迹,东壁古培下⑧,有小穴如栗,守宫出入焉⑨。士人即率数夫发之,深数丈,有守宫十余石。大者色赤,长尺许,盖其王也。壤土如楼状,士人聚苏焚之⑩。后亦无他。

【注释】

①松滋县:在今湖北松滋西北。

②肄(yì)业:修习学业。

③真官:有职位的仙人。

④言展:解释,申述。

⑤节使:节度使。

⑥觜且:刘传鸿《〈酉阳杂俎〉校证·兼字词考释》:"疑'觜且'乃'趑且'之异形词,又作'趑趄'、'咨且'、'咨趄',迟疑不前义。"

⑦愚騃(ái):愚蠢不知事理。

⑧培:小土丘。

⑨守宫:壁虎。

⑩苏:柴草。

【译文】

大和末年,荆南松滋县南,有位士人寄居在亲友庄园里修习学业。刚到那天晚上,二更以后,正点好灯坐到书桌前,忽然有一个小人,身高半寸,头戴葛巾,拄着拐杖进门来,对士人说:"初来乍到,没有主人相伴,有点寂寞吧。"声音小得就像苍蝇叫。士人一向胆量大,先装作没看见。小人就爬上床,责备士人说:"怎么没有一点主客之礼呢?"又爬上书案,一边翻阅书卷,一边不停地骂骂咧咧,还把砚台翻扣在书上。士人不耐烦了，用笔杆打过去，小人掉在地上，叫了几声，出门就不见了。一会儿，来了四五位妇女，有年老的有年轻的，身高都只有一寸，喊道："真官因为您独自一个人读书，所以让他公子前来晤谈，和您讨论高深的学问。您为何如此痴愚冥顽，狂妄草率，伤了公子，现在跟我们去见真官！"她们像蚂蚁一样接连不断地冲过来，打扮类似赶车前导的卒役，扑到士人的身上。士人恍惚有如梦中，只觉有东西啃咬四肢，非常痛苦。又听得她们说："你若不去，就弄瞎你的眼睛。"四五个小人就爬上他的脸。士人又惊又怕，就跟着出了门。到了书堂东面，远远望见一个极小的门，门的样式像是节度使衙门的。士人就大叫道："何方鬼怪，竟敢如此欺人！"接着就被啄，又有很多小人咬他。恍恍惚惚之间，已经进入小门里面，只见一人当殿居中而坐，头戴高冠，台阶下排列着几千名侍卫，全都身长一寸左右，殿上人叱责士人说："我可怜你独处寂寞，让小儿前去相陪，你何苦伤害他，论罪应当腰斩。"只见几十个人，全都拿着刀，挽袖露臂向他走过来。士人非常恐惧，谢罪说："我愚蠢不知事理，肉眼不识真官，恳请饶恕一命。"过了很久，殿上人才说："既已知悔，且饶了你。"喝命拖出去，不知不觉，士人已在小门之外。等回到书堂，时间已是五更，残灯犹明。天亮以后，士人寻找昨夜的踪迹，看见东墙一座陈土堆下，有一个如栗子大小的洞穴，有壁虎进进出出。士人就领着几个人开挖，挖到几丈深，发现有十多石的壁虎。其中有只大的，颜色通红，长一尺多，应该就是壁虎王了。堆起的土像楼台的形状，士人堆起柴草一把火烧个精光。后来也没发生别的怪事。

15.22 京宣平坊[①]，有官人夜归入曲。有卖油者张帽驱驴[②]，驮桶不避。导者搏之，头随而落，遂遽入一大宅门。官人异之，随入，至大槐树下遂灭。因告其家，即掘之。深数尺，其树根枯，下有大虾蟆如叠，挟二笔锴[③]，树溜津满其中也,及巨白菌,如殿门浮沤钉④,其盖已落。虾蟆即驴矣,笔错乃油桶也,菌即其人也。里有沽其油者月余,怪其油好而贱,及怪露,食者悉病呕泄。

【注释】

①宣平坊:唐代长安城坊。

②张帽:顶着帽子。

③错(tà):金属套。

④浮沤钉:形如浮沤的大圆凸形钉,常用于宫殿大门。浮沤,水面上的半球形水泡。

【译文】

京城宣平坊,有位长官夜晚回家经过小巷。有个卖油的顶着帽子赶着驴,驮着油桶没有避道。官员的前导就打他,一打,卖油的头就掉落下来,可他仍然赶着驴子进了一座大宅门。这位官员很奇怪,就跟着进去,到一棵大槐树底下,无头人和驴子都消失了。于是官员把这事告诉了这户人家,立刻就地挖掘。深掘几尺,槐树的根已经枯死,下面有一只大如碟子的虾蟆,带着两只笔套,笔套里灌满了槐树分泌的津液,还有一枚很大的白蘑菇,就像殿门的浮沤钉,菌盖已经掉落了。原来虾蟆就是驴,笔套就是油桶,白蘑菇就是卖油的。街坊里巷买他的油一个多月了,很奇怪他的油那么好价钱却很低,等到怪事败露,凡是吃了他的油的人,全都上吐下泻。

15.23 陵州龙兴寺僧惠恪①,不拘戒律,力举石臼。好客,往来多依之。常夜会寺僧十余,设煎饼。二更,有巨手被毛如胡鹿②,大言曰:“乞一煎饼。”众僧惊散,惟惠恪掇煎饼数枚,置其掌中。魅因合拳,僧遂极力急握之。魅哀祈,声甚切,惠恪呼家人斫之,及断,乃鸟一羽也。明日,随其血踪出寺,西南入溪,至一岩罅而灭③。惠恪率人发掘,乃一坑瑿石④。

【注释】

①陵州:在今四川仁寿东。

②胡鹿:也作"胡簏"、"胡禄",箭袋。

③罅(xià):缝隙。

④瑿(yī):黑色美石。

【译文】

陵州龙兴寺和尚惠恪,不拘守戒律,力气很大,能举起石臼。惠恪热情好客,四方往来人等经常去投靠他。他曾经在一个晚上邀约十多名寺中和尚聚会,准备的食物是煎饼。二更时分,有一只长满了毛、形如箭袋的巨手突然伸出来,同时有一个大嗓门在说:"请给一块煎饼。"其他和尚都吓跑了,只有惠恪拣了几个煎饼,放在那怪物的手掌中。怪物合手拿着煎饼,惠恪立即用劲死死地握住不松手。怪物苦苦哀求,声音十分恳切,惠恪呼喊家人拿刀来砍,砍断后,却是一支鸟翅膀。第二天,沿着血迹出寺寻找,一直往西南进了一条小溪,到一处岩隙血迹就消失了。惠恪带着人在此处挖掘,挖出一坑黑色的美石。

15.24 开成初,东市百姓丧父①,骑驴市凶具②。行百步,驴忽曰:"我姓白名元通,负君家力已足,勿复骑我。南市卖麸家欠我五千四百③,我又负君钱,数亦如之,今可卖我。"其人惊异,即牵行。旋访主卖之,驴甚壮,报价只及五千。诣麸行,乃还五千四百,因卖之。两宿而死。

【注释】

①东市：这里指长安城东市。

②凶具：丧葬用品。

③麸（fū）：小麦磨面后剩下的皮屑。

【译文】

开成初年，长安东市有个百姓丧父，骑着驴子去买丧葬品。走出百步远，驴子忽然口吐人言："我姓白名元通，驮负你家用力已尽，不要再骑我了。南市卖麦麸的那家欠我五千四百钱，我又欠你家钱，数目也正好是那么多，现在可以把我卖了抵账。"那人很吃惊，就牵着驴走。随即寻访买主卖驴，驴子长得很健壮，但还价都只有五千。到了麸行，还价五千四百，那人就卖了。过了两晚，驴子就死了。

15.25 郓州阙司仓者①，家在荆州。其女乳母钮氏有一子，妻爱之，与其子均焉，衣物饮食悉等。忽一日，妻偶得林檎一蒂②，戏与己子，乳母乃怒曰："小娘子成长，忘我矣。常有物与我子停③，今何容偏？"因啮吻攘臂，再三反覆主人之子④。一家惊怖，逐夺之。其子状貌长短，正与乳母儿不下也。妻知其怪，谢之。钮氏复手簸主人之子，始如旧矣。阙为灾祥，密令人持镶暗击之⑤，正当其脑，骁然反中门扇⑥。钮大怒，诟阙曰："尔如此，勿悔！"阙知无可奈何，与妻拜祈之，怒方解。钮至今尚在，其家敬之如神，更有事甚多矣。

【注释】

①郓州：在今山东东平西北。司仓：职官名。主管仓库。唐制，在府称仓曹参军，在州称司仓参军，在县称司仓。

②林檎：也称"花红"、"来禽"，沙果。据说此果味甘，果林能招来众

禽，故名"林檎"、"来禽"。

③停：均分。

④反覆：翻转，颠弄。

⑤镢(jué)：一种刨土工具，形似镐。

⑥騞(huō)然：拟声词。

【译文】

郓州阚司仓，家住荆州。他女儿的乳母钮氏有一个儿子，他妻子很喜欢，和自己的儿子同等相待，衣物饮食全都一样。偶然有一天，他妻子得到一枚林檎，随手给了自己的孩子，乳母就发怒说："小姑娘长大了，就忘了我了。平常有东西都和我儿子平分，今天怎能容你如此偏心？"于是就一副张牙舞爪的样子，反复颠转主人的孩子。一家人又惊又怕，追上去把孩子抢夺下来。孩子的样貌身高，正和乳母的儿子差不多。阚妻心里明白事有怪异，就向乳母道歉。钮氏这才又像往常一样，抱着主人家的孩子轻轻掂弄。阚司仓料想这乳母是个祸害，就密令家人拿镢头偷偷打她，一镢头挥过去，正中脑袋，当的一声弹回来，又打在门板上。钮氏大怒，骂阚司仓说："你这样做，可别后悔！"阚司仓知道没有办法制她，就和妻子跪拜祈求她，钮氏的怒气才消了。钮氏到现在还活着，阚家待她就像供神一样，关于她的事还有很多很多。

15.26 荆州处士侯又玄，常出郊，厕于荒冢上。及下，跌伤其肘，疮甚。行数百步，逢一老人，问："何所苦也？"又玄见其肘。老人言："偶有良药，可封之，十日不开，必愈。"又玄如其言。及解视之，一臂遂落。又玄兄弟五六互病，病必出血月余。又玄兄两臂忽病疮六七处，小者如榆钱，大者如钱，皆人面，至死不差。时荆秀才杜晔，话此事于座客。

【译文】

荆州处士侯又玄,有一次步出郊外,在一座荒坟顶上如厕。下来的时候跌伤了手肘,伤得很重。走了几百步远,碰见一位老人,问他:"怎么这般痛苦?"又玄就露出手肘给他看。老人说:"正好我这里有一种良药,封在伤口上,十天之内不要拆开,包管痊愈。"又玄照他的话去做。十天之后解开看,整只手臂都脱落了。又玄的五六个兄弟相继生病,一病必然出血一个多月时间。又玄的哥哥两臂忽然长了六七处疮,小的像榆钱叶,大的像铜钱,都是人脸的模样,到死也没痊愈。当时荆州秀才杜晔,和座客闲聊时说起过这件事。

15.27 许卑山人言:江左数十年前^①,有商人,左膊上有疮,如人面,亦无他苦。商人戏滴酒口中,其面亦赤。以物食之,凡物必食,食多,觉膊内肉涨起,疑胃在其中也。或不食之,则一臂痹焉^②。有善医者,教其历试诸药,金石草木悉与之。至贝母^③,其疮乃聚眉闭口。商人喜曰:"此药必治也。"因以小苇筒毁其口,灌之。数日成痂,遂愈。

【注释】

①江左:江南。

②痹(bì):麻木。

③贝母:植物名。百合科贝母属,多年生草本植物,其鳞茎入药,可
　　止咳化痰,清热散结。

【译文】

许卑山人说:几十年前,江南有位商人,左胳膊上生了个疮,像人脸,也没别的痛苦。商人试着把酒滴进它的嘴里,它的脸也会红。拿食物给它吃,什么东西都吃,吃得多了,感觉胳膊上的肉鼓胀起来,怀疑是

它的胃在胳膊里。如果不给它吃，整只胳膊就会麻痹。有个擅长治疮的人，让他把各种药物依次试过，不论是金石类还是草木类药物，都试着喂给它。试喂贝母时，人面疮就皱起眉头，闭上嘴巴。商人高兴地说："这味药一定能治好。"就拿小芦苇管装好药，撬开它的嘴灌下去。几天后，疮就结痂痊愈了。

15.28 工部员外张周封言："今年春，拜扫假回^①，至湖城逆旅^②，说去年秋，有河北军将过此，至郊外数里，忽有旋风如斗器，常起于马前。军将以鞭击之，转大。遂旋马首，鬛起如植。军将惧，下马观之，觉鬛长数尺，中有细缏如红线。马时人立嘶鸣，军将怒，乃取佩刀拂之，风因散灭，马亦死。军将割马腹视之，腹中亦无伤^③，不知是何怪也。"

【注释】

①拜扫：上坟，扫墓。拜扫之俗起自东汉，盛于唐以后。宋王溥《唐会要》卷二三"寒食拜扫"："元和三年正月敕：'朝官寒食拜扫，又要出城，并任假内往来，不须奏听进止。'长庆三年正月敕：'寒食拜扫，著在令文，如闻比来妄有妨阻。朕欲令群下皆遂私诚，自今以后，文武百官，有墓茔域在城外并京畿内者，任往拜扫；但假内往来，不限日数，有因此出城，假开不到者，委御史台勾当。仍自今以后，内外官要觐亲于外州及拜扫，并任准令式年限请假。'"

②湖城：在今河南灵宝西北。

③亦无伤：别本或作"已无肠"。

【译文】

工部员外郎张周封说："今年春天，我拜扫假满回京，行至湖城客馆,听人说去年秋天,有位河北道军将经过这里,到郊外几里地,忽然一阵旋风形如漏斗,在马头前飞舞旋转。军将用鞭子击打,旋风越来越大。笼罩着马头,马鬃都一根一根直立起来。军将害怕了,下马察看,发现马鬃长了几尺,中间有一条细绳犹如红线。马不时地直立嘶鸣,军将大怒,取下佩刀朝那旋风挥过去,旋风一下就散灭了,马也被杀死了。军将剖开马腹,里面竟然没有肠子,不知是什么在作怪。"

张仲裁◎译注

酉阳杂俎 下

中华书局

广动植之一　并序

【题解】

本书以"动植"名篇者，包括前集卷十六至卷十九、续集卷八至卷十的全部内容。李剑国《唐五代志怪传奇叙录》："古载动植之书，除序所云之《山海经》、《尔雅》，若《禽经》、《异物志》、《南方草木状》等皆是，唐世则有《岭表录异》、《岭南异物志》、《北户录》等。而《神异经》、《十洲记》、《洞冥记》、《博物志》、《玄中记》、《拾遗记》、《述异记》、《洽闻记》等小说亦多载动植，开地理博物体志怪一系。成式此篇上承诸书，以为土培丘陵之学（按：动植皆生于地，故云），而供博学者取资。"

本卷首条为小序，申明撰著动植诸篇之宗旨，是辑录前代经史未列之动植物，或经史已载而事不详备，或口耳相传典籍不载者，以求广知博闻，因为君子一事不知以为深耻。其下两条为"总叙"，鳞介、虫鸟、草木之属，所涉非常广泛，而多为只言片语，是为动植诸篇的总说。其下则细分《羽篇》、《毛篇》、《鳞介篇》、《虫篇》、《木篇》、《草篇》，以及续集的《支动》、《支植上》、《支植下》，共计九篇，是研究古代动植物的重要文献。其述动植之奇异，也间有谬妄荒诞之处，未可深责，因为动植诸篇本为地理博物志怪之体，"本虚多实少，于乌有之物以见奇美，非得求之以实而斥为谬妄"（李剑国语）。

16.1 成式以天地间,造化所产①,突而旋成形者②,樊然矣③,故《山海经》、《尔雅》所不能究④。因拾前儒所著,有草木禽鱼未列经史,或经史已载,事未悉者,或接诸耳目,简编所无者⑤,作《广动植》,冀掊土培丘陵之学也⑥。昔曹丕著论于火布⑦,滕脩献疑于虾须⑧,蔡谟不识彭蜞⑨,刘绍误呼荔挺⑩,至今可笑,学者岂容略乎?

【注释】

①造化:天地化育万物,是为"造化"。

②突:猝然。

③樊然:纷乱杂多。

④《山海经》:书名最初见于《史记》,不著作者,大约成书于战国时期,经秦汉有所增删,书中记述各地山川、道里、部族、物产、祭祀、医巫、原始风俗,往往掺杂怪异,保存了较多的远古神话和史地文献。《尔雅》:儒家"十三经"之一。我国最早解释词义的专著,或说为周公所撰,或说为孔子门徒之作,实由秦汉间学者缀辑旧文递相增益而成,并不出于一时一手。

⑤简编:指典籍。

⑥土培丘陵之学:谓动植之学,因动、植皆生于地,故名。培,培补,加土。

⑦火布:火浣布。东晋干宝《搜神记》卷十三:"昆仑之墟,地首也。是惟帝下之都,故其外绝以弱水之深,又环以炎火之山,山上有鸟兽草木,皆生育滋长于炎火之中,故有火浣布。非此山草木之皮枲,则其鸟兽之毛也。汉世,西域旧献此布,中间久绝。至魏初时,人疑其无有。文帝以为火性酷裂,无含生之气,著之《典论》,明其不然之事,绝智者之听。及明帝立,诏三公曰:'先帝昔

著《典论》，不朽之格言。其刊石于庙门之外及太学，与石经并，以永示来世。'至是西域使人献火浣布袈裟，于是刊灭此论，而天下笑之。"

⑧滕脩：南阳西鄂（今河南南阳）人。吴孙皓时为广州刺史。《三国志·吴书·吕岱传》裴松之注："王隐《交广记》曰：吴后复置广州，以南阳滕脩为刺史。或语脩虾须长一丈，脩不信，其人后故至东海，取虾须长四丈四尺，封以示脩，脩乃服之。"

⑨蔡谟（281—356）：陈留考城（今河南民权东北）人。彭蜞：动物名。似蟹而小。《晋书·蔡谟传》："谟初渡江，见彭蜞，大喜曰：'蟹有八足，加以二螯。'令烹之。既食，吐下委顿，方知非蟹。后诣谢尚而说之。尚曰：'卿读《尔雅》不熟，几为《劝学》死。'"

⑩刘绦（tāo）：梁朝人，大同年间（535—546）曾为尚书祠部郎。荔挺：植物名。北齐颜之推《颜氏家训·书证第十七》："江东颇有此物（按，荔挺），人或种于阶庭，但呼为旱蒲，故不识马薤。讲《礼》者乃以为马苋。……江陵尝有一僧，面形上广下狭，刘缓幼子民誉，年始数岁，俊晤善体物，见此僧云：'面似马苋。'其伯父绦因呼为荔挺法师。绦亲讲《礼》，名儒尚误如此。"

【译文】

在我看来，天地之间，造化孕育万物，猝然成形者纷繁众多，所以《山海经》和《尔雅》也不能穷究。因而翻检前贤著述，其中有草木禽鱼之名而经史未见记载，或是经史有所记载但所记不全，或是口耳相传而不载于典籍，我摘抄下来编成《广动植》，希望能对动植之学有所补益。当年曹丕撰《典论》说火浣布是不存在的，滕脩不相信有一丈长的虾须，蔡谟认不得彭蜞，刘绦混淆了荔挺和马苋，至今传为笑谈，治学的人对这方面的知识又岂能忽略呢？

总叙

16.2 羽嘉生飞龙[①]，飞龙生凤，凤生鸾[②]，鸾生庶鸟[③]。

应龙生建马[④]，建马生骐骦[⑤]，骐骦生庶兽。

介鳞生蛟龙[⑥]，蛟龙生鲲鲠，鲲鲠生建邪，建邪生庶鱼。

介潭生先龙[⑦]，先龙生玄鼋[⑧]，玄鼋生灵龟，灵龟生庶龟。

日冯生玄阳阙[⑨]，玄阳阙生鳞胎，鳞胎生干木，干木生庶木。

招摇生程若[⑩]，程若生玄玉，玄玉生醴泉，醴泉生应黄，应黄生黄华，黄华生庶草。

海间生屈龙[⑪]，屈龙生容华，容华生蒹[⑫]，蒹生藻，藻生浮草。

甲虫影伏[⑬]，羽虫体伏。

食草者多力而愚，食肉者勇敢而悍。

龁吞者八窍而卵生[⑭]，咀嚼者九窍而胎生。

无角者膏而无前齿，有角者脂而无后齿[⑮]。

食叶者有丝，食土者不息[⑯]。食而不饮者蚕，饮而不食者蝉，不饮不食者蜉蝣[⑰]。蚓属却行[⑱]，蛇属纡行。蜻蛚属注鸣[⑲]，蜩属旁鸣[⑳]，发皇翼鸣[㉑]，蚣蝑股鸣[㉒]，荣原胸鸣[㉓]。

蜩三十日而死。

鳣鱼三月上官于孟津[㉔]。

鹧鸪向日飞。

鳊与鳘鱼[㉕]，车螯与移角[㉖]，并相似。

凤,雄鸣"节节"㉗,雌鸣"足足",行鸣曰"归嬉",止鸣曰"提扶"。

麒麟,牡鸣曰"逝圣",牝鸣曰"归和",春鸣曰"扶幼",夏鸣曰"养绥"。

鳖无耳为守神㉘。

虎五指为㹱㉙。

鱼满三百六十㉚,则为蛟龙引飞去水。

鱼二千斤为蛟。

武阳小鱼㉛,一斤千头。

东海大鱼,瞳子大如三斗盎㉜。

桃支竹以四寸为一节㉝,木瓜一尺一百二十一节㉞。

木兰去皮不死㉟,荆木心方㊱。

蛇有水、草、木、土四种。

孔雀尾端一寸名珠毛㊲。

鹤左右脚里第一指名兵爪。

蜀郡无兔、鸽。

江南无狼、马。

朱提以南无鸠鹊㊳。

鸟有四千五百种,兽有二千四百种。

鸮㊴,楚鸠所生。

骡不滋乳㊵。

蔡中郎以反舌为虾蟆㊶,《淮南子》以蚕为蠛蠓㊷,《诗义》以螟为蝼蛄㊸,高诱以干鹊为蟋蟀㊹。

兔吐子,鸬鹚吐雏㊺。

瓜瓠子曰犀⑯，胡桃人曰虾蟆。

虾蟆无肠。

龟肠属于头。

科斗尾脱则足生。

鸟兽未孕者为禽⑰，鸟养子曰乳。

蛇蟠向壬⑱，鹊巢背太岁，燕伏戊己⑲，虎奋冲破⑳。乾鹊知来㉑，猩猩知往㉒。

鹳影抱㉓，虾蟆声抱㉔。

蝉化齐后㉕，鸟生杜宇㉖。

椰子为越王头㉗，壶楼为杜预项㉘。

鹧鸪鸣曰"向南不北"㉙，逃闺鸣"悬壶卢系颈"㉚。

豆以二七为族㉛，粟累十二为寸。

【注释】

①羽嘉：传说中飞行动物的祖先。

②鸾：传说中的神鸟。

③庶鸟：普通鸟。

④应龙：古代神话中有翼的龙，走兽类祖先。

⑤骐骥：同"麒麟"，传说中的神兽。

⑥介鳞：鳞甲类动物的祖先。

⑦介潭：龟类的祖先。

⑧鼋：音 yuán。

⑨日冯：木类之先。

⑩招摇：草类之先。

⑪海闾：浮藻类之先。

⑫薸（biāo）：浮萍。

⑬甲虫：甲壳类动物。虫，动物。影：日光。伏：爬伏。这里的意思是孵化。

⑭龁(hé)：咬。

⑮无角者膏而无前齿，有角者脂而无后齿：《周礼·冬官》"梓人"："天下之大兽五：脂者，膏者，臝者，羽者，鳞者。"《大戴礼记·易本命》："无角者膏而无前齿，有角者脂而无后齿。"膏，豕类。脂，牛羊类。

⑯息：呼吸。

⑰蜉蝣(fú yóu)：一种生命极短暂的昆虫。

⑱却行：倒退着走。

⑲蜻蛚(liè)：蟋蟀。注：通"咮(zhòu)"，鸟类或昆虫类的嘴。

⑳蜩(tiáo)：蝉。旁鸣：两肋发声。

㉑发皇：即蚍(bié)蟥，俗称金龟子。

㉒螽斯(zhōng xū)：即螽(zhōng)斯，一种昆虫。雄虫前翅有发声器，颤动翅膀能发声。

㉓荣原：即蝾螈，一种小型两栖动物，形似蜥蜴而无鳞片。

㉔鳣(zhān)鱼：鲟鳇鱼的古称。官：通"馆"，停留。孟津：又名"盟津"，津渡名。在今河南孟州南。

㉕鳊(biān)：一种体形侧扁的鱼。鳖(jì)：疑应为"鲫"。

㉖车螯：一种蛤类。移角：动物名。

㉗节节：与下文"足足"、"归嬉"、"提扶"均为拟声词。下句的"逝圣"、"归和"、"扶幼"、"养绥"与此同。

㉘鳖无耳为守神：北魏贾思勰《齐民要术》卷六："'神守'者，鳖也。所以内鳖者，鱼满三百六十，则蛟龙为之长，而将鱼飞去。内鳖，则鱼不复去，在池中，周绕九洲无穷，自谓游江湖也。"

㉙䝯：音 chū。

㉚鱼满三百六十：见注㉘。

㉛武阳:今四川新津。

㉜盎(àng):古代的一种腹大口小的盆。

㉝桃支竹:竹的一种。又名"桃竹"、"桃丝竹"。

㉞木瓜:植物名。蔷薇科木瓜属,落叶灌木或小乔木,叶片椭圆,花分红白,果实也称木瓜。北魏贾思勰《齐民要术》卷四引《广志》:"木瓜,子可藏,枝可为数,号一尺百二十节。"

㉟木兰:又名"杜兰"、"林兰",状如楠树,枝似柏而微疏,皮辛香似桂。

㊱荆木:落叶灌木,叶有长柄,掌状分裂,开蓝紫色小花。

㊲珠毛:即孔雀尾屏末端呈鲜明金翠色的部分。

㊳朱提:今云南昭通。

㊴鸮(xiāo):猫头鹰。

㊵骡:由马和驴交配而生,力大而持久,一般无生殖能力。

㊶蔡中郎:即为蔡邕(133—192),字伯喈,陈留圉(今河南杞县南)人。汉献帝初平元年(190)拜左中郎将,故后世称蔡中郎。反舌:《礼记·月令》:"小暑至,螳蜋生,鵙始鸣,反舌无声。"郑玄注:"反舌,百舌鸟,蔡伯喈云虾蟆。"

㊷《淮南子》以蛬(qióng)为蠛蠓(miè měng):《淮南子·本经训》:"飞蛬满野。"高诱注:"蛬,蝉,蠛蠓之属,一曰蝗也。"蛬,蝗虫。

㊸《诗义》以蝥(máo)为蝼蛄(gū):《诗经·大田》:"去其螟螣,及其蟊贼,无害我田稺。"孔颖达疏:"或说蟊贼,蝼蛄也,食苗根,为人患。"蝥,一种啃食苗根的害虫。

㊹高诱:汉末涿郡(今河北涿州)人。建安十年(205)辟司空掾,除东郡濮阳令,有《吕氏春秋注》、《淮南子注》、《战国策注》等。

㊺鸬鹚:水鸟名。俗名鱼鹰。

㊻瓜瓝(hù)子曰犀:《诗经·硕人》:"齿如瓠犀。"孔颖达疏:"《释草》云:'瓠,栖瓣也。'今定本亦然。孙炎曰:'栖,瓠中瓣也。'

'栖'与'犀',字异音同。"

㊼鸟兽未孕者为禽:《周礼·天官》"庖人":"庖人掌共六畜、六兽、六禽,辨其名物。"郑玄注:"凡鸟兽未孕曰禽。"

㊽蛇蟠向壬:宋陆佃《埤雅》卷三:"龟蛇为旐。旐,北方也。"壬,北方。

㊾燕伏戊己:戊己日属土,故燕避此二日衔土。晋张华《博物志》(范宁校本)佚文:"燕戊己日不衔泥涂巢,此非才智,自然得之。"

㊿虎奋冲破:宋陆佃《埤雅》卷三:"虎奋冲破,此亦鸟兽之所以灵也。兵法曰:'将开牙门,常背建向破。'岂以此与?"当面直来为"冲破"。

51干鹊知来:西汉刘安《淮南子·氾论训》:"干鹊知来而不知往。"高诱注:"干鹊,鹊也。人将有来事忧喜之征则鸣,此知来也。"

52猩猩知往:西汉刘安《淮南子·氾论训》:"猩猩知往而不知来。"高诱注:"《礼记》曰:猩猩能言,不离走兽。见人往走,则知人姓字。"

53鹳影抱:宋陆佃《埤雅》卷七引《阴阳自然变化论》:"鹭目成而受胎,鹳影接而怀卵,鸳鸯交颈,野鹊传枝,物固有是哉。"抱,孵化,生育。

54虾蟆声抱:宋陆佃《埤雅》卷二:"(《酉阳杂俎》)又曰:'鹳影抱,虾蟆声抱。'今里俗闻其春鸣,谓之聒子。聒子即段所谓声抱。"

55蝉化齐后:五代马缟《中华古今注》卷下:"问:'蝉曰齐女,何也?'答:'昔齐后忿而死,尸变为蝉,登庭树,嘒唳而鸣,王悔恨,故世号蝉为齐女焉。'"

56鸟生杜宇:左思《蜀都赋》:"鸟生杜宇之魂。"刘渊林注:"《蜀记曰》:'昔有人姓杜名宇,王蜀,号曰望帝。宇死,俗说云宇化为子规。子规,鸟名也。蜀人闻子规鸣,皆曰望帝也。'"

57椰子为越王头:晋嵇含《南方草木状》卷下:"(椰树)其实大如寒

瓜……有浆,饮之得醉,俗谓之越王头云。昔林邑王与越王有故

　　怨,遣侠客刺得其首,悬之于树,俄化为椰子。"

⑤壶楼为杜预项:《晋书·杜预传》:"初,攻江陵,吴人知预病瘿

　　(按,指粗脖子病),惮其智计,以瓠系狗颈示之。每大树似瘿,辄

　　斫使白,题曰'杜预颈'。及城平,尽捕杀之。"壶楼,葫芦。

⑤鹧鸪鸣曰"向南不北":《太平御览》卷九二四引《异物志》:"鹧鸪

　　其形似雌鸡,其志怀南不思北,其鸣自呼,但南不北。"

⑥逃间:动物名。方南生点校《酉阳杂俎》:"逃间疑为逃河,即

　　鹈鹕。"

⑥豆以二七为族:《吕氏春秋》卷二六"审时":"得时之菽,长茎而短

　　足,其荚二七以为族。"

【译文】

　　羽嘉的后代是飞龙,飞龙的后代是凤凰,凤凰的后代是鸾鸟,鸾鸟的后代是普通的鸟。

　　应龙的后代是建马,建马的后代是麒麟,麒麟的后代是普通的兽。

　　介鳞的后代是蛟龙,蛟龙的后代是鲲鲠,鲲鲠的后代是建邪,建邪的后代是普通的鱼。

　　介潭的后代是先龙,先龙的后代是玄鼋,玄鼋的后代是灵龟,灵龟的后代是普通的龟。

　　日冯的后代是玄阳阙,玄阳阙的后代是鳞胎,鳞胎的后代是干木,干木的后代是普通的树木。

　　招摇的后代是程若,程若的后代是玄玉,玄玉的后代是醴泉,醴泉的后代是应黄,应黄的后代是黄华,黄华的后代是普通的草。

　　海间的后代是屈龙,屈龙的后代是容华,容华的后代是浮萍,浮萍的后代是水藻,水藻的后代是浮草。

　　甲壳类动物利用日光孵化,毛羽类动物用身体孵化。

　　草食类动物通常力气大而愚笨,肉食类动物勇猛而强悍。

　　吞食类动物全身有八窍,卵生;咀嚼类动物全身有九窍,胎生。

　　不长角的是豕类动物,没有前齿;长角的是牛羊类动物,没有后齿。

　　吃叶子的动物会吐丝,吃土的动物不会呼吸。只进食不饮水的是蚕,只饮水不进食的是蝉,不吃也不喝的是蜉蝣。蚯蚓类倒着爬行,蛇类纡曲爬行。蟋蟀一类用嘴发声,蝉一类两肋发声,金龟子振动翅膀发声,螽斯以腿部发声,蝶蛾以胸发声。

　　蝉活三十天就死。

　　鲟鳇鱼每到三月溯游至孟津停留。

　　鹧鸪向着太阳飞。

　　鳊和鲫鱼,车螯和移角,都很相像。

　　凤凰,雄性的叫声是"节节",雌性的叫声是"足足",飞翔时的叫声是"归嬉",栖息时的叫声是"提扶"。

　　麒麟,雄性的叫声是"逝圣",雌性的叫声是"归和",春季的叫声是"扶幼",夏季的叫声是"养绥"。

　　鳖没有耳朵,是鱼儿的守神。

　　老虎长有五个脚趾的,是貙。

　　池塘中的鱼儿满了三百六十条,就会被蛟龙带领着离开水飞走。

　　鱼长到二千斤,就是蛟。

　　武阳的小鱼,一斤有一千条。

　　东海的大鱼,瞳仁有三斗的盎那么大。

　　桃支竹四寸为一节,木瓜一尺则有一百二十一节。

　　木兰剥去皮不会死,荆木的中心是方形的。

　　蛇有水蛇、草蛇、木蛇、土蛇四种。

　　孔雀尾屏末端一寸的地方名叫珠毛。

　　鹤的左右脚里第一个脚趾名叫兵爪。

　　蜀郡没有兔子、鸽子。

　　江南地区没有狼、马。

朱提以南没有鸠和鹊。

鸟有四千五百种，兽有二千四百种。

猫头鹰是楚鸠的后代。

骡子不生育后代。

蔡中郎认为反舌是虾蟆，《淮南子》认为蚳是蝘蠓，《诗经》孔颖达疏认为蟊是蝼蛄，高诱认为乾鹊是蟋蟀。

兔子生崽，是从口中吐出来，鸱鸺生幼鸟也是这样。

葫芦籽又叫犀，核桃仁又叫虾蟆。

虾蟆没有肠子。

龟的肠子在头部。

蝌蚪的尾巴脱落之后就会长出脚。

没有孕育的鸟兽都称作禽，鸟哺育幼鸟叫作乳。

蛇盘卧时头向北，鹊巢的出口不会朝向太岁方向，燕子在戊己日不会衔泥，老虎奔跑时横冲直撞不拐弯。乾鹊可以预知喜事将临，猩猩在人走后会知道他的姓名。

鹊凭借影子相接而受孕，虾蟆凭借鸣叫而受孕。

齐后死后化为蝉，杜宇死后化为子规鸟。

椰子又叫越王头，葫芦又叫杜预项。

鸱鸺鸣叫的声音是"向南不北"，逃闾鸣叫的声音是"悬壶卢系颈"。

豆类是十四颗为一荚，十二粒粟是一寸。

16.3 人参处处生，兰长生为瑞①。

有实曰果。又在木曰果。

小麦忌戌，大麦忌子②。

莽、葶苈、菥蓂为三叶③，孟夏煞之。

乌头壳外有毛④，石蒜应节生花⑤。

木再花，夏有雹。李再花，秋大霜。

木无故丛生，枝尽向下，又生及一尺至一丈自死，皆凶。

邑中终岁无鸟，有寇。郡中忽无鸟者，曰乌亡。

鸡无故自飞去，家有蛊。鸡日中不下树，妻妾奸谋。

见蛇交，三年死。蛇冬见寝室，主急兵⑥。

人夜卧无故失髻者，鼠妖也。

屋柱木无故生芝者，白为丧，赤为血，黑为贼，黄为喜。其形如人面者，亡财；如牛马者，远役；如龟蛇者，田蚕耗。

德及幽隐，则比目鱼至⑦。

妾媵有制⑧，则白燕来巢。

山上有葱，下有银；山上有薤⑨，下有金；山上有姜，下有铜锡；山有宝玉，木旁枝皆下垂，谓之宝苗。

葛稚川尝就上林令鱼泉⑩，得朝臣所上草木名二千余种。邻人石琼就之求借，一皆遗弃。

语曰：买鱼得鲋，不如食茹⑪。宁去累世宅，不去鲫鱼额⑫。洛鲤伊鲂，贵于牛羊⑬。得合浦蛎，虽不足豪，亦足以高⑭。槟榔扶留，可以忘忧⑮。白马甜榴，一实直牛⑯。草木晖晖，苍黄乱飞⑰。

【注释】

①瑞：祥瑞。

②小麦忌戌，大麦忌子：北魏贾思勰《齐民要术》卷一引《氾胜之书》："小豆忌卯，稻、麻忌辰，禾忌丙，黍忌丑，秫忌寅、未，小麦忌戌，大麦忌子，大豆忌申、卯，凡九谷有忌日，种之不避其忌，则多伤败。"

③荠、葶苈(tíng lì)、菥蓂(xī mì)为三叶：《吕氏春秋》卷二六："孟夏

之昔,杀三叶而获大麦。"高诱注:"三叶,荠、亭历、菥蓂也,是月之季枯死,大麦熟而可获。"荠,荠菜,草本植物。葶苈、菥蓂,均为原野杂草,一年生草本植物。

④乌头:疑为蝛蝛,一种类似蛤蜊的动物。

⑤石蚶(jié)应节生花:晋郭璞《江赋》:"石蚶应节而扬葩。"唐李善注:"《南越志》曰:'石蚶,形如龟脚,得春雨则生花,花似草花。'"

⑥主急兵:预示紧急军情。

⑦德及幽隐,则比目鱼至:《宋书·符瑞志下》:"比目鱼,王者德及幽隐则见。"

⑧媵(yìng):姬妾婢女。

⑨薤(xiè):多年生草本植物。鳞茎和嫩叶可食。

⑩葛稚川:即为葛洪(283—363),字稚川,自号抱朴子,晋朝丹阳句容(今属江苏)人。始以儒术知名,后好神仙导养之法,著有《抱朴子》一书,又精医学,有《金匮药方》一百卷、《肘后备急方》四卷;另又著有碑、诔、诗、赋百卷。上林令:职官名。汉有水衡都尉,东汉称上林苑,令一人。隋唐称上林署,属司农,有令二人,丞四人,管理园囿、池沼、种植、疏果、藏冰等事。方南生《酉阳杂俎》校勘记:"葛稚川当作'刘歆',晋葛洪《西京杂记》卷一:'余就上林令虞渊得朝臣所上草木名二千余种。'葛洪于后跋中托言抄自汉刘歆《汉书》,故'余'当指刘歆,成式误以为葛洪(字稚川)。见余嘉锡《四库提要辨证》卷十七子部八。鱼泉即虞渊,因避唐高祖李渊及代宗李豫讳改。"

⑪买鱼得鲋(xù),不如食茹:《太平御览》卷九三七引《毛诗义疏》:"鲋似鲂而大头,鱼之不美者。故里语曰:'买鱼得鲋,不如啖茹。'徐州谓之鲢。"

⑫宁去累世宅,不去鲻(zhì)鱼额:《太平御览》卷九三八引《临海异物志》:"鲻鱼肥,炙食甚美。谚曰:'宁去累世田宅,不去鲻鱼额。'"

⑬洛鲤伊鲂,贵于牛羊:北魏杨衒之《洛阳伽蓝记》卷三:"别立市于
　洛水南,号曰四通市,民间谓之永桥市。伊洛之鱼,多于此卖,士
　庶须脍,皆诣取之。鱼味甚美。京师语曰:'洛鲤伊鲂,贵于牛
　羊。'"洛,洛水,源出陕西,东南流入河南,至巩义洛口入黄河。
　伊,伊水,源出河南卢氏东南,至偃师入洛水。

⑭得合浦蛎,虽不足豪,亦足以高:《太平御览》卷九四二引《南越
　志》:"合浦洲圆蛎,土人重之,语曰:'得合浦一蛎,虽不足豪,亦
　可以高也。'"

⑮槟榔扶留,可以忘忧:北魏贾思勰《齐民要术》卷一〇引《异物
　志》:"古贲灰,牡蛎灰也。与扶留、槟榔三物合食,然后善也。扶
　留藤,似木防以。扶留、槟榔,所生相去远,为物甚异而相成。俗
　曰:'槟榔扶留,可以忘忧。'"扶留,扶留藤,一种藤类植物,秋后
　果实成熟,气特殊,味辛辣。

⑯白马甜榴,一实直牛:北魏杨衒之《洛阳伽蓝记》卷四:"(白马寺)
　浮屠前柰林蒲萄异于余处,枝叶繁衍,子实甚大。柰林实重七
　斤,蒲萄实伟于枣,味并殊美,冠于中京。帝至熟时,常诣取之,
　或复赐宫人。宫人得之,转饷亲戚,以为奇味,得者不敢辄食,乃
　历数家。京师语曰:'白马甜榴,一实直牛。'"直,通"值"。

⑰草木晖晖,苍黄乱飞:此谚出处不详。晖晖,晴朗。这里形容草
　木茂盛的样子。苍黄,疑为"苍庚"之误。苍庚,黄莺。

【译文】

人参到处都有生长,兰长生不死,这都是祥瑞。

结有子实的叫果。同时结在树上的也叫果。

播种小麦忌戌日,播种大麦忌子日。

荓、葶苈、蒵莫是三种杂草,孟夏时节就会枯死。

乌头的壳外面长有毛,石蛙一到季节就开花。

树木一年开两次花,夏季将会有冰雹。李树一年开两次花,秋季将

会有严霜。

树无缘无故丛生,枝头全部向下,以及长到一尺至一丈时就枯死,这些都是凶兆。

城里一年到头没有鸟儿出现,将有敌寇入侵。郡中忽然之间鸟儿全飞走了,金乌就会死。

鸡无故自行飞走,家里有蛊害。到了中午鸡还不下树,说明妻妾有奸情。

看见蛇交尾,三年就会死。蛇冬天出现在国君的寝宫,预示紧急军情。

人夜晚睡觉无故掉落发髻,是鼠妖作怪。

房屋的柱木无故长芝,如果是白色的,将有丧事;如果是红色的,会有血光之灾;如果是黑色的,会有盗贼光顾;如果是黄色的,会有喜事临门。如果形状像人脸,要破财;像牛马,会有远地的劳役;像龟蛇,田地蚕桑会有损失。

国君圣德泽被幽人隐士,比目鱼就会出现。

妾媵有父母之丧,白燕就会飞来做巢。

山上长有葱,下面有银矿;山上长有薤,下面有金矿;山上长有姜,下面有铜锡矿;山里有玉石,上面的树旁枝都会下垂,叫作宝苗。

刘歆曾经在上林令虞渊那里得到一份朝臣进贡皇帝的两千多种奇草异木的名目。邻人石琼找他借阅,结果全都弄丢了。

谚语说:买鱼得鲔,不如吃素。宁可舍弃百年宅,不可丢掉鲖鱼头。洛水鲤伊水鲂,价钱贵过牛羊。得到合涧牡蛎,虽不是珍宝,也值得夸耀。槟榔、扶留一起嚼,烦闷忧愁全忘了。白马寺的石榴,一个就值一头牛。草木正青翠,仓庚满天飞。

羽篇

【题解】

本篇鸟类,共计四十一条。关于鸟类之物种特征和生活习性等着墨不多,主要是相关的奇说异闻,这与其"博物志怪"的宗旨是一致的。第16.14条记载当时波斯船舶上训练鸽子传递信息的事,是关于信鸽的较早史料。

16.4 凤 骨黑,雄雌夕旦鸣各异,黄帝使伶伦制十二籥写之①,其雄声②,其雌音③。药有凤凰台④,此凤脚下物如白石者。凤有时来仪⑤,候其所止处,掘深三尺,有圆石如卵,正白,服之安心神。

【注释】

①黄帝使伶伦制十二籥(yuè)写之:《吕氏春秋》卷五"古乐":"昔黄帝令伶伦作为律……(伶伦)次制十二筒,以之阮隃之下,听凤皇之鸣,以别十二律。其雄鸣为六,雌鸣亦六,以比黄钟之宫,适合。"黄帝,上古帝王轩辕氏的称号,因有土德之瑞,故称"黄帝",是中华民族的共同始祖。伶伦,黄帝的乐官。籥,同"龠",竹管制作的乐器,类似笛。

②声:始发声。

③音:和合音。

④凤凰台:宋唐慎微《政和证类本草》卷一九引唐陈藏器《本草拾遗》:"凤凰台,味辛平,无毒,主劳损积血,利血脉安。……此凤凰脚下物如白石也。"

⑤凤有时来仪:《尚书·益稷》:"箫韶九成,凤凰来仪。"来仪,招来,归来。仪,义同"来"。

【译文】

凤凰 骨头是黑色的,雄鸟、雌鸟黄昏和早晨的鸣叫声,都各不相同,黄帝命伶伦制作十二支龠,模仿凤凰的鸣叫制乐,雄凤鸣声制为六声,雌凤和音制为六音。有一种药名为凤凰台,这是凤凰脚下像白石头一样的东西。凤凰有时会来到,等它从栖息之地飞走以后,就地挖掘三尺,有一枚圆卵石,纯白色,服用之后可以安定心神。

16.5 孔雀　释氏书言:"孔雀因雷声而孕①。"

【注释】

①孔雀因雷声而孕:《大般涅槃经》卷三五:"复作是念,自有众生非因父母而得生长。譬如孔雀闻雷震声而便得娠,又如青雀饮雄雀尿而便得娠,如命命鸟见雄者舞即便得娠。"

【译文】

孔雀　佛经说:"孔雀听到雷声而受孕。"

16.6 鹳①　江淮谓群鹳旋飞为鹳井②。鹳亦好旋飞,必有风雨。人探巢取鹳子,六十里旱;能群飞,薄霄激雨③,雨为之散。

【注释】

①鹳:鹳雀,体形似鹤。

②鹳井:鹳善旋飞而上,远远看去形如漏斗或井筒,故称。

③薄霄激雨:迫近云霄,冲激雨水。

【译文】

鹳　江淮地区把群鹳旋飞升空的形状称作鹳井。鹳也喜好旋飞,每一旋飞,必定伴随风雨。如果人去掏鹳巢抓幼鸟,方圆六十里会发生旱灾;鹳成群结队,飞近云霄,冲散雨云,天就不会下雨。

16.7 乌　鸣地上无好声。人临行,乌鸣而前引,多喜,此旧占所不载。

贞元四年①,郑、汴二州群乌②,飞入田绪、李纳境内③,衔木为城,高至二三尺,方十余里,纳、绪恶而命焚之,信宿如旧,乌口皆流血。

【注释】

①贞元:唐德宗李适年号(785—805)。

②汴:今河南开封。

③田绪(764—796):平州卢龙(今属河北)人。先授魏博节度使,贞元元年(785)尚嘉诚公主,寻迁检校左仆射,封常山郡王。李纳(759—792):高丽人。贞元初年为平卢节度使、淄青等州观察使、检校右仆射、同中书门下平章事。

【译文】

乌鸦　若在地上鸣叫,不算吉声。人要出行时,乌鸦鸣叫着在前面引路,多为喜兆,这一点以前的占验书没有记载。

贞元四年,郑州、汴州两地成群的乌鸦飞进田绪、李纳的辖境,衔木棍垒城,高达二三尺,方圆十多里,李纳、田绪很厌恶,就命人去烧了,过了两晚又像原样垒起,乌鸦嘴边都流血了。

16.8 俗候乌飞翅重,天将雨。

【译文】

民间认为,乌鸦翅膀沉重飞行缓慢,这是天要下雨的预兆。

16.9 鹊　巢中必有梁①。崔圆相公妻在家时②,与姊妹戏于后园,见二鹊构巢,共衔一木,如笔管,长尺余,安巢中。
众悉不见。俗言见鹊上梁,必贵。

【注释】

①巢中必有梁:宋王质《诗总闻》卷一:"……(鹊)巢中有横木,虚度
如梁,雄者踞之,有分五也。以比积善之家必有余庆也。"

②崔圆(705—768):字有裕,清河东武城(今河北清河东北)人。唐
玄宗天宝末年知剑南节度留后。玄宗奔蜀,拜中书侍郎、同中书
门下平章事、剑南节度使。肃宗即位后,迁中书令,封赵国公。

【译文】

鹊　鹊巢中一定有横梁。崔圆相公的夫人未出嫁时,和姐妹在后
园闲玩,她看见两只喜鹊搭巢,一起衔着一根笔管样的木枝,长一尺多,
安放在巢里。其他姐妹都没有看见。俗话说,看见喜鹊上梁,必定
富贵。

16.10 大历八年①,乾陵上仙观天尊殿②,有双鹊衔柴及
泥,补葺隙坏一十五处。宰臣上表贺③。

【注释】

①大历:唐代宗李豫年号(766—779)。

②乾陵:唐高宗和武则天的合葬陵墓。

③宰臣:这里指宰相。

【译文】

大历八年,乾陵上仙观天尊殿,有一对喜鹊衔着柴棍和泥土,修补
大殿十五处破损的地方。宰相上表称贺。

16.11 贞元三年,中书省梧桐树上^①,有鹊以泥为巢。焚其巢,可禳狐魅^②。

【注释】

①中书省:官署名。总管国家政事。唐代中书省设置令、侍郎、舍人、右散骑常侍、起居舍人、右补阙、右拾遗、通事舍人等官。

②禳(ráng):祈祷消灾。

【译文】

贞元三年,中书省梧桐树上,有只喜鹊衔泥筑巢。把鹊巢烧掉,可以禳除狐妖鬼魅。

16.12 燕　凡狐白、貉、鼠之类^①,燕见之则毛脱。或言燕蛰于水底^②。旧说燕不入室,是井之虚也。取桐为男女各一,投井中,燕必来。胸斑黑,声大,名胡燕。其巢有容匹素者。

【注释】

①狐白:狐腋下的白毛皮。这里指代狐狸。貉(hé):兽名。外形像狐。

②燕蛰(zhé)于水底:《大戴礼记·易本命》:"鱼游于水,鸟飞于云,故冬燕雀入于海,化而为蚧。"蛰,潜伏。

【译文】

燕　凡是狐狸、貉、老鼠之类的动物,燕子见到它们羽毛就会脱落。有人说燕子到了冬天就潜伏在海底化身为蛤蚧。老话说燕子不进屋做窝,是井里空无一物。拿桐木雕刻一男一女两个木偶,投入井中,燕子一定会光临的。胸前有黑色斑点,叫声响亮的,是胡燕。胡燕窝有的大到能够容下一匹白练。

16.13 雀　释氏书言："雀沙生①，因浴沙尘受卵。"蜀吊鸟山②，至雉雀来吊，最悲。百姓夜燃火，伺取之。无嗉不食③，似特悲者，以为义，则不杀。

【注释】

①雀沙生：《法华文句记》卷一〇："又《显识论》中又立四生：一触生，因交会故；二嗅生者，雄有欲心，嗅雌者根门，即便有孕；三沙生者，如雌雀以欲心坋沙，因即有孕；四者声生，如雌孔雀以欲心故，闻雄者鸣，便即有孕。"

②吊鸟山：北魏郦道元《水经注》卷三十七："益州叶榆河，出其县北界，屈从县东北流。县，故滇池叶榆之国也。汉武帝元封二年，使唐蒙开之，以为益州郡。郡有叶榆县，县西北八十里，有吊鸟山，众鸟千百为群，其会，鸣呼啁哳，每岁七八月至，十六七日则止，一岁六至。雉雀来吊，夜燃火伺取之，其无嗉不食，似特悲者，以为义则不取也。俗言，凤凰死于此山，故众鸟来吊，因名'吊鸟'。"

③嗉(sù)：嗉囊。鸟类食管下端盛食物的囊。

【译文】

雀　佛经说："雀类沙生，因浴沙尘而受孕。"蜀地有座吊鸟山，雉雀来吊凤凰的时候最是悲痛。当地人晚上点燃火堆，趁机抓取雉雀。雉雀没有嗉囊，不吃东西，似乎是非常悲痛的，人们就认为这种鸟最为忠义，因此不杀它。

16.14 鸽　大理丞郑复礼言①：波斯舶上多养鸽，鸽能飞,行数千里辄放一只至家,以为平安信。

【注释】

①大理丞郑复礼:见4.35条注①。按,该条言"成式见大理丞郑复说",疑"郑复"与本条"郑复礼"为同一人。

【译文】

鸽　大理丞郑复礼说:波斯的商船上大多养着鸽子,鸽子能长途飞行,船行几千里,就放一只鸽子飞回家,用来给家人报告平安的消息。

16.15 鹦鹉　能飞①。众鸟趾前三后一,唯鹦鹉四趾齐分。凡鸟下睑眨上,独此鸟两睑俱动,如人目。

【注释】

①能飞:许逸民《酉阳杂俎校笺》:"诸本皆作'能飞',但鸟能飞不足为奇,且鹦鹉本不以长途飞行见长,疑当作'能言'。"

【译文】

鹦鹉　能说话。其他的鸟趾爪都是前边三个后边一个,唯独鹦鹉是四个爪趾平分。一般的鸟眨眼时只有下眼睑动,上眼睑不动,唯独鹦鹉是上下眼睑都会眨动,就像人眼一样。

16.16 玄宗时,有五色鹦鹉能言,上令左右试牵帝衣,鸟辄瞋目叱咤。岐府文学能延京①,献《鹦鹉篇》以赞其事。张燕公有表贺②,称为时乐鸟。

【注释】

①岐府:岐王府。岐王李范(？—726),唐睿宗第四子,封岐王。开

元初,拜太子少师,带本官,历绛、郑、岐三州刺史。开元八年
(720),迁太子太傅。文学:职官名。汉代州郡及王国皆置文学,
相当于教官,后代沿置。

②张燕公:即为张说(667—731)。见8.3条注③。

【译文】

　　玄宗时,宫中有只五色鹦鹉,会说话,玄宗命侍从试着牵扯自己的
衣服,鹦鹉就瞪大眼睛呵叱牵衣的人。岐府文学能延京,进献《鹦鹉篇》
颂扬这件事。张燕公上表道贺,称这只鹦鹉为时乐鸟。

　　16.17 杜鹃　始阳相催而鸣①,先鸣者吐血死。尝有人
山行,见一群寂然,聊学其声,即死。初鸣,先听其声者,主
离别。厕上听其声,不祥。厌之法②:当为犬声应之。

【注释】

①始阳:阳春之始。

②厌(yā):以法术驱邪制妖。

【译文】

　　杜鹃　每到阳春之初,就相互催促鸣叫,最先鸣叫的那只会吐血而
死。曾经有人行路山间,看见一群杜鹃静静地栖集在那里,谁也不鸣
叫,他就学着杜鹃鸣叫,结果当场就死了。杜鹃开始鸣叫的时候,最先
听见叫声的人,预示着会和亲人离别。如厕时听见杜鹃鸣叫也不吉利。
对付的办法是:学狗叫去应和它。

　　16.18 雏鸽①　旧言可使取火。效人言,胜鹦鹉②。取
其目睛,和人乳研,滴眼中,能见烟霄外物也。

【注释】

①鸲鹆(gòu yù)：八哥。按，本条所载，又见于宋唐慎微《政和证类本草》卷一九引唐陈藏器《本草拾遗》："(鸲鹆)目睛和乳汁研，滴目瞳子，能见云外之物。五月五日取子，去舌端，能效人言。又可使取火。"

②效人言，胜鹦鹉：南朝宋刘敬叔《异苑》卷三："五月五日，剪鸲鹆舌，教令学人语，声尤清越，虽鹦鹉不能过也。"

【译文】

鸲鹆　旧时说法，鸲鹆可以取火。会学人说话，胜过鹦鹉。取鸲鹆的眼睛，和着人乳研磨，滴在眼睛里，能够隔着烟雾看清东西。

16.19 鹅　济南郡张公城西北①，有鹅浦。南燕世②，有渔人居水侧，常听鹅之声，众中有铃声，甚清亮。候之，见一鹅，咽颈极长，罗得之。项上有铜铃，缀以银锁，隐起"元鼎元年"字③。

【注释】

①济南郡张公城：在今山东平原南。北魏郦道元《水经注》卷五："大河又北迳张公城，临侧河湄。卫青州刺史张治此，故世谓之张公城。水有津焉，名之曰张公渡。"

②南燕(398—410)：晋时十六国之一。鲜卑族慕容德据滑台(今河南滑县)称燕王，史称"南燕"。为东晋所灭。

③隐起：微微凸起。元鼎：汉武帝年号(前116—前111)。

【译文】

鹅　济南郡张公城西北，有个地方叫鹅浦。南燕的时候，有位渔人住在水边，经常听见鹅的叫声，鹅声中夹杂着铃声，甚是清亮。渔人就在旁边守候，看见一只鹅，颈脖特别长，就张网捉住。鹅颈上系着一个铜铃，铜铃上还缀着一把银锁，上面微微凸起的文字是"元鼎元年"。

16.20 晋时，营道县令何潜之①，于县界得鸟，大如白鹭，膝上髀下②，自然有铜镮贯之。

【注释】

①营道县：在今湖南宁远东。

②髀（bì）：大腿。

【译文】

晋朝时，营道县令何潜之，在本县边界得到一只鸟，大小如同白鹭，在膝关节到大腿根之间，天然地穿了一个铜镮。

16.21 鸡鶄①　旧言辟火灾。巢于高树，生子穴中，衔其母翅飞下养之。

【注释】

①鸡鶄（jiāo jīng）：池鹭。活动于湖沼、稻田一带。把巢筑在高树上。以鱼类、蛙类及水生软体动物和水生昆虫为食。

【译文】

鸡鶄　旧时说法，它能避火灾。这种鸟在高树上搭窝，幼鸟就在巢穴中出生，衔着母鸟的翅膀飞到地面觅食。

16.22 鸥①　相传鹘生三子②，一为鸥。肃宗张皇后专权③，每进酒，常置鸥脑酒。鸥脑酒令人久醉健忘。

【注释】

①鸱(chī)：猫头鹰的一种。

②鹘(hú)：隼，一种猛禽。

③张皇后(？—762)：美貌可人，聪明机警，唐肃宗即位后册为淑妃，后立为皇后，与宦官李辅国相互勾结，干预朝政，请谒过当，皇帝也无可奈何。及肃宗崩，张皇后为李辅国与程元振所杀。

【译文】

鸱　相传鹘生三子，其一就是鸱。肃宗张皇后专权，每逢向皇帝献酒，经常摆上鸱脑酒。喝了鸱脑酒，会让人沉醉不醒而且健忘。

16.23 异鸟　天宝二年，平卢有紫虫食禾苗①。时东北有赤头鸟，群飞食之。

【注释】

①平卢：唐代方镇，开元七年(719)置，治所在营州(今辽宁朝阳)。上元二年(761)移治青州(今属山东)，号淄青平卢节度使。

【译文】

奇鸟　天宝二年，平卢一带有紫虫啃食庄稼。当时从东北方向飞来很多赤头鸟，成群结队啄食紫虫。

16.24 开元二十三年，榆关有蚼蚴虫①，延入平州界②，亦有群雀食之。

又开元中，贝州蝗虫食禾③，有大白鸟数千，小白鸟数万，尽食其虫。

【注释】

①榆关:即榆林关,在今内蒙古准格尔东北黄河西岸。蚼蚄(fāng) 虫:一种吃庄稼的害虫。

②平州:今河北卢龙。

③贝州:在今河北清河西北。

【译文】

开元二十三年,榆关一带发生蚼蚄虫害,蔓延到了平州地界,也有成群的鸟雀捕食害虫。

也是在开元年间,贝州出现大量蝗虫啃食庄稼,有几千只大白鸟,几万只小白鸟,啄光了全部蝗虫。

16.25 大历八年,大鸟见武功①,群鸟随噪之。行营将张日芬射获之②,肉翅,狐首,四足,足有爪,广四尺三寸,状类蝙蝠。又邠州有白头鸟乳鸲鹆③。

【注释】

①武功:在今陕西武功西北。

②行营:出征时的军营。也特指统帅领兵出征时办公之所。

③邠州:今陕西彬县。

【译文】

大历八年,武功出现了一只大鸟,众鸟成群结队地尾随飞鸣。行营将领张日芬射中捕获了这只鸟,长着一双肉翅,脑袋像狐狸,有四只脚,每只脚有爪子,鸟的大小为四尺三寸,样子像蝙蝠。另外,邠州有只白头鸟给鸲鹆喂食。

16.26 王母使者① 齐郡函山有鸟②,足青,嘴赤黄,素翼绛颡③,名王母使者。昔汉武登此山,得玉函,长五寸。帝下山,玉函忽化为白鸟飞去。世传山上有王母药函④,常令鸟守之。

【注释】

①王母使者:鸟名。《山海经·西山经》:"又西二百二十里,曰三危之山,三青鸟居之。"晋郭璞注:"三青鸟主为西王母取食者,别自栖于此山也。"

②齐郡函山:今名玉函山,在山东济南。

③颡(sǎng):额。

④王母:即西王母。见2.34条注⑧。

【译文】

王母使者 齐郡函山有一种鸟,脚是青色的,嘴是赤黄色的,白翅红额,名叫王母使者。当年汉武帝登上这座山,得到一个玉函,长五寸。武帝下山时,玉函忽然变成一只白鸟飞走了。世传山上有王母药函,一直派鸟在这里守着。

16.27 吐绶鸟① 鱼复县南山有鸟②,大如鸲鹆,羽色多黑,杂以黄白,头颊似雉,有时吐物长数寸,丹彩彪炳③,形色类绶,因名为吐绶鸟。又食必蓄嗉,臆前大如斗,虑触其嗉,行每远草木,故一名避株鸟。

【注释】

①吐绶鸟:学名黄腹角雉,又名"角鸡"。

②鱼复县:在今重庆奉节东。

③彪炳:光彩焕发。

【译文】

吐绶鸟　鱼复县南山有一种鸟,如同鹁鸪大小,羽毛多为黑色,间杂黄白色,头颊像是雄鸡,有时吐出东西,有几寸长,色彩斑斓,形状和颜色都像是绶带,所以名为吐绶鸟。这种鸟吃了东西一定会储存在嗉囊里,胸前鼓起有如斗大,因为害怕碰到嗉囊,行走时往往远离草木,所以又名避株鸟。

16.28 鹳鹑① 一名媠羿②。形似鹊。人射之,则衔矢反射人。

【注释】

①鹳鹑(tuán):传说中的一种鸟。《尔雅·释鸟》:"鹳鹑,鹍鹑,如鹊,短尾,射之,衔矢射人。"邢昺疏:"郭云:'……一名媠羿。'案:《字书》云:'媠,古以为懒惰字。羿,古之善射者,此言鸟捷劲,虽羿之善射,亦懒惰不敢射也,故以名云。'"

②媠(duò):同"惰"。

【译文】

鹳鹑　又名媠羿。外形似鹊。人射它,它一口咬住飞来的箭,反过来射人。

16.29 鹲雕① 喙大而句②,长一尺,赤黄色,受二升,南人以为酒杯也。

【注释】

①鹲(méng)雕:一种水鸟,又名"越王鸟"。唐刘恂《岭表录异》卷中:"越王鸟,如乌而颈足长,头有黄冠如杯,用贮水,互相饮食众

鸟雏。取其冠,坚致可为酒杯。"

②喙(huì):鸟嘴。句(gōu):勾曲。

【译文】

鹲雕　喙大,而且勾曲,有一尺长,红黄色,可容两升,南方人用来作酒杯。

16.30 苬节鸟　四脚,尾似鼠,形如雀,终南深谷中有之①。

【注释】

①终南:终南山。

【译文】

苬节鸟　四只脚,尾巴像老鼠,体形像雀,终南山深谷里有这种鸟。

16.31 老鹳①　秦中山谷间②,有鸟如枭③,色青黄,肉翅,好食烟,见人辄惊落,隐首草穴中,常露身。其声如婴儿啼,名老鹳。

【注释】

①老鹳:许逸民《酉阳杂俎校笺》:"疑即鼯鼠。"

②秦中:即关中,今陕西关中平原。因其古为秦地,故名。

③枭(xiāo):猛禽名。猫头鹰。

【译文】

老鹳　关中一带山谷中,有一种像猫头鹰的鸟,颜色青黄,翅膀多肉,喜欢吸食烟气,见到人就受惊而掉落在地,把头隐藏在草丛中,而身子常常露在外面。它的叫声如同婴儿啼哭,名为老鹳。

16.32 柴蒿　京之近山有柴蒿鸟,头有冠。如戴胜^①,大若野鸡。

【注释】

①戴胜:鸟名。头顶有凤冠状羽冠,嘴形细长。胜,妇女首饰。

【译文】

柴蒿　京城近郊山里有柴蒿鸟,头顶有冠。像戴胜鸟一样,大小类似野鸡。

16.33 兜兜鸟　其声自号。正月以后作声,至五月节^①,不知所在。其形似鹋鸰。

【注释】

①五月节:即端午节。

【译文】

兜兜鸟　名字本自它的叫声。正月以后开始鸣叫,到端午节,就不知飞到何处去了。它的样子像鹋鸰。

16.34 虾蟆护　南山下有鸟^①,名虾蟆护。多在田中,头有冠,色苍,足赤,形似鹭。

【注释】

①南山:终南山。

【译文】

虾蟆护　南山下有一种鸟,名叫虾蟆护。经常在田地里活动,头顶有冠,颜色灰白,脚爪红色,样子像鹭。

16.35 夜行游女^①　一曰天帝女,一名钓星。夜飞昼隐,如鬼神。衣毛为飞鸟,脱毛为妇人。无子,喜取人子。胸前有乳。凡人饲小儿^②,不可露处,小儿衣亦不可露晒。毛落衣中,当为鸟祟,或以血点其衣为志^③。或言产死者所化^④。

【注释】

①夜行游女:鸟名。北魏郦道元《水经注》卷三五:"(阳新县)地多女鸟,《玄中记》曰:阳新男子于水次得之,遂与共居,生二女,悉衣羽而去。豫章间养儿不露其衣,言是鸟落尘于儿衣中,则令儿病,故亦谓之夜飞游女矣。"

②饲:喂养。

③以血点其衣为志:南朝宗懔《荆楚岁时记》:"正月夜多鬼鸟度,家家捶床打户,挼狗耳,灭灯烛以禳之。按《玄中记》云:'此鸟名姑获,一名天地女,一名隐飞鸟,一名夜行游女,好取人女子养子,有小儿之家,即以血点其衣以为志,故世人名为鬼鸟。'"

④或言产死者所化:宋唐慎微《政和证类本草》卷一九引唐陈藏器《本草拾遗》:"姑获能收人魂魄,今人一云乳母鸟,言产妇死,变化作之。能取人之子以为己子,胸前有两乳。"

【译文】

夜行游女　一名天帝女,一名钓星。夜间飞行,白昼隐伏,有如鬼神。这种鸟身披羽毛就是飞鸟,脱下羽毛就成了女子。没有子雏,喜欢窃取人的婴儿。胸前有乳房。人们在哺育婴儿的时候,不能在露天里,婴儿的衣服也不能露天晾晒。这种鸟的羽毛落在婴儿衣服上,就会变成鸟祟作怪,有时将血滴在婴儿衣服上作为标记。有人说这种鸟是难产而死的孕妇变成的。

16.36 鬼车鸟^①　相传此鸟昔有十首，能收人魂，一首为犬所噬。秦中天阴，有时有声，声如力车鸣^②，或言是水鸡过也^③。《白泽图》谓之苍鸆^④，《帝喾书》谓之逆鸧^⑤，夫子、子夏所见^⑥。宝历中，国子四门助教史迥语成式^⑦，常见裴瑜所注《尔雅》^⑧，言"鸧，麋鸹"是九头鸟也^⑨。

【注释】

①鬼车鸟：唐刘恂《岭表录异》卷中："鬼车，春夏之间，稍遇阴晦，则飞鸣而过。岭外尤多。爱入人家，烁人魂气。或云十首，犬啮其一，常滴血，血滴之家即有凶咎。故闻其声则击犬，使鸣吠，以厌之也。"

②力车：刘传鸿《〈酉阳杂俎〉校证·兼字词考释》："'力车'不知为何物，而'刀车'乃当时武备之一，宋曾公亮《武经总要》前集卷十二：'刀车：以两轮车，自后出铦刃密布之，凡为敌攻坏城门，则以车塞之。'……疑作'刀车'是。"

③水鸡：唐杜甫《闻水歌》："水鸡衔鱼来去飞。"朱注："尝闻一蜀士云：水鸡，其状如雄鸡而短尾，好宿水田中，今川人呼为水鸡翁。"

④《白泽图》：古五行书，今佚。鸆，音 yú。

⑤《帝喾（kù）书》：托名帝喾之书，其余不详。帝喾，传说中的上古帝王。

⑥夫子：孔子。子夏（前507—前400）：春秋时期卫人，孔门贤弟子，长于文学。清马骕《绎史》卷八六引《冲波传》："有鸟九尾，孔子与子夏见。人以问，孔子曰：'鸧也。'子夏曰：'何以知之？'孔子曰：'河上之歌云："鸧兮鸧兮，逆毛衰兮，一身九尾长兮。"'"

⑦国子四门助教：学官名。《唐六典》卷二一："国子祭酒、司业之
　职，掌邦国儒学训导之政令，有六学焉：一曰国子，二曰太学，三
　曰四门，四曰律学，五曰书学，六曰算学。……四门博士三人，正
　七品上；助教三人，从八品上。"

⑧裴瑜所注《尔雅》：《宋史·艺文志一》："裴瑜《尔雅注》五卷。"

⑨鸹：音 guā。

【译文】

　　鬼车鸟　相传这种鸟最早有十个头，能够收摄人的魂魄，其中一个
头被狗吞掉了。关中地区天阴的时候，有时会听见这种鸟的叫声，那声
音就像是刀车鸣响，也有人说那是水鸡飞过的声音。《白泽图》称作苍
鹎，《帝喾书》称作逆鸹，夫子和子夏都曾见过。宝历年间，国子四门助
教史迥告诉我，他曾读过裴瑜所注的《尔雅》，上面说"鸹，麋鸹"是九
头鸟。

　　16.37 细鸟①　汉武时，勒毕国献细鸟，以方尺玉为笼，
数百头，状如蝇，声如鸿鹄。此国以候日，因名候日虫。集
宫人衣，辄蒙爱幸。

【注释】

①细鸟：东汉郭宪《洞冥记》卷二："元封五年，勒毕国贡细鸟，以方
　尺之玉笼，盛数百头。形如大蝇，状似鹦鹉，声闻数里之间，如黄
　鹄之音也。国人常以此鸟候时，亦名曰候日虫。……宫内嫔妃
　皆悦之，有鸟集其衣者，辄蒙爱幸。至武帝末，稍稍自死。人犹
　爱其皮，服其皮者，多为丈夫所媚。"

【译文】

　　细鸟　汉武帝时，勒毕国进献细鸟，装在一尺见方的玉做的笼子

里,有几百只,形状大小像苍蝇,叫声像鸿鹄。勒毕国以这种鸟推算时节,所以又名候日虫。这种鸟聚集在哪个宫女的衣服上,那个宫女就会受到宠幸。

16.38 嗽金鸟①　出昆明国②。形如雀,色黄,常翱翔于海上。魏明帝时③,其国来献此鸟。饴以真珠及龟脑,常吐金屑如粟,铸之,乃为器服。宫人争以鸟所吐金为钗珥,谓之辟寒金,以鸟不畏寒也④。宫人相嘲弄曰:"不服辟寒金,那得帝王心。不服辟寒钿⑤,那得帝王怜⑥。"

【注释】

①嗽金鸟:传说中一种口吐金屑的鸟。晋王嘉《拾遗记》卷七:"时昆明国贡嗽金鸟。国人云:'其地去燃洲九千里,出此鸟,形如雀而色黄,毛羽柔密,常翱翔于海上,罗者得之,以为至祥。闻大魏之德,被于荒远,故越山航海,来献大国。'(魏明)帝得此鸟,畜于灵禽之园,饴以真珠,饮以龟脑。鸟常吐金屑如粟,铸之可以为器。昔汉武帝时,有人献神雀,盖此类也。此鸟畏霜雪,乃起小屋以处之,名曰'辟寒台',皆用水晶为户牖,使内外通光。宫人争以鸟吐之金用饰钗珮,谓之'辟寒金'。故宫人相嘲曰:'不服辟寒金,那得帝王心?'"

②昆明国:古国名。其地在今云南。

③魏明帝:即为曹睿(205—239)。魏文帝曹丕长子。黄初七年(226),立为太子,旋即帝位。

④以鸟不畏寒:段成式所记有误。据注①,此鸟"畏霜雪",故起辟寒台以畜之。

⑤钿(diàn):用金银镶制成的花形首饰。

⑥怜：怜爱。

【译文】

嗽金鸟　产自昆明国。这种鸟样子像雀，黄色，经常在海上翱翔。魏明帝时，昆明国进献这种鸟。用真珠和龟脑喂养它，经常口吐粟米样的金屑，用这种金屑可以铸成各种器服。宫女争相用这种鸟所吐金屑制作宝钗金镮，称之为避寒金，因为这种鸟畏寒怕冷。宫女互相嘲弄说："不服避寒金，那得帝王心。不服避寒钿，那得帝王怜。"

16.39 背明鸟①　吴时，越巂之南献背明鸟②。形如鹤，止不向明，巢必对北，其声百变。

【注释】

①背明鸟：晋王嘉《拾遗记》卷八："黄龙元年，（吴）始都武昌。时越巂之南，献背明鸟。形如鹤，止不向明，巢常对北，多肉少毛。声音百变，闻钟磬笙竽之声，则奋翅摇头。"

②越巂（xī）：在今四川西昌东南一带。

【译文】

背明鸟　孙吴时，越巂以南进献背明鸟。这种鸟样子像鹤，栖息时背着光亮，做窝一定是朝向北方，鸣叫声百变不穷。

16.40 岢岚鸟　出河西赤坞镇①。状似乌而大，飞翔于阵上，多不利。

【注释】

①河西赤坞镇：今甘肃武威。

【译文】

　　岢岚鸟　产自河西赤坞镇。长得像乌鸦而体形稍大,如果在阵地上飞翔,预兆战事不利。

　　16.41 鹔鹴[1]　状如燕,稍大,足短,趾似鼠。未尝见下地,常止林中。偶失势控地[2],不能自振,及举,上凌青霄。出凉州也。

【注释】

　　[1]鹔鹴(sù shuāng):雁的一种。
　　[2]控:投。

【译文】

　　鹔鹴　样子像燕而体形稍大,短脚,趾爪像老鼠。未曾见它下过地,常在林中栖息。偶然站不稳掉落地上,很难自己振翅飞起,一旦飞起,直冲云霄。这种鸟出自凉州。

　　16.42 雏乌[1]　武周县合火山[2],山上有雏乌。形类雅乌,觜赤如丹[3],一名赤觜乌,亦曰阿雏乌。

【注释】

　　[1]雏(chú)乌:今名红嘴蓝鹊,鸦科,体形似鹊而稍大。北魏郦道元《水经注·湿水》:"……北流经武周县故城西……又东历故亭北,右合火山西溪水。水导源火山,西北流。……其山出雏乌,形类雅乌,纯黑而姣好,音与之同,缋彩绀发,嘴若丹砂,性驯良而易附,岇童幼子,捕而执之,曰赤嘴乌,亦曰阿雏乌。"
　　[2]武周县:今山西左云。合火山:应为"火山"。唐李吉甫《元和郡

县图志》卷一四"云州云中县"："火山，在县西五里。山有火井，深不见底，以草投之，则烟腾火发。有火井祠。"

③觜：同"嘴"。

【译文】

雏乌　武周县有座山名叫火山，山上有一种鸟叫雏乌。长得像雅乌，嘴红有如朱砂，又名赤嘴乌，也叫阿雏乌。

16.43 训胡①　恶鸟也，鸣则后窍应之。

【注释】

①训胡：也作"鸺鹠"、"训狐"、"薰胡"。猫头鹰。

【译文】

训胡　一种恶鸟，鸣叫时肛门也发声相应。

16.44 百劳①　博劳也。相传伯奇所化②。取其所踏枝鞭小儿，能令速语。南人继（母有娠乳儿，儿病如疟）③，唯鵙毛治之④。

【注释】

①百劳：通常作"伯劳"，古书上又作"鵙"、"鴂"。此鸟种类较多。成语"劳燕分飞"，"劳"即指伯劳。

②相传伯奇所化：三国魏曹植《贪恶鸟论》："昔尹吉甫信后妻之谗，而杀孝子伯奇。……吉甫后悟，追伤伯奇，出游于田，见异鸟鸣于桑，其声嗷然。吉甫心动，曰：'无乃伯奇乎？'鸟乃拊翼，其声尤切。吉甫曰：'果吾子也。'乃顾曰：'伯奇，劳乎？是吾子，栖吾舆；非吾子，飞勿居。'言未卒，鸟寻声而栖其盖。"

③继：刘传鸿《〈酉阳杂俎〉校证：兼字词考释》："这里的'继'乃病名，医书多有记载。……因会传染故称'继'。"

④鵙(jú)：即伯劳。

【译文】

伯劳　即博劳。相传是伯奇死后所化。取伯劳踏过的枝条鞭打幼儿，能让其尽早学会说话。南方小儿生了继病(继病指的是母亲有孕在身，同时又哺乳幼儿，幼儿就会生病如同疟疾)，只有伯劳羽毛才能治好。

毛篇

【题解】

毛篇三十条，所记兽类有狮子、象、虎、马、牛、鹿、犀、骆驼、天铁熊、狼、貃泽、猲狚、黄腰、香狸、蝇、猳狚、狒狒、在子、羊，均着重记其奇异，其中有些是关于域外的记载。

16.45 师子①　　释氏书言："师子筋为弦，鼓之，众弦皆绝②。"

西域有黑师子、捧师子③。集贤校理张希复言："旧有师子尾拂④，夏月蝇蚋不敢集其上⑤。"

旧说，苏合香⑥，师子粪也。

【注释】

①师子：即狮子。

②"师子筋为弦"三句：《大方广佛华严经》卷五九"入法界品"："譬如有人用师子筋以为琴弦，音声既奏，余弦断绝。"

③黑师子:梁释慧皎《高僧传》卷三:"(法显)将至天竺,去王舍城三十余里,有一寺,逼冥过之。显明旦,欲诣耆阇崛山,寺僧谏曰:'路甚艰阻,且多黑师子。亟经啖人,何由可至。'显曰:'远涉数万,誓到灵鹫。……'至夜,有三黑师子来蹲显前,舐唇摇尾,显诵经不辍,一心念佛。师子乃低头下尾,伏显足前,显以手摩之,咒曰:'若欲相害,待我诵竟,若见试者,可便退矣。'师子良久乃去。"

④拂:掸拭灰尘的用具。

⑤蚋(ruì):蚊类昆虫,吸人畜血液。

⑥苏合香:一种香名。(美)爱德华·谢弗《唐代的外来文明》(吴玉贵译本):"在唐代以前很久,苏合香就已经从拂林和安息传入了中国,中国古代的这种苏合香是紫赤色的,有人说苏合香就是狮子粪——一种很厉害的药物。……苏合香是一种西域的树脂,它的地位与没药相当,但又有所不同,因为没药是外来树脂中最鲜为人知的一种。而到了唐代,那些以苏合香为名流通的香料实际上只是一种用来制作香膏的马来的枫胶。"

【译文】

狮子 佛经上说:"用狮子筋制作琴弦,弹奏时,其他琴弦都会断。"

西域有黑狮子、捧狮子。集贤校理张希复说:"以前有狮子尾拂,夏天的时候苍蝇蚊蚋不敢叮在上面。"

以前的说法,苏合香是狮子粪。

16.46 象 旧说象性久识,见其子皮必泣①。一枚重千斤。释氏书言:"象七支拄地②,六牙③。牙生花,必因雷声④。"

【注释】

①见其子皮必泣:唐段公路《北户录》卷一:"蕃船上多以象皮鞔鼓,鼓长而头尖,状如枣核,谓之槟榔鼓。《广志》云:'象性久别,见其子皮必泣。'一枚重千斤。"

②七支拄地:《正法念处经》卷二:"得转轮王第四象宝出于世间,彼见闻知,或天眼见。此转轮王修行法人,随顺法行,得调顺象。第一调顺,能胜他城。七支柱地,所谓四足,尾根、牙等,如是七分,皆悉柱地。"

③六牙:《摩诃止观》卷二:"言六牙白象者,是菩萨无漏六神通,牙有利用如通之捷疾,象有大力表法身荷负,无漏无染称之为白。"

④牙生花,必因雷声:《大般涅槃经》卷八:"譬如虚空震雷起云,一切象牙上皆生花,若无雷震,花则不生,亦无名字,众生佛性亦复如是。"

【译文】

象　以前的说法,象生性擅长记忆,看见幼象的皮就能认出而悲伤流泪。一面象鼓重达一千斤。佛经上说:"大象以七肢拄地,有六枚象牙。象牙上开花,必定是因为雷震。"

16.47　又言,龙象①,六十岁骨方足②。今荆地象,色黑③,两牙,江猪也④。

【注释】

①龙象:佛经称象之大者为龙象。又因龙为水中力大者,象为陆上力大者,故又用"龙象"指称修行勇猛且具有大力的人。

②六十岁骨方足:《中阿含经》卷三二:"犹龙象王年满六十,而以憍傲摩诃能加牙足体具,筋力炽盛,力士将去以水洗髀、洗脊、洗

肋、洗腹、洗牙、洗头及水中戏。"

③色黑：唐刘恂《岭表录异》："楚、越之间，象皆青黑，唯西方拂林、大食国多白象。"

④江猪：江豚。

【译文】

又说，龙象，六十岁骨头才生长完足。现在荆地所谓的象，黑色，两牙，其实是江豚。

16.48　咸亨二年①，周澄国遣使上表言②："诃伽国有白象，首垂四牙，身运五足，象之所在，其土必丰，以水洗牙，饮之愈疾。请发兵迎取。"

【注释】

①咸亨：唐高宗李治年号(670—674)。

②周澄国：与下文的"诃伽国"同为国名。具体不详。

【译文】

咸亨二年，周澄国派遣使者上表说："诃伽国有白象，头部长有四根牙，全身有五条腿，白象在哪里，哪里的田地就会丰收，洗白象牙的水，喝了可以治好病。请派兵去迎取。"

16.49　象胆随四时在四腿①：春在前左，夏在前右，如龟无定体也②。鼻端有爪，可拾针。肉有十二般，唯鼻是其本肉③。

【注释】

①象胆随四时在四腿：《太平御览》卷八九〇："《岭表录异》曰：广之

属郡潮、循州多野象，潮、循人或捕得象，争食其鼻，云肥脆尤堪
作炙。或云，象肉有十二种，象胆不附肝，随月转在诸肉。"

②龟无定体：汉刘向《说苑》卷一八："灵龟文五色，似金似玉，背阴
　向阳。上隆象天，下平法地，槃衍象山。四趾转运应四时，文著
　象二十八宿。蛇头龙翅，左精象日，右精象月。千岁之化，下气
　上通。能知存亡吉凶之变。"

③本肉：宋唐慎微《政和证类本草》卷一六："（象）身有百兽肉，皆自
　有分段，惟鼻是其本肉，余并杂肉。"

【译文】

　　象胆随四季变化，分别位于四条腿部：春季在左前腿，夏季在右前
腿，犹如龟四趾转运并不固定一样。象的鼻尖有爪子，可以拾起针。象
肉有十二种，只有鼻子是它的本肉。

　　16.50 陶贞白言①：夏月合药，宜置象牙于药旁。南人言
象妒，恶犬声。猎者裹粮登高树，构熊巢伺之。有群象过，
则为犬声，悉举鼻吼叫，循守不复去。或经五六日，困倒其
下，因潜杀之。耳后有穴，薄如鼓皮，一刺而毙。胸前小横
骨，灰之，酒服，令人能浮水出没。食其肉，令人体重。

【注释】

①陶贞白：即为陶弘景（456—536），字通明，丹阳秣陵（今江苏南
　京）人。著有《真灵位业图》、《真诰》等道书。

【译文】

　　陶弘景说：夏季配药，最好在药旁边放置象牙。南方人说象生性嫉
妒，厌恶狗叫声。猎人带着干粮爬上高树，建造一个类似熊巢的窝，躲
在里面等着。有象群从下面经过的时候，就学狗叫，象群全都伸起鼻子

吼叫，围绕着大树不肯离去。大约经过五六天，象群疲惫不堪，倒伏在地，于是趁机猎杀。象的耳朵后面有个穴位，像鼓皮一样薄，一刀刺下去，象就死了。象的胸前有块小横骨，烧成灰，和酒服下，人就能在水中出没自如。吃了象肉，会增加体重。

16.51 古训言：象孕五岁始生。

【译文】

古话说：象受孕五年后才生小象。

16.52 虎交而月晕①。仙人郑思远常骑虎②，故人许隐齿痛求治。郑曰："唯得虎须，及热插齿间，即愈。"郑为拔数茎与之，因知虎须治齿也。

虎杀人，能令尸起自解衣，方食之。虎威如乙字③，长一寸，在胁两旁皮内，尾端亦有之。佩之，临官佳，无官，人所媚嫉④。

虎夜视，一目放光，一目看物。猎人候而射之，光坠入地，成白石。主小儿惊⑤。

【注释】

①月晕(yùn)：月光被云层折射，在月亮周围形成的光圈。
②郑思远：宋张君房《云笈七签》卷一一〇："郑思远少为书生，善律历候纬。晚师葛孝先。……入庐江马迹山居，仁及鸟兽。所住山虎生二子，山下人格得虎母，虎父惊逸，虎子未能得食。思远见之，将还山舍养饲。虎父寻还，又依思远。后思远每出行，乘

骑虎父,二虎子负经书衣药以从。……(许)隐患齿痛,从思远求虎须,欲及热插齿间得愈,思远为拔之,虎伏不动。"

③虎威:老虎的威骨。宋唐慎微《政和证类本草》卷一七引唐陈藏器《本草拾遗》:"虎威令人有威,带之临官佳,无官,为人所憎。威有骨,如乙字,长一寸,在肋两傍,破肉取之。尾端亦有,不如肋者。服主小儿惊痫。……凡虎夜视,以一目放光,一目看物。猎人候而射之,弩箭才及目,光随堕地,得之者如白石是也。"

④媢(mào):嫉妒。

⑤主小儿惊:据注③引文,当是威骨主治小儿惊痫。

【译文】

老虎交配时有月晕出现。仙人郑思远经常骑虎,老朋友许隐牙痛找他治疗。郑思远说:"这要找到虎须,趁热插在牙齿缝里,就会好。"郑思远就拔了几根虎须给他,由此可知虎须可以治牙病。

老虎咬死人以后,能让尸体站起来自己脱光衣服,然后再吃掉。虎威像乙字,一寸长,在两胁旁皮下,尾巴上也有。佩戴威骨出任官职,很好,如果本无官位而佩戴,就会被人妒恨。主治小儿惊厥。

夜晚时,老虎是一只眼睛发出光芒,另一只眼睛看东西。猎人遇到虎眼放光就放箭射杀,虎眼的光芒随之堕入地下,变成一块白色的石头。

16.53 马　豰中护兰马①,五白马也,亦曰玉面谐真马②,十三岁马也,以十三岁已下,可以留种。旧种马、戎马八尺③,田马七尺④,驽马六尺⑤。

瓜州饲马以葞草⑥,沙州以茨萁⑦,凉州以勃突浑⑧,蜀以稗草。以萝卜根饲马,马肥。安北饲马以沙蓬根针⑨。

大食国马解人语⑩。

悉怛国、怛幹国出好马⑪。

马四岁两齿，至二十岁，齿尽平⑫。

体名有输鼠、外凫、乌头、龙翅、虎口⑬。

猪槽饲马、石灰泥槽、汗而系门，三事落驹。

回毛在颈⑭，白马黑髦⑮，鞍下腋下回毛，右胁白毛，左右后足白，白马四足黑，目下横毛，黄马白喙，旋毛在吻后，汗沟上通尾本，目赤、睫乱及反睫，白马黑目，目白却视：并不可骑。

夜眼名附蝉⑯，尸肝名悬熢⑰，亦曰鸡舌。绿袜方言⑱："以地黄、甘草啖，五十岁生三驹⑲。"

【注释】

①虏中：这里指北方少数民族地区。

②谙真马：《旧唐书·王子颜传》："吐蕃赞普王子郎支都有勇，乘谙真马，宝钿装鞍，出阵求斗，无敢与校者。"

③戎马八尺：《周礼·冬官》"辀人"："国马之辀，深四尺有七寸。"郑玄注："国马谓种马、戎马、齐马、道马，高八尺。"

④田马七尺：《周礼·冬官》"辀人"："田马之辀，深四尺。"郑玄注："田车轵崇三尺一寸半，并此辀深而七尺一寸半，今田马七尺，衡颈之间亦七尺，加轸与镤五寸半，则衡高七尺七寸。"

⑤驽马六尺：《周礼·冬官》"辀人"："驽马之辀，深三尺有三寸。"郑玄注："……今驽马六尺，除马之高，则衡颈之间亦七寸。"

⑥瓜州：今属甘肃。蓣（pín）：同"蘋"。

⑦沙州：在今甘肃敦煌西。茨萁：疑为骆驼刺。

⑧凉州：今甘肃武威。勃突浑：不详。

⑨安北：即唐代安北都护府，治所最初在大同镇（今内蒙古额尔济

纳东北）。

⑩大食：古国名。即穆罕默德所建立的阿拉伯帝国。我国史书据
　波斯语称为大食。

⑪悉怛国、怛幹国：不详。张星烺《中西交通史料汇编》疑悉怛国为
　今苏丹，怛幹国为今撒哈拉沙漠中的达开尔沙岛。

⑫"马四岁两齿"三句：北魏贾思勰《齐民要术》卷六："（马）一岁，上
　下生乳齿各二。二岁，上下生齿各四。三岁，上下生齿各六。四
　岁，上下生成齿二。……二十岁，上下中央六齿平。"按，自此至
　下文"并不可骑"，皆本自《齐民要术》卷六。

⑬输鼠：马股臀部肌肉。外凫：马蹄骨。乌头：马后腿突出的骨节。
　龙翘：部位不详。虎口：马两股之间。

⑭回毛：即旋涡状毛。

⑮髦：马鬃。

⑯夜眼：马四肢皮肤角质块，可入药。古时认为马有此能夜行，故
　名"夜眼"。

⑰尸肝：不详。

⑱绿袟（zhì）方：道教药方。绿袟，泛指道书。这里指《抱朴子》。见
　下注。

⑲以地黄、甘草啖（dàn），五十岁生三驹：《太平御览》卷八九七：
　"《抱朴子》曰：韩子治尝以地黄、甘草哺五十岁老马，以生三驹，
　又百三十岁乃死。"地黄，多年生草本植物，根黄色，可入药。甘
　草，多年生草本植物，根和根状茎可入药，味甘，故称"甘草"。

【译文】

　　马　北方护兰马，是五白马，也叫玉面谙真马，是十三岁的马，十三
岁以下的马，可以留种。以前的种马、战马高八尺，田马高七尺，驽马高
六尺。

　　喂马，瓜州用蘋草，沙州用茨萁，凉州用勃突浑，蜀地用稗草。用萝

卜根喂马，马长得肥壮。安北用沙蓬根针喂马。

大食国的马听得懂人说的话。

悉怛国、怛幹国出好马。

马四岁时，长出两枚成齿，到二十岁时，牙齿全都磨平了。

马的身体部位名称有输鼠、外兔、乌头、龙翅、虎口。

用猪槽喂马、用石灰涂抹马槽、马出汗而系在门边，这三件事会使怀孕的母马落驹。

旋毛长在颈部，白马长黑色鬃毛，马鞍下和腋下长旋毛，右胁长白毛，两只后蹄是白色的，白马有四只黑蹄，眼睛下长横毛，黄马白嘴，旋毛在嘴后，汗沟向上一直到马尾根部，红眼睛、睫毛杂乱以及倒睫，白马黑睛，眼睛白色而目光游离不定：这些马都不能骑。

马夜眼又名附蝉，尸肝又名悬烽，也叫鸡舌。《抱朴子》的药方说："用地黄、甘草喂马，五十岁的马生了三只马驹。"

16.54 牛　北人牛瘦者，多以蛇灌鼻口，则为独肝[1]。水牛有独肝者杀人，逆贼李希烈食之而死[2]。

相牛法：歧胡有寿[3]。膺庭欲广[4]。毫筋欲横（蹄后筋也）。常有声，有黄也[5]。角冷有病。旋毛在珠泉[6]，无寿。睫乱，触人。衔乌角偏，妨主[7]。毛少骨多，有力。溺射前，良牛也。疏肋，难养。三岁二齿，四岁四齿，五岁六齿。六岁以后，每一年接脊骨一节。

【注释】

①则为独肝：唐孙思邈《备急千金要方·食治鸟兽第五》："独肝牛肉食之杀人。牛食蛇者，独肝。"

②李希烈（？—786）：燕州辽西（今北京顺义西北）人。德宗时为淮

西节度使,建中三年(782)为乱,四年,据汴州,僭称楚帝,年号武
成,贞元二年(786)败逃蔡州,死于亲将之手。

③歧胡有寿:北魏贾思勰《齐民要术》卷六:"牛,歧胡有寿。"缪启愉
《校释》:"胡,指颔下垂皮。垂皮分叉的叫'歧胡'。……歧胡可
以表示食槽宽,颔凹深,咀嚼力强,有利于消化吸收,使牛健壮。"
按,本条自"歧胡有寿"往下,主要本自《齐民要术》卷六。

④膺庭欲广:北魏贾思勰《齐民要术》卷六:"(牛)膺庭欲得广(膺
庭,胸也)。"

⑤黄:牛黄。

⑥旋毛在珠泉:北魏贾思勰《齐民要术》卷六:"旋毛在珠渊,无寿。
(珠渊,当眼下也)。"珠泉,即珠渊,唐人避高祖讳而改。

⑦衔乌角偏,妨主:不详何义。北魏贾思勰《齐民要术》卷六:"上池
有乱毛,妨主(上池,两角中,一曰戴麻也)。"

【译文】

牛　北方养的牛瘦的原因,多数是因为蛇钻进了鼻子或嘴里,这种
牛只有一片肝叶。独肝水牛肉有毒,吃了会死人,逆贼李希烈吃了这种
牛肉就死掉了。

识别牛的优劣的办法:颔下垂皮分叉的牛寿命长。胸骨架要宽阔
才好。毫筋要横着的(就是蹄后筋)。经常叫唤的牛,那是体内有牛黄。
牛角发凉,说明有病。眼睛下面长旋毛的牛,寿命不长。睫毛杂乱的
牛,喜欢用角抵触人。牛的两角中间有乱毛,这对主人不利。尾巴上的
毛少而骨多,这种牛力气大。排尿时尿液向前直射的牛,是好牛。肋骨
稀疏的牛,不好养。牛三岁长两齿,四岁长四齿,五岁长六齿。六岁以
后,每一年长一节脊骨。

16.55 宁公所饭牛①,阴虹属颈②。阴虹,双筋自尾属
颈也。

【注释】

①宁公：即为宁戚，春秋时卫人。以家贫，为人挽车，至齐，喂牛于车下，扣牛角而歌，桓公以其为非常之人，召拜上卿。相传著有《相牛经》。

②阴虹属颈：北魏贾思勰《齐民要术》卷六："阴虹属颈，行千里（阴虹者，有双筋，自尾骨属颈，宁公所饭也）。"

【译文】

宁公喂养的牛，阴虹一直贯到脖颈。阴虹，就是有双筋从尾骨一直贯连到颈部。

16.56 北虏之先索国有泥师都①，二妻，生四子，一子化为鸿。遂委三子，谓曰："尔可从古旃。"古旃，牛也。三子因随牛，牛所粪，悉成肉酪。

【注释】

①索国有泥师都：《周书·突厥传》："或云突厥之先出于索国，在匈奴之北。其部落大人曰阿谤步，兄弟十七人，其一曰伊质泥师都，狼所生也。……泥师都既别感异气，能征召风雨。娶二妻，云是夏神、冬神之女也。一孕而生四男，其一变为白鸿……"

【译文】

突厥的祖先索国有位泥师都，娶了两位妻子，生了四个儿子，其中一个变成了鸿。泥师都就委派另外三个儿子说："你们跟随着古旃。"古旃，就是牛。三个儿子就跟着牛，牛排出的粪便，全都变成了肉和乳酪。

16.57 太原县北有银牛山①。汉建武三十一年②，有人骑白牛，蹊人田③。田父诃诘之，乃曰："吾北海使④，将看天子登封⑤。"遂乘牛上山。田父寻至山上,唯见牛迹,遗粪皆为银也。明年,世祖封禅焉⑥。

【注释】

①太原县:今山西太原。

②建武:东汉光武帝刘秀年号(25—55)。

③蹊(xī):踩踏。

④北海:今贝加尔湖。

⑤登封:登山封禅。

⑥世祖:汉光武帝庙号。

【译文】

太原县北边有座银牛山。东汉建武三十一年,有个人骑着一头白牛从田里走过。田父责问他,他说:"我是北海使者,要去观看天子登泰山封禅。"于是就骑着牛上了山。田父一路追到山上,只看见牛的蹄印,地上的牛粪都变成了银子。第二年,世祖果然封禅泰山。

16.58 鹿　虞部郎中陆绍弟①,为卢氏县尉②。常观猎人猎,忽遇鹿五六头临涧,见人不惊,毛斑如画。陆怪猎人不射,问之。猎者言:"此仙鹿也,射之不能伤,且复不利。"陆不信,强之。猎者不得已,一发矢,鹿带箭而去。及返,射者坠崖,折左足。

【注释】

①陆绍:此人已见本书前集5.9条、15.3条。

②卢氏县:今属河南。

【译文】

　　鹿　虞部郎中陆绍的弟弟,是卢氏县县尉。有一次观看猎人打猎,忽然有五六头鹿来到涧边,见到人也不惊慌逃走,身上的花斑就像画一样漂亮。陆某很奇怪猎人不发箭,就问为什么。猎人说:"这是仙鹿,用箭射,不但不能伤它,而且还不吉利。"陆某不相信,迫使猎人放箭。猎人没办法,一箭射出去,鹿带着箭跑了。返回时,射鹿的猎人坠落山崖,折断了左脚。

　　16.59《南康记》云:"合浦有鹿①,额上戴科藤一枝②,四条直上,各一丈。"

【注释】

　　①合浦:在今广西合浦东北。

　　②科藤:植物名。也作"蒔藤"。

【译文】

　　《南康记》上说:"合浦有一种鹿,额头上顶着一株蒔藤,四根枝条笔直向上,各有一丈长。"

　　16.60 犀之通天者①,必恶影,常饮浊水。当其溺时,人赶不复移足。角之理,形似百物。或云犀角通者,是其病。然其理有倒插、正插、腰鼓插,倒者一半已下通,正者一半已上通,腰鼓者中断不通。故波斯谓牙为"白暗"②,犀为"黑暗"。成式门下医人吴士皋,常职于南海郡③,见舶主说,本国取犀,先于山路多植木如狙杙④,云犀前脚直,常倚木而息,木栏折,则不能起。犀角,一名奴角。有鸲处,必有犀也⑤。犀三毛一孔。刘孝标言⑥："犀堕角埋之，人以假角易之⑦。"

【注释】

①犀之通天者：《后汉书·章帝纪》："（元和元年春正月）日南徼外献生犀、白雉。"李贤注引《异物志》："角中特有光耀，白理如线，自本达末则为通天犀。"

②波斯：这里指马来亚波斯。（美）劳费尔《中国伊朗编·马来亚波斯及其产物》（林筠因译本）："前面我曾指出《酉阳杂俎》（卷一六）里所引用的两个波斯字不可能是伊朗波斯字，而看得出它原是马来语。这书上说波斯人称象牙为'白暗'，称犀牛角为'黑暗'。……（语言学的材料）显示了与马来语的关系。……这些波斯人不是伊朗波斯人，而是马来亚人。"

③南海郡：今广东广州。

④狙杙（jū yì）：《庄子·人间世》："宋有荆氏者，宜楸柏桑，其拱把而上者，求狙猴之杙者斩之。"狙，古书上说的一种猴子。杙，木桩。

⑤有鸩处，必有犀也：宋罗愿《尔雅翼》卷一六："凡鸩饮水处，百虫吸之皆死。或得犀牛蘸角其中，则水无毒，此鸟与犀相伏。今南方山川，有鸩处必有犀，盖天资之以育物。"

⑥刘孝标（462—521）：即为刘峻，字孝标，平原（今属山东）人。齐、梁间骈文家，诗人。梁天监年间，奉命抄撰《类苑》一百二十卷。又为《世说新语》作注，今存。

⑦人以假角易之：晋葛洪《抱朴子·内篇》"登涉十七"："（通天犀）岁一解角于山中石间，人或得之，则须刻木色理形状，令如其角以代之，犀不能觉，后年辄更解角著其处也。"

【译文】

通天犀极不喜欢看见自己的影子，所以常常饮用浑浊不清的水。

当它尿溺时驱赶它,不会再移动脚步。通天犀的角,其纹理有百物之形。有人说犀角纹理贯通是通天犀的病症。犀角的纹理有倒插、正插、腰鼓插,倒插是指犀角的下半截纹理已通,正插是指纹理通了上半截,腰鼓插是指中间一段纹理不通。波斯把象牙叫"白暗",把犀角叫"黑暗"。我门下的医生吴士皋,曾任职于南海郡,听波斯船主说,他们国内捕捉犀牛的方法,是先在山路上到处栽插木桩,就像狙杙,说犀牛的前脚不会弯曲,经常靠着木栏休息,木栏折断,犀牛跌倒就不能站起。犀角,又名奴角。有鸩的地方,必定会有犀。犀牛一个毛孔长三根毛。刘孝标说:"犀牛的角脱落之后,它就把角埋起来,人若要获取,就要刻一只假角去替换。"

16.61 驼　性羞。《木兰篇》①:"明驼千里脚②。"多误作"鸣"字。驼卧,腹不贴地,屈足漏明,则行千里。

【注释】

①《木兰篇》:即《木兰诗》。

②明驼千里脚:今本《乐府诗集》作:"愿驰千里足。"原注:"段成式《酉阳杂俎》云'愿借明驼千里足'。"

【译文】

骆驼　生性害羞。《木兰篇》:"明驼千里脚。""明"字经常被误作"鸣"字。骆驼睡卧时跪曲腿脚,腹部不贴地,漏出光明,可以远行千里。

16.62 天铁熊①　高宗时②,加毗叶国献天铁熊③,擒白象、狮子。

【注释】

①天铁熊：即"舔铁熊"，亦即貘。也有人认为就是大熊猫。《尔雅·释兽》："貘，白豹。"郭璞注："貘似熊，小头，庳脚，黑白驳，能舔食铜铁及竹骨。"

②高宗：即为唐高宗李治。贞观二十三年(649)即位。

③加毗叶国献天铁熊：《册府元龟》卷九七〇："（贞观二十三年）九月，迦（加）毗叶国遣使献天铁熊，其力生擒白象、狮子。"

【译文】

天铁熊　高宗时，加毗叶国进献天铁熊，能擒获白象和狮子。

16.63狼　大如狗，苍色，作声诸窍皆沸。腜中筋大如鸭卵①。有犯盗者，薰之，当令手挛缩。或言狼筋如织络，小囊虫所作也。狼粪烟直上，烽火用之。

或言狼、狈是两物，狈前足绝短，每行常驾两狼，失狼则不能动。故世言事乖者称狼狈。

临济县西有狼冢②，近世曾有人独行于野，遇狼数十头，其人窘急，遂登草积上。有两狼，乃入穴中，负出一老狼。老狼至，以口拔数茎草，群狼遂竞拔之。积将崩，遇猎者救之而免。其人相率掘此冢，得狼百余头，杀之，疑老狼即狈也。

【注释】

①腜：同"髀"。

②临济县：在今山东章丘西北。

【译文】

狼　大小和狗差不多，灰白色，嚎叫时全身的孔窍仿佛都在沸腾。

大腿的筋大如鸭蛋。遇有窃贼,就用狼筋熏,会使窃贼的手痉挛收缩。有人说狼满身是筋,就像编织的网络,这是小囊虫所作。狼粪燃烧时烟气直冲云霄,烽火报警就用它。

有人说狼、狈是两种动物,狈的前脚极短,每次出行时就驾在两只狼身上,没有狼就不能行动。所以世人称事情不顺叫狼狈。

临济县西边有处狼丘,近年曾有人在野外独行,遇见了几十头狼,那人见情势危急,急忙爬上草堆。有两头狼就钻进洞中,驮出一头老狼。老狼到草堆前,用嘴拔出几根草,狼群就仿效着竞相拔草。草堆很快就要崩塌了,幸好来了一位猎人,这人才得救。他带着人挖掘狼丘,捉住一百多头狼杀死,想来那头老狼就是狈了。

16.64 貊泽[①]　大如犬,其膏宣利[②],以手所承及铜铁瓦器中贮,悉透,以骨盛,则不漏。

【注释】

①貊:音 mò。

②宣利:渗透性强。

【译文】

貊泽　大小像狗,它的油脂极能渗透,用手捧或是用铜、铁、瓦器盛装,全都漏完,用骨器盛装就不渗漏。

16.65 猯猊[①]　徼外勃樊州[②],熏陆香所出也[③],如枫脂,猯猊好啖之。大者重十斤,状似獭,其头、身、四肢了无毛,唯从鼻上竟脊至尾有青毛,广一寸,长三四分。猎得者,斫刺不伤,积薪焚之不死,乃大杖击之,骨碎乃死。

【注释】

①猞猁(jié jué)：兽名。

②徼(jiào)：边界。勃樊州：在今东南亚马来半岛。

③熏陆香：又称"乳香"。一种树脂。见2.20条注。

【译文】

猞猁　境外勃樊州出产熏陆香，香的形状如同枫树脂，猞猁喜欢食用。猞猁大的重十斤，样子像獭，头部、身子、四肢一根毛也没有，而从鼻子沿着脊背一直到尾巴有一绺一寸宽的青毛，毛长三四分。捕获猞猁，刀砍枪刺都不能伤害它，堆起柴草烧也烧不死，用大棒击打，骨头被打碎了才死。

16.66 黄腰①　一名虑己。人见之，不祥。俗相传食虎。

【注释】

①黄腰：兽名。也作"黄要"。

【译文】

黄腰　又名虑己。人见到这种动物，不吉利。民间传说黄腰吃老虎。

16.67 香狸①　取其水道连囊②，以酒浇，干之，其气如真麝。

【注释】

①香狸：兽名。也称"灵猫"、"灵狸"。体有香囊，分泌特殊香味，故称。

②水道：尿道。

【译文】

香狸　把它的水道连同香囊一起割下来,用酒浇过然后阴干,那气味就像真的麝香一样。

16.68 耶希　有鹿两头,食毒草①。是其胎矢也②。夷谓鹿为耶,矢为希。

【注释】

①有鹿两头,食毒草:东晋常璩《华阳国志·南中志》:"(云南郡)本云山地,有熊仓山。上有神鹿,一身两头,食毒草。"

②胎矢:宋唐慎微《政和证类本草》卷一六引唐陈藏器《本草拾遗》:"蔡苴机屎,主蛇虺毒,两头麋屎也,出永昌郡,取屎以傅疮。《博物志》云:蔡余义兽,似鹿,两头,其胎中矢,四时取之。"

【译文】

耶希　有种两头鹿,吃毒草。耶希是它的胎屎。夷人把鹿叫作耶,屎说成希。

16.69 虥①　似黄狗,圊有常处②,若行远不及其家,则以草塞其尻③。

【注释】

①虥:兽名。

②圊(qīng):厕所。

③尻(kāo):屁股。

【译文】

虥　像黄狗,有固定排便的地方,如果走得太远一时赶不回那个地方,就用草塞住肛门。

16.70 猳狪①　蜀西南高山上,有物如猴状,长七尺,名猳狪,一曰马化。好窃人妻,多时,形皆类之。尽姓杨,蜀中姓杨者往往玃爪②。

【注释】

①猳狪(jiā wò):兽名。一作"猳国"。

②玃(jué):类似猕猴的一种野兽。

【译文】

猳狪　蜀地西南高山上,有种动物,样子像猴,身长七尺,名叫猳狪,又叫马化。猳狪喜欢偷走人的妻子,一起生活多年以后,这些妇女的样貌都跟猳狪很像。生育的后代都姓杨,蜀地很多姓杨的人双手形如猴爪。

16.71 狒狒①　饮其血,可以见鬼。力负千斤。笑辄上吻掩额,状如猕猴。作人言,如鸟声。能知生死。血可染绯,发可为髲②。旧说反踵③,猎者言无膝,睡常倚物。宋孝建中④,高城郡进雌雄二头⑤。

【注释】

①狒狒(fèi):兽名。属猿类。

②髲(bì):假发。

③反踵:脚跟反向。

④孝建:刘宋孝武帝刘骏年号(454—456)。

⑤高城郡:郡名。具体不详。

【译文】

狒狒　喝了它的血就可以看见鬼。狒狒力气很大,能负重千斤。笑的时候上嘴唇会掀起来遮住额头,样子像猕猴。会像人一样说话,听上去就像鸟叫。能够预知生死。狒狒的血可以用来印染绯袍,毛发可以制作假发。以前说狒狒的脚后跟是反方向的,猎人说它没有膝盖,睡觉时经常倚靠着物体。刘宋孝建年间,高城郡进献了雌雄一对。

16.72 在子者,鳖身人首,炙之以藿,则鸣曰"在子"。

【译文】

在子这种动物,鳖身人头,点燃藿香去烤它,就会发出"在子"的叫声。

16.73 大尾羊　康居出大尾羊[1],尾上旁广,重十斤。

【注释】

[1]康居:西域古国名。其地在今乌兹别克斯坦撒马尔汗。

【译文】

大尾羊　康居国出产大尾羊,尾巴特别肥大,重达十斤。

16.74 又僧玄奘至西域[1],大雪山高岭下有一村养羊,大如驴。罽宾国出野青羊[2],尾如翠色,土人食之。

【注释】

[1]玄奘:唐代高僧。见3.43条注[3]。

②罽(jì)宾国：西域古国名。其地在今克什米尔。

【译文】

玄奘法师到西域，大雪山高岭下，有一个村庄养的羊有驴那么大。罽宾国出产一种野青羊，尾巴颜色青翠，当地人以这种羊为食物。

广动植之二

鳞介篇

【题解】

鳞介，指水族之鱼类、贝壳类。本篇三十三条，所记以鱼类为多，有井鱼、异鱼、鲤、黄鱼、鳀鱼、鳎鱼、鲨鱼、马头鱼、印鱼、石斑鱼、娃娃鱼、鳖鱼、飞鱼、温泉中小鱼、羊头鱼、鳆鱼之属。其次为蟹类，有百足蟹、糖蟹、梭子蟹、拥剑、寄居蟹、彭蜞。此外还有乌贼、玳瑁、江豚、系臂、蛤蜊、牡蛎、玉珧、千人捏，以及传说中的龙。

17.1龙　头上有一物，如博山形①，名尺木。龙无尺木，不能升天。

【注释】

①博山：器物表面雕刻作重叠山形的装饰。见1.25条注。

【译文】

龙　头上有一样东西，像博山形状，名叫尺木。龙没有尺木，就不能升天。

17.2 井鱼①　井鱼脑有穴,每翕水②,辄于脑穴蹙出③,如飞泉,散落海中,舟人竞以空器贮之。海水咸苦,经鱼脑穴出,反淡如泉水焉。成式见梵僧普提胜说。

【注释】

①井鱼:从下文可知,此"井鱼"实为鲸鱼。

②翕:同"噏",吸。

③蹙(cù):迫。

【译文】

井鱼　井鱼的头部有一个孔,每当吸水之后,就从这个孔中把水挤压出来,像飞泉一样散落在海里,船家竞相用器皿把这种水盛起来。海水又咸又苦,经过井鱼脑部孔穴喷出之后,反而淡如泉水。我听梵僧普提胜说过这事。

17.3 异鱼　东海渔人言:近获鱼,长五六尺,肠胃成胡鹿刀矟之状①,或号秦皇鱼。

【注释】

①胡鹿:又写作"胡禄",箭袋。

【译文】

异鱼　东海渔夫说:近来捕获一条鱼,五六尺长,肠胃是箭袋、刀、矛等形状,又称作秦皇鱼。

17.4 鲤　脊中鳞一道,每鳞有小黑点,大小皆三十六鳞。国朝律①:取得鲤鱼,即宜放,仍不得吃。号赤鲜公②,卖者杖六十,言鲤为李也。

【注释】

①国朝:古时人称本朝为国朝。

②赤鲩(huàn)公:唐朝皇帝姓李,故称鲤鱼为"赤鲩公",有敬重
之义。

【译文】

鲤　脊背中线有一道鳞,每片鳞甲上都有小黑点,不论大鱼小鱼都
是三十六片鳞。本朝律令:捕到鲤鱼,应当放回水中,不能吃。鲤鱼被
尊称为赤鲩公,出售鲤鱼者处以杖刑六十,因为鲤字谐音国姓李。

17.5 黄鱼　蜀中每杀黄鱼,天必阴雨。

【译文】

黄鱼　蜀地每次杀黄鱼,天气必然阴雨。

17.6 乌贼　旧说名河伯度事小吏①。遇大鱼,辄放墨,
方数尺,以混其身。江东人或取墨书契②,以脱人财物③,书
迹如淡墨,逾年字消,唯空纸耳。海人言:昔秦皇东游,弃算
袋于海④,化为此鱼。形如算袋,两带极长。一说乌贼有
碇⑤,遇风,则虬前一须下碇⑥。

【注释】

①河伯度事小吏:唐徐坚等《初学记》卷三〇引《南越记》:"乌贼鱼,
一名河伯度事小史。常自浮水上,乌见以为死,便往啄之,乃卷

取乌,故谓之乌贼。"

②契:契约。

③脱:欺骗。

④筭袋:即算袋。见9.1条注。

⑤碇(dìng):泊船时用以固定船身的石墩。如后世的锚。

⑥虯(qiú):弯曲。

【译文】

乌贼　以前说乌贼又名河伯度事小吏。遇到大鱼攻击,就放出方圆几尺的墨水,来隐藏自己。有江东人用乌贼的墨汁书写契约诈骗他人财物,写出的字迹有如淡墨,过一年,字迹消失,只剩下一张白纸。海边的人说:当年秦始皇东游,把算袋抛在海里,就变成了乌贼。乌贼样子很像算袋,两根带子很长。又说乌贼有碇,遇到大风就弯曲一根长须下碇固定自己。

17.7 鰡鱼　凡诸鱼欲产,鰡鱼辄舔其腹,世谓之众鱼之生母。

【译文】

鰡鱼　各类鱼要产卵的时候,鰡鱼就触碰它的腹部,世人说鰡鱼是所有鱼类的接生婆。

17.8 鲯鱼①　章安县出焉②。出入鲯腹:子朝出索食,暮还入母腹。腹中容四子。颊赤如金,甚健,网不能制,俗呼为河伯健儿。

【注释】

①鲢(cuò)鱼:即鲛鱼。鲨鱼。

②章安县:在今浙江临海东南。

【译文】

鲢鱼　章安县出产。小鲢鱼可以进出母腹:早上出来觅食,傍晚回到母腹中。母腹能容下四条小鱼。鲢鱼颊金红色,身形矫健,渔网拿它没办法,民间又称作河伯健儿。

17.9鲛鱼　鲛子惊,则入母腹中。

【译文】

鲛鱼　幼子受到惊吓,就躲进母腹中。

17.10马头鱼　象浦有鱼①,色黑,长五丈余,头如马。伺人入水,食人。

【注释】

①象浦:今越南广南维川。

【译文】

马头鱼　象浦有种鱼,黑色,有五丈多长,头部像马头。等着人下水以后,就把人吃掉。

17.11印鱼①　长一尺三寸,额上四方如印,有字。诸大鱼应死者,先以印封之。

【注释】

①印鱼：也作"鲫鱼"。

【译文】

印鱼　长一尺三寸，额头上有四方的一处像印，上面有字。各种大鱼命该死亡的，印鱼就用印给它留个记号。

17.12 石斑鱼①　　僧行儒言：建州有石斑鱼②，好与蛇交③。南中多隔蜂④，窠大如壶，常群螫人⑤。土人取石斑鱼，就蜂树侧炙之，标于竿上，向日，令鱼影落其窠上。须臾，有鸟大如燕，数百，击其窠，窠碎落如叶，蜂亦全尽。

【注释】

①石斑鱼：又名"高鱼"。明李时珍《本草纲目》卷四四："《临海水土记》云：'长者尺余，其斑如虎文，而性淫，春月与蛇医交牝，其子有毒。'《南方异物志》云：'高鱼似鳟，有雌无雄，二三月与蜥蜴合于水上，其胎毒人。'"

②建州：今福建建瓯。

③好与蛇交：据注①引文，则"蛇"字当作"蛇医（蜥蜴的别名）"。

④隔蜂：又作"格蜂"。一种凶猛好斗的毒蜂。

⑤螫（shì）：被毒虫刺。

【译文】

石斑鱼　行儒和尚说：建州有种石斑鱼，喜欢和蜥蜴交配。南方有很多格蜂，蜂巢大小如壶，经常群起螫人。当地人将石斑鱼在蜂树旁边炙烤后，绑在竹竿上，朝着太阳，让鱼的影子落在蜂巢里。一会儿，就会有几百只大小如燕的鸟儿，啄击蜂巢，蜂巢碎成片状飘落地下，如同落叶一般，格蜂也就被消灭完了。

17.13 鲵鱼①　如鲇②,四足,长尾,能上树。天旱,辄含水上山,以草叶覆其身,张口,鸟来饮水,因吸食之。声如小儿。峡中人食之,先缚于树鞭之,身上白汗出,如构汁③,去此方可食,不尔有毒。

【注释】

①鲵鱼:娃娃鱼。

②鲇(nián):即鲶鱼。

③构汁:构树分泌的汁液。构树,又称"楮树",落叶乔木。

【译文】

　鲵鱼　样子像鲶鱼,有四只脚,长尾巴,能上树。天旱时,就含着水上山,用草叶遮住自己的身子,大张着嘴,鸟儿前来饮水时,就把鸟儿吞食了。叫声像婴儿。三峡里的人食用鲵鱼,先把它捆在树上用鞭子抽打,鲵鱼身上便会渗出白色的汗液,就像构树汁一样,排出了这种白汗才能吃,不然有毒。

17.14 鲎①　雌常负雄而行,渔者必得其双,南人列肆卖之,雄者少肉。旧说过海辄相负于背,高尺余,如帆,乘风游行。今鲎壳上有一物,高七八寸,如石珊瑚,俗呼为鲎帆。成式荆州常得一枚。至今闽、岭重鲎子酱。鲎十二足,壳可为冠,次于白角②。南人取其尾为小如意也。

【注释】

①鲎(hòu):鲎鱼。

②白角:磨光的牛角。这里指白角冠。唐代王建《赠王屋道士赴

诏》："玉皇符诏下天坛，玳瑁头簪白角冠。"

【译文】

　　鲎　雌鱼经常背负雄鱼而行，渔夫捕到鲎鱼，必定是雌雄成双，南方人摆在集市上卖，雄鱼比较瘦。旧时传说鲎鱼过海时雌鱼把雄鱼负在背上，高一尺多，就像一片船帆，乘风畅游。现在的鲎鱼壳上有一样东西，高七八寸，像石珊瑚，民间称作鲎帆。我在荆州时曾经有过一枚。如今闽中、岭南地区很喜欢食用鲎子酱。鲎鱼有十二只脚，壳可以制成冠，仅次于白角冠。南方人用鲎鱼尾制作小如意。

　　17.15 飞鱼　朗山浪水有鱼[①]。鱼长一尺，能飞。飞即凌云空，息即归潭底。

【注释】

①朗山：今河南确山。

【译文】

　　飞鱼　朗山浪水中有一种鱼。鱼有一尺长，能飞翔。飞翔则凌云直上，止息则归栖潭底。

　　17.16 温泉中鱼　南人随溪有三亭城[①]，城下温泉，中生小鱼。

【注释】

①三亭城：唐李吉甫《元和郡县图志》卷三十"溪州"："三亭县，本汉迁陵县，属武陵郡，隋废入大乡县。贞观九年分大乡复置，因县西十五里有三亭古城为名。"按，三亭县，其地在今湖南保靖。

【译文】

温泉中鱼　南方随溪有个叫三亭城的地方,城边有一处温泉,温泉里生活着一种小鱼。

17.17 羊头鱼　故陵溪中有鱼①,其头似羊,俗呼为羊头鱼。丰肉少骨,殊美于余鱼。

【注释】

①故陵:在今重庆奉节。

【译文】

羊头鱼　故陵溪中有一种鱼,鱼的头长得像羊头,民间叫作羊头鱼。这种鱼肉多骨头少,比普通的鱼要鲜美得多。

17.18 鲤鱼①　济南郡东北有鲤坑。传言魏景明中②,有人穿井得鱼,大如镜。其夜,河水溢入此坑,坑中居人,皆为鲤鱼焉。

【注释】

①鲤:音 zhòng。

②景明:北魏宣武帝元恪年号(500—503)。

【译文】

鲤鱼　济南郡东北有处鲤坑。相传北魏景明年间,有人掘井得到一条鱼,有镜子那么大。当天夜里,河水泛溢到这个坑里,坑里的人都变成了鲤鱼。

17.19 玭珬　虫不再交者,虎、鸳与玭珬也。

【译文】

玭珬　动物不再进行第二次交配的,有老虎、鸳鸯和玭珬。

17.20 螺蚌^①　鹦鹉螺如鹦鹉,见之者,凶。蚌,当雷声则瘛^②。

【注释】

①螺:软体动物,体外包着锥形、纺锤形或椭圆形的硬壳。蚌(bàng):生活在淡水中的一种软体动物,介壳长圆形,壳内有珍珠层。

②瘛(zhòu):收缩。

【译文】

螺蚌　鹦鹉螺形状像鹦鹉,见到这种螺,不吉利。蚌在打雷时会收缩。

17.21 蟹^①　八月,腹中有芒^②。芒,真稻芒也。长寸许,向东输于海神。未输,不可食。

【注释】

①按,本条所载,又见于宋唐慎微《政和证类本草》卷二一引《图经本草》:"俗传蟹八月一日取稻芒两枚,长一二寸许,东行输送其长,故今南方捕得蟹差早,则有衔稻芒者。此后方可食之,以前时长未成就,其毒尤猛也。"

②芒:某些禾本科植物种子壳上细而长的刺。

【译文】

蟹　八月,蟹的腹中有芒。芒,是真正的稻芒。长一寸多,蟹往东把稻芒献给海神。没有献出之前,蟹有毒不能吃。

17.22 善苑国出百足蟹,长九尺,四螯,煎为胶,谓之螯胶,胜凤喙胶也①。

【注释】

①凤喙胶:唐欧阳询《艺文类聚》卷九〇引《十洲记》:"凤麟洲在西海之中,四面有弱水绕之,鸿毛不可越也。其上多凤麟,数万各为群,上仙之家以凤喙麟角合煎作胶,名为集弦胶,亦名连金泥,能属连刀剑弓弩弦。"

【译文】

善苑国有一种百足蟹,有九尺长,四只螯,用它煎成胶,名叫螯胶,胜过凤喙胶。

17.23 平原郡贡糖蟹①,采于河间界②。每年生贡。斫冰火照,悬老犬肉,蟹觉老犬肉即浮,因取之。一枚直百金。以毡密束于驿马,驰至于京。

【注释】

①平原郡:治所在今山东陵县。
②河间:今属河北。

【译文】

平原郡进贡的糖蟹,是从河间地界捕捉的。每年活蟹进贡。捕捉时凿开坚冰,打着火把,在水面上悬着一块老狗肉,蟹觉察到老狗肉就浮到水面,这样就捉住了。一只糖蟹价值百金。用毛毡密封捆扎好,驿马驮着飞驰送到京城。

17.24 蝤蛑[①]　大者长尺余,两螯至强,八月,能与虎斗,虎不如。随大潮退壳,一退一长。

【注释】

①蝤蛑(yóu móu):梭子蟹。蟹长而大,生活在海边泥沙中,性情凶猛,主食鱼虾贝类。

【译文】

蝤蛑　大的有一尺多长,两只螯特别有力,八月的时候,能和老虎搏斗,老虎也打不过它。蝤蛑随着海潮的涨落退壳,退一次壳就长大一些。

17.25 奔䲙[①]　奔䲙一名澩[②],非鱼非蛟,大如船,长二三丈,色如鲇,有两乳在腹下,雄雌阴阳类人。取其子著岸上,声如婴儿啼。顶上有孔通头,气出唿唿作声,必大风,行者以为候。相传懒妇所化,杀一头,得膏三四斛,取之烧灯,照读书、纺绩辄暗,照欢乐之处则明[③]。

【注释】

①奔䲙(fū):江豚。

②澩:音jì。

③"相传懒妇所化"六句:南朝任昉《述异记》卷上:"淮南有懒妇鱼。俗云昔杨氏家妇,为姑所溺而死,化为鱼焉。其脂膏可燃灯烛,以之照鸣琴博弈,则烂然有光,及照纺绩,则不复明焉矣。"斛,古

代量器,一斛为十斗。

【译文】

奔䲚　奔䲚又名䲞,既不是鱼类,也不是蛟类,体大如船,有两三丈长,颜色像鲶鱼,腹部下面有两个乳头,雄雌阴阳的分别和人差不多。把幼子放在岸上,叫声就像婴儿啼哭。奔䲚的顶上有个孔通到头部,孔中出气哧哧作声,就必然会刮大风,过往行人把这当作天气的征候。相传这种鱼是懒妇变化而成,杀一头可以得到三四斛油脂,用这种油脂点灯,照着刻苦读书、辛勤纺织的场景光线就昏暗,照着欢乐歌舞的场景光线就明亮。

17.26 系臂　如龟。入海捕之,人必先祭,又陈所取之数,则自出,因取之。若不信,则风波覆船。

【译文】

系臂　像龟。下海捕捞之前,必须先致祭,并且说清楚准备捕捞的数量,它就自己出来,趁机捕捞就是。如果不守信用多捕捞,就会被大风大浪掀翻船。

17.27 蛤梨[①]　候风雨,能以壳为翅飞。

【注释】

①蛤(gé)梨:即蛤蜊。一种有壳的软体动物。栖息在浅海沙中。

【译文】

蛤梨　风雨来临的时候,能用壳当作翅膀飞行。

17.28 拥剑[①]　一螯极小,以大者斗,小者食。

【注释】

①拥剑:蟹名。

【译文】

拥剑　两只螯有一只特别小,大的那只螯用来争斗,小的那只用来进食。

17.29 寄居[①]　壳似蜗,一头小蟹,一头螺蛤也。寄在壳间,常候螺开出食。螺欲合,遽入壳中。

【注释】

①寄居:即寄居蟹。

【译文】

寄居蟹　壳似蜗牛壳,一头是小蟹,一头是螺蛤。寄居蟹寄居在螺壳里,等候螺壳打开时出来觅食。螺壳要闭合时,就急忙进入螺壳中。

17.30 牡蛎[①]　言"牡",非谓雄也。介虫中[②],唯牡蛎是咸水结成也。

【注释】

①牡蛎:双壳类软体动物,产于浅海泥沙中。

②介虫:甲壳类动物。

【译文】

牡蛎　这个"牡"字,不是雄性的意思。甲壳类动物中,只有牡蛎是由咸水化生而成的。

17.31 玉蚝^①　似蚌,长二寸,广五寸。壳中柱,炙之,如牛头脄项^②。

【注释】

①玉蚝(yáo):又作"玉珧"。软体动物,肉柱称江珧柱,干制后又称干贝。是珍贵的海味。

②牛头脄项:牛脄,即牛百叶。

【译文】

玉蚝　像蚌,有二寸长,五寸宽。甲壳里的肉柱,烤着吃就像牛百叶。

17.32 数丸^①　形似彭蜞^②,竞取土各作丸,丸数满三百而潮至。一曰沙丸。

【注释】

①数丸:即彭蚏,一种小蟹。

②彭蜞:蟹的一种,体小,螯足无毛,红色,穴居水边。

【译文】

数丸　样子像彭蜞,竞相取土各自做泥丸,做满三百个潮水就来了。又称作沙丸。

17.33 千人捏^①　形似蟹,大如钱,壳甚固,壮夫极力捏之不死。俗言千人捏不死,因名焉。

【注释】

①千人捏:又称"千人擘"。介类,甲壳坚硬紧闭,用力捏之而不开。

【译文】

千人捏　样子像蟹,有铜钱那么大,甲壳十分坚固,壮汉用尽全力捏也捏不碎。民间的说法是千人也捏不死,故而称为千人捏。

虫篇

【题解】

本篇三十七条,记载昆虫及蛇类三十多种。本篇所记,大多近于真实,且有段成式亲身观察所见,如 17.36 条关于蚂蚁的"兼弱之智"以及用声音召唤同类的记载。

17.34 蝉　未蜕时名复育,相传言蜣螂所化①。秀才韦翾②,庄在杜曲③,常冬中掘树根,见复育附于朽处,怪之。村人言蝉固朽木所化也。翾因剖一视之,腹中犹实烂木。

【注释】

①蜣螂(jié qiāng):即蜣螂,俗称屎壳郎。

②翾:音 xuān。

③杜曲:地名。在今陕西西安东南,唐代为大姓杜氏聚居之处。元骆天骧《类编长安志》卷九:"杜曲:有南杜、北杜。唐史称杜正伦与城南诸杜素远,求通谱不许,衔之。世传所居之域杜固有壮气,故世衣冠。杜正伦执政,建言凿杜固,既凿,川流如血,阅十日止,自是南杜稍不显,盖杜固谓之南杜。今所凿崖堑尚存,俗呼凤凰嘴。北杜今为杜曲。"

【译文】

蝉　未蜕壳时名为复育,相传是蜣螂化育而成的。秀才韦翾的庄园在杜曲,有一次他在冬天挖掘树根,看见复育附着在树根枯朽之处,很奇怪。村人说蝉本来就是朽木变化而成的。韦翾于是剖开一只蝉细看,蝉腹里果然填满了朽木。

17.35 蝶　白蛱蝶,尺蠖茧所化也①。秀才顾非熊少时,常见郁栖中坏绿裙幅②,旋化为蝶。工部员外郎张周封言:"百合花合之,泥其隙,经宿化为大胡蝶。"

【注释】

①尺蠖(huò):尺蠖蛾的幼虫,种类很多,是果树和森林的主要害虫。

②郁栖:粪土。

【译文】

蝶　白蛱蝶,是尺蠖虫的茧化育而成的。秀才顾非熊年轻时,曾看见粪土中有一片破绿裙幅,转眼间就变成了蝴蝶。工部员外郎张周封说:"百合花的花瓣闭合起来,用泥涂抹花瓣间的缝隙,过一夜,就变成大蝴蝶。"

17.36 蚁　秦中多巨黑蚁①,好斗,俗呼为马蚁。次有色窃赤者②。细蚁中有黑者迟钝,力举等身铁。有窃黄者,最有兼弱之智③。成式儿戏时,常以棘刺标蝇,实其来路④,此蚁触之而返,或去穴一尺或数寸,才入穴中者如索而出,疑有声而相召也。其行每六七,有大首者间之,整若队伍。至徙蝇时,大首者或翼或殿⑤,如备异蚁状也。

元和中⑥,成式假居在长兴里⑦。庭中有一穴蚁,形状如窃赤之蚁之大者,而色正黑,腰节微赤,首锐足高,走最轻迅。每生致蟆及小虫入穴,辄坏垤窒穴⑧,盖防其逸也。自后徙居数处,更不复见此。

【注释】

①秦中:关中。

②窃:浅。

③兼弱之智:唐欧阳询《艺文类聚》卷九七引《抱朴子》:"鸡有搏栖之雄,雉有擅泽之骄,蚁有兼弱之智,蜂有攻寡之计。人相投御亦是耳。"

④寘:安置。

⑤翼:两翼护卫。殿:殿后。

⑥元和:唐宪宗李纯年号(806—820)。

⑦假居:借住。长兴里:长兴坊。唐代长安城坊。

⑧垤(dié):蚂蚁做窝时堆在洞口的土。

【译文】

蚁　关中地区多出巨型黑蚁,好斗,民间叫作蚂蚁。稍小一点有颜色浅红的。小蚁中有种黑色的,行动迟缓而力气大,可以举起和身体相当的重量。有一种浅黄色的蚁,最具有整合弱小力量的智慧。我小时候玩耍,曾用棘刺穿上苍蝇,放在蚂蚁的必经之路上,浅黄蚁碰到苍蝇就返回蚁穴,距离蚁穴一尺或是几寸远时,刚进入穴中的蚂蚁就像绳子一样一溜爬出来,我怀疑它们是通过发声相互召唤的。蚁行每六七只,就会有一只大头的间隔其中,像队伍一样整齐。到搬运苍蝇时,大头的或是两侧护卫,或是殿后,像是防备其他蚁群一样。

元和年间,我借住在长兴坊。庭院里有一窝蚂蚁,样子像稍大点的浅红色蚂蚁,而颜色纯黑,腰节略红,尖头长脚,行走时最是轻捷。每次活捉到蝬或其他小虫拖进洞穴,就毁坏洞沿的土堵住洞口,大概是防止猎物逃跑吧。那以后我搬过几次家,再也没看见过这种蚂蚁。

17.37 山人程宗义云①:程执恭在易、定②,野中蚁楼,高三尺余。

【注释】

①山人:隐居不仕者。

②程执恭(？—819):定州安喜(今河北定州东南)人。元和元年(806)拜横海军节度使,历官检校兵部尚书、尚书左仆射、邠宁节度使,封邢国公。易:易州,今河北易县。定:定州,今属河北。

【译文】

山人程宗义说:程执恭在易州、定州任职时,曾见到野外有蚂蚁修筑的土楼,高三尺多。

17.38 蜘蛛 道士许象之言:以盆覆寒食饭于暗室地上①,入夏,悉化为蜘蛛。

【注释】

①寒食:寒食节。

【译文】

蜘蛛 道士许象之说:倒扣一盆寒食饭在暗室地上,到了夏天,全都会变成蜘蛛。

17.39 吴公① 绥安县多吴公②,大者能以气吸兔,小者

吸蜥蜴,相去三四尺,骨肉自消。

【注释】

①吴公:即蜈蚣。

②绥安县:在今四川营山东。

【译文】

吴公　绥安县多出吴公,大的能用气吸兔子,小的也能吸蜥蜴,距离三四尺远,一吸,兔子或蜥蜴的骨肉全都消尽。

17.40 蠮螉①　成式书斋多此虫,盖好窠于书卷也。或在笔管中,祝声可听②。有时开卷视之,悉是小蜘蛛,大如蝇虎③,旋以泥隔之,时方知不独负桑虫也④。

【注释】

①蠮螉(yē wēng):即蜾蠃,又称"细腰蜂"。

②祝声:汉扬雄《法言·学行》:"螟蛉之子,殪而逢蜾蠃,祝之曰:'类我,类我。'久则肖之矣。"

③蝇虎:蜘蛛名。不结网,常在壁角捕食蝇等小虫。

④桑虫:螟蛉。

【译文】

蠮螉　我的书斋里有很多这种虫子,大概是喜欢在书卷里做窝吧。有时又在笔管里,"像我,像我"的祝祷声清晰可闻。有时我打开书卷看,全是小蜘蛛,有蝇虎大小,就立即用泥封住,我这才知道蠮螉不只是背负桑虫的幼子。

17.41 颠当①　成式书斋前,每雨后多颠当窠(秦人所呼）。深如蚓穴,网丝其中,土盖与地平,大如榆荚。常仰捍其盖,伺蝇蟆过,辄翻盖捕之,才入复闭,与地一色,并无丝隙可寻也。其形似蜘蛛（如墙角乱绚中者）②。《尔雅》谓之"王蛈蝪"③,《鬼谷子》谓之"蛈母"④。秦中儿童戏曰:"颠当颠当牢守门,蠮螉寇汝无处奔。"

【注释】

①颠当:又作"蝔蛸",土蜘蛛。

②绚（wō）:旋转盘结的发髻。

③王蛈蝪（tiě tāng）:土蜘蛛。《尔雅·释虫》:"王,蛈蝪。"郭璞注:"即蝔蛸……今河北人呼蛈蝪。"

④《鬼谷子》:为战国时鬼谷子所著。鬼谷子为纵横家之祖,据说是苏秦和张仪的老师。

【译文】

颠当　我的书斋前,每次下雨之后有很多颠当窠（关中人这么叫）。颠当窠像蚯蚓穴那么深,其中密布网丝,土大约和地齐平,大小像榆荚。颠当经常在洞中仰面顶着穴盖,等着有苍蝇、尺蠖等经过,就一下翻转穴盖捕捉住,刚捉进洞,就又关闭上了,和地面同一颜色,找不到一丝缝隙。它的样子像蜘蛛（就如墙角乱丝网中的那种）。《尔雅》称作"王蛈蝪",《鬼谷子》称作"蛈母"。关中的儿童有童谣这么唱:"颠当颠当牢守门,蠮螉犯你无处奔。"

17.42　蝇　长安秋多蝇,成式蠹书①,常日读百家五卷②,颇为所扰,触睫隐字,驱不能已。偶拂杀一焉,细视之,翼甚似蜩③,冠甚似蜂。性察于腐,嗜于酒肉。按理首翼,其类有苍者声雄壮,负金者声清聒④,其声在翼也。青者能败物,巨者首如火,或曰大麻蝇,茅根所化也⑤。

【注释】

①蠹(dù)书:这里是嗜书苦读的意思。蠹,蛀书虫。

②百家:指先秦诸子。

③蜩(tiáo):蝉。

④聒(guō):声音吵闹。

⑤茅根:白茅根。多年生草本植物。

【译文】

　　蝇　长安城里一到秋天有很多苍蝇,我嗜书苦读,经常一天能读子书五卷,颇为苍蝇所困扰,在眼前飞来飞去,看不清字,赶也不赶不完。偶然拍击杀死一只,细看,翅膀像蝉,头冠似蜂。苍蝇生性对腐烂的气味敏感,特别喜好叮食酒肉。细察它的头部和翅膀,颜色灰白的那类声音雄壮,有金色的那类声音清脆响亮,其发音器官在翅膀上。青黑色的苍蝇能败坏食物,大苍蝇头部红得像火,有人说这叫大麻蝇,是白茅根变化而成的。

　　17.43 壁鱼①　补阙张周封言②:尝见壁上白瓜子化为白鱼,因知《列子》言"朽瓜为鱼"之义③。

【注释】

①壁鱼:即蠹鱼。书虫。

②补阙:职官名。唐代门下省、中书省属官。

③《列子》:旧题战国列御寇撰,《汉书·艺文志》著录《列子》八篇,列入道家。今本《列子》则可能是魏晋时人托名伪作,唐代尊崇道教,以《列子》为《冲虚真经》,为道家经典之一。

【译文】

壁鱼　补阙张周封说：曾见墙壁上白瓜子变成白色蠹鱼，由此知晓了《列子》说"朽瓜为鱼"的意思。

17.44 蛞蝓　草中有蛞蝓树。

【译文】

蛞蝓　草里有蛞蝓树。

17.45 天牛虫①　黑甲虫也。长安夏中，此虫或出于篱壁间，必雨。成式七度验之，皆应。

【注释】

①天牛：昆虫名。以锐利口器蛀蚀各种树木，是森林、作物的害虫。

【译文】

天牛虫　是一种黑色的甲虫。长安城里每到夏季，这种虫有时出现在篱壁里面，天就一定会下雨。我做过七次验证，每一次都应验了。

17.46 异虫　温会在江州①，与宾客看打鱼。渔子一人忽上岸狂走，温问之，但反手指背，不能语。渔者色黑，细视之，有物如黄叶，大尺余，眼遍其上，喽不可取。温令烧之，方落。每对一眼，底有觜如钉，渔子出血数升而死，莫有识者。

【注释】

①温会:中唐时人,曾为剑南西川节度判官。江州:西晋元康元年
　(291)分荆、扬二州之地置江州,因江水名之。治所初在豫章(今
　江西南昌),后移浔阳。宋以后皆以浔阳为江州。

【译文】

　　异虫　温会在江州和朋友一起观看打鱼。有一个渔夫突然上岸狂
奔,温会问他怎么了,那人只是反手指着背部,不能开口说话。渔夫皮
肤较黑,细看之下,发现有个东西像黄树叶,一尺多大,上面布满眼孔,
紧紧地吸附在渔夫的背部,弄不下来。温会让人用火来烧,才掉落在地
上。每对着一个小孔,底下都有嘴像根钉子,渔夫流了几升血,死了,没
有人能认出这是什么怪虫。

　　17.47冷蛇　申王有肉疾①,腹垂至骭②,每出,则以白
练束之。至暑月,常鼾息不可过。玄宗诏南方取冷蛇二条
赐之。蛇长数尺,色白,不螫人,执之冷如握冰。申王腹有
数约③,夏月置于约中,不复觉烦暑。

【注释】

①申王:即为李扐(? —724),本名成义。唐睿宗第二子。垂拱三
　年(687)封恒王,后进封申王。

②骭(gàn):小腿。

③约:腰带。这里是指腹部过于肥胖而形成的肉沟状。

【译文】

　　冷蛇　申王有肥胖病,肚腹下垂到了小腿,每次出行,都用白绢束
住腹部。一到炎天暑热,就憋闷得喘不过气来。玄宗诏命南方进献两
条冷蛇,赐给申王。这种蛇有几尺长,白色,不咬人,握在手里就像冰

块。申王肚腹有几条深深的肉沟,夏天时把冷蛇放在肉沟里,就不再觉得烦闷暑热。

17.48 异蜂　有蜂如蜡蜂①,稍大,飞劲疾,好圆裁树叶,卷入木窍及壁罅中作窠。成式常发壁寻之,每叶卷中,实以不洁,或云将化为蜜也。

【注释】

①蜡蜂:蜜蜂。

【译文】

异蜂　有种蜂像蜡蜂,体型稍大些,飞行劲健而迅疾,喜欢把树叶裁成圆形,卷起来塞进木孔及墙缝作窝。我曾在墙壁掘洞寻找,发现每片叶子中间都卷着不洁净的东西,有人说这将会变成蜂蜜。

17.49 白蜂窠　成式修行里私第①,果园数亩。壬戌年②,有蜂如麻子蜂,胶土为窠于庭前檐,大如鸡卵,色正白可爱,家弟恶而坏之。其冬,果蚌钟手足③。《南史》言宋明帝恶言白门④,《金楼子》言⑤:"予婚日,疾风雪下,帏幕变白,以为不祥。"抑知俗忌白久矣。

【注释】

①修行里:修行坊。唐代长安城坊。

②壬戌年:唐武宗会昌二年(842)。大和九年(835)三月,其父段文昌卒于剑南西川节度使任上,段成式携家自成都返回长安,居于修行里旧第。

③衅(xìn)钟:本为古代祭神时用牲血涂钟的仪式。这里疑指被杀。但具体不详何事。

④《南史》言宋明帝恶言白门:《南史·宋本纪下》:"宣阳门谓之白门,上以白门不祥,讳之。尚书右丞江谧误犯,上变色曰:'白汝家门!'"宋明帝,即为南朝宋明帝刘彧,465至472年在位。

⑤《金楼子》:梁元帝萧绎撰。子书类杂著。《金楼子·志怪篇》:"余丙申岁婚。初婚之日,风景韶和,末乃觉异。妻至门而疾风大起,折木发屋。无何而飞雪乱下,帷幔皆白,翻洒屋内,莫不缟素。乃至垂覆阑瓦,有时飞坠。此亦怪事也。"

【译文】

白蜂巢　在我修行里的私第,有几亩果园。壬戌年,有一种蜂,像麻子蜂,在庭前屋檐粘土做巢,有鸡蛋大小,颜色纯白耐看,家弟厌恶白色,就捣毁了蜂巢。那年冬天,他果然遭遇不祥。《南史》记载宋明帝厌恶说白门,梁元帝《金楼子》也说:"我结婚那天,狂风大作,飞雪乱舞,帷幕全都变白了,都认为这是不祥之兆。"可知民俗忌白色由来已久。

17.50毒蜂　岭南有毒菌,夜明,经雨而腐,化为巨蜂,黑色,喙若锯,长三分余。夜入人耳鼻中,断人心系。

【译文】

毒蜂　岭南有一种毒菌,晚上发光,雨后腐烂,变成黑色巨蜂,嘴像锯齿,长三分多。夜晚钻进人的耳道鼻孔里,咬断人的心脉。

17.51竹蜜蜂①　蜀中有竹蜜蜂,好于野竹上结窠。窠大如鸡子,有蒂,长尺许。窠与蜜并绀色可爱②,甘倍于常蜜。

【注释】

①竹蜜蜂：又称"留师"。宋唐慎微《政和证类本草》卷二二引唐陈藏器《本草拾遗》："（留师蜜）蜂如小指大，正黑色，啮竹为窠。蜜如稠糖，酸甜好食。《方言》云：'竹蜂，留师也。'"

②绀（gàn）：青中透红的颜色。

【译文】

竹蜜蜂　蜀地有种竹蜜蜂，喜欢在野竹上结巢。巢如鸡蛋大小，有长约一尺的蒂。巢和蜂蜜的颜色都青里透红，很是好看，蜂蜜比普通蜜要甜一倍。

17.52 水蛆　南中水溪涧中多此虫，长寸余，色黑。夏深，变为虻①，螫人甚毒。

【注释】

①虻（méng）：同"蝱"。唐元稹《虻三首》序："巴山谷间，春秋常雨，自五六月至八九月，雨则多虻，道路群飞，噬马牛血及蹄角，旦暮尤极繁多，人常用日中时趣程。逮雪霜而后尽。其啮人，痛剧浮蟆，而不能毒留肌，故无疗术。"

【译文】

水蛆　南方水溪涧谷中多这类虫，一寸多长，黑色。盛夏季节，就变成虻，螫人毒性很大。

17.53 水虫　象浦，其川渚有水虫，攒木食船，数十日船坏。虫甚微细。

【译文】

水虫　象浦的河流沙洲上有种水虫,能钻木头啃食船板,几十天的工夫船就被啃坏了。这种虫子很小。

17.54 抱枪①　水虫也。形如蛣蜣,稍大。腹下有刺似枪,如棘针,螫人有毒。

【注释】

①抱枪:又名"射工"、"射影"、"短狐"、"水弩"、"溪鬼虫"等。晋葛洪《抱朴子·内篇》"登涉十七":"又有短狐,一名蜮,一名射工,一名射影,其实水虫也,状如鸣蜩,状似三合杯,有翼能飞,无目而利耳,口中有横物角弩,如闻人声,缘口中物如用弩,以气为矢,则因水而射人,中人身者即发疮,中影者亦病,而不即发疮,不晓治之者煞人。其病似大伤寒,不十日皆死。"

【译文】

抱枪　是一种水虫。样子像蜣螂,稍大些。腹部下面有尖刺像枪,如同荆棘刺一样,螫人有毒。

17.55 负子①　水虫也,有子多负之。

【注释】

①负子:即负子蝽。又称"田鳖",一种水生昆虫。因多数雄虫有将卵负在背上的习性,故名。

【译文】

负子　是一种水虫,经常把幼虫负在背上。

17.56 避役①   南中有虫名避役,一曰十二辰虫。状似蛇医②,脚长,色青赤,肉鬣③。暑月时,见于篱壁间。俗云,见者多称意事。其首倏忽更变,为十二辰状。成式再从兄郛常观之④。

【注释】

①避役:虫名。《太平御览》卷九五〇引《岭南异物志》:"南方有虫,大如守宫,足长,身青,肉鬣赤色。其首随十二时变,子时鼠,丑时牛,亥时猪。性不伤人,名曰避役,见者有喜庆。"

②蛇医:蜥蜴。

③肉鬣(liè):背上如马鬣般的肉质突起物。

④再从兄:同一曾祖的兄长。

【译文】

避役   南方有一种虫名叫避役,又名十二辰虫。样子像蜥蜴,脚长,青红色,背上有肉鬣。夏天经常出现在篱壁之间。据民间说,见到这种虫多有称心如意的事。它的头部会依十二时辰快速变化成十二种动物的形状。我的再从兄郛曾经看到过。

17.57 食胶虫   夏月,食松胶①,前脚傅之②,后脚聂之③,内之尻中④。

【注释】

①松胶:松树分泌的脂油。

②傅:粘附。

③聂:"摄"的古字,持。

④内:"纳"的古字。

【译文】

　　食胶虫　夏季,这种虫吃松树油脂,用前脚去粘住油脂,后脚接住,放进肛门。

　　17.58 蝾螈①　形如蝉,其子如虾,著草叶。得其子,则母飞来就之。煎食,辛而美。

【注释】

　　①蝾螈(tūn yú):东晋干宝《搜神记》卷一三:"南方有虫,名蝾螈,一名蚫蠋,又名青蚨。形似蝉而稍大。味辛美,可食。生子必依草叶,大如蚕子。取其子,母即飞来。虽潜取其子,母必知处。以母血涂钱八十一文,以子血涂钱八十一文,每市物,或先用母钱,或先用子钱,皆复飞归,轮转无已。故《淮南子术》以之还钱,名曰'青蚨'。"

【译文】

　　蝾螈　样子像蝉,幼子像虾,附着在草叶上。捉到幼子,母虫就会飞来找寻。煎炸食用,辛辣而味美。

　　17.59 灶马①　状如促织②,稍大,脚长,好穴于灶侧。俗言灶有马,足食之兆。

【注释】

　　①灶马:灶鸡。一种昆虫,多集于灶旁。后肢强大,擅长跳跃。
　　②促织:蟋蟀。

【译文】

　　灶马　样子像促织,稍大些,脚长,喜欢在灶边做窝。民间说厨房有灶马,意味着食物丰足。

17.60 谢豹　虢州有虫名谢豹①,常在深土中。司马裴沆子常治坑获之②。小类虾蟆,而圆如毬,见人,以前两脚交覆首,如羞状。能穴地如鼢鼠③,顷刻深数尺。或出地,听谢豹鸟声④,则脑裂而死,俗因名之。

【注释】

①虢州:今河南灵宝。

②司马:州郡属官。

③鼢(fén)鼠:鼹鼠。

④谢豹鸟:杜鹃。陆游《老学庵笔记》卷三:“吴人谓杜宇为谢豹。杜宇初啼时,渔人得虾曰‘谢豹虾’,市中卖笋曰‘谢豹笋’。唐顾况《送张卫尉诗》曰:‘绿树村中谢豹啼。’”

【译文】

谢豹　虢州有种虫名叫谢豹,经常藏在深土里。裴沆司马的儿子曾经掘坑捉到一只。略同虾蟆,而圆形如毬,见到人就以两只前脚交叉遮住脑袋,好像害羞的样子。它能像鼢鼠一样在地上打洞,一会儿就可掘到几尺深。有时出到地面听见谢豹鸟的叫声,就会头部开裂而死,民间因此把这种虫子也称作谢豹。

17.61 碎车虫　状如唧聊①,苍色,好栖高树上,其声如人吟啸。终南有之。

一本云,沧州俗呼为搔前②,太原有大而黑者,声唧聊。碎车,别俗呼为没盐虫也。

【注释】

①唧聊：疑即今之知了，蝉。

②沧州：今属河北。

【译文】

碎车虫　样子像知了，灰白色，喜欢栖息在高树上，叫声如同人的吟啸。终南山有这种虫。

有的书上说，沧州民间把这种虫叫作搔前，太原有一种又大又黑的虫，叫声也是知了。碎车虫，有的地方又称作没盐虫。

17.62度古①　似书带，色类蚓，长二尺余，首如铲，背上有黑黄襕②，稍触则断。尝趁蚓③，蚓不复动，乃上蚓掩之，良久蚓化。惟腹泥如涎，有毒，鸡吃辄死。俗呼土蛊④。

【注释】

①度古：土蛊。又名"笋蛭"、"天蛇"，一种低等陆生软体动物。

②襕（lán）：上下相连的服装。

③趁：追逐。

④蛊：毒虫。

【译文】

度古　样子像捆书的带子，颜色像蚯蚓，有两尺多长，头部扁平像铲子，背上有绵延的黑黄色花纹，稍稍触碰就断了。有时会追逐蚯蚓，等蚯蚓不动了，就爬上蚯蚓的身子掩住它，过一阵子蚯蚓就化了。只在腹部剩下涎液般的泥土，有毒，鸡啄食了就会死。民间把这种虫称作土蛊。

17.63雷蜞①　大如蚓，以物触之，乃蹙缩，圆转若鞠②。

良久，引首，鞠形渐小，复如蚓焉。或云，啮人毒甚。

【注释】

①雷蜞：水蛭，又名"蚂蟥"。

②鞠：古代的一种皮毬。

【译文】

雷蜞　大小如同蚯蚓，用东西触碰它，就缩成一团，像个圆毬。过一阵子，伸出脑袋，毬形慢慢变小，又恢复成如同蚯蚓的样子。有人说，这种虫子咬人毒性很大。

17.64　矛①　蛇头鳖身，入水，缘树木，生岭南，南人谓之矛。膏至利，铜瓦器贮浸出，惟鸡卵壳盛之不漏，主肿毒。

【注释】

①矛：应作"予"。宋唐慎微《政和证类本草》卷二一："《广州记》云：'予，蛇头鳖身，亦水宿，亦树栖，俗谓之予。膏主蛭刺，以铜及瓦器盛之浸出，唯鸡卵盛之不漏。摩理毒肿，大验，其透物甚于醍醐也。'"

【译文】

予　蛇头鳖身，可以下水，也能爬树，生在岭南，南方人称作予。它的脂油渗透性极强，用铜器、瓦器盛装都会渗出，只有鸡蛋壳盛着不漏，主治肿毒。

17.65　蓝蛇　首有大毒，尾能解毒，出梧州陈家洞①。南人以首合毒药，谓之蓝药，药人立死。取尾为腊②，反解毒药。

【注释】

①梧州：今属广西。

②腊（xī）：干肉。

【译文】

蓝蛇　头部有剧毒，尾巴能解毒，这种蛇出自梧州陈家洞。南方人用其蛇头配制毒药，称为蓝药，毒人立刻就死。拿蛇尾巴晾干，又可以解这种蛇毒。

17.66 蚦蛇①　长十丈，常吞鹿，鹿消尽，乃绕树出骨。养创时，肪腴甚美。或以妇人衣投之，则蟠而不起。其胆上旬近头，中旬在心，下旬在尾。

【注释】

①蚦（rán）蛇：蟒蛇。北魏郦道元《水经注》卷三七："（交趾、九真）山多大蛇，名曰髯蛇，长十丈，围七八尺，常在树上伺鹿兽，鹿兽过，便低头绕之，有顷鹿死，先濡令湿讫，便吞，头角骨皆钻皮出。……其养创之时，肪腴甚肥，搏之，以妇人衣投之，则蟠而不起，走便可得也。"

【译文】

蚦蛇　长十丈，经常吞食鹿，鹿肉消化完了，就紧紧缠在大树上，鹿骨头就突破蛇身钻出来。它在养伤时，肉脂最是鲜美。如果把妇女的衣服扔给它，它就蟠曲在地不动。它的胆每月上旬靠近头部，中旬在心脏部位，下旬则在尾部。

17.67 蝎　鼠负虫巨者多化为蝎①。蝎子多负于背，成式常见一蝎负十余子，子色犹白，才如稻粒。成式尝见张希复言②："陈州古仓有蝎③,形如钱,螫人必死。"江南旧无蝎,开元初,常有一主簿④,竹筒盛过江,至今江南往往而有,俗呼为主簿虫。蝎常为蜗所食,以迹规之,蝎不复去。旧说："过满百,为蝎所螫⑤。"蝎前谓之螫,后谓之虿⑥。

【注释】

①鼠负:鼠妇。体形椭圆,栖于缸瓮底部之阴湿之处。《尔雅·释虫》:"蟠,鼠负。"郭璞注:"瓮器底虫。"

②张希复:字善继,深州陆泽(今河北深州)人。登进士第,历官集贤校理、集贤学士。

③陈州:今河南淮阳。

④主簿:职官名。汉代以后,中央及地方各级官府均设主簿,负责文书簿籍,掌管印鉴,为掾吏之首。

⑤过满百,为蝎所螫(shì):稽含《遇虿赋序》:"元康二年,余中夜遇虿,客有戏余曰:'俗谚云:"过满百,为虿所螫。"斯言信哉!'"

⑥虿:音 chài。

【译文】

蝎　大的鼠负虫多数会变化成蝎子。蝎经常把幼子负在背上,我曾经亲见一只蝎子负着十多只幼子,幼子还是白色的,才像稻米那么大。我曾听张希复说:"陈州旧仓库里有蝎子,样子像铜钱,人被螫必死无疑。"江南地区早先没有蝎子,开元初年,有一位主簿用竹筒装着带过长江,到如今江南很多地方都有,当地民间称作主簿虫。蝎子经常被蜗牛吃掉,蜗牛用爬行的涎痕把蝎子圈起来,蝎子就不再跑掉。俗话说:"错满百,被蝎子螫。"蝎子的前肢伤人叫螫,尾钩伤人叫虿。

17.68 虱　旧说虱虫,饮赤龙所浴水则愈,虱恶水银。

人有病虱者,虽香衣沐浴,不得已。道士崔白言:"荆州秀才张告,常扪得两头虱。"有草生山足湿处,叶如百合,对叶独茎,茎微赤,高一二尺,名虱建草,能去蚑虱。有水竹,叶如竹,生水中,短小,亦治虱。

【译文】

　　虱　旧时的说法,生了虱虫,喝赤龙洗浴的水可以除掉,虱子厌恶水银。人有生了虱子的,即便薰香衣服洗澡沐浴,也没办法弄干净。道士崔白说:"荆州秀才张告,有次捉到一只两头虱。"有一种草长在山脚下潮湿的地方,叶子像百合,叶片对生,一根茎,茎是微红色的,高一到二尺,名叫虱建草,能够除掉蚑虱。有一种水竹,叶子像竹,生在水中,枝干短小,也能除虱子。

　　17.69蝗　荆州有帛师号法通,本安西人①,少于东天竺出家②,言蝗虫腹下有梵字,或自天下来者,乃忉利天、梵天来者③,西域验其字,作本天坛法禳之。今蝗虫首有"王"字,固自不可晓。或言鱼子变④,近之矣。旧言虫食谷者,部吏所致,侵渔百姓,则虫食谷。虫身黑头赤,武吏也;头黑身赤,儒吏也。

【注释】

①安西:安西都护府。安西都护府于贞观十四年(640)置于交河城,显庆三年(658)移治龟兹,贞元六年(790)没于吐蕃。

②东天竺:五天竺之一。见3.55条注①。

③忉利天、梵天:佛教术语。忉利天,欲界六天之一。梵天,色界初

禅天之一。见3.1条注①。

④鱼子:鱼卵。

【译文】

蝗　荆州有位帛师,号法通,本是安西人,年轻时在东天竺出家,他说蝗虫腹部有梵字,有的是从天界来的,即从忉利天、梵天来的,西域验证过蝗虫腹下的字,作本天坛法来禳除。如今蝗虫头部有个"王"字,实在弄不明白什么原因。有人说蝗虫是鱼卵变的,这话应该差不多。以前说蝗虫吃庄稼,是因为州郡吏员的原因,他们鱼肉百姓,蝗虫就会吃庄稼。如果蝗虫身黑头红,说明是武职人员的原因;头黑身红,则是文职人员的原因。

17.70 野狐鼻涕　螵蛸也①,俗呼为野狐鼻涕。

【注释】

①螵蛸(piāo xiāo):螳螂产卵子的囊块。

【译文】

野狐鼻涕　就是螵蛸,民间称作野狐鼻涕。

广动植之三

木篇

【题解】

本篇共六十条,记载竹木藤类五十多种。其中最受关注的就是来自域外的物种。段成式生活在中外交流非常活跃的唐代,知晓大量来自西域诸国的物种,本篇自 18.39 条起至本篇末,就是关于此类植物的记载,共有二十二种,尤以出自波斯和拂林两国者为多。林英《唐代拂菻丛说》:"(这些域外奇木)都是按照同样的格式叙述的,首先是产地,在波斯、拂菻、印度语言中的称呼,然后是对植物形态的描述,这些描述都是按照以下的叙述顺序进行:植物整体的大小,用较精确的数字说明;叶、花、果实及果实的味道;最后是对该植物用途特别是药物学用途的描述。这样一种规整严密的行文格式同本卷中的对其他植物的记载方式完全不同……(这些西域植物)是按照脱胎于希腊古典药物学的阿拉伯药物学和音义总汇的原则撰写的,因此其格式才会明显不同于唐代的其他药物学著述。"

18.1 松　凡言两粒、五粒,"粒"当言"鬣"①。成式修行里私第大堂前,有五鬣松两株,大财如碗②,甲子年结实③,味与新罗、南诏者不别④。五鬣松,皮不鳞。中使仇士良水硙亭子在城东⑤,有两鬣皮不鳞者,又有七鬣者,不知自何而得,俗谓孔雀松,三鬣松也。松命根,下遇石则偃盖⑥,不必千年也。

【注释】

①鬣(liè):马、狮子等动物颈上的长毛。南朝任昉《述异记》卷下:"松有两鬣、三鬣、七鬣者,言如马鬃形也,言粒者非矣。"

②财:通"才",仅仅。

③甲子年:为唐武宗会昌四年(844)。

④新罗:又称"斯罗"、"鸡林",与百济、高句丽二国均在今朝鲜半岛。南诏:唐时有六诏,其中蒙舍诏在最南,称作南诏。唐玄宗时期,南诏皮罗阁统一六诏,占有今云南大部地区,治羊苴城(今云南大理)。五代后晋时期为段氏所据,称大理国。后为蒙古所灭。

⑤中使:宫中使者,多指宦官。仇士良(?—843):字匡美,循州兴宁(今广东兴宁西北)人。顺宗时侍东宫,宪宗即位迁内给事,出监平卢、凤翔诸军,大和九年(835)甘露之变以后,凌挟皇帝,下视宰相,把持朝政,前后贪酷二十余年,共杀二王、一妃、四宰相。水硙(wèi):水磨。

⑥偃盖:喻古松枝条横垂如伞盖。晋葛洪《抱朴子·内篇》"对俗第三":"云千岁松树,四边披越,上杪不长,望而视之,有如偃盖,其中有物,或如青牛,或如青羊,或如青犬,或如青人,皆寿万岁。"

【译文】

松　凡是说松树的针叶两粒、五粒的,"粒"字本应是"鬣"字。在我修行里的私宅大堂前,有两棵五鬣松,树干才有碗口粗,甲子年结松子,松子的味道和新罗、南诏的没什么不同。五鬣松的树皮不会龟裂成鳞状。宦官仇士良的水磨亭子在城东,有两鬣松树皮不开裂的,又有七鬣松,不知从何处得到,民间称作孔雀松的,是三鬣松。松树的主根在地下遇到石头,树冠就会形如偃盖,不一定非得是千年古松。

18.2 竹①　竹花曰覆②,死曰箹③。六十年一易根,则结实枯死。

【注释】

①按,关于本条可参看《太平御览》卷九六二引《山海经》:"竹生花,其年便枯,六十年一易根,易根必经结实而枯死。实落土,复生,六年还成町。"

②覆:音 fù。

③箹:音 zhòu。

【译文】

竹　竹开花叫覆,竹子枯死叫箹。竹子六十年换一次根,此时就会结子而枯死。

18.3 箘堕竹①　大如脚指,腹中白幕拦隔,状如湿面②。将成竹而筒皮未落,辄有细虫啮之,陨籜后③,虫啮处呈赤迹,似绣画可爱。

【注释】

①箘:音 hán。

②湿面:明彭大翼《山堂肆考》卷一九四引《饼饵闲谈》:"饼,面糍也。搜麦面合并为之,然起状不一,入炉熬者,名熬饼,亦曰烧

饼;入笼蒸者,名蒸饼,亦曰馒头;入汤烹者,名汤饼,亦曰湿面,曰不托,亦曰博饪。"

③箨(tuò):竹笋壳。

【译文】

篃堕竹 有脚趾粗细,竹肚里有白膜拦隔,那白膜就像湿面。快要长成竹子而笋壳未脱时,就有小虫啃咬竹子,笋壳脱落以后,虫咬过的地方呈现出红色痕迹,就像绣画一样好看。

18.4 棘竹 一名笆竹。节皆有刺,数十茎为丛。南夷种以为城,卒不可攻。或自崩根出,大如酒瓮,纵横相承,状如缫车①。食之,落人发②。

【注释】

①缫(sāo)车:缫丝用具。缫,抽理蚕丝。

②食之,落人发:北魏贾思勰《齐民要术》卷五引《竹谱》:"棘竹笋,味淡,落人鬓发。"

【译文】

棘竹 又名笆竹。竹节都有刺,几十竿长成一丛。南方人种植棘竹当作城墙,外敌无从攻破。有时自己从土里冒出竹根,有酒瓮大,纵横交错,样子像缫车。人吃了棘竹笋,会掉头发。

18.5 筋竹 南方以为矛。笋未成竹时,堪为弩弦。

【译文】

筋竹 南方用筋竹制长矛。筋竹笋没有长成竹子时,可以用作弓弩的弦。

18.6 百叶竹　一枝百叶,有毒。

《竹谱》①,竹类有三十九。

【注释】

①《竹谱》:旧本题为晋朝戴凯之撰。

【译文】

百叶竹　一根枝条上有上百片叶子,这种竹子有毒。

《竹谱》记载,竹类共有三十九种。

18.7 慈竹①　夏月经雨,滴汁下地生蓐②,似鹿角,色白,食之已痢也。

【注释】

①慈竹:南朝任昉《述异记》卷上:"南中生子母竹,今之慈竹也。"

②蓐(rù):陈草复生。

【译文】

慈竹　夏天雨后,竹梢滴下汁液,贴地长出竹丛,形如鹿角,白色,可以用来止痢疾。

18.8 异木　大历中,成都百姓郭远,因樵,获瑞木一茎,理成字曰"天下太平",诏藏于秘阁①。

【注释】

①秘阁:宫廷藏书之所。

【译文】

异木　大历年间,成都百姓郭远,打柴的时候得到一根瑞木,木头的纹理有"天下太平"四个字,皇帝诏令收藏在秘阁。

18.9 京西持国寺①,寺前有槐树数株。金监买一株,令所使巧工解之。及入内回②,工言木无他异。金大嗟惋,令胶之,曰:"此不堪矣,但使尔知予工也。"乃别理解之,每片一天王③,塔戟成就焉④。

【注释】

①持国寺:《大唐传载》:"昭应庆山,长安中,亦不知从何飞来,夜过,闻有声如雷,疾若奔黄,土石乱下,直坠新丰西南。一村百余家,因山为坟。今于其上起持国寺。"

②内:内廷。

③天王:佛教四大天王。

④塔戟:四天王中的北方多闻天王(梵名毗沙门),佛令其掌擎古佛的舍利塔,因名托塔天王,佛寺中塑像通常是一手持戟,一手擎塔。

【译文】

长安西边持国寺,寺前有几株槐树。有位姓金的太监买了一株,让平常使唤的巧匠锯解。待到从宫廷回家,那匠人说这根木头没有什么特别之处。金某大为叹惜,让木匠用胶把木头重新粘合好,说:"这已不值什么,只是让你知道我的手艺罢了。"就另外依据木头的纹理锯解开来,每一片木片上都有一尊天王像,手持的塔和戟也都是纹理自然形成的。

18.10 都官陈修古员外言①:"西川一县②,不记名,吏因换狱卒木薪之,有天尊形像存焉③。"

【注释】

①都官:都官员外郎,职官名。属刑部。

②西川:唐代剑南西川节度使,治所在今四川成都。

③天尊:佛。

【译文】

都官员外郎陈修古说:"西川有个县,记不清县名了,县吏因为更换监狱栅栏去伐木,发现木材纹理天然形成佛像。"

18.11 异树　娄约居常山①,据禅座,有一野妪,手持一树,植之于庭,言此是蜻蜓树。岁久芬芳郁茂,有一鸟,身赤尾长,常止息其上。

【注释】

①娄约:即为释慧约(450—535),俗姓娄,东阳乌伤(今浙江义乌)人。齐梁间高僧。常山:今属浙江。

【译文】

异树　娄约在常山的时候,有一天端坐禅座,有一位乡间老妇人,手里拿着一棵树,栽植在庭院里,说这是株蜻蜓树。日积月累,这棵树枝叶繁茂,气味芬芳,有一只红色长尾的异鸟,经常栖息在树上。

18.12 异果　瞻披国有人牧牛千百余头①,有一牛离群,忽失所在,至暮方归,形色鸣吼异常,群牛异之。明日,遂独行,主因随之。入一穴,行五六里,豁然明朗,花木皆非人间所有。牛于一处食草,草不可识。有果作黄金色,牧牛人窃一将还,为鬼所夺。又一日,复往取此果。至穴,鬼复欲夺,其人急吞之，身遂暴长，头才出，身塞于穴，数日化为石矣。

【注释】

①瞻披国：或作"瞻波国"，本为城名，是盎伽国（孟加拉的古国，印度古代十六大国之一）的首都，因其地多瞻波树而得名。

【译文】

异果 瞻波国有位牧人，放牧成百上千头牛，有一头牛离开牛群，不知所在，到傍晚才回到群里来，样貌叫声都变了，其他的牛都表现出受惊的样子。第二天，这头牛又独自走了，牧人就跟随着它。进入一个洞穴，走了五六里，豁然开朗，奇花异树和人世间的大不相同。这头牛在一处吃草，也不知是什么草。有一种黄金色的果实，牧人偷偷摘了一个想带回去，被鬼夺走了。过了一天，牧人又去摘这种果实。返回洞口时，鬼又要夺走，牧人急忙一口吞下去，身子立刻开始膨胀，头才出洞口，身子塞在洞穴里无法出来，几天后，牧人就变成了石头。

18.13 甘子① 天宝十年，上谓宰臣曰："近日于宫内种甘子数株，今秋结实一百五十颗，与江南、蜀道所进不异。"宰臣贺表曰："雨露所均，混天区而齐被；草木有性，凭地气而潜通。故得资江外之珍果②，为禁中之华实。"相传玄宗幸蜀年③，罗浮甘子不实④。岭南有蚁，大于秦中马蚁，结窠于甘树，实时，常循其上，故甘皮薄而滑，往往甘实在其窠中。冬深取之，味数倍于常者。

【注释】

①甘子：柑子。本条中指柑树。

②资：别本或"兹"。

③玄宗幸蜀年:安史之乱发生后,唐玄宗避乱奔蜀,时间在天宝十
　五载(756)。

④罗浮:罗浮山,在今广东博罗。

【译文】

　　柑子　天宝十载,玄宗对宰相说:"先前在宫里种了几棵柑子树,今
年秋天结了一百五十枚果子,和江南、蜀地进贡的味道没什么差别。"宰
相进呈贺表说:"雨露所均,混一天下而泽被万物;草木有灵,凭依地气
而暗通四方。故能得彼江外之异果,为此宫禁之花果。"相传玄宗幸蜀
那年,罗浮柑子不结果。岭南有种蚁,比关中地区的蚂蚁大,在柑树上
做巢,柑树结果时,这种蚂蚁经常在果子上爬动,所以这种柑子的皮又
薄又滑,而且柑果经常被包在蚁巢里。到了深冬季节再摘下来,那味道
比普通的柑子要美得多。

18.14 樟木　江东人多取为船,船有与蛟龙斗者。

【译文】

　　樟木　江南人经常用樟木造船,这种船有的能对抗蛟龙。

18.15 石榴　一名丹若。梁大同中①,东州后堂石榴皆生双子②。南诏石榴,子大,皮薄如藤纸③,味绝于洛中。石榴甜者,谓之天浆,能已乳石毒④。

【注释】

①大同:梁武帝萧衍年号(535—546)。

②东州:不详。

③藤纸:唐李肇《唐国史补》卷下:"纸则有越之剡藤苔笺。"

④乳石:乳指石钟乳,石指白石英、紫石英、赤石脂之类,古人用这些制成药物,统称"乳石"。

【译文】

石榴 又名丹若。萧梁大同年间,东州后堂的石榴树结果成双成对。南诏的石榴,子大,皮薄就像藤纸,味道远胜过洛阳的。石榴的甜汁称作天浆,能解乳石毒。

18.16 柿 俗谓柿树有七绝:一寿,二多阴,三无鸟巢,四无虫,五霜叶可玩,六嘉实,七落叶肥大。

【译文】

柿 民间常说柿树有七绝:一、树龄长,二、树荫浓密,三、没有鸟窝,四、没有虫害,五、经霜的叶片可供赏玩,六、果实嘉美,七、落叶肥大。

18.17 汉帝杏 济南郡之东南,有分流山,山上多杏,大如梨,色黄如橘,土人谓之汉帝杏,亦曰金杏。

【译文】

汉帝杏 济南郡的东南部,有座分流山,山上盛产杏,大小像梨,颜色橘黄,当地人称作汉帝杏,也叫金杏。

18.18 脂衣奈① 汉时,紫奈大如升②,核紫花青,研之有汁,可漆,或著衣,不可浣也。

【注释】

①奈(nài)：果名。

②紫奈：晋葛洪《西京杂记》卷一："初修上林苑，群臣远方，各献名果异树，亦有制为美名，以标奇丽。……奈三：白奈、紫奈、绿奈。"

【译文】

脂衣奈　汉代，有种紫奈大如升斗，紫核青花，研磨能出汁液，可以当漆使用，倘或弄在衣服上，是洗不掉的。

18.19 仙人枣　晋时，太仓南有翟泉①，泉西有华林园②。园有仙人枣，长五寸，核细如针。

【注释】

①太仓：官府积藏粮食的地方，如今之国家粮库。翟泉：地名。在今河南洛阳东。

②华林园：《文选》应贞《晋武帝华林园集诗》题下李善注："华林园在城内东北隅，魏明帝起名芳林园，齐王芳改为华林。"

【译文】

仙人枣　晋朝时，洛阳太仓南面有翟泉，翟泉西边有华林园。园内有仙人枣树，枣长五寸，枣核细得像根针。

18.20 楷①　孔子墓上特多楷木②。

【注释】

①楷(jiē)：又称"黄连木"，落叶乔木。

②孔子墓上特多楷木：北魏贾思勰《齐民要术》卷十引《皇览》："孔

子冢茔中树数百,皆异种。鲁人世世无能名者。人传言,孔子弟
子异国人,持其国树来种之。"

【译文】

楷　孔子墓茔有很多楷树。

18.21 栀子　诸花少六出,唯栀子花六出。陶贞白言:
"栀子翦花六出[①],刻房七道,其花香甚。"相传即西域薝葡
花也[②]。

【注释】

①翦花:雪花。

②薝(zhān)葡:梵语音译,又作"瞻波"、"瞻博迦"等。即郁金香。

【译文】

栀子　其他的花很少有六个花瓣的,只有栀子花是六瓣。陶弘景
说:"栀子花像雪花一样裂为六瓣,有七条棱,花气特别香。"据说就是西
域的薝葡花。

18.22 仙桃　出郴州苏耽仙坛[①]。有人至心祈之,辄落
坛上,或至五六颗。形似石块,赤黄色,破之,如有核三重。
研饮之,愈众疾,尤治邪气。

【注释】

①郴(chēn)州:今属湖南。苏耽:北魏郦道元《水经注》卷三九:"《桂
阳列仙传》云:耽,郴县人。少孤,养母至孝。言语虚无,时人谓
之痴。……面辞母云:'受性应仙,当违供养。'涕泗又说:'年将
大疫,死者略半。穿一井饮水,可得无恙。'如是有哭声甚哀。后

见耽乘白马还此山中,百姓为立坛祠。"

【译文】

　　仙桃　出自郴州苏耽仙坛。有人诚心祈祷,仙桃就落在仙坛上,有时多至五六枚。形状像石块,红黄色,掰开仙桃,里面好像有三重桃核。把桃核研磨服下,可以治好各种疾病,治邪气特别有效。

　　18.23娑罗①　巴陵有寺②,僧房床下,忽生一木,随伐随长。外国僧见曰:"此娑罗也。"元嘉初③,出一花如莲。天宝初,安西道进娑罗枝,状言④:"臣所管四镇⑤,有拔汗那⑥,最为密近。木有娑罗树,特为奇绝。不庇凡草,不止恶禽。耸干无惭于松栝⑦,成阴不愧于桃李。近差官拔汗那,使令采得前件树枝二百茎。如得托根长乐⑧,擢颖建章⑨,布叶垂阴,邻月中之丹桂⑩,连枝接影,对天上之白榆⑪。"

　　【注释】

　　①娑罗:又作"沙罗"、"莎罗",是龙脑香科常绿大乔木。佛教四大
　　　圣树之一。据《涅槃经》,释迦牟尼在拘尸那城河边娑罗树下
　　　涅槃。

　　②巴陵:今湖南岳阳。

　　③元嘉:宋文帝刘义隆年号(424—453)。

　　④状:文体名。用于陈述事件的文辞。下文所引,即《文苑英华》所
　　　载张谓《进娑罗树枝状》。

　　⑤四镇:即安西四镇。

　　⑥拔汗那:西域古国名。汉代称大宛,隋代称钹汗。

　　⑦栝(guā):古名桧树,今名圆柏,常绿乔木。

　　⑧长乐:即长乐宫。

⑨建章:即建章宫。与长乐宫均为汉代宫苑。这里代指皇家宫苑。

⑩月中之丹桂:见本书 1. 34 条注③。

⑪天上之白榆:唐欧阳询《艺文类聚》卷八八:"古诗曰:天上何所有,历历种白榆。"

【译文】

　　娑罗　巴陵有处寺庙,僧舍床下忽然长出一棵树,随砍随长。外国僧人见到这棵树,说:"这是娑罗树。"元嘉初年,这棵树开出一朵花,有如莲花。天宝初年,安西道进献娑罗枝,奏状说:"臣所管四镇,和拔汗那国最为邻近。该国有种娑罗树,尤为奇绝。不荫庇凡草,不栖留恶禽。树干高耸堪比松桧,树荫浓密不愧桃李。最近派遣官员前往拔汗那,命其采得娑罗树枝两百根。冀能托根于禁苑,萌芽于皇宫,展叶垂阴,毗邻月中丹桂,连枝接影,遥对天上白榆。"

18.24 赤白桱①　　出凉州。大者为炭,入以灰汁,可以煮铜为银。

【注释】

①桱(chēng):树名。即柳。

【译文】

　　赤白桱　出自凉州。大的烧成炭,浸入灰汁,得到的液体可以把铜煮成银。

18.25 仙树　祁连山上有仙树实①,行旅得之,止饥渴。一名四味木。其实如枣,以竹刀剖则甘,铁刀剖则苦,木刀剖则酸,芦刀剖则辛。

【注释】

①祁连山:古祁连山有南北之分,南祁连在新疆南部,自葱岭而东,
　　包括古昆仑山、阿尔金山以及今之祁连山。北祁连即今新疆之
　　天山。祁连,匈奴语,"天"的意思。

【译文】

　　仙树　祁连山上有仙树果实,旅行者吃了不再饥渴。又名四味木。
果实的形状像枣,用竹刀剖是甜的,用铁刀剖是苦的,用木刀剖是酸的,
用芦刀剖是辛辣味的。

18. 26 一木五香①　　根旃檀②,节沉香,花鸡舌③,叶藿④,
胶薰陆⑤。

【注释】

①一木五香:梁元帝萧绎《金楼子》卷五:"有树名独根,分为二枝:
　　其东向一枝,是木威树;南向一枝,是橄榄树。扶南国今众香皆
　　共一木,根是旃檀,节是沉香,花是鸡舌,叶是藿香,胶是薰陆。"

②旃檀:檀香。

③鸡舌:鸡舌香。见 2. 20 条注⑨。

④藿:藿香。

⑤薰陆:薰陆香,又称"乳香",一种树脂。见 2. 20 条注④。

【译文】

　　一木五香　根是檀香,树干是沉香,花是鸡舌香,叶是藿香,树胶是
薰陆香。

18. 27 椒①　　可以来水银。茱萸气好上②,椒气好下。

【注释】

①椒:花椒。按,关于本条所载,可另参明李时珍《本草纲目》卷三二"果部":"段成式言椒气下达,饵之益下,不上冲也。椒气好下,茱萸好上。言其冲膈,不可为服食之药,故多食冲眼又脱发也。"

②茱萸:一种落叶小乔木,果实可入药。上:药性上行。中医理论认为中药作用于人体,有升、降、沉、浮四种趋向。

【译文】

花椒　可以吸附水银。茱萸药性上行,花椒药性下行。

18.28 构^①　谷田久废,必生构。叶有瓣曰楮^②,无曰构。

【注释】

①构:构树。一种落叶乔木。

②楮:音 chǔ。

【译文】

构　谷田长期抛荒,一定会长构树。叶子有瓣的叫楮,没有瓣的叫构。

18.29 黄杨木　性难长。世重黄杨,以无火。或曰,以水试之,沉则无火。取此木,必以阴晦,夜无一星,则伐之,为枕不裂。

【译文】

黄杨木　木性难以长大。世人看重黄杨,因为它不易燃烧。有人说用水做试验,下沉的木头就不会燃烧。伐取这种木材,必须在阴天漆黑无星的夜晚,这样做枕头就不会开裂。

18.30 蒲萄①　俗言蒲萄蔓好引于西南。庾信谓魏使尉谨曰②:"我在邺③,遂大得蒲萄,奇有滋味。"陈昭曰④:"作何形状?"徐君房曰⑤:"有类软枣。"信曰:"君殊不体物,何得不言似生荔枝?"魏肇师曰⑥:"魏文有言⑦:'朱夏涉秋⑧,尚有余暑。酒醉宿醒⑨,掩露而食。甘而不饴⑩,酸而不酢⑪。'道之固以流沫称奇⑫,况亲食之者。"谨曰:"此物实出于大宛⑬,张骞所致⑭,有黄、白、黑三种。成熟之时,子实逼侧,星编珠聚。西域多酿以为酒,每来岁贡。在汉西京⑮,似亦不少。杜陵田五十亩⑯,中有蒲萄百树。今在京兆,非直止禁林也。"信曰:"乃园种户植,接荫连架。"昭曰:"其味何如橘柚?"信曰:"津液奇胜,芬芳减之。"谨曰:"金衣素裹,见苞作贡。向齿自消,良应不及。"

【注释】

①蒲萄:即葡萄。汉代自西域传入中土。
②魏使尉谨:和本书前集 11.27 条之尉瑾应为同一人。
③邺:在今河北临漳西南,为东魏都城。庾信曾以梁通直散骑常侍出使东魏。
④陈昭:梁朝名将陈庆之(482—539)长子。
⑤徐君房:梁朝人,曾和庾信同聘魏朝。
⑥肇师:即为崔肇师。东魏武定(543-550)末年中书舍人。
⑦魏文:即为魏文帝曹丕(187—226)。见 10.16 条注②。
⑧朱夏:夏天。

⑨醒(chéng)：醉酒。

⑩饴：甜腻。

⑪酢：同"醋"。

⑫流沫：流口水。

⑬大宛：西域古国名。见4.23条注①。

⑭张骞(？—前114)：汉中成固(今陕西城固)人。建元二年(前139)出使大月氏，约其夹击匈奴。元狩四年(前119)再次奉命出使西域。张骞通西域，葡萄、苜蓿、石榴、胡桃、胡麻等，均得以传入中土。

⑮西京：长安。

⑯杜陵：在今陕西西安东南。本名杜原，汉宣帝在此筑陵，改名杜陵。杜陵东南十余里有小陵，为许后葬处，称少陵。唐代大诗人杜甫曾经居住在这里，故自称"杜陵布衣"或"少陵野老"。

【译文】

葡萄　民间说葡萄藤喜欢向西南方向蔓延。庾信对魏使尉谨说："我在邺城的时候，饱餐过葡萄，味道非常奇妙。"陈昭问："葡萄是什么形状？"徐君房说："类似软枣。"庾信说："您太不会体察事物了，为什么不说像生荔枝呢？"魏崔肇师说："魏文帝说过：'夏秋之交，暑热未尽。酒醉一宿醒来，和着露水吃葡萄。甜而不腻，略带酸味。'一提起就让人垂涎三尺，何况亲自品尝过。"尉谨说："葡萄实际出自大宛国，张骞出使时从西域传回，有黄、白、黑三种。成熟的时候，一颗紧挨着一颗，有如星星珠宝攒在一起。西域多用它来酿酒，每年都有进贡。汉代的长安似乎也不少。杜陵有田五十亩，里面有上百株葡萄。现在京城里就更多，不只是禁苑里才有。"庾信说："如今家家户户，都广泛地种植了。"陈昭问："味道和橘柚相比如何？"庾信说："葡萄汁液又多又美，香气略逊于橘柚。"尉谨说："橘柚以金色的皮包裹着晶莹的瓢，外面又被包装好当作贡品。但以入口化渣而言，还是不如葡萄。"

18.31 贝丘之南①,有蒲萄谷,谷中蒲萄,可就其所食之,或有取归者,即失道,世言王母蒲萄也。天宝中,沙门昙霄②,因游诸岳,至此谷,得蒲萄食之。又见枯蔓堪为杖,大如指,五尺余,持还本寺植之,遂活。长高数仞,荫地幅员十丈,仰观若帷盖焉。其房实磊落,紫莹如坠,时人号为草龙珠帐焉。

【注释】

①贝丘:在今山东临清西南。

②沙门:或作"桑门"。佛教对出家修行者的称呼。

【译文】

贝丘县南面,有处葡萄谷,谷中的葡萄,可以前去就地食用,有人想带些回家,结果就迷路了,世称王母葡萄。天宝年间,沙门昙霄,云游天下名山,来到这里,吃了这里的葡萄。又看见葡萄的枯藤可以当作手杖用,有手指粗细,长五尺多,就拿回本寺种植,竟然栽活了。这株葡萄藤高达数仞,浓荫遮地方圆十丈,抬头仰望,有如帷盖。结的果实粒粒饱满,晶莹欲滴,当时人称作草龙珠帐。

18.32 凌霄①　花中露水,损人目。

【注释】

①凌霄:又名"紫葳",落叶蔓生木本植物,可供观赏。

【译文】

凌霄　花里的露水,会损害人的眼睛。

18.33 松桢　即钟藤也①。叶大者,晋安人以为盘②。

【注释】

①钟藤:北魏贾思勰《齐民要术》卷一〇引《临海异物志》:"钟藤,附树作根,软弱,须缘树而作上下条,此藤缠裹树,树死,且有恶汁,尤令速朽也。藤咸成树,若木自然,大者或至十五围。"

②晋安:今福建南安。

【译文】

松桢　即钟藤。有的叶片很大,晋安人当盘子用。

18.34 侯骚①　蔓生,子如鸡卵,既甘且冷,轻身消酒。《广志》言②,因王太仆所献③。

【注释】

①侯骚:清陈元龙《格致镜原》卷七六引《广志》:"侯骚,蔓生,子如鸡卵,既甘且冷,轻身消酒。又名简子藤。"又北魏贾思勰《齐民要术》卷一〇引《南方草木状》:"简子藤,生缘树木。正月、二月华色,四月、五月熟。实如梨,赤如雄鸡冠,核如鱼鳞。取生食之,淡泊无甘苦。出交趾、合浦。"

②《广志》:晋郭义恭撰。

③太仆:职官名。掌舆马及牲畜之事。

【译文】

侯骚　蔓生植物,果实像鸡蛋,口感既甜又凉,吃了以后身体轻健,又可解酒。据《广志》记载,这是王太仆进献的。

18.35 蠡荠　子如弹丸,魏武帝常啖之①。

【注释】

①魏武帝:即为曹操(155—220),字孟德,小字阿瞒,汉沛国谯(今
　安徽亳州)人。建安元年(196)迎汉献帝至许,挟天子以令诸侯,
　先后击灭袁术、袁绍、刘表,统一黄河流域,位至丞相、大将军,封
　魏王。其子曹丕代汉称帝,追尊曹操为太祖武帝。曹操是一代
　杰出的军事家和文学家。

【译文】

蠡荠　果实像弹丸,魏武帝经常吃。

18.36 酒杯藤①　大如臂,花坚可酌酒。实大如指,食之
消酒。

【注释】

①酒杯藤:晋崔豹《古今注》卷下:"酒杯藤出西域,藤大如臂,叶似
　葛花,实如梧桐,实花坚,皆可以酌酒,自有文章,映彻可爱。实
　大如指,味如豆蔻,香美消酒。土人提酒来至藤下,摘花酌酒,仍
　以实销酲。国人宝之,不传中土。张骞出大宛,得之。"

【译文】

酒杯藤　藤粗如手臂,花瓣坚实可以酌酒。果实大如手指头,吃了
可以解酒。

18.37 白柰　出凉州野猪泽,大如兔头。

【译文】

白柰　产自凉州野猪泽,有兔头那么大。

18.38 比闾①　出白州②。其华若羽,伐其木为车,终日行不败。

【注释】

①比闾:唐欧阳询《艺文类聚》卷七一引《周书·王会》:"成王时,白州献比闾者,其叶若羽,伐其木以为车,终日行。"

②白州:今广西博白。

【译文】

比闾　出自白州。开的花像羽毛,砍下这种木材造车,整日行驶也不会损坏。

18.39 菩提树①　出摩伽陀国②,在摩诃菩提寺③。盖释迦如来成道时树④,一名思惟树,茎干黄白,枝叶青翠,经冬不凋。至佛入灭日⑤,变色凋落,过已还生。至此日,国王、人民大作佛事,收叶而归,以为瑞也。树高四百尺,下有银塔,周回绕之。彼国人四时常焚香散花,绕树作礼。贞观中,频遣使往,于寺设供,并施袈裟。至高宗显庆五年,于寺立碑⑥,以纪圣德。此树梵名有二,一曰宾梼梨婆力叉,二曰阿湿曷咃婆力叉⑦。《西域记》谓之卑钵罗⑧,以佛于其下成道,即以道为称,故号菩提婆力叉,汉翻为道树。昔中天无忧王剪伐之⑨,令事火婆罗门积薪焚焉⑩。炽焰中忽生两树,无忧王因忏悔,号灰菩提树,遂周以石垣。至设赏迦王⑪,复掘之,至泉,其根不绝,坑火焚之,溉以甘蔗汁,欲其焦烂。后摩揭陀国满胄王⑫,无忧之曾孙也,乃以千牛乳浇之,信宿,树生如旧。更增石垣,高二丈四尺。玄奘至西域,见树出垣上二丈余。

【注释】

①菩提树：又作"毕钵罗树"，榕属大乔木。佛教以释迦牟尼曾在此树下得证菩提果而成佛，故以名树。

②摩伽陀国：即摩揭陀国。古印度十六大国之一。其地在今印度比哈尔邦巴特那和加雅两地。该国主要经历了童龙王朝、孔雀王朝和笈多王朝，其频毗娑罗王、阿育王（无忧王）都对保护与弘扬佛教做出过重大贡献，释迦牟尼一生中大部分时间也都在该国度过，故为佛教之圣地。

③摩诃菩提寺：义译为大觉寺。唐释玄奘《大唐西域记》卷八："菩提树北门外摩诃菩提僧伽蓝，其先僧伽罗国王之所建也。庭宇六院，观阁三层，周堵垣墙高三四丈，极人工之妙，穷丹青之饰。至于佛像，铸以金银，凡厥庄严，厕以珍宝。"

④释迦："释迦牟尼"的省称。如来：释迦牟尼十种称号之一。从如实之道而来开示真理的人。如，如实。

⑤入灭：佛教术语。指僧侣死亡。

⑥于寺立碑：《法苑珠林》卷三八："此汉使奉敕往摩伽陀国摩诃菩提寺立碑，至贞观十九年二月十一日，于菩提树下塔西建立。"

⑦咃：音 tuō。

⑧《西域记》：即唐释玄奘《大唐西域记》。

⑨中天：中天竺。无忧王：即阿育王。见 10.55 条注②。

⑩婆罗门：梵语音译，为古印度四大种姓之最高等级。

⑪设赏迦：梵语音译，意为月，公元六世纪末至七世纪前期高达国国王，信奉湿婆，仇视佛教。唐释玄奘《大唐西域记》卷八："近设赏迦王者，信受外道，毁嫉佛法，坏僧伽蓝，伐菩提树。掘至泉水，不尽根柢，乃纵火焚烧，以甘蔗汁沃之，欲其焦烂，绝灭遗萌。

数月后，摩揭陀国补刺拏伐摩王（唐言满胄），无忧王之末孙也，闻而叹曰：'慧日已隐，唯余佛树，今复摧残，生灵何睹？'举身投地，哀感动物，以数千牛构乳而溉，经夜树生，其高丈余。恐后剪伐，周峙石垣高二丈四尺。故今菩提树隐，于石壁上出二丈余。"

⑫满胄王：见注⑪引文。

【译文】

菩提树　出自摩伽陀国，在摩诃菩提寺。释迦如来在此树下成道，又叫思惟树，树干黄白色，枝叶青翠，冬天也不凋零。佛入灭的那天，这株菩提树的叶子变色凋落，过后又重新生长出来。此后每到这天，国王和民众都大做佛事，收集菩提叶带回家，当作祥瑞之物。这株菩提树高四百尺，下面有银塔环绕一周。该国人一年四季常在这里焚香散花，绕树行礼。贞观年间，朝廷多次派遣使者前往，在寺里设供并施舍袈裟。到高宗显庆五年，又令使者在寺内立碑，以纪念佛的圣德。这株菩提树梵语名称有两个，一是宾拨梨婆力叉，二是阿湿曷吡婆力叉。《大唐西域记》称作卑钵罗，因佛在树下成道，就以道为称呼，所以号为菩提婆力叉，汉语翻译为道树。当年中天竺无忧王砍伐这棵树，让管理火的婆罗门堆积柴薪焚烧。熊熊烈焰之中，忽然长出两棵树，无忧王因此忏悔，把这两棵树称作灰菩提树，又用石墙围起来。到了设赏迦王时，又来挖掘，掘到泉水树根还未断绝，就在坑里点火焚烧，又用甘蔗汁沃灌，想使树焦烂。后来摩揭陀国的满胄王，无忧王的曾孙，用千头牛的乳汁浇灌这棵树，过了两夜，树又重新长成原来的样子。满胄王把原来的石墙加高到二丈四尺。玄奘到了西域，看见树高出石墙两丈多。

18.40 贝多①　出摩伽陀国。长六七丈，经冬不凋。此树有三种：一者多罗婆力叉贝多，二者多梨婆力叉贝多，三者部阇婆力叉贝多。多罗、多梨并书其叶，部阇一色取其皮书之。贝多是梵语②，汉翻为叶。贝多婆力叉者，汉言树叶也。西域经书用此三种皮叶，若能保护，亦得五六百年。

《嵩山记》称嵩高寺中有思惟树③，即贝多也。释氏有《贝多树下思惟经》④，顾微《广州记》称贝多叶似枇杷⑤，并谬。

交趾近出贝多枝⑥，弹材中第一。

【注释】

①贝多：梵语音译，也称"贝多罗"、"毕钵罗树"、"菩提树"、"道树"等，树名。叶可裁为梵夹，用以写经。

②梵语：古印度书面语。

③《嵩山记》称嵩高寺中有思惟树：北魏贾思勰《齐民要术》卷一〇引《嵩山记》："嵩寺中忽有思惟树，即贝多也。有人坐贝多树下思惟，因以名焉。汉道士从外国来，将子于山西脚下种，极高大。今有四树，一年三花。"

④《贝多树下思惟经》：也称《思惟要略法经》，后秦鸠摩罗什译，述说大乘禅观之大要。

⑤顾微《广州记》称贝多叶似枇杷：《太平御览》卷九六〇引顾微《广州记》："贝多似枇杷，而有光泽耀日。"

⑥交趾：在今越南河内西北。

【译文】

贝多　出自摩伽陀国。树高六七丈，冬天不落叶。贝多树有三种：其一多罗婆力叉贝多，其二多梨婆力叉贝多，其三部阇婆力叉贝多。多罗、多梨都是用叶片写经，部阇一类是用树皮来写。贝多是梵语，汉语翻译为叶。贝多婆力叉，就是汉语中的树叶。西域佛经用这三种树皮或树叶写，如果保护得好，也能传承五六百年。

《嵩山记》记载说嵩高寺里有思惟树，这就是贝多树。佛家有《贝多树下思惟经》，顾微《广州记》称贝多叶像枇杷叶，都说错了。

交趾一带出产贝多枝，是制作弹弓的绝佳材料。

18.41 龙脑香树①　出婆利国②，婆利呼为固不婆律，亦出波斯国。树高八九丈，大可六七围，叶圆而背白，无花实。其树有肥有瘦，瘦者有婆律膏香。一曰瘦者出龙脑香，肥者出婆律膏也。在木心，中断其树劈取之，膏于树端流出，斫树作坎而承之。入药用，别有法。

【注释】

①龙脑香：龙脑树树干所含油脂的结晶。见1.17条注②。

②婆利国：在今印度尼西亚苏门答腊岛西岸之巴鲁斯。

【译文】

龙脑香树　出自婆利国，婆利国称作固不婆律，波斯国也有。树高八九丈，树干粗至六七人合抱，叶片圆形背面白色，不开花也不结果。龙脑香树有肥有瘦，瘦树有婆律膏香。也有人说瘦树出龙脑香，肥树出婆律膏香。香脂在树心，从中截断树干劈开就可得到，脂膏从一端流出来，砍树做个凹坑去承接。如果入药，另有制作方法。

18.42 安息香树①　出波斯国，波斯呼为辟邪树。树长三丈，皮色黄黑，叶有四角，经寒不凋。二月开花，黄色，花心微碧，不结实。刻其树皮，其胶如饴，名安息香。六七月坚凝，乃取之。烧之通神明，辟众恶。

【注释】

①安息香:香名。梵语音译为"掘具罗"。

【译文】

安息香树　出自波斯国,波斯称作辟邪树。树高三丈,树皮黄黑色,树叶有四只角,经冬不凋落。二月开花,黄色,花心微绿,不结果。划开树皮,流出的树胶就像饴糖,这就是安息香。过六七个月凝结坚固,就能取用。焚这种香,可以通达神明,避一切恶。

18.43 无石子①　出波斯国,波斯呼为摩贼。树长六七丈,围八九尺,叶似桃叶而长。三月开花,白色,花心微红。子圆如弹丸,初青,熟乃黄白。虫食成孔者正熟,皮无孔者入药用。其树一年生无石子,一年生跋屡子,大如指,长三寸,上有壳,中仁如栗黄②,可啖。

【注释】

①无石子:也作"无食子"、"没石子"。宋唐慎微《政和证类本草》卷一四:"无食子,味苦温,无毒,主赤白痢肠滑,生肌肉。"

②栗黄:栗子。因去壳后肉色黄,故名。

【译文】

无石子　出自波斯国,波斯称作摩贼。树高六七丈,树围八九尺,树叶像桃叶,稍长些。三月开白色花,花心微红色。子实圆圆的如同弹丸,起初是青色的,成熟之后变成黄白色。有虫啃食成孔的正当成熟,表皮没有虫孔的入药。这种树一年生无石子,一年生跋屡子,大如指头,三寸长,外面有壳,里面的果仁像栗黄,可吃。

18.44 紫矿树　出真腊国①,真腊国呼为勒佉。亦出波斯国②。树长一丈,枝条郁茂,叶似橘,经冬而凋,三月开花,白色,不结子。天大雾露及雨沾濡,其树枝条即出紫矿。波斯国使乌海及沙利深所说并同,真腊国使折冲都尉沙门陀沙尼拔陀言③:"蚁运土于树端作窠,蚁壤得雨露,凝结而成紫矿。"昆仑国者善④,波斯国者次之。

【注释】

①真腊国:今柬埔寨。

②波斯:这里当指马来亚波斯。在今印度尼西亚苏门答腊岛东北部。

③折冲都尉:职官名。掌宿卫、教习之职,唐代全国各州置折冲府。

④昆仑国:在今印度尼西亚马鲁古群岛。

【译文】

紫矿树　出自真腊国,真腊国称作勒佉。波斯国也有。树高一丈,枝条茂密,树叶像橘叶,过冬凋落,三月开白色的花,不结果。遇大雾天或雨露沾湿,这树的枝条就出紫矿。波斯国使者乌海和沙利深所说的相同,真腊国使者折冲都尉沙门陀沙尼拔陀说:"蚂蚁把土运到树顶做窝,蚁土受雨露滋润,凝结成紫矿。"昆仑国的紫矿好,波斯国的略差些。

18.45 阿魏①　出伽阇那国②,即北天竺也③。伽阇那呼为形虞。亦出波斯国,波斯国呼为阿虞截。树长八九丈,皮色青黄。三月生叶,叶似鼠耳,无花实。断其枝,汁出如饴,久乃坚凝,名阿魏。拂林国僧鸾所说同④。摩伽陀僧提婆言:取其汁,和米豆屑,合成阿魏。

【注释】

①阿魏:药名。(美)爱德华·谢弗《唐代的外来文明》(吴玉贵译本):"阿魏作为一种药物和调料,在唐朝很有名气。唐朝人普遍接受了这种药物的西域的名称,将它称为'阿魏'。……唐朝人还知道它的梵文名称'hingu'(形虞)。……阿魏可以刺激神经,帮助消化,但是唐朝人利用最多的是它'体性极臭而能止臭'的奇异性能。阿魏还是一种高效的杀虫剂;而且'阿魏枣许为末,以牛乳或肉汁煎五六沸服之,至暮以乳服',可以'辟鬼除邪'。"

②伽阇(shé)那国:今阿富汗首都喀布尔往南至坎大哈途中要地。

③北天竺:五天竺之一。见3.55条注①。

④拂林国:"罗马"之讹音,古国名。汉代称大秦(即古罗马帝国),隋唐时称作拂林,在今西亚及地中海沿岸一带。

【译文】

    阿魏   出自伽阇那国,即北天竺国。伽阇那国称作形虞。波斯国也有,称作阿虞截。这种树高八九丈,树皮青黄色。三月长出叶子,像老鼠耳朵,不开花也不结果。截断它的枝条,汁液流出,有如饴糖,时间一长就凝结坚固了,这就是阿魏。拂林国僧鸾所说的与此相同。摩伽陀国和尚提婆说:取这种树汁,再拿米豆屑搅和在一起,就合成了阿魏。

    18.46 婆那娑树①   出波斯国②,亦出拂林,呼为阿萨弾③。树长五六丈,皮色青绿。叶极光净,冬夏不凋。无花结实,其实从树茎出,大如冬瓜,有壳裹之,壳上有刺,瓤至甘甜,可食。核大如枣,一实有数百枚。核中仁如栗黄,炒食之,甚美。

【注释】

①婆那娑树:即波罗蜜树。常绿乔木。果长椭圆形,味甜,可食。

②波斯：此指南海马来亚波斯。

③弾：音 duǒ。

【译文】

　　婆那娑树　出自波斯国,拂林也有,称作阿萨弾。树高五六丈,树皮青绿色。树叶极光净,一年四季不凋落。不开花就结果,果实从树茎上长出,有冬瓜大,外面有层壳包裹着,壳上有刺,内瓤特别甘甜,可吃。核有枣那么大,一个果实有几百枚核。核里面的仁就像栗子,炒着吃,味道很不错。

　　18.47 波斯枣①　出波斯国,波斯国呼为窟莽。树长三四丈,围五六尺。叶似土藤,不凋。二月生花,状如蕉。花有两甲,渐渐开镽②,中有十余房。子长二寸,黄白色,有核,熟则紫黑,状类干枣,味甘如饧③,可食。

【注释】

①波斯枣：即椰枣。

②镽(xià)："罅"的讹字,裂缝。

③饧(xíng)：用麦芽之类熬成的糖稀。

【译文】

　　波斯枣　出自波斯国,波斯国称作窟莽。这种树高三四丈,树围五六尺。树叶像土藤,不凋落。二月开花,像蕉。花有两萼,逐渐开裂,里面有十多个子房。子实长二寸,黄白色,有核,成熟之后则变成紫黑色,形状像干枣,味道甘甜如同糖稀,可以食用。

　　18.48 偏桃①　出波斯国,波斯国呼为婆淡。树长五六丈,围四五尺,叶似桃而阔大。三月开花,白色。花落结实,状如桃子而形偏,故谓之偏桃。其肉苦涩,不可啖。核中仁甘甜,西域诸国并珍之。

【注释】

①偏桃:即扁桃。中型乔木或灌木。核仁可入药,也可食用。

【译文】

偏桃　出自波斯国,波斯国称作婆淡。这种树高五六丈,树围四五尺,叶似桃叶而相对宽大。三月开花,白色。花谢结果,形状像桃子而略扁,所以称作偏桃。果肉苦涩不能吃。果核里有仁,味道甘甜,西域各国都视为珍果。

18.49 槃笯穑树①　出波斯国,亦出拂林国,拂林呼为群汉。树长三丈,围四五尺,叶似细榕,经寒不凋。花似橘,白色。子绿,大如酸枣,其味甜腻,可食。西域人压为油,以涂身,可去风痒。

【注释】

①槃笯(nǔ)穑(sè)树:树名。具体不详。

【译文】

槃笯穑树　出自波斯国,拂林国也有,拂林称作群汉。树高三丈,树围四五尺,树叶像细榕,经冬不凋落。花像橘,白色。果实绿色,有酸枣大,味道甜腻,可吃。西域人用它榨出油,用来涂抹身上,可以去除风痒。

18.50 齐暾树①　出波斯国,亦出拂林国,拂林呼为齐虚

(音阳兮反)②。树长二三丈,皮青白,花似柚,极芳香。子似杨桃,五月熟。西域人压为油,以煮饼果,如中国之用巨胜也③。

【注释】

①齐暾(tūn)树:即波斯橄榄。

②噢:同"橄"。反:反切,古代汉语的注音方法。

③巨胜:胡麻。即芝麻。古人认为胡麻在八谷(黍、稷、稻、梁、禾、麻、菽、麦)之中最胜,故名"巨胜"。

【译文】

　　齐暾树　出自波斯国,拂林国也有,拂林称作齐廒(读音阳兮反)。树高二三丈,树皮青白色,花像柚,特别芳香。子实似杨桃,五月成熟。西域人用来榨油,煎煮饼果,就像中国使用巨胜榨油一样。

18.51 胡椒　出摩伽陀国,呼为昧履支。其苗蔓生,茎极柔弱。叶长寸半,有细条,与叶齐,条上结子,两两相对。其叶晨开暮合,合则裹其子于叶中。子形似汉椒①,至辛辣,六月采。今人作胡盘肉食,皆用之。

【注释】

①汉椒:我国土产的花椒。

【译文】

　　胡椒　出自摩伽陀国,称作昧履支。胡椒苗蔓生,枝茎极柔弱。叶长一寸半,有细枝和叶齐长,枝上结子,两两相对。叶子早晨展开傍晚闭合,闭合时就把子实裹在叶片里。子实的形状像花椒,特别辛辣,六月采收。现在的人做胡盘肉食,都用它。

18.52 白豆蔻①　出伽古罗国②,呼为多骨。形似芭蕉,叶似杜若③,长八九尺,冬夏不凋。花浅黄色,子作朵④,如蒲萄。其子初出,微青,熟则变白。七月采。

【注释】

①白豆蔻:(美)爱德华·谢弗《唐代的外来文明》(吴玉贵译本):"爪哇的'圆豆蔻'或'串豆蔻'是从一个叫做伽古罗的地方运到唐朝的,这个地方显然在马来半岛西海岸。这个国家的名字仍然保留在阿拉伯文里,它的意思就是'豆蔻'。……唐朝人将这种豆蔻称做'白豆蔻'。"

②伽古罗国:南海古国名。见注①。

③杜若:又名"杜蘅"、"杜莲"、"山姜",香草名。叶广披作针形,味辛香。

④朵:丛聚堆积之状。

【译文】

白豆蔻　出自伽古罗国,称作多骨。形如芭蕉,叶像杜若,高八九尺,四季不凋。花是浅黄色的,子实结成丛聚状,就像葡萄那样。子实刚长出来的时候,微青色,成熟之后就变成白色。七月采收。

18.53 荜拨①　出摩伽陀国,呼为荜拨梨,拂林国呼为阿梨诃咃。苗长三四尺,茎细如箸。叶似蕺叶②,子似桑椹。八月采。

【注释】

①荜(bì)拨:胡椒的一种。

②蕺(jí):鱼腥草。

【译文】

荜拨　出自摩伽陀国，称作荜拨梨，拂林国称作阿梨诃咃。苗高三四尺，茎细如筷子。叶子像鱼腥草，子实像桑椹。八月采收。

18.54 醭齐[①]　出波斯国，拂林呼为预勃梨咃[②]。长一丈余，围一尺许，皮色青，薄而极光净。叶似阿魏，每三叶生于条端，无花实。西域人常八月伐之，至腊月，更抽新条，极滋茂。若不剪除，反枯死。七月断其枝，有黄汁，其状如蜜，微有香气，入药疗病。

【注释】

①醭(bié)齐：白松香。

②预：音 hān。

【译文】

醭齐　出自波斯国，拂林称作预勃梨咃。树高一丈多，树围一尺许，树皮青色，皮薄而极光净。树叶似阿魏，每三叶一簇生长在枝条末端，不开花也不结果。西域人经常在八月砍伐，到腊月，树根又抽出新条，非常茂盛。如果不剪除老枝，反而会枯死。七月截断它的枝条，有黄汁流出，就像蜜，微微有些香气，入药可以治病。

18.55 波斯皂荚[①]　出波斯国，呼为忽野檐默，拂林呼为阿梨去伐。树长三四丈，围四五尺，叶似枸缘而短小[②]，经寒不凋。不花而实，其荚长二尺，中有隔，隔内各有一子，大如指头，赤色，至坚硬，中黑如墨，甜如饴，可啖，亦入药用。

【注释】

①波斯皂荚:山扁豆荚。(美)爱德华·谢弗《唐代的外来文明》(吴玉贵译本):"在唐代,清泻山扁豆被称为'婆罗门皂荚'或'波斯皂荚',这是因为这种树与中国的'皂荚'或被叫做'墨皂荚'的'皂豆树'很相似的缘故。清泻山扁豆的印度名称叫阿勒勃,阿勒勃对于唐朝医生来说是很熟悉的一种药物,他们用阿勒勃的子实来治疗多种内科疾病。"

②枸(jǔ)缘:即枸橼。常绿小乔木。叶为长椭圆形,叶缘有波状钝齿或锯齿,淡绿色。

【译文】

波斯皂荚　出自波斯国,称作忽野檐默,拂林称作阿梨去伐。树高三四丈,树围四五尺,树叶像枸橼叶而相对短小,经冬不凋。不开花就结果,皂荚长二尺,里面有隔膜,隔膜里各有一颗子实,有指头大,红色,特别坚硬,子实的中心黑得像墨,甜得像饴糖,可吃,也可入药。

18.56 没树①　出波斯国,拂林呼为阿缕。长一丈许,皮青白色,叶似槐叶而长,花似橘花而大。子黑色,大如山茱萸,其味酸甜,可食。

【注释】

①没树:没香树。树脂即没药。(美)爱德华·谢弗《唐代的外来文明》一书中有考证。

【译文】

没树　出自波斯国,拂林称作阿缕。高一丈多,树皮青白色,树叶像槐叶而相对长些,花像橘花而相对大些。子实黑色,有山茱萸大,味道酸甜,可吃。

18.57 阿勃参①　出拂林国。长一丈余,皮青白色。叶细,两两相对。花似蔓青,正黄。子似胡椒,赤色。斫其枝,汁如油,以涂疥癣,无不瘥者。其油极贵,价重于金。

【注释】

①阿勃参:(美)爱德华·谢弗《唐代的外来文明》(吴玉贵译本):"吉莱阿德香膏又称'麦加香膏',是一种阿拉伯植物的汁液,据说是示巴女王将它引进了巴勒斯坦。九世纪时,这种绿色的树脂引起了段成式的注意……段成式所记录的汉文名'阿勃参',是这种树的名称的叙利亚语形式'aqursāmā'。"

【译文】

阿勃参　出自拂林国。树高一丈多,树皮青白色。叶片很细,两两相对。花像蔓青,纯黄色。子实像胡椒,红色。砍其枝条,渗出如油一般的汁液,用来涂抹疥癣,无不应效。这种油特别贵重,价钱比金子还贵。

18.58 捺祗①　出拂林国。苗长三四尺,根大如鸭卵。叶似蒜,叶中心抽条甚长,茎端有花六出,红白色,花心黄赤,不结子。其草冬生夏死,与荞麦相类。取其花,压以为油,涂身,除风气,拂林国王及国内贵人皆用之。

【注释】

①捺祗(zhī):水仙。程杰《中国水仙起源考》(《江苏社会科学》2011年第6期)认为,我国唐以前未见有水仙的迹象,中国水仙自外国传入的时间在五代,首传地点在今湖北荆州一带,水仙在我国得到广泛记载是宋朝以来的事,而"段成式的记载有可能是得之

耳闻或根据外国传教士提供的药典之类书面材料写成的,不能据此就认定当时水仙已经传入我国"。

【译文】

捺祇　出自拂林国。苗高三四尺,根大如鸭蛋。叶片像蒜苗,叶子的中心抽条很长,茎端有花,六瓣,红白色,花心黄红色,不结子。苗株冬生夏死,和荞麦相似。采其花压取油脂,涂抹身上,可以去除风气,拂林国王以及国内的贵人都用它。

18.59 野悉蜜①　出拂林国,亦出波斯国。苗长七八尺,叶似梅叶,四时敷荣。其花五出,白色,不结子。花若开时,遍野皆香,与岭南詹糖相类②。西域人常采其花,压以为油,甚香滑。

【注释】

①野悉蜜:也作"耶悉茗",即素馨,外形像茉莉。是巴基斯坦的国花。

②詹糖:也作"詹唐",香料名。

【译文】

野悉蜜　出自拂林国,波斯国也有。苗高七八尺,叶片像梅叶,四季繁茂。花有五瓣,白色,不结子。花开的时候漫山遍野都散发着香气,和岭南的詹糖相似。西域人经常采摘这种花压出油脂,很是香滑。

18.60 底桢实①　阿驿,波斯国呼为阿驿,拂林呼为底珍。树长丈四五,枝叶繁茂。叶有五出,似椑麻②,无花而实。实赤色,类椑子,味似干柿,而一月一熟。

【注释】

①底枑(nǐ)实：无花果。

②椑麻：即蓖麻。

【译文】

底枑实　阿驿，波斯国称作阿驿，拂林称作底珍。树高一丈四五，枝叶繁茂。复叶有五片小叶，像蓖麻，不开花，结果。果实红色，类似椑子，味道像干柿子，一月一成熟。

广动植之四

草篇

【题解】

本篇共六十九条,记载芝类、草类。道教认为芝具有神奇的功效,本篇前十条所记各类芝,多出自道书,如参成芝、白符芝、五德芝、菌芝、石芝等出自葛洪《抱朴子·内篇》,夜光芝出自陶弘景《真诰》卷一三。以下杂记各类花草之属,一部分出自《汉武洞冥记》、王嘉《拾遗记》、崔豹《古今注》等典籍,另一部分为作者新出。其中第 19.19 条关于牡丹的记载尤为特别,因为在唐代,唯有牡丹真国色,花开时节动京城。

19.1 芝① 天宝初,临川郡人李嘉胤,所居柱上生芝草,形类天尊。太守张景佚,截柱献之。

【注释】

①按,本条为重出。前已见于 10.50 条。注、译从略。

19.2 大历八年,庐州庐江县紫芝生①,高一丈五尺。芝类至多。

【注释】

①庐州庐江县:今属安徽。

【译文】

大历八年,庐州庐江县长出紫芝,高一丈五尺。芝的种类极多。

19.3 参成芝　断而可续。

【译文】

参成芝　折断后还能接续上。

19.4 夜光芝　一株九实,实坠地如七寸镜,夜视如牛目。茅君种于句曲山①。

【注释】

①茅君:即为茅盈(前145—?),字叔申,咸阳人。初入恒山、华山学道,后隐居句曲山(今江苏句容茅山),据传于汉哀帝时成仙。

【译文】

夜光芝　一株有九子,子实坠地如同七寸镜,晚上看到如同牛眼睛。茅君在句曲山种植这种芝。

19.5 隐辰芝　状如斗,以屋为节①,以茎为刚②。

【注释】

①屋:道书《洞真上清太微帝君步天纲飞地纪金简玉字上经》有本

条相关内容,"屋"字作"星"字。

②刚:上注道书作"纲"字。

【译文】

隐辰芝　形状像北斗,以星为节,以茎为纲。

19.6 凤脑芝　《仙经》言:穿地六尺,以环宝一枚种之,灌以黄水五合①,以土坚筑之。三年,生苗如匏②,实如桃,五色,名凤脑芝。食其实,唾地为凤,乘升太极③。

【注释】

①黄水:一种道教神水。合(gě):古时容量单位,十分之一升。

②匏(páo):一年生草本植物,果实似葫芦而大。

③升太极:指得道成仙。太极,道教中宇宙创生之初的原始本体。

【译文】

凤脑芝　《仙经》上说:掘地六尺,把一枚玉环埋下去,灌上半升黄水,覆上土筑牢。三年后,长出像匏的苗,果实像桃子,五种颜色,名叫凤脑芝。吃这个果实,吐口唾沫在地,化为凤凰,乘着凤凰,就可升入仙界。

19.7 白符芝①　大雪而白华。

【注释】

①按,本条所载,见于晋葛洪《抱朴子·内篇》"仙药第十一":"(草芝)白符芝,高四五尺,似梅。常以大雪而花,季冬而实。"

【译文】

白符芝　下大雪的时候,开白花。

19.8 五德芝①　如车马。

【注释】

①按，本条所载，见于晋葛洪《抱朴子·内篇》"仙药第十一"："五德芝，状似楼殿，茎方，其叶五色各具而不杂，上如偃盖，中常有甘露，紫气起数尺矣。"据19.9条注①引文可知，像车马者为菌芝，此为段成式误记。

【译文】

五德芝　像车马。

19.9 菌芝①　如楼。

凡学道三十年不倦，天下金翅鸟衔芝至②。

【注释】

①菌芝：晋葛洪《抱朴子·内篇》"仙药第十一"："菌芝，或生深山之中，或生大木之下，或生泉之侧，其状或如宫室，或如车马，或如龙虎，或如人形，或如飞鸟，五色无常，亦百二十种，自有图也。"

②金翅鸟：佛教天龙八部有迦楼罗，又称"金翅鸟"，人面，鸟嘴，羽冠，腰部以上为人身，以下为鸟身。或即谓此。

【译文】

菌芝　形状像楼。

大凡坚持学道三十年不懈怠，天下金翅鸟会衔着灵芝飞来。

19.10 罗门山食石芝①，得地仙②。

【注释】

①石芝：晋葛洪《抱朴子·内篇》"仙药第十一"："石芝者，石象芝，
　生于海隅名山，及岛屿之涯有积石者，其状如肉象有头尾四足
　者，良似生物也，附于大石，喜在高岫险峻之地，或却著仰缀
　也。……又若得石象芝，捣之三万六千杵，服方寸匕，日三，尽一
　斤，则得千岁；十斤，则得万岁。"

②地仙：道教仙人谱系中的一类。在天为天仙。在地为地仙，为无
　神通力之仙。

【译文】

服食罗门山石芝，能修成地仙。

19.11 莲　石莲入水必沉①，唯煎盐咸卤能浮之。雁食
之，粪落山石间，百年不坏。相传橡子落水为莲。

【注释】

①石莲：石莲子，指经秋坚硬如石的莲实。

【译文】

　莲　石莲落水必下沉，只有煎盐咸卤水能使它浮起。大雁吃了莲
子，莲子随粪便洒落在山石之间，上百年也不会腐坏。相传橡子掉落水
中变成莲子。

19.12 苔　慈恩寺唐三藏院后檐阶①，开成末②，有苔状
如苦苣③，布于砖上，色如蓝绿，轻嫩可爱。谈论僧义林④，太
和初⑤，改葬基法师⑥。初开冢，香气袭人，侧卧砖台上，形如
生。砖上苔厚二寸余，作金色，气如栴檀。

【注释】

①慈恩寺:唐代长安名寺。在今陕西西安。见 11.40 条注①。

②开成:唐文宗李昂年号(836—840)。

③苦苣(qǔ):一二年生草本植物。嫩叶可食用。

④谈论:讲论佛教经义。

⑤太和:即大和。唐文宗李昂年号(827—835)。

⑥基法师:即为释窥基(631—682),俗姓尉迟,京兆长安人。年十七出家,后为玄奘弟子,随从在慈恩寺译经。

【译文】

苔　开成末年,慈恩寺唐三藏院后屋檐下台阶长出苔藓,形如苦苣,散布在地砖上,近蓝绿色,淡嫩可爱。大和初年,谈论僧义林改葬基法师。刚一开棺,香气扑鼻,基法师遗体侧卧砖台上,形貌如生。砖上苔藓厚两寸多,呈现出一片金色,气如檀香。

19.13 瓦松①　崔融《瓦松赋序》曰②:"崇文馆瓦松者③,产于屋霤之下④。谓之木也,访山客而未详;谓之草也,验农皇而罕记⑤。"《赋》云:"煌煌特秀,状金芝之产霤⑥;历历虚悬,若星榆之种天⑦。葩条郁毓,根柢连卷,间紫苔而裹露⑧,凌碧瓦而含烟。"又曰:"惭魏宫之乌韭⑨,恶汉殿之红莲⑩。"崔公学博,无不该悉,岂不知瓦松已有著说乎?

《博雅》⑪:"在屋曰昔耶,在墙曰垣衣。"《广志》谓之兰香⑫,生于久屋之瓦。魏明帝好之,命长安西载其瓦于洛阳,以覆屋。前代词人诗中,多用"昔耶"。梁简文帝《咏蔷薇》曰⑬:"缘阶覆碧绮⑭,依檐映昔耶。"或言构木上多松栽土⑮,木气泄,则瓦生松。

　　大历中,修含元殿⑯。有一人投状请瓦,且言:"瓦工惟我所能,祖父亦尝瓦此殿矣。"众工不服,因曰:"若有能瓦毕,不生瓦松乎?"众方服焉。

　　又有李阿黑者,亦能治屋,布瓦如齿,间不通綖⑰,亦无瓦松。《本草》⑱:"瓦衣谓之屋游。"

【注释】

①瓦松:多年生常绿草木,生屋瓦之上及深山石罅中,叶厚细长而尖,多数重叠,其形如松,故名"瓦松"。

②崔融(653—706):字安成,齐州全节(今山东济南东北)人。唐中宗为太子时,充侍读。武后朝,累迁凤阁舍人、兼修国史。中宗复位后被贬袁州刺史,旋入为国子司业,监修国史。封清河县子。与苏味道、李峤、杜审言并称为"文章四友"。

③崇文馆:官署名。唐贞观十三年(639)置,初名崇贤馆,掌经籍图书,教授诸王,属东宫。后避太子李贤讳改名崇文。设学士、校书郎等职。

④屋霤(liù):屋檐。

⑤农皇:即神农氏,传说曾遍尝百草,治病救人,教民稼穑。这里代指《神农本草经》

⑥金芝:这里代指瓦松。

⑦星榆之种天:唐欧阳询《艺文类聚》卷八八:"古诗曰:天上何所有,历历种白榆。"

⑧裛(yì):通"浥",沾湿。

⑨乌韭:又名"垣衣",生在墙上阴地的苔。

⑩恧(nǜ):惭愧。

⑪《博雅》:即《广雅》,曹魏时张揖撰。其书博采汉代经书笺注及

《三苍》、《方言》、《说文》等字书增广补充,故名《广雅》,是研究古代汉语词汇和训诂的重要著作。因避隋炀帝讳,易名《博雅》。清代著名学者王念孙有《广雅疏证》。

⑫《广志》:晋郭义恭撰。

⑬梁简文帝:即为萧纲(503—551)。梁武帝第三子。太清三年(549)即帝位。

⑭碧绮:这里形容碧草如绮。

⑮构木:这里是指构屋所用之木。

⑯含元殿:唐代长安城大明宫正殿。

⑰綖:同"线"。

⑱《本草》:本名《神农本草经》。"本草"之名,始见于《汉书·平帝纪》。唐朝显庆年间,诏令苏恭等修订《本草》,增药一百一十四种,为《唐本草》。开元年间,陈藏器撰《本草拾遗》。明代李时珍博采诸家之说,删繁补缺,勘订讹误,著《本草纲目》,是关于"本草"的总结性巨著。

【译文】

瓦松　崔融《瓦松赋序》说:"崇文馆瓦松,长在屋檐之际。要称它为木吧,遍访山中樵夫都不知其详;要说它是草吧,翻遍《神农本草》也不见记载。"《赋》说:"光艳耀眼高高挺出,状似金芝长在屋瓦;一棵一棵虚悬空中,仿佛白榆种在天上。花茎茂密,根柢相连,间杂紫苔露水沾湿,高凌碧瓦云烟隐现。"又说:"自惭不如魏宫的乌韭,自愧难比汉殿的红莲。"崔公学识渊博,无所不知,难道不知道瓦松已经有文献记载了么?

《博雅》:"长在屋上叫昔耶,长在墙上叫墙衣。"《广志》称作兰香,生长在老宅的屋瓦上。魏明帝喜欢瓦松,命人从西边的长安把瓦松连瓦运到洛阳,盖到屋顶上。前代诗人的诗里,多用"昔耶"一词。梁简文帝《咏蔷薇》一诗说:"缘阶覆碧绮,依檐映昔耶。"有人说构木上多松栽土,木气发散,屋瓦就会长出瓦松。

　　大历年间维修含元殿。有个人投递书状请求盖瓦,并且说:"瓦工,只有我才能干这活,我祖父也曾经给含元殿盖瓦。"其他工匠不服,他就问:"你们有谁能保证瓦盖完以后,不长瓦松吗?"众人才服气。

　　又有个叫李阿黑的人,也能修房屋,盖瓦时瓦片排列得像牙齿一样整齐严密,不留一丝缝隙,也不长瓦松。《本草》说:"瓦衣叫屋游。"

　　19.14 瓜　恶香,香中尤忌麝。郑注太和初赴职河中①,姬妾百余尽骑,香气数里,逆于人鼻。是岁自京至河中所过路,瓜尽死,一蒂不获。

【注释】

①郑注(? —835):绛州翼城(今属山西)人。累迁工部尚书,充翰林侍讲学士,出为凤翔陇右节度使。大和九年(835)甘露之变,引兵入京接应,途中闻事败而返,为监军所杀。河中:河中府,治蒲州(今山西永济西南)。

【译文】

　　瓜　忌香气,其中又特别忌麝香。大和初年郑注赴职河中府,一百多名姬妾全都骑着马,脂粉香气飘散几里远,刺激人的鼻孔。当年从京城至河中府沿路的瓜秧都死了,一个瓜都没结。

　　19.15 菱　今人但言菱芰,诸解草木书亦不分别,惟王安贫《武陵记》言①:"四角、三角曰芰,两角曰菱。"今苏州折腰菱多两角。成式曾于荆州,有僧遗一斗郢城菱②,三角而无芒,可以接莎③。

【注释】

①王安贫《武陵记》：宋祝穆《方舆胜览》卷三十："伍安贫，梁朝汉寿人，撰《武陵记》。"或即此。

②郢城：在今湖北江陵西北。

③挼（ruó）莎：两手相互揉搓。

【译文】

芰　今天的人只合称菱芰，各种解释草木的书也不加分辨，只有王安贫《武陵记》说："四角、三角称作芰，两角称作菱。"如今苏州的折腰菱多为两角。我在荆州的时候，有僧人送我一斗郢城菱，三角，没有尖刺，可以随意摩挲。

19.16 芰　一名水栗，一名薢茩①。

汉武昆明池中②，有浮根菱，根出水上，叶沦没波下，亦曰青冰菱。

玄都有菱，碧色，状如鸡飞，名翻鸡芰，仙人凫伯子常采之③。

【注释】

①薢茩：音 xiè hòu。

②昆明池：汉武帝时开凿的人工湖泽，故址在今西安城南。

③"玄都有菱"五句：东汉郭宪《洞冥记》卷三："有玄都翠水，水中有菱，碧色，状如鸡飞，亦名翻鸡菱。仙人凫伯子常游翠水之涯，采菱而食之，兼身生毛羽也。"玄都，"太玄都"的简称。道书谓上仙所居之处。

【译文】

芰　一名水栗，又名薢茩。

汉武帝昆明池中,有浮根菱,根露出水面,叶浸没在水下,也称青冰菱。

玄都有种菱,碧色,形状像鸡飞,称作翻鸡芰,仙人兔伯子经常采摘。

19.17 兔丝子　多近棘及蕣①,山居者疑二草之气类也。

【注释】

①蕣(diào):灰蕣,与藜相似。

【译文】

菟丝子　多数生长在靠近荆棘和灰蕣的地方,山居的人怀疑这两类草的物性相似。

19.18 天名精　一曰鹿活草。昔青州刘懂①,宋元嘉中射一鹿②,剖五脏,以此草塞之,蹶然而起。懂怪而拔草,复倒。如此三度,懂密录此草种之,多主伤折。俗呼为刘懂草。

【注释】

①青州:今属山东。

②元嘉:宋文帝刘义隆年号(434—452)。

【译文】

天名精　又名鹿活草。当年青州刘懂,在刘宋元嘉年间射获一头鹿,剖开五脏,用这种草填塞鹿腹,鹿竟然跌跌撞撞地站起来了。刘懂很奇怪,就拔出这种草,鹿又倒下了。一连三次都是如此,刘懂就悄悄地采了这种草来种植,一般主治外伤骨折。民间称作刘懂草。

19.19 牡丹　前史中无说处，惟《谢康乐集》中[①]，言竹间水际多牡丹。成式检隋朝《种植法》七十卷中[②]，初不记说牡丹，则知隋朝花药中所无也。开元末，裴士淹为郎官[③]，奉使幽冀[④]，回至汾州众香寺[⑤]，得白牡丹一窠，植于长安私第。天宝中，为都下奇赏。当时名公有《裴给事宅看牡丹》诗[⑥]，诗寻访未获。一本有诗云："长安年少惜春残，争认慈恩紫牡丹。别有玉盘乘露冷，无人起就月中看[⑦]。"太常博士张乘尝见裴通祭酒说[⑧]。又房相有言[⑨]："牡丹之会，琯不预焉。"至德中，马仆射镇太原[⑩]，又得红紫二色者，移于城中。元和初犹少，今与戎葵角多少矣[⑪]。

韩愈侍郎有疏从子侄[⑫]，自江淮来，年甚少，韩令学院中伴子弟[⑬]，子弟悉为凌辱。韩知之，遂为街西假僧院，令读书。经旬，寺主纲复诉其狂率[⑭]，韩遽令归，且责曰："市肆贱类营衣食，尚有一事长处，汝所为如此，竟作何物？"侄拜谢，徐曰："某有一艺，恨叔不知。"因指阶前牡丹曰："叔要此花青、紫、黄、赤，唯命也。"韩大奇之，遂给所须试之。乃竖箔曲[⑮]，尽遮牡丹丛，不令人窥。掘窠四面，深及其根，宽容人座。唯赍紫矿、轻粉、朱红[⑯]，旦暮治其根。凡七日，乃填坑，白其叔曰："恨校迟一月[⑰]。"时冬初也。牡丹本紫，及花发，色白红历绿。每朵有一联诗，字色紫分明，乃是韩公出官时诗[⑱]，一韵曰"云横秦岭家何在，雪拥蓝关马不前"十四字[⑲]。韩大惊异。侄且辞归江淮，竟不愿仕。

兴唐寺有牡丹一窠[⑳]，元和中，著花一千二百朵。其色有正晕、倒晕、浅红、浅紫、深紫、黄白檀等，独无深红。又有花叶中无抹心者,重台花者㉑,其花面径七八寸。

兴善寺素师院牡丹㉒,色绝佳。元和末,一枝花合欢㉓。

【注释】

①谢康乐:即为谢灵运(385—433)。见12.9条注⑤。

②《种植法》:《旧唐书·经籍志下》:"《种植法》七十七卷,诸葛颖撰。"

③裴士淹:河东(今山西永济)人。见8.27条注②。郎官:唐代指郎中员外。

④幽冀:在今北京、河北一带。

⑤汾州:今山西汾阳。

⑥给事:给事中,职官名。唐代为门下省之要职。

⑦"长安年少惜春残"四句:按,此为唐代卢纶诗。

⑧太常博士:职官名。太常寺属官,职位清要,品级不高,掌管引导乘舆、撰定五礼、议定谥谥等。祭酒:字面意思是酹酒祭神,古时祭神必由尊长一人举酒祭地,后演变为一种官职。汉代置六经祭酒,晋初改为国子祭酒,隋唐以后称国子监祭酒,为国子监的主管官员。

⑨房相:即为房琯(697—763),字次律,河南(今河南洛阳)人。历仕左庶子、宪部侍郎。安史乱起,扈从玄宗入蜀,拜文部尚书、同中书门下平章事。至德元载(756)八月,奉使至灵武册立肃宗,旋督师反攻长安,战败,罢相。

⑩马仆射:即为马燧。见9.7条注①。

⑪戎葵:即蜀葵。

⑫韩愈(768—824):字退之,河南河阳(今河南孟州)人。郡望昌黎,故世称"韩昌黎"。贞元八年(792)登进士第,历官国子博士、分司东都、刑部侍郎。元和十四年(819)上表谏迎佛骨,贬潮州刺史。

长庆初召为国子祭酒,转兵部侍郎,改吏部侍郎,拜京兆尹兼御史大夫,卒,谥文。韩愈以继承儒家道统为己任,弘扬仁义,排斥佛老,为当时文坛盟主,苏轼誉之为"文起八代之衰"。其诗奇崛雄伟,别开生面,叶燮谓唐代至韩愈为"一大变,其力大,其思雄,崛起特为鼻祖",对宋诗影响很大。侍郎:职官名。唐代为中书、门下及尚书省所属各部长官之副职。疏从子侄:远房子侄。下文所记催开牡丹之事,在北宋时明确记载为韩湘之事,后来更以其为八仙之一,称韩湘子,有《韩仙传》一书,专载其得道成仙等事。

⑬学院:学校。这里指家学。

⑭主纲:纲正。主管僧侣的僧官。

⑮箔曲:竹帘、竹席之类。

⑯紫矿:一种树脂,见本书 18.44 条。轻粉:一种道教外丹黄白术药物。朱红:朱砂。

⑰校:唐人口语。太,很。杜牧《怅诗》:"自是寻春去校迟,不须惆怅怨芳时。"

⑱出官:这里指贬官潮州刺史。

⑲蓝关:即蓝田关,在今陕西蓝田南。

⑳兴唐寺:唐代长安寺院。宋王溥《唐会要》卷四八"寺":"兴唐寺在太宁坊。神龙元年三月十二日,敕太平公主为天后立为罔极寺。开元二十年六月七日,改为兴唐寺。"

㉑重台:花有复瓣,称作"重台"。

㉒兴善寺:唐代长安名寺。在靖善坊。隋开皇年间建,后来不空三藏居之。宋宋敏求《长安志》卷七:"大兴善寺尽一坊之地,寺殿崇广为京城之最。"

㉓合欢:并蒂。

【译文】

牡丹　以前的史书没有记载,只有《谢康乐集》里说到竹林和水边多有牡丹。我查阅隋代《种植法》七十卷里，根本没有记载牡丹，由此可知隋朝花药里也是没有的。开元末年，裴士淹作郎官时，奉使幽冀等地，返回时行至汾州众香寺，得到一棵白牡丹，带回长安种在私宅里。天宝年间，这棵白牡丹成了京城的奇赏。当时名士有《裴给事宅看牡丹》诗，这诗没找到。只有一本书里有首诗说："长安年少惜春残，争认慈恩紫牡丹。别有玉盘乘露冷，无人起就月中看。"太常博士张乘曾听裴通祭酒说起这首诗。又房相曾说："牡丹之会，我没参加。"至德年间，马仆射镇守太原，又得到红、紫二色牡丹，移植在城里。元和初年还比较少，如今能和蜀葵比数量的多少了。

　　韩愈侍郎有个远房子侄，从江淮来到京城，年龄很小，韩愈让他在学校里随同其他子弟读书，其他子弟全受他的欺凌。韩愈知道以后，就为他在街西僧院借一处地方，让他读书。十多天后，寺庙主纲又向韩愈诉说他太狂放率性，韩愈立即命他回来，责备说："市场上的生意人做买卖养家糊口，尚且有一技之长，你如今这样任性胡来，将来怎么办呢？"侄子下拜赔罪，慢悠悠地说："我有一门技艺，只遗憾叔叔不知道。"于是指着阶前的牡丹花说："叔叔想要这丛花变成青、紫、黄、红无论什么颜色，只要你说就行了。"韩愈大为吃惊，就给他提供所需东西让他试着弄。侄子就竖起竹席围住牡丹丛，不让人偷看。挖掘牡丹丛的四面，一直深掘到根，宽到可以容人坐下。只拿紫矿、轻粉、朱砂，从早到晚打理花根。总共七天，把坑填满，对他叔叔说："可惜足足晚了一个月。"当时正是初冬。牡丹本来是紫色的，等到花开，颜色有白、有红、有绿。每朵花上有一联诗，字为紫色，历历分明，原来是韩愈贬官潮州时的诗，其中一韵为"云横秦岭家何在，雪拥蓝关马不前"十四个字。韩愈大为惊异。侄子随后告辞回到江淮，一直不愿做官。

　　兴唐寺有一棵牡丹，元和年间，开花一千二百朵。颜色有正晕、倒晕、浅红、浅紫、深紫、黄白檀等，唯独没有深红。又有花叶中没有抹心的，花是复瓣的，那种花的花面直径有七八寸。

兴善寺素师院里的牡丹,颜色绝美。元和末年,一枝花开出并蒂。

19.20 金灯^①　一曰九形。花叶不相见,俗恶人家种之,一名无义草。

【注释】

①金灯:宋唐慎微《政和证类本草》卷一一引唐陈藏器《本草拾遗》:"山慈菇,根有小毒,主痈肿疮瘘瘰疬结核等……一名金灯花。"

【译文】

金灯　又称九形。开花时不长叶,叶长出时花已谢,民间厌恶在家里栽这种花,又称无义草。

19.21 合离^①　根如芋魁,有游子十二环之,相须而生,而实不连,以气相属。一名独摇,一名离母。若土人所食者,合呼为赤箭。

【注释】

①合离:合离草。其根即天麻。

【译文】

合离　根像芋头,有十二个游离的子实环绕着,根须相率而实际上不相连,以气类相同聚为一簇。又名独摇,又名离母。至于当地人所吃的,则统称为赤箭。

19.22 蜀葵^①　本胡中葵也,一名胡葵。似葵大者,红,可以绩为布。枯时烧作灰,藏火,火久不灭。花有重台者。

【注释】

①蜀葵：又名"荆葵"、"戎葵"、"芘芣"等，植物名。二年生草本
　植物。

【译文】

　　蜀葵　本来是边地的葵，又名胡葵。似葵而相对较大，红色，可以用来
织成布。枯萎时烧成灰，可以保存火种，很久也不会熄灭。花有复瓣的。

　　19.23 茄子　"茄"字本莲茎名，革遐反。今呼伽，未知
所自。成式因就节下食伽子数蒂，偶问工部员外郎张周封
伽子故事，张云："一名落苏，事具《食料本草》。"此误作《食
疗本草》①，元出《拾遗本草》②。成式记得隐侯《行园》诗
云③："寒瓜方卧垄，秋菰正满陂。紫茄纷烂漫，绿芋郁参
差。"又一名昆仑瓜。

　　岭南茄子，宿根成树，高五六尺。姚向曾为南选使④，亲
见之。故《本草》记广州有慎火树⑤，树大三四围。慎火即景
天也⑥，俗呼为护火草。

　　茄子熟者，食之厚肠胃，动气发痰。根能治龟瘃⑦。欲
其子繁，待其花时，取叶布于过路，以灰规之，人践之，子必
繁也，俗谓之嫁茄子⑧。僧人多炙之，甚美。有新罗种者，色
稍白，形如鸡卵。西明寺僧造玄院中有其种⑨。

　　《水经》云⑩："石头西对蔡浦⑪，浦长百里，上有大获浦，
下有茄子浦。"

【注释】

①《食疗本草》：唐孟诜撰，共三卷。

②《拾遗本草》：即唐陈藏器《本草拾遗》。见 19.13 条注⑱。

③隐侯：即为沈约(441—513)，南朝诗人。见 10.39 条注①。

④姚向：历侍御史、万年县令，长庆二年(822)以御史中丞为西川节度判官。工书。南选使：唐高宗上元年间置，简补广、交、黔等州官吏。

⑤《本草》：即《神农本草》。见 19.13 条注⑱。

⑥慎火即景天：宋唐慎微《政和证类本草》卷七："景天，味苦酸平，无毒，主大热火疮，身热烦，邪恶气诸蛊毒，痂疕、寒热、风痹诸不足。花主女人漏下赤白，轻身明目，久服通神不老。一名火母，一名救火，一名据火，一名慎火。"

⑦龟瘃(jūn zhú)：手足冻疮。龟，同"皲"，手足皮肤因寒冷干燥而破裂。瘃，冻疮。

⑧嫁：刘传鸿《〈酉阳杂俎〉校证：兼字词考释》："这里的'嫁'乃俗语词，通过某种方法使植物的子实繁多即称为'嫁'。而且仔细分析相关文例，可以发现'嫁'之法往往与古人的迷信观念联系在一起。"

⑨西明寺：在唐长安城延康坊。

⑩《水经》：旧题汉代桑钦撰，记我国河流水道共一百三十七条。北魏郦道元有《水经注》。

⑪石头：石头城。今江苏南京。

【译文】

茄子　"茄"字原本是莲茎的名，读音革遐反。今天读作伽，不知根据是什么。我在过节的时候吃过几只茄子，偶然问及工部员外郎张周封关于茄子的来历，张周封说："茄子又名落苏，相关情况《食料本草》里有记载。"这本书被误当成《食疗本草》一书，原出自《拾遗本草》。我记得沈约《行园》诗说："寒瓜方卧垅，秋菰正满陂。紫茄纷烂漫，绿芋郁参差。"又有异名为昆仑瓜。

岭南的茄子,老根长成树,有五六尺高。姚向曾任南选使,亲眼看见过。旧《本草》记载广州有慎火树,树干粗到三四人合抱。慎火就是景天,民间称作护火草。

茄子弄熟了吃,可以滋养肠胃,行气化痰。根能治疗手足冻疮。想要茄子多结实,等它开花时,拿茄叶铺在路上,洒灰圈起来,人用脚去践踏,一定会多结实的,民间把这称作嫁茄子。和尚经常烤茄子吃,味道很美。有一种新罗国的茄子,颜色略白些,形状像鸡蛋。西明寺和尚造玄的院子里有这个品种。

《水经》说:"石头城西对着蔡浦,浦长百里,上有大获浦,下有茄子浦。"

19.24 异菌　开成元年春,成式修行里私第书斋前,有枯紫荆数枝蠹折,因伐之,余尺许。至三年秋,枯根上生一菌,大如斗,下布五足,顶黄白两晕,缘垂裙如鹅鞴①,高尺余。至午,色变黑而死。焚之,气如芋香。成式常置香炉于柎台上②,每念经,门生以为善征。后览诸志怪,南齐吴郡褚思庄③,素奉释氏,眠于梁下,短柱是楠木,去地四尺余,有节。永明中④,忽有一物如芝,生于节上,黄色鲜明,渐渐长,数日,遂成千佛状,面目爪指及光相衣服⑤,莫不完具,如金镍隐起⑥,摩之殊软。常以春末生,秋末落,落时佛形如故,但色褐耳。至落时,其家贮之箱中。积五年,思庄不复住其下,亦无他显盛,阖门寿考。思庄父终九十七,兄年七十,健如壮年。

【注释】

①鹅鞴(bèi):用鹅毛制成的车绒。

②枿(niè)：树木砍伐后留下的桩。

③南齐：南朝之一。萧道成篡宋称帝，国号齐（479—502），建都建康。史称"南齐"。

④永明：齐武帝萧赜年号（483—493）。

⑤光相：佛光。

⑥金镊(yè)：金箔。镊，用金属锤成的薄片。

【译文】

异菌　开成元年春，在我修行里的私宅书斋前，有几枝枯死的紫荆被虫蛀断，于是我就砍掉它，留了一尺多的树桩。到开成三年秋天，枯树根上长出一枚菌，形如斗大，菌盖下面有五个菌柄，菌顶有黄白两道晕，边缘垂下裙幅如同鹅鞴，高一尺多。到中午，颜色变黑，死了。用火烧，气味如同芋香。我曾经把香炉放在树桩上，常念诵佛经，弟子认为这是吉兆。后来我阅读志怪书，南齐吴郡褚思庄，素来信奉佛教，睡在屋梁下，短柱是楠木制作的，离地有四尺多，有节疤。永明年间，忽然有一种像芝的东西，长在节疤上，黄色鲜明，慢慢长大，几天后，就长成了千佛的形状，面貌指爪以及佛光衣服，无不完备，就像是金箔凸起的样子，摸上去非常柔软。经常在春末时长出来，秋尽时落下，落下时佛形还是一如原样，只是变成褐色罢了。每到这种千佛芝落下的时候，他家里就收藏在箱子里。五年以后，思庄不再睡在那下面，也没有其他特别显耀盛明的事，只是全家都很长寿。思庄的父亲享年九十七岁，他的兄长年已七十，身体强健如同壮年。

19.25　又梁简文延香园，大同十年，竹林吐一芝，长八寸，头盖似鸡头实①，黑色。其柄似藕柄，内通干空，皮质皆纯白，根下微红。鸡头实处似竹节，脱之又得脱也。自节处别生一重，如结网罗，四面周可五六寸，圆绕周匝，以罩柄上，相远不相著也。其似结网众目，轻巧可爱，其与柄皆得相脱。验仙书，与威喜芝相类[2]。

【注释】

①鸡头实：芡实。

②威喜芝：晋葛洪《抱朴子·内篇》"仙药第十一"："及夫木芝者，松柏脂沦入地千岁，化为茯苓，茯苓万岁，其上生小木，状似莲花，名曰木威喜芝。夜视有光，持之甚滑，烧之不然，带之辟兵，以带鸡而杂以他鸡十二头共笼之，去之十二步，射十二箭，他鸡皆伤，带威喜芝者终不伤也。"

【译文】

另外，梁简文帝时的延香园，在大同十年的时候，竹林冒出一枚灵芝，长八寸，芝盖像鸡头实，黑色。芝柄像藕柄，柄中空贯通，皮质都是纯白色，根下浅红。菌盖处像竹节一样，一层又一层。从结节处又长出一重，好像编织的罗网，四面周长约五六寸，圆圆地围绕一圈，罩在芝柄上，有点缝隙不相连接。它就像结网的很多网眼，轻巧可爱，和芝柄也能脱离。查验道书，和威喜芝相类似。

19.26 舞草[1]　　出雅州[2]。独茎三叶，叶如决明[3]。一叶在茎端，两叶居茎之半，相对。人或近之歌及抵掌讴曲，必动叶如舞也。

【注释】

①舞草：周淑荣等《动感植物——舞草的栽培管理》（《特种经济动植物》2012年第5期）："舞草（《酉阳杂俎》）又名钟萼豆（《台湾植物志》），在植物分类学中属于被子植物门双叶植物纲豆目科舞

草属。舞草产于中国福建、江西、广东、广西、贵州、四川、云南、台湾等省区。成株为三出复叶,当晴天、无风、阳光充足、气温达20℃以上时,2片侧生叶以总叶柄为轴心围绕顶生叶自行摆动,故名舞草。"

②雅州:今四川雅安。

③决明:豆科植物,一年生草本植物。种子可作利尿剂,有清肝明目之效。

【译文】

　　舞草　出自雅州。一根独茎,三片叶子,叶子像决明草。一片叶在茎的顶端,另两片叶子相对着长在茎的中间。有人靠近它唱歌或是击掌哼曲子,它的叶子就会随节奏舞动起来。

19.27 护门草　常山北有草①,名护门。置诸门上,夜有人过,辄叱之。

【注释】

　　①常山:此指北岳恒山。

【译文】

　　护门草　常山北边一种草,名叫护门。把这种草放置在门上,夜间有人经过,草就会发声呵斥。

19.28 仙人绦①　出衡岳②。无根蒂,生石上。状如同心带,三股,色绿,亦不常有。

【注释】

　　①绦(tāo):用丝线编成的带子。

②衡岳:衡山。

【译文】

仙人绦　出自衡山。没有根蒂,长在石头上。形状有如同心带,三股,绿色,也并不常见。

19.29 睡莲　南海有睡莲①,夜则花低入水。屯田韦郎中从事南海②,亲见。

【注释】

①南海:南海郡。治所在今广州。

②屯田韦郎中:即为韦绶(? —822),字子章,京兆万年(今陕西西安)人。屯田郎中,职官名。属工部,从五品上,职掌天下屯田之政令。从事:职官名。这里是为州郡从事的意思。

【译文】

睡莲　南海有种睡莲,到了夜间花就弯下头没入水中。屯田郎中韦绶任南海从事时,亲眼所见。

19.30 蔓金苔　晋时,外国献蔓金苔。色如金,若萤火之聚,大如鸡卵。投之水中,蔓延波上,光泛铄日如火。亦曰夜明苔。

【译文】

蔓金苔　晋朝时,外国进献蔓金苔。颜色如金,像萤火虫聚集在一起,有鸡蛋大。把它投进水里,金光滟滟,映照着日光,犹如火焰。也叫夜明苔。

19.31 异蒿　田在实①,布之子也。大和中,尝过蔡州北②,路侧有草如蒿,茎大如指,其端聚叶,似鹪鹩窠在颠③。折视之,叶中有小鼠数十,才若皂荚子,目犹未开,啾啾有声。

【注释】

①田在实:据《旧唐书·田弘正传》,田弘正之子为田布,田布有子名田在宥,唐文宗大和间人。

②蔡州:今河南汝南。

③鹪鹩(jiāo liáo):鸟名。体形较小,鸣声动听。

【译文】

异蒿　田在实,田布的儿子。大和年间,曾经路过蔡州北边,见路旁有草像蒿草,茎粗如手指,茎的顶端叶片簇聚,就像鹪鹩的巢搭在树颠。折下来细看,叶片里有几十只小鼠,才如皂荚子大小,眼睛还未睁开,发出啾啾的叫声。

19.32 蜜草　北天竺国出蜜草①,蔓生,大叶,秋冬不死。因重霜露,遂成蜜,如塞上蓬盐②。

【注释】

①北天竺国:五天竺之一。见3.55条注①。

②蓬盐:北方生长一种植物名为盐蓬,秋天时茎叶俱红,烧灰煎盐,名为蓬盐。

【译文】

蜜草　北天竺国出产蜜草,蔓生,大叶片,秋冬季节也不枯死。经过几次霜露,就变成了蜜,就像塞上的盐蓬草变成蓬盐一样。

19.33 老鸦笊篱①　叶如牛蒡而狭②，子熟时，色黑，状如笊篱。

【注释】

①笊篱(zhào lí)：用竹条等编制的器具，能漏水，用来在汤水里捞东西。

②牛蒡(bàng)：二年生草本植物。根和嫩叶可食，种子可以入药。

【译文】

老鸦笊篱　叶子像牛蒡而相对较窄些，子实成熟时，黑色，形状如同笊篱。

19.34 鸭舌草　生水中，似莼①，俗呼为鸭舌草。

【注释】

①莼(chún)：多年生水草，浮在水面。可食。

【译文】

鸭舌草　生长在水里，像莼菜，民间称作鸭舌草。

19.35 胡蔓草①　生邕、容间②。丛生，花偏如栀子，稍大，不成朵，色黄白，叶稍黑。误食之，数日卒。饮白鹅、白鸭血则解。或以一物投之，祝曰："我买你。"食之不死。

【注释】

①胡蔓草：野葛。

②邕：邕州，今广西南宁。容：容州，今广西北流。

【译文】

胡蔓草　生长在邕、容二州之间。丛生，花略如栀子花而稍大，不成朵状，黄白色，叶片略黑。如果误食，几天时间就会死。喝白鹅、白鸭血可以解毒。或是用一件东西投向它，祝祷说："我买你。"然后再吃，就不会死。

19.36 铜匙草①　生水中，叶如剪刀。

【注释】

①铜匙草：水慈菇。

【译文】

铜匙草　生长在水里，叶片像剪刀。

19.37 水耐冬　此草经冬在水不死，成式于城南村墅池中有之。

【译文】

水耐冬　这种草长在水里，经冬不死，在我城南的村庄别墅池塘里有这种草。

19.38 天芋　生终南山中，叶如荷而厚。

【译文】

天芋　生长在终南山里，叶片如同荷叶而较厚。

19.39 水韭　生于水湄,状如韭而叶细长,可食。

【译文】

水韭　生长在水边,样子像韭菜而叶片细长,可吃。

19.40 地钱^①　叶圆茎细,有蔓,生溪涧边。一曰积雪草,亦曰连钱草。

【注释】

①地钱:苔类植物。叶圆如钱,故名。

【译文】

地钱　叶子圆形,茎细,有蔓,生长在溪涧边。又称积雪草,也叫作连钱草。

19.41 蚍蜉酒草^①　一曰鼠耳,象形也。亦曰无心草。

【注释】

①蚍蜉酒草:鼠曲草。可入药。

【译文】

蚍蜉酒草　又名鼠耳,是象形的说法。也叫作无心草。

19.42 盆甑草　即牵牛子也。结实后断之,状如盆甑,其中有子,似龟。蔓如薯预^①。

【注释】

①薯预：山药。

【译文】

盆甑草　即牵牛子。结子后断开，形状如同盆甑，里面有子实，像龟。藤蔓如同山药。

19.43 蔓胡桃^①　出南诏。大如扁螺，两隔，味如胡桃。或言蛮中藤子也。

【注释】

①蔓胡桃：野胡桃。

【译文】

蔓胡桃　出自南诏。有扁螺大，有两隔，味道如同胡桃。有人称作蛮中藤子。

19.44 油点草　叶似莙达^①，每叶上有黑点相对。

【注释】

①莙达：甜菜。

【译文】

油点草　叶子类似甜菜，每片叶子上都有黑点相对。

19.45 三白草^①　此草初生不白，入夏，叶端方白。农人候之莳田，三叶白，草毕秀矣。其叶似薯预。

【注释】

①三白草:宋唐慎微《政和证类本草》卷一一引唐陈藏器《本草拾遗》:"三白草捣绞汁服,令人吐逆,除胸肠热疾,亦主虐及小儿痞满。按此草初生无白,入夏,叶端半白如粉,农人候之莳田,三叶白草便秀,故谓之三白。……其叶似薯蓣,亦不似水荭。"

【译文】

三白草　这种草刚生长的时候不白,进入夏季,叶尖才白。农夫把它视为耕作的物候,三次叶子变白,说明草长得非常茂盛了。它的叶子像山药。

19.46 博落回　有大毒,生江淮山谷中。茎叶如麻,茎中空,吹作声,如"勃逻回",因名之。

【译文】

博落回　有巨毒,生长在江淮地区山谷中。茎和叶片像麻,茎的中心是空的,吹的时候发出像"勃逻回"的声音,因而得名。

19.47 蒟蒻①　根大如碗。至秋,叶滴露,随滴生苗。

【注释】

①蒟蒻(jǔ ruò):又称"蒻头"、"鬼头"、"鬼芋"。按,疑即魔芋,一种多年生草本植物。地下有球茎。

【译文】

蒟蒻　根有碗那么大。到秋天,叶子滴上露水,随即长出新苗。

19.48 鬼皂荚　生江南地泽,如皂荚,高一二尺,沐之,

长发。叶亦去衣垢。

【译文】

鬼皂荚 生长在江南低湿之地,形如皂荚,高一到二尺,用来洗头,可以生发。叶子也可以用来洗衣服。

19.49 通脱木① 如蓖麻②,生山侧。花上粉,主治恶疮。心空,中有瓤,轻白可爱,女工取以饰物③。

【注释】

①通脱木:也称"通草"。

②蓖麻:即蓖麻。

③女工:女子从事的刺绣、纺织等手工。

【译文】

通脱木 像蓖麻,生长在山边。花粉主治恶疮。茎中空,有质地轻软的茎髓,颜色洁白可爱,女工用来制作饰品。

19.50 毗尸沙花① 一名日中金钱花。花本出外国,梁大同二年进来中土。

【注释】

①毗尸沙花:又名"金钱花",即子午花。

【译文】

毗尸沙花 又名日中金钱花。这种花本来出自外国,萧梁大同二年进献而传入中土。

19.51 左行草　使人无情。范阳长贡①。

【注释】

①范阳:唐范阳郡,治所在蓟县(今北京西南)。

【译文】

左行草　使人无情。范阳长期进贡。

19.52 青草槐　龙阳县䄟牛山南①,有青草槐,蕞生②,高尺余。花若金灯,仲夏发花,一本云迄千秋。

【注释】

①龙阳县:今湖南汉寿。

②蕞(zuì):这里是丛聚的意思。

【译文】

青草槐　龙阳县䄟牛山南面,有一种青草槐,丛生,高一尺多。花像金灯,仲夏开花,有记载说又叫迄千秋。

19.53 竹肉①　江淮有竹肉,生竹节上,如弹丸,味如白鸡②。竹皆向北③,有大树鸡④,如栖桊⑤,呼为胡孙头。

【注释】

①竹肉:又称“竹菰”。寄生在朽竹根节上的一种菌类植物。

②白鸡:疑应作“白树鸡”。

③竹皆向北:或作“代北”。代北,代州以北,指今山西北部及河北西北部一带。

④树鸡：一种大木耳。

⑤桮棬(bēi quān)：杯盘。桮，同"杯"。棬，曲木做成的饮器。

【译文】

竹肉　江淮地区有一种竹肉，生长在竹节上，好像弹丸，味道如同白色的树鸡。代北地区有种大树鸡，形状像杯盘，叫作胡孙头。

19.54 石耳①　庐山有石耳，性热。

【注释】

①石耳：苔藓类植物，形状似耳，生长在悬崖峭壁阴湿石缝中，故名。是一种山珍。

【译文】

石耳　庐山有一种石耳，是热性的。

19.55 野狐丝①　庭有草，蔓生，色白，花微红，大如粟，秦人呼为野狐丝。

【注释】

①野狐丝：菟丝子。

【译文】

野狐丝　庭院里有一种草，蔓生，白色，花微红色，大小如粟米，关中人称作野狐丝。

19.56 金钱花①　一云本出外国，梁大同二年进来中土。梁时，荆州掾属双陆②，赌金钱，钱尽，以金钱花相足。鱼弘

谓得花胜得钱③。

【注释】

①金钱花:即前面的"毗尸沙花"。

②双陆:古代的一种博戏。《资治通鉴》卷二○八:"上使韦后与三思双陆。"胡三省注:"双陆者,投琼以行十二棋,各行六棋,故谓之双陆。"

③鱼弘:南朝梁人,占籍襄阳。曾任南谯、盱眙、竟陵太守。

【译文】

金钱花　一说本产自外国,梁朝大同二年进献传入中土。梁朝时,荆州的掾吏玩双陆赌钱,钱输完了,就用金钱花相抵。鱼弘说赢得金钱花胜过赢钱。

19.57 荷　汉昭帝时①,池中有分枝荷,一茎四叶,状如骈盖②。子如玄珠③,可以饰珮也。灵帝时④,有夜舒荷,一茎四莲,其叶夜舒昼卷。

【注释】

①汉昭帝:即为刘弗陵(前94—前74)。汉武帝少子。后元二年(前87)立为皇太子,旋即帝位。元平元年卒,葬平陵。

②骈:两马并驾称作骈。

③玄:黑色。

④灵帝:即为刘宏(156—189)。汉章帝玄孙。桓帝死,无子,迎之即皇帝位。中平六年卒,葬文陵。

【译文】

荷　汉昭帝时,池中有分枝荷,一根茎上长了四片荷叶,形状如同并排的车盖。莲子如同黑色的珠子，可以用作珮饰。灵帝时，有一种夜舒荷，一根茎上有四朵莲花，荷叶夜晚舒展，白天卷曲。

19.58 梦草[1]　汉武时异国所献，似蒲，昼缩入地，夜若抽萌。怀其草，自知梦之好恶。帝思李夫人[2]，怀之辄梦。

【注释】

[1] 梦草：东汉郭宪《洞冥记》卷三："有梦草，似蒲色红，昼缩入地，夜则出，亦名怀梦。怀其叶则知梦之吉凶，立验也。帝思李夫人之容，不可得，朔乃献一枝。帝怀之，夜果梦夫人，因改曰怀梦草。"

[2] 李夫人：汉武帝宠妃，乐师李延年、贰师将军李广利的妹妹。容貌艳丽，善歌舞，早卒。《汉书·外戚列传上》："上思念李夫人不已，方士齐人少翁言能致其神。乃夜张灯烛，设帐帷，陈酒肉，而令上居他帐。遥望见好女如李夫人之貌，还幄坐而步，又不得就视。上愈益相思悲感，为作诗曰：'是邪？非邪？立而望之，偏何姗姗其来迟？'令乐府诸音家弦歌之。上又自为作赋以伤悼夫人。"

【译文】

梦草　汉武帝时外国进献，像蒲草，白天蜷缩入地，晚上像萌芽一样又长出来。怀揣这种草，自己就知道梦的好与不好。汉武帝思念李夫人，怀揣这种草，就能梦见。

19.59 乌莲[1]　叶如鸟翅，俗呼为仙人花。

【注释】

[1] 乌莲：晋崔豹《古今注》卷下："万连，叶如鸟翅，一名乌羽，一名凤

翼,花大者其色多红绿,红者紫点,绿者绀点,俗呼为仙人花,一名连缬花。"按,万连,唐苏鹗《苏氏演义》卷下引作"乌莲"。

【译文】

乌莲　叶子像鸟儿的翅膀,民间称作仙人花。

19.60 雀芋　状如雀头,置干地反湿,置湿地复干。飞鸟触之堕,走兽遇之僵。

【译文】

雀芋　形状如同雀头,放在干地上反而变湿,放在湿地上又会变干。飞鸟碰到雀芋就会掉下来,走兽触到也会僵硬不动。

19.61 望舒草　出扶枝国。草红色,叶如莲。月出则舒,月没则卷。

【译文】

望舒草　出自扶枝国。草是红色的,叶如莲。月亮出来时就舒展开来,月亮落下后就卷曲起来。

19.62 红草　山戎之北有草①,茎长一丈,叶如车轮,色如朝虹。齐桓时②,山戎献其种,乃植于庭,以表霸者之瑞。

【注释】

①山戎:也称"北戎",我国古代北方少数民族,居于今河北东部。春秋时,与齐、郑、燕等国境界相接。

②齐桓：即为小白(？—前643)。齐僖公之子，襄公之弟。在位时，
　　任用管仲实施改革，国力强盛，居于春秋五霸之首。

【译文】

红草　山戎以北有一种草，茎长一丈，叶子像车轮，颜色像朝霞。
齐桓公时，山戎进献这种草的种子，于是就种植在大庭中，当作称霸天
下的祥瑞。

19.63 神草　魏明时，园中合欢草，状如蓍，一株百茎，
昼则众条扶疏，夜乃合一茎，谓之神草。

【译文】

神草　魏明帝时，园中有合欢草，长得像蓍草，一株草有上百根茎，
白天众多枝条扶疏，夜晚就合成了一根茎，被称作神草。

19.64 三蔬　晋时有芳蔬园，在金墉之东①。有菜名芸
薇，类有三种：紫色为上蔬，味辛；黄色为中蔬，味甘；青者为
下蔬，味咸。常以三蔬充御菜，可以藉食②。

【注释】

①金墉：金墉城。曹魏明帝时所筑，在洛阳城东。唐时始废。

②藉：铺垫。

【译文】

三蔬　晋朝时洛阳有芳蔬园，在金墉城东。有种菜名叫芸薇，细分
为三类：紫色的为上蔬，味道辛辣；黄色的为中蔬，味道甘甜；青色的为
下蔬，味咸。经常以三蔬作为御膳用菜，可以用来铺垫着放置食品。

19.65 掌中芥　末多国出也①。取其子置掌中，吹之，一吹一长，长三尺，乃植于地。

【注释】

①末多国：据东汉郭宪《洞冥记》卷三记载，有末多国献"却睡草"，"此国人长四寸，织麟毛为布，以文石为床，人形虽小，而室宇崇旷，织凤毛锦，以锦为帷幕也"。按，据同书同卷记载，末多国之后，有乌哀国，其国有"龙爪薤"、"掌中芥"；本条称掌中芥为末多国所出，应是段成式误记。

【译文】

掌中芥　出自乌哀国。拿它的种子放在手掌中吹，吹一下长一点，到三尺长，就种在地下。

19.66 水网藻　汉武昆明池中有水网藻，枝横侧水上，长八九尺，有似网目。凫鸭入此草中，皆不得出，因名之。

【译文】

水网藻　汉武帝昆明池中有一种水网藻，枝茎横侧在水面上，有八九尺长，就像网眼一样。野鸭游进其中，都无法游出来，因而得名。

19.67 地日草　南方有地日草，三足乌欲下食此草①，羲和之驭②，以手掩乌目，食此则美闷不复动。东方朔言③：为小儿时，井陷，坠至地下，数十年无所寄托。有人引之，令往此草，中隔红泉，不得渡。其人以一只屐，因乘泛红泉，得至草处，食之。

【注释】

①三足乌:传说中太阳里的神乌,为日之精。

②羲和:传说中驾驭日车者。之驭:疑为"驭之"之倒文。

③东方朔:生卒年不确,字曼倩,平原厌次(今山东陵县)人。西汉
辞赋家。汉武帝初年举贤良方正。以诙谐滑稽为后世知闻。

【译文】

地日草　南方有地日草,三足乌想要下来吃这种草,羲和驾驭日
车,用手遮住三足乌的眼睛,因为三足乌吃了这种草觉得味美就贪恋不
动了。东方朔说:他小时候,井塌陷了,坠落到地下,几十年无依无靠。
有人带领着让他前去这种草生长的地方,中间隔着红泉,无法渡过。那
人给他一只木屐,于是乘着木屐渡过红泉,到达那里,吃了这种草。

19.68 挟剑豆①　乐浪东②,有融泽。之中生豆荚,形似
人挟剑,横斜而生。

【注释】

①挟剑豆:刀豆。一年生缠绕性草本植物。

②乐浪:在今朝鲜平壤南。

【译文】

挟剑豆　乐浪之东,有处融泽。融泽里生长着一种豆荚,形状像人
持着一柄剑,横斜生长。

19.69 牧靡①　建宁郡乌句山南五百里②,生牧靡草,可
以解毒。百卉方盛,乌鹊误食乌喙中毒③,必急飞牧靡山,啄
牧靡以解也。

【注释】

①牧靡：升麻。多年生草本植物，根茎为不规则块状。可入药。

②建宁郡：三国蜀汉所置郡，其地在今云南。

③乌喙：又称"乌头"、"土附子"，一种有毒植物。

【译文】

牧靡　建宁郡乌句山南边五百里，生长着一种牧靡草，可以解毒。百草丰茂的时候，鸟儿误吃乌喙中了毒，一定会急忙飞到牧靡山，啄食牧靡来解毒。

前集卷二十

肉攫部

【题解】

　　本篇所记者，与动植诸篇貌同而实异，为养鹰驯鹰的专论。肉攫者，字面取自《吕氏春秋·本味篇》的"水居者腥，肉攫者臊，草居者膻"（见本书7.8条），因为鹰为食肉类猛禽，故以"肉攫"名篇。本篇内容，涉及取鹰、鹰网、驯鹰、鹰性、鹰品等等，是我国有关鹰事的早期记载。

　　20.1取鹰法　七月二十日为上时，内地者多，塞外者殊少。八月上旬为次时，八月下旬为下时，塞外鹰毕至矣。

　　鹰网目，方一寸八分，纵八十目，横五十目。以黄蘗和杼汁染之①，令与地色相类。蠹虫好食网②，以蘗防之。

　　有网竿、都杙、吴公③。

　　磔竿二④，一为鹑竿，一为鸽竿。鸽飞能远察见鹰，常在人前。若竦身动盼，则随其所视候之。

【注释】

　①黄蘗(bò)：又名"黄柏"，落叶乔木，茎、皮可作黄色染料，也可入　　药。杼(shù)：栎树，也称"麻栎"、"橡"、"柞树"，树皮可作染料。

②螽（zhōng）：一种害虫。

③网竿、都杙（yì）：都是鹰网的配件。杙，钉网的木橛子。吴公：即蜈蚣。这里指喂鸟儿的虫子。

④磔（zhé）竿：以鸽子之类的鸟儿为诱饵用来捕鹰的木架。磔，肢体分裂，因引诱用的鸟儿会被鹰抓伤撕裂，故名。

【译文】

捕鹰法　七月二十日为上时，内地的鹰多，塞外的鹰特别少。八月上旬为次时，八月下旬为下时，塞外的鹰都飞来了。

鹰网眼，一寸八分见方，纵向八十眼，横向五十眼。用黄蘖混和杼汁染过，让网和土色相同。螽虫喜欢咬食鹰网，用黄蘖来防虫。

有网竿、都杙、吴公。

磔竿有两种，一种是鹑竿，一种是鸽竿。鸽子飞翔时能很远就看到鹰，经常在人之前就发现了。如果看见鸽子竿身振翅躁动察看，就随着它察看的方向等着鹰的出现。

20.2 取木鸡、木雀、鹞①　网目方二寸，纵三十目，横八十目。

【注释】

①鹞（yào）：似鹰而小的一种猛禽。

【译文】

捕捉木鸡、木雀、鹞子　网眼二寸见方，纵向三十眼，横向八十眼。

20.3 凡鸷鸟①，雏生而有惠②，出壳之后，即于窠外放巢③。大鸷恐其堕坠，及为日所曝，热喝致损④，乃取带叶树枝插其巢畔，防其坠堕及作阴凉也。欲验雏之大小，以所插之叶为候⑤。若一日、二日,其叶虽萎,而尚带青色。至六七日,其叶微黄。十日后枯瘁⑥,此时雏渐大,可取。

【注释】

①鸷(zhì):凶猛的鸟。

②惠:通"慧"。

③放巢:疑为"放条"。条,鹰的粪便,放条即是鹰排粪便。

④暍(yē):中暑。

⑤候:征兆。

⑥枯瘁(cuì):枯落,枯死。

【译文】

大凡鸷类猛禽,幼雏一出生就很聪明,出壳之后,就要在窝外边排便。大鸟担心它掉下去,以及被太阳曝晒,受热致病,就拿带叶的树枝插在窝的四周,以防幼雏掉落,同时也可以遮阴。捕鹰者想要知道雏鸟的大小,就观察窝边所插的带叶树枝,作为判断的标准。如果刚出生一到两天,那叶子虽然略微有些枯萎,却仍带青色。到六七天后,叶子渐渐有些黄了。十天后叶子就枯落了,这时雏鸟就大些了,可以捕捉。

20.4　凡禽兽,必藏匿形影,同于物类也。是以蛇色逐地,茅兔必赤,鹰色随树。

【译文】

大凡禽兽,一定会想法把自己的身体隐藏在同类颜色的环境中。所以蛇的颜色和地面相似,茅草中的野兔必然全身红毛,老鹰的羽毛也随同大树的颜色。

20.5 鹰巢　一名蓲①。鹰呼蓲子者,雏鹰也。鹰四月一日停放,五月上旬拔毛入笼。拔毛先从头起,必于平旦过顶②,至伏鹑则止③。从颈下过飏毛④,至尾则止。尾根下毛名飏毛,其背毛并两翅大翎、覆翮及尾毛十二根等⑤,并拔之。两翅大毛合四十四枝,覆翮翎亦四十四枝。八月中旬出笼。

【注释】

①蓲(chù):鸟巢。

②平旦:清晨。

③伏鹑:疑即"鹑尾"。鹑尾为十二星次之一,对应十二时辰中的巳时(上午九时至十一时)。

④飏(yáng):飞扬。

⑤翮(hé):鸟翎的茎,翎管。这里代指翅羽,因其坚利,古时又称"剑羽"。

【译文】

鹰巢　又叫蓲。鹰称作蓲子的,就是指雏鹰。鹰四月一日停止放飞,五月上旬拔毛关进笼子圈养。拔毛的时候先从头部拔起,必须在清晨时拔过顶,到巳时拔完。从颈下拔过飏毛,到尾部拔完。尾的根部下面的毛名叫飏毛,背部的毛、两翅的大翎、覆翮以及十二根尾毛,全部都要拔掉。两翅的大翎一共有四十四根,覆翮翎也是四十四根。八月中旬放出笼。

20.6 雕、角鹰等①,三月一日停放,四月上旬置笼。

【注释】

①雕:大型猛禽。

【译文】

雕和角鹰等,三月一日停止放飞,四月上旬入笼。

20.7 鹘①,北回鹰过尽停放,四月上旬入笼,不拔毛。鹘,五月上旬停放,六月上旬拔毛,入笼。

【注释】

①鹘(hú):隼,一种猛禽。

【译文】

鹘,北飞的鹰过完以后就停止放飞,四月上旬关进笼子,不拔毛。鹘,五月上旬停止放飞,六月上旬拔毛,关进笼子。

20.8 凡鸷击等,一变为鸽①,二变为鹎转鸧②,三变为正鸽③。自此已后,至累变,皆为正鸽。

【注释】

①一变为鸽:鹰类出生之后,每年换一次羽毛。

②鹎(biǎn):鹰类两岁时的羽色(苍黄色)。隋魏澹《鹰赋》:"毛衣屡改,厥色无常,寅生酉就,总号为黄。二周作鹎,千日成苍。"鸧(cāng):鸟名。体苍青色。这里代指鹰的羽色。

③正鸽:鹰类三岁时的羽色。

【译文】

凡是鸷鸟之类,第一次换羽毛为鸽子的颜色,第二次羽色就由苍黄色变为苍青色,第三次则变为纯正的鹰羽色。自此以后,无论怎样变换,都是纯正的鹰羽色。

20.9 白鹘　觜爪白者,从一变为鹇,至累变,其白色一定,更不改易。若觜爪黑者,臆前纵理、翎尾斑节微微有黄色者,一变为鹇,则两翅封上及两胜之毛间似紫白①,其余白色不改。

【注释】

①封:隆起物。胜(bì):同"髀",股,即大腿。

【译文】

白鹘　嘴和爪子都是白色的,自从第一次毛色变成苍黄色,直至以后逐年变色,它的白色是固定不会改变的。如果嘴和爪子是黑色的,胸前的纵向花纹、翎毛尾斑节微微有黄色的,第一次变色为苍黄色,而两翅上的翎毛以及两股的毛夹杂有紫白色,其余的白色不变。

20.10 齐王高纬①,武平六年②,得幽州行台仆射河东潘子晃所送白鹘③,合身如雪色,视臆前微微有纵白斑之理,理色暧昧如缥④。觜本之色⑤,微带青白,向末渐乌。其爪亦同于觜,蜡胫并作黄白赤⑥。是为上品。黄麻色,一变为鹇,其色不甚改易,惟臆前纵斑渐阔而短⑦。鹇转出后,乃至累变,背上微加青色,臆前纵理转就短细,渐加膝上鲜白。此为次色。

【注释】

①高纬(556—578):齐武成帝长子。大宁二年(562)立为皇太子,

天统四年(568)亲政,隆化元年(576)禅位。

②武平:北齐后主高纬年号(570—576)。

③幽州:在今北京西南。行台:设置于外州代表朝廷行尚书省事的机构。河东:黄河以东地区,指今山西中南部。潘子晃:为北齐司徒潘乐之子,尚公主,拜驸马都尉,武平末年,为幽州道行台右仆射、幽州刺史。

④纁(xūn):浅红色。

⑤本:根部。

⑥蜡:淡黄如蜡的颜色。胫:小腿。

⑦纵斑:即后句的"纵理"。鹰初长成时,胸部羽毛有上细下粗的长点,即"纵理"。

【译文】

武平六年,齐王高纬得到幽州行台仆射河东潘子晃所送的白鹞,全身洁白如雪,细看胸脯前微微有纵向的白斑花纹,花纹隐隐约约又泛出淡红色。嘴根微带青白色,向嘴尖逐渐变为乌黑。爪子颜色和嘴相同,蜡胫的颜色全为黄白红。这是上品。黄麻色的鹞,先变成苍黄色,羽色没有什么大变化,只是胸脯前纵向的斑纹渐渐变宽变短。幼鹞以后乃至逐年变色,背上的羽毛微加青色,胸脯前的纵向纹理变得短而细,膝上渐渐增加亮白色。这是次一等的羽色。

20.11 青麻色　其变色,一同黄麻之鹞。此为下品。又有罗乌鸽[①]、罗麻鸽。

【注释】

①鸽:同"鹞"。

【译文】

青麻色鹞　它的羽毛变色,和黄麻鹞的苍黄色完全相同。这是下品。又有罗乌鹘、罗麻鹘。

20.12 白兔鹰　觜爪白者，从一变为鸹，乃至累变，其白色一定，更不改易。觜爪黑而微带青白色，臆前纵理及翎毛斑节微有黄色者，一变背上翅尾微为灰色，臆前纵理变为横理①，变色微漠若无，胜间仍白。至于鸹转已后，其灰色微褐而渐渐向白。其觜爪极黑，体上黄鹊斑色微深者，一变为青白鸹，鸹转之后，乃至累变，臆前横理转细，则渐为鸽色也。

【注释】

①纵理变为横理：鹰次年换羽毛时，胸部羽毛上的长点（纵理）变成横道（横理）。以后每年换一次羽毛，横理就变细一些，毛色也变白一些。

【译文】

白兔鹰　嘴和爪子是白色的，自起初羽色变为苍黄，乃至以后逐年变色，那白色是固定不变的。嘴和爪子黑中略带青白色，胸脯前纵向纹理及翎尾斑节略带黄色的，第一次背上和翅尾微变为灰色，胸脯前的纵向纹理变为横向，颜色变化很微细，两股间仍为白色。到了第二次变色以后，它的灰色微带褐色而又渐渐变白。那种嘴和爪子深黑色而身上黄鹊斑纹颜色略深的，第一次变成青白鸹，第二次变色以后直至逐年变色，胸脯前横向纹理变细，就渐渐地变成鸽色。

20.13 齐王高洋①，天保三年②，获白兔鹰一联③，不知所得之处。合身毛羽如雪，目色紫，爪之本白，向末为浅乌之色。蜡胫并黄，当时号为金脚。

【注释】

①高洋(529—559):武定八年(550)废魏孝静帝自立,国号齐,是为
　北齐;后因凶杀无度,嗜酒肆淫,暴死,谥文宣皇帝,庙号显祖。
　《北史·齐本纪中》:"(显祖)系徒罪至大辟,简取随驾,号为供御
　囚,手自刃杀,持以为戏。凡所屠害,动多支解,或投之烈火,或
　弃之漳流。兼以外筑长城,内营台殿,赏费过度,天下骚然,内外
　惵惵,各怀怨毒。"

②天保:高洋年号(550—559)。

③联:双,对。

【译文】

　　天保三年,齐王高洋得到一对白兔鹰,不知他是从何处得到的。这
对鹰全身羽毛洁白如雪,鹰眼为紫色,爪子根部为白色,向爪尖逐渐变
成浅乌色。蜡胫都是黄色的,当时称作金脚。

　　20.14 又高齐武平初①,领军将军赵野又献白兔鹰一
联②,头及顶,遥看悉白,近边熟视,乃有紫迹在毛心。其背
上以白地紫迹点其毛心,紫外有白赤周绕,白色之外,以黑
为缘。翅毛亦以白为地,紫色节之。臆前以白为地,微微有
缥赤纵理。眼黄如真金,觜本之色微白,向末渐乌。蜡作浅
黄色胫,指之色亦黄,爪色与觜同。

【注释】

①高齐:即北齐。

②领军将军:职官名。东汉建安时,曹操为丞相,相府自置领军,与
　护军皆领禁兵。曹丕受禅,始置领军将军,主禁卫诸营。北齐置
　有领军府。唐置左右领军卫,为禁卫之一,有大将军、将军等官。

【译文】

又高齐武平初年,领军将军赵野叉进献一对白兔鹰,自头至顶,远看全是白的,靠近细看,羽毛中心有紫色斑痕。背上的羽毛,毛心点缀着白底紫斑,紫色外面有白红色环绕,白色之外,又有黑边。翅膀的羽毛也是白色的底子,间节着紫色。胸前羽毛以白色为底,又有浅红色纵纹隐约可见。鹰眼的颜色如同黄金,嘴根的颜色微白,向嘴尖逐渐转乌。蜡胫为浅黄色,趾的颜色也是黄色,爪的颜色和嘴相同。

20.15 散花白[①]　觜爪黑而微带青白色者,一变为紫理白鹞。鹞转以后,乃至累变,横理转细,臆前紫渐灭成白。其觜爪极黑者,一变为青白鹞。鹞转之后,乃至累变,横理转细,臆前渐作灰白色。

【注释】

①散花白:隋魏澹《鹰赋》:"亦有白如散花,赤如点血。大文若锦,细斑似缬。眼类明珠,毛犹霜雪。"

【译文】

散花白　嘴和爪子黑中略带青白色的,羽色初变为紫色纹理的白鹞。鹞转以后乃至多次变色,横向纹理变细,胸脯前紫色逐渐消失变成白色。嘴和爪子深黑色的,初变为青白鹞。鹞转以后乃至多次变色,横向纹理变细,胸脯前逐渐变作灰白色。

20.16 赤色　一变为鹞,其色带黑。鹞转已后,乃至累变,横理转细,臆前微微渐白,其背色不改,此上色也。

【译文】

红色鹰　羽色初变为鹁色，其中带有黑色。鹁转以后，乃至多次变色，横向纹理变细，胸前羽毛微微变白，背上的羽色不变，这是上等羽色。

20.17 白唐　一变为青鹁，而微带灰色。鹁转之后，乃至累变，横理转细，臆前微微渐白。

【译文】

白唐鹰　初变为青鹁，其中略带灰色。鹁转以后，乃至多次变色，横向纹理变细，胸前羽毛微微变白。

20.18 鷃烂堆黄①　一变之鹁，色如鹙氅②。鹁转之后，乃至累变，横理转细，臆前渐渐微白。

【注释】

①鷃烂堆黄：明彭大翼《山堂肆考》卷一六一：“《中朝故事》：骊山多鸟，名阿滥堆，明皇采其声为曲。……阿滥堆，一名阿鞞廻，又名鷃滥堆。”

②鹙氅(qiū chǎng)：鹙毛，可用来做外套或是仪仗中的旗幡。

【译文】

鷃烂堆黄　羽色初变之后，有如鹙氅。鹁转以后，乃至多次变色，横向纹理变细，胸前羽毛微微变白。

20.19 黄色　一变之后，乃至累变，其色似于鹙氅，而色微深,大况鹦烂堆黄,变色同也。

【译文】

黄色鹰　羽色初变之后,乃至多次变色,颜色类似鸷鹭而稍深些,很像鹦烂堆黄,羽色变化相同。

20.20 青斑　一变为青父鹑。鹑转之后,乃至累变,横理转细,臆前微微渐白。此次色也。

【译文】

青斑鹰　羽色初变为青父鹑。鹑转之后乃至多次变色,横向纹理变细,胸前羽毛微微变白。这是次等的羽色。

20.21 白唐　"唐"者,黑色也,谓斑上有黑色。一变为青白鹑,杂带黑色。鹑转之后,乃至累变,横理转细,臆前渐渐微白。

【译文】

白唐鹰　"唐"的意思是黑色,指花斑上有黑色。羽色初变为青白鹑,夹杂黑色。鹑转之后乃至多次变色,横向纹理变细,胸前羽毛微微变白。

20.22 赤斑唐　谓斑上有黑色也。一变为鹑,其色多黑。鹑转之后,乃至累变,横理转细,臆前黑虽渐褐,世人仍名为黑鸽。

【译文】

赤斑唐鹰　指花斑上有黑色。羽色初变为鶙,颜色多为黑色。鶙转之后乃至多次变色,横向纹理变细,胸前的黑色羽毛虽然渐渐变为褐色,人们仍然叫作黑鸽。

20.23青斑唐　谓斑上有黑色也。一变为鶙,其色带青黑。鶙转之后,乃至累变,横理虽细,臆前之色,仍常暗黪^①。此下色也。

【注释】

①黪(cǎn):颜色青黑无光。

【译文】

青斑唐鹰　指花斑上有黑色。羽色初变为鶙,颜色带有青黑。鶙转之后乃至多次变色,横向纹理虽然变细,胸前的羽色仍是青黑无光。这是下等羽色。

20.24鹰之雌雄,唯以大小为异,其余形相,本无分别。雉鹰虽小,而是雄鹰,羽毛杂色,从初及变,既同兔鹰,更无别述。雉鹰一岁,臆前纵理阔者,世名为鸽斑,至后变为鶙鸽之时,其臆纵理变作横理,然犹阔大。若臆前纵理本细者,后变为鶙鸽之时,臆前横理亦细。

【译文】

鹰的雌雄,只以形体大小为区分,其余外表并无差别。雉鹰形体虽小,却是雄鹰,羽色驳杂,从初变到累变,和兔鹰相同,不再另外叙述。

雉鹰一岁时,胸前纵向纹理宽阔的,世人称作鹘斑,到后来变为鹘鸽的时候,胸前纵向纹理变为横向纹理,但仍然宽阔。如果是胸前纵向纹理本来就细的,后来变为鹘鸽的时候,那横向纹理也相应就细。

20.25 荆窠白者,短身而大,五斤有余,便鸟而快①,一名沙里白。生代北沙漠里荆窠上,向雁门、马邑飞②。

【注释】

①便:敏捷。这里是捕捉的意思

②雁门:隋大业初年改代州为雁门郡,治所在今山西代县。马邑:今山西朔县。

【译文】

荆窠白鹰,身短而粗大,重五斤多,捕捉鸟儿速度很快,又叫沙里白。生活在代北沙漠里的荆棘丛中,向雁门、马邑迁徙。

20.26 代都赤者①,紫背黑须,白睛白毛。三斤半已上、四斤已下,便兔。生代川赤岩里②,向灵丘、中山、白峒飞③。

【注释】

①代都赤:杜甫《送李校书二十六韵》:"代北有豪鹰,生子毛尽赤。"

②代川:即代州,在今山西代县一带。

③灵丘:今属山西。中山:汉中山国,唐置定州,今属河北。白峒(jiàn):即白涧山,在今山西阳城西北。

【译文】

代都红鹰,背羽紫色,面毛黑色,眼睛和羽毛是白色的。重三斤半到四斤,捕捉兔子。生活在代川的赤岩里,向灵丘、中山、白峒迁徙。

20.27 漠北白者^①，身长且大，五斤有余，细斑短胫，鹰内之最。生沙漠之北，不知远近，向代川、中山飞。一名西道白。

【注释】

①漠北：今阴山以北的蒙古高原，统谓之漠北。

【译文】

漠北白鹰，体形又长又大，重五斤多，有细碎的花斑，短腿，是鹰类中最好的。生活在沙漠之北，不知具体有多远，向代川、中山迁徙。又名西道白。

20.28 房山白者^①，紫背细斑，三斤已上、四斤已下，便兔。生代东、房山白杨、椵树上^②，向范阳、中山飞^③。

【注释】

①房山：今河北平山。

②椵树：一种类似白杨的落叶乔木。

③范阳：今河北涿州。

【译文】

房山白鹰，背羽紫色，有细斑，重三到四斤，捕捉兔子。生活在代川以东至房山一带的白杨和椵树上，向范阳、中山迁徙。

20.29 渔阳白^①　腹背俱白，大者五斤，便兔。生徐无及东西曲^②，一名大曲、小曲。白杨树上生，向章武、合口、博海飞^③。

【注释】

①渔阳:在今天津蓟县一带。

②徐无:即徐无山,在今河北玉田东北。

③章武:在今河北黄骅西北。合口:在今河北沧州东南。博海:或"渤海"之误。

【译文】

渔阳白鹰　腹背羽毛都为白色,大的有五斤,捕捉兔子。生活在徐无山及东西曲,又名大曲、小曲。在白杨树上搭窝,向章武、合口、博海迁徙。

20.30 东道白　腹背俱白,大者六斤余,鹰内之最大。生卢龙、和龙以北①,不知远近,向涣林、巨里、章武、合口、光州飞②。虽稍软,若值快者,越于前鹰。

【注释】

①卢龙:今属河北。和龙:今辽宁朝阳。

②涣林:不详。巨里:在今山东章丘西。光州:今山东莱州。

【译文】

东道白鹰　腹背羽毛都为白色,大的有六斤多,是鹰类中最大的。生活在卢龙、和龙以北,不知远近,向涣林、巨里、章武、合口、光州迁徙。虽然体力稍弱,如果碰到飞得快的,可以超过渔阳白鹰。

20.31 土黄　所在山谷皆有。生柞、栎树上,或大或小。

【译文】

土黄鹰　随处山谷都有。生活在柞树和栎树上,体形有大有小。

20.32 黑皂骊^①　大者五斤。生渔阳山松、杉树上，多死。时有快者。章武飞。

【注释】

①骊：黑色。

【译文】

黑皂骊鹰　大的有五斤。生活在渔阳的山松、杉树上，很难养活。有的飞得快。向章武迁徙。

20.33 白皂骊　大者五斤。生渔阳、白道、河阳、漠北^①，所在皆有。生柏枯树上，便鸟。向灵丘、中山、范阳、章武飞。

【注释】

①白道：在今内蒙古呼和浩特东北。河阳：今河南孟州。

【译文】

白皂骊鹰　大的有五斤。生活在渔阳、白道、河阳、漠北，到处都有。生活在枯柏树上，捕捉鸟儿。向灵丘、中山、范阳、章武迁徙。

20.34 青斑　大者四斤。生代北及代川白杨树上。细斑者快。向灵丘山、范阳飞。

【译文】

青斑鹰　大的有四斤。生活在代北及代川的白杨树上。有细花斑的飞得快。向灵丘山、范阳迁徙。

20.35 鸱鹰荏子^①　青黑者快。蜕净眼明^②,是未尝养雏,尤快。若目多眵^③,蜕不净者,已养雏矣,不任用,多死。又条头无花^④,虽远而聚。或条出句然作声^⑤,短命之候。口内赤,反掌热^⑥,隔衣蒸人,长命之候。叠尾、振卷打格、只立理面毛^⑦,藏头睡,长命之候也。

【注释】

①鸱鹰荏子:半大的鹰。

②蜕:鸟换毛。

③眵(chī):眼屎。

④条:鹰的粪便。鹰排便称"出条"。

⑤句(gōu)然:弯曲的样子。

⑥反掌:疑为"爪掌"。

⑦振卷打格:鸷鸟吃了猎物的毛不会消化,隔一段时间会卷成球状吐出来,并有打嗝声。只立:单腿站立。

【译文】

鸱鹰荏子　青黑色的飞得快。毛换得干净眼睛明亮,是未曾养育过幼雏的鹰,飞得尤其快。如果眼屎多,毛换得不彻底,是养育过幼雏的鹰,不堪驱使,而且多数会养死。另外粪便头没有开裂,即便排出很远也都会结在一起。有的排便时弓着背发出声音,是短命的征兆。口内发红,爪掌发热,隔着衣服也觉得热气蒸人,是长命的征兆。尾羽齐聚,吐出猎物的毛团时打嗝,单腿站立,用另一只爪子梳理面部羽毛,头埋在羽毛里睡觉,这些都是长命的征兆。

20.36 凡鸷鸟飞,尤忌错喉^①,病入叉,十无一活。叉在咽喉骨前皮里,铁盆骨内^②,膝之下^③。

【注释】

①错喉:饮食误入气管。

②铁盆骨:又作"缺盆骨"。清沈肜《果堂集》卷二:"膺中骨之上,自结喉下四寸,至肩端前,横而大者曰巨骨,其半环中断者曰缺盆骨。"

③膝(sù):同"嗉",鸟类喉咙下装食物的地方。

【译文】

凡是鸷鸟飞翔时,特别害怕食物误入气管,一旦呛进叉,肯定活不了。叉在咽喉骨前皮下,缺盆骨内,嗉囊之下。

20.37 吸筒^①　以银鍱为之^②,大如角鹰翅管。鹰以下,筒大小准其翅管。

【注释】

①吸筒:或是为鹰治病疗伤的器具。

②鍱:金属薄片。

【译文】

吸筒　用银质薄片卷成,粗细和角鹰的翅管一样。比鹰小的,吸筒的粗细也依据其翅管的粗细而定。

20.38 凡夜条不过五条数者,短命。条如赤小豆汁,与白相和者死。凡网损、摆伤、兔蹋伤、鹤兵爪^①,皆为病。

【注释】

①网损:网捕受伤。鹤兵爪:鹤双脚里第一趾名兵爪。刘传鸿《〈酉阳杂俎〉校证:兼字词考释》:"疑'兵爪'后脱一'伤'字,作'鹤兵

　　爪伤'，指鹰捕鹤时所受兵爪之伤，与'网损'、'摆伤'、'兔蹋伤'
相类。"

【译文】

　　凡是夜间排便不超过五次的，短命。粪便像红小豆汁，又间杂着白
色物的，会死。凡是网损、摆伤、兔蹋伤、鹤兵爪伤，都是病相。

续集卷一

支诺皋上

【题解】

"支",是支派、支属的意思。李剑国《唐五代志怪传奇叙录》:"洪氏(按,洪迈)以续志为前志附庸,故以支名之,此正段氏命名之义。……似《杂俎》续集中有'其类相从四支'语。此当出续集自序。今本无自序,阙耳。此亦可证成式书本有前集续集之分,非直合为三十卷也。"

支诺皋,就是诺皋记的补遗。本篇十七条,记鬼魅精怪奇人异事,其中不少精彩篇章。如 X1.1 条新罗国旁𪄻、X1.3 条南中吴洞女叶限、X1.16 条崔生等,情节曲折离奇,人物形象鲜明。尤其叶限一篇,乃是中国版的扫灰娘故事(详该条注),相关研究文章很多。

X1.1 新罗国有第一贵族金哥,其远祖名旁𪄻①,有弟一人,甚有家财。其兄旁𪄻因分居,乞衣食。国人有与其隙地一亩,乃求蚕谷种于弟,弟蒸而与之,𪄻不知也。至蚕时,有一蚕生焉,目长寸余,居旬,大如牛,食数树叶不足。其弟知之,伺间,杀其蚕。经日,四方百里内蚕飞集其家。国人谓之巨蚕,意其蚕之王也。四邻共缫之,不供。谷唯一茎植焉,穗长尺余,旁𪄻常守之。忽为鸟所折,衔去。旁𪄻逐之,上山五六里，鸟入一石罅。日没径黑，旁㐌因止石侧。至夜半月明，见群小儿，赤衣共戏。一小儿云："尔要何物？"一曰："要酒。"小儿露一金锥子，击石，酒及樽悉具。一曰："要食。"又击之，饼饵羹炙，罗于石上。良久，饮食而散，以金锥插于石罅。旁㐌大喜，取其锥而还。所欲随击而办，因是富侔国力②，常以珠玑赡其弟。弟方始悔其前所欺蚕谷事，仍谓旁㐌："试以蚕谷欺我，我或如兄得金锥也。"旁㐌知其愚，谕之不及，乃如其言。弟蚕之，止得一蚕如常蚕。谷种之，复一茎植焉。将熟，亦为鸟所衔。其弟大悦，随之入山。至鸟入处，遇群鬼，怒曰："是窃予金锥者！"乃执之，谓曰："尔欲为我筑糠三版乎③？欲尔鼻长一丈乎？"其弟请筑糠三版。三日饥困不成，求哀于鬼，乃拔其鼻，鼻如象而归。国人怪而聚观之，惭恚而卒。其后，子孙戏击锥求狼粪，因雷震，锥失所在。

【注释】

①㐌：音 yí。

②侔：相等。

③筑糠：用糠筑墙。糠，松散无黏性，筑墙不易成。

【译文】

新罗国有位第一贵族，名叫金哥，他的远祖名叫旁㐌，旁㐌有个弟弟，富有家财。哥哥旁㐌因为分家，贫无衣食。国中有人给了他一亩空地，他于是求弟弟给些蚕种、谷种，弟弟却把种子蒸熟了给他，旁㐌毫不知情。到养蚕时，有一只蚕孵出来，眼睛有一寸多长，十多天以后，就长得像牛那么大，吃几树桑叶还不饱。他弟弟知道了，瞅机会杀了这只蚕。过了一天，方圆百里之内的蚕都飞集到他家里。国中人都认为先前那只巨蚕是蚕王。左邻右舍都来帮他缲丝，仍是忙不过来。谷子也只长出一棵苗，谷穗有一尺多长，旁㑌常去看守着。忽然有一天，谷穗被鸟儿折断衔走了。旁㑌赶紧去追，追上山五六里远，鸟儿钻入一处石缝。太阳下山了，一片漆黑看不清路，旁㑌只好在石头边过夜。到半夜月光明亮，旁㑌看见一群小孩，身穿红衣在一起游戏。一个小儿问："你想要什么？"另一小儿回答说："要喝酒。"这小儿拿出一根金锥子，敲击石头，酒和酒杯全都摆好了。又一个小儿说："要吃饭。"又用金锥敲击石头，饼、糕、羹、烤肉也都摆出来。过了很久，吃喝完毕，这群小儿各自散去，临走时把金锥插在石缝中。旁㑌非常高兴，拿着金锥子回到家。想要什么用金锥一击就能得到，因此富可敌国，经常拿珠宝送给他弟弟。弟弟这才懊悔先前用蒸熟的种子欺骗哥哥的事，仍然对旁㑌说："你试着用蒸熟的蚕谷种子欺骗我，我没准也能像哥哥一样得到金锥。"旁㑌知道他犯傻，说他又听不进，只好按他说的去做。弟弟养蚕，只得到一只普普通通的蚕。种谷，也只长出一根苗。快成熟时，也被鸟儿衔走了。弟弟大喜，追着鸟儿上了山。到了鸟儿钻入石缝的地方，迎面碰见一群鬼，看见他大怒说："这就是偷了我们金锥的人！"就捉住他，问："你是要为我们用糠筑三版墙呢？还是想让你的鼻子长成一丈长？"弟弟请求用糠筑墙。筑了三天时间，又饿又困，墙也没筑成，只好向鬼哀求，鬼就把他的鼻子拔得长长的，弟弟就这样拖着一条长长的大象般的鼻子回家了。国中人十分好奇，前来围观，弟弟羞怒交加而死。后来，旁㑌的子孙闹着玩，敲击金锥要狼粪，于是惊雷震响，金锥就不见了。

　　X1.2 临湍西北有寺[①]，寺僧智通，常持《法华经》入禅[②]。每晏坐[③]，必求寒林净境，殆非人所至。经数年，忽夜有人环其院呼"智通"，至晓，声方息。历三夜，声侵户，智通不耐，应曰："汝呼我何事？可入来言也。"有物长六尺余，皂衣青面,张目巨吻,见僧,初亦合手④。智通熟视良久,谓曰:"尔寒乎? 就是向火。"物亦就坐,智通但念经。至五更,物为火所醉,因闭目开口,据炉而鼾。智通睹之,乃以香匙举灰火,寘其口中⑤。物大呼起走,至阃⑥,若蹶声。其寺背山,智通及明,视其蹶处,得木皮一片,登山寻之,数里,见大青桐树,稍已童矣⑦,其下凹根若新缺然。僧以木皮附之,合无绽隙。其半,有薪者创成一蹬,深六寸余,盖魅之口,灰火满其中,火犹荧荧。智通以焚之,其怪自绝。

【注释】

①临湍:在今河南邓州西北。

②《法华经》:佛经名。即《妙法莲华经》。宣扬三乘归一之旨,自以其法微妙,如莲华居尘不染,故名。以鸠摩罗什译本最为通行。

入禅:入定,僧人修行,闭目静坐,使心定于一处。

③晏坐:安然而坐。

④合手:两掌相合,以示敬意。

⑤寘:通"填",填塞。

⑥阃(kǔn):门槛。

⑦稍:泛指事物的末端,枝叶。童:秃。

【译文】

临湍西北有座寺院,寺里的和尚智通,常常持念《法华经》入定。每每安然打坐,一定要找个清幽树林人迹罕至的寂静之境。过了几年,一天夜间忽然有人绕着寺院喊"智通",到天亮,喊声才消失。一连三夜,这喊声传入室内,智通终于不耐烦了,回应说:"你喊我什么事? 不妨进屋来说。"只见一个六尺多高的怪物进来,黑衣青面,鼓鼓的眼睛大大的嘴,见到智通,也还合掌行礼。智通久久地端详它,对它说:"你冷吗?

就在这里烤火吧。"怪物也坐下来,智通旁若无物,只管念经。到了五更,怪物被火烤得晕晕乎乎的,于是闭上眼睛张开嘴,靠着火炉打鼾。智通一看这情形,就拿起香灰匙舀些炭火填进怪物的嘴里。那怪物大喊着起身跑了,到了门槛,像是跌了一跤。寺院依山而建,等到天明时,智通看那怪物跌倒的地方,有一片树皮,就登山寻找,走了几里远,看见一棵大青桐树,树尖已经光秃了,树下凹根处好像新缺了一块。智通拿那块树皮贴上去,严丝合缝。树干的半腰,有樵夫为攀树砍出的一个蹬脚处,深六寸多,就是那树精的嘴,里面填满了炭火,还有微微的火光。智通烧了这棵树,那怪物也就自此绝迹了。

X1.3 南人相传,秦汉前有洞主吴氏①,土人呼为吴洞,娶两妻。一妻卒,有女名叶限②,少惠,善陶钧③,父爱之。末岁父卒,为后母所苦,常令樵险汲深。时尝得一鳞,二寸余,赪鬐金目④,遂潜养于盆水。日日长,易数器,大不能受,乃投于后池中。女所得余食,辄沉以食之。女至池,鱼必露首枕岸,他人至,不复出。其母知之,每伺之,鱼未尝见也。因诈女曰:"尔无劳乎?吾为尔新其襦⑤。"乃易其弊衣。后令汲于他泉,计里数里也。母徐衣其女衣,袖利刃,行向池呼鱼,鱼即出首,因斤杀之。鱼已长丈余,膳其肉,味倍常鱼,藏其骨于郁栖之下。逾日,女至向池,不复见鱼矣,乃哭于野。忽有人披发粗衣,自天而降,慰女曰:"尔无哭,尔母杀尔鱼矣,骨在粪下。尔归,可取鱼骨藏于室,所须第祈之⑥,当随尔也。"女用其言,金玑衣食,随欲而具。及洞节⑦,母往,令女守庭果。女伺母行远,亦往,衣翠纺上衣,蹑金履。母所生女认之,谓母曰:"此甚似姊也。"母亦疑之。女觉,遽反,遂遗一只履,为洞人所得。母归,但见女抱庭树眠,亦不之虑。其洞邻海岛,岛中有国名陀汗,兵强,王数十岛,水界数千里。洞人遂货其履于陀汗国,国主得之,命其左右履之,足小者,履减一寸。乃令一国妇人履之,竟无一称者。其轻如毛,履石无声。陀汗王意其洞人以非道得之,遂禁锢而拷掠之,竟不知所从来。乃以是履弃之于道旁,即遍历人家捕之,若有女履者,捕之以告⑧。陀汗王怪之,乃搜其室,得叶限,令履之而信。叶限因衣翠纺衣,蹑履而进,色若天人也。始具事于王,载鱼骨与叶限俱还国。其母及女即为飞石击死,洞人哀之,埋于石坑,命曰懊女冢。洞人以为媒祀⑨,求女必应。陀汗王至国,以叶限为上妇。一年,王贪求,祈于鱼骨宝玉无限。逾年,不复应。王乃葬鱼骨于海岸,用珠百斛藏之,以金为际。至征卒叛时,将发以赡军。一夕,为海潮所沦。成式旧家人李士元所说。士元本邕州洞中人⑩,多记得南中怪事。

【注释】

①洞:古代南方少数民族部落单位。

②叶限:杨宪益《中国的扫灰娘故事》(《译余偶拾》):"偶检《酉阳杂俎·支诺皋》,发现一篇欧洲著名的故事,兹录于下(中略)。这篇故事显然就是西方的扫灰娘故事。段成式是九世纪人,可见这段故事至迟在九世纪或甚至在八世纪已传入中国了。篇末说述故事者为邕州人,邕州即今广西南宁,可见这段故事是由南海传入中国的。据英人柯格斯考证,这故事在欧洲和近东共有三百四十五种大同小异的传说。……据格灵姆的传说,这位'扫灰

娘'名为 Aschenbr de。Aschenbr 一字的意思是'灰'，就是英文的
Asches，盎格鲁萨克逊文的 Aescen，梵文的 Asan。最有趣的是在
中文本里，这位姑娘依然名为叶限，显然是 Asches 或 Asan 的译
音。通行的英文本是由法文转译的，其中扫灰娘所穿的鞋是琉
璃的，这是因为法文里是毛制的鞋（Vair），英译人误认为琉璃
（Verre）之故。中文本虽说是金履，然而又说'其轻如毛，履石无
声'，大概原来还是毛制的。"

③陶钧：制作陶器。

④赪（chēng）：红色。

⑤襦（rú）：短衣。

⑥第：只管。

⑦洞节：南方少数民族的节日。

⑧按，此处当有文字脱漏。

⑨媒祀：即禖祀，求子的祭祀。禖，求子所祭之神。

⑩邕州：今广西南宁。

【译文】

　　南方人相传，秦汉以前有位洞主吴氏，当地人称作吴洞，娶了两位
妻子。其中一位去世了，留下一个女儿名叫叶限，小时就很聪慧，很会
制作陶器，父亲很爱她。后来父亲去世，叶限受后母虐待，经常被派去
高山砍柴，深涧汲水。有次叶限捉到了一条鱼，有两寸多长，红鳍金眼，
就悄悄地养在水盆里。鱼一天天长大，换了几次容器，最后大得装不下
了，就放进后院池塘里。叶限把自己本就不多的食物，分一些给鱼吃。
叶限每到池边，鱼儿一定会浮出水面靠近岸边，其他人来，鱼就不再露
面。后母知道了，经常在池边窥伺，从未见到鱼出现。她于是就欺骗叶
限说："你辛苦了，我为你做了一件新衣服。"就换下她的旧衣服。后来，
后母让叶限到另一处泉水汲水，约有几里之远。后母悄悄地换上叶限
的旧衣服，袖藏利刃，来到池边呼唤鱼，鱼浮出水面，后母就砍杀了鱼。

鱼已经长到一丈多长,鱼肉做菜吃,味道比普通的鱼美得多,后母把鱼骨藏在粪土之下。过了一天,叶限来到池边,却怎么也不见鱼儿露面,于是在野外伤心哭泣。忽然有个披散头发穿着粗衣的人从天而降,安慰叶限说:"你不要哭,你的后母杀了你的鱼,鱼骨埋在粪土下面。你回家后,把鱼骨挖出来,藏在房间里,想要什么只管对着鱼骨祈祷就是,一定会如意随心。"叶限听从他的话,金玉衣食,想要就有。到过洞节的时候,后母前去过节,让叶限看守院里的果实。叶限等后母走得远了,也就前去,穿着翠纺上衣,脚着金履。后母的亲生女儿认出了叶限,对母亲说:"这个人很像姐姐。"后母也起了疑心。叶限发觉了,立即返回,仓促之间掉了一只鞋,被洞人拾到了。后母回到家,只见叶限在院里抱着一棵树打瞌睡,也就打消了疑虑。那个洞邻近海岛,海岛上有个陀汗国,兵力强大,统治着几十个岛屿,海疆几千里。拾鞋的洞人到陀汗国卖那只金履,陀汗国王买下,命左右试穿,都不合脚,让脚最小的人去试,金履又缩减一寸,还是穿不上。国王于是让全国的妇女都来试穿,竟然没有一个人合脚。金履轻如羽毛,走在石上寂然无声。陀汗国王认为洞人不是从正当途径得到这只金履的,就把他关起来,拷问真相,洞人最终也说不出金履得自何方。于是就把这只金履扔在路旁,派人到每户人家搜捕,如果有女子穿这只鞋,就抓来禀告。……陀汗王觉得奇怪,就搜查她家,抓到叶限,让她试穿金履验证。叶限于是身穿翠纺衣,脚着金履前来,真是貌如天仙。叶限这才把事情的前前后后告诉了陀汗王,陀汗王载着鱼骨、带着叶限一起回国。后母和她亲女儿都被飞石击中而死,洞人哀怜她们,把她们埋葬在石坑里,起名为懊女冢。洞人把这里当作祈求送子的祭祀之所,有求必应。陀汗王回国后,封叶限为上妃。有一年,陀汗王贪得无厌,向鱼骨祈求无尽的珍宝。过了一年,鱼骨不再灵应。陀汗王就把鱼骨埋在海岸,在里面藏了上百斛珍宝,用金作为边框。预备在出征的士兵叛乱时,用这些珍宝劳军。一天傍晚,鱼骨坟被海潮冲没了。这个故事是我先前的家人李士元讲的。

李士元本为邕州洞中人，记得很多南方的奇异之事。

X1.4　太和五年，复州医人王超^①，善用针，病无不差。于午忽无病死，经宿而苏。言始梦至一处，城壁台殿，如王者居。见一人卧，召前袒视，左髆有肿^②，大如杯。令超治之。即为针，出脓升余。顾黄衣吏曰："可领视毕也。"超随入一门，门署曰"毕院"，庭中有人眼数千，聚成山，视内迭瞬明灭。黄衣曰："此即毕也。"俄有二人，形甚奇伟，分处左右，鼓巨箑吹激^③，眼聚扇而起，或飞或走，或为人者，顷刻而尽。超访其故，黄衣吏曰："有生之类，先死而毕。"言次忽活。

【注释】

①复州：今湖北沔阳。

②髆（bó）：肱骨。

③箑（shà）：扇子。

【译文】

大和五年，复州医士王超，擅长针灸，治病无所不愈。一天中午忽然无病而死，过了一夜又苏醒过来。说先前做梦到了一个地方，城墙殿台有如王宫。看见一个人躺在那里，脱下衣服召令王超上前看视，只见左胳膊有肿块，有杯子那么大。让王超给他治疗。王超随即为他扎针，流出一升多脓血。那人回头对黄衣吏员说："可带他去看看毕。"王超跟随着进了一道门，门额题着"毕院"两个字，院子里有数千只人眼，堆积成山，那里面或明或暗，闪烁不定。黄衣吏说："这就是毕。"不一会儿，有两个人，体貌魁伟，分列左右两边，挥动着巨扇去扇这座眼山，那些眼睛都被扇起来，有的往上飞，有的横着窜，有的变成人形，转眼又不见了。王超问其中的缘故，黄衣吏说："有生命的物类，死后毕就来到这里。"话音刚落，王超就复活了。

X1.5　前秀才李鹄①，觐于颍川②。夜至一驿，才卧，见物如猪者，突上厅阶。鹄惊走，透后门，投驿厩，潜身草积中，屏息且伺之。怪亦随至，声绕草积数匝，瞪目相视鹄所潜处，忽变为巨星，腾起，数道烛天。鹄左右取烛，索鹄于草积中，已卒矣。半日方苏，因说所见。未旬，无病而死。

【注释】

①前：这里是已故的意思。

②觐：回家省视父母。颍川：今河南许昌。

【译文】

前秀才李鹄，回颍川省视父母。晚上到了一处驿站，刚躺下，看见有个像猪一样的怪物，冲上驿厅台阶。李鹄吓坏了，跑出后门钻进驿站的马厩，躲藏在草堆里，大气不敢出，悄悄观察。那怪物也跟着跑过来，听声音，绕着草堆跑了几圈，最后瞪着眼睛看着李鹄藏身之处，忽然，怪物变成一颗巨星，腾空而起，几道光亮照彻夜空。李鹄的手下持着蜡烛到草堆里找，只见李鹄已被吓得晕死过去。李鹄过了半天才苏醒，讲述了自己所看见的。不到十天，李鹄无病而死。

X1.6　元和中，国子监学生周乙者①，常夜习业，忽见一小鬼，髽髻头②，长二尺余，满头碎光如星，眨眨可恶③。戏灯弄砚，纷搏不止。学生素有胆，叱之，稍却，复傍书案。因伺其所为，渐逼近，乙因擒之。踞坐求哀④，辞颇苦切。天将晓,觉如物折声,视之,乃弊木杓也,其上粘粟百余粒。

【注释】

①国子监:古代的教育管理机构和最高学府。汉有太学,晋立国子学,北齐称为国子寺,隋炀帝时改为国子监。唐宋时,以国子监总辖国子、太学、四门等学。清光绪三十一年(1905)设立学部,国子监废。

②鬅鬙(péng sēng):头发散乱的样子。

③眨眨:一闪一闪。

④踞坐:以臀部压在脚跟上的一种跪坐姿势。

【译文】

　　元和年间,国子监学生周乙,一次正夜间温习课业,忽然看见一个头发蓬乱的小鬼,身长两尺多,满头细碎光点,有如星星,一闪一闪,甚是讨厌。小鬼一会儿玩灯,一会儿玩砚台,蹦来跳去,不得安静。周乙一向有胆量,大喝一声,小鬼稍稍后退一些,一会儿又靠近书案。周乙就瞅着时机,趁它靠近时一把抓住。小鬼跪坐求饶,一副可怜巴巴的样子。天快亮了,周乙听到像有东西折断的声音,一看,手里抓着的原来是柄破木杓,上面沾了百余粒粟米粒。

　　X1.7 贞元中,蜀郡有僧志誉①,住宝相寺持经②。夜久,忽有飞虫五六枚,大如蝇,金色,迭飞赴灯焰,或蹲于炷花上鼓翅,与火一色,久乃灭焰中。如此数夕,童子击堕一枚,乃薰陆香也,亦无形状,自是不复见。

【注释】

①蜀郡:这里代指成都。

②宝相寺：唐代成都佛寺。

【译文】

贞元年间，成都有个和尚名叫志誉，住在宝相寺持念佛经。夜深了，忽然有五六只金色飞虫，大如苍蝇，反复去扑烛火，或是蹲在烛芯的火花上扇动翅膀，和烛火同一颜色，很久才消失在火焰中。一连几晚都是如此，童子击落一只，原来是薰陆香，也没有什么特别，此后再没出现过。

X1.8　元和初，上都市恶少李和子①，父名努眼。和子性忍，常攘狗及猫食之，为坊市之患。常臂鹞立于衢，见二人紫衣，呼曰：“公非李努眼子名和子乎？”和子即遽祗揖②。又曰：“有故，可隙处言也。”因行数步，止于人外，言：“冥司追公，可即去。”和子初不受，曰：“人也，何给言③！”又曰：“我即鬼。”因探怀中出一牒，印窠犹湿。见其姓名分明，为猫犬四百六十头论诉事。和子惊惧，乃弃鹞子拜祈之，且曰：“我分死，尔必为我暂留，具少酒。”鬼固辞不获已。初将入毕罗肆④，鬼掩鼻，不肯前。乃延于旗亭杜家⑤，揖让独言，人以为狂也。遂索酒九碗，自饮三碗，六碗虚设于西座，且求其为方便以免。二鬼相顾：“我等既受一醉之恩，须为作计。”因起曰：“姑迟我数刻，当返。”未移时至，曰：“君办钱四十万，为君假三年命也。”和子诺，许以翌日及午为期。因酬酒直，且返其酒。尝之味如水矣，冷复冰齿。和子遽归，货衣具凿楮⑥，如期备酹焚之⑦，自见二鬼挈其钱而去。及三日，和子卒。鬼言三年，盖人间三日也。

【注释】

①上都：指唐西京长安。

②祗揖：恭敬地拱手行礼。

③绐(dài)：通"诒"，欺骗。

④毕罗：也作"饆饠"，抓饭。见7.18条注②。

⑤旗亭：酒楼。

⑥凿楮：纸钱。

⑦酹：祭。这里指所用的酒。

【译文】

元和初年，长安城中恶棍李和子，父亲名叫努眼。和子生性残忍，经常偷窃猫狗之类弄来吃，是坊市一大祸害。有一次，他架着一只鹞子站在街头，看见两个身着紫衣的人，问他："您不就是李努眼的儿子，名叫和子吗？"和子就低头拱手作礼。紫衣人又说："有点事情，借一步说话。"于是走了几步，远离人群，对他说："地府追捕您，赶快去吧。"和子起初决不相信，说："你们也是人，何必如此恶作剧！"对方又说："我们就是鬼。"于是从怀里掏出一份公文，印痕还是湿的。李和子看见上面清清楚楚写着他的姓名，以及因为四百六十头猫狗的原因被起诉的事。和子又惊又怕，扔掉鹞子下拜求情，并且说："我是该死，你务必为我暂留一会，我略备薄酒。"鬼坚决推辞，最后不得已只好答应。快到一家毕罗店，鬼掩着鼻子，不肯前去。又请到杜家酒楼坐下，酒楼中的人只见李和子一个人作揖相让，自言自语，都以为他疯了。李和子要了九碗酒，自饮三碗，六碗摆在西面座席上，又求两鬼行行方便免他一死。两鬼相互对视："我们既然受了他这顿酒的恩惠，是得打点主意。"于是起身说："暂且等我们几刻钟，一会儿就回来。"片刻回来，说："您准备四十万钱，我们帮您借三年命。"和子连连答应，又说好以明天中午为期限。于是算了酒钱，又把剩下没喝的几碗酒还给店家。一尝，味淡如水，冰寒冷齿。和子急忙赶回家，典了衣服备好纸钱，按约定时间备酒焚钱，眼见二鬼拿着钱走了。三天后,和子死了。原来鬼说的三年,是人间的三天。

X1.9 贞元末,开州军将冉从长①,轻财好事,而州之儒生道者多依之。有画人宁采,图为《竹林会》②,甚工。坐客郭萱、柳成二秀才,每以气相轧。柳忽眄图③,谓主人曰:"此画巧于体势,失于意趣。今欲为公设薄技,不施五色,令其精彩殊胜,如何?"冉惊曰:"素不知秀才艺如此,然不假五色,其理安在?"柳笑曰:"我当入彼画中治之。"郭抚掌曰:"君欲绐三尺童子乎?"柳因邀其赌,郭请以五千抵负,冉亦为保。柳乃腾身赴图而灭,坐客大骇。图表于壁,众摸索不获。久之,柳忽语曰:"郭子信未?"声若出画中也。食顷,瞥自图上坠下,指阮籍像曰④:"工夫只及此。"众视之,觉阮籍图像独异,吻若方啸。宁采眂之,不复认。冉意其得道者,与郭俱谢之。数日,竟他去。宋存寿处士在冉家时,目击其事。

【注释】

①开州:今重庆开县。

②竹林会:据下文言及阮籍,应指描绘魏晋时竹林七贤优游林下之事。

③眄:斜着眼看。

④阮籍(210—263):字嗣宗,陈留尉氏(今属河南)人。为人志气宏放,任性不羁,喜怒不形于色。或闭门读书,连月不出,或登临山水,经日忘归。博览群书,尤好《老》、《庄》。嗜酒如命,能啸,善

抚琴。阮籍本有济世之志，值魏晋之际，天下名士往往被祸，乃
与嵇康、刘伶等人清谈酣饮，不预世事，时称"竹林七贤"。

【译文】

贞元末年，开州军将冉从长，轻财好客，州县儒生道士多去依附他。
有位画师宁采，为他绘了一幅《竹林会》，很是工丽。座中客人郭萱、柳
成两位秀才，经常斗气相互贬损。柳成忽然斜着眼看看这幅图，对主人
说："这幅画布局不错，而缺乏意趣。我现在想为您略施小技，不用色
彩，就能让这幅画更为精彩高妙，怎么样？"冉从长吃惊地说："从来不知
道秀才技艺如此高超，但是不借助色彩，哪有这个道理？"柳成笑着说：
"我进到他的画里去修改。"郭萱拍掌大笑说："您是想骗三岁小孩吗？"
柳成就请他来打个赌，郭萱提议赌五千钱，冉从长也从中担保。柳成就
腾身而起进入画中，不见了人，座中客人大惊失色。画挂在墙壁上，众
人在画面上一阵摸索，什么也没有。过了很久，忽然听见柳成的声音：
"郭先生，这下相信了吗？"声音好像是从画里传出来的。又一顿饭工
夫，眼见柳成从画上降落下来，指着画中阮籍的像说："工夫只到这里。"
众人细看画面，只觉阮籍的画像最特殊，看那嘴角好像正在长啸。宁采
来看了，也认为那阮籍像不是自己画的。冉从长料想柳成是位得道之
士，和郭萱一起向他致歉。几天后，柳成就到别处去了。宋存寿处士在
冉家的时候，亲见这件事。

X1.10 奉天县国盛村百姓姓刘者[①]，病狂，发时乱走，不
避井堑，其家为迎禁咒人侯公敏治之[②]。公敏才至，刘忽起
曰："我暂出，不假尔治。"因杖薪担至田中，袒而运担，状若
击物。良久而返，笑曰："我病已矣。适打一鬼头落，埋于田
中。"兄弟及咒者，犹以为狂，不实之，遂同往验焉。刘掘出
一髑髅，戴赤发十余茎，其病竟愈。是会昌五年事[③]。

【注释】

①奉天县：今陕西乾县。

②禁咒：一种以咒语施于外物使之变化的方术。唐代禁咒之风流
行，太常寺专设禁咒博士教授咒禁之术。《旧唐书·职官志三》：
"咒禁博士一人，从九品下。咒禁师二人，咒禁工八人，咒禁生十
人。咒禁博士掌教咒禁生以咒禁，除邪魅之为厉者。"

③会昌：唐武宗李炎年号（841—846）。

【译文】

奉天县国盛村有位姓刘的百姓，得了疯病，发病时到处乱跑，遇到
深井沟堑也不知避开，他的家人为他请了禁咒人侯公敏来治疗。侯公
敏刚到，刘某忽然起身说："我出去一下，不需要你治疗。"于是挂着扁担
到了田里，裸露上身挥舞扁担，好像是在击打什么东西。过了很久回
来，笑着说："我的病已经好了。刚才打落一颗鬼头，埋在田里。"他兄弟
和禁咒人都还以为他狂病发作，不相信，于是一起前去查验。刘某从田
里挖出一枚骷髅，上面还有十多根红发，刘某的病就这样痊愈了。这是
会昌五年的事。

X1.11 柳璟知举年①，有国子监明经②，失姓名，昼寝，梦
徙倚于监门③。有一人负衣囊，衣黄，访明经姓氏。明经语
之，其人笑曰："君来春及第④。"明经因访邻房乡曲五六人，
或言得者。明经遂邀入长兴里毕罗店常所过处⑤，店外有犬
竞，惊日差矣⑥。梦觉，遽呼邻房数人，语其梦。忽见长兴店
子入门曰："郎君与客食毕罗计二斤，何不计直而去也⑦？"明
经大骇，褫衣质之。且随验所梦，相其榻器，皆如梦中，乃谓
店主曰："我与客俱梦中至是，客岂食乎？"店主惊曰："初怪
客前毕罗悉完，疑其嫌置蒜也。"来春，明经与邻房三人梦中

所访者及第。

【注释】

①柳璟：字德辉，蒲州河东（今山西永济西南）人。宝历初进士，历官监察御史、吏部员外郎、翰林学士、中书舍人、礼部侍郎等职。据《新唐书》本传，柳璟于会昌二年（842）知贡举。知举：知贡举，特派主持进士考试的大臣。

②明经：唐代科举以经义取士，谓之"明经"。唐代科举科目很多，其中以明经和进士二科为主。进士科尤为贵重，很难考取，当时有"三十老明经，五十少进士"的说法。

③徙倚：徘徊，流连。

④及第：这里指考中进士。

⑤长兴里：即长兴坊。唐代长安城坊。

⑥日差：刘传鸿《〈酉阳杂俎〉校证·兼字词考释》："'差'可通'蹉'，倾斜义，'日差'即'日蹉'，指日落。"

⑦直：通"值"，价钱。

【译文】

　　柳璟知举那年，有位国子监的明经，忘了他的名字，白天睡觉，梦见自己在国子监门口徘徊。有个身穿黄衣的人，背着一个衣袋，打听明经的名字。明经告诉他自己的姓名，那人笑着说："您明年春天及第。"明经于是就询问另外五六位邻居乡亲的情况，也有明春及第的。明经就邀请黄衣人到长兴坊的毕罗店里他常坐的地方共食毕罗，这时店外有狗追逐打闹，他才吃惊地发现太阳已经落山了。于是一梦醒来，急忙叫来几位邻人，告诉他们梦中的事。这时长兴坊毕罗店的小二忽然进门来说："郎君和客人吃毕罗共计两斤，为什么不付钱就走了？"明经大吃一惊，脱下外套先押着。他跟随前去查验刚才所梦之事，细看那座榻器具，都和梦中的一模一样，于是对店主说："我和客人都在梦中到了你这里,客人也吃了吗?"店主吃惊地说:"先前我奇怪客人面前的毕罗一点没动,还以为是他不喜欢蒜味。"第二年春天,明经和他在梦中问及的三位邻居都进士及第。

　　X1.12 潞州军校郭谊①,先为邯郸郡牧使②。因兄亡,遂于郓州举其先③,同茔葬于磁州滏阳县之西岗④。县界接山,土中多石,有力葬者,率皆凿石为穴。谊之所卜,亦凿焉。积日倍工,忽透一穴。穴中有石,长可四尺,形如守宫⑤,支体首尾毕具,役者误断焉。谊恶之,将别卜地,白于刘从谏⑥。从谏不许,因葬焉。后月余,谊陷于厕,体仆几死,骨肉、奴婢相继死者二十余人。自是常恐悸,唵呓不安。因哀请罢职,从谏以都押衙焦长楚之务与谊对换⑦。及贼积阻兵⑧,谊为其魁,军破枭首。其家无少长,悉投井中死。盐州从事郑宾于言⑨:"石守宫见在磁州官库中。"

【注释】

①潞州:唐代为昭义军节度使治所,今山西长治。

②邯郸:今属河北。

③郓(yùn)州:在今山东东平西北。

④磁州滏(fǔ)阳县:今属河北。

⑤守宫:壁虎。

⑥刘从谏(803—840):幽州昌平(今属北京)人。宝历元年(825)父卒,得袭父职为昭义军节度使。

⑦都押衙:节度使幕府中的武职。

⑧稹:即为刘稹,从谏之侄。《旧唐书·刘从谏传》:"(会昌三年从谏卒)大将郭谊等匿丧,用其侄稹权领军务。时宰相李德裕用

事,素恶从谏之奸回,奏请刘稹护丧归洛,以听朝旨。稹竟叛。德裕用中丞李回奉使河朔,说令三镇加兵讨稹,乃削夺稹官,命徐许滑孟魏镇幽并八镇之师,四面进攻。四年,郭谊斩稹,传首京师。"

⑨盐州:今陕西定边。郑宾于:其人又见于前集 13.32 条。

【译文】

潞州军校郭谊,先前在邯郸郡任职。因为兄长亡故,就从郓州迁出祖坟,合葬于磁州滏阳县西岗。县界邻山,土中石头多,有经济实力的人营葬,大都直接在石头上开凿洞穴。郭谊所卜的墓地,也是在石头上开凿。费时费工,忽然凿开一个洞穴。洞里有块石头,长约四尺,形状如同壁虎,头尾四肢齐全,被工匠不小心弄断了。郭谊心生厌恶,想要另外找块地,向刘从谏请示。从谏不答应,于是只好就地安葬。后来过了一个多月,郭谊掉在厕所里,倒在里面差点死了,他的亲人、奴婢接二连三死去,一共死了二十多人。郭谊从这以后恐惧悸怕,经常口出胡话,坐卧不安。他于是哀求刘从谏准许他辞职,从谏让都押衙焦长楚和他对换职务。后来逆贼刘稹举兵为乱,郭谊是他的军将,等到战败,郭谊斩杀刘稹。刘稹家里无论老幼,都被扔进井里淹死。盐州从事郑宾于说:"石守宫现在存放在磁州官库里。"

X1.13 伊阙县令李师晦①,有兄弟任江南官,与一僧往还。常入山采药,遇暴风雨,避于欹树。须臾大震,有物瞥然坠地②。倏而朗晴,僧就视,乃一石,形如乐器,可以悬击者。其上平齐如削,其中有窍可盛,其下渐阔而圆,状若垂囊,长二尺,厚三分,其左小缺,班如碎锦,光泽可鉴,叩之有声。僧意其异物,置于樵中归。柜而埋于禅床下,为其徒所见,往往有知者。李生恳求一见,僧确然言无。忽一日,僧召李生，既至，执手曰："贫道已力衰弱，无常将至③。君前所求物，聊用为别。"乃尽去侍者，引李生入卧内，撤榻掘地，捧匣授之而卒。

【注释】

①伊阙县：在今河南伊川西南。

②瞥然：倏忽，一下子。

③无常：佛教术语。指世间万物刹那间生，生已即灭，不能久住。这里指死亡。

【译文】

伊阙县令李师晦，有个兄弟在江南做官，和一位僧人有交往。这僧人有一次进山采药，遇上暴风雨，躲在一棵歪脖子树下。不一会儿，感觉大地震动，有个东西一下子掉到地上。很快雨过天晴，僧人近前一看，原来是块石头，形状像可以悬挂着击打的乐器。上面平齐有如刀削，中间有孔，可以放东西，往下逐渐变宽变圆，像个垂着的袋子，二尺长，三分厚，左边缺了一点，石头上的斑纹就像碎锦一样，光泽明亮犹如镜子，轻轻敲击会发出声音。僧人料想这是件奇物，就藏在柴捆里带回寺中。僧人把它装在匣子里埋在禅床下，被他的徒弟看见了，后来渐渐传开。李生恳求看一眼，僧人一口否认有什么奇物。忽然有一天，僧人叫来李生，李生到后，僧人握着他的手说："贫僧精力衰弱，就快死了。您前次想要看的东西，我就送给您做个留念。"就支开侍从，带着李生进入卧室，撤去禅床往下挖掘，挖出匣子捧着送给李生，然后就死了。

X1.14 贼积阻命之时①，临洺市中百姓②，有推磨盲骡无故死，因卖之。屠者剖腹中，得二石，大如合拳，紫色赤斑，莹润可爱。屠者遂送积，乃留之。

【注释】

①贼稹阻命：见 X1.12 条注⑧。

②临洺：今河北永年。

【译文】

刘稹拥兵叛乱抗拒朝命那年，临洺市中有个百姓，家里一头推磨的瞎骡子无故死了，就卖给屠夫。屠夫剖开骡腹，得到两块石头，有拳头大，紫色红斑，晶莹圆润，甚是可爱。屠夫送给刘稹，刘稹就留下了。

X1.15 韦温为宣州^①，病疮于首，因托后事于女婿，且曰："予年二十九为校书郎^②，梦渡浐水^③，中流，见二吏赍牒相召。一吏至，言：'彼坟至大，功须万日，今未也。'今正万日，予岂逃乎？"不累日而卒。

【注释】

①韦温(788—845)：字弘育，京兆(今西安)人。唐武宗时曾为宣歙观察使。宣州：今安徽宣城。

②校书郎：职官名。西汉的兰台和东汉的东观都是朝廷藏书室，置学士于其中，典校藏书，但未置官。曹魏时始置秘书校书郎。唐代校书郎置八人，掌校雠典籍。

③浐水：即浐河，在陕西西安。所谓"八水绕长安"，浐河即其一。

【译文】

韦温在宣州的时候，头上长了恶疮，于是向女婿托付后事，并对他说："我二十九岁时做校书郎，梦见渡浐水，船到中流，看见两名吏员拿着公文召唤我。又一名吏员来了，说：'他的坟太大，完工需要一万天，现在还不到时候。'现在正好一万天，我哪能逃得过去？"不几天就去世了。

X1.16 醴泉尉崔汾①,仲兄居长安崇贤里②。夏月,乘凉于庭际,疏旷月色,方午,风过,觉有异香。顷间,闻南垣土动簌簌,崔生意其蛇鼠也。忽睹一道士,大言曰:"大好月色!"崔惊惧遽走。道士缓步庭中,年可四十,风仪清古。良久,妓女十余排大门而入,轻绡翠翘③,艳冶绝世。有从者具香茵④,列坐月中。崔生疑其狐媚,以枕投门阃警之。道士小顾,怒曰:"我以此差静,复贪月色,初无延伫之意,敢此粗率!"复厉声曰:"此处有地界耶⑤?"欻有二人⑥,长才三尺,巨首儋耳⑦,唯伏其前。道士颐指崔生所止曰⑧:"此人合有亲属入阴籍,可领来。"二人趋出。一饷间,崔生见其父母及兄悉至,卫者数十,捽曳批之⑨。道士叱曰:"我在此,敢纵子无礼乎?"父母叩头曰:"幽明隔绝,诲责不及。"道士叱遣之,复顾二鬼曰:"捉此痴人来。"二鬼跳及门,以赤物如弹丸,遥投崔生口中,乃细赤绠也⑩,遂钓出于庭中,又诟辱之。崔惊失音,不得自理。崔仆妾悉号泣。其妓罗拜曰:"彼凡人,因讶仙官无故而至,非有大过。"怒解,乃拂衣由大门而去。崔病如中恶⑪,五六日方差。因迎祭酒醮谢⑫,亦无他。崔生初隔纸隙,见亡兄以帛抹唇如损状,仆使共讶之。一婢泣曰:"几郎就木之时⑬,面衣忘开口⑭。其时匆匆就剪,误伤下唇,然傍人无见者。不知幽冥中二十余年,犹负此苦。"

【注释】

①醴泉:在今陕西礼泉北。

②崇贤里:即崇贤坊。唐代长安城坊。

③翠翘:妇女头饰,形似翠鸟尾羽,故称。

④茵:坐垫。

⑤地界:这里指管理这个地方的鬼神。

⑥欻(xū):忽然。

⑦儋(dān)耳:垂耳。

⑧颐指:用面颊示意以指使人。

⑨批:用手掌打。

⑩绠:线,绳。

⑪中(zhòng)恶:中医病名。俗称中邪。

⑫祭酒:酹酒祭神的长者。

⑬就木:入棺。

⑭面衣:这里指的是覆在死者面部的布帛之类。

【译文】

醴泉尉崔汾,他二哥居住在长安崇贤里。夏夜,在院里乘凉,月色清朗,午夜时分,一阵风吹过,闻到一股异香。顷刻间,只听得南墙泥土簌簌有声,崔生料想那是蛇鼠打洞。忽然看见一位道士,大声说道:"多美的月色!"崔生又惊又怕,急忙跑开。道士在院里缓缓蹑步,年龄约四十左右,风度仪态清朗古雅。过了一会儿,十多名妓女推开大门走进来,身披轻纱,头戴翠翘,美艳妖冶世间少见。有随从铺下香垫,妓女就列坐在月色之下。崔生怀疑她们是狐狸精,就拿枕头投掷在门板上发出警告。道士略一回头,发怒道:"我觉得这个地方还算清静,又贪恋这大好月色,本来无意在此久留,你竟敢如此粗野!"又厉声问道:"这个地方还有人管吗?"很快就出现了两个人,身高仅有三尺,头大耳长,俯伏在道士面前。道士抬抬下巴指着崔生躲藏的地方说:"这个人正好有亲属名籍归入阴曹,去领来。"两人小跑着出去了。一顿饭的工夫,崔生看见他的父母及长兄全都被带来了,跟着几十名卫士,对他们又拖又打。道士叱责道:"我在这里,还敢纵容你儿子如此无礼吗?"崔生父母叩头说:"阴阳相隔,家教不及。"道士喝命拖下去,又回头对两个鬼说:"把那个傻瓜给我捉来。"两鬼跳到门口，拿一枚红红的像弹丸样的东西，远远地投进崔生口里，原来是根细细的红绳，于是把崔生像钓鱼一样牵到院子里，道士又斥骂羞辱他。崔生受此惊吓，说不出话，无法辩解。他的仆妾全都哭成一团。那些妓女围着道士下拜说："他是凡人，只是因仙官无故到这里而感到惊讶，并没有大错。"道士怒气消了，随即拂衣跨出大门走了。崔生就像中邪一样，过了五六天时间才好些。于是迎来祭酒，打醮谢神，也没有其他异常。当时崔生隔着纸缝，看见他的亡兄用巾帛抹着嘴唇，好像受伤的样子，家里仆人们听说这个，都很吃惊。有一个婢女哭着说："几郎入殓之时，面衣忘记开口。当时匆匆剪开，误伤了他的下唇，但是并没有其他人看见。哪知他在阴曹二十多年，还承受着这痛苦。"

　　X1.17 辛秘五经擢第后①，常州赴婚②。行至陕③，因息于树阴。傍有乞儿箕坐，痂面虮衣，访辛行止。辛不耐而去，乞儿亦随之。辛马劣，不能相远，乞儿强言不已。前及一衣绿者，辛揖而与之语，乞儿后应和。行里余，绿衣者忽前马骤去。辛怪之，独言："此人何忽如是？"乞儿曰："彼时至，岂自由乎？"辛觉语异，始问之曰："君言'时至'，何也？"乞儿曰："少顷当自知之。"将及店，见数十人拥店，问之，乃绿衣者卒矣。辛大惊异，遽卑下之，因褫衣衣之，脱乘乘之。乞儿初无谢意，语言往往有精义。至汴④，谓辛曰："某止是矣。公所适何事也？"辛以娶约语之，乞儿笑曰："公士人，业不可止。此非君妻，公婚期甚远。"隔一日，乃扛一器酒与辛别，指相国寺刹曰⑤："及午而焚，可迟此而别。"如期，刹无故火发，坏其相轮⑥。临去，以绫帕复赠辛⑦，带有一结，语辛：

"异时有疑,当发视也。"积二十余年,辛为渭南尉,始婚裴氏。洎裴生日,会亲宾,忽忆乞儿之言,解帕复结,得楮幅⑧,大如手板⑨,署曰"辛秘妻河东裴氏,某月日生",乃其日也。辛计别乞儿之年,妻尚未生。岂蓬瀛籍者谪于人间乎⑩?方之蒙袂辑屦,有愤于黔娄⑪,擿埴索途⑫,见称于杨子⑬,差不同耳。

【注释】

① 辛秘(757—821):字藏之,陇西(今甘肃陇西东南人)。贞元中累登五经、开元礼科,历官县尉、州刺史、河南尹、昭义军节度使等职。五经:唐代明经科之一。《新唐书·选举志上》:"其科之目,有秀才,有明经,有俊士,有进士,有明法,有明字,有明算,有一史,有三史,有开元礼,有道举,有童子。而明经之别,有五经,有三经,有二经,有学究一经,有三礼,有三传,有史科。"

② 常州:今属江苏。

③ 陕:陕县,今属河南。

④ 汴:汴州,今河南开封。

⑤ 相国寺:在今河南开封。

⑥ 相轮:佛塔上的盘盖。

⑦ 帕复:刘传鸿《〈酉阳杂俎〉校证·兼字词考释》:"帕复即今用以包物的包袱,四方形,包裹物体时,对角可结。"

⑧ 楮幅:纸张。

⑨ 手板:笏。见1.20条注⑦

⑩ 蓬瀛:蓬莱、瀛洲,传说中仙人所居之境。

⑪ 方之蒙袂辑屦,有愤于黔娄:《礼记·檀弓下》:"齐大饥,黔敖为食于路,以待饿者而食之。有饿者蒙袂辑屦,贸贸然来。黔敖左

奉食，右执饮，曰：'嗟，来食！'扬其目而视之，曰：'予唯不食嗟来之食，以至于斯也！'从而谢焉，终不食而死。"蒙袂辑履，用衣袖蒙住脸，拖着鞋子，是因贫穷而不愿见人的样子。黔娄，当作"黔敖"。

⑫擿埴（zhí）索途：盲人以杖点地摸索道路。

⑬杨子：即为扬雄（前53—18），也作"杨雄"，字子云，蜀郡成都人。西汉辞赋家，学者，有《太玄》十九篇，意旨深奥。扬雄《法言·修身》："擿埴索途，冥行而已矣。"

【译文】

辛秘五经及第后，到常州完婚。行至陕县，在树荫下休息。旁边有个乞丐箕踞而坐，脸上结着疮痂，衣服上满是虱子，问辛秘到哪里去。辛秘不耐烦就离开了，乞丐也跟着他。辛秘的马不好，甩不掉乞丐，乞丐偏要不停地和他说话。前行遇见一位身穿绿衣的人，辛秘向他作揖和他闲聊，乞丐在后面不时地插嘴。走了一里多，绿衣人忽然快马加鞭先走了。辛秘很奇怪，自言自语说："这人怎么突然这样呢？"乞丐说："他的时辰到了，岂能由得了自己？"辛秘觉察到话里有话，这才问他："您说'时辰到了'，是什么意思？"乞丐说："一会儿就明白了。"快到客店时，只见几十人围在那里，一问，原来是那位绿衣人死了。辛秘大为惊异，赶忙放低身段讨好乞丐，解下衣服给他穿，又把马让给他骑。那乞丐毫无谢意，言谈之间，颇多玄妙。到了汴州，对辛秘说："我就到这里了。先生要去办什么事呢？"辛秘告诉他赴婚的事，乞丐笑着说："先生是读书人，学业不能中断。这个女子不是您的妻子，您的婚期还早呢。"过了一天，乞丐扛着一坛酒和辛秘道别，指着相国寺说："到中午会有火灾，过了这个时间再走。"中午时分，相国寺无缘无故起火，烧坏了佛塔的相轮。临别时，乞丐送给辛秘一个绫包袱，打着一个结，乞丐对辛秘说："以后有不明白的事，就打开看。"过了二十多年，辛秘做渭南尉，新娶裴氏夫人。到裴氏生日那天，大宴亲朋，忽然想起乞丐的话，解开包袱结,里面有一张大如手板的纸,上面写着"辛秘妻河东裴氏,某月日生",正是她的生日。辛秘算了一下,和乞丐告别那年,妻子还没出生呢。这乞丐莫非是谪仙下凡? 蒙着脸拖着鞋子,对黔敖的高傲表示愤怒;盲人拄杖行路,对自己的人生茫然无知:用这来分别比况乞丐和辛秘,道理应该差不多吧?

支诺皋中

【题解】

本篇共三十二条，多为精怪异事。其中第 X2.3 条鼠精、第 X2.4 条食人怪、第 X2.15 条乌郎等，想象丰富，情节巧妙，刻画生动，具有较高的叙事技巧。

X2.1 上都浑瑊宅①，戟门内一小槐树②，树有穴，大如钱。每夜月霁后，有蚓如巨臂③，长二尺余，白颈红班，领数百条，如索，缘树枝条。及晓悉入穴。或时众鸣，往往成曲。学士张乘言：浑令公时④，堂前忽有一树从地踊出，蚯蚓遍挂其上。已有出处，忘其书名目。

【注释】

①浑瑊(736—799)：本铁勒九姓部落浑部人。世为唐将。安禄山反，从郭子仪定河北，收两京，历官单于大都护、左金吾大将军。建中四年(783)奉唐德宗监守奉天，次年收复京师，加检校左仆射、同中书门下平章事，兼奉天行营兵马副元帅。浑瑊宅在长安城大宁坊。《旧唐书·浑瑊传》："(兴元元年)九月，赐瑊大宁里

甲第，女乐五人，入第之日，宰臣、节将送之，一如李晟入第之仪。"

②戟门：设戟于门，故称"戟门"，是为显贵之家。戟，一种合戈、矛为一体的长柄兵器。《资治通鉴》卷二五七："以梁缵不尽节于高氏，为秦、毕用，斩于戟门之外。"胡三省注："唐设戟之制，庙社官殿之门二十有四，东宫之门一十有八，一品之门十六，二品及京兆、河南、太原尹、大都督、大都护之门十四，三品及上都督、中都督、上都护、上州之门十二，下都督、下都护、中州、下州之门各十。设戟于门，故谓之戟门。"

③巨臂：巨擘。臂，同"擘"，拇指。

④浑令公：即为浑瑊。令公，六朝时，尊称中书令为令公。浑瑊曾兼中书令，故称。中唐以后，节度使多加中书、尚书令，令公遂为节度使之称。

【译文】

长安浑瑊宅，戟门内有一棵小槐树，树上有个洞，洞有铜钱大小。每到夜晚，月色澄澈，便有一条粗如拇指的蚯蚓，两尺多长，白色颈环，红色斑点，带着几百条小蚯蚓，像绳子一样挂在树枝上。到天亮又全部钻进洞。有时一起鸣叫，成曲动听。学士张乘说：浑令公在的时候，堂前的地下忽然踊出一棵树，树上挂满了蚯蚓。这事已经有书记载，我忘了书名。

X2.2 东都尊贤坊田令宅①，中门内有紫牡丹成树，发花千朵。花盛时，每月夜有小人五六，长尺余，游于上。如此七八年，将掩之，辄失所在。

【注释】

①田令：即为田弘正（764—821），字安道，平州卢龙（今属河北）人。

元和年间为魏博节度使,封沂国公。

【译文】

东都尊贤坊田令公宅,中门内有丛紫牡丹长成树,每到开花,有上千朵。最为繁盛时,每到月明之夜,会有五六个小人,身高一尺多,在树上游玩。这样有七八年时间,有人想去捕捉一个,一下就消失了。

X2. 3 太和七年,上都青龙寺僧契宗①,俗家在樊川②。其兄樊竟,因病热,乃狂言虚笑。契宗精神总持③,遂焚香敕勒④。兄忽诟骂曰:“汝是僧,第归寺住持,何横于事?我止居在南柯,爱汝苗硕多获,故暂来耳。”契宗疑其狐魅,复禁桃枝击之⑤。其兄但笑曰:“汝打兄不顺,神当殛汝⑥,可加力勿止。”契宗知其无奈何,乃已。病者欻起⑦,牵其母,母遂中恶⑧;援其妻,妻亦卒;迳摹其弟妇,回面失明。经日,悉复旧。乃语契宗曰:“尔不去,当唤我眷属来。”言已,有鼠数百,穀穀作声,大于常鼠,与人相触,驱逐不去。及明,失所在,契宗恐怖加切。其兄又曰:“慎尔声气,吾不惧尔。今须我大兄弟自来。”因长呼曰:“寒月,寒月,可来此。”至三呼,有物大如狸,赤如火,从病者脚起,缘衾止于腹上,目光四射。契宗持刀就击之,中物一足,遂跳出户。烛其穴,踪至一房,见其物潜走瓮中。契宗举巨盆覆之,泥固其隙。经三日发视,其物如铁,不得动。因以油煎杀之,臭达数里,其兄遂愈。月余,村有一家,父子六七人暴卒,众意其兴蛊。

【注释】

①青龙寺:唐代长安寺院。宋王溥《唐会要》卷四八“寺”:“青龙寺

新昌坊。本隋废灵感寺。龙朔二年，新城公主奏立为观音寺，景云二年改名。"

②俗家：僧人未出家时的家宅。樊川：在今陕西西安东南。因为曾是汉代名将樊哙的食邑，故名。

③总持：佛教术语。意为总一切法，持一切义。

④敕勒：道教画符咒时书敕令二字，以约勒鬼神。后来佛教某些宗派也有这类法术。

⑤禁：符咒。这里是运咒的意思。桃枝：古时以鬼畏桃，故用桃枝以驱鬼。

⑥殛(jí)：杀死。

⑦欻(xū)：忽然。

⑧中恶：突然发急病。

【译文】

大和七年，长安青龙寺和尚契宗，俗家在樊川。他的兄长樊竟，发了热病，说胡话，无端狂笑。契宗以意念总持，焚香作法驱邪。他兄长忽然骂道："你是和尚，只管回寺庙住持，为什么来阻碍我的事？我定居在南边树上，喜欢你家庄稼好收成多，所以来暂住。"契宗怀疑是狐狸精作怪，又念禁咒用桃枝击打。他兄长只是笑着说："你打哥哥不恭顺，神要诛杀你，只管用劲，别停下！"契宗知道奈何不了它，就作罢了。病人忽然起身，牵着他的母亲，母亲就发了急病；牵他的妻子，妻子立刻昏死过去；又照样牵他的兄弟媳妇，一回头眼睛就失明了。过了一天，又都好了。那怪物又告诉契宗说："你还不走，我把我的家属叫来。"话说完，有几百只老鼠，咕咕叫着，比普通老鼠大，在人跟前跑来跑去，赶都赶不走。到天亮，这些老鼠又都不见了，契宗更为恐怖。他兄长又说："你说话客气点，我不怕你。现在要我的大兄弟亲自来。"就拖腔呼唤道："寒月，寒月，到这里来。"连喊三遍，有个怪物大如狸猫，红色如火，从病人的脚爬上，顺着衾被爬到肚腹上，眼光四射。契宗拿起刀朝怪物砍过去,砍中一只脚,怪物跳出门去。契宗照着蜡烛找它的洞穴,沿着血迹到了一处房间,看见怪物藏进一口瓮里。契宗拿个大盆盖住瓮,用泥把缝隙全部封好。过了三天揭开一看,那怪物僵硬如铁,动弹不得。契宗就用热油把它烫死了,臭气远飘几里之外,他兄长就好了。过了一个多月,村里有一家,父子六七人暴死,众人认为是那怪物施的蛊毒。

X2.4 贞元中,望苑驿西有百姓王申①,手植榆于路傍成林,构茅屋数椽。夏月,常馈浆水于行人,官者即延憩具茗。有儿年十三,每令伺客。忽一日,白其父:"路有女子求水。"因令呼入。女少年,衣碧襦白幅巾,自言:"家在此南十余里,夫死无儿,今服禫矣②,将适马嵬访亲情③,丐衣食④。"言语明悟,举止可爱。王申乃留饭之,谓曰:"今日暮,夜可宿此,达明去也。"女亦欣然从之。其妻遂纳之后堂,呼之为妹。倩其成衣数事,自午至戌悉办。针缀细密,殆非人工。王申大惊异,妻犹爱之,乃戏曰:"妹既无极亲,能为我家作新妇子乎⑤?"女笑曰:"身既无托,愿执粗井灶。"王申即日赁衣赍酒礼⑥,纳为新妇。其夕暑热,戒其夫:"近多盗,不可辟门。"即举巨椽捍户而寝。及夜半,王申妻梦其子披发诉曰:"被食将尽矣。"惊,欲省其子。王申怒之:"老人得好新妇,喜极呓言耶!"妻还睡,复梦如初。申与妻秉烛,呼其子及新妇,悉不复应。启其户,户牢如键⑦,乃坏门阃⑧,才开,有物圆目凿齿⑨,体如蓝色,冲人而去,其子唯余脑骨及发而已。

【注释】

①望苑驿:驿站名。在今陕西兴平西。

②服禫(dàn)：服丧期满。禫，除孝服时举行的祭仪。

③马嵬：即马嵬驿，在今陕西兴平西。

④丐：求。

⑤新妇子：儿媳。

⑥贳(shì)：赊。

⑦键：门闩。

⑧阖：门扇。

⑨凿齿：齿长如凿。《山海经·海外南经》："羿与凿齿战于寿华之野。"郭璞注："凿齿亦人也，齿如凿，长五六尺，因以名云。"

【译文】

贞元年间，望苑驿西面有百姓王申，亲手在路旁栽种榆树，长成树林，盖了几间茅屋。夏天，常常送浆水给过往行人喝，如果是官吏，就请进屋休息，沏上茶。他有个儿子，十三岁了，也经常一起照顾客人。忽然有一天，儿子对父亲说："路边有个女子讨水喝。"王申就让儿子请进来。女子很年轻，身着绿色短衣，头戴白巾，自述道："我的家从这里往南十多里，丈夫死了，没有儿子，现在服丧期满，将去马嵬驿走亲戚，求衣食。"说话灵透，举止可爱。王申就留她吃饭，对她说："现在天色也不早了，晚上就住这里吧，天亮再走。"女子也高兴地留下了。王申妻子就把女子请入后堂，称她为妹妹。请她帮忙缝几件衣服，从午时到戌时就全做好了。针线细密均匀，似乎不像人工做的。王申大为吃惊，他妻子也特别喜欢，就对女子说："妹妹既然没了亲人，能给我家当儿媳吗？"女子笑着说："我如今身无所托，当然愿意为您操持家务。"王申当天就借新衣服赊下酒礼，举行婚礼纳为儿媳。那天晚上很热，女子告诫她丈夫说："近来盗贼很多，别开着门。"就用一根粗大的木椽顶住门才睡觉。到了半夜，王申妻子梦见儿子披头散发哭诉道："我快被吃光了。"她从梦中惊醒，就想去看看儿子。王申怒斥道："老婆子得了个好儿媳，喜过了头说梦话哪！"妻子睡下，又梦见刚才的情形。王申就和妻子举着蜡烛,呼叫儿子和儿媳,都无应答。去开门,就像上了门闩,推不开,于是打破门扇,刚一打开,有个怪物圆瞪双眼,齿长如凿,遍体蓝色,朝着人冲过来逃走了,再看他们的儿子,被吃得只剩下脑骨和头发。

X2.5 枝江县令张汀[①],子名省躬,汀亡,因住枝江。有张垂者,举秀才下第[②],客于蜀,与省躬素未相识。太和八年,省躬昼寝,忽梦一人,自言姓张,名垂,因与之接,欢狎弥日。将去,留赠诗一首曰:"戚戚复戚戚,秋堂百年色。而我独茫茫,荒郊遇寒食[③]。"惊觉,遽录其诗。数日卒。

【注释】

①枝江:今属湖北。

②举秀才下第:秀才科考试不中。

③寒食:寒食节。按,《全唐诗》卷八六五录此诗,署为张省躬,诗题为《梦张垂赠诗》。

【译文】

枝江县令张汀,儿子名叫省躬,张汀死后,就住在枝江。有个叫垂的人,秀才科考试不中,客居在蜀中,和省躬从不相识。大和八年,省躬白天睡觉,忽然梦见一个人,自称姓张,名垂,于是和他交谈,一整天都很开心。张垂临走时,留赠省躬一首诗,诗云:"戚戚复戚戚,秋堂百年色。而我独茫茫,荒郊遇寒食。"省躬从梦中惊醒,随即记下了这首诗。几天后就去世了。

X2.6 江淮有何亚秦,弯弓三百斤,常解斗牛,脱其一角。又过蕲州[①],遇一人,长六尺余,犟而甚,口呼亚秦:"可负我过桥。"亚秦知其非人,因为背,觉脑冷如冰,即急投至交午柱②,乃击之,化为杉木,沥血升余。

【注释】

①蕲(qí)州:在今湖北蕲春北。

②交午柱:华表。这里指桥头竖立的指示道路的柱子。晋崔豹《古今注》卷下:"程雅问曰:'尧设诽谤之木,何也?'答曰:'今之华表木也。以横木交柱头,状若花也。形似桔槔,大路交衢悉施焉。或谓之表木,以表王者纳谏也,亦以表识衢路也。秦乃除之,汉始复修焉。今西京谓之交午也。'"

【译文】

江淮地区有个何亚秦,能拉三百斤的弓,曾经分开过两头相斗的牛,弄掉了其中的一只角。又一次路过蕲州,遇见一个人,身高六尺多,胡须浓密,口呼何亚秦:"请背我过桥。"何亚秦心里明白它不是人,就依言背起,只觉头部冷如冰雪,急忙把它扔向交午柱,然后揍那怪物,怪物变成杉木,流了一升多血。

X2.7　长庆初①,洛阳利俗坊②,有百姓行车数辆,出长夏门③。有一人负布囊,求寄囊于车中,且戒勿妄开,因返入利俗坊。才入坊,有哭声起。受寄者发囊视之,其口结以生绠,内有一物,状如牛胞,及黑绳长数尺。百姓惊,遽敛结之。有顷,其人亦至,复曰:"我足痛,欲憩君车中数里,可乎?"百姓知其异,许之。其人登车,览其囊,不悦,顾曰:"何无信?"百姓谢之。又曰:"我非人,冥司俾予录五百人④,明历陕、虢、晋、绛⑤。及至此,人多虫,唯得二十五人耳。今须往徐、泗⑥。"又曰:"君晓予言虫乎?患赤疮即虫耳。"车行二里，遂辞："有程⑦，不可久留。君有寿者，不复忧矣。"忽负囊下车，失所在。其年夏，天下多患赤疮，少有死者。

【注释】

①长庆：唐穆宗李恒年号（821—824）。

②利俗坊：唐代东都洛阳有正俗坊，疑是。

③长夏门：唐代洛阳城东南门。

④录：收捕。

⑤明：别本或"名"。陕：陕州，今河南三门峡。虢：虢州，今河南灵宝。晋：晋州，今山西临汾。绛：绛州，今山西新绛。

⑥徐：徐州，今属江苏。泗：泗州，在今江苏盱眙西北。

⑦程：程期，期限。

【译文】

长庆初年，洛阳利俗坊，有位百姓赶着几辆车，出了长夏门。碰见一个人，背着布袋，请求把袋子寄放在车上，并且告诫他不要随便打开，接着就返回了利俗坊。刚进坊，就传来一阵哭声。这百姓打开寄放的布袋，布袋口用绳子捆扎着，里面有一样东西，形状如同牛的胞衣，另有几尺长的黑绳。这人大吃一惊，急忙把袋子收起扎好。一会儿，那人也来了，又对他说："我脚痛，想坐您的车代步几里路，行吗？"百姓知道事出怪异，就答应了他。那人上车看到布袋，很不高兴，回头问："为什么不守信用？"百姓向他道歉。那人又说："我不是人，阴司命我收录五百人，名籍遍及陕、虢、晋、绛各州。到了这里，人身上多虫，只收了二十五人。现在必须前往徐、泗等州。"又问："您知道我说的虫是什么吗？患赤疮就是虫。"车前行二里，那人告辞说："我有程期，不可久留。您是有寿缘的，不要担心。"忽然背着布袋下车，转眼就不见了。那年夏天，天下有很多人患赤疮，死的人却不多。

X2.8 元和中，光宅坊百姓^①，失名氏，其家有病者，将困，迎僧持念^②，妻儿环守之。一夕，众仿佛见一人入户，众遂惊逐，乃投于瓮间。其家以汤沃之，得一袋，盖鬼间所谓搐气袋也^③。忽听空中有声求其袋，甚哀切，且言："我将别取人以代病者。"其家因掷还之，病者即愈。

【注释】

①光宅坊：唐代长安城坊。

②持念：诵经。

③搐气袋：鬼到人间勾魂时用来吸人活气的袋子。

【译文】

元和年间，光宅坊百姓，忘了那人姓名，他家里有病人，病势渐重，请来僧人持念，妻儿围在身边守着。一天晚上，众人仿佛看见一个人进门来，惊惧之下急忙去追，那东西就跑进瓮里去了。这家人用开水往瓮里浇，最后得到一只袋子，原来是阴间所说的搐气袋。忽然听见空中有个声音哀求把袋子交还，甚是恳切，并且说："我会另外找个人代替这位病人。"这家人就把袋子给扔回去了，病人也就好了。

X2.9 相传人将死，虱离身。或云，取病者虱于床前，可以卜病。将差，虱行向病者，背则死。

【译文】

相传人快死的时候，虱子会离开身体。也有人说，把病人的虱子放在床前，可以预知病情。如果病要痊愈，虱子就爬向病人；反之，病人即将死亡。

X2. 10 兴州有一处名雷穴①,水常半穴。每雷声,水塞穴流,鱼随流而出。百姓每候雷声,绕树布网,获鱼无限。非雷声,渔子聚,鼓于穴口,鱼亦辄出,所获半于雷时。韦行规为兴州刺史时②,与亲故书,说其事。

【注释】

①兴州:今陕西略阳。

②韦行规:此人已见于9.8条。

【译文】

兴州有一处地方名为雷穴,平常只有半洞水。每遇打雷,洞里的水就满满地流出洞外,鱼儿也随之流出。当地百姓经常等到雷声响起时,就绕着树布下渔网,能捕到很多鱼。不打雷的时候,渔夫在洞口聚集敲鼓,鱼儿也随之游出,不过数量只有打雷时的一半。韦行规任兴州刺史时,给亲友写信,提到这件事。

X2. 11 上都务本坊①,贞元中,有一家,因打墙掘地,遇一石函。发之,见物如丝蒲满函,飞出于外。惊视之,次忽有一人起于函,被白发,长丈余,振衣而起,出门,失所在。其家亦无他。前记之中多言此事②。盖道门太阴炼形③,日将满,人必露之。

【注释】

①务本坊:唐代长安城坊。

②前记:指本书前集。多言此事:本书前集卷一四、一五多记载掘地出人之怪事。

③太阴炼形：道教"尸解"之一个环节。人死后暂去阴间，尸体虽已腐烂，又得重生并成仙。太阴，阴间。炼形因所用方法和对象不同而各有区别。

【译文】

贞元年间，长安务本坊有一户人家，因为打墙掘地，挖到一个石函。打开看，只见里面装满像丝蒲一样的东西，飞出石函外。正在目瞪口呆，又忽然看见有一个人从石函里坐起来，白发披散有一丈多长，抖抖衣服站起身，径直走出门，不知到哪里去了。这家倒也没有其他怪事。本书前集记载这类事情较多。这大概是道教尸解的太阴炼形，时间到了，就必然有人挖他出来。

X2.12　于季友为和州刺史时①，临江有一寺，寺前渔钓所聚。有渔子下网，举之重，坏网。视之，乃一石如拳。因乞寺僧，置于佛殿中。石遂长不已，经年重四十斤。张周封员外入蜀②，亲睹其事。

【注释】

①于季友：于頔次子。尚唐宪宗永昌公主，拜驸马都尉。和州：今安徽和县。

②员外：本书前面记载张周封为工部员外郎。

【译文】

于季友任和州刺史时，江边有一座寺庙，很多渔夫在寺庙前垂钓。有位渔夫下网后，收网时觉得颇为沉重，把网拉坏了。一看，原来是一块拳头大的石头。于是请求寺里的和尚把这块石头放在佛殿前。石头一天天长大，一年时间，重达四十斤。张周封员外入蜀经过此地，亲眼看见过那块石头。

X2.13 进士王恽，才藻雅丽，犹长体物①，著《送君南浦赋》，为词人所称。会昌二年②，其友人陆休符，忽梦被录至一处，有驺卒止之屏外③，见胥靡数十④，王恽在其中。陆欲就之，恽面若愧色。陆强牵与语，恽垂泣曰："近受一职司，厌人闻。"指其类："此悉同职也。"休符恍惚而觉。时恽往扬州，有妻子居住太平侧⑤。休符异所梦，迟明，访其家信，得王至洛书。又七日，其讣至。计其卒日，乃陆之梦夕也。

【注释】

①体物：描摹物态。

②会昌：唐武宗李炎年号（841—846）。

③驺卒：主驾车马的仆役。

④胥靡：服劳役的囚犯。

⑤太平：太平县，今属安徽。

【译文】

进士王恽，才华横溢，特别擅长描摹物态，著有《送君南浦赋》，为当时文人所称赏。唐武宗会昌二年，他的友人陆休符，忽然梦见被抓捕到某个地方，有驺卒让他在屏外候着，只见有几十名服劳役的囚犯，友人王恽就在其中。陆休符想走近他，而王恽面带愧色。陆休符强牵着和他说话，王恽流泪说："刚刚接受了一个职务，很不愿意别人知道。"指着他的同类说："这些全都是相同职务的。"休符恍恍惚惚就醒了。当时王恽前往扬州，有妻儿寓居在太平县附近。休符觉得梦做得太怪了，天快亮时就去王家询问有无家书，得到一封王恽到洛阳时寄回的信。又过了七天，王恽的讣闻到了。计算他去世的日期，正是陆休符做梦的那晚。

X2.14 武宗元年①，金州军事典邓俨②，先死数年。其案下书手蒋古者，忽心痛暴卒，如有人捉至一曹司，见邓俨，喜曰："我主张甚重，籍尔录数百幅书也。"蒋见堆案绕壁，皆涅楮朱书，乃绐曰："近损右臂，不能搦管。"有一人谓邓："既不能书，可令还。"蒋草草被遣还，陨一坑中而觉。因病，右手遂废。

【注释】

①武宗元年：唐武宗会昌元年(841)。武宗仅有会昌年号。

②金州：今陕西安康。军事典：军事典直，为州郡幕职。

【译文】

武宗会昌元年，金州军事典邓俨，已经去世几年了。先前担任他案下抄写员的蒋古，忽然心痛暴死，好像被人捉到一处官署，见到邓俨，邓俨高兴地说："我任务繁重，请你来帮忙抄录几百张纸。"蒋古看见案上堆的、墙边放的，满满都是黑纸红字，就欺骗他说："最近伤了右臂，不能提笔。"有一个人对邓俨说："既然不能写字，不妨让他回去。"蒋古就被稀里糊涂地放回来，掉在一个坑里，醒了过来。后来生了一场病，右手残疾了。

X2.15　姚司马者①，寄居邠州②，宅枕一溪。有二小女，常戏钓溪中，未常有获。忽挠竿，各得一物，若鳣者而毛③，若鳖者而鳃。其家异之，养以盆池。经年，二女精神恍惚，夜常明灯锉针④，染蓝涅皂⑤，未常暂息，然莫见其所取也。时杨元卿在邠州⑥，与姚有旧，姚因从事邠州。又历半年，女病弥甚。其家张灯戏钱，忽见二小手出灯下，大言曰："乞一钱。"家人或唾之，又曰："我是汝家女婿，何敢无礼。"一称乌郎，一称黄郎，后常与人家狎熟。杨元卿知之，因为求上都僧瞻。瞻善鬼神部，持念治病魅者，多著效。瞻至其家，标扛界绳⑦，印手敕剑召之⑧。后设血食盆酒于界外⑨。中夜，有物如牛，鼻于酒上。瞻乃匿剑，蹦步大言⑩，极力刺之。其物匿刃而走，血流如注。瞻率左右明炬索之。迹其血，至后宇角中，见若乌革囊，大可合簀⑪，喘如辅囊⑫，盖乌郎也。遂毁薪焚杀之，臭闻十余里，一女即愈。自是风雨夜，门庭闻啾啾。次女犹病，瞻因立于前，举伐折罗叱之⑬，女恐怖泚额⑭。瞻偶见其衣带上有皂袋子，因令侍婢解视之，乃小篝也⑮。遂搜其服玩，篝勘得一簀⑯，簀中悉是丧家搭帐衣，衣色唯黄与皂耳。瞻假将满，不能已其魅，因归京。逾年，姚罢职入京，先诣瞻，为加功治之。浃旬，其女臂上肿起如沤⑰，大如瓜。瞻禁针刺之，出血数合，竟差。

【注释】

①司马：职官名。隋唐时州府佐吏有司马一人。

②邠州：今陕西彬县。

③鳢：鳝鱼。

④明灯锉针：指挑灯织补缝纫。

⑤染蓝涅皂：洗染频繁。

⑥杨元卿（763—833）：元和初年诏授岳王府司马，迁太子仆射。历官州刺史、御史中丞、金吾卫将军、节度使等职。

⑦标扛界绳：立竿以绳绕之为界。扛，同"杠"，竹木竿。

⑧印手：持咒时掐手之指掌间特定的部位。

⑨血食：本指祭祀用的牲牢。

⑩蹝(xǐ)步:踮脚徐步。

⑪篑(kuì):盛土的筐子。

⑫韛(bài)囊:用来鼓风的皮囊。

⑬伐折罗:梵语音译。即金刚杵,用来降妖伏魔。

⑭泚(cǐ):出汗。

⑮籥(yuè):同"钥"。

⑯簣:用同"柜"。

⑰沤(ōu):水泡。

【译文】

　　有位姚司马,寄居在邠州,家宅靠近一条小溪。他有两个小女儿,经常在溪中玩耍钓鱼,通常都钓不到什么。有一天,忽然鱼竿晃动,各自都钓到了一个东西,一个像鳝鱼可是有毛,一个像鳖可是有鳃。家里人都觉得稀奇,就养在小池里。过了一年,两个女儿都精神恍惚,夜里经常挑灯做女工,洗衣染布,不曾休息,但是没见她们做出什么。当时杨元卿在邠州,和姚司马有交情,姚司马因此在邠州官署做事。又过了半年,女儿的病越发严重。一次,家里人点灯玩数钱的游戏,忽然看见两只小手从灯下伸出来,大声说:"请给一枚钱。"有位家人就啐它,又听它说:"我是你家女婿,怎敢无礼。"一个叫作乌郎,一个叫作黄郎,后来和家人混熟了。杨元卿知道这事后,就去礼请长安城的瞻和尚。瞻和尚擅长驱邪制鬼,持念禁咒治疗中邪,多能见效。瞻和尚到他家,树立标竿,绕绳为界,印手敕剑招引怪物。又在界外设下肉食和酒。深夜,有头像牛的怪物,用鼻子去闻那酒。瞻和尚藏着剑,踮着脚,悄悄靠近,大喝一声,挺剑就刺。那怪物带着剑就跑,血流如注。瞻和尚率领手下人打着火把去追。顺着血迹找到了后屋角,看见一个像乌皮囊的东西,有土筐子那么大,喘得像鼓风囊,原来是乌郎。于是点燃柴堆烧死了它,臭气传出十多里远,一个女儿病就好了。从此以后,风雨之夜,门庭总听见啾啾的声音。小女儿仍是病着,瞻和尚就站在她面前,举起金刚杵大声呵斥,小女儿恐怖万分,汗流满面。瞻和尚偶然看见她的衣带上有个黑袋子,就命婢女解下来看,里面装着一把小钥匙。于是就搜查小女儿的衣饰器物,用这把钥匙打开了一口柜子,柜子里全是丧家搭设丧篷的布,布色只有黄、黑两种。瞻和尚假期将满,未能治完鬼魅就回京了。过了一年,姚司马罢职入京,就先去见瞻和尚,瞻和尚为其加倍功力治疗。整整十天时间,小女儿手臂上肿起一个像瓜那么大的泡。瞻和尚持念禁咒,用针刺那肿块,流了几合血,终于痊愈了。

　　X2.16 东都龙门有一处①,相传广成子所居也②。天宝中,北宗雅禅师者③,于此处建兰若④。庭中多古桐,枝干拂地。一年中,桐始华,有异蜂,声如人吟咏。禅师谛视之⑤,具体人也,但有翅,长寸余。禅师异之,乃以卷竹幂巾网获一焉⑥,置于纱笼中。意嗜桐花,采华致其傍。经日集于一隅,微聆吁嗟声。忽有数人翔集笼者,若相慰状。又一日,其类数百,有乘车舆者,其大小相称,积于笼外,语声甚细,亦不惧人。禅师隐于柱,听之,有曰:"孔昇翁为君筮⑦,不祥,君颇记无?"有曰:"君已除死籍,又何惧焉!"有曰:"叱叱,予与青桐君弈,胜,获琅玕纸十幅⑧,君出,可为礼星子词,当为料理⑨。"语皆非世人事,终日而去。禅师举笼放之,因祝谢之。经次日,有人长三尺,黄罗衣,步虚止禅师屠苏前⑩,状如天女:"我三清使者⑪,上仙伯致意多谢。"指顾间失所在,自是遂绝。

【注释】

①龙门:又名"伊阙",在洛阳南,有龙门山和香山隔伊河夹峙如门,

故名。

②广成子:神仙。传为黄帝时人,居崆峒山中。

③北宗:佛教禅宗自五祖弘忍以后,分为南、北二宗。北宗为神秀所立,传法于北方。

④兰若:梵文音译"阿兰若"的简称,意译为寂静处,本谓比丘静修之处,后指山林小寺。

⑤谛视:仔细看。

⑥幂(mì)巾:覆盖东西用的巾布。

⑦筮(shì):用蓍草占卜以定吉凶。

⑧琅玕:美竹。

⑨料理:安排。

⑩步虚:道教术语。蹑空而行。屠苏:草庵。

⑪三清:三清胜境。也指居于三清的道教尊神:玉清元始天尊,太清太上老君,上清灵宝道君。

【译文】

　　东都龙门有个地方,相传广成子居住过。天宝年间,北宗雅禅师在这里建起了寺庙。庭院里有很多古桐,枝叶垂地。有一年,桐树刚开花,飞来一群异蜂,声音像是人在吟唱。雅禅师仔细审视,原来这些蜂是肢体齐全的人,只是有一寸多长的翅膀。雅禅师很奇怪,就用竹枝卷成圈蒙上纱巾做成网捉住一个,关进纱笼里。心想它喜欢桐花,就采摘桐花放在旁边。它整天蜷缩在一个角落里,发出轻微的叹息声。忽然有几个小飞人飞到纱笼边,好像是在安慰它。又过了一天,几百个小飞人,有的坐着车,大小都差不多,围在纱笼外边,说话的声音很细微,也不害怕人。雅禅师躲在柱子后面听,有的说:"孔昇翁那天为你占卜,结果不吉利,还记得不?"有的说:"你的名字已经从死籍上勾销了,怕什么怕!"有的说:"叱叱,我和青桐君对弈,赢了他,得到十张琅玕纸,你出来以后,可以写礼星子词,我会为你安排好的。"说的都不是世间的事情,整整待了一天，它们才飞走。雅禅师打开纱笼，把小飞人放走，口中念念祝祷致歉。又过了一天，有个身高三尺穿着黄罗衣的人，凌空来到雅禅师的草庵前，形貌美如天女，说："我是三清的使者，上仙伯托我向您致意道谢。"一眨眼就不见了，从此以后，那些小飞人再也没来过。

　　X2.17 倭国僧金刚三昧、蜀僧广昇①，与峨眉县邑人约游峨眉②，同雇一夫负笈③，荷糗药④。山南顶径狭，俄转而待，负笈忽入石罅。僧广昇先览，即牵之，力不胜。视石罅甚细，若随笈而开也。众因组衣断蔓⑤，厉其腰⑥，扨出之⑦。笈才出，罅亦随合。众诘之，曰："我常薪于此，有道士住此隙内，每假我春药。适亦招我，我不觉入。"时元和十三年。

【注释】

①倭国：今日本国。

②峨眉县：今四川峨眉山。

③笈：箱子。

④糗（qiǔ）：干粮。

⑤组：丝带。这里指结成带子。

⑥厉：衣带下垂的部分。

⑦扨（lì）：捆绑。

【译文】

　　倭国和尚金刚三昧、蜀地和尚广昇，和一位峨眉县人相约游峨眉，合雇一个背夫背着箱子，带上干粮和药品。山的南边顶上道路狭窄，在转弯时稍微等待的工夫，背夫背着箱子突然就进了一处石缝。广昇和尚先看到了，赶紧抓住他，但是力气不够抓不住。看那石缝本来很细，像是随着箱子变宽了。众人于是用衣服和藤蔓结成带子，像腰带一样捆在背夫的腰间,合力把他拽出来。箱子才出来,石缝随即也就合上了。众人问背夫是怎么回事,他回答说:"我经常在这里打柴,有位道士住在这石缝里,常常请我给他舂药。刚才他正好招我进去,我不知不觉就进去了。"这事发生在元和十三年。

X2.18 上都僧太琼者,能讲《仁王经》①。开元初,讲于奉先县京遥村②,遂止村寺。经两夏,于一日,持钵将上堂,阖门之次,有物坠檐前。时天才辨色,僧就视之,乃一初生儿,其襁褓甚新③。僧惊异,遂袖之,将乞村人。行五六里,觉袖中轻,探之,乃一弊帚也。

【注释】

①《仁王经》:佛经名。全称为《仁王护国般若波罗蜜经》。

②奉先县:今陕西蒲城。

③襁褓:即襁褓。

【译文】

长安和尚太琼,能讲《仁王经》。开元初年,在奉先县京遥村讲经,于是就驻留在村子的寺庙里。过了两个寒暑,一天,拿着钵盂上斋堂去,关门的时候,有件东西从房檐上掉下来。当时天刚麻麻亮,太琼走近一看,竟然是一个刚出生的婴儿,襁褓很新。太琼大为吃惊,就把婴儿笼在袖子里,打算送给村里人。走了五六里远,感觉袖子里变轻了,一摸,原来是把破扫帚。

X2.19 陕州西北白径岭上逻村①,村人田氏,常穿井,得一根,大如臂,节中粗,皮若茯苓,气似术②。其家奉释,有像设数十③,遂置于像前。田氏女名登娘,年十六七,有容质,父常令供香火焉。经岁余,女常见一少年出入佛堂中,白衣蹑履④,女遂私之,精神举止,有异于常矣。其物根每岁至春擢芽。其女有娠,乃以其事白于母,母疑其怪。常有衲僧过门,其家因留之供养⑤。僧将入佛宇,辄为物拒之。一日,女随母他出,僧入佛堂,门才启,有鸽一只拂僧飞去。其夕,女不复见其怪。视其根,顿成朽蠹。女娠才七月,产物三节,其形如像前根也。田氏并火焚之,其怪亦绝。成式常见道者论枸杞、茯苓、人参、术形有异,服之获上寿。或不荤血、不色欲,遇之必能降真为地仙矣⑥。田氏无分,见怪而去,宜乎。

【注释】

①陕州:在今河南三门峡西。

②术(zhú):草名。菊科术属植物的泛称,有白术、苍术等数种。

③像设:供奉的神佛塑像。

④蹑履:轻步行走。

⑤供养:佛教术语。这里指以食物等奉养僧人。

⑥降真:真人降临。

【译文】

陕州西北白径岭上有个逻村,村民田某,曾经在掘井时挖到一条根茎,有手臂那么长,中间粗,皮像茯苓,气味像术。田家信佛,家里佛堂上供奉着几十尊佛像,于是就把这条根供在佛像前。田某的女儿名叫登娘,十六七岁,容貌姣好,她父亲经常让她供奉香火。过了一年多,登娘经常看见一位青年进出佛堂,身穿白衣,步履轻盈,登娘就和他好上了,精神面貌及言谈举止都起了变化。那根茎每年春天都会发芽。登娘有了身孕,就把这事告诉了她母亲,母亲怀疑是这根茎作怪。有一次，一个和尚上门化缘，田家就留下他供养。和尚每次要进入佛堂，都被异物拒之门外。一天，登娘随母亲外出，和尚又上佛堂，门一开，有只鸽子贴着和尚飞走了。当天晚上，登娘再没见着那怪物。再看那条根茎，早已变成了朽木。登娘怀孕才七个月，产下三节异物，形状就跟先前那根茎一样。田家把这全都一把火烧了，怪物也就绝迹了。我常听道士说枸杞、茯苓、人参、术类等形状特异的，服用之后可得上寿。有的人不食荤，戒色欲，遇到这类东西一定会有真人降临，修为地仙。田氏命无地仙之分，见到怪异的东西就丢掉，正是如此。

　　X2.20 宝历二年，明经范璋居梁山读书。夏中深夜，忽听厨中有拉物声，范慵省之。至明，见束薪长五寸余，齐整可爱，积于灶上，地上危累蒸饼五枚①。又一夜，有物叩门，因转堂上笑，声如婴儿。如此经三夕。璋素有胆气，乃乘其笑，曳巨薪逐之。其物状如小犬，璋欲击之，变成火，满川，久而乃灭。

【注释】

①蒸饼：类似今天的馒头。

【译文】

　　宝历二年，明经范璋住在梁山读书。夏天一个深夜，忽然听见厨房里有拖拉东西的声音，范懒得去看。到天明，只见厨房里有五寸长的成捆柴薪，整整齐齐地堆放在灶边，地上摆放着五个蒸饼。又一晚，有异物敲门，进到堂上发出笑声，声音如同婴儿一般。就这样一连过了三晚。范璋一向有胆量，于是趁着它笑的时候，拖起一根大柴棍就追过去。那怪物样子像只小狗，范璋举起柴棍要打时，忽然变成一团火焰，照亮了整个山谷，烧了很久才熄灭。

X2.21 建中初,有人牵马访马医,称马患脚,以二十镮求治①。其马毛色骨相,马医未常见,笑曰:"君马大似韩幹所画者②,真马中固无也。"因请马主绕市门一匝,马医随之。忽值韩幹,幹亦惊曰:"真是吾设色者③。"乃知随意所匠④,必冥会所肖也⑤。遂摩挲,马若蹶,因损前足,幹心异之。至舍,视其所画马本,脚有一点黑缺,方知是画通灵矣⑥。马医所获钱,用历数主,乃成泥钱。

【注释】

①镮(huán):钱币的量词。

②韩幹(?—780):大梁(今河南开封)人,一说京兆蓝田(今陕西蓝田)人。唐代著名画家,尤擅画马。

③设色:着色。这里是画的意思。

④匠:创造。

⑤冥会:冥冥中相合,暗合。

⑥通灵:南朝宋刘义庆《世说新语·巧艺》:"谢太傅云:顾长康画,有苍生来所无。"刘孝标注:"《续晋阳秋》曰:(顾)恺之尤好丹青,妙绝于时。曾以一厨画寄桓玄,皆其绝者,深所珍惜,悉糊题其前。桓乃发厨后取之,好加理复。恺之见封题如初,而画并不存,直云:'妙画通灵,变化而去,如人之登仙矣。'"

【译文】

建中初年,有人牵着马访求马医,说马的脚有病,出二十镮钱请求治疗。那匹马的毛色骨相,马医从未见过,笑着说:"您这匹马特别像韩幹所画的马,真马中没有这种马。"就请马主人牵着马绕街市门走一圈,马医跟在后面观察。忽然遇见韩幹,韩幹也非常吃惊地说:"这匹马真是我画的。"由此可知,随心所欲创造出的艺术形象,也必然和大自然的真实事物暗中相合。韩幹就抚摸这匹马,马好像有点站不稳,原来是前蹄受伤了,韩幹心里暗暗诧异。回到家,翻检自己的画稿,果然马的前脚有一点黑缺,这才明白画上的这匹马已经变化通神了。马医治这匹马所获的钱,几经转手之后,就变成了泥钱。

　　X2. 22 莱州即墨县^①,有百姓王丰,兄弟三人。丰不信方位所忌,常于太岁上掘坑,见一肉块^②,大如斗,蠕蠕而动,遂填,其肉随填而出。丰惧,弃之。经宿肉长,塞于庭。丰兄弟奴婢数日内悉暴卒,唯一女存焉。

【注释】

①莱州即墨县:今属山东。

②肉块:唐人多以这种肉块为太岁的肉状化身,是凶物。如《太平广记》卷三六二引《广异记》:"上元末,复有李氏家,不信太岁,掘之,得一块肉。相传云:'得太岁者,鞭之数百,当免祸害。'李氏鞭九十余,忽然腾上,因失所在。李氏家有七十二口,死亡略尽,惟小蒯公尚存。李氏兄弟恐其家灭尽,夜中,令奴作鬼装束,劫小蒯,便藏之。唯此子得存,其后袭封蒯公。"

【译文】

　　莱州即墨县有百姓王丰,兄弟三人。王丰不相信有关方位的禁忌,有一次在太岁头上挖坑,挖到一团肉块,大如斗,不停蠕动,于是赶紧填上,这肉块随填随长,冒出坑外。王丰害怕了,扔下不管。过了一晚,肉块迅速变大,填塞在庭院里。王丰的兄弟奴婢几天内全都得暴病死了,只有一个女儿活了下来。

　　X2. 23 虢州玉城县黑鱼谷^①,贞元中,百姓王用,业炭于谷中。中有水,方数步②,常见二黑鱼,长尺余,游于水上。用伐木饥困,遂食一鱼。其弟惊曰:"此鱼或谷中灵物,兄奈何杀此?"有顷,其妻饷之,用运斤不已,久乃转面,妻觉状貌有异,呼其弟视之。忽褫衣号跃,变为虎焉,径入山。时时杀獐鹿,夜掷庭中,如此二年。一日日昏,叩门自名曰:"我,用也。"弟应曰:"我兄变为虎三年矣,何鬼假吾兄姓名?"又曰:"我往年杀黑鱼,冥谪为虎。比因杀人,冥官笞余一百,今免放,杖伤遍体。汝第视予,无疑也。"弟喜,遽开门,见一人,头犹是虎,因怖死。举家叫呼奔避,竟为村人格杀之。验其身,有黑子,信王用也,但首未变。元和中,处士赵齐约常至谷中③,见村人说。

【注释】

①虢州玉城县:在今河南灵宝东南。

②步:古时长度单位。周以八尺为步,秦以六尺为步。后来以五尺为步。

③处士:有才学而隐居不仕者。

【译文】

　　虢州玉城县有个黑鱼谷,贞元年间,有个百姓王用,在此谷中烧炭。谷中有处水塘,数步见方,经常可见两条一尺多长的黑鱼在水中游来游去。一天,王用伐木又饥又困,就捕了一条黑鱼吃了。他弟弟吃惊地说:"这黑鱼怕是此谷中的灵异,哥哥怎么能杀死它呢?"一会儿,王用的妻子送饭来,只见王用一个劲地挥着斧子砍树,过了好一阵子才转过脸来,他妻子发觉他相貌变样了,急忙呼喊他兄弟来看。王用忽然脱下衣服,号叫跳跃,变成一只老虎,径直奔山里去了。此后,这只老虎时时猎杀獐鹿,趁夜间扔进院里,这样一直持续了两年。一天傍晚,家里人听见有人敲门,说:"我是王用。"他弟弟回应说:"我哥哥变成老虎已经三年了,何方鬼怪冒充我哥的姓名?"又听见门外说:"那年我杀了黑鱼,被阴司罚做老虎。近来因为杀人,冥官鞭打我一百下,现在赦免放回,遍体鳞伤。你只管打开门看,确定无疑。"弟弟很高兴,急忙开门,只见门口站着一个人,仍然是老虎头,弟弟受此惊吓而死。全家人狂呼乱叫奔走逃命,最后这个怪人被村里人打死了。查验死尸,尸身上有黑痣,这才确信真是王用,只是头还没变回人形。元和年间,处士赵齐约曾到黑鱼谷,听村里人说起这事。

X2.24 元和初,上都义宁坊有妇人风狂①,俗呼为五娘,常止宿于永穆墙垣下②。时中使茹大夫使于金陵,有狂者,众名之信夫,或歌或哭,往往验未来事,盛暑拥絮,未常沾汗,冱寒袒露③,体无皲折④。中使将返,信夫忽叫拦马曰:"我有妹五娘在城中,今有少信,必为我达也。"中使素知其异,欣然许之。乃探怀出一襆⑤,内中使靴中,仍曰:"为语五娘,无事速归也。"中使至长乐坡⑥,五娘已至,拦马笑曰:"我兄有信,大夫可见还。"中使久而方悟,遽令取信授之。五娘因发襆,有衣三事,乃衣之而舞,大笑而归。复至墙下,一夕而死,其坊率钱葬之⑦。经年,有人自江南来,言信夫与五娘同日死矣。

【注释】

①义宁坊:唐代长安城坊。

②永穆:即唐玄宗女永穆公主,开元十年(722)下嫁王繇。宋王溥《唐会要》卷五十:"华封观　平康坊。天宝七载,永穆公主出家,舍宅置观。其地西北隅本梁公姚元崇宅,以东即太平公主宅,其

后敕赐安西都护郭虔瓘,今悉并为观,号为'华封'。"

③沍(hù)寒:天寒地冻。

④跼(jū):因天寒而手脚蜷缩。

⑤襆:包袱。

⑥长乐坡:在今陕西西安东北。旧名浐坡,隋文帝恶其名,改为长乐坡。

⑦率钱:凑钱。

【译文】

元和初年,长安义宁坊有个妇女,发了疯,民间称她五娘,经常在华封观墙脚露宿。当时有中使茹大夫奉使金陵,当地也有一个疯子,众人叫他信夫,有时狂歌,有时痛哭,常常能预知未来,大热天围着棉絮,不见出汗,天寒地冻的时候,也不见他蜷缩手脚。中使即将返回京城,信夫忽然大叫着拦在马前说:"我有个妹妹名叫五娘,在长安城里,这里有点东西,请一定帮我送到。"中使早就知道他不是普通人,就爽快地答应了。信夫从怀里掏出一个小包袱,塞进中使的靴筒中,又说:"替我转告五娘,没事早点回来。"中使回至长乐坡,五娘已经先在那里了,拦住马笑道:"我哥带了一封信,请大夫交给我。"中使愣了一阵,才醒悟过来,就让随从取出交给她。五娘打开包袱,里面有三件衣服,就穿上衣服舞动起来,大笑着回去。五娘又回到华封观的墙边,一个晚上就死了,同坊的人凑钱安葬了她。过了一年,有人从江南来,说信夫和五娘是同一天死的。

X2.25　元和中,有淮西道军将①,使于汴州,止驿。夜久,眠将熟,忽觉一物压己。军将素健,惊起,与之角力。其物遂退。因夺手中革囊,鬼暗中哀祈甚苦。军将谓曰:"汝语我物名,我当相还。"良久曰:"此揢气袋耳。"军将乃举毙击之^②，语遂绝。其囊可盛数升，无缝，色如藕丝，携于日中无影。

【注释】

①淮西道：淮南西道节度使。元和十三年（818）废。

②甓（pì）：砖。

【译文】

元和年间，有位淮西道军将，奉命到汴州公干，留宿在驿站。夜深了，快要睡熟时，忽然感觉有个东西压着自己。军将素来强健，吃惊地爬起身，和那怪物较量厮打。那怪物就退却了。军将夺下怪物手中的皮囊，鬼怪在黑暗中苦苦哀求。军将对它说："你告诉我这叫什么，我就还给你。"过了很久，鬼怪才回答说："这是搐气袋。"军将就举起砖头打过去，说话声随之消失。那个袋子可以装下几升东西，没有缝，颜色就像藕丝，拿到太阳底下没有影子。

X2.26 建中末，书生何讽，常买得黄纸古书一卷。读之，卷中得发卷，规四寸，如环无端。何因绝之，断处两头滴水升余。烧之，作发气。讽尝言于道者，吁曰："君固俗骨，遇此不能羽化^①，命也。据仙经曰：蠹鱼三食'神仙'字，则化为此物，名曰脉望。夜以规映当天中星，星使立降，可求还丹^②，取此水和而服之，即时换骨上宾^③。"因取古书阅之，数处蠹漏，寻义读之，皆"神仙"字，讽方哭伏。

【注释】

①羽化：得道成仙。

②还丹：道教九鼎丹之第四神丹。晋葛洪《抱朴子·内篇》"金丹第
四"："第四之丹名曰还丹。服一刀圭，百日仙也。朱鸟凤凰，翔
覆其上，玉女至傍。以一刀圭合水银一斤火之，立成黄金。以此
丹涂钱物用之，即日皆还。以此丹书凡人目上，百鬼走避。"

③上宾：成仙。

【译文】

建中末年，书生何讽，曾经买到一卷黄纸古书。阅读时，在书卷里
发现了一个发卷，周长有四寸，呈环状，没有接头。何讽于是把它掰断
了，断环的两头滴出一升多水。把它拿到火上烧，散发出头发烧焦的气
味。何讽曾把这事向一位道士说起，道士叹息说："先生确实是凡胎俗
骨，遇见这样奇异之物不能羽化成仙，这就是命。据仙经上说：蠹鱼三
次吃了书上的'神仙'字样，就会变成这种发卷，它叫脉望。夜里，用这
圆环映照夜空正中的星星，天上的星使就会下降人间，这时可以向他讨
求还丹，把这还丹用水服下，立刻就能脱去俗骨羽化升仙。"何讽把那卷
书拿来细细翻阅，有几处被蠹鱼啃食了，根据上下文义去读，那几处都
是"神仙"二字，何讽这才哭得一塌糊涂。

X2. 27 华阴县东七级赵村①，村路因水啮成谷，梁之②。
村人日行车过桥，桥根坏，坠车焉，村人不复收。积三年，村
正尝夜度桥，见群小儿聚火为戏。村正知其魅，射之，若中
木声，火即灭，闻啾啾曰："射着我阿连头。"村正上县回，寻
之，见败车轮六七片，有血，正衔其箭。

【注释】

①华阴县：今属陕西。

②梁：这里用作动词，架桥。

【译文】

华阴县东七级赵村，村里的道路被大水冲成沟谷，于是架桥以便通行。有个村里人白天驾车过桥，桥基坏了，车辆坠落桥下，村人也就丢弃了。过了三年，村正曾在夜间过桥，看见一群小孩聚在一起玩火游戏。村正知道那是鬼魅，就射了一箭，好像射中木头的声音，火光也随即熄灭了，只听得啾啾之声，说道："射着我阿连的头了。"村正从县里回来，在桥下细细察看，找到六七片破车轮，其中一片有血迹，那支箭正好插在上面。

X2.28　相国李公固言①，元和六年下第游蜀，遇一老姥，言："郎君明年芙蓉镜下及第，后二纪拜相②，当镇蜀土。某此时不复见郎君出将之荣也，愿以季女为托。"明年，果然状头及第，诗赋题有"人镜芙蓉"之目。后二十年，李公登庸③，其姥来谒。李公忘之，姥通曰："蜀民老姥，尝嘱季女者。"李公省前事，具公服谢之，延入中堂，见其妻女。坐定，又曰："出将入相定矣。"李公为设盛馔，不食，唯饮酒数杯，即请别。李固留不得，但言"乞庇我女"。赠金皂襦裥④，并不受，唯取其妻牙梳一枚，题字记之。李公从至门，不复见。及李公镇蜀日，卢氏外孙子九龄不语，忽弄笔砚，李戏曰："尔竟不语，何用笔砚为？"忽曰："但庇成都老姥爱女，何愁笔砚无用也。"李公惊悟，即遣使分诣诸巫。巫有董氏者，事金天神⑤，即姥之女，言能语此儿，请祈华岳三郎。如其言。诘旦，儿忽能言。因是蜀人敬董如神，祈无不应。富积数百金，恃势用事，莫敢言者。泊相国崔郸来镇蜀⑥，遽毁其庙，投土偶于江，仍判责事金天王董氏杖背，递出西界。今在贝州^⑦,李公婿卢生舍之于家,其灵歇矣。

【注释】

①李公固言:即为李固言(782—859),字仲枢,赵郡(今河北赵州)
　人。元和七年(812)登进士甲科。大和四年(830)为给事中,七
　年转尚书左丞,九年迁御史大夫,以门下侍郎同平章事。后出为
　剑南西川节度使(治所在成都)。会昌初年入朝,历兵、户二部尚
　书。宣宗即位,累授检校司徒、东都留守。

②纪:十二年为一纪。

③登庸:选拔举用。

④帼:妇女的发饰。

⑤金天神:唐玄宗先天二年(713),封西岳华山神为金天王。下文
　的"华岳三郎"亦即金天神。

⑥崔郸(?—849):武成(今河北清河东北)人。会昌元年(841)出
　为剑南西川节度使。

⑦贝州:在今河北清河西。

【译文】

　　相国李公固言,元和六年下第,漫游蜀中,遇见一位老妇,对他说:
"郎君明年芙蓉镜下及第,再过二纪拜相,会出镇蜀地。到那时我已见
不到郎君出将的荣耀,希望您到时能照顾我的小女儿。"第二年,李公果
然状元及第,考试的诗赋题目有"人镜芙蓉"。二十年后,李公获朝廷大
用,那位老妇前来拜见。李公忘了她是谁,老妇自己通报说:"蜀地老
妇,曾经拜托过您照顾小女儿。"李公回忆起往事,于是身着公服致谢,
将老妇请入中堂,又让妻女与她相见。坐定之后,老妇又说:"绝对是要
出将入相。"李公为她摆设丰盛的筵席,她没吃,只喝了几杯酒就告别
了。李公执意挽留,她决意要走,只是说"请您照顾我女儿"。赠她衣物
钱财,全都不要,只拿了他妻子的一把象牙梳,并请在上面题字留念。

李公随她走到门口,一眨眼的工夫人就不见了。后来李公出镇蜀地时,他的一个卢姓外孙到九岁了还不会说话,忽然有一天自个儿玩耍笔砚,李公逗他说:"你又不会说话,拿这笔砚有什么用?"外孙忽然开口说道:"只要庇护成都老妪的爱女,何愁笔砚没有用。"李公大吃一惊,立即省悟过来,马上派人分头去各处寻找巫师。有位姓董的巫女,事奉金天神,原来她就是老妪的小女儿,自称能让李公的外孙说话,要求设坛祈请金天神。李公照她的话做了。第二天一早,孩子就开口说话了。这事以后,蜀人敬畏董氏如同神明,有所祈求无不应验。董氏因此致富,家积黄金几百两,她倚仗着李公的权势,肆行无忌,没有人敢举报她。等到崔郸相国镇蜀的时候,下令捣毁金天神的祠庙,把泥像投进江中,判令杖责那位事奉金天王的董氏,然后把她递解出界。这位董氏现今住在贝州,李公的女婿卢某收留她住在家里,她也再没什么神通了。

X2.29 登封尝有士人[①],客游十余年,归庄,庄在登封县。夜久,士人睡未著,忽见星火发于墙堵下。初为萤,稍稍芒起,大如弹丸,飞烛四隅,渐低。轮转来往,去士人面才尺余。细视光中,有一女子,贯钗,红衫碧裙,摇首摆尾,具体,可爱。士人因张手掩获,烛之,乃鼠粪也,大如鸡栖子[②],破视,有虫首赤身青,杀之。

【注释】

①登封:今属河南。

②鸡栖子:皂荚子。

【译文】

登封曾经有位士人,客游十多年,回到庄里,庄子在登封县。一晚,夜深时分士人还没睡着,忽然看见墙边冒出一点星火。起初就像萤火,渐渐光芒亮起,有弹丸那么大,飞来飞去,照亮墙壁四角,又慢慢降低下来。在士人面前晃来晃去,距面部仅一尺多。士人细看那光芒中,有一个女子,头戴钗饰,红衫绿裙,摇头摆身,四肢齐备,甚是可爱。士人于是伸手捉住,拿到蜡烛下一看,原来是粒鼠粪,有皂荚子大小,弄碎来看,里面有只头红身青的虫,就弄死了它。

X2.30　融州河水①,有泉半岩,将注其下。相次九磴,每磴下,一白石浴斛承之②,如似镌造。尝有人携一婢,取下浴斛中浣巾。须臾,风雨忽至,其婢震死,所浣巾斛,碎于山下。自别安一斛,新于向者。

【注释】

①融州:今广西融水。

②浴斛:澡盆。

【译文】

融州河水,有股泉水悬在半崖之上,向下流注河中。依次有九级石台,每一石台之下都有一个白色的石浴盆承接着泉水,好像雕凿出来的一样。曾经有人带着婢女在最下面的石浴盆里清洗巾布。不一会儿,风雨大作,响起巨雷,把婢女给震死了,刚用过的那个石盆被巨雷震碎在山下。原处又出现了一个石盆,比先前那个新。

X2.31　有人游终南山一乳洞①,洞深数里。乳旋滴沥成飞仙状,洞中已有数十,眉目衣服,形制精巧。一处滴至腰已上,其人因手承漱之。经年再往,见其所承滴像已成矣,乳不复滴,当手承处,衣缺二寸不就。

【注释】

①终南山:道教名山,在今西安南,为秦岭主峰之一。

【译文】

有人游览终南山的一处溶洞,这洞有好几里深。石乳旋曲着滴沥成飞仙的形状,洞里已有几十尊,眉毛、眼睛、衣服,形制精巧。其中有一处才滴沥到腰以上,这个人就用手承接滴水洗漱了一下。一年以后,这人又到那洞里去,只见这尊像已经成形了,石乳也不再滴沥,先前用手接水的部位,衣服缺了两寸没好。

X2.32 滕王图^①　一日,紫极宫会^②,秀才刘鲁封云尝见滕王《蛱蝶图》^③。有名江夏班、大海眼、小海眼、村里来、菜花子。

【注释】

①滕王图:即滕王《蛱蝶图》。唐太宗贞观十三年(639),封高祖李渊第二十二子李元婴(?—684)为滕王。按,作《蛱蝶图》的滕王,一说即李元婴,一说为李元婴的重孙嗣滕王李湛然。

②紫极宫:老子庙。《旧唐书·玄宗纪下》:"(天宝二年三月)改西京玄元庙为太清宫,东京为太微宫,天下诸郡为紫极宫。"

③滕王《蛱蝶图》:唐代王建《宫词》:"内中数日无呼唤,传得滕王《蛱蝶图》。"

【译文】

滕王图　一天,紫极宫聚会,秀才刘鲁封说他曾经见过滕王的《蛱蝶图》。蛱蝶又名江夏斑、大海眼、小海眼、村里来、菜花子。

续集卷三

支诺皋下

【题解】

本篇共二十九条。其中如第 X3.1 条李简、第 X3.4 条郑琼罗、第 X3.15 条蜀郡豪家子、第 X3.22 条秦妇张氏、第 X3.28 条韦氏兄弟、第 X3.29 条阿措，篇幅较长，亦为传奇之体，尤其是最后一条，故事十分精彩，正当本篇压卷。

《酉阳杂俎》一书中，当以"诺皋"、"支诺皋"诸篇的文学价值最高，对后世小说创作产生了较大影响，尤其是清代蒲松龄的《聊斋志异》。段成式、蒲松龄二人虽不同时而同乡，为今山东淄博之前贤后俊，据相关研究，蒲松龄《聊斋志异》取资于诸篇《诺皋》者，共有二十条左右。

X3.1 开元末，蔡州上蔡县南李村百姓李简①，痫疾卒②。瘥后十余日③，有汝阳县百姓张弘义④，素不与李简相识，所居相去十余舍⑤，亦因病死，经宿却活，不复认父母妻子，且言："我是李简，家住上蔡县南李村，父名亮。"遂径往南李村，入亮家。亮惊问其故，言："方病时，梦有二人著黄，赍帖见追。行数里，至一大城，署曰"王城"。引入一处，如人间六司院⑥。留居数日，所勘责事悉不能对。忽有一人自外来,称:'错追李简,可即放还。'一吏曰:'李简身坏,须令别托生。'时忆念父母亲族,不欲别处受生,因请却复本身。少顷,见领一人至,通曰:'追到杂职汝阳张弘义。'吏又曰:'弘义身幸未坏,速令李简托其身,以尽余年。'遂被两吏扶持却出城,但行甚速,渐无所知。忽若梦觉,见人环泣,及屋宇都不复认。"亮访其亲族名氏及平生细事,无不知也。先解竹作⑦,因自入房,索刀具,破蔑成器。语音举止,信李简也,竟不返汝阳。时成式三从叔父摄蔡州司户⑧,亲验其事。昔扁鹊易鲁公扈、赵齐婴之心,及寤,互返其室,二室相诮⑨。以是稽之,非寓言矣⑩。

【注释】

①蔡州上蔡县:今属河南。

②痫疾:癫痫。

③瘗(yì):埋葬。

④汝阳:今属河南。

⑤舍:三十里为一舍。

⑥六司:唐代府州设置司功、司仓、司户、司兵、司法、司士六官,合称"六司",又称"六曹"。

⑦竹作:竹器制作。

⑧司户:州县佐吏名。唐制,在府称户曹参军,在州称司户参军,在县称司户,主管民户等。

⑨"昔扁鹊易鲁公扈、赵齐婴之心"四句:据《列子·汤问篇》记载,鲁公扈、赵齐婴二人得病,共请扁鹊治疗,扁鹊认为鲁公扈天生"志强而气弱",赵齐婴天生"志弱而气强",建议用对换心脏的方法来进行治疗,于是给两人喝下毒酒,使之昏迷三天,然后对换

两人的心脏，继而辅以神药，两人苏醒之后病就完全好了。后来，鲁公扈回到赵齐婴家里，家里的人全都不认他；赵齐婴回到鲁公扈家里，也出现了同样的情况。两家打起了官司，扁鹊讲明了事情原委，事情得以平息。扁鹊，战国时名医，原名秦越人，渤海郡郑(今河北任丘东北)人，家于卢国(今山东长清)。学医于长桑君，历游齐赵行医。

⑩寓言：有所寄托之辞。这里指虚构的故事。

【译文】

开元末年，蔡州上蔡县南李村百姓李简，因癫痫病去世了。安葬之后十多天，汝阳县有个百姓张弘义，和李简素不相识，居住地相距三百多里，也因病而死，过了一晚却又活了过来，再不认父母妻子，并且说："我是李简，家住上蔡县南李村，父名李亮。"于是径直来到上蔡县南李村，进入李亮家。李亮很吃惊，问是何缘故，回答说："病着的时候，梦见有两个身穿黄衣的人，手持公文追捕我。走了几里路，到了一座大城，城门上题着"王城"两个字。他们把我带到一处地方，类似人间的六司院。在那里待了几天，审理追责的事情全都无法对答。忽然有一个人从外面进来，说：'错抓了李简，马上放回去。'一个吏员说：'李简的肉身已经腐坏，要另外找个地方托生。'当时我想念父母亲族，不愿意在别的地方托生，于是请求复还本身。不一会儿，只见带来一个人，通报说："追捕到杂职汝阳张弘义。'吏员又说：'张弘义的肉身幸好还没坏，速让李简借其肉身托生，享尽天年。'我于是被两名吏员扶着走出城外，只是感觉走得非常快，其他的都不记得了。忽然好像一梦醒来，只见一群陌生人围着我哭，看看房屋，也都没有一点印象。"李亮询问他亲戚的姓名以及生平细节，他无所不知。以前李简本来会编制竹器，于是他自己进屋，找来刀具，把竹子破成篾条，然后编成竹器。听那口音，看那举动，确实和早先的李简一模一样，最后他就留下了，没有返回汝阳。当时我的三从叔父任蔡州司户，亲自验证过这件事。想当年扁鹊让鲁公扈、赵齐婴互换心脏，两人苏醒之后，彼此回到对方家里，结果两家人打起了官司。由此看来，这事并不是编造的。

　　X3.2 武宗六年①，扬州海陵县还俗僧义本且死②，托其弟，言："我死，必为我剃须发，衣僧衣三事③。"弟如其言。义本经宿却活，言："见二黄衣吏追至冥司，有如王者问曰：'此何州县？'吏言：'扬州海陵县僧。'王言：'奉天符沙汰僧尼④，海陵无僧，因何作僧领来？'令回，还俗了领来。"僧遽索俗衣，衣之而卒。

【注释】

①武宗六年：唐武宗会昌六年（846）。

②扬州海陵县：今江苏泰州。还俗：出家人犯罪归家（自愿脱离出家生活，则称"归俗"）。

③僧衣三事：即三衣，亦即袈裟。见3.46条注②。

④天符沙汰僧尼：此指唐武宗会昌灭佛事。武宗崇信道教，深恶佛教，会昌五年（845）下诏毁佛，佛教称之为会昌法难。《资治通鉴》卷二四八："（会昌五年秋七月）上恶僧尼耗蠹天下，欲去之，道士赵归真等复劝之，乃先毁山野招提、兰若，敕上都、东都两街各留二寺，每寺留僧三十人；天下节度、观察使治所及同、华、商、汝州各留一寺，分为三等：上等留僧二十人，中等留十人，下等五人。余僧及尼并大秦穆护、祆僧皆勒归俗。寺非应留者，立期令所在毁撤，仍遣御史分道督之。财货田产并没官，寺材以葺公廨驿舍，铜像、钟磬以铸钱。……（八月壬午）诏陈释教之弊，宣告中外。凡天下所毁寺四千六百余区，归俗僧尼二十六万五百人，大秦穆护、祆僧二千余人，毁招提、兰若四万余区。收良田数千

万顷,奴婢十五万人。所留僧皆隶主客,不隶祠部。"天符,天子诏书。

【译文】

武宗会昌六年,扬州海陵县有位因罪还俗的和尚义本,临死的时候,嘱托他弟弟说:"我死后,一定要为我剃去胡须头发,穿上袈裟。"弟弟依照他的话做了。过了一晚,义本却又活过来,说:"只见两个黄衣吏员把我追捕到阴司,有位像冥王模样的问:'这人来自哪处州县?'吏员回答:'扬州海陵县僧人。'冥王说:'奉天子诏令淘汰僧尼,海陵县没有僧人,为何把他当作僧人领了来?'让他回去,还俗了再领来。"义本随即要来俗衣,换下袈裟,然后去世了。

X3.3 汴州百姓赵怀正,住光德坊①。太和三年,妻阿贺常以女工致利②。一日,有人携石枕求售,贺一环获焉③。赵夜枕之,觉枕中如风雨声。因令妻子各枕一夕,无所觉,赵枕辄复如旧。或喧悸不得眠,其侄请碎视之。赵言:"脱碎之无所见④,弃一百之利也。待我死后,尔必破之。"经月余,赵病死。妻令侄毁视之,中有金银各一铤⑤,如模铸者。所函铤处,无丝隙,不知从何而入也。铤各长三寸余,阔如巨臂⑥。遂货之,办其殓及偿债,不余一钱。阿贺今住洛阳会节坊,成式家雇其纫针,亲见其说。

【注释】

①光德坊:唐代长安城坊。
②女工:女子所从事的编织、刺绣等手工劳动。
③环:通"镮",铜钱。
④脱:假如。

⑤铤：同"锭"，条块状金银。

⑥臂：同"擘"，拇指。

【译文】

汴州百姓赵怀正，家住长安城光德坊。大和三年，他妻子阿贺平时做些针线活挣钱。一天，有人拿着一方石枕叫卖，阿贺以很低的价钱买到手。赵怀正晚上枕着睡觉，觉得枕头里面好像有风雨之声。于是让老婆孩子各枕一晚，并无异常，赵怀正又枕着睡觉，枕中仍有风雨声。有时喧闹惊悸得让人睡不着觉，他侄子要弄碎看看。赵怀正说："倘若弄碎了又没有什么，就白损失了那些钱。等我死后，你再弄开看个究竟。"一个多月以后，赵怀正病死。他妻子让侄儿砸碎石枕来看，里面有金条银条各一根，好像是模子铸的。放置金银条的地方，没有一丝缝隙，不知是怎样放进去的。金银条各长三寸多，比大拇指还粗。于是用它去置办丧事以及偿还债务，最后刚好用完。阿贺现在住在洛阳会节坊，我家曾雇用她做针线活，听她亲口说过。

X3.4　成式三从房叔父某者①，贞元末，自信安至洛②，暮达瓜洲③，宿于舟中，夜久弹琴，觉舟外有嗟叹声，止息即无。如此数四，乃缓轸还寝④。梦一女子，年二十余，形悴衣败，前拜曰："妾姓郑名琼罗，本居丹徒⑤。父母早亡，依于婿嫂。嫂不幸又殁，遂来扬子寻姨⑥。夜至逆旅，市吏子王惟举乘醉将逼辱，妾知不免，因以领巾绞项自杀，市吏子乃潜埋妾于鱼行西渠中。其夕，再见梦扬子令石义留，竟不为理。复见冤气于江，石尚谓非烟之祥⑦，图而表奏。抱恨四十年，无人为雪。妾父母俱善琴，适听郎君琴声，奇音翕响⑧，心感怀叹，不觉来此。"寻至洛北河清县温谷⑨，访内弟樊元则⑩。元则自少有异术，居数日，忽曰："兄安得此一女鬼相随，请为遣之。"乃张灯焚香作法。顷之，灯后窣窣有声，元则曰："是请纸笔也。"即投纸笔于灯影中。少顷，旋纸疾落灯前，视之，书盈于幅。书杂言七字，辞甚凄恨。元则遽令录之，言鬼书不久辄漫灭。及晓，纸上若煤污，无复字也。元则复令具酒脯纸钱，乘昏焚于道。有风旋灰，直上数丈，及聆悲泣声。诗凡二百六十二字，率叙幽冤之意，语不甚晓，词故不载。其中二十八字曰："痛填心兮不能语，寸断肠兮诉何处？春生万物妾不生，更恨魂香不相遇。"

【注释】

①三从房叔父：即"三从叔父"，父亲的同高祖弟。

②信安：今浙江衢州。

③瓜洲：在今江苏扬州南，长江北岸。

④轸：弦轴，可转动以调节弦的松紧。

⑤丹徒：今江苏镇江。

⑥扬子：即扬子县，在今江苏扬州南。

⑦非烟之祥：《史记·天官书》："若烟非烟，若云非云，郁郁纷纷，萧索轮囷，是谓卿云。卿云见，喜气也。"

⑧龠：和谐。

⑨河清县：在今河南孟州西南。

⑩内弟：妻子的弟弟。

【译文】

我的三从叔父某，贞元末年从信安去洛阳，傍晚到达瓜洲，住在船上，夜深时分弹琴，听到船外有叹息声，停下不弹，那叹息声也就随之消失了。一连几次都是如此，叔父就调松琴弦睡下了。梦见一位女子，二十多岁，形容憔悴，衣服破旧，上前施礼说："妾姓郑，名琼罗，原本家住丹徒。父母早亡,依靠寡嫂度日。嫂子不幸又去世了,只好到扬子县来寻访姨妈。晚上到一家客馆,市吏的儿子王惟举喝醉了酒前来逼辱,我知道难免此祸,就用领巾绞脖子自杀了,王惟举悄悄地把我埋在鱼行西面的沟渠里。那天晚上,我托梦给扬子县县令石义留,他到底也没为我申冤。我一团冤气浮现江面,石县令居然把这当作祥瑞之气,画成图画表奏朝廷。我抱恨四十年,没有人能为我昭雪。我的父母都擅长抚琴,刚才我听郎君的琴声,奇妙和谐,心生感叹,不由自主就来到这里。"叔父随后到了洛阳北面河清县温谷,过访内弟樊元则。元则年轻时就懂法术,过了几天,忽然对我叔父说:"兄长怎么让一个女鬼跟随着? 我替你把她赶走吧。"就点灯焚香作法。一会儿,听得灯后面有窣窣的声响,元则说:"这是在索要纸笔。"就把纸和笔投进灯影里。很快,那张纸打着旋落在灯前,一看,字写得满满的。写的是一首杂言七字诗,言辞凄惋,遗恨不尽。元则让人赶快抄下来,说鬼写的字一会儿就会消失不见。到天亮,那纸上仿佛被煤弄脏了,不见有字。元则又让人备好酒肉纸钱,黄昏时分在路边烧了。一阵风吹来,把纸灰旋起几丈高,这时只听得悲伤哭泣的声音。那首诗一共有二百六十二字,大略叙述含冤抱屈之意,语意不甚明了,所以这里不抄录全诗。其中有二十八字说:"痛填心兮不能语,寸断肠兮诉何处? 春生万物妾不生,更恨魂香不相遇。"

X3.5 庐州舒城县蚓[①] 成式三从房伯父,大和三年,任庐州某官。庭前忽有蚓出,大如食指,长三尺,白项,下有两足,足正如雀脚,步于垣下,经数日方死。

【注释】

①庐州舒城县:今属安徽。

【译文】

庐州舒城县的蚯蚓 我的三从伯父,大和三年,在庐州担任某职。

庭院前忽然爬出一条蚯蚓，有食指粗，三尺长，白色的环节，下面有两只脚，就像鸟雀的脚，在墙垣下行走，过了几天才死。

X3.6　荆州百姓孔谦蚓①　　成式侄女乳母阿史，本荆州人，尝言："小儿时，见邻居百姓孔谦篱下有蚓，口露双齿，肚下足如蚿②，长尺五，行疾于常蚓。谦恶，遽杀之。其年谦丧母及兄，谦亦不得活。"

【注释】

①荆州：今属湖北。

②蚿：马陆，一种节肢动物，有很多对脚，也叫"千足虫"。

【译文】

荆州百姓孔谦家的蚯蚓　　我侄女的乳母阿史，本为荆州人，曾说："小时候，看见邻居百姓孔谦家的篱墙下有条蚯蚓，嘴里露出一对牙齿，肚腹下的脚就像千足虫一样，长一尺五寸，比普通蚯蚓爬得快。孔谦很厌恶，就弄死了它。那年，孔谦的母亲和兄长都去世了，最后孔谦也死了。"

X3.7　越州有卢冉者①，时举秀才②，家贫未及入京，因之顾头堰，堰在山阴县顾头村，与表兄韩确同居，自幼嗜鲙，在堰尝凭吏求鱼。韩方寝，梦身为鱼，在潭有相忘之乐③。见二渔人，乘艇张网，不觉入网中，被掷桶中，覆之以苇。复睹所凭吏就潭商价，吏即揭鳃贯绠，楚痛殆不可忍。及至舍，历认妻子婢仆。有顷，置砧斫之④，苦若脱肤。首落方觉，神痴良久。卢惊问之，具述所梦。遽呼吏，访所市鱼处，泊渔子形状,与梦不差。韩后入释,住祇园寺⑤。时开成二年,成式书吏沈郏家在越州,与堰相近,目睹其事。

【注释】

①越州:治所在今浙江绍兴,即下文的"山阴县"。

②秀才:唐代科举考试科目之一。

③相忘之乐:游乐自在。《庄子·大宗师》:"泉涸,鱼相与处于陆,相呴以湿,相濡以沫,不如相忘于江湖。"

④斫:这里指刮去鱼鳞。

⑤祇园寺:即山阴大能仁寺。宋施宿《会稽志》卷七:"大能仁禅寺,在府南二里一百四步,本晋许询舍宅,号祇园寺,后废。"

【译文】

越州有个卢冉,当时被推举参加秀才科考试,家里贫穷,没赶上进京,于是去了顾头堰,这个堰在山阴县顾头村,去和表兄韩确同住。韩确从小喜欢吃鱼,曾让小吏去顾头堰买鱼。一天,韩确睡觉,梦见自己变成了一条鱼,在水潭里快乐地游来游去。忽然看见两个渔夫,乘船撒网,不知不觉自己就进了网里,被扔进了桶里,上面用芦苇盖着。又看见曾经为自己买鱼的小吏来到水潭边,讲好价钱后,小吏就揭起鱼鳃穿上绳子,韩确疼痛难忍。到了家,挨个认出了老婆、孩子、婢女奴仆。一会儿,韩确被按在砧板上刮去鱼鳞,那种痛楚就像人被剥去皮肤一样。鱼头被剁下时,韩确才从梦中醒来,半天回不过神。卢冉很吃惊,问是怎么了,韩确把梦中的情形详细地告诉了他。于是立刻叫来买鱼的小吏,一同去查访买鱼的地方,以及渔夫的长相,和梦境一点不差。韩确后来出家当了和尚,住在祇园寺。这是开成二年的事,我的书吏沈郏家在越州,邻近顾头堰,亲见此事。

X3.8 曹州南华县端相寺①,时尉李蕴至寺巡检②,偶见尼房中,地方丈余,独高,疑其藏物。掘之数尺,得一瓦瓶,覆以木槃③。视之,有颅骨、大方隅颧下属骨两片,长八寸,开罅彻上,容钗股,若合筒瓦,下齐如截,莹如白牙。蕴意尼所产,因毁之。

【注释】

①曹州:今山东菏泽。南华县:在今山东菏泽西北。

②尉:县尉。

③槃:同"盘"。

【译文】

曹州南华县端相寺,有一次县尉李蕴到寺里例行检查,偶然发现尼姑的房间地上有一丈见方的一处冒得高些,怀疑那下面藏了东西。就命人在该处往下挖了几尺深,挖出一个瓦缸,用木盘盖着。揭开盖子看,里面有颅骨、大方隅颧下属骨两块,八寸长,有条裂缝贯穿,容得下一根簪子,如同合在一起的筒瓦,下面整整齐齐如同斩截,光滑莹白好像白牙。李蕴怀疑这是尼姑的私生子的遗骨,就把它毁掉了。

X3.9 中书舍人崔龊弟崔暇①,娶李续女②。李为曹州刺史,令兵马使国邵南勾当障车③。后邵南因睡,忽梦崔、女在一厅中,女立于床西,崔暇在床东。女执红笺,题诗一首,笑授暇,暇因朗吟之。诗言:"莫以贞留妾,从他理管弦。容华难久驻,知得几多年?"梦后才一岁,崔暇妻卒。

【注释】

①崔龊:元和十五年(820)登进士第。大中元年(847)为中书舍人。

②李续：族望赵郡(今河北邯郸)。早年曾为柳公绰幕僚，大中年间
　官至同州刺史，后转曹州刺史。

③兵马使：藩镇军职，掌兵权。勾当：办理。障车：唐人的一种婚嫁
　习俗，新妇到时，众人拥门塞巷，以至婚车不得通行，称为"障
　车"，因而就有障车文，内容多为祝颂之意。

【译文】

　　中书舍人崔嘏的弟弟崔暇，娶李续之女为妻。当时李续任曹州刺
史，命兵马使国邵南负责障车的相关事项。后来国邵南睡觉时梦见崔
暇和李续之女同在一厅之内，女子立在床西，崔暇立在床东。女子手拿
一张红笺，题了一首诗，笑着递给崔暇，崔暇就朗声吟诵起来。诗曰：
"莫以贞留妾，从他理管弦。容华难久驻，知得几多年？"国邵南此梦后
才一年时间，崔暇的妻子就去世了。

　　X3.10 李正己①，本名怀玉，侯希逸之内弟也②。侯镇淄
青③，署怀玉为兵马使。寻构飞语④，侯怒，囚之，将置于法。
怀玉抱冤无诉，于狱中累石象佛，默期冥报。时近腊日⑤，心
慕同侪，叹吒而睡，觉有人在头上语曰："李怀玉，汝富贵时
至。"即惊觉，顾不见人，天尚黑，意甚怪之。复睡，又听人谓
曰："汝看墙上有青鸟子噪，即是富贵时至。"及觉，复不见
人。有顷，天曙，忽有青鸟数十如雀，飞集墙上。俄闻三军
叫呼，逐出希逸，坏锁取怀玉，扶知留后⑥。成式见台州乔庶
说⑦，乔之先官于东平⑧，目击其事。

【注释】

①李正己(733—781)：本名怀玉，高丽人，生于营州(今辽宁朝阳)。
　初为营州副将，后至折冲将军，永泰元年(765)授平卢、淄青节度

观察使,赐名正己。加检校尚书右仆射,封饶阳郡王。

②侯希逸(720—781):营州人。天宝末年为平卢神将,乾元元年(758)授平卢节度使,宝应元年(762)加授平卢、淄青节度使。永泰元年(765)召还京师,拜检校右仆射。

③镇淄青:即平卢、淄青节度使。管淄、青、登、莱诸州,在今山东东部。

④构:构陷。飞语:蜚语。

⑤腊日:腊八。南朝宗懔《荆楚岁时记》:"十二月八日为腊日。谚语:'腊鼓鸣,春草生。'村人并击细腰鼓,戴胡头,及作金刚力士以逐疫。"

⑥知:主持,掌管。留后:官名。唐代宗广德元年(763),以梁崇义为山南东道节度使留后,留后之名始于此。中晚唐时期,藩镇力量强大,遍及内地,诸节度使或父死子继,或以亲信为留后,或有军士叛将自立,也称留后,自择将吏,邀命朝廷,皇帝不能控制。

⑦台州:今浙江临海。

⑧东平:即东平郡,治所在须昌(今山东东平西北)。

【译文】

李正己,本名怀玉,是侯希逸的妻弟。侯镇守淄青,任命怀玉为兵马使。不久为蜚语构陷,侯大怒,把他囚禁起来,准备绳之以法。怀玉含冤无处诉说,就在监狱里用石头堆成佛像,默默期待冥冥之中会有善报。当时已近腊八,李怀玉心里羡慕同僚,辗转叹息,迷迷糊糊睡着了,梦中只觉有人在他头上说:"李怀玉,你的富贵就要到了。"李怀玉一下醒过来,四顾不见有人,天色还没亮,心里很诧异。一会儿又睡着了,又听得有人对他说:"你看那墙上有乌鸦乱叫,就是富贵之时到了。"醒来,还是没看见人。一会儿天亮了,忽然有几十只黑乌鸦飞集在墙上。不久只听得三军大噪,驱逐侯希逸,弄坏锁链放出李怀玉,拥立他做了留后。这是我听台州乔庶说的,乔的先人在东平做官,亲历其事。

X3. 11 河南少尹韦绚①，少时常于夔州江岸见一异虫。初疑棘针一枝，从者惊曰："此虫有灵，不可犯之，或致风雷。"韦试令踏地惊之，虫伏地如灭，细视地上，若石脉焉。良久，渐起如旧。每刺上有一爪，忽入草，疾走如箭，竟不知是何物。

【注释】

①河南：唐玄宗开元元年(713)，改洛州为河南府，治所在洛阳。少尹：职官名。府州副职。韦绚(801—866?)：字文明，京兆(今陕西西安)人。宰相韦执谊之子，诗人元稹的女婿，刘禹锡的门人。长庆元年(821)自襄阳赴夔州，投谒夔州刺史刘禹锡问学，大和五年(831)任剑南西川节度使李德裕幕府巡官。开成末年，自左补阙为起居舍人。累官吏部员外郎、江陵少尹、义武军节度使。著有《刘宾客嘉话录》《戎幕闲谈》二书，前书记载其早年在夔州时所闻刘禹锡之谈话，后书记载其在西川幕府时李德裕所谈古今异事。

【译文】

河南少尹韦绚，年轻时曾在夔州长江岸边看见一只奇异的虫。先以为是一枝荆棘，侍从吃惊地说："这种虫子通灵，不能伤它，否则会风雨大作。"韦绚让侍从试着踏地惊动它，虫俯伏在地仿佛消失了一样，仔细看地上，如同石头的纹路。过了很久，虫子渐渐起身，又恢复先前的样子。每根刺上都有一个爪子，忽然跑进草丛里，快得像射箭一样，最终也不知是什么虫子。

X3. 12 永宁王相涯三怪①。渐米匠人苏润②，本是王家炊人，至荆州方知，因问王家咎征③，言宅南有一井，每夜常沸涌有声,昼窥之,或见铜厮罗④,或见银熨斗者,水腐不可饮。又王相内斋有禅床⑤,柘材丝绳⑥,工极精巧,无故解散,各聚一处,王甚恶之,命焚于灶下。又长子孟博晨兴,见堂地上有凝血数滴,踪至大门方绝,孟博遽令铲去,王相初不知也。未数月及难⑦。

【注释】

①永宁:长安城永宁里。王相涯:即为王涯(?—835),字广津,太原人。贞元二十年(804)召充翰林学士,历官右拾遗、工部侍郎、中书侍郎、同平章事,后出为剑南东川节度使。大和三年(829)为太常卿,七年以吏部尚书同平章事,封代国公,大和九年(835)甘露之变被杀。

②淅米:淘米。

③咎征:天灾的征验。

④铜厮罗:铜制的盥洗器。

⑤禅床:坐禅之床。

⑥柘(zhè):柘树,一种落叶乔木或灌木,木质坚硬而细密。

⑦难:指甘露之变。《旧唐书·王涯传》:"(大和九年)十一月二十一日,李训事败,文宗入内,涯与同列归中书会食,未下箸,吏报有兵自阁门出,逢人即杀。涯等苍惶步出,至永昌里茶肆,为禁兵所擒,并其家属奴婢,皆系于狱。仇士良鞫涯反状,涯实不知其故,械缚既急,榜笞不胜其酷,乃令手书反状,自诬与训同谋……乃腰斩于子城西南隅独柳树下。"

【译文】

　　永宁王涯相国遇难之前有三件怪事。有个淘米的匠人名叫苏润,本是王涯家里的厨工,到了荆州大家才知道他的真实身份,于是问他王家出事之前有无征兆，他说王宅南边有一口井，每到夜间井水经常沸腾有声，白天往井里看，有时看见铜厮罗，有时看见银熨斗，水有恶臭味，不能饮用。另外，王相国内室有禅床，是用柘材和丝绳制成的，做工极为精巧，无缘无故就散架成了几堆，王相国心里很是厌恶，命人拿到灶间去烧了。还有，他的长子孟博早上起来，看见堂内地上有几滴凝结的血迹，一直滴到大门口才完，孟博急忙命人铲掉，王相根本不知道这事。没过几个月，王家就遭难了。

X3.13　许州有一老僧①，自四十已后，每寐熟，即喉声如鼓簧②，若成韵节。许州伶人伺其寝，即谱其声，按之丝竹，皆合古奏。僧觉，亦不自知。二十余年如此。

【注释】

①许州：今河南许昌。

②鼓簧：吹笙。

【译文】

许州有个老和尚，从四十岁以后，每次睡熟喉咙里都会发出像吹笙的声音，有如乐曲。许州的乐工趁他睡觉时，把这声音记成乐谱，在琴上弹奏出来，很合乎古乐的节奏。老和尚醒后，也不知道这事。二十多年来一直如此。

X3.14　荆有魏溪①，好食白鱼②，日命仆市之。或不获，辄笞责。一日，仆不得鱼，访之于猎者可渔之处，猎者绐之曰："某向打鱼，网得一麝③，因渔而获，不亦异乎？"仆依其所售，具白于溪。溪喜曰："审如是，或有灵矣。"因置诸榻，日夕荐香火，历数年不坏，颇有吉凶之验。溪友人恶溪所为，伺其出,烹而食之,亦无其灵。

【注释】

①荆:荆州。

②白鱼:白鲢。

③麛(mí):幼鹿。

【译文】

　　荆州人魏溪喜欢吃白鱼,天天叫仆人去买。买不到就要打骂。一天,仆人没买到鱼,就向一位渔夫打听什么地方可以捕到鱼,渔夫欺骗他说:“我前些天打鱼,网到一头幼鹿,打鱼竟然得到一头野兽,这事岂不神异?”仆人信了这话就买下了,回家讲给魏溪听。魏溪高兴地说:“果真如此,这鹿可能有灵。”于是把幼鹿摆放在木榻上,日夜焚香上供,过了几年也没腐坏,还真有点吉凶灵验。魏溪的朋友厌恶他干的这事,趁他外出时,把幼鹿煮熟吃了,也没见什么异常。

　　X3.15 成都坊正张和①　蜀郡有豪家子,富拟卓、郑②,蜀之名姝,无不毕致。每按图求丽,媒盈其门,常恨无可意者。或言:“坊正张和,大侠也,幽房闺稚,无不知之,盍以诚投乎?”豪家子乃具簏金箧锦③,夜诣其居,具告所欲,张欣然许之。异日,谒豪家子,偕出西郭一舍,入废兰若,有大像岿然④。与豪家子升像之座,坊正引手扪佛乳揭之,乳坏成穴,如碗,即挺身入穴,因拽豪家子臂,不觉同在穴中。道行十数步,忽睹高门崇墉⑤,状如州县。坊正叩门五六,有丸髻婉童启迎,拜曰:“主人望翁来久矣。”有顷,主人出,紫衣贝带,侍者十余,见坊正甚谨。坊正指豪家子曰:“此少君子也⑥,

汝可善待之。予有切事须返，不坐而去。"言已，失坊正所在。豪家子心异之，不敢问。主人延于堂中，珠玑缇绣⑦，罗列满目。又有琼杯，陆海备陈。饮彻⑧，命引进妓数四，支鬟撩鬓，缥若神仙。其舞杯闪球之令⑨，悉新而多思。有金器容数升，云擎鲸口，钿以珠粒⑩。豪家子不识，问之，主人笑曰："此涎皿也⑪，本拟伯雅⑫。"豪家子竟不解。至三更，主人忽顾妓曰："无废欢笑，予暂有所适。"揖客而退，骑从如州牧⑬，列烛而出。豪家子因私于墙隅⑭，妓中年差暮者，遽就谓曰："嗟乎，君何以至是？我辈早为所掠，醉其幻术，归路永绝。君若要归，第取我教。"授以七尺白练，戒曰："可执此，候主人归，诈祈事设拜，主人必答拜，因以练蒙其头。"将曙，主人还，豪家子如其教。主人投地乞命曰："死妪负心，终败吾事，今不复居此。"乃驰去。所教妓即共豪家子居。二年，忽思归，妓亦不留，大设酒乐饯之。饮既阑，妓自持锸⑮，开东墙一穴，亦如佛乳，推豪家子于墙外，乃长安东墙堵下。遂乞食方达蜀。其家失已多年，意其异物，道其初始信。贞元初事。

【注释】

①坊正：吏职名。一坊之长。

②卓、郑：卓王孙和程郑，皆汉武帝时蜀郡临邛富室。

③籯（yíng）：盛物的竹筐、竹笼之类。箧（qiè）：箱子。

④屴（kuī）然：高大独立。

⑤崇墉：高墙。

⑥少君子：对年轻男子的美称。

⑦缇(tí)绣：华贵的丝绣。缇，橘红色的丝织物。

⑧彻：结束。

⑨舞杯：即杯柈舞，晋代舞名。有柈舞，晋太康中加杯，以手接杯盘
　　反复而舞，故名。闪球：具体不详。舞杯、闪球，这里均为酒
　　令名。

⑩钿：镶嵌。

⑪涎(xián)皿：接涎水的容器。许逸民《酉阳杂俎校笺》："此所谓
　　'涎皿'者，盖谓豪家子至此，定有慕欲而垂涎之事，当用此器承
　　接其口水，故下云此器'本拟伯雅'（可受七升），语含讥讽也。"

⑫伯雅：古酒器名。其大可容七升。

⑬州牧：州郡长官。唐代称刺史。

⑭私：这里指小便。

⑮锸(chā)：铁锹一类掘土的工具。

【译文】

　　成都坊正张和　蜀郡有个富家子，家里富有可比卓王孙和程郑，蜀中有名气的美女，无一不被他搜罗到手。他经常照着图画寻求美女，媒人踏破了他家门槛，也没有一个他中意的。有人告诉他说："坊正张和，是位大侠，哪家有待嫁深闺的佳丽，他都一清二楚，你何不诚心地去请他帮帮忙？"富家子就备好成筐的金银锦缎，晚间到了张和家里，向他述说了自己的心思，张和爽快地答应了。过了几天，张和来找富家子，同出西城三十里外，进入一处废弃的寺院，里面有座大佛像高高耸立。张和与富家子登上佛像底座，张和伸手摸着佛像乳房的位置用力一揭，弄出一个碗大的洞口，张和挺身钻了进去，又扯着富家子的手臂，富家子不知不觉就同在洞中了。在通道中行走了十多步，忽然看见一处高墙大门，就像州县城墙一样。张和敲了五六下门，有个圆髻的清秀小童开门出迎，行礼说："主人早就盼望您老人家来了。"一会儿，主人出来，身着紫衣，系贝壳装饰的华贵腰带，随从有十多人，主人见到张和，很是恭

谨。张和指着富家子说:"这位少公子,你要好好款待他。我有急事须马上回去,没时间坐了。"话音刚落,张和就不见了。富家子心怀诧异,又不敢问。主人请他进入堂中,但见珠玉锦绣,琳琅满目。又有玉杯斟满美酒,山珍海味应有尽有。酒毕,主人命人带进几位歌妓,鬟髻云鬓,撩云拨雨,恍然如同神仙。她们所行的舞杯、闪球酒令,都很新奇,颇有奇思妙想。有一件几升大的金器,云朵的装饰托着一个鲸鱼样的大口,镶嵌着各种珠宝。富家子不认识,就问,主人笑着说:"这是涎器,本来准备用伯雅的。"富家子竟然听不出话里有话。到三更时分,主人忽然回头对众妓说:"你们继续陪着公子欢宴,我暂时出去一趟。"说完作个揖就走了,看他的随从有如州牧的架势,都持着蜡烛列队而出。富家子躲到墙角小便,有位年龄大些的歌妓走过来说:"哎呀,您怎么到了这里? 我们这些人很早就被他抢掠来了,被他的幻术所迷惑,一辈子回不了家。您如果想回家,只管听我指点。"就拿给他一条七尺长的白练,叮嘱说:"您拿着这条白练,等主人回来,您就假装有事相求向他跪拜,他必然要回拜,您就趁机用这白练蒙住他的头。"天快亮时,主人回来了,富家子就依那歌妓所教行事。主人倒在地上叫喊饶命,说:"那该死的婆娘负心,到底坏了我的事,再也不能住这里了。"说完骑马飞驰而去。此后,那位歌妓就和富家子同居。两年后,富家子忽然想要回家,那歌妓也不挽留,大摆酒宴为他饯行。酒宴散了,歌妓亲自拿把铁锹在东墙上挖开一个洞,就如先前佛乳处的洞一样,把富家子从洞口推出墙外,一看,竟然在长安东城墙的墙根下。富家子沿途乞讨,回到蜀中。家里人因为他失踪多年,都以为是个怪物,他说明事情的来龙去脉,大家这才相信。这是贞元初年的事。

X3.16 兴元城固县有韦氏女[①],两岁能语,自然识字,好读佛经。至五岁,一县所有经悉读遍。至八岁,忽清晨薰衣靓妆,默存牖下[②]。父母讶移时不出,视之,已蜕衣而失,竟不知何之。荆州处士许卑得于韦氏邻人张弘郢。

【注释】

①兴元：唐兴元府，治所在今陕西汉中。城固县：今属陕西。

②默存：默坐不动而神游他方。

【译文】

兴元府城固县有个韦家女孩，两岁能说话，没人教自己就会认字，喜欢读佛经。到五岁，全县所有的佛经都读完了。八岁时，忽然一天清晨用香薰衣梳洗妆扮，然后默默坐在窗下，一动不动。父母奇怪她为何很长时间不出来，进去一看，只剩下衣服在那里，人已不知到何方去了。荆州处士许卑听韦氏邻居张弘郢说过这事。

X3. 17 忠州垫江县县吏冉端^①，开成初父死，有严师者善山冈^②，为卜地，云："合有生气群聚之物。"掘深丈余，遇蚁城，方数丈，外重雉堞皆具^③，子城谯橹^④，工若雕刻。城内分径街，小垤相次^⑤，每垤有蚁数千，憧憧不绝^⑥，径甚净滑。楼中有二蚁，一紫色，长寸余，足作金色；一有羽，细腰稍小，白翅，翅有经脉，疑是雌者。众蚁约有数斛。城隅小坏，上以坚土为盖，故中楼不损。既掘露，蚁大扰，若求救状。县吏遽白县令李玄之，既睹，劝吏改卜。严师伐其卜验^⑦，为其地吉。县吏请迁蚁于岩侧，状其所为，仍布石，覆之以板。经旬，严师忽得病若狂，或自批触，秽詈叫呼^⑧，数日不已。玄之素厚严师，因为祝祷，疗以雄黄丸方愈。

【注释】

①忠州：治所在今重庆忠县。垫江县：今属重庆。

②善山冈：长于看风水。

③雉堞：城上的矮墙。

④子城：附属于大城的小城，如内城及附郭的月城。谯橹：城门上用于望敌守御的望楼。

⑤垤(dié)：蚂蚁做窝时堆在穴口的小土堆。这里代指蚁穴。

⑥憧憧：来来往往，络绎不绝。

⑦伐：矜耀。

⑧詈(lì)：骂。

【译文】

忠州垫江县县吏冉端，开成初年时他父亲去世，有个名叫严师的擅长看风水，帮忙挑选了一块墓地，说："这里应有生物群居。"掘地一丈多深，挖出一座蚁城，几丈见方，外城矮墙俱全，内城和望楼，精细得如同雕刻一般。城里街道纵横，蚁穴整齐排列，每处蚁穴有几千只蚂蚁，来来往往络绎不绝，道路非常干净和光滑。楼里有两只蚂蚁，其中一只是紫色的，一寸多长，脚是金色的；另一只有羽毛，体形略小，细腰，白色的翅膀，翅膀上有脉络，可能是只雌的。蚂蚁总共约有几斛之多。一处城角略有损坏，因为上面有硬土做盖子，所以中楼完好。这座蚁城被掘开以后，蚁群纷纷扰攘，好像是求救的样子。冉端急忙禀报县令李玄之，李玄之来看了，劝冉端另找一块墓地。那严师自以为是，坚持这块地选得好。冉端要求把蚁城迁到岩边，而且按照原来的样子，安放石块，最后上面再用板子盖上。过了十天，严师忽然得病，像是疯了，一会自己打耳光，一会儿乱骂粗话，一连几天都是这样。李玄之一向和严师交好，就为他祝祷，给他服下雄黄丸，病才好。

X3.18　朱道士者，太和八年常游庐山，憩于涧石，忽见蟠蛇如堆缯锦，俄变为巨龟。访之山叟，云是玄武①。

【注释】

①玄武:道教里所说的北方之神,其形似龟,也称龟蛇合体。

【译文】

有个朱道士,大和八年曾游览庐山,在涧石上休息,忽然看见盘伏的蛇有如一堆锦缎,一会儿又变成一只巨龟。朱道士问山里的老人,回答说这是玄武。

X3.19 朱道士又曾游青城山丈人观①,至龙桥,见岩下有枯骨,背石平坐,接手膝上②,状如钩锁,附苔络蔓,色白如雪。云祖父已尝见,不知年代。其或炼形濯魄之士乎③?

【注释】

①青城山:道教第五洞天,在今四川都江堰。

②接手:道教存修念咒时的动作,指两手相接,手指勾在一起。

③炼形:即太阴炼形。见 2.23 条注⑤。濯魄:道教术语。涤净魂魄。南朝陶弘景《真诰》卷七:"玉斧清净藻洁,久斋濯魄,心近于仙,故假象以通梦也。"

【译文】

朱道士又曾经游览青城山丈人观,到一处名为龙桥的地方,看见山岩下有具枯骨,背对石头平坐,两手相接,放在膝上,手指勾连在一起如同锁链一样,骨骼颜色雪白,上面长着苔藓挂着藤蔓。朱道士说他的祖父已曾见过,不知过了多少年代。这大概就是炼形濯魄的道士吧?

X3.20 武宗之元年,戎州水涨①,浮木塞江。刺史赵士宗召水军接木,约获百余段。公署卑小地窄,不复用,因并修开元寺。后月余日,有夷人,逢一人如猴,著故青衣,亦不辨何制,云:"关将军差来采木②,今被此州接去,不知为计,要须明年却来取。"夷人说于州人。至二年七月,天欲曙,忽暴水至。州城临江枕山,每大水,犹去州五十余丈。其时水高百丈,水头漂二千余人,州基地有陷深十丈处,大石如三间屋者堆积于州基。水黑而腥,至晚方落,知州官虞藏玘及官吏,才及船投岸。旬月后③,旧州地方干,除大石外,更无一物。惟开元寺玄宗真容阁,去本处十余步,卓立沙上,其他铁石像,无一存者。

【注释】

①戎州:今四川宜宾。

②关将军:即为三国时蜀汉大将关羽(? —220)。死后被道教崇奉为关圣帝君、伏魔真君。

③旬月:满一个月。

【译文】

武宗会昌元年,戎州江水暴涨,漂浮的木头填满了江道。刺史赵士宗招来水军打捞浮木,共捞大约一百多根。戎州官署低矮,地方狭窄,用不了这么多,于是剩下的木头就都用来修建开元寺。此后一个多月,有夷人碰见一个像猴子样的人,身着旧青衣,从衣饰看不出是何身份,说:"关将军派我来采木,如今全被这州收走,没办法,明年还得来取。"夷人把这话转告给州里人。到第二年七月,一天,天快亮时,忽然发大水。州城临江靠山,每次发大水,距州城都还有五十多丈。此番大水,高达百丈,水面漂浮着两千多人,州城城基有的地方深陷十丈,有的地方堆积着三间屋那么大的石头。江水发黑而腥臭,到晚上水头才落下,州署官员虞藏玘和其他官员才能够乘船靠岸。一个月后,州城原址水干了,除了遍地大石头外,一无所有。只有开元寺玄宗真容阁,被冲到距原处十多步的地方，矗立在沙滩上，其他的铁像、石像，全都被冲走了。

X3.21 成都乞儿严七师，幽陋凡贱，涂垢臭秽不可近，言语无度，往往应于未兆，居西市悲田坊①。常有帖衙俳儿干满川、白迦、叶珪、张美、张翱等五人为火②，七师遇于涂，各与十五文，勤勤若相别为赠之意。后数日，监军院宴③，满川等为戏以求衣粮。少师李相怒④，各杖十五，递出界。凡四五年间，人争施与。每得钱帛，悉用修观。语人曰："寺何足修。"方知折寺之兆也⑤。今失所在。

【注释】

①悲田坊：周济贫穷之所，各州府皆有设置。

②帖衙俳儿：经常出入官府的俳优艺人。火：同伙，后作"夥"。

③监军：即监军使。职官名。唐代中后期，朝廷为加强对各大方镇的控制，派遣皇帝身边的亲信宦官至镇，负责监视刑赏、奏察违谬之事。

④少师：职官名。李相：即为李固言，字仲枢，赵郡（今河北赵州）人。开成年间以平章事出为成都尹、剑南西川节度使，后为右仆射，改检校司空兼太子少师。

⑤折寺之兆：指唐武宗会昌灭佛事。见 X3.2 条注④。

【译文】

成都乞丐严七师，其貌不扬，凡俗卑下，身上沾满污垢，臭不可闻，说话没条理，但常常能预知未来，居住在西市悲田坊。曾有经常出入官府的俳优干满川、白迦、叶珪、张美、张翱等五人结伴同行，七师在路上遇见他们，给了他们每人十五文钱，满是依依惜别的样子。过后几天，监军在院里宴客，满川等人演戏讨要工钱。少师李固言大怒，把他们每人杖责十五下,押解出界。前后四五年间,人们争着给严七师施舍钱物。每次得了施舍,他都用来修道观。他对人说:"寺院没什么可修的。"后来才知道这是朝廷将要拆毁寺院的预言。现在不知道严七师在何方。

　　X3. 22 荆州百姓郝惟谅,性粗率,勇于私斗。武宗会昌二年寒食日,与其徒游于郊外,蹴鞠角力①,因醉于墦间②。迨宵分,方始寤,将归。历道左里余,值一人家,室绝卑陋,虽张灯而颇昏暗。遂诣乞浆,睹一妇人,姿容惨悴,服装羸弊,方向灯纫缝。延郝,以浆授郝,良久谓郝曰:"知君有胆气,故敢陈情。妾本秦人,姓张氏,嫁于府衙健儿李自欢③,自欢自太和中戍边不返。妾遘疾而殁,别无亲戚,为邻里殡于此处,已逾一纪,迁葬无因。凡死者肌骨未复于土,魂神不为阴司所籍,离散恍惚,如梦如醉。君或留念幽魂,亦是阴德,使妾遗骸得归泉壤,精爽有托,斯愿毕矣。"郝谓曰:"某生业素薄,力且不办,如何?"妇人云:"某虽为鬼,不废女工。自安此,常造雨衣,与胡氏家佣作,凡数岁矣,所聚十三万,备掩藏固有余也。"郝许诺而归。迟明,访之胡氏,物色皆符,乃具以告,即与偕往殡所,毁瘗视之,散钱培槤④,缗之数如言⑤。胡氏与郝哀而异之,复率钱与同辈合二十万,盛其凶仪,瘗于鹿顶原。其夕,见梦于胡、郝。

【注释】

①蹴鞠:踢毬。

②墦(fán):坟墓。

③健儿：士卒。

④榇（chèn）：棺材。

⑤缗（mín）：穿铜钱用的绳子。这里代指钱。

【译文】

　　荆州百姓郝惟谅，性情粗率，最好打架斗殴。武宗会昌二年寒食节，他和同伙一起到郊外游玩，踢毬摔跤，酒喝醉了就睡在墓地里。到夜半时分才醒过来，准备回家。顺道左走了一里多，路边有户人家，房子十分低矮，虽是点着灯仍很昏暗。于是进去讨水喝，看见一个妇人，容貌憔悴，神情凄惨，衣服破旧，正对着灯做针线。她请郝进屋，拿浆水给他喝，踌躇一阵，对郝惟谅说："我知道您很有胆量，所以才敢向您诉说。我本是关中人，姓张，嫁给府衙役卒李自欢，自欢自从大和年间戍守边境就再没回来。后来我生病去世，此地别无亲戚，是邻居把我的灵柩停放在此处，已经过了十二年，想要迁葬也没条件。凡是死了的人，如果遗体没有埋进土里，阴魂就不被阴司收录，魂离魄散，恍惚如梦游离不定。您倘若可怜我游魂无归，使我的遗骨能入土为安，精魂有托，既了却我的心愿，也算是您积了阴德。"郝对她说："我家里贫寒，财力有限，怎么办呢？"妇人说："我虽然是鬼，但丢下女工。自从灵柩停放在这里，就制作雨衣，为胡家帮工做活，这么多年积攒有十三万，用来重新安葬应该足够了。"郝惟谅答应了她，然后回家了。第二天天快亮时，就去胡家打听，一看情形和那女鬼说的相同，就把事情告诉了姓胡的，两人当即一同前往停放灵柩的地方，清理一看，散钱堆放在棺材外面，钱数和女鬼说的相合。胡氏和郝惟谅既是哀怜，又觉诧异，又和朋友们凑了些钱，合计有二十万，隆重地举办了丧仪，把她安葬在鹿顶原。当晚，女鬼托梦给胡、郝二人，表示感谢。

　　X3.23 衡岳西原近朱陵洞①，其处绝险，多大木、猛兽。人到者率迷路，或遇巨蛇不得进。长庆中，有头陀悟空②，常裹粮持锡③,夜入山林,越兕侵虎④,初无所惧。至朱陵原,游览累日,扪萝垂踵,无幽不迹。因是骈跰⑤,憩于岩下,长吁曰:"饥渴如此,不遇主人。"忽见前岩有道士,坐绳床⑥。僧诣之,不动,遂责其无宾主意,复告以饥困。道士欻起⑦,指石地曰:"此有米。"乃持镬劚石⑧,深数寸,令僧探之,得陈米升余。即著于釜,承瀑敲火煮饭。劝僧食,一口未尽,辞以未熟。道士笑曰:"君飧止此,可谓薄分。我当毕之。"遂吃硬饭。又曰:"我为客设戏。"乃处木嫋枝⑨,投盖危石⑩,猿悬鸟跂⑪,其捷闪目。有顷,又旋绕绳床,劲步渐趋⑫,以至蓬转涡急,但睹衣色成规,倏忽失所。僧寻路归寺,数日不复饥渴矣。

【注释】

①衡岳:衡山。宋张君房《云笈七签》卷二七:"(三十六小洞天)第三南岳衡山洞,周回七百里,名曰朱陵洞天,在衡州衡山县,仙人石长生治之。"

②头陀:梵语音译。意译为抖擞,即抖擞衣服、饮食、住处三种贪着之行法。通常也把行脚乞食的僧人称为头陀。

③锡:锡杖。

④兕:雌犀牛。这里代指猛兽。

⑤骈跰(pián zhī):同"胼胝",手脚长茧。

⑥绳床:一种可折叠、有靠背和扶手的轻便坐具。

⑦欻(xū):忽然。

⑧劚(zhú):挖。

⑨嫋(niǎo)枝:枝条摇动。

⑩投盖:自投其身以盖物。

⑪跂(qǐ):踮起脚。这里形容像鸟儿站在枝头的样子。

⑫刼步:快步。趋(qū):同"趋"。

【译文】

　　衡山西原靠近朱陵洞,那里极为险要,有很多大树、猛兽。人到这里都会迷路,有的会遇到大蛇不能前进。长庆年间,有个名叫悟空的头陀,曾带着干粮手持锡杖,夜间进入山林,驱赶老虎猛兽,一点也不害怕。到了朱陵原,游览了好几天,在山间牵着藤萝悬空穿行,走遍所有深幽之处。因此脚上长了茧子,在岩下休息,长叹说:"如此饥渴,也见不着个人。"忽然看见前方岩边有位道士坐在绳床上。悟空上前去见他,那道士一动不动,悟空就责怪他无宾主之礼,又说自己饥饿困顿。道士很快站起来,指着石地说:"这里有米。"就拿锸头在石上挖,挖了几寸深,让悟空伸手去拿,得到一升多陈米。道士随即把米放在锅里,接些瀑布水,打燃火做饭。饭好了请悟空吃,悟空一口没咽完,就说饭没熟吃不下。道士笑道:"您只吃这一点,可谓福分太薄。待我全部吃完。"于是就吃光了硬饭。又说:"我为你表演一番。"说完飞身跃上树梢,又张臂紧贴危石,像猿猴挂在树上,又如鸟儿站在枝头,真是眼花缭乱,令人目不暇接。一会儿,又绕着绳床快步走,越来越快,最后就像飞蓬旋转,漩涡急流,只见衣服颜色旋成一个圆圈,突然一下子人就不见了。悟空寻路回到寺里,一连几天不饿也不渴。

　　X3.24 严绶镇太原①,市中小儿如水际洄戏,忽见物中流流下,小儿争接,乃一瓦瓶,重帛幂之②。儿就岸破之,有婴儿长尺余,遂走,群儿逐之。顷间,足下旋风起,婴儿已蹈空数尺。近岸舟子遽以篙击杀之。发朱色,目在顶上。

【注释】

　　①严绶(746—822):蜀人。贞元十七年(801)为检校工部尚书,兼

太原尹,充河东节度使。太原:时为河东节度使治所。

②幂:覆盖。

【译文】

严绶镇守太原,城里的小孩子们到河边玩水,忽然看见一个东西顺流而下,小孩子们纷纷去抢,原来是个瓦瓶,用几层布覆盖着。小孩子们拿到岸上摔破了,里面有个一尺多长的婴儿,起身就跑,一群小孩子跟着就追。转眼间,只见婴儿脚下一阵旋风,凌空升到几尺高。正巧有位船夫靠岸,举起篙一下把它打死了。这婴儿头发是红色的,眼睛长在头顶上。

X3.25 王哲,虔州刺史①,在平康里治第西偏②,家人掘地,拾得一石子,朱书其上曰"修此不吉"。家人揩拭,转分明,乃呈哲。哲意家人惰于畚锸,自磨,朱深若石脉。哲甚恶之。其年哲卒。

【注释】

①虔州:今江西赣州。

②平康里:即平康坊。唐代长安城坊。

【译文】

王哲,虔州刺史,在京城平康坊修建西偏房,家人挖地时捡到一枚石子,上面有红字是"修此不吉"。家人擦拭石头,字迹越发清晰,就拿给王哲。王哲猜想是家人懒于修建编的谎话,亲自磨石头验视,那红字就像石头的纹理一样深。王哲心里十分厌恶。当年王哲就去世了。

X3.26 世有村人供于僧者,祈其密言①,僧绐之曰:"驴。"其人遂日夕念之。经数岁,照水,见青毛驴附于背。

凡有疾病魅鬼,其人至其所立愈。后知其诈,咒效亦歇。

【注释】

①密言:这里指僧人持念的禁咒之类。

【译文】

当世有个村民供养和尚,祈求和尚教给他秘咒,和尚欺骗他说:"驴。"这人于是不分白天黑夜地念。过了几年,他到水边照见自己,发现有头青毛驴附在背上。凡是人家有疾病邪祟,这人一到病就好了。后来明白是和尚骗他,咒语也就不灵了。

X3.27 秀才田瞳云:太和六年秋,梁州西县百姓妻①,产一子,四手四足,一身分两面,项上发一穗,长至足。时朝伯峻为县令。

【注释】

①西县:在今陕西勉县西。

【译文】

秀才田瞳说:大和六年秋,梁州西县有家百姓,妻子生下一个孩子,四只手,四只脚,全身背面和正面相同,脖子上有一绺长长的头发,一直垂到脚。当时朝伯峻任西县县令。

X3.28 韦斌虽生于贵门①,而性颇厚质,然其地望素高②,冠冕特盛。虽门风稍奢,而斌立朝侃侃③,容止尊严,有大臣之体。每会朝,未常与同列笑语。旧制,群臣立于殿庭,既而遇雨雪,亦不移步于廊下。忽一旦,密雪骤降,自三事以下④,莫不振其簪裾,或更其立位,独斌意色益恭,俄雪甚至膝。朝既罢,斌于雪中拔身而去,见之者咸叹重焉。斌兄陟⑤,早以文学识度著名于时,善属文,攻草隶书。出入清显,践历崇贵,自以门地才华⑥,坐取卿相,而接物简傲,未常与人款曲⑦。衣服车马,犹尚奢侈⑧。侍儿阉竖,左右常数十人。或隐几搘颐⑨,竟日懒为一言。其于馔羞,犹为精洁,仍以鸟羽择米。每食毕,视厨中所委弃,不啻万钱之直。若宴于公卿,虽水陆具陈,曾不下箸。每令侍婢主尺牍,往来复章,未常自札,受意而已,词旨重轻,正合陟意,而书体遒利,皆有楷法,陟唯署名。自谓所书"陟"字如五朵云,当时人多仿效,谓之郇公五云体⑩。尝以五彩纸为缄题⑪,其侈纵自奉,皆此类也。然家法整肃,其子允,课习经史,日加诲励,夜分犹使人视之。若允习读不辍,旦夕问安,颜色必悦。若稍怠惰,即遽使人止之,令立于堂下,或弥旬不与语。陟虽家僮数千人,应门宾客,必遣允为之,寒暑未尝辍也,颇为当时称之。然陟竟以简倨恃才,常为持权者所忌。

【注释】

①韦斌(? —755):京兆万年(今陕西西安)人。武则天朝宰相韦安石之子。唐玄宗时,历官秘书丞、中书舍人、太常卿等职。

②地望:地位和名望。

③侃侃:从容刚直的样子。

④三事:即三公。太师、太傅、太保。

⑤斌兄陟:即为韦陟(696—760)。历官洛阳令、吏部郎中、礼部侍郎,天宝年间屡贬。肃宗时官御史大夫、太常卿等。

⑥门地：门第。

⑦款(kuǎn)曲：殷勤应酬。

⑧犹：同"尤"。

⑨隐几撑(zhī)颐：倚着几案，以手托颊。撑，同"支"。

⑩郇(xún)公：韦陟之父韦安石于景云元年(710)改封郇国公，天宝年间，韦陟袭爵。

⑪缄题：信函的封题。

【译文】

韦斌虽然生于显贵门第，而生性淳厚朴实，但他的地位名望一向很高，衣着特别讲究。虽然门风略显奢侈，但韦斌身在朝堂从容刚直，仪态举止高贵尊严，很有大臣的气局。每次上朝，从不和同僚说笑。旧例规定，群臣上朝站在殿庭，若是遇上雨雪，也不能移到廊下躲避。忽然有天早上，突降暴雪，从三公以下的官员，无不掸掸帽子，抖抖衣服，或是换个地方站立，只有韦斌站立不动，神情越发恭敬，很快积雪就没到膝盖。散朝了，韦斌从积雪里拔出脚，从容而去，看见的人都十分感叹敬重。韦斌的兄长韦陟，很早就以文学和见识为当时所知，擅长作文，精通草书、隶书。他门第高贵，官位清显，自认为凭着自己的门第和才华，可以稳稳当当做个公卿宰相，因而待人简慢高傲，从不和他人随便应酬。衣服车马，尤为奢侈。侍奉左右的婢女奴仆常有几十人。有时倚着几案托着腮，整天一言不发。饮食方面尤其讲究精美整洁，一直用鸟羽择米。每次用餐完毕，看那厨房里丢弃的东西，岂止价值万钱。若是参加公卿的宴会，即使山珍海味齐全，也不见他动一下筷子。通常情况下，都让侍女负责写东西，书信往来，自己从不动笔，只是授意而已，写出的文章词意之轻重，正好合乎韦陟的意思，而且字体遒劲流利，大有章法，韦陟只是署个名罢了。他曾说自己写的"陟"字像五朵云彩，当时人多有仿效，称之为郇公五云体。一度用五彩纸作信函的封题，他的奢侈无度追求享受的生活，大略如此。但是他的家法严整，儿子韦允学习经史，他每天都加以教诲训诫，晚上还让人去看看是否在学习。如果韦兑苦读不怠，早晚问安的时候他就和颜悦色。如果稍有懈怠，就马上让人去提醒，并且让韦兑在堂下罚站，有时甚至十多天都不和儿子说话。韦陟虽然有家人几千人，但到门口酬应宾客的事，必定派韦兑去，不论寒暑都是如此，这一点很受当时舆论称赞。但是韦陟到底是太过于恃才倨傲，经常为权贵所忌恨。

X3.29 天宝中，处士崔玄微，洛东有宅，耽道①，饵术及茯苓三十载②。因药尽，领童仆辈入嵩山采芝③，一年方回。宅中无人，蒿莱满院。时春季，夜间风清月朗，不睡，独处一院，家人无故辄不到。三更后，有一青衣云："君在院中也。今欲与一两女伴过至上东门表姨处，暂借此歇，可乎？"玄微许之。须臾，乃有十余人，青衣引入。有绿裳者前曰："某姓杨氏。"指一人曰："李氏"。又一人曰："陶氏。"又指一绯衣小女曰："姓石名阿措。"各有侍女辈。玄微相见毕，乃坐于月下，问行出之由，对曰："欲到封十八姨。数日云欲来相看，不得，今夕众往看之。"坐未定，门外报封家姨来也，坐皆惊喜出迎。杨氏云："主人甚贤，只此从容不恶，诸处亦未胜于此也。"玄微又出见封氏，言词泠泠④，有林下风气⑤。遂揖入坐，色皆殊绝，满座芬芳，馥馥袭人⑥。命酒，各歌以送之，玄微志其一二焉。有红裳人与白衣送酒，歌曰："皎洁玉颜胜白雪，况乃青年对芳月。沉吟不敢怨春风，自叹容华暗消歇。"又白衣人送酒，歌曰："绛衣披拂露盈盈，淡染胭脂一朵轻。自恨红颜留不住，莫怨春风道薄情。"至十八姨持盏，性颇轻佻，翻酒污阿措衣。阿措作色曰："诸人即奉求，余不奉畏也。"拂衣而起。十八姨曰:"小女弄酒⑦。"皆起,至门外别,十八姨南去,诸人西入苑中而别,玄微亦不至异⑧。明夜又来,云:"欲往十八姨处。"阿措怒曰:"何用更去封姁舍,有事只求处士,不知可乎?"诸女皆曰:"可。"阿措来言曰:"诸女伴皆住苑中,每岁多被恶风所挠,居止不安,常求十八姨相庇。昨阿措不能低回⑨,应难取力。处士倘不阻见庇,亦有微报耳。"玄微曰:"某有何力,得及诸女?"阿措曰:"但求处士每岁岁日⑩,与作一朱幡,上图日月五星之文⑪,于苑东立之,则免难矣。今岁已过,但请至此月二十一日,平旦,微有东风,即立之,庶可免也。"玄微许之,乃齐声谢曰:"不敢忘德!"各拜而去,玄微于月中随而送之。逾苑墙,乃入苑中,各失所在。乃依其言,至此日立幡。是日,东风振地,自洛南折树飞沙,而苑中繁花不动。玄微乃悟,诸女曰姓杨、姓李,及颜色衣服之异,皆众花之精也。绯衣名阿措,即安石榴也⑫。封十八姨,乃风神也。后数夜,杨氏辈复至愧谢,各裹桃李花数斗,劝崔生:"服之,可延年却老。愿长如此住,护卫某等,亦可致长生。"至元和初,玄微犹在,可称年三十许人。

【注释】

①耽道:沉溺于道术。

②术(zhú):草名。菊科术属植物的泛称,有白术、苍术等数种。茯苓:寄生在山中腐朽的松树根上,形状像甘薯,古人认为食之可以长生不老。

③嵩山:中岳。

④泠泠:声音清越。

⑤林下风气:风致闲雅飘逸。南朝宋刘义庆《世说新语·贤媛》:"谢遏绝重其姊,张玄常称其妹,欲以敌之。有济尼者,并游张、谢二家,人问其优劣,答曰:'王夫人神情散朗,故有林下风气;顾家妇清心玉映,自是闺房之秀。'"

⑥馥馥:香气浓盛。

⑦弄酒:酒醉使性子。

⑧至:或作"知"。

⑨低回:迁就,迎合。

⑩岁日:农历新年第一天。

⑪五星:水、金、火、木、土五星。

⑫安石榴:石榴。

【译文】

天宝年间,处士崔玄微,在洛阳东边有座宅第,他沉溺道术,服术和茯苓三十年。因为药用完了,就带着僮仆进入嵩山采灵芝,一年后才回来。宅中无人,院里长满野草。当时正值春季,夜间月朗风清,崔玄微没有睡,独自待在一个院子里,家人没事就不来。三更以后,只见一位身着青衣的人前来说:"您在这院里呢。我要和几位女伴到上东门表姨那里去。路过这里暂时歇歇,行吗?"玄微同意了。一会儿,青衣人带进来十多个人。有位身着绿衣的上前说:"我姓杨。"指着其中一人说:"李氏。"又指另一人说:"陶氏。"又指着一位红衣少女说:"姓石,名叫阿措。"每人都各有侍女。玄微和她们一一相见,然后坐在月下,询问她们为何出行,回答说:"要到封十八姨那里去。她几天来都说要来看我们,没来,今晚我们一起去看她。"还没坐好,门外通报说封家姨来了,众女都惊喜地出门迎接。杨氏说:"这里主人很贤良,这个地方清静,很不错,其他地方都比不上这里。"玄微又出来会见封氏,只觉她语音清越,颇有闲雅飘逸之风。于是相互揖让入坐,众女容貌美艳绝伦,满座芬芳浓香袭人。她们命人摆酒,各自唱支歌来助酒,玄微只记下了其中的一两首。有位红衣女向白衣女敬酒,唱道:"皎洁玉颜胜白雪,况乃青年对芳月。沉吟不敢怨春风,自叹容华暗消歇。"白衣女又敬酒,唱道:"绛衣披拂露盈盈,淡染胭脂一朵轻。自恨红颜留不住,莫怨春风道薄情。"到十八姨举杯,表现颇为轻薄不够庄重,打翻了酒弄脏了阿措的衣服。阿措翻脸说:"大家都奉承你巴结你,我不求你也不怕你。"一拂衣袖站了起来。十八姨离席说道:"小女子撒酒疯。"大家都站起来送到门外,十八姨向南而去,众女子也作别进入西苑,崔玄微也没醒悟出异常之处。第二晚,这些女子又来了,说:"要到十八姨那里去。"阿措生气地说:"何必又到封老妇那里去,有什么事只求处士帮忙,不知行不行?"众女子都说:"行。"阿措上前对玄微说:"我和众女伴都住在西苑里,每年常被恶风摧残,居止不得安宁,经常乞求十八姨庇护。昨晚阿措不能迁就她,估计得不到她的帮助了。处士您如果愿意庇护我们,会有些微的回报。"玄微说:"我有什么能力,可以庇护各位姑娘?"阿措说:"只求处士在每年第一天,为我们制作一面红色的旗幡,画上日月五星的图案,在苑的东边竖起来,我们就可以免遭灾难。今年岁日已经过了,就请在本月的二十一日黎明,东风微起时就竖起来,就可免难。"玄微答应了,众女齐声道谢说:"不敢忘记您的大德!"各自施礼而去,玄微在月下送别她们。只见她们越过苑墙,进入西苑,转眼都不见了。玄微照她们所说的,在二十一日那天竖起绘有日月五星的朱幡。那天,东风从洛阳南边卷地而来,折树摧花,飞沙走石,而西苑里繁花似锦,一动不动。玄微这才明白,那些女子所谓姓杨、姓李,以及衣服颜色各自不同,都是苑里众花的花神。那位名叫阿措的红衣女,就是石榴仙。封十八姨,就是风神。过了几晚,杨氏等众花神又来道谢,各自带着几斗桃花、李花,劝崔生服用,说:"服用了这些花,可以推迟衰老,延年益寿。希望您一直这样住在这里,庇护我等,您也可以长生不老。"到元和初年,玄微还健在,看那容貌不过三十来岁的样子。

续集卷四

贬误

【题解】

贬误一篇，共计四十三条，均为考证源流辨别舛误的文字，第一条末云："录宾语甚误者，著之于此。"即为本篇宗旨。凡引《淮南子》、《论衡》、《座右方》等典籍共五十多种，条分缕析，足可考证史事。但段成式又非纯为展示其考证的学问，主要还是"意在瑰异"，即遵从本书志怪的宗旨。其中有些记载如第 X4.8 条"借书还书等为二痴"、第 X4.12 条曹著好品题人物、第 X4.18 条陆畅误把洗沐的藻豆当食物吃、第 X4.21 条所引《续齐谐记》之绥安书生，等等，都具有很强的趣味性。

X4.1 小戏中，于弈局一枰各布五子，角迟速①，名蹙融，予因读《坐右方》②，谓之"蹙戎"；又尝览王充《论衡》之言秦穆为"缪"（音谬）③；及往往见士流遇人促装④，必谓之曰"车马有行色"⑤；直台、直省者云"寓直"⑥：实为可笑。乃录宾语甚误者⑦，著之于此。

【注释】

①角：较量。

②《坐右方》：也作《座右方》。《隋书·经籍志三》："《座右方》八卷，庚元威撰。"按，庚元威，南朝梁人，精于书道。

③王充(27—?)：字仲任，东汉人，著《论衡》三十卷，其书疾虚妄而求实证，抨击迷信谶纬之说，在文学方面也有卓见。秦穆：即为秦穆公。春秋时期秦国国君。

④促装：整理行装准备出发。

⑤车马有行色：《庄子·盗跖》："(孔子)归到鲁东门外，适遇柳下季。柳下季曰：'今者阙然数日不见，车马有行色，得微往见跖邪？'"按，据此本意，车马有行色是指自远方而来，并非即将出发的意思。

⑥直台、直省：在台省当值。寓直：寄寓别处署衙当值。唐李匡乂《资暇集》卷中："案《字书》：'寓，寄也。''寓直'二字出于潘岳之为武贲中郎将，晋朝未有将校省，故寄直散骑省。"按，本句的意思是说这种情况不应用"寓直"，而应用"当值"。

⑦宾：通"摈"，排斥。

【译文】

有种小游戏中，在棋盘上各摆五子，较量快慢，名叫簧融，我读《座右方》一书，该书称作"簧戎"；又曾读到王充《论衡》称秦穆公之穆为"缪"(音谬)；又常常看见读书人遇见他人准备行装要出行，必定冒出一句"车马有行色"；在台省当值的，也自称"寓直"：如此之类，实属可笑。我于是把那些该抛弃的错误言辞中最为离谱的，抄录在这里。

X4.2　予太和初，从事浙西赞皇公幕中①。尝因与曲宴②，中夜，公语及国朝词人优劣，云世人言"灵芝无根，醴泉无源"，张曲江著词也③，盖取虞翻《与弟求婚书》④，徒以"芝草"为"灵芝"耳。予后偶得《虞翻集》，果如公言。开成初，予职在集贤⑤,颇获所未见书,始览王充《论衡》,自云"充细族孤门",或啁之⑥,答曰:"鸟无世凤凰,兽无种麒麟,人无祖圣贤。必当因祖,有以效贤,是则甘泉有故源,而嘉禾有旧根也。"

【注释】

①浙西:即浙西观察使。赞皇公:即为李德裕(787—850),字文说,赵州赞皇(今属河北)人。宰相李吉甫之子。一生三为浙西观察使〔首任为长庆二年(822)至大和三年(829)〕,两度为相,官终太尉。初封赞皇县伯,改封赵国公、卫国公。

②曲宴:私宴。

③张曲江:即为张九龄(678—740),字子寿,韶州曲江(今广东韶关)人。唐玄宗时名相,开元二十四年(736)为李林甫所谮,罢相。张九龄《后汉征君徐君碣铭》:"铭曰:灵芝无根,醴泉无源。角立杰出,先生斯存。"

④虞翻(164—233):字仲翔,会稽余姚(今属浙江)人。《太平御览》引其《与弟书》:"扬雄之子,非出孔氏,芝草无根,醴泉无源。"

⑤集贤:即集贤殿书院。负责收藏和校理典籍的机构。

⑥啁(tiáo):调笑。

【译文】

大和初年,我在浙西观察使赞皇公李德裕幕府任职。有一次参加私宴,夜深时分,赞皇公谈及国朝文士的优劣,说世人常说的"灵芝无根,醴泉无源",是张曲江的名言,其实这出自虞翻的《与弟求婚书》,只是把"芝草"换成"灵芝"罢了。后来我偶然得到一本《虞翻集》,果然如赞皇公所说。开成初年,我在集贤殿书院供职,很看了些未见的书,开始阅读王充《论衡》,王充自述说"充细族孤门",有人嘲笑他门第寒薄,他回答说："鸟类没有世传的凤凰,兽类也没有世传的麒麟,人类也没有世传的圣贤。若是一定要凭祖上贤名才可以学习圣贤,那么甘泉也该有古源,嘉禾也该有宿根了。"原来那两句话是从这里化出的。

　　X4.3 范传正中丞举进士①,省试《风过箫赋》②,甚丽,为词人所讽③。然为从竹之"箫",非萧艾之"萧"也④。《荀子》云:"如风过萧,忽然已化⑤。"义同"草上之风必偃"⑥。相传至今已为误。予读《淮南子》云⑦:"夫播棋丸于地,圆者趣窐⑧,方者止高,各从其所安,夫有何上下焉! 若风之过箫也,忽然感之,可以清浊应矣。"高诱注云:"清,商⑨;浊,宫也。"

【注释】

①范传正:南阳顺阳(今河南淅川南)人。贞元十年(794)进士及第。

②省试:在唐宋时期,由尚书省举行的考试称"省试"。

③讽:讽诵。

④萧艾:艾蒿。

⑤如风过萧,忽然已化:按,本句不见于今本《荀子》,或是段成式误记。萧,蒿。

⑥草上之风必偃:《论语・颜渊》:"君子之德风,小人之德草,草上之风,必偃。"偃,伏。

⑦《淮南子》:西汉淮南王刘安及其门客撰,本名《鸿烈》,分内、外篇,内篇论道,外篇杂说,内容大体不出道家的自然天道观。

⑧窐(wā):低洼。

⑨商:与下文的"宫"均属五音。

【译文】

范传正中丞考进士，省试所作《风过箫赋》，极为工丽，广为文士讽诵。然而却误写作竹字头的"箫"，并未写作艾萧的"萧"。《荀子》说："如同风吹过萧，转眼就随风起伏。"意思和《论语》的"草上之风必偃"相同。这句话传到现在已经讹误了。我读《淮南子》说："把棋子撒在地上，圆子滚向低洼，方子停在高处，各随其形而安，哪有上下之分！好比风吹过箫管，忽然鸣响，发出清浊之音相应。"高诱注说："清，商音；浊，宫音。"这里就已经弄错了。

X4.4　相传云，释道钦住径山①，有问道者，率尔而对②，皆造宗极。刘忠州晏尝乞心偈③，令执炉而听，再三称"诸恶莫作，诸善奉行"。晏曰："此三尺童子皆知之。"钦曰："三尺童子皆知之，百岁老人行不得。"至今以为名理。予读梁元帝《杂传》云④："晋惠末⑤，洛中沙门耆域⑥，盖得道者。长安人与域食于长安寺，流沙人与域食于石人前⑦，数万里同日而见⑧。沙门竺法行尝稽首乞言⑨，域升高坐曰：'守口摄意⑩，心莫犯戒。'竺语曰：'得道者当授所未听，今有八岁沙弥亦以诵之⑪。'域笑曰：'八岁而致诵，百岁不能行。嗟乎！人皆敬得道者，不知行即是得。'"

【注释】

①释道钦(712—792)：一作"释法钦"，吴郡昆山（今属江苏）人。俗姓朱，年二十八出家，大历三年(768)唐代宗召至京师，亲加瞻礼，赐号国一禅师。径山：在今浙江杭州，有佛教名刹径山寺，为释道钦所开创。

②率尔：轻遽的样子。

③刘忠州晏：即为刘晏(716?—780)，字士安，曹州南华(今山东东
　　明东北)人。曾贬忠州刺史。

④梁元帝：即为萧绎(508—554)。梁武帝第七子。侯景之乱平，即
　　帝位于江陵，改元承圣元年(552)。西魏陷江陵，被杀。

⑤晋惠：即为司马衷(259—307)，字正度。晋武帝司马炎第二子。
　　太熙元年(290)即位。

⑥耆域：天竺僧人。

⑦流沙：沙漠。沙常因风而流动转移，故称。

⑧数万里同日而见：梁释慧皎《高僧传》卷九："数百人各请域中食，
　　域皆许往。明旦，五百舍皆有一域，始谓独过，后相雠问，方知分
　　身降焉。既发，诸道人送至河南城。域徐行，追者不及。域乃以
　　杖画地曰：'于斯别矣。'其日有从长安来者，见域在彼寺中。又
　　贾客胡湿登者，即于是日将暮，逢域于流沙，计已行九千余里。"

⑨稽首：出家人所行常礼。

⑩摄：收摄。

⑪沙弥：已受十戒，尚未受具足戒的出家男子。

【译文】

相传，释道钦住在径山的时候，有人来问道，他顺口就答，都能达到
教旨的极致。忠州刺史刘晏曾向他乞请心偈，他让刘晏捧着香炉恭听，
说来说去只有一句"诸恶莫作，诸善奉行"。刘晏说："这句话三尺孩童
都知道。"释道钦说："三尺孩童都知道，百岁老人不能行。"至今这句话
都被当作名言流传。我读梁元帝《杂传》，里面说："晋惠帝末年，洛阳沙
门耆域，是位得道高僧。长安人和耆域在长安寺吃饭，流沙人和耆域在
石人前吃饭，相隔几万里远，同一天都能看见。沙门竺法行曾稽首请他
开示，耆域升座说道：'守口摄意，心莫犯戒。'竺对他说：'得道者应当传
授平常人没说过的道理，刚才这句话，八岁的小沙弥也能背诵。'耆域笑
着说：'八岁沙弥就能背诵，百岁老人不能践行。唉！人们都敬重得道

的人，却不知道践行就是得道。'"

　　X4.5　相传云，韩晋公滉在润州①，夜与从事登万岁楼②。方酣，置杯不说③，语左右曰："汝听妇人哭乎？当近何所？"对在某街。诘朝，命吏捕哭者讯之。信宿，狱不具。吏惧罪，守于尸侧。忽有大青蝇集其首，因发髻验之，果妇私于邻，醉其夫而钉杀之。吏以为神。吏问晋公，晋公云："吾察其哭声，疾而不悼，若强而惧者。"王充《论衡》云：郑子产晨出④，闻妇人之哭，拊仆之手而听。有间，使吏执而问之，即手煞其夫者也。异日，其仆问曰："夫子何以知之？"子产曰："凡人于其所亲爱，知病而忧，临死而惧，已死而哀。今哭已死而惧，知其奸也。"

【注释】

①韩晋公滉：即为韩滉（723—787），字太冲，京兆长安（今陕西西安）人。曾为润州刺史、镇海军节度使。贞元元年（785）拜检校左仆射、同平章事，次年封晋国公。韩滉擅长绘画，其《五牛图》流传至今。润州：今江苏镇江。

②万岁楼：唐李吉甫《元和郡县图志》卷二五"润州"："其城吴初筑也，晋王恭为刺史，改创西南楼名万岁楼，西北楼名芙蓉楼。"

③说：同"悦"。

④郑子产（？—前522）：即为公孙侨，字子产。郑国人，郑简公时执国政。

【译文】

　　相传，晋国公韩滉在润州时，一天夜晚和僚属登上万岁楼喝酒。酒兴正浓，韩晋公放下杯子，很不高兴，对左右说："你们听见妇人的哭声了吗? 是在附近的什么地方?"回答说在某条街。第二天一早,韩晋公命属吏把啼哭的妇人抓捕审讯。过了两晚,案子仍未审结。属吏害怕晋公降罪,就一直守在妇人丈夫的尸体旁边。忽然有很大的绿苍蝇飞来聚集在尸体的头部,于是解开死者发髻察验,果然,妇人和邻居私通,灌醉了她的丈夫然后把铁钉钉进头部害死了他。属吏觉得晋公简直是神。属吏向晋公询问究竟,晋公说:"我察觉她的哭声,哭得很急却感觉不到悲哀,一味干嚎却暴露出恐惧的心态。"王充《论衡》记载:郑国的子产早晨出门,听见妇人的哭声,就轻抚着仆人的手细听。过了一会儿,派官吏去捕捉审问,果然是个亲手杀死丈夫的人。另一天,他的仆人问:"夫子怎么知道那妇人杀死了亲人?"子产说:"大凡正常人对于自己亲爱的人,知道他病了就会忧虑,临死时担心他会死去,他去世了则会悲痛不已。现在这个妇人哭死去的亲人却让人听出心怀恐惧,就知道这其中有奸情。"

X4.6 相传云,德宗幸东宫①,太子亲割羊脾②,水泽手,因以饼洁之。太子觉上色动,乃徐卷而食。司空赞皇公著《次柳氏旧闻》③,又云是肃宗。刘𫗧《传记》云④:"太宗使宇文士及割肉⑤,以饼拭手,上屡目之。士及佯不寤,徐卷而啖。"

【注释】

①德宗:即为李适(742—805)。代宗长子。广德二年(764)立为皇太子,大历十四年(779)即帝位。

②太子:即后来的唐顺宗李诵(761—806)。羊脾:即羊髀,羊腿。

③司空:官名。三公之一。赞皇公:即李德裕。《次柳氏旧闻》:李德裕撰,据自序称,原书为玄宗时史官柳芳所撰,已佚,李德裕父

李吉甫据柳芳之子转述，以告德裕，因追忆记录，故名《次柳氏旧闻》。

④刘悚：字鼎卿，刘知己次子。《传记》：指刘悚所撰《隋唐嘉话》。

⑤宇文士及（？—642）：字仁人，京兆长安（今陕西西安）人。隋朝左卫大将军宇文述第三子。仕隋，后入唐，封郢国公。

【译文】

相传，德宗幸东宫，太子亲手割羊腿，洗完手，然后用饼擦拭。太子觉察到皇上表情异常，就慢慢卷起擦手的饼吃掉。司空李德裕著《次柳氏旧闻》一书，又说这是肃宗做太子时的事情。刘悚《传记》记载："太宗让宇文士及割肉，士及用饼擦手，太宗不停地看他。士及假装没注意到，慢慢卷起饼吃了。"

X4.7　相传云，张上客艺过十全①。有果毅②，因重病虚悸，每语腹中辄响，诣上客请治，曰："此病古方所无。"良久，思曰："吾得之矣。"乃取《本草》令读之③，凡历药名六七不应，因据药疗之，立愈。据刘悚《传记》：有患应病者，问医官苏澄。澄言："无此方。吾所撰《本草》，网罗天下药，可谓周。"令试读之，其人发声辄应。至某药，再三无声，过至他药，复应如初。澄因为方，以此药为主。其病遂差。

【注释】

①张上客：即为张文仲，洛阳人。武则天时为侍御医。上客，尊客，贵客。十全：医术高明，十治十愈。《周礼·天官》"医师"："岁终，则稽其医事，以制其食。十全为上，十失一次之，十失二次之，十失三次之，十失四为下。"

②果毅：即果毅都尉，职官名。

③《本草》：即《神农本草》。

【译文】

　　相传,张文仲医术高明,十治十愈。有位果毅都尉,身患重病气虚心悸,一说话肚子里就咕咕作响,到文仲那里请他治疗,文仲说:"这种病古方没有记载。"琢磨了很久,说:"我明白了。"就拿来《神农本草》让他读,总共有六七味药读的时候肚子没响,就把这些药配方治疗,很快就好了。据刘悚《传记》记载:有个患应声病的人,请医官苏澄治疗。苏澄说:"这种病不见记载。我撰写的《本草》,收录全天下各种药物,可称周全。"让病人试着读,那人一发声,喉咙里就有个声音应和。到某一味药,反复读都没有应和之声,到其他药,又成先前那样了。苏澄就以这味药为主配了药方。那人的病就好了。

　　X4.8 今人云:"借书、还书,等为二痴。"据杜荆州告赖云①:"知汝颇欲念学,今因还车致副书,可案录受之。当别置一宅中,勿复以借人。古谚云:'有书借人为嗤,借人书送还为嗤也。'"

【注释】

①杜荆州:即为杜预(222—285),字元凯,京兆杜陵(今陕西西安)人。诗人杜甫的远祖。晋武帝咸宁四年(278)拜征南大将军,都督荆州诸军事。

【译文】

　　今天的人说:"借书、还书,同样都是呆子。"据杜预给儿子杜赖的信里说:"知道你很想读书,现在趁着有车回去给你捎一套书,你抄录好收起来。最好另放一间屋子里,不要把书借给他人。古谚说:'有书借给别人会被嘲笑,借书读后送还也会被嘲笑。'"

X4.9 世呼病瘦为崔家疾。据《北史》①，北齐李庶无须②，时人呼为天阉③。博陵崔谌④，暹之兄也⑤，尝调之曰："何不以锥刺颐，作数十孔，拔左右好须者栽之？"庶曰："持此还施贵族，艺眉有验⑥，然后艺须。"崔家时有恶疾⑦，故庶以此调之。俗呼滹沱河为崔家墓田⑧。

【注释】

①《北史》："二十四史"之一。唐李延寿撰，合北朝的魏、齐、周、隋四朝史实，起北魏登国元年(386)，至隋义宁二年(618)。

②北齐(550—577)：北朝之一。高洋废东魏王朝，自称帝，国号齐，建都邺(今河北临漳西南)，史称"北齐"。

③天阉：天生没有生殖能力的男性。男性被阉割后一般不长胡须。

④博陵：地名。故城在今河北蠡县南。

⑤暹(xiān)：即为崔暹(？—559)，字季伦，博陵安平(今属河北)人。曾为北齐尚书右仆射。

⑥艺：种植。

⑦恶疾：痛苦难治、使人恶心的疾病。古时多指麻风病，会导致眉毛脱落。

⑧滹(hū)沱河：源出山西，流入河北，是海河水系主要河流之一。这里的"滹沱"，谐音"呼秃"，崔氏为博陵安平人，滹沱河正好流经此地，故有"崔家墓田"之说。

【译文】

人们把使人瘦弱的病称作崔家病。据《北史》记载，北齐李庶没长胡须，当时人称他为天阉。博陵崔谌，是崔暹的哥哥，曾经嘲笑李庶说："何不用锥子在面颊上刺出几十个孔，再把身边人的美须拔下来栽上？"李庶说："这个办法还是你们家里先试试看，如果栽种眉毛成功了，我再栽种胡须。"崔家当时有麻风病,掉眉毛,所以李庶反过来嘲笑他。民间称滹沱河为崔家墓田。

X4.10 俗好于门上画虎头,书"虤"字[1],谓阴刀鬼名[2],可息疟疠也。予读《汉旧仪》,说傩逐疫鬼,又立桃人、苇索、沧耳、虎等[3]。"虤"为合沧耳也。

【注释】

[1]虤(jiàn):人死为鬼,鬼死为虤,鬼见了害怕。

[2]阴刀:或作"阴司"。

[3]予读《汉旧仪》三句:北魏贾思勰《齐民要术》卷一〇引《汉旧仪》:"东海之内度朔山上有桃,屈蟠三千里,其卑枝间,曰东北鬼门,万鬼所出入也。上有二神人,一曰茶,二曰郁垒,主领万鬼。鬼之恶害人者,执以苇索,以食虎。黄帝法而象之,因立桃梗于门户,上画神茶、郁垒,持苇索以御凶鬼;画虎于门,当食鬼也。"《汉旧仪》,即《汉官旧仪》,汉代卫宏撰,所记皆西汉典礼,今存清代辑本。傩(nuó),驱除瘟疫的仪式。这里指傩神。

【译文】

民间喜欢在大门上画虎头,写"虤"字,说这是阴司鬼死之后的鬼,可以预防瘟疫。我读《汉旧仪》,里面说傩神能驱除瘟疫和恶鬼,又在门口树立桃人,画上苇索、沧耳、虎等。原来"虤"字是沧、耳两个字组合而成。

X4.11 予在秘丘[1],尝见同官说,俗说楼罗[2],因天宝中进士有东西棚[3],各有声势,稍伦者多会于酒楼食毕罗[4],故有此语。予读梁元帝《风人辞》云:"城头网雀,楼罗人着[5]。"

则知"楼罗"之言,起已多时。一云"城头网张雀,楼罗会人着"。

【注释】

①秘丘:此指秘书省。段成式以父荫入官,为秘书省校书郎。

②楼罗:也作"娄罗",干练而善于办事的人。

③天宝中进士有东西棚:唐封演《封氏闻见记》卷三:"玄宗时,士子殷盛,每岁进士到省者常不减千余人。在馆诸生更相造诣,互结朋党以相渔夺,号之为'棚'。推声望者为'棚头',权门贵盛,无不走也,以此荧惑主司视听。其不第者,率多喧讼,考功不能御。开元二十四年冬,遂移贡举属于礼部,侍郎姚奕颇振纲纪焉。"

④伧(cāng):粗俗,鄙贱。

⑤楼罗人:这里或指城头列队的士兵。着:中,恰好合上。

【译文】

我在秘书省任职时,曾听同僚说,民间所说的楼罗一词,原是天宝年间考进士的士子们各拉帮派,分东西棚结党造声势,稍微鄙贱者经常在酒楼相聚吃毕罗,故而有了这个说法。我读梁元帝《风人辞》:"城头网雀,楼罗人着。"由此可知"楼罗"的说法很早就有了。梁元帝的诗,有的又作"城头网张雀,楼罗会人着"。

X4.12 世说曹著轻薄才,长于题目人①,常目一达官为"热鏊上猢狲"②,其实旧语也。《朝野佥载》云③:"魏光乘好题目人④。姚元崇长大行急⑤,谓之'趁蛇鹳鹊'。侍御史王旭短而黑丑⑥,谓之'烟薰木蛇'⑦。杨仲嗣躁率⑧,谓之'热鏊上猢狲'。"

【注释】

①题目:品评。唐李肇《唐国史补》卷下:"近代咏字有萧昕,寓言有李纾,隐语有张著……题目人有曹著。"

②鏊(ào):一种铁制的烙饼炊具。

③《朝野佥载》:唐代张鷟撰。记录隋唐两代朝野佚闻,尤以武后时期为多。

④魏光乘好题目人:《朝野佥载》卷四:"唐兵部尚书姚元崇长大行急,魏光乘目为'赶蛇鹳鹊';黄门侍郎卢怀慎好视地,目为'观鼠猫儿';殿中监姜皎肥而黑,目为'饱椹母猪';紫微舍人倪若水黑而无须,目为'醉部落精';舍人齐处冲好眇目视,目为'暗烛底觅虱老母';舍人吕延嗣长大少发,目为'日本国使人';又有舍人郑勉为'醉高丽';目拾遗蔡孚'小州医博士诈谙药性';又有殿中侍御史短而丑黑,目为'烟薰地术';目御史张孝嵩为'小村方相';目舍人杨仲嗣为'熟鏊上猢狲';目补阙袁辉为'王门下弹琴博士';目员外郎魏恬为'祈雨婆罗门';目李全交为'品官给使';目黄门侍郎李广为'饱水虾蟆'。由是坐此品题朝士,自左拾遗贬新州新兴县尉。"

⑤姚元崇:即为姚崇(650—721),本名元崇,避唐玄宗讳改名崇,陕州硖石(今河南陕县东南)人。一代名相,封梁国公。

⑥侍御史:职官名。通常省称"侍御"。唐代侍御史、殿中侍御史、监察御史并为御史台属官。王旭:太原祁县(今属山西)人。玄宗时官左司郎中、兼侍御史。

⑦木蛇:注④引《朝野佥载》作"地术"。苍术、白术之属,粗肥的根茎生于地,称地术。

⑧杨仲嗣:杨元琰子,曾官密州刺史。

【译文】

人们都说曹著才思敏捷而为人轻薄,特别喜欢对他人评头品足,曾经品题一位高官为"热鏊上猴子",其实这是老话了。《朝野金载》记载:"魏光乘喜欢对他人评头品足。姚崇个头高走路快,就称他为'抓蛇鹳鹊'。侍御史王旭身材矮且又黑又丑,就称他为'烟薰地术'。杨仲嗣性情急躁,就称他为'热鏊上猴子'。"

X4.13 蜀石笋街[①],夏中大雨,往往得杂色小珠。俗谓地当海眼[②],莫知其故。蜀僧惠嶷曰:"前史说,蜀少城饰以金璧珠翠[③],桓温恶其太侈[④],焚之,合在此。今拾得小珠,时有孔者,得非是乎?"予开成初,读《三国典略》[⑤]:"梁大同中骤雨,殿前有杂色珠。梁武有喜色,虞寄因上《瑞雨颂》[⑥]。梁武谓其兄荔曰:'此颂清拔,卿之士龙也[⑦]。'"

【注释】

①石笋:东晋常璩《华阳国志·蜀志》:"时蜀有五丁力士,能移山,举万钧。每王薨,辄立大石,长三丈,重千钧,为墓志,今石笋是也,号曰笋里。"杜甫在成都时,有《石笋行》。

②地当海眼:唐杜甫《石笋行》:"君不见益州城西门,陌上石笋双高蹲。古来相传是海眼,苔藓蚀尽波涛痕。雨多往往得瑟瑟(按,碧珠),此事恍惚难明论。"

③蜀少城:成都少城,在大城之西,相传秦时张仪筑成都大城,后又在城西筑小城,东墙与大城西墙相接,称为少城;后来少城西南扩展为南市,增筑锦官、车官城。杜甫《江畔独步寻花七绝句》其四:"东望少城花满烟,百花高楼更可怜。"

④桓温(312—373):字元子,谯国龙亢(今安徽怀远西北)人。晋明帝时为荆州刺史,率兵伐蜀,永和三年(347)攻克成都。

⑤《三国典略》:《新唐书·艺文志二》:"丘悦《三国典略》三十卷。"

⑥虞寄(510—579)：字次安，会稽余姚(今属浙江)人。历仕梁、陈两朝。

⑦士龙：即为陆云，字士龙。陆云与其兄陆机名重当时，并称"二陆"。

【译文】

成都石笋街，夏天大雨时，常常会下一些各色小珠子。民间说此地正当海眼的位置，不知道这种说法的缘起。成都和尚惠嶷说："古史上说，成都少城用金璧翠珠作装饰，桓温嫌这太过奢侈，就烧了，应该就在此处。如今在雨中拾到的小珠，有好些带孔的，莫非就是装饰少城的翠珠？"开成初年我读《三国典略》："梁朝大同年间，一次下暴雨，宫殿前有各色珠子。梁武帝面有喜色，虞寄因此写了一篇《瑞雨颂》呈上。梁武帝对他哥哥虞荔说：'这篇颂写得清雅秀拔，虞寄就是你家陆云啊。'"

X4.14　俗好剧语者云①："昔有某氏，破产觞酒，少有醒时。其友题其门阖云：'今日饮酒醉，明日饮酒醉。'邻人读之不解，曰：'今日饮酒醉，是何等语？'"于今青衿之子无不记者②。《谈薮》云③：北齐高祖常宴群臣，酒酣，各令歌。武卫斛律丰乐歌曰④："朝亦饮酒醉，暮亦饮酒醉。日日饮酒醉，国计无取次。"帝曰："丰乐不谄，是好人也。"

【注释】

①剧语：戏谑之语。

②青衿之子：学生。《诗经·子衿》："青青子衿，悠悠我心。"毛传："青衿，青领也。学子之所服。"

③《谈薮》：宋陈振孙《直斋书录解题》卷七："《谈薮》二卷，北齐秘书省正字北平阳玠松撰。事综南北，时更八代，隋开皇中所述也。"

④武卫：即武卫营，汉末曹操任丞相，置武卫营，魏文帝曹丕置武卫

将军,以主禁军。斛律丰乐:即为斛律羡(? —572),字丰乐,朔州(今内蒙古和林格尔北)勑勒部人。

【译文】

民间喜欢戏谑的人说:"从前有个人破产了仍然赊酒喝,很少有酒醒的时候。他的朋友在他家门板上题了两句诗:'今日饮酒醉,明日饮酒醉。'邻居读了疑惑不解,问:'今日饮酒醉,这算什么诗?'"这则故事现在的读书人都知道。《谈薮》记载:北齐高祖曾经宴请朝臣,酒酣之际,让每人都唱歌。武卫将军斛律丰乐唱道:"朝也饮酒醉,暮也饮酒醉。天天饮酒醉,国事没理会。"高祖说:"丰乐不谄媚,是个好人。"

X4.15 相传玄宗尝令左右提优人黄翻绰入池水中①。复出,翻绰曰:"向见屈原笑臣②:'尔遭逢圣明,何尔至此?'"据《朝野佥载》:散乐高崔嵬善弄痴③,大帝令没首水底,少顷,出而大笑。上问之,云:"臣见屈原,谓臣云:'我遇楚怀无道④,汝何事亦来耶?'"帝不觉惊起,赐物百段。又《北齐书》⑤:显祖无道⑥,内外各怀怨毒。曾有典御丞李集面谏⑦,比帝甚于桀、纣⑧。帝令缚致水中,沉没久之。后令引出,谓曰:"我何如桀、纣?"集曰:"向来弥不及矣。"如此数四,集对如初。帝大笑曰:"天下有如此痴汉,方知龙逢、比干非是俊物⑨。"遂解放之。盖事本起于此。

【注释】

①黄翻绰:唐玄宗时伶人。12.25 条作"黄幡绰"。

②屈原(前 339—前 278):名平,又名正则,字灵均。战国时楚国贵族,曾做过左徒、三闾大夫,主张对内举贤明,修法度,对外联齐抗秦。屈原信而见疑,忠而被谤,遭到排挤和流放,后自沉汨罗

而死。屈原是我国伟大的爱国诗人,对后代文学影响极大。

③散乐:本指周代民间乐舞,包括俳优歌舞杂奏等,因不在官乐之
内,故称为散。汉武帝以后,民间及西域传入的乐舞杂技表演总
称"散乐",也叫"百戏"。弄痴:装痴卖傻以娱人。

④楚怀:即为楚怀王(? —前296)。信任靳尚及宠姬郑袖,疏远屈
原,国政腐败,先后为秦、齐所败,后听张仪之计入朝于秦,最后
死在秦国。

⑤《北齐书》:唐李百药撰,五十卷,记载北齐一代历史,原名《齐
书》,宋代为区别萧子显《南齐书》,故改称《北齐书》。

⑥显祖:即为北齐文宣皇帝高洋(529—559)。高洋于武定八年
(550)废魏孝静帝自立,国号齐,是为北齐;后因凶杀无度,嗜酒
肆淫,暴死,谥文宣皇帝,庙号显祖。《北史·齐本纪中》:"(显
祖)系徒罪至大辟,简取随驾,号为供御囚,手自刃杀,持以为戏。
凡所屠害,动多支解,或投之烈火,或弃之漳流。兼以外筑长城,
内营台殿,赏费过度,天下骚然,内外懵懵,各怀怨毒。"

⑦典御丞:职官名。《隋书·百官志中》:"尚食局,典御二人(总知
御膳事)。丞、监各四人。"

⑧桀、纣:即夏桀、商纣。

⑨龙逢:即为关龙逢。传说中夏代的贤臣,夏桀无道,关龙逢极谏,
被杀。比干:商末纣王叔伯父(或曰纣之庶兄)。纣王淫乱,比干
犯颜强谏,纣大怒,剖其心而死。

【译文】

相传玄宗曾命左右侍从提起伶人黄翻绰丢进池水里。黄翻绰从水
里爬上来,说:"刚才见到屈原,他讥笑我说:'你遇到的是圣明的皇帝,
怎么也到水里来啦?'"据《朝野佥载》记载:散乐高崔嵬善于装痴卖傻,
皇帝命人把他的脑袋没进水底,一会儿,他浮出水面,放声大笑。皇帝
问他,他说:"臣在水里见到了屈原,对臣说:'我是因为遇到了楚怀王这

个无道昏君，你为什么也到水里来了？'"皇帝猛然醒悟，站起身来，赐给他一百段布帛。又《北齐书》记载：显祖暴虐无道，朝廷内外都心怀怨恨。曾有一位典御丞李集当面直谏，说显祖比桀、纣还残暴。显祖让人把他捆起来扔进水里，沉了很长时间。又命人把他拉出水来，问他："我比桀、纣怎么样？"李集说："他们远远不如皇上您残暴。"几次三番把他扔进水又拉出来，李集都是这句话。显祖大笑道："天下竟然有这样固执的家伙，现在知道龙逢、比干也不算人杰。"于是解开绳子放了他。大概这类故事的本源即起于此。

　　X4.16 今人每睹栋宇巧丽，必强谓鲁般奇工也①。至两都寺中，亦往往托为鲁般所造，其不稽古如此。据《朝野金载》云：鲁般者，肃州燉煌人②，莫详年代，巧侔造化③。于凉州造浮图，作木鸢，每击楔三下，乘之以归。无何，其妻有妊，父母诘之，妻具说其故。父后伺得鸢，击楔十余下，乘之，遂至吴会④。吴人以为妖，遂杀之。般又为木鸢乘之，遂获父尸。怨吴人杀其父，于肃州城南作一木仙人，举手指东南，吴地大旱三年。卜曰："般所为也。"赍物具千数谢之。般为断一手，其日吴中大雨。国初，土人尚祈祷其木仙。六国时⑤，公输般亦为木鸢以窥宋城。

【注释】

①鲁般：即为鲁班，也称公输班。春秋时鲁国巧匠，曾为楚王制作
　云梯以攻宋国。后来被土木工匠尊为祖师。

②肃州：今甘肃张掖。燉煌：在今甘肃敦煌西。

③侔（móu）：相等，齐。造化：大自然的创造化育。

④吴会：在今苏杭一带。

⑤六国时：战国时期。六国，战国七雄除秦以外的六国。

【译文】

现在的人只要看见屋宇修造得精巧美观，就一定要说这是鲁般的奇妙工艺。甚至长安和洛阳的寺庙，也往往托言是鲁般建造的，这些说法根本不去详细稽考历史。据《朝野佥载》记载：有一个名字也叫鲁般的人，是肃州敦煌人，生卒年代不详，技艺入神，巧夺天工。他在凉州建造佛塔时，制造了一只木老鹰，只要敲击机关三下，就可以乘着木老鹰回家。没多久，鲁般的妻子怀孕了，他父母很奇怪，妻子说明了情况。后来有一次，鲁般的父亲偷偷拿到木老鹰，一连敲了十几下机关，乘着它就一直飞到了吴会。吴人以为是妖怪，就杀了他。鲁般又另制造了一只木老鹰，乘着它飞到吴地，把父亲的尸体运了回来。鲁般怨恨吴人杀死了他父亲，就在肃州城南制造了一位木仙人，举起手指向东南方，结果吴地大旱三年。吴地请人占卜，说："这是鲁般干的。"就派人带着几千件礼物去肃州向鲁般道歉。鲁般就断掉木仙人的一只手，那天吴地大雨倾盆。国朝初年，吴地人还时时祈祷木仙保祐。六国时期，鲁般也曾制造木老鹰对宋国进行空中侦察。

X4.17　俗说沙门杯渡入梁①，武帝召之，方弈棋呼杀，阍者误听②，杀之。浮休子云：梁有榼头师③，高行神异，武帝敬之。常令中使召至，陛奏："榼头师至。"帝方棋，欲杀子一段，应声曰："煞！"中使人遽出斩之。帝棋罢，命师入，中使曰："向者陛下令杀，已法之矣。师临死云：'我无罪。前生为沙弥，误锄杀一蚓。帝时为蚓，今此报也。'"

【注释】

①杯渡：也作"杯度"，常乘木杯渡水，因以得名。其人游止无定，不

修细行,神力卓越。梁代释慧皎《高僧传》卷十:"杯度者,不知姓名,常乘木杯渡水,因而为目。初见在冀州,不修细行,神力卓越,世莫测其由来。尝于北方寄宿一家,家有一金像,度窃而将去,家主觉而追之。见度徐行,走马逐而不及。至孟津河浮木杯于水,凭之渡河,无假风棹,轻疾如飞。……至元嘉三年九月,辞谐入京,留一万钱物寄谐,倩为营斋,于是别去,行至赤山湖,患痢而死。"入梁:据引文,杯度元嘉三年(426)于赤山湖卒,则不当有入梁之事。

②閽者:宫中守门人,掌晨昏启闭宫门。

③榼头师:《朝野金载》作"磕头师"。

【译文】

据说杯渡和尚入梁,梁武帝召见,他进宫时武帝正在下棋喊杀,宫中守门人误以为是下令杀人,就把杯渡杀了。浮休子说:梁朝有磕头师,德行高尚且有神异,梁武帝很敬重他。有一次命中使召见,中使在殿阶下启奏说:"磕头师到了。"武帝正在下棋,要杀对方一块棋子,就随口应道:"杀!"中使立即把人带出去杀了。武帝下完棋,命磕头师进见,中使回奏:"刚才陛下命令杀掉,已经遵旨杀了。和尚临死时说:'我无罪。前世做沙弥时,锄草时不小心弄死了一条蚯蚓。皇帝前世正是那条蚯蚓,所以今天有此报应。'"

X4.18　予门吏陆畅①,江东人,语多差误,轻薄者多加诸以为剧语。予为儿时,常听人说,陆畅初娶董溪女②,每旦,群婢捧匜③,以银奁盛澡豆④,陆不识,辄沃水服之。其友生问:"君为贵门女婿,几多乐事?"陆云:"贵门礼法,甚有苦者,日俾予食辣䕑⑤,殆不可过。"近览《世说新书》⑥,云王敦初尚公主⑦,如厕,见漆箱盛干枣,本以塞鼻,王谓厕上下果⑧,食至尽。既还,婢擎金漆盘贮水,琉璃碗进澡豆。因倒著水中,既饮之,群婢莫不掩口。

【注释】

①陆畅:湖州(今属浙江)人。早年受知于剑南西川节度使韦皋,元和元年(806)登进士第,大和元年(827)以侍御充淮南节度使段文昌(段成式父亲)从事。

②董溪:字惟深,董晋(723—799)之子。唐德宗时,董晋曾为门下侍郎、同平章事。

③匜(yí):一种盛水洗手的器具。

④澡豆:一种洗沐用品。用猪胰磨成糊状,合豆粉、香料等制成。

⑤麨(chǎo):炒的米粉或面粉。

⑥《世说新书》:即南朝宋刘义庆《世说新语》。本条中所引本自《世说新语·纰漏》。

⑦王敦(266—324):字处仲,东晋琅邪临沂(今山东临沂北)人。丞相王导的堂兄,娶晋武帝之女襄城公主为妻。尚:娶帝王之女为妻,是仰攀婚姻的意思。

⑧下果:摆放果品。

【译文】

我父亲的属吏陆畅,是江东人,说话常常出差错,轻薄的人于是添油加醋地编派他。我还是小孩子的时候,曾听人说,陆畅早先娶董溪之女,每天早上,侍女们捧来洗脸盆,用银匣子装着澡豆,陆畅不认识澡豆,就和着水吃了。他的朋友问:"你做了富贵人家的女婿,都有哪些好玩的事?"陆畅说:"贵族家规矩大,很让人头疼,每天都让我吃辣炒面,简直受不了。"近来阅览《世说新语》,记载说王敦刚娶公主时,上厕所时看见漆箱里放着干枣,这本来是用来塞住鼻孔的,王敦以为厕所也摆放果品,几乎吃个精光。上完厕所出来,侍女端着金漆盘,里面盛着洗手的水，琉璃碗里盛着澡豆。王敦就把澡豆倒进水里，连豆带水就喝，侍女们都捂着嘴偷笑。

X4.19 焦赣《易林·乾卦》云①："道陟多阪②，胡言连蹇③。译喑且聋④，莫使道通。"据梁元帝《易连山》⑤，每卦引《归藏》、《斗图》、《立成》、《委化》、《集林》及焦赣《易林》⑥，乾卦卦辞与赣《易林》卦辞同⑦，盖相传误也。

【注释】

①焦赣：即为焦延寿，字赣，梁（今河南开封一带）人。西汉经学家，著有《焦氏易林》十六卷。乾卦：八卦之一，代表天。

②陟：登高。阪（bǎn）：山坡，斜坡。

③胡：古代泛称外国或外族。连蹇：坎坷，艰难。

④译：传译外族四夷之语音。喑（yīn）：哑，不能说话。

⑤《易连山》：书名。梁元帝萧绎《金楼子·著书篇》："《连山》三帙，三十卷。原注：金楼年在弱冠，著此书，至于立年，其功始就。躬亲笔削，极有其劳。"按，《连山》，古《易》有三名，曰《连山》，曰《归藏》，曰《周易》。

⑥《归藏》、《斗图》、《立成》、《委化》、《集林》：《隋书·经籍志》记载郭璞《易斗图》一卷，顾氏撰《易立成》四卷，京房撰《周易委化》四卷，京房撰《周易集林》十二卷。

⑦卦辞：《周易》里说明六十四卦每卦要义的文辞。

【译文】

焦赣《易林·乾卦》说："道路倾斜坎坷，胡人称作连蹇。传译又哑又聋，无法交流沟通。"据梁元帝《易连山》，书中每卦都引《归藏》、《斗图》、《立成》、《委化》、《集林》及焦赣《易林》，其中乾卦卦辞和焦赣《易林》的卦辞相同，大概是相传致误。

　　X4.20 予别著郑涉好为查语①，每云："天公映冢，染豆削棘②，不若致余富贵。"至今以为奇语。释氏《本行经》云③，自穿藏阿逻仙言④："磨棘画羽，为自然义⑤。"盖从此出也。

【注释】

①郑涉：唐李肇《唐国史补》卷下："初，诙谐自贺知章，轻薄自祖咏，颡语自贺兰广、郑涉。"查语：怪诞而不拘礼度的话。唐封演《封氏闻见记》卷十："近代流俗，呼丈夫、妇人纵放不拘礼度者为'查'。又有数十种语，自相通解，谓之查谈，大抵近猥僻。"

②天公映冢，染豆削棘：不详何义。

③《本行经》：即《佛本行集经》，六十卷，讲述释迦牟尼佛诞生、出家、成道等事迹，以及佛弟子归化之因缘。

④自穿藏阿逻仙：《佛本行集经》卷二〇："……去此不远，有一仙人住止之所，名曰穿藏，彼有一仙，名阿罗逻。"自，疑为"有"字之误。

⑤磨棘画羽，为自然义：《佛本行集经》卷二一："棘针头尖，是谁磨造？鸟兽色杂，是谁画之？此义自然，无人所作。"

【译文】

　　我在别的文章里记载了郑涉喜欢说些怪诞话，他经常说："天公映冢，染豆削棘，不如让我富贵。"到现在都被认为是奇语。佛教《本行经》记载，有穿藏阿逻仙说："棘出针棘尖头，画成杂色鸟羽，这些并非人为，都是自然天成。"郑涉的话大概是从这里化出的。

　　X4.21《续齐谐记》云①："许彦于绥安山行②，遇一书生，年二十余，卧路侧，云足痛，求寄鹅笼中。彦戏言许之，书生便入笼中，笼亦不更广，书生与双鹅并坐，负之不觉重。至一树下，书生乃出笼，谓彦曰：'欲薄设馔。'彦曰：'甚善。'乃于口中吐一铜盘，盘中海陆珍羞方丈盈前。酒数行，谓彦曰：'向将一妇人相随，今欲召之。'彦曰：'甚善。'遂吐一女子，年十五六，容貌绝伦，接膝而坐。俄书生醉卧，女谓彦曰：'向窃一男子同来，欲暂呼，愿君勿言。'又吐一男子，年二十余，明恪可爱，与彦叙寒温，挥觞共饮。书生似欲觉，女复吐锦行障③，障书生。久而书生将觉，女又吞男子，独对彦坐。书生徐起，谓彦曰：'暂眠，遂久留君。日已晚，当与君别。'还复吞此女子及诸铜盘，悉纳口中。留大铜盘，与彦别曰：'无以藉意，与君相忆也。'"释氏《譬喻经》云④："昔梵志作术，吐出一壶，中有女，与屏处作家室。梵志少息，女复作术，吐出一壶，中有男子，复与共卧。梵志觉，次第互吞之，拄杖而去⑤。"余以为吴均尝览此事，讶其说，以为至怪也。

【注释】

①《续齐谐记》：南朝梁吴均撰，志怪之作。

②绥安：在今江苏宜兴西南。

③行障：可以随地移置的屏风。

④《譬喻经》：即《旧杂譬喻经》，三国吴康僧会译。

⑤"昔梵志作术"十二句：《旧杂譬喻经》卷一："……梵志独行来，入水池浴，出饭食，作术吐出一壶。壶中有女人，与于屏处作家室，梵志遂得卧。女人则复作术，吐出一壶，壶中有年少男子，复与共卧。已便吞壶。须臾梵志起，复内妇著壶中。吞之已，作杖而

去。"梵志，佛教称一切外道之出家人为梵志。

【译文】

《续齐谐记》记载："许彦在绥安山间赶路，遇到一位二十多岁的书生，躺在路边，说脚痛，想进到许彦的鹅笼里请他捎一段路。许彦当成开玩笑就答应了，书生就进了鹅笼，笼子也没有变大，书生和两只鹅并排坐，许彦挑着也不觉增加了重量。到了一棵大树下，书生出了鹅笼，对许彦说：'想为您准备一桌简单的酒席。'许彦说：'很好。'书生就从口里吐出一个铜盘，里面盛着山珍海味，在许彦面前摆开，约有一丈见方。酒过几巡，书生对许彦说：'我一直随身带着一位妇人，现在想请她出来见见。'许彦说：'很好。'书生就从口中吐出一位十五六岁的女子，容貌艳丽举世无双，靠着书生膝盖坐下。一会儿书生酒醉躺下睡着了，女子对许彦说：'我一直随身带着一位男子，想请他出来一见，希望您保密。'女子又从口中吐出一位二十多岁的男子，聪明颖悟很是可爱，和许彦寒暄，举杯共饮。书生好像要醒了，女子又吐出一个锦行障，遮住书生。又过了好一会儿，书生就要醒了，女子又吞下男子，独自一人面对许彦而坐。书生慢慢起身，对许彦说：'小睡片刻，耽误了您的时间。天色不早了，就此别过。'又吞下这位女子和那些铜盘，全部纳入口中。最后留下一个大铜盘，对许彦说：'没有其他可以表达心意的，就以此作个留念。'"佛教《譬喻经》记载："以前梵志施法术，吐出一个壶，壶里有个女子，和梵志单独相处作他的家室。梵志小睡时，女子又作法术，吐出一个壶，壶里有个男子，女子和这男子共卧。梵志快醒了，女子先吞下壶和男子，梵志醒来又吞下壶和女子，拄杖离去。"我认为吴均曾经读过这段故事，很惊讶，觉得想象极为奇特怪异，就写进了他的故事里。

X4.22 相传天宝中，中岳道士顾玄绩，尝怀金游市中。历数年，忽遇一人，强登旗亭，扛壶尽醉①。日与之熟，一年中输数百金。其人疑有为，拜请所欲。玄绩笑曰："予烧金丹八转矣②,要一人相守,忍一夕不言,则济吾事。予察君神静有胆气,将烦君一夕之劳。或药成,相与期于太清也③。"其人曰:"死不足酬德,何至是也。"遂随入中岳。上峰险绝,岩中有丹灶盆,乳泉滴沥,乱松闭景。玄绩取干饭食之,即日上章封剟④。及暮,授其一板云:"可击此知更,五更当有人来此,慎勿与言也。"其人曰:"如约。"至五更,忽有数铁骑呵之曰:"避!"其人不动。有顷,若王者,仪卫甚盛,问:"汝何不避?"令左右斩之。其人如梦,遂生于大贾家。及长成,思玄绩不言之戒。父母为娶,有三子。忽一日,妻泣:"君竟不言,我何用男女为!"遂次第杀其子。其人失声,豁然梦觉。鼎破如震,丹已飞矣。释玄奘《西域记》云:"中天婆罗疤斯国鹿野东⑤,有一涸池,名救命,亦曰烈士。昔有隐者于池侧结庵,能令人畜代形,瓦砾为金银。未能飞腾诸天⑥,遂筑坛作法,求一烈士⑦,旷岁不获。后遇一人于城中,乃与同游,至池侧,赠以金银五百,谓曰:'尽当来取。'如此数返,烈士屡求效命。隐者曰:'祈君终夕不言。'烈士曰:'死尽不惮,岂徒一夕屏息乎!'于是令烈士执刀,立于坛侧,隐者按剑念咒。将晓,烈士忽大呼,空中火下。隐者疾引此人入池。良久出,语其违约,烈士云:'夜分后,惝然若梦,见昔事主躬来慰谕,忍不交言,怒而见害。托生南天婆罗门家住胎⑧,备尝艰苦,每思恩德,未尝出声。及娶、生子,丧父母,亦不语。年六十五,妻忽怒,手剑提其子:"若不言,杀尔子!"我自念已隔一生,年及衰朽,唯止此子,应遽止妻,不觉发此声耳。'隐者曰:'此魔所为,吾过矣。'烈士惭忿而死。"

盖传此之误,遂为中岳道士。

【注释】

①扛(gāng):两人对举为扛。

②金丹八转:唐宋以前,金丹指以金石丹砂等为原料炼制成的丹药;宋金以后,则有内外丹之分。转,道教外丹师称炼丹过程中药物转变或操作程序转变的次数。晋葛洪《抱朴子·内篇》卷一:"一转之丹服之三年得仙,二转之丹服之二年得仙,三转之丹服之一年得仙,四转之丹服之半年得仙,五转之丹服之百日得仙,六转之丹服之四十日得仙,七转之丹服之三十日得仙,八转之丹服之十日得仙,九转之丹服之三日得仙。"

③太清:道教三清胜境之一。

④上章封劖(gāng):上表章祭太清。劖,代指太清,晋葛洪《抱朴子·内篇》"杂应第十五":"太清之中,其气甚劖,能胜人也。"

⑤婆罗疶斯国:梵语音译,即古代的迦尸国,为古印度十六大国之一,其地今名瓦腊纳西。鹿野:又称"仙人鹿野",释迦牟尼成道后,始来此处说四谛之法,度憍陈如等五比丘。

⑥诸天:佛教谓三界二十八天(欲界六天,色界十八天,无色界四天)。

⑦烈士:刚烈之士。

⑧南天:即南天竺,五天竺之一。婆罗门:印度四种姓之第一等。

【译文】

相传天宝年间,中岳道士顾玄绩,曾怀揣金银在市井闲游。过了几年,忽然遇见一个人,就强邀这人上酒楼,举杯对酌,酩酊大醉。顾玄绩和那人一天天熟悉起来,一年时间花了几百两银子。那人怀疑他是有事相求,就请他说出来。顾玄绩笑道:"我烧炼金丹已经八转了,现在要一个人帮忙看守,忍住一个晚上不说话,我就可大功告成。我观察您精神镇静,很有胆气,想麻烦您辛苦一个晚上。如果丹药炼成了,您我就可同登太清胜境。"那人说:"我死都不足以报答您的恩德,哪用如此客气。"于是跟随顾玄绩上了嵩山。峰岭极为险峻,岩中有丹灶和丹盆,岩间乳石清泉滴沥,松林茂密遮天蔽日。玄绩拿来干饭给那人吃,当天就上表祭告太清。到傍晚,交给那人一块板说:"敲此板就可知道几更,五更时会有人来这里,千万别和他说话。"那人说:"没问题。"到了五更,忽然有几名精锐铁骑喝道命他回避。那人一动不动。一会儿,来了一位国君模样的人,仪仗威武,问他:"你为何不回避?"喝命左右斩了他。那人像做梦一样,托生在一个大商人家里。长大以后,一直牢记玄绩的告诫,不说一句话。父母为他娶了妻子,生了三个孩子。忽然有一天,妻子哭泣着说:"您从不说一句话,我要这些孩子有何用!"就把孩子一个一个全杀死。那人因此失声惊呼,恍然一梦醒来。只听那丹鼎破裂有如雷震,顾玄绩的金丹已飞走了。释玄奘《大唐西域记》记载:"中天竺婆罗痆斯国鹿野苑的东边,有一口干涸的池塘,名为救命池,又叫烈士池。先前有位隐士在池塘边搭建草庵,能使人畜改变形貌,瓦砾变成金银。只是不能飞升天界,于是建造祭坛作法,寻找一位刚烈之士,整整一年时间也没找到。后来在城里遇见一个人,和他随处闲游,来到池塘边,送给他五百两银子,对他说:'用完再来拿。'几次如此,烈士反复恳求为隐士效命。隐士说:'希望您可以一晚不作声。'烈士说:'我死都不怕,更何况只是一晚不出声呢!'于是隐士命烈士手执一把刀,立在坛边,隐士持剑念诵神咒。天快亮时,烈士忽然大声惊叫,空中突降大火。隐士急忙拉着烈士跳入池塘避火。过了很久才出池塘,隐士责备烈士违背诺言,烈士说:'半夜以后,昏昏沉沉有如梦中,只见以前的东家亲来问候,我忍住没与他说话,他一生气就把我杀了。我托生在南天竺婆罗门家里住胎,出生后备受艰苦,每每思及您的恩德,从未出过声。后来娶妻、生子、父母去世,都没有说过一句话。六十五岁时,妻子忽然发怒,拿着一把剑,拉着儿子说:"你如果再不说一句话,我就把儿子杀了!'我心想已经隔世为人,年岁迟暮,只有这一个儿子,应该赶紧阻止妻子,不由得就发出了喊声。'隐士说:'这是魔鬼作祟,是我的过错。'烈士惭愧愤恨而死。"这个故事在流传过程中产生讹误,就由隐士变成了中岳道士。

X4.23 相传云,一公初谒华严[1],严命坐,顷曰:"尔看吾心在何所?"一公曰:"师驰白马过寺门矣。"又问之,一公曰:"危乎!师何为处乎刹末也[2]?"华严曰:"聪明果不虚,试复观我。"一公良久,沘颡[3],面洞赤,作礼曰:"师得无入普贤地乎[4]?"集贤校理郑符云:"柳中庸善《易》[5],尝诣普寂公[6]。公曰:'筮吾心所在也。'柳云:'和尚心在前檐第七题[7]。'复问之,在某处。寂曰:'万物无逃于数也。吾将逃矣,尝试测之。'柳久之,瞿然曰:'至矣。寂然不动,吾无得而知矣。'"又诜禅师本传云[8]:"日照三藏诣诜[9],诜不迎接,直责之曰:'僧何为俗人器湫处[10]?'诜微瞑[11],亦不答。又云:'夫立不可过人头,岂容摽身鸟外[12]?'诜曰:'吾前心于市,后心刹末,三藏果聪明者。且复我。'日照乃弹指数十[13],曰:'是境空寂,诸佛从自出也。'"予按《列子》曰[14]:"有神巫自齐而来处于郑,命曰季咸。列子见之心醉,以告壶丘子[15]。壶丘子曰:'尝试与来,以吾示之。'明日,列子与见壶丘子。壶丘子曰:'向吾示之以地文[16],殆见吾杜德机也[17]。尝又与来。'列子又与见壶丘子。壶丘子曰:'向吾示之以天壤[18]。'列子明日又与见壶丘子。出曰:'子之先生不齐[19],吾无得而相焉。''吾示之以太冲莫眹[20]。尝又与来。'明日,又与之见壶丘子。立未定,失而走。壶丘子曰:'吾与之虚而猗移[21],因以为茅靡[22]，因以为流波，故逃也。'"予谓诸说悉互窜是事也。如晋时，有人百掷百卢[23]，王衍曰[24]："后掷似前掷矣。"盖取于《列子》"钧后于前"之义[25]，当时人闻以为名言。人之易欺，多如此类也。

【注释】

①一公：即为一行(683—727)。唐代高僧。华严：即为华严大师释法藏(643—712)，原籍康居(今乌兹别克斯坦撒马尔罕)，其祖已徙居长安，以康为姓。年十七习《华严经》，曾入玄奘译场，武则天时与义净、复礼同译《华严》新经，并为武则天讲经，为中宗、睿宗授菩萨戒，时号华严大师，赐号贤首法师(华严宗又因此被称为贤首宗)，后被尊为华严宗第三祖。

②刹："刹多罗"的省称，即佛塔顶部的相轮。

③泚颡(cǐ sǎng)：额头出汗。

④普贤：即为普贤菩萨。他主一切诸佛的理德、行德，坐骑为六牙白象，白象是其愿行广大、功德圆满的象征。汉化佛教以峨眉山为其道场。

⑤柳中庸：蒲州虞乡(今山西永济)人。安史之乱中，避地江南。大历九年(774)在湖州与颜真卿、皎然等联唱，结集为《吴兴集》十卷。

⑥普寂公：即为释普寂(？—739)，俗姓冯，蒲州河东(今山西永济)人。初师事神秀。武则天召神秀至东都，乃度普寂为僧。唐中宗闻神秀年高，乃令普寂代本师统其法众。开元二十七年(739)，于上都兴唐寺圆寂。

⑦题：物的前端或顶端。

⑧诜(shēn)禅师：即为释智诜，俗姓周，因祖父为官迁徙入蜀，自幼

居于资阳(今属四川)。武德年间出家,至成都师事玄奘。后出蜀师事双峰山弘忍,与神秀、慧能同门,学成复归蜀中驻锡资州德纯寺传法。武则天诏入内道场,赐号宝修禅师,后归蜀。智诜被尊为剑南禅派的创始人。

⑨日照:即为释地婆诃罗,汉译日照,中天竺人。高宗时来唐,仪凤四年(679)开始译经,依照玄奘之例,于一大寺别院安置,至垂拱末年为止。终于译经小房。三藏:经、律、论三藏,佛陀一生所说教法总称,精通三藏的僧人,则称三藏法师。

⑩嚣湫:喧闹而卑隘。

⑪瞚:字亦作“瞬”,眨眼。

⑫摽(piāo):高举的样子。

⑬弹指:古印度的习俗,弯曲食指再用大拇指捻弹作声,表示喜悦、赞叹等意思。

⑭《列子》:旧题战国列御寇撰,《汉书·艺文志》著录《列子》八篇,列入道家。今本《列子》则可能是魏晋时人托名伪作,唐代尊崇道教,以《列子》为《冲虚真经》,为道家经典之一。按,本条所引《列子》文字,较之原文,节略过多,意思不连贯,难以理解。今据杨伯峻《列子集释·黄帝篇》重录如下(下面的译文也据此酌情增益):“有神巫自齐来处于郑,命曰季咸,知人死生、存亡、祸福、寿夭,期以岁、月、旬、日,如神。郑人见之,皆避而走。列子见之而心醉,而归以告壶丘子,曰:‘始吾以夫子之道为至矣,则又有至焉者矣。’壶子曰:‘……尝试与来,以予示之。’明日,列子与之见壶子。出而谓列子曰:‘嘻!子之先生死矣,弗活矣,不可以旬数矣。吾见怪焉,见湿灰焉。’列子入,涕泣沾衿,以告壶子。壶子曰:‘向吾示之以地文,罪乎不诹不止,是殆见吾杜德几也。尝又与来!’明日,又与之见壶子。出而谓列子曰:‘幸矣,子之先生遇我也,有瘳矣。灰然有生矣。吾见杜权矣。’列子入告壶子。

壶子曰:'向吾示之以天壤,名实不入,而机发于踵,此为杜权。是殆见吾善者几也。尝又与来!'明日,又与之见壶子。出而谓列子曰:'子之先生坐不斋,吾无得而相焉。试斋,将且复相之。'列子入告壶子。壶子曰:'向吾示之以太冲莫眹,是殆见吾衡气几也。……尝又与来!'明日,又与之见壶子。立未定,自失而走。壶子曰:'向吾示之以未始出吾宗。吾与之虚而猗移,不知其谁何? 因以为茅靡,因以为波流,故逃也。'"

⑮壶丘子:列子的老师。

⑯地文:大地的形貌。

⑰杜德机:德机不发,故称杜。生机闭塞。

⑱天壤:杨伯峻《列子集释·黄帝篇》:"天壤取和柔之义,质言之,则为天和。此与地文皆形况之辞,张注以天壤为天地,义殊难通。"

⑲齐:同"斋",洁净身心以示虔敬。

⑳太冲:极度虚静、淡泊。莫眹(zhèn):没有征兆、迹象。

㉑猗移:同"委移",至顺的样子。

㉒茅靡:茅草随风萎靡。

㉓卢:古代樗蒲戏掷五子,全黑为卢,最是胜采。

㉔王衍(256—311):字夷甫,琅玡临沂(今山东费县)人。官至司徒,为当时名士,妙善玄言,尤好老庄之学。

㉕钧:通"均",相同。《列子》卷四:"后镞中前括,钧后于前。"晋张湛注:"同后发于前发,则无不中也。近世有人掷五木,百掷百卢者,人以为有道,以告王夷甫,王夷甫曰:'此无奇,直后掷如前掷耳。'"

【译文】

相传一行初次谒见华严大师时,华严大师让他坐下,过一会儿问:"你看我的意念在什么地方?"一行回答说:"大师骑着白马跑过寺门了。"略过片刻又问他,一行说:"危险啊!师父为何待在塔尖呢?"华严大师说:"你确实聪明,名不虚传,再试试。"过了很久,一行满头大汗,面红耳赤,向大师施礼说:"大师莫非进入普贤菩萨的境界了?"集贤校理郑符说:"柳中庸精通《周易》,曾去见普寂公。普寂公说:'你推算一下我的意念在什么地方。'柳中庸回答说:'和尚的意念在前檐第七根椽头。'又问他,又回答说在某处。普寂说:'世间万物都逃不出天数。我现在要逃出,你试着占卜一下。'过了很久,柳中庸吃惊地说:'真是极致了。您的意念寂然不动,我无从知道了。'"另外,诜禅师本传说:"日照三藏去见诜禅师,诜禅师不迎接他,日照直言责备他说:'和尚的意念此刻为何到了市井喧嚣卑隘的地方?'诜禅师微微眨了一下眼睛,并不回答。日照又说:'站立之处不可高过别人的头部,你怎么能把自己置于比鸟儿还高的地方。'诜禅师说:'先前我的意念在于市井,后来我的意念在于塔尖,三藏果然聪明。你再看一下。'日照就一连弹指几十下,赞叹道:'此境空寂,诸佛都从这里生成。'"我见《列子》一书里说:"有位神巫从齐国来,到了郑国,他名叫季咸。列子一见他就倾心拜服,并且告诉老师壶丘子说:'弟子先前以为老师的境界是最高的,现在发现还有人比老师的境界更高。'壶丘子说:'你不妨带他一起来,让他看看我。'第二天,列子和季咸一起去见了壶丘子。季咸出来后对列子说:'唉!你老师活不成了,最多也不过十天,因为我看见了湿灰。'列子哭着去见壶丘子,壶丘子说:'先前我传达的意念是大地的形貌,大概他误认为我生机杜绝。你再带他来。'后一天,列子又带着季咸去见壶丘子。季咸出来后对列子说:'幸亏你老师遇见我,这下有生机了。'列子又告诉壶丘子,壶丘子说:'这次我传达的意念是天和之美。再带他来!'后一天,列子又带他去见壶丘子。季咸出来后说:'你老师没有斋戒,我没有办法为他相面。'壶丘子对列子说:'我表现的是极度虚静毫无征兆。再来!'后一天,列子又和季咸去见壶丘。季咸一见壶丘子,立足未稳,一句没说转身就跑。壶丘子对列子说:'我的意念极为柔顺善变,像是茅草随风倒伏，又像是水波流动，他捉摸不定所以逃跑了。'"我认为前述几种说法都是互相改窜《列子》里的这则故事。比如晋朝，有人赌博时百掷百黑，王衍说："后掷如同前掷。"这取自《列子》一书里"钧后于前"的意思，而当时人听了都当作名言。人们容易被欺骗，大多都是这样的。

X4.24 相传江淮间有驿，呼露筋。尝有人醉止其处，一夕，白鸟蚰嘬^①，血滴筋露而死。据江德藻《聘北道记》云^②："自邵伯埭三十六里^③，至鹿筋，梁先有逻^④。此处多白鸟，故老云，有鹿过此，一夕为蚊所食，至晓见筋，因以为名。"

【注释】

① 白鸟：蚊子。蚰嘬（zuō）：吸吮。

② 江德藻：济阳考城（今河南民权东北）人。仕梁为中书侍郎，后入陈，天嘉四年（563）使北齐，著《聘北道里记》三卷。

③ 邵伯埭：在今扬州西北。

④ 逻：前有脱字，当作"车逻"。今江苏高邮车逻。相传由秦始皇南巡御驾幸临此地而得名。

【译文】

相传江淮一带有处驿站，名叫露筋驿。曾有人醉后留宿此地，一晚的时间，就被蚊子吸干了血，筋骨显露而死。据江德藻《聘北道记》记载："从邵伯埭走三十六里，到鹿筋驿，在梁朝时叫车逻。此地蚊子很多，当地老人说，有只鹿经过此地，一夜被蚊子叮咬，到天亮时只见筋骨暴露，于是就以鹿筋为地名。"

X4.25 昆明池中有冢，俗号浑子。相传昔居民有子名浑子者①,尝违父语,若东则西,若水则火。父病且死,欲葬于陵屯处,矫谓曰:"我死,必葬于水中。"及死,浑泣曰:"我今日不可更违父命。"遂葬于此。据盛弘之《荆州记》云②:固城临沔水③,沔水之北岸有五女激④。西汉时,有人葬沔北,墓将为水所坏。其人有五女,共创此激,以防其墓。又云:一女嫁阴县佷子⑤,子家赀万金,自少及长,不从父言。临死,意欲葬山上,恐子不从,乃言:"必葬我于渚下碛上⑥。"佷子曰:"我由来不听父教,今当从此一语。"遂尽散家财,作石冢,以土绕之,遂成一洲,长数步。元康中⑦,始为水所坏。今余石成半榻许,数百枚,聚在水中。

【注释】

①浑子:名字的意思类似"混账儿子"。

②盛弘之:南朝刘宋临川王之侍郎,撰有《荆州记》三卷。

③固城临沔(miǎn)水:北魏郦道元《水经注·沔水》:"沔南有固城,城侧沔川,即新野山都县治也。"按,山都县,在今湖北襄阳西北。

④激:水流受阻遏而震荡飞溅。这里指为保护坟墓不受水流冲激而堆聚的石头。

⑤阴县:在今湖北襄阳西北。佷(hěn)子:逆子。

⑥碛:浅水中的沙石。

⑦元康:晋惠帝司马衷年号(291—299)。

【译文】

昆明池里有座坟墓,民间称作浑子。相传早先这里居民有个儿子名叫浑子,经常违背父亲的话,叫他往东他偏往西,让他弄火他偏戏水。父亲病重将死,想葬在山岗上,就故意对儿子反着说:"我死了,一定要葬在水里。"父亲死后,浑子哭泣着说:"如今我再不能违背父命。"于是就把父亲埋葬在这里。据盛弘之《荆州记》记载：固城临近沔水，沔水北岸有处五女激。西汉时，有人葬在沔水北岸，坟墓快被河水冲坏了。那人有五个女儿，一起堆造了这座五女激，以防洪水冲毁坟墓。又说：一个女子嫁给阴县的一个逆子，逆子家财万贯，从小到大，不听父亲的话。父亲临死，想要葬在山上，担心儿子不听，就反着说："一定要把我葬在水里石头上。"逆子说："我从来不听父亲教诲，如今就听他一句。"于是散尽家财，用石头建了一座坟墓，用土堤环绕起来，因而成了一座沙洲，有几步长。直到晋元康年间，才被水冲坏。至今还留着半张床大小的一堆墓石，有几百块，堆积在水里。

　　X4.26　今军中将射鹿，往往射棚上亦画鹿①。李绘《封君义聘梁记》曰："梁主客贺季指马上立射②，嗟美其工。绘曰：'养由百中③，楚恭以为辱④。'季不能对。又有步从射版，版记射的⑤，中者甚多。绘曰：'那得不射麈⑥？'季曰：'上好生行善⑦，故不为麈形。'"自麈而鹿，亦不差也。

【注释】

①射棚：箭靶。

②主客：即主客郎中，职官名。指：或为"诣"字之误。

③养由：即为养由基，春秋时楚之善射者，能百步穿杨。

④楚恭：即为楚共王审（？—前560）。楚庄王之子。《左传·成公十六年》："癸巳，潘尪之党与养由基蹲甲而射之，彻七札焉。以示王，曰：'君有二臣如此，何忧于战？'王怒曰：'大辱国！诘朝尔射，死艺。'"杨伯峻注："若以两人能射透革甲为大辱国，则不可通，此处只是责备两人因此而夸口而已。"

⑤的：箭靶的中心。

⑥麞(zhāng)：同"獐"。

⑦上：皇帝。这里指梁武帝。

【译文】

如今军队若要猎鹿，往往在箭靶上也画鹿形。李绘《封君义聘梁记》记载："梁朝主客郎中贺季骑在马上射箭，赞叹箭靶上的鹿画得漂亮。李绘说：'养由基百发百中，楚恭王却认为是耻辱。'贺季不能对答。又有步卒射版，版上只标出中心，射中的很多。李绘问：'怎么不画上麞再射？'贺季趁机对答说：'皇上好生行善，所以不画麞的图案。'"麞也罢鹿也罢，都差不多。

X4.27 今言枭镜者①，往往谓壁间蛛为镜，见其形规而匾②，伏子，必为子所食也。《西汉》云③：春祠黄帝④，用一枭、破镜。以枭食母，故五月五日作枭羹也。破镜食父，如貙虎眼⑤。黄帝欲绝其类，故百物皆用之。傅玄赋云⑥："荐祠破镜⑦，膳用一枭。"

【注释】

①枭(xiāo)：一种食母的恶鸟。镜：即破镜，一种食父的恶兽。

②规：圆形。

③《西汉》：指《汉书》。

④祠：祭祀。黄帝：中华民族的人文初祖。因有土德之瑞，故号黄帝，又号轩辕氏、有熊氏。

⑤貙(chū)：一种猛兽。

⑥傅玄(217—278)：字休奕，北地泥阳(今陕西铜川耀州)人。

⑦荐：祭献。

【译文】

现在说枭镜，往往把墙壁间的蜘蛛当成了镜，看见它的形状又圆又扁,孵化出幼子,必然被幼子吃掉。《汉书》记载:春祭黄帝,用一只枭,一只破镜。因为枭会吃掉母亲,所以五月五日做枭羹。破镜会吃掉父亲,像貙虎眼。黄帝想要杀绝这两种动物,所以很多事情都用它。傅玄的赋写道:"祭献破镜,膳用一枭。"

X4.28《朝野佥载》云:"隋末,有眷君谟善射,闭目而射,应口而中。云志其目则中目,志其口则中口。有王灵智学射于谟,以为曲尽其妙,欲射杀谟,独擅其美。谟执一短刀,箭来辄截之。唯有一矢,谟张口承之,遂啮其镝①,笑曰:'学射三年,未教汝啮镞法。'"《列子》云:"甘蝇,古之善射者。弟子名飞卫,巧过于师。纪昌又学射于飞卫,以燕角之弧②,朔蓬之簳③,射贯虱心。既尽飞卫之术,计天下敌己者一人而已,乃谋杀飞卫。相遇于野,二人交射,矢锋相触坠地,而尘不扬。飞卫之矢先穷,纪遗一矢。既发,飞卫以棘刺之端扦之④,而无差焉。于是二子泣而投弓,请为父子。刻臂以誓,不得告术于人。"《孟子》曰:"逢蒙学射于羿,尽羿之道,唯羿为愈己,于是杀羿。"

【注释】

①镝(dí):箭头。

②燕角:燕地的牛角。弧:弓弧。

③朔:杨伯峻《列子集释·汤问篇》:"'朔'字当为'荆',形近而误。"
　簳(gǎn):箭杆。此与燕角均为制作弓箭的美材。

④扦:同"捍",抵御。

【译文】

《朝野佥载》记载:"隋朝末年,有个叫眷君谟的擅长箭术,闭着眼睛射一箭,喊哪处就射中哪处。喊眼睛就射中眼睛,喊嘴巴就射中嘴巴。有个王灵智向昝君谟学箭术,自以为尽得其技,就想射死昝君谟,自己独有这门高超的技艺。昝君谟拿一把短刀,王灵智的箭射过来就用刀截住。只有一支箭,昝君谟是张大嘴巴一下衔住,咬掉了箭头,笑着说:‘你学了三年箭术,我一直没教你咬箭头的方法。’”《列子》说:“甘蝇,是古代一位精于箭术的人。他的弟子名叫飞卫,技艺超过了老师。纪昌又向飞卫学射,用燕角制成弓弧,用荆蓬制成箭杆,一箭射出贯穿了虱子的心。纪昌既已把飞卫的本领全部学到手,想到全天下能和自己对敌的只有飞卫一人,就策划杀死飞卫。两人在野外相遇,相对放箭,箭锋相触掉在地上,不起飞尘。飞卫的箭先射完,纪昌还剩一支箭。一箭射出,飞卫用荆棘的刺尖去对抗,分毫不差。于是两人哭着扔下弓,师徒认为父子关系。他们在手臂上刻下誓言,不把绝技告诉别人。”《孟子》记载:“逢蒙向羿学射,尽得其技,认为只有羿超过自己,于是把羿杀了。”

X4. 29 予未亏齿时①,尝闻亲故说:“张芬中丞在韦南康皋幕中,有一客于宴席上,以筹碗中绿豆击蝇②,十不失一,一坐惊笑。芬曰:‘无费吾豆。’遂指起蝇,拈其后脚,略无脱者。又能拳上倒碗,走十间地不落。”《朝野佥载》云:“伪周藤州录事参军袁思中③,平之子,能于刀子锋杪倒箸,挥蝇起,拈其后脚,百不失一。”

【注释】

①亏齿:换牙。

②筹:算筹。用木头等制成的小棍或小片。

③伪周:武则天临朝及称帝时期(684—704)。藤州:治所在今广西

藤县东北。录事参军:州郡属官。

【译文】

我还没换牙的时候,曾听亲友说:"张芬中丞在南康郡王韦皋的西川幕府中,有一位客人在宴席上用筹碗里的绿豆打苍蝇,十发十中,满座惊奇大笑。张芬说:'别浪费我的豆子。'于是挥手撵起苍蝇,顺手就拈住了飞行中的苍蝇的后脚,极少有失手的。又能在拳头上竖着碗,走十间房那么远碗也不会落下来。"《朝野佥载》记载:"伪周朝藤州录事参军袁思中,是袁平的儿子,能够在刀尖上竖起一根筷子,挥手撵起苍蝇,拈住它的后脚,百无一失。"

X4.30 士林间多呼殿榱桷护雀网为罘罳①,其浅误也如此。《礼记》曰:"疏屏,天子之庙饰②。"郑注云③:"屏谓之树,今罘罳也。刻之为云气、虫兽,如今之阙。"张揖《广雅》曰④:"复罳谓之屏。"刘熙《释名》曰⑤:"罘罳在门外。罘,复也。臣将入请事,此复重思。"《西汉》曰:"文帝七年⑥,未央宫东阙罘罳灾⑦。罘罳在外,诸侯之象。后果七国举兵⑧。"又:"王莽性好时日小数⑨,遣使坏渭陵、延陵园门罘罳⑩,曰:'使民无复思汉也。'"鱼豢《魏略》曰⑪:"黄初三年⑫,筑诸门阙外罘罳。"予自筮仕已来⑬,凡见搢绅数十人⑭,皆谬言枭镜、罘罳事。

【注释】

①榱桷(cuī jué):屋椽。护雀网:即檐角网,防止鸟雀等钻进屋檐处做巢。罘罳(fú sī):宋程大昌《演繁露》卷十一:"罘罳云者,刻镂物象,著之板上,取其疏通连缀之状,如罘罳然,故曰浮思也。以此刻镂施于庙屏,则其屏为疏屏;施诸宫禁之门,则为某门罘罳;

覆诸宫寝阙阁之上,则为某阙之罘罳,非其别有一物,元无附著,而独名罘罳也。至其不用合板镂刻,而结网代之,以蒙冒户牖,使虫雀不得穿入,则别名丝网。凡此数者,虽施置之地不同,而其罘罳之所以为罘罳,则未始或异也。"

②天子之庙饰:《礼记·明堂位》:"疏屏,天子之庙饰。"

③郑:即为郑玄(127—200)。东汉经学家,遍注群经。

④张揖:三国时曹魏人。著有《广雅》一书,后来避杨广之讳,更名《博雅》。

⑤刘熙:汉代人。撰《释名》八卷。

⑥文帝七年:汉文帝刘恒前元七年(前173)。

⑦未央宫:西汉都城长安宫殿名。汉高祖七年(前200)萧何主持营造。东汉至隋唐续有修葺,唐末毁。

⑧七国举兵:指汉景帝时七个诸侯国发动的叛乱。

⑨小数:小技。

⑩渭陵:汉元帝陵墓。延陵:汉成帝陵墓。

⑪鱼豢:三国时曹魏人。著有《魏略》一书。

⑫黄初:魏文帝曹丕年号(220—226)。

⑬筮仕:初出为官。

⑭搢(jìn)绅:古时官吏插笏于绅带之间,故用搢绅代指官宦。

【译文】

读书人之间大多称呼宫殿屋檐角的护雀网为罘罳,他们竟然知识浅谬到这种程度。《礼记》说:"疏屏,是天子宗庙的装饰。"郑玄注说:"屏称作树,就是今天所说的罘罳。在屏上雕刻出云气、虫兽等图案,就像今天的阙。"张揖《广雅》说:"复罳指的是屏。"刘熙《释名》说:"罘罳在宫门外。罘,就是反复。臣子准备进殿奏事,到此处就要再思考一下。"《汉书》说:"汉文帝七年,未央宫东阙罘罳发生灾害。罘罳在外面,是诸侯的象征。后来果然发生了七国之乱。"又记载:"王莽喜好时辰命数等雕虫小技,派遣使者去破坏了渭陵和延陵园门的罘罳,说:'别让老百姓思念汉朝。'"鱼豢《魏略》说:"黄初三年,修建各处门阙外的罘罳。"我自从做官以来,见了有好几十位士大夫,都把枭镜、罘罳的意思讲错了。

　　X4.31 世说蓐泥为窠①,声多稍小者,谓之汉燕。陶胜力注《本草》云:"紫胸轻小者是越燕。胸斑黑声大者是胡燕,其作巢喜长。越巢不入药用。"越于汉,亦小差耳。

【注释】

①蓐(rù):陈草复生。这里指草。

【译文】

世间说用草和泥做巢,喜欢鸣叫但声音较小的,称作汉燕。陶弘景注《神农本草》说:"紫胸、体小身轻的是越燕。胸前有黑斑、叫声大的是胡燕,胡燕做巢喜欢做成长形。越燕的巢不能入药。"越燕和汉燕,差别也很小。

　　X4.32 予数见还往说①,天后时②,有献三足乌③,左右或言:"一足伪耳。"天后笑曰:"但史册书之,安用察其真伪乎?"《唐书》云④:"天授元年⑤,有进三足乌,天后以为周室嘉瑞⑥。睿宗云⑦:'乌前足伪。'天后不悦。须臾,一足坠地。"

【注释】

①还往:有交往的人。

②天后:即为武则天(624—705)。见1.7条注①。

③三足乌:传说太阳里的神鸟。

④《唐书》:这里指唐代史官令狐德棻、吴兢、韦述、柳芳等陆续修撰

的《唐史》，修至唐肃宗一朝。五代后晋时刘昫等编《旧唐书》
（《新唐书》编成以前，称作《唐书》）大量采用了其中的材料。

⑤天授：武则天年号（690—692）。

⑥周：武周。武则天临朝及称帝时期（684—704）。

⑦睿宗：即为唐睿宗李旦（662—716）。

【译文】

我多次听朋友说起，天后时，有人献三足乌，左右侍臣有人提醒说：
"一只脚是假的。"天后笑道："只管让史官记载下来，哪用去辨别真假
呢？"《唐史》记载："天授元年，有人进献三足乌，天后认为这是武周皇室
的祥瑞。睿宗说：'三足乌的前脚是假的。'天后不高兴。片刻，一只乌
足掉在了地上。"

X4.33《世说》："挽歌起于田横①，为横死，从者不敢大
哭，为歌以寄哀也。"挚虞《新礼议》②："挽歌出于汉武帝役人
劳苦歌，声哀切，遂以送终，非古制也③。"工部郎中严厚本
云④："挽歌其来久矣。据《左氏传》⑤：'公会吴子伐齐⑥，将
战，公孙夏命其徒歌《虞殡》⑦，示必死也。'"

予近读《庄子》曰："绋讴所生，必于斥苦。"司马彪注
云⑧："绋读曰拂，引柩索。讴，挽歌。斥，疏缓。苦，急促。
言引绋讴者为人用力也。"

【注释】

①挽歌：送葬时，执绋挽丧车而行的人所唱的哀悼死者的歌。田
横：战国时齐田氏的后代，秦末时田氏自立为齐王，田横为相国；
韩信破齐，田横率五百人逃往海岛，刘邦称帝后派人招降，田横
羞为汉臣，自杀。南朝宋刘义庆《世说新语·任诞》："张骠酒后，

挽歌甚凄苦。桓车骑曰：‘卿非田横门人，何乃顿尔至致？’”

②挚虞（？—311）：字仲洽，京兆长安（今陕西西安）人。据《晋书》本传，“元康中，迁吴王友，时荀颛撰《新礼》，使虞讨论得失而后施行”，则《新礼议》为讨论《新礼》得失之书。

③“挽歌出于汉武帝役人劳苦歌”四句：《晋书·礼志中》：“《新礼》以为挽歌出于汉武帝役人之劳歌，声哀切，遂以为送终之礼。虽音曲摧怆，非经典所制，违礼设衔枚之义。”

④工部郎中：职官名。工部为六部之一，掌管营造工程事项，隋代始设，历代相沿，长官为工部尚书。

⑤《左氏传》：即《春秋左氏传》，简称《左传》。

⑥公：即为鲁哀公。吴子：即为吴王夫差。

⑦公孙夏命其徒歌《虞殡》：此事载于《左传·哀公十一年》。公孙夏，齐将。

⑧司马彪（？—306？）：河内温（今河南温县西南）人。晋泰始年间拜秘书丞，后迁散骑侍郎，注《庄子》。

【译文】

《世说新语》记载：“挽歌起源于田横，因为田横死后，随从不敢大声哭，就唱歌以寄托哀思。”挚虞《新礼议》记载：“挽歌起源于汉武帝时苦役者的劳苦歌，歌声悲哀而凄切，后来就用在送终时唱，这并非古制。”工部郎中严厚本说：“挽歌由来已久。据《左传》：‘哀公会同吴王伐齐，作战之前，齐将公孙夏命令他的军队唱《虞殡》，以表示必死的决心。’”

我最近读《庄子》，书里说：“绋讴所生，必于斥苦。”司马彪注解说：“绋读音为拂，是拉棺材的绳子。讴，挽歌。斥，舒缓。苦，急促的意思。这句话的意思是说：牵引绋索并唱歌，为的是用力缓急不齐，所以唱起来让大家一齐用力。”

X4.34 旧言藏钩起于钩弋①，盖依辛氏《三秦记》②，云汉武钩弋夫人手拳,时人效之,目为藏钩也。《列子》云:"瓦抠者巧,钩抠者惮,黄金抠者昏③。"殷敬顺敬训曰④:"'弻'与'抠'同。众人分曹⑤,手藏物,探取之。又令藏钩,剩一人,则来往于两朋,谓之饿鸱。"《风土记》曰⑥:"藏钩之戏,分二曹以校胜负。若人耦则敌对,若奇则使一人为游附,或属上曹,或属下曹,名为飞鸟。"又今为此戏,必于正月。据《风土记》,在腊祭后也⑦。庾阐《藏钩赋序》云⑧:"予以腊后,命中外以行钩为戏矣⑨。"

【注释】

①钩弋:即汉武帝钩弋夫人,汉昭帝母。

②辛氏:汉代人,所撰《三秦记》为我国早期的地方志。三秦:指关中地区,项羽入关,以其地分封秦之降将章邯、司马欣、董翳,合称为"三秦"。

③"瓦抠者巧"三句:按,这几句话又见于《庄子·达生》:"以瓦注者巧,以钩注者惮,以黄金注者殙。"郭庆潘《集释》:"注,射也。用瓦器贱物而戏赌射者,既心无矜惜,故巧而中也。以钩带赌者,以其物稍贵,恐不中埆,故心生怖惧而不著也。用黄金赌者,既是极贵之物,矜而惜之,故心智昏乱而不中也。"

④殷敬顺:唐人,尝为当涂县丞,著有《列子释文》。敬训:"敬"字疑为衍文。

⑤分曹:分队。

⑥《风土记》:西晋周处撰,是记述地方风俗的著作。

⑦腊祭:年终大祭,总祭百神。

⑧庾阐:字仲初,颍川鄢陵(今属河南)人。晋朝诗人,辞赋家。

⑨予以腊后,命中外以行钩为戏矣:《太平御览》卷七五四引盛翁子

《藏钩赋叙》："余以腊后，要命中外以行钩为戏，心悦其事，故赋
之。"按，此处称晋人盛彦（字翁子，《晋书》有传）所作，与段成式
的记述有出入。

【译文】

老话说藏钩的游戏起源于钩弋夫人，大约是依据辛氏所撰《三秦
记》的记载，里面说汉武帝钩弋夫人手握成拳头以猜物，当时人都效仿
她，认为这就是藏钩之戏。《列子》记载："用小瓦片玩藏钩的人一猜就
中，用带钩玩的人心有顾忌有时猜不中，用黄金玩的人心智昏乱往往猜
不中。"殷敬顺解释说："'弬'字同于'抠'字。游戏的人分成两队，一队
的人手里藏物，另一队去猜在哪只手并抠出来。如果玩藏钩分队时剩
下一人，就来往于两队之间，这个人被称作饿老鹰。"《风土记》记载："藏
钩的游戏，分成两队较量胜负。如果人数为偶数则正好，如果是奇数就
让一个人作为游戏的附加者，一次属于上队，一次属于下队，这个人就
称作飞鸟。"另外，如今玩这种游戏，必须是在正月。据《风土记》记载，
却又是在腊祭之后。庾阐《藏钩赋序》说："我因为朝廷在腊祭之后，命
中央到地方都玩行钩的游戏，就作了这篇赋。"

X4.35《世说》云："弹棋起自魏室①，妆奁戏也②。"《典
论》云③："予于他戏弄之事少所喜④，唯弹棋略尽其巧。京师
有马合乡侯、东方世安、张公子⑤，恨不与数子对。"起于魏室
明矣⑥。今弹棋用棋二十四，以色别贵贱，棋绝后一豆。《座
右方》云⑦："白黑各六棋，依六博棋形⑧，颇似枕状。又魏戏
法，先立一棋于局中，余者间⑨，白黑围绕之，十八筹成都⑩。"

【注释】

①弹棋：一种博戏。见2.34条注⑤。

②妆奁：女子梳妆所用的镜匣之类。

③《典论》：魏文帝曹丕著。原书已佚，今有辑本。其中《论文》一篇，是我国现存最早的文学评论。

④戏弄：游戏。

⑤马合乡侯：即为马朗，为东汉名将马援（前14—49）之孙。

⑥起：有的版本"起"字前有一"不"字。

⑦《座右方》：梁庾元威撰。

⑧六博：一种掷采行棋的游戏。共十二枚棋子，黑、白各六枚，两人相博，每人六棋，故名。

⑨间：或作"斗"。

⑩筹：筹码。都：博弈、游戏竞赛表示胜利的计量单位。

【译文】

《世说新语》记载："弹棋起源于曹魏皇室，是后宫玩的一种游戏。"曹丕《典论》说："我对其他游戏之类少有喜爱，只有弹棋还玩得不错。当年京城里有马合乡侯、东方世安、张公子等弹棋高手，遗憾生不同时，不能对局。"由此可知弹棋并不起源于魏室。如今弹棋用二十四枚棋子，以颜色分别贵贱，棋弹完后用一颗豆计筹。《座右方》记载："白、黑棋各六枚，依照六博棋形，棋形像枕头。另外曹魏时的游戏方法，先摆一枚棋子在棋盘里，双方用其余的棋子进行博弈，黑、白棋子围绕着，赢十八个筹码就算一都。"

X4.36《梁职仪》曰："八座尚书以紫纱裹手版①，垂白丝于首如笔。"《通志》曰②："令、录、仆射、尚书手版③，以紫皮裹之，名曰笏。梁中世已来，唯八座尚书执笏者，白笔缀头，以紫囊之。其余公卿，但执手版。"今人相传云，陈希烈不便税笏骑马④，以帛囊令左右执之，李右座见云："便为将来故事⑤。"甚失之矣。

【注释】

①八座尚书：东汉时，以六曹尚书并令、仆二人并称八座。隋唐则以六部尚书、左右仆射及令为八座。

②《通志》：南宋郑樵撰。段成式不可能见此书。疑"通"为"隋"之误。《隋书·礼仪志》的相关记载与下文略同。

③令：尚书令。录：录尚书。均为职官名。

④陈希烈（？—758）：宋州（今河南商丘）人。安史之乱起，任伪相，收复两京后，定罪当斩，赐死于家。税：《事物纪原》卷三引作"揎"。

⑤故事：成例。

【译文】

《梁职仪》记载："八座尚书用紫纱包裹手版，并在端首垂挂白丝，就像毛笔一样。"《隋书·礼仪志》记载："尚书令、录尚书、仆射、尚书的手版，用紫皮包裹起来，名为笏。梁朝中期以来，只有八座尚书执笏，白毛点缀端首，用紫纱囊盛着。其余的公卿，只持手版。"当今人们互相传说，陈希烈不便插着笏骑马，就装在帛囊里命随从拿着，李右座看见了，说："这会成为以后的成例。"这种说法也太不靠谱了。

X4.37 今人谓丑为貌寝，误矣。《魏志》曰①："刘表以王粲貌侵②，体通侻③，不甚重之。"一云："貌寝，体通侻，甚重之。"注云："侵，貌不足也。"

【注释】

①《魏志》：即《三国志·魏书》。

②刘表(142—208):字景升,东汉山阳高平(今山东邹县)人。汉献
　帝初平元年(190)任荆州刺史,据有今湘鄂大部地区,是当时实
　力较强的割据势力。王粲(177—217):字仲宣,山阳高平人。
　"建安七子"之一。

③通侻:即通脱,不拘小节。侻,通"脱"。

【译文】

当今人们把长得丑称为貌寝,错了。《魏志》记载:"刘表因为王粲
貌侵,言行不拘小节,就不怎么看重他。"一种版本说:"貌寝,言行不拘
小节,就很看重他。"注解说:"侵,是相貌平常的意思。"

　X4.38 予太和末,因弟生日观杂戏。有市人小说①,呼
"扁鹊"作"褊鹊",字上声。予令座客任道昇正之,市人言:
"二十年前,尝于上都斋会设此②,有一秀才甚赏呼'扁'字与
'褊'同声,云世人皆误。"予意其饰非③,大笑之。近读甄立
言《本草音义》引曹宪云④:"扁,布典反⑤。今步典,非也。"
案⑥,扁鹊姓秦,字越人,扁县郡属渤海。

【注释】

①小说:一种属杂戏范畴的说唱艺术。

②斋会:寺院举行的设斋供僧的节日集会。

③饰:掩饰。

④甄立言:许州扶沟(今属河南)人。贞观年间,与孙思邈共校《图
　经本草》,著有《本草音义》七卷。曹宪:扬州江都(今江苏扬州)
　人。仕隋,入唐后以年老不赴征召,就家拜朝散大夫,一百零五
　岁而卒。

⑤反:反切。

⑥案：通"按"，在正文之外所加的说明或论断。

【译文】

大和末年，我因弟弟过生日，观看杂戏。有市井艺人在说唱故事时，称"扁鹊"为"褊鹊"，读音为上声。我让座客任道昇纠正他，艺人说："二十年前，我曾在西京长安的斋会上表演这个节目，有位秀才特别赞赏我把'扁'字读成'褊'，说世人都读错了。"我想他是在掩饰自己的错误，于是大发一笑。近来读甄立言《本草音义》引曹宪的话说："扁，读音为布典反。如今作步典反，是错误的。"按，扁鹊姓秦，字越人，他是渤海郡属县的人。

X4.39 今六博，齿采妓乘①，"乘"字去声呼，无齿曰乘。据《博塞经》云②："无齿为绳，三齿为杂绳。"今樗蒲塞行十一字③。据《晋书》④："刘毅与宋祖、诸葛长民等⑤，东府聚戏⑥，并合大掷，判应至数百万⑦，余人并黑犊已还⑧，毅后掷得雉⑨。"

【注释】

①齿采妓乘：博戏术语。具体不详。

②《博塞经》：《旧唐书·经籍志下》："《博塞经》一卷，鲍宏撰。"

③樗（chū）蒲：即双陆，黑、白各六，用棋十二枚。塞行十一字：不详何义。

④《晋书》："二十四史"之一。唐房玄龄、褚遂良等撰。

⑤刘毅（？—412）：字希乐，彭城沛（今属江苏）人。桓玄篡晋，与刘裕起兵讨之。后为豫州刺史、江州都督、荆州刺史等，擅其威强，与刘裕对抗，兵败自杀。宋祖：即为刘裕（363—422），彭城人。仕晋为相国，后来代晋称帝，国号宋。崩，庙号高祖，故称宋祖。

诸葛长民(? —413)：琅琊阳都(今山东沂南南)人。历官青州刺史、晋陵太守等，刘裕讨刘毅时，监太尉留府事，后欲为乱，被杀。

⑥东府聚戏：《晋书·刘毅传》："后于东府聚摴蒲大掷，一判应至数百万，余人并黑犊以还，唯刘裕及毅在后。毅次掷得雉，大喜，褰衣绕床叫，谓同坐曰：'非不能卢，不事此耳。'裕恶之，因捘五木久之，曰：'老兄试为卿答。'既而四子俱黑，其一子转跃未定，裕厉声喝之，即成卢焉。毅意殊不快，然素黑，其面如铁色焉，而乃和言曰：'亦知公不能以此见借。'"东府，唐李吉甫《元和郡县图志》卷二五"润州上元县"："东府城，在县东七里。其地西则简文帝为会稽王时邸第，东则丞相会稽王道子府。谢安薨，道子代领扬州，仍前府舍，故称为东府，而谓扬州廨为西州。"

⑦判：输赢。

⑧黑犊：博戏术语。唐李肇《唐国史补》卷下："洛阳令崔师本，又好为古之摴蒲。其法：三分其子三百六十，限以二关，人执六马，其骰五枚，分上为黑，下为白。黑者刻二为犊，白者刻二为雉。掷之全黑者为卢，其采十六；二雉三黑为雉，其采十四；二犊三白为犊，其采十；全白为白，其采八：四者贵采也。开为十二，塞为十一，塔为五，秃为四，撅为三，枭为二：六者杂采也。贵采得连掷，得打马，得过关，余采则否。新加进九退六两采。"

⑨雉：博戏术语。据上注引文，五子纯黑为卢，雉则次于卢。

【译文】

如今的六博之戏，齿采妓乘，"乘"字读作去声，无齿称作乘。据《博塞经》记载："无齿为绳，三齿为杂绳。"如今樗蒲塞行十一字。据《晋书》记载："刘毅和宋祖、诸葛长民等人在东府聚会，凑在一起大赌，输赢应到了几百万钱，其他人都掷得黑犊，刘毅后掷得雉。"

X4.40 今阁门有宫人垂帛引百寮①，或云自则天，或言

因后魏②。据《开元礼疏》曰③:"晋康献褚后临朝④,不坐,则宫人传百寮拜。有虏中使者见之⑤,归国遂行此礼。时礼乐尽在江南,北方举动法之。周、隋相沿⑥,国家承之不改。"

【注释】

①阁门:便殿紫宸之门。唐代朝制,朔望不御前殿而御紫宸殿,谓之入阁。宫人垂帛引百寮:《旧唐书·哀帝纪》:"(天祐二年十二月辛丑)又敕:'宫嫔女职,本备内任,近年已来,稍失仪制。宫人出内宣命,寀御参随视朝,乃失旧规,须为永制。今后每遇延英坐朝日,只令小黄门祗候引从,宫人不得擅出内门,庶循典仪,免至纷杂。'"

②后魏:南北朝时期的魏朝(北魏)。为与三国时期曹魏相区别,故称。

③《开元礼疏》:即《大唐开元礼》,萧嵩等奉敕撰,其书一百五十卷,分吉礼、宾礼、军礼、嘉礼、凶礼等。

④晋康献褚后:名蒜子(324—384),河南阳翟(今河南禹州)人。康王即位,立为皇后。穆帝立,尊为皇太后,临朝摄政。

⑤虏:代指北方政权。

⑥周:北周(557—581)。

【译文】

如今殿阁门前有宫人垂帘引导百官,有人说这种做法起自武则天,也有人说源于后魏。据《开元礼疏》记载:"东晋康献褚后临朝,不坐,由宫人传呼百官叩拜。有北方使者见了,回国后也逐渐推行这种礼仪。当时礼乐全在江南,北方一举一动都在效法。北周和隋朝沿袭下来,国朝也沿用不改。"

X4.41 侍中①，西汉秩甚卑，若今千牛官②。举中者皆禁中③。言中严④，谓天子已被冕服⑤，不敢斥，故言中也⑥。今侍中品秩与汉殊，犹奏"中严"、"外办"⑦，非也。

【注释】

①侍中：职官名。秦朝始置，为丞相属官，两汉沿用，品秩不高。唐代侍中则为门下省长官。

②千牛官：禁卫官名。执掌御刀，又称"千牛备身"、"千牛卫"、"千牛仗"。千牛，刀名。《庄子·养生主》记载庖丁解牛数千头而刀刃若新发于硎，后世因称锋利的刀为"千牛刀"。

③禁中：皇帝宫中称为禁中，言门户有禁，非侍卫及通籍之臣不得入内。

④中严：禁中戒备。

⑤冕服：君王的礼服，举行吉礼时都用冕服。

⑥中：疑下脱一"严"字。

⑦外办：警卫宫禁。亦指警卫宫禁的官员。《新唐书·肃宗纪》："（开元）二十五年，皇太子瑛废死，明年，立为皇太子。有司行册礼，其仪有中严、外办，其服绛纱。太子曰：'此天子礼也。'乃下公卿议。太师萧嵩、左丞相裴耀卿请改外办为外备，绛纱衣为朱明服，乃从之。"

【译文】

侍中一职，西汉时品级很低，类似今天的千牛官。凡是提到中字，都指皇宫之内。所谓中严，是说天子已经穿好冕服，臣下不敢离开，故称中严。今天的侍中和汉代相比品级相差悬殊，却仍奏称"中严"、"外办"，这就错了。

X4.42《礼》:"婚礼必用昏,以其阳往而阴来也。"①今行礼于晓祭②,质明行事③。今俗祭先又用昏,谬之大者矣。夫宫中祭邪魅及葬窫则用昏④。又今士大夫家昏礼,露施帐,谓之入帐,新妇乘鞍⑤,悉北朝余风也。《聘北道记》云:"北方婚礼,必用青布幔为屋,谓之青庐。于此交拜,迎新妇。夫家百余人挟车俱呼曰:'新妇子,催出来!'其声不绝,登车乃止。今之催妆是也。以竹杖打婿为戏,乃有大委顿者。"江德藻记此为异,明南朝无此礼也。至于奠雁曰鹅⑥,税缨曰合髻⑦,见烛举乐,铺母㿋童⑧,其礼太紊,杂采诸野。

【注释】

①"《礼》"三句:《仪礼·士昏礼》郑玄注:"士娶妻之礼,以昏为期,因而名焉,必以昏者,阳往而阴来。日入三商为昏,昏礼于五礼属嘉礼。"按,本条中《聘北道记》内容已见于本书1.28条。

②祭:疑为"际"字之误。

③质明:天大亮。

④窫(yǔ):即窫窳。恶兽名。

⑤新妇乘鞍:唐苏鹗《苏氏演义》卷上:"婚姻之礼,坐女于马鞍之侧,或谓此北人尚乘马鞍之义。夫鞍者,安也,欲其安稳同载者也。"

⑥奠雁:古代婚礼,新郎至新娘家迎新,进雁为礼,称为"奠雁"。《仪礼·士昏礼》:"下达,纳采,用雁。"郑玄注:"用雁为贽者,取其顺阴阳往来。"

⑦合髻:唐宋后的一种婚俗,即新婚夫妇在饮交杯酒前各剪下一绺头发,绾在一起表示结发同心。

⑧铺母:古代婚礼,请多福多寿子孙满堂的夫妇铺设新房以图吉

利，称"铺公铺母"。卺（jǐn）童：新婚合卺，递酒的童子即卺童。卺，把瓠分成两个瓢，叫卺，新婚夫妇各拿一瓢，共饮交杯酒。

【译文】

《仪礼》："婚礼必须在黄昏时分举行，取其阳去而阴来的意思。"如今结婚拂晓时分行礼，天大亮后办事。现在民间风俗祭祀祖先又在黄昏，真是荒谬之极。皇宫中祭邪魅或是埋葬窆痤才在黄昏时分。另外，如今士大夫家婚礼，屋外搭帐称作入帐，新娘子乘坐马鞍，这都是北朝遗留的风俗。《聘北道记》记载："北方婚礼，必用青布幔搭穹庐，称作青庐。新郎迎娶新娘在此交拜。夫家一百多人围着婚车齐声大喊：'新娘子，快出来！'喊声持续不断，直到新娘子登车才罢。这就是现在的催妆。又用竹杖敲打新女婿闹着玩，以至有的新郎官被弄得疲惫不堪。"江德藻在书里记下这种奇特的风俗，这表明南朝婚礼没有这种礼仪。至于奠雁叫作鹅，税缨称作合髻，点烛奏乐，还有铺母、卺童等等，这些礼仪很繁琐，夹杂了很多乡野民俗。

X4.43　今之士大夫丧妻，往往杖竹甚长[1]，谓之过头杖。据《礼》[2]，父在，适子妻丧不杖[3]，众子则杖。据《礼》，彼以父服我，我以母服报之，杖同削杖也[4]。

【注释】

①杖竹：守丧的丧杖，即苴杖，以竹制成，用于斩衰服（子为父，父为长子，妻为夫，臣为君），服期三年。

②《礼》：下文所据为《仪礼·丧服》郑玄注。

③适：同"嫡"。

④削杖：即桐杖，用于齐衰服（父在为母、夫为妻等）。

【译文】

如今士大夫丧妻，往往拄着长长的竹杖，称作过头杖。据《仪礼》，父亲如果健在,嫡长子遇妻丧不用杖,其他儿子服妻丧则用杖。据《仪礼》,妻服夫丧用父礼,我则用母服回报她,所用杖为削杖。

续集卷五

寺塔记上

【题解】

寺塔记共上、下两篇,记载长安诸寺佛像、佛塔、佛经、壁画、供养物,以及游览寺庙的见闻和寺中与友人联句对语等。据 X5.1 条《寺塔记序》,此为武宗会昌三年(843)与友人张希复、郑符游京城寺院,于《两京新记》及《游目记》二书所不载者,则别为记录。李剑国《唐五代志怪传奇叙录》云:"成式好佛,痛会昌之难,寺庙尽毁,于劫后述京都寺塔,正寓兴废之慨,亦《洛阳伽蓝记》之意也。而长安梵宇之况赖此二卷以存,实亦功德之事。"此两卷《寺塔记》,实为研究唐代佛教和佛寺、唐都长安的重要史料,宋代宋敏求撰《长安志》,清代徐松撰《唐两京城坊考》,均有赖于此。

本篇共五十六条。于塔院像设、灵踪古迹、名木奇卉之外,另集中记载了两类:一是寺中吟诗联句、对语征事之类,共有近二十条,多被宋代计有功《唐诗纪事》和清代《全唐诗》所收录。二是唐代著名画家吴道玄等人及其创作的佛寺壁画,计有十四条,是研究唐代绘画史的珍贵史料。

X5.1 武宗癸亥三年夏①,予与张君希复善继同官秘丘②,郑君符梦复连职仙署③。会暇日,游大兴善寺④,因问

《两京新记》及《游目记》⑤，多所遗略。乃约一旬寻两街寺，以街东兴善为首，二《记》所不具，则别录之。游及慈恩⑥，初知官将并寺⑦，僧众草草，乃泛问一二上人及记塔下画迹⑧，游於此，遂绝。后三年，予职于京洛及刺安成⑨，至大中七年归京⑩，在外六甲子⑪，所留书籍，揃坏居半⑫。于故简中，睹与二亡友游寺，沥血泪交，当时造适乐事，邈不可追。复方刊整，才足续穿蠹⑬，然十亡五六矣。次成两卷，传诸释子⑭。东牟人段成式柯古⑮。

【注释】

①武宗癸亥三年：唐武宗会昌三年(843)。

②秘丘：秘书省。

③郑君符梦复：即为郑符，字梦复。仙署：指集贤殿书院，因集贤殿书院初名丽正修书院，开元十三年(725)更名集仙殿，后又改为集贤殿书院。

④大兴善寺：唐代长安寺院，在城内靖善坊。

⑤《两京新记》：唐代韦述撰。两京，指西京长安和东都洛阳。该书久已散佚，今有辑本。《游目记》：不详。

⑥慈恩：慈恩寺，唐代长安名寺。见 11.40 条注①。

⑦并寺：指会昌毁佛之事。见 X3.2 条注④。

⑧上人：上德之人，对僧人的尊称。

⑨刺安成：大中元年(847)，段成式出任吉州刺史。刺，出任刺史。安成，这里指吉州(治所在今江西吉安)。

⑩大中：唐宣宗李忱年号(847—860)。

⑪甲子：代指年岁。

⑫揃(jiǎn)坏：损坏。

⑬穿蠹：指蠹蚀之简册。

⑭释子：僧众。

⑮东牟：今山东牟平。

【译文】

武宗会昌三年夏天，我和张希复，字善继，同在集贤院供职，郑符，字梦复，也在此连任。适逢暇日，同游大兴善寺，细阅《两京新记》和《游目记》，发现其中多有遗漏。于是相约花十天的时间考察两街的寺院，从街东的大兴善寺开始，凡是上述两《记》没有记载的，都另外加以记录。游至慈恩寺，才知道朝廷即将合并寺院，僧众人心惶惶，就只简单地询问了一两位僧人，并记录佛塔下的画迹，至此计划就中断了。三年后，我供职于两京，又出为吉州刺史，到大中七年返回长安，在外前后六年，留在城里的书籍，损坏了一半。在旧稿里读到往日偕两位亡友游寺的经历，忍不住血泪抛洒，当时造访寺院的快乐情形，遥遥难追。经过重新加工整理，损坏的旧稿总算编好了，但是内容却缺失了十之五六。编成两卷，传给寺里各位僧众。东牟人段成式，字柯古。

X5.2 靖善坊大兴善寺①，寺取"大兴"两字、坊名取一字为名。《新记》云②："优填像③，总章初为火所烧④。"据"梁时西域优填在荆州"，言"隋自台城移来此寺"⑤，非也。今又有旃檀像，开目⑥，其工颇拙，犹差谬矣。

【注释】

①靖善坊：唐代长安城坊。

②《新记》：即《两京新记》。

③优填：梵语音译，亦作"邬陀衍那"，意译为出爱、出光。是憍赏弥国国王，与释迦牟尼佛同时，为古印度名王之一。

④总章:唐高宗李治年号(668—670)。

⑤台城:南朝梁宫城,在今江苏南京。

⑥开目:开眼,即开光。佛家于佛像落成后,择日致礼而供奉。

【译文】

靖善坊大兴善寺,寺名取"大兴"两字、坊名取"善"字。《两京新记》记载:"优填像,总章初年被火烧掉了。"据其所说"梁朝时西域优填像在荆州",又说"隋朝时从台城移来此寺",并非如此。现在又有座旃檀木雕的佛像,开光时看过,雕工实在拙劣,差得太远了。

X5.3 不空三藏塔前多老松①。岁旱,则官伐其枝为龙骨以祈雨。盖三藏役龙②,意其树必有灵也。

【注释】

①不空(705—774):唐代高僧,密宗祖师之一,与善无畏、金刚智并称"开元三大士"。本北天竺婆罗门族,幼年随叔父来到中华,在洛阳出家。开元年间游历师子国(今斯里兰卡)并五天竺,天宝五载(746)返回长安,携回梵本经一百部共计一千二百卷,后住武威开元寺、长安大兴善寺。大历九年(774)圆寂。塔:舍利塔。

②三藏役龙:指不空役龙祈雨事。已见于3.59条。

【译文】

不空三藏舍利塔前多有老松。天旱时,官府就砍下塔前松枝当作龙骨祈雨。不空既能役龙停止暴雨,人们猜想他塔前的树也必有灵验。

X5.4 行香院堂后壁上①,元和中,画人梁洽画双松,稍脱俗格。

【注释】

①行香：烧香。

【译文】

行香院大堂后壁上，元和年间，画师梁洽画了一幅双松图，稍脱凡俗。

X5.5　曼殊堂工塑极精妙①。外壁有泥金帧②，不空自西域赍来者。

【注释】

①曼殊：即文殊师利菩萨，在诸大菩萨中智慧辩才第一。其典型法像是顶结五髻，手持宝剑，坐莲花宝座，骑狮子。汉化佛教以五台山为其道场。

②泥金帧：泥金画。泥金，金屑，金末，用于书画及涂饰笺纸等。帧，这里代指画。

【译文】

曼殊堂的塑像做工极为精妙。堂外墙壁上有一幅泥金画，是不空和尚从西域带来的。

X5.6　发塔内①，有隋朝舍利②，塔下有记云："爰在宫中，兴居之所。舍利感应，前后非一。时仁寿元年十二月八日③。"

【注释】

①发塔：供养释迦牟尼头发之塔。《法苑珠林》卷一〇："佛告阿难：汝往父王官所，取我发来付帝释。佛告帝释，汝将我发欲造几

塔？帝释白佛言,我随如来发,一螺发造一塔。……如来以神力
故,如一食顷发塔皆成,大数有二十六万。佛告天帝:汝留三百
塔于天上守护,自余诸塔,我涅槃后,发塔八万四千付文殊师利,
于阎浮提如上诸国我法行处,流通利益。"

②舍利:释迦牟尼佛遗体火化之后结成的珠状颗粒,后来也指高僧
焚化后的骨烬。

③仁寿:隋文帝杨坚年号(601—604)。

【译文】

发塔里供奉有隋朝的舍利,塔下有文字记载说:"在于宫中,起居之
地。舍利的感应,前后不止一次。时属仁寿元年十二月八日。"

　　X5.7 旃檀像堂中有《时非时经》①,界朱写之②,盛以漆
龛③,僧云隋朝旧物。

【注释】

①《时非时经》:佛经名。简称《时经》。此经把一年分成冬、春、夏
三季,每季分成八个十五日,并准确确定每一日正午的时刻,以
便严格执行过午不食的戒律。

②界朱:用红笔画成行格。

③龛:供奉佛像、神位等的小阁子。

【译文】

旃檀佛像堂里有部《时非时经》,用红笔界行然后书写,盛在一个漆
龛里,和尚说是隋朝时的古物。

　　X5.8 寺后先有曲池,不空临终时忽然涸竭。至惟宽禅
师止住①,因潦通泉,白莲藻自生。今复成陆矣。

【注释】

①惟宽禅师(754—817)：俗姓祝，衢州信安(今浙江衢州南)人。年十三出家。元和四年(809)奉召入京，先后住安国寺、大兴善寺。

【译文】

大兴善寺后面，先前有个曲池，不空和尚临终时忽然枯竭。到惟宽禅师驻锡本寺，因下大雨泉眼疏通，池里自然长出白莲和水藻。如今又全部干涸成陆了。

　　X5.9 东廊之南素和尚院，庭有青桐四株，素之手植。元和中，卿相多游此院。桐至夏有汗，污人衣如辌脂①，不可浣。昭国东门郑相尝与丞郎数人避暑②，恶其汗，谓素曰："弟子为和尚伐此树，各植一松也。"及暮，素戏祝树曰："我种汝二十余年，汝以汗为人所恶，来岁若复有汗，我必薪之。"自是无汗。宝历末③，予见说已十五余年无汗矣。素公不出院，转《法华经》三万七千部④。夜尝有貉子听经⑤，斋时鸟鹊就掌取食。长庆初⑥，庭前牡丹一朵合欢⑦，有僧玄幽题此院诗，警句曰："三万莲经三十春，半生不踏院门尘。"今有梵僧悆陈如难陀⑧，以粉画坛，性猧急⑨，我慢⑩，未甚通中华经⑪

【注释】

①辌(guǒ)脂：车轴润滑油。辌，车上盛润滑油的器具。

②昭国：昭国坊。唐代长安城坊。郑相：即为郑絪(752—829)，字文明，郑州荥阳(今属河南)人。唐宪宗即位，拜中书侍郎、同中书门下平章事。丞郎：尚书省左右丞和六部侍郎的总称。

③宝历：唐敬宗李湛年号(825—826)。

④转：转经，诵经。《法华经》：即《妙法莲华经》。见 X1.2 注②。下面的"三万莲经"中的莲经，也指此经而言。

⑤貉子：一种外形像狐的哺乳动物。

⑥长庆：唐穆宗李恒年号(821—824)。

⑦合欢：并蒂。按，19.19 条亦云"元和末"素和尚院牡丹合欢事；元和之后即是长庆。

⑧㤭陈如难陀：不详。按，㤭陈如为释迦牟尼的大弟子。

⑨狷(juàn)急：急躁。

⑩我慢：佛教术语。自高自大，侮慢他人。

⑪中华经：中华本土佛教著作。按，中国本土佛教典籍中，唯一被正式命名为"经"的，只有《六祖大师法宝坛经》(简称《坛经》)。

【译文】

东廊的南边素和尚院，中庭有四株青桐，是素和尚亲手种植的。元和年间，公卿将相经常在此院闲游。青桐树到了夏季就渗出油液像出汗，弄脏衣服后就像车的润滑油一样无法清洗。昭国坊东门郑相国曾和几位丞郎在此避暑，厌恶桐树出汗，对素和尚说："弟子替和尚砍掉这些树，在原处各另植一棵松树。"到傍晚，素和尚对着树祝祷说："我栽下你们已经二十多年了，你们因为出汗被别人厌恶，明年如果再出汗，我一定把你们砍掉当柴烧。"从此四株青桐不再出汗。宝历末年，我听说已有十五年的时间没有出汗了。素和尚不出庭院，诵念《法华经》三万七千遍。夜晚曾有貉子前来听经，斋饭时鸟鹊到他手掌上啄食。长庆初年，庭院前面一株牡丹开出并蒂花，有个玄幽和尚为此院题诗，诗中有警句说："三万莲经三十春，半生不踏院门尘。"现在有位梵僧㤭陈如难陀，用颜料在坛上作画，他性情急躁，自高自大，侮慢他人，不怎么熟悉中华本土佛教典籍。

X5.10 左顾蛤像^①　　旧传云，隋帝嗜蛤，所食必兼蛤味，数逾数千万矣。忽有一蛤，椎击如旧，帝异之，寘诸几上^②，一夜有光。及明，肉自脱，中有一佛、二菩萨像。帝悲悔，誓不食蛤。非陈宣帝^③。

【注释】

①顾：看。蛤（gé）像：指蛤中佛像。

②寘（zhì）：放置。

③陈宣帝：即为陈顼（528—582），陈文帝之弟。光大二年（568）废除废帝自立，改元太建，卒谥孝宣帝。

【译文】

左顾蛤像　　旧时传说，隋朝皇帝特别喜欢吃蛤，御膳必须有蛤，已经食用了成千上万个。一次，有一只蛤用锤子敲外壳不碎，皇帝觉得很奇怪，就放在几案上，整个晚上都发光。到天亮时，蛤肉自然脱落，壳里有一尊佛像、两尊菩萨像。皇帝悲悯追悔，发誓再不吃蛤。这不是陈宣帝的事。

X5.11 于阗玉像^①，高一尺七寸，阔寸余，一佛，四菩萨，一飞仙，一段玉成。截肪无玷^②，腻彩若滴。

【注释】

①于阗：西域古国名。国都在今新疆和田附近；唐王朝疆域极盛时，此地属安西都护府。

②截肪：形容美玉洁白。截，割。肪，猪的油脂。

【译文】

于阗玉像，高一尺七寸，宽一寸多，有一尊佛，四尊菩萨，一尊飞仙，用一段玉雕成。洁白无瑕，温润欲滴。

X5.12 天王阁^①，长庆中造，本在春明门内^②，与南内连墙^③，其形大，为天下之最。太和二年，敕移就此寺。拆时，腹中得布五百端，漆数十筒。今部落鬼神形像隳坏^④，唯天王不损。

【注释】

①天王：佛教里的四大天王。

②春明门：唐代长安城东面三门，中间的叫春明门。

③南内：即唐时兴庆宫。原为玄宗为藩王时旧宅，后置宫。故址在今西安城内兴庆宫公园。内，宫。

④隳（huī）坏：毁坏。

【译文】

天王阁，长庆年间建造，本来在春明门内，和南内连墙，其形制之大，天下第一。大和二年，奉旨移到本寺。拆卸时，在天王像的肚腹中发现了五百匹布，几十筒漆。如今一起雕塑的其他鬼神之像都已毁坏，只有天王像没有损坏。

X5.13 辞　二十字连句^①：乘晴入精舍^②，语默想东林^③。尽是忘机侣^④，谁惊息影禽^⑤。善继^⑥　有松堪系马，遇钵更投针^⑦。记得汤师句^⑧，高禅助朗吟^⑨。柯古^⑩　一雨微尘尽，支郎许数过^⑪。方同嗅薝葡，不用算多罗^⑫。梦复^⑬

【注释】

①连句：即联句。作诗时，人各一句或是几句，合而成篇，叫联句。

按,本卷和下卷的联句、事征之类,译文一律从略。下面不再一一说明。

②精舍:本为书斋,后来指佛道修行之所,遂为寺院之代称。

③东林:庐山东林寺。晋僧慧远曾于此结白莲社。

④忘机:不存机心,心境淡泊,与世无争。

⑤息影:栖息。

⑥善继:即为张希复。

⑦遇钵更投针:钵水投针,佛教典故。钵,僧徒的食器,梵语"钵多罗"的省称。据唐释玄奘《大唐西域记》卷一〇记载,提婆菩萨自执师子国来求龙猛(又作龙树)论难,龙猛素知其名,于是满钵盛水,命弟子端出示之,提婆菩萨见水,默无一语,但投针于水。弟子不解,持钵还见龙猛,龙猛赞叹说:"这人真是智慧。盛满了水给他看,比喻我才智周全,他却投针沉水,显示穷尽了我学问的最深处。"提婆拜龙猛为师,得受真传。

⑧汤师:即为南朝宋诗僧惠休,俗姓汤,故称汤师,后来用以比喻诗僧。在本条中,则指中唐诗僧灵澈。唐白居易《读僧灵澈诗》:"东林寺里西廊下,石片镌题数首诗。言句怪来还校别,看名知是老汤师。"东林寺西廊下有灵澈题诗,前面又说"语默想东林",可知是指诗僧灵澈,正好其俗姓也是汤。

⑨高禅:高僧。朗吟:高声吟咏。

⑩柯古:即为段成式。

⑪支郎:因魏晋时多有高僧以"支"为名,如支谦、支遁等,故后世以支郎作为和尚的雅称。数过:经常过从。

⑫多罗:即贝多罗,梵语音译。也称"毕钵罗树"、"菩提树"、"道树"等,叶可裁为梵夹,用以写经。

⑬梦复:即为郑符。

X5.14 蛤像连二十字绝句：虽因雀变化①，不逐月亏盈②。纵有天中匠，神工讵可成③。柯古　相好全如梵④，端倪祇为隋⑤。宁同蚌顽恶，但与鹬相持⑥。善继

【注释】

①因雀变化：《国语·晋语九》："赵简子叹曰：'雀入于海为蛤，雉入于淮为蜃。鼋鼍鱼鳖，莫不能化，唯人不能，哀夫！'"

②不逐月亏盈：相传月中有蟾蜍（亦称作蛤）。"不逐"的意思是，雀入于海变化而成的蛤（gé），并非月中的蛤（há）。亏，缺损。盈，圆满。指月相的变化。

③纵有天中匠，神工讵可成：极赞蛤像之美，天匠神工亦不能致。讵，岂。

④相好：佛书称释迦牟尼有三十二种相，八十二种好，故以"相好"为佛身塑像的代称。梵：佛。

⑤端倪：来由。祇：同"衹"，只。隋：此指隋帝食蛤事。见X5.10条。

⑥宁（nìng）同蚌（bàng）顽恶，但与鹬（yù）相持：这两句用鹬蚌相争的典故，以切"蛤"字。宁，岂。蚌，一种带壳的软体动物，蛤之小者。鹬，一种鸟，常在水际捕食鱼、贝之类。相持，双方对立互不相让。《战国策·燕策》："蚌方出曝，而鹬啄其肉，蚌合而拑其喙。鹬曰：'今日不雨，明日不雨，即有死蚌。'蚌亦谓鹬曰：'今日不出，明日不出，即有死鹬。'两者不肯相舍，渔者得而并禽之。"

X5.15 圣柱连句（上有铁索迹）①：天心助兴善②，圣迹此开阳③。柯古　载恐雷轮重④，纫疑电索长⑤。善继　上冲扶蝘蜓⑥，不动束银铛⑦。柯古　饥鸟未曾啄，乖龙宁敢藏⑧。善继

【注释】

①圣柱:北魏郦道元《水经注》卷十六:"《汉官》曰:开阳门始成,未有名宿,昔有一柱来,在楼上。瑯琊开阳县上言:县南城门,一柱飞去。光武皇帝使来,识视良是,遂坚缚之,因刻记年、月、日以名焉。"

②兴善:大兴善寺。

③开阳:东汉时洛阳城门名。见注①引文。

④雷轮:代指雷车。

⑤縆(gēng)疑电索长:即注①引文中的"坚缚"之意。縆,大绳,即诗题原注的"铁索"。电索,和雷轮相对,指闪电。

⑥扶:攀缘,接近。蝃蝀(dì dōng):彩虹。

⑦银铛:大锁。这里指以铁环钮相贯连为铁索。

⑧乖龙:孽龙。宁敢:岂敢。唐白居易《偶然二首》:"乖龙藏在牛领中,雷击龙来牛柱死。"五代孙光宪《北梦琐言》:"世言乖龙苦于行雨,而多窜匿,为雷神捕之,或在古木及楹柱之内。若旷野之间,无处逃匿,即入牛角或牧童之身,往往为此物所累而震死也。"

X5.16 语(各征象事须切①,不得引俗书②):一宝之数③,无钩不可④。 鼎上人　唯猊可伏⑤,非驼所堪⑥。 柯古坑中无底⑦,迹中为胜⑧。 文上人　与马同渡⑨,负猴而行⑩。 善继　色青力劣⑪,名香几重⑫。 梦复　尾既出牖⑬,身可取兴⑭。 约上人　六牙生花⑮,七支拄地⑯。 柯古　形如珂雪⑰,力绝羁琐⑱。 善继　园开胁上⑲,河出鼻中⑳。 柯古　一醉难调㉑,六对曾胜㉒。 日高上人

【注释】

①征:征引。象事:关于大象的典故。切:贴切。

②俗书:这里指佛经以外的书。

③一宝之数:白象为七种王宝之一。《长阿含经》卷三:"何谓七宝?
　一金轮宝,二白象宝,三绀马宝,四神珠宝,五玉女宝,六居士宝,
　七主兵宝。"

④无钩不可:意为调教醉象必用铁钩。《大般涅槃经》卷二五:"譬
　如醉象,狂骏暴恶,多欲杀害。有调象师以大铁钩钩斫其项,即
　时调顺,恶心都尽。一切众生亦复如是。"

⑤猊(ní):佛典中以猊为狮子,又以佛为人狮子。《大智度论》卷七:
　"又如师子,四足兽中,独步无畏,能伏一切;佛亦如是,于九十六
　种道中,一切降伏无畏故,名人师子。"伏:降伏,佛力降伏醉象,
　见注④。

⑥非驼所堪:不详。

⑦坑中无底:《方广大庄严经》卷四:"尔时菩萨坐于宝辂,以左足指
　持彼白象,徐掷虚空,越七重城,过一拘卢舍,其象堕处,便为大
　坑,尔后众人号为象坑。"

⑧迹中为胜:《中阿含经》卷七:"犹如诸畜之迹,象迹为第一。所以
　者何?彼象迹者,最广大故。"

⑨与马同渡:佛经里以三兽(兔、马、香象)渡河比喻小乘、中乘、大
　乘三者证道程度之浅深。《优婆塞戒经》第一卷:"如恒河水三兽
　俱渡,兔、马、香象,兔不至底浮水而过,马或至底或不至底,象则
　尽底。恒河水者,即是十二因缘河也。声闻渡时犹如彼兔,缘觉
　渡时犹如彼马,如来渡时犹如香象。是故如来得名为佛。"

⑩负猴而行:《大智度论》卷一二:"是时菩萨自变其身作迦频阇罗
　鸟,是鸟有二亲友,一者大象,二者狝猴,共在必钵罗树下住。自
　相问言:'我等不知谁应为长?'象言:'我昔见此树在我腹下,今

大如是，以此推之，我应为长。'猴言：'我曾蹲地，手挽树头，以此推之，我应为长。'鸟言：'我于必钵罗林中，食此树果，子随粪出，此树得生。以是推之，我应最大。'象复说言：'先生宿旧，礼应供养。'即时大象背负猕猴，鸟在猴上，周游而行。"

⑪色青力劣：不详。

⑫名香几重：《妙法莲华经》卷六："又复别知众生之香，象香、马香、牛羊等香，男香、女香、童子香、童女香，及草木丛林香，若近，若远，所有诸香，悉皆得闻，分别不错。持是经者，虽住于此，亦闻天上诸天之香，波利质多罗、拘鞞陀罗树香，及曼陀罗华香、摩诃曼陀罗华香、曼殊沙华香、摩诃曼殊沙华香、栴檀、沉水、种种末香，诸杂华香，如是等天香和合所出之香，无不闻知。又闻诸天身香，释提桓因在胜殿上，五欲娱乐嬉戏时香；若在妙法堂上，为忉利诸天说法时香；若于诸园游戏时香；及余天等男女身香，皆悉遥闻。如是展转乃至梵世，上至有顶诸天身香，亦皆闻之，并闻诸天所烧之香。及声闻香、辟支佛香、菩萨香、诸佛身香，亦皆遥闻，知其所在。"

⑬尾既出牖：不详。

⑭身可取兴：不详。

⑮六牙：《摩诃止观》卷二："言六牙白象者，是菩萨无漏六神通，牙有利用如通之捷疾，象有大力表法身荷负，无漏无染称之为白。"生花：《大般涅槃经》卷八："一切象牙上皆生花，若无雷震，花则不生，亦无名字，众生佛性亦复如是。"

⑯七支拄地：《正法念处经》卷二："得转轮王第四象宝出于世间，彼见闻知，或天眼见。此转轮王修行法人，随顺法行，得调顺象。第一调顺，能胜他城。七支柱地，所谓四足、尾根牙等，如是七分，皆悉柱地。"

⑰形如珂雪：《大方广佛华严经》卷四三："譬如伊罗钵那象王，住金

胁山七宝窟中……象身洁白,犹如珂雪。"

⑱力绝羁琐:不详。

⑲园开胁上:《正法念处经》卷二七:"尔时白象伊罗婆那,闻天主教,即化大身。……其象两胁,化二园林,一名喜林,二名乐林。于其林中,河池莲华,皆悉具足。七宝意树,诸天子等,游戏其中,受五欲乐。天子天女,充满林中。"

⑳河出鼻中:《正法念处经》卷二七:"其白象王,从鼻两孔,化作河流,如阎浮提恒河之水,阎牟那河水从池流下。其水清净,凉冷不浊,从上而下。白象鼻中所出河流,亦复如是。"

㉑一醉难调:《大般涅槃经》卷一六:"是时我入王舍大城次第乞食,阿阇世王即放护财狂醉之象,欲令害我及诸弟子。其象尔时蹈杀无量百千众生,众生死已多有血气。是象嗅已狂醉倍常,见我翼从被服赤色,谓呼是血而复见趣。……我于尔时为欲降伏护财象故,即入慈定舒手示之,即于五指出五师子,是象见已,其心怖畏,寻即失粪,举身投地,敬礼我足。"

㉒六对曾胜:不详。

X5.17 长乐坊安国寺① 红楼,睿宗在藩时舞榭②。

【注释】

①长乐坊安国寺:宋王溥《唐会要》卷四八"寺":"安国寺　长乐坊。景云元年九月十一日,敕舍龙潜旧宅为寺,便以本封安国为名。"

②在藩:为藩王时。藩,封地。榭:建筑在台上的房屋。

【译文】

长乐坊安国寺　寺里的红楼,是睿宗为藩王时的舞榭。

X5.18 东禅院,亦曰木塔院,院门北西廊五壁,吴道玄弟子释思道画释梵八部[1],不施彩色,尚有典刑[2]。禅师法空影堂[3],世号吉州空者,久养一骡,将终,鸣走而死。有弟子允嵩患风[4],常于空室埋一柱锁之,僧难[5],辄愈。

【注释】

①吴道玄:即为吴道子,阳翟(今河南禹州)人。唐玄宗开元年间召入供奉,为内教博士,其画笔法超妙,尤其擅长释道人物及山水,被后世尊为"画圣"。释梵八部:即天龙八部,佛教分诸天龙及鬼神为八部:一天众,二龙众,三夜叉,四乾闼婆,五阿修罗(非天),六迦楼罗(金翅鸟),七紧那罗(非人),八摩呼洛伽(大蟒神);因以诸天众和龙众为八部之首,故称天龙八部。

②典刑:旧法,常规。

③影堂:供奉佛祖、禅师真影(画身)之所。

④患风:精神病。风,后作"疯"。

⑤僧难(nàn):指会昌毁佛。

【译文】

东禅院,也称木塔院,院门北西廊五堵壁,吴道玄弟子释思道画有天龙八部,不用彩绘,颇有古风。有法空禅师影堂,法空世称吉州空,多年饲养一头骡子,法空临终时,骡子乱叫乱跑而死。法师有个弟子允嵩,神经错乱,法师在空屋里栽下一根柱子,把允嵩锁在柱子上,会昌毁佛后,允嵩的病也好了。

X5.19 佛殿　开元初,玄宗拆寝室施之[1]。当阳弥勒像[2],法空自光明寺移来[3]。未建都时,此像在村兰若中,往往放光,因号光明寺。寺在怀远坊[4],后为延火所烧,唯像独存。法空初移像时，索大如虎口，数十牛曳之，索断不动。法空执炉，依法作礼九拜，涕泣发誓，像身忽曝曝有声，迸分竟地，为数十段。不终日移至寺焉。

【注释】

①寝室：帝王宗庙的后殿。

②弥勒：佛名。梵语音译。弥勒是其姓，意译为慈氏，名字为阿逸多，意思是无胜。合起来的意思是慈悲无人能胜过他。

③光明寺：唐都长安怀远坊大云经寺。元骆天骧《类编长安志》卷五："云经寺：在怀远坊东南隅，本名光明寺，隋开皇四年，文帝为沙门法经所立。……武太后初幸此寺，沙门宣政进《大云经》，经中有女主之符，因改为大云经寺，遂令天下每州置一大云经寺。"

④怀远坊：唐代长安城坊。

【译文】

佛殿　开元初年，玄宗拆除宗庙后殿而建。朝南那尊弥勒像，是法空禅师从光明寺移来的。本朝开国之前，这尊弥勒像在长安一处村庄的佛寺里，经常发出光明，故而佛寺就命名为光明寺。光明寺本在今天的怀远坊，后来毁于大火，只有这尊像保存下来。法空和尚迁移此像时，使用的绳索有虎口粗，驱赶几十头牛拉，绳索都拉断了，佛像一动也不动。法空手持香炉，依照仪式施九拜之礼，流泪发誓，佛像全身忽然发出曝曝的声音，迸裂分解掉落在地，拆成了几十段。不到一天的工夫，就移到了安国寺里。

X5.20　利涉塑堂①　元和中，取其处为圣容院②，迁像庑下③。上忽梦一僧，形容奇伟，诉曰："暴露数日，岂圣君意耶？"及明，驾幸验问，如梦，即令移就堂中，侧施帷帐安之。

【注释】

①利涉：即为释利涉。唐代高僧，本西域人，开元年间驻锡长安安
　国寺，讲《华严经》。

②圣容：帝王真容。

③庑：廊屋。

【译文】

利涉塑像堂　元和年间，以此处为圣容院，把利涉像迁至廊屋下。
一晚，宪宗梦见一位相貌魁伟的僧人前来诉说："一连几天被暴露在塑
堂之外，这难道是圣君的意思吗？"天亮后，宪宗驾幸寺中询问查看，果
然如梦中所说，随即下旨把塑像移回堂中圣容之侧，并设置帷帐安
放好。

　　X5.21 光明寺中①，鬼子母及文惠太子塑像②，举止态度
如生。工名李岫。

【注释】

①光明寺：此光明寺与前面的隋光明寺（大云经寺）不同，指唐长安
　城内开明坊之光明寺。

②鬼子母：梵语音译"诃梨帝"，以其为五百鬼子之母，故名，又称
　"爱子母"、"欢喜"。初为恶神，发恶愿食尽王舍城中所有小儿，
　后经佛度化为护法神。文惠太子：为南朝齐武帝长子萧长懋。
　又唐睿宗第四子岐王李范死后，玄宗册赠惠文太子。疑此处"文
　惠"为"惠文"之倒文。

【译文】

光明寺中，鬼子母及惠文太子的塑像，惟妙惟肖，栩栩如生。雕塑
的工匠名叫李岫。

X5.22 山庭院①　古木崇阜②，幽若山谷，当时辇土营之。

【注释】

①山庭院：在长乐坊安国寺内。

②崇：高。阜：大，盛。

【译文】

山庭院　古木参天，像山谷一样幽深，是当时用车拉土营建的。

X5.23 上座璘公院①　有穗柏一株，衢柯偃覆，下坐十余人。

【注释】

①上座：寺院有三纲，谓上座、寺主、维那。上座为首，一般以年德较高而有办事能力的人充任。璘公：即为释子邻。宋赞宁《宋高僧传》有载。

【译文】

上座璘公院　有一株穗柏，枝干纵横，浓荫遮蔽，下面可坐十多人。

X5.24 辞　红楼连句（隐侯体）①：重叠碎晴空②，余霞更照红。蟾踪近鸱鹊③，鸟道接相风④。善继　苔静金轮路⑤，云轻白日宫。元和中帝幸此处⑥。壁诗传谢客⑦，词人陈至题此院诗云⑧："藻非尚寒龙迹在，红楼初启日光通。"门榜占休公⑨。广宣上人住此院⑩，有诗名，号为《红楼集》。柯古

【注释】

①隐侯体：永明体。隐侯，即为沈约（441—513），字休文，谥隐侯，吴兴武康（今浙江德清）人。历仕宋、齐、梁三朝，其人博通群籍，主张四声八病之说，与谢朓、王融等人所作诗皆重声律对仗，世称"永明体"，是律诗的前身。

②重叠：指红楼层叠。碎：言楼高入云，红色碎乱了晴空的碧蓝。

③蟾踪近鸧（zhī）鹊：此句谓红楼上栖息的鸧鹊已近月宫。蟾，月中蟾蜍。鸧鹊，一种祥瑞的异鸟。

④鸟道：此指鸟儿在天空飞行的踪迹。相风：相风铜鸟，一种观测风的仪器，通常置于楼台等较高处。本句和上句，均是极言楼高。

⑤金轮：这里指天子的金饰车舆。

⑥元和：唐宪宗年号（806—820）。幸：驾幸。此注是理解"金轮路"和"白日宫"的关键。

⑦壁诗传谢客：指陈至题诗。谢客，即为谢灵运（385—433）。南朝大诗人。这里用来代指陈至，以誉其诗才之高。

⑧词人：诗人。

⑨休公：即为高僧汤惠休。南朝宋诗人，早年出家为僧，擅诗。这里用来代指下文的广宣上人，以誉其为一代高僧。唐刘禹锡《送慧则法师归上都因呈广宣上人》："一锡言归九城路，三衣曾拂万年枝。休公久别如相问，楚客逢秋心更悲。"唐白居易《广宣上人以应制诗见示因以赠之诏许上人居安国寺红楼院以诗供奉》："道林谈论惠休诗，一到人天便作师。……红楼许住请银钥，翠辇陪行蹑玉墀。"

⑩广宣上人：俗姓廖，蜀人。元和、长庆年间，为内供奉，赐居安国寺红楼院，有《红楼集》，今存诗十七首。与刘禹锡、韩愈、白居易、段文昌皆有诗往来，又《新唐书·艺文志四》著录《僧广宣与

令狐楚倡和集》一卷。

【译文】

辞　红楼连句(永明体)：重叠碎晴空，余霞更照红。蟾踪近鸩鹊，鸟道接相风。_{善继}　苔静金轮路，云轻白日宫。元和年间宪宗驾幸此地。壁诗传谢客，诗人陈至题红楼院诗云："藻非尚寒龙迹在，红楼初启日光通。"门榜占休公⑨。广宣上人住在此院，作诗有名气，诗集名为《红楼集》。_{柯古}

X5.25 穗柏连句：一院暑难侵，莓苔可影深。标枝争息鸟①，余吹正开衿②。_{柯古}　宿雨香添色③，残阳石在阴④。乘闲动诗思，助静入禅心。_{善继}

【注释】

①标枝：树梢。息鸟：栖息的鸟。

②余吹：微风。衿：衣襟。

③宿雨：前夜的雨。

④残阳：夕阳。

X5.26 题璘公院(一言至七言，每人占两题①)：静②，虚③。热际④，安居⑤。_{梦复}　龛灯敛，印香除⑥。东林宾客⑦，西涧图书。檐外垂青豆⑧，经中发白蕖⑨。纵辩宗因衮衮⑩，忘言理事如如⑪。_{柯古}　竟⑫。泉台定将入流否⑬，邻笛足疑清梵余⑭。_{柯古}　新续⑮。

【注释】

①占(zhān)：口头吟作。

②静：寂静。修行禅定，心不散乱。

③虚：虚空。

④热际：六时之热季。唐释玄奘《大唐西域记》卷二："又分一岁，以为六时。正月十六日至三月十五日，渐热也；三月十六日至五月十五日，盛热也；五月十六日至七月十五日，雨时也；七月十六日至九月十五日，茂时也；九月十六日至十一月十五日，渐寒也；十一月十六日至正月十五日，盛寒也。"

⑤安居：佛教术语。即坐夏，又称"坐腊"。在夏季多雨之时，僧徒不外出，静心坐禅修行佛法。唐释玄奘《大唐西域记》卷二："故印度僧徒，依佛圣教，坐雨安居，或前三月，或后三月。前三月当此从五月十六日至八月十五日，后三月当此从六月十六日至九月十五日。"

⑥印香：以专用模具压制而成的香，叫印香。若作佛形，则称"印佛"。

⑦东林：庐山东林寺，晋代高僧慧远曾于此结白莲社。这里借代璘公院。

⑧青豆：兼有青豆之房意。梁简文帝《与慧琰法师书》："辩论青豆之房，遣惑赤华之舍。"后来就以青豆房指僧房。

⑨白蕖：白莲花。佛陀所说妙法，常以白莲为喻，内典中随处可见，故曰"经中发"。另参3.6条注④。

⑩宗因：佛教因明学有宗、因、喻三支。此处泛指佛理。衮衮：滔滔不绝的样子。

⑪理事：佛教术语。理，指真谛。事，指俗谛。如如：佛教术语。即"真如"，事物之真实状况。

⑫竟：完。

⑬泉台定将入流否：此句意谓故友在阴间或预入圣人之流。泉台，阴间。入流，佛教术语。谓初入圣人之流。

⑭邻笛足疑清梵余：此句表达思故友、忆旧游之意。邻笛，晋向秀
《思旧赋序》："于时日薄虞渊，寒冰凄然。邻人有吹笛者，发声寥
亮，追思曩昔游宴之好，感音而叹，故作赋云。"清梵余，唐刘长卿
《送少微上人游天台》："秋夜闻清梵，余音逐海潮。"清梵，诵经
之声。

⑮新续：据"泉台"、"邻笛"二语，段成式此续在张希复、郑符二友亡
故之后。

　　X5.27 语征释门中僻事（须对）①：麇字②，莎灯③。华绵④，
象荐⑤。昇上人　集鬘地⑥，效殿林⑦。柯古　夜续，不竞。

【注释】

①释门中僻事：佛教里生僻的典故。对：对偶。

②麇字：不详。

③莎灯：《佛本行集经》卷二："时王夫人共千左右，乘宝辇舆，伎乐
引导，种种音声，前后围绕，填满街巷，从宫殿出。……至河岸
已，即上于船，游入河中。至中流已，忽然自有一大灯明，上下纵
广十二由旬。其灯明内，有莎草丛，高下四指，其色艾白柔软，犹
如迦耶邻提，出妙香气，又如瞻婆波利师华。"

④华绵：《大萨遮尼乾子所说经》卷六："舌相妙柔软，如天新华绵，
薄如赤铜叶，光色常晖鲜。"

⑤象荐：《中阿含经》卷五九："于是拘萨罗王波斯匿令尊者阿难在
前，共至阿夷罗婆提河。到已下乘，取彼象荐，四叠敷地，请尊者
阿难：'阿难，可坐此座。'"

⑥集鬘地：《正法念处经》卷四二："尔时彼天，既于如是游戏山中受
快乐已，欲见天王牟修楼陀，更前内入彼天。复见夜摩天王，名
集鬘地，即入其中。山树具足广博，行地彼一切天第一庄严。并

集鬘地三地诸天,皆于天王牟修楼陀生敬重心,是彼天王善业力故,是彼天王过去修集无量善业之所感致。集鬘地中有一万殿,无量种色种种金柱,而为庄严。"

⑦效殿林:或为"杂(雜)殿林"之误。《正法念处经》卷六八:"杂殿林者,种种杂殿,天子乘之游戏,受于可爱色声香味触等,故名杂殿林。"

【译文】

语征佛门中冷僻事典(必须对偶):麇字,莎灯。华绵,象荐。昇上人 集鬘地,杂殿林。柯古　夜间续作,没有完成。

X5.28 常乐坊赵景公寺①　隋开皇三年置②,本曰弘善寺,十八年改焉。南中三门里东壁上③,吴道玄白画《地狱变》④,笔力劲怒,变状阴怪,睹之不觉毛戴⑤。吴画中得意处。

【注释】

①赵景公寺:清徐松《唐两京城坊考》卷三:"(常乐坊)西南隅,赵景公寺。隋开皇三年,独孤皇后为父赵景武公独孤信所立。"

②开皇:隋文帝杨坚年号(581—600)。

③三门:佛寺山门形制如阙,开设三个门,故称;若只有一门,也称三门。

④白画:唐代绘画术语。李杰《唐"白画"辨》(《艺术教育》2011年第1期):"唐代绘画的创作者在'九朽一罢'(打草稿)之后,关乎作品成败的重要环节有两步:一为勾描(白画),二为布色(成画)。这两者之间互为关联,但白画的重要作用在于塑形,'骨法用笔'是作品成功与否的关键步骤,而赋彩布色的主要功能是以'随类

赋彩'增加画面气氛和感染力。所以,白画的勾描者均为画坛巨
擘。并且,当时彩绘的用色具有固定模式与程序,对敷色的技艺
要求相对较低,故吴道子等大家之流多不屑于'成'色,由此也形
成了绘画工种的高低等级之分。……唐人认为的成品绘画是由
白画、晕染敷彩相加而成的绘画作品。'白画'只是作画过程中
的重要步骤,它是放样之后以墨线勾描而成的半成品,所以,现
今白画的存世几乎为零。'白描'则是一种以线描独立完成的绘
画样式,宋代以后才成为独立画科的白描,指的是排除线描之外
的其他绘画程序(如晕染、施彩等),单纯以线勾描而完成的绘画
作品。"《地狱变》:将佛经所述地狱之事画成图画以传播佛法,此
图画即为《地狱变》。

⑤毛戴:寒毛直竖。

【译文】

常乐坊赵景公寺　隋朝开皇三年建造,本名弘善寺,开皇十八年改
为今名。南中三门里面东边墙壁上,有吴道子白画《地狱变》,笔力劲健
怒张,鬼怪形象阴森怪异,看了不知不觉就会寒毛直竖。这是吴道子的
得意之作。

X5.29 三阶院西廊下,范长寿画《西方变》及十六对
事①,宝池尤妙绝②,谛视之,觉水入深壁。院门上白画树石,
颇似阎立德③。予携立德《行天祠》粉本验之④,无异。

【注释】

①范长寿:唐初画家,师法张僧繇,官至司徒校尉。《西方变》:西方
诸佛的变相画。十六对:应为"十六观",十六观即佛教所说的往
生西方极乐世界的门户,据晋释慧远《观无量寿经义疏》,一日

观,二水观,三地观,四树观,五池观,六总想观,七华座观,八佛菩萨像观,九佛身观,十观音观,十一大势至观,十二自往生观,十三杂明佛菩萨观,十四上品生观,十五中品生观,十六下品生观。

②宝池:观宝池。晋释慧远《观无量寿经义疏》:"下第六门是其总观,文别有四:一辨观相,二总结之,三明观益,四辨观邪正。初中有四:一观宝楼,二树,三地,四观宝池。"

③阎立德(?—656):名让,万年(今陕西西安)人。唐代名画家阎立本之兄,亦工画。官至工部尚书。

④粉本:画稿。

【译文】

　　三阶院西廊下,有范长寿画的《西方变》及十六观故事,其中第六观的宝池画得尤为绝妙,凝神细看,感觉墙壁上水波荡漾。院门上的白画树木、石头,很像阎立德的手笔。我带着阎立德《行天祠》画稿进行比对,果然不差。

　　X5.30 西中三门里门南,吴生画龙及刷天王须,笔迹如铁。有执炉天女,窃眄欲语。

【译文】

　　西中三门里门南,有吴道子画的龙,还有刷抹的天王胡须,笔迹如铁。另有一位手持香炉的天女,眼神顾盼,如有所语。

　　X5.31 华严院中,铌石卢舍立像①,高六尺,古样精巧。

【注释】

①铌(tōu)石:黄铜矿石。卢舍:梵语音译。意译为光明遍照,是佛

真身的通称,具体解释各宗说法不一,天台宗以毗卢舍那是法身
佛,卢舍那是报身佛,释迦牟尼是应身佛。

【译文】

华严院里,有一尊黄铜的卢舍那佛立像,高六尺,古朴而精巧。

X5.32 塔下有舍利三斗四升,移塔之时,僧守行建道
场①,出舍利,俾士庶观之。呗赞未毕②,满地现舍利,士女不
敢践之,悉出寺外。守公乃造小泥塔及木塔近十万枚葬之,
今尚有数万存焉。

【注释】

①道场:佛、道二教做法事的场所。

②呗赞:赞颂佛的功德。

【译文】

塔下有舍利子三斗四升,移塔之时,守行法师建道场,然后取出舍
利,让民众一起观看。颂赞还没完,地上到处都是舍利,信众不敢践路,
都走出寺外。守行法师制作了近十万个小泥塔及木塔供奉那些舍利,
至今还有几万个存放在寺里。

X5.33 寺有小银象六百余躯,金佛一躯长数尺,大银象
高六尺余,古样精巧。又有篏七宝字《多心经》小屏风①,盛
以宝函,上有杂色珠及白珠,骈罗乱目②。禄山乱③,宫人藏
于此寺。屏风十五牒,三十行,经后云:"发心主司马恒存④,
愿成主上柱国索伏宝息、上柱国真德为法界众生造黄金牒
经⑤。"善继疑外国物。

【注释】

①镤:同"嵌"。七宝:佛教术语。所指不一,这里指七种珍宝。《多心经》:即《般若波罗蜜多心经》,通常简称《心经》。

②骈:成对。瓽(zhòu):装饰。这里是镶嵌的意思。

③禄山乱:指安史之乱。

④发心主:发此善愿者。

⑤愿成主:成此善愿者。上柱国:官名。唐代以上柱国为武官勋级中的最高等级。法界:佛教术语。指整个宇宙现象界。

【译文】

安国寺里有六百多座小银象,有一尊高达几尺的金佛,以及一头高六尺多的大银象,都很古朴精巧。还有镶嵌七宝字《多心经》的小屏风,盛在宝盒里,盒子上有各色宝珠及白珠,成对镶嵌,璀璨夺目。安史之乱发生后,宫人拿来藏在寺里。小屏风一共有十五片,经文共三十行,经文之后落款是:"发心主司马恒存,愿成主上柱国索伏宝息、上柱国真德为法界众生造黄金牒经。"善继怀疑这来自外国。

X5.34 辞　吴画连句①:惨淡十堵内②,吴生纵狂迹。风云将逼人,鬼神如脱壁③。柯古　其中龙最怪,张甲方汗栗。黑夜窸窣时④,安知不霹雳。善继　此际忽仙子,猎猎衣舄奕⑤。妙瞬乍疑生,参差夺人魄⑥。梦复　往往乘猛虎,冲梁耸奇石。苍峭束高泉⑦,角睐警欹侧⑧。柯古　冥狱不可视,毛戴腋流液⑨。苟能水成刹⑩,那更沉火宅⑪。善继

【注释】

①吴画:吴道子所画诸变相。

②惨淡:苦心构思。唐杜甫《丹青引赠曹将军霸》:"诏谓将军拂绢

素,意匠惨淡经营中。"堵:墙壁。

③风云将逼人,鬼神如脱壁:形容画面飞扬灵动栩栩如生。脱壁,从墙上跑下来。

④窸窣(xī sū):拟声词。这是想象画面上的龙游动的声音。

⑤猎猎:这里形容风吹动仙女衣裙的声音。舄(xì)奕:连绵不断。此谓仙女衣裙随风飘拂不断。按,此即所谓"吴带当风"。

⑥妙瞬乍疑生,参差夺人魄:这两句是说所画仙女明眸善睐,几欲夺人心魄。妙瞬,形容眼睛顾盼神飞。瞬,眨眼。参差,仿佛。

⑦苍峭:峭崖。

⑧角睐:以眼角斜视。敧(qī)侧:倾斜。这里形容猛虎警觉的样子。

⑨腋:两腋。流液:流汗。

⑩水成刹:此句承上句"流液"而言。刹,土地,世界。

⑪火宅:佛教术语。凡夫生死往来的三界(欲界、色界、无色界),动乱不安,故比之如火宅。这两句意谓倘若汗流成河,又怎会沉沦火宅(水克火)。

　　X5.35 语(各录禅师佳语):兰若和尚云①:"家家门有长安道②。"柯古　荆州些些和尚云③:"自看工夫多少。"善继无名和尚云④:"最后一大息须分明⑤。"梦复

【注释】

①兰若和尚:俗姓张,唐玄宗时僧人。生平见李华《荆州南泉大云寺故兰若和尚碑》。

②家家门有长安道:即众生皆能成佛之意。长安道,比喻修行法门。

③些些和尚:宋赞宁《宋高僧传》卷二〇:"释些些师,又名青者,盖

是不与人交狎，口自言'些些'，故号之矣。德宗朝，于渚官游，衣服零落，状极憨痴，而善歌《河满子》。"其事已见于3.63条。

④无名和尚：即为释无名(722—793)。其事迹见《宋高僧传》。

⑤最后一大息须分明：临终最后一口气时意念要清楚，心向西方极乐世界。

【译文】

语（各自记录禅师名言）：兰若和尚说："家家门前都有通天大道。"柯古　荆州些些和尚说："自看工夫多少。"善继　无名和尚说："人生最后一口气必须意念坚定。"梦复

X5.36 题约公院（四言）：印火荧荧①，灯续焰青。善继《七俱胝咒》②，四《阿含经》③。柯古　各录佳语，聊事素屏。梦复　丈室安居④，延宾不扃⑤。昇上人

【注释】

①印火：《一字佛顶轮王经》卷一："复一字顶轮王后，画光聚顶轮王，身金色相。瞻一字顶轮王，左手执开莲华，于花台上画佛心印，火焰围绕。"荧荧：火光闪烁的样子。

②《七俱胝(zhī)咒》：即《佛说七俱胝佛母准提大明陀罗尼经》。俱胝，梵语音译，量词，意译为千万。咒，梵语音译为"陀罗尼"，即真言，一字一声都含着无量教法义理，持有无量威力和智慧。

③四《阿含经》：《长阿含经》、《中阿含经》、《增一阿含经》和《杂阿含经》。阿含，梵语音译，意译为法归，是万法归此而无漏之意。

④丈室：即方丈，寺院正寝，为住持的居所，故而寺主也称方丈。相传维摩诘居士所住石室长宽只有一丈，丈室之名，始于此。安居：坐夏。

⑤延：延请。

X5.37 大同坊云花寺^①　大历初，僧俨讲经，天雨花^②，至地咫尺而灭，夜有光烛室，敕改为云华。俨即康藏之师也。康本住靖恭里毡曲^③，忽睹光如轮，众人皆见，遂寻光，至俨讲经所灭。

佛殿西廊，立高僧一十六身，天宝初自南内移来，画迹拙俗。

【注释】

①大同坊："大"为"又"字之误，又同坊，承上文指常乐坊。云花寺：在常乐坊。

②天雨花：天上落下花朵。即"天花乱坠"一词的本意。佛祖讲经说法，诸天感动，撒下各色香花，从空中缤纷乱坠。《大乘本生心地观经》卷一："六欲诸天来供养，天华乱坠遍虚空。"

③靖恭里：即靖恭坊。唐代长安城坊。曲：小巷。

【译文】

常乐坊云花寺　大历初年，俨法师讲经时，天花缤纷乱坠，距地面咫尺高时消失了，当晚有光芒照亮法堂，诏令改名为云华。俨法师即康藏和尚的师父。康藏和尚住在靖恭坊毡曲，忽然看见光芒如同圆轮，众人也都看见了，于是跟着光轮走，到了俨法师讲经的地方就熄灭了。

佛殿西廊，立有十六位高僧的画像，天宝初年从南内移到本寺，画技拙劣。

X5.38 观音堂，在寺西北隅。建中末，百姓屈俨患疮且死，梦一菩萨摩其疮曰："我住云花寺。"俨惊觉汗流，数日而愈。因诣寺寻检，至圣画堂，见菩萨，一如其睹。倾城百姓瞻礼，俨遂立社建堂移之①。

【注释】

①立社：这里指为观音另立祠庙。社，本为土地神。

【译文】

观音堂，在云花寺的西北角。建中末年，百姓屈俨生恶疮，病得快死了，梦见一位菩萨抚摸他的疮说："我住在云花寺。"屈俨从梦中惊醒，浑身大汗，几天时间病就好了。于是到寺里寻找，到了圣画堂，看见菩萨画像，正和梦中所见一模一样。全城的百姓都来观瞻顶礼，屈俨就为观音另外立祠建堂，把云花寺的观音像移了过去。

X5.39 圣画堂中，构大坊为壁，设色焕缛①。本邵武宗画，不知何以称圣？据《西域记》："菩提树东有精舍，昔婆罗门兄弟欲图如来初成佛像，旷岁无人应召。忽有一人自言善画如来妙相，但要香泥及一灯照室，可闭户六月。终怪之，余四日未满，遂开户，已无人矣，唯右膊上工未毕。"盖好事僧移此说也。堂中有于阗输石立像，甚古。

【注释】

①设色：着色。焕缛：五彩缤纷。

【译文】

圣画堂里，建有一堵高大的墙壁，设色鲜明，五彩缤纷。本为邵武宗所画，不知为何称作圣画？据《大唐西域记》："菩提树东有处精舍，当年婆罗门兄弟想要图绘如来成道时的佛像，整整一年无人应召。忽然有一天,一人前来自称擅长绘画如来妙相,只需要香泥,以及一盏灯照明,并称进入室内以后须闭户六月。众人到底还是觉得事情奇怪,还差四天满六个月时就打开了门,室内已经没有人,佛像也只剩右臂没有绘制完毕。"大概是好事的僧众张冠李戴,才把这里称作圣画堂吧。堂内有于阗黄铜立佛像,甚为古朴。

X5.40《游目记》所说刺柏①,太和中伐为殿材。

【注释】

①刺柏:一种常绿小乔木。

【译文】

《游目记》所说的刺柏,大和年间砍掉作为佛殿的建材。

X5.41 辞　偶连句:共入夕阳寺,因窥甘露门①。昇上人　清香惹苔藓,绖草杂兰荪②。梦复　捷偈飞钳答③,新诗倚杖论。柯古　坏幡摽古刹④,圣像焕崇垣⑤。善继　岂慕穿笼鸟⑥,难防在牖猿⑦。柯古　一音唯一性⑧,三语更三幡⑨。善继

【注释】

①甘露门:到达甘露涅槃的门径。甘露,梵语音译为"阿蜜哩多",又名"天酒"、"美露",天人所食,佛教用来比喻涅槃。

②绖草:忍辱草,佛经所载雪山上的一种异草,牛若吃后,则出醍醐。荪:一种香草。

③捷偈:机锋敏捷的偈语。飞钳:一种辩论术,细察人之好恶,候其竭情无隐,因而钳持之。这是说用偈语讨论佛理,应对机敏辩才

无碍。

④幡：挑起直挂的长条形旗帜，用来供奉和装饰菩萨像等。

⑤崇垣：高大的墙垣。代指寺院。

⑥穿笼鸟：出笼鸟。

⑦在牖猿：佛教比喻人心浮躁不安，如猿猴之难以制御。《维摩诘所说经》卷下："以难化之人，心如猿猴，故以若干种法，制御其心，乃可调伏。"

⑧一音唯一性：《维摩诘所说经》卷上："佛以一音演说法，众生随类各得解，皆谓世尊同其语，斯则神力不共法。佛以一音演说法，众生各各随所解，普得受行获其利，斯则神力不共法。佛以一音演说法，或有恐畏或欢喜，或生厌离或断疑，斯则神力不共法。"一音，佛说法的声音。一性，佛性。

⑨三语更三幡：意谓佛法可以排除摇惑，安定人心。三语，佛说法的三种语，一为随自意语，即佛随自意而说自所证之实法；二为随他意语，随顺众生之机而说方便之法；三为随自他意语，佛为众生说法，半随自证之意，半随他机之意。三幡，道家认为摇惑人心有三事，一为色，二为色空，三为观，合称三幡。

　　X5.42 道政坊宝应寺①　韩幹，蓝田人②。少时常为贳酒家送酒。王右丞兄弟未遇③，每一贳酒漫游。幹常征债于王家，戏画地为人马。右丞精思丹青，奇其意趣，乃岁与钱二万，令学画十余年。今寺中释梵天女，悉齐公妓小小等写真也④。寺有韩幹画《下生帧》⑤，弥勒衣紫袈裟，右边仰面菩萨及二狮子，犹入神。

【注释】

①道政坊宝应寺：宋王溥《唐会要》卷四八"寺"："宝应寺　道政坊。

　　大历四年正月二十九日,门下侍郎王缙舍宅,奏为寺,以年号
　　为名。"

②蓝田:今属陕西。

③王右丞兄弟:即为唐代大诗人王维(701—761)和他的弟弟王缙
　　(?—781)。右丞,职官名。王维官至尚书右丞。未遇:未出仕。

④齐公:即为王缙,封齐国公。妓小小:南齐时钱塘有名妓苏小小,
　　唐人诗中多见歌吟。

⑤下生:即《弥勒下生经》所载弥勒下生成佛的故事,当四大海水退
　　缩,阎浮提洲增长,弥勒自兜率天下生此界,在龙华树下继释迦
　　牟尼后成佛,普度众生。

【译文】

　　道政坊宝应寺　韩幹,蓝田人。年轻时经常都赊酒的店家送酒。
王维兄弟当时还没做官,每每赊酒,喝酒之后就四处游玩。韩幹经常到
王家去讨酒债,见不着人就在地下胡乱画上人和马等图案。王维精于
绘画,很欣赏画里的意趣,就每年给韩幹两万钱,让他学画十多年。如
今宝应寺里的释梵天女画像,都是根据齐公王缙的苏小小肖像画成的。
寺里还有一幅韩幹画的《下生帧》,弥勒身着紫色袈裟,右边还有仰面菩
萨和两头狮子,尤为精妙入神。

　　X5.43 有王家旧铁石,及齐公所丧一岁子,漆之如罗睺
罗①,每盆供日出之②。寺中弥勒殿,齐公寝堂也。

　　东廊北面,杨岫之画鬼神,齐公嫌其笔迹不工,故止
一堵。

【注释】

①罗睺(hóu)罗:释迦牟尼与耶轮陀罗的儿子,在胎六年,生于成道

之夜,十五岁出家,成阿罗汉果,在佛陀十大弟子中为"密行第一"。

②盆供日:即盂兰盆节。盂兰盆是梵语音译,意为解倒悬。据《佛说盂兰盆经》,佛弟子目连的母亲死后生为饿鬼,在地狱受倒悬之苦,目连虽为佛弟子中神通第一,也不能救济其母,乃求佛救度,佛告知要在每年七月十五日僧自恣时,以百味饮食供养十方自恣僧。以此功德,七世父母及现生父母的厄难中者,得以解脱。汉化佛教中,最初举行盂兰盆节的是梁武帝,到了唐代,每年皇家送盆到各官寺,献供种种杂物,并有音乐仪仗及送盆官人随行,民间施主也到各寺献供。

【译文】

有一块王家旧有的磁石,还有齐公王缙夭折的一岁幼子,漆成罗睺罗的样子,每到盂兰盆会就拿出来。寺里的弥勒殿,原是齐公的寝室。

东廊北边,有杨岫之画的鬼神,齐公嫌他画技拙劣,所以只画了一堵墙。

X5.44 辞　僧房连句:古画思匡岭①,上方疑傅岩②。蝶闲移绶草,蝉晓揭高杉③。柯古　香字消芝印④,金经发苾函⑤。井通松底脉,书拆洞中缄⑥。善继

【注释】

①匡岭:匡庐,即庐山。有名寺东林寺。

②上方:佛寺建筑在山岭之上,称上方。后来也称寺庙住持为"上方",因其居住的地方为寺庙的最高处。傅岩:相传殷相傅说曾筑版于野,其地遂称为"傅岩"。后指栖隐清幽之处。

③揭:高飞。

④香字消芝印：芝草形的香渐渐焚尽。香烟缭绕有如篆字，故称
　　"香篆"、"香字"。

⑤金经：佛经。茝（chǎi）函：经函的美称。茝，一种香草。

⑥洞中缄：神仙洞府的信函。缄，代指书信。

　　X5.45 哭小小写真连句：如生小小真①，犹自未栖尘②。
梦复　揄袂将离壁③，斜柯欲近人④。柯古　昔时知出众，清
宠占横陈⑤。善继　不遣游张巷⑥，岂教窥宋邻⑦。梦复　庾
楼吹笛裂⑧，弘阁赏歌新⑨。柯古　蝉怯折腰步⑩，蛾惊半额
嚬⑪。善继　图形谁有术⑫，买笑讵辞贫⑬。柯古　复陇迷村
径⑭，重泉隔汉津⑮。梦复　同心知作羽⑯，比目定为鳞⑰。善
继　残月巫山夕⑱，余霞洛浦晨⑲。柯古

【注释】

①如生：生动逼真。小小：见 X5.42 条注④。真：写真。

②未栖尘：画像如新，未染埃尘，兼有脱俗之意。

③揄袂将离壁：形容画像栩栩如生。揄袂，挥动衣袖。

④柯：树枝。

⑤横陈：玉体横陈，美人横卧的姿态。唐李商隐《北齐》："小莲玉体
　　横陈夜，已报周师入晋阳。"

⑥不遣游张巷：暗用张绪事。《南史·张绪传》记载，张绪美风姿，
　　清简寡欲，口不言利，齐武帝植蜀柳于灵和殿前，赞叹说："此杨
　　柳风流可爱，似张绪当时。"

⑦窥宋邻：用宋玉好色赋典故，以喻小小之美。战国宋玉《登徒子
　　好色赋》："（宋玉曰）天下之佳人莫若楚国，楚国之丽者莫若臣
　　里，臣里之美者莫若臣东家之子。东家之子，增之一分则太长，

减之一分则太短,著粉则太白,施朱则太赤。眉如翠羽,肌如白雪,腰如束素,齿如含贝。嫣然一笑,惑阳城,迷下蔡。然此女登墙窥臣三年,至今未许也。"

⑧庾楼:古时误传晋朝庾亮镇守江州(今江西九江)时所建楼,后来常用作长官属吏宴集的典故。裂:形容笛声清越。

⑨弘:高,大。

⑩蝉:指蝉鬓。晋崔豹《古今注》卷下记魏文帝曹丕宫人莫琼树所梳发式,松薄缥缈如蝉翼,故名"蝉鬓"。折腰步:东汉时梁冀之妻孙寿作愁眉、啼妆、堕马髻、折腰步、龋齿笑等,京师妇女争相仿效,成为风尚。按,此折腰步或与楚灵王好细腰的典故有关。这句形容女子鬓发美好,腰身纤细,步态优美。

⑪蛾:蛾眉。额顰(pín):皱眉蹙额,忧郁不欢。顰,同"颦",皱眉。这句暗用西施捧心蹙额的典故。

⑫图形谁有术:用王昭君的典故。晋葛洪《西京杂记》卷二:"元帝后宫既多,不得常见,乃使画工图形,案图召幸之。诸宫人皆赂画工,多者十万,少者亦不减五万。独王嫱不肯,遂不得见。匈奴入朝,求美人为阏氏,于是上案图,以昭君行。及去,召见,貌为后宫第一,善应对,举止闲雅。帝悔之,而名籍已定。帝重信于外国,故不复更人。乃穷案其事,画工皆弃市。"

⑬买笑诅辞贫:意思是不惜千金以博美人一笑。唐刘禹锡《泰娘歌》:"自言买笑掷黄金,月堕云中从此始。"

⑭复陇:坟林。陇,通"垄",坟冢。

⑮重泉隔汉津:谓阴阳两隔。重泉,九泉。汉津,银河。

⑯同心知作羽:谓心意相同,比翼双飞。

⑰比目:比目鱼,不比不行,喻永不分离。晋杨方《合欢诗五首》其一:"同声好相应,同气自相求。我情与子亲,譬如影追躯。……齐彼同心鸟,譬此比目鱼,情至断金石,胶漆未为牢。但愿长无

别,合形作一躯。生为并身物,死为同棺灰。"

⑱巫山:用宋玉《神女赋》中巫山神女的典故。

⑲洛浦:用洛神宓妃的典故。三国魏曹植《洛神赋》:"黄初三年,余朝京师,还济洛川。古人有言,斯水之神,名曰宓妃。感宋玉对楚王神女之事,遂作斯赋。"

X5.46 安邑坊玄法寺　初,居人张频宅也①。尝供养一僧,僧以念《法华经》为业,积十余年。张门人潜僧通其侍婢,因以他事杀之。僧死后,阃宇常闻经声不绝。张寻知其冤,惭悔不及,因舍宅为寺,铸金铜像十万躯,金、石龛中皆满,犹有数万躯。

东廊南观音院,卢奢那堂内槽北面壁画《维摩变》②。屏风上相传有虞世南书③。其日,善继令彻障④,登榻读之,有"世南献"之白,方知不谬矣。

【注释】

①居人张频宅:元骆天骧《类编长安志》卷五:"玄法寺:在安邑坊街之北,本隋礼部尚书张颖宅,开皇六年立为寺。""张频"或为"张颖"之误。

②卢奢那:即卢舍那,即报身佛。槽:安置门窗或屋内隔断的单位。这里指堂内的隔墙。《维摩变》:描绘维摩诘通过装病,与文殊师利等共论佛法的变相。

③虞世南(558—638):字伯施,越州余姚(今属浙江)人。由隋入唐,与房玄龄等共列"十八学士",卒后陪葬昭陵,绘像凌烟阁。虞世南与欧阳询、褚遂良、薛稷并称"唐初四大书法家"。

④彻:除,撤去。

【译文】

安邑坊玄法寺　当初,这里是居民张频的家宅。张家曾供养一位僧人,僧人以念《法华经》为业,前后十多年。张频的门人污蔑僧人与张家侍婢私通,张频就找个借口杀了僧人。僧人死后,合宅经常听到不绝于耳的诵经声。不久张频明白了其中的冤情,愧疚懊悔也无济于事,就舍家宅为寺院,又铸造了大大小小十万座金铜佛像,如今金、石佛龛里都摆满了,还保存着几万座。

东廊南观音院,卢舍那佛像堂内槽北面有壁画《维摩变》。屏风上据说有虞世南的书法。一天,善继命人撤去阻障,登上榻细看,有"世南献"几字落款,这才知道传言不虚。

X5.47 西北角院内,有怀素书颜鲁公《序》①,张谓侍郎、钱起郎中《赞》②。

【注释】

①怀素(725—785):字藏真,俗姓钱,长沙(今属湖南)人。书法以狂草著称,世称"草圣"。与张谓、颜真卿、钱起、戴叔伦、卢象等交游。颜鲁公:即为颜真卿(709—784),京兆万年(今陕西西安)人。封鲁郡公。"楷书四大家"之一。《序》:即颜真卿《怀素上人草书歌序》,今存。

②张谓(? —778?):字正言,河内(今河南沁阳)人。曾官礼部侍郎。钱起(710? —782?):吴兴,字仲文,(今浙江湖州)人。曾官考功郎中。赞:一种用于颂赞的文体。

【译文】

西北角院内,有怀素的草书及颜鲁公所作的《序》,以及张谓侍郎、钱起郎中的《赞》。

X5.48 曼殊院东廊,大历中,画人陈子昂①,画廷下象、马、人、物②,一时之妙也。及檐前额上有相观法③,法儗韩④,混同。西廊壁,有刘整画双松,亦不循常辙。

【注释】

①陈子昂:另有诗人陈子昂(661—702),非此人。

②廷:通“庭”。

③额:物体上首接近顶端的部分。

④儗(nǐ):同“拟”,仿效。韩:韩幹。

【译文】

曼殊院东廊,大历年间,有画工陈子昂画在庭下的象、马、人、物,堪称一时之妙。还有檐前额上画有相观法,画法仿效韩幹,几乎可以乱真。西廊壁上,有刘整画的双松图,也是别出心裁。

X5.49 征内典中禽事(须切对)①:鹫头作岭②,鸡足名山③。梦复　孔雀为经④,鹦鹉语偈⑤。善继　共命是化⑥,入数论贪⑦。柯古　未解出笼⑧,岂能献果⑨。昇上人　鸐居其上⑩,雁堕于前⑪。柯古　巢顶既安⑫,入影不怖⑬。字中疑鹤⑭,珠里认鹅⑮。柯古

【注释】

①内典:佛教称本教经典为内典,佛教之外的叫外典。禽事:关于禽类的典故。

②鹫(jiù)头作岭:指灵鹫山,在古印度摩揭陀国王舍城东北。

③鸡足名山:指鸡足山,在摩揭陀国,相传为释迦牟尼首座迦叶

道场。

④孔雀为经：指《佛母大孔雀王明经》。

⑤鹦鹉语偈：指《佛说鹦鹉经》。

⑥共命是化：《杂宝藏经》卷三："昔雪山中，有鸟名为共命，一身二头。一头常食美果，欲使身得安隐。一头便生嫉妒之心，而作是言：'彼常云何食好美果，我不曾得。'即取毒果食之，使二头俱死。"共命鸟，雪山神鸟。

⑦入数论贪：不详。

⑧出笼：《大宝积经》卷六九："智人观察得解脱，犹如飞鸟出笼网。"

⑨献果：《佛说大乘随转宣说诸法经》卷上："……然于此中，多诸走兽，虎狼师子，野干飞禽，皆来亲近，衔华献果，种种供养。"

⑩鹦(duò)：鸟名。据《法苑珠林》卷二七，雪山下有鹦鸟、猕猴、象共住，猴乘象上，鸟居猴上，游行弘法。另参本卷X5.16条注⑩。

⑪雁堕于前：唐释玄奘《大唐西域记》卷九："有比丘经行，忽见雁群飞翔，戏言曰：'今日众僧中食不充，摩诃萨埵宜知是时。'言声未绝，一雁退飞，当其僧前，投身自殒。比丘见已，具白众僧，闻者悲感……于是建窣堵波，式昭遗烈，以彼死雁，瘗其下焉。"

⑫巢顶既安：《僧伽罗刹所集经》卷上："是时菩萨长夜之中，有此慈心，诸法解脱，于彼人民，无所触娆，于彼端坐思惟不移动。鸟巢顶上，觉知鸟在顶上乳，恒怀恐怖惧卵堕落，身不移动。"

⑬入影不怖：不详。

⑭字中疑鹤：不详。

⑮珠里认鹅：据《大庄严论经》卷一一，一比丘至穿珠人家乞食，比丘衣色映衬宝珠，珠呈肉色，鹅即吞食之。珠师以为比丘窃珠，比丘担心说出真相之后鹅被宰杀，故发愿代鹅受过；后鹅被珠师嗔忿打死，比丘方告知真相，珠师剖开鹅腹，找回宝珠。

X5.50 征兽中事（须切对）：金翅鸟王①，银角犊子②。柯古　地名鹿苑③，塔号雀离④。善继　唪啄同时⑤，恅悷调伏⑥。昇上人

【注释】

①金翅鸟：又名"迦楼罗"，八部天龙之一。

②银角犊子：即《银蹄金角犊子经》。

③鹿苑：即鹿野苑，又称"仙人鹿野"、"施鹿林"，是佛陀成道后初转法轮处，在今印度瓦腊纳西城西北。

④雀离：《法苑珠林》卷三八："西域乾陀罗城东南七里有雀离浮图。……雀离浮图自作已来，三为天火所灾。国王修之，还复如本。父老云：此浮图天火七烧，佛法当灭。"

⑤唪啄同时：佛典譬喻。雏鸡欲出壳时以嘴吮壳声为"唪"，母鸡欲使雏鸡出而啄壳谓之"啄"，比喻参禅时机锋相对。

⑥恅悷（lǒng lì）调伏：《维摩诘所说经》卷下："以难化之人，心如猿猴，故以若干种法，制御其心，乃可调伏。譬如象马，恅悷不调，加诸楚毒，乃至彻骨，然后调伏。"

X5.51 征马事：加诸楚毒①。昇上人　乾陟②。善继　马宝③。梦复　驮经④。柯古　爱马⑤。昇上人　绀马⑥。善继　马麦约食粳⑦。柯古　铁马⑧。昇上人　先陀和⑨。柯古　胜步⑩。昇上人　游入正路⑪。柯古

【注释】

①加诸楚毒：见上条注⑥引文。楚毒，捶楚，酷毒。

②乾陟（zhì）：《方广大庄严经》卷三："骏马生驹，其数二万。于诸马

中,乾陟为上。"

③马宝:《中阿含经》卷一四:"阿难,时大天王而生马宝,彼马宝者,极绀青色,头像如乌,以毛严身,名髦马王。"

④驮经:《魏书·释老志》:"(汉明)帝遣郎中蔡愔、博士弟子秦景等使于天竺,写浮屠遗范。……愔之还也,以白马负经而至,汉因立白马寺于洛城雍门西。"

⑤爱马:《法苑珠林》卷六四"观苦部":"颂曰:……俱销五道缚,共解四魔怨。三修祛爱马,六念静心猿……"

⑥绀马:见注③。

⑦马麦:喂马的粮食。《佛说兴起行经》卷下《佛说食马麦宿缘经第九》:"佛语舍利弗:'我尔时兴妒嫉意,言是辈不应食甘膳,正应食马麦耳,及卿等亦云如是。以是因缘,我及卿等经历地狱,无数千岁。"

⑧铁马:《佛说佛名经》卷二《大乘莲华宝达问答报应沙门经》:"……见罪人等,各从四门号叫而入宝达前,入铁车、铁牛、铁驴、铁马,此四小地狱前为一地狱。……其铁马者,身毛鬃尾,鬣如刀锋,毛尾火然,烟焰俱出。"

⑨先陀和:疑即"先陀婆"。《大般涅槃经》卷九:"譬如大王告诸群臣先陀婆来,先陀婆者,一名四实:一者盐,二者器,三者水,四者马。……若王洗时索先陀婆,即便奉水;若王食时索先陀婆,即便奉盐;若王食已将欲饮浆索先陀婆,即便奉器;若王欲游索先陀婆,即便奉马。"

⑩胜步:《四念处》卷二:"《大论》举三人谕,谓步马神通,马虽胜步,不及神通一念即至。"

⑪游入正路:《妙法莲华经玄义》卷一下:"《中论》云:为向道人说四句,如快马见鞭影,即入正路。"

X5.52平康坊菩提寺①　佛殿东西障日及诸柱上图画②,是东廊迹,旧郑法士画③。开元中,因屋坏,移入大佛殿内槽北壁。

食堂东壁上,吴道玄画《智度论色偈变》④,偈是吴自题,笔迹遒劲,如磔鬼神毛发⑤。次堵画礼骨仙人⑥,天衣飞扬,满壁风动。

【注释】

①平康坊:五代王仁裕《开元天宝遗事》卷上:"长安有平康坊,妓女所居之地。京都侠少萃集于此,兼每年新进士,以红笺名纸游谒其中,时人谓此坊为'风流薮泽'。"菩提寺:安史之乱大诗人王维陷贼,被囚于此寺,有诗私示友人裴迪。

②障日:遮挡阳光的墙壁。

③郑法士:画家。北周入隋,授中散大夫,画技师法张僧繇。

④智度论:即《大智度论》,古印度龙树撰,鸠摩罗什译为汉文。

⑤磔(zhé):张开。

⑥礼骨仙人:即为释迦牟尼佛。《止观辅行传弘决》卷五之四:"《金光明经》佛礼骨塔者,新译第十云:尔时世尊为诸大众说十千天子本缘已,于座上结跏趺坐,告诸比丘:'汝等乐见菩萨本身已不?'诸比丘言:'我等乐见。'尔时世尊即以百福庄严手按地,即便开裂,有七宝制多忽然踊出,众宝庄严。尔时世尊即从座起,作礼右绕,还就本座。告阿难曰:'汝开塔户。'阿难如教开已,见七宝函,见有舍利,白如珂雪。告诸比丘:'汝等礼拜菩萨本身。'阿难白佛:'如来世尊出过一切,为诸有情之所恭敬,何因缘故礼此身骨?'佛告阿难:'由此速能证得菩提。为报法恩,我今敬礼。'因为大众说萨埵本缘:'彼萨埵者,即我身是。'故知佛地因

果由止观教，虽得佛果，敬槊教身。是故佛今而礼身骨。"

【译文】

平康坊菩提寺　佛殿东西障壁以及柱子上的图画，本是东廊旧迹，早先郑法士所画。开元年间，因为屋宇损坏，移入大佛殿内槽北壁。

斋堂东壁上，有吴道玄所画《智度论色偈变》，偈语是吴道玄自题，笔迹劲健，犹如鬼神毛发怒张。另一堵画有礼骨仙人像，天衣飘飘，满壁风生。

X5.53 佛殿内槽后壁面，吴道玄画《消灾经》事①，树石古嵲②。元和中，上欲令移之，虑其摧坏，乃下诏择画手写进。

佛殿内槽东壁《维摩变》，舍利佛角而转睐③。元和末，俗讲僧文淑装之④，笔迹尽矣。

【注释】

①《消灾经》：即《佛说大威德金轮佛顶炽盛光如来消除一切灾难陀罗尼经》。

②嵲（xiǎn）：高峻的样子。

③舍利佛：即"舍利弗"，佛典很少写作"舍利佛"，释迦牟尼十大弟子之一。角而转睐：角睐，眼角斜视。

④俗讲：源自六朝以来的斋讲，是用转读、梵呗和唱导来作佛经的通俗演讲，最初只有讲经文一类的话本，后来逐渐采用民间流行的说唱体如变文之类。俗讲对后世的说话和戏曲艺术影响很大。

【译文】

佛殿内槽后墙壁上，有吴道玄所画《消灾经》故事，画中古树参天、山石险峻。元和年间，宪宗想要移进宫里，担心把画给损坏了，就诏令挑选画工临摹进献。

　　佛殿内槽东墙壁上的《维摩变》，画面上的舍利弗眼角斜视。元和末年，俗讲僧文淑修缮佛殿，画迹消磨殆尽。

　　X5.54 故兴元郑公尚书题北壁僧院诗曰①："但虑彩色污，无虞臂胴肥②。"置寺碑阴，雕饰奇巧，相传郑法士所起样也③。初，会觉上人以施利起宅十余亩④。工毕，酿酒百石，列瓶瓮于两庑下，引吴道玄观之。因谓曰："檀越为我画⑤，以是赏之。"吴生嗜酒，且利其多，欣然而许。予以踪迹似不及景公寺画。中三门内，东门塑神，善继云是吴生弟子王耐儿之工也。其侧一鬼有灵，往往百姓戏犯之者得病，口目如之。

　　寺之制度⑥，钟楼在东，唯此寺缘李右座林甫宅在东⑦，故建钟楼于西。寺内有郭令玳瑁鞭及郭令王夫人七宝帐⑧。寺主元竟，多识释门故事，云："李右座每至生日，常转请此寺僧就宅设斋。有僧乙尝叹佛⑨，施鞍一具，卖之，材直七万。又僧广有声名，口经数年，次当叹佛，因极祝右座功德，冀获厚衬⑩。斋毕，帘下出彩筐⑪，香罗帕籍一物，如朽钉，长数寸。僧归，失望惭惋数日。且意大臣不容欺己，遂携至西市，示于商胡。商胡见之，惊曰：'上人安得此物？必货此，不违价。'僧试求百金，胡人大笑曰：'未也。更极意言之。'加至五百千，胡人曰：'此直一千万。'遂与之。僧访其名，曰：'此宝骨也⑫。'"

【注释】

①故:已故的。兴元:兴元府(今陕西汉中),山南西道节度使治所。郑公尚书:即为郑澣(776—839),荥阳(今属河南)人。宰相郑余庆之子。官至刑部尚书、兼判左丞事、山南西道节度使。精于经史,博学善文。

②虞:忧虑,担心。

③"置寺碑阴"三句:本句所说的郑法士为隋朝画家,前句所言郑公尚书(郑澣)为中晚唐人,语意不相接。本句前当有脱漏。

④施:佛教术语。布施。

⑤檀越:施主。

⑥制度:规制。

⑦李右座林甫:即为李林甫。因为右相,故名"右座"。

⑧郭令:即为郭子仪(697—781),华州郑县(今陕西华县)人。收复两京,平定安史之乱有功,擢兵部尚书、同平章事,乾元元年(758)为中书令,后封汾阳郡王。

⑨叹佛:以偈语赞颂佛德。

⑩衬:施舍。

⑪篚(fěi):盛物的竹器。

⑫宝骨:佛骨舍利。

【译文】

已故兴元郑公尚书题北壁僧院诗云:"但虑彩色污,无虞臂胛肥。"……安放在寺里石碑的背面,雕饰奇巧,相传是郑法士起的画稿。起先,会觉上人用信众布施的财物建起十多亩大的僧院。完工后,酿酒百石,把酒坛一字排列在两庑之下,故意带着吴道玄来看。趁便对他说:"施主替我画壁画,我就把这些酒送给您。"吴道玄本来嗜酒如命,又见美酒如此之多,就高兴地答应了。我细看那画迹,好像赶不上景公寺里他所画的。中三门里,东门塑有神像,善继说是吴道玄的弟子王耐儿所塑。旁边有一个鬼像,颇为灵验,经常有百姓开玩笑冒犯它,就会得病,眼睛和嘴巴都会变成鬼像的样子。

寺院的建筑规制,是钟楼在东边,只有这座寺因为右相李林甫宅第在东边,所以就把钟楼建在西边。寺院里有郭令公的玭瑠鞭及郭令公王夫人的七宝帐。寺里的住持元竟法师,记得很多佛门旧事,说:"李右座每到过生日,经常请这寺里的僧人到他府上去,为他们设下斋饭。有个僧人某某曾在李府赞佛,获施一副马鞍,足足卖了七万钱。又有一位和尚名声在外,讲经多年,轮到他赞佛,就趁机极力吹捧李林甫的功德,指望借此获得丰厚的施舍。斋会完毕,帘下递出一只彩色竹篮,里里垫着香罗帕,上面放着一样东西,就像生锈的铁钉,有几寸长。和尚回到寺里,又是惭愧又是失望,一连几天都是如此。又想到那么大的官应该不会欺骗自己,就带着那件东西到了西市,拿给胡商看。胡商一见,大吃一惊,问:'上人怎会有这样的东西?我一定买,而且不还价。'和尚估摸着要价百钱,胡商大笑说:'太低了。你尽管大胆开价。'和尚就往上加价,一直加到五十万,胡商说:'这值一千万呢。'和尚就按价卖给了他。和尚问他到底是什么宝物,胡商回答说:'这是佛骨舍利啊。'"

X5.55　又寺先有僧,不言姓名,常负束藁坐卧于寺两廊下,不肯住院。经数年,寺纲维或劝其住房①,曰:"尔厌我耶?"其夕,遂以束藁焚身。至明,唯灰烬耳,无血膋之臭②。众方知异人,遂塑灰为像。今在佛殿上,世号束草师。

【注释】

①纲维:寺庙中的司事僧。

②血膋(liáo):血肉。膋,脂肪。

【译文】

另外,寺里先前有个和尚,不知道他的姓名,经常背着一捆草坐卧在寺院两廊之下，不肯住进院里去。过了几年，司事僧劝他住进房子里，那和尚却反问道："你厌烦我了？"当晚，就用背着的那捆草自焚。到天亮，只剩一堆草灰在那里，没有一点血肉气味。众人这才知道是位异人，于是就用草灰塑了一座像。现在还在佛殿上，世人称为束草师。

X5.56 辞　书事连句[①]：悉为无事者[②]，任被俗流憎[③]。梦复　客异干时客[④]，僧非出院僧[⑤]。柯古　远闻疏牖磬，晓辨密龛灯。善继　步触珠幡响，吟窥钵水澄[⑥]。梦复　句饶方外趣[⑦]，游惬社中朋[⑧]。柯古　静里已驯鸽[⑨]，斋中亦好鹰[⑩]。善继　金涂笔是褧[⑪]，彩溜纸非缯[⑫]。昇上人　锡杖已刓锓[⑬]，田衣从坏塍[⑭]。柯古　占床惭一胁[⑮]，卷箔赖长肱[⑯]。善继　佛日初开照[⑰]，魔天破几层[⑱]。柯古　咒中陈秘计[⑲]，论处正先登[⑳]。善继　勇带绽针石[㉑]，危防丘井藤[㉒]。昇上人

【注释】

①书事：用典。

②无事者：《佛说转女身经》："又尊者舍利弗，菩萨摩诃萨随其所行而立名字：若得净心，名净心者；若逮深心，名深心者；……若住阿兰若处，名闲居无事者……略而言之，随其以何善根发趣大乘，而得名字。"

③俗流：世俗之人。

④干时：用世。

⑤僧非出院僧：指在寺院里持经苦修。唐姚合《寄不出院僧》："不行门外地，斋戒得清真。长食施来饭，深居锁定身。"

⑥澄：语义双关。言钵水澄净。兼用浮图澄钵生莲花的典故。唐欧阳询《艺文类聚》卷七三引《浮图澄传》："澄以钵盛水，烧香咒

之。须臾,钵中生青莲华。"

⑦方外:尘世之外。

⑧社中朋:晋代高僧慧远在庐山东林寺创白莲社,后来就用作咏僧
　人及尊佛文士的典故。

⑨驯鸽:《大智度论》卷一一:"佛在祇洹住,晡时经行,舍利弗从佛
　经行。是时有鹰逐鸽,鸽飞来佛边住。佛经行过之,影覆鸽上,
　鸽身安隐,怖畏即除,不复作声。后舍利弗影到,鸽便作声,颤怖
　如初。"

⑩斋中亦好鹰:用释迦牟尼割肉饲鹰的典故。据《大智度论》卷四,
　尸毗王(佛的前身)见一只饿鹰追捕鸽子,慈悲心起,把鸽子藏在
　怀里,老鹰要求王还其口中食,王即从自己身上割肉以代鸽,最
　后以身饲鹰;即时大地震动,大海扬波,枯树生花,天降香雨、散
　名花,天女歌赞王必得成佛。

⑪褧(jiǒng):用细麻或轻纱制的罩衣。

⑫缯(zēng):丝织品。

⑬剋:同"克"。这里是完工的意思。锻:或作"锻",锻造。

⑭田衣从坏塍(chéng):这句是说袈裟破旧,和上句禅杖新锻相对。
　田衣,袈裟,又称"水田衣"、"稻田衣",因用布片连缀而成形如田
　亩,故称。塍,田间土埂。

⑮占床惭一胁:比丘卧眠之法,为身向右胁而卧,重足,法衣覆身,
　静心凝虑。《中阿含经》卷三八:"须闲提异学遥见婆罗婆第一静
　室,有布草座一胁卧处,似师子卧,似沙门卧,似梵行卧。"胁,
　右胁。

⑯卷箔:卷帘。肱(gōng):手臂。

⑰佛日:佛法无边,广济众生,如日普照。

⑱魔天:即他化自在天,在欲界之顶,为恶魔所居。

⑲咒:真言。

⑳论:解说经典之要义。先登:先于众人而登。

㉑绽针石:或作"磁针石"。

㉒危防丘井藤:《法苑珠林》卷四四:"昔日有人行在旷路,逢大恶象,为象所逐,狂惧走突无所依怙。见一丘井,即寻树根入井中藏。上有黑、白二鼠互啮树根。此井四边有四毒蛇,欲螫其人。而此井下有三大毒龙,傍畏四蛇,下畏毒龙。所攀之树其根动摇。树上有蜜五滴堕其口中。于是动树敲坏蜂窠,众蜂散飞,唼螫其人。有野火起,复来烧树。"

续集卷六

寺塔记下

【题解】

　　本篇共计三十四条。所载同于上篇。其中吟诗联句之类，悉被收入《全唐诗》。另须注意的是征事一类，本篇有六条，上篇也有五条，方内方外竞炫腹笥，比拼才智，可以窥知当时社会的文化水平和文人好尚。

　　X6.1宣阳坊奉慈寺^①　开元中，虢国夫人宅^②。安禄山伪署百官^③，以田乾真为京兆尹^④，取此宅为府，后为郭暧驸马宅^⑤。今上即位之初，太皇太后为升平公主追福^⑥，奏置奉慈寺，赐钱二十万，绣帧三车，抽左街十寺僧四十人居之。今有僧惟则^⑦，以七宝末搴阿育王舍利塔，自明州负来^⑧。寺成后二年，司农少卿杨敬之小女^⑨，年十三，以六韵诗题此寺，自称关西孔子二十七代孙^⑩，字德邻。警句云："日月金轮动，旃檀碧树秋^⑪。塔分鸿雁翅，钟挂凤凰楼。"事因见，敕赐衣。

【注释】

①宣阳坊:唐代长安城坊。

②虢(guó)国夫人(? —756):杨贵妃之姊。天宝七载(748)封虢国夫人。

③安禄山(703—757):营州柳城(今辽宁朝阳)人。天宝十四载(755)冬在范阳起兵叛乱,陷洛阳,自称雄武皇帝,国号燕。又破潼关,陷长安。后为其子安庆绪所杀。

④京兆尹:职官名。管理京师地区的最高行政长官。《旧唐书·安禄山传》:"(十五年六月)关门不守,玄宗幸蜀,太子收兵灵武。贼乃遣张通儒为西京留守,田乾真为京兆尹,安守忠屯兵苑中。"

⑤郭暧:郭子仪第六子。《旧唐书·代宗纪》:"(永泰元年秋七月)甲午,升平公主出降驸马都尉郭暧。"

⑥太皇太后:皇帝的祖母。升平公主:唐代宗之女。见注⑤。追福:为亡灵修功德,祈求冥福。

⑦惟则:即为释惟则。唐代高僧,《宋高僧传》有载。

⑧明州:在今浙江宁波南。

⑨司农少卿:职官名。司农寺设卿、少卿等职,主管粮食积储、京官禄米及园林果实等。杨敬之:唐宪宗元和初年(806)登进士第,历官六部郎中、连州刺史、太常少卿、检校工部尚书等职。

⑩关西孔子:即为杨震(? —124),东汉弘农华阴(今陕西华阴东南)人。明经博览,无不穷究,时儒称之为"关西孔子杨伯起"。

⑪旃檀:檀香木。这里指旃檀佛像。

【译文】

宣阳坊奉慈寺　开元年间,曾为虢国夫人宅第。安禄山攻陷长安,立伪朝设百官,任田乾真为京兆尹,以此宅为其府邸,后来又成了郭暧驸马的家宅。当今皇上即位之初,太皇太后为升平公主祈冥福,奏请设置奉慈寺,赐钱二十万,绣像三车,抽调左街十寺四十名僧人住在寺里。

现今有位僧人释惟则,用七宝粉末仿建阿育王舍利塔,从明州背负进京。建寺后两年,司农少卿杨敬之小女,十三岁,为此寺题了一首六韵诗,她自称是关西孔子二十七代孙,字德邻。诗里的警句是:"日月金轮动,旃檀碧树秋。塔分鸿雁翅,钟挂凤凰楼。"题诗的事后来被皇上知道了,诏令赐给衣物。

X6.2 征释门衣事(语须对)①:如象鼻②,捉羊耳③。柯古 五纳④,三衣⑤。善继 惭愧⑥,斗薮⑦。昇上人 坏衣⑧,严身⑨。约上人 畜长十日⑩,应作三志⑪。入上人 离身四寸⑫,掩手两指⑬。柯古 裸形⑭,刀贱⑮。善继 其形如稻⑯,其色如莲⑰。昇上人 赤麻、白豆⑱,若青、若黑⑲。柯古

【注释】

①释门衣事:关于佛衣的典故。

②如象鼻:《根本说一切有部毗奈耶》卷五〇:"时六众苾刍著衣太高,净信婆罗门等见不齐整,便生讥诮,作如是语:'此诸苾刍衣不齐整,同无耻人。'诸苾刍闻已,白佛。佛言:'不应太高著衣,应当学。'六众闻已,著衣太下,俗复讥嫌。佛言:'不应太下,著衣如新嫁女,应当学。'或时当前长垂,犹如象鼻,诸俗讥嫌。佛言:'不应当前垂下。'"按,苾刍,即比丘。

③捉羊耳:《摩诃僧祇律》卷二一:"佛告诸比丘:'……齐整被衣应当学。齐整被衣时,不得如缠轴,应当通肩被著纽齐两角,左手捉,捉时不得手中出角头如羊耳。'"

④五纳:五纳衣。即用五色碎段重纳为衣。

⑤三衣:指僧伽梨、郁多罗僧、安陀会三衣,亦即袈裟。见3.46条注②。

⑥惭愧:《中阿含经》卷一五:"若比丘、比丘尼成就惭愧为衣服者,便能舍恶,修习于善。"

⑦斗薮:即抖擞,抖落衣上尘土。《翻梵语》卷三:"头陀,持律者云'抖薮',声论者云:'正外国音,应言偷多,翻为除尘,斗薮是譬翻,除尘是正翻。'"唐孟郊《夏日谒智远禅师》:"斗薮尘埃衣,谒师见真宗。"

⑧坏衣:《大庄严论经》卷一〇:"尊者迦叶到贫里巷,乐受贫施。尔时帝释化作织师贫穷老人,舍之,亦化为老母,著弊坏衣,夫妇相随,坐息道边。尔时尊者见彼夫妇弊衣下贱,即作是念:世之穷下不过是等。即至其所欲往安慰。织师疾起取尊者钵,以天须陀食满钵奉之。"

⑨严身:《大智度论》卷一七:"贪欲之人去道甚远……如除欲,盖偈所说:'……又如豪贵人,盛服以严身;而行乞衣食,取笑于众人。比丘除饰好,毁形以摄心;而更求欲乐,取笑亦如是。'"

⑩畜长十日:《摩诃僧祇律》卷二八:"佛告阿难:'从今已后,长衣听十日畜。'诸比丘长衣满十日,持是诸衣往白世尊:'此衣已满十日。'佛言:'从今已后,听受迦绵那衣。'"

⑪应作三志:不详。

⑫离身四寸:《大般涅槃经》卷二七:"(菩萨)心常在定,初无散乱,相好严丽,庄饰其身。所游之处,丘墟皆平,衣服离身四寸不堕。"

⑬掩手两指:《佛说弥勒大成佛经》:"尔时弥勒持释迦牟尼僧伽梨,覆右手不遍,才掩两指,复覆左手,亦掩两指。"

⑭裸形:《长阿含经》卷八:"佛告梵志:'汝所行者,皆为卑陋。离服裸形,以手障蔽。'"

⑮刀贱:《四分律删繁补阙行事钞》卷三二:"律中沙门衣三种贱,一刀贱(谓割坏故),二色贱(不正色染),三体贱(谓粪扫世弃者)。"

⑯稻:稻田。袈裟又名"稻田衣"。见 X5.56 注⑭。

⑰其色如莲:"莲"疑为"兰"之误,指木兰色。袈裟又名"坏色衣",其颜色须避青、黄、赤、黑、白五种正色,而以其他不正色染坏之,故名"坏色";坏色有三种,一青坏色,二黑坏色,三木兰坏色。

⑱赤麻、白豆:《十诵律》卷五六:"衣净者,佛听著十种衣。何等十?白麻衣,赤麻衣,刍摩衣……"《大般涅槃经》卷三二:"佛言:'善男子,菩萨摩诃萨当以苦行,自试其心。日食一胡麻,经一七日。粳米、绿豆、麻子、粟糜及以白豆亦复如是,各一七日。'"

⑲若青、若黑:僧衣坏色,一青,二黑。见注⑰。《四分律》卷一六:"尔时世尊以无数方便呵责六群比丘已,告诸比丘:'……若比丘得新衣,应三种坏色,一一色中随意坏,若青若黑若木兰。若比丘不以三种坏色,若青若黑若木兰,著余新衣者波逸提。'"

X6.3 光宅坊光宅寺①　　本官蒲萄园。中禅师影堂②,师号惠中,肃宗上元二年征至京师③,初居此寺。征诏云:"杖锡而来④,京师非远。斋心已久⑤,副朕虚怀⑥。"

【注释】

①光宅寺:宋王溥《唐会要》卷四八"寺":"光宅寺　光宅坊。仪凤二年,望气者言此坊有异气,敕令掘,得石碗,得舍利万粒,遂于此地立为寺。"

②中禅师:即为释慧忠(? —775),或作"惠中",唐代高僧,越州诸暨(今属浙江)人。

③上元二年:761 年。

④杖锡:拄着锡杖。

⑤斋心:去除杂念,静心凝虑。

⑥副：相称，合。

【译文】

光宅坊光宅寺　本为朝廷的葡萄园。有中禅师影堂，中禅师号惠中，肃宗上元二年应召来到京师，起初就住在这寺里。征诏上说："法师杖锡而来，京师并不遥远。寡人清心已久，定然不负朕望。"

X6.4　建中中，有僧竭造曼殊堂①，将版基于水际，虑伤生命，乃建三日道场，祝一足至多足、无足令他去。及掘地至泉，不遇虫蚁。又以复素过水②，有虫投一井水中，号护生井，至今涸。又铸铜蟾为息烟灯，天下传之。今曼殊院尝转经，每赐香。宝台甚显③，登之，四极眼界。其上层窗下尉迟画④，下层窗下吴道玄画，皆非其得意也。丞相韦处厚⑤，自居内廷至相位⑥，每归，辄至此塔焚香瞻礼。

【注释】

①僧竭：唐代高僧，《宋高僧传》有载。

②复素：多层白绢。

③宝台：即七宝台。

④尉迟：即为尉迟乙僧。唐代画家，隋朝画家尉迟跋质那之子。唐张彦远《历代名画记》卷九："尉迟乙僧，于阗国人，父跋质那。乙僧国初授宿卫官，袭封郡公，善画外国及佛像，时人以跋质那为大尉迟，乙僧为小尉迟。"

⑤韦处厚（773—828）：字德载，京兆万年（今陕西西安）人。元和初登进士第。历官右拾遗、左补阙、户部郎中，召为翰林侍讲学士。文宗即位，拜中书侍郎、同平章事，封灵昌郡公。

⑥内廷：内朝。

【译文】

建中年间，有个竭和尚建造曼殊堂，准备在水边筑墙基时，担心伤及生灵，就做了三天法事，祈祷所有有脚的、无脚的生命都到别处去。然后掘地直至挖出泉水，也没有遇见一只蚁虫。又用多层的白绢过滤水，滤出虫子就投进一口井里，并把这口井称作护生井，现在已经干涸了。又铸造铜蟾制成无烟灯，天下都流行这种灯。如今曼殊院里转经，每每有皇帝赐香。七宝台甚为高大，登上台极目四望，一览无余。台的上层窗下画是尉迟乙僧所画，下层窗下画是吴道玄所画，都不是他们的得意之作。丞相韦处厚，自供奉内廷直到升至相位，每次回家时都到这座塔焚香瞻拜。

X6.5 普贤堂，本天后梳洗堂，蒲萄垂实，则幸此堂。今堂中尉迟画，颇有奇处，四壁画像及脱皮白骨①，匠意极崄。又变形三魔女②，身若出壁。又佛圆光③，均彩相错乱目。成讲东壁佛座前锦④，如断古标。又左右梵僧及诸蕃往奇，然不及西壁，西壁逼之摽摽然。

【注释】

①脱皮白骨：佛教语。对人的尸体作九种观想，以知觉人身的不净，去除对幻躯的留恋，是为"九想"；其中第八想为白骨想，谓修行之人，观想死尸形骸暴露，皮肉已尽，但见白骨狼藉，如贝如珂。

②变形三魔女：《佛说太子瑞应本起经》卷上："于是第六化应声天，天上魔王，见菩萨清净无欲，精思不懈……召三玉女，一名欲妃，二名悦彼，三名快观，使行坏菩萨意。三女皆被罗縠之衣，服天名香璎珞珠宝，极为妖冶巧媚之辞，欲乱其意。菩萨心净如琉璃

珠,不可得污。……其三玉女,化成老母,不能自复。"

③圆光:佛头顶上发出的圆轮光明。

④成讲:即讲经堂。

【译文】

普贤堂,本是天后的梳洗堂,每到葡萄硕果累累时,天后就会驾幸这里。现有尉迟乙僧的画,颇见奇妙,四壁的画像及所画脱皮白骨想,匠心独运,画意惊悚。另有变形三魔女,身形仿佛要飞出墙壁。还有佛像的圆光,色彩缤纷,炫人眼目。讲经堂东壁佛像底座前锦,好像正从旧幡杆上飘落下来。佛像两边的梵僧以及外国人,画得都很奇特,但不及西壁画得好,西壁的画近看有种飞扬灵动的感觉。

X6.6 辞　中禅师影堂连句:名下固无虚,敖曹貌严毅①。洞达见空王②,圆融入佛地③。善继　一言当要害④,忽忽醒诸醉⑤。不动须弥山⑥,多方辨无匮⑦。梦复　坦率对万乘⑧,偈答无所避。尔如毗沙门⑨,外形如脱履⑩。柯古　但以理为量⑪,不语怪力事⑫。木石摧贡高⑬,慈悲引贪恚⑭。昇上人　当时乏支许⑮,何人契深致⑯。随宜讵说三⑰?直下开不二⑱。柯古

【注释】

①敖曹貌严毅:本句形容中禅师面貌气质。敖曹,即昂藏,气宇轩昂。严毅,威严刚毅。

②洞达:洞明佛理。空王:即空王佛。佛陀空无一切邪执,故称"空王"。唐沈佺期《乐城白鹤寺》:"无言谛居远,清净得空王。"

③圆融:佛教术语。圆通融合,没有矛盾、障碍的境界。佛地:佛教的修行过程分为十阶,谓之十地,为乾慧地、性地、八人地、见地、

薄地、离欲地、已作地、辟支佛地、菩萨地、佛地,佛地即菩萨修行所达到的最后果位。

④一言当要害:谓中禅师一语即能开悟。

⑤诸醉:借指昧于佛理之大众。

⑥须弥山:意译为妙高山,因为山是由金、银、琉璃、水晶四宝所成,故称"妙";又高有八万四千由旬(由旬,古印度计算里程的单位),阔有八万四千由旬,为诸山之王;山形上下皆大,中央独小,四王天居于山腰四面,忉利天在山顶。详1.35条注②。

⑦多方:或作"多言"。辨:通"辩"。本句谓其雄辩滔滔。

⑧万乘:皇帝。

⑨毗沙门:即北方多闻天王,佛教护法神四大天王之一。

⑩外形如脱履:形容洒脱。脱履,比喻看得很轻。

⑪以理为量:《俱舍论记》卷一:"以理为量,不执一宗。"理,佛理,真谛。量,尺量,标准。

⑫不语怪力事:《论语·述而》:"子不语怪、力、乱、神。"

⑬木石摧贡高:《百喻经》卷三:"譬如有人磨一大石,勤加功力,经历日月,作小戏牛,用功既重,所期甚轻。世间之人,亦复如是。磨大石者,喻于学问精勤劳苦;作小牛者,喻于名闻互相是非。夫为学者研思精微,博通多识,宜应履行远求胜果。方求名誉,憍慢贡高,增长过患。"贡高,骄傲自大。

⑭贪:贪欲。恚:嗔恚。合痴(愚痴)为三毒,是一切烦恼的根本。

⑮当时乏支许:谓中禅师在世时,无有可共谈佛的高僧大德。支许,晋代高僧支遁和高士许询,二人友善,皆善谈佛经和玄理。南朝宋刘义庆《世说新语·文学》:"支道林、许掾诸人共会在会稽王斋头,支为法师,许为都讲。支通一义,四座莫不厌心;许送一难,众人莫不抃舞。但共嗟咏二家之美,不辩其理之所在。"支遁(314—366),年二十五出家,先后于今江浙一带立寺讲经,与

名士谢安、王羲之等交游,后居沃洲山。

⑯契深致:谓契合无间。契,契合,默契。深致,深思,深理。

⑰随宜讵说三:岂是随随便便讲些众所熟知的佛理。随宜,随随便便。讵,岂。三,三世,过去世,现在世,未来世。

⑱开不二:能直接开示独一无二的悟道法门。与上句意思相对。不二,不二法门。佛教有八万四千法门,不二法门在诸法门之上,能直见圣人之道。

X6.7 翊善坊保寿寺①　本高力士宅②。天宝九载舍为寺。初铸钟成,力士设斋庆之,举朝毕至,一击百千。有规其意③,连击二十杵。经藏阁规构危巧,二塔火珠④,受十余斛⑤。

【注释】

①翊善坊:唐代长安城坊。《旧唐书·高力士传》:"力士资产殷厚,非王侯能拟,于来庭坊造宝寿佛寺、兴宁坊造华封道士观,宝殿珍台,侔于国力。……初,宝寿寺成,力士斋庆之,举朝毕至。凡击钟者,一击百千;有规其意者,击至二十杵,少尚十杵。"按,翊善坊与来庭坊南北相邻,均逼近皇宫东内,故多宦官居之。

②高力士(684—762):潘州(今广东茂名)人,本姓冯,因宦官高延福收养改姓高。圣历元年(698)入宫供事。开元初,从唐玄宗诛太平公主,为右监门卫将军,知内侍省事,权倾朝野。安禄山反,扈从玄宗入蜀。后还京师,为李辅国诬陷流放巫州。两年后赦还,行至途中,闻玄宗驾崩,呕血而卒。

③规:通"窥",揣测。

④火珠:佛塔顶上的宝珠形装饰物,周围饰以火焰,故名。

⑤斛:十斗为一斛。

【译文】

翊善坊保寿寺　本为高力士旧宅。天宝九载,舍宅为寺。当时铸成一口大钟,高力士设斋会以示庆贺,满朝百官都来了,敲一下钟就送十万钱当贺礼。有人猜到了高力士的用意,就一连敲了二十下。寺里的经藏阁危楼高耸,结构精巧,两座佛塔的火珠,有十余斛那么大。

X6.8　河阳从事李涿性好奇古①,与僧智增善,尝俱至此寺,观库中旧物。忽于破瓮中得物如被,幅裂污坌②,触而尘起。涿徐视之,乃画也。因以州县图三及缣三十获之③,令家人装治之,大十余幅。访于常侍柳公权④,方知张萱所画《石桥图》也⑤,玄宗赐高,因留寺中。后为鬻画人宗牧言于左军⑥,寻有小使领军卒数十人至宅,宣敕取之,即日进入。先帝好古⑦,见之大悦,命张于云韶院⑧。

【注释】

①河阳:今河南孟州。从事:州县佐吏。

②坌(bèn):尘埃。

③缣(jiān):双丝的细绢。

④柳公权(778—865):字诚悬,京兆华原(今陕西铜川耀州)人。穆、敬、文宗三朝,皆侍书中禁。迁中书舍人,充翰林书诏学士,开成年间转工部侍郎,武宗即位授右散骑常侍,累迁工部尚书。柳公权精于法书,初学王羲之,后遍阅名家笔法,自成一家,世称"柳体"。当时公卿大夫家碑板,不得柳公权手笔者,人以为不孝。

⑤张萱:唐代画家,京兆(今陕西西安)人。善画贵公子、鞍马、屏帏、宫苑等,名冠于时。

⑥左军：即左神策军。神策军是由宦官统领的禁军，贞元年间分为左、右两厢。

⑦先帝：据 X5.1 条，这里的先帝应指唐武宗。

⑧云韶院：即内教坊所在地。《新唐书·百官志三》："武德后，置内教坊于禁中。武后如意元年，改曰云韶府，以中官为使。开元二年，又置内教坊于蓬莱宫侧……京都置左右教坊，掌俳优杂技。自是不隶太常，以中官为教坊使。"

【译文】

河阳佐吏李涿生性喜好稀奇古物，和智增和尚交好，他曾和智增同到保寿寺，观看内库流传出来的旧物。他们忽然在破瓮里发现一件薄被样的东西，破破烂烂，积满灰尘，一碰就尘土飞扬。李涿慢慢地打开来看，原来是一幅画。李涿就拿三幅州县图和三十匹缣换下了，让家人修复装裱好，画面有十几张纸那么大。李涿向右散骑常侍柳公权请教，这才知道是张萱所画的《石桥图》，当年玄宗赏赐给高力士，因而留存在寺里。后来，卖画人宗牧把这件事告诉了左军的人，很快就有宫中小使带着几十名军卒到了李宅，宣明旨意，把画拿走了，当天就送进宫里。先帝喜好古物，一见大喜，命人张挂在云韶院。

X6.9 寺有先天菩萨帧①，本起成都妙积寺。开元初，有尼魏八师者，常念《大悲咒》②。双流县百姓刘乙③，名意儿，年十一，自欲事魏尼，尼遣之不去，常于奥室立禅④。尝白魏云："先天菩萨见身此地。"遂筛灰于庭，一夕，有巨迹数尺，轮理成就⑤。因谒画工，随意设色，悉不如意。有僧杨法成自言能画。意儿常合掌仰祝，然后指授之。以近十稔⑥，工方毕。后塑先天菩萨凡二百四十二首，首如塔势，分臂如意蔓⑦。其榜子有一百四十⑧，曰乌树一⑨，凤四翅，水肚树，所题深怪，不可详悉。画样凡十五卷，柳七师者，崔宁之甥⑩，分三卷往上都流行。时魏奉古为长史⑪，进之。后因四月八日赐高力士⑫。今成都者是其次本。

【注释】

①先天菩萨：据下条，先天菩萨为观世音化身。

②《大悲咒》：全称为《千手千眼观世音菩萨广大圆满无碍大悲心陀罗尼经》。佛教认为诵此咒能得十五种善生，不受十五种恶死，一切烦恼罪障，乃至五逆等重罪，悉皆消弭。

③双流县：今四川成都双流。

④奥室：静室。奥，室内的西南角，古人设神主或尊长居坐的地方。

⑤轮理：轮相。佛菩萨脚掌上的轮形印纹。《佛说观佛三昧海经》卷六："尔时世尊于大众中，即便起行，足步虚空。……佛举足时，足下千幅轮相，一一轮相皆雨八万四千众宝莲华，一一莲华复化八万四千亿那由他华，一一莲华化为一台，一一华台一一华叶，遍覆十方无量世界。"

⑥十稔(rěn)：十年。稔，年，古代谷一熟为年。

⑦意蔓：别本或无"意"字。

⑧榜子：也作"牓子"，事物标记。《一切经音义》卷五二："标牓(补朗反，谓物标记也。字从片。经文从木作榜，补孟反，非此义也)。"

⑨曰乌树：乌，疑作"乌"。曰乌树，指扶桑树。

⑩崔宁(723—783)：本名崔旰，卫州(今河南汲县)人。唐代宗永泰二年(766)加成都尹，兼西山防御使、剑南西川节度行军司马，赐名宁。

⑪长史：职官名。唐制，上州刺史别驾之下，置长史一人。

⑫四月八日：佛的生日。本日浴佛（灌佛），以水浴灌佛像而拂拭之。南朝宗懔《荆楚岁时记》："四月八日，诸寺设斋，以五色香水浴佛，共作龙华会。"

【译文】

保寿寺有先天菩萨画像，来自成都妙积寺。开元初年，有位名叫魏八师的比丘尼，经常念诵《大悲咒》。双流县百姓刘某，名叫意儿，十一岁，自愿师事魏尼姑，魏尼姑怎么也赶不走他，刘意儿经常在静室禅修。有一次他对魏尼姑说："先天菩萨在此现身。"接着就筛灰布在庭院里，一晚，灰迹上出现了几尺长的巨形足迹，轮相分明。于是请来画工，画工按刘意儿的想法设色作画，结果全不如意。有位叫杨法成的和尚自称擅长作画。刘意儿就先合十仰祝，然后再指点他作画。花了将近十年的工夫才画完。后来塑造先天菩萨像共二百四十二个头，脑袋林林总总就像塔林的形状，手臂有如枝蔓多不胜数。榜子有一百四十，扶桑树一株，凤凰有四只翅膀，还有像水瓶一样的树，画的东西十分怪异，无法尽知。画稿一共有十五卷，柳七师是西川崔宁的外甥，把画稿分为三卷带往长安流传。当时魏奉古为长史，进献入宫。后来皇帝在四月八日这天赐给了高力士。如今成都的那份是摹本。

X6.10　辞　先天帧赞连句①：观音化身，厥形孔怪②。脑脑淫厉③，众魔膜拜。善继　指蔓鸿纷④，榜列区界⑤。其事明张，何不可解？柯古　阎河德川⑥，大士先天⑦。众象参罗⑧，曒曒田田⑨。梦复　百亿花发，百千灯燃。胶如络绎，浩汗连绵⑩。善继　焰摩界戚⑪，洛迦苦霁⑫。正念皈依⑬，众眚如雪⑭。柯古　戾滓可汰⑮，痴膜可蜕⑯。稽首如空⑰，睟容若睇⑱。善继　阐提墨屎⑲，睹而面之。寸念不生，未遇乎而⑳。柯古

【注释】

①先天帧:即上条的“先天菩萨帧”。

②厥:其,他的。孔:很。

③胣(chǐ)腽:开裂。淫厉:暴戾,面目可怖。

④指蔓鸿纷:即上条中“分臂如蔓”的意思。

⑤榜列区界:不详。

⑥阎河:佛经上说,南赡部洲(我们现在所住的娑婆世界即在此洲)的中心有阎浮树的树林,树林中有河,名阎浮河。

⑦大士:菩萨的通称。

⑧众象参罗:森罗万象。参罗,森罗。

⑨暾暾田田:形容宝像之光明盛大。暾暾,光明。田田,本指荷叶鲜碧成片之盛况,这里是多的意思。

⑩浩汗:浩瀚。

⑪焰摩界:即阎罗界,阴司冥界。烕:或作“灭”。

⑫洛迦:梵语音译,或作“奈洛迦”,即无间地狱(最底层地狱)的别名。霁:消释。

⑬正念:不生邪念,忆念正道。皈依:归向佛法。

⑭眚(shěng):灾难,疾苦。篲(huì):扫除,拂去。

⑮戾滓:众生的罪垢。汰:洗汰。

⑯痴:心性暗昧,迷于事理。膜:薄皮,和上句的“滓”对举,都是比喻的说法。蜕:脱皮。

⑰稽首:僧人礼拜时叩头至地。空:空无所有。

⑱睟(suì):视,看。睇(dì):斜着眼看。稽首至地不见宝像,故曰“空”;而抬头即见,故曰“睇”。

⑲阐提:不信佛法、断绝成佛善根的人。墨杘(chì):无赖,欺诈之人。

⑳寸念不生,未遇乎而:此谓阐提墨杘之人,见此先天菩萨之像,不

生一毫善念，虽见如同未见。

X6.11 事征（高力士）①：呼"二兄"②。柯古　呼"阿翁"③。善继　呼"将军"④。梦复　呼"火老"。柯古　五轮碨⑤。善继　初施棨戟⑥。梦复　常卧鹿床⑦。柯古　长六尺五寸⑧。善继　陪葬泰陵⑨。梦复　咏荠⑩。柯古　齿成印⑪。善继　上国下国⑫。梦复　梦鞭⑬。柯古　吕氏生髭⑭。善继

【注释】

①事征（高力士）：征引关于高力士的典故。

②呼"二兄"：《旧唐书·高力士传》："肃宗在春宫，呼为'二兄'，诸王公主皆呼'阿翁'，驸马辈呼为'爷'。"

③呼"阿翁"：见前注引文。

④呼"将军"：《旧唐书·高力士传》："天宝初，加力士冠军大将军、右监门卫大将军，进封渤海郡公。"《新唐书·高力士传》："帝或不名而呼将军。"

⑤五轮碨（wèi）：《旧唐书·高力士传》："于京城西北截沣水作碾，并转五轮，日碾麦三百斛。"碨，石磨。

⑥棨戟（qǐ jǐ）：仪仗之物，设于门前以示威严。《旧唐书·高力士传》："玄宗尊重宫闱，中官稍称旨，即授三品将军，门施棨戟。"另参 X2.1 条"戟门"注②。

⑦常卧鹿床：不详。

⑧长六尺五寸：此谓高力士的身高。出《旧唐书·高力士传》。

⑨泰陵：唐玄宗李隆基的陵墓，在今陕西蒲城。高力士死后陪葬泰陵，见《旧唐书·高力士传》。

⑩咏荠：唐郑处诲《明皇杂录》："高力士既谴于巫州，山谷多荠而人

不食,力士感之,因为诗寄意:'两京作斤卖,五溪无人采。夷夏虽有殊,气味终不改。'"

⑪齿成印:不详。

⑫上国:京师,指高力士由岭南进京。下国:京师以外的地方,指高力士被贬巫州。

⑬梦鞭:不详。

⑭吕氏生髭(zī):此谓高力士以净身之宦官(无须)而娶吕氏为妇,故戏以吕氏比如男子(生髭)。髭,胡须。《旧唐书·高力士传》:"开元初,瀛州吕玄晤作吏京师,女有姿色,力士娶之为妇,擢玄晤为少卿、刺史,子弟皆为王傅。吕夫人卒,葬城东,葬礼甚盛。中外争致祭赠,充溢衢路,自第至墓,车马不绝。"

【译文】

事征(高力士):肃宗称"二兄"。柯古　诸王和公主称"阿翁"。善继　玄宗称"将军"。梦复　称"火老"。柯古　作五轮石磨。善继　初设棨戟仪仗。梦复　常卧鹿床。柯古　身高六尺五寸。善继　死后陪葬玄宗泰陵。梦复　有咏荠诗。柯古　齿成印。善继　来到上国,去往下国。梦复　梦鞭。柯古　净身娶妻,吕氏生须。善继

X6.12 宣阳坊静域寺①　本太穆皇后宅②。寺僧云:"三阶院门外,是神尧皇帝射孔雀处③。"禅院门内外,《游目记》云王昭隐画④。门西里面,和修吉龙王有灵⑤。门内之西,火目药叉及北方天王⑥,甚奇猛。门东里面,贤门也,野叉部落鬼首上蟠蛇,汗烟可惧。东廊树石嵚怪,高僧亦怪。西廊万菩萨院门里南壁,皇甫轸画鬼神及雕,形势若脱。轸与吴道玄同时,吴以其艺逼己,募人杀之。

【注释】

①宣阳坊静域寺：元骆天骧《类编长安志》卷五："净域寺：在宣阳坊
西南隅。隋文帝开皇五年立。恭帝禅位，止于此寺薨焉。"

②太穆皇后：即为唐高祖皇后窦氏（569？—613？），京兆始平（今陕
西咸阳西北）人。生建成、世民、玄霸、元吉和平阳昭公主。隋朝
大业年间，卒于涿郡。唐高宗上元元年（674），改上尊号太穆顺
圣皇后。

③神尧皇帝：即为唐高祖李渊（566—635）。唐高宗上元元年（674）
改上尊号神尧皇帝。射孔雀：《旧唐书·后妃传上》："高祖太穆
皇后窦氏，京兆始平人，隋定州总管、神武公毅之女也。后母，周
武帝姊襄阳长公主。……（毅）谓长公主曰：'此女才貌如此，不
可妄以许人，当为求贤夫。'乃于门屏画二孔雀，诸公子有求婚
者，辄与两箭射之，潜约中目者许之。前后数十辈莫能中，高祖
后至，两发各中一目。毅大悦，遂归于我帝。"

④王昭隐：唐代画家。唐张彦远《历代名画记》卷九："王韶应（或作
昭隐），画鬼神，深有气韵。"

⑤和修吉龙王：多头龙王，八龙王之一。和修吉，多头的意思。《妙
法莲华经》卷一："有八龙王：难陀龙王、跋难陀龙王、娑伽罗龙
王、和修吉龙王、德叉迦龙王、阿那婆达多龙王、摩那斯龙王、优
钵罗龙王等。"

⑥药叉：即夜叉。北方天王：即北方多闻天王（梵名毗沙门），佛教
护法神四大天王之一，佛令其掌擎古佛的舍利塔，因名托塔天
王，佛寺中塑像通常是一手持戟，一手擎塔；所统领者，为夜叉
（捷疾鬼）、罗刹（暴恶鬼）。

【译文】

　　宣阳坊静域寺　本是太穆皇后娘家宅第。寺里的和尚说："三阶院
门外，是神尧皇帝射孔雀的地方。"禅院门内外所画鬼神，《游目记》说是

王昭隐画的。门西里面，画的是和修吉龙王，颇有灵验。门内西边，画的是火目夜叉以及北方天王，甚为奇猛。门东里面是贤门，画满夜叉，鬼头上盘着蛇，让人恐惧流汗。东廊所画古树山石，十分险怪，高僧的形象也非常怪异。西廊万菩萨院门里南面墙壁，有皇甫轸所画鬼神及大雕，活灵活现，好像要从墙壁上飞下来。皇甫轸和吴道子是同时代人，吴道子因其画艺高超威胁到自己的声望，就雇人杀了他。

　　X6.13 万菩萨堂内有宝塔，以小金铜塔数百饰之。大历中，将作刘监有子①，合手出胎，七岁念《法华经》。及卒，焚之，得舍利数十粒，分藏于金铜塔中。善继云："合是刘铭②。"佛殿东廊有古佛堂，其地本雍村，堂中像设悉是石作③，相传云隋恭帝终此堂④。

【注释】

①将(jiāng)作监：秦置将作少府，汉景帝时更名将作大匠，职掌宗庙、陵寝、宫室及其他土木工程的营建。唐为将作监，置大匠、少匠，总四署、三监、百工之官属。

②铭：铭刻。这里是铸的意思。

③像设：供奉的神佛塑像。

④隋恭帝：即为杨侑(605—619)。隋炀帝孙。义宁元年(617)被立为皇帝。第二年，禅位于李渊，封酅国公。唐高祖武德二年卒，年十五岁。

【译文】

　　万菩萨堂里有座宝塔，塔身装饰着几百个小金铜塔。大历年间，将作监有位姓刘的官员，有个儿子出生时双手合十，七岁时就会念《法华经》。他死后，焚化遗体，得到几十粒舍利子，分别藏在这些小金铜塔里。善继说:"这些小金铜塔应该是刘某铸造的。"佛殿的东廊有古佛堂,那地方本为雍村,古佛堂里的神佛塑像全是石雕,相传隋恭帝就死在此堂之内。

X6.14 三门外画,亦皇甫轸迹也,金刚旧有灵[1]。天宝初,驸马独孤明宅与寺相近[2]。独孤有婢名怀春,稚齿俊俏,常悦西邻一士人,因宵期于寺门,有巨蛇束之,俱卒。

【注释】

①金刚:梵语音译,即金刚石,其石坚利不可摧,佛家视为稀世之宝。这里指的是安置于佛寺大门两侧,执金刚杵护持佛法的金刚力士像。

②独孤明:《新唐书·诸帝公主传》:"(玄宗二十九女)信成公主,下嫁独孤明。"

【译文】

三门外的画,也是皇甫轸的手笔,所画金刚以前颇有灵验。天宝初年,驸马独孤明的宅第与寺邻近。独孤明有个婢女名叫怀春,年轻俊俏,曾喜欢西邻一位读书人,两人相约夜间在寺门幽会,结果有条大蛇缠住了他们,两人都死了。

X6.15 佛殿内,西座蕃神甚古质[1]。贞元已前,西蕃两度盟[2],皆载此神立于坛而誓,相传摩时颇有灵[3]。

【注释】

①蕃:外国。这里指吐蕃。

②西蕃:即吐蕃。两度盟:《旧唐书·吐蕃传上》"肃宗元年建寅月

甲辰,吐蕃遣使来朝请和,敕宰相郭子仪、萧华、裴遵庆等于中书设宴。将诣光宅寺为盟誓,使者云:蕃法盟誓,取三牲血歃之,无向佛寺之事,请明日须于鸿胪寺歃血,以申蕃戎之礼。从之。……永泰元年三月,吐蕃请和,遣宰相元载、杜鸿渐等于兴唐寺与之盟而罢。”

③摩时:或作“当时”。

【译文】

佛殿里面,西座的蕃神甚为古雅质朴。德宗贞元以前,吐蕃与我国两度结盟,都载此蕃神立于神坛盟誓,相传当时颇有灵验。

X6.16　辞　三阶院连句①:密密助堂堂②,隋人歌檿桑③。双弧摧孔雀④,一矢陨贪狼⑤。*柯古*　百步望云立⑥,九规看月张⑦。获蛟徒破浪⑧,中乙漫如墙⑨。*善继*　还似贯金鼓⑩,更疑穿石梁。因添挽河力⑪,为灭射天狂⑫。*柯古*　绝艺却南牧⑬,英声来鬼方⑭。丽龟何足敌⑮,殪豕未为长⑯。*善继*　龙臂胜猿臂⑰,星芒超箭芒⑱。虚夸绝高鸟⑲,垂拱议明堂⑳。*柯古*

【注释】

①三阶院连句:三阶院是当年李渊射孔雀求婚处,故本条全是颂赞李渊箭术的典故。

②密密:勤勉谨慎的样子,代指窦皇后。堂堂:容貌壮伟,代指唐高祖李渊。参见 X6.12 条注②、注③。

③檿(yǎn)桑:即檿弧。檿,一种落叶乔木,可制弓、车辕等。《国语·郑语》:“宣王之时有童谣曰:‘檿弧箕服,实亡周国。’”本句意为隋亡唐兴。

④双弧摧孔雀：指李渊射孔雀事。

⑤一矢陨贪狼：咏赞李渊箭术。

⑥百步望云立：用养由基百步穿杨的典故。《史记·周本纪》："楚有养由基者，善射者也。去柳叶百步而射之，百发而百中之。"

⑦九规看月张：瞄准箭靶，力挽弯弓，有如满月。

⑧获蛟徒破浪：用汉武帝射蛟的典故。《汉书·武帝纪》："（元封）五年冬，行南巡狩，至于盛唐（山），望祀虞舜于九嶷。登潜天柱山，自浔阳浮江，亲射蛟江中，获之。舳舻千里，薄枞阳而出，作《盛唐枞阳之歌》。"

⑨中乙漫如墙：用孙权射虎的典故。乙，虎威。这里代指虎。《三国志·吴志·孙权传》："权将如吴，亲乘马射虎于庱亭，马为虎所伤，权投以双戟，虎却废，常从张世击以戈，获之。"

⑩贯金鼓：与下文"穿石梁"均形容膂力过人。《史记·李将军列传》："广出猎，见草中石，以为虎而射之，中石没镞，视之石也。"

⑪挽河力：唐张说《奉和圣制观拔河俗戏应制》："长绳系日住，贯索挽河流。"唐杜甫《洗兵马》："安得壮士挽天河，净洗甲兵长不用。"

⑫射天狂：喻指隋炀帝之暴虐无道。《史记·殷本纪》："帝武乙无道，为偶人，谓之天神。与之博，令人为行。天神不胜，乃僇辱之。为革囊，盛血，印而射之，命曰'射天'。"

⑬南牧：征服南方。

⑭鬼方：商周时西北方部族名。这里代指北方。

⑮丽龟：射中猎物背部隆起的中心处。《左传·宣公十二年》："麋兴于前，射麋，丽龟。"杨伯峻注："丽，著也。龟指禽兽之背部。古之田猎者，其箭先着背以达于腋为善射。"

⑯殪（yì）：一箭射死。豕：猪。

⑰龙臂：指李渊。猿臂：形容射手臂长如猿，灵活矫健。

⑱星芒：星光，喻指李渊。

⑲虚夸绝高鸟：用更嬴引弓虚发而下鸟的典故（惊弓之鸟），仍是称颂箭术高超。

⑳垂拱：垂衣拱手，无为而治。明堂：天子理政之所。本句称颂李渊无为而治。

X6.17 崇义坊招福寺　本曰正觉，国初毁之，以其地立第赐诸王，睿宗在藩居之。乾封二年①，移长宁公主佛堂于此②，重建此寺。寺内旧有池，下永乐东街数方土填之③。今地底下树根多露。长安二年④，内出等身金铜像一铺，并九部乐⑤。南北两门额，上与岐、薛二王亲送至寺⑥，彩乘象舆⑦，羽卫四合，街中余香，数日不歇。景云二年⑧，又赐真容坐像⑨，诏寺中别建圣容院，是睿宗在春宫真容也⑩。先天二年⑪，敕出内库钱二千万⑫，巧匠一千人，重修之。

【注释】

①乾封：唐高宗李治年号（666—668）。

②长宁公主（656—710）：唐中宗李显之女。

③永乐：即永乐坊，在崇义坊之南。

④长安：武周年号（701—704）。

⑤九部乐：唐代宫廷音乐。宋王溥《唐会要》卷三三"讌乐"："武德初，未暇改作，每讌享，因隋旧制，奏九部乐：一《讌乐》，二《清商》，三《西凉》，四《扶南》，五《高丽》，六《龟兹》，七《安国》，八《疏勒》，九《康国》。至贞观十六年十二月，宴百寮，奏十部乐。先是，伐高昌，收其乐付太常，乃增九部为十部伎。"

⑥上：据上文，应指睿宗。岐、薛二王：睿宗第四子李范和第五子

李业。

⑦彩乘:彩车。象舆:运载佛像的车舆。

⑧景云:唐睿宗李旦年号(710—712)。

⑨真容:此为睿宗真容。

⑩春官:东宫。太子所居。

⑪先天:唐玄宗李隆基年号(712—713)。

⑫内库:皇帝的私库。

【译文】

崇义坊招福寺　本名正觉寺,毁于开国之初,那块地就建起宅第赐给诸王,睿宗在藩邸时曾经居住。高宗乾封二年,把长宁公主的佛堂设于此地,重建了这座寺院。寺里原来有池塘,从永乐坊东街取了几方土填平了。如今地底下还常有树根露出来。长安二年,宫里颁赐同真人大小的金铜像一尊、九部乐谱。还赐了南北两门的匾额,由睿宗会同岐王、薛王亲自送到寺里,彩车象舆络绎相续,仪仗护卫前呼后拥,散发出来的香气,街道上一连几天都还能闻到。景云二年,睿宗又赐真容坐像,并下旨在寺里另建一处圣容院,这是睿宗在东宫时的真容。先天二年,玄宗下旨从内库拿出两千万钱,役使一千名能工巧匠,对寺院进行修缮。

X6.18 睿宗圣容院门外,鬼神数壁,自内移来,画迹甚异。鬼所执野鸡,似觉毛起。库院鬼子母,贞元中李真画,往往得长史规矩①,把镜者犹工。寺西南隅僧伽像②,从来有灵,至今百姓上幡伞不绝。先,寺奴朝来者,常续明涂地③,数十年不懈。李某为尹时,有贼引朝来④,吏将收捕,奴不胜其冤,乃上钟楼,遥启僧伽而碎身焉⑤。恍惚间,见异僧以如意击曰:"无苦,自将治也。"奴觉,奴跳下数尺地,一毛不损。

囚闻之,悔懊自服,奴竟无事。

【注释】

①长史:即唐代画家周昉。唐张彦远《历代名画记》卷十:"周昉,字
景玄,官至宣州长史。初效张萱画,后则小异,颇极风姿,全法衣
冠,不近闾里。"规矩:法度。X6.29条中所说的"李真、周昉优劣
难",即此之谓。

②僧伽:即为释僧伽(627—710),西域人。唐代高僧,传为观音菩
萨化身。《宋高僧传》有载。

③续明:添加灯油。涂地:擦拭地面。

④引:这里是诬陷的意思。

⑤启:禀告。

【译文】

睿宗圣容院门外,有几幅鬼神壁画,是从宫内移来的,画法奇异。
画里的鬼拿着的野鸡,好像鸡毛都竖起来了。库院的鬼子母像,是贞元
年间李真所画,颇有周长史的画风,其中拿镜子的形象画得尤为工丽。
寺院西南角的僧伽和尚像,一直都很灵验,至今百姓还不断地前来上供
幡伞。先前,寺里一个名叫朝来的仆役,每日添加灯油擦拭地面,几十
年坚持不懈。李某任府尹时,有个被捕的盗贼诬陷朝来,官府去抓捕朝
来,朝来有口难辩,就爬上钟楼,遥对僧伽像诉说冤屈,然后纵身往下
跳。恍恍惚惚,只见一位怪异的僧人用如意敲敲他说:"不用烦恼,这事
自然会妥善了结。"朝来清醒时,已经从钟楼上落到了地面,竟然毫发无
损。那盗贼听说了这事,很懊悔,自己主动认了罪,朝来最终平安无事。

X6.19辞　赠诸上人连句:翻了西天偈①,烧余梵宇
香②。撷眉愁俗客③,支颊背残阳。　柯古　　洲号唯思沃④,山

名衹记匡⑤。辩中摧世智⑥，定里破魔强⑦。善继　许睿禅心彻⑧，汤休诗思长⑨。朗吟疏磬断，久语贯珠妙⑩。柯古　乘兴书芭叶，闲来入豆房⑪。漫题存古壁，怪画匝长廊⑫。善继

【注释】

①翻：翻译。了：完。西天偈：指佛经，佛法西来，故曰"西天偈"。

②余：余香袅袅，不绝如缕。梵宇：佛寺。

③撚(niǎn)眉：手捻眉毛。段成式《题僧壁》："有僧支颊撚眉毫，起就夕阳磨剃刀。到此既知闲最乐，俗心何啻九牛毛。"

④洲号唯思沃：这里代指东晋高僧支遁。

⑤山名衹记匡：这里代指东晋高僧慧远。慧远（334—416），年二十一从释道安于恒山出家，后南游荆襄，转至庐山，居东林寺，创建白莲社，为净土宗之始祖。衹，同"祇(zhǐ)"，只，仅。匡，匡庐，即庐山。

⑥辩：论辩佛法。摧世智：挫败世俗凡人之智。

⑦定：禅定，摒除杂念专注一境的精神状态。魔：魔障，一切烦恼、疑惑、迷恋等扰乱身心、妨碍修行的心理活动。

⑧许睿：疑指释僧睿，东晋时高僧，鸠摩罗什四大弟子之一。此称许睿，或是其俗姓许。

⑨汤休：即为汤惠休，南朝宋诗人。早年出家为僧，人称"惠休上人"，擅诗。孝武帝刘骏令其还俗，官至扬州从事史。

⑩朗吟疏磬断，久语贯珠妙：此谓上人诵经，其高声清朗有如疏磬；说法滔滔不绝，妙语连珠。

⑪豆房：青豆之房，即僧房。梁简文帝《与慧琰法师书》："辩论青豆之房，遣惑赤华之舍。"

⑫匝：周匝，环绕。

X6.20 事征（释门古今谜字）：争田书贞字①。善继　　焉兜知伯叔②。柯古　　解梦羊负鱼③。梦复　　问入日下人④。善继　　塔上书师子⑤。柯古

【注释】

①争田书贞字：用梁武帝事。《南史·刘显传》："时有沙门讼田，帝大署曰'贞'。有司未辩，遍问莫知。显曰：'贞字文为与上人。'"

②焉兜知伯叔：不详。

③解梦羊负鱼：用佛图澄事。梁释慧皎《高僧传》卷九："（石）虎尝昼寝，梦见群羊负鱼从东北来。寤以访澄。澄曰：'不祥也，鲜卑其有中原乎？'慕容氏所果都之。"羊负鱼，为一"鲜"字。

④问入日下人：用高僧鸠摩罗什事。梁释慧皎《高僧传》卷二："（符坚遣吕光等）西伐龟兹及焉耆诸国。临发，坚饯光于建章宫，谓光曰：'……朕闻西国有鸠摩罗什，深解法相，善闲阴阳，为后学之宗，朕甚思之。贤哲者，国之大宝，若剋龟兹，即驰驿送什。'光军未至，什谓龟兹王白纯曰：'国运衰矣，当有劲敌。日下人从东方来，宜恭承之，勿抗其锋。'纯不从而战，光遂破龟兹。"

⑤塔上书师子：《释迦方志》卷二："昔有人以丈六竹杖量佛，而恒出杖表。因投杖而去，遂生根而被山焉。中有一塔，佛曾七日说法处。林中有胜军居士，以香末为泥作五六寸塔，上书经文名法舍利也。三十年间昼夜无怠，凡作七亿，每一亿小塔，作一大塔盛之。请僧法会称庆其事，皆放光明。"

X6.21 征前代关释门佳谱①：何充志大宇宙②。善继　　此子疲于津梁③。柯古　　生天在丈人后④。梦复　　二何佞于佛⑤。善继　　问年，答"小如来五岁"⑥。柯古　　答四声，云"天

保寺刹"⑦。梦复　菩萨嚬眉,所以慈悲六道⑧。善继　周妻
何肉⑨。柯古

【注释】

①关释门佳谱:关于佛门的佳话。

②何充(292—346):字次道,庐江灊(今安徽霍山东北)人。晋穆帝
时总揽朝政。《晋书·何充传》:"性好释典,崇修佛寺,供给沙门
以百数,糜费巨亿而不吝也。亲友至于贫乏,无所施遗,以此获
讥于世。阮裕尝戏之曰:'卿志大宇宙,勇迈终古。'充问其故。
裕曰:'我图数千户郡尚未能得,卿图作佛,不亦大乎!'于时都惜
及弟昙奉天师道,而充与弟准崇信释氏,谢万讥之云:'二郗谄于
道,二何佞于佛。'"

③津梁:渡口和桥梁。这里指旅途奔波。南朝宋刘义庆《世说新
语·言语》:"庾公尝入佛图,见卧佛,曰:'此子疲于津梁。'于时
以为名言。"南朝梁刘孝标注:"《涅槃经》云:'如来背痛,于双树
间北首而卧。'故后之图绘者为此象。"

④生天在丈人后:《南史·谢灵运传》:"太守孟顗事佛精恳,而为灵
运所轻,尝谓顗曰:'得道应须慧业。丈人生天当在灵运前,成佛
必在灵运后。'顗深恨此言。"生天,死后升天。

⑤二何佞于佛:见注②。

⑥小如来五岁:《太平广记》卷二四六引《谈薮》:"北齐使来聘梁,访
东海徐陵春秋,答曰:'小如来五岁,大孔子三年。'谓七十五也。"

⑦答四声,云"天保寺刹":《太平广记》卷二四七引《谈薮》:"重公尝
谒,高祖问曰:'天子闻在外有四声,何者为是?'重公应声答曰:
'天保寺刹。'中出,逢刘孝绰,说以为能,绰曰:'何如道"天子万
福"。'"四声,平、上、去、入。

⑧菩萨嚬(pín)眉,所以慈悲六道:《太平广记》卷一七四引《谈薮》:

"隋吏部侍郎薛道衡尝游钟山开善寺,谓小僧曰:'金刚何为努目?菩萨何为低眉?'小僧答曰:'金刚努目,所以降伏四魔;菩萨低眉,所以慈悲六道。'道衡忾然不能对。"

⑨周妻何肉:《南齐书·周颙传》:"时何胤亦精信佛法,无妻妾。太子又问颙:'卿精进何如何胤?'颙曰:'三涂八难,共所未免。然各有其累。'太子曰:'所累伊何?'对曰:'周妻何肉。'其言辞应变,皆如此也。"按,妻者情色,肉者荤腥,均为佛门之戒。

【译文】

征引前代关于佛门的佳话:何充志向大如宇宙,冀求成佛。善继　佛陀疲于津梁,奔波劳苦。柯古　我谢灵运升天在丈人之后。梦复　二何沉溺于佛。善继　问徐陵年寿,回答说"小如五岁"。柯古　问什么是四声,重公回答"天保寺刹"。梦复　菩萨矉眉,是因为对六道众生深怀慈悲。善继　周颙以妻室为累,何胤以肉食为累。柯古

X6.22 昭国坊崇济寺①　寺内有天后织成蛟龙披袄子及绣衣六事②。东廊从南第二院,有宣律师制袈裟堂③。曼殊堂有松数株,甚奇。

【注释】

①昭国坊崇济寺:元骆天骧《类编长安志》卷五:"崇济寺:在昭国坊西南隅。本隋慈恩寺,开皇三年,鲁郡夫人孙氏所立。贞观二十三年,以尼寺与慈恩僧寺相近,而胜业坊甘露尼寺又比于崇济僧寺,勅换所居焉。"

②蛟龙披袄子:绣有蛟龙纹的披袄子。披袄子,五代马缟《中华古今注》卷中:"宫人披袄子,盖袍之遗象也。汉文帝以立冬日赐宫侍承恩者及百官披袄子,多以五色绣罗为之,或以锦为之,始有

其名。炀帝宫中有云鹤金银泥披袄子,则天以赭黄罗上银泥袄
子以燕居。"

③宣律师:即为释道宣(596—667),俗姓钱,丹徒(今属江苏)人,一
　说吴兴(今浙江湖州)人。初唐高僧,久居终南,精持戒律,为南
　山律宗的创始人。道宣一生著述甚丰,有《续高僧传》、《释迦方
　志》、《集古今佛道论衡》、《法门文记》、《广弘明集》、《三宝录》等。
　律师,佛教称善解戒律者为律师。

【译文】

　　昭国坊崇济寺　　寺里有天后织成的蛟龙披袄子和绣衣等六件物
品。东廊从南起第二院,有宣律师制作袈裟的殿堂。曼殊堂有几株古
松,堪为奇观。

　　X6.23 辞　宣律和尚袈裟绝句:共覆三衣中夜寒,披时
不镇尼师坛①。无因盖得龙宫地,畦里尘飞业相残②。善继
和前③:南山披时寒夜中④,一角不动毗岚风⑤。何人见此生
惭愧,断续犹应护得龙。柯古

【注释】

①披时不镇尼师坛:本句意谓身披袈裟则不得以其为随坐衣而随
　意坐卧。尼师坛,梵语音译,意为随坐衣。长四广三,坐卧时敷
　地护身。

②畦:因袈裟又名田衣,故此曰"畦"。业相(xiàng):种种业行之相。

③和:和诗。

④南山:即南山大师释道宣。见 X6.22 注③。

⑤毗岚风:梵语音译,意为迅猛风,谓初劫(宇宙形成之初)与劫末
　(终了)所起之暴风。

X6.24 奇松二十字:柳桂何相疏①,榆枷方迥屑②。无人擅谈柄③,一枝不敢折。柯古　半庭苔藓深,吹余鸣佛禽。至于摧折枝,凡草犹避阴。善继　僻径根从露,闲房枝任侵。一株风正好,来助碧云吟④。梦复　时时扫窗声,重露滴寒砌。风飐一枝遒⑤,闲窥别生势。昇上人　偃盖入楼妨⑥,盘根侵井窄。高僧独惆怅,为与澄岚隔⑦。柯古

【注释】

①柳:或作"杉"。

②枷:或作"柳"。此二句用以衬托奇松的高大。

③谈柄:讲经说法时所执麈尾或如意。唐刘禹锡《送僧仲剬东游兼寄灵澈上人》:"高筵谈柄一麈拂,讲下门徒如醉醒。"

④碧云吟:南朝江淹《休上人怨别诗》:"日暮碧云合,佳人殊未来。"后来多用作咏诗僧之语。

⑤飐(zhǎn):风吹颤动。遒:遒劲。

⑥偃盖:古松枝条横垂,有如伞盖。

⑦澄岚:澄净的山林。

X6.25 永安坊永寿寺①　三门东,吴道子画,似不得意。佛殿名会仙,本是内中梳洗殿。贞元中,有证智禅师②,往往著灵验,或时在张楑兰若中治田,及夜,归寺。兰若在金州界③,相去七百里。

【注释】

①永安坊永寿寺:宋王溥《唐会要》卷四八"寺":"永寿寺　永安坊。

景龙三年,为永寿公主所立。"

②证智禅师:唐代高僧。

③金州:今陕西安康。

【译文】

永安坊永寿寺　三门东边,有吴道子的画,好像不是得意之作。佛殿本名会仙殿,是宫中的梳洗殿。贞元年间,寺里有位证智禅师,常有灵异之事,有时白天在张楑山寺种田,到晚上又回到永寿寺。张楑山寺在金州地界,距长安七百里。

X6.26 辞　闲中好:闲中好,尽日松为侣。此趣人不知,轻风度僧语。梦复　闲中好,尘务不萦心①。坐对当窗木,看移三面阴。柯古　闲中好,幽磬度声迟。卷上论题肇②,画中僧姓支③。善继

【注释】

①尘务:世间俗务。

②论题肇:将经典所说要义进行解说,称作"论",这里专指僧肇的《肇论》。肇,即为僧肇(384—414),京兆(今陕西西安)人。东晋高僧,鸠摩罗什弟子。所著《物不迁论》、《不真空论》、《般若无知论》、《涅槃无名论》等,后人辑为《肇论》。

③僧姓支:谓东晋高僧支遁。

X6.27 崇仁坊资圣寺①　净土院门外②,相传吴生一夕秉烛醉画③,就中戟手,视之恶骇。院门里,卢楞伽画④。卢常学吴势,吴亦授以手诀,乃画总持寺三门⑤,方半,吴大赏之,谓人曰:"楞伽不得心诀,用思太苦,其能久乎?"果画毕

而卒。

【注释】

①崇仁坊资圣寺：宋王溥《唐会要》卷四八"寺"："资圣寺　崇仁坊。本太尉长孙无忌宅。龙朔三年，为文德皇后追福，立为尼寺。咸亨四年，复为僧寺。"

②净土：佛教认为世俗众生所居的世界肮脏污秽，是为秽土，与之相对的是佛所居的世界，是为净土，佛国。大乘佛教说有无数佛，故有无数净土，其中最为著称的，是阿弥陀佛所居的极乐世界。阿弥陀佛最为慈悲济世，不断接引信士往生此净土。

③吴生：即吴道子。

④卢楞伽：唐代画家，京兆（今陕西西安）人。吴道子弟子。安史之乱以后入蜀，成都大慈寺多有其壁画。

⑤总持寺：元骆天骧《类编长安志》卷五："总持寺：在永阳坊。隋大业七年，炀帝为文帝所立，初名大禅定寺，寺内制度与庄严寺正同。武德元年，改为总持寺。"

【译文】

崇仁坊资圣寺　净土院门外的画，相传是吴道子某晚醉酒以后秉烛而作，画里的鬼神戟手相向，看上去凶恶吓人。院门里，是卢楞伽所画。卢楞伽曾经向吴道子学习画技，吴道子也教给他一些基本技法，后来卢楞伽为总持寺三门作画，画到一半，吴道子见了大为叹赏，同时又对别人说："卢楞伽只得我手法而未得心法，故而用心太苦，怕是不得长命吧？"果然，画完以后卢楞伽就去世了。

X6.28 中门窗间，吴道子画高僧，韦述赞①，李严书②。中三门外，两面上层，不知何人画人物，颇类阎令③。

寺西廊北隅，杨坦画④。近塔天女，明睇将瞬。

团塔院北堂，有铁观音，高三丈余。观音院两廊四十二贤圣，韩幹画，元中书载赞⑤。东廊北头散马，不意见者，如将嘶蹀⑥。

圣僧中龙树、商那和修⑦，绝妙。团塔上菩萨，李真画。四面花鸟，边鸾画⑧。当药上菩萨顶⑨，莪葵尤佳⑩。

塔中藏千部《法华经》。

【注释】

①韦述：京兆万年（今陕西西安）人。开元、天宝年间，历官右补阙、起居舍人、集贤学士、工部侍郎等职。安史之乱起，受伪官，乱平流渝州而卒。

②李严：赵州高邑（今河北柏乡北）人。唐中宗时为右宗卫兵曹参军，累官至兵部尚书。擅草、隶二书。

③阎令：即为阎立本（？—673），京兆万年（今陕西西安）人。唐高宗总章元年（668）迁右相，咸亨元年（670）为中书令。工于写真，所画人物、车马、山水、台阁，皆称绝妙。

④杨坦：唐代画家，长安人。

⑤元中书载：即为元载（？—777），字公辅，凤翔岐山（今属陕西）人。历官户部侍郎、中书侍郎、同中书门下平章事。

⑥蹀（dié）：踏。

⑦龙树：公元二、三世纪间的南印度人，原本是一位婆罗门学者，后来皈依佛教，出家受戒，在雪山从一位老比丘受到大乘经典，由此智慧无碍，当时许多哲学家都被他的雄辩所折服。他对佛教经义有重大的阐明发挥，其学说迅速流布印度各地，从此大乘佛教便大为兴盛。商那和修：梵语音译。古印度摩突罗人，阿难的

弟子,付法藏之第三祖。

⑧边鸾:唐代画家,京兆人。《太平广记》卷二一三引《画断》:"唐边鸾,京兆人。攻丹青,最长于花鸟折枝之妙,古所未有。观其下笔轻利,善用色。穷羽毛之变态,奋春华之芳丽。"

⑨药上菩萨:过去世有比丘日藏为大众说法,有兄弟二人,一名星宿光,一名电光明,持诸良药前来供养日藏并诸大众,大众赞叹,以兄为药王,弟为药上,即今日之药王、药上二菩萨。

⑩茂葵:戎葵,即蜀葵。二年生草本植物。

【译文】

中门窗之间,是吴道子所画高僧,上有韦述所撰颂赞,赞辞是李严所书。中三门外,两面上层,有不知何人所画的人物画,颇有阎令公的画风。

寺院西廊北边角落,有杨坦的壁画。近塔的天女,明眸微微欲眨。

团塔院北堂有铁观音像,高三丈多。观音院两廊四十二幅圣贤画像,是韩幹所画,宰相元载颂赞。东廊北头所画四散的骏马,不经意时看见,就像是在蹶踢嘶鸣。

圣僧像里龙树和商那和修画得尤为绝妙。团塔上的菩萨像,是李真所画。四面的花鸟,是边鸾所画。药上菩萨头顶正上方所画的蜀葵尤其好。

塔里藏有一千部《法华经》。

X6.29 辞　诸画连句(柏梁体)①:吴生画勇矛戟攒②。 柯古　出奇变势千万端。善继　苍苍鬼怪层壁宽。梦复　睹之忽忽毛发寒。柯古　稜伽之力所疼瘝③。柯古　李真、周昉优劣难④。梦复　活禽生卉推边鸾⑤。柯古　花房嫩彩犹未干。善继　韩幹变态如激湍⑥。梦复　惜哉壁画势难殚⑦。柯

古　后人新画何漫汗⑧。善继

【注释】

①柏梁体：一种特殊的联句诗体。相传汉武帝于元封三年（前108）
　　作柏梁台，与群臣赋七言诗，人各一句，每句用韵，后世模仿其
　　体，称为柏梁体。

②吴生画勇矛戟攒：形容吴道子画风怪奇可怖。矛戟攒，即 X6.27
　　条所说"就中戟手，视之恶骇"。

③稜伽：即卢楞伽，学画于吴道子。瘏（tān）瘢：疲殚，即 X6.27 条
　　所说"画毕而卒"。

④李真、周昉优劣难：即 X6.18 条所说"贞元中李真画，往往得长史
　　规矩"，长史即周昉。

⑤活禽生卉推边鸾：即 X6.28 条所说"四面花鸟，边鸾画"。

⑥激湍：激流。即 X6.28 条所说"观音院两廊四十二贤圣，韩幹
　　画"。

⑦殚：竭尽。

⑧漫汗：即汗漫，广大无边。

　　X6.30 楚国寺①　　寺内有楚哀王等金身铜像②，哀王绣
袄半袖犹在。长庆中，赐织成双凤夹黄袄子，镇在寺中。门
内有放生池③。

　　太和中，赐白毡黄胯衫。

　　寺墙西，朱泚宅④。

【注释】

①楚国寺：宋王溥《唐会要》卷四八"寺"："楚国寺　晋昌坊。本隋

废兴道寺。高祖起义太原,第五子智云在京,为留守阴世师所
　　害,后追封楚王,因立寺。”

②楚哀王:即为李智云(604—617)。武德元年(618)追封楚王,谥
　　曰哀。

③放生池:佛教认为放生是一种积德修善的行为,所以寺院里多有
　　放生池,仿西方净土七宝莲池之意,栽莲花,形制则方圆大小因
　　地制宜。唐肃宗乾元二年(759),诏天下自山南至浙西道,临江
　　置放生池八十一所,颜真卿有《乞御书天下放生池碑额表》。

④朱泚(742—784):幽州昌平(今属北京)人。大历中为卢龙节度
　　使,转陇右节度使。建中二年(781)平叛有功,加太尉、中书令。
　　建中四年(783)叛唐,称大秦皇帝,后为部将所杀。

【译文】

楚国寺　寺内有楚哀王等身金铜像,楚哀王像的绣袄半幅衣袖还
在。长庆年间,赐给织就的双凤夹黄袄子,作为镇寺之物。寺门内有放
生池。

大和年间,赐白毡黄胯衫。

寺院西墙外,曾是朱泚的宅第。

　　X6.31 事征(地狱)①:等活②。约上人　八抹洛伽③。义
上人　波吒④。昇上人　坏从狱不生⑤。柯古　铄河⑥。约上
人　剑林⑦。义上人　烊铜⑧。昇上人

【注释】

①事征(地狱):征引关于地狱的典故。

②等活:即等活地狱。《俱舍论颂疏》卷八:“地狱有八,名地狱异。
　　一等活地狱,谓彼有情,虽遭种种斫刺磨捣,而彼暂遇凉风所吹,

寻苏如本,等前活故,立等活名。二黑绳地狱……"

③八抹洛伽:疑为天龙八部之"摩呼洛迦(大蟒神)"。按,天龙八部
为佛教护法神,与地狱无关,此或为义上人之误。

④波吒:苦难,折磨。

⑤坏从狱不生:佛教认为,世界生灭周期为成、住、坏、空四劫,坏劫
又分二十中劫,有情众生经最初十九劫,次第坏尽,唯器世间空
旷而居,至最后一中劫器世间亦坏灭,空劫到来。从"地狱有情
不复生"开始,至地狱无一有情存在,总名"地狱坏"。《阿毗达摩
俱舍论》卷一二:"应知有四劫,谓坏成中大。坏从狱不生,至外
器都尽……论曰:言坏劫者,谓从地狱有情不复生,至外器
都尽。"

⑥铅(qiān)河:《正法念处经》卷七:"次复观察第四叫唤之大地
狱……远见清水若陂池等,疾走往赴,既入彼处,以恶业故,即有
大鼋,取而沉之热白镴汁,煮令极熟。"铅,同"铅"。按,"镴"是铅
和锡的合金。

⑦剑林:《正法念处经》卷七:"彼见如是叫唤地狱,有十六处,何等
十六? 一名大吼,二名普声……十一名剑林,十二名大
剑林……"

⑧烊铜:溶化的铜汁。《正法念处经》卷六:"彼人生于合大地狱,受
大苦恼……彼有大河,名饶铁钩……河中非水,热赤铜汁,漂彼
罪人,犹如漂本,流转不停,如是漂烧,受大苦恼。……或有身
洋,其身犹如生酥块者。"

X6.32 诸上人以予该悉内典①,请予独征②:无中阴③。
五无间④。黑绳⑤。赤树⑥。火厚二百肘⑦。风吹二千年⑧。
陕陀罗炭⑨。钵头摩瞾⑩。镬量五十由旬⑪。舌长三车赊⑫。
铜鹜⑬。铁蚁⑭。阿鼻⑮。十一义⑯。九千钵头摩⑰。如一婆

诃麻,百年除一尽[18]。并柯古

【注释】

①诸上人以予该悉内典:各位上人认为我熟知佛典。

②请予独征:请我一人征引。本条承上,仍是征引内典中有关地狱的典故。

③无中阴:佛家以众生死后至转世再生这一段过渡状态所受阴形为中阴身(类似"游魂"之意)。又或以为极善极恶之人,或直上极乐,或直下地狱,无中阴。

④五无间:八大地狱之阿鼻地狱,谓之"五无间",是地狱之最底层,造极重罪者死后堕此地狱。《正法念处经》卷十三:"又复更有最大地狱,名曰阿鼻。七大地狱并及别处以为一分,阿鼻地狱一千倍胜。众生何业生彼地狱?彼见闻知。若人重心杀母杀父,复有恶心出佛身血,破和合僧,杀阿罗汉,彼人以是恶业因缘,则生阿鼻大地狱中。"

⑤黑绳:即黑绳地狱。《俱舍论颂疏》卷八:"二黑绳地狱。先以黑绳秤量支体,后方斩锯。故名黑绳。"

⑥赤树:《正法念处经》卷九:"(大叫唤地狱)彼见闻知,复有异处,名火鬘处,是彼地狱第十四处。……阎魔罗人执地狱人,置铁板上,复以铁板置罪人上,努力揩磨,一切身分为血肉泥,其色甚赤,如金舒迦炎色赤树。"

⑦肘:古印度长度单位。以三节(人手中指之中节)为一指,二十四指为一肘。《正法念处经》卷八:"复观叫唤之大地狱,复有何处,彼见闻知,复有异处,名云火雾,是彼地狱第十五处。……彼地狱中,地狱火满,厚二百肘。"

⑧风吹二千年:《正法念处经》卷十三:"以恶业故,寒风所吹,地下水中人不曾触。彼处无日,彼风势力过劫尽风,彼风极冷,形此

中雪,如冰无异。彼处水上冷风更冷,以恶业故,风如利刀。此风势力能吹大山,高十由旬而令移散。如是恶风吹中有人,彼人寒苦,色等诸阴,受极苦恼……头面在下,足在于上,临欲堕时,大力火焰,抖擞打坏,经二千年皆向下行,未到阿鼻地狱之处。"

⑨佉陀罗炭:《正法念处经》卷七:"彼人以是恶业因缘,身坏命终,堕于恶处合大地狱泪火出处,受大苦恼。……又复更受余诸苦恼,阎魔罗人,撆其眼眶,佉陀罗炭,置眼令满,撆其眼骨,犹如劈竹。彼地狱处,如是恶畏。"

⑩钵头摩鬘:《正法念处经》卷五:"有大地狱,名活地狱。复有别处,别处有几?名为何等?处有十六:一名屎泥,二名刀轮,三名瓮热……十三名苦逼,十四名为钵头摩鬘,十五名陂池,十六名为空中受苦。"

⑪镬(huò):鼎镬,烹人的刑具。由旬:梵文音译,为古印度计算里程的单位,由旬分小、中、大,或约四十里,或约六十里,或约八十里。《正法念处经》卷九:"彼妄语业,置欢喜镬,随喜镬中。如是镬量五十由旬,热沸铁汁,满彼镬中。彼恶业人,头在下入。"

⑫舌长三车(jū)赊:《正法念处经》卷八:"大地狱中受大苦恼。所谓苦者,其舌甚长,三居赊量。"车赊,即居赊,长度单位。

⑬铜鹫:《正法念处经》卷六:"又复如是合大地狱,彼中有山,名为鹫遍。彼地狱人,烧身饥渴,走赴彼山。而彼山中,处处皆有炎嘴铁鹫。"铜,疑应作"铁"。

⑭铁蚁:《正法念处经》卷七:"若人杀生、偷盗、邪行,乐行多作……彼人以是恶业因缘,身坏命终,堕于恶处合大地狱朱诛朱诛地狱处生,受大苦恼,所谓铁蚁,常所唼食。"

⑮阿鼻:即阿鼻地狱。见注④。

⑯十一义:疑为"十一炎"。《正法念处经》卷十:"观大叫唤之大地狱,复有何处,彼见闻知,复有异处,名十一炎,是彼地狱第十八

处。……十一炎处有火聚生，十方为十，内饥渴烧是第十一，更复偏重。何者为重？以恶业故，内火饥渴，炎从口出。"

⑰九千钵头摩：《正法念处经》卷十五："复观阿鼻大地狱处，彼见闻知，复有异处，名星鬘处，是彼地狱第十二处。……于一角处，二十亿数，九那由他，九千钵头摩，六十亿阿孚陀，三十大钵头摩……"

⑱如一婆诃麻，百年除一尽：《阿毗达摩俱舍论》卷一一："颂曰：……颉部陀寿量，如一婆诃麻。百年除一尽，后后倍二十。"按，颉部陀，八寒地狱之一（严寒逼身，其身生疱，故称），这里说的是八寒地狱的寿量。婆诃麻，胡麻。

X6.33 慈恩寺　寺本净觉故伽蓝①，因而营建焉，凡十余院，总一千八百九十七间，敕度三百僧。初，三藏自西域回②，诏太常卿江夏王道宗设九部乐③，迎经像入寺，彩车凡千余辆，上御安福门观之④。太宗常赐三藏衲⑤，约直百余金，其工无针缝之迹。初，三藏翻《因明》⑥，译经僧栖玄⑦，以论示尚药奉御吕才⑧，才遂张之广衢，指其长短，著《破义图》⑨，其序云："其谓《象》、《系》之表⑩，犹开八正之门⑪；形器之先⑫，更弘二知之教⑬。"立难四十余条⑭。诏才就寺对论，三藏谓才云："檀越平生未见《太玄》⑮，诏问须臾即解；由来不窥象戏⑯，试造旬日即成⑰。以此有限之心⑱，逢事即欲穿凿⑲。"因重申所难，一一收摄，析毫藏耳⑳，衮衮不穷㉑，凡数千言。才屈不能领，辞屈礼拜。

塔西面画湿耳师子，仰摹蟠龙，尉迟画。及花㉒，千钵曼殊㉓，皆一时绝妙。

【注释】

①伽(qié)蓝:寺院。

②三藏自西域回:《旧唐书·僧玄奘传》:"贞观十九年,归至京师。太宗见之,大悦,与之谈论。于是诏将梵本六百五十七部于弘福寺翻译,仍敕右仆射房玄龄、太子左庶子许敬宗,广召硕学沙门五十余人,相助整比。高宗在东官,为文德太后追福,造慈恩寺及翻经院,内出大幡,敕九部乐及京城诸寺幡盖众伎,送玄奘及所翻经像、诸高僧等入住慈恩寺。"三藏,即玄奘法师。

③太常卿:太常寺主官,为九卿之一,职掌礼乐、郊庙、社稷诸事。道宗:即为李道宗(599—653)。唐宗室,贞观十二年(638)迁礼部尚书,改封江夏王,二十一年转太常卿。

④安福门:唐长安官城西墙北门。

⑤衲:僧衣。

⑥三藏翻《因明》:唐慧立、彦悰《大慈恩寺三藏法师传》卷八:"(永徽)六年夏五月庚午,法师以正译之余,又译《理门论》,又先于弘福寺译《因明论》。"因明,佛教的逻辑推理之学。

⑦栖玄:唐吕才《因明注解立破义图序》:"复有栖玄法师,乃是才之幼少之旧也。昔栖遁于嵩岳,尝枉步于山门;既策仕于上京,犹曲睠于穷巷。"

⑧尚药奉御:职官名。掌合御药及诊候之事。吕才(600? —665):博州清平(今山东临清东南)人。博学多能,尤长声律之学,曾官尚药奉御。

⑨《破义图》:即《因明注解立破义图》。原书已佚。

⑩象系:《周易》的《象传》和《系辞》。

⑪八正之门:佛教修行的八种基本法门,即正见、正思维、正语、正业、正命、正精进、正念、正定。

⑫形器:物质,形体。

⑬二知：即二智，如"实智"和"权智"、"理智"和"如量智"，等等。

⑭立难：提出反驳意见。难，诘责邪义。

⑮檀越：施主。《太玄》：汉代扬雄模仿《周易》而著《太玄经》，文义艰深。

⑯象戏：一种博弈之戏。

⑰试造旬日即成：《旧唐书·吕才传》："太宗尝览周武帝所撰《三局象经》，不晓其旨。太子洗马蔡允恭年少时尝为此戏，太宗召问，亦废而不通，乃召吕才使问焉。才寻绎一宿，便能作图解释，允恭览之，依然记其旧法，与才正同。由是才遂知名，累迁太常博士。"

⑱有限之心：这里是指吕才的此类才智，仅为小聪明，不足以参解大智大慧的佛法。

⑲穿凿：牵强附会。

⑳析毫：剖析毫芒，比喻分析透辟。藏耳：疑为"臧射"，弹剥善恶。汉张衡《西京赋》："若其五县游丽辩论之士，街谈巷议，弹射臧否，剖析毫厘，擘肌分理。"

㉑衮衮不穷：滔滔不绝。

㉒花：宋郭若虚《图画闻见志》（邓白注本）卷五："唐西明、慈恩寺，率多名贤书画。慈恩塔前壁上有画湿耳师子、跌心花，为时所重。"邓白注："湿耳是两耳下垂。跌心花，是宋朝方言，即滚绣球。"

㉓千钵曼殊：千臂千钵文殊师利菩萨。佛典有《大乘瑜伽金刚性海曼殊室利千臂千钵大教王经》。

【译文】

慈恩寺　此寺本为净觉寺院故地，就地重新营建而成，总共有十多院，一千八百九十七间，敕命度三百人入寺为僧。当初，玄奘从西域返回长安，诏令太常卿江夏王李道宗设九部乐，迎请经书、佛像入寺，出动彩车共一千多辆,太宗亲临安福门观看。太宗曾赐给玄奘一件袈裟,约值百余金,袈裟的制作非常精致,看不出针线的痕迹。当时,玄奘法师翻译《因明论》,译经僧栖玄把译出的《论》拿给他的朋友尚药奉御吕才看,吕才就抄出来张贴在大街上,指出其中有许多不足之处,并著了一部《因明注解立破义图》,序言中说:"所谓《象传》、《系辞》,亦开修行法门;物质世界之先,佛法早已弘扬。"对玄奘所译提出了四十多条反驳意见。诏令吕才到慈恩寺与法师当面辩论,玄奘法师对吕才说:"施主从未读过《太玄》,皇上垂询您片刻之间就能解答;从来没有接触过象戏,稍作研究就弄明白。以这种聪明之才,遇到事情就喜欢牵强附会。"于是重新列出吕才的质疑,一一进行回应总结,分析透辟,指明谬误,长篇大论,滔滔不绝凡数千言。吕才难以领会其中的精妙,理屈词穷,只好拜伏。

佛塔西面画有湿耳狮子,高处画有蟠龙,是尉迟乙僧的手画。还有跌心花、千钵文殊,都是当时的绝妙之作。

X6.34　寺中柿树、白牡丹,是法力上人手植。上人时常执炉循诸屋壁,有变相处,辄献虔祝,年无虚月。又殿庭大莎罗树,大历中安西所进。其木椿赐此寺四橛,橛皆灼固。其木大德行逢自种之,一株不活。

【译文】

慈恩寺里的柿树和白牡丹,是法力上人亲手种植的。法力上人时常手持香炉沿着各屋墙壁走动,看到有变相的地方,就恭敬献香虔诚祷祝,年年月月如此。另外,大殿庭院里有大莎罗树,是大历年间安西都护府进献的。所献树苗,慈恩寺获赐四株,树苗都包扎得严严实实。高僧行逢亲自动手种下这些树苗,其中一株没有成活。

续集卷七

《金刚经》鸠异

【题解】

《金刚经》，全称为《金刚般若波罗蜜经》，一卷，最早有鸠摩罗什汉译本，此后相继又出现五种汉译本，以鸠摩罗什译本最为通行。般若，即智慧；波罗蜜，渡彼岸；般若之体，其常清净，不变不移，譬如金刚之坚实。其卷末偈文曰："一切有为法，如梦幻泡影，如露亦如电，应作如是观。"这就是众所熟知的"《金刚经》六喻"，被视为一经之精髓。《金刚经》是早期大乘佛教经典，历来弘传甚盛，在唐代是传播最广的一部佛经。

鸠，鸠集。"《金刚经》鸠异"的意思是鸠集与《金刚经》有关的感应异事，目的是说明持念《金刚经》的善果。首条为序言，讲述其先君段文昌得《金刚经》之庇的灵异事件，又言晋宋以来多载《金刚经》感应事，故摘拾相关的轶闻遗事，以备佛典之阙失。本篇共计二十二条，今日看来，事多荒诞不足信。但是值得注意的是，其中与军队有关的记载竟有十二条之多，张朝富有《〈酉阳杂俎〉所反映的唐代军队佛教信仰》一文，可以参看。

X7.1 贞元十七年，先君自荆入蜀①，应韦南康辟命。洎韦之暮年②，为贼辟谄构③，遂摄尉灵池县④。韦寻薨⑤，贼辟知留后⑥。先君旧与辟不合，闻之连夜离县。至城东门，辟寻有帖，不令诸县官离县。其夕阴风，及返，出郭二里，见火两炬，夹道百步为导。初意县吏迎候，且怪其不前，高下远近不差，欲及县郭方灭。及问县吏，尚未知府帖也。时先君念《金刚经》已五六年⑦，数无虚日。信乎至诚必感，有感必应，向之导火，乃《经》所著迹也。后辟逆节渐露，诏以袁公滋为节度使⑧。成式再从叔少从军，知左营事，惧及祸，与监军定计，以蜡丸帛书通谋于袁。事旋发，悉为鱼肉。贼谓先君知其谋。于一时，先君念经夜久，不觉困寐。门户悉闭，忽觉闻开户而入，言"不畏"者再三，若物投案，嚗然有声⑨。惊起之际，言犹在耳，顾视左右，吏仆皆睡，烛桦四索⑩，初无所见，向之关扃已开辟矣。先君受持此经十余万遍⑪，征应事孔著。成式近观晋、宋已来，时人咸著传记彰明其事。又先命受持讲解有唐已来《金刚经灵验记》三卷⑫，成式当奉先命受持讲解。太和二年，于扬州僧栖简处，听平消《御注》一遍⑬。六年，于荆州僧靖奢处，听《大云疏》一遍⑭。开成元年，于上都怀楚法师处，听《青龙疏》一遍⑮。复日念书写，犹希传照罔极⑯，尽形流通。摭拾遗逸⑰，以备阙佛事，号《〈金刚经〉鸠异》⑱。

【注释】

①先君：已故的父亲。即段文昌（773—835），字墨卿，临淄（今山东淄博东）人，家于荆州（今属湖北）。韦皋镇蜀时，段文昌于贞元十五年（799）自荆州赴成都入西川幕府，段成式出生于成都。后李吉甫为相，入朝供职。穆宗即位，正拜中书舍人，寻拜中书侍

郎、平章事。长庆元年(821)出镇剑南西川，大和四年(830)移镇

荆南，六年复镇西川，卒于成都。

②洎(jì)：到。

③贼辟：即为刘辟(？—806)。贞元中为韦皋西川从事，永贞元年

(805)韦皋卒后，自立为西川节度留后，旋为西川节度使，求都统

三川(即今陕南及巴蜀地区)，派兵围攻梓州，朝廷令高崇文领兵

讨之，兵败被擒，送京师处斩。谗构：构陷。

④灵池县：今四川成都龙泉驿。

⑤薨(hōng)：《新唐书·百官志一》："凡丧，三品以上称薨，五品以

上称卒，自六品达于庶人称死。"

⑥知：主持，掌管。留后：官名。唐代宗广德元年(763)，以梁崇义

为山南东道节度使留后，留后之名始于此；中晚唐时期，藩镇力

量强大，遍及内地，诸节度使或父死子继，或以亲信为留后，或有

军士叛将自立，也称留后，自择将吏，邀命朝廷，皇帝不能控制。

⑦《金刚经》：佛经名。见本卷题解。

⑧袁公滋：即为袁滋(749—818)，陈郡汝南(今属河南)人。韦皋卒

后，刘辟拥兵擅命，朝廷以袁滋为剑南西川节度使处置其事，当

时刘辟兵势正盛，袁滋惧而不进，被贬吉州刺史。

⑨嚗(bó)：拟声词。

⑩烛桦：照着蜡烛。桦，烛。

⑪受持：佛教术语。领受忆持，中心不忘。

⑫《金刚经灵验记》：唐孟献忠有《金刚般若经集验记》三卷。孟献

忠，唐玄宗时人。

⑬《御注》：指唐玄宗御注《金刚经》。《新唐书·艺文志三》："玄宗

注《金刚般若经》一卷。"

⑭《大云疏》：疑指长安大云经寺对玄宗《御注》所作的疏解。疏，对

注解的解说。

⑮《青龙疏》：唐青龙寺僧道氤撰《御注金刚般若波罗蜜经宣演》。

⑯罔极：无穷。

⑰摭(zhí)：拾取。

⑱鸠：聚，集。异：奇异的灵验之事。

【译文】

贞元十七年，先父自荆州入蜀，接受西川韦南康的任命。到了韦的暮年，先父被叛贼刘辟构陷，被派至灵池县做县尉。不久韦皋薨逝，刘贼就自任西川节度使留后。先父早先与刘辟就不相投合，听到这消息连夜离开灵池县。到了成都城东门，刘辟已经张贴告示，不准各县官员离开县里。当晚阴风四起，返回灵池县时，出了成都外城二里，只见有两把火炬在百步开外夹道相迎以为前导。起初以为是县吏前来迎接，奇怪的是未曾来到近前，一直保持原状若即若离，快到县城外墙才熄灭。等到问起县吏，还不知道成都府里的告示。当时先父念诵《金刚经》已经有五六年了，每天坚持不懈。看来确实是至精至诚必然有所感动，有所感动必然会有灵验，先前那引路的火炬，就是《金刚经》所显现的灵验啊。后来刘辟叛逆之心逐渐暴露，朝廷以袁滋为剑南西川节度使处置此事。我的再从叔年轻时从军，负责管理左营，害怕刘辟连累他，就和监军使定下计谋，用蜡丸帛书与袁滋互通消息谋划此事。事情很快暴露了，相关的人都被刘辟杀死。刘辟认为先父预知他们的计谋，动了杀心。有一天，先父念《金刚经》一直到深夜，不觉困乏入睡。当时门窗全部关闭，先父忽然察觉有人推门进来，对他反复说"别害怕"，又好像有东西扔到书案上，嚗的一声。先父从梦中惊醒，站起身来，刚才的话音还在耳边回响，看看左右，吏员、仆役尽都睡着，先父持着蜡烛四处查看，什么也没发现，只是先前关着的门已经打开了。先父受持《金刚经》已经十万多遍，显现灵验的事特别多。我近来读到两晋、刘宋以来的人很多都有传记彰显《金刚经》显灵的事。先父命我受持讲解大唐人所著《金刚经灵验记》三卷，我自应谨奉严命受持讲解。大和二年，我在扬州僧人栖简那里，听他讲解《御注金刚经》一遍。大和六年，在荆州僧人靖奢那里，听讲《大云疏》一遍。开成元年，在长安怀楚法师那里，又听讲《青龙疏》一遍。我又每日念诵抄录，还望这一经典能光照无穷，永世流通。我摘拾相关的轶闻遗事，以备佛典之阙失，称为《〈金刚经〉鸠异》。

X7.2 张镒相公先君齐丘①，酷信释氏。每旦，更新衣执《经》，于像前念《金刚经》十五遍，积数十年不懈。永泰初②，为朔方节度使③。衙内有小将负罪，惧事露，乃扇动军人数百，定谋反叛。齐丘因衙退，于小厅闲行，忽有兵数十，露刃走入。齐丘左右唯奴仆，遽奔宅门，过小厅数步回顾，又无人，疑是鬼物。将及门，其妻女奴仆复叫呼出门，云"有两甲士，身出厅屋上"。时衙队军健闻变，持兵乱入。至小厅前，见十余人仡然庭中④，垂手张口，投兵于地，众遂擒缚。五六人暗不能言，余者具首云⑤："欲上厅，忽见二甲士长数丈，嗔目叱之，初如中恶⑥。"齐丘闻之，因断酒肉。张凤翔⑦，即予门吏卢迈亲姨夫，迈语予云。

【注释】

①张镒(yì，？—783)：字季权，苏州人。建中二年(781)拜中书侍郎、同中书门下平章事。

②永泰：唐代宗李豫年号(765—766)。

③朔方节度使：治所在灵州(今宁夏灵武西南)。

④仡(yì)然：昂首的样子。

⑤具首：招认，认罪。

⑥中恶：中医病名。俗称中邪。

⑦张凤翔：张镒曾为凤翔陇右节度使。

【译文】

张镒相公已故的父亲张齐丘，深信佛教。每天早起，换上新衣，手持经卷，在佛像前念诵十五遍《金刚经》，几十年坚持不懈。永泰初年，张齐丘任朔方节度使。使府里有员小将犯了事，害怕事情败露，就煽动几百名士卒策划谋反。齐丘办公之暇在小厅闲步，忽然有几十名士兵亮着兵器走进来。齐丘身边只有几名奴仆，他就急忙奔向内室门，跑过小厅几步，回头一看又没人，就怀疑是鬼怪之类。快到门口，又见他的妻女奴仆惊叫着跑出门，说"有两名身着铠甲的力士，现身在厅屋上"。当时使府亲兵听说发生了兵变，拿着兵器一拥而入。来到小厅前，只见十多个人昂首站在庭院里，垂着手张大嘴，武器扔在地上，众亲兵就把这些人捆绑起来。有五六个人喑哑不能说话，其余人供认说："刚要上厅，只见两名身高几丈的甲士瞪眼怒斥，我们一下就像中了邪。"齐丘听得如此说，从此就戒断了酒肉。张凤翔，就是我的门吏卢迈的亲姨父，这事是卢迈告诉我的。

X7.3 刘逸淮在汴时①，韩弘为右厢虞候②，王某为左厢虞候，与弘相善。或谓二人取军情，将不利于刘。刘大怒，俱召诘之。弘即刘之甥③，因控地碎首，大言数百，刘意稍解。王某年老，股战不能自辩。刘叱令拉坐，杖三十。时新造赤棒，头径数寸，固以筋漆，立之不仆，数五六当死矣。韩意其必死，及昏，造其家，怪无哭声，又谓其惧不敢哭。访其门卒，即云大使无恙。弘素与熟，遂至卧内问之。王云："我读《金刚经》四十年矣，今方得力。记初被坐时，见巨手如簸箕，翕然遮背④。"因祖示韩，都无挞痕。韩旧不好释氏，由此始与僧往来，日自写十纸，及贵，计数百轴矣。后在中书⑤，盛暑，有谏官因事谒见，韩方洽汗写经⑥，谏官怪问之，韩乃具道王某事。予职在集仙⑦，常侍柳公为予说⑧。

【注释】

①刘逸淮：即为刘全谅（750—799），本名逸淮，怀州武陟（今属河南）人。建中初年，为宋亳节度使刘玄佐牙将，玄佐以宗姓厚遇之。后任汴州刺史，兼宣武军节度观察使，赐名全谅。汴：今河南开封。

②韩弘（765—823）：滑州匡城（今河南长垣西南）人。虞候：唐代藩镇军职。

③弘即刘之甥：《旧唐书·韩弘传》："少孤，依母族，刘玄佐即其舅也。"

④翕然：这里是两手合拢的意思。

⑤中书：据《旧唐书·韩弘传》，韩弘于长庆二年（822）请老罢戎镇，累次上表，朝廷许之，以其依前守司徒、中书令。

⑥洽汗：浑身大汗。

⑦集仙：即集贤殿书院。集贤殿书院初名丽正修书院，开元十三年（725）更名集仙殿，后又改为集贤殿书院。

⑧常侍柳公：即为柳公权（778—865），京兆华原（今陕西铜川耀州）人。穆、敬、文宗三朝，皆侍书中禁。迁中书舍人，充翰林书诏学士，开成年间转工部侍郎，武宗即位授右散骑常侍，累迁工部尚书。柳公权精于法书，初学王羲之，后遍阅名家笔法，自成一家，世称"柳体"。

【译文】

刘逸淮在汴州时，韩弘为右厢虞候，王某为左厢虞候，和韩弘关系很好。有人告发他二人窃取军事秘密，将对刘逸淮不利。刘逸淮大怒，招来二人责问。韩弘就是刘玄佐的外甥，使劲叩头大声辩解，刘逸淮怒气稍稍消了些。王某年龄已大，吓得两腿打战，不能自行申辩。刘逸淮叱令拉出去，杖责三十。当时新造红木军棍，棍头直径有几寸粗，缠着筋腱涂上漆，竖在地上也不会倒，用这种军棍只要杖责五六下人就会被打死。韩弘料想王某必然会被打死，黄昏时到他家里造访，奇怪的是听不到哭声，又想王家人是因为害怕而不敢哭。询问门卒，门卒说王某没事。韩弘与王某一向相熟，就径直走进卧室去探问。王某说："我读《金刚经》有四十年了，今天才得到法力庇护。我只记得刚被拉倒时，只见有簸箕一样的大手合拢遮住我的后背。"于是脱下衣服让韩弘看，一点棒伤都没有。韩弘以前不信佛，从此才开始和僧人往来，每天亲自抄写十纸佛经，到后来显贵时，总共已经抄写有几百卷了。后来韩弘任职中书，酷暑天，有谏官因事拜谒他，只见韩弘浑身大汗正在抄写佛经，谏官很奇怪就问他，韩弘就详细地讲述了王某的事。我在集贤院任职的时候，柳公权常侍对我讲过这事。

X7.4　梁崇义在襄州①，未阻兵时，有小将孙咸暴卒，信宿却苏②。梦至一处，如王者所居，仪卫甚严，有吏引与一僧对事。僧法号怀秀，亡已经年，在生极犯戒，及入冥，无善可录，乃给云："我常嘱孙咸写《法华经》。"故咸被追对。咸初不省，僧故执之，经时不决。忽见沙门曰："地藏尊者语云③：'弟子若招承，亦自获祐。'"咸乃依言，因得无事。又说对勘时，见一戎王，卫者数百，自外来，冥王降阶，齐级升殿。坐未久，乃大风卷去。又见一人，被拷覆罪福，此人常持《金刚经》，又好食肉，左边有《经》数千轴，右边积肉成山，以肉多，将入重论。俄经堆中有火一星，飞向肉山，顷刻销尽，此人遂履空而去。咸问地藏："向来外国王，风吹何处？"地藏云："彼王当入无间，向来风即业风也④。"因引咸看地狱。及门，烟焰扇赫，声若风雷，惧不敢视。临回，镬汤跳沫，滴落左股，痛入心髓。地藏乃令一吏送归，不许漏泄冥事。及回，如梦，妻儿环泣已一日矣。遂破家写《经》，因请出家。梦中所滴处成疮，终身不差。

【注释】

①梁崇义（？—781）：京兆长安（今陕西西安）人。宝应二年（763）授山南东道节度使，未尝朝觐，唐德宗遣使宣谕诸道，仍然拒不入朝，朝廷遂令李希烈击之，兵败而死。下句"阻兵"，即指此事。

②信宿：两夜。

③地藏尊者：即地藏王菩萨。佛教四大菩萨之一，世传九华山为其道场。见11.38条注①。

④业风：造作恶业所感之猛风，为劫末所起的大风灾及地狱所吹的风。

【译文】

梁崇义镇守襄阳期间，还没拥兵对抗朝廷时，有小将孙咸暴死，过了两晚却又苏醒过来。自称在梦中到了一处地方，像是君王居住地，仪仗护卫甚为森严，有吏员领着他去和一位僧人对质。僧人法号怀秀，死去已经一年，活着的时候严重违犯戒律，进了阴司，没有善行可记，于是就撒谎说："我曾经嘱咐孙咸抄写《法华经》。"因此孙咸被找来对质。孙咸起初完全没弄明白，怀秀和尚又坚称如此，过了很久也无法决断。忽然看见一位沙弥前来对他说："地藏菩萨说：'你如果承认有这回事，自己也能获得庇祐。'"孙咸就依言承认，因而无事。孙咸又说在对质时，看见一位外国蕃王，几百名卫士簇拥着从外进来，冥王走下台阶迎接，和那国王一起升殿。坐了没多久，忽然一阵大风把那国王卷走了。又看见一个人，被追问查核一生的罪过与福报，这人经常持念《金刚经》，偏又喜欢吃肉，他的左边有几千卷《金刚经》，右边堆起一座肉山，因为肉多，将被从重论罪。片刻，左边经堆里冒出一粒火星，飞向右边的肉山，顷刻之间肉山就被烧光了，这人也就升天而去。孙咸问地藏菩萨："先前那位外国蕃王，被风吹到哪里去了？"地藏菩萨说："那国王应入无间地狱，先前卷走他的那阵风就是业风。"于是领着孙咸观看地狱。到了地狱门前，只见一片浓烟烈焰，声响有如飓风惊雷，孙咸吓得不敢看。临回阳间时，锅里的滚汤飞溅起一滴泡沫，滴落在孙咸左腿上，痛入骨髓。地藏菩萨就命一位冥吏送孙咸还阳，告诫他不许泄漏阴司的事。等回到阳间，恍然有如梦醒，睁眼一看，妻子儿女围着他已经哭了一整天。孙咸从此散尽家财抄写佛经，并请求出家为僧。梦里被汤沫滴溅处成了疮伤，终生没有痊愈。

X7.5　贞元中，荆州天崇寺僧智灯，常持《金刚经》，遇疾死。弟子启手足犹热①，不即入木。经七日却活，云初见冥中若王者，以念经故，合掌降阶，因问讯，言："更容上人十年在世，勉出生死。"又问："人间众僧中后食薏苡仁及药食②？此大违本教。"灯报云："律中有开遮条③，如何？"云："此后人加之，非佛意也。"今荆州僧众中后无饮药者。

【注释】

①启手足：《论语·泰伯》："曾子有疾，召门弟子曰：'启予足，启予手。'"

②中后：过午之后。佛教戒律，过午不食。一则比丘的饭食是由居士供养，每天只托一次钵，日中时吃一顿，可以减少居士的负担，二则过午不食有助于修定。

③开：开许。遮：禁止。比丘中，除了不杀不盗不淫不妄四根本戒

之外，其余戒条时或开许，时或遮止，亦有灵活权变，比如过午不食，平时应当遮，但遇有某种疾病必须午后进食的人，则可以开。

【译文】

贞元年间，荆州天崇寺和尚智灯，经常持念《金刚经》，后来生病去世。弟子们摸他的手脚，还有温度，就没有立即入棺。过了七天，智灯又活过来了，说最先见到阴司里有像冥王的，因为自己念《金刚经》的缘故，合掌走下台阶，前来问讯，说："还可以让上人再活十年，努力超脱生死轮回。"又问："人间僧众有过午之后服食苡仁及其他药食的？这严重违背本教戒律。"智灯回答说："戒律里有开遮一说，不知如何解释？"阎王说："这是后人添加的，并非佛陀本意。"如今荆州僧众没有过午之后服药的。

X7.6 公安漷陵村百姓王从贵妹①，未嫁，常持《金刚经》。贞元中，忽暴疾卒。埋已三日，其家复墓②，闻冢中呻吟，遂发视之，果有气，舆归。数日能言，云："初至冥间，冥吏以持经功德，放还。"王从贵能治木，常于公安灵化寺起造，其寺禅师曙中常见从贵说。

【注释】

①公安：在今湖北公安西北。

②复墓：一种丧葬习俗，人死埋葬后三天，亲人前往坟上为亡人招魂祭奠。

【译文】

公安县漷陵村的百姓王从贵，有个未出嫁的妹妹，经常持念《金刚经》。贞元年间，忽然暴病而死。下葬三天后，家人复墓，听见坟墓里有呻吟的声音，赶紧挖开来看，果然妹妹还有气，就用车接回家。几天后能说话了,她说:"刚到阴司时,冥吏因为我持念《金刚经》的功德,又放我回来了。"王从贵会木活,曾经参与建造公安县灵化寺,那寺里的曙中禅师曾经听从贵说过这事。

X7.7 韦南康镇蜀①,时有左营伍伯②,于西山行营与同火卒学念《金刚经》③。性顽,初一日,才得题目。其夜堡外拾薪,为蕃骑缚去④,行百余里乃止。天未明,遂踣之于地⑤,以发系橛,覆以驼毯,寝其上。此人惟念《经》题,忽见金一链,放光止于前。试举首动身,所缚悉脱,遂潜起逐金链走。计行未得十余里,迟明⑥,不觉已至家。家在府东市,妻儿初疑其鬼,具陈来由。到家五六日,行营将方申其逃。初,韦不信,以逃日与至家日不差,始免之。

【注释】

①镇蜀:出镇剑南西川。

②伍伯:也作"五百",衙门里舆卫前导或是执杖行刑的役卒。

③西山:指成都平原以西的山区。同火:古代兵制,十人共灶同炊,称为"同火"。

④蕃:这里指吐蕃。

⑤踣(bó):跌倒。

⑥迟明:天将亮。

【译文】

韦南康镇蜀期间,当时有个左营的士卒,在西山行营和同火士卒学念《金刚经》。他生性顽劣,第一天,才学会了念题目。当晚到城堡外拾柴,被吐蕃的骑兵劫走了,跑了一百多里才停下。当时天还没亮,那骑兵就将他丢在地上,把头发系在木橛上,覆盖一块驼毛毯,然后睡在旁边。这人只默念经书的题目，忽然看见一锭金子闪闪发光，就在他面前。他试着抬起头，动动身子，捆着的绳子全部都解开了，于是就悄悄爬起来追着金锭逃跑。估计逃了不到十里地，天快亮的时候，不知不觉已经到了家里。他的家在成都府东市，一开始妻儿老小都怀疑他是鬼，他细说了事情的前前后后。回家后五六天，行营将领才控告他当了逃兵。起初韦皋不信他的解释，后来计算了一下，出逃的日期就是他回家的日期，这才免除了对他的惩罚。

　　X7.8 元和初，汉州孔目典陈昭①，因患病，见一人著黄衣至床前云："赵判官唤尔。"昭问所因，云："至自冥间，刘辟与窦悬对事，要君为证②。"昭即留坐。逡巡③，又有一人，手持一物，如毬胞④。前吏怪其迟，答之曰："缘此，候屠行开。"因笑谓昭曰："君勿惧，取生人气，须得猪胞。君可面东侧卧。"昭依其言，不觉已随二吏行。路甚平，可十余里，至一城，大如府城，甲士守门焉。及入，见一人怒容可骇，即赵判官也。语云："刘辟取东川⑤，窦悬捕牛四十七头送梓州⑥，称准辟判杀。辟又云先无牒⑦。君为孔目典，合知是实。"未及对，隔壁闻窦悬呼："陈昭好在？"及问兄弟妻子存亡。昭即欲参见，冥吏云："窦使君形容极恶，不欲相见。"昭乃具说杀牛实奉刘尚书委曲⑧，非牒也。纸是麻面，见在汉州某司房架。即令吏领昭至汉州取之，门馆扃锁，乃于节窍中出入。委曲至，辟乃无言。赵语昭："尔自有一过，知否？窦悬所杀牛，尔取一牛头。"昭未及对，赵曰："此不同人间，不可抵假。"须臾，见一卒挈牛头而至，昭即恐惧求救。赵令检格，合决一百⑨，考五十日⑩。因谓昭曰："尔有何功德？"昭即自陈设若干人斋,画某像。赵云:"此来生缘尔。"昭又言曾于表兄家转《金刚经》⑪。赵曰:"可合掌请。"昭依言。有顷,见黄襆箱经自天而下,住昭前。昭取视,即表兄所借本也,有烧处尚在。又令合掌,其经即灭。赵曰:"此足以免。"便放回。复令昭往一司曰生禄,检其修短⑫。吏报云:"昭本名钊,是金傍刀,至某年改为昭,更得十八年。"昭闻惆怅,赵笑曰:"十八年大得作乐事,何不悦乎?"乃令吏送昭。至半道,见一马当路,吏云:"此尔本属⑬,可乘此。"即骑,乃活,死已一日半矣。

【注释】

①汉州:今四川广汉。孔目典:即孔目官,职掌文书档案的州府小吏。

②要:邀请。

③逡(qūn)巡:这里是顷刻的意思。

④毪胞:即下文的"猪胞(猪膀胱)",传说中鬼用来吸取活人的气息。

⑤刘辟取东川:指刘辟求都统巴蜀三川之地,派兵围攻剑南东川节度使治所梓州的事。

⑥梓州:治所在今四川三台。

⑦牒:公文。

⑧委曲:手谕之类,非正式公文。

⑨决:杖责。

⑩考:拷问。

⑪转:转经,诵经。

⑫修短:寿命长短。

⑬本属：本人的属相。

【译文】

　　元和初年，汉州孔目官陈昭，卧病在床，看见一个黄衣人到床前对他说："赵判官叫你。"陈昭问什么事，回答说："我从阴司来，刘辟和窦悬对质，请你去做证人。"陈昭就请那人坐下。片刻，又来一人，手持一物，像是毡胞。先到者埋怨他来晚了，回答说："就为这个东西，我等着屠宰行开门。"于是笑着对陈昭说："您不要害怕，取活人的气息，必须用猪胞。您可面向东边侧卧。"陈昭照他的话去做，不知不觉已经跟随两名吏员上路了。路很平坦，前行大约十多里，到了一座城，有府城那么大，甲士把守城门。进城之后，只见一人满面怒气，甚是吓人，原来他就是赵判官。赵判官对他说："刘辟派兵攻取东川时，窦悬捉了四十七头牛送到梓州，说是刘辟准许宰杀的。刘辟却说他没有批复这件公文。先生是孔目官，应当知晓实情。"陈昭还未及回答，只听得隔壁窦悬的声音在喊："陈昭近来可好？"又问兄弟、妻子、儿女的生死状况。陈昭想即刻过去参见，冥吏说："窦使君形容样貌太恐怖，最好别见。"陈昭就详细解释杀牛的事的确是奉有刘辟尚书的手谕，但不是公文。纸是麻面纸，现在汉州某司房的档案架上放着。赵判官当即命令冥吏领着陈昭到汉州去拿，去了一看，门馆上了锁，就从孔穴里进出。手谕拿来了，刘辟这才无话可说。赵判官对陈昭说："你自己也有一罪，知道吗？窦悬所杀的牛，你拿走了一个牛头。"陈昭还未及对答，赵判官又说："这里和人间不同，不可抵赖。"片刻，只见一名冥卒提着一个牛头来了，陈昭恐惧求救。赵判官命人查阅律令，判定决杖一百，拷问五十天。赵判官于是问陈昭："你有什么功德？"陈昭自述曾经为多少人设过斋，又画过多少佛像。赵判官说："这是你的来生缘。现在没用。"陈昭又说曾在表哥家里持念《金刚经》。赵判官说："你可双手合十请经。"陈昭依言而行。一会儿，只见黄色经袱包着的经卷从天而降，落在陈昭面前。陈昭打开一看，就是表哥所借的那本经书，一处被烧的痕迹还在。赵判官又让他合掌，经袂随即消失了。赵判官说:"这件事足可免罪。"就下令放回阳间。又命陈昭前去一处叫生禄司的地方,查看自己的寿命长短。冥吏报告说:"陈昭本名钊,是金加刀那个钊字,到某年改名为昭,还有十八年的寿命。"陈昭听了心怀惆怅,赵判官笑着说:"十八年可做很多快乐的事情,有什么不开心的?"就命冥吏送陈昭还阳。到半路上,只见一匹马当道而立,冥吏说:"这是你本人的属相,可以骑着它。"陈昭骑上马,即刻就回到阳间,发现自己死去已有一天半了。

X7.9　荆州法性寺僧惟恭,三十余年念《金刚经》,日五十遍。不拘僧仪,好酒,多是非,为众僧所恶。后遇疾且死。同寺有僧灵岿,其迹类惟恭,为一寺二害。因他故出,去寺一里,逢五六人,年少甚都①,衣服鲜洁,各执乐器,如龟兹部,问灵岿:"惟恭上人何在?"灵岿即语其处,疑其寺中有供也。及晚回,入寺,闻钟声,惟恭已死,因说向来所见。其日,合寺闻丝竹声,竟无乐人入寺。当时名僧云:"惟恭盖承经之力,生不动国②,亦以其迹勉灵岿也。"灵岿感悟,折节缁门③。

【注释】

①都:美貌。

②不动国:即不动地(十地之一)。生此佛地,佛心坚固,不为一切生死、烦恼所动。《大般涅槃经》卷二一:"不夺他人财,常施惠一切,造招提僧坊,则生不动国。"

③折节:改变志行。缁门:佛门。

【译文】

荆州法性寺惟恭和尚,三十多年来一直持念《金刚经》,每天念五十遍。惟恭不拘守僧家戒律，喜欢饮酒，经常惹是非，其他僧众都很讨厌他。后来生病快死了。同寺有个和尚叫灵岿，行迹类似惟恭，并称这寺里的两大祸害。灵岿因事外出，走到离寺一里处，遇见五六个人，年纪轻容貌美，衣服光鲜整洁，每人都拿着乐器，就像龟兹部，问灵岿："惟恭上人在哪里?"灵岿就告诉了他们，怀疑是去寺里设供养。傍晚回寺，一进门就听见钟声，惟恭已经死了，于是就讲了白天出寺时遇见的情况。那天，全寺的人都听到了音乐声，但没有一个乐工进到寺里。当时一位高僧说："惟恭是靠《金刚经》的法力，往生不动国，同时他在用自己的事迹劝勉灵岿。"灵岿因而感悟，从此谨守戒律，恭敬佛门。

　　X7.10 董进朝，元和中入军。初在军时，宿直城东楼上①。一夕月明，忽见四人著黄从东来，聚立城下，说己姓名，状若追捕。因相语曰："董进朝常持《金刚经》，以一分功德祝庇冥司，我辈久蒙其惠，如何杀之，须枉命相代。若此人他去，我等无所赖矣。"其一人云："董进朝对门有一人，同姓同年，寿限相埒②，可以代矣。"因忽不见。进朝惊异之。及明，已闻对门复魂声③。问其故，死者父母云："子昨宵暴卒。"进朝感泣说之，因为殡葬，供养其父母焉。后出家，法号慧通，住兴元唐安寺。

【注释】

①直城：古县名。今陕西石泉。

②埒(liè)：等同。

③复魂：人死后举行的招魂复魄仪式。

【译文】

董进朝，元和年间参军。刚到军队时，住在直城县东楼上。一天晚上,月色明亮,忽然看见四个黄衣人从东边过来,聚在城下,提到自己的名字,像是在追捕他。四人商议道:"董进朝经常持念《金刚经》,以一分功德祝祷庇护阴司,我们这些人长期蒙受他的恩惠,不能让他死,得找个人替他死。如果董某死了,我们就没有依靠了。"其中一个人说:"董进朝家对门住着一个人,和他同姓同岁,寿限也一样,可以让他代替。"说完四人忽然不见了。进朝十分惊异。到天亮时,已经听见对门的招魂声。过去一问,死者父母说:"儿子昨晚暴死。"进朝大为感动,哭着讲述了昨晚的事情,于是出钱安葬死者,供养他的父母。后来董进朝出家为僧,法号慧通,住在兴元的唐安寺。

X7.11 元和中,严司空绶在江陵①,时涔阳镇将王沔②,常持《金刚经》。因使归州勘事③,回至咤滩④,船破,五人同溺。沔初入水,若有人授竹一竿,随波出没,至下牢镇著岸⑤,不死。视手中物,乃授持《金刚经》也。咤滩至下牢三百余里⑥。

【注释】

①严司空绶:即为严绶(746—822),蜀人。元和元年(806)加检校尚书左仆射,寻拜司空,元和六年出镇荆南,进封郑国公。江陵:今属湖北荆州。

②涔阳:在今湖北公安南。

③归州:今湖北秭归。

④咤滩:归州附近的一处险滩。宋范成大《吴船录》卷下:"至归州数里,曰咤滩,其险又过东奔,士人云黄魔神所为也。"

⑤下牢:在今湖北宜昌西北。

⑥咤滩至下牢三百余里:据前注,咤滩、下牢相距不远,不会有三百

里之遥；且皆在归州州城上游，江陵至归州办事，不会经过这两处地方。

【译文】

元和年间，严绶司空出镇荆南，当时溠阳镇将王沔，经常持念《金刚经》。王沔因公到归州办事，回到咤滩，船破了，五人同时落水。王沔刚掉进水里，就好像有人递给他一根竹竿，他抓住竹竿，随波逐流，一直到下牢镇才漂到岸边捡回一条命。看手里握的东西，原来是一部《金刚经》。咤滩到下牢，有三百多里。

X7.12 长庆初，荆州公安僧会宗，姓蔡，常中蛊得病骨立，乃发愿念《金刚经》以待尽。至五十遍，昼梦有人令开口，喉中引出发十余茎，夜又梦吐大螾[①]，长一肘余，因此遂愈。荆山僧行坚见其事[②]。

【注释】

①螾（yǐn）：同"蚓"，蚯蚓。

②荆山：今湖北南漳。

【译文】

长庆初年，荆州公安县僧人会宗，俗姓蔡，有一次中了蛊毒，病得形销骨立，于是发愿持念《金刚经》等待命终。念到第五十遍时，白昼做梦，有人让他张开嘴巴，从喉咙里扯出十多根头发，夜晚又梦见吐出一条大蚯蚓，有手肘那么长，因而病就好了。荆山僧人行坚亲见此事。

X7.13 江陵开元寺般若院僧法正[①]，日持《金刚经》三七遍[②]。长庆初，得病卒。至冥司，见若王者，问："师生平作何功德？"答曰："常念《金刚经》。"乃揖上殿，令登绣坐，念《经》

七遍。侍卫悉合掌,阶下拷掠论对,皆停息而听。念毕,后遣一吏引还。王下阶送云:"上人更得三十年在人间,勿废读诵。"因随吏行数十里,至一大坑。吏因临坑,自后推之,若陨空焉。死已七日,唯面不冷。法正今尚在,年八十余。荆州僧常靖亲见其事。

【注释】

①般若(bō rě):佛教术语。智慧。

②三七遍:三个七遍。佛教术语有"三七日思惟","三七日"即三个七日。

【译文】

江陵府开元寺般若院法正和尚,每天持念《金刚经》三个七遍。长庆初年,生病去世。到了阴司,见到一个像冥王的问他:"法师生平有什么功德?"法正回答:"经常持念《金刚经》。"冥王就揖请上殿,让他趺坐在绣座上念《金刚经》七遍。侍卫们全都双手合十,阶下正在进行拷问质对的鬼使等众,都屏息静听。法正念诵完毕,冥王随后就派一名冥吏领他还阳。冥王下阶相送,说:"上人还有三十年的阳寿,不要中断诵经。"法正就跟随冥吏走了几十里,到了一处大坑。冥吏让法正走到坑边,从背后把法正推了下去,法正感觉像是从空中掉下来。苏醒过来,才知道自己已经死去七天,只有面部不凉。法正如今还活着,八十多岁了。荆州的常靖和尚亲见此事。

X7.14 石首县有沙弥道荫①,常持念《金刚经》。宝历初,因他出夜归,中路忽遇虎,吼掷而前。沙弥知不免,乃闭目而坐,但默念经,心期救护,虎遂伏草守之。及曙,村人来往,虎乃去。视其蹲处,涎流于地。

【注释】

①石首县:今属湖北。

【译文】

石首县有个沙弥道荫,经常持念《金刚经》。宝历初年,他因事外出,夜归时半路忽然遇到一只老虎,在他面前咆哮掀扑。道荫知道难免一死,就闭上眼睛坐下,只是心里默默念经,希望能得到救护,老虎也伏在草丛中守着。到天亮了,村里人路过,老虎就离开了。看那老虎蹲伏的地方,涎液流得满地都是。

X7.15 太和三年,贼李同捷阻兵沧景①,帝命李祐统齐德军讨之②。初围德州城,城坚不拔。翌日又攻之,自卯至未③,十伤八九,竟不能拔。时有齐州衙内八将官健儿王忠幹④,博野人⑤,常念《金刚经》,积二十余年,日数不阙。其日,忠幹上飞梯,将及堞⑥,身中箭如猬,为檑木击落⑦。同火卒曳出羊马城外⑧,置之水濠里岸,祐以暮夜,命抽军,其时城下矢落如雨,同火人匆忙,忘取忠幹尸。忠幹既死,梦至荒野,遇大河,欲渡无因,仰天大哭。忽闻人语声,忠幹见一人长丈余,疑是神人,因求指营路。其人云:“尔莫怕,我令尔得渡此河。”忠幹拜之,头低未举,神人把腰掷之空中,久方著地。忽如梦觉,闻贼城上交二更。初不记过水,亦不知疮,抬手扪面,血涂眉睫,方知伤损。乃举身强行,百余步却倒。复见向人持刀叱曰:“起!起!”忠幹惊惧,遂走一里余,坐歇,方闻本军喝号声,遂及本营。访同火卒,方知身死在水濠里,即梦中所过河也。忠幹见在齐德军。

【注释】

①李同捷(? —829)：横海节度使李全略之子，父死，自为留后，抗
　拒朝命，朝廷发七道兵讨之，兵败而死。沧景：即沧景节度使，治
　所在沧州(今属河北)。

②帝：即唐文宗。齐德军：齐州和德州的军队。齐，齐州，今山东济
　南。德，德州，今属山东。

③卯：晨五时至七时。未：午后十三时至十五时。

④官健儿：唐初府兵制，士兵自备武器资粮，后来逐渐改为官给，故
　称"官健"。

⑤博野：今属河北。

⑥堞：城上齿状矮墙。

⑦檑(léi)木：守城时从高处投掷下的木石。檑，同"礧"，

⑧羊马城：《通典》卷一五二："城外四面壕内，去城十步，更立小隔
　城，厚六尺，高五尺，仍立女墙，谓之羊马城。"

【译文】

　　大和三年，叛贼李同捷在沧景一带拥兵对抗，皇帝命令李祐率领齐
德军进讨。起初包围德州城，城池防守坚固无法攻克。第二天又攻城，
自卯时一直到未时，将士十伤八九，仍然无法拿下。当时有个齐州衙内
八将官健儿王忠幹，博野人，每天持念《金刚经》，坚持二十多年不懈怠。
那天，忠幹登上云梯，快要接近城堞时，身上连中数箭，被射得像个刺
猬，然后被滚木击中摔落城下。同火士卒把他拖出羊马城外，放在水濠
靠近城里一边，李祐因为天黑了，下令撤军，当时城上放箭有如下雨，同
火士卒匆忙，忘了带走忠幹的尸体。忠幹死后，梦见自己到了一处荒
野，遇到一条大河，想要渡河又没办法，于是仰天大哭。忽然听见有人
说话，忠幹看见一个身高一丈多的人，怀疑这是神人，就请求指明归营
的路。那人说："你别怕，我会让你渡过这条河。"忠幹低头下拜，还未抬
头，神人抓住他的腰，把他扔到空中，过了很久才落地。忠幹忽然好像

梦醒了,听见德州城上打了二更。他全然不记得过河的事,也不知道自己身上的伤,抬手摸摸脸,满脸是血,才知道自己受了伤。他于是起身勉强行走,走了一百多步又倒下了。又看见刚才的神人拿着刀呵斥说:"起来!起来!"忠斡又惊又怕,又往前走了一里多,坐着歇息,这时听到了自己军队的喝号声,于是得以回到军营。问起同火士卒,这才知道自己先前已经死在水濠边,也就是梦中渡过的那条河。忠斡如今还在齐德军。

X7.16　何轸,鬻贩为业。妻刘氏,少断酒肉,常持《金刚经》。先焚香像前,愿年止四十五,临终心不乱,先知死日。至太和四年冬,四十五矣,舍资装供僧。欲入岁假①,遍别亲故。何轸以为病魅,不信。至岁除日②,请僧受入关③,沐浴易衣,独处一室趺坐④,高声念经。及辨色,悄然,儿女排室入看之⑤,已卒,顶热灼手。轸以僧礼葬,塔在荆州北郭⑥。

【注释】

①岁假:别本或无"假"字。

②岁除:旧俗于腊岁前一日击鼓驱疫,后遂以年终之日为岁除。

③入关:闭关。自闭室中,坐禅修炼。

④趺(fū)坐:结跏趺坐,一种修禅时盘腿入定的坐姿。具体坐法有多种。唐王维《登辨觉寺》:"软草承趺坐,长松响梵声。"

⑤排:推。

⑥郭:外城。

【译文】

何轸,靠贩卖谋生。妻子刘氏,年轻时就断了酒肉,经常持念《金刚经》。早年曾在佛像前上香,发愿只活到四十五岁,临终时心志不乱,预先就知道去世的日期。到大和四年冬天,四十五岁了,她施舍自己的资财供养僧人。快到年末时,向所有的亲朋故旧告别。何轸以为妻子中邪了,不信她真会死。到岁除那天,她请来僧人帮助闭关修炼,沐浴更衣,在一间屋子里独自趺坐,高声念诵《金刚经》。天色微明时,屋内一片寂静,儿女推开门一看,刘氏已经去世了,头顶热得烫手。何轸就用僧家葬仪安葬了妻子,塔在荆州北城外。

X7. 17 蜀左营卒王殷,常读《金刚经》,不茹荤饮酒。为赏设库子①,前后为人误累,合死者数四,皆非意得免。至太和四年,郭钊司空镇蜀②,郭性严急,小不如意皆死。王殷因呈锦缬③,郭嫌其恶弱,令袒背,将毙之。郭有番狗,随郭卧起,非使宅人④,逢之辄噬,忽吠数声,立抱王殷背,驱逐不去。郭异之,怒遂解。

【注释】

①赏设库子:负责管理犒赏之物的人员。

②郭钊(? —831):华州郑县(今陕西华县)人。郭子仪孙。大和三年(829)授成都尹、剑南西川节度使。

③锦缬:印有花纹的丝织品。

④使宅:节度使宅第。

【译文】

西蜀左营士卒王殷,经常诵读《金刚经》,不食荤不饮酒。王殷任职为赏设库子,前前后后因人失误连累,好几次都该死罪,都意外得到豁免。到大和四年,郭钊司空出镇西川,郭钊性情严厉急躁,手下略有不合他心意者都会被处死。一次,王殷呈上锦缬,郭钊嫌质量太差,就命王殷脱去衣服露出脊背,要杖杀他。郭钊养着一条番狗,跟着郭钊,形影不离，如果不是节度使院里的人，见到就咬，这时忽然狂吠了几声，直立起来抱着王殷后背，怎么也赶不走。郭钊觉得事有怪异，怒气也随之而消。

X7.18 郭司空离蜀之年①，有百姓赵安，常念《金刚经》。因行野外，见衣一襆遗墓侧。安以无主，遂持还家。至家，言于妻子。邻人即告官赵盗物，捕送县。贼曹怒其不承认②，以大关挟胫③，折三段。后令杖脊，杖下辄折。吏意其有他术，问之，唯念《金刚经》。及申郭，郭亦异之，判放。及归，其妻云："某日，闻君经函中震裂数声，惧不敢发。"安乃驰视之，带断轴折，纸尽破裂。安今见在。

【注释】

①郭司空离蜀之年：郭钊于大和四年（830）召为太常卿，行至道中卒。

②贼曹：主司盗贼事的州郡佐吏。

③大关：夹棍，一种刑具。

【译文】

郭司空离开西川那年，有个叫赵安的百姓，经常持念《金刚经》。一次行路野外，看见一包袱衣物丢在坟边。赵安认为这是无主之物，就拿回了家。到家就告诉了妻子。随后邻居知道了，就告发赵安偷东西，赵安被抓捕起来送到县里。因为他坚决不承认，主管盗事的官吏非常生气，就用夹棍夹他的小腿，结果夹棍断为三截。又命令杖责脊背，一打下去杖就断了。官吏料想他有法术，就问他，回答说唯独在持念《金刚经》。后来案子报到郭钊那里，郭钊也觉得不可思议，就判决放了他。赵安回到家，他妻子说："有一天听到你装经书的盒子里发出几次震裂之声,我害怕就没打开看。"赵安急忙去打开看,发现经卷带子断了,卷轴也折了,纸张全都破裂。赵安现在还活着。

X7.19 太和五年,汉州什邡县百姓王翰①,常在市日逐小利。忽暴卒,经三日却活,云冥中有十六人同被追,十五人散配他处,翰独至一司,见一青衫少年,称是己侄,为冥官厅子,遂引见推典,又云是己兄,貌甚不相类。其兄语云:"有冤牛一头,诉尔烧畬②,枉烧杀之。尔又曾卖竹与杀狗人作箜篌③,杀狗两头,狗亦诉尔。尔今名未系死籍,犹可以免,为作何功德?"翰欲为设斋及写《法华经》、《金光明经》④,皆曰不可。乃请曰:"持《金刚经》日七遍与之。"其兄喜曰:"足矣。"及活,遂舍业出家。今在什邡县。

【注释】

①什邡县:今四川什邡。

②烧畬(shē):烧山草开荒种田。俗称火耕。

③箜篌:一种弹拨乐器,分卧式和竖式两种,弦数自五根至二十五根,多少不等。

④《金光明经》:佛经名。全称为《金光明最胜王经》。

【译文】

大和五年,汉州什邡县百姓王翰,经常在集市上挣点小钱。一天忽然暴死,过了三天又活过来,自述在阴司里有十六个人同时被追命,其他十五人分散至各地,王翰被单独带到一处衙门,见到一位青衫少年,说是自己的侄子,现为冥官的差役,于是领他去见推官,推官说是自己的兄长,但相貌差别很大。自称兄长的人告诉王翰说:"有一头冤牛,告发你在烧畬时无意中把它烧死了。你又曾经把竹子卖给杀狗的人制作箜篌,请他杀了两只狗,狗也在告你。你现在名字还未入死籍,还可以免死,准备为它们作什么功德?"王翰说要为它们设斋会,抄写《法华经》、《金光明经》,都回答说不行。最后王翰说:"每天为牛和狗持念七遍《金刚经》。"推官高兴地说:"足够了。"王翰活过来以后,就舍弃家业,出家当了和尚。如今还在什邡县。

　　X7.20 太和七年冬,给事中李公石为太原行军司马①。孔目官高涉②,因宿使院③,至鼕鼕鼓起时④,诣邻房,忽遇一人,长六尺余,呼曰:"行军唤尔。"涉遂行。行稍迟,其人自后拓之⑤,不觉向北。约行数十里,至野外,渐入一谷底,后上一山,至顶四望,邑屋尽眼下。至一曹司,所追者呼云:"追高涉到。"其中人多衣朱绿,当案者似崔行信郎中⑥,判云:"付司对。"复引出至一处,数百人露坐,与猪羊杂处。领至一人前,乃涉妹婿杜则也,逆谓涉曰⑦:"君初得书手时⑧,作新人局⑨,遣某买羊四口,记得否? 今被相债,备尝苦毒。"涉遽云:"尔时只使市肉,非羊也。"则遂无言。因见羊人立啮则⑩。逡巡,被领他去,倏忽又见一处,露架方梁,梁上钉大铁环,有数百人皆持刀,以绳系人头,牵入环中刳剔之⑪。涉惧走出,但念《金刚经》。倏忽逢旧相识杨演,云:"李尚书时⑫,杖杀贼李英道,为劫贼事,已于诸处受生三十年⑬。今却诉前事,君常记得无?"涉辞以年幼不省。又遇旧典段怡⑭,先与涉为义兄弟⑮,逢涉云:"先念《金刚经》莫废,忘否? 向来所见,未是极苦处,勉树善业。今得还,乃经之力。"因送至家,如梦,死已经宿。向所拓处,数日青肿。

【注释】

①李公石：即为李石（784—845），陇西（今属甘肃）人。大和三年（829）为郑滑行军司马，令狐楚为河东节度使，引为副使。此处"太原行军司马"或是段成式误记。太原：当时为河东节度使治所。行军司马：方镇幕职，掌军符号令、军籍、兵械、粮廪等，权任甚重。

②孔目官：职掌文书档案的州府小吏。

③使院：节度使治事之院。

④鼕（dōng）鼕鼓：警夜的街鼓。《新唐书·马周传》："先是，京师晨暮传呼以警众，后置鼓代之，俗曰'鼕鼕鼓'。"

⑤拓：推。

⑥郎中：职官名。分掌六部内各司政务。

⑦逆：迎面。

⑧书手：抄写人员。这里指孔目官一职。

⑨局：饭局，宴会。

⑩人立：像人一样直立。

⑪刳（kū）剔：剖挖。

⑫李尚书：或为李说。李说（738—800），唐宗室。贞元年间曾为河东行军司马、北都副留守、河东节度使、检校礼部尚书。

⑬受生：投胎。

⑭旧典：先前的孔目典。

⑮义兄弟：结拜兄弟。

【译文】

　　大和七年冬天，给事中李石担任太原行军司马。孔目官高涉，因事留宿使院，鼕鼕鼓响起的时候，去邻房，忽然遇见一人，身高六尺多，喊高涉说："行军叫你去。"高涉就跟着走。走得稍慢了些，那人就从背后推搡他，不知不觉就向北走去。大约走了几十里，到了野外，渐渐走入一处谷底，后来又上了一座山，到山顶四面一望，城里的房屋全在眼底。然后到了一处官署，那人禀报说："高涉追到。"里面的人多数穿着红绿色衣服，案前的官员好像是崔行信郎中，判令说："带去各司对质。"那人又领着高涉到了一处，有几百人露天而坐，和猪羊混杂在一起。高涉被带到一个人面前，原来这人就是高涉的妹夫杜则，杜则迎着高涉急切地说："您新任孔目官时，设宴请客，让我去买了四只羊，记得吗？如今我被羊追命债，备尝痛苦。"高涉急忙解释说："当时只让你去买肉，不是让你买羊。"杜则无话可说。这时就看见羊像人一样直立起来啃咬杜则。一会儿，高涉又被领到另外一处地方，摆着一个架子，上面有方梁，梁上钉着大铁环，有几百人都拿着刀，用绳子系着人头，牵入铁环里吊起来剖腹挖心。高涉心惊胆战地走出来，只是默念《金刚经》。忽然又碰见了老朋友杨演，问他说："李尚书时，杖杀了贼人李英道，因为他抢劫的事，李英道已经在别处投胎三十年。现在又申诉从前的事，您还记得吗？"高涉推辞说当时年幼不记得了。又遇见了早先的孔目官段怡，曾和高涉是结拜兄弟，迎着高涉说："以前你持念《金刚经》坚持不懈，没忘吧？刚才你所看见的，还不是最为痛苦的地方，务必努力造作善业。现在你能重返阳间，就是靠的《金刚经》的法力。"段怡把高涉送回家，高涉就像大梦一场，才知道自己已经死了一夜。先前被推搡的地方，青肿了好几天。

X7.21 永泰初，丰州烽子暮出①，为党项缚入西蕃易马②。蕃将令穴肩骨，贯以皮索，以马数百蹄配之。经半岁，马息一倍③，蕃将赏以羊革数百，因转近牙帐④。赞普子爱其了事⑤，遂令执纛左右，有剩肉余酪与之。又居半年，因与酪肉，悲泣不食。赞普问之，云："有老母，频夜梦见。"赞普颇仁，闻之怅然，夜召帐中语云："蕃法严，无放还例。我与尔马有力者两匹,于某道纵尔归,无言我也。"烽子得马极骋,俱乏死,遂昼潜夜走。数日后,为刺伤足,倒碛中。忽有风吹物,窸窣过其前,因揽之裹足。有顷,不复痛,试起步走如故。经信宿方及丰州界。归家,母尚存,悲喜曰:"自失尔,我唯念《金刚经》,寝食不废,以祈见尔,今果其誓。"因取《经》拜之,缝断,亡数幅,不知其由。子因道碛中伤足事,母令解足视之,所裹疮物乃数幅《经》也,其疮亦愈。

【注释】

①丰州:在今内蒙古五原西南。烽子:烽火台守卒。

②党项:古羌族的一支,在今甘肃、青海、四川北部一带。西蕃:据下文"赞普",西蕃当指吐蕃。

③息:繁殖。

④牙帐:将帅帐幕。因建牙旗于帐前,故称。

⑤赞普:唐代吐蕃君长之称谓。子爱:像自己的孩子那样喜爱。了事:会办事。

【译文】

永泰初年,丰州的一名烽火台守卒晚上出去,被党项人抓住带到吐蕃换马。吐蕃军将命人在他肩胛上开个洞,穿上皮绳,把几百匹马调配给他让他养。过了半年,马群繁殖了一倍,蕃将赏给他几百张羊皮,并派他在牙帐周围做事。赞普像喜欢儿子那样,很欣赏他会办事,就命他在身边执掌大旗,平时有剩余的肉食和奶酪都给他吃。又过了半年,一次给他肉和奶酪,他悲泣不食。赞普问他,他说:"我有老母,经常在夜里梦见她。"赞普颇为仁义,听了这话心里怅然,夜里把他召进牙帐,对他说:"吐蕃法令严酷,没有放还的先例。我给你两匹脚力很好的马,在某条路上放你回去,不要说是我放的你。"烽卒得到马,没命地飞驰,两匹马都累死了,他又白日潜伏,夜晚赶路。几天后,被荆棘刺伤了脚,倒在荒漠中。这时有风吹起一样东西,窸窸窣窣飘到他跟前,他拿过来把脚裹上。一会儿,脚不再疼痛了,试着起身行走,和先前一样。又经过两天两夜才到达丰州地界。回到家里,老母尚在,见到他,悲欣交集地说:"自从失去了你,我只持念《金刚经》,睡觉吃饭时都不停下,祈求能够再见到你,今天果然应验了。"老母于是请来《金刚经》恭敬礼拜,发觉经书的缝线断了,丢了几页经文,不知道是什么原因。儿子于是说起荒漠里刺伤了脚的事,老母命他解开来看,用来包扎伤口的竟然就是那几纸经文,他的伤也全好了。

　　X7.22 大历中,太原偷马贼诬一王孝廉同情[1],拷掠旬日,苦极强首[2]。推吏疑其冤[3],未即具狱[4]。其人惟念《金刚经》,其声哀切,昼夜不息。忽一日,有竹两节,坠狱中,转至于前,他因争取之。狱卒意藏刃,破视,内有字两行云:"法尚应舍,何况非法[5]。"书迹甚工。贼首悲悔,具承以匿嫌诬之[6]。

【注释】

①同情:同谋。

②强首:勉强认罪。

③推吏:审案的官吏。

④具狱:定案。

⑤法尚应舍,何况非法:《金刚经》:"汝等比丘,知我说法,如筏喻者,法尚应舍,何况非法。"法,佛法。非法,不是佛法。

⑥匿嫌:或作"旧嫌"。

【译文】

大历年间,太原的一个偷马贼诬陷一位王孝廉是同伙,王孝廉被刑讯逼供十来天，吃尽苦头，实在熬不过只好招认。审案的官吏怀疑其中确有冤情，没有急于定案。王孝廉只持念《金刚经》，声音哀切，昼夜不歇。忽然有一天，有两节竹筒坠入狱中，滚到王孝廉面前，其他囚犯都来争抢。狱卒怀疑里面藏着刀，破开竹筒一看，里面有两行字："佛法尚应舍下，何况并非佛法。"字迹非常工整。那偷马贼知道这事后，慈悲心起，忏悔服罪，承认因为和王孝廉有旧怨，所以诬陷他。

续集卷八

支动

【题解】

本篇"支动"和下两篇"支植上"、"支植下",是前集"广动植"的补遗。此三篇中,引李卫公(李德裕)语或是与李卫公相关者,共有近二十条,这些应是段成式于大和初年在李德裕浙西幕府时所闻。本篇共计六十三条,相比前集,记载大都较为简略。其中有些本自东汉郭宪《洞冥记》、《异物志》,晋郭璞《玄中记》,晋干宝《搜神记》,南朝梁任昉《述异记》。

X8.1 北海有木兔①,类鸺鹠②。

【注释】

①北海:今山东青州。木兔:鸟名。猫头鹰一类,头似兔而有角,毛脚,夜飞,喜欢食鸡。

②鸺鹠:即鸺鹠,猫头鹰。

【译文】

北海有一种鸟名叫木兔,像猫头鹰。

X8.2 鼠食盐则身轻①。

【注释】

①鼠食盐则身轻：明李时珍《本草纲目》卷五一"兽部"："鼠食盐而身轻，食砒而即死。"

【译文】

老鼠吃了盐身体就会变轻。

X8.3 乌贼鱼骨，如通草，可以刻为戏物。

【译文】

乌贼背上的骨片，如同通草一样轻而脆，可以用来雕刻玩物。

X8.4 章举①，每月三八则多。

【注释】

①章举：章鱼。

【译文】

章鱼，每月的八日、十八日、二十八日这三天很多。

X8.5 虾姑①，状若蜈蚣。管虾。

【注释】

①虾姑：又作"虾蛄"，即皮皮虾，节肢甲壳类动物。

【译文】

虾姑，样子像蜈蚣。又叫管虾。

X8.6 南海有水族，前左脚长，前右脚短，口在胁傍背上。常以左脚捉物，实于右脚，右脚中有齿嚼之，方内于口。大三尺余。其声"术术"①，南人呼为海术。

【注释】

①术(zhú)术：象声词。

【译文】

南海有一种水生动物，左前脚长，右前脚短，口长在胁旁背上。经常用左脚捕捉猎物，放在右脚上，右脚中有牙齿咬碎它，才送进嘴里。有三尺多长。它的叫声是"术术"，南方人就称它为海术。

X8.7 猎者不杀豺，以"财"为同声。
又，南方恶豺向人作声。

【译文】

猎人不捕杀豺狼，因为它和"财"字同音。
另外，南方人厌恶豺狼对着人嚎叫。

X8.8 卫公幼时①，常于明州见一水族②，有两足，觜似鸡，身如鱼。

【注释】

①卫公：即为李德裕(787—850)，赵州赞皇(今属河北)人。宰相李吉甫之子。三为浙西观察使，两度为相，官终太尉。初封赞皇县伯，改封赵国公、卫国公。

②明州：今浙江宁波。

【译文】

卫公幼年时，曾在明州见过一种水生动物，有两只脚，嘴像鸡，身像鱼。

　　X8.9 卫公年十一，过瞿塘①，波中睹一物，状如婴儿，有翼，翼如鹦鹉。公知其怪，即时不言，晚风大起方说。

【注释】

①瞿塘：即瞿塘峡，三峡之首，在今重庆奉节。

【译文】

卫公十一岁时，经过瞿塘峡，看见江流中有一种动物，样子像婴儿，有翅膀，就像鹦鹉翅膀一样。卫公心下明白这是个怪物，当时不露声色，晚上刮大风时才说起。

　　X8.10 句容赤沙湖食朱砂鲤①，带微红，味极美。

【注释】

①句容：今属江苏。

【译文】

句容县赤沙湖有一种食朱砂鲤，鱼身微红，味道极为鲜美。

　　X8.11 负朱鱼，亦绝美，每鳞一点朱。

【译文】

负朱鱼，味道也极为鲜美，每片鳞甲上都有一点红斑。

X8.12 向北有濮固羊①,大而美。

【注释】

①濮固:疑即"僕固",古匈奴部族,其地大约在今蒙古国土拉河北。

【译文】

往北有濮固羊,体形大,肉味美。

X8.13 丙穴鱼①,食乳水②,食之甚温。

【注释】

①丙穴鱼:又称"嘉鱼"。巴蜀地区的雅州(今四川雅安)、彭州、夔
州(今重庆奉节),以及汉中等地,均有"丙穴"这一地名。今雅安
所产者,即通常所说的"雅鱼"。唐杜甫《将赴成都草堂途中有作
先寄严郑公五首》其一:"鱼知丙穴由来美,酒忆郫筒不用酤。"

②乳水:钟乳石所滴之水。

【译文】

丙穴鱼,饮用钟乳石水,这种鱼食性甘温。

X8.14 蜃①,身一半已下,鳞尽逆。

【注释】

①蜃(shèn):传说中的蛟龙之属。

【译文】

蜃,身体一半以下,鳞甲全是逆向生长。

X8.15 太和七年,河阴忽有蝇①,蔽天如蝗,止三日。河阳界②,经旬方散。有李犟,时为尉,向予三从兄说。

【注释】

①河阴:在今郑州西北。

②河阳:今河南孟州。

【译文】

大和七年,河阴忽然出现一种蝇,遮天蔽日就像蝗虫一样,这种情况持续了三天。河阳地界,经过十天才散尽。有个李犟当时做县尉,向我的三从兄说起过。

X8.16 南中玳瑁,斑点尽模糊,唯振州玳瑁如舶上者①。尝见卫公先白书上作此"畴暍"字②。

【注释】

①振州:今海南三亚。

②白书:不详何义。

【译文】

南方玳瑁,斑点全是模糊的,只有振州的玳瑁和海外舶来的一样。我曾见卫公以前白书上写成"畴暍"字样。

X8.17 卫公言:"鹅警鬼,鸡䳏厌火①,孔雀辟恶。"

【注释】

①鸡䳏(jiāo jīng)厌火:宋唐慎微《政和证类本草》卷十九引唐陈藏

器《本草拾遗》：“鸡鹢，水鸟。人家养之，厌火灾。似鸭，绿衣，驯扰不去。出南方池泽。”

【译文】

卫公说：“鹅能警戒鬼魅，鸡鹢厌胜火灾，孔雀避除邪恶。”

X8.18 洪州有牛尾狸①，肉甚美。

【注释】

①洪州：今江西南昌。

【译文】

洪州有牛尾狸，肉味很美。

X8.19 威远军子将臧平者①，好斗鸡，高于常鸡数寸，无敢敌者。威远监军与物十匹强买之，因寒食乃进。十宅诸王皆好斗鸡②，此鸡凡敌十数，犹擅场恬气③。穆宗大悦④，因赐威远监军帛百匹。主鸡者想其蹠距⑤，奏曰：“此鸡实有弟，长趾善鸣，前岁卖之河北军将⑥，获钱二百万。”

【注释】

①威远军：此威远军当指驻扎京师的一支禁军。《资治通鉴》卷二三六：“请以为威远军使、平章事。”宋元胡三省注引《旧唐书·郭子仪传》，且云：“则威远军，肃宗置也。至德宗时，以左、右威远营隶鸿胪……（元和二年）其后遂以宦官为使，不复隶鸿胪。”按，唐代剑南道有威远军（驻今四川威远），与此不同。子将，唐代武职名。即小将。唐制，每军大将一人，副二人，总管四人，子将八人；子将掌布列行阵、金鼓及部署卒伍。

②十宅诸王皆好斗鸡：《新唐书》卷八二："开元后，皇子幼，多居禁
内，既长，诏附苑城为大官，分院而处，号'十王宅'，所谓庆、忠、
棣、鄂、荣、光、仪、颖、永、延、盛、济等王，以十，举全数也。"这里
的十宅诸王，是泛指当时诸王子皇孙。唐代宫廷中斗鸡之戏成
风，玄宗时宫中有斗鸡供奉（《旧唐书·王铢传》），当时有童谣
唱："生儿不用识文字，斗鸡走马胜读书。贾家小儿年十三，富贵
荣华代不如。"

③怙气：恃气发威，趾高气扬。

④穆宗：即为李恒（795—824）。唐宪宗第三子。元和十五年（820）
即位。在位四年，耽于游宴，朝政浊乱。葬光陵。

⑤蹰：足。距：大。

⑥河北：唐代指河北道，辖境为黄河以北、太行山以东地区。

【译文】

　　威远军子将臧平，喜欢斗鸡，他的一只斗鸡高过平常的鸡几寸，没
有鸡可以对敌。威远军监军给了他十匹布帛强行买去，趁着寒食节进
献入宫。诸位王子皇孙都喜欢斗鸡，这只鸡斗败了十多只鸡，还在场内
威风凛凛，趾高气扬。穆宗大悦，赏赐威远监军一百匹布帛。负责斗鸡
的人看这只鸡的大脚爪似曾相识，奏报说："这只鸡其实还有个兄弟，长
爪趾，爱鸣叫，前年卖给河北道的军将，卖了两百万钱。"

X8.20 韦绚云："巴州兔作狸班。"

【译文】

　　韦绚说："巴州的兔子，带有狸猫那样的花斑。"

X8.21 凡鸷鸟，雄小雌大，庶鸟皆雄大雌小。

【译文】

大凡鹰、隼之类,都是雄鸟体形小,雌鸟体形大,一般的鸟都是雄鸟大雌鸟小。

X8.22 予同院宇文献云①:吉州有异虫②,长三寸余,六足,见蚓必啮为两段,才断,各化为异虫,相似无别。

【注释】

①院:指集贤殿书院。

②吉州:今江西吉安。

【译文】

我在集贤院的同僚宇文献说:吉州有一种奇怪的虫,长三寸多,六只脚,这种虫见到蚯蚓必会咬作两段,蚯蚓刚被咬断,两段就各自变成这虫的样子,非常相似,基本看不出差别。

X8.23 又有赤腰蜂,养子于蜘蛛腹下。

【译文】

还有一种赤腰蜂,把卵产在蜘蛛的腹部。

X8.24 鯸鮧鱼①,肝与子俱毒。食此鱼,必食艾②,艾能已其毒。江淮人食此鱼,必和艾。

【注释】

①鯸鮧(hóu yí):河豚。

②艾：这里指水艾，即芦蒿，又称"蒌蒿"。

【译文】

河豚，肝脏和卵都有毒。食用这种鱼，必须一同食用芦蒿，芦蒿可以解毒。江淮一带的人吃河豚，都是和着芦蒿食用的。

X8.25 夔州刺史李贻孙云①：尝见木枝化为蚓。

【注释】

①李贻孙：大约生于唐德宗贞元年间，或为福建人。会昌五年（845）任夔州刺史。

【译文】

夔州刺史李贻孙说：曾见到树枝变成蚯蚓。

X8.26 道书以鲤鱼多为龙①，故不欲食，非缘反药。庶子张文规又曰②："医方中畏食鲤鱼，谓若鱼中猪肉也。"

【注释】

①道书：道教典籍。
②张文规：蒲州猗氏（今山西临济）人。宪宗朝宰相张弘靖之子。

【译文】

道书里经常把鲤鱼当作龙看待，所以道士一般不吃，并非因为它和丹药物性相反。庶子张文规又说："医方里忌食鲤鱼，认为它的物性就像鱼里的猪肉一样。"

X8.27 卫公画得峡中异蝶，翅阔四寸余，深褐色，每翅

上有二金眼。

【译文】

卫公李德裕画有三峡中的奇异蝴蝶,翅膀宽四寸多,深褐色,每只翅膀上有两只金眼。

X8.28 公又说:"道书中言,獐鹿无魂^①,故可食。"

【注释】

①獐鹿无魂:宋祝穆《古今事文类聚》后集卷三六引陶弘景云:"獐鹿非辰属,又八卦无主,即生死无尤。故道家许听为脯。牛羊鸡犬虽补益肌肤,于亡魂皆为怨责,并不足啖。"

【译文】

卫公又说:"道书上说,獐鹿没有灵魂,所以可食用。"

X8.29 予幼时尝见说郎巾,谓狼之筋也。武宗四年^①,官市郎巾,予夜会客,悉不知郎巾何物,亦有疑是狼筋者。坐老僧泰贤云:"泾帅段祐宅在招国坊^②,尝失银器十余事。贫道时为沙弥,每随师出入段公宅,因令贫道以钱一千,诣西市贾胡求郎巾。出至修竹南街金吾铺^③,偶问官健朱秀,秀曰:'甚易得,但人不识耳。'遂于古培摘出三枚^④,如巨虫,两头光,带黄色。祐得,即令集奴婢环庭炙之。虫慄蠕动,有一女奴脸唇瞤动^⑤,诘之,果窃器而欲逃者。"

【注释】

①武宗四年:唐武宗会昌四年(844)。

②段祐(? —810):从郭子仪征战有功,贞元末为泾原节度使。招
　国坊:唐代长安城坊。

③金吾铺:金吾卫士卒所居之处。

④培:墙。

⑤眴(shùn):眼皮跳动。

【译文】

我年幼时曾听说过郎巾这个词,还以为就是狼的筋呢。武宗会昌四年,官府集市买卖郎巾,我夜间会客,大家都不知道郎巾是什么东西,也有人怀疑就是狼筋。在座的老僧泰贤说:"泾原节帅段祐的宅第在招国坊,有一次丢了十多件银器。贫僧当时还是沙弥,经常跟随师父出入段公府上,段公就命我带上一千钱,到西市胡商那里买郎巾。我出外行至修竹南街金吾铺,偶然问及官健儿朱秀,朱秀说:'这个很容易得到,只是人们不认识罢了。'于是就在老墙上掘出三只,样子像巨虫,两头发光,身带黄色。段祐得到郎巾,就命人集合奴婢在院里围成一圈,当中用火炙烤郎巾。虫子被烤得惊慌蠕动,这时只见一个女奴面部神情怪异,眼睛不停眨动,一问,果然就是偷窃银器准备逃跑的那个人。"

X8.30 象管　环王国野象成群①,一牡管牝三十余②。牝牙才二尺,迭供牡者水草,卧则环守。牝象死③,共它地埋之④,号吼移时方散。又国人养驯,可令代樵。

【注释】

①环王国:又称"占城国",在今越南中南部。

②牡:雄。牝:雌。

③牝象:从文意推断,疑为"牡象"之误。

④𡉫:同"挖"。

【译文】

象管　环王国野象成群,一头雄象管理三十多头雌象。雌象的牙才二尺长,轮流供给雄象水草,睡卧时雌象就环绕守护着雄象。雄象死了,众雌象一起挖坑埋葬,哀号好一阵子才各自走散。另外,环王国的人驯养野象,可以驱使大象代替人打柴。

X8.31 熊胆①,春在首,夏在腹,秋在左足,冬在右足。

【注释】

①按,本书第16.49条为:"象胆,随四时在四腿,春在前左,夏在前右,如龟无定体也。"

【译文】

熊胆,春季在头部,夏季在腹部,秋季在左脚,冬季在右脚。

X8.32 南安蛮江蛇①　至五、六月,有巨蛇泛江岸,首如张帽,万万蛇随之,入越王城②。

【注释】

①南安:疑为"安南"之倒文。安南唐时属岭南道,治所在今越南河内。

②越王城:即安阳王故城。明彭大翼《山堂肆考》卷二九:"安南乂安府东岸有越王城,一名螺城。汉时安阳王所筑。安阳王旧都越地,故又称越王城。"

【译文】

安南蛮江蛇　到五、六月,有巨蛇爬上江岸,头部就像张开的帽子,成千上万条蛇跟在后面,涌入越王城。

X8.33 野牛　高丈余,其头似鹿,其角丫戾①,长一丈,白毛,尾似鹿。出西域。

【注释】

①丫戾:即了戾,盘曲。

【译文】

野牛　高有一丈多,头部像鹿,它的角呈盘曲状,长一丈,全身白毛,尾巴像鹿。出自西域。

X8.34 潜牛　勾漏县大江中①,有潜牛,形似水牛。每上岸斗,角软还入江水,角坚复出。

【注释】

①勾漏县:今越南河西省石宝县。

【译文】

潜牛　勾漏县大江里,有一种潜牛,长得像水牛。每次上岸争斗,犄角变软时就又潜入江水,角变硬后又出水争斗。

X8.35 猫　目睛旦暮圆,及午,竖敛如綖。其鼻端常冷,唯夏至一日暖。其毛不容蚤虱。黑者,暗中逆循其毛,即若火星。俗言猫洗面过耳,则客至。楚州射阳出猫①,有褐花者。灵武有红叱拨及青骢色者②。猫一名蒙贵,一名乌员。平陵城③,古谭国也④,城中有一猫,常带金锁,有钱,飞若蛱蝶,士人往往见之⑤。

【注释】

①楚州射阳:今属江苏。

②灵武:在今宁夏灵武西南。红叱拨:唐玄宗时名马。唐元稹《望云骓马歌》:"登山纵似望云骓,平地须饶红叱拨。"《续博物志》卷四:"天宝中,大宛进汗血马六匹,一曰红叱拨,二曰紫叱拨,三曰青叱拨,四曰黄叱拨,五曰丁香叱拨,六曰桃花叱拨。"青骢色:马之青白色。

③平陵城:在今山东章丘西。

④谭国:春秋时诸侯国,为齐桓公所灭。

⑤士人:或作"土人"。

【译文】

　　猫　瞳孔在早晨和傍晚变圆,到中午时竖成一条线。它的鼻头经常是凉的,只有夏至那一天是暖的。它的毛不生跳蚤和虱子。黑猫,在黑暗中用手倒摸它的毛,就会有火星闪动。常言说猫洗脸时爪子抓过了耳朵,就会有客人来。楚州射阳县的猫,有褐花色的。灵武的猫有类似红叱拨和青骢之色的。猫又名蒙贵,还有别名叫乌员。平陵城,即古时的谭国,城里有一只猫,常挂一只金锁,身上有钱形花纹,跃动时就像蝴蝶在飞,当地人经常见到它。

　　X8.36 鼠　旧说鼠王,其溺精,一滴成一鼠。一说,鼠母,头脚似鼠,尾苍口锐,大如水中獭。性畏狗。溺一滴成一鼠。时鼠灾,多起于鼠母,所至处,动成万万鼠。其肉极美。凡鼠食死人目睛，则为鼠王。俗云，鼠啮上服有喜①。凡啮衣，欲得有盖②，无盖凶。

【注释】

①鼠啮上服有喜：唐徐坚等《初学记》卷二九引《占书》："鼠咋人衣领，有福至，吉。"

②盖："襘"的借字，上衣。

【译文】

老鼠　旧时传说鼠王溺精，一滴就会变成一只老鼠。还有个说法是，鼠母的头和脚像老鼠，尾巴灰色，嘴形尖利，大小如同水獭。老鼠生性怕狗。溺一滴精就变成一只老鼠。如果闹鼠灾，多数是因为鼠母，鼠母所到之处，动辄就繁殖出成千上万只老鼠。鼠肉的味道极为鲜美。凡有老鼠啮咬死人的眼睛，那鼠就是鼠王。民间认为，老鼠咬破上衣有喜。老鼠咬衣服，一定是要咬的上衣，咬的不是上衣就不吉利。

　　X8.37 千岁燕①　齐、鲁之间，谓燕为乙②。作巢避戊己③。《玄中记》云④："千岁之燕，户北向。"《述异记》云⑤："五百岁燕，生胡髯。"

【注释】

①千岁燕：晋葛洪《抱朴子·内篇》"仙药第十一"："（肉芝）又千岁燕，其巢户北向，其色多白而尾掘，取阴干，末服一头五百岁。"

②谓燕为乙：《尔雅·释鸟》："巂周，燕。燕，鳦。"按，鳦，音乙。

③作巢避戊己：唐欧阳询《艺文类聚》卷九二："《说文》曰：燕，布翅枝尾，作巢避戊己。"戊己，戊己日，古时以此日多雨。《太平御览》卷一〇："（师旷占曰）常以戊己日，日入时出时欲雨，日上有

　　冠云，大者即多雨云，小者少雨。"

④《玄中记》：又题作《郭氏玄中记》，晋郭璞撰，地理博物类志怪

　　之作。

⑤《述异记》：南朝梁任昉撰，二卷，志怪类著作。

【译文】

　　千岁燕　齐、鲁一带，把燕子叫作乙。燕子筑巢避开戊己日。《玄中记》说："千岁的燕子，巢口朝向北。"《述异记》说："五百岁的燕子，长胡须。"

　　X8.38 鹪鸫　飞数逐月，如正月，一飞而止于窠中，不复起矣。十二月，十二起，最难采，南人设网取之。

【译文】

　　鹪鸫　飞翔的次数随着月份，比如正月，飞一次就待在窝里，不再飞了。到十二月，就飞翔十二次，最难捕住，南方人设网捕捉它们。

　　X8.39 鹊窠　鹊构窠，取在树杪枝，不取堕地者，又缠枝受卵①。端午日午时②，焚其窠灸病者，疾立愈。

【注释】

①缠枝受卵：宋王质《诗总闻》卷一："世传鹊结巢取木杪之枝，不取
　　堕地者，多洁一也。传其枝而受卵，雌雄共接者乃用，不淫二也。
　　开户向天而背太岁，有识三也。岁多风则去巢旁之危枝，先知四
　　也。巢中有横木，虚度如梁，雄者踞之，有分五也。以比积善之
　　家必有余庆者也。"缠，当作"传"。

②午时：十一时至十三时。

【译文】

鹊巢　喜鹊选择搭窝的地方,只在高高的树梢,不选堕地的树枝,另外,喜鹊传枝受孕。端午日这天的午时,焚烧喜鹊窝来熏灸病人,病马上就会好。

X8.40 勾足　鹦鸱交时,以足相勾,促鸣鼓翼如斗状,往往坠地。俗取其勾足为媚药。

【译文】

勾足　鹦鸱交配时,脚爪相互勾在一起,叫声非常急促,不停扇动翅膀,好像是打斗的样子,经常会掉到地上。民间用它们的勾足当作媚药。

X8.41 壁镜①　一日江枫亭会,众说单方②。成式记治壁镜用白矾。重访许君,用桑柴灰汁,三度沸,取汁,白矾为膏,涂疮口即差③,兼治蛇毒。自商、邓、襄州④,多壁镜,毒人必死。坐客或云:"巳年不宜杀蛇⑤。"

【注释】

①壁镜:又称"壁钱"、"壁茧",动物名。

②单方:只用药一二味,专治某种疾病的简单药方。

③差:后作"瘥",痊愈。

④商:商州,今陕西商洛。邓:邓州,今属河南。

⑤巳年:巳年为蛇年。

【译文】

壁镜　一天在江枫亭聚会,众人说起治病的单方。我记得治疗壁镜咬伤可用白矾。重又咨询许君,是用桑木柴灰汁,煮沸三次,滤取灰汁,加白矾调成药膏,涂在疮口上就好了,还可以解蛇毒。从商州、邓州到襄州一带,多有壁镜,毒到人必死无疑。当时在座者还有人说:"巳年不宜杀蛇。"

　　X8.42大蝎　安邑县北门①,县人云:有一蝎如琵琶大,每出来,不毒人。人犹是恐其灵。积年矣。

【注释】

①安邑县:在今山西运城东北。

【译文】

大蝎　住在安邑县北门的人说:有一只蝎子像琵琶那么大,经常出来但不毒人。人们还是很害怕它。这样已经很多年了。

　　X8.43红蝙蝠　刘君云:"南中红蕉①,花时,有红蝙蝠集花中,南人呼为红蝙蝠。"

【注释】

①红蕉:芭蕉科植物,俗称美人蕉。

【译文】

红蝙蝠　刘君说:"南方地区的红蕉,开花的时候,有红色的蝙蝠聚集在花里,南方人称作红蝙蝠。"

　　X8.44青蚨①　似蝉而状稍大,其味辛,可食。每生子,必依草叶,大如蚕子。人将子归,其母亦飞来,不以近远,其

母必知处。然后各致小钱于巾,埋东行阴墙下,三日开之;
即以母血涂之如前。每市物,先用子,即子归母;用母者,即
母归子。如此轮还,不知休息。若买金银珍宝,即钱不还。
青蚨,一名鱼伯。

【注释】

①青蚨(fú):传说中的一种昆虫,即本书 17.5 条之"蠖蜗"。后来青
　蚨也用作钱的代称。

【译文】

　青蚨　样子像蝉而体形略大,味道辛辣,可以食用。每当产卵时必
定依附在草叶上,卵的大小如同蚕卵。人们把它的卵取回家,母青蚨也
会跟着飞来,不论远近都知道地方。然后每个卵都放小钱用布巾包好,
埋在东向背阴的墙根下,三天后取出来;又用母虫的血涂在另外的钱
上,也照样包好埋三天再取出来。每次买东西时,若用子钱,则子钱随
后就会回到母钱处;用母钱,母钱随后也会回到子钱处。如此循环,无
休无止。但如果是购买金银珍宝,钱付出以后就不再回来了。青蚨,又
名鱼伯。

　　X8.45 寄居之虫①　　如螺而有脚,形似蜘蛛。本无壳,
入空螺壳中,载以行。触之缩足,如螺闭户也。火炙之,乃
出走,始知其寄居也。

【注释】

①寄居之虫:这里是寄居蟹。

【译文】

寄居蟹　像螺但有脚,样子如同蜘蛛。这种蟹本来无壳,钻进空螺

壳里负着螺壳行动。碰它一下就会把脚缩回去,如螺完全缩回壳中一样。用火烤,寄居蟹就会从壳里爬出来跑掉,这才知道它是寄居的。

X8.46 蜾蠃^①　今谓之蠮螉也。其为物,纯雄无雌,不交不产。取桑虫之子,祝之,则皆化为己子。蜂亦如此耳。

【注释】

①蜾蠃(guǒ luǒ):即蜾蠃,又名"细腰蜂",一种寄生蜂。

【译文】

　蜾蠃　现在叫作蠮螉。它作为动物,全为雄性,没有雌虫,不交配也不产卵。它取桑虫的幼子,祝祷一番,就都变成了自己的幼子。蜂也是如此。

X8.47 鲫鱼　东南海中有祖州^①,鲫鱼出焉,长八尺,食之宜暑而避风。此鱼状,即与江湖小鲫鱼相类耳。浔阳有青林湖,鱼大者二尺余,小者满尺,食之肥美,亦可止寒热也。

【注释】

①东南海中有祖州:《十洲记》:"祖洲,近在东海之中,地方五百里,去西岸七万里。上有不死之草,草形如菰苗,长三四尺。人已死三日者,以草覆之,皆当时活也。服之令人长生。"

【译文】

　鲫鱼　东南海中有个祖州,那里出产鲫鱼,鱼长八尺,食用可以解暑或避风。这种鱼长得和江河里的小鲫鱼差不多。浔阳有个青林湖,那里的鲫鱼大的有两尺多,小的也足足有一尺,口感肥腴鲜美,吃后也可以避寒解暑。

X8.48 黄虹鱼① 色黄无鳞,头尖,身似大槲叶②。口在颌下,眼后有耳,窍通于脑。尾长一尺,末三刺,甚毒。(虹音烘。)

【注释】

①黄虹鱼:也称"邵阳鱼"、"蕃蹹鱼"、"海鳐鱼"。

②槲(hú):一种落叶乔木。

【译文】

黄虹鱼 通体黄色没有鳞甲,头尖,鱼身像片大槲叶。嘴在颌下,眼睛后面有耳,耳孔一直通到脑部。鱼尾长有一尺,末端有三根刺,毒性大。(虹字读音为烘。)

X8.49 螃蚜 傍海大鱼,脊上有石十二时①。一名篱头溺,一名螃蚜。其溺甚毒。

【注释】

①有石十二时:不知何义。后来有人引用时作"有石应十二时"。

【译文】

螃蚜 是近海边的一种大鱼,背脊上有骨头对应十二时辰。又名篱头溺,又名螃蚜。它的尿液毒性很大。

X8.50 郓县侯生者①,于沤麻池侧②,得鳝鱼,大可尺围。烹而食之,发白复黑,齿落更生,自此轻健。

【注释】

①郫县:今属四川。

②沤:长时间浸泡。麻:大麻,一年生直立草本植物,其茎皮经过浸泡加工之后,便可用来纺线织布。

【译文】

郫县有位侯生,在沤麻池边,捕得一条鳝鱼,有一尺粗。他把这条鳝鱼烧好食用,白发变黑,掉了的牙齿又重新长出来,从此身体轻健。

X8.51剑鱼　海鱼千岁为剑鱼。一名琵琶鱼,形似琵琶而喜鸣,因以为名。虎鱼老则为蛟①。江中小鱼化为蝗而食五谷者,百岁为鼠。

【注释】

①虎鱼:一种具有较强攻击性的鱼类。

【译文】

剑鱼　海鱼到一千岁时就化为剑鱼。剑鱼又称琵琶鱼,长得像琵琶又喜欢鸣叫,因此得名。虎鱼老了就变为蛟。江里的小鱼有的会变成蝗虫蚕食庄稼,这类鱼到一百岁时就变成老鼠。

X8.52金驴　晋僧朗住金榆山①,及卒,所乘驴上山失之。时有人见者,乃金驴矣。樵者往往听其鸣响,土人言:"金驴一鸣,天下太平。"

【注释】

①僧朗:即为竺僧朗,也称朗法师,京兆(今陕西西安)人。金榆山:

在今山东长清西南。另参本书 3.52 条。

【译文】

　　金驴　晋朝朗法师住在金榆山，到他圆寂时，所乘坐的驴上山走失了。不时有人看见驴，已经变成一头金驴了。樵夫经常听见金驴的鸣叫，当地人说："金驴一鸣，天下太平。"

　　X8.53 圣龟　福州，贞元末，有村人卖一笼龟，其数十三。贩药人徐仲，以五锾获之①。村人云："此圣龟，不可杀。"徐置庭中，一龟藉龟而行，八龟为导，悉大六寸。徐遂放于乾元寺后林中，一夕而失。

【注释】

①锾（huán）：古代的货币单位。

【译文】

　　圣龟　贞元末年，福州某村有人卖一笼龟，共有十三只。卖药人徐仲花了五锾钱买下来。村里人说："这是圣龟，不能杀。"徐仲就把龟放在院里，其中一只龟爬在另一只龟背上借以前行，另有八只龟作前导，都有六寸大。徐仲就把龟带到乾元寺后林中放生，一晚，全都消失不见了。

　　X8.54 运粮驴　西域厌达国①，有寺户以数头驴②，运粮上山，无人驱逐，自能往返，寅发午至③，不差晷刻④。

【注释】

①西域厌达国：故址在今阿富汗马扎里沙夫以西。
②寺户：依附于寺院的民户。

③寅：凌晨三时至五时。

④晷（guǐ）刻：时刻。

【译文】

运粮驴　西域厌达国，有寺户用几头驴运粮上山，没有人驱赶，驴自己就能往返，寅时出发，午时到达，时间一点不差。

X8.55 邓州卜者　有书生住邓州，尝游郡南，数月不返。其家诣卜者占之，卜者视卦曰："甚异！吾未能了，可重祝。"祝毕，拂龟改灼①，复曰："君所卜行人，兆中如病非病②，如死非死，逾年自至矣。"果半年，书生归，云："游某山深洞，入值物，蛰如中疾，四支不能动，昏昏若半醉。见一物自明入穴中，却返。良久又至，直附身，引颈临口鼻，细视之，乃巨龟也。十息顷方去。"书生酌其时日，其家卜吉时焉。

【注释】

①拂龟改灼：清胡煦《卜法详考》卷四："（灼龟之法）必五行全具焉。以碗盛水，置钱于中，用二木界尺架于其上。然后置龟板焉，刻者向下，而近肉者向上，以三一丸灼之。水为水，火为火，钱为金，界尺为木，碗为土。……既灼之后，其龟板炸然有声，是云龟语。然后覆板而视之，即以之盛水，以水灌其刻处，必有坼焉。然后审其直横诸象，以占其吉凶。"

②兆：灼龟甲所成的裂纹。

【译文】

邓州占卜者　有个书生住在邓州，曾经到州郡南部游玩，几个月都没回家。他的家人去请占卜者占卜，占卜者看着卦象说："太奇怪了！我弄不明白，请重新祝祷。"家人祝祷完毕，卜者拂拭龟甲换个地方烧灼,稍后又说:"您要占卜的那位行人,从龟甲上的裂纹来看,似病非病,似死非死,一年以后自己会回来。"半年以后,书生果然回来了,说:"我游玩某座山的一处深洞,进去时碰到一个东西,我蛰伏在地像是中了邪,四肢不能活动,昏昏沉沉有如半醉。只见一个东西从亮处进入洞里,又退回去了。过了很久又进洞里,到了我跟前,伸着脖子对着我的嘴巴和鼻孔,仔细一看,原来是只巨龟。过了十次呼吸的时间才离去。"书生估计当时的时间,正是家里人为他占卜的时刻。

　　X8.56 五时鸡　影娥池北①,有鸣琴苑②。伺夜鸡鸣,随鼓节而鸣,从夜至晓,一更为一声,五更为五声,亦曰五时鸡③。

【注释】

①影娥池:《三辅黄图》卷四:"影娥池,武帝凿池以玩月。其旁起望鹄台以眺月,影入池中,使宫人乘舟弄月影,名影娥池,亦曰眺蟾台。"

②鸣琴苑:东汉郭宪《洞冥记》卷三:"影娥池北,作鸣禽之苑,有生金树,破之,皮间有屑,如金而色青,亦名青金树。"

③五时鸡:东汉郭宪《洞冥记》卷三:"有司夜鸡,随鼓节而鸣不息。从夜至晓,一更为一声,五更为五声,亦曰五时鸡。"

【译文】

　　五时鸡　影娥池北边有鸣琴苑。到了夜晚鸡就会随着打更的鼓节而鸣叫,从黑夜到拂晓,打一更时叫一声,五更时叫五声,也称作五时鸡。

　　X8.57 鹧鸪　似雌雉,飞但南,不向北。杨孚《交州异物志》云："鸟像雌雉,名鹧鸪。其志怀南,不向北徂。"

【译文】

鹧鸪　像雌野鸡,只向南飞,不向北飞。杨孚《交州异物志》记载："有一种鸟像雌野鸡,名叫鹧鸪。它心念南方,不向北飞。"

X8.58 猬　见虎,则跳入虎耳。

【译文】

刺猬　见到老虎,就跳进老虎耳朵里。

X8.59 鹞子　两翅各有复翎,左名撩风,右名掠草。带两翎出猎,必多获。

【译文】

鹞子　两只翅膀各有复翎,左翅的名为撩风,右翅的名为掠草。带着复翎鹞子打猎,一定会多有猎获。

X8.60 世俗相传云,鸥不饮泉及井水,惟遇雨濡翮,方得水饮。

【译文】

民间相传,鸥不喝泉水和井水,只在遇上下雨时淋湿了翅膀,才得到水喝。

X8.61 开元二十一年^①，富平县产一角神羊^②，肉角当顶，白毛上捧。议者以为獬豸^③。

【注释】

①开元二十一年：733 年。

②富平县：今属陕西。

③獬豸（xiè zhì）：传说中的独角异兽，能分辨是非曲直，见人争斗就用角去抵理亏的人。

【译文】

开元二十一年，富平县出了一只独角神羊，肉角正当头顶，有白毛簇围。谈论者认为这是獬豸。

X8.62 獬豸见闻不直者触之，穷奇见闻不直者煦之^①。均是兽也，其好恶不同。故君子以獬豸为冠^②，小人以穷奇为名。

【注释】

①穷奇：传说的恶兽，像虎能飞，闻人争斗就会吃掉理直的人，听说谁为人忠信就会咬掉他的鼻子，听说谁恶逆就会猎杀野兽给他送去。煦：恩惠。

②以獬豸为冠：《旧唐书·舆服志》："法冠，一名獬豸冠，以铁为柱，其上施珠两枚，为獬豸之形，左右御史台流内九品以上服之。"

【译文】

獬豸看见双方争斗就会用角去触抵理亏的那个人，穷奇则会去施惠给那个理亏的人。同样是兽，他们的是非好恶各有不同。所以君子以獬豸作为冠名，而穷奇则成为小人的代名词。

X8.63 鼠胆在肝,活取则有。

【译文】

老鼠的胆在肝上,活取才能得到。

支植上

【题解】

本篇五十条。记载植物五十余种。

X9.1 卫公平泉庄①，有黄辛夷、紫丁香②。

【注释】

①平泉庄：李德裕在洛阳的别墅。李德裕有《平泉山居诫子孙记》。

②辛夷：香木名。树高二三丈，叶似柿叶而狭长，花似莲而小如盏，初出时苞长半寸，尖如笔头，故又称"木笔"。紫丁香：又称"丁香"、"百结"，叶似茉莉，花有淡紫、紫红或蓝色，是园林栽种的名贵花卉。

【译文】

李卫公平泉庄，有黄辛夷、紫丁香。

X9.2 都胜①，花紫色，两重心。数叶卷上如芦朵，蕊黄，叶细。

【注释】

①都胜:花名。宋刘蒙《刘氏菊谱》:"都胜,出陈州。开以九月末,鹅黄千叶,叶形圆厚,有双纹。……菊之为花,皆以香色、态度为尚,而枝常恨粗,叶常恨大。凡菊无态度者,枝叶累之也。此菊细枝少叶,嫩嫩有态,故俗以都胜目之,其又取于此乎?花有深浅两色,盖初开时深尔。"

【译文】

都胜,开紫色花,两重花心。几片叶子向上卷起就像芦花,花蕊黄色,叶片很细。

X9.3 那提槿①,花紫色,两重叶,外重叶卷心,心中抽茎,高寸余。叶端分五瓣如蒂,瓣中紫蕊,茎上黄蕊。

【注释】

①那提槿:花名。疑即朱槿。晋嵇含《南方草木状》卷中:"朱槿,花茎叶皆如桑,叶光而厚。树高止四五尺,而枝叶婆娑。自二月开花,至中冬即歇。其花深红色,五出,大如蜀葵。有蕊一条,长于花叶,上缀金屑,日光所烁,疑若焰生。一丛之中,日开数百朵,朝开暮落。插枝即活。"

【译文】

那提槿,开紫色花,有两重叶,外面一重叶卷心,卷心抽出一根茎,有一寸多长。叶端分成五瓣像蒂,每瓣中有紫蕊,茎上有黄蕊。

X9.4 月桂,叶如桂,花浅黄色,四瓣,青蕊。花盛发如柿蒂。出蒋山①。

【注释】

①蒋山：即钟山，在今江苏南京。唐李德裕《平泉山居草木记》："木
　　之奇者，有天台之金松、琪树……钟山之月桂、青飔、杨梅。"

【译文】

　月桂，叶如木犀，开浅黄色花，花有四瓣，花蕊青色。花盛开时就像
柿蒂。出自钟山。

　　X9.5　溪荪①，如高良姜②。生水中。出茆山③。

【注释】

①溪荪（sūn）：又称"芳荪"，即水菖蒲。唐李德裕《平泉山居草木
　　记》："其水物之美者，荷有蘋洲之重台莲，芙蓉湖之白莲，茅山东
　　溪之芳荪。"
②高良姜：宋唐慎微《政和证类本草》卷九引陶弘景《本草集注》：
　　"（高良姜）出高良郡。人腹痛不止，但嚼食亦效。形气与杜若相
　　似，而叶如山姜。"
③茆山：即茅山，在今江苏句容东南。

【译文】

溪荪，像高良姜。长在水中。出自茅山。

　　X9.6　山茶，似海石榴①，出桂州②。蜀地亦有。

【注释】

①海石榴：即石榴。因从海外传入，故称。
②桂州：今广西桂林。

【译文】

山茶花,像海石榴花,出自桂州。蜀地也有。

X9.7 贞桐[①],枝端抽赤黄条,条复旁对,分三层。花大如落苏[②],花作黄色,一茎上有五六十朵。

【注释】

①贞桐:木名。梧桐的一种。

②落苏:茄子的别名。参见19.23条"茄子"。

【译文】

贞桐,枝梢抽金黄色枝条,枝条又侧旁对生,分为三层。花有茄子那么大,是黄色的,一根枝茎上有五六十朵。

X9.8 俱那卫[①],叶如竹,三茎一层,茎端分条如贞桐,花小,类木槲。出桂州。

【注释】

①俱那卫:夹竹桃。

【译文】

夹竹桃,叶片像竹叶,三茎一层,茎端分条像贞桐,花朵小,类似木槲。出自桂州。

X9.9 瘴川花,差类海石榴,五朵簇生。叶狭长重沓,承于花底,色中第一,蜀色不能及。出黎州按辔岭[①]。

【注释】

①黎州：治所在今四川汉源北。按辔岭：地名有险峻难行按辔不前之意。

【译文】

瘴川花，大约类似石榴花，五朵一簇。叶片狭长重叠，承托在花下，其美为花中之冠，西蜀的花不能与之相比。出自黎州按辔岭。

X9.10 木莲花①，叶似辛夷，花类莲，花色相傍。出忠州鸣玉溪，邛州亦有②。

【注释】

①木莲花：又名"黄心树"，木兰科乔木。

②邛州：今四川邛崃。

【译文】

木莲花，叶片像辛夷，花像莲花，颜色也相近。出自忠州鸣玉溪，邛州也有。

X9.11 牡桂①，叶大如苦竹叶②，叶中一脉如笔迹，花蒂叶三瓣，瓣端分为两歧，其表色浅黄，近歧浅红色。花六瓣，色白，心凸起如荔枝，其色紫。出婺州山中。

【注释】

①牡桂：樟科常绿乔木。宋唐慎微《政和证类本草》卷一二引《图经本草》："今岭表所出，则有筒桂、肉桂、桂心、官桂、板桂之名，而医家用之，罕有分别者。……牡桂皮薄色黄，少脂肉，气如木兰，味亦相类，削去皮名桂心，今所谓官桂，疑是此也。"

②苦竹:竹的一种,植株不高,竹节稍长;四月中旬生笋,味苦。

【译文】

牡桂,叶片大小如同苦竹叶,叶片中有一条脉络就像笔迹,花蒂的叶片为三出复叶,复叶末端又分为二,叶子表面浅黄,靠近分叉处为浅红色。花有六瓣,白色,花心凸起像荔枝,为紫色。出自婺州山中。

X9.12 簇蝶花,花为朵①,其簇一蕊,蕊如莲房②,色如退红③。出温州④。

【注释】

①朵:丛聚成簇之状。

②莲房:莲蓬。

③退红:浅红。

④温州:今属浙江。

【译文】

簇蝶花,花朵丛聚成簇,花簇中一花蕊,形如莲蓬,颜色浅红。出自温州。

X9.13 山桂①,叶如麻,细花,紫色,黄叶簇生,如慎火草②。出丹阳山中③。

【注释】

①山桂:木犀科桂树,多生于山中,故称。

②慎火草:即景天,多年生草本植物。

③丹阳:今属江苏。

【译文】

山桂，叶片如同麻的叶子，开紫色小花，黄叶簇生像慎火草。出自丹阳山中。

X9.14 那伽花①，状如三春无叶花②，色白，心黄，六瓣。出舶上。

【注释】

①那伽花：(美)爱德华·谢弗《唐代的外来文明》(吴玉贵译本)："在唐代，有一种花叫'那伽花'，这种花似乎是 Nāgapushpa 的译音。段成式曾经记述过这种印度的'蛇花'。"

②三春无叶花：不详。

【译文】

那伽花，形状如同三春无叶花，花为白色，黄蕊，六瓣。来自海外。

X9.15 安南有人子藤①，红色，在蔓端有刺。其子如人状。昆仑烧之集象②。南中亦难得。

【注释】

①安南：唐时属岭南道，治所在交州(今越南河内)。

②昆仑：这里是指今越南南部海中的昆仑岛。集象：不详何义。

【译文】

安南有一种人子藤，红色，藤蔓末端有刺。结的子实像人的样子。昆仑人烧它集象。南方也难见到这种藤。

X9.16 三赖草①,如金色,生于高崖,老子弩射之②,魅药中最切用③。

【注释】

①三赖草:即山奈。明李时珍《本草纲目》卷一四:"山奈俗讹为三奈,又讹为三赖,皆土音也。"

②老子:即狫子,也作"獠子",古时对西南少数民族的称呼,今称仡佬。本书前集卷四有"飞头獠子",前集卷八有"绣面狫子"。

③魅药:媚药。

【译文】

三赖草,如同黄金的颜色,生长在高崖之上,狫子用弓弩射下来,是媚药里面最好的。

X9.17 卫公言:"桂花三月开,黄而不白。"大庾诗皆称"桂花耐日"①,又张曲江诗"桂华秋皎洁"②。妄矣。

【注释】

①大庾诗:不详。桂花耐日:明方以智《通雅》卷四三引作"桂花秋耐日"。

②张曲江诗:唐张九龄《感遇》:"兰叶春葳蕤,桂华秋皎洁。"张曲江,即为张九龄(678—740),字子寿,韶州曲江(今广东韶关)人。

【译文】

卫公说:"桂花三月开,黄而不白。"大庾诗都说"桂花秋耐日",另外张曲江的诗也说"桂华秋皎洁"。可知卫公说错了。

X9.18 木中根固,柿为最,俗谓之柿盘。

【译文】

各类树木当中,以柿树的根系最为盘固,民间把柿树根称作柿盘。

X9.19 曹州及扬州、淮口①,出夏梨。

【注释】

①淮口:疑指唐代的淮河入海口。

【译文】

曹州、扬州、淮口等地,出产夏梨。

X9.20 卫公言:"滑州樱桃,十二枚长一尺。"

【译文】

卫公说:"滑州樱桃,十二颗排列起来有一尺长。"

X9.21 韦绚云:"湖南有灵寿花①,数蒂簇开,视日②,如槿③,红色,春秋皆发。非作杖者④。"

【注释】

①湖南:洞庭湖以南。

②视:或作"规"。

③槿:一种落叶灌木。

④非作杖者:意谓此灵寿花,非作杖之灵寿木。《汉书》卷八一:"赐太师灵寿杖。"唐颜师古注:"(灵寿)木有枝节,长不过八九尺,围三四寸,自然有合杖制,不似竹须削治也。"

【译文】

韦绚说:"湖南有灵寿花,几蒂丛聚而开,圆形如日,像木槿,红色,春秋都开花。不是用来作手杖的那种灵寿木。"

X9.22 又言:"衡山祝融峰下法华寺,有石榴花如槿,红花,春秋皆发。"

【译文】

韦绚又说:"衡山祝融峰下法华寺内,有石榴花像木槿,红花,春秋都开花。"

X9.23 卫公又言:"衡山旧无棘,弥境草木无有伤者。曾录知江南①,地本无棘,润州仓库或要固墙隙,植蔷薇枝而已。"

【注释】

①录知:任职。唐穆宗长庆二年(822),李德裕为润州刺史等职。

【译文】

卫公又说:"衡山以前没有荆棘,全境的草木没有伤人的。我曾任职江南,那里本无荆棘,润州仓库有时要拦住墙与墙之间的缝隙,就只栽植蔷薇枝罢了。"

X9.24 卫公言:"有《蜀花鸟图》,花有金粟、石阑、水礼、独用将军、药管①。石阑叶甚奇,根似棕,叶大。凡木叶,脉皆一脊,唯桂叶三脊。近见菝葜②,亦三脊。"

【注释】

①金粟：桂花的别名，因其花蕊点缀如金粟。石阚（kàn）：不详。水礼：不详。独用将军：宋唐慎微《政和证类本草》卷七引《唐本草》："独用将军，味辛无毒，主治毒肿奶痈，解毒破恶血。生林野，采无时。节节穿叶心生苗，其叶似楠。根并采用。"药管：不详。

②菝葜（bá qiā）：一种藤本植物，俗称金刚藤。

【译文】

卫公说："有幅《蜀花鸟图》，画的花有金粟、石阚、水礼、独用将军、药管。石阚的叶子十分奇特，根似棕，叶片大。大凡木类叶子，叶片都只有一条叶脊，只有桂叶有三条叶脊。最近看到菝葜也是三条叶脊。"

X9.25 莼根，羹之绝美，江东谓之莼龟。

【译文】

莼根，做羹味道极美，江南地区又称作莼龟。

X9.26 王旻言："萝葡根茎①，并生熟俱凉。"

【注释】

①萝葡：即萝卜。

【译文】

王旻说："萝卜的根块，不论生熟都是凉性的。"

X9.27 重台朱槿①，似桑，南中呼为桑槿。

【注释】

①朱槿：又名"扶桑"。

【译文】

重台朱槿，像桑，南方称作桑槿。

X9.28 金松，叶似麦门冬①，叶中一缕如金綖。出浙东，台州犹多②。

【注释】

①麦门冬：即麦冬，多年生常绿草本植物。根小块，似麦，可入药。

②台（tāi）州：今属浙江。

【译文】

金松，叶子像麦门冬，叶片中有一缕如同金线。出自浙东，台州特别多。

X9.29 卫公言："回纥草鼓①，如鼓。及难，果能菜。"

【注释】

①回纥（hé）：古代民族名。其先匈奴，南北朝时为敕勒部落之一，散居漠北，以游牧为生。唐代称回纥，后改为回鹘。草鼓：不详。唐李吉甫《元和郡县图志》卷四十"瓜州"："贡赋开元贡：草鼓子，吉莫皮。"按，瓜州治所在晋昌（今甘肃瓜州），地近回纥。

【译文】

卫公说："回纥草鼓，像鼓。闹饥荒时，果实可以食用。"

X9. 30 江淮有孟娘菜①,并益肉食。

【注释】

①孟娘菜:宋唐慎微《政和证类本草》卷六引唐陈藏器《本草拾遗》:
"孟娘菜,味苦,小温,无毒,主妇人腹中血结羸瘦,男子阴囊湿
痒,强阳道,令人健行不睡,补虚,去痔瘘瘿瘤。作菜,生四明诸
山,冬夏常有。叶似升麻,方茎,山人取之为菜。一名孟母菜,一
名厄菜。"

【译文】

江淮一带有孟娘菜,适合和肉同食。

X9. 31 又青州防风子①,可乱毕拨②。

【注释】

①防风子:即防风的子实,可入药。防风为多年生草本植物。
②毕拨:胡椒科植物,果实有小指大,青黑色。

【译文】

另外,青州的防风子,容易和毕拨相混。

X9. 32 又太原晋祠,冬有水底蘋,不死,食之甚美。

【译文】

另外,太原晋祠里,冬季有水底蘋,不死,食用味道很美。

X9. 33 卫公言:"蜀中石竹①,有碧花。"

【注释】

① 石竹：多年生草本植物，叶似小竹叶而细窄，有节，开红白小花。六朝至唐衣饰常用为图案。唐李白《宫中行乐词》："山花插宝髻，石竹绣罗衣。"

【译文】

卫公说："蜀地的石竹，会开碧绿色的花。"

X9.34 又言："贞元中，牡丹已贵。柳浑诗①：'近来无奈牡丹何，数十千钱买一窠。今朝始得分明见，也共戎葵校几多。'"成式又尝见卫公图中有冯绍正《鸡图》②，当时已画牡丹矣。

【注释】

① 柳浑（716—789）：襄州（今湖北襄阳）人。天宝元年（742）登进士第。历官县尉、监察御史、刺史，贞元中拜兵部侍郎，以本官同中书门下平章事。

② 冯绍正：唐玄宗时画家。唐张彦远《历代名画记》卷九："冯绍正，开元中任少府监，八年为户部侍郎，尤善鹰、鹘、鸡、雉，尽其形态，嘴、眼、脚、爪、毛彩俱妙。曾于禁中画五龙堂，亦称其善，有降云蓄雨之感。"

【译文】

卫公又说："贞元年间，牡丹已经很名贵了。柳浑有诗云：'近来无奈牡丹何，数十千钱买一窠。今朝始得分明见，也共戎葵校几多。'"我又曾经见过卫公的藏画，里面有玄宗时冯绍正画的《鸡图》，当时就已经画有牡丹了。

X9.35 卫公庄上,旧有同心蒂木芙蓉^①。

【注释】

①木芙蓉:又名"芙蓉花"、"拒霜花"等。

【译文】

卫公庄园里,以前有同心并蒂木芙蓉。

X9.36 卫公言:"金钱花损眼。"

【译文】

卫公说:"金钱花会损伤眼睛。"

X9.37 紫薇^①,北人呼为猴郎达树,谓其无皮,猿不能捷
也。北地其树绝大,有环数夫臂者。

【注释】

①紫薇:又名"痒痒花"、"痒痒树"、"无皮树",落叶灌木或小乔木。
　树皮平滑,花色艳丽,花季为夏秋时节,花期较长,故又名"百日
　红"。

【译文】

紫薇,北方人称作猴郎达树,是说树没有皮,猴子不能爬上去。在
北方这种树非常高大,有几人合抱的。

X9.38 卫公言^①:"石榴甜者,谓之天浆,能已乳石毒。"

【注释】

①按,本条内容已见于18.15条。不译。

X9.39 东都胜境有三溪,今张文规庄近溪,有石竹一竿生瘿,今大如李。

【译文】

洛阳名胜有三溪,如今张文规的庄园靠近溪边,那里有一竿石竹长瘤子,现在有李子那么大。

X9.40 麻黄①,茎端开花,花小而黄,簇生。子如覆盆子②,可食。至冬枯死,如草,及春却青。

【注释】

①麻黄:多年生常绿草本植物或小灌木,茎可入药。
②覆盆:蔷薇科悬钩子属木本植物。果实味道酸甜,可食,干燥后可入药。

【译文】

麻黄,茎端开花,小花,黄色,丛簇而生。子实类似覆盆子的果实,可以食用。到冬季枯死,就像枯草,春天来到又会返青。

X9.41 太常博士崔硕云:"汝西有练溪,多异柏。及暮秋,叶上敛,俗呼合掌柏。"

【译文】

太常博士崔硕说:"汝州以西有练溪,长着很多奇特的柏树。这些柏树到了晚秋,叶子向上聚敛,民间称作合掌柏。"

　　X9.42 洛中鬻花木者言:"嵩山深处,有碧花玫瑰,而今亡矣。"

【译文】

洛阳卖花木的人说:"嵩山深处,有一种碧色的玫瑰,现在灭绝了。"

　　X9.43 崔硕又言:"常卢潘云①:衡山石名怀。"

【注释】

①常卢潘:晚唐时有卢潘其人,生活年代与段成式大致同时。按,本条文字脱漏较多,无法译出。或与下条内容有关。

　　X9.44 三色石楠花①　衡山石楠花有紫、碧、白三色,花大如牡丹,亦有无花者。

【注释】

①石楠花:别名"千年红",蔷薇科石楠属常绿灌木或小乔木。

【译文】

三色石楠花　衡山石楠花有紫、碧、白三种颜色,花朵大如牡丹,也有无花的。

　　X9.45 卫公言:"三鬣松与孔雀松别①。"又云:"欲松不长,以石抵其直下根,便不必千年方偃②。"

【注释】

①三鬣(liè)：三针。孔雀松：以其形如绿孔雀而得名。参见 18.1
　条。按，该条说"俗谓孔雀松，三鬣松也"，与此处李德裕所说
　不同。

②偃：偃盖，喻古松枝条横垂如伞盖。

【译文】

卫公说："三鬣松和孔雀松有区别。"又说："想要松树不往高里长，
栽植时拿石头抵在它的主根之下，这样不必等到千年就会偃盖。"

X9.46 东都敦化坊百姓家，太和中，有木兰一树，色深
红。后桂州观察使李渤看宅人以五千买之①，宅在水北，经
年花紫色。

【注释】

①李渤(773—831)：字濬之，初隐嵩山，后入仕。唐敬宗宝历元年
　(825)，出为桂州刺史、兼御史中丞、充桂管都防御观察使。

【译文】

大和年间，洛阳敦化坊某百姓家有一株木兰，颜色深红。后来桂州
观察使李渤的守宅人花了五千钱买下，李宅在河的北边，过了一年，花
成了紫色。

X9.47 处士郑又玄云："闽中多佛桑树①，树枝叶如桑，
唯条上勾，花房如桐花，含长一寸余②，似重台状，花亦有浅
红者。"

【注释】

①佛桑树：即扶桑（朱槿）。

②含：含苞待放。指花骨朵。

【译文】

处士郑又玄说："闽地有很多佛桑树，树枝枝叶像桑，唯有枝条向上勾，花房如桐花，花骨朵长一寸多，像重台的形状，花也有浅红色的。"

X9.48 独梪树① 顿丘南应足山有之②。山上有一树，高十余丈，皮青滑，似流碧，枝干上耸，子若五彩囊，叶如亡子镜③，世名之仙人独梪树。

【注释】

①梪：音 dòu。

②顿丘：在今河南浚县北。

③亡子镜：疑为"七子镜"，一种古镜。梁简文帝《望月》："形同七子镜，影类九秋霜。"

【译文】

独梪树 顿丘以南的应足山有这种树。山上有一棵树，高十多丈，树皮青滑，碧色欲滴，枝干向上耸，子实像五彩绣囊，叶片像七子镜，世人把它称作仙人独梪树。

X9.49 木龙树 徐之高冢城南①，有木龙寺，寺有三层砖塔，高丈余。塔侧生一大树，萦绕至塔顶。枝干交横，上平，容十余人坐。枝杪四向下垂，如百子帐②。莫有识此木者，僧呼为龙木。梁武曾遣人图写焉。

【注释】

①徐之高冢城:在今江苏盱眙西北。北宋乐史《太平寰宇记》卷一
六:"(泗州临淮县)高冢城,魏义兴郡城也,在徐城县西北七十里
平地。"

②百子帐:北方游牧民族的帐篷,供宴饮或居住用。唐代因其"百
子"之名与婚嫁相宜,乃用为婚礼之帐。唐陆畅《云安公主下降
奉诏作催妆诗》:"催铺百子帐,待障七香车。"

【译文】

木龙树　徐地高冢城南有座木龙寺,寺里有三层砖塔,高一丈多。
砖塔旁边长了一棵大树,树枝盘曲到塔顶。枝干纵横交错,树冠是平
的,可容十多人坐在上面。枝梢四边下垂,就像百子帐。没有人知道这
是什么树,寺里的和尚称作龙木。梁武帝曾经派人去把树画下来。

X9.50 鱼甲松①　洛中有鱼甲松。

【注释】

①鱼甲:此谓松树皮如鱼鳞。

【译文】

鱼甲松　洛阳有鱼甲松。

支植下

【题解】

本篇共三十四条。记载植物三十余种。

X10.1 青杨木　出峡中。为床，卧之无蚤。

【译文】

青杨木　出自三峡地区。用这种木头做床，睡觉没有跳蚤。

X10.2 夏州槐①　夏州唯一邮有槐树数株②，盐州或要叶，行牒求之。

【注释】

①夏州：在今陕西靖边东北。

②邮：驿站。负责传递文书、供应食宿车马。

【译文】

夏州槐　夏州只有一处驿站有几株槐树，盐州有时需要槐叶，就发公文索取。

X10.3 蜀楷木　蜀中有木类柞,众木荣时,如枯柈,隆冬方萌芽布阴,蜀人呼为楷木。

【译文】

蜀楷树　蜀地有一种树长得像柞树,其他树生长繁荣时,它凋零有如枯树桩,到了严冬才萌芽,长出浓密的树荫,蜀人称作楷木。

X10.4 古文柱　齐建元二年夏①,庐陵长溪水冲击山麓崩②,长六七尺,下得柱千余根,皆十围③。长者一丈,短者八九尺,头题古文,字不可识。江淹以问王俭④,俭云:"江东不闲隶书⑤,秦汉时柱也。"

【注释】

①建元:齐高帝萧道成年号(479—482)。

②庐陵:今江西吉安。

③围:这里指两手的拇指和食指合围的长度。

④江淹(444—505):南朝诗人、辞赋家,历仕宋、齐、梁三朝。今存诗八十多首,风格近于鲍照。赋近三十篇,以《恨赋》《别赋》最为出名。王俭(452—489):琅玡临沂(今属山东)人。宋泰始五年(469)尚阳羡公主,拜驸马都尉,历仕要职。其诗现存八首,存文较多。

⑤闲:通"娴"。

【译文】

古文柱　齐建元二年夏季,庐陵长溪水冲击山麓,塌方长达六七尺,土石下面现出一千多根木柱,都有十围粗。长的有一丈,短的八九尺,柱头写有古文字,难以辨识。江淹去问王俭,王俭说:"江东人不熟悉隶书,这是秦汉时期的柱子。"

X10.5 色绫木 台山有色绫木,木理如绫文。百姓取为枕,呼为色绫枕。

【译文】

色绫木 台山有一种色绫木,木头的纹理如同绫纹。百姓拿来做枕头,称作色绫枕。

X10.6 鹿木 武陵郡北①,有鹿木二株,马伏波所种②。木多节。

【注释】

①武陵郡:今湖南常德。

②马伏波:即为马援(前14—49),字文渊,扶风茂陵(今陕西兴平东北)人。东汉建武十七年(41)拜伏波将军,南击交趾。

【译文】

鹿树 武陵郡北边有两棵鹿树,是伏波将军马援种植的。树有很多结节。

X10.7 倒生木 此木依山生,根在上,有人触则叶翕,人去则叶舒。出东海①。

【注释】

①东海:在今江苏连云港一带。

【译文】

倒生树　此树依山生长,树根在上,有人触碰叶子就会闭合,人离去叶子又会张开。出自东海。

X10.8 黝木^①　节似蛊兽,可以为鞭。

【注释】

①黝木:不详。

【译文】

黝木　树节像蛊兽,可以制作木鞭。

X10.9 桄榔树^①　古南海县有桄榔树^②,峰头生叶有面,大者出面百斛。以牛乳啖之^③,甚美。

【注释】

①桄(guāng)榔树:一种常绿乔木。羽状复叶。

②古南海县:今广东广州。

③以牛乳啖(dàn)之:东晋常璩《华阳国志·南中志》:"兴古郡,建兴三年置……有桄榔木,可以作面,以牛酥酪食之,人民资以为粮。欲取其木,先当祠祀。"

【译文】

桄榔树　古南海县有桄榔树,树顶的叶子会出面粉,大树可以产出面粉一百斛。用牛奶调和着食用,味道很美。

X10.10 怪松　南康有怪松^①,从前刺史每令画工写松,必数枝衰悴。后因一客,与妓环饮其下,经日松死。

【注释】

①南康:今属江西。

【译文】

怪松　南康有一株奇特的松树,以前有个刺史,每次让画工画松,必定会有几枝枯萎。后来有一位客人和妓女围坐松树下饮酒,过了一天这棵松树就死了。

X10.11 河伯下材① 　中宿县山下有神宇,溱水至此,沸腾鼓怒,槎木泛至此沦没,竟无出者,世人以为河伯下材。

【注释】

①按,本条与 10.31 条重出。不译。

X10.12 交让木 　《武陵郡记》①:"白雉山有木②,名交让,众木敷荣后③,方萌芽,亦更岁迭荣也。"

【注释】

①《武陵郡记》:《太平御览》卷首《经史图书纲目》有"黄闵《武陵记》",应即此书。按,黄闵为南北朝时人。

②白雉山:在今湖北大冶。

③敷荣:花开茂盛。

【译文】

交让木　《武陵郡记》:"白雉山有一种树,名为交让,其他树开花繁茂之后，它才枝条萌芽，第二年也是如此更替荣枯。"

X10.13 三枝槐　相国李福①，河中永乐有宅②，庭槐一本，抽三枝，直过堂前屋脊，一枝不及。相国同堂兄弟三人，曰石③，曰程④，皆登第宰执，唯福一人，历七镇使相而已⑤。

【注释】

①李福：字能之，陇西（今甘肃）人。大和七年（833）登进士第，累官至刑部、户部尚书，山南东道节度使。

②河中永乐：在今山西芮城西南。

③石：即为李石（784—846）。元和十三年（818）进士及第，累官至中书侍郎、东都留守，以太子少保分司卒。

④程：即为李程（761—837）。贞元十二年（796）擢进士宏辞，累官至尚书仆射。

⑤使相：中唐以后，凡节度使加同平章事官衔的称为"使相"，名义上与宰相并称。

【译文】

三枝槐　相国李福，在河中永乐县有宅第，庭院里的槐树，一根主干分出三个枝杈，两枝高过堂前屋脊，另一枝没有超过。李福堂兄弟辈三人，另两位为李石和李程，都登第拜相，只有李福一人，仅仅担任过七镇使相而已。

X10.14 无患木　烧之极香，辟恶气。一名噤娄，一名桓。昔有神巫曰瑶眊①，能符劾百鬼，擒魑魅，以无患木击杀之。世人竞取此木为器用却鬼，因曰无患木。

【注释】

①眊：音 mào。

【译文】

无患木　烧起来很香，可以避恶气。也叫噤娄，又叫桓。从前有位神巫名瑶眊，能用符咒劾治各种魔鬼，擒拿各种精怪，然后用无患木打死它们。世人争相用这种木头做成工具打鬼，于是叫作无患木。

X10.15 醋心树　杜师仁常赁居①，庭有巨杏树。邻居老人每担水至树侧，必叹曰："此树可惜！"杜诘之，老人云："某善知木病，此树有疾，某请治。"乃诊树一处，曰："树病醋心。"杜染指于蠹处尝之②，味若薄醋。老人持小钩披蠹，再三钩之，得一白虫，如蝠③。乃傅药于疮中，复戒曰："有实自青皮时，必摽之④，十去八九，则树活。"如其言，树益茂盛矣。又云："尝见《栽植经》三卷，言木有病醋心者。"

【注释】

①杜师仁（？—834）：京兆（今陕西西安）人。曾官吉州、随州刺史。

②蠹（dù）：虫蛀。

③蝠：同"蝮"。这里泛指蛇。

④摽（biào）：落。

【译文】

醋心树　杜师仁曾经租房居住，庭院里有棵巨大的杏树。邻居老人每次挑水经过树旁，必定叹息说："这树可惜了！"杜师仁问他为什么，老人说："我很熟悉树的病虫害，这棵树有病害，我来帮你治。"于是诊查了树的某一处，说："这树害的是醋心病。"杜师仁用手指在虫蛀的地方蘸了一下放进口中尝了尝，有点淡醋味。老人用一个小钩在虫蛀处反复往外钩,最后钩出一条像蛇样的白虫子。然后老人在树疮处敷上药,又叮嘱说:"树结果后,果子还是青皮时就必须打落十之八九,这样树就会活。"杜师仁照他的话做,果然杏树长得更为茂盛了。后来老人又说:"我曾看过三卷《栽植经》,里面说有种树木病害叫醋心病。"

X10.16 女草　葳蕤草一名丽草①,亦呼为女草,江湖中呼为娃草②,美女曰娃,故以为名。

【注释】

①葳蕤(wēi ruí):草名。葳蕤一词有鲜丽的意思。

②江湖:或作"江浙"。

【译文】

女草　葳蕤草又名丽草,也称作女草,江浙一带称为娃草,当地把美女称作娃,所以叫娃草。

X10.17 山茶花　山茶,叶似茶树,高者丈余。花大盈寸,色如绯,十二月开。

【译文】

山茶花　山茶,叶子像茶树叶,高的有一丈多。花朵大小超过一寸,红色,十二月开。

X10.18 异木花　卫公尝获异木一株,春花紫。予思木中一岁发花①,唯木兰。

【注释】

①一岁发花:疑应为"一月发花"。木兰在早春开花。

【译文】

异木花 卫公曾得到一株异木,春天开紫色的花。我想各种花木里面一月开花的,只有木兰。

X10.19 王母桃 洛阳华林园内有之①。十月始熟,形如栝楼②。俗语曰:"王母甘桃,食之解劳。"亦名西王母桃。

【注释】

①洛阳华林园:在今洛阳东北汉魏洛阳故城内。

②栝(guā)楼:多年生攀援植物。果实栝蒌,椭圆形,可入药。

【译文】

王母桃 洛阳华林园里有。十月果实成熟,形状就像栝楼。俗语说:"王母甜桃,吃了解劳。"也叫西王母桃。

X10.20 胡榛子 阿月生西国①,蕃人言与胡榛子同树,一年榛子,二年阿月。

【注释】

①阿月:阿月浑子,又称"无名子",即开心果。

【译文】

胡榛子 阿月出自西域各国,西域人说阿月和胡榛子长在同一棵树上,一年结榛子,一年结阿月。

X10.21 橄榄子　独根树,东向枝曰木威,南向枝曰橄榄。

【译文】

橄榄子　独根树,向东的树枝叫木威,向南的树枝叫橄榄。

X10.22 东荒栗　东方荒中有木,名曰栗。有壳径三尺二寸,壳刺长丈余。实径三尺,壳亦黄。其味甜,食之多,令人短气而渴。

【译文】

东荒栗　东方大荒中有一种树,名叫栗。果实的外壳直径三尺二寸,壳外的刺有一丈多长。果实直径三尺,外壳也是黄色的。味道甜,吃得过多会让人气短口渴。

X10.23 猴栗①　李卫公一夕甘子园会客,盘中有猴栗,无味。陈坚处士云:"虔州南有渐栗,形如枣核。"

【注释】

①猴栗:芧栗。也称"柯栗"。

【译文】

猴栗　李卫公有一天晚上在甘子园宴客,盘中有猴栗,没什么味道。陈坚处士说:"虔州南部有一种渐栗,外形如同枣核。"

X10.24 儋崖芥①　芥高者五六尺,子大如鸡卵。

【注释】

①儋崖：儋州和崖州。今海南海口、儋州。

【译文】

儋崖芥菜　芥菜高的有五六尺，子实大如鸡蛋。

X10.25 儋崖瓠①　儋崖种瓠，成实，率皆石余。

【注释】

①瓠：葫芦。

【译文】

儋崖葫芦　儋、崖二州种葫芦，结出的葫芦大都能装一石多。

X10.26 童子寺竹　卫公言：“北都惟童子寺有竹一窠，才长数尺。相传其寺纲维每日报竹平安。”

【译文】

童子寺竹　卫公说：“北都只有童子寺有一丛竹子，才几尺高。相传寺里的司事僧每天都要报告竹子平安。”

X10.27 石桂芝　生山石穴中，似桂树而实石也。高大如绞尺①，光明而味辛。有枝条。捣服之，一斤得千岁也。

【注释】

①绞尺：应为“径尺”之误。晋葛洪《抱朴子·内篇》“仙药第十一”："（石芝）石桂芝，生名山石穴中，似桂树而实石也。高尺许，大如

径尺,光明而味辛,有枝条,捣服之,一斤得千岁也。"

【译文】

石桂芝　生长在山间石穴里,像桂树而实际上是石质的。高一尺多,直径有一尺,光滑明亮而味道辛辣。长有枝条。这种石桂芝捣碎服食,吃上一斤延寿千年。

X10.28 石发　张乘言:"南中水底有草,如石发。每月三、四日始生,至八、九日已后可采,及月尽悉烂,似随月盛衰也。"

【译文】

石发　张乘说:"南方水底有种水草,像石头的头发。每月三、四日开始生长,到八、九日以后即可采摘,若到月底就全都腐烂了,好像是随着月相盈亏由盛而衰。"

X10.29 席箕①　一名塞芦,生北胡地。古诗云:"千里席箕草。"

【注释】

①席箕:草名。亦作"席其",唐诗中屡见。如唐王建残句:"单于不向南牧马,席其遍满天山下。"唐顾非熊《出塞即事》:"席其草断城池外,护柳花开帐幕前。"

【译文】

席箕　又名塞芦,生长在北方胡地。古诗说:"千里席箕草。"

X10.30 泉州莆田县破冈山^①，武宗二年，巨石上生菌，大如合簣^②，茎及盖黄白色，其下浅红，尽为过僧所食，云美倍诸菌。

【注释】

①泉州莆田县：今属福建。

②簣：盛土的竹筐。

【译文】

武宗会昌二年，泉州莆田县破冈山的巨石上长出蘑菇，有盛土的竹筐那么大，茎和菌盖是黄白色的，下面浅红色，全被过往的僧人吃了，据说美味远远超过其他蘑菇。

X10.31 大食勿斯离国石榴^①，重五六斤。

【注释】

①大食勿斯离国：今伊拉克摩苏尔。

【译文】

大食勿斯离国出产的石榴，有五六斤重。

X10.32 南中桐花，有深红色者。

【译文】

南方的桐花，有深红色的。

X10.33 东官郡^①，汉顺帝时属南海^②，西接高凉郡^③。

又以其地为司盐都尉,东有芜地,西邻大海。有长洲,多桃枝竹④,缘岸而生。

【注释】

①东官郡:东晋时治所在宝安(今深圳),南朝齐时移治怀安(今广东惠东西北),梁时移治增城(今属广东),隋废。

②汉顺帝:即为刘保(115—144)。安帝刘祜子。延光四年(125)即帝位。

③高凉郡:郡治在今广东阳江西。

④桃枝竹:又名"桃竹"、"桃丝竹",竹的一种。

【译文】

东官郡,汉顺帝时属南海郡,西边接壤高凉郡。又在其地设置有司盐都尉,东边有荒芜地带,西边邻近大海。有处长洲,长有很多桃枝竹,沿着海岸生长。

X10.34 枫树　子大如鸡卵,二月华,已乃著实,八、九月熟,曝干,烧之香馥。

【译文】

枫树　子实大如鸡蛋,二月开花,花谢后结子,八、九月成熟,晒干后用火烧有很浓的香气。

附：许逸民《〈酉阳杂俎〉辑佚》

【说明】

方南生点校本《酉阳杂俎》（中华书局 1981 年），刘传鸿《〈酉阳杂俎〉校证：兼字词考释》（北京大学出版社 2014 年），均无辑佚。李剑国《唐五代志怪传奇叙录》（南开大学出版社 1993 年）共列佚文条目二十七条，又辨"明霞锦"（《锦绣万花谷》后集卷三一引）、"萧郎是路人"（《锦绣万花谷》后集卷一五引）、"击春曲"（《岁时广记》卷一）三条并非出于《酉阳杂俎》。

在此基础上，许逸民《酉阳杂俎校笺》（中华书局 2015 年）列辑佚三十九条，且辨明：其中两条（Y32、Y35）为段成式《庐陵官下记》佚文，另五条（Y23、Y36、Y37、Y38、Y39）并非出于段成式之手。如此，许本辑得《酉阳杂俎》佚文实为三十二条。为免读者翻检之劳，今照录许本《〈酉阳杂俎〉辑佚》全文，每条之后的括号里撮抄许氏按语。

Y1 凡墨涴衣，闭气于水上作白字，即濯之，不过七遍，即净。（《类说》卷六、《海录碎事》卷五。）

Y2 有武将见梁元帝，自陈"痴钝"，乃讹为"飔段"。帝笑曰："飔非凉风，段非干木。"（《类说》卷六。段成式当本自《颜氏家训》卷七"音辞"。）

Y3 有人误读"芊"为"羊"，因人惠羊，乃谢云："损惠蹲鸱。"（《类说》卷六。段成式当本自《颜氏家训》卷三"勉学"。）

Y4 曹著机辩，有客试之，因作谜云："一物坐也坐，卧也坐，立也坐，行也坐，走也坐。"著应声曰："在官地，在私地。"复作一谜云："一物坐也卧，立也卧，行也卧，走也卧，卧也卧。"客不能晓，曹曰："我谜吞得你谜。"客大惭。（《类说》卷六。）

Y5 予以坐客联句互送为烦，乃取斑竹，以白金络首，如茶荚，以递送联句，谓之句枝。或角押恶韵，或煎碗茶为八韵诗，皆谓之杂连。若志于不朽，则汰客，拣稳韵，无所得辄已，谓之苦连。句句共押平声好韵不僻者，书于竹简，谓之韵牒。（《类说》卷六、《唐诗纪事》卷五七。）

Y6 处士许毕云："桦根爇之，如煎香。"（《说郛》（涵芬楼本）卷三六。）

Y7 元退居士年逾七十，口食无齿，咀嚼愈壮。常曰："今方知齿为妨物。"（《类说》卷四二。）

Y8 衡州石室山，有僧，不剃发，发垂拂履。盖慕留发表丈夫也。（《类说》卷四二。）

Y9 雍公云："卧欲缩足，不欲左胁寝。每夕濯足，已四十余年，今年六十九，未尝有病。"（《类说》卷四二、《白孔六帖》卷八九、《续博物志》卷九。）

　　Y10 征姓凡举事，当忌亥日，以火绝在亥，征家绝气日也。亦忌戌，征家之墓日。（《类说》卷四二、《续博物志》卷一〇。）

　　Y11 人清晨欲封五岳七遍，谓屈食指等四指，运头，指掠之，名"封五岳"。（《类说》卷四二、《五色线》卷下。）

　　Y12 猢狲无脾，以颐行食。（《类说》卷四二。）

　　Y13 践坏灶土，令人患疮。踏鸡子壳，令人得白癜风。（宋张杲《医说》卷一〇、《类说》卷四二、《续博物志》卷九。）

　　Y14 郑康成居不其城南山中教授，所居山下生草如薤，长而纫，谓之书带草。（《绀珠集》卷六。）

　　Y15 徐州一士人暴卒，复生，云："初，吏召，云天使行雨。"隶右落队。雨有两种：一瓶贮水，作人间雨；一如销石末，名干雨。（《绀珠集》卷六、《锦绣万花谷》前集卷一。）

　　Y16 周长史善画，得色诀。尝理采色于雷下，旋取飞研之。（《绀珠集》卷六、《白孔六帖》卷三二。）

　　Y17 周时，西域贡幻伎，能兴云喷火，或为狮子、巨象、龙、蛇之状，中国顿效之。其国本名扶娄，语讹为婆侯伎尔。（《绀珠集》卷六。段成式当本自王嘉《拾遗记》。）

　　Y18 新罗多海红并海石榴，唐赞皇李德裕言："花中带海者，悉从海东来。"（《太平广记》卷四〇九、《海棠谱》卷上、《白孔六帖》卷九九、《记纂渊海》卷九三。）

　　Y19 南海四时皆有朱槿，花常开，然一本之内，所发不过一二十花，且开不能如图画者丛发烂漫。（《太平广记》卷四〇九。）

　　Y20 河云院中有刘晏末曲杖，是寻运路所乘者。（《白孔六帖》卷一四。）

　　Y21 鹰相同雕，唯尾长翅短为异耳。（《白孔六帖》卷九四。）

　　Y22 四时有人。（《白孔六帖》卷九五。）

　　Y23 桐城县百姓胡举家，有青龙斗死于树中，鳞鬣皆似鱼，唯有髯长可三尺，角各长二尺余。（《白孔六帖》卷九五。按，本条非《酉阳杂俎》佚文，当据《太平广记》卷四二三"孔威"，出自《唐年补录》。）

　　Y24 明月兔，状如兔，前脚长数寸，后脚长尺余，尾长白而弯，趫捷善走。出河西。（《白孔六帖》卷九七。）

　　Y25 驴走少有双掷者，但四足迅行耳。（《白孔六帖》卷九七。）

　　Y26 狗，豹之舅。豹遇狗辄跪，如拜状。（《白孔六帖》卷九八、《古今事文类聚》后集卷四〇、《尔雅翼》卷一九。）

　　Y27 鳖为臛数，食可长发。（《白孔六帖》卷九八、《续博物志》卷三。）

　　Y28 水麝，脐中惟水，沥一滴于斗水中，用丽衣，至败，其香不歇。每取，以针刺之。捻以真雄黄，则合香气倍于肉麝。天宝初，虞人获诏养之。（《政和证类本草》卷一六"麝香"。）

　　Y29 曹植《说疫气》曰："醎水之鱼，不游于江；淡水之鱼，不入于海。宁去累世宅，不去鲫鱼头。"（《五色线》卷上。

按,本书前集 16.3 条有末二句。)

　　Y30 龟有八名:一曰北斗,二曰南辰,三曰五星,四曰八风,五曰二十八宿,六曰日月,七曰九州,八曰玉虚,凡八名。其龟图各有文在腹下,云:"某之龟。得之者,财物归之,富至十万。"蝇蚋不敢集其上。(《五色线》卷上。按,段成式当本自《史记·龟策列传》。)

　　Y31 鬼蝶一足,著木如干木叶。(宋王十朋注《东坡诗集注》卷二七、宋施元之注《施注苏诗》卷二二。)

　　Y32 玄宗起凉殿,陈知节上疏极谏。上令力士召对。时毒暑方盛,在凉殿,水激扇车,风猎衣,于石榻阴溜,仰不见日,四隅积冰成山。复赐冰消麻饮,陈体生栗,腹中雷鸣,再三请起方许,上犹拭汗。陈才及门,遗泄狼藉。复召,谓曰:"卿论事宜审,勿以己妨万乘也。"(《古今合璧事类备要》前集卷一一引段成式《庐陵官下记》。又见《唐语林》卷四,然未言出处。)

　　Y33 段成式《酉阳杂俎》曰:"自地去天十一万余里。"(《学林》卷二"天地"、《锦绣万花谷》前集卷一。译注者按,本条与本书第 2.2 条似应为同一条。)

　　Y34 段成式《酉阳杂俎》云:"蒋山有应潮井,在半山之间。俗传云江潮相应,尝有破船朽板自井中出。贞观中,有牧儿汲水,得杉板,长尺余,上有朱漆字曰'吴赤乌二年,豫章王子骏之船'。"(《景定建康志》卷一九。按,本书前集 14.24 条记有同一年事。)

　　Y35 段成式《庐陵官下记》:韦令去西蜀,时彭州刺史被县令密论诉,韦前期勘知,屈刺史诣府陈谢。及回日,诸县令悉远迎,所诉者为首,大言曰:"使君今日可谓朱研益丹矣。"刺史笑曰:"则公便是研朱汉子也。"(《辍耕录》卷八。)

Y36 崔郊出妾,临行,赋诗曰:"公子王孙逐后尘,绿珠垂泪裛罗巾。侯门一入深如海,从此萧郎是路人。"(《锦绣万花谷》后集卷一五。按,本条非《酉阳杂俎》佚文,应属《云溪友议》。)

Y37 唐宣宗大中初,女蛮国献明霞锦,练水香麻以为也。光耀芳馥著人,五色相间,而美丽于中国之锦。(《锦绣万花谷》后集卷三一。按,本条非《酉阳杂俎》佚文,应属《杜阳杂编》。)

Y38《酉阳杂俎》:唐明皇好羯鼓,云:"八音之领袖,诸乐不可为比。"尝遇二月初,诘旦,巾栉方毕。时宿雨初晴,景色明丽,小殿亭前,柳杏将吐,睹而叹曰:"对兹景物,岂可不与他判断乎?"左右相目将命备酒,独高力士遣取羯鼓。旋命之,临轩纵击一曲,名《春光好》。神思自得,及顾杏柳,皆已发坼,指而笑之,谓嫔嫱内官曰:"此一事,不唤我作天公,可乎?"皆呼万岁。(《岁时广记》卷一。按,本条非《酉阳杂俎》佚文,应属南卓《羯鼓录》。)

Y39《酉阳杂录》:长沙樊著作三日一开顶。(《永乐大典》卷一一九五一。按,本条非《酉阳杂俎》佚文,应属《倦游杂录》。)

中华经典名著
全本全注全译丛书
（已出书目）

周易	晏子春秋
尚书	穆天子传
诗经	战国策
周礼	史记
仪礼	吴越春秋
礼记	越绝书
左传	华阳国志
韩诗外传	水经注
春秋公羊传	洛阳伽蓝记
春秋穀梁传	大唐西域记
孝经·忠经	史通
论语·大学·中庸	贞观政要
尔雅	营造法式
孟子	东京梦华录
春秋繁露	唐才子传
说文解字	大明律
释名	廉吏传
国语	徐霞客游记

读通鉴论

宋论

文史通义

鬻子·计倪子·於陵子

老子

道德经

帛书老子

鹖冠子

黄帝四经·关尹子·尸子

孙子兵法

墨子

管子

孔子家语

曾子·子思子·孔丛子

吴子·司马法

商君书

慎子·太白阴经

列子

鬼谷子

庄子

公孙龙子(外三种)

荀子

六韬

吕氏春秋

韩非子

山海经

黄帝内经

素书

新书

淮南子

九章算术(附海岛算经)

新序

说苑

列仙传

盐铁论

法言

方言

白虎通义

论衡

潜夫论

政论·昌言

风俗通义

申鉴·中论

太平经

伤寒论

周易参同契

人物志

博物志

抱朴子内篇

抱朴子外篇

西京杂记

神仙传

搜神记	近思录
拾遗记	洗冤集录
世说新语	传习录
弘明集	焚书
齐民要术	菜根谭
刘子	增广贤文
颜氏家训	呻吟语
中说	了凡四训
群书治要	龙文鞭影
帝范·臣轨·庭训格言	长物志
坛经	智囊全集
大慈恩寺三藏法师传	天工开物
长短经	溪山琴况·琴声十六法
蒙求·童蒙须知	温疫论
茶经·续茶经	明夷待访录·破邪论
玄怪录·续玄怪录	陶庵梦忆
酉阳杂俎	西湖梦寻
历代名画记	虞初新志
唐摭言	幼学琼林
化书·无能子	笠翁对韵
梦溪笔谈	声律启蒙
东坡志林	老老恒言
唐语林	随园食单
北山酒经（外二种）	阅微草堂笔记
折狱龟鉴	格言联璧
容斋随笔	曾国藩家书

曾国藩家训

劝学篇

楚辞

文心雕龙

文选

玉台新咏

二十四诗品·续诗品

词品

闲情偶寄

古文观止

聊斋志异

唐宋八大家文钞

浮生六记

三字经·百家姓·千字文·弟子规·千家诗

经史百家杂钞